Mika Waltari
Michael der Finne
Kuebler Verlag

DER AUTOR

Mika Waltari (1908 –1979) gehörte zu den produktivsten finnischen Autoren des 20. Jahrhunderts. Er ist in seiner finnischen Heimat nach wie vor äußerst populär und hat dort den Status eines modernen Klassikers. Sein Werk umfasst rund hundert Titel, darunter Romane, Erzählungen, Theaterstücke, Reiseberichte, Drehbücher und Hörspiele. Im Ausland wurde er besonders durch seine historischen Romane bekannt, denen oftmals der Sprung auf die Bestsellerlisten gelang (*Sinuhe der Ägypter, Michael der Finne, Michael Hakim, Johannes Angelos, Turms der Unsterbliche, Minutus der Römer* und andere). Sie zeichnen sich sämtlich durch sorgfältige Recherche aus und schildern auf packende Weise menschliche Schicksale in verschiedenen Epochen.

DAS BUCH

Der junge elternlose Michael wächst Anfang des 16. Jahrhunderts in der Obhut einer heilkundigen Frau im finnischen Turku auf, das damals zum Königreich Schweden gehört. Er besucht die dortige Lateinschule und wird vom Bischof zum Studium nach Paris geschickt. In seine Heimat zurückgekehrt, lässt er sich in politische Ränkespiele hineinziehen, die dem dänischen König Christian die schwedische Königskrone sichern sollen. Als ihm der Boden in seiner skandinavischen Heimat zu heiß wird, geht er mit seinem Freund, dem Geschützknecht Antti, nach Deutschland. Hier gerät er in die Wirren der Reformationszeit und der Bauernkriege. Außerdem muss er erleben, dass seiner Frau Barbara der Prozess als Hexe gemacht wird. Eine weitere Station auf seinem Lebensweg ist Rom, wo er am „Sacco di Roma" teilnimmt, der Plünderung Roms durch deutsche Landsknechte samt der Vertreibung von Papst Clemens VII. aus dem Vatikan. – Vielen historischen Persönlichkeiten begegnet Michael auf seinem Weg, wie etwa König Christian von Dänemark, dem Arzt Paracelsus, den Reformatoren Martin Luther und Thomas Müntzer sowie Kaiser Karl V., um nur einige zu nennen. Auch der Humor kommt in diesem historischen Abenteuer und Schelmenroman nicht zu kurz.

DER HERAUSGEBER

Die Reihe „Mika Waltaris historische Romane", in deren Rahmen *Michael der Finne* erscheint, wird von Andreas Ludden betreut und herausgegeben. Der Herausgeber, der die Romane auch teilweise neu übersetzt hat, gilt als Kenner der Werke Waltaris und lehrt Finnisch am Baltischen Institut der Universität Münster.

DIE ÜBERSETZUNG

Michael der Finne erschien bereits in den 1950er Jahren in deutscher Übersetzung, die in den folgenden Jahrzehnten mehrere Neuauflagen erfuhr. Jedoch war diese ältere Übersetzung im Vergleich zum finnischen Original um rund 40 Prozent gekürzt und beruhte auf der englischen Übertragung, die wiederum aus einer schwedischen Übersetzung des Romans erfolgte. Die vorliegende Neuübersetzung ist erstmals ungekürzt aus dem finnischen Original übertragen. Somit bietet sich dem deutschen Leser 65 Jahre nach dem Erscheinen des finnischen Originals zum ersten Mal die Gelegenheit, diesen Roman in unverfälschter Form kennenzulernen.

Mika Waltari

Michael der Finne

oder

des Michael Pelzfuß Jugend und merkwürdige Abenteuer,
die er bis zum Jahre 1527 in vielen Ländern erlebt hat,
von ihm selbst in zehn Büchern wahrheitsgemäß aufgezeichnet.

Ungekürzte Übersetzung aus dem Finnischen
von Andreas Ludden

Mehr Informationen: www.kueblerverlag.de

Impressum
3. Auflage
Copyright © 2022 by Bowcraft GmbH, Mannheim
Finnischer Originaltitel: *Mikael Karvajalka.*
Erstveröffentlichung 1948 durch WSOY
(Werner Söderström Oy), Helsinki, Finnland
© The Estate of Mika Waltari and WSOY
Übersetzt nach der 15. Auflage von 1995 (ISBN 951-0-20748-9).
Aus dem Finnischen übersetzt von Andreas Ludden
Herausgeber der Reihe „Mika Waltari": Andreas Ludden
Umschlaggestaltung: Daniela Hertel, Grafissimo!,
unter Verwendung des Gemäldes „Mann mit Handschuh" von
Tizian (1489-1576)
ISBN: 978-3-86346-067-9
Die Übersetzung wurde gefördert von
FILI – Finnish Literature Exchange, Helsinki.

Erstes Buch

MICHAEL DER BASTARD,

GENANNT PELZFUSS

Kapitel 1

Ich bin in einem Land fern im Norden geboren und aufgewachsen, das die Kosmographen unter dem Namen *Finlandia* kennen. Dem gebildeten Publikum ist dieses weite und schöne Land leider unbekannt. Wenn es in Geschichten erwähnt wird, verwechselt man es oft mit dem noch weiter nördlich gelegenen Land der Lappen, wo die Sonne im Sommer nie untergeht, während man den Winter dort in ewiger Dunkelheit verbringt und der geweihtragende Hirsch, dort Rentier genannt, als Zugtier dient. Auch in Finnland ist der Sommer kurz und der Winter lang, aber zum Ausgleich für die karge Natur sind die Sommernächte so hell, dass man in den kürzesten Nächten um Mitternacht sogar ein in kleiner Schrift gedrucktes Buch mit bloßem Auge lesen kann. Im Winter dagegen sind die Tage kurz; das Land liegt unter einer dichten Schneedecke, und das Meer wird an den Gestaden meiner Heimat von einer so dicken und festen Eisdecke überzogen, dass dieses »Mare Finonicum«, das ist der Finnische Meerbusen, sogar ganze Armeen samt Geschützen getragen hat. Wenn ich so etwas erzähle, treffe ich in südlichen Ländern oft auf Unglauben und Unverständnis. Dabei schenken die Menschen dort gern Geschichten über Länder Glauben, in denen es angeblich so heiß ist, dass der Teer zwischen den Schiffsplanken zu kochen beginnt.

Im Süden meinen die Leute, ein solch nördliches Land sei karg und ungeeignet für menschliche Besiedlung, seine Bewohner seien Wilde und lebten in Felle gehüllt und in Heidentum und Aberglauben befangen. Nichts ist lächerlicher als eine solche Vorstellung. Gibt es doch in Finnland auch zwei große Städte, im Osten Viborg und im Süden Aboa, auf Schwedisch Åbo geheißen, in meiner finnischen Muttersprache aber Turku genannt. Dort bin ich geboren. Allerdings bauen die Bürger dort ihre Häuser nicht aus Stein, sondern aus Holz, einem leichten und wärmenden Baustoff, wenngleich diese Städte deswegen auch viele Male durch Feuersbrünste in Schutt und Asche gelegt worden sind, besonders in Kriegszeiten und bei Belagerungen.

Was Heidentum und Aberglaube betrifft, so muss man wissen, dass Finnland viele Jahrhunderte lang der einen alleinseligmachenden Kirche angehört hat. Der Dom von Turku hält jeden Vergleich mit den großen Gotteshäusern der Christenheit aus. Wenn ich an ihn zurückdenke, ist mein Herz gerührt, und ich glaube nicht, je einen zweiten so mächtigen und Ehrfurcht gebietenden Dom zu Gesicht zu bekommen, obwohl ich in meinem Leben in zahlreichen anderen großen Kathedralen der Christenheit gebetet und Gott reumütig um Vergebung meiner Sünden angefleht habe. Zu Recht gilt der Dom von Turku in den Ländern des Nordens als berühmter Wallfahrtsort, denn Finnland hat zwei eigene Heilige: den heiligen Henrik und den heiligen Hemming, deren heilige Gebeine der größte Schatz im dortigen Dom sind. Ich kann auch versichern, dass sie es durch ihre wundertätige Kraft mit jeder anderen wundertätigen Reliquie der Christenheit aufnehmen können.

In den heutigen schlimmen Zeiten kann man dieses Volk natürlich der Abtrünnigkeit zeihen, weil es unter dem hartherzigen und räuberischen König Gustav die lutherische Lehre angenommen hat und bereits als ein verlorenes Schaf der Christenheit gilt. Es ist nur zu verständlich, wenn es dadurch wieder in Unwissenheit, Wildheit und Sünde zurücksinkt. Die Schuld daran möchte ich jedoch nicht dem Volk, sondern der schlechten Obrigkeit geben. Das Volk hält nämlich treu zu dem, was es einmal gelernt hat, und ich glaube nicht, dass zumindest die jetzige Generation davon ablassen wird, wenigstens insgeheim Fürbitten zu sprechen und die Heiligen zu verehren. Überhaupt ist es ein gesittetes Volk, das seinen Lebensinhalt in zäher Arbeit sieht. Auch kann man einen Finnen nicht leicht erzürnen. Gerät er aber erst einmal in Wut, ist er furchtbar in seinem Grimm, und am größten ist seine Wut, wenn er meint, in seinen Rechten verletzt zu sein. So tötete ein finnischer Bauer namens Lalli eigenhändig den heiligen Henrik, als dieser ihn in seines Hauses Ruhe störte und seiner Scheune ohne Erlaubnis Getreide entnahm. Aber dieser Vorfall liegt lange zurück, und das Volk hat seinen Irrtum erkannt. Deshalb verehrt es Bischof Henriks Reliquien als heilig und gibt nun der Kirche ohne Murren das, was der Kirche zukommt.

Finnland ist keineswegs arm, sondern seine Wälder sind reich an Wild, und in den großen Flüssen kann man vielerorts Lachs fischen. Die Bürger von Turku treiben regen Handel mit Übersee, und an der ganzen bottnischen Küste versteht man sich auf den Bau hochseetauglicher Schiffe. An Bauholz und Mastbäumen herrscht kein Mangel, und außer Fellwaren und Dörrfisch sowie kunstvoll geschnitzten Holzgefäßen wird von Turku aus auch Roheisen in andere Länder verschifft; man gewinnt es aus den Erzfeldern an den Seen des Binnenlandes. Der Handel mit Fisch, sowohl mit Dörrfisch als auch Pökelhering, bildet für Finnland eine Quelle des Reichtums, so dass das Land auf die Dauer keine Irrlehre wird annehmen können, welche Fastenzeiten verschmäht, ist doch ihre Einhaltung gemäß der Lehre der katholischen Kirche für so manchen frommen Bürger Finnlands eine unerlässliche Voraussetzung.

Als staatliches Gebilde gehört Finnland zum Schwedischen Reich, derart, dass der Erzbischof von Schweden über dem Bischof von Finnland steht. Die Angehörigen des finnischen Landtags nehmen an der schwedischen Königswahl teil. Die Vögte der mächtigen und furchterregenden finnischen Burgen wählt der schwedische König aus den schwedischen Herren aus, wohingegen die kirchlichen Ämter mit Männern aus dem eigenen Land besetzt werden, welche der Sprache des Landes mächtig sind. Das Volk spricht nämlich seine eigene Sprache, die vom Schwedischen nicht weniger verschieden ist als das Hebräische vom Lateinischen.

Allerdings hat die Frage der staatlichen Verfassung Schwedens in den letzten anderthalb Jahrhunderten zu mancherlei Kriegen, Zwistigkeiten, Kummer und Blutvergießen geführt, was dem ganzen Reich großes Unglück beschert hat. Der König von Dänemark erhob nämlich auch Anspruch auf den schwedischen Thron und hätte somit unter seiner Krone außer Dänemark und Norwegen auch Schweden und Finnland vereinigt, wodurch dieses Reich im Norden seiner Ausdehnung und Bevölkerung nach eines der mächtigsten Reiche Europas wäre, wenn nicht gar das mächtigste. Aber die hohen Herren in Schweden rebellierten immer wieder gegen den dänischen König und wählten Statthalter aus ihrer eigenen Mitte. Bei diesen Unruhen konnten sie auch die Bauern auf ihre Seite ziehen. Durch alle diese blutigen Kriege ist nun das Reich verarmt, was wiederum hohe Steuern zur Folge hatte. Diese verstanden die schwedischen Herren geschickt stets nur den Dänen anzulasten, obgleich der wahre Grund nur in ihrer eigenen Machtgier und Aufsässigkeit lag. Aber der dumme und ungebildete Bauer begreift das nicht. Er ist leicht zu verführen, wenn er unter der Last der Steuern stöhnt und im ganzen Land kein Salz aufzutreiben ist.

Allerdings war Finnland selbst nicht in diese Zwistigkeiten verwickelt, sondern es war eher wie ein gehorsames Packpferd, das man von einem Stall zum andern führt, denn das Volk will nur leben und in Ruhe seiner Arbeit nachgehen können. Der finnische Adel ist zahlenmäßig zu unbedeutend und mittellos, um teure Intrigen und Reisen nach Schweden bezahlen zu können. Deshalb hält derjenige das Land fest in seiner Hand, der die Burgvögte in ihre Ämter beruft. Auch sind, im Vergleich zu Schweden, nur wenige Männer wegen staatspolitischer Querelen einen Kopf kürzer gemacht worden.

Viel Leid hat Finnland wegen seiner östlichen Lage erfahren müssen, denn nach dem Sturz des mächtigen Nowgorod zog der Zar von Moskau mehrmals gegen Schweden in den Krieg. Die Mauern von Viborg, Finnlands unbesiegbarer Grenzfeste, konnten jedoch alle diese Angriffe abwehren, obgleich im Zuge des letzten großen russischen Krieges das Heer des Zaren bis nahe vor Turku vordrang und die Domschätze verkauft werden mussten, um Waffen und Munition zu beschaffen. Seit dieser Zeit genießt der Name Finnland hohen Ruhm wegen des »Knalls von Viborg«, der den Angreifern so sehr in den Ohren dröhnte, dass sie ertaubten und sich von Viborg zurückzogen, obgleich Teile der Stadt samt Mauern und Türmen sich bereits in ihrer Gewalt befanden.

So viel also sei von dem Lande berichtet, in dem ich geboren und aufgewachsen bin, damit man daraus ersehen mag, dass ich durchaus kein Heide bin.

Kapitel 2

So sehe ich mit den Kinderaugen meines Herzens die schöne Stadt Turku: Ein lauer Wind treibt weiße Wölkchen über den blauen Himmel; am Ufer des grünen Flusses haben die Birken ausgeschlagen, und schwarze Dohlen umflattern den mächtigen Dachfirst des Domes. Die Kais am Fluss sind voller Schiffe und Boote, welche die Bauern mit ihren Waren beladen haben. Langsam zieht ein Ochsengespann einen knarrenden Schlitten hinter sich auf der Straße her. Die Läden der Händler und Handwerker haben ihre Pforten geöffnet; aus einer Schmiede ertönt klirrendes Gehämmer, und Ströme roten Wassers ergießen sich aus einer Färberei in den Fluss. An den Schiffsmasten flattern die Fahnen der Hanse und Wimpel der verschiedenen Handelshäuser, und auf dem Oberdeck der größten Schiffe sind kupferne Geschütze festgezurrt. Das Sommergras ist warm und weich unter den bloßen Füßen. Ich schleiche mich in den torfgedeckten Arbeitsraum, aber das Feuer im Ofen ist erloschen und das Zinn in der Schmelzkelle erkaltet. Der Geselle liegt schnarchend auf der Bank, seinen Kopf umkreisen Fliegen, und ich weiß, dass mein Großvater sich wieder einmal auf ein Bier in die Gildestube begeben hat. Bekümmert trete ich in die Wohnstube, wo ich mir ein Stück trockenes Brot und einen gelblichen Strömling aus dem Schrank hole. Ich esse und benetze dabei mein trockenes Brot mit Tränen. Ich weiß nicht, weshalb ich weine. Mir ist so unheimlich zumute, allein in der rußigen Stube, während die Fliegen angriffslustig um mich herumsurren und mir in die nackten Beine stechen. Schließlich gehe ich nach draußen und warte an der Kirchenmauer, bis eine vorzeitig gealterte Frau die Kirche verlässt. Unwirsch greift sie nach meiner Hand und bringt mich wieder nach Hause.

Oder es ist Winter. In der fahlen Morgendämmerung steigen aus allen Häusern der Stadt Rauchsäulen senkrecht gen Himmel auf. Das Land liegt unter einer dicken Schneedecke, der Fluss ist zugefroren, und irgendwo in der Ferne tönt unheilverheißend das Krachen von Eisschollen. Meine Großmutter bringt mich in die Kirche. Ich friere fürchterlich, und noch schlimmer ist es, wenn ich neben ihr auf dem eiskalten Steinfußboden knie. Ich verstehe die Messe und die Gebete nicht, aber ich murmle irgendetwas mit, denn all dies geschieht ja zu meinem eigenen Seelenheil. Als wir endlich blaugefroren in die warme Stube zurückkehren, höre ich nur Gezänk und böse Worte. Ich begreife noch nicht

alles, was ich höre, aber ich weiß, dass meine Mutter in den Fluss gesprungen ist und ich an allem Schuld habe. Deshalb nimmt mich meine
Großmutter mit in die Kirche, damit ich mit ihr bete und der Reihe
nach alle Heiligen anflehe, Fürbitte zu halten für meine sündige Mutter,
damit sie nicht allzu lange die furchtbaren Qualen im Fegefeuer erdulden muss. Aber Fürbitten und Seelenmessen kosten viel Geld. Zuweilen
kommt ein Mönch in schwarzer Kutte in die Stube und schildert in
schreckenerregenden Worten die Qualen des Fegefeuers, so dass ich in
Tränen ausbreche, bis Großmutter ihm die letzten Zinnteller aus dem
Schrank gibt und wir dann selbst an hohen Feiertagen aus Holzbechern
und Tongefäßen essen müssen. Im Laufe des Winters verschwinden
die Wertgegenstände aus dem Haus, sogar Kleidung und unersetzbares
Werkzeug, denn was Großmutter nicht in die Kirche und ins Kloster
trägt, das tauscht Großvater gegen Bier und lübischen Schnaps ein. Er
ist ein schweigsamer Mann und sitzt auf der Bank, wobei er ins Feuer
starrt und die Ellbogen auf die Knie stützt, bis er schließlich in den
Schlaf niedersinkt. Ich bin oft hungrig und weine häufig. Spielkamera-
den habe ich auch nicht, weil mich die Großmutter von anderen Kindern fernhält. Nur der Schlaf und das warme Gras im Sommer gehören
zu den schönen Erinnerungen aus meiner frühesten Kindheit. Manchmal denke ich daran, selbst in den Fluss zu springen und mich vom
Strom forttreiben zu lassen.

»Wäre doch auch ich schon tot«, sagte mein Großvater oft. Er brauchte auch nicht lange auf seinen Tod zu warten, denn was man sich selbst
ersehnt, das bekommt man oft ganz unverhofft.

In einer Spätsommernacht kam der dänische Admiral Otto Ruud
mit seinen Schiffen flussaufwärts gerudert, vorbei an den schlafenden
Burgwachen, und fiel am frühen Morgen über die Stadt her. Ein solch
furchtbares Gemetzel und Plündern hatte es in Turku seit Menschenge-
denken nicht gegeben. Dröhnender Geschützdonner, Hörnerblasen und
Sturmgeläut der Kirchenglocken hatten mich aufgeweckt, aber da war
die Stadt bereits bezwungen und erobert. Bärtige Seeräuber verfolgten
speerschwingend die Männer und Frauen, die gerade erst und nur zum
Teil bekleidet ihre Betten verlassen hatten und nun zum Dom rannten,
um dort Schutz zu suchen. Ein großer Mann mit einem Schwert in der
Hand stieß die Tür zu unserer Stube auf, aber kaum hatte er uns erblickt,
da steckte er sein Schwert in die Scheide und begann in Schrank und
Truhe zu wühlen, um dort etwas zu finden, was den Raub lohnen würde.
Doch er entdeckte nichts als eine aus grünem Glas geblasene Brannt-
weinflasche, die noch halb voll mit lübischem Schnaps war und an der
dem Großvater sehr viel lag.

»Nimm dir, was du willst«, sagte mein Großvater bereitwillig, »aber rühr mir ja nicht meine Flasche an!« Ob der Däne das verstanden hatte oder nicht, weiß ich nicht. Jedenfalls folgte er dieser Aufforderung nicht, sondern setzte sich die Flasche an den Mund und schüttete den Inhalt so gierig in sich hinein, als hätte er seit langer Zeit nichts mehr getrunken. Mein Großvater versuchte, sie ihm mit zitternden Händen zu entreißen, aber der Däne stieß ihn zurück, leerte die Flasche und warf sie zu Boden, wo sie in tausend Stücke zersprang. Mit ohnmächtiger Wut musste mein Großvater sich ansehen, wie die letzte Kostbarkeit, die ihm verblieben war, so zu Nichts verrann. Sein Zorn wallte auf, er griff nach einer Holzstange, die in einer Ecke stand, und schlug sie dem Dänen übers Haupt, so dass sein Helm erdröhnte. Der zog, ohne zu zögern, sein Schwert aus der Scheide und stieß es ihm in den Leib. Mein Großvater ging zu Boden, und als der Däne ihm das Schwert aus dem Leib zog, sprudelte das Blut aus der Wunde nur so hervor.

Da war auch für meine Großmutter das Maß voll. »Erst zerschlägst du die gute Flasche, und dann bringst du mir auch noch meinen Mann um, du elender Kerl!« kreischte sie, packte sich den Brotschieber und begann damit auf den Dänen einzudreschen, so dass dieser seine Mühe damit hatte, die Schläge mit den Armen abzuwehren. Der Däne schrie und kreischte, aber meine Großmutter schrie noch lauter und rief die Jungfrau Maria samt allen Heiligen um Hilfe an, bis dem Dänen nichts anderes übrigblieb, als auch auf sie mit dem Schwerte loszugehen, worauf sie bald auf dem Lehmboden in ihrem Blute leblos dalag. Ich bekam nun furchtbare Angst. Inzwischen hatte ich mir ein Messer aus der Kiste geholt und stach damit auf das Hinterteil des Dänen ein, denn höher langte ich nicht. Doch er entwand mir das Messer, schlug mir links und rechts eins über die Ohren und machte sich auf und davon, so als schämte er sich seines blutigen Tuns.

Meine Großmutter war mit dem Namen der Heiligen Jungfrau auf den Lippen verschieden, so dass ihr das Seelenheil sicher war, auch wenn sie ohne die Letzte Ölung starb. Der Großvater richtete sich mühsam halbwegs auf, indem er sich mit dem Rücken gegen die Wand stützte, und sagte: »Verdammter Däne, hat mir die gute Flasche zerschlagen!« Er dachte eine Weile nach und wischte sich blutigen Schaum vom Munde. »Lauf zur Kirche, Michael«, befahl er mir dann, »dort bist du in Sicherheit.« Dann wurde sein Gesicht ganz bleich, und wie geistesabwesend tauchte er seine Finger in seine blutenden Wunden, zeichnete rechts und links von sich je ein Kreuz auf den Lehmfußboden und begann, das *Pater noster* zu stammeln. Als er sah, dass ich noch immer zögernd dastand, unterbrach er das Gebet und sagte: »Mich heilt keine Arznei mehr, so wie ich hier mit offenem Gedärm dasitze, aber ein gutes Bier würde mich aufmuntern und meinem vergänglichen Leib eine Labung sein. Hol mir doch, lieber Junge, eine Maß Bier, so du's nur irgendwo auftreiben kannst.«

Aber das Bierfass im Keller war schon seit geraumer Zeit leer, und es war ihm kein Tropfen mehr zu entlocken, so sehr ich auch mit meinen Kindeskräften versuchte, es ein wenig zu neigen. Deshalb nahm ich den Holzkrug und machte mich zu den Nachbarn auf, die ich um Bier bitten wollte. Auf diesem Weg wurde ich Zeuge vieler trauriger Begebenheiten, die ich nun nicht berichten will, aber ich bekam schließlich, was ich wollte und kehrte wieder in unsere Stube zurück, wobei ich vorsichtig über die Schwelle trat, um ja kein Bier zu verschütten. Mir war auf diesem Gang wohl deshalb nichts Böses widerfahren, weil die Dänen sich nur auf rennende und flüchtende Menschen stürzten. Ich setzte Großvater den Krug an die Lippen. Dankbar leerte er ihn und sagte: »Gott segne dich, mein Junge! Und bleib so, wie du bist.« Dann schlug er andächtig das Kreuzzeichen und starb.

Da ich nun der Meinung war, er werde mich nicht mehr brauchen, machte ich mich zur Kirche auf, wie er mir aufgetragen hatte. Aber die flüchtenden Menschen hatten die Kirchentüren bereits verschlossen und verriegelt. Mehrere Dänen hatten sich am Hauptportal zusammengerottet. Sie stießen Drohungen und Flüche aus und hießen die Flüchtlinge, die Tore zu öffnen, solange sie ihnen noch wohlgesonnen seien. Da mir also der Eintritt in die Kirche versperrt war, kletterte ich auf die Mauer, welche die Kirche umgab und begann, Steine und Bruchstücke von Ziegeln auf die Dänen zu werfen, bis einer von ihnen, der mit seiner Pike nach mir stach, mich zwang, von der Mauer zu springen. Dabei nun stolperte ich und stürzte kopfüber hinab, schlug mit dem Kopfe an einen Stein und wusste geraume Zeit nichts mehr von den Dingen dieser Welt, sondern glaubte, mich in der Gesellschaft von Engeln zu befinden. So endete meine Kindheit. Ich glaube, dass ich damals sechs oder sieben Jahre alt war. Weil die furchtbare Plünderung Turkus im Jahre 1509 geschah, vierzehn Jahre nach dem Knall von Viborg und fünf Jahre vor der feierlichen Seligsprechung Hemmings, muss ich wohl im Jahre 1502 oder 1503 geboren sein.

Kapitel 3

Ich erinnere mich, dass ich in einem Bett aufwachte, unter einer Pelzdecke und zwischen weichen Leinenlaken, während ein großer Hund mir mit der Zunge über das Gesicht fuhr. Ich stieß seine Schnauze fort, aber er ließ sich davon nicht abhalten, im Gegenteil, er nahm vorsichtig meine Hand zwischen die Zähne und wollte, dass ich mit ihm spielen komme. Irgendwann viel später trat eine hagere Frau in grauem Gewand an mein Bett, sah mich mit kalten grauen Augen an und brachte mir eine Suppe. Die ganze Zeit glaubte ich, im Himmel zu sein, so dass ich sehr erstaunt war, als sich zeigte, dass sie keine Flügel hatte, mit denen sie mir zuwedeln konnte. Deshalb fragte ich schüchtern: »Bin ich im Himmel?«

Die Frau strich mir mit ihrer knochigen Hand über Arme, Hals und Stirn und fragte: »Tut dir noch immer der Kopf weh?«

Ich fasste mich an den Kopf und spürte einen Verband, aber der tat mir nicht weh. Ich schüttelte also entschieden den Kopf, aber da verspürte ich auch schon einen heftigen Schmerz im Nacken.

»Wie heißt du?« fragte die Frau.

»Michael«, sagte ich, denn ich wusste, dass ich auf den Namen des heiligen Erzengels getauft war.

»Wessen Sohn bist du?« fragte sie weiter.

Darauf wusste ich zunächst keine Antwort. »Mein Vater war Mikko der Zinngießer«, sagte ich schließlich und fragte dann neugierig: »Bin ich wirklich im Himmel?«

»Iss die Suppe auf!« sagte sie nur barsch. »Du bist also der Sohn von Kerttu, der Tochter Mikkos.« Sie setzte sich auf den Bettrand und strich mir leicht über den schmerzenden Nacken. »Ich bin Pirjo, Tochter von Matti, aus dem Geschlecht der Pelzfuß. Jetzt bist du in meinem Haus, und ich habe dich viele Tage lang gepflegt.« Erst da erinnerte ich mich wieder an die Dänen und alles, was geschehen war, und die Suppe wollte mir nicht mehr schmecken, so erschrak ich, als ich ihren Namen vernommen hatte.

»Bist du eine Hexe?« fragte ich, obwohl sie nicht so aussah.

Sie erschrak und bekreuzigte sich. »So nennen mich die Leute also hinter meinem Rücken?« entgegnete sie zornig, beruhigte sich dann aber wieder und erklärte: »Ich bin durchaus keine Hexe, sondern Heilerin. Ohne die Heilkunst, die Gott und alle guten Heiligen mir verliehen haben, wärst du und so mancher andere in diesen schrecklichen Tagen längst gestorben. Ich habe alle meine Salben und Arzneien aufgebraucht, weil ich so viele Wunden und Quetschungen heilen musste. Ich habe verrenkte Glieder wieder eingerenkt und Anfälle von Schluckauf, die die furchtsamen Menschen überkamen, besprochen. Und nun wird als einziger Dank mir zuteil, dass du mich Hexe nennst.«

Ich schämte mich meiner Undankbarkeit, aber ich konnte sie auch nicht um Verzeihung bitten, weil ich wusste, dass sie tatsächlich die berühmte Hexe von Turku war, aus dem Geschlecht der Pelzfuß. »Wo sind die Dänen?« fragte ich.

Sie erzählte, die Dänen seien schon vor einigen Tagen davongesegelt und hätten Priester, den Bürgermeister, Ratsmitglieder und die wohlhabendsten Bürger als Gefangene mitgeführt. Turku sei jetzt eine arme Stadt, denn die Dänen hatten ja schon in den vorausgehenden Sommern die besten Schiffe der Bürger von Turku geplündert und dann geraubt. Sogar die wertvollsten Schätze des Doms hätten die Dänen mitgehen lassen. Ich befände mich schon seit über einer Woche bei ihr und hätte bisher an Fieber und starken Schmerzen gelitten.

»Wie bin ich hierher gekommen?« fragte ich und blickte ihr ins Gesicht. Da verwandelten sich ihre Züge vor meinen Augen in einen milde dreinblickenden Pferdekopf, doch konnte mich das nicht erschrecken, denn ich wusste ja, dass Hexen jede Gestalt annehmen konnten, die sie wollten. Der Hund kam schwanzwedelnd herbei und leckte mir die Hand, und bald danach sah ich sie wieder in der Gestalt von Frau Pirjo. Ich zweifelte nun nicht mehr daran, dass sie eine Hexe war, aber gleichzeitig hatte ich jetzt auch Vertrauen zu ihr gefasst. »Du hast ein Pferdegesicht«, sagte ich kleinlaut.

Da wurde sie böse, denn nach Weiberart war sie eitel auf ihr Äußeres bedacht, obwohl sie das beste Heiratsalter längst hinter sich gelassen hatte. Aber dann erzählte sie mir, sie habe die Plünderung ihres Hauses verhüten können, indem sie einen dänischen Schiffskapitän, der in ungestümer Raublust als einer der Ersten an Land gesprungen war und sich dabei den Fuß verrenkt hatte, durch ihre Salben und Massagen geheilt habe. Der Dänen eigene Wundärzte seien während der ganzen Plünderung so betrunken gewesen, dass man sie zu nichts mehr habe gebrauchen können. Am dritten Tag nach dem Erscheinen der Dänen habe einer von ihnen mich in seinen Armen haltend zu ihr gebracht und ihr sogar drei Silbertaler gegeben, damit sie mich heile. Dieser Däne habe sich meiner wohl deshalb erbarmt, um seine Sünden zu sühnen, denn die Plünderung des Doms hatte so manchen von ihnen in schwere Gewissensnöte gestürzt. Nach der Beschreibung, die Frau Pirjo mir von ihm gab, glaubte ich in ihm denselben Dänen wiederzuerkennen, der meine Großeltern getötet hatte.

Diese Geschichte wird all jenen, die wahrheitsgemäße Berichte von den Gräueltaten der Dänen zu Wasser und zu Lande gehört haben, sicherlich unglaubwürdig erscheinen. Nicht ohne Grund wird ja gesagt, eher gehe der Teufel zur Beichte, als dass der Däne seine Sünden bereut. Desgleichen berichtet man auch, die Dänen würden den Gefangenen, die sich ihnen samt ihren Schiffen ergeben hatten, aus reinem Vergnügen Arme und Beine abhacken und die Unglücklichen dann in solch unbeholfenem Zustand ins Meer werfen. Andererseits jedoch hieß es Jahre später, dass gar der gefürchtete Admiral Ruud seine Sünden bereut habe und, um die Plünderung des Doms von Turku zu sühnen, als Pilger nach Jerusalem gewallfahrt sei und dortselbst dann durch Gottes Gnade an der Pest starb, was wohl das Segensreichste ist, das einem frommen Pilger zuteilwerden kann. So werden die Dänen also nicht so verstockt sein, wie es häufig berichtet wird, und das macht meine Geschichte glaubhaft. Und außerdem sollte man die Dänen nicht über Gebühr der Plünderung Turkus beschuldigen, sondern eher noch die finnischen Landstände, die sich vom guten König Hans abwandten und sich jenen anschlossen, die Herrn Svante zum Reichsverweser von Schweden wählten und versprachen, so wie ihre Vorfahren und gemeinsam mit den übrigen Einwohnern des Schwedischen Reiches demütig alle Wendungen des Schicksals, ob glücklich oder unglücklich, zu ertragen und zu erleiden. Und zu leiden gab es genug, während von Glück nicht viel die Rede sein konnte, solange Herr Svante herrschte.

Aber wie auch immer, nachdem Frau Pirjo mir erklärt hatte, wie ich in ihr Haus gekommen war, sagte sie: »Ich habe das Blut aus deinem Hemd gewaschen, und deine Hose hängt an der Leine. Zieh dich also an, und dann geh, wohin du willst, denn ich habe mein Versprechen gehalten und mehr zu deiner Heilung getan, als man für drei Silbertaler fordern kann.«

Dazu hatte ich nichts weiter zu sagen, sondern ich zog mich an und trat auf den Hof hinaus. Frau Pirjo schloss die Tür hinter sich ab und besuchte dann die Verwundeten und Kranken, die in ihren eigenen Häusern geblieben waren und die man nicht ins Kloster oder in das Haus des Heiligen Geistes gebracht hatte, weil sie es vorzogen, bei sich zu Hause zu sterben, da es nun einmal ans Sterben ging. Ich setzte mich unterdessen an die Tür und ließ mich von der Sonne bescheinen, denn meine Beine waren noch schwach nach der Krankheit. Ich starrte auf das üppige Sommergras und die sonderbaren Pflanzen im Kräutergarten und wusste nicht, wohin ich gehen sollte. Der Hund kam an meine Seite; ich schlang ihm den Arm um den Hals und weinte.

So traf Frau Pirjo mich an, als sie am Abend zurückkehrte. Aber sie sah mich nur ungehalten an und ging ins Haus. Nach einer Weile brachte sie mir ein Stück Brot heraus und sagte: »Die Eltern deiner verstorbenen Mutter hat man zusammen mit den anderen von den Dänen ermordeten Armen in einem Massengrab beerdigt. In der Stadt herrscht völliges Durcheinander, und noch weiß niemand, wie man sich sein Leben neu einrichten soll, aber schon umflattern die Dohlen deine heimische Stube.«

Ich verstand nicht, was sie meinte, aber sie erklärte: »Du hast kein Zuhause mehr, armer Junge, denn wegen der Sünde deiner Mutter kannst du nicht erben, und das Kloster hat dein Heim samt Grundstück schon zum eigenen Besitz erklärt laut einem mündlichen Versprechen, das der Zinngießer Mikko Mikonpoika und seine Frau gegeben haben sollen, um sich ihr Seelenheil zu sichern.«

Auch dazu wusste ich nichts zu sagen. Nach einiger Zeit kam Frau Pirjo ein weiteres Mal zu mir und drückte mir drei Silbertaler in die Hand. »Nimm dein Geld«, sagte sie. »Möge es mir beim Jüngsten Gericht als gute Tat angerechnet werden, dass ich dich aus Mitleid und ohne Lohn zu fordern geheilt habe, mein Junge, obgleich es wohl besser gewesen wäre, du wärest gestorben. Aber nun geh endlich deines Weges und fall mir nicht zur Last!«

Ich dankte ihr für diese Güte, streichelte den Hund zum Abschied und verknotete die drei Silbermünzen im Saum meines Hemdes. Dann ging ich am Flussufer entlang zur Wohnung meiner Großeltern. Unterwegs sah ich, dass selbst bei den besten Häusern die Türen aufgebrochen waren und man sogar die Glasfenster am Rathaus herausgebrochen und gestohlen hatte. Niemand kümmerte sich um mich, sondern die Bürgerfrauen schieden die scheu gewordenen Kühe voneinander, die man kurz vor der Plünderung in den Wäldern versteckt und nun zurückgeholt hatte. Aus den zerstörten Nachbarhäusern schafften die Leute nützliche Dinge in ihre eigenen Wohnungen hinüber, um sie für sich zu retten und nicht den Dieben zu überlassen.

So betrat ich unsere Stube, aber sie stand völlig leer: Schemel, Wasserbottich, Topf und Holzlöffel sowie jegliches Stück Stoff waren verschwunden. Nur die vertrockneten Spuren von Blut, das der hartgestampfte Lehmfußboden nicht hatte aufsaugen können, waren noch zu sehen. Ich warf mich auf die Lehmbank und weinte mich in den Schlaf.

Kapitel 4

Als ich am nächsten Morgen aufwachte, kam gerade ein Mönch in schwarzer Kutte in die Stube. Doch hatte ich keine Angst vor ihm, denn er hatte ein freundliches, rundes Gesicht und entbot mir Gottes Frieden. »Ist dies hier dein Heim?« fragte er. Das bejahte ich, und er sagte: »So freue dich, denn das Kloster des heiligen Olaf hat diese Wohnung in seine Obhut genommen und dich somit von all jenen Sorgen befreit, die der Besitz irdischer Güter nun einmal mit sich bringt. Du stehst gewiss unter Gottes wundertätigem Schutz, dass er dich hat überleben und diesen Freudentag noch erleben lassen, denn wisse, dass ich geschickt bin, dieses Haus von all den tückischen Ränken Satans zu reinigen, die stets jene Stätten vergiften, wo jäher Tod Einzug gehalten hat.«

Aus einem Gefäß, das er mitgebracht hatte, verspritzte er Weihwasser auf Türrahmen, Rauchfang, Fußboden und Ofenbank und streute etwas Salz dazu, wobei er sich bekreuzigte und machtvolle lateinische Zauberworte sprach. »Spürst du nicht auch diesen ekligen Schwefelgeruch?« fragte er, nachdem er sein Werk vollendet hatte. »Merk dir gut, was du soeben erlebt hast, denn ich glaube, ich habe gerade drei pelzige Teufelchen gesehen, wie sie mit eingeklemmtem Schwanz durch das Schornsteinloch entwischt sind. Der Teufel hat nämlich die Gewohnheit, Schwefelgeruch um sich zu verbreiten, wenn er in Bedrängnis kommt, und deshalb ist dieser Gestank der sicherste Beweis dafür, dass wir ihn vertrieben haben.« Er ließ sich auf der Bank nieder, auf der ich geschlafen hatte, holte Brot, Käse und Dörrfleisch aus seinem Ranzen und bot auch mir davon an, denn eine kleine Mahlzeit sei nach solch anstrengender Arbeit durchaus angebracht.

Nachdem wir gegessen hatten, sagte ich, ich wolle eine Seelenmesse für den Zinngießer Mikko und seine Frau lesen lassen, damit ihre Seelen aus den Qualen des Fegefeuers befreit würden, wusste ich doch, dass diese Qualen alle irdische Unbill an Schrecken übertrafen. »Hast du denn Geld?« fragte der gute Mönch. Ich holte meine drei Silbertaler hervor und zeigte sie ihm. Da lächelte er mich nur noch freundlicher an, strich mir über den Kopf und sagte: »Sag Pater Petrus zu mir, denn so heiße ich, obwohl ich durchaus kein Fels bin. Mehr Geld hast du nicht?«

Ich schüttelte den Kopf. Er wurde traurig und erklärte, für einen solch geringen Betrag könne er keine Seelenmesse halten. »Aber«, sprach er, »wenn wir etwa den heiligen Henrik, der selbst eines jähen Todes durch

Mörderhand starb, dazu bewegen könnten, im Himmel für die Seelen dieser frommen Verblichenen Fürbitte zu tun, dann zweifle ich nicht daran, dass die kraftvolle Fürbitte des Heiligen mehr bewirkt als die beste Seelenmesse, deren Wirkung, um ehrlich zu sein, oft fraglich ist, und das gerade in diesen Tagen, wo sich zahllose Witwen und Waisen im Dom drängen, um Seelenmessen für ihre lieben Verstorbenen abhalten zu lassen.«

Ich bat ihn, mich zu lehren, wie ich meine Sache dem heiligen Henrik vorbringen sollte, aber er schüttelte ungehalten den Kopf. »Dein kunstloses Gebet würde den heiligen Henrik kaum beeindrucken«, meinte er. »Im Gegenteil, ich fürchte, es würde in dieser Flut von Gebeten, die gerade jetzt an ihn gerichtet werden, untergehen wie eine Maus in einem Waschzuber. Wenn statt dessen ein wirklich mächtiger Beter, der sein ganzes Leben dem Gehorsam, der Armut und Keuschheit geweiht hat, sich deiner Sache annähme und vielleicht eine Woche lang zu allen Gebetsstunden für diese Verstorbenen ein Gebet spräche, dann würde der heilige Henrik ihm gnädig sein Ohr leihen, um das Gebetsanliegen zu erfahren.«

»Und wo finde ich einen solchen mächtigen Beter?« fragte ich niedergeschlagen.

»Du siehst ihn vor dir«, sprach Pater Petrus würdevoll. »Hast du eben nicht mit eigenen Augen sieben pelzige Teufelchen durch die Tür und die Fensteröffnung entfliehen sehen, bezwungen durch mein machtvolles Beten und Beschwören? Wahrlich, der allmächtige Gott selbst hat am heutigen Morgen meine Schritte hierher gelenkt, damit ich dich, mein armer Junge, von deinen Seelennöten befreie. Drei Taler sind wirklich kein Preis für die Gebete, die ich dir verspreche. Wenn du die gleiche Summe den Dompriestern bötest, würden sie wohl glauben, du wolltest dich über sie lustig machen. Aber durch mein Mönchsgelübde habe ich mich zu Armut und Enthaltsamkeit verpflichtet und will deshalb meine Mühen nicht mit Gold und Silber aufwiegen lassen, sondern ich begnüge mich in aller Demut mit diesen drei kleinen Münzen und sehe dir nach, dass du nicht mehr hast.«

Bei diesen Worten griff er nach den Silbertalern in meiner Hand und steckte sie rasch in seinen Beutel. »Ich werde mit den Gebeten schon heute zur Sext und Non beginnen«, sagte er. »Fortfahren werde ich mit ihnen zur ersten und zur zweiten Vesper. Allerdings ist meinem kränklichen Leibe nächtliches Wachen nicht zuträglich, und deshalb hat mich unser guter Prior mit einer Sondererlaubnis von den Gebetszeiten zu Komplet und Laudes befreit. Dennoch brauchst du nicht zu befürchten, deine lieben Verstorbenen hätten darunter zu leiden, denn ich werde die

Zahl meiner Gebete zu den übrigen kanonischen Stunden ganz gewiss entsprechend erhöhen.«

So ganz verstand ich nicht, was er da sagte, aber er sprach mit einer solchen Überzeugungskraft, dass ich meine Sache in den besten Händen wusste. Dafür dankte ich ihm ehrerbietig. Als wir das Haus verließen, legte er einen Balken als Riegel vor die Tür, schlug mehrere Kreuzzeichen und spendete mir seinen Segen. Dann schieden wir voneinander, und ich machte mich zu Frau Pirjos Hütte auf, da ich keinen anderen Ort wusste, an den ich mich wenden konnte. Eine Zeitlang überlegte ich, mich in der Burg als Soldat anheuern zu lassen und gegen die Dänen zu kämpfen. Aber das schwierige Kriegshandwerk ängstigte mich, so dass ich diesen Plan gleich wieder verwarf.

Ich hatte Angst, Frau Pirjo würde mir zürnen, wenn sie mich erblickte, denn mir war nicht entgangen, dass sie sehr streng war. Deshalb verbarg ich mich, aber als es zu regnen begann, verkroch ich mich im Stall, dessen Wände von Moos überzogen und dessen Dach von Gras und Blumen bedeckt war. Ein Schwein war sein einziger Bewohner, und als ich das kräftige Tier sah, wurde ich neidisch, hatte dieses Schwein doch ein Dach über dem Kopf, und es musste sich nicht darüber sorgen, wie es an Speis und Trank käme. Ich wusste nichts anderes zu tun, als mich dem Schlaf zu überlassen, und als ich wieder aufwachte, lag das Schwein neben mir, und wir wärmten einander. Da trat Frau Pirjo ein, um dem Tier in einem Kübel zu fressen zu bringen, und kaum hatte sie mich erblickt, war ihr Zorn geweckt.

»Habe ich dir nicht gesagt, du sollst dich davonmachen?« sagte sie. Das Schwein gab mir mit der Schnauze einen freundlichen Schubs und trottete zum Kübel, der Rübenabfall, Erbsenschoten, Milch und Brei enthielt. Schüchtern fragte ich, ob ich das Mahl mit dem Schwein teilen könne, falls das Tier es mir gestatte. Das sagte ich nicht so sehr, weil ich Hunger hatte, denn ich war zu betrübt, um hungrig zu sein, sondern weil die Abendmahlzeit des Schweins mir leckerer zu sein schien als alles, was ich in letzter Zeit zu Hause vorgesetzt bekommen hatte.

»Du bist ein undankbarer und naseweiser Bursche«, sagte Frau Pirjo streng. »Glaubst du, das Schwein müsse mich Barmherzigkeit lehren, weil es dich an seiner Seite wärmt und bereitwillig seine Abendmahlzeit mit dir teilt? Habe ich dir denn nicht drei Silbertaler gegeben? Dafür könnte sich ein erwachsener Mann zwei Monate lang Speis und Trank verschaffen. Irgendein Bürger oder Gildehandwerker würde dich gewiss für ein Jahr zu sich nehmen und dich als Lehrling anstellen, wenn du mit ihm einig würdest. Warum verwendest du dein Geld nicht?«

Als ich antwortete, ich hätte das Geld bereits ausgegeben, fragte sie nur, ob ich mich für einen Herzog oder Kardinal hielte, dass ich es einfach so verschleudere. Doch da wies ich sie zurecht: Ich hätte es nicht verschleudert, sondern Pater Petrus gegeben, damit er für die armen Seelen meiner Großeltern betete und sie so vor den Qualen des Fegefeuers bewahrte.

Frau Pirjo setzte sich auf der Schwelle des Stalls nieder, hielt mit der einen Hand wie geistesabwesend dem Schwein den Kübel hin und ließ ihr langes Kinn in der anderen Hand ruhen. Auf diese Weise schaute sie mich lange an und fragte schließlich: »Bist du denn wahnsinnig geworden?«

Ich entgegnete, das wisse ich nicht so genau. Bisher hätte mir noch niemand so etwas gesagt, aber nachdem ich am Kopf verletzt worden war, sei mir oft seltsam und sonderbar zumute.

Frau Pirjo nickte nur dazu und sagte: »Ich könnte dich ins Haus des Heiligen Geistes bringen. Vielleicht würde man dich wegen deiner Verletzung dort aufnehmen und mit den anderen Krüppeln, Blinden und Fallsüchtigen versorgen. Ich zweifle nämlich nicht daran, dass man dich, wenn man dich so reden hört, für schwachsinnig halten wird. Wenn du aber den Mund hältst und verständig dreinschaust, könnte ich mit Zinngießer Mikkos Gilde sprechen, dass die Gilde für dich aufkommt, bis du dir selbst deinen Lebensunterhalt verdienen kannst.«

Ich bat um Verzeihung für den Fall, dass ich mich nicht richtig ausgedrückt haben sollte, denn ich hatte kaum je Gelegenheit gehabt, mit irgendjemandem zu sprechen. Aber wenn Zinngießer Mikko sprach, so musste man ihm zuhören, ohne zu widersprechen, und sprach meine Großmutter, dann ging es nur um die Schrecken der Hölle und die Qualen des Fegefeuers, von denen ich nicht genug verstand, um mich mit ihr in eine Unterhaltung einzulassen. »Aber«, sagte ich, »ich kann viele deutsche und schwedische Worte, ja sogar einige auf Latein.« Es hatte bisher nämlich niemand so freundlich zu mir gesprochen wie Frau Pirjo, und mich überkam ein solcher Eifer, dass ich in einem Zug all die fremden und unverständlichen Worte hervorstieß, die mir aus irgendeinem Grunde im Gedächtnis haften geblieben waren, sei es in der Kirche, in den Wirtshäusern der Bürger, der Gildestube oder im Hafen, wie zum Beispiel: *salve, pater, benedictus, male spiritus, pax vobiscum, haltsmaul, arsch, donnerwetter, sangdjöö* und *heliga kristus.* Als ich schließlich ganz außer Atem verstummte, hielt Frau Pirjo sich die Ohren zu und sagte:

»Auch ein seelenloser Irrer kann auf diese Weise irgendwelche Wörter nachbrabbeln, die er nicht versteht, aber bei dir kann man fast glauben, dass ein unreiner Geist in dir wütet. Jetzt ist mir klar, dass du dir den Kopf schlimmer verletzt hast, als ich geglaubt hatte.«

Da ich nichts zu verlieren hatte, erwähnte ich auch noch, dass mir die Form mancher Buchstaben bekannt sei und ich meinen Namen schreiben könne. Als sie mir nicht glaubte, kratzte ich, so gut ich konnte, mit einem Stäbchen die Buchstaben MICHAEL auf die Erde. Zwar konnte Frau Pirjo nicht lesen, aber sie fragte sogleich, wer mich das gelehrt habe. Ich antwortete, niemand habe es mir beigebracht, aber wenn sich ein Lehrer fände, würde ich gewiss rasch lesen lernen.

»Möchtest du denn lesen lernen?« fragte sie.

»Ja«, lautete meine Antwort, und ich erzählte, wie ich zuweilen am Fenster der Domschule gehorcht hatte, um dort etwas aufzuschnappen. Aber all das Lernen dort mündete stets doch nur in das Sausen der Gerte und anschließendes Schülergeheul, das aus dem Schulraum nach draußen tönte, worauf ich es dann so mit der Angst zu tun bekam, dass ich fortlief. Allerdings hatte ein Landstreicher einmal mit seiner Messerspitze meinen Namen an die Wand des Werkstattraums geritzt, als ich ihm dafür zum Lohn ein halbes Brot und eine Kelle Bier versprochen hatte. Dies alles erzählte ich ihr, und dann erwähnte ich noch, dass ich auch gerne Latein lernen würde. Das machte großen Eindruck auf Frau Pirjo, und sie sagte, sie hätte es nie für möglich gehalten, dass ein Stoß gegen den Kopf solche Folgen haben könnte. Sie habe noch nie etwas so Wahnwitziges gehört, sagte sie.

Während wir so miteinander sprachen, ging der Tag zur Neige, und es begann zu dämmern. Da nahm Frau Pirjo mich mit zu sich hinein, zündete die Talgkerze an und begann, mit ihren knochigen Fingern die Wunde an meinem Kopf zu befühlen. Sie habe den Riss in meiner Kopfhaut mit Nadel und Faden zusammengenäht, sagte sie, aber die Wunde war nun eitrig geworden, und so wusch sie sie aus, verrieb darauf Schimmel und Spinngewebe und verband sie abermals. Auch gab sie mir zu essen und ließ mich hinter ihren Rücken ins Bett unter die Pelzdecke kriechen, wobei sie mich allerdings warnte, sie in der Nacht anzurühren, denn sie sei Jungfrau, auch wenn sie Frau Pirjo genannt werde. Ich begriff nicht, was sie von mir befürchtete, doch versprach ich, sie nicht zu berühren.

Am nächsten Morgen holte sie ein Stück glatter Birkenrinde hervor und hieß mich, mit einem Holzsplitter und Asche meinen Namen darauf einzuritzen. Als sie darauf samt ihren Arzneien und Gerätschaften das Haus verließ, um ihre Krankenbesuche zu machen, nahm sie die Birkenrinde mit. Gegen Mittag kehrte sie dann heim und erzählte, sie habe mehreren Schriftkundigen die Birkenrinde gezeigt, und die meisten hätten ihr bestätigt, es stehe tatsächlich der Name »Michael« darauf geschrieben. Einer habe zwar mein Geschreibsel als »Abel« entziffert, aber das sei eigentlich gleichgültig, denn sie habe sich nur vergewissern wollen, dass es sich wirklich um Buchstaben handle und nicht um irgendwelche teuflischen Krähenfüße.

Auf diese Weise blieb ich bei Frau Pirjo und half ihr bei ihren Arbeiten. Ich sammelte für sie den Mist vom schwarzen Hahn, schnitt ihr das Haar von Pferdeschwänzen zurecht und besorgte ihr aus den Ställen der Bürger Nackenhaare von Hammeln. Ferner half ich ihr, solche Stellen ausfindig zu machen, wo allerlei heilkräftige Kräuter wuchsen und pflückte sie dann bei Neumond für sie. Das Wichtigste aber war, dass sie dafür sorgte, dass Pater Petrus mich lesen und schreiben lehrte und mir zeigte, wie man die Gebetsschnur für allerlei nützliche Rechenaufgaben gebrauchen konnte.

Kapitel 5

Meine Kopfverletzung hatte offensichtlich eine völlige Umkrempelung meiner Lebensumstände und meiner ganzen Natur zur Folge. Daran änderte sich auch nichts mehr, als die Wunde längst verheilt und wieder vom Haar bedeckt war, denn ich blieb weiterhin so lebhaft, neugierig und lernbegierig und vergaß ganz, was für ein ängstliches und scheues Kind, das es nie gewagt hätte, das Wort an einen Fremden zu richten, ich vorher gewesen war. Auch schlug Frau Pirjo mich nicht noch versetzte sie mich in Schrecken, sondern behandelte mich immer freundlich und achtete mich, da ich so leicht und mühelos lesen und schreiben lernte. Das Lernen, das für so viele mit Kummer, Mühen und Zähneknirschen verbunden ist, ging mir so leicht von der Hand wie ein lustiges Spiel, und je mehr ich lernte, desto begieriger war in mir der Wunsch, noch mehr zu lernen.

Ich weiß auch nicht, ob ich mehr aus Pater Petrus' frommen Geschichten lernte oder aus Frau Pirjos Erklärungen, wenn sie mir in klaren Nächten die Sterne zeigte oder mich an duftenden Sommertagen durch Wälder und Felder führte und mir an einem Bachufer beibrachte, welches Kraut bei welchen Krankheiten Linderung versprach. Denn Frau Pirjo war als Heilkundige weit und breit bekannt. Auch führte sie einen Lebenswandel, gegen den die Prälaten und die Mönche vom Kloster nichts einzuwenden hatten. Der heilkundige Klosterbruder war nämlich ein ziemlicher Stümper in seinem Fach und bezog sein Wissen aus alten Kräuterbüchern, die für die Behandlung von Krankheiten in dem abgelegenen Land im Norden nicht viel taugten. Hat doch jedes Land seine eigenen Krankheiten, und die Natur hält gerade für diese Krankheiten ihre eigenen Kräuter bereit. Doch als weise Frau hütete sich Frau Pirjo davor, sich die Feindschaft der Mönche zuzuziehen und zog bei allen schlimmeren Krankheiten einen gelehrten Klosterbruder zu Rate, der Weihwasser verspritzte, Salz ausstreute und dabei lateinische Beschwörungsformeln murmelte. Frau Pirjos eigene Beschwörungssprüche, ein Erbe aus dem Geschlecht der Pelzfußens, waren zwar meiner Meinung nach genauso wirkungsvoll wie die lateinischen Sprüche von Pater Bartholomäus, aber Frau Pirjo wandte sie nur selten an und vergaß auch nie, zum Beginn und zum Schluss die allerheiligste Jungfrau anzurufen.

Sie war so gut zu mir, dass ich mich nie vor ihr fürchtete, außer dann, wenn sie ihre Sprüche murmelte, denn dann wandelte sich ihr Äußeres; sie nahm an Körpergröße zu, und das Weiße in ihren Augen, die dabei einen furchtbar starrenden Blick annahmen, wurde sichtbar. Mich wundert es gar nicht, dass viele Kranke allein schon durch den Schrecken genasen, so machtvoll waren diese zweifellos heidnischen Zaubersprüche, die ich dann auch später von ihr lernte.

Pater Petrus nahm mein Lernen zunächst nicht so recht ernst. Aber als er sah, wie viele Fortschritte ich allein im Winter gemacht hatte, obwohl er nur ein- oder zweimal in der Woche zwischen den Stundengebeten zu Frau Pirjo kam und dann auch den meisten Teil der Zeit mit Essen und Trinken verbrachte, da begann er Frau Pirjo zuzureden, es wäre das Beste für mich, wenn ich ins Kloster käme oder die Domschule besuchte, um bei Magister Martinus nach allen Regeln die Grammatik, Rhetorik und Dialektik zu erlernen.

»Bei der allerheiligsten Jungfrau und allen Heiligen, nicht zu vergessen die heiligen Apostel und Kirchenväter«, sagte er, indem er sich das Fett in seinen Mundwinkeln mit dem Ärmel seiner schwarzen Kutte abwischte, »hätte ich so einen Jungen, wovor die Heiligen mich behüten mögen, dann würde ich ihn ohne viel Federlesens in die Schule schicken, denn es lässt sich absehen, dass er der einen und alleinseligmachenden Kirche noch zur Ehre gereichen wird. Er hat durchaus das Zeug zu einem Kanonikus oder gar Bischof, denn er kann bereits das *Pater noster*, *Ave Maria* und die lateinischen Zahlwörter bis zwanzig mühelos auswendig dahersagen, und viel mehr kann selbst ich nicht.«

Er steckte sich eine Weintraube in den Mund und lobte beredt die erfrischende und heilkräftige Wirkung dieser Frucht. Aber Frau Pirjo antwortete:

»Du vergisst, Pater Petrus, dass Michael ein Waisenknabe ist und von unehelicher Abkunft. Einen Bankert und Kind der Hurerei duldet die Kirche in ihren Diensten nicht. Was nutzt ihm seine ganze Gelehrsamkeit, wenn er doch nicht zum Priester geweiht werden kann?«

»Ich an deiner Stelle würde lieber das gelehrte und züchtige Wort ›Bastard‹ gebrauchen«, versetzte Pater Petrus. »Denn ein solches Wort lädt zu den tollsten Vermutungen über seine Abkunft ein, und jeder, der es hört, wird sogleich an alle möglichen adeligen Herren und Legaten denken, die in den vergangenen Jahren in Turku zu Gast waren. Präsentierst du ihn Magister Martin aber bloß als gewöhnlichen Bankert, dann wird er seinen Vater unter Köhlern, Knechten oder kotbespritzten Viehtreibern vermuten und deine Bitte nicht weiter in Betracht ziehen.«

»Aber ich kann ihm doch keine Lügen über Michaels Herkunft auftischen«, widersprach Frau Pirjo.

»Das ist unverständiges Geschwätz«, bemerkte Pater Petrus dazu nur. »*Pro primo* legen schon die feingeschnittenen Gesichtszüge des Knaben, sein samtweiches Haar, seine kleinen Hände und Füße sowie die Schärfe seines Verstandes wie auch seine Anstelligkeit und sittsames Benehmen nahe, dass er von hohen Herren abstammen muss. *Pro secundo* handelt es sich dabei nur um eine Bezeichnung, die stets und in allen Fällen lediglich die sündige Frucht eines ganz natürlichen, wenn in diesem Falle auch sündigen Vorganges meint, ein *fructus inhonestus et turpis*, wenn ich diesen lateinischen Ausdruck benutzen darf, um Euer Schamgefühl nicht zu verletzen – ganz gleich, welchen Standes der natürliche Erzeuger gewesen ist.«

Ich befühlte mein Haar, aber es war sehr struppig, und auch waren meine Hände nicht weich, geschweige denn sauber, und als ich verschämt an mir hinabsah, rieb ich mir schnell mit der Fußsohle den Schmutz von meinen Schenkeln.

»Glaube mir, edle und freigiebige Frau Pirjo«, sagte Pater Petrus und hielt ihr fordernd seinen Zinnhumpen hin, »sprich unbedingt bei Magister Martin vor! Wenn du ein Stück Tuch vor ihm ausbreitest, groß genug, um daraus einen Mantel zu schneidern und in das du zuvor einen fetten Schweineschinken eingewickelt hast, und wenn du dazu noch verstohlen mit ein paar Silbermünzen klimperst, dann wird er dir sicher sein Ohr leihen, so ungewöhnlich und sonderbar dir dieses Vorgehen auch erscheinen mag. Dann musst du ihm ganz leise und geheimnisvoll ins Ohr flüstern: ›Der Junge ist ein Bastard‹. Ich garantiere dir, dann ist seine Neugier geweckt. Und wenn du dann noch mit furchtsamer Stimme sagst, du habest einen schrecklichen und heiligen Eid geschworen, nie etwas über die Herkunft des Jungen preiszugeben, dann wird Magister Martin deinen Michael mit mehr Achtung behandeln als alle seine übrigen Zöglinge, da ja auch der Schweineschinken und die Silbermünzen für ihn sprechen.«

»Aber ich habe doch gar keinen Eid geschworen«, wandte Frau Pirjo ein, »und außerdem ist mir die Herkunft des Jungen unbekannt. Allerdings vermute ich, dass ein rotbärtiger Schildknecht, der sich vor acht Jahren häufig bei der Werkstatt von Meister Mikko herumtrieb, etwas damit zu tun haben könnte. Doch hat man schon seit langer Zeit nichts mehr von ihm gesehen oder gehört, und ich kann nichts anderes sagen, als dass Kerttu Mikkostochter ein verrücktes Ding war, die ja auch deshalb in den Fluss gegangen ist. Schließlich weiß man doch, dass eines jungen Mädchens Keuschheit eine zerbrechliche Schale ist, die nicht viele Stöße aushält, und um so eher zerbirst, je schöner das Mädchen ist, obwohl die arme Kerttu durchaus keine Schönheit mehr war, als sie mit zottigem Haar und mit vom Weinen geschwollenen Augen im Fußblock vor der Kirche steckte. Aber noch dümmer und törichter waren ihre Eltern, die sie durch ihre Strenge und Lieblosigkeit in den Fluss getrieben haben, statt sie, wie es bei verständigen Menschen der Brauch ist, sogleich mit einem alten Witwer zu verheiraten. Schließlich es gab in Turku genug Männer, die sie genommen hätten.«

»Ich verhehle nicht, dass ich zu dieser Unterhaltung über Fragen der Sittlichkeit gerne noch etwas mehr beitragen würde«, sagte Pater Petrus, »denn das gäbe mir Gelegenheit zu tiefschürfenden Überlegungen; indes scheint mir, dass wir das Gemüt des Jungen schon über Gebühr betrübt haben, wenn wir über alle diese traurigen Dinge reden. Übrigens erinnere ich mich gut an jene Kerttu Mikkostochter. Ich weiß noch, dass sie ein hübsches Ding war, mit blauen Augen und offenbar zu gut für diese Welt. Ihre Mutter selig hat auch dafür gesorgt, dass gründlich für sie gebetet und viele Seelenmessen gelesen wurden, so dass sie, wie ich glaube, schon vor geraumer Zeit aus dem Fegefeuer in den Himmel aufgenommen wurde und nun dort in den goldenen Himmelssälen die Harfe oder das Zymbal spielt und schon längst all die treulosen Kriegsknechte und ihre schimmernden Rüstungen vergessen hat, die den Frauen sonderbarerweise immer wieder den Kopf verdrehen, besonders im Vergleich zu den ärmlichen Mönchskutten. Weine nicht, mein Junge, ich meine es doch nur gut! Aber um endlich zur Sache zu kommen: Es wäre das Beste, wenn du, Pirjo, um dich von jeglicher Gewissensnot zu befreien, nun vor meinen Augen den heiligen Eid schwörest, dass du keinem Menschen jemals auch nur mit einem Wort die Herkunft des Knaben enthüllst, sondern ihn von jetzt an als Bastard bezeichnest, so wahr dir Gott helfe! Brichst du aber diesen Schwur, dann mögen dich alle Teufel Lucifers und Belzebubs verschlingen! Wenn du dich daran hältst, dann kann ich, ohne zu lügen, Magister Martinus die Sache so berichten, wie ich sie hier dargelegt habe. Dann wird er um so eher davon überzeugt sein, dass der Junge tatsächlich ein Bastard und keinesfalls ein Bankert ist, so als bestünde zwischen diesen beiden Worten ein gewaltiger Unterschied. Schließlich würde es keinem gemeinen Manne einfallen, heilige Eide zu fordern, damit seine Vaterschaft verschleiert würde, denn so handeln nur die edelsten Herren und die höchsten Diener der Kirche, denen allerlei Ungemach droht, falls ihre Vaterschaft bekannt würde. Der gemeine Mann hingegen leistet demütig einen einfachen Rechtfertigungseid vor dem Stadtrat und schwört mit geschlossenen Augen seine unsterbliche Seele in die Feuerschlünde der Hölle hinab, nur um nicht ein paar Schillinge für den Unterhalt seines Kindes ausgeben zu müssen und sich die Schande einer Kirchenstrafe zu ersparen.«

Pater Petrus' lange Rede muss Frau Pirjo so mancherlei zu denken gegeben haben, und das war auch kein Wunder, da diese Worte auch mir auf schmerzliche Weise aufs Gemüt geschlagen waren. An jenem Abend saß sie länger als sonst vor dem Schlafengehen da, das knochige Kinn auf ihre Hand gestützt, und sah mich lange an, wobei sie einige Male das Wort »Bastard« vor sich hinmurmelte. Ich glaube, Pater Petrus hat sie davon überzeugt, dass ich tatsächlich ein Bastard sei.

Und es vergingen nur wenige Tage, bis sie mich dafür zu rüsten begann, damit ich Magister Martinus vorgestellt werden konnte. Ein Schneidermeister, der wie ich beim Angriff der Dänen einen Schlag auf seinen Schädel erhalten hatte, durfte mir einen Mantel aus Stoff nähen und führte diesen Auftrag gern und außerdem zum halben Preis aus, weil Frau Pirjo ihn geheilt hatte. Dabei konnten wir uns über die von uns erlittenen Schmerzen austauschen und gegenseitig die Narben vergleichen, die auf unserer Kopfhaut zurückgeblieben waren. Ich bekam auch einen Gürtel, Strümpfe aus Leder und Schuhe mit hohen Spitzen. Frau Pirjo nähte mir eigenhändig einen spitzenbesetzten Kragen an mein Hemd. Dann stülpte sie eine tönerne Schüssel über meinen Kopf und schnitt mir am Schüsselrand entlang die überstehenden Haare ab, kämmte sie und klaubte mir sorgfältig alle Läuse vom Kopfe ab, so dass schon glaubte, jetzt wäre es um meine Gesundheit geschehen.

Magister Martinus empfing uns, nachdem er gehört hatte, dass Frau Pirjo einen Schweineschinken als Geschenk für ihn mitbrachte. Er war in eine Priesterkutte gekleidet, und auf dem Kopf trug er ein abgenutztes Samtbarett zum Zeichen seiner Gelehrtenwürde. Beim Sprechen rieb er sich mit Daumen und Zeigefinger seine dünne Nase, wie um den Lauf seiner Gedanken zu erleichtern, und wischte sich zuweilen einen an der Nasenspitze hängenden Tropfen ab. Seine Augen waren klein, rotgerändert und entzündet, und sie tränten ständig. Er war der eindrucksvollste Mann, dem ich je begegnet war, und ich starrte ihn in dem schummrigen Licht, das aus den kleinen bleigefassten Fensterscheiben ins Zimmer fiel, mit schreckgeweiteten Augen an. Nicht so sehr vor ihm ängstigte ich mich, als vor der furchterregenden Menge seines Wissens, denn auf einem Wandbrett hatte ich nicht weniger als acht Bücher erblickt. Prüfend betastete er den Schweineschinken und wies dann einen Diener an, ihn fortzubringen, so als wollte er zeigen, dass er alle irdischen Gaben verachtete.

»Der Knabe ist noch sehr jung«, sagte er. »Doctrinale und Donatus, ganz zu schweigen vom Breviarium, sind nichts für Kinder, und selbst einem erwachsenen Manne geben sie mehr als nur eine harte Nuss zu knacken auf, besonders unter diesem nicht gerade mit Geistesgaben gesegneten Volk. Was kann er denn schon?«

Ich trat vor ihn hin und sagte ohne zu stocken das *Pater noster*, das *Ave Maria* und das *Credo* auf. An mehreren Stellen verbesserte er den

Wortlaut und meine Aussprache. Dann hieß er mich alles noch einmal aufsagen, und ich versuchte, aus dem Gedächtnis die von ihm beanstandeten Stellen richtig wiederzugeben. Dabei musste er mich nur noch einmal korrigieren und zog mich zur Anerkennung so schmerzlich am Ohrläppchen, dass mir die Tränen in die Augen stiegen. Er schlug auch ein Buch auf und ließ mich mehrere Sätze auf Latein vorbuchstabieren, was ich dann auch tat, so gut ich konnte, obwohl ich nichts von dem verstand, was ich da vorlas. Daraufhin nahm er ein Holzbrettchen, das mit Wachs überzogen war, reichte mir einen Griffel und ließ mich darauf die Worte *Gloria in excelsis Deo* schreiben. Nachdem ich auch diese Prüfung bestanden hatte, sagte er: »Der ehrwürdige Pater Petrus hat recht; der Knabe ist wirklich begabt.« Doch dann folgte die schlimmste Frage: »Wessen Sohn ist er?«

Als Frau Pirjo, anstatt zu antworten, sichtlich befangen die große Silbermünze von einer Hand in die andere schob, lächelte Magister Martinus und sagte aufmunternd: »Du kannst zu mir sprechen wie zu deinem Beichtvater, gute Frau, und ich werde alles, was du sagst, als heiliges Beichtgeheimnis in meinem Herzen bewahren, so dass du nichts zu fürchten hast. Und falls dich irgendein Versprechen oder gar ein Eid bindet, dann kann ich dir ohne weiteres die Absolution erteilen. Das geht so schnell und reibungslos, wie wenn man eine Fliege an der Wand mit einer Lederklatsche totschlägt. Also sprich unbesorgt, meine Liebe.«

Frau Pirjo sah sich furchtsam um, warf auch einen Blick hinter die Tür, damit auch kein Unbefugter lausche, neigte sich dann dem Magister zu und flüsterte ihm ins Ohr: »Der Junge ist ein Bastard.« Von dieser Auskunft ließ sich Magister Martinus aber nicht erschüttern, sondern er schien eher ungehalten und meinte unwirsch: »Das weiß ich bereits von Bruder Petrus. Ich hätte dich nicht empfangen, starrköpfiges Weib, wenn Bruder Petrus nicht so eindringlich Fürsprache für dich eingelegt hätte. Glaubst du, dummes Weibsbild, du könntest mit einem Schweineschinken einem Bankert alle Türen zu höherer Bildung und Wissen aufstoßen? Nun sprich endlich und sag mir ohne Umschweife, was du von der Herkunft dieses Knaben weißt, sonst zeige ich dir auf der Stelle, wo der Zimmermann das Loch gelassen hat.«

Diese Worte erbosten Frau Pirjo. Sie richtete sich zu ihrer ganzen Größe auf und erwiderte mit Entschiedenheit: »Ich bin nur ein dummes und unwissendes Weib, wie der gelehrte Herr und Magister sagen, aber das weiß ich doch, was eine Todsünde ist, und was meiner Seele zu ewigem Heil gereicht, und selbst wenn Ihr mich mit Eurer Klatsche traktiert, mit denen Ihr die Fliegen von der Wand klatscht und unschuldigen Kindern den nackten Hintern versohlt, werde ich eine solche Sünde nicht begehen. Wisset nämlich, dass es hierbei um so hohe und gefährliche Dinge geht, dass es schon um Eures Seelenfriedens willen besser ist, wenn Ihr nichts davon wisst, denn auch der Papst muss mal scheißen und die Bischöfe mal pinkeln, um nur andeutungsweise von Dingen zu reden, die nicht für die Ohren dieses armen Knaben hier bestimmt sind. Mehr will ich darüber nicht sagen, so wahr mir Gott an Leib und Seele helfe, sondern ich lasse lieber diese schwere Münze aus reinem Silber eine Sprache sprechen, die auch der Herr Magister verstehen wird.«

Sie ließ eine schwere Silbermünze auf den Tisch fallen und schniefte vor Erregung, denn die Münze war viel wert, und sie war keine verschwenderische Frau, auch wenn sie reicher war, als viele meinten.

So begann meine Schulzeit, die ich der Güte und Barmherzigkeit Frau Pirjos verdankte sowie der Weisheit von Pater Petrus und der Habgier von Magister Martinus. Die ersten drei Jahre, die ich auf der Schule verbrachte, waren die reinste Hölle für mich. Ich fror, wurde geprügelt und gedemütigt, wodurch ich so verbittert wurde, dass all das Schöne, das ich bei Frau Pirjo bisher hatte erleben können, völlig verschwand und jene Jahre in meiner Erinnerung ein einziges düsteres Grauen sind. Ich denke nicht gerne an sie zurück.

Kapitel 6

In Magister Martinus' Schule war ich der Jüngste und Schwächste. Ich hatte es wahrlich nicht leicht, wenn neben mir auf dem strohbedeckten Fußboden junge Männer hockten, denen schon der Bart zu wachsen begann und deren freches und ungehobeltes Benehmen zeigte, dass sie weltliches Treiben und lüsterne Unmoral mehr schätzten als die lateinischen Deklinationen und Konjugationen. Das einzige Lehrmittel, dessen sich Magister Martinus und seine Gehilfen bedienten, waren in Salzwasser geschmeidig gemachte Birkenruten, so dass ich oft glaubte, es sei ihnen nicht ganz klar, auf welchem Wege das Wissen in den Menschen eingeht. Dennoch scheint es so zu sein, dass von der Grammatik das am sichersten im Gedächtnis bleibt, was dem Menschen über den Hintern eingebleut wird. So schwer ist für einen Anfänger das Lateinische, und man kann es sich nicht anders aneignen, als durch sinnloses Auswendiglernen.

In den ersten Jahren lernte ich vielleicht genauso viel Schwedisch und Deutsch wie Latein, denn im Stroh saßen neben mir auch Söhne von Bürgern und Adeligen sowie ein paar Bauerntölpel mit jeweils unterschiedlicher Muttersprache. Deshalb musste Magister Martinus seine Erklärungen in allen vier Sprachen wiederholen, sofern er überhaupt etwas erklärte, bis dann im dritten Jahr das Lateinische zu unserer einzigen Umgangssprache wurde. Das bedeutete, dass in der Schule oder beim Gottesdienst in der Kirche auch nur das leiseste Flüstern in einer unserer Muttersprachen dem Flüsterer eine ordentliche Tracht Prügel einbrachte. Aber der fleißige Gebrauch der Rute hatte auch sein Gutes, weil es das Blut warmhielt, denn sonst hätten wir, die wir die langen Winter hindurch auf dem kalten Fußboden auf Stroh hockten, uns den sicheren Tod geholt. Husten, Geräusper und ständig fließende Nasen waren die Kennzeichen eines Schülers, aber das fleißige Schwingen des Armes hielt den Magister warm, und eine Behandlung mit der Birkenrute hatte ein sofortiges Ende von Geräusper zur Folge.

Aber je mehr wir lernten, desto mehr begannen wir unsere düstere Schule zu lieben, deren dicke Steinmauern unsere Jugend gleichsam wie ein Grabgewölbe in sich einschlossen. Wir versprachen und schworen einander, dass, wenn wir erst einmal so weit wären, unseren Nachfolgern dieselbe harte Zucht nicht ersparen würden. Und als wir auf eigene Faust lateinische Sätze zu formulieren begannen und dabei merkten, dass die uns eingebleuten grammatischen Regeln nur demütige Diener waren, die uns bei der Ausformung unserer Gedanken hilfreich zur Seite standen, da überkam uns ungestüme Freude. Wir sangen fromme Lieder, und mit dem Anwachsen unseres Wortschatzes und unserer Kenntnisse bekamen die auswendig gelernten Texte neuen Inhalt, und wir gewahrten, dass durchaus nicht alle diese Lieder so frommen Inhalts waren. An den großen kirchlichen Festen und besonders auch auf dem St.-Heinrichs-Markt im Sommer und Winter erfreuten wir das Volk mit unserem Gesang in der Kirche und unter freiem Himmel, und als Chorknaben lernten wir ganze Messen und die Festriten der Kirche auswendig.

Das bedeutendste kirchliche Ereignis, an dem ich als Messdiener teilnahm, war das Fest der Auffindung und Niederlegung der Reliquien des heiligen Hemming* Damals besuchte ich die Schule im vierten Jahr und war für reif befunden worden, zusammen mit einem Dutzend anderer, noch weiter fortgeschrittenen Kameraden das Studium der Dialektik zu beginnen. Von diesen anderen hätten die meisten schon einen prächtigen Bart vorweisen können, sofern es einem Gelehrten gestattet gewesen wäre, das Kinn unrasiert zu lassen. Die Stadt hatte sich von der Plünderung längst wieder erholt und an Wohlstand zugenommen. So ließ es sich die Kirche nicht nehmen, dieses denkwürdige Ereignis zu einem der bedeutendsten Festlichkeiten in der Geschichte des Schwedischen Reiches zu machen.

Allerdings war mir durchaus nicht festlich zumute, als wir mit einer Brechstange den Kirchenfußboden aufbrachen, um inmitten der Verwesungsdünste und des sonstigen furchtbaren Gestanks, der von den unter dem Kirchenboden beigesetzten Verstorbenen trotz reichlichen Weihräucherns ins Kirchenschiff aufstieg, die heiligen Gebeine auszugraben. Da ich ohne fremde Hilfe eine poetische Beschreibung des irdischen Werdeganges und der Wundertaten von Bischof Hemming verfasst hatte, gewährte man mir die Ehre, an der Ausgrabung seiner Reliquien teilzunehmen. Wir fanden eine ganze Menge Gebeine, und während wir sie säuberten und reinwuschen, derweil die Priester um uns herum die Messe lasen, erfüllten uns wunderbare Kraft und Kühnheit, so als ob wir Wein getrunken hätten oder der Heilige Geist über uns gekommen wäre. Unsere Gesichter röteten sich, unsere Augen strahlten, und plötzlich verspürten wir den Duft himmlischen Balsams. Vorzüglich fühlten wir dies, als wir seinen braunen Schädel in unsere Hände nahmen und sahen, dass im Kinnknochen noch immer einige beschädigte Zähne steckten. Einen Knochen nach dem anderen reichten wir Bischof Arvid und seinen Prälaten, welche sie dann salbten und in einen neuen Schrein

---

* Anmerkungen des Übersetzers sind mit * bezeichnet und finden sich ab Seite 855

legten, bis der ehrwürdige Bischof etwas unwirsch sagte, nun habe man wirklich Knochen genug. Deshalb kann man es mir wohl nicht als Sünde anrechnen, dass ich einen Wirbelknochen und einen ganzen Zahn aufklaubte und in meiner Tasche verbarg.

Von diesen wunderbaren Knochen stieg heiliger Balsamduft auf, und Pater Bartholomäus, der wegen seiner medizinischen Kenntnisse dabei war, versicherte, der von den Reliquien ausgehende strahlende überirdische Glanz würde uns unsere Arbeit im Dunkeln unter dem Fußboden erleichtern. Als ich später den Zahn und den Wirbelknochen, den ich an mich genommen, im Dunkeln betrachtete, war mir, als sähe ich tatsächlich einen sie umgebenden bläulichen Schein, was mir die Sicherheit gab, dass diese beiden Reliquien tatsächlich einst zum irdischen Leib des heiligen Hemming gehört hatten oder jedenfalls so lange unter seinen Knochen gelegen hatten, dass alle die wohltätigen Eigenschaften der Reliquien des Heiligen auf sie übergegangen waren.

Vor dem eigentlichen Fest der Auffindung der Reliquien mussten wir Chorknaben in mühseliger Arbeit lebendige Tauben und Finken für das Festritual fangen. Wenn wir das früher gewusst hätten, so hätten wir schon im Winter Seidenschwänze und Dompfaffen gefangen, denn die hätten meiner Meinung das Fest mehr geschmückt als Tauben und Finken, aber wo sollten wir die jetzt im Sommer noch hernehmen?

Am Festtage hatten sich der ganze Adel des Landes und auch das einfache Volk im Dom sowie auch davor versammelt, denn längst nicht alle fanden Platz in der Kirche. Auf einer stoffbedeckten Empore mitten im Gotteshaus um den Altar herum sah man den Erzbischof und den Legaten des Papstes sowie die übrige hohe Geistlichkeit. Ich sah mit meinen Kameraden von der Balustrade in der schwindelerregenden Höhe des Kirchengewölbes auf sie herab. Da ergriff mich ein unwiderstehliches Verlangen, und ich spuckte direkt auf die Mitra des Erzbischofs. Ich erwähne dies nur als Beispiel dafür, was für ein geheimnisvoller Ort der Dom von Turku ist, und wie der Satan voller Neid hoch droben in seinen Gewölben lauert, um von dort sein gotteslästerliches Treiben auszuüben, denn anders als mit einer plötzlichen Verführung durch den Teufel kann ich mir diese meine Tat nicht erklären. Das gleiche glaubte auch Pater Petrus, als ich es ihm beichtete, und er erteilte mir die Absolution, ohne mir Bußübungen aufzugeben. Er hielt es für eine weitaus schlimmere Sünde, dass ich einen Wirbelknochen und einen Zahn des heiligen Hemming stibitzt hatte. Aber weil der Bischof selbst erklärt hatte, man habe schon genug Knochen, begnügte sich mein Beichtvater damit, mir den Wirbelknochen abzunehmen und mir zu gestatten, den Zahn zu behalten.

Jedenfalls war die Kirche voller Girlanden und Blumenschmuck, Wappen und Bilder aus dem Leben des heiligen Hemming, welche von Kerzen erleuchtet wurden, die man hinter den Leinwänden aufgestellt hatte. In mindestens hundert Leuchtern brannten Tausende von Kerzen, die den Dom strahlend hell erleuchteten. Dann wurde der Fußboden erneut geöffnet, man umhüllte die Reliquien mit wertvollen Stoffen und legte sie dann in einen überdachten und vergoldeten Schrein. Der Schädel kam in einen seidenen Beutel. Als der Schrein vorbei an den sich niederknienden Menschen in einer Prozession durch die Kirche getragen wurde, begannen wir von der Balustrade aus brennende Wergbüschel hinabzuwerfen, die Schießpulver enthielten, so dass die Menschen vor Furcht und Erstaunen aufschrien, weil sie glaubten, es würden Blitze durch die Kirche zucken. Im Nachhinein wunderte ich mich allerdings, dass wir die Kirche dadurch nicht in Brand setzten, denn der Boden war staubig und knochentrocken, und die ganze Zeit kreisten mit ärgerlichem Gekrächze Dohlen über unseren Köpfen.

Dann ließen wir einzeln und nacheinander die Tauben und Finken frei, die im Gewölbe des Doms umherflatterten, und begannen, Blumen und Brotoblaten auf die Menschen herabrieseln zu lassen, um dadurch die Spendenfreudigkeit des Volkes anzustacheln. Und tatsächlich, die Spenden, die an diesem Tage eingingen, überstiegen die Kosten, die das Fest dem Dom verursacht hatte, um ein Vielfaches, so dass man sagen kann, der heilige Hemming habe sich sein Fest selbst finanziert. Doch die Zufriedenheit war beiderseitig, denn Frau Pirjo gestand mir, sie habe für ihr Geld reichlich Nahrung für ihre Seele und ihre Sinne erhalten. Ein Greis, nachdem er den Reliquienschrein geküsst hatte, warf seine Krücken weg und hüpfte mit gesunden Gliedern durch die Kirche, und eine Frau, die viele Jahre im Spital des Heiligen Geistes als Stumme zugebracht hatte, erhielt ihre Stimme zurück, wenngleich viele dies mehr als Unglück denn als einen Segen ansahen, denn sie stellte sich als eine richtige Lästerzunge heraus.

Indem ich dieses alles erzähle, wollte ich zeigen, dass meine Schulzeit nicht nur angstvolle und bekümmernde Erlebnisse mit sich brachte, sondern auch von vielen frommen und lehrreichen Begebenheiten geprägt war.

Kapitel 7

Wegen meines jungen Alters und Frau Pirjos Großmut musste ich nicht wie meine Kameraden in den Schulferien von Dorf zu Dorf ziehen und mir dort Nahrung und Unterstützung für mein Studium erbetteln, sondern Frau Pirjo kümmerte sich um Wäsche und Nahrung, um eine warme Unterkunft und um Kerzen, ja, sie kaufte mir sogar ein Buch, so dass ich der Erste unter den Studenten der Rhetorik war, der ein eigenes Buch besaß. Auf dessen Titelblatt schrieb ich mit Frau Pirjos Erlaubnis meinen Namen *Michael Bast. Karvajalka* (denn der Name Pelzfuß lautet Karvajalka auf Finnisch) und notierte auch die Jahreszahl *A. Dni. M.C.XV.* Dazu verfasste ich unter der Jahreszahl einen mächtigen lateinischen Fluch über jeden, der dieses Buch stehlen oder ohne meine Einwilligung verkaufen würde.

Frau Pirjo hatte dieses Buch zu einem geringen Preis erstanden, und es war bereits durch vieler Menschen Hände gegangen, wie man an den vielen Namen sah, mit denen der Einband und seine zerfledderten Seiten bekritzelt waren. Aber dennoch war es viele Jahre lang mein wertvollster Schatz. Der Titel des Buches lautete »Ars moriendi etc.«, also »Die Kunst des Sterbens«, und wenn ich dieses sage, ist allen sofort klar, um welches Buch es sich handelt, denn es wird überall gern gelesen und wird sicher noch lange gelesen werden als nützlicher Führer für den Tod und das Leben im Jenseits. Frau Pirjo kaufte es einem alten Ostseeschiffer ab, der erzählte, er habe es einst in Lübeck erstanden, als er betrunken gewesen, denn der Vorbesitzer habe ihm versichert, es bewahre einen besser als alle Heiligenbilder und Zaubermittel vor Todesgefahren. Doch auf der Rückfahrt sei ihm in einem Sturm der Mast zu Bruch gegangen, und er habe einen heftigen Stoß in die Rippen abbekommen, so dass er Blut gespuckt und nur durch Fürbitten von St. Nikolaus den heimatlichen Hafen erreicht habe. Deshalb halte der dieses Buch für ganz und gar nutzlos. Von seinem nutzbringenden Inhalt verstand dieser Schiffer nicht mehr als ein Schwein von Silberbesteck, denn er konnte kein Latein lesen. Das aber verringerte den Wert des Buches nicht im geringsten, und ich prägte mir daraus viele Sätze ein, so dass Magister Martinus begann, mich für einen besonders frommen Knaben zu halten.

Warum sich aber Frau Pirjo so freundlich und ohne Kosten zu scheuen um mich kümmerte, war mir unbegreiflich, oder, genauer gesagt, ich zerbrach mir darüber nicht den Kopf, sondern hielt dies für genauso natürlich und selbstverständlich wie sie selbst. Vielleicht lebte sie aufgrund ihres Charakters und ihres geheimnisvollen Berufs allzu abgeschieden von den übrigen Menschen und hatte sich im Laufe der Zeit damit abgefunden, dass nur ein Hund und ein Schwein ihre Gesellschaft teilten. Sie hatte zwar eine ganze Menge Verwandte sowohl in Turku als auch in ihrem Heimatdorf, aber mit denen stand sie in ständigem Streit, wobei es um Erbangelegenheiten, Heiratsabsprachen und ihre Starrköpfigkeit ging. Deshalb ließen die Verwandten sie ihr eigenes Leben führen und dankten dem Schicksal dafür, dass sie nicht heiratete, denn das hätte das Erbteil der Verwandtschaft verringert. Jedes Jahr zu Weihnachten und zum St.-Heinrichs-Markt lieferten sie bei ihr große Erträge aus ihren Gehöften ab, um sicherzugehen, dass sie ihr nicht allzu verhasst wurden und sie nicht etwa ein Kloster oder die Kirche zu ihrem Erben einsetzte. Sie aber ließ ihre Verwandten in gesunder Unsicherheit und bewahrte so ihre volle Handlungsfähigkeit. Wegen ihrer Kenntnisse in der Heilkunst und Heilzaubersprüchen war sie unter ihren Verwandten nicht gefürchtet, denn solche Kenntnisse waren in ihrer Sippe verbreitet; man fürchtete nur ihren Eigensinn und ihre scharfe Zunge.

In den Ferien nahm Frau Pirjo mich mit zu ihrer Arbeit und lehrte mich einige ihrer nützlichen Kenntnisse. In unseren freien Stunden aber las ich ihr aus dem »Ars moriendi«-Buch vor und erklärte ihr den Inhalt, von dem sie allerdings meinte, der sei jedem vernünftigen Menschen von vornherein klar, auch wenn sich das auf Latein alles sehr klug anhöre. Im Frühling, wenn das Vieh auf die Weide gelassen wurde und Pater Petrus nach besten Kräften für den Haus- und Stallsegen sorgte, wandte sich jeder kluge Mensch in der gleichen Sache ebenfalls an Frau Pirjo, denn alle wussten sehr gut, dass ohne ihre Mithilfe die Kühe keine Milch gaben, die Kälber tot geboren wurden, die Schafe sich die Beine brachen und die Pferde im Moor versanken. Dafür gibt es so viele zuverlässige Beweise, dass Frau Pirjo in jedem vermögenden Gehöft zu Rate gezogen und reichlich entlohnt wurde. Manchmal gab sie sogar einer ungläubigen Bäuerin ein Zeugnis ihrer Kunst, indem sie aus einem trockenen hervorstehenden Ast an der Wand Milch molk und einen ganzen Melkkübel damit füllte, und das war ja durchaus keine harmlose Sache.

Für mich, der ich zusammen mit ihr in ihrer Stube lebte und in den ersten Jahren auch mit ihr zusammen unter einer Decke im selben Bett schlief, waren alle ihre Künste und Fähigkeiten so normal und alltäglich wie für sie selbst. Deshalb machte ich mir keine weiteren Gedanken darüber. Später habe ich viele Male darüber nachgedacht, ob es wohl ihren Fähigkeiten zu verdanken war, dass ich so schnell und ohne besondere

Anstrengung lernte, oder ob mein gutes Gedächtnis und meine rasche, gleichsam übernatürliche Auffassungsgabe daher kamen, dass ich als Kind von der Kirchenmauer kopfüber auf einen Stein gestürzt war. Was sie mir sagte und beibrachte, das blieb mir nämlich unwiderruflich im Gedächtnis haften; sofern ich aber etwas hörte oder sah, von dem sie wollte, dass ich es vergäße, verwandelte sich das in meinem Gedächtnis in ein unklares Dämmerbild, so als handelte sich es um einen Traum, an den man sich vergeblich zu erinnern sucht.

Unter denen, die häufiger als Besucher in ihrer Stube weilten, fiel mir besonders Meister Laurentius auf, den Frau Pirjo an kalten Winterabenden mit heißem Gewürzwein bewirtete. Ab und zu brachte er ihr in einem unsauberen Lederbeutel etwas mit; was aber in dem Beutel war, das habe ich nie herausbekommen, so dass mir dieser Beutel sehr geheimnisvoll vorkam. Aber ich war viel zu sehr mit der Schule beschäftigt, um mich noch um solche Sonderbarkeiten zu kümmern, denn im Winter musste ich schon zur Zeit der Frühmesse zu Schule aufbrechen, während die Sterne noch kalt am Himmel funkelten. Abends hingegen kehrte ich erst lange nach Sonnenuntergang zurück. Deshalb war ich so müde, dass ich gleich nach dem Abendessen noch im Sitzen einschlief, sofern mein Hintern nicht so wund und striemenübersät war, dass ich Frau Pirjo bitten musste, ihn mit einer ihrer Salben zu verarzten. Zu diesem Zweck benutzte sie von Anfang an Bärenfett, das meinem Hinterteil schnell Zähigkeit verlieh und mir half, die Schmerzen ohne Schreie auszuhalten. Und so schläfrig war ich des Abends, dass ich von dem leisen Getuschel zwischen Meister Laurentius und Frau Pirjo nichts mitbekam.

In den Ferien aber war ich munterer und merkte, dass Meister Laurentius gerne zuhörte, wenn ich die Lehren aus dem »Ars moriendi«-Buch vortrug, und mich wegen meiner Gelehrsamkeit schätzte. Dann saß er mit offenem Munde da, und seine schütteren Schnurrbarthaare zitterten, wenn er versuchte, mir die Worte nachzusprechen. Er trug eine dicke, nicht sehr saubere Pelzjacke, und auf seinem Antlitz lag stets ein niedergeschlagener und trauriger Ausdruck. Frau Pirjo nannte ihn Meister, aber ich machte mir keine Gedanken darüber, in welchem Handwerk er Meister war, bis ich ihn das erste Mal in Ausübung seines Handwerks sah. Er kam immer erst bei Dämmerung zu uns und verließ uns, wenn es dunkel war. Ich sah ihn auch nie unter den anderen Bürgern der Stadt, obwohl er offensichtlich ein wichtiges Amt ausübte, jedenfalls nach der Ehrerbietung und Freundlichkeit zu urteilen, mit der Frau Pirjo ihn behandelte. Die Freundschaft zwischen den beiden war so offensichtlich, dass ich allmählich zu dem Schluss kam, Meister Laurentius sei ein treuer Bewerber um Frau Pirjos Hand, ein Freier, der die Hoffnung nicht aufgegeben hatte, obwohl Frau Pirjo stets beteuerte, sie wolle bis an ihr Lebensende ihren jungferlichen Stand beibehalten. Das sicherste Zeichen seines Freiertums schien mir zu sein, dass sie ihm jedes Mal Wein aus einem Silberbecher anbot. Ich hatte auch gar nichts gegen Meister Laurentius, denn er war immer freundlich zu mir, und ich hielt ihn für einen ernsthaften und verlässlichen Mann, der gern vom Tode sprach und sich gerne Belehrungen über die Vorbereitungen auf den Tod und das ewige Leben anhörte.

»Des Menschen Leben ist armselig und bitter und bietet nicht viel Anlass zur Freude«, sagte er. »Unter Schmerzen kommt der Mensch auf die Welt, schwierig ist seine Erziehung im Kindesalter, närrisch und von kurzer Dauer seine Belustigungen in der Jugend, und mit seinen Nächsten hat er mehr Sorgen und Kümmernisse als Freude an ihnen. Kummer und Mühen sind die steten Beigaben zu seinem Brot, beschwerlich ist sein Alter, und sein Tod oft jämmerlich. Es gibt also keinen Grund, das Leben zu preisen, sondern der Tod ist ein Geschenk für den Menschen, und die Menschen sollten den, der ihnen dieses Geschenk macht, lieber preisen, anstatt ihn zu schmähen.«

An einem Tag im Frühling, als die Blätter an den Birken sprossen und alles draußen zu grünen begann, gab Magister Martinus uns einen Tag frei, damit wir zusehen konnten, wie zwei Seeräuber hingerichtet wurden, denn er war der Meinung, dieses Schauspiel sei nützlich und belehrend für uns.

»Betet für die Seelen dieser unglücklichen Männer«, sagte er, »denn sie bedürfen wahrlich der Fürbitte aufgrund ihres gottlosen Lebens und haben das Höllenfeuer mehr als verdient. Doch haltet sie euch gleichzeitig als Beispiel vor Augen, wohin es führt, wenn man die Gesetze bricht, die uns von Gott und der Obrigkeit gegeben wurden. So etwas führt nur zuchtlosem Leben und allerlei sonstigen Ausschweifungen. Die Tür der Schenke ist die erste Schwelle auf dem Wege zum Galgen, und so mancher, der seinen leichtlebigen Lebenswandel damit begann, dass er den Mägden in den Scheunenboden nachstieg, hat die Leiter zu ihnen gegen die Teufelsleiter vertauscht, die ihn schließlich zum Galgenstrick hinaufführte.«

Aber seine nützlichen Lehren gingen uns zum einen Ohr herein und zum anderen wieder hinaus, denn draußen strahlte ein wolkenloser Himmel. Als wir endlich die Stadtmauern hinter uns gelassen hatte, schallte der Ruf der Lerchen über uns, und die Schwalben glitten in der Himmelsbläue dahin, so dass wir herumtobten wie losgelassene Jungkälber, während wir auf den regendurchweichten Wegen zum Galgenhügel liefen. Am Fuße des Hügels trafen wir schon auf viele Menschen. Diejenigen, welche aus den Dörfern gekommen waren, taten ihre Essensvorräte auf, und ein Bierverkäufer schöpfte aus seiner Tonne Starkbier für die Zahlungskräftigen unter den Durstigen. Das ganze Volk war in munterer und erwartungsfroher Stimmung. Seeräuber waren nämlich der am meisten verhasste Feind einer ordentlichen Handelsstadt und das Hängen zweier Seeräuber deshalb ein festliches Ereignis, das jeden anständigen Menschen in freudige Erregung versetzte.

Als aber fern in der Stadt im Dom die Gerichtsglocke dumpf zu läuten begann und sich der Henker von der Burg her näherte, blieb so manchem das Essen im Halse stecken, und plötzlich schaute eines jeden Antlitz ernst drein. Stadtbüttel umstellten den Galgen, und die beiden Verurteilten, die man schon früh am Morgen von ihren Fesseln befreit hatte, wurden herbeigebracht. Sie waren gewaschen, gekämmt und rasiert, und auch ihre Kleidung hatte man in Ordnung gebracht. Nach der Henkersmahlzeit, nach der sie eine letzte Beichte abgelegt und Absolution erteilt bekommen hatten, waren sie nun in jeder Weise bereit für diesen feierlichen Akt. Pater Petrus geleitete sie mit einem Kruzifix in seinen Händen und sprach ihnen mit mancherlei scherzhaften und freundschaftlichen Worten Mut zu, so dass sie tatsächlich guten Mutes waren. Leicht vom Wein berauscht, waren sie sich ihrer Wichtigkeit an diesem bedeutungsvollen Tage durchaus bewusst. Ganz ohne fremde Mithilfe stiegen sie auf das Galgengerüst, und der Henker hob dem Ersten seinen Becher an die Lippen, denn die Hände waren ihm mit Lederschnüren auf den Rücken gebunden, so dass er den Becher nicht in die Hände nehmen konnte. Es war ein breitschultriger Mann, der ziemlich dumm aussah. Man sah ihm an, dass es ihm Mühe machte, als er ganz leise etwas sagte, so dass es die Volksmenge unter ihm nicht verstehen konnte.

»Was sagt er? Was hat er gesagt?« begannen die Leute zu wispern, und jemand rief: »Sprich lauter!«

Pater Petrus redete ihm gut zu und meinte scherzhaft: »Stell dir vor, du stehst in einem Sturm auf dem Schiffsdeck und rufst so laut, dass deine Stimme das Sturmgetöse übertönt!«

Da brüllte er mit heiserer Stimme wie ein Ochse: »Verzeiht mir, alle ihr lieben Leute, gegen die ich mich versündigt habe! Auch ich verzeihe von Herzen euch allen, die ihr gegen mich gesündigt habt.« Daraufhin stellte der Henker eine Leiter gegen den Galgen, Pater Petrus hielt dem Räuber das Kruzifix zum Kuss vor den Mund, klopfte ihm freundschaftlich auf die Schulter und stieß ihn zur Leiter hin. Der Henker half ihm beim Hochklettern und legte ihm die Schlinge um den Hals, kam dann herunter, rief ihm kurz etwas zu und stieß dann mit einem Ruck die Leiter unter seinen Füßen weg, so dass er hinabfiel und mit strampelnden Beinen in der Luft baumeln blieb.

Sein Kamerad sah mit großem Interesse zu, wie er da baumelte und mit den Beinen strampelte, bis der Henker auch ihm den Becher hinhielt. Nachdem er ihn leergetrunken hatte, wandte er sich der Volksmenge zu und begann mit vernehmlicher Stimme zu reden, wobei er seine Worte so beredt wählte, als ob er allen zeigen wollte, was für eine gute Erziehung er genossen hatte.

»Lebt wohl, liebe Bürger und schöne Damen!« sagte er. »Euch zur Freude werde ich heute leichten Fußes meinen letzten Tanz tanzen, gleichsam vom Winde geschüttelt. Ich folge meinem Bruder in den Paradiesgarten, den er schon vor mir betreten hat nach der Verheißung, die unser Herr Jesus Christus dem Schächer am Kreuze gegeben hat. Ich danke diesem guten Pater hier, der mich in der Hoffnung auf das ewige Leben bestärkt hat, und ich danke auch dem Meister, der mir gleich mit geschickter Hand die Schlinge um den Hals legen wird. Zugleich bedaure ich, dass ich ihm wegen meiner Armut und meines Elends seine Dienste nicht so gut vergelten kann, wie er es verdient hätte. Lebe wohl, du schönes Land, lebt wohl, ihr Lüfte und ihr Schwalben des Himmels. Ich heiße die Raben willkommen, meine Brüder, die mir meine schönen Augen aus dem Kopf picken werden.«

Wahrscheinlich wäre seine Rede noch länger ausgefallen, aber Pater Petrus hielt ihm rasch das Kruzifix vor den Mund, und er küsste es demütig. Dann folgte er seinem Bruder auf dessen Weg, und ich sah, dass in der Hand eines fähigen Mannes der Tod eine leichte Sache ist, die man schnell hinter sich bringt. Der Henker war nämlich niemand anders als mein Freund Meister Laurentius. Aber ich war durchaus nicht entsetzt, als ich ihn seinen Beruf ausüben sah, sondern im Gegenteil, die schlichte und natürliche Art, mit der er vorging, schien mir ganz zu seinem Wesen zu passen. Ich empfand sogar so etwas wie Stolz auf ihn, da ja auch ein erfahrener Seeräuber, nachdem er gesehen hatte, wie Meister Laurentius mit seinem Kameraden verfahren war, es für angebracht hielt, sein handwerkliches Können zu loben. Und wenn ich an die vielen Hinrichtungen und Blutgerichte dachte, deren Augenzeuge ich später wurde, dann will ich gerne versichern, dass ich selten eine so saubere und schnelle Arbeit gesehen habe wie die von Meister Laurentius am Galgen oder am Richtblock. Zu seinem Andenken soll auch erwähnt werden, dass er selbst in den späteren Zeiten, die von Unfrieden und bitterem Hass geprägt waren, sich nie dazu hergab, jemanden lebendig aufs Rad zu flechten, sondern er erdrosselte oder köpfte auch den schlimmsten Verbrecher vorher und brach ihm erst dann seine Knochen und zerstückelte seine Glieder.

Noch am selben Abend besuchte Meister Laurentius uns wieder, und Frau Pirjo bewirtete ihn mit Wein aus dem Silberbecher. Ich war nach der Hinrichtung zu ihm gegangen, um ihn zu begrüßen. Die verdutzten Blicke meiner Kameraden kümmerten mich nicht. Als er mich sah, rieb er sich verlegen die Hände und sah mir nicht in die Augen. Ich sagte ihm schüchtern, ich hätte nie geglaubt, dass eines Menschen Seele den Leib auf so mühelose und einfache Art verlassen könne. Das verstand er ganz richtig als Anerkennung seines Könnens und sagte:

»Du bist ein vernünftiger Junge, Michael, und ein Angsthase bist du offensichtlich nicht, wie so viele deines Alters, die von mir davonlaufen, wenn sich mich sehen, oder mich aus dem Hinterhalt mit Steinen bewerfen. Nicht besser sind ihre Eltern, denn in der Bierstube muss ich immer allein sitzen, und Lärm und Geplauder verstummen jäh, sobald ich die Gaststube betrete. Ist das Henkershandwerk doch der Beruf eines einsamen Mannes, der gewöhnlich vom Vater auf den Sohn vererbt wird, so wie das in meiner Sippe der Fall war. Ein vernünftiger Mensch versteht allerdings, dass das Henkershandwerk der lehrreichste Beruf auf der Welt ist. Ich begreife nicht, dass man den Beruf eines Schlachters seelenloser Tiere in Ehren hält, wie auch den des Gerbers, während mein Handwerk ein Beruf ist, vor dem die Leute sich fürchten und entsetzen. Sag mir aufrichtig, Michael, ob auch du dich vor mir fürchtest, wenn ich dich mit meiner Hand berühre.«

Er reichte mir seine Hand, und ich drückte sie ihm, ohne Furcht zu empfinden. Er hielt meine Hand lange in der seinen, blickte mir in die Augen, seufzte schwer und sagte:

»Du bist ein guter Junge, Michael, und wenn du nicht so schnelle Fortschritte in der Schule machen würdest, hätte ich dich gerne als meinen Gesellen zu mir genommen und dich mein Handwerk gelernt, denn ich habe keinen Sohn. Ja, das Henkershandwerk ist der bedeutendste Beruf auf Erden! So mancher Fürst und auch König hat vor dem Henker demütig das Knie gebeugt. Ohne Henker sind die Richter machtlos und ihre Urteile ohne Belang. Deswegen wird der Beruf des Henkers auch gut entlohnt. Selbst in friedlichen Zeiten kann er eines regelmäßigen und ausreichenden Einkommens sicher sein, da doch der Mensch unverbesserlich ist und die Verbrechen niemals aufhören. In unruhigen Zeiten aber hat es so mancher Henker zu Reichtum gebracht. Besonders die hohe Kunst der Politik ist ein Segen für den Henker. Sie nämlich lässt viele hochgestellte Herren Bekanntschaft mit dem Richtblock machen, und deshalb behandeln die hochgestellten Herren den Henker auch als einen Meister von Ehre und überreichen ihm gerne ihre Geldbörse zum Geschenk, bevor sie unter dem Richtschwert niederknien, falls er eine standesgemäße Ausbildung erhalten hat. Wenn also die Männer in der Schenke ihre Bierkrüge an den Tischen entzweischlagen und sich wegen der Politik in die Haare kriegen, dann kann der Henker sicher sein, dass ihm gute Zeiten bevorstehen.«

Er verstummte und nahm einen Schluck Wein, so als schämte er sich seiner Redseligkeit. Ich aber bat ihn interessiert, doch mehr von seinem Handwerk zu erzählen. Da Frau Pirjo nichts dagegen hatte, fuhr Meister Laurentius fort:

»Die erste Aufgabe eines guten Henkers ist es, in seinem Kunden Vertrauen zu wecken. In dieser Beziehung gleicht sein Beruf sehr dem eines Priesters oder Arztes. Wie du heute selbst sehen konntest, stiegen meine beiden Freunde guten Mutes und voller Vertrauen ohne fremde Mithilfe auf die Leiter, die zum Galgen führt. Es stellt den Fähigkeiten eines Henkers wahrlich ein schlechtes Zeugnis aus, wenn sein Kunde von mehreren kräftigen Männern aufs Schafott geschleift werden muss oder er unter Tränen mit erbärmlichem Geheule vor dem Volk um Gnade winselt und seine Unschuld versichert. Sicher gibt es Fälle, in denen ein Unschuldiger für das Verbrechen eines anderen mit seinem Leben büßt, und besonders wenn Politik mit im Spiel ist, kommt es vor, dass die Untergebenen den Preis zahlen müssen für die Spiele ihrer Herren und diesen durch ihr Blut nur noch höhere Ehren verschaffen. Aber das ist nur natürlich und jedem vernünftigen Menschen klar und sollte deshalb kein Anlass zum Weinen und Wehklagen sein. Deshalb zeugt es von der hohen Kunst eines Henkers, wenn er auch einen Unschuldigen dazu bringt, sich demütig und guten Mutes der Strafe zu unterziehen, die nach Recht und Gesetz über ihn verhängt wurde. Du siehst also, dass ein Henker über große Menschenkenntnis verfügen muss.«

Er dachte eine Weile nach, lächelte versonnen vor sich hin und fuhr fort: »Es kommt oft vor, dass die Hinrichtung das einzig bedeutende und festliche Ereignis im Leben eines armen Mannes ist. Deshalb bereiten sich die meisten sorgfältig darauf vor und sind sogar stolz dabei, denn sie wissen, dass es das einzige Mal in ihrem Leben ist, dass sie im Mittelpunkt stehen und die Menschen genau darauf achten, wie sie sich dabei verhalten, und davon noch ihren Nachkommen erzählen. Deshalb ist die menschliche Eitelkeit und das Selbstbewusstsein der beste Antrieb, wenn es gilt, den Weg zum Tode zu beschreiten. Den Schwachen und Weinerlichen mische ich oft betäubende Kräuter in ihren letzten Becher, so dass es ihnen am Schluss gleichgültig ist, welche Leiter sie da besteigen. Aber das sind einfache und kindische Kniffe. Das größte Können erweist sich darin, dass der Henker seinen Kunden dazu bringt, als weiser Mann in den Tod zu gehen, der in aller christlicher Demut die völlige Eitelkeit und Sinnlosigkeit des Lebens erkannt hat und einsieht, dass ein rascher und schmerzloser Tod für den Menschen das beste Geschenk auf Erden ist.«

Da wir uns nun angefreundet hatten, besuchte ich ihn zuweilen in seiner kleinen Hütte nahe beim Galgenhügel, und er lehrte mich, die merkwürdigen und geheimnisvollen Pflanzen zu finden und zu erkennen, die an Orten sprießen, wo Menschenblut geflossen ist. Er ließ mich sein schweres Schwert ausprobieren, das ich selbst mit beiden Händen kaum heben konnte, und zeigte mir seine Beile und die Seile, die er geflochten hatte und sie einschmierte, damit sie haltbar und geschmeidig wurden. Aber es dauerte lange, ehe ich mit ihm über einen furchteinflößenden Gedanken zu sprechen wagte, der mir in den Sinn gekommen war, als ich die beiden Verbrecher mit ihren strampelnden Füßen ihren letzten Tanz am Galgen tanzen sah.

»Meister Laurentius«, sagte ich, »in Euren geschickten Händen sah ich den Tod so mühelos über den Menschen kommen, dass ich mich fragen musste, ob es wohl etwas gibt, was nach dem Tode kommt. Ich habe mich nach Einbruch der Dunkelheit auf den Galgenhügel geschlichen, und auch auf den Friedhof nördlich der Kirche bin im Dunkeln gegangen, aber ich habe keinen Beweis dafür gefunden. Zwar weiß und glaube ich, dass der Mensch eine unsterbliche Seele hat und ihm das ewige Leben im Schoße der alleinseligmachenden Kirche verheißen ist, weil man es mich so gelehrt hat. Aber gebt mir einen Beweis zur Stütze meines Wissens und Glaubens, damit ich nicht zweifle.«

Meister Laurentius bekreuzigte sich andächtig und sagte: »Was du da sagst, ist gottloses und unchristliches Geschwätz. So etwas will ich nicht hören. Wer bin ich armer Mann schon, Beweise für etwas anzuführen, was niemand beweisen kann?« Aber er sagte es zögernd, und nachdem ich weiter in ihn gedrungen, meinte er noch:

»Du hast ja recht, Michael. Als Diener des Todes habe ich mich in meinen Gedanken oft mit dem Tode beschäftigt, und als Ergebnis meines Nachsinnens darüber kann ich dir sagen, dass ich mit meinen Kunden nicht groß über die Seligkeit oder das ewige Leben spreche, sondern alle diese Fragen vertrauensvoll den Priestern und Mönchen überlasse. Aber wenn mich eine arme Seele aus Furcht vor ewiger Verdammnis kurz vor dem Tod bedrängt, ihr zu sagen, was ich vom Tode weiß, dann sage ich einem solchen Menschen immer, er solle sich vorstellen, dass an einem frostigen Abend völlig erschöpft in eine warme, dunkle Stube tritt und sich in ein gemachtes Bett fallen lässt, wo er gleich in tiefen Schlaf fällt, ohne befürchten zu müssen, dass jemand ihn wachrüttelt und in die Kälte hinauswirft. Diese Antwort pflege ich also zu geben. Wenn das eine Sünde ist, so möge sie mir vergeben werden, denn sie hat schon vielen Kleingläubigen Trost gespendet.«

»Aber«, warf ich ein, »wenn der Tod nur Schlaf und Vergessen ist, ist das ganze Leben dann nicht völlig sinnlos und nutzlos?«

»Das ist es«, sagte Meister Laurentius schlicht. »Ich habe auch nie begreifen können, warum der Mensch wider alle Vernunft so einen leidbringenden Lebenstrieb hat, obwohl man das Leben auf so einfache und mühelose Weise beenden kann.«

»Aber wie ist es dann möglich, dass die Toten uns zumindest im Traum, wenn nicht gar auf andere Art erscheinen?« fragte ich.

»Ich träume nie«, sagte Meister Laurentius. »Ein gutes Gewissen ist ein sanftes Ruhekissen, und Menschen, die Träume haben, sind, wie ich finde, entweder krank, oder keifende Weibsbilder.«

Auch wenn ich gut wusste und glaubte, dass Meister Laurentius unrecht hatte und nach Art von Ketzern über Dinge sprach, von denen er nichts verstand, waren seine Gedanken sonderbar tröstlich für mich. Musste ich doch oft an meine Mutter denken und litt ihretwegen in meinem Herzen. Deshalb tat es mir gut, mir vorzustellen, dass sie, als sie sich ertränkte, vielleicht aus der Schande und der Demütigung ihres Lebens in eine dunkle Stube trat, wo sie von niemandem mehr wachgerüttelt werden konnte. Als ich Pater Petrus diese Gedanken in der Beichte anvertraute, war er zuerst bestürzt, wurde dann aber nachdenklich und sagte, dass weder die Bibel noch die Kirchenväter sich so eingehend dazu geäußert hätten, wie himmlische Seligkeit eigentlich beschaffen sei. Hingegen habe die Kirche ein viel klareres Bild darüber, wie es in der Hölle und im Fegefeuer aussehe. Deshalb sei es seiner Meinung nach keine besonders große Sünde, wenn man annehme, für den einen oder anderen Menschen sei die himmlische Seligkeit nichts anderes als ein ewiger, tiefer Schlaf, der weder von Träumen noch von Wachrütteln gestört werde, sondern eine solche Seligkeit habe vielleicht auch ihre Vorteile, da einem die Zeit in der Ewigkeit sonst ziemlich lang werden könne. Dann erteilte er mir die Absolution, warnte mich aber eindringlich davor, mich in meinen Gedanken allzu sehr mit Dingen zu beschäftigen, die weder meinem Alter angemessen seien noch zum Unterricht gehörten, denn dem Menschen sei die Seligkeit um so sicherer, je weniger er sich über solch knifflige Dinge den Kopf zerbreche.

Kapitel 8

Dass ich mir solche Gedanken machte, bewies, dass ich meine kindliche Unschuld verloren hatte und der Satan begann, sein Netz zu meinem Verderben zu knüpfen. Gleiches bewies auch der Stimmbruch, der mich meinen Platz im Chor kostete. Auch machten mir die Veränderungen, die mit meinem Körper vorgingen, mancherlei Sorgen. So geschah es an einem Samstagabend, als Frau Pirjo mich in der Sauna gebadet hatte, dass sie mich prüfend ansah, und nachdem wir in die Stube zurückgekehrt waren, sagte:

»Michael, ab jetzt wird es besser sein, wenn du dich selbst von Kopf bis Fuß wäschst. Es schickt sich auch nicht mehr, dass du mit mir im selben Bett schläfst, denn das könnte dich in ungeziemende Versuchung bringen. Schließlich bin auch ich ja nur ein schwaches Weib. Besser, du bekommst dein eigenes Bett und kleidest dich wie ein Mann, denn du wächst jetzt zum Manne heran.«

Ihre Worte betrübten mich, aber ich begriff auch, dass sie recht hatte. Auch verstand ich nun, warum sie im Frühjahr in ihrem Bett zuweilen so schwer aufstöhnte. Die Beziehungen zwischen Mann und Frau begannen mich zu beschäftigen. Aber mir gaben diese Dinge nicht mehr viele Rätsel auf, denn meine Mitschüler waren ein rohes Gesindel und führten oft schlüpfrige Reden. Wenn sie aber diesbezüglich mit ihren Abenteuern prahlten, pflegte ich vor Schüchternheit und Scham zu erröten, denn ich hatte einen sehr hohen Begriff von der Liebe, und nachdem ich gehört hatte, wie niedrig und tierhaft deren fleischliche Seite war, verspürte ich nicht den geringsten Anreiz, es einmal selbst in dieser Hinsicht zu versuchen.

Dennoch brodelte in mir eine Menge ruheloser Gedanken. In den hellen Sommernächten fand ich keinen Schlaf, sondern irrte in der Umgebung der Stadt umher, sog den Duft der Obstbäume ein, lauschte den Stimmen der Nachtvögel, dem Geschnatter der Enten im Schilf und dem Ruf der Eule. Ich sehnte mich nach Freundschaft und nach einem Menschen von meinesgleichen. Aber unter meinen Schulkameraden gab es keinen solchen Freund, dem ich mein Herz hätte ausschütten können. Deshalb fand ich in Pater Petrus meinen getreuesten Freund. Meine Beichtgespräche mit ihm waren mir wichtig, obwohl er auf meine bohrenden Fragen nicht immer recht zu antworten wusste. Pater Petrus hatte gewiss viele Schwächen, die er mit christlicher Demut ertrug, doch zweifellos war er ein kluger Mann, denn nachdem er sich einmal lange mit Frau Pirjo unterredet hatte, rief sie mich zu sich und sagte:

»Du hast mich viele Male bedrängt und angefleht, ich solle dich in den Ferien mit deinen Mitschülern eine Scholarenwanderung durch das Land machen lassen. In den jetzigen gottlosen Zeiten würde dir eine solche Wanderung aber nur Schaden an Leib und Seele eintragen. In den Dörfern erzählt man sich nämlich furchtbare und sündhafte Geschichten von den Streichen der Scholaren, so dass der Bischof geneigt ist, solche Scholarenwanderungen zu verbieten. Es ist vorgekommen, dass die Bauern gottlose Scholaren aus den Betten ihrer Frauen und aus den Mägdekammern mit Heugabeln vertreiben mussten. Ich wünsche dir nicht, dass eine Heugabel auf dein Hinterteil einsticht, wie sehr es auch mit Bärenfett eingesalbt ist. Andererseits aber ist es an der Zeit, dass du dich selbst um deinen Lebensunterhalt zu kümmern beginnst. Deshalb haben wir beschlossen, Pater Petrus und ich, dass du in den Ferien bei einem deutschen Geschützmeister, der in unsere Stadt gekommen ist, in die Lehre gehst, denn er hat verlauten lassen, er brauche einen wohlanständigen und des Lesens und Schreibens kundigen Gehilfen für die Salpetersiederei und die Pulvermühle.«

Nach diesen Worten brach Frau Pirjo in Tränen aus und fuhr fort: »Dies ist nicht so sehr mein Wille, denn ich hätte dich gerne bei mir behalten wie ein kleines Küken, das ich in meinen Händen halte. Aber Pater Petrus hat versichert, es sei deiner Entwicklung nicht zuträglich, wenn du weiterhin mit einer unverheirateten Frau zusammenlebst, ohne einen Mann im Haushalt, der dir ein Lehrer sein kann. Halte dich aber ja von der Pulvermühle fern, damit du dein Leben nicht in Gefahr bringst! Jeden Samstag sollst du zu mir nach Hause kommen, damit ich dich mit allem Notwendigem versorgen kann. Ich würde dich wirklich nicht ein so gefährliches und verderbenbringendes Handwerk lernen lassen, wenn nicht jener deutsche Meister, dessen unchristlichen Namen auszusprechen mir die Zunge brechen würde, nicht einen anständigen Lohn in Aussicht gestellt hätte. Außerdem meinte Pater Petrus, es zieme sich nicht, dass ein Knabe deines Alters noch immer so bemuttert wird.«

Pater Petrus hätte mir keine bessere Beschäftigung aussuchen können. Ich schlug mir sofort den Wunsch aus dem Kopf, trotz aller Verbote mit meinen Mitschülern loszuziehen, sondern ich freute mich wie ein kleiner Junge, dass ich jetzt in die Geheimnisse der Schießpulverherstellung und der Geschützgießerei eingeweiht würde.

Meister Schwarzschwanz war gleich, nachdem die See wieder eisfrei geworden war, aus Deutschland gekommen und vom Burgvogt in Dienst genommen worden. Man hatte einen langen Vertrag aufgesetzt, in dem es darum ging, Geschütze zu gießen, die Pulvermühle auszubauen und eine Salpetersiederei einzurichten. Alles dies hielten viele für ein Zeichen, dass wohl unruhige Zeiten bevorstanden.

Der Geschützmeister war ein dunkler, kleiner und gedrungener Mann mit lebhaft funkelnden schwarzen Augen. Er sprach nur schreiend und brüllend, wohl in dem Glauben, dass seine Salpeter- und Pulverknechte ihn dann besser verstünden. Nachdem er sich überzeugt hatte, dass ich seine Sprache verstand und auch schreiben konnte, packte er als erstes den betrunkenen Vagantenscholaren, den er bisher in Ermangelung eines besseren als seinen Gehilfen beschäftigt hatte, am Kragen und warf ihn mit einem Fußtritt hinaus. Dann schüttete er mir sein Herz aus. Er belegte den Burgvogt und die Bürgermeister der Stadt mit wüsten Schimpfworten und wünschte ganz Finnland samt seinem ungehobelten Volk, zu dem man ihn mit falschen Versprechungen hergelockt habe, in den tiefsten Schlund der Hölle. Er riss sich die Mütze vom Kopfe, schleuderte sie zu Boden und trampelte zur Bestätigung seiner Worte darauf herum. Ich hatte nie zuvor einen so fuchsteufelswilden Mann gesehen. Deshalb starrte ich ihn nur mit weit aufgerissenen Augen an und versuchte, mir die unbekannten Flüche und Verwünschungen einzuprägen, von denen er gleich einem weit herumgekommenen Soldaten einen unerschöpflichen Vorrat sein eigen nannte.

Ich fürchtete schon, er werde mir ein besonders strenger Herr sein. Aber nachdem er mich als wohlerzogenen und verlässlichen jungen Mann kennengelernt hatte, beruhigte er sich bald und begann mich mit Milde zu behandeln, so dass er mich nicht einmal mehr anschrie, wenn ich mal etwas falsch gemacht hatte. Er begriff, dass ich ihm nach besten Kräften zu Gefallen sein wollte und gab selbst zu, dass ich mir die wichtigsten Grundlagen seines Handwerks rasch angeeignet hatte.

»Beim Blute Christi«, sagte er, »Michael Pelzfuß, wenn du Deutscher wärest, würde ich einen Geschützmeister aus dir machen, den die Fürsten auf den Knien anflehen würden, dass er in ihre Dienste tritt. Wirf die Bücher weg, Michael, und widme dich dem edlen Handwerk des Pulvermeisters! Dann stehen dir alle Länder offen, und du wirst stets dein Auskommen finden.«

Anfangs jedoch war ich sehr enttäuscht und alles andere als angetan von meiner neuen Beschäftigung. Die Salpetersiederei war eine schmutzige und stinkige Arbeit, so dass ich, als ich am ersten Samstagabend zu Frau Pirjo nach Hause kam, schon auf dem Hof von ihr misstrauisch beschnuppert und dann angewiesen wurde, mich im Vorraum der Sauna meiner Kleider zu entledigen und saubere anzuziehen, bevor ich in die Stube durfte. Das Erdreich, aus dem Salpeter gekocht wird, holt man ja, wie allseits bekannt ist, aus alten Kuh- und Viehställen sowie aus Abfallgruben. Wegen des schlimmen Gestanks erlaubte der Stadtrat nicht, dass die Salpetersiederei innerhalb der Stadtmauern eingerichtet wurde, auch wenn Meister Schwarzschwanz noch so zeterte und schwor, verglichen mit den Ausdünstungen der Ratsmitglieder würde seine Siederei nach Myrrhe duften.

Diese ekelige Arbeit wurde ich jedoch bald wieder los, denn nach den Anweisungen von Meister Schwarzschwanz regelten wir das Ausheben des Erdreichs und der Transport zur Siederei so, dass das Sieden regelmäßig in Gang gehalten wurde und dann etwa ein halbes Fass Salpeter wöchentlich ergab. Der älteste Knecht war für die Inganghaltung und die Reinheit des Salpeters verantwortlich, was ein dreimaliges Durchkochen erforderte. Ich hingegen hatte mit der Siederei nichts mehr zu tun, außer dass ich ein Mal täglich hinreiten musste, um mich vom Fortgang der Arbeiten dort zu überzeugen. Ich durfte mir Pferd und Sattel des Meisters ausleihen. Es war für mich durchaus kein geringes Vergnügen, dass ich bei meiner Arbeit lernte, wie man ein Pferd lenkte und mit geradem Rücken im Sattel saß.

Die alte Pulvermühle lag einsam weit außerhalb der Stadt am Flussufer, wo genug Wasser vorhanden war, falls man das Pulver befeuchten musste oder Löschwasser brauchte, sofern ein Unglück geschah und es zu Explosionen kam. Aber Meister Schwarzschwanz war vorsichtig und geschickt in der Ausübung seines Handwerks. Er ließ Schwefel, Salpeter und Kohle je für sich zwischen zwei Holzreibern zerstampfen. Den Kohlenmeiler brauchten wir nicht, denn es standen uns mehrere erfahrene Köhler zur Verfügung, und die brannten so gute Kohle, dass der Meister sagte, eine bessere habe er sonst nirgends gesehen. Besonders erfreut war er über die Birkenkohle, denn sie sorgte für starkes Pulver und sparte dadurch teuren Schwefel und Salpeter ein. Er behauptete sogar, man solle die Birkenkohle zur Pulverherstellung ins Ausland verkaufen, wo es keine Birken gab. »Allerdings ist die Pulverherstellung schon eine so alte Kunst«, sagte er, »dass die, welche sich damit beschäftigen, starrsinnig an ihren alten Methoden festhalten und zu ihrem eigenen Schaden jegliche Neuerungen ablehnen.«

In seiner Werkstatt suchte Meister Schwarzschwanz nach dem günstigsten Mischungsverhältnis zwischen den einzelnen Bestandteilen. Dabei hielt er sich nicht an die alten Rezepte, als es um Birkenkohle ging. Er besaß ein Gewicht, das auf einer Messskala auf- und abging. Darunter brachte er verschiedene Pulvermischungen gleichen Gewichts zur Explosion, um dann genau messen zu können, wie hoch das Gewicht bei jeder dieser Explosionen emporgeschleudert wurde. Ich notierte die Zusammensetzungen der einzelnen Mischungen, bis er deren richtiges Verhältnis herausfand. Diese Tätigkeit beschäftigte ihn tagelang, so dass ich mich schon zu fragen begann, ob sich das alles überhaupt lohnte.

Doch er versicherte, ein Geschützmeister müsse über alle Eigenschaften des von ihm angewendeten Pulvers genau Bescheid wissen, denn nur, wenn die Explosionskraft bekannt sei, wisse man, wie stark die Ladung sein müsse, die man benötigte, damit bei einem Geschütz bestimmter Größe die geforderte Reichweite nicht verfehlt würde.

Dann kam auch ein passender, gleichmäßiger Westwind auf, und wir maßen im Mischkübel Schwefel, Salpeter und Kohle im richtigen Verhältnis untereinander ab. Sodann verband der Meister den Kübel mit der Maschinerie der Mühle und warnte den Mühlknecht: »Sorg mir ja dafür, dass die Mühle gleichmäßig geht.« Darauf bekreuzigte er sich andächtig und sagte: »Lass uns ein bisschen die Beine vertreten, Michael.« Wir spazieren in Sichtweite der Mühle auf den blühenden Wiesen umher, und der Meister belehrte mich darüber, dass viele Pulvermeister einen Lieblingswind hatten und dann ihr Pulver in der Mühle mischten, solange ihr Lieblingswind blies. Der eine sei der Meinung, Nordwind ergebe besonders starkes Pulver, der andere setze mehr auf den Südwind, andere wiederum auf Wind aus Südost.

»Aber beim heiligen Barte des Papstes, Michael«, sagte er. »All das ist nur dummes Gerede und Aberglaube, womit man Laien beeindrucken kann, nicht aber erfahrene Pulverbrüder. Woher der Wind auch weht, Hauptsache, die Mühle dreht sich gleichmäßig und ist gut geölt, damit durch die Reibung keine Funken entstehen, die in den Mischkübel fliegen.« Als er am Sonnenstand sah, dass genug Zeit vergangen war, schrie er aus der Ferne dem Mühlknecht zu, er solle die Mühle anhalten. Da drehten sich die Mühlenflügel immer langsamer, und als sie stillstanden, traten wir in die Mühle, um den Mischkübel in Augenschein zu nehmen. Der Meister schöpfte eine Handvoll Pulver, schnüffelte und leckte daran und befand, er sei zufrieden. Die Bestandteile waren gleichmäßig durchmischt. Dann streuten wir das Pulver mit Holzschaufeln auf flache Holzgestelle, um es zu dort befeuchten und danach zu backen, worauf es durch Siebe hindurchgepresst wurde, um es schön körnig zu machen. Zum Backen verwendete der Meister nichts als Wasser, obwohl er zu diesem Zwecke kannenweise teuren Branntwein aus der Burg erhielt.

»Den Branntwein braucht man bei feuchtem Wetter und im Winter, wenn man das Pulver trocken kriegen muss, denn er verflüchtigt sich aus dem Pulver schneller als Wasser«, erklärte er. »Aber das ist ein Berufsgeheimnis, das man einem Laien nicht verraten sollte. Die Steuer, die ich von der Burg erhebe, ist eine Kanne Branntwein für jedes Fass Pulver. Den Burgvogt, den der Teufel holen soll, geht es nichts an, wozu ich den Branntwein brauche, solange er glaubt, dass ich ihn für die Pulverherstellung verwende. Wenn ich im Sommer bei trockenem Wetter und milden Winden das Pulver fertig und in trockenem Zustand habe, dann ist das meinem Können zu danken und nicht dem Burgherrn. Aber wenn das Pulver ausgeht und man im Belagerungsnotstand in alten Kellerräumen und Verliesen den Salpeter von den Wänden schaben und die letzten Reste an Schwefel zusammenkratzen muss, dann hat ein Geschützmeister Verwendung für jeden Tropfen Branntwein.«

Er verstummte und stieß eingedenk der zahlreichen Belagerungen, an denen teilzunehmen er gezwungen war, einen heftigen Fluch aus. Dann setzte er seine Belehrungen fort:

»Natürlich gibt es Geschützmeister, die behaupten, guter Branntwein enthalte einen Hauch jenes sich verflüchtigenden Stoffes, der ihm den kräftigen und gesunden Geruch gebe, und dieser verleihe auch dem Pulver mehr Kraft und bewirke, dass es mit hellerer und reinerer Flamme abbrenne. Es heißt, die ungläubigen Araber hätten diesen Stoff zuerst hergestellt und ihn *Al-Kohol* genannt. Dieselben gelehrten Meister fügen auch ein rotes Quecksilbergemisch, ja sogar Schlangengift ihrem Pulver hinzu. Aber beim Blute Christi, wenn das etwas nützen soll, dann ist der Nutzen so gering, dass man ihn nicht in Betracht zu ziehen braucht. Jedenfalls lohnt es die ganzen Mühen und Ausgaben nicht, die man sich mit solchen Mischungen macht. Nein, Michael Pelzfuß, mein Junge, einem erfahrenen Mann genügt lediglich ein *Pater noster*, wenn die Mühlräder sich zu drehen beginnen, und ein *Ave Maria*, wenn das fertige, trockene und körnige Pulver ins Holzfass gepresst wird. Denn ein Geschütz giert nach dem Pulver wie ein Schwein nach weichem Brot und ist unersättlich wie eine junge Witwe, deren Beichte selbst einen abgebrühten Barfüßermönch zum Schwitzen bringt. Deshalb muss man das Geschützpulver Maß für Maß und Fass für Fass auf so einfache Weise wie möglich erzeugen, weil seine Herstellung sonst viel zu teuer würde.«

Die ganze Zeit, während der Meister sprach, buk er das Pulver zu mürben Kuchenstücken und zeigte den Pulverknechten, wie sie diese durch die Siebe pressen sollten, damit das Pulver möglichst körnige Konsistenz annahm. Das feinste Pulver konnte man nämlich nur für die Zündpfannen bei Arkebusen verwenden. Sodann wurde das Pulver zum Trocknen auf Holzbretter gestreut, die an einem windschattigen, sonnigen und warmen Abhang ausgelegt waren, und mit Holzkeulen festgeklopft. Die Pulverknechte durften keinen einzigen Metallgegenstand bei sich haben; sogar als Schuhwerk waren nur Pelz- oder Lederpantoffeln oder Birkenrindenschuhe erlaubt. Als die Pulverknechte aber auch ihre Heiligenbilder, die sie um den Hals trugen, ablegen mussten, da klagten sie bitterlich und sagten, nun hätten sie gar keinen Schutz mehr bei ihrer gefährlichen Arbeit. Doch der Meister hatte vorgesorgt. Er bot ihnen nämlich seine aus Blei gegossenen Bilder der heiligen Barbara an und gestattete ihnen, sie in einem Lederbeutel um den Hals zu tragen.

Dafür forderte er nicht mehr als die Hälfte von ihrem ersten Monatslohn und versprach sogar, sie zum gleichen Preis zurückzukaufen, falls die Knechte nach Beendigung ihres Dienstes im Herbst auf den von den Bildern ausgehenden Schutz verzichten wollten.

»Wie ihr wisst«, sagte er, »sofern ihr überhaupt etwas wisst, weil ihr ungelehrige Tölpel seid, schützt die heilige Barbara den Menschen vor Blitz und Donner. Deshalb ist sie seit jeher die Schutzheilige der Pulvermacher und Geschützhandwerker. Falls ihr das nicht glaubt, dann geht einmal in den Chorgang des Domes und schaut euch ihr liebliches Bild an, das kunstvoll und in hellen Farben im Nordgewölbe prangt. Diese Abbildungen der Heiligen aus Blei sind mit den besten Segensworten eines höchst frommen und kundigen Mannes gesegnet worden. Sie wurden in Weihwasser getaucht, und überdies habe ich noch einen Schutzzauber auf sie gewirkt, und zwar mit den einzigartigen Zaubersprüchen, die ich bei meinem unvergleichlichen Lehrmeister gelernt habe, dem Geschützmeister Magnus dem Schwarzkünstler. Das war ein Mann, der sich in Hexen- und Zauberkünsten auskannte und ein so mächtiger Zauberer war, dass die verfluchten Eidgenossen es schließlich für das Sicherste hielten, ihn in das Rohr seiner größten Kanone zu stopfen und ihn unter Zuhilfenahme von mehreren Pfund Pulver geradewegs ins Paradies zu schießen, denn er hatte den Fehler gemacht, sich bei einem unfähigen Anführer zu verdingen, so dass er samt seinen Kanonen in Gefangenschaft geriet. Mit einem Wort, diese Bilder, die ich euch zu einem mäßigen Preise überlasse, machen euch bei eurem Handwerk unverwundbarer, als jede Kunst von Passau es vermöchte.«

So begriff auch der Einfältigste, dass er nichts dabei verlor, wenn er dieses Bild erstand, weil nämlich diese Bilder auch dem Meister selbst so wertvoll waren, dass er versprach, sie im Herbst zurückzukaufen. Aus demselben Grunde begriff auch jeder von ihnen, dass es einfach dumm wäre, wenn man so ein mächtiges Zaubermittel im Herbst wieder aus den Händen gab, denn es standen harte Zeiten bevor. Meister Schwarzschwanz aber nahm es nicht übel, sondern lobte sie im Gegenteil als schlaue Burschen. Er hatte nämlich eine Menge von diesen Bleibildern, denn er goss sie selbst, und sie kosteten ihn nicht mehr als den Preis einiger weniger Bleikugeln und ein paar Pfennige für den Dom.

Auf diese Weise brachten wir die Pulverherstellung in Gang. Meister Schwarzschwanz war recht zufrieden mit seinen Knechten, weil es langsame und bedächtige Männer waren, die nichts überstürzt angingen und denen bei ihrem gefährlichen Handwerk auch nicht bange war. Bedachtsamkeit und Mäßigung waren seiner Meinung nach hervorragende Eigenschaften für Pulvermacher, und er gab zu, dass sein aufbrausendes Temperament ihn in diesem Handwerk oft in Schwierigkeiten brachte.

»Diese finnischen Knechte«, versicherte er, »haben das Pulver bestimmt nicht erfunden, aber haben sie erst mal gelernt, wie man es macht, dann sind sie hervorragende Pulvermacher.«

Einmal fragte ich den Meister nicht ohne Scheu, warum er immer so reichlich Kraftworte und Flüche ausstieß, und zwar nicht nur auf Deutsch, sondern auch auf Italienisch und Spanisch, selbst wenn er ganz einfache Sachen erklärte. Da sah er mich an, als wäre ich ein völliger Trottel, und sagte:

»Merk dir eins: Du bist ein Grünschnabel und hast noch nie Pulverdampf gerochen, Michael Pelzfuß. Das Fluchen ist bereits das halbe Kriegshandwerk, und zwar durchaus nicht die minder wichtige Hälfte. Meine Flüche sind nur eine harmlose Kinderei im Vergleich zu den wirklich großen Kriegsherren wie zum Beispiel einem von Sickingen oder Frundsberg, deren bloßer Name in jedem ungehenkten Gauner, der für drei Gulden seine Haut verkauft, um unter ihren Fahnen zu dienen, Ehrfurcht und Schrecken erweckt. Ein erfahrener Flintenschütze lernt über hundert Kommandos und gehorcht ihnen, ob er nun wacht oder schläft, und auch das Handwerk des Pikeniers ist da nicht einfacher. Glaubst du, so was lernt man, indem man gestreichelt und gehätschelt wird? Nein, es ist das schöne Ergebnis endlosen Fluchens, Heulens und Zähneknirschens. Je wüster ein Anführer flucht, desto größere Bewunderung erweckt er in seinen Untergebenen. Ein Oberst muss das Jessesmaria mit so einer Stimme brüllen können, dass es den Geschützdonner übertönt und sogar die Türken dazu bringt, sich vor Angst in die Hose zu scheißen.«

Auf diese Weise ließ Meister Schwarzschwanz mir manch nützliche Belehrung zuteilwerden, obwohl ich, nach seinen Berichten zu urteilen, seine Begeisterung für den Stand des Kriegers nicht teilen konnte. Denn soweit ich aus seinen Geschichten erfuhr (er verfügte über einen endlosen Vorrat an ihnen, sobald man einen Bierkrug vor ihn hinstellte), war das Kriegshandwerk eine erbarmungslose und aufreibende Tätigkeit, bei der es keine Ruhe gab. Es war gekennzeichnet von Schlägen und Flüchen bei der Ausbildung, von Wunden im Kriege und der ständigen Sorge um die Soldzahlung, welche nur sehr unregelmäßig erfolgte, ganz zu schweigen von fiebrigen Entzündungen und der Franzosenkrankheit, die jeder Truppe folgten, so dass ihretwegen sehr viel mehr Soldaten dahinsiechten oder das Leben verloren, als auf dem Schlachtfeld. Diesen Gedanken behielt ich jedoch für mich und lauschte staunend seinen Auskünften über fremde Länder. Durch ihn hörte ich zum ersten Male von den Briefen, die ein Italiener namens Amerigo Vespucci geschrieben und in denen er berichtet, er habe jenseits des Ozeans völlig neue Kontinente entdeckt. Meister Schwarzschwanz erwähnte auch, es gebe

Gelehrte, die behaupteten, dass die Erde rund sei, so dass man, wenn man von irgendeinem Punkte aus lossegelte, nach genügend langer Zeit wieder an denselben Ort zurückkehren müsse.

»Aber so eine Lehre«, befand der Meister, »ist dem menschlichen Verstande unbegreiflich und macht einen nur wirr im Kopf, wenn man zu lange darüber nachsinnt. Deshalb ist es das Beste, nicht daran zu denken und festen Grund und Boden unter den Füßen zu haben, genauso wie Gottes blauen Himmel über dem Kopfe, zu essen, zu trinken und zu singen, sich zu prügeln und zu lieben, solange man bei Kräften ist. Wird man nämlich erst einmal alt und die Kräfte schwinden, dann hat man immer noch genug Zeit zur Reue und Buße.«

Ich brachte den Mut auf, Magister Martinus nach seiner Meinung über die neue Lehre von der Kugelform der Erde zu befragen. Er gab zu, von ihr gehört zu haben, hielt sie aber für ein Hirngespinst, das von der Franzosenkrankheit ausging, welche die Gedanken verwirrte. Allerdings räumte er ein, in gewisser Weise selbst ein Freidenker in Sachen Geographie zu sein; er glaube nämlich nicht mehr an eine Säule und einen Nabel der Welt, sondern denke, dass lediglich ein starker freier Strom den Erdkuchen umfließe.

»Wir leben nämlich in einer aufgeklärten Zeit«, sagte er, »und viele neue Erfindungen und Gedanken beschäftigen nun die Menschen. Ein Mensch mit Verstand kann darin nichts Übles erblicken, solange sie nicht zu der Lehre der Kirche im Widerspruch stehen. In den Dingen, welche die Lehre der Kirche nicht als ausdrücklich falsch bezeichnet, hat meines Erachtens der Mensch die Freiheit, sich selbst eine Meinung zu bilden, auch wenn das mehr Mühe, geistige Anstrengung und Kummer mit sich bringt als echte Befriedigung. Schließlich haben Aristoteles und die Kirchenväter zu den Dingen des Wissens bereits alles gesagt, was der Mensch wissen muss. Am leichtesten und einfachsten ist es deshalb, seine Gedanken auf das zu beschränken, was diese Männer in ihren Schriften behandelt haben. Was darüber hinausgeht, ist nur harmlose Gedankenspielerei, die allerdings, wenn sie von einem böswilligen und eigensinnigen Menschen betrieben wird, gefährlich werden kann.«

»Beispielsweise gibt es Gelehrte«, sagte er, »die studieren die griechische, ja selbst die hebräische Sprache; sie geben dabei viel Geld für die Handschriften der heidnischen griechischen und römischen Dichter und Philosophen aus und lassen sie sogar drucken. Gerade in Italien gibt es Leute, die unter« großen Unkosten heidnische Götzenbilder ausgraben und sie in ihren Gärten und Palästen aufstellen. Es heißt, nicht einmal der Heilige Vater und die Kardinäle seien gänzlich frei von dieser Modetorheit, obwohl ich es nicht glauben kann und auch nicht davon wüsste, wenn der gelehrte Doktor Hemming Gadh,* der zwanzig

Jahre in Rom verbracht hat, nicht davon erzählt hätte, und das auch erst nach reichlichem Weingenuss. Seine Geschichten sind bekannt, und so mancher kann bezeugen, dass dieser fromme Kleriker in Rom zu einem Säufer wurde, dessen Lebensweise nun solchen Anstoß erregt, dass sogar der Erzbischof ihm seinen Tadel aussprechen musste.«

»Denke also, daran, Michael«, warnte er, »dass der Mensch seinen Teufel immer bei sich trägt, wohin er auch geht, und vor den Anschlägen des Teufels nicht einmal in der Heiligen Stadt sicher ist. Im Gegenteil, aus allem, was ich gehört habe, kann ich nur den Schluss ziehen, dass er die Heilige Stadt zum Hauptort seiner Anschläge erkoren hat. Das verwundert auch gar nicht, denn je höher ein Kleriker in der kirchlichen Hierarchie steht, desto größer ist der Sieg, den sich der Teufel zuschreiben kann.«

Das verstand ich wohl, besonders als ich mich daran erinnerte, wie eine satanische Versuchung mich dazu gebracht hatte, vom Dachboden des Domes aus auf die Tiara des Erzbischofs zu spucken. Aber wie Pater Petrus einräumte, ist es selbst für den Frömmsten nicht leicht, solch einer Versuchung zu widerstehen, von einem halbwüchsigen Knaben ganz zu schweigen.

Jetzt war ich jedoch kein halbwüchsiger Knabe mehr, sondern ein ernsthafter Jüngling, der als Schreiber von Meister Schwarzschwanz gutes Geld verdiente. In seiner Gesellschaft hatte ich auch das Biertrinken gelernt, und in meiner Freizeit ging ich mit einem silberbeschlagenen Dolch am Gürtel umher und trug eine Hose von deutschem Zuschnitt, die zum Zeichen, dass ich mannhaft geworden, aus gelbem und rotem Stoff genäht war. Ich hatte gelernt, ein Pferd zu satteln und nach meinem Willen zu lenken, und in der Salpetersiederei und Pulverherstellung war ich meiner Meinung nach schon recht gut bewandert, weil ich mir alle Belehrungen, die ich vom Meister erhalten, sorgfältig notiert hatte.

Das Pulver bestand die nötigen Proben, und die ergrauten Geschützknechte auf der Burg waren der Meinung, das Pulver sei ausgezeichnet, von gleichmäßiger Körnung und staubfrei. Dann folgte ein Probeschießen, bei dem der Burgvogt anwesend war, und mein guter Meister bewies, dass er mit drei Schüssen aus der Kartaune ein Boot auf dem Fluss treffen konnte. Natürlich schoss er nicht auf das Boot, sondern auf ein Ziel in entsprechender Entfernung, denn die Geschützkugeln waren teuer, und sie wurden nach dem Schießen wieder sorgfältig eingesammelt. Das einzige Missgeschick beim Probeschießen passierte, als wir die Bombarde ausprobierten und eine kübelgroße Steinkugel beim Aufprall auf den Felsen zersprang, obwohl sie mit Eisenbändern versehen war.

»Aber Steinkugeln taugen sowieso nur noch für die Rumpelkammern im Keller oder als Gewicht für Fischkübel«, sagte der Meister verächtlich. »So was verwendet man heutzutage nirgends mehr, außer in diesem Lande der Hinterwäldler, wo man nichts Besseres kennt. Die einzig wahre Geschützkugel ist gleichmäßig rund und aus Eisen, und es ist möglich, sie ganz fertig zu gießen, was das Schießen billig und das Zielen sicher macht, weil dann alle Kugeln von gleicher Größe und gleichem Gewicht sind. Allerdings verstehe ich nichts von der Kunst des Kugelgießens, denn die, die sich darauf verstehen, bewahren ihr Wissen als ihr Berufsgeheimnis, so dass wir die Eisenkugeln weiterhin durch Zurechtschmieden herstellen müssen. Bombarden hingegen sollte man nur zum Abschießen hohler, explodierender und brennender Geschosse verwenden, weil eine Steinkugel beim Beschuss von Festungen keine Mauern durchdringen kann. Auch wenn sie auf ein Schiff fällt, richtet sie dort kaum erhebliche Schäden an.«

Der Burgvogt hörte sich seine Erklärungen interessiert an, aber dann sagte er barsch: »Steinkugeln waren gut genug für unsere Väter und deren Väter, und deshalb sind sollen sie auch gut genug für uns sein. In diesem Lande gibt es genug harten grauen Stein, der für Geschützkugeln wie geschaffen ist. Um die Steine rund zu hauen, haben wir billige Arbeitskräfte, die zur Nahrung nichts weiter brauchen als Rüben und Hering. Dies ist ein armes Land, das keine Metalle wie Eisen hervorbringt. Deshalb ist es offensichtlich, dass Gott, der es erschaffen hat, das Fehlen teurer Metalle mit Stein und billiger Arbeitskraft ersetzen wollte.«

Dann ging der Burgvogt in die Burg zurück. Meister Schwarzschwanz aber schleuderte seine Mütze zu Boden, trampelte darauf herum und fluchte so fürchterlich, dass die alten Geschützknechte wehmütig zu lächeln begannen und sagten, jetzt müssten sie an die Tage des seligen Herrn Posse zurückdenken. Einige wenige von ihnen hatten nämlich in Knut Posses Diensten gestanden, als dieser in Viborg residierte. Sie behaupteten, mit eigenen Augen den Satanskessel gesehen zu haben, in dem Herr Posse seine Zaubersuppe zubereitet hatte.

»Beim Blute Christi«, sagte der Meister, nachdem er sich beruhigt hatte, »der Burgvogt fordert, ich solle ihm gegen alle Verträge Eisengeschütze herstellen, wo er und auch das Reich angeblich keine Mittel zum Kauf von Kupfer und Zinn haben, die nun einmal zum Geschützbau erforderlich sind. Aber ein Reich, das behauptet, es könne sich keine Geschützmetalle leisten, obwohl in jedem Kirchturm Glocken hängen und die Schränke der Bürger voller Zinnkrüge sind, ist zum Untergang verurteilt.«

Die Geschützknechte nickten dazu und sagten wie aus einem Munde, ein eisernes Geschütz sei für die eigenen Leute gefährlicher als für den Feind. Aber da merkte der Meister, dass er schon zu viel gesagt hatte, und verzog sich mit mir, immer noch vor Wut schnaubend. Im Burghof ließ er sich auf ein Pferd hieven, und wir kehrten in die Stadt zurück. Er ritt im Schritttempo, und ich schritt neben ihm einher und hielt den Steigbügel fest, denn wie der Meister zu sagen pflegte, das arme Pferd habe schon genug Mühe damit sein Gewicht zu tragen, und deshalb lasse er hinter sich niemanden auf den Sattel, ausgenommen Weibsvolk, sofern dieses von Antlitz und Figur her geeignet sei, ihn in gute Stimmung zu versetzen.

Als wir in unser Quartier zurückgekommen waren, gab er zu, vor einem ernsten Problem zu stehen. Seiner Meinung nach sei ein einziges nach allen Regeln der Kunst angefertigtes Bronzegeschütz so viel wert wie zehn Eisengeschütze, sofern diese nur völlig wasserdicht und ohne Blasen und Risse gegossen sei. Selbst, wenn es einen Riss abbekommen habe, sei ein Bronzegeschütz noch gut zu gebrauchen und stelle keine Gefahr für die Kanoniere dar, denn Bronze sei ein zähes Metall und würde nicht in Stücke zerbersten. Dagegen seien die aus Eisen gegossenen Geschütze unberechenbarer als Springpferde und gefährlicher als keifende Weiber, denn sie könnten jederzeit explodieren und der Bedienmannschaft den Tod bringen. Die um das Herz herum geschmiedeten Eisengeschütze seien da schon etwas sicherer, aber ihre Herstellung langwierig und kompliziert. Ein erfahrener Kanonier lade sie höchstens mit einer halben Pulverladung, und das schränke ihre Reichweite spürbar ein.

»Überhaupt wird sich nur ein Verrückter oder ein Dummkopf als Kanonier für ein Eisengeschütz verdingen lassen«, sagte er. »Jemand, der sich mit Geschützen auskennt, lässt lieber die Finger davon. Doch wir sind in einer Zwangslage, denn ich habe mich verpflichtet, die Burg mit Geschützen zu versorgen. Der Burgvogt ist mir schon so viel schuldig, dass er es mit Freuden sähe, wenn ich den Vertrag bräche und ich somit seine Schulden nicht mehr eintreiben könnte. Aber im Gussverfahren werde ich keine Geschütze herstellen, *pro primo*, weil ich diese Kunst nicht beherrsche und gewohnt bin, nur gewöhnliches Geschützmetall zum Gießen zu verwenden, was ohnehin schon eine große Kunst für einen armen Menschen ist, und *pro secundo*, weil ich als Meister in meinem Handwerk nicht den Tod unschuldiger Kanoniere auf mein Gewissen nehmen kann, denn das wäre die einzige Folge, wenn man gusseiserne Geschütze verwendet.«

Ich wendete ein, es gebe in Finnland fähige Schmiede, die er im Schmieden von Geschützen anlernen könnte. Der Meister kratzte sich im Nacken und sagte, er habe zwar gesehen, wie Geschütze und Geschützkugeln geschmiedet würden, aber er sei wohl kaum in der Lage, diese Kunst anderen beizubringen. Er machte sich wirklich große Sorgen. Aber nachdem er sich mit ein paar Humpen Bier gestärkt hatte, schien er getröstet und begann mir seinen Plan darzulegen, eine Schmiede zu mieten, Eisen anzukaufen und die fähigsten Schmiede anzulernen, derer er in den Dörfern um Turku herum habhaft werden konnte. Ich fragte, ob nicht ein geschickter Schmied samt Gesellen ausreichte, denen dieser dann die neue Kunst beibringen könnte, nachdem er sie zuvor selbst erlernt hätte, denn der Lohn für Schmiedemeister sei hoch, und es handle sich dabei um Männer, die sich ihres Wertes bewusst seien. Und womit wolle er sie überhaupt bezahlen, da er nicht einmal das, was ihm selbst zustehe, von der Burg bekomme? Er gab zu, meine Einwände seien durchaus begründet, und dankte mir für meinen Rat.

»Eins ist gewiss: Auch Gott hat die Welt nicht an einem einzigen Tage erschaffen«, sagte er. »Ich habe den ganzen langen Winter Zeit, mit einem Schmied zu arbeiten, und vielleicht entwickeln wir eine billige und praktische Methode, um Geschütze zu schmieden. Der Burgherr verlangt zum Glück keine sehr großkalibrigen Geschütze, schließlich ist er nicht völlig wahnsinnig. In der Schmiede ist es wenigstens warm, denn ich habe mich verpflichtet, den Winter über in diesem düsteren nordischen Land zu bleiben. Mir haben all die Geschichten von den Schneemengen und dem furchtbaren Frost einen tüchtigen Schrecken eingejagt. So hat man mir erzählt, dass das Wasser zu einem Bogen gefriert, wenn ein Mann im Winter an einer Hausecke seine Notdurft verrichtet, und dass die Menschen gezwungen sind, sich im Schnee mit flachen Brettern unter den Füßen zu bewegen, damit sie nicht auf elende Weise in den Schneeverwehungen versinken und umkommen.«

Ich tröstete ihn, indem ich ihm erklärte, in Turku brauche er nicht zu befürchten, dass sein Wasser gefriert, und auf Schiern müsse er auch nicht laufen, denn innerhalb der Stadt würden die Wege freigeräumt, wenn es geschneit hatte. Die Schlitten und Fußgänger würden schon dafür sorgen, dass sie begehbar blieben. Trotzdem holte ich Schier hervor, um sie ihm zu zeigen und zu erklären, wie leicht man auf ihnen im Schnee vorwärtskam. Das Bier war dem Meister schon zu Kopf gestiegen. Um sich Mut zu machen, streute er ein bisschen von dem feinen Schwarzpulver in den Branntwein und leerte einen Becher dieser Mischung. Dann band er sich die Schier unter die Füße und begann, in der Werkstatt herumzusausen. Diese neue Fähigkeit begeisterte ihn dermaßen, dass er mit großem Geschrei und Gejuchze auf der Wiese vor der Werkstatt Schi zu fahren begann und sich von mir nicht davon abhalten ließ, obwohl ich fürchtete, er werde sich durch solches Betragen zum

Gespött der Leute machen. Tatsächlich schickten die Menschen Stoßgebete gen Himmel und bekreuzigten sich, als sie ihn mit Schiern an den Füßen herumtollen sahen. Viele behaupteten, ihnen sei kalter Schauder über den Rücken gefahren und sie hätten die offene Hand emporgereckt, um zu fühlen, ob es tatsächlich schneie. Doch erwuchs dem Meister kein Schaden aus dieser Begebenheit, sondern im Gegenteil, sein Ruf als jemand, der in dunklen Künsten bewandert war, festigte sich nur noch, denn in der Stadt ging das Gerücht, er habe zuerst ein Bad in Schwarzpulverflammen genommen und danach einen Schneeschauer auf den Hof hinabbeschworen, um sich darin abzukühlen, und es habe tatsächlich so heftig geschneit, dass er die Schier brauchte, um sich im Hof bewegen zu können.

Kapitel 9

Ich habe von diesen Dingen so viel erzählt, weil sie zu einem weiteren Ereignis führten, das großen Einfluss auf mein ganzes Leben ausüben sollte. Während der Meister seine Werkstätte instand setzte, hörten nämlich die Ferien auf, und ich durfte wieder als gehorsamer Scholarius zur Schule traben, obwohl ich mich schon an das freie Leben gewöhnt hatte, so dass mir selbst so eine scharfsinnige Sache wie die Dialektik nun ganz abgeschmackt vorkam. Inzwischen war ich so weit fortgeschritten, dass Magister Martinus mich zum Zeichen seines Vertrauens zu seinem Gehilfen bestimmte und ich unseren neuen Zöglingen die Anfangsgründe des Lateins in ihre Schädel einhämmern durfte, so wie ein erfahrener Meister die gröberen Arbeiten von seinen Gesellen ausführen lässt und sich selbst nur um den Feinschliff kümmert. Das bedeutete in diesem Fall, dass Magister Martinus lediglich morgens, abends und auch am Nachmittag kurz im Schulraum erschien und dort den neuen Schülern in gleicher Weise vom Jüngsten bis zum Ältesten Prügel verabreichte.

Mir blieb es überlassen, sie mit der Auskunft zu trösten, dass ich einst die gleichen Züchtigungen über mich hatte ergehen lassen müssen. Wenn sie auch bitter schmeckten, so winke doch Wissen als ihr Lohn. Ich empfahl ihnen Bärenfett, welches ja eine so außerordentlich lindernde Wirkung auf meine Haut gehabt hatte. Nachdem mehrere diesem meinem Rat gefolgt waren, konnten sie bestätigen, dass das Bärenfett tatsächlich Wunder wirkte, um das Brennen zu lindern, das die Behandlung durch Birkenruten verursachte. Dennoch war es ein hartes Leben für sie, jedenfalls bis sie lernten, ordentlich auf Latein zu fluchen. Dabei halfen wir ältere Schüler ihnen, so gut wir konnten, denn wir hatten noch in frischer Erinnerung, wie sehr uns diese Fähigkeit geholfen hatte, all die Mühsale am Beginn unserer Ausbildung zu ertragen. Magister Martinus erlaubte es nämlich niemandem, innerhalb der Schulmauern in einer anderen Sprache zu fluchen als auf Latein, hielt es aber für unvereinbar mit seiner Würde, uns diese Kunst zu lehren. Dennoch verzog sich sein zahnloser Mund zu einem unwillkürlichen Lächeln, als er hörte, wie ein junger Scholarius zum ersten Mal einen drastischen lateinischen Fluch ausstieß, wohingegen jeder, der beim Fluchen zu seiner Muttersprache Zuflucht nahm, mit einer schmerzhaften Tracht Prügel zu rechnen hatte.

Magister Martinus hielt es nicht für nötig, dass ich das *Breviarium* las, denn wegen meiner unehelichen Geburt sei nicht daran zu denken, dass ich zum Priester geweiht würde. Dafür ich solle lieber irgendein weltliches Amt ins Auge fassen. Deshalb hielt er mich als seinen unbesoldeten Hilfslehrer, und das verbitterte mich, denn ich musste dadurch von meiner bunten Hose Abschied nehmen und wieder in das graue Gewand eines Scholarius schlüpfen. Und wie eine verbotene Frucht immer am süßesten schmeckt, so konnte ich von keinem größeren Glück träumen als davon, dass die heilige Kirche mich eines Tages als geweihten Kleriker unter ihre Fittiche nähme.

Solche Gedanken gingen mir durch den Kopf, während ich eines Tages kurz vor Michaeli auf einer Straße einherschritt, ohne auf meine Umgebung zu achten, als ich plötzlich von einem fürchterlichen Geblök und Geschrei aufgeschreckt wurde. Menschen, die offensichtlich vor irgendetwas auf der Flucht waren, stießen mich zur Seite, und während ich noch stolperte, erhaschte ich einen Blick auf einen wild gewordenen Stier, der auf mich zuraste. Schon hatte er mich auf seinen Hörnern; und mit einer einzigen geschmeidigen Kopfbewegung schleuderte er mich so hoch in die Luft, dass ich mühelos die Traufe am Dach des nächsten Hauses zu fassen bekommen hätte. Während ich zu Boden plumpste, sah ich, dass an einem seiner Hörner ein Fetzen von meinem Gewand flatterte und es dem Stier gelungen war, sich von seinem Seil, an das er angebunden gewesen, loszureißen, wobei auch das Tuch, das man ihm vor die Augen gebunden hatte, verrutscht war. Er schnaufte so erregt, dass der Straßenstaub vor mir aufwirbelte, und scharrte dabei mit den Vorderhufen, als wollte er mich gleich auf seinen Hörnern aufspießen. Ich glaubte schon, mein letztes Stündlein sei gekommen und war so erstarrt vor Angst, dass ich nicht einmal Schmerzen spürte und keinen Ton herausbrachte, um nach Hilfe zu schreien. Doch im selben Augenblick erschien ein breitschultriger Bauernjunge, fasste in aller Ruhe die Hörner des Stieres und drückte ihn mühelos seitwärts zu Boden. Der Stier versuchte, sich loszuzerren und schlug mit den Füßen aus, wobei er brüllte, dass es einem durch Mark und Bein ging. Der Bauernjunge aber hielt ihn weiter zu Boden gedrückt, wandte sich zu mir um und fragte: »Bist du verletzt?«

Da erst fühlte ich den Schmerz, begann am ganzen Leib zu zittern und stammelte Dankgebete für meine Rettung zu. Mehrere Männer rannten herbei, um dem Stier Schlingen um die Füße zu binden und ihm wieder das Tuch über die Augen zu ziehen. Der Bauer, der den Stier zum Schlachter führen wollte, versicherte, das Tier sei stets ganz ruhig und brav gewesen, und ich hätte es wohl geärgert, sonst hätte es mich nicht angegriffen. Zu meiner großen Befriedigung renkte ihm das Vieh mit einem heftigen Kopfstoß die Schulter aus, so dass er von seinem dummen Gerede abließ und sich mit bitteren Worten über die Stadt Turku zu beklagen begann. Er nannte die Stadt einen vom Teufel besessenen Ort, in den er sein braves Vieh lieber nicht hätte bringen sollen. Solche Worte aber gefielen dem Stadtrat überhaupt nicht, so dass der Stadtbüttel, der zufällig zur Stelle war, ihn sogleich festnahm, um ihn aufs Rathaus zu bringen, wo er sich wegen seiner ungehörigen Reden und Störung der öffentlichen Ordnung verantworten sollte.

Ich wandte mich meinem Retter zu und schaute ihn mir gut an, denn schließlich verdankte ich ihm mein Leben. Er war einen Kopf größer als ich, und in seinen grauen Augen lag ein schläfriger Ausdruck. Er trug Bastschuhe, hatte ein birkenrindenes Ränzel auf dem Rücken und steckte in einer abgewetzten, löchrigen Jacke, was zeigte, dass ich es mit einem armen jungen Burschen zu tun hatte.

»Bist du aber stark, dass du mit bloßen Händen einen Stier zu Boden drücken kannst!« sagte ich. »Ich schulde dir mein Leben«.

»Keiner Rede wert«, sagte er verlegen.

Da wurde ich gewahr, dass meine eine Seite mit Blut befleckt war. Ich fühlte ein Stechen in der Brust, und mir wurde schwindelig, so dass ich an einer Hauswand Halt suchen musste, um nicht umzufallen. »Wo wolltest du hin?« fragte ich.

»Immer nur der Nase nach«, sagte er, und an seinem Ton war zu hören, dass er diese Frage wohl für ungeziemend und aufdringlich hielt. Jedoch war ich deswegen nicht beleidigt, sondern bat ihn, mich zu Frau Pirjo zu begleiten, denn mir war so schwach in den Beinen, dass ich aus eigener Kraft kaum gehen konnte.

Als der Stier mich hoch in die Luft wirbelte, hatte ich gedacht, mein letztes Stündlein habe geschlagen, und während ich zu Boden fiel und die schnaubenden Nüstern des Tieres vor mir sah, ging mir durch den Kopf, ich sollte alles, was ich besaß, der Kirche schenken, wenn ich nur mit dem Leben davonkäme. Jetzt war ich dankbar dafür, dass ich unten so hart aufgeschlagen war, denn der Schlag, den ich dabei erhielt, hatte mich für einen Moment betäubt, so dass ich nicht mehr dazu gekommen war, noch weitere Versprechungen zu machen, ja, ich dachte sogar, dass ich den Heiligen nichts schuldig war, hatte mich doch ein irdischer Jüngling mit seinen erstaunlichen Kräften aus der Todesgefahr gerettet. Als ich, von ihm gestützt, nach Hause schwankte, wobei uns nicht wenige erschütterte und mitleidige Leute folgten, dachte ich, ich könnte dem Bauernburschen zum Lohn meinen silberbeschlagenen Dolch und die Silbermünzen schenken, die ich im Sommer verdient hatte. Aber als wir die Schwelle zu Frau Pirjos Haus erreicht hatten, schalt ich mich bereits ob meiner übertriebenen Verschwendungssucht und beschloss, drei Silbermünzen wären wohl mehr als genug für einen solchen jungen Mann, der in seinem Leben bisher kaum richtiges Geld besessen haben mochte.

Frau Pirjo brach in Tränen aus, als sie mich in meiner elenden Verfassung erblickte. Nachdem sie gehört hatte, was mir widerfahren war, sagte sie:»Das kommt davon, dass ich dich bei diesem finsteren deutschen Gesellen zur Pulverherstellung in die Lehre gegeben habe«, obwohl Meister Schwarzschwanz ja wirklich nichts damit zu tun hatte. Sie zog mich aus, als wäre ich noch ein Kind und rieb mich eilends mit ihren Salben ein. Sie befühlte meinen Brustkorb und behauptete, ich hätte mir zwei Rippen gebrochen. Das glaubte ich gerne, denn es tat furchtbar weh, als sie mich abtastete. Sie hieß mich kräftig auszuspeien, aber weil ich dann kein Blut spuckte, schloss sie daraus, dass ich keine inneren Verletzungen davongetragen hätte und beschloss, zum Dank dafür dem heiligen Michael, dem heiligen Nikolaus und auf meine Bitte hin auch der heiligen Barbara eine Kerze zu spenden – der heiligen Barbara deswegen, weil ich nach wie vor überzeugt war, unter dem besonderen Schutz dieser Heiligen zu stehen. Sie legte mir äußerst feste Verbände an, so dass ich kaum atmen konnte, und bettete mich in ihr eigenes Bett. Währenddessen saß der Bauernbursche ganz ruhig auf der Schwelle und knabberte an einem Stück trockenen dunklen Brotes und einer gepökelten Lammkeule, die er aus seinem Ranzen gezogen hatte. Die Kinder, die uns gefolgt waren, standen da und starrten ihn an, wobei sie sich in der Nase bohrten oder sich mit ihren Zehen am Unterschenkel kratzten, bis Frau Pirjo sie davonscheuchte und den Jungen zu uns hereinrief. »Wie heißt du, und wer ist dein Vater? Woher kommst du? Was machst du? Wohin bist du unterwegs? Was hat dich zu Michael geführt, als er in höchster Not war?« lauteten ihre Fragen.

Den jungen Mann verwirrte Frau Pirjos Neugier, und er kratzte sich am Ohr, woraus ich schloss, dass sein Verstand nicht gerade schnell arbeitete. »Ja, also was …?« fragte er zurück, aber dann fing er sich und begann sich vorzustellen. Er sagte, er sei Antti, Sohn von Kalle aus dem Dorfe Laitila, und er wolle in der Stadt bei einem Schmied in die Lehre gehen, da er aus Versehen den Amboss in seiner Dorfschmiede zertrümmert habe. Deshalb habe der Schmied habe ihm in seinem Zorn den Laufpass gegeben.

»Und wie hast du es geschafft, einen Amboss zu zertrümmern?« fragte sie.

Antti blickte mich aus seinen grauen Augen unverwandt an und sagte: »Der Schmied drückte mir einen Vorschlaghammer in die Hand und sagte, ich solle zuschlagen. Da schlug ich, und der Schmied meinte, noch fester. Ich schlug fester zu, aber der Schmied trieb mich fortwährend an, ich sollte fester zuschlagen, so dass ich schließlich nach dem größten Hammer in der Schmiede griff und ein Stück vom Amboss abschlug.«

Frau Pirjo musterte ihn verwundert und meinte: »An einer Ecke ist mein Haus etwas abgesunken, so dass der Fußboden schräg geworden ist. Dadurch sammelt sich, wenn ich den Boden schrubbe, das Schmutzwasser in der Ecke, wodurch die Wandbalken schimmelig werden. Ich habe schon oft daran gedacht, dass da etwas getan werden müsste, aber ich konnte bisher niemanden um Hilfe bitten, die Ecke wieder hochzuwuchten. Wie wär's, könntest du mein Haus ein Stück anheben, so dass ich ein paar Steine unter das Hauseck legen kann?«

»Ich seh's mir mal an«, sagte Antti bereitwillig. Sie gingen zusammen nach draußen, und es dauerte nicht lange, da vernahm ich ein kräftiges Rumpeln, und mein Bett schwankte, als wäre es ein auf Wellen schaukelndes Boot, und Frau Pirjo schrie erschrocken auf: »Mach mir mein Haus nicht kaputt, Kerl! Es reicht, es reicht!« Nach einer Weile kehrten sie in die Stube zurück, und mir schien, dass Antti nicht einmal außer Atem gekommen war. Frau Pirjo setzte sich, stützte ihr Kinn auf die Hand, sah Antti lange an und fragte schließlich: »Bist du eigentlich recht bei Trost, mein armer Junge?«

Antti erwog lange bei sich, was er antworten sollte, sah dann Frau Pirjo nicht ohne Demut in die Augen und sagte: »Mein Verstand arbeitet nicht gerade schnell, doch absichtlich tue ich nie etwas Böses. Ich hatte vorhin auch nicht die Absicht, das Haus einstürzen zu lassen, aber ich musste mich ordentlich anstrengen, und dabei habe ich meine Kräfte nicht gut berechnet. Das ist nun mal ein Fehler von mir, der mich aus meinem Elternhaus und auch aus der Schmiede vertrieben hat.«

Ich bat ihn zu erzählen, wie es ihm ergangen war, und er berichtete: »Ich stamme aus einem armen Elternhaus. Mein Vater und meine Mutter hatten nur einen einzigen Reichtum, nämlich die Kinder, von denen jedes Jahr eins hinzukam, manchmal sogar zwei auf einmal. Wir waren zu Hause achtzehn Münder, die gefüttert werden wollten, und meine Mutter wusste nicht einmal jeden von uns mit seinem richtigen Namen zu rufen, denn ihr Gedächtnis begann desto schwächer zu werden, je mehr Zähne sie verlor. Mir ging es allerdings ganz gut, weil ich auf dem Hof auch all die Arbeiten ausführen konnte, für die man sonst ein Pferd gebraucht hätte. Aber immer, wenn ich mich besonders anstrengte, hatte mein Vater danach viel Mühe, die ganzen Werkzeuge zu reparieren, so dass er schließlich meinte, ein Pferd zu halten würde ihn billiger kommen. Wenn ich nämlich Pferdearbeit leistete, wollte ich auch immer so viel essen wie ein Pferd, nur dass mein Vater nicht damit einverstanden war, denn in einem armen Haus gibt es nun mal nicht viel zu futtern, auch wenn man das Brot zur Hälfte aus Baumrinde backt.«

Er blickte betrübt drein, wischte sich eine Träne aus dem Augenwinkel und fuhr fort: »Ich verstehe einfach nicht, was für ein Fluch auf mir liegt, wo ich mit mehr Kraft gesegnet bin, als alle Männer zusammen in einem kleinen Dorf haben. Meine Eltern waren nämlich beide recht schwach und gebrechlich. Beim Kraftstemmen konnte ich alle meine zehn Brüder vom Boden hochheben, wenn nur das Brett nicht brach. Mein Großvater galt allerdings als sehr stark, und er hatte keine Angst, mit der Axt in der Hand auf einen Bären loszugehen, auch wenn ihn schließlich ein Bär zu Tode quetschte. Zum Schluss meinte mein Vater, ich sollte am besten unter die Soldaten gehen, aber das wollte ich nicht, denn mir sind jedwede Raufereien, Streit und grobe Worte zuwider. Mutter packte mir ein Brot für unterwegs ein und flüsterte mir noch schnell den Rat ins Ohr, ich sollte zu einem Schmied in die Lehre gehen. Das will ich jetzt auch versuchen, aber wie wird es mir armem Jungen vom Land wohl in einer großen Stadt ergehen? Ob ich hier wenigstens genug zu essen kriege?«

Jetzt begann er bitterlich zu weinen, dieser große, kräftige Bursche, und schluchzend und unter Tränen erzählte er davon, wie er von zu Hause aufgebrochen war: »Es war schwer, die vertrauten Gegenden zu verlassen. Lange stand ich am heimischen Gatter und blickte mich um, ehe ich es wagte, über Feld und Flur zum nächsten Kirchspiel zu wandern. Unterwegs passierte nichts weiter, außer dass mir ein Bär entgegenkam, sich auf die Hinterbeine stellte und mich zu einem Kräftemessen herausforderte. Ich hatte große Angst, aber dann dachte ich an meinen Großvater, und dass ich jetzt elternlos und ganz allein auf mich gestellt war, und da kam mir der Tod in der Umarmung des Bären besser als alles andere vor, wo ich doch meiner Familie nichts als Kummer bereitet hatte. Ich wollte mich also auf einen Ringkampf mit dem Bären einlassen, aber dieser Grobian versetzte mir so einen wuchtigen Schlag ins Gesicht, dass ich auf mein Hinterteil fiel und mir so wirr im Kopf wurde, als hätte ich ihn in ein Ameisennest gesteckt. Davon habe ich auch noch diese Kratzspuren im Gesicht. Jedenfalls wurde ich ganz schön wütend davon, obwohl ich sonst eher ruhigen und gelassenen Gemütes bin. Ich ergriff den Bären bei seinen Pfoten und drehte ihn einfach herum, bis Meister Petz zu stöhnen begann und dann ein großes Geheul ertönen ließ, bis er sich mir entwand und sich auf die Flucht machte. Ich ihm nach und schreie dabei noch viel lauter, weil ich wirklich wütend geworden war, bis der Bär keinen anderen Ausweg mehr sah, als auf den nächsten Baum zu klettern, eine Kiefer. An der schüttelte ich so lange, bis der Bär rücklings zu Boden plumpste, und dann erschlug ich ihn mit einem großen Steinbrocken. Mit dem Bärenfell als Beute bin ich dann ins nächste Kirchspiel marschiert, wo mich ein Schmied in die Lehre nahm. Aber lange behielt der Schmied mich nicht bei sich, sondern hat mich wieder fort auf Wanderschaft geschickt. Deshalb bin ich jetzt hier.«

Als er geendet hatte und sich seine Wangen mit dem Handrücken abwischte, fragte Frau Pirjo: »Du versuchst doch wohl nicht, uns einen Bären aufzubinden, was, Antti Kallenpoika?« Er aber sah uns mit vor Verwunderung aufgerissenen Augen an und versetzte: »Warum sollte ich euch denn anlügen? Ich habe ja außerdem noch den Knochen vom Zeugungsglied des Bären mitgenommen, weil das ein wirklich großer Bär war und ich gehört habe, dass die Herren und Zauberkundigen in der Stadt viel Geld dafür zahlen und solche Knochen für verschiedene Zwecke gut gebrauchen können.« Aus seiner Tasche holte her den besagten Knochen hervor, um ihn uns zu zeigen. Da ich vorher noch nie so etwas gesehen hatte, überkam mich der starke Wunsch, ihn zu besitzen. Aber Frau Pirjo war schneller als ich, sie nahm den Zauberknochen sogleich an sich und sagte: »Ich bezahle dir ebenso viel dafür wie jeder andere, was immer du auch dafür erbittest, denn er ist hervorragend dafür geeignet, um Liebestränke zu brauen. Man weiß ja nie, wofür man das noch mal brauchen kann.«

Antti erwiderte: »Nehmt es als Geschenk von mir an, edle Frau, und helft mir dafür mit guten Ratschlägen, denn wenn jemand in dieser verzweifelten Lage guten Rat braucht, dann bin ich es.« Aber Frau Pirjo widersprach heftig und sagte: »Die Gottesmutter und alle Heiligen mögen mich davor bewahren, deine Unerfahrenheit und Dummheit auszunutzen. Im Gegenteil, Michael und ich sind dir großen Dank schuldig, da du Michael vor dem wildgewordenen Stier gerettet hast. Jetzt wird mir klar, dass der heilige Nikolaus selbst dich in der Stunde der Not zu Michael geführt hat und euer beider Schicksal miteinander verknüpfen wollte. Ich bin nur ein schwaches Weib, aber auch in meiner Brust schlägt ein Herz, und deshalb darfst du hier in unserer Stube übernachten. Ich bringe dir eine Mahlzeit und neue Kleider, und dann schauen wir uns um und überlegen uns, wie wir dein Leben in rechte Bahnen leiten können, so dass du Michael Nutzen bringst und Michael dir.«

»Da gibt es nichts weiter zu überlegen«, warf ich ein. »Meister Schwarzschwanz hat einen fähigen Büchsenschmied in seinen Dienst genommen, der noch nach Gesellen sucht. Die brauchen sich in dem Handwerk auch nicht auszukennen, weil der Büchsenmeister selbst unter Leitung meines Meisters gerade erst zu lernen beginnt, wie man Feuergeschütze schmiedet.«

Auf diese Weise wurde das Schicksal des Antti Kallenpoika mit dem meinen verbunden. Ich verschaffte ihm Arbeit in der Schmiede des Geschützmeisters, und seine wenigen freien Stunden verbrachte er unter

Frau Pirjos Dach. Als ich ihn besser kennengelernt hatte, wurde mir klar, dass er durchaus kein dummer Junge war. In seinem Wesen und seinen Worten verbarg sich eine Art Schelm, auch wenn er das, was er zu sagen hatte, mit ernster Miene vorzubringen pflegte. Sich dumm zu stellen hatte er auf den Landstraßen kennengelernt, als er Kälte und Hunger erleiden musste, bevor er sich in die Stadt getraut hatte, denn er hatte bereits zwei Jahre der Wanderschaft hinter sich, während der er von einer Schmiede zur anderen und von Dorf zu Dorf gewandert war, auch wenn er uns das nicht gleich zu Anfang zugeben wollte, da er fürchtete, wir könnten ihn für einen gefährlichen Landstreicher halten. In die Stadt war er gekommen, um sich weitere Kenntnisse anzueignen, denn er glaubte, schon alles zu können, was einen guten Dorfschmied ausmachte. Geschütze zu schmieden, daran hatte er nie gedacht, war das doch eine in Finnland unbekannte Kunst. Doch diese Kunst sagte ihm sogleich zu, und er meinte, das wäre eine Arbeit, die seinen Kräften angemessen sei. Deshalb glaubte er auch gerne, der heilige Nikolaus habe ihn zu mir geleitet. So kam mich die Rettung meines Lebens ganz billig, denn sie kostete mich keinen Schilling, sondern Antti war mir genauso dankbar dafür, dass ich ihm einen Arbeitsplatz verschafft hatte, wie ich ihm für die Rettung meines Lebens dankbar war.

Kapitel 10

Was ich bis jetzt erzählt habe, spielte sich im Jahre 1517 ab. Im Nachhinein gesehen war dieses für die Welt das letzte glückliche Jahr und gleichzeitig das glücklichste Jahr meiner Jugend, obwohl damals die Samen reiften, welche die Welt vergifteten und mein eigenes Schicksal bestimmten. Eine erste Ahnung von den künftigen Ereignissen wurde mir zuteil, als ich dem Gespräch von Meister Laurentius und Pater Petrus in Frau Pirjos Stube lauschte.

Pater Petrus sagte: »Die Schwedischen Reichsstände haben unseren ehrwürdigen Erzbischof Gustav Trolle seines heiligen Amtes enthoben. So etwas ist im ganzen Reich noch nie vorgekommen, so dass ich mir nur mit Entsetzen ausmalen kann, was der Heilige Vater in Rom sagen wird, wenn er davon erfährt.«

»Da gibt es nicht viel zu überlegen«, meinte Meister Laurentius und rieb sich zufrieden die Hände. »Das Reich wird mit einem Bann belegt, Kinder werden nicht mehr getauft, Sterbende erhalten keine Letzte Ölung mehr, junge Paare werden nicht getraut, und die Kirchen bleiben geschlossen. So etwas ist schon aus nichtigeren Gründen geschehen.«

Ich mischte mich in ihr Gespräch ein und sagte: »Ich will eine solche gottlose Tat gewiss nicht gutheißen, aber ich habe aus vertrauenswürdiger Quelle gehört, unser ehrwürdiger Erzbischof sei ein ganz verstockter Anhänger der Union und somit ein Feind des Reiches. Da mit dem Zaren wieder auf viele Jahre Friede geschlossen und mit Küssen auf das Kreuz bekräftigt wurde, kann dem Reich von nirgends mehr Gefahr drohen, außer von Dänemark. Und dass Gefahr droht, das wissen wir ja, denn es wird Pulver hergestellt und Geschütze werden geschmiedet, wie ich selbst bezeugen kann, wo ich doch den ganzen Sommer lang vom ersten Hahnenschrei bis zur Vesper nach besten Kräften mitgeholfen habe, das Reich zu rüsten, auch wenn mir bisher noch niemand dafür gedankt hat.«

»Eitel sind irdische Dankbarkeit und Ehre«, meinte Pater Petrus fromm dazu. »Am Tage des Jüngsten Gerichts werden wir gewogen, und jeder von uns wird nach seinen Verdiensten gerichtet werden. Aber es jagt mir doch einen Schrecken ein, wenn ich daran denke, dass der Heilige Vater in berechtigtem Zorn das ganze Land mit dem Kirchenbann belegen könnte. Das würde gerade den frommen Dienern der Kirche größten Schaden zufügen, denn dadurch verlören wir ja alle unsere

Einkünfte, die uns für die Verrichtung unserer kirchlichen Amtshandlungen zustehen, und würden ganz fürchterlich verarmen. Damit meine ich durchaus nicht mich selbst, denn ich habe mich schon in meiner Jugend durch mein Mönchsgelübde zur Armut verpflichtet. Auch wenn mir wohlgesonnene und fromme Menschen zur Rettung ihrer Seele meine Dienste vergolten haben, so habe ich doch, meinem Gelübde entsprechend, das Geld so rasch wieder ausgegeben, wie ich es bekommen habe, denn sonst hätte es nur die Geldtruhe unseres hochwürdigen Priors beschwert. Nein, um mich selbst sorge ich mich durchaus nicht, aber ich fürchte doch, dass die Bauern, die auch sonst geizige und starrsinnige Kerle sind, aufhören werden, den Zehnten an die Kirche abzuführen, wenn sie von der Messe und den heiligen Sakramenten ausgeschlossen werden.«

Meister Laurentius rieb sich die Hände mit immer größerer Zufriedenheit und sagte: »Du hast recht, lieber Pater Petrus. Aufgrund meiner Erfahrungen wage ich sogar die Voraussage, dass das widerspenstige Volk dieses Landes harte Worte und Beleidigungen ausstoßen wird, sobald es einer schwarzen Kutte auch nur ansichtig wird, ja, man wird euch mit Steinen und Straßenkot bewerfen, weil die Leute in ihrem Unverstand die Priester und Mönche natürlich für die Hauptschuldigen am Kirchenbann halten werden. Ich zweifle nicht daran, dass die Streithähne in Tawastland und Österbotten* sogar mit Knüppeln auf wandernde Bettelmönche losgehen und sie umbringen werden, wo auch immer sie auf welche stoßen. Dafür kann es natürlich nur eine Strafe geben, was bedeutet, dass es für einen Henkermeister mehr Arbeit geben wird. Aber das ist nur geringfügig im Vergleich zu dem, was in den Burgen und auf den Märkten geschehen wird. Ich sehe vor meinem geistigen Auge schon die vielen Adeligen, die ihren Nacken auf den Richtblock legen müssen, um den Schwertstreich zu empfangen. Für den Henker spielt es nämlich keine Rolle, ob es Dänen oder Schweden oder die eigenen Landesherren sind, die er zu richten hat, sondern einem Henker ist es recht, dass jede Nation einmal an die Reihe kommt, den Stahl im Nacken zu spüren, so dass die Köpfe wie reife Äpfel in den Korb rollen werden.«

Frau Pirjo entgegnete, eine solch gottlose Rede flöße ihr Entsetzen ein, denn sie finde, ein magerer Friede sei besser als ein dicker Streit. Aber Pater Petrus begann zu jammern und zu klagen und sagte mit weinerlicher Stimme:

»Habe ich nicht schon genug Schicksalsschläge erfahren und viel Kummer ertragen, von dem bösen Russensturm bis zu den grausamen Raubzügen der Dänen, dass ich auf meine alten Tage noch dadurch gedemütigt werde, dass die Leute hasserfüllt mit dem Finger auf mich zeigen und mein Gewand mit Straßenkot bewerfen? Dabei hatte ich gehofft, so etwas würde mir erspart bleiben, wo ich doch auch keine Mühe mehr damit habe, die Tonsur zu schneiden, weil der liebe Gott mich in seiner Güte dieser Schererei enthob, indem er mir eine Glatze geschenkt hat. Als junger Mann hatte ich schwarzes lockiges Haar, das zu scheren mir leidtat und auf das so manche Frau begehrliche Blicke warf, so dass ich sie nur mit Mühe davon abhalten konnte, es zu streicheln und zu befingern. Jetzt aber sind die wenigen mir verbliebenen Haare grau, meine Nase ist groß und rot und mein ganzer Leib aufgedunsen von der Not und Mühe, die ich in meinen geistlichen Übungen durchstehen musste. Und in diesem Zustand soll ich nun als Vertriebener durch das Land wandern und mir auf den Landstraßen meinen Lebensunterhalt erbetteln, unter widerspenstigem Volk, das so habgierig ist, dass es sogar die Rinde von jungen Kiefern abschält, um es in Mehl vermischt zu backen und dann dieses bittere Rindenbrot dem Bettler anstatt richtigen Brotes zu reichen?«

Meister Laurentius fand keinesfalls Worte des Trostes für ihn, sondern versetzte: »Weinen und Jammern hilft hier gar nichts, sondern der kluge Mann, der einen Sturm heraufziehen sieht, trifft schnell seine Entscheidung, sei er nun Däne oder Schwede, Unionsfreund oder Anhänger von Herrn Sten, Freund oder Gegner des Erzbischofs, und handelt danach. So etwas nennt man politische Kunst, und es gibt keine größere Kunst als sie, denn sie führt früher oder später immer zu demselben Ergebnis. Ob man sich nämlich so oder anders entscheidet; für jeden kommt schließlich der Moment, da man ein Schwert in seinen Bauch, eine Keule über den Kopf oder einen Strick um den Hals kriegt. Letzteres übrigens empfehle ich jedem meiner Freunde, weil ich ihm dabei mit meiner Kunst am besten dienen kann. Nur der Henker steht über allen Parteien, denn seine Dienste benötigt der Däne ebenso wie der Schwede, die Kirche wie die weltliche Gewalt, und ein Könner seines Fachs braucht da nicht über die schlechten Zeiten zu jammern, in denen seine Fähigkeiten am dringendsten gebraucht werden.«

Frau Pirjo räumte Silberbecher und Holzgabel vom Tisch ab und sagte: »Jetzt hör endlich auf mit deinen grauenvollen Scherzen, Meister Laurentius. Siehst du nicht, dass dem Jungen die Nasenspitze ganz blass wird und Antti dich mit Augen groß wie Deichselräder anstarrt und ihm die Haare zu Berge stehen, obwohl er von langsamem Verstand ist? Wir leben glücklicherweise ganz zufrieden und unbeschadet von den Ränkespielen und Streitigkeiten der großen Herren. Wir gehorchen den Königen und Statthaltern oder sagen uns von ihnen los, je nachdem was uns aus Stockholm befohlen wird. Den einfachen Menschen ist es gleich, ob sie ihre Steuern an die Dänen oder die Schweden abführen müssen, solange sie in Frieden leben und ungestört ihr Handwerk ausüben können. Glücklich ist fürwahr das Schicksal unseres armen Landes, denn es ist uns beschieden, beiseite zu stehen und zu schauen, welcher Seite sich der Sieg zuneigt und danach unsere Wahl zu treffen. Trotz allem bin ich sehr froh, dass Michael die Gänsefeder zu seinem Werkzeug erwählt hat und nicht das Schwert, denn wer nach dem Schwert greift, wird durch das Schwert umkommen, wie uns die Bibel lehrt.«

Meister Laurentius behauptete starsinnig, die Welt habe sich nun einmal verändert. Er beharrte darauf, das Kratzen der Gänsefeder könne dem Henker mehr Arbeit bescheren als Schwertgefuchtel und Geschützdonner. Aber ich war noch so jung, dass ich nicht verstand, was er damit meinte. Frau Pirjo stellte die Schüssel mit dem Brei auf den Tisch und gab noch ein Stück Butter dazu, das sich gleich darin verlief. Dann sprachen wir ein Gebet und machten uns vergnügt mit unseren Löffeln über die Schüssel her. Die Welt schien doch nicht so schlecht zu sein, wenn es für arme Leute genug guten Brei gab und noch ein Stück Butter obenauf.

Doch zugleich mit den letzten Schiffen, die vor dem Zufrieren der Ostsee eintrafen, erreichten uns aus Deutschland auch merkwürdige Gerüchte. Es ging dabei um einen Mönchsstreit, angefacht einem Mönch und Doktor der Universität namens Lutherus, der an die Tür der Kirche von Wittenberg fünfundneunzig Thesen angeschlagen haben sollte, in denen er den Ablasshandel verurteilte und dadurch die Stellung des Heiligen Vaters als Bewahrer der Schlüssel des Himmelreichs anzweifelte. Für mich aber waren diese Nachrichten nichts anderes als ein Beweis dafür, dass die Deutschen ein unruhiges und streitlustiges Volk waren, wie ich durch meine Bekanntschaft mit Meister Schwarzschwanz sehr wohl gemerkt hatte. Ich konnte auch nicht verstehen, wie ein vernünftiger Mensch die glasklaren Glaubenslehren unserer heiligen Kirche anzweifeln konnte. Schließlich machten sie das Leben einfach und leicht und bewahrten den Menschen davor, sich mit allzu vielem Nachdenken abzumühen.

Denn ich betrachtete die Welt immer noch mit ungetrübten Augen, gutgläubig und mit reinem und unschuldigem Herzen. Wäre ich doch so geblieben! Aber das bittere Schicksal des Menschen besteht darin, sich zu entwickeln, sich zu wandeln und zu wachsen, bis das Leben ihn geformt und geschliffen und mit allerschärfster Eichenlauge abgespült hat. Deshalb beende ich hier mein erstes Buch und beginne ein neues, das von meinem Herzeleid erzählt, meinen Sorgen und Zweifeln und davon, wie ich die Stadt Turku verließ.

Zweites Buch

DIE VERSUCHUNG

Kapitel 1

An einem milden Wintertag nach Weihnachten, an dem das neue Jahr begann, bat Magister Martinus mich, nachdem er die anderen Schüler entlassen hatte, zu sich in seine Kammer. Er setzte sich an den Tisch rieb sich mit Daumen und Zeigefinger seine schmale Nase, an deren Spitze wie immer ein Wassertropfen hing, und sah mich forschend an. »Im Namen des Vaters, des Sohnes und des Heiligen Geistes«, sprach er feierlich. »Michael, mein Junge, was willst du werden?«

Seine Worte trafen mich so schmerzlich, dass ich vor ihm auf die Knie fiel und in Tränen ausbrach. »Pater Martinus«, sagte ich, »ich habe keinen glühenderen Wunsch, als in den Dienst der heiligen Kirche zu treten, und ich sehe mit großer Verbitterung, dass schon viele, mit denen zusammen ich, auf dem strohbestreuten Fußboden sitzend, den Weg des Lernens antrat, sich schon die Tonsur scheren lassen durften und inzwischen ein priesterliches Amt angetreten haben. Zwar bin ich, soweit ich weiß, jünger als sie, aber ich bin bereit, mich Tag und Nacht abzumühen, um meine Kenntnisse zur höheren Ehre der Kirche zu vervollkommnen, falls das nötig sein sollte. Jedoch gab man mir zu verstehen, dass meine Hoffnungen und Bestrebungen vergeblich sind, wie sehr ich mich auch bemüht habe. Deshalb habe ich sogar schon daran gedacht, um Aufnahme in das Kloster zu bitten, um nach einem Jahr der Probezeit die schwarze Kutte anzulegen und mich mein Leben lang dem Dienst für die Kirche zu widmen. Doch Pater Petrus warnte mich, diesen Plan zu verwirklichen, und sagte, im Kloster gebe es keine andere Stellung für mich als die eines Dienstbruders oder eines Gehilfen von Pater Bartholomäus, sofern man mich überhaupt als Klosterbruder aufnehmen würde, da ich ja keine Landgüter oder Silbergeschirr hatte, die ich dem Kloster vermachen oder schenken könnte.«

»Michael«, entgegnete Magister Martinus streng, »spricht aus dir nun der Geist des Herrn oder der Satan?«

Diese Frage brachte mich in Verlegenheit. Er ließ mich eine Weile lang nachdenken und fuhr dann fort: »Du bist ein gelehriger und begabter Junge, Michael. Aber deine Fähigkeit, auch Schwieriges gleichsam wie im Spiel zu lernen und über das Gelernte Fragen zu stellen, die selbst den gelehrtesten Mann verblüffen, haben bei mir zu starken Zweifeln darüber geführt, wie es um den Zustand deiner Seele bestellt sein mag. Mir scheint nämlich, dass aus dir durchaus nicht christliche Demut spricht, sondern ein satanischer und verurteilenswerter Ehrgeiz, zumal du in der Dialektik versuchst, sogar deinem Lehrer das Wort im Munde umzudrehen, wodurch du ihn so in die Enge treibst, dass er dir keine Antwort mehr zu geben vermag, wie es bei unserem Disput über Jonas und den Walfisch geschehen ist. Du hast dich in reich geschmückte irdische Gewänder gehüllt und lässt nun, auf gesatteltem Ross und mit einer bunten Feder am Hut einherreitend, deinen Lehrer allmählich hinter dir. Dabei hat sich unser Herr sich damit begnügt, auf einem Eselsrücken zu reiten, und sogar der Heilige Vater in Rom gibt sich mit einem Maultier zufrieden. Deine Gedanken drehen sich genauso viel um irdische Dinge wie um die Heilige Schrift, und du wirfst ehrbaren Frauen Blicke nach, aus denen sündige Gedanken sprechen. Ich habe sogar gehört, dass du in betrunkenem Zustand krakeelt und dabei die Heilige Dreifaltigkeit gelästert haben sollst.«

»Pater Martinus«, sagte ich, »ich bin nicht so ein schlimmer Kerl wie Ihr glaubt, sondern mein Herz ist wie Wachs. Gebt mir Hoffnung, dann will ich mein Verhalten bessern. Wenn es nötig ist, gehe ich auch barfuß im Schnee einher und faste wochenlang, damit ich mich würdig genug erweise, um Euren Segen zu erlangen.«

Magister Martinus seufzte schwer und sagte dann barsch: »Ich zweifle nicht daran, dass du alles Mögliche tätest, um zu zeigen, wie viel besser du bist als alle anderen, und um in deinem krankhaften Ehrgeiz voranzukommen. Jahraus, jahrein habe ich darauf gewartet, dass irgendein mächtiges und geheimnisvolles Zeichen dir deinen Platz im Leben zuweisen würde. Aber das ist nicht geschehen und wird wohl auch nicht geschehen, sondern im Laufe der Zeit ist das Geheimnis deiner Geburt immer rätselhafter geworden, und es gibt nicht mehr viele, die sich noch an deine Mutter erinnern. Ist es jetzt nicht an der Zeit, dass du dich demütig mit der Stellung zufriedengibst, die dir vorherbestimmt ist, und dich gehorsam bemühst, das zu lernen, was du brauchst, um ein weltliches Amt bekleiden zu können? Angesichts deiner Fähigkeiten und Begabungen könnte ich dich dem Burgvogt als Schreiber empfehlen oder dem Rat vorschlagen, dich in seine Dienste zu nehmen. Auch könnte ich dich zum Landrichter schicken, damit er dich mit der Rechtsprechung vertraut macht und dich in den Gesetzen des Schwedischen Reiches unterweist. Denn, um ehrlich zu sein, von meinen Kenntnissen hast du keinen Nutzen mehr, habe ich dich doch alles gelehrt, was ich dir beibringen konnte.«

»Ihr verstoßt mich, Pater Martinus?« fragte ich bedrückt, denn die Schule bedeutete mir alles, trotz meiner Aufsässigkeit – sie war der einzige feste Halt in meinem Leben, und ich wollte sie nicht verlassen.

»Ich verstoße dich gewiss nicht, du störrischer Bengel«, fauchte mich Magister Martinus an, »sondern ich habe ohne Grund und Ursache allzu viel Gefallen an dir gefunden, haben mich doch deine Lernbegierde und dein Eifer lebhaft an meine eigene Jugend erinnert. Der Weg des Lernens ist schwierig, und ich musste das Landgut, das mir mein Vater vererbt hatte, verkaufen, um an der Universität Rostock studieren zu können. Aber kein Opfer erschien mir damals zu groß, wenn es nur meinen Studien nützte. Deshalb verstehe ich dich, Michael. Aber sieh mich an, was aus mir geworden ist! Im Grunde genommen bin ich nur noch ein mürrischer alter Mann und werde bald erblinden, weil ich in meiner Jugend allzu viel gelesen habe. An meinem Todestag habe ich auch keinen anderen Trost zu erwarten, als den gleichen einfachen Trost, der sich jedem Menschen darbietet, ob er nun Priester oder Laie ist, nämlich die Vergebung der Sünden und die Letzte Ölung. Mein ganzes Wissen macht mich in dieser Hinsicht nicht besser als einen einfachen Köhler oder Viehhirten. Um deiner selbst willen, Michael, wirst du nichts gewinnen, wenn du dich mit Gewalt ans Lernen und an die Wissenschaft klammerst. Du tätest besser daran, dich demütig in dein Schicksal zu fügen und dich mit dem Amt eines nützlichen Schreibers zu begnügen, anstatt dir den Mond vom Himmel herabzuwünschen.«

»Sei's drum«, versetzte ich verbittert, und brennende Tränen schossen mir in die Augen. »Ich werde mich also als Köhler oder Viehhirt verdingen, wenn das die einzige Weisheit ist, die Euch das Leben gelehrt hat, Pater Martinus.«

Durch diese Worte ließ er sich rühren. Er tätschelte mir mit seiner sehnigen, zittrigen Hand die Wange und sagte: »In einem weltlichen Beruf stehen dir alle einfachen Freuden des Lebens offen. Da bist du nicht dein ganzes Leben an das priesterliche Gewand gebunden, sondern du kannst dir eine Feder an die Mütze stecken und mit den Mädchen schäkern. Hast du dann erst einmal eine feste Stellung, dann kannst du einen Ehestand gründen und darin ein glückliches Leben führen, in dem dir ein frommes Weib und gehorsame Kinder zur Quelle ständiger Freude werden.«

Ich versetzte patzig, der Ehestand samt quengelnder Kinderschar in einer ärmlichen Schreiberstube würde mich nicht reizen. »Außerdem«, sagte ich, »hat jeder Priester oder sogar Bischof sein Kebsweib samt Kindern, und niemand rechnet es ihnen als Sünde an, da die Kirche von ihm ja in jedem Fall den Sündengroschen für die Kebse erhebt, ohne zuvor zu untersuchen, ob der Priester einen reinen Lebenswandel führt oder nicht. Auf diese Weise genießen die Diener der Kirche alle Vorteile einer Ehe, ohne deren Nachteile ertragen zu müssen, können sie doch nach Lust und Laune ihre Konkubine gegen eine neue eintauschen, wenn sie der alten überdrüssig geworden sind. Auch rechnet die Kirche einem Priester oder Mönch sittliche Vergehen nicht als große Sünde an, sofern er sich nur nach der Richtschnur des gelehrten Gerson* richtet: nicht feiertags, nicht an heiliger Stätte und nicht mit einer verheirateten Frau. Nur die heimliche Ehe ist eine Sünde, die einem geweihten Priester nicht vergeben werden kann. Damit will ich durchaus nicht sagen, dass ich wegen dieser Vorteile das Priesteramt anstrebe, sondern der Beruf des Priesters ist für einen armen Jüngling wie mich die einzige Möglichkeit, meine Studien fortzusetzen und vielleicht eines Tages an einer Universität studieren zu können, wenn ich über Einkünfte aus einer kirchlichen Pfründe verfüge.«

Sobald ich dieses gesagt hatte, erschrak ich und merkte, wie ich errötete, denn nun hatte ich unbedachtsam meinen innigsten Wunsch ausgesprochen, meinen Traum, dessen Verwirklichung für jemanden wie mich ein Ding der Unmöglichkeit war und der Magister Martinus zu Recht Anlass gab, mich gottlosen Ehrgeizes zu zeihen. Doch mein Lehrer und Erzieher wies mich nicht mehr zurecht. Er sagte nur traurig:

»Begreifst du nicht, Michael, wie falsch es ist, wenn du die heilige Kirche und die Sakramente nur als deine Diener betrachtest, damit du deinen Durst nach Wissen befriedigen kannst? Die Kirche wählt sich ihre Diener selbst. Durch deine eigenen Worte entlarvst du dich als einen bloßen Blender und Glücksritter, der sogar die Hostienschale als Trittbrett benutzen würde, wenn ihn das auch nur einen Zoll weiterbringt. Aber wenn du selbst nicht begreifst, was für kindisches und unvernünftiges Geschwätz du von dir gibst, dann kann ich dich auch nicht zurechtweisen. Irgendwann aber wirst du es einsehen und dich dann deiner Worte schämen.«

»Pater Martinus«, entgegnete ich, »ich habe nur meinen Kopf und meine zwei Hände und nichts anderes auf der Welt, mit Ausnahme der heiligen Kirche, an die ich glaube und auf die ich meine ganze Hoffnung setze. Warum verschmäht man mich, wo doch viele, die dümmer und längst nicht so begabt sind wie ich, für würdig erachtet werden? Warum werde ich nur deshalb verschmäht, weil ich weder Landgüter noch Familie oder Verwandte aufzuweisen habe, die zur Tilgung der Sündenschuld meiner Mutter eine Zahlung an die päpstliche Kurie leisten könnten, um eine Sondergenehmigung für mich zu erwirken? Warum verschmäht man mich?«

»Zweifelst du an den Lehren der heiligen Kirche?« ereiferte sich Magister Martinus. »Du Wurm, was unterstehst du dich, gegen die Entscheidungsgewalt der Kirche aufzubegehren! Ich warne dich, Michael, die Schlange der Ketzerei nistet schon in Worten, die unschuldiger daherkommen als deine Rede!«

Das furchtbare Wort »Ketzerei« erschütterte mich und brachte mir wieder Demut bei, auch wenn der Trotz in meinem Herzen noch nicht ganz verloschen war. Allerdings wollte mich Magister Martinus durchaus nicht der Schule verweisen, sondern er versprach mir sogar einen Lohn, wenn ich weiterhin die Jüngsten in Grammatik unterrichten würde. Dieser Lohn wurde mir dadurch zuteil, dass er mich in seiner Güte dem Goldschmied Lauri empfahl, dessen zwei Söhne ich im Lesen und Schreiben unterweisen sollte. Besagter Goldschmied, einer der reichsten Bürger Turkus und Gildenältester der St.-Henriks-Gilde, hatte Magister Martinus nämlich gebeten, ihm seinen besten und gelehrtesten Scholaren zu schicken.

»Aber der Lohn ist nicht die Hauptsache«, sagte Pater Martinus, »sondern wichtiger für dich und deine Zukunft ist es, die Gunst eines einflussreichen Bürgers, Ratsmitglieds und Gildenältesten zu gewinnen, wenn du in deiner Vaterstadt Erfolg haben willst. Es werden sich dir viele Möglichkeiten eröffnen, wenn du dich recht zu benehmen weißt und dabei ein demütiger Jüngling bleibst. Von der Morgenandacht bis zur Mittagsmesse wirst du in der Schule den jüngsten Brüdern die Grammatik einbleuen. Hingegen kannst du von der Mittagsmesse bis zum Abendgebet deine Zeit in Meister Lauris Haus verbringen und dich um die Erziehung seiner Söhne kümmern. Der Meister bietet dir dafür zwei Mahlzeiten täglich, Kleidung und ein Silberstück pro Monat, wenn deine Dienste ihm zusagen.«

Kapitel 2

Ich legte also mein bestes Gewand an und begab mich nach der Mittagsmesse zum Handelshof des Goldschmiedes Lauri. Es war schmuddeliges Tauwetter, und meine Stimmung war gedrückt, als ich mit der Mütze in der Hand darauf wartete, dass der Meister seine Mittagsmahlzeit beendete. Doch er empfing mich freundlich, und nachdem er sich, Silbe für Silbe buchstabierend, Magister Martinus' Empfehlungsbrief durchgelesen hatte, sprach er in wohlwollendem Ton zu mir, stellte mir seine beiden Söhne vor – der jüngere war sieben, der ältere neun Jahre alt – und sagte, ich solle den Gebrauch der Rute nicht sparen, falls sie sich widerspenstig zeigten. Aber bei diesen Worten lächelte er und schaute liebevoll auf seine Jungen hinab, die beide schweigsam waren – brave und gut erzogene Kinder.

»Du wirst dich vielleicht wundern«, sprach er weiter und geriet offensichtlich in Verlegenheit dabei, »aber ich wünschte mir wohl, dass du gleichzeitig auch meiner Tochter das Lesen beibringst und wenn möglich auch das Schreiben, falls es dir nicht zu viel Mühe bereitet, da ja die Frauen bezüglich ihrer Geistesgaben den Männern unterlegen sind. Ich sehe nämlich nicht ein, warum es mehr Arbeit machen soll, drei statt nur zwei Kinder zu unterrichten. Meiner Tochter schadet es sicher nicht, wenn sie lernt, ihren Namen aufs Papier zu kritzeln.«

Er sprach von einem Kind und meinte es auch sicher so, aber Anna Laurintytär war schon fünfzehn Jahre alt und hatte damit das beste Heiratsalter fast erreicht. Ihre Haare leuchteten in der von dem grauen Winterwetter verdunkelten Stube wie Goldfäden, und ihr Mund war rot wie eine Blume, als sie mir schüchtern zulächelte. Ich gab ihr die Hand und fühlte mich verlegen und gleichzeitig glücklich, während ich ihre schmale Mädchenhand in der meinen spürte. Dann begann ich mit dem Unterricht, und meine Selbstsicherheit kehrte allmählich zurück. Der Meister hörte anfangs zu, nickte mit dem Kopf und begab sich dann in seine Werkstatt, um an einem silbernen Kelch zu arbeiten, die für die Kirche von Hattula als Sühne für einen Totschlag bestellt worden war. Ab und zu wagte ich einen kurzen Blick auf Anna, und sie errötete jedes Mal ein wenig, blickte mich dabei aber aufmerksam mit ihren hellen Augen an. Als die Jungen zu gähnen begannen und ungeduldig auf der Bank herumrutschten, sagte ich zu ihr:

»Du bist nach der heiligen Anna, der Mutter der Heiligen Jungfrau Maria benannt. Das ist ein schöner und segensreicher Name. Ich glaube nicht, dass die heilige Anna schöner als du gewesen ist.«

»Erzähl mir etwas von der heiligen Anna«, sagte sie, eine entzückende Röte überzog ihr Antlitz.

So erzählte ich ihr und den Jungen von der heiligen Anna, was nicht schwer war, haben die Finnen doch seit jeher die heilige Anna als ihre Schutzheilige verehrt, auch wenn ich den Grund dafür nie habe finden können. Jedenfalls kannte ich deshalb alle Berichte von den Wundertaten der Heiligen, denn ein guter Lehrer sollte das Gemüt seiner Schüler mit frommen Erzählungen über die Heiligen nähren können, wenn beim Erlernen der Buchstaben einmal ihre Aufmerksamkeit nachlässt. Die Jungen aber wurden der heiligen Anna bald überdrüssig und wollten etwas von dem edlen heiligen Georg hören, der einen Drachen tötete und eine unschuldige Prinzessin rettete.

Als ich heimkehrte, war es bereits dunkel geworden, aber das Wetter hatte sich aufgeheitert, und am Himmel funkelten die Sterne. Ein wunderbares Gefühl durchströmte meine Brust. Mir war danach zumute, loszurennen oder zu fliegen oder meine geheimnisvolle Freude in einem Lied hinauszuschmettern. Des Nachts lag ich erhitzt in meinem Bett, wachte lange und träumte lebhaft, während ich ungeduldig darauf wartete, am nächsten Tag Anna Laurintytär wiederzusehen. Denn es vergingen nur wenige Tage, bis mir klar war, dass ich sie liebte, und es gibt für einen jungen Menschen wohl kein qualvolleres Entzücken als seine erste Liebe.

Aber ich muss von Lauri dem Goldschmied erzählen, der seine Tochter noch für ein Kind hielt und nie auf die Idee gekommen wäre, dass ein armer Scholarius es wagen würde, den Blick zu seiner Tochter zu erheben. Während seiner Gesellenzeit hatte er viele Länder durchwandert und seinen Meisterbrief in Holland erhalten. Der Beruf des Goldschmieds bringt einen Goldschmiedemeister mit vornehmen und adeligen Herrschaften in Berührung. Nun hatte sich Meister Lauri ein Beispiel an ihnen genommen und in seinem Haus allerlei Verfeinerungen und sittsame Gebräuche eingeführt, die sich von den groben Sitten der gewöhnlichen Bürger unterschieden. In seiner Familie aß man von glattem Essgeschirr, und dazu hatte jeder seinen eigenen Teller. Er nahm beim Essen neben den Fingern auch ein Messer zur Hilfe, wischte sich nach der Mahlzeit Mund und Hände am Tischtuch ab und lehrte seine Kinder, es ihm nachzutun. Ich kann nicht sagen, dass er geizig gewesen wäre, aber er verabscheute übermäßige Schlemmereien und Trinkgelage, Würfelspiel sowie andere Unsitten, die unter seinen Gildenbrüdern verbreitet waren, so dass unter ihm als Gildenältesten die

Krakeelereien, die vordem so viel öffentliches Ärgernis erregt hatten, aufhörten und gesittetere Gebräuche Einzug hielten. Das hatte zwar das Ansehen der Gilde erhöht, aber die Zahl ihrer Mitglieder verringert, obwohl er bestrebt war, die früheren Gebräuche durch harmlose Musik, belehrende Gesänge, Rätselspiele und sonstige klug ausgewählte Beschäftigungen zu ersetzen.

Im Nachhinein kann ich sagen, dass er zweifellos ein durch und durch langweiliger Mann war. Sein eitles und vornehmes Getue war auch wohl der Grund dafür, warum er wollte, dass auch seine Tochter lesen und ihren Namen schreiben lernen sollte. Doch bevor ich Grund bekam, ihn zu hassen, bewunderte ich ihn sehr und war bestrebt, ihm in meinem äußerlichen Betragen gleichsam wie einem Vorbild nachzueifern. Seinen Gesellen gegenüber verhielt er sich barsch und wortkarg, aber in mir fand er einen gefälligen Zuhörer. Deshalb unterhielt er mich nach den Mahlzeiten oft mit Geschichten, die er in Reval, Köln, Paris und Leyden erlebt hatte – Städten, die für mich nichts waren als bloße, rätselhafte Namen. Nach dem Abendessen trank er zuweilen ein Glas sauren französischen Weines, wobei seine Wangen sich röteten. Einmal zeigte er mir einen unbearbeiteten Goldklumpen und sagte:

»Scholarius Michael, merk dir meine Worte: Es gibt nichts auf dieser Welt, was man nicht gegen Gold aufwiegen könnte. Gold stürzt Fürsten und krönt Kaiser. Gold öffnet die Pforten zum Himmelreich und errettet die Seele aus den Qualen des Fegefeuers. Gold schließt Ehen und löst sie wieder auf. Gold öffnet selbst die undurchdringlichsten Türen und erhebt den Kaufmann auf die Höhe von Fürsten. Ist es also nicht des Menschen nützlichstes Ziel, nach besten Kräften Gold zu sammeln? Denn Gold bedeutet Freiheit, Macht, Freude und jeglichen Lebensgenuss, und es gewährt dem Menschen nach seinem Tode die himmlische Herrlichkeit, da es keine Sünde gibt, von der sich der Mensch nicht mit Gold reinigen könnte. Hat die heilige Kirche doch wie ein guter Kaufmann für alle Sünden die Preise festgesetzt, je nach Stand und Vermögen des Sünders.«

Er nahm einen Schluck Rotwein, seufzte und fuhr fort: »Mein ganzes Leben lang habe ich mit Gold und Silber zu tun gehabt, aber je mehr ich mich mit dem Gold beschäftigt habe, desto rätselhafter wurde es für mich. An und für sich ist es ja nur ein gelbes, schweres, dauerhaftes und biegsames Metall, das man zu vielerlei schönen Formen verarbeiten kann. Aber trotz all der Kunst eines Goldschmieds ist die wertvollste Form des Goldes ein zu einer Münze geschlagenes und mit Stempel versehenes Stück Gold. Durch harte Arbeit im Schweiße seines Angesichtes vermag der Mensch so viel Gold anzuhäufen, dass es ihm Sicherheit im Alter gibt. Allerdings ist unser Leben so merkwürdig eingerichtet, dass, je schwerer ein Mensch arbeitet, er desto geringeren Lohn für seine Mühen erhält. Heutzutage wird niemand durch eigene Arbeit reich, nicht einmal die wahren Meister ihres Fachs, ebenso wenig wie Künstler, die das Gold zu den herrlichsten Formen verarbeiten, denn solche sind oft nichts als Halunken und Trunkenbolde. Das gleiche gilt auch für die fähigsten Maler oder Bildhauer, die Statuen von Heiligen anfertigen, für die hohe Preise bezahlt werden. Nein, durch eigener Hände Arbeit kommt niemand zu Reichtum, und auch ich verdiene mehr Geld durch meine Anteile an den Schiffen, die nach Lübeck segeln und dadurch, dass ich es anderen überlasse, für mich Gefahren zu bestehen, als durch meine eigene Arbeit. Das ist die merkwürdigste Lehre, die unsere Zeit hervorgebracht hat. Sie ist mir auch erst dann ganz klar geworden, als ich schon im hohen Mannesalter stand und mein fünfzigstes Lebensjahr überschritten hatte. Daraus folgt, dass es wohl zu keinen Zeiten so ungeheuer riesiges Vermögen in Händen einzelner Kaufleute gegeben hat wie heute. Es liegt nicht einmal etwas Widergesetzliches oder Unrechtes daran, wie unverständige Leute leicht glauben können, auch keine Zauberei, sondern man wird einfach dadurch reich, indem man andere für sich arbeiten lässt. Und über je mehr Reichtümer jemand verfügt, desto mehr Leute lässt er für sich arbeiten und wird dadurch immer nur noch reicher, so dass in den Webereien in den großen Städten Flanderns und Italiens viele hundert Menschen bisweilen für nur einen einzigen Kaufmann Stoffe weben. Auch durch die Bearbeitung von Gold und Silber kann niemand übermäßig reich werden, selbst wenn er Dutzende und Hunderte von Gesellen beschäftigt, nein, im Gegenteil, selbst der fähigste Goldschmied verarmt nur, wenn er seine Werkstatt allzu sehr erweitert. Sag mir, warum das so ist, Michael! Wenn du das kannst, bist du ein kluger Junge.«

Ich antwortete, in diesen Dingen könne ich es durchaus nicht mit seinem Wissen und seiner Klugheit aufnehmen, gab aber zu bedenken, dass er sich im Widerspruch zu allen Gesetzen der Dialektik und Logik befinde, denn schon eine einfache und folgerichtige Berechnung würde zeigen, dass ein Meister, der zehn Gesellen habe, auch zehnmal so viel herstellen und verdienen müsse wie ein Meister mit nur einem Gesellen. Doch Meister Lauri nahm nur einen weiteren Schluck aus seinem Becher und erklärte:

»In jedem Land, in jeder Stadt gibt es nur wenige Menschen, die so reich sind, dass sie sich Goldschmuck und silbernes Geschirr leisten können. Aber jeder Mensch, und sei er noch so arm, braucht Salz für seine Speise, Stoff für seine Kleidung und Ablässe zu seinem Seelenheil. Ein Kaufmann, der diese Waren da kauft, wo man sie billiger bekommt und dann wieder teuer verkauft ja nach Angebot und Nachfrage, wird reich. Und um reich zu werden, braucht ein Kaufmann Schiffe, Handelsprivilegien und Sonderrechte. Aber all dies ist so kompliziert, dass du es kaum begreifen wirst. Landgüter, Werkstätten und Läden sind an sich kein Reichtum, sondern Reichtum entsteht aus zäher und harter Arbeit von Bauern, Gesellen und Seeleuten, wenn sie gegen geringen Lohn dem Kaufmann dienen und ihm zu Nutzen ihre Arbeit verrichten.«

»Vielleicht verstehe ich das«, sagte ich. »Genauso sind ja auch die Ablässe, mit denen in den großen Ländern Handel betrieben wird, an sich nichts wert, sondern sind nichts als Papier. Erst dadurch, dass die Menschen so eifrig sündigen, gewinnen diese Papiere ihren Wert und wandeln ihn in Geld um. Je eifriger der Mensch arbeitet, um so mehr nützt er den Kaufleuten, und je mehr er sündigt, desto mehr nützt er der heiligen Kirche.«

»Die Kirche ist eine Sache für sich«, versetzte Meister Lauri. »Der Himmel behüte mich davor, auch nur ein Wort gegen die heilige Kirche zu sagen, ist sie doch die beste Verbündete eines Goldschmieds, von der die meisten Aufträge kommen, da sie den Menschen ein nützliches Sündenbewusstsein einflößt und dafür sorgt, dass diese zur Sühne für ihre Sünden teure Silberkelche und Hostienscheiben bestellen, um sie der Kirche zu schenken. Die Anfertigung goldener und silberner Ringe für den Ehestand, der von der Kirche geheiligt ist, stellt ja auch die häufigste und sicherste Einkommensquelle dar. Doch zweifellos wird es jemandem, der weitsichtig genug ist, um über den eigenen Tellerrand zu schauen, böse aufstoßen, dass jedes Jahr Unsummen von Geld als Peterspfennig aus dem Heimatland nach Rom abfließen, obgleich man diese Gelder viel nützlicher in der Heimat ausgeben könnte, um damit etwa silberne Kerzenständer oder golddurchwirkte Altardecken für unsere armen Kirchen anfertigen zu lassen.«

Damit sollte ich genug berichtet haben, um zu zeigen, was für ein Mensch der Goldschmied Lauri war und wie wohlwollend er mich behandelte. Er freute sich auch, dass seine Kinder so gut und schnell lernten, und schrieb ihre Lernerfolge ganz zu Recht meinen Fähigkeiten zu. Ich aber war auf nichts anderes bedacht als darauf, immer möglichst lange in seinem Haus zu verweilen, denn ich wollte insgeheim, ohne dass die anderen es merkten, ein paar Worte mit seiner schönen Tochter wechseln, um ihre Gefühle zu erkunden, obwohl ich nicht zu hoffen wagte, sie könnte mich genauso mögen wie ich sie. Deshalb spielte ich mit den Kindern oft bis in den späten Abend, was mir dadurch gelang, dass ich mancherlei nützliche Belehrungen in die Spiele einbaute und sie ihren Eltern dabei Begebenheiten aus Heiligengeschichten vorspielen ließ. Doch wie ungestüm auch unsere Spiele waren, am Ende fehlte mir immer der Mut, und ich wagte nicht, mich Anna zu nähern, obwohl sie manchmal, ganz ohne es zu merken, ihre Hand auf meine Schulter legte oder mich errötend und mit leuchtenden Augen ansah.

Dann kam der Frühling. Es wurde wärmer, die Schneeverwehungen schmolzen dahin, und in den Traufen der Häuser rauschte das Wasser, das zuvor als Eis auf den Dächern gelegen hatte. Die Nächte wurden kürzer, die Abende waren von perlenhaftem Glanz, und unter den Schuhen spritzte das zu Matsch gewordene Eis. Zu Mariä Verkündigung* war der Boden an südlichen Hügelabhängen bereits eisfrei. An den Feiertagen war ich nicht in Meister Lauris Haus, aber ich hatte am Vartio-Berg eine erste gelbe Frühlingsblume gepflückt, und meinen ganzen Leib durchglühten Zweifel und Verlangen, als ich um das Haus von Meister Lauri strich. Endlich sah ich den Meister und seine an Krampfadern leidende Frau, wie sie das Haus verließen. Da trat ich kurzerhand ein. Anna begrüßte mich verblüfft und mit glänzenden Augen. »Anna Laurintytär«, sagte ich, »es ist Frühling.« Ich überreichte ihr den gelben Huflattich, und sie besah ihn sich genau und drehte ihn in ihrer schmalen Hand hin und her. Sie trug Feiertagskleidung, ihre Arme und ihr Hals waren unbedeckt, und ein dünnes, teures Tuch lag über ihrem Busen, so dass sie fast ganz wie eine Erwachsene aussah. Mir stockte der Atem, als ich sie so betrachtete.

»Vater und Mutter sind zum Gildehaus gegangen«, sagte sie unschuldig. »Auch das Gesinde hat frei, und nur die Jungen und ich sind zu Hause. Ich soll aufpassen, dass das Feuer keinen Schaden anrichtet, und muss die Jungen im Auge behalten. Aber ich langweile mich sehr. Schön, dass du mich besuchen kommst, Michael.«

Sie bot mir einen Platz an und holte aus dem Keller in einem Wacholderholzkrug lübisches Starkbier, denn es war Mariä Verkündigung, und sie trank selbst ein bisschen vom Rand des Kruges, den ich ihr um so lieber hinneigte. Die Jungen hatten gehört, dass ich gekommen war, und drängten mich, mit ihnen zu spielen.

»Was sollen wir denn spielen?« fragte Anna. »Es darf kein allzu wildes Spiel sein, damit ich mir mein neues Kleid nicht schmutzig mache oder einreiße, denn das würde Mutter betrüben und Vater wütend machen. Gefällt dir mein Kleid, Michael?«

»Dein Kleid gefällt mir sehr, Anna«, sagte ich, und mir war froh und wehmütig zugleich zumute, als ich ihren Namen aussprach. »Ich glaube, nicht einmal eine Prinzessin wäre schöner in dem Kleid, das du trägst.«

»Ich weiß, ich weiß!« riefen die Jungen wie aus einem Munde. »Wir spielen Drache und Prinzessin!«

Das war ihr Lieblingsspiel. Meine Rolle war dabei die des heiligen Georg, während die Jungen den größten Spaß daran fanden, sich zusammen in ein Bärenfell einzuwickeln, einen schuppigen Schwanz hinter sich herzogen und als zweiköpfiges Ungetüm knurrende und brüllende Laute ausstießen, wie sie wohl ein ergrimmter Drache von sich geben musste. Vorher aber waren sie grausame Krieger, die unter mancherlei Gespött Anna mit einem Lederband die Hände zusammenbanden und sie an einem Haken in der Wand festmachten, so dass sie hilflos und mit den Händen über ihrem Kopf dastand und sich nicht befreien konnte. Anna lächelte mir zu, aber sie errötete und wandte den Blick ab, als sie bemerkt hatte, dass, während die Jungen sie bedrängten, ihr Halstuch beiseite gerutscht war, so dass ihr Hals und ein Teil ihres gewölbten Busens nicht mehr bedeckt waren. Nie zuvor hatte ich sie in so verlockender Schönheit gesehen. Das Blut erhitzte mir mein Gesicht, das Herz schlug mir heftig in der Brust, und auch ich senkte meinen Blick.

Dann aber kamen beiden Jungen aber schon unter dem Bärenfell angekrochen und brummten und knurrten dabei so, dass man sie in der allmählich immer dunkler werdenden Stube tatsächlich für einen Drachen halten konnte. Sie fuhren die Prinzessin grob an und drohten sie aufzufressen. Aber nach hartem und erbarmungslosem Kampf tötete ich den Drachen und schlug ihm beide Köpfe ab, was den Jungen immer größtes Vergnügen bereitete. Anna hielt den Kopf gegen die Wand gepresst und zitterte so, als hätte sie wirklich Angst. Ich erinnerte mich nicht, dass sie jemals ein Spiel mit dem gleichen Ernst gespielt hätte wie dieses. Nachdem die Jungen aber ihre Rolle zu Ende gespielt hatten, wurden sie des ganzen überdrüssig. Von der Straße her begannen Rufe, Gesänge und Gelächter zu ertönen, denn die Mönche des Klosters trugen das Bild der allerheiligsten Jungfrau durch die Stadt, und die Jungen eilten auf den Hof, ihre Schwester sich selbst überlassend und dem heiligen Georg, ihrem Befreier.

Ich trat vor Anna hin und wollte ihr die Fesseln von den Händen lösen und dabei irgendeine Bemerkung zu dem dummen Spiel machen. Aber als ich so vor ihr stand, dass ich sie fast berührte, blieb ich in ihren Anblick versunken stehen. Ihr ins Gesicht blickend fühlte ich mit erschütternder Klarheit, wie still und verlassen die Stube war, während wir uns gegenüberstanden und niemand von uns ein Wort sagte. Anna machte eine kurze Bewegung, so als wolle sie ihre Handgelenke voneinander lösen. Ihr Kopf neigte sich zur Seite zu einem ihrer Arme, sie atmete schnell, mit halb geöffnetem Mund, und dann wurde sie plötzlich ganz blass.

Ich umschlang sie mit meinen Armen und merkte dabei, wie mager sie war, als ich meinen ausgetrockneten Mund gegen ihren Mund presste. Sie erzitterte in meiner Umarmung, die Augen zunächst entsetzt aufgerissen, aber dann schloss sie sie, und ich spürte, wie ihr Mund begierig meinen Kuss erwiderte. Ihr Herz schlug heftig, und jeden ihrer Herzschläge spürte ich in meinen Fingerspitzen. Ich presste meinen Mund auf ihre Brust und sog den Duft ihrer reinen Haut ein. Sie aber erbebte und versuchte ihre Hände von den Fesseln zu befreien. »Michael«, sagte sie »oh Michael, das darfst du nicht!«

Da schämte ich mich und band sie eilig los und löste ihr das Lederband von den Händen. Sie rieb sich ihre klammen Handgelenke, wobei sie ihren Kopf geneigt hielt, so dass ihr blondes Haar mein Kinn berührte. Dann begann sie plötzlich bitterlich zu schluchzen, wandte sich rasch ab von mir und warf sich aufs Bett. Sie presste ihren Kopf auf die Decke aus Schafswolle und weinte herzzerreißend. Eilends trat ich zu ihr, streichelte ihr die zuckenden Schultern und versuchte sie zu trösten, indem ich ihr versicherte, keine bösen Absichten mit ihr gehabt zu haben. Schließlich wandte sie sich mir zu, blickte mich aus ihrem totenblassen Gesicht mit ihren großen, tränenbenetzten Augen an und klagte mich an: »Michael, du hast mich entehrt!«

Dem widersprach ich aufs heftigste und sagte: »Sei nicht kindisch, Anna. Du bist kein Kind mehr, und ich auch nicht.«

Doch sie entgegnete: »Jetzt kann ich meinem Vater und meiner Mutter nie mehr in die Augen schauen. Niemandem kann ich mehr in die Augen schauen, nach dem, was jetzt geschehen ist.« Diese Worte erschreckten mich, und ich fragte: »Ist dir so schlimm zumute?«

Anna sann mit zurückgeneigtem Kopf eine Weile nach und blickte dabei an mir vorbei in die Ferne. Dann schaute sie mich plötzlich wieder an, lächelte und sagte: »Nein, eigentlich ist mir nicht schlimm zumute.« Ihre Vernunft war zurückgekehrt, und sie fragte: »Michael, bist dir ganz sicher, dass du mich nicht entehrt hast?«

Ich sagte, da sei ich mir ganz sicher, obwohl ich in meinem Innersten vielleicht doch nicht ganz so davon überzeugt war, wie man es aus meinen Worten hätte schließen können. Jedenfalls beruhigte Anna sich vollends, schlang ihren Arm um meinen Hals und küsste mich leicht auf den Mund, so dass mir ganz benommen zumute wurde. »Liebst du mich, Michael?« fragte sie.

Da schwor ich mit allem Nachdruck bei Gott, der allerheiligsten Jungfrau und allen Heiligen, dass ich sie liebte und nur sie und mehr als alles andere auf der Welt, und dass ich noch keine andere Frau geliebt hätte und keine andere so lieben könnte wie sie, sondern lieber stürbe. Ich glaubte und wusste auch, dass alles wahr war, was ich sagte, und sie vernahm meine Worte gern. »Liebst du mich denn ein kleines bisschen, Anna?« fragte ich sie zum Schluss.

»Ja, ich liebe dich sehr, Michael«, antwortete sie bereitwillig. Dabei streckte sie mir tief Atem holend, wobei sich ihr Busen hob, ihre Hände entgegen zum Zeichen, wie sehr sie mich liebte, und eine tiefe Röte überzog ihr Gesicht. Ich aber war frei von bösem Verlangen und wagte nicht einmal davon zu träumen, noch weiter zu gehen, als ich es bereits getan hatte, sondern ich glaubte, bereits so viel bekommen zu haben, wie ein armes Menschenherz nur aufnehmen könnte, ohne zu zerspringen. So voll war mir die Brust, dass mir das Atmen schwerfiel.

Von Mariä Verkündigung bis zum Walpurgistag dauerte meine Glückseligkeit. Ich schrieb eine ganze Reihe lateinischer Verse, die Anna verherrlichten und in denen der Überschwang meiner Jugend, gepaart mit den edelsten Gefühlen meiner Seele, sich phantasievoll die himmlischen Züge der heiligen Anna ausmalte, so dass mir das Schreiben leicht fiel. Zwar erinnerten die Worte jener Hymnen und ihr Versmaß stark an die frommen Lieder, die wir in der Schule singen gelernt hatten, aber das empfand ich durchaus nicht als Nachteil, weil ja gerade auch die besten Dichter Worte und Gedanken voneinander abzuschreiben pflegen. Nur bereitete es mir Kummer, dass Anna kein Latein verstand. Um so besser aber verstand sie sich darauf, Gelegenheiten herbeizuführen, bei denen wir ein paar Worte miteinander wechseln und in der dunklen Stube auch einige verstohlene Küsse tauschen konnten. Je weiter der warme Frühling voranschritt, desto leidenschaftlicher wurden die Küsse, die ich ihr stahl, so dass mein Leib sich immer mehr erregte und ich des Nachts sündige Träume hatte. Mir war es ein Rätsel, dass Meister Lauri und seine Frau nichts davon merkten, was sich vor ihren Augen abspielte. Dabei hätte man glauben können, dass schon der Glanz in Annas Augen und meine geröteten Wangen ihren Eltern hätten verdächtig vorkommen müssen.

Am Walpurgistag brannte Annas Mutter Schwefel in der Gesellenstube ab, um allerlei Ungeziefer zu vertreiben, und Meister Lauri erkundigte sich bei mir nach einem geeigneten Hengst, denn er wollte seine schöne Stute decken lassen. Das Vertrauen, das er auf mich setzte, schmeichelte mir, und wir unterhielten uns lange über die magischen Eigenschaften des Schwefels und über den dummen Volksglauben, dem zufolge Ungeziefer Glück bringe. Ich weiß nicht, warum ich ausgerechnet den Walpurgistag wählte, um meine Sache vorzubringen – ich sah wohl die Frage nach einem Hengst für seine Stute als ein glückliches Vorzeichen an und als Beweis für das große Vertrauen, das der Meister zu mir hatte.

Doch je weiter unsere Unterhaltung gedieh, desto mehr verließ mich der Mut und desto schwieriger erschien mir jene alles entscheidende Frage, die zu stellen mein Gewissen und meine Ehre mich drängte. Deshalb schob ich diese Sache vor mich her, und gleichermaßen aus ehrlicher Neugier wie aus dem Drang, meine Gelehrsamkeit zu zeigen, fragte ich: »Meister Lauri, als Goldschmied, der mit all den geheimnisvollen Eigenschaften des Goldes vertraut ist, seid Ihr in Eurer Lehrzeit sicher auch mit klugen Alchemisten in Berührung gekommen. Was ist Eure Meinung zur *quinta essentia*?«

Meister Lauri schmunzelte freundlich und sagte: »Ich hatte schon erwartet, dass du mir diese Frage stellen würdest, Michael, nachdem ich bei dir Verständnis dafür geweckt habe, wie viel das Gold bedeutet, ja wie viel mehr als alles andere auf der Welt es bedeutet. Denn seitdem sich der Mensch über die Bedeutung des Goldes klar geworden ist, hat er auch mit all der Kraft seines Wissens und Wollens nach einem Weg danach gesucht, das Gold zu beherrschen. Der Mensch, der es versteht, aus billigem Blei Gold herzustellen, wird nämlich zum Herrn der Welt, und er wird reicher sein als alle anderen Menschen. Als ich jung und wissensdurstig war und meine Armut als Last empfand, suchte ich oft den Kontakt zu Spagyrikern und kann dir ganz im Vertrauen sagen, Michael, dass ich mit den Formwandlungen des *Mercurius* gut vertraut bin. Auch die *Clavicula Salomonis* und andere okkulte *Sigilla* sind mir nicht fremd geblieben.«

»Meister«, fragte ich, »gibt es so einen Weg?«

»Vielleicht gibt es ihn«, antwortete er, »aber viele haben sich die Augen verdorben, sind entweder selbst verarmt oder haben ihre Angehörigen an den Bettelstab gebracht oder sogar ihren Verstand verloren auf der Suche nach diesem Weg. Jedenfalls ist noch niemand reich davon geworden. Mit eigenen Augen habe ich gesehen, wie ein graues Stück Blei sich zu Gold verwandelte. Das war in der Stadt Leyden. Aber dieser Versuch war derart kostspielig, dass er um ein Vielfaches mehr an Gold kostete, als das Blei wog, und der Mann, der diesen Versuch angestellt hatte, verließ fluchtartig die Stadt und hinterließ nur Schulden und unbezahlte Rechnungen, so dass der Stadtrat in der ganzen Gegend nach ihm als Betrüger fahnden ließ. Meine Erfahrungen haben mich gelehrt, jeden für einen Betrüger zu halten, der behauptet, er verfüge über die *quinta essentia* und könne Gold herstellen, stecke er nun im Gewand eines gelehrten Doktors oder in den Lumpen eines Landstreichers. Alle, die nach der *quinta essentia* suchen, sterben in großer Schande und Armut, ja zuweilen auch am Galgen oder auf dem Scheiterhaufen. Denn das geheime Wissen, auf das sie aus sind, ist ein gefährliches Wissen und bringt jeden, der danach sucht, ins Verderben. Allerdings muss man solches schwarzes Wissen genau von erlaubtem Wissen unterscheiden, denn dieses wird ja von der Kirche gebilligt.«

»Es gibt so einen Weg also nicht?« fragte ich.

»Wenn der liebe Gott gewollt hätte, dass die *quinta essentia* vom Menschen beherrscht würde«, sagte der Meister salbungsvoll, »hätte er, glaube ich, schon Adam im Paradies in dieses Geheimnis eingeweiht, oder wenigstens später Abraham. Wer über die *quinta essentia* verfügt, der kann jeden Stoff in einen anderen verwandeln, und dem ist auch das Geheimnis langen Lebens enthüllt. Offenbar wünscht der Schöpfer nicht, dass der arme Mensch so viel Macht über die Natur bekommt, denn eine solche Erfindung würde eine völlige Umkrempelung der Welt und Verderben bedeuten, ist doch der Mensch ein unvollkommenes Wesen, und nur Gott selbst in Gestalt der Heiligen Dreifaltigkeit ist vollkommen. Seitdem ich das erst einmal begriffen hatte, verzichtete ich darauf, meine Zeit in der Gesellschaft von Spagyrikern zu verschwenden und setzte lieber meine Lehre bei den besten Meistern meines Faches fort. Diese Lehre ist *sapienti sat*, aber natürlich hindert nichts andere Leute daran, so einen Weg auszuprobieren, wenn sie in ihrer Dummheit und Selbstüberschätzung meinen, Gott zu gleichen.«

Über diese Lehre sann ich kurz nach, dann atmete ich tief durch und sagte: »Meister, ich hätte eine große Bitte an Euch.«

Des Meisters Miene zeigte sogleich Zurückhaltung, wie bei jedem, der um etwas gebeten wird. Aber er forderte mich auf, weiterzusprechen. »Ihr habt mir in jeder Hinsicht Eure Gunst erzeigt, Meister Lauri«, sagte ich. »Ich habe Eure Rechnungen erledigt und Briefe für Euch geschrieben, und Ihr habt mich als fügsamen und anständigen jungen Mann bezeichnet, dem eine vielversprechende Zukunft bevorstehe. Als Schreiber des Burgvogts oder im Dienst des Stadtrats könnte ich es zu einem auskömmlichen Lebensunterhalt bringen. Ich verspreche auch, dass ich in den Abendstunden zusätzliche Arbeiten annehmen würde, sofern Ihr mir nur meine Bitte gewährt, denn ich hege keine größere Hoffnung, als dass ich Euch meinen Vater und Beschützer nennen darf, und will Euch auf jede Weise Eure Güte vergelten, wenn Ihr mir Eure Güte erweisen wollt.«

Meister Lauri blickte gequält drein und sagte: »Es ist schon Vesperzeit, und ich halte nichts von langen Reden. Wenn du meinst, dass ich dir zum Lohn für den Unterricht, den du meinen Kindern erteilst, eine Reise nach Lübeck finanzieren soll, damit du deine Kenntnisse im Ausland erweiterst – denn diese Hoffnung scheinst du ja wohl zu hegen, wie ich aus gewissen Äußerungen von dir schließen muss –, so wird es vielleicht nicht unmöglich sein, dir einen solchen Wunsch zu erfüllen. Ich besitze Anteile an einem seetauglichen Schiff, und als Handelsschreiber könntest du an Bord von Nutzen sein, wenn es in See sticht. Meinst du mit deinen Worten aber etwas anderes, dann sag es rasch, denn die Zeit ist knapp.«

Er machte Anstalten, das Zimmer zu verlassen und griff nach der Kerze. Da fiel ich vor ihm auf die Knie und sagte: »Meister Lauri, erlaubt mir, um Eure Tochter Anna zu freien! Dafür will ich Euch mein ganzes Leben lang nach besten Kräften dienen und mein ganzes Wissen und alle meine Fähigkeiten darauf verwenden, ihr und mir selbst einen auskömmlichen Lebensunterhalt zu verschaffen.«

Der Meister zuckte zusammen, so dass ihm flüssiger Talg von der Kerze auf die Hand tropfte. Er rieb sich schnell den Handrücken ab und sagte mit erstickter Stimme: »Du willst also meine Tochter Anna heiraten, Scholarius Michael. Was hat denn Anna dazu zu sagen?«

Von großer Erregung beflügelt sagte ich: »Anna ist bereit, neben mir vor Euch auf die Knie zu fallen und Euch um Eure väterliche Einwilligung und Euren väterlichen Segen anzuflehen. Denn wahrlich, unsere Herzen haben Zuneigung zueinander gefunden, und sie hat mir ihre Hand und ihr Herz versprochen, so nur Ihr, Meister Lauri, Eure Zustimmung gebt.«

Meister Lauri zitterte von innerer Erregung, so dass die Flamme der Kerze in seiner Hand heftig flackerte. Er rief alle Heiligen an, ihm dabei zu helfen, die Fassung zu bewahren und sprach mit heiserer Stimme: »Ich muss wirklich dumm und blind gewesen sein, aber das ist jetzt die Strafe dafür.«

Dann sagte er in besonders boshaftem Ton: »Du bist mir ja ein gerissener Bursche, Scholarius Michael! Jetzt verstehe ich, dass du den Weg gefunden zu haben glaubst, nach dem du mich fragtest. Was ist zwischen Anna und dir vorgefallen?«

Ich beeilte mich zu versichern, dass nichts Böses zwischen uns geschehen sei, sondern dass wir einander in aller Unschuld und reinen Gemütes ewige Treue geschworen hätten. Das beruhigte den Meister augenscheinlich. Er rieb sich die geröteten Wangen, fuhr sich mit der Hand über den Kopf, als hätte er Kopfschmerzen, und sagte dann ganz ruhig:

»Komm mal mit mir an die Haustüre, Michael.« Er ließ mich vor sich aus der Stube hinaus und brachte mich zur Tür. Es war noch nicht ganz dunkel, sondern das Licht des Frühlings erhellte noch ein Stück Himmel, und frühlingshafte Kühle strich mir über die erhitzten Wangen. Der Meister löschte die Kerze und stellte sie sorgfältig beiseite. »Sieh mal, da, Scholarius Michael« sprach er zu mir, trat hinter mich und versetzte mir mit geballter Kraft, in die er all seine Wut legte, einen Fußtritt, die mich aus dem Haus auf den Hof beförderte. Und im Überschwang seines Zorns war er durchaus kein schwacher oder alter Mann, denn ich flog, wie von einem Mauerbrecher geschleudert, mitten auf den Hof und landete, vor Angst und Schmerz aufschreiend, kopfüber auf einem feuchten Misthaufen.

Als ich mich jammernd und vor Schrecken zitternd aufrichtete und mich abtastete, ob alle meine Glieder heil geblieben wären, beschimpfte mich der Meister als Bastard und ließ so grobe und unanständige Flüche auf mich niederprasseln, wie ich sie ihm als einem Mann, der auf Anstand und feine Sitten Wert legte, nie zugetraut hätte. Er versprach, mich kurz und klein zu schlagen und mich als Verführer und Betrüger dem Stadtrat auszuliefern, sollte ich mich wieder bei ihm blicken lassen oder es noch einmal wagen, seine Tochter zu treffen. Anna erschien neben ihrem Vater an der Tür, weinte herzzerreißend und beschwor ihn, sich zu beruhigen. Aber Meister Lauri packte sie an den Haaren, versetzte ihr einen Schlag ins Gesicht und stieß sie wieder ins Haus hinein. Hätte ich meinen Dolch bei mir gehabt, wäre ich damit vielleicht auf den Meister losgegangen und hätte ewiges Unglück über mich gebracht. Aber zum Glück hatte ich keine Waffe dabei. Da mir nun stinkender Dung an meinen guten Kleidern und am Gesicht klebte und mich alle Glieder schmerzten, fühlte ich mich so elend, dass mir nichts anderes übrigblieb, als gedemütigt auf Umwegen, auf denen mich möglichst niemand erblicken sollte, nach Hause zurückzuschleichen. Ich kam mir vor wie ein geprügelter Hund und konnte keinen einzigen klaren und vernünftigen Gedanken mehr fassen.

So verkroch ich mich an jenem kalten Frühlingsabend in Frau Pirjos Stall. Davon wachte das Schwein auf und quiekte vor Furcht. Aber als es merkte, dass ich der Eindringling war, kam es im Dunkeln zu mir und stupste mich freundlich mit seiner Schnauze an. Wütend stieß ich es von mir fort, so dass es erneut aufquiekte, diesmal vor Schmerz. Da aber schämte ich mich und begann, dem Tier den Rücken zu tätscheln, denn warum sollte ich meine Verbitterung und Enttäuschung an einem unschuldigen Geschöpf auslassen, das mir freundlicher gesonnen war als die Menschen? Ich dachte, wenn ich ein Stück Schnur hätte, würde ich mich daran aufhängen, denn offenbar gab es auf der Welt keinen Platz mehr für mich. Ich glaubte nicht, dass ich ohne Anna weiterleben könnte. Auch dachte ich an Rache und stellte mir vor, in einer windigen Nacht in Meister Lauris Hof ein Feuer zu legen. Und dann kam mir in den Sinn, ich könnte vielleicht Anna rauben und mit ihr in die Wälder des Nordens fliehen, bis in die Gegenden, wo die Lappen wohnten und wohin sich die Macht der Krone nicht mehr erstreckte. Doch konnte ich mir nicht vorstellen, dass sie sich mit ihrer zarten Haut und ihren schmalen Händen in einer lappländischen Rauchhütte und unter Rentieren wohlfühlen würde. Aber ich wurde in meinen Gedanken gestört, denn Frau Pirjo war vom Quieken des Schweins in ihrem Schlaf aufgeweckt worden und erschien nun an der Stalltür. In der einen Hand hielt sie ein Licht, in der anderen den Ofenbesen, um den Schweinedieb zu vertreiben, der, wie sie glaubte, ihr Schwein aufgeweckt hatte.

»Raus da aus der Ecke, du Galgenvogel, damit ich dir eins über die Rübe geben kann!« rief sie. Doch als sie die Lampe hob, erkannte sie mich und fragte besorgt: »Du bist es, Michael, mein Junge? Wie siehst du denn aus? Was hast du mit deinen guten Kleidern gemacht? Sag mir, was ist geschehen?«

Da schossen mir heiße Tränen in die Augen, ich weinte und klagte und antwortete: »Mutter Pirjo, pack mir den Ranzen, damit ich dich verlassen kann, denn ich muss noch in dieser Nacht aufbrechen, weil ich keinem Menschen in dieser Stadt mehr unter die Augen treten kann.«

Frau Pirjo sann über meine Worte nach und sagte dann: »Hast du einen Mord begangen oder jemanden verletzt? Sind die Stadtbüttel hinter dir her? Hast du im Spiel verloren oder eine Kirche entweiht?« Auf meine Versicherung hin, nichts dergleichen sei geschehen, redete sie beruhigend auf mich ein: »Wenn es so ist, dann solltest du dich mit diesem Beschluss nicht übereilen. Mach dich jetzt erst mal sauber, iss dich satt und überschlafe die Sache. Wenn man darüber spricht, sieht alles gleich anders aus, und guter Rat ist meist besser als überhastete Flucht. Und jetzt komm herein, mein lieber Junge, damit ich dich von dem ganzen Schmutz säubern kann, denn was auch immer du angestellt hast, ich lasse dich nicht im Stich, sondern halte zu dir, auch wenn ich mir wünschen würde, du zögest dir nicht dein bestes Gewand an, wenn dich einmal der Wunsch überkommt, dich zu betrinken und in den Straßengräben herumzukriechen.«

Ich versuchte mich zu rechtfertigen, aber sie ließ mich nicht zu Wort kommen und sagte: »Spare dir deine Worte, bis du wieder sauber bist und ich dir einen Schluck Würzwein eingeflößt habe, damit du wieder einen klaren Kopf bekommst. Immerhin bist du schon sechzehn und damit ein ausgewachsener Mann. Es ist nun einmal Art der Männer, zu trinken und sich zu prügeln und sich die Kleider zu verderben. Da hilft alles Schimpfen nichts, sondern es ist ein Fehler der Natur, auch wenn ich geglaubt hatte, du seist besser als andere Männer. Eigentlich beruhigt es mich, dass dir dergleichen widerfahren ist, denn es zeigt, dass du ein ganz gewöhnlicher Mensch bist und kein Wunderwesen, wie ich schon befürchtet hatte.«

Unter solchen belehrenden Worten zog sie mich aus, wusch mich, gab mir ein sauberes Hemd und zwang mich dann, einen Becher gewürzten Wein zu trinken, bis ich mich wieder besser fühlte. Dann setzte sie sich hin, stützte ihr langes Kinn mit einer Hand auf, blickte mich mit ihren grauen Augen an und forderte mich auf: »Jetzt sag mir, was du zu sagen hast!«

»Meister Lauri der Goldschmied, der Teufel soll ihn holen, hat mich für alle Zeiten entehrt«, sagte ich. »Er hat mich als Mann, meine Ehre und all meine Hoffnung in den Dreck gezogen, so dass ich in meinem ganzen Leben keine Freude mehr zu erwarten habe, sondern lieber tot wäre.«

Frau Pirjo sagte: »Du würdest dich wundern, wenn du wüsstest, wie viele Freuden das Leben dir noch bereithält. Aber jetzt erzähl erst mal weiter, was geschehen ist, damit ich dir Rat geben kann.«

Da erzählte ich ihr alles mit vor Demütigung zitternder Stimme; ich schilderte meine Liebe und Annas Zuneigung zu mir und beendete meinen Bericht mit dem gemeinen Fußtritt und den Flüchen, die Meister Lauri mir hatte zuteilwerden lassen. Je mehr ich erzählte, desto offensichtlicher beruhigte sich Frau Pirjo. Dann sagte sie: »Ich hatte schon Schlimmeres befürchtet. Wenn es weiter nichts ist, was dich bekümmert, dann kannst du ganz unbesorgt sein. Du bist nicht der erste arme Freier auf der Welt, den ein reicher Vater hinauswirft, und, wie mir scheint, auch nicht der letzte, denn das ist das natürliche Recht aller Väter, die ihren Töchtern wohlgesonnen sind. Mehr wundere ich mich über deine Dummheit und kindliche Gutgläubigkeit, falls du dir wirklich vorgestellt hast, Lauri der Goldschmied würde dich mit offenen Armen als Schwiegersohn aufnehmen. Ist dir denn nicht klar, dass sein Ehrgeiz sich mit weniger als einem adligen Herrn nicht zufriedengeben würde? Das kann er sich schließlich auch leisten. Wahrscheinlich hat er sich den passenden Mann für seine Tochter schon längst ausgesucht.«

»Aber«, wandte ich ein, »ich liebe Anna, und Anna liebt mich, und wir können nicht ohne einander leben! Wir haben einander ewige Treue geschworen, mit so vielen heiligen Eiden, dass keiner von uns beiden davon abgehen kann.«

Frau Pirjo schüttelte seufzend den Kopf. »Wieso hast du dir ausgerechnet Anna ausgesucht?« fragte sie. »Hattest du dabei ihre Mitgift im Sinn, oder was findest du an ihr, was andere Mädchen nicht haben?«

Ich antwortete erregt, dass ich nie auch nur einen Gedanken an die Mitgift verschwendet hätte und es mir nicht auf Meister Lauris Geld ankäme, sondern dass Anna das schönste Mädchen in Turku sei und nicht einmal die heilige Anna in ihrer himmlischen Herrlichkeit sie an Schönheit übertreffen könne.

»Sie ist recht mager und blass«, entgegnete Frau Pirjo ungerührt. »Ihr Mund ist zu groß, und ich finde, sie schielt etwas. Außerdem ist sie kurzsichtig wie ihre Mutter. Das ist auch der Grund dafür, dass in ihren Augen so ein sanfter Glanz liegt. Und was ihre Geistesgaben betrifft, so sind die auch nicht sehr bemerkenswert.«

»Mutter Pirjo«, sagte ich erbost, »lieber höre ich mir an, wie du die heiligen Sakramente schmähst, als dass du so über eine Jungfrau herziehst, die ich liebe. Du weißt, dass ich dir sehr dankbar bin, aber wenn du so über Anna redest, verlasse ich dich auf der Stelle und kehre nie mehr in dieses Haus zurück, sondern gehe in ein Kloster oder fahre zur See und mache mich auf in fremde Länder.«

Da bat Frau Pirjo sogleich von Herzen um Entschuldigung, falls ihre Worte mich verletzt hätten und versicherte, sie habe bestimmt ein Hexenkorn in ihren Augen, das schuld daran sei, dass sie Anna Laurintytär nicht in demselben überirdischen Licht sehen könne wie ich. »Aber wenn sie dich nun einmal liebt und du sie, was hast du dann für einen Grund, die Sache zu überstürzen und dadurch zu verderben?« fragte sie. »Ist Anna schwanger von dir?«

Diese beleidigende Unterstellung wies ich sogleich entrüstet von mir und fragte, ob sie mich für einen Eber oder Bullen hielt, der vor allem an die Befriedigung seiner fleischlichen Lüste denkt. Frau Pirjo hatte sich inzwischen völlig beruhigt und sagte:»In dem Fall ist ja alles gut, und du hast dir dein Leben nicht zugrunde gerichtet. Ich glaube nicht, dass dir eine überstürzt geschlossene Ehe etwas Gutes einbringen könnte. Stoß dir lieber erst mal die Hörner ab, danach kannst du dich immer noch nach einer Frau umsehen.«

Ich zwang mich zur Ruhe und sagte, ich wollte mich durchaus nicht Hals über Kopf in die Ehe stürzen, sondern hätte nur darum gebeten, mich mit ihr verloben zu dürfen, um ohne Falsch, offen und in allem Anstand mit Anna zusammensein zu können. Aber jetzt hätte ich begriffen, dass ich mich verrannt hatte, denn der Freudenkelch sei mir nun auf gröblichste Weise von den Lippen geschlagen worden, und ich sähe keinen anderen Ausweg mehr, als die Stadt, in der meine Ehre so schändlich verletzt worden war, fluchtartig zu verlassen.

Frau Pirjo aber erklärte jeden Gedanken an eine Flucht für abwegig und sagte:»Du hast dich gut und richtig verhalten, wie es sich für einen braven und anständigen Jüngling ziemt. Meister Lauri hingegen hat sich dir gegenüber würdelos und unangemessen benommen, indem er dich mit einem Fußtritt aus seinem Haus beförderte, anstatt dir mit wohlgesetzten und vernünftigen Worten klarzumachen, dass dein Ansinnen unmöglich ist. Aber er ist nicht dumm, und deshalb kannst du sicher sein, dass er sein schändliches Verhalten nicht an die große Glocke hängen wird, sondern darum bemüht ist, den guten Ruf seiner Tochter zu wahren. Sonst würde er ja ihren Wert vermindern, wenn erst einmal die Zeit gekommen ist, sich nach einem Heiratskandidaten für sie umzusehen. Falls du mir nicht glaubst, so sprich morgen mit Pater Petrus und bitte ihn um Rat, denn er ist ein heiliger Mann und kennt sich in den Herzenskümmernissen der Menschen aus.«

Zerschunden und niedergeschlagen legte ich mich nieder und schlief so fest, als wäre ich gestorben, denn Frau Pirjo hatte beruhigende Arzneien in den Würzwein gemischt. Am Morgen hatte ich einen schweren Kopf, und weder die Strahlen der Frühlingssonne noch das Gezwitscher der Lerche vermochten es, mir die dunklen Gedanken zu vertreiben, als ich mich zum Kloster der Schwarzen Brüder aufmachte, um Pater Petrus zu suchen. Er verbrachte seine Tage im Gebet, mit Fasten und mit Abtötung des Fleisches. Er war sehr erfreut, mich zu sehen.

»Du bist ein guter und treuer Junge, Michael, dass du dich in meinem Elend meiner erinnerst«, sagte er. »Heute kann ich dir allerdings nicht die Beichte abnehmen, weil unser strenger Prior mich in den Karzer zu Wasser und Brot verbannt hat, wegen einer lässlichen Sünde, die nur auf die angeborene Schwäche meines Fleisches und Satans übermächtige Versuchung zurückzuführen ist. Meiner Meinung nach war das eine so unbedeutende Sache, dass ich es nicht einmal für nötig erachtete, sie in meiner Beichte zu erwähnen. Und gerade das rief den Zorn unseres Priors hervor, denn es gab da einen unangenehmen Augenzeugen. Ich begreife nicht, warum ein erwachsener Mann nichts Besseres zu tun hat, als in der Stadt herumzulaufen und Gerüchte zu verbreiten. Das halte ich für eine größere Sünde, als eine zufällige und verständliche Versuchung des Fleisches. Um dem bösen Gerede zuvorzukommen, will ich dir berichten, dass ich mich vorgestern in meiner Herzensgüte in den Keller der Drei-Kronen-Wirtschaft begab, um der Wirtin beim Umstellen der Bierfässer zu helfen, denn das ist eine schwere Arbeit, der die Kräfte eines schwachen Weibes nicht gewachsen sind. Als wir so ein Bierfass beiseite rollten, rutschte die Wirtin aus und fiel kopfüber auf das Fass, und auch ich verlor das Gleichgewicht und fiel auf sie drauf. Aber durch wunderbare Fügung verletzte ich mich nicht, weil ich dabei ja weich gebettet war. Vielleicht hat der Satan mich bewogen, mit meinen Händen unpassende Stellen an ihr zu berühren, denn absichtlich habe ich es durchaus nicht getan. Aber die Wirtin schrie, und der Wirt fand uns in einer recht unziemlichen Stellung. Zudem war mir der Bierdunst im Keller so auf den Kopf geschlagen, dass ich mich nicht schnell genug wieder auf meine Beine erheben konnte. Deshalb triffst du mich jetzt in dieser elenden Lage an.«

Er legte bereitwillig den Knotenstrick beiseite, mit dem er sich seinen fleischigen Rücken gepeitscht hatte, zog die Kutte über, seufzte schwer und fragte, was ich auf dem Herzen hätte. Ich erzählte ihm alles vom Anfang bis zum Ende, so wie es mir widerfahren war, und bat ihn um seinen Rat.

»Das ist alles?« fragte er ungläubig, nachdem ich geendet hatte. Ich entgegnete erbost, das sei ja wohl genug für einen armen jungen Mann wie mich und fragte ihn, ob es seiner Meinung nach nichts bedeutete, dass ich hier jetzt mit zerbrochenem Herzen vor ihm stünde, wo meine

Ehre in den Schmutz getreten und ich jeder Zukunftshoffnung beraubt war.

»Das habe ich doch nicht gemeint«, versetzte er freundlich. »Deine Angelegenheit ist sehr schwierig, aber um dir Rat geben zu können, muss ich erst wissen, ob das Mädchen schwanger ist.«

Es erboste mich sehr, dass er genauso wie Meister Lauri und Frau Pirjo als erstes nach etwas fragte, was ich für völlig unmöglich hielt. Ich sagte, ich sei überzeugt, dass Anna Laurintytär so rein und jungfräulich sei wie die heilige Anna im Himmel. Wenn ich auch ihren Mund und ihre Brust geküsst hätte, so würde ihr das meines Wissens doch nicht die Jungfräulichkeit geraubt haben. Pater Petrus stimmte mir zu, seufzte und sagte:

»Du bist wirklich ein guter Junge, Michael, und vielleicht zu gut für diese böse und sündige Welt. Denn wenn ich an mich denke, wie ich in deinem Alter war, und an deine Stellung, so hätte ich es kaum geschafft, meine sündige Natur im Zaum zu halten. Wenn ich recht verstehe, was du mir berichtet hast, so hat sich das Mädchen schon am Tage Mariä Verkündigung selber vor dir aufs Bett geworfen, um von dir umarmt zu werden, was die Sache ja auch recht vereinfacht hätte. Würde sie nämlich ein Kind erwarten, wäre Meister Lauri dir auch jeglichen Dank schuldig, wenn du seine Tochter heiraten würdest, und eure gemeinsame Sünde könntet ihr dann zusammen mit zusätzlichen Gebeten und Fasten vor eurem Hochzeitstag abbüßen.«

»Pater Petrus«, sagte ich entsetzt, »ich habe gesündigt, indem ich mit Verlangen im Herzen ein junges Mädchen angesehen und berührt habe, aber wenn ich recht verstehe, tadelt Ihr mich dafür, dass ich mich nicht zu einer noch größeren Sünde mit ihr habe hinreißen lassen. Ist es wirklich so verrückt auf dieser Welt, dass die Sünde belohnt, ein reines und unschuldiges Gemüt aber mit den Füßen getreten wird? Hätte ich eine Sünde begangen, an die ich nicht einmal zu denken wage und die ich für unverzeihlich halte, wäre ich also vielleicht der Schwiegersohn Lauris des Goldschmieds und durch die Mitgift ein reicher Mann geworden. Aber weil ich diese Sünde nicht begangen habe, bin ich nur ein armer, entehrter Scholarius. Wenn das so ist, dann will ich in einer solchen Welt wahrlich nicht leben.«

»Du vergisst, dass du dir einen schönen Schatz im Himmel verschafft hast, weil du einem unschuldigen Mädchen die Jungfräulichkeit ließest, auch wenn sie schon in deiner Hand war«, versetzte Pater Petrus streng. »Glaub mir, Michael, mein Junge, hinter allem, was dir widerfahren ist, steckt der Satan, der dein frommes Gemüt versuchen wollte, und alle Heiligen werden dir deine überaus große Selbstbeherrschung reich vergelten. Wie der heilige Tobias hast du dir deine Keuschheit bewahrt.

Wenn du auch, von außen betrachtet, in den Dreck gezogen und mit Flüchen und bösen Worten geschmäht wurdest, so ist das nur eine irdische Sache und wird dich auf deiner Wanderung nicht beeinträchtigen, sondern du wirst rein daraus hervorgehen wie eine Ente, die aus dem sumpfigen Grund eines Sees auftaucht.«

Aber seine Worte trösteten mich nicht. Tränen traten mir in die Augen, und ich rief: »Pater Petrus, was soll ich machen? Ich leide und bin durchaus nicht rein und keusch, sondern ich glühe vor sündiger Lust, und wenn ich an sie denke, an ihr Antlitz, ihren Mund und ihren Mädchenbusen, dann überkommt mich unbeschreibliche Sehnsucht, so dass mir zum Sterben zumute ist.«

Pater Petrus sah und spürte mein aufrichtiges Leiden. Auch ihm traten Tränen in die Augen; er strich mir über den Kopf und sprach sanft: »Michael, dies ist keine Beichte, sondern ich spreche zu dir, wie ein vernünftiger Mensch zu einem anderen spricht oder ein Freund zum Freunde. Halte den Kopf hoch und die Augen klar und ertränke deinen Schmerz in nutzbringender Arbeit. Und wenn das Fleisch dich versucht, dann bete und faste und benetze deinen Leib mit kaltem Wasser. Das ist der beste Weg, Michael. Wenn du darüber nachdenkst, dann wirst du erkennen, dass dies der einzige Weg für dich ist. Ich bin vielleicht nicht der Richtige, dir diesen Rat geben zu können, weil ich nur schwach und gebrechlich bin und voller Sünde wie ein Sack Asche, aber ich meine es gut mit dir, Michael.«

Kapitel 3

So versuchte ich, mich zu beruhigen und Pater Petrus' guten Rat zu befolgen. Doch war die Folge nur, dass ich abmagerte und mich immer freudloser fühlte. Das Vieh wurde auf die Weide getrieben, die Hirtenflöten schallten weit übers Land, der Fluss war längst nicht mehr vereist, und Frau Pirjo hatte viel zu tun. Gleich in der ersten Maiwoche hatte sich Meister Lauris beste Kuh in einem Moorloch ein Bein gebrochen und musste geschlachtet werden. Auch blieb seine Stute unfruchtbar und begann zu hinken. Noch weitere Missgeschicke widerfuhren ihm auf Gebieten, in denen Frau Pirjo mit ihren Kenntnissen helfen konnte. Aber ich fühlte mich durch all die Widrigkeiten, die er zu ertragen hatte, nicht getröstet.

Anna sah ich nur bei der Messe, wenn sie im Chor zwischen ihren Eltern kniete. Jedes Mal, wenn ich ihren blonden Kopf und das Tuch auf ihrem Busen erblickte, durchfuhr mir eine heiße Welle den Leib, und ich hatte sündige Gedanken, was ein um so größeres Vergehen war, da es im Dom vor den unschuldigen Augen aller Heiligen und der allerheiligsten Jungfrau Maria geschah. Anna warf mir zuweilen verstohlene Blicke zu, und ich glaubte scheue Fragen in ihren Augen zu lesen, obgleich sie wahrscheinlich nur aus Neugier nach mir schaute, um zu sehen, wie ich litt.

Sobald die Ostsee wieder eisfrei war, kam mit den Schiffen die beunruhigende Kunde, König Christian II. habe vor, mit seiner Flotte von Dänemark nach Stockholm zu segeln, um den gefangengenommenen Erzbischof wieder in sein Amt einzusetzen, die aufsässigen schwedischen Herren zu strafen und sich die schwedische Krone aufs Haupt zu setzen, die ihm nach Recht und Gesetz zustand. Ein Teil der Burgbesatzung segelte nach Stockholm, um Herrn Sten zu Hilfe zu eilen, und die Burg wurde für die Verteidigung gerüstet. Allgemein aber hieß es, es lohne sich nicht, die Burg zu verteidigen, wenn Stockholm fiele, denn dann gäbe es nur Verdruss und Zerstörung. Man sprach auch nicht mehr so viel wie früher über die Grausamkeit der Dänen, sondern die Leute schwiegen lieber und warteten ab, was geschehen würde. Ich aber sehnte in meinem Herzen Krieg und Zerstörung herbei, denn das passte besser zu meiner Gemütslage, hatte ich doch, wie ich meinte, nichts zu verlieren. Im Gegenteil, dachte ich, ein Krieg würde mir vielleicht die Gelegenheit bieten, meinen Mannesmut zu beweisen und Anna Laurintytär aus den Klauen der Dänen zu befreien. Deshalb bat ich Antti Kallenpoika, mir in seiner Freizeit ein Schwert zu schmieden. Das tat er dann auch, und ein alter einbeiniger Stadtbüttel führte uns beide für ein paar Becher Bier in die edle Kunst des Schwertkampfs ein.

»Es nützt aber gar nichts, mit dem Schwert herumzufuchteln«, belehrte er uns, »wenn die Pikeniere ihre sechs Ellen langen Speere neigen und zum Angriff übergehen. Gerät man erst einmal in einen Wald von Speeren, wenn die Geschütze donnern und die Pauken dröhnen, dann ist ein Schwert nur ein nutzloses Spielzeug. Hingegen braucht man es, wenn man eine Stadt plündern und in verschlossene Häuser eindringen will.«

Antti hatte den ganzen Winter lang Feuergeschütze in der von Meister Schwarzschwanz gemieteten Werkstatt geschmiedet. Was aber die Ergebnisse seiner Arbeit betraf, war er schweigsam und brachte nur in vertraulichem Zwiegespräch seine Meinung zum Ausdruck, der Meister habe keine Ahnung vom Schmiedehandwerk oder davon, wie mit Eisen umzugehen sei. Das erste Eisengeschütz, das sie nach Anweisungen des Meisters fertiggestellt hatten, sei, obwohl bereift, gleich beim ersten Schuss in Stücke zersprungen und habe den Geschützknechten Finger und andere Gliedmaßen abgerissen. Dann habe der Meister einen erfahrenen Topfgießer zum Gehilfen bekommen. Unter dessen Aufsicht seien dann einige kleinere, aber zu schwere Eisengeschütze geschmiedet worden, mit denen man kaum größere Kugeln abschießen könne als mit einer gewöhnlichen Hakenbüchse.

Der Meister sei furchtbar wütend gewesen und so schlechter Laune, dass niemand ihn anzusprechen gewagt habe, erzählte Antti, als ich zu ihm kam, um ihn zum Mittsommerfeuer abzuholen. »Ich armer Bursche habe zwar durch deine Hilfe den ganzen Winter über ein ordentliches Auskommen und genug zu essen gehabt«, meinte er zu mir, »aber meine Fertigkeiten und Kenntnisse konnte ich nicht erweitern. Oft fühle ich ein seltsames Kitzeln an den Fußsohlen, so als ob meine Füße mich auffordern wollten, meine Wanderung fortzusetzen, um an einem anderen Ort weiter in die Lehre zu gehen. Offenbar ist es ein angeborener Fehler von mir, dass ich es nicht lange bei derselben Beschäftigung aushalte.«

Der Abend vor dem Mittsommertag war klar und kühl, und die vielen Mädchen, die sich auf dem Vartio-Berg versammelt hatten, zitterten vor Kälte. Als es dämmerte, wurde das Johannisfeuer angezündet, und in der hellen Nacht sah man, wie überall auf den Hügeln der Umgebung weitere Mittsommerfeuer aufloderten. Von der Burg her ertönte Geschützdonner, und Antti kramte aus den Tiefen seiner Jacke ein längliches Bündel hervor, aus dem ein geschnitzter Stock hervorlugte.

»Jetzt wollen wir mal das Mittsommergeschenk ausprobieren, das ich vom Meister bekommen habe«, sagte er, »denn der Meister meinte, es würde ganz schön knallen und dem Volk die Haare zu Berge stehen lassen. Ich sollte es an einen Zaunpfahl binden und dann Feuer an die Lunte legen. Er riet mir, mich gleich danach gut zu verstecken, um den anderen nicht das Vergnügen zu verderben.«

Er tat, wie ihm geheißen, band etwas abseits der ausgelassenen Volksmenge den Stock an einen Zaunpfahl und legte unter dem Schutz seiner Jacke Feuer an die Lunte, die sogleich zu knistern begann. So, als wäre nichts passiert, marschierten wir dann zurück zu den feiernden Leuten, und obwohl einige Gesellen, die bereits zu viel Bier getrunken hatten, ihn anrempelten, pufften und versuchten, ihn zu einem Ringkampf herauszufordern, gab Antti sich ganz freundlich. »Mit mir schwächlichem Burschen lohnt es sich doch gar nicht für euch starke Kerle, einen Kampf zu beginnen«, meinte er bescheiden. Es dauerte nur kurze Zeit, bis ein furchtbares Getöse losging, und von dem Pfahl, den wir gerade hinter uns gelassen hatten, stieg eine feurige Schlange in die Luft auf, zeichnete einen eindrucksvollen Bogen in den Himmel und fiel dann schließlich funkelnd auf das Dach einer Windmühle, das sofort in Brand geriet.

»Nanu, das Feuerwerk ist ja noch viel prächtiger, als ich vermutet hatte«, meinte Antti nur. »Fast hätte ich selbst Angst bekommen, wo ich doch so leicht erschrecke, wenn es so laut knallt.«

Tatsächlich waren alle von dem Knall und der Feuerschlange am Himmel zusammengeschreckt, und viele standen immer noch wie erstarrt da, sprachlos vor Entsetzen. Kleine Mädchen begannen zu schluchzen. Als aber aus dem trockenen Dach der Windmühle hoch lodernde Flammen schlugen, gewannen die Männer ihre Fassung zurück, und alle rannten wie auf Kommando auf die Windmühle zu, so dass der Platz rund um das Mittsommerfeuer plötzlich menschenleer dalag.

»Was sind das doch für unvorsichtige und launenhafte Menschen, dass sie ihr gutes Essen hier einfach so herumliegen lassen«, klagte Antti. »Ich will mal etwas davon einsammeln, damit es nicht Dieben in die Hände fällt und im Bauch gottloser Leute landet.« Dann hob er mühelos ein kleines Bierfass vor sein Gesicht, öffnete den Hahn und ließ sich ein paar Humpen voll süßen Mittsommerbiers in den Mund laufen. Dann klaubte er mehrere Brotlaibe, einen Schinken und eine mit Pfeffer gewürzte Pirogge auf. »Ich ziehe mich jetzt zum Essen zurück«, sagte er, »denn mich stört es, wenn die Leute mir beim Essen zusehen. Das kommt wohl von dem ewigen Gejammer meiner Mutter, ich würde meinen kleineren Geschwistern alles wegessen. Jedenfalls finde ich es ärgerlich, wenn Fremde jeden Bissen, den ich verzehre, anglotzen. Du störst mich aber nicht, Michael; wir sind ja Freunde, also komm ruhig mit.«

»Antti«, sagte ich ängstlich, »schlägt es dir denn gar nicht aufs Gewissen, was für einen furchtbaren Schrecken und Feuerschaden du da in deiner Dummheit angerichtet hast? Du kannst Gott für dein Glück danken, dass niemand dich als den Urheber vermutet, weil alle wissen, dass du dumm und unzurechnungsfähig bist. Aber wenn deine Schuld herauskommt, dann wird man dich dazu verurteilen, den Schaden mit deiner eigenen Haut zu bezahlen.«

Aber ich sprach nur, um etwas zu sagen, denn ich hatte Anna Laurintytär bei dem Mittsommerfeuer erblickt. Wie immer, wenn ich sie sah, loderte mir ein Feuer durch den Leib, und das nun um so mehr, weil mir das Bier zu Kopf gestiegen war und der liebliche Duft der Maiglöckchen am Abhang des Hügels mir in der kühlen Nacht die Sinne verwirrte.

»Mein Gewissen heult ganz schön hier drinnen in mir«, versetzte er flink, »aber dem haue ich gleich eins drüber und drücke ihm die Luft ab, weil ich mir den Bauch vollschlagen werde mit leckerem Essen, das leichtsinnige Leute hier über den ganzen Hügel verstreut haben. Ich kann zu meiner Verteidigung anführen, dass ich keinen Schaden beabsichtigt habe, sondern dem Volk, das ums Mittsommerfeuer versammelt war, nur eine hübsche Belustigung bieten wollte. Deshalb ist die Feuersbrunst zweifellos ein Zeichen des Schicksals, um einen habgierigen Bürger in der Mühle zur Reue zu zwingen, denn ich hege keine Zweifel, dass der Mühlenbesitzer seinem Mehl Sand, zerbröselten Lehm und Kalk beigemischt hat, da ihn nun so eine harte Strafe trifft. Dieses Wissen beruhigt mein Gewissen, und das umso mehr, weil niemand meinen harmlosen Streich gesehen hat, außer dir, Michael, und du wirst mich ja wohl nicht bei den übelwollenden Stadtbütteln verpfeifen.«

Ich ließ ihn bei einem dichten Wacholdergebüsch in dem nächtlichen Dämmerlicht allein, denn ich sah, wie ein junges Mädchen mit zögerlichen Schritten zum Mittsommerfeuer zurückkehrte und dort unverwandt zu Boden blickte, als würde sie etwas suchen. Da lief ich zu ihr hin, denn ich hätte sie selbst im Traum an ihrem Haar, ihrem Rücken und der Haltung ihres Kopfes erkannt. Heftig atmend blieb ich vor ihr stehen und blickte sie gespannt an. Im Licht des hell lodernden Feuers war Anna in meinen Augen so schön, als wäre sie verzaubert.

»Ach du, Michael?« sagte sie aufschreckend und verwundert. »Ich glaube, ich habe hier mein Halstuch zu Boden fallen lassen, als ich vor der Feuersäule erschrak. Jetzt bin ich gekommen, um es zu suchen. Unter all den vielen herumlaufenden Leuten wurde ich von den Dienern meines Vaters getrennt.«

»Ich werde dein Tuch finden«, sagte ich und begann mich auf dem Erdboden umzuschauen, aber sie hielt mich ängstlich zurück. »Ich weiß nicht, ob das gut wäre«, versetzte sie schüchtern. »Vater ist nämlich furchtbar wütend und hat mir strengstens verboten, je wieder ein Wort mit dir zu sprechen, Michael, weil du ein verdorbener und sittenloser Jüngling bist gleich einem Wolf, der über junges Lamm herfällt. Nur meine Schutzheilige, die heilige Anna, hat mich rechtzeitig davor bewahrt, von dir verführt zu werden. Und dann hat Vater in seinem Zorn geschworen, er werde mich ins Kloster nach Naantali bringen, damit ich dort von den Nonnen erzogen würde, wenn du mich noch einmal bedrängst.«

»Aber Anna«, wandte ich erregt ein, »ich liebe dich doch, und mein Herz brennt wie von Feuer, wenn ich dich nur ansehe.«

»Ist das wahr?« fragte sie und berührte in ihrer Unschuld leicht meine Wange. »Ja, deine Wangen sind ja auch ganz heiß.«

Ich griff nach ihrer Hand, die sie aber sogleich wieder zurückzog. Sie sagte: »Rühr mich nicht an, Michael! Ich verstehe deinen Schmerz, da ich nun begriffen habe, dass ich ein schönes Mädchen bin und wohl auch schöner als andere Mädchen meines Alters. Deshalb hat mein Vater mir eine Zukunft gesichert, von der ich an deiner Seite nicht einmal zu träumen wagte. Er hat mir begreiflich gemacht, wie dumm ich war, und was das für eine Sünde war, zu der du mich in meiner Unschuld verführen wolltest. Ich will ihm eine gehorsame Tochter sein, denn ich soll einmal Hausfrau auf einem Landgut sein. In mein Mitgiftsilber wird schon das Wappen eingraviert, und werde in eine hochgeachtete Familie einheiraten, sobald Vater die Mitgift ausgehandelt hat, die mir zusteht. Deshalb verstehe ich deinen Schmerz, Michael, und habe großes Mitleid mit dir. Aber du wirst doch selbst zugeben, dass es nicht meine Schuld ist, dass ich so ein schönes Mädchen bin und du nicht von meinem Stande bist.«

Der Widerschein des Mittsommerfeuers loderte auf ihrem Antlitz, und die vielen anderen Feuer brannten in der Ferne auf den Hügeln vom Meer bis hinein ins Binnenland. Ihr Hals war unbedeckt und weiß, und offenbar fror sie überhaupt nicht, als sie mich gespannt und neugierig anschaute und sah, wie ich litt.

»Du hast mir bei allen Heiligen ewige Treue geschworen«, sagte ich mit vor innerer Bewegung heiserer Stimme. »Ich hätte nie geglaubt, dass du deinen Schwur so schnell brechen würdest, wo doch ein Eidbrüchiger nach seinem Tode sofort in die Hölle kommt. Hast du das gar nicht bedacht, Anna?«

Anna lächelte überheblich und sagte mitleidig: »Du bist wirklich kindisch, mein Ärmster. Erstens habe ich meine Hand beim Schwören nicht aufs Kreuz gelegt, und zweitens war der Eid nicht bindend, weil ich dadurch die Rechte eines anderen verletzt habe. Mein lieber Vater hat nämlich das Recht und die Macht, seine Tochter mit dem zu verloben, den er ausgesucht hat. Eine gehorsame Tochter folgt ihres Vaters Willen und nicht den Lockungen der Welt. Das hat mir mein Beichtvater in aller Gründlichkeit erklärt und bewiesen, dass ich mich ins ewige Höllenfeuer brächte, wenn ich den Willen meines Vaters missachtete. Deshalb ist es das Beste, wenn wir uns jetzt trennen, ehe uns jemand zusammen sieht. Oder wenn du mich unbedingt weiter mit deinem Gerede quälen willst, dann lass uns wenigstens etwas weiter vom Mittsommerfeuer weggehen.«

An ihren Worten erkannte ich, wie sehr sie gereift war und an Vernunft zugenommen hatte. Sie war nicht mehr das gleiche unschuldige Mädchen, an das ich mein Herz gehangen hatte, sondern ein hochmütiges Weib, dem ich nicht mehr bedeutete als ein Insekt, das sie von ihrem Rock ins Feuer schüttelte. Dennoch folgte ich ihr demütig den Hügel hinab in den Schatten hoher Tannen, wo ich ihr Antlitz nur noch als einen hellen Fleck im Dunkeln wahrnahm.

»Du hast dich sehr verändert, Anna«, sagte ich verbittert.

»Hätte ich mich nicht verändern sollen nach all dem Schlimmen, das du mir angetan hast, Michael?« entgegnete sie gereizt. »Wärest du nicht gewesen, dann wüsste ich nichts von den Buchstaben, vom Lesen und von sündiger Lust. Deinetwegen wurde ich gezüchtigt und an den Haaren gezogen, deinetwegen habe ich von Dingen erfahren, von denen ich zuvor nichts ahnte, denn Vater schickte mich zu einer Hebamme in die Sauna zur Untersuchung, ob ich noch immer unberührt und Jungfrau sei. Da erst wurde mir klar, was du von mir wolltest, Michael, du verdorbener Lüstling! Ich weiß nicht, wie ich dich strafen soll dafür, dass du meine Keuschheit besudelt hast.«

Sie trat vor mich hin, griff mir mit beiden Händen in meine Haare und zerrte mich am Kopfe hin und her. Doch war mein Schmerz süß, denn ich spürte ihren schmalen Leib, wie er sich gegen den meinen presste, und die Wärme ihres nackten Halses. Deshalb schlang ich meine Arme um sie und küsste sie. Sie wehrte sich heftig und stöhnte und jammerte in meiner Umklammerung. Aber sie stieß mich nicht fort, sondern ihr Mund antwortete schließlich auf meinen Kuss, und sie erschlaffte in meiner Umarmung. Das verblüffte mich so sehr, dass ich sie losließ und wie vom Donner gerührt vor ihr stehen blieb. Einen Augenblick lang sagte sie nichts, und dann stieß sie mit vor Zorn zitternder Stimme hervor: »Michael, du unverschämter Kerl, ich will dich nie mehr sehen! Das kriegst du als Andenken von mir!« Sie versetzte mir so kräftig wie sie nur konnte einen Schlag ins Gesicht, drehte sich um und lief weg. Ich konnte ihr nicht mehr folgen, sondern ließ mich auf einen großen Stein fallen. Meine Knie zitterten, und das Blut floss mir aus der Nase und einer aufgeplatzten Lippe, denn sie hatte eine kräftige Faust, dies unschuldige Mädchen. Ich wischte mir mit weichem Moos das Blut aus dem Gesicht und dachte, dass ich tatsächlich ein Räuber sei, wenn ich ein mit sündigen Gedanken ein Mädchen anrührte, das einem anderen versprochen war.

Die ganze Zeit über hatte ich sie nämlich mit fleischlichem Verlangen im Herzen angesehen und nach dem klaren Wort der Bibel dadurch schon mit ihr einen Ehebruch begangen, und das sogar zahllose Male. Was für ein großer Sünder war ich also! Ich erhielt nur die gerechte Strafe, als sie mich schlug und mich nie mehr sehen wollte. Doch in meinem Trotz und meiner Verzweiflung beging ich eine noch größere Sünde, als ich düsteren Sinnes dachte, ich hätte auch gleich richtig einen leiblichen Ehebruch mit ihr begehen können, hätte ich nur gewusst, wie das am besten und schnellsten zu bewerkstelligen war. Nur meine Unerfahrenheit, nicht aber der Schutz der Heiligen hatte mich in dem dunklen Tannenhain dieser Mittsommernacht davor bewahrt. Aber ich war überhaupt nicht erleichtert oder dankbar dafür, wie ich hätte sein sollen, sondern im Gegenteil, jeden Augenblick nahm die Wut und Verbitterung in mir nur noch zu.

An einer Quelle wusch ich mir das Gesicht ab, und das eisig kalte Wasser brachte den Blutfluss zum Versiegen. Schlimmer als die Nase und die Lippe schmerzte mich die Beleidigung, die ich erlitten, und die unsagbare Enttäuschung darüber, dass Anna sich von mir abgewandt hatte und mich nun hasste und verachtete. Bis zuletzt hatte ich mich in der Hoffnung gewogen, dass sie in ihrer unschuldigen Treue ihren Vater irgendwann zum Einlenken bewegen würde, wenn ich ihr nur treu bliebe und mich ihrer würdig erwiese. Aber dieser irrwischartigen Hoffnung war ich nun beraubt, so dass meine reine und zärtliche Liebe zu Hass und zu bösem Begehren ward, das mir Leib und Seele vergiftete.

Die Mühle war bis auf die Grundmauern abgebrannt, während ich im Tannenhain war, und das Volk kehrte unter Lärm und Geschrei ans Mittsommerfeuer zurück, wo man sich mit Reigentänzen und gegenseitigem Kräftemessen zu vergnügen begann. Mir war aber nicht danach zumute, mich diesem Treiben anzuschließen, denn ich empfand nur Hass für all die fröhlichen Gesichter, und die dummen Spiele erregten Ärger in mir. In meiner Jugend und Unerfahrenheit meinte ich auch zu spüren, dass mich alle neugierig ansahen und mir von meinem Gesicht ablesen konnten, was für eine neue Erniedrigung mir widerfahren war. Deshalb machte ich mich finsteren Gemüts und mit schweren Schritten auf den Heimweg. Weil mir nichts Besseres einfiel, entleerte ich meine Blase an der prächtigen Giebelwand von des Goldschmiedes Lauris Haus, und erst dieser kindische Streich beruhigte mich ein bisschen. Merkwürdigerweise sah ich noch Licht hinter dem Fenster von Frau

Pirjo. Aus dem Schornstein ihres Hauses sprühten Funken, und rußiger Qualm stieg in die weiße Nacht auf. Ganz gegen ihre Gewohnheit hatte sie Tür verriegelt, so dass ich klopfen musste, um eingelassen zu werden.

»Du bist's, Michael?« sagte sie, als sie die Tür öffnete, und war bei meinem Anblick offensichtlich erleichtert. »Ich erschrak, als ich das Klopfen hörte, denn in der Johannisnacht pflegt man so mancherlei Zauberei zu treiben. Dich habe ich noch nicht so früh erwartet, denn die Jugend bleibt ja in so einer Nacht wach bis zum Hahnenschrei.«

In der Stube war es heiß und stickig. Im Herd brannte loderndes Feuer, und die Luft stank nach bitteren Gewürzen. Auf dem Tisch sah ich eine Pfanne, aus der Frau Pirjo gerade grünliches Fett in ein Bockshorn gießen wollte. Sie lief unruhig und besorgt im Zimmer herum und nahm die Arbeit, mit der sie beschäftigt gewesen war, nicht wieder auf, obwohl sie sich sonst nie um mich scherte, wenn sie ihre Zaubertränke braute oder ihre Arzneien mischte. Schließlich beruhigte sie sich aber, setzte sich und sah mich mit ihren grauen Augen streng an.

»Vielleicht ist es ganz gut, dass du gekommen bist, Michael«, sagte sie. »Vielleicht hat es etwas zu bedeuten, dass du gekommen bist, denn in der Johannisnacht sind viele böse Geister unterwegs, und der Satan stellt den Menschen nach. Ein wissender Mensch gerät dann in Versuchung, sein Wissen auszuprobieren, aber bringt dadurch seine Seele vielleicht auch in ewige Verdammnis.«

Ich roch an dem Fett, das sie zusammengebraut hatte, und mir wurde schwindlig. Die Hitze und die stickige Luft in der Stube vernebelten mir die Sinne, so dass alles, was geschah, mir wie ein wirrer Traum vorkam, und ich mir hinterher nicht mehr sicher war, was daran alles wahr war und was Sinnestäuschung.

»Mutter Pirjo«, sagte ich, »alle wissen, dass du eine Hexe bist. Deine kindischen Kniffe, mit denen du den Leuten allerhand vorgaukelst, können mich aber nicht mehr beeindrucken. Mutter Pirjo. Ich liebe dich mehr als meine Mutter selig, denn du warst immer besser zu mir als meine Mutter, die ich nie kennengelernt habe. Jetzt ist mein Herz voller Gift, und mir ist es gleichgültig, ob du schwarze oder weiße Zauberei betreibst, Mutter Pirjo. Ich würde gerne mein Seelenheil verpfänden, wenn ich einen Weg zur Erfüllung meiner Wünsche wüsste, selbst wenn er mich geradewegs ins Höllenfeuer führte, denn eine schlimmere Hölle als die, die jetzt gerade in meiner Brust wütet, werde ich im ganzen Diesseits bestimmt nicht finden und auch nicht im Jenseits.«

»Was du da sprichst, ist eine Sünde«, sagte Mutter Pirjo ernst und sah mich mit ihren unstet umherblickenden Augen an. »Erst durch diese deine Worte ist mir klar geworden, was für eine Sünde ich fast begangen hätte, da ich in dieser Nacht mit meinen Zauberwurzeln und Fliegenpilzsud beschäftigt war.«

»Mutter Pirjo«, sagte ich, »ich beschwöre dich, lass mich wissen, ob es einen Weg zu Wissen, Macht, Reichtum und allem irdischen Glück gibt!«

Frau Pirjo zupfte mit den Fingern unruhig an ihrem Rock und sah mich nicht an. »Ich verstehe nicht, was du sagst, Michael«, versetzte sie. »Deine Lippe ist aufgeplatzt, und bestimmt hast du dich wieder geprügelt, und betrunken bist du auch, da du solch sündige Worte faselst. Sprich dein Nachtgebet und geh schlafen. Morgen werden wir vergessen haben, was du in deiner Verwirrung geredet hast.«

»Mutter Pirjo«, sagte ich. »Warum wolltest du, dass ich lesen lerne? Warum hat du mir den Schulbesuch bezahlt und hast dir meinetwegen so viele Mühen gemacht, wo mir doch alle Türen verschlossen bleiben und das Wissen mir nur Kummer bringt und die Liebe Schmerz? Warum hast du dich nicht meiner entledigt, als ich beim Schwein lag oder mich als Schweinehirten ins Heiligen-Geist-Haus geschickt? Denn dann wäre ich jetzt gewiss glücklicher als jetzt.«

»Deine Worte sind bitter«, sagte Mutter Pirjo. »Aber ich habe sie sicher verdient, denn als ich wollte, dass du lesen lerntest, verfolgte ich damit eine eigene, selbstsüchtige Absicht, obwohl ich sie bald wieder vergaß, als ich dich zu lieben begann wie meinen eigenen Sohn. Aber sicher ist es dein Schicksal, dass du mich gerade in dieser Nacht Dinge fragst, nach denen du mich früher nie gefragt hast. Deshalb will ich dir ohne Umschweife antworten. Ich ließ dich lesen lernen, damit du mir aus dem Erbbuch vorlesen kannst, das sich in meinem Besitz befindet. Die Seiten jenes Buches sind rußig, und seine Buchstaben aus Feuer, und wenn bekannt würde, dass ich so ein Buch besitze, käme ich auf die Folterbank und vielleicht auch ins bischöfliche Verlies, um dort auf Lebenszeit den Fröschen Gesellschaft zu leisten. Da du mich nun einmal gefragt hast, werde ich dir nun dieses Buch zeigen, aber nur, um es in diesem Feuer hier zu verbrennen. Eigentlich habe ich es zu anderen Zwecken entzündet, bis du hier wie der heilige Erzengel Michael erschienen bist, um meine Seele vor der satanischen Neugier zu retten.«

Sie nahm eine Leuchte und ging in den Keller. Als sie nach einiger Zeit wieder zurückkam, trug sie ein verstaubtes Bündel in der Hand. Sie öffnete die Lumpen und holte ein Buch heraus, schwarz wie Kohle, dessen Blätter in einen hölzernen Einband gebunden waren mit einem Rücken aus Fell. Ich schlug das Buch auf und sah, dass seine Blätter aus dünner, biegsamer Birkenrinde bestanden, aber so von Ruß beschmutzt waren, dass man die braune Schrift und die angsteinflößenden Teufelsbilder an vielen Stellen unter dem Ruß kaum noch erkennen konnte.

Mir war klar, dass das Buch Jahre und Jahrzehnte lang zwischen den Sparren einer Rauchsauna aufbewahrt worden sein musste.

»Das ist das Teufelsbuch vom Vater meines Großvaters«, sagte Mutter Pirjo. »Er sollte Priester werden und lernte deshalb Lesen und Schreiben. Aber sein Kopf hat das Studieren nicht vertragen. Deshalb kehrte er aus der Stadt zurück und lebte sein Leben lang als Zauberer und Heiler in einer Hütte im Wald. In dieses Buch hat er mit seinem eigenen Blut all sein Wissen und seine Zaubersprüche eingetragen.«

Mit innerem Schauder blätterte ich in den Seiten des Buches und las lateinische Wörter und finnische Zaubersprüche, bis Mutter Pirjo mir gewaltsam das Buch entriss und mir verbot, darin zu lesen. Ich widersetzte mich ihr nicht, denn die Worte der Zaubersprüche schienen mir bedeutungsloses Geplapper. Sie unterschieden sich überhaupt nicht von den erlaubten Zaubersprüchen, die Frau Pirjo aufzusagen pflegte.

»Wenn das hier so ein Weg sein soll, wie ich ihn suche«, sprach ihn abschätzig, »dann glaube ich gern, dass es einen solchen Weg gar nicht gibt.«

Aber Frau Pirjo wurde unwirsch und sagte: »Mach dich ja nicht über meines Urgroßvaters Zauberbuch lustig, denn er war ein mächtiger Zauberer, der Wirbelstürme und Hagelschauer herbeibeschwören konnte, wann immer er wollte. Wenn du aber zweifelst und mehr wissen willst, dann brauchst du nichts anderes zu tun als dich splitterfasernackt auszuziehen und dir den Hals, die Achseln und die Scham sowie Handflächen und Fußsohlen mit einer Salbe einzureiben, die ich in dem Horn eines schwarzen Ziegenbocks zubereitet habe. So du aber das tust, begibst du dich in die Macht des Satans. So mancher ist davon für sein weiteres Leben wirr im Kopf geworden, weil er das Wissen, das ihm dadurch offenbar wurde, nicht ausgehalten hat. Ich habe durchaus keinen Bund mit dem Satan geschlossen, falls du das meinen solltest, sondern aus bloßer übersteigerter Neugier beschloss ich, mein Wissen zu erweitern und wollte, nachdem ich gebetet, mich bekreuzigt und mit Weihwasser benetzt hätte, selbst diese Salbe anwenden. Zum Glück ist die Nacht bald vorüber, denn nach dem Hahnenschrei wirkt dieser Zauber nicht mehr. Er wirkt überhaupt nur in zwei Nächten im Jahr, in der Karfreitags- und der Mittsommernacht.«

»Mutter Pirjo«, sagte ich, »wenn das der Weg ist, den ich suche, dann erkläre mir, wie man einen gültigen Vertrag mit dem Satan eingeht. Zwar weiß ich, dass so mancher reiche Mann im Ausland einen *spiritus familiaris* hat oder auch einen kleineren Geist in einer Flasche, der ihm Erfolg und Reichtum beschert. Ich vermute sogar, dass auch der Drei-Kronen-Wirt so einen besitzt, weil er so schnell zu Reichtum gekommen ist. Der Stadtbüttel Matias Hannunpoika schwört nämlich, er habe in dessen Weinflasche eine hässliche, bepelzte Spinne gesehen, was ihm für viele Wochen die Lust am Trinken nahm. Auch weiß ich, dass nach kanonischem Recht ein gültiger Vertrag dadurch entsteht, dass jemand mit seinem eigenen Blut sein Zeichen unter eine Abmachung setzt und sich verpflichtet, dem Teufel zu dienen, und dass dieser Vertrag um Mitternacht unter einem Grabstein oder einem Galgen versteckt werden muss. Wenn du es aber besser weißt, dann sag es mir, denn es wäre ja wirklich schade, seine unsterbliche Seele unnützerweise in Gefahr zu bringen und nur Spott dafür zu ernten.«

»Michael, mach schnell ein Kreuzzeichen«, sagte Frau Pirjo besorgt. »Der Satan ist ein listenreicher Geschäftsmann und macht mit seinem Blendwerk jeden, der sich mit ihm einlässt, zuschanden. Die Goldstücke, die er verteilt, verwandeln sich in der Geldbörse in gelbes Birkenlaub. Nur ein Dummkopf lässt sich auf Geschäfte mit ihm ein, weil man dabei immer der Betrogene ist. Merk dir das, Michael! Glaub mir, bei der Gottlosigkeit und Verstocktheit, die heute überall auf der Welt herrschen, würde bald jedermann ein Bündnis mit dem Teufel eingehen, wenn ihm daraus wirklicher Nutzen entstünde. Im Gegenteil hat der Satan sich selbst einen Bärendienst erwiesen, wie mir scheint, weil er noch jeden betrogen und zuschanden hat werden lassen, der ihm seine Seele verpfändet hat. Deshalb ist letzten Endes das erlaubte Wissen in all seiner Begrenztheit dem Menschen von größerem Nutzen als das schwarze Wissen. Es gibt ihm Brot und Auskommen und sogar etwas Silber in die Börse, wenn er seine Gaben gut zu nutzen weiß.«

Ich sann ernsthaft über ihre Worte nach und musste zugeben, dass sie recht hatte. Aber die Hitze, die in der Stube herrschte, während die Kohle im Herd glühte und der scharfe Geruch, der von der Salbe ausging, nahmen mir fast die Sinne, und ich sagte:

»Noch ist es dunkel draußen im Geäst der Birken, und auch der Hahn hat noch nicht gekräht. Aber meine unsterbliche Seele ist ein geringer Preis, wenn ich für diese Nacht, für diese einzige Nacht Anna Laurintytär neben mich in mein Bett bekomme. Beschwör sie mir herbei, Mutter Pirjo, wenn du mich liebst und mein Leben und mein Verstand dir teuer sind, denn alle meine Glieder sind wie von Feuer durchglüht, und ich bekomme kaum Luft. Sonst stoße ich mein Schwert in einen Spalt im Wandbalken und stürze mich mit meiner Brust seine Klinge, um endlich Frieden für mein Herz zu erlangen.«

Mutter Pirjo stand noch ganz im Bann ihrer eigenen Worte und Geständnisse und sagte: »Sicher reitet mich jetzt der Teufel, denn ich verspüre große Lust, meine Kräfte auszuprobieren, um deine gottlose Bitte zu erfüllen, damit du Ruhe für deinen Leib erlangst und endlich loskommst von dieser schielenden Göre. Mir graut davor, das schwarze

Teufelsbuch meines Urgroßvaters ins Feuer zu werfen. Aber ich glaube, es wäre ein gottgefälliges Werk, es zu verbrennen und dadurch all meine unerlaubten Geschäfte zu sühnen. Ich glaube auch nicht, dass du Schaden nimmst, wenn ich neben dir wache und alles Böse, das dir droht, mit Gebet und Kreuzzeichen abwehre. Entkleide dich also, trink das Gebräu, das ich gemischt habe, und schmiere dir den Leib ein, so wie ich es dir gesagt habe. Dann geh zu Bett, und du wirst bekommen, wonach dich verlangt, falls es in meiner Macht steht.«

Ich rieb mir also die Körperteile, die sie mir aufgezählt hatte, mit der scharfen Salbe ein. Dabei war ich schon so berauscht von dem Gift, das sie mir zu trinken gegeben hatte, dass mir das feurige Kribbeln, das die Salbe an meinen empfindlichsten Körperteilen verursachte, nicht mehr viel ausmachte. Darauf legte ich mich zu Bett. Frau Pirjo schob das in Holz eingebundene Buch als Kissen unter meinen Kopf und begann, erst mit leiser, dann aber immer lauter werdenden Stimme über mir zu sprechen:

»Die, die klüger sind als ich, behaupten, es gebe in allen Ländern und unter allen Völkern geheime Gesellschaften, deren Mitglieder einander an bestimmten Zeichen erkennen und einander helfen auf der Suche nach schwarzen Künsten, genauso wie sich die Kirchenmaurer und Glockengießer an geheimen Zeichen erkennen. Ob das nun stimmt oder nicht, das weiß ich nicht, obwohl das unwissende Volk erzählt, solche Leute könnten durch die Luft fliegen, um sich an geheimen Treffpunkten zu versammeln.«

Mir wurde furchtbar übel, und dann spürte ich, wie mein Körper leicht wurde und alles Gewicht verlor, so dass mir war, als schwebte ich aus dem Bett hoch in die Luft, und ich stöhnte: »Anna Laurintytär! Beschwöre sie mir herbei, Mutter Pirjo!« Danach versank ich in einen grauenhaften, teuflischen Zustand und konnte kein Glied mehr bewegen. Ich blieb aber in der Stube und schwebte weiter in der Luft über dem Bett wie ein Holzspan auf Wellen und sah Frau Pirjo, wie sie, ihren Kopf bis an die Decke gereckt, Anna Laurintytär herbeibeschwor. Ihre Augen brannten wie feurige Holzscheite, und während ich noch auf sie starrte, verlor ich das Bewusstsein. Als ich aber wieder aufwachte, konnte ich mich bewegen und spürte, wie Anna neben mir lag. Ich war in ihrem Bett in Meister Lauris Haus, und sie schlief tief und fest, aber sie stöhnte im Schlaf. Sie wachte nicht auf, und als ich versuchte, ein Wort an sie zu richten, bekam ich keinen Ton heraus und konnte sie nicht wecken. Deshalb fürchtete ich die ganze Zeit, dass dies alles vielleicht nur ein Traum sei, und um mich zu vergewissern, biss ich sie in den Hals, so dass auf ihrer Haut ein roter Abdruck meiner Zähne zurückblieb. Da stöhnte und jammerte sie im Schlaf noch lauter als zuvor, und ihre

Mutter kam mit einer Kerze in der Hand, um sie zu wecken. Ich bekam einen furchtbaren Schrecken, weil ich glaubte, nun würde man mich bei meinem hinterlistigen Tun entdecken. Aber zu meiner völligen Überraschung bemerkte Meister Lauris Frau mich überhaupt nicht, sondern rüttelte ihre Tochter wach, und auch Anna sah mich nicht.

»Quält dich ein Albtraum, dass du im Schlaf jammerst und schreist?« fragte sie ungehalten ihre Tochter. Anna brach in Tränen aus, schluchzte laut und sagte: »Ich hatte einen bösen Traum, schlimmer als du dir vorstellen kannst, und ich fühle mich am ganzen Leib gebeutelt und geschlagen.« Doch im selben Augenblick krähte der Hahn im Hof, und Frau Pirjo rüttelte mich wach. Sie sah mich voller Unruhe und Sorge an.

»Bist du bei Bewusstsein? Wie fühlst du dich?« fragte sie.

»Wo bin ich gewesen?« fragte ich zurück.

»Du warst die ganze Zeit in deinem Bett«, sagte sie. »Ich habe über deinen Schlaf gewacht und dich festgehalten, als du im Schlaf aufspringen und hinauslaufen wolltest. So ein Tun ziemt sich wahrhaftig nicht für eine sittsame, unverheiratete Frau. Ich glaube, der Teufel war in dich gefahren und auch in mich, und mit Gottes Hilfe werde ich mich nie mehr auf so eine Sache einlassen. Hast du denn bekommen, was du wolltest?«

Ich hatte inzwischen gemerkt, dass es früh am Morgen war. Die Hähne krähten überall in der Stadt, und ich hatte ins Bett genässt. »Mutter Pirjo«, sagte ich, »verbrenn dein Buch und wirf deine Salben ins Feuer, denn sie sind tatsächlich Teufelszeug, das glaube ich jetzt. Ich fühle mich schwach wie ein Stück Lumpen, und alle Kraft ist aus mir geflossen. Aber eins weiß ich: Ich werde mir nie mehr im Leben wünschen, Anna Laurintytär in meinen Armen zu halten, sondern ich hasse und verabscheue sie nun aus ganzer Seele und begreife überhaupt nicht, was ich so Besonderes in ihr gesehen habe. Gib mir heißes Wasser, damit ich ihre Ausdünstungen von meinen Händen abwaschen kann. Und wenn ich mich am ganzen Leib gewaschen habe, will ich eine ganze Woche lang fasten und beten, denn wahrlich, ich bin der Blendwerke Satans überdrüssig.«

Mutter Pirjo war hoch erfreut über meine Worte, und nachdem ich mich am ganzen Leib gewaschen hatte, stellte sie einen Spiegel vor mich. Da sah ich, dass ich blass und abgezehrt war, und meine Augen lagen erschreckend tief und schwarz in ihren Höhlen. Von ihrer furchtbaren Salbe bleibt noch zu berichten, dass, als ich meinen Körper sauber schrubbte, mir die Haare unter den Achseln und an meiner Scham ausfielen, so dass ich mich mehrere Monate lang nicht traute, zusammen mit Antti in die Sauna zu gehen, sondern lieber alleine badete.

Nachdem Frau Pirjo Feuer im Herd für die Mahlzeit gemacht hatte, nahm sie das schwarze Buch und warf es in die Flammen. Doch das Feuer beschädigte seinen hölzernen Einband nicht, und auch seine Blätter wurden im Feuer kaum versengt. Nur das Fell auf dem Buchrücken ging in Flammen auf und verbreitete einen furchtbaren Gestank. Während die Suppe warm wurde, erlitt das Buch kaum Schaden auf den glühenden Kohlen, was mich in dem Glauben bestärkte, dass ich es des Nachts tatsächlich mit dem Satan zu tun gehabt hatte. Und ich war wirklich sehr froh, als ich daran dachte, dass ich so leicht aus der ganzen Sache wieder herausgekommen war, denn ich glaubte, nichts versprochen und mich auch nicht an den Teufel gebunden zu haben. So hielt ich das, was geschehen war, nur für eine nützliche Lehre und Warnung für mich. Dasselbe versicherte mir auch Frau Pirjo. Sie angelte sich ihr wertvolles Buch mit dem Kohlenhaken aus dem Feuer und wickelte es in nasse Lumpen ein. Das ganze Bündel und das Bockshorn mit der Salbe vergrub sie wieder im Keller in demselben Versteck wie vorher, denn sie meinte, wenn sie die Salbe verbrennen würde, entstünde ein furchtbarer Gestank, der vielleicht in der ganzen Stadt zu spüren wäre und der die Priester samt Bischof auf den Plan rufen würde. Es gebe nämlich Kirchenleute, die diesen Gestank gut kennen würden und es gerne unternähmen, seinen Ursprung herauszufinden.

Reumütig und niedergeschlagen aß ich die Suppe und ging nach langer Zeit zum ersten Mal wieder in die Kirche, aus tiefstem Herzen bereit, mich unter den Schutz der Heiligen und der allerheiligsten Jungfrau Maria zu begeben und mich zu bessern. Aber als ich am Rathaus vorbeiging, hörte ich, wie Antti tief aus einem vergitterten Kellerfenster mich mit kläglicher Stimme anrief. Er hielt die Gitterstäbe umklammert und reckte mir sein breites Gesicht und den struppigen Kopf entgegen. Zuerst konnte ich ihn gar nicht wiedererkennen, so voller blauer Flecken und Blutspuren war sein Gesicht.

»Jessesmaria!« rief ich entsetzt aus. »Was hast du verbrochen, Antti, dass die Stadtbüttel dich in den Keller gesperrt haben?«

»Was ich verbrochen habe?« entgegnete er niedergeschlagen. »Ich armer Wicht gäbe viel dafür, wenn ich das wüsste, denn ehrlich gesagt war ich besoffen wie ein Schwein. Ich hatte doch nicht ahnen können, wie furchtbar reiner Branntwein einen friedlichen Menschen verwandeln kann. Ich bin tatsächlich nicht besser als ein Schwein und habe zu meiner Verteidigung nichts weiter zu sagen, als dass ich nie wieder ein Schnapsglas an meine Lippen setzen werde, bis der Himmel birst und die Erde vergeht. Auch, was das Bier betrifft, will ich mich von jetzt an mäßigen und mit einem Humpen am Tag zufriedengeben. Mir schwant aber, dass ich nicht der einzige Schuldige bin, denn der ganze Leib ist mir mit Zaunpfählen und Wäschebleueln traktiert worden, so dass nicht nur ich bei der Prügelei dabei war, sondern auch noch andere. Ich hätte mich ja selbst kaum so verprügeln können, selbst wenn ich kopfüber gegen einen Felsen gesprungen wäre.«

Zu meiner sonstigen Reue gesellte sich nun auch noch die Reue darüber, dass ich ihn, diesen schlichten und dummen Jungen, am Johannisfeuer bei den frechen Handwerkergesellen alleingelassen hatte, die sich einen Spaß daraus machten, ihn zu ärgern. Denn ohne geärgert zu werden, wäre so ein friedlicher und bescheidener Junge wie Antti nie jemandem auf den Pelz gerückt.

»Ich eile gerade zur Kirche, und dort werde ich dafür beten, dass du nicht auf die Streckbank kommst oder als Totschläger zum Fraß der Raben wirst«, sagte ich, um ihn in seiner jämmerlichen Lage zu trösten. Doch Antti entgegnete unwirsch: »Was geschehen ist, ist geschehen und wird durch Gejammer nicht besser. Aber wenn du ein Christ bist, Michael, dann hol mir einen Eimer Wasser und etwas zu essen, denn mein Magen ist wie ein leerer und glühender Ofen – der tut mir mehr leid als meine geschundene Haut.«

Es waren nirgends Stadtbüttel zu sehen, und so holte ich ihm in einem Eimer etwas Wasser aus der Pferdetränke herbei. Der Eimer passte zwar nicht durch die Gitterstäbe, aber so groß war sein Durst, dass er unter Aufbietung all seiner Kräfte zwei Stäbe verbog und den Eimer zwischen ihnen hindurch hineinbekam. Ich erschrak, als ich sah, wie der Mörtel zu bröckeln begann und warnte:

»Dass du ja kein städtisches Eigentum beschädigst, Antti, denn das wird dir nur noch eine größere Strafe einbringen. Wenn du ausbrechen willst, dann beeile dich; vielleicht gelingt es dir ja, durch das Loch zu kriechen, dass du dir geschaffen hast.«

»Ich habe keineswegs vor zu fliehen«, lautete seine empörte Antwort, »sondern ich will in christlicher Demut Tadel und Strafe annehmen, die ich verdient habe, damit ich meine Selbstachtung vor Gott und den Menschen zurückgewinne. Ich würde in diesem Vorhaben sehr gestärkt werden, wenn du zwei Laib Brot und ein paar weich gekochte Rüben besorgen könntest. Ich armer Kerl will dir deine Güte später nach bestem Können vergelten, falls ich dazu überhaupt in der Lage sein werde, wo ich so gründlich durchgeprügelt wurde. Ich bin jetzt voller Reue, und es tut mir sogar um den Bären leid, den ich einmal im Zorn so gnadenlos vom Baum herabgeschüttelt habe, denn den habe ich wohl genauso schlimm verdroschen, wie ich nun selbst verdroschen worden bin.«

Ich hatte ein paar Kupfermünzen dabei, denn ich wollte eine Wachskerze für den heiligen Johannes entzünden, der als keuscher Mann sich lieber den Kopf hatte abschlagen lassen, als den Gelüsten der unzüchtigen Herodias zu Willen zu sein. Aber da ich nun nicht mehr so wie dieser Heilige werden konnte, dachte ich, ich täte ein gutes Werk, wenn ich jemandem, der so von den Menschen verlassen war wie Antti, eine Mahlzeit spendete. Deshalb ging ich in die Drei-Kronen-Wirtschaft und erstand bei der Wirtin einen Krug Rüben mit Hering und ein großes rundes Laib Brot. Dies alles schob ich Antti durch die verbogenen Gitterstäbe in sein Kellerverlies. Dabei ging mir durch den Kopf, dass ich vielleicht sogar lieber den Platz mit ihm getauscht hätte, elendiglich geschlagen und verprügelt, anstatt nun aus tiefsten Herzen Reue empfinden und furchtbare Schande ertragen zu müssen. Doch konnte ich nicht länger bei ihm verweilen, denn es erschienen Leute auf der Straße, die der Messe beiwohnen und der Predigt lauschen wollten.

»Gib die Hoffnung nicht auf! Am Abend will ich versuchen, dir noch etwas mehr zu essen zu bringen«, versuchte ich ihn zu aufzuheitern.

»Wie sollte ich die Hoffnung nicht aufgeben, wo die Frösche mir auf dem Kopf herumtanzen und die Ratten mir Nase und Fingerspitzen anknabbern, wenn ich zu schlafen versuche«, versetzte Antti auf seine schlichte Art. »Aber habe ich mir erst mal den Bauch vollgeschlagen, dann sehe ich die Welt bestimmt wieder in hellerem Licht, und ich werde mich an all die guten Lehren erinnern, die mir in meinem Leben zuteilwurden, um meine wilde Natur zu bändigen und demütigen Sinnes zu werden.«

Ich ließ ihn also in seinem Kellerloch und ging zum Dom. Nicht einmal, als ich noch ein kleiner Junge war, war mir der mächtige Giebel über meinem Haupt so düster und drohend vorgekommen wie an diesem Johannistag. Die schwarzgefiederten Dohlen flatterten mit furchterregendem Gekreische um den Turm herum. Mir war ganz elend zumute, als ich mit zitternden Knien das Gotteshaus betrat und mich am Eingang mit Weihwasser besprritzte.

Nach der Messe hielt ein Domkanonikus eine donnernde Predigt in der Volkssprache, in der er das Abbrennen von Mittsommerfeuern sowie heidnische Spiele und Reigentänze geißelte. Er hielt dem Volk die Strafe Gottes vor, die als Blitz von heiterem Himmel hinabgefahren sei und die Mühle auf dem Hügel unweit des Mittsommerfeuers vollständig abgebrannt hatte. Tanz und Ringspiele seien Dienst am Satan, verkündete er, und dafür gebe es keinen besseren Beweis als die Erzählung der Heiligen Schrift über die Enthauptung des heiligen Johannes des Täufers, zu der die sündige Salome den grausamen Herodes durch ihre Tänze und Spiele verlockt hatte. Er schilderte die ganze traurige Geschichte, und das Volk hörte aufmerksam zu und prägte sie sich gut ein. Mir war die Geschichte allerdings schon bekannt. Ich hatte sie ja auch auf Latein gelesen, so dass ich, während die anderen dem Prediger lauschten, mich damit begnügte, für meine arme, elende und sündige Seele zu beten. Davon ward mir gleich besser zumute, und ich glaubte schon, alles, was ich erlebt hatte, sei nur ein schlechter Traum gewesen. Doch dann fiel mir Anna Laurintytär ins Auge, die zwischen ihren Eltern neben einer Säule kniete. Sie sah bleich und erschöpft aus, und an ihrem Hals sah ich ein rötliches Mal. Dieser Anblick entsetzte mich mehr als alles andere, was mir widerfahren war, so dass ich glaubte, nun sähe ich den Satan selbst in der Gestalt jenes Mädchens. Ich hätte sie nie wieder anrühren können, selbst wenn man mir dafür eine Tonne voll Gold versprochen hätte. So sehr fürchtete ich mich vor mir.

Aber der Satan legt seine Schlingen listiger aus, als wir es uns vorzustellen vermögen, denn als ich demütigen und geläuterten Sinnes mit den anderen Kirchgängern den Dom verließ, kam mir beim Zeughaus ein junger Mann entgegen. Seine Wangen waren mit schwarzen Flecken übersät, so als wäre ihm irgendwann einmal eine Ladung Schießpulver ins Gesicht geschossen worden. Während er sein Schwert gürtete, sprach er mich in deutscher Sprache an und sagte, er habe nur Gutes über mich gehört. Er sei fremd in der Stadt und wohne mit seiner Schwester in der Herberge neben den »Drei Kronen«. Wegen eines Auftrags, den er auszuführen habe, benötige er einen jungen Mann, so flink und gescheit, wie ich es einer sei, als Gehilfen. Deshalb möge ich ihn ohne Furcht am Abend besuchen kommen. Ich würde es bestimmt nicht bereuen. Sein Auftreten war von verdächtiger Gewandtheit, aber er lächelte sehr freundlich, während er auf mich einredete. Er trug eine eng anliegende Hose und ein samtenes Wams mit goldenen Knöpfen. Mir schien, ich hätte nichts zu verlieren, wenn ich bei ihm vorsprechen würde.

Kapitel 4

Sobald Frau Pirjo von Anttis Missgeschick gehört hatte, packte sie mir einen Beutel mit Esswaren ein, und als der Tag zur Neige ging, eilte ich zum Rathaus, um Antti zu verpflegen und gute Werke für mein Seelenheil zu sammeln. Auf dem Rathaushof versah derselbe einbeinige Büttel das Amt des Gefängniswärters, der mich in der Handhabung des von Antti geschmiedeten Schwertes unterwiesen hatte. »Geh nur hinein«, winkte er mir freundlich zu, »du bist nicht der erste Gast.« Ich betrat also das Kellergefängnis. Dort brannte munter eine Talgkerze an der Wand, und die Drei-Kronen-Wirtin hielt Anttis Kopf in ihrem Schoß, tätschelte ihm die Wangen und redete mit freundlichen Worten auf ihn ein.

»Wie du siehst, Michael, findet Tugend immer ihren Lohn«, sprach Antti zu mir und war gar nicht mehr niedergeschlagen. »Die Raben bringen mir Speise, so wie dem Moses in der Wüste, und die Engel des Herrn erscheinen und trösten mich. Wie es sich jetzt herausstellt, habe ich armer Kerl nur deshalb so viel Prügel bezogen, weil ich die Ehre und Unbescholtenheit einer Frau verteidigt habe. Diese gute Wirtin hier wird den Rat gleich morgen davon überzeugen, mich freizulassen, weil das Ganze ein völliger Irrtum ist, der auf nichts als Lügen und Verleumdungen beruht. Nur der allseits bekannten Dummheit der Stadtbüttel ist es zuzuschreiben, dass ich ins Gefängnis geworfen wurde, da ich doch selber so betrunken war, dass ich mit einem Schweineschinken auf die Kerle eingedroschen habe.«

»Scholarius Michael«, wandte sich die Drei-Kronen-Wirtin mit Nachdruck an mich, »einen besseren und edleren jungen Mann als deinen Freund und Schmiedegesellen Antti gibt es weit und breit nicht. Nachdem ich in der letzten Nacht, ganz verstört durch die Feuerschlange, nach Hause geeilt war, wurde ich in der Morgendämmerung von einem furchtbaren Lärm und Gepolter geweckt. Mehr als ein Dutzend betrunkener Handwerksburschen drangen in mein Haus ein, nachdem sie zuvor die Eingangstür eingetreten hatten. Sie warfen meinen Mann in einen Backtrog und legten schwere Steine auf den Deckel. Dann forderten sie von mir kostenlose Bewirtung und drohten, mir meine Ehre und Keuschheit zu nehmen, wenn ich ihnen nicht Bier, Branntwein und Speisen auftrüge. Dieser gute Junge hier kam zufällig durch die offene Tür herein, und als er merkte, in welcher Gefahr ich schwebte, beförderte er ganz allein, mit seinen bloßen Fäusten wie der heilige Simson auf den Mauern von Jericho, all die kräftigen Kerle aus meinem Haus, obwohl die Eindringlinge sich mit Stangen, Holzscheiten und Wäschebleueln auf ihn stürzten, so dass er sich kaum auf den Beinen halten konnte, weil er von dem langen Wachen in der Mittsommernacht erschöpft war. Als endlich die Büttel zur Stelle waren, beschuldigten sie mich mit schamlosen Worten, ich würde mein Gasthaus zur verbotenen Zeit geöffnet haben. Der gute Antti, der sie gänzlich missverstand, beförderte auch sie zur Tür hinaus, um meinen Hausfrieden zu verteidigen. Nachdem er auf diese Weise all seine Kräfte verausgabt hatte und auf dem Fußboden in tiefen Schlaf versunken war, trugen die Stadtbüttel ihn, da sie keinen der anderen Schuldigen dingfest machen konnten, ins Gefängnis und behandelten ihn dabei ziemlich unsanft. Diese Niedertracht wird sie aber noch teuer zu stehen kommen, so wahr mir Gott helfe. Dasselbe sagt auch mein Mann, den ich ganz vergessen hatte und erst heute Morgen aus dem Backtrog befreite, so verstört und vom Wein benebelt war ich nach all der Aufregung.«

Sie tätschelte Anttis Wangen und fuhr fort: »Jetzt bist du in Sicherheit, mein Freund, denn so wahr ich mein Ausschankrecht habe und dafür Steuer an die Stadtkasse zahle, so gewiss werde ich dich aus diesem Elend befreien. Trink also von meinem besten Bier, das ich dir hier in diesem Fässchen mitgebracht habe, damit du wieder zu Kräften kommst.«

Ich sah, dass Antti keine Not mehr an Speis und Trank litt, und auch an Freunden hatte er kein Mangel. Da ich nun also im Gefängnis nicht mehr gebraucht wurde, sondern eher störte, ging ich in die Drei-Kronen-Wirtschaft, um eine Maß Bier zu trinken. Der Wirt bestätigte mir jedes Wort, das seine Frau gesprochen hatte. Er meinte, es sei eine niederträchtige Lüge, ihn oder seine Frau einer unerlaubten nächtlichen Bewirtung der Handwerksburschen zu beschuldigen. Die Zügellosigkeit der Handwerksgesellen nehme immer mehr zu; sie pflegten ganze Nächte durchzuzechen und dabei nicht nur ihre Kleider, sondern auch ihr Handwerkszeug zu verspielen. Der Stadtrat habe deshalb den Bierstuben hohe Strafgelder auferlegt, wenn sie ihre Türen nach dem Abendgebet noch offen hielten. Das sei natürlich mit beträchtlichen Verlusten für die Gastwirte verbunden. Besonders ausländische Seeleute würden sich bitter beklagen, in was für ein heidnisches und engstirniges Land sie geraten seien, wenn sie ihren durch das salzige Meerwasser verursachten Durst, der sie bei Tag und Nacht quäle, nicht mehr in ausreichendem Maße stillen könnten.

Durch das gute Starkbier an Leib und Seele gestärkt, raffte ich mich dann dazu auf, in die Herberge zu gehen und mich nach dem Fremden zu erkundigen, der dort mit seiner Schwester wohnen sollte. Ich dachte nämlich, es gäbe für mich wohl nichts zu verlieren, wenn ich bei ihm vorstellig würde. Der Fremde hatte mir seinen Namen nicht genannt, aber die Herbergswirtin wusste sofort, wen ich meinte, als ich ihr sein Äußeres und sein von Pulver entstelltes Gesicht beschrieb. Offensichtlich stand er bei der Wirtin im Rufe eines reichen und freigebigen Herrn, denn sie wies mir bereitwillig den Weg zu seinen Zimmern. Als ich eintrat, stieg mir der angenehme Duft von Siegellack in die Nase, und der Mann saß schreibend am Tisch, vor sich die allerfeinsten Schreibutensilien, wie man sie in einem Kupferetui am Gürtel tragen konnte.

Er erkannte mich sogleich, erhob sich und begrüßte mich freundlich mit Handschlag, was mir sehr schmeichelte. Sein Benehmen, verbindlich und mit feiner Gestik, war von der Art eines wirklichen Herrn, der eine bequeme Wohnung, täglichen Weingenuss, prunkvolle Kleidung und gute Bedienung als etwas ihm selbstverständlich Zukommendes ansah. So gewandt und freundlich behandelte er mich, dass ich gleich Zuneigung zu ihm fasste und gar nicht mehr auf sein entstelltes Gesicht achtete, das ihm, als ich ihm am Tage zuerst begegnete, noch einen lauernden Ausdruck verliehen hatte.

Er stellte sich mir zwanglos plaudernd als Didrik Slaghammer vor. Er sei Sohn eines vom Kaiser geadelten Kaufmanns aus Köln. Seit seiner Jugend habe er sich in fremden Ländern umsehen wollen; zuletzt habe er in Danzig und Lübeck Geschäfte getätigt. Nach Turku hätten ihn mancherlei Berichte von den finnischen Pilgerstätten gelockt, von denen im ganzen Ostseeraum Wundergeschichten erzählt würden. Er verschwieg nicht, dass er in jüngeren Jahren ein ausschweifendes Leben geführt hatte. Aber nun, nachdem er die dreißig überschritten, sei er ernsthafter geworden und würde gern gute Werke sammeln, indem er die verschiedenen Pilgerstätten besuchte, sofern dies mit seinen geschäftlichen Verpflichtungen vereinbar sei. Deshalb wolle er sich bei mir nach den Sehenswürdigkeiten von Turku erkundigen und nach heiligen Stätten in Finnland, die leicht erreichbar wären. Schließlich ließ er auch durchblicken, dass er sich vorstellen könne, mich als sprach- und landeskundigen Führer auf seine Pilgerreisen mitzunehmen.

Ich fing sofort Feuer und berichtete ihm vom St.-Henriks-Pilgerweg, der Sonne von Naantali, dem heiligen Kreuz zu Anianpelto, der Kirche von Raisio, die von Riesen erbaut worden war, sowie von vielen anderen heiligen Stätten. In Turku solle er es nicht versäumen, dem Heiligen-Geist-Haus und dem Spital Almosen zukommen zu lassen, auch wenn das Spital so gut wie leer war, weil es dort nur noch zwei Aussätzige gab. Das St.-Olafs-Kloster, das St.-Annen-Haus, das St.-Georgs-Haus und das Haus der Drei-Königs-Gilde seien ebenfalls einen Besuch wert, ganz zu schweigen von der Reliquiensammlung im Dom, die hauptsächlich dadurch zusammengekommen war, dass der Dom Gebeine des heiligen Henrik gegen die Gebeine anderer nordischer Heiliger eingetauscht hatte.

Doch während ich so sprach, ließ seine Aufmerksamkeit spürbar nach. Er versuchte ein Gähnen zu unterdrücken, das seine spitzen und raubtierartigen Zähne entblößte, und begann, mit der Handwaffe zu spielen, die auf seiner Reisetruhe lag. »Man hat mir mit der rauen Natur Finnlands, aber auch mit den wilden Tieren und Straßenräubern hierzulande etwas Angst gemacht«, sagte er. »Um auf meinen Wanderungen sicher zu sein, habe ich mir diese neuartigen Handwaffen angeschafft, wie sie bei den berittenen Truppen in Gebrauch sind. Sie waren mir schon in vielerlei Gefahren von Nutzen.«

Die beiden kurzen Büchsen lagen in einem zweiteiligen Lederfutteral, das man am Schultergelenk eines Pferdes so festbinden konnte, dass der mit einer schweren Bleikugel versehene Griff leicht mit der Hand zu erreichen war. Er ließ mich die Büchse halten und zeigte mir, wie die Bleikugel der Hand Halt gab und einen zu starken Rückstoß beim Abfeuern verhinderte. Außerdem konnte man sie nach dem Abfeuern als Kriegskeule benutzen. Um sie abzufeuern, brauchte man auch keine brennende Lunte am Hahn zu befestigen wie bei gewöhnlichen Schusswaffen, sondern Hahn und Abzug waren durch einen klug erdachten Mechanismus miteinander verbunden, mit dessen Hilfe ein scharf zugespitzter Feuerstein beim Schlag gegen das Eisen Funken schlug und dadurch das Pulver in der Zündpfanne entzündete. Die Zündpfanne war mit einem Deckel versehen, den man vor dem Abfeuern öffnete; Feder und Schloss wurden mit einem besonderen Schlüssel gespannt. In den daumendicken Lauf konnte man auch eine Handvoll Nägel oder Eisenabfälle stopfen. Wenn man sie mit einer festen Bleikugel lud, könne sie einen eisernen Harnisch auf zehn Schritt Entfernung durchschlagen, so versicherte er mir.

Ich gestand, so eine tödliche Waffe noch nie gesehen zu haben und glaubte gern, dass sie die gesamte Kriegskunst bei Kämpfen mit berittenen Truppen revolutionieren würde, sofern die Herstellung dieser Waffe nicht zu kostspielig wäre. Allerdings schien mir sein Interesse und seine Begeisterung für Schusswaffen zu der frommen Gesinnung, die er an den Tag gelegt hatte, nicht so recht zu passen. Deshalb sagte ich:

»Im Sommer besteht auf unseren Landstraßen keine Gefahr durch wilde Tiere, und das gesetzestreue Volk lässt Reisende ungestört ihre Wege ziehen, ja, man bewirtet fromme Pilger auch gerne, sofern es in dem Jahr keine Missernte gegeben hat. Nicht einmal vor Bären braucht man sich zu fürchten, falls man auf der Straße auf einen trifft. Man muss ihm nur sogleich Platz machen und darf nicht stehenbleiben und ihn anstarren oder anschreien, denn der Bär ist sehr auf seine Ehre bedacht und nimmt es einem ziemlich übel, wenn man ihn anspricht.«

Er fragte, ob mir jemals ein Bär auf einem Weg entgegengekommen sei, und ich musste zugeben, noch nie einen Bären gesehen zu haben, abgesehen von karelischen Tanzbären auf Jahrmärkten. Dann fragte er plötzlich, ob ich davon gehört hätte, dass König Christian einen Feldzug gegen das Schwedische Reich vorbereite, und was man hierzulande davon hielte.

Ich antwortete, solche Gerüchte schadeten dem Handel sehr, weil die Schiffe aus Turku sich aus Furcht vor dänischen Kriegsschiffen nicht mehr aufs offene Meer hinauswagten, und dass sie stattdessen auf dem Weg nach Lübeck die gefährlichen Küstenrouten nähmen, so dass sie bei ungünstiger Witterung leicht an Land getrieben wurden und den gottlosen Seeräubern in Estland und auf der Insel Ösel in die Hände fielen. Andererseits versuchten die Schiffe auch, im Konvoi unter dem Schutz lübischer Kriegsschiffe zu segeln, auch wenn Lübeck keine große Lust zeigte, den Schutz für finnische Schiffe zu übernehmen, weil der Stadtrat von Turku nicht mehr zur Hälfte aus deutschen Kaufleuten bestand so wie früher. Nun waren ja alle städtischen Ämter in den Händen von Männern, die dem Schwedischen Reich treu ergeben waren. Außerdem wies ich darauf hin, dass die Pulvermühlen und die Geschützgießereien gute Arbeit leisteten, so dass dem Dänen ein feuriger Empfang bevorstünde, falls er sich in die Gewässer vor der Turkuer Burg wagte.

Herr Didrik spannte nachlässig das Schloss seiner Handwaffe und spielte am Abzug, so dass helle Funken von dem Feuerstein sprühten. Lächelnd meinte er, er glaube wohl, dass man sich in Turku ohne Furcht vor Kriegsgefahr aufhalten könne. Da er aber auch an seine Schwester und ihre Sicherheit denken müsse, würde es ihn sehr beruhigen zu wissen, wie viele Geschütze es in der Burg gebe, wie groß ihre Besatzung sei, von welcher Nationalität, in wessen Sold sie stünden und wer ihre Befehlshaber seien. Er würde sich auch sicherer fühlen, wenn er die Namen der Stadtoberen und der wichtigsten Bürger wüsste und was von ihrer Verlässlichkeit in staatlichen Angelegenheiten zu halten sei.

Mir schien, er war ein ängstlicher Mann, der um seine heile Haut fürchtete, was schon daraus hervorging, dass er in einer friedlichen Herberge Waffen in seinem Zimmer mit sich führte. Um ihn zu beruhigen, legte ich ihm dar, was ich von der militärischen Besatzung der Burg und der Stadt wusste, doch bemerkte ich einschränkend, ich sei nur ein gelehrter Scholarius und kein Soldat. Deshalb schlug ich ihm vor, sich nach all diesen Dingen beim Geschützmeister zu erkundigen, dessen guter Freund und ehemaliger Schreiber ich sei, so dass ich eine Bekanntschaft mit ihm leicht in die Wege leiten könne. Ich war sofort bereit, den Geschützmeister auf ein Gespräch mit dem freundlichen Ausländer herbeizubitten. Aber Herr Didrik dämpfte meinen Eifer und sagte, es zieme sich nicht, am Abend des St.-Johannis-Tages diesen bedeutenden Meister zu stören, der, überschuldet und verbittert über den Undank, den man ihm entgegenbringe, sich leicht erzürnen lasse. So etwas habe er nämlich über Meister Schwarzschwanz gehört. Außerdem wisse er, dass ich einen Sommer lang dessen Schreiber gewesen war. Deshalb begnüge er sich lieber mit meinen Kenntnissen, da er mich für einen aufgeweckten und scharfsinnigen jungen Mann halte. Wie viele Bombarden gebe es also in der Burg, wollte er wissen, wie viele Kartaunen, Feldschlangen und Falkone, wie viele Falkonetten, Serpente und Arkebusen? Ich versuchte, mich nach besten Kräften zu erinnern, und er warf mit seinem Gänsekiel flink Zahlen auf ein Papier, wobei er vor den Zahlen nur merkwürdige Kringel hinschrieb. Dies war, wie mir schien, nicht mehr das, was man von einem gewöhnlichen Kaufmann und noch weniger von einem frommen Pilger erwarten konnte. Ich antwortete also immer zögerlicher und begann zu stottern. Vollends hielt ich mich mit meinen Antworten zurück, als er sich nach der Bewaffnung der Stadtbüttel erkundigte und auch wissen wollte, wann die Schiffe aus Turku in See stachen und über wie viele Geschütze sie verfügten. Seine Neugier schien grenzenlos.

Plötzlich bemerkte er mein Zögern und die misstrauischen Blicke, die ich ihm zuwarf. Er legte sein Papier sofort beiseite, schloss es in der Reisetruhe ein, lachte munter und sagte: »Ich sehe, dass dich meine übermäßige Neugier befremdet, Scholarius Michael. Aber ich pflege nun einmal wegen meines angeborenen und sehr ausgeprägten Wissensdurstes allerlei nützliche Kenntnisse auf meinen Reisen zu sammeln, ob ich sie nun brauchen werde oder nicht. Man kann im Voraus ja nie wissen, wann einem welche Auskünfte noch Nutzen bringen. Doch jetzt habe ich dich über Gebühr mit meiner Neugier belästigt. Lass uns also essen und trinken und fröhlich sein! Ich hoffe doch, du bist heute Abend mein Gast.«

Er geleitete mich ins Nebenzimmer, wo bereits ein von Wachskerzen beleuchteter Tisch mit mancherlei Leckerbissen gedeckt war. Doch auf den Tisch achtete ich gar nicht, denn uns trat die schönste und am prächtigsten gekleidete Frau entgegen, die ich (wenigstens aus solcher Nähe) je gesehen hatte, um uns zu begrüßen. Ihre Röcke raschelten beim Gehen, sie hielt ihr Haupt stolz empor, und Herr Didrik verneigte sich gekonnt, um ihr die weiße Hand zu küssen. »Meine liebe Schwester Agnes«, sagte er, »darf ich dir den Scholarius Michael aus der Stadt Turku vorstellen, einen klugen und aufgeweckten Jüngling, der nicht nur in der Scholastik und im kanonischen Recht bewandert ist, sondern auch Pulver herzustellen weiß und einem Geschützmeister als Schreiber gedient hat. Er hat sich freundlicherweise bereiterklärt, uns beim Sammeln allerlei nützlichen Wissens zu unterstützen, auf dass wir uns sowohl für unser Leben im Diesseits als auch für das Heil unserer armen Seelen im Jenseits Verdienste erwerben.«

Bei diesen Worten lächelte mich das hochwohlgeborene Fräulein auf das freundlichste an und bot mir ihre Hand dar. Ich hatte noch nie zuvor einer Frau die Hand geküsst, auch wenn ich Magister Martinus und Pater Petrus mit der gebotenen Demut oft den Saum ihres Gewandes geküsst hatte. Doch in meiner Schüchternheit wagte ich nicht, dieser schönen und adligen Frau ins Antlitz zu sehen, sondern ich verbeugte mich ungelenk und berührte ihre Hand mit meinem Munde, so wie ein fügsamer Hund seinem Frauchen an die Finger stupst. Ihre Hand war warm und weiß und duftete nach feinen Salben. Sie lachte genauso munter wie ihr Bruder und sagte:

»Schluss jetzt mit all der Steifheit, schließlich sind wir drei noch alle jung, und ich habe genug davon, allein im Zimmer eingesperrt zu sein. Mir steht der Sinn nach munterer Gesellschaft. Ich bin auch kein Wolf in Menschengestalt, der Euch auffressen will, Herr Michael. Ihr könnt also ruhig Euer schönes Antlitz heben und mir in die Augen schauen.«

Ich war noch verwirrter als zuvor, da sie mich als Herrn anredete, so als wäre ich von Adel, und mein Äußeres mit ihrer Gunst bedachte. So hob ich den Kopf und schaute ihr ins Gesicht. Sie sah mich aus schelmischen braunen Augen an, ein leichtes Lächeln auf den Lippen, so dass mir ganz heiß zumute wurde. Denn damals wusste ich in der Dummheit meiner Jugend noch nicht, dass ihre Lippen rot angefärbt waren, die Augenbrauen gezupft und mit schwarzer Farbe übermalt und ihre Wangen mit Mehl bepudert, sondern im Schein der Wachskerzen war sie für mich die schönste und wunderbarste Frau, die ich je gesehen hatte. Wir setzten uns zu Tisch, aßen geräucherte Ochsenzunge sowie mit Safran und Pfeffer gewürzten Hähnchenbraten und tranken süßen spanischen Wein aus den prächtigsten Kelchen, welche die Herberge bereitstellen konnte. Ich wagte mir nicht einmal vorzustellen, wie viel ein solch üppiges Mahl kosten würde. Doch jegliches Misstrauen schmolz hinweg, und ich aß so manierlich, wie ich konnte, indem ich das Fleisch mit dem Messer in kleine mundgerechte Scheiben schnitt, die ich dann mit den Fingern zum Munde führte, nicht so wie es bei ungebildeten Essern üblich ist, die mit beiden Händen den Knochen haltend gierig am Fleisch zu nagen pflegen, wobei ihnen das Fett aus den Mundwinkeln tropft. Der feurige Wein stieg mir schnell zu Kopfe, und all mein Elend war vergessen. Mir war, als befände ich mich im Himmel, umgeben von schönen und freundlichen Engeln. Während wir speisten, spielte der einäugige Flötenspieler aus den »Drei Kronen« einschmeichelnde Melodien im Nebenzimmer, bis Herr Didrik befahl, ihm Bier zu geben und ihn fortschickte, weil er, wie er sagte, diese schreckliche Musik nicht mehr ertragen könne. Stattdessen schlug er vor, wir sollten singen, und so sangen wir dann auch einige fromme Studentenlieder über die Vergänglichkeit irdischer Freuden.

Fräulein Agnes wurde es bald zu warm, und sie legte das durchsichtige Musselintuch ab, wobei sie ihre weißen Schultern entblößte. Ihr Mieder war von Goldfäden durchzogen und mit Perlen besetzt, und der grüne Samt war mit roten Herzchen bestickt, welche den neugierigen Blick unwillkürlich auf ihren Busen lenkten. Diesen ließ ihr Gewand so offen, wie ich so etwas noch nie gesehen hatte. Tatsächlich blieb den Blicken, wenn sie sich nachlässig bewegte, kaum etwas verborgen, auch wenn sie ab und zu mit einer Hand den Rand des Gewandes ein wenig anhob. Herr Didrik folgte meinen Blicken und bemerkte lächelnd:

»Meine Schwester Agnes wurde nach der heiligen Agnes benannt, und manchmal, wenn wir uns in förmlicher Gesellschaft befinden, wünsche ich mir, dass ihr das gleiche Wunder widerfährt wie der heiligen Agnes, weil sie in ihrer Bekleidung allzu sehr den Modetorheiten der Städte und Adelshöfe folgt. Aber du sollst dich davon nicht verwirren lassen, Michael, denn ich kann dir versichern, dass in den heutigen lebenslustigen Zeiten die Frauen durchaus nicht gehalten sind, ihre reizendsten Teile zu verhüllen. Im Gegenteil, auch von der züchtigsten Frau wird erwartet man, dass sie all das zeige, was an ihr sehenswert ist.«

Ich fragte mit heißem Kopfe, welches Wunder der heiligen Agnes denn widerfahren sei. In Finnland wird ihr Gedenktag nämlich vom St.-Henriks-Tag ganz in den Schatten gestellt, und deswegen war ich mit ihrer Heiligengeschichte nicht vertraut. Sogleich erzählte Herr Didrik, dass ein römischer Stadtrichter sie nackt in ein Freudenhaus geschickt habe, weil sie wegen ihres christlichen Glaubens nicht bereit gewesen war, den Sohn jenes heidnischen Richters zu heiraten. Doch der Allmächtige hatte in seiner Gnade das Haar der Heiligen so lang und üppig wachsen lassen, dass sie sich darin einwickeln konnte und sich auf diese Weise den unkeuschen Blicken und Berührungen züchtig entziehen konnte.

»Wie du siehst, hat sich meine Schwester das Haar rot gefärbt, nach venezianischer Mode«, sagte er. »Was für ein herrlicher Anblick wäre es, wenn sie ganz in ein Gewand gehüllt wäre, das nur aus ihrem feuerroten Haar bestünde! Aber mich quält eine Frage, die wohl nur ein kirchlicher Gelehrter beantworten kann. Nehmen wir einmal an, dass ein solches Wunder wirklich geschieht – was ich nicht glaube, weil meine Schwester nicht gerade prüde ist –, würde sich in so einem Fall ihr ganzes Haar rot färben, oder behielte es, wenn es vom Kopfe zu sprießen beginnt, seine natürliche Farbe, so dass nur ein ellenlanger Purpurrand an ihrem dunklen Haarkleid zurückbliebe?«

Ich musste zugeben, diese Frage sei so verzwickt, dass ich sie mit meinem ärmlichen Wissen nicht lösen könne. Nur ein gelehrter Scholastiker könnte dieses Problem zum Thema einer Disputation machen und sich dadurch an einer Universität den Doktortitel erwerben. Aber Gott sei nichts unmöglich, sagte ich. Der Schöpfer habe jedem seiner Geschöpfe das ihm zukommende Äußere gegeben, wie dem Hahn das grelle Gefieder und dem Spatz das braune Gewand eines Bettlers. Nur das wagte ich anzumerken, dass meiner Meinung nach die Welt viel an Schönheit verlöre, wenn dem Fräulein Agnes ein so unerwartetes Wunder widerfahren würde.

Fräulein Agnes lächelte mir für diese freundlichen Worte dankbar zu und meinte beherzt: »An den Fürstenhöfen von Florenz und Mailand, ganz zu schweigen von den französischen Höfen, lassen die adeligen Damen oft eine oder sogar beide Brüste gänzlich unverhüllt, weil sie niemandem die Reize vorenthalten wollen, mit denen der Schöpfer sie bedacht hat. Denn zweifellos preist der Schöpfer sich in seinen Geschöpfen, und deshalb wäre es eher eine Sünde, die Gaben, mit denen jemand von ihm beschenkt wurde, zu verhüllen, als sie offen zu zeigen, damit sie von allen bewundert werden können und jeder, die sie sieht, den Schöpfer ob seiner Wunderwerke lobpreise. Das schönste Kleid, das ich je gesehen habe trug ein junges Mädchen in Venedig; sie betrat dort den Festsaal bekleidet mit einem Gewand, das an einer Seite bis zu Hüften offen war, und ihr Haar bedeckte, gleich dem Schaum des Meeres, ein mit Edelsteinen verzierter orientalischer Schleier. So ein Kleid möchte ich auch einmal tragen.«

Sie seufzte und schaute mich mit ihren braunen Augen an, und ihr Blick streichelte mich wie weicher Samt. Herr Didrik stimmte ihr zu und sagte: »Aus Neid vor berühmten Kurtisanen lassen sich heutzutage auch adelige Damen an den Fürstenhöfen von bedeutenden Malern gänzlich nackt auf der Leinwand abbilden, um zu zeigen, dass sie sich keiner körperlichen Mängel zu schämen brauchen. Und nirgends lässt sich das Leben angenehmer verbringen als in den Badebecken der großen Heilquellen, wo Männer und Frauen in aller Zucht gemeinsam den Tag im warmen Wasser verbringen, nur mit einem Lendentuch bekleidet, wobei sie sich bei Brettspielen die Zeit vertreiben und von Tischen speisen, die leicht schaukelnd auf dem Wasser schwimmen.«

Ich sagte, es sei in Finnland üblich, dass Männer und Frauen gemeinsam in der Sauna badeten, allerdings nur beim gemeinen Volk und lediglich zu Reinigungszwecken und nicht zum Vergnügen. Das weckte Herrn Didriks Neugier, und er fragte, ob ich oft zusammen mit jungen Mädchen ein Saunabad nähme, was ich jedoch heftig bestritt. Erinnerte mich dieses Thema doch an meine Schande und meinen elenden Zustand, weswegen ich lange Zeit mit niemandem zusammen die Sauna hatte aufsuchen können. Herrn Didrik entging meine Verlegenheit und mein plötzlicher Stimmungsumschwung nicht. Er wechselte einen Blick mit seiner Schwester und sprach von da ab von gänzlich anderen Dingen. Inzwischen war das Geschirr abgeräumt worden, und während seine Finger am Weinkelch spielten, fragte er:

»Michael, was hältst du von der widergesetzlichen Absetzung und Gefangennahme des Erzbischofs in Schweden, derer sich die schwedischen Stände schuldig gemacht haben?«

Diese unerwartete Frage verwirrte mich, doch antwortete ich vorsichtig: »Wer bin ich denn, dass ich mir anmaßen würde, über Dinge zu urteilen, die so wichtige Reichsangelegenheiten betreffen? Man hat den Erzbischof verdächtigt, gegen das Reich zu intrigieren, und seine Absetzung wurde von den schwedischen Bischöfen betrieben. Bin ich etwa klüger als sie?«

Herrn Didrik schien meine Antwort nicht zu gefallen. Er versetzte barsch: »Ist deiner Meinung nach der junge Herr Sten Sture dasselbe wie das Schwedische Reich? Ist es nicht eher so, dass die hochmütige Sture-Sippe das Schwedische Reich wie ihr Eigentum behandelt, obwohl der dänische König Christian der einzige, wahre und gesetzmäßige König des Reiches ist, so wie es die Union, die in Kalmar beschlossen wurde, bestimmt hat? Ist es richtig, dass ein einziges schwedisches Adelsgeschlecht das Amt des Reichsverwesers als erblich ansieht, während doch viele andere genauso dazu berechtigt sind? Aber wer gegen die Sture-Sippe ist, der ist angeblich ein Intrigant und übt Verrat am Reich. Dabei schrecken die Stures nicht einmal davor zurück, die Rechte der heiligen Kirche zu verletzen, nur um ihre eigen Macht zu stärken.«

Ich entgegnete, die Dänen hätten nur Zerstörung, Raub und Mord ins Reich gebracht, und es gebe keinen grausameren und tückischeren Feind als die Dänen, so dass man in Turku den Kindern mit der Drohung »Der Däne wird dich holen« Gehorsam beizubringen pflege. Herrn Didrik brachte das sehr auf, und er fuhr mich an:

»Ich hatte gedacht, du seist ein kluger Jüngling, Michael. Aber jetzt sehe ich, dass du nur das nachplapperst, was dir andere eingetrichtert haben, ohne dir deine eigenen Gedanken zu machen.« Er begann mir auseinanderzusetzen, wie willensstark, begabt und huldvoll Christian, der König von Dänemark und Norwegen, war, und dass er nichts mehr verabscheute als den Hochmut der adeligen Herren, sondern als

Beschützer der Bürger und Bauern vor der Unterdrückung durch den Adel auftrat. Auch wolle er die Herrschaft Lübecks über die Ostsee zerschlagen und Kopenhagen zu einer bedeutenden Handelsstadt ausbauen, von der aus zum Nutzen für seine Untertanen Schiffsverbindungen in aller Herren Länder geknüpft werden sollten. Es werde nicht mehr lange dauern, bis das Reich unter seiner Herrschaft zu einer siegreichen und wohlhabenden Großmacht würde. »Es ist nur noch eine Frage der Zeit«, sagte er eindringlich, »bis die störrischen schwedischen Adligen vor König Christian zu Kreuze kriechen müssen. Der Krieg steht kurz bevor, das weiß ich aus sicherer Quelle. Jeden Tag kann der König mit seiner Flotte aus Kopenhagen gegen Schweden in See stechen. Ein kluger Mann sollte den künftigen Verlauf der Ereignisse bedenken und sich durch sein Verhalten der Gunst des mächtigsten Königs im Norden versichern. Ich zweifle nicht daran, dass König Christian in den Geschichtsbüchern einmal der Beiname ›der Große‹ verliehen werden wird.«

Seine Worte machten tiefen Eindruck auf mich, denn nie zuvor hatte jemanden mit derselben Überzeugung und Inbrunst das Lob auf König Christian singen hören. Auch seine Schwester führte zahlreiche Beispiele von des Königs Fürsorge für das arme Volk an. So hörte er lieber auf die klugen Ratschläge einer alten holländischen Bäuerin als auf die hohen Herren seines Hofes. Trotzdem konnte ich nicht umhin, auf die von mir am eigenen Leibe erfahrene Grausamkeit der Dänen hinzuweisen, an die mich noch immer die Narbe an meinem Schädel erinnerte. Nicht zuletzt waren ja auch meine Großeltern von einem grausamen Dänen ermordet worden. Doch Herr Didrik verstand es, selbst diese Tatsache in ein völlig anderes Licht zu setzen. Er sagte nämlich:

»Wer hat denn die dänische Seestreitmacht zu Raub und Totschlag an die Küsten Finnlands geholt? Sind es nicht gerade die aufsässigen schwedischen Herren, die sich gegen den gesetzmäßigen König erhoben haben? All diese Aufsässigkeit dauert nun schon von Generation zu Generation, und das zum größten Schaden des einfachen Volkes, das seinen Herren wie mit Klappen vor den Augen und blind überallhin folgt, wo sie es haben wollen. Der Krieg hat seine eigenen Gesetze, und zum Krieg gehören nun mal Raub und Mord. Darunter leiden die Unschuldigen immer viel mehr als die Schuldigen. König Christian aber will die Schuldigen bestrafen und seine Gunst, Gnade und zärtliche Liebe jedem aufrichtigen Manne erweisen, der sich rechtzeitig die Klappen von den Augen reißt und ihn als seinen Herrn anerkennt.«

Er hob den Weinpokal und sprach zu meiner völligen Überraschung: »Reden wir nicht mehr um den heißen Brei herum, Scholarius Michael. Ich weiß alles über dich und mehr, als du ahnst. Mein Herz leidet zusammen mit dir ob all der schnöden und ungerechten Behandlung, welche dir zuteilgeworden ist, obwohl du ein höchst begabter und fähiger Jüngling bist. Sage mir, hat dir je einer der schwedischen oder finnischen Herren sein Wohlwollen bezeugt, um dir dein Los zu erleichtern? Und wenn die Kirche dich abweist und sich aufgrund deiner Herkunft weigert, dich zum Priester zu weihen, was kann man dann noch von den Männern der Kirche erwarten, die ihren eigenen Erzbischof des Amtes entheben, um ihren gottlosen Herren zu Willen zu sein? Der gute König Christian aber will jedem begabten Manne ungeachtet seines Standes und seiner Herkunft dieselben Möglichkeiten bieten und jedes nützliche Studium und die Wissenschaften unterstützen. Er ist ein treuer Sohn der heiligen Kirche. Je mehr seine Macht und Stärke wachsen, desto mehr gilt sein Wort auch bei der Kurie, so dass ein einziges Wort der Fürsprache von ihm reicht, um selbst einen armen Mann in hohe Kirchenämter aufsteigen zu lassen. Ich fürchte nämlich durchaus, dass in nächster Zeit in den Kirchen dieses Reiches viele geistliche Ämter frei werden, die dann mit Männern besetzt werden müssen, die dem König und der heiligen Kirche treu ergeben sind.«

Seine Worte jagten mir einen solchen Schrecken ein, dass ich mich unwillkürlich umblickte, ob uns nicht jemand belauschte. »Herr Didrik und Fräulein Agnes«, sagte ich mit zitternder Stimme. »Wollt Ihr mich etwa dazu verleiten, durch allerlei Ränke Verrat am Reich zu üben? Ich bin schließlich kein Kämpfer oder Ränkeschmied, sondern nur ein demütiger Mann des Geistes. Von der hohen Kunst der Politik verstehe ich nicht mehr, als ein Schwein von der Zinngießerei.«

Da erhob sich Herr Didrik, und mit dem Pokal in der Hand sprach er mit fester Stimme: »Das sei fern von mir! Ist es denn Verrat, wenn ich dem gesetzmäßigen König den Weg in sein Land bereite? Ist es Ränkespiel, für die heilige Kirche wider die Schmäher und Verleumder zu kämpfen, die aus selbstsüchtiger Machtgier die Pflichten ihres heiligen Amtes vergessen und sich dadurch als untauglich erwiesen haben, weiterhin der Kirche zu dienen? Nein, Michael, ich will nichts anderes von dir, als dass du als aufrichtiger und ehrlicher Mann deinen Pokal erhebst und auf König Christian und alle seine guten Absichten trinkst, zu Nutz und Frommen deines irdischen Wohlergehens wie auch deines Seelenheils im Jenseits.«

Da blieb mir nichts anderes übrig, als unter dem Bann seiner Worte den Pokal bis auf den Grund zu leeren. Wie Feuer ergoss sich der starke Wein in meine Adern, und sogleich legte Fräulein Agnes mir lachend ihren Arm um den Hals und küsste mich auf beide Wangen. Herr Didrik sprach ernst: »Nicht mehr will ich verhehlen, und als Mann von Ehre will ich's freudig gestehen, dass ich mit Leib und Seele König Christians Mann bin und in dieses Land gekommen bin, um seinen Zielen zu dienen. Ich setze großes Vertrauen in dich und kann dir im Vertrauen sagen, dass es auch in dieser Stadt schon mehr Anhänger des Königs gibt, als du ahnst. Wenn du aber mein Vertrauen missbrauchst und mich verrätst, weil du dir davon guten Lohn erhoffst, dann vergiss nicht, dass du mir zahlreiche militärische Geheimnisse enthüllt hast. Außerdem werde ich auch leicht beweisen können, dass du hier mit mir auf den König den Pokal erhoben hast. Wenn dich das nicht an den Galgen bringt, oder deinen Kopf auf den Richtblock, so wirst du spätestens bei der Ankunft des Königs für deinen Verrat aufgehängt werden und den Raben als Speise dienen.«

Aber Fräulein Agnes unterbrach ihn eilends: »Sprich doch nicht davon, lieber Bruder! Michael wird uns keinesfalls verraten, weder dich noch mich. Außerdem habe ich zumindest das gelernt, dass das Volk hier störrisch und eigensinnig ist; man erreicht bei den Finnen viel mehr mit guten Worten als mit Drohungen und Einschüchterungen. Im Gegenteil, wenn man ihnen droht, werden sie nur noch störrischer.« Sie trat so nahe an mich heran, dass ich ihren Atem heiß auf meinen Wangen spürte. Sie fuhr fort: »Nein, Michael, du wirst uns nicht enttäuschen. Lege lieber deine Hand an meinen Hals und sag mir, ob du willst, dass er abgehackt wird, und berühre meine Schultern, und sag mir, ob du willst, dass dieser lebendige Leib mit Blut besudelt wird und erkaltet, denn die Geheimnisse meines Bruders sind auch meine Geheimnisse.«

Ich blickte in ihre ausdrucksvollen, braunen Augen, die mich anlächelten, und ich schmolz dahin. »Ich werde Euch nicht enttäuschen«, sagte ich steif, »doch gestattet mir, dass ich mich jetzt entferne; es ist schon später Abend, und ich habe allzu viel Wein getrunken. Und es gibt eine Menge, worüber ich nachdenken muss.« Sie hielten mich nicht zurück, nachdem wir ein weiteres Treffen verabredet hatten. Dennoch fiel es mir schwer, von den beiden zu scheiden, fort von dem Licht der Wachskerzen und all dem Reichtum des Lebens, der sie umgab, so dass mir war, als würden zähe Bande mich bei ihnen festhalten. Aber ich hatte noch nicht begriffen, dass ich dem Satan in sein listenreich geknüpftes Netz geraten war, welches er in der Mittsommernacht für mich bereitet hatte, sondern ich hielt die beiden für ehrliche Leute und vertraute ihren guten Absichten.

Als ich im Dunkel des Abends heimwärts strebte, dachte ich nicht so sehr an den Galgen, sondern vielmehr an all die weite, leuchtende Welt, von der sie mir durch ihr Betragen und ihre Worte einen ersten Eindruck vermittelt hatten, so dass in mir unbeschreibliche Wehmut und Sehnsucht nach fremden Ländern entstand, ein Sehnen fort aus meiner armen Heimatstadt hin zu einem völlig neuen Leben. Nun kam mir meine Stadt ärmlich und dürftig vor, verglichen mit den großen Städten außerhalb meiner Heimat.

Ich will hier nicht in aller Ausführlichkeit schildern, wie und mit welchen Verlockungen Herr Didrik und besonders seine Schwester mich zu ihrem treuen und gehorsamen Helfershelfer machten. Jedenfalls war ich mehrere Monate lang als Schreiber für Herrn Didrik tätig und half ihm bei seinen gefährlichen Machenschaften. Zu meiner Verteidigung kann ich aber anführen, dass ich nicht so sehr an mein künftiges Wohl dachte, welches Herr Didrik mir in den hellsten Farben ausmalte, sondern mir einredete, heimlich für das Allgemeinwohl und für den Frieden zu wirken, damit endlich und zur Freude aller armen Menschen die ewigen Streitereien sowie das Rauben und Morden aufhörten, welche die stolzen und starrsinnigen Herren des Reiches nun schon seit Jahrzehnten immer wieder anfachten. In König Christian sah ich nun wirklich den edlen und milden Friedensfürsten, unter dessen Zepter sich alle drei nordischen Kronen vereinigen würden, auf dass alle seinen Untertanen es zu Wohlstand und Erfolg brächten, während die heilige Kirche und die Gesetze Reichen und Armen, Bauern und Bürgern in gleichem Maße Schutz böten.

Meine Gewissensbisse wurden auch von dem Bewusstsein unterdrückt, dass Herr Didrik sich in der Stadt schon bald wie ein Einheimischer bewegen konnte. Er gewann die Gunst selbst der reichsten Bürger, so dass man ihn zu Hochzeiten und Begräbnissen einlud und ihn auch in die Drei-Königs-Gilde aufnahm, was die höchste Ehre war, die einem Einwohner von Turku widerfahren konnte. Seine Empfehlungsschreiben öffneten ihm auch die Tore der Burg, die er sich genau ansehen und mit dessen Besatzung er vertraulich reden konnte. Die Schönheit seiner Schwester und ihre prächtigen Kleider fanden ebenfalls bei allen Beachtung, und ein kurzes Lächeln von ihr schloss fest verriegelte Pforten auf und enthüllte ihr selbst die größten Geheimnisse. Deshalb glaubte ich auch, nichts Schlimmes zu tun, weil Herr Didrik auf die eine oder andere Weise ja doch herausbekam, was er wissen wollte.

Dem St.-Olafs-Kloster und dem St.-Georgs-Hospital ließ er großzügige Spenden zukommen, um sich gute Werke zu verdienen. Die Leute konnten sich nicht genug wundern, wie freundlich und hilfsbereit er in seinem ganzen Betragen war, sowohl gegen Hochgestellte wie auch gegen das einfache Volk, denn er kannte keine Scheu davor, ungezwungen mit Stadtbütteln, Seeleuten und Handwerksgesellen zu plaudern. Es dauerte nicht lange, da sang er schon in aller Öffentlichkeit Loblieder auf König Christian und pries seine vielen edlen Charakterzüge. Wenn einige dies mit Unwillen aufnahmen, dann musterte er sie aus seinen hellen Augen und sagte:

»Ich achte eines jeden Mannes freie Meinung und gestatte jedem, seine Gedanken frei zu äußern. Aber das gleiche Recht fordere ich auch für mich, und das um so mehr, da ich hier fremd bin, gebürtig aus der Stadt Köln und somit außerhalb der hiesigen Streitfragen stehend, so dass ich die Dinge von einer größeren Warte aus begreifen und beurteilen kann, als es in dem beschränkten Gesichtskreis hier möglich ist. Wenn ich König Christian für einen herausragenden Staatsmann und begabten Fürsten halte, dem der Schöpfer viele gute Wesenszüge verliehen hat, dann habe ich das Recht, dies auch zu sagen, wenn man mich nach meiner Meinung fragt. Wenn Ihr selbst mit Eurer Meinung zurückhalten wollt, dann gestattet wenigstens mir, sie frei zu äußern.«

Alle mussten zugeben, dass dies recht und weise gesprochen war, so wie es sich für einen edlen und ritterlichen Herrn ziemte. Die dümmeren und einfältigeren Leute meinten aber, er kenne die Dänen nicht, die hinterlistig und verschlagen seien und auf deren Versprechungen man nichts geben könne. So stark hatte sich dieses Bild von den Dänen bei vielen Leuten eingeprägt, dass besonders das einfache Volk, das doch am meisten von König Christian zu erwarten hatte, es in dem beginnenden Krieg starrsinnig mit den schwedischen Herren hielt. Die aufgeklärten Bürger und die gut ausgebildeten Soldaten hingegen machten sich ihre eigenen Gedanken und rechneten sich die Vorteile aus, die ihnen unter König Christian erwachsen würden.

Ich genoss auch die gemeinsamen Ausflüge, denn um seine Absichten zu verschleiern, besuchte Herr Didrik die heiligen Stätten außerhalb Turkus. Einmal ritten wir zusammen nach Naantali, weil Fräulein Agnes dort Spitzen kaufen wollte, von denen es hieß, sie brauchten den Vergleich mit den in Flandern und Gent hergestellten nicht zu scheuen. Inzwischen prangten schon die roten Vogelbeeren an den Bäumen, und die Birken begannen allmählich, ihr gelbes Laub zu verlieren.

Ich brauche wohl nicht zu sagen, dass ich hingerissen und gänzlich geblendet war von ihrer Schönheit und Freundlichkeit. Aber ich war mir meines Standes bewusst und auch zu jung und unerfahren, als dass ich es mir auch nur vorzustellen gewagt hätte, mich ihr mit ernsten Absichten zu nähern. Doch meine Bewunderung und ihre ständige Nähe vermochten die Wunden meines Herzens zu heilen, und ich erlebte keinen glücklicheren Augenblick, als wir beide, in ein vertrauliches Gespräch versunken, auf dem Weg zur Messe auf der Brücke Anna Laurintytär begegneten. Ich grüßte Anna Laurintytär so von oben herab, dass sie vor Zorn erbleichte und stehen blieb, um hinter uns herzustarren. Fräulein Agnes entging meine Gemütsbewegung nicht, und auch sie drehte sich nach dem Mädchen um. »Ein hübsches Ding«, sagte sie, »aber schielt sie nicht ein bisschen?«

Steif antwortete ich, das hätte ich nicht bemerkt. Doch Fräulein Agnes lächelte leichthin und erklärte, das Schielen sei bei Frauen durchaus nicht als Mangel anzusehen, sondern unter Kennern gälten schielende Frauen als besonders leidenschaftlich beim Liebesspiel. »Wäre ich ein Mann und hätte ich ein Weib, das schielt«, sagte sie, »dann würde ich bestimmt einen venezianischen Gürtel kaufen und ihre Keuschheit damit verschließen, wenn ich auf Reisen ginge.«

Dieses Thema löste Unruhe in mir aus, und ich begann, Fräulein Agnes mit anderen Augen anzublicken, und das wiederum hinderte mich daran, den Gebeten in der Kirche meine volle Aufmerksamkeit zu widmen. Als wir von der Messe zurückkehrten und ich mich vor der Herberge in aller Sittsamkeit von ihr verabschieden wollte, blickte sie mir tief in die Augen, seufzte schwer und sagte: »Ich fühle mich schwach und erschöpft. Sicher bin ich bleich und hässlich in deinen Augen, Michael, doch offen gesagt habe ich allmählich genug von dieser langweiligen Stadt und ihren Männern, die doch nur Dummköpfe und Schlappschwänze sind. Komm doch noch herein, Michael, dann kannst du einen Becher Wein mit mir trinken. Mein Bruder lässt mich ja den lieben langen Tag allein, und ich weiß nicht, wie ich meine Zeit herumbringen soll.«

Sie führte mich auf ihr Zimmer, in dem es nach Schönheitssalben duftete, so als wären wir aus den unangenehmen Ausdünstungen der Herberge in einen Blumengarten gekommen. Nachdem wir einige Schluck Wein getrunken hatten, sagte Fräulein Agnes plötzlich mit Leidenschaft in ihrer Stimme: »Wahrlich, ich hoffe, dass endlich etwas geschieht, ganz gleich was, denn ich bin diese ewige Warterei leid. Mir liegt ein bewegtes Leben mit mancherlei Auf und Ab mehr im Blut, und ich kann nirgends länger an einem Ort verharren. In diesem Land komme ich mir so nutzlos vor, weil meine Fähigkeiten nicht gebraucht werden, sondern selbst kluge Männer ihre Köpfe wie Trottel in die Schlingen stecken, die mein Bruder ihnen geknüpft hat. Ich weiß jetzt aber, dass die Flotte des Königs in Stockholm angekommen ist. Nun können wir jeden Tag Nachrichten von der Schlacht erhalten, die auch hier das Signal zum Handeln gibt, sofern der König seine Forderungen nicht ohne Blutvergießen auf dem Verhandlungswege durchsetzen kann.«

»Fräulein Agnes«, sagte ich, »was wird meine Aufgabe und mein Lohn in dieser ganzen Geschichte sein? Jeden Morgen wache ich mit Gewissensqualen auf, weil ich nicht weiß, ob ich recht oder unrecht handle. Ich kann die forschenden und misstrauischen Blicke bald nicht mehr ertragen, mit denen man mich wortlos anklagt. Aber wenn es hier in meiner Heimatstadt zu einem Blutvergießen kommt, wird jeder Blutstropfen in meinem Gewissen über mich kommen, und ich werde nie mehr eine ruhige Minute haben, sondern bis in meine Träume hinein werden mich blutige Gestalten verfolgen.«

Fräulein Agnes lachte hell auf, fuhr mir mit ihrer Hand über den Hals und sagte: »Du hast den schmalen und mageren Hals eines Geistlichen, Michael. Einen, wie er leicht abgeschlagen werden kann. Aber sage mir eines: Hast du je gesehen, dass man Spiegeleier brät, ohne die Eier zuerst zu zerschlagen? Auch die Staatskunst ist nichts anderes als das Braten von Spiegeleiern, und wenn man will, dass etwas geschieht, muss man oft viele Eier zerschlagen.«

»So zu reden, ist leichtfertig und sündhaft«, versetzte ich. »Ein lebendiger Mensch ist kein Ei, das man einfach so zerschlagen kann.«

»Findest du?« fragte sie sanft und hielt dabei meine Hand zwischen den ihren. »Bei Gott, ihr Finnen seid ein träges und umständliches Volk. Ich frage mich, ob es irgendein Mittel gibt, euch Feuer unter dem Hintern zu machen. Auch du, Michael, bist, wie mir scheint, schüchterner als der junge Josef, was ich mir nicht anders erklären kann, als dass ich in dieser verdammten Stadt alt und hässlich geworden bin, denn wahrlich, ein schneidiger Mann, wenn er alleine mit mir in einem geschlossenen Zimmer sitzt und Wein trinkt, würde das Gespräch auf andere Dinge bringen als auf Spiegeleier. Begreifst du nicht, Michael, dass ich mich hier zu Tode langweile?«

Ich traute meinen Ohren nicht, als ich das hörte, und versetzte: »Meint Ihr wirklich, Fräulein Agnes, ich würde das Vertrauen, das Ihr mir gegenüber gezeigt habt, verletzen, ganz zu schweigen von dem Vertrauen, das Euer Bruder auf mich setzte, indem er Eure Ehre und Sittsamkeit meinem Schutz anvertraut hat? Meint Ihr wirklich, ich würde diese Situation dazu missbrauchen, Euch gegenüber so schändlich zu verfahren, dass ich Euch in eine Versuchung bringe, der wir beide nicht widerstehen könnten?«

Da brach sie in so unbändiges Gelächter aus, dass auch ich nicht umhin konnte zu lächeln, trotz meiner Bestürzung. Mit beiden Händen fuhr sie mir durch die Haare und sagte: »Du bist wirklich ein guter und keuscher Jüngling, Michael – du bist ein ganz unglaublicher Bursche und viel zu gut für diese Welt. Aber vielleicht trage ich ja einen venezianischen Gürtel als Schutz für meine Keuschheit? Spürst du denn kein Verlangen, dich davon zu überzeugen?«

Da begann ich zu zittern, fiel vor ihr auf die Knie und sagte: »Fräulein Agnes, Ihr seid die schönste und bezauberndste Frau, der ich je begegnet bin, und alle Eure guten Eigenschaften haben mein Herz für Euch erobert. Deshalb beschwöre ich Euch, schickt mich schnell fort von Euch, und führt mich nicht in Versuchung, denn ich werde nie zu Eurer

Würde aufsteigen und kann Euch nicht die Stellung bieten, zu der Eure Schönheit, Abkunft und edle Erziehung Euch berechtigt.«

Sie lachte noch mehr als zuvor und sagte: »Michael, du böser und herzloser Jüngling! Du hast doch nicht etwa einen gefährlichen Liebestrank in meinen Wein gemischt? Schließlich hast du mir von deiner Ziehmutter erzählt, dass sie sich in geheimen Künsten auskennt, und deine Anwesenheit erregt mich auf seltsame und angenehme Weise. Aber Liebkosungen und ähnliche Vergnügungen sind doch, unter Freuden und mit dem gebotenen Anstand genossen, eine harmlose Sache, die zu nichts weiter verpflichtet. Glaub mir, Michael, die Liebeskunst ist eine wertvolle Kunst. Sie erfordert Wissen und stetige Übung, so wie alle anderen nützlichen und wertvollen Künste. Das haben schon die alten Römer begriffen, denn man hat mir berichtet, ein bedeutender römischer Dichter habe ein Lehrbuch der Liebeskunst verfasst. Ob er nun Vergilius oder Ovidius heißt, das habe ich vergessen, aber nach allem zu urteilen, bist du in dieser Kunst ja noch völlig unerfahren. Deshalb glaube ich, ich erweise dir einen großen Dienst, wenn ich dir eine kurze Unterrichtsstunde in diesem anspruchsvollen Fach erteile, welches die Achte der freien Künste darstellt und gewiss nicht die am wenigsten bedeutende von ihnen ist, auch wenn sie nicht an den Universitäten gelehrt wird, sondern eher in deren Umgebung. Sei also mein braver Schüler, Michael, und ich werde dir eine Lehrerin sein, die alle deine Zweifel beseitigt und dir die dunklen Gedanken vertreibt. Ich mache dies durchaus nicht nur zu meinem eigenen Vergnügen, sondern auch, um mir gute Werke zu sammeln.«

Sie sprach so überzeugend und ohne Hinterlist, dass sie mich völlig verwirrte, war ich doch noch sehr jung und leicht verführbar. Ich glaube, auch ein klügerer Mann als ich wäre ihren Verlockungen erlegen, denn sie kannte sich offensichtlich in der Kunst, die sie mich lehrte, gründlich aus. Sie war eine geschickte Lehrerin, die ihren Stoff anschaulich und leicht verständlich darbot und alle ihre Lehrmaterialien perfekt zu gebrauchen wusste, denn als Lehrbuch bediente sie sich ihres eigenen Körpers und keineswegs einer Wachstafel, wobei sie ohne zu zögern eigenhändig zum Zeichenstift griff, wenn ich mich als allzu scheu erwies oder ungeschickt anstellte. Doch kamen wir nicht weiter als bis zur ersten Lektion des Elementarunterrichts, und auch für die Wiederholung des Stoffes blieb kaum Zeit mehr, als plötzlich die Glocken des Doms zu läuten begannen und durch die Wände hindurch Lärm vom Markt und vom Fluss zu uns herüberdrang.

Fräulein Agnes ließ sogleich ab von mir und begann, sich in aller Ruhe die Kleidung zu ordnen, während ich noch zitternd und völlig außer mir auf dem Fußboden lag. »Da muss etwas geschehen sein«, sagte sie, nun kalt und hellhörig. Ich stotterte, es könne sich nur um einen ganz gewöhnlichen Feueralarm handeln. Aber im gleichen Augenblick ertönte ein tüchtiges Pochen gegen die Tür, und als Fräulein Agnes nicht sogleich öffnete, begann Herr Didrik mit seinem Schwertgriff auf die Tür einzuschlagen und fluchte dabei fürchterlich.

»Beim Blute Christi!« rief er aus, als er endlich im Zimmer stand und uns beide vor sich sah. »Wie seht ihr denn aus? Was habt ihr hier getrieben? Sicher sollte ich dich mit meinem Schwert zu Boden strecken, Michael, und dich an deinen Haaren zum Pranger schleifen, du verdorbene Schwester! Aber für so etwas haben wir jetzt keine Zeit, meine Freunde. Jetzt ist guter Rat teuer. Im Hafen ist ein Schnellboot eingetroffen mit der Nachricht, König Christian habe bei Brännkyrka* eine Niederlage erlitten, wo auch immer das sein mag. Seine Leute sind scharenweise zu den Schweden übergelaufen, und jetzt verfrachtet der König seine Truppen wieder zurück auf die Schiffe. Was auch immer an dieser Meldung übertrieben ist und Prahlerei sein mag, jedenfalls singen sie siegestrunken das *Te Deum* im Dom, und das Volk randaliert und schmäht mich auf dem Markt vor der Herberge. Man hat mich tatsächlich mit Pferdeäpfeln beworfen, als ich mir durch die Masse hindurch den Weg zur Tür bahnte. Offensichtlich haben alle unsere Anstrengungen vorläufig einen schweren Rückschlag erlitten, denn in der ganzen vermaledeiten Stadt grölen sie jetzt Lobgesänge auf den jungen Herrn Sten und drohen allen Dänenfreunden den Tod an.«

»Herr Didrik«, sprach ich, »was geschehen ist, das ist geschehen. Wir haben keinen Grund daran zu zweifeln, dass es so Gottes Wille ist, wenn ich auch nicht begreife, wie Gott den Feinden seiner heiligen Kirche den Sieg verleihen konnte. Es gibt aber in der Stadt und in der Burg viele Männer, die auf Eure Kosten auf König Christian angestoßen haben. Lasst uns diese Männer sammeln und für unsere gute und gerechte Sache in den Kampf ziehen, selbst wenn wir gegen eine Übermacht kämpfen müssen.«

Fräulein Agnes versetzte freundlich: »Das ist dummes Gewäsch, Michael, denn man soll keine Eier zerschlagen, wenn der Herd schon erkaltet ist.« Und Herr Didrik fuhr mich an: »Krieg und Kampf haben mit Gott nichts zu tun, sondern über Sieg und Niederlage entscheiden die Anzahl von Waffen und Männern und die Fähigkeiten der Anführer. Um unsere Ehre und unseren Hals zu retten, bleibt uns nichts anderes übrig, als schleunigst die Flucht zu ergreifen. Ich und meine Schwester, wir sind wohl nicht in Lebensgefahr, weil wir Fremde und Ausländer sind, aber in deinem Fall sieht es nicht so gut aus, Michael.«

Er ließ sich auf einen Stuhl fallen, leerte in aller Ruhe den Weinbecher seiner Schwester und schaute mich dann nachdenklich an, den Mund an seinen Schwertknauf gelegt. Sein von Schießpulver entstelltes Antlitz sah unheilverkündend drein, und er lächelte, so dass seine scharfen weißen Zähne sichtbar wurden.

»Mit dir steht es wirklich nicht zum Besten, Michael«, wiederholte er und fuhr fort: »Hier kannst du nicht bleiben, denn hier erwarten dich Schande und Tod, sofern die Herren dieser Stadt nicht völlig blöde sind. Aber ich kann dich auch nicht mitnehmen, weil das Verdacht erregen würde. Ich weiß nicht, was ich mit dir anstellen soll. Deine Schande und dein Tod bedeuten mir nichts, beides wäre mir völlig gleichgültig, aber du weißt einfach zu viel, als dass du lebendig hierbleiben könntest. Du kennst jeden, der mit mir auf den König angestoßen hat. Allzu vieler Männer Ehre und guter Ruf liegt nun in deinen Händen, Michael, als dass ich dich hier lebend zurücklassen könnte.«

»Aber Herr Didrik«, sagte ich, tief gekränkt und verletzt. »Glaubt ihr etwa, ich würde, um mein Leben zu retten, mein Wissen preisgeben? Da irrt Ihr Euch und verkennt mich völlig. Ihr solltet auch nicht an dem edlen König Christian zweifeln, zu dessen Ehren wir auf Eure Kosten oft genug so manchen Becher guten Weins geleert haben.«

»Der Mensch ist nur ein Mensch«, meinte Herr Didrik, »und man soll sich auf keinen einzigen Menschen auf Erden verlassen, sondern nur auf sich selbst, und auch das nur mit gebührender Vorsicht. Diese Lehre habe ich so oft und auf schmerzliche Weise in den verschiedenen Zeiten meines Lebens zu spüren bekommen, dass auch du sie dir gründlich einprägen solltest, Michael. Ich überlasse dir dieses Wissen kostenlos und unentgeltlich, weil wir Freunde sind. Liebe Schwester«, fuhr er fort und wandte sich dabei an Fräulein Agnes, die bereits in geübter Weise ihre Sachen in die Truhe packte, »bitte sei so freundlich und geh für einen Augenblick ins Nebenzimmer oder wende wenigstens deinen Blick ab, denn ich bin gezwungen, jetzt zum Wohl unserer gemeinsamen Unternehmung diesen Jüngling hier zu töten, so ungern ich das auch tue, weil ich dann dem Herbergswirt zusätzlich die Teppichreinigung bezahlen muss.«

Fräulein Agnes erschrak, kam dann aber zu mir, strich mir mit beiden Händen über die Wangen und gab mir einen Kuss auf die Stirn, wobei ihr zwei klare Tränen in den Augenwinkeln standen. »Es tut mir leid, Michael«, sagte sie, »dass wir so voneinander scheiden müssen, aber du hast ja gehört, mein Bruder hat es ganz richtig und vernünftig dargelegt.«

Ich war von dem schnellen Gang der Ereignisse so bestürzt, dass ich immer noch nicht begriff, dass sie es ernst meinten. »Herr Didrik«, stotterte ich, »habt Ihr wirklich vor, mich auf so grausame und unchristliche Weise zu ermorden? Wenn Ihr nicht die ewige Verdammnis und das

Höllenfeuer fürchtet, dann bedenkt doch wenigstens, dass es auch irdische Richter und das kanonische Recht gibt, denn diese beiden werden Euch wegen Mordes zur Verantwortung ziehen.«

Herr Didrik zögerte mit der Antwort, doch seine schöne Schwester kam ihm zuvor: »Es wird mir ein Leichtes sein, meine Kleider wieder in Unordnung zu bringen, und damit es echt aussieht, kann ich auch meinen Rock zerreißen; er gefällt mir sowieso nicht mehr. Alle haben gehört, dass du mit dem Schwert an die Tür gepocht und wütende Flüche ausgestoßen hast. Also wird man dir gern glauben, dass du diesen Knaben hier getötet hast, um die Ehre und den guten Namen deiner Schwester zu verteidigen, als er hier, betrunken wie er war, versucht hat, mir Gewalt anzutun.«

Solch eine Gemeinheit und Niedertracht schien mir so unglaublich, dass ich nur noch seufzen konnte: »Jesusmaria!« und die beiden anstarrte, als sähe ich sie nun zum ersten Mal. So sah ich wie in hellem Licht, wie schurkisch sein von Pulver besprenkeltes Gesicht aussah, durch das sich als Spuren seiner vielen Untaten tiefe Falten zogen. Nun sah ich auch, dass Fräulein Agnes durchaus nicht so jung und schön war, wie ich, unter dem Banne Satans stehend, gedacht hatte, sondern ihr Haar war gefärbt, das Gesicht mit Farbe beschmiert, die ihr von den Augenwinkeln hinablief, und die Lippen rot angemalt. Mir war, als sähe ich für einen kurzen Augenblick die Welt und das menschliche Leben klarer als je zuvor, und meine Seele alterte in jenen Augenblicken um viele Jahre. Aber wenn sie mich mit falschem Gelde bezahlten, dann konnte ich ihnen auch falsche Münzen auf ihr Falschgeld wieder herausgeben, jetzt, wo es mir wie Schuppen von den Augen gefallen war. Deshalb goss ich mir mit immer noch zitternden Händen den letzten Rest Wein aus der Kanne in meinen Becher, sah ihnen tapfer in die Augen und versetzte frech:

»Herr Didrik und mein schönes Fräulein Agnes, Ihr gestattet wohl, dass ich meinen letzten Becher Wein auf all die Falschheit, Niedertracht und den Verrat leere, wofür Ihr mir nun eine hervorragende Lektion erteilt habt. Aber um zu zeigen, dass ich Euch wirklich ein guter Schüler war, muss ich nun gestehen, dass ich Euch beiden nicht einmal zur Hälfte geglaubt habe. Ich habe auch keine hohe Meinung mehr von Fräulein Agnes' Keuschheit und Sittsamkeit. Nur die aufrichtige Zuneigung, die ich zu ihr verspüre, hindert mich daran, sie als hundsgemeine Hure zu bezeichnen.«

Fräulein Agnes erbleichte, und aus ihren braunen Augen schienen Blitze zu zucken. »Didrik mein Liebster, jetzt zaudere nicht mehr und stopfe dieses Schandmaul ein für alle Mal! Und wenn du ihn mit deinem Schwert durchbohrt hast, dann lass uns schleunigst aus diesem undankbaren Land verschwinden. Glaub nicht, du würdest meine Gefühle verletzen, denn beim Blute Christi, mir macht es nichts aus, Blut fließen zu sehen, im Gegenteil: Wenn ich den da in seinem Blute liegen sehe, dann werde ich dich noch mehr lieben als zuvor!«

Herr Didrik aber blickte mich forschend an und strich versonnen mit dem Daumen über die Schneide seines Schwertes, als wolle er dessen Schärfe prüfen. »Lass den Jungen reden«, sagte er, »denn selten habe ich eine so vernünftige Rede vernommen, und meine Achtung vor ihm steigt, auch wenn er noch sehr jung an Jahren ist. Lass also hören, Michael, was du zu sagen hast, denn ich vermute, du hast noch etwas Pulver in deinem Ranzen, denn sonst würdest du nicht so freche Reden schwingen.«

»Herr Didrik!« hob ich an. »Ich will aufrichtig zu Euch sein, denn mir bleibt nichts anderes übrig. Um meiner Seelenruhe willen und weil ich an der Ehrlichkeit Eurer Absichten zweifelte, habe ich bei Pater Petrus im St.-Olafs-Kloster ein Dokument hinterlegt, in welchem ich Euer Tun und Lassen genau dargestellt habe und worin jeder Trinkbruder, der auf König Christian das Glas erhoben hat, namentlich erwähnt ist. Das Beichtgeheimnis hindert Pater Petrus daran, das versiegelte Dokument zu öffnen. Falls mir aber ein Unglück zustößt, ist er ermächtigt, es an Bischof Arvid weiterzuleiten. Ehrlich gesagt habe ich diese Maßnahme nur ergriffen, um meine eigene Haut zu retten, falls die ganze Sache schlimm ausgehen würde, aber nun sehe ich, dass es mir aus einem ganz anderen Grund, als ich vorausgesehen habe, noch nützen wird.«

»Ist das wahr?« fragte Herr Didrik erregt. Aber ich gab ihm keine Antwort, sondern sah ihn nur mit offenherzigem Blick an. Da er sich selbst genau kannte, war er geneigt, mich für genauso verdorben zu halten wie sich selbst. Deshalb tat er einen tiefen Seufzer, steckte sein Schwert in die Scheide zurück und sagte bitter lächelnd:

»Ich hoffe, du vergisst meinen Scherz von vorhin und entschuldigst, dass ich nicht anders konnte, als deine Treue so grausam auf die Probe zu stellen. Jetzt ist mir klar, warum du immer so neugierig warst und dir so eifrig Notizen machtest. Und selbst wenn du mich angelogen haben solltest, kann ich jetzt kein Risiko eingehen, denn vielleicht stimmt das alles ja trotzdem.«

Fräulein Agnes aber brach in Tränen aus und schluchzte: »Er hat uns verraten, dieser gewissenlose Jüngling, der mich eben noch fast zur Sünde verführt hätte. So eine Gemeinheit hätte ich dir nie zugetraut, Michael! Im Gegenteil, ich hielt dich für einen guten und empfindsamen Jungen und hätte dir von ganzem Herzen gewünscht, dass du schon so jung und mit reinem Gemüt in den Paradiesgarten eingehen würdest.

Aber jetzt sehe ich, dass du eine Schlange bist, die wir an unserem Busen genährt haben.«

Herr Didrik fuhr sie an: »Bedecke deinen Busen und halt den Mund, Dirne. Wir stehen in Michaels Schuld, und das Mindeste, was wir für ihn tun können, ist, ihn heil und sicher auf ein Schiff zu bringen, mit dem wir flüchten können, bis ein neuer Tag anbricht, an dem er ehrenhaft und als Sieger zurückkehren kann. Doch das Handwerk eines Erpressers ist ein schändliches, wenn auch auskömmliches Handwerk, Michael, und deshalb hoffe ich, dass du darin, was mich betrifft, nicht zu weit gehst, sondern dass wir Freunde bleiben und weiterhin am gleichen Strang ziehen, denn daraus wird dir im Laufe der Zeit schließlich der größte Nutzen entstehen. Begnüge dich vorerst also mit einigen Goldmünzen (denn meine Geldmittel sind begrenzt), dann bringe ich dich aufs Festland, und während du dort auf bessere Zeiten wartest, kannst du dich an einer Universität einschreiben. Ich verspreche, mich nach Kräften dafür einzusetzen, dass König Christian dir ein Stipendium für deine Studien gewährt, denn du kannst ihm noch auf vielerlei Arten nützlich sein, auch zum Wohle deines Vaterlandes.«

Das war viel mehr, als ich hatte erwarten können, wo es mir ja, offen gesagt, vor allem darum ging, am Leben zu bleiben. Ich warf noch einen misstrauischen Blick auf Herrn Didriks Schwert, das mir doch sehr locker in der Scheide zu sitzen schien. Deshalb sagte ich: »Herr Didrik, Ihr seid ein gesegneter Mann, und ich werde Euch stets dankbar sein, wenn Ihr mir meinen innigsten Wunsch erfüllt. Vergessen wir also all die Scherze und das Vorgefallene, und schütteln wir den Staub von unseren Füßen, solange noch Zeit ist, denn sonst kommen wir aus der Sache nicht heil heraus.«

Er antwortete: »Im Hafen liegt ein lübisches Schiff. Offen gesagt habe ich für mich und meine Schwester bereits einen Platz darauf gebucht, denn es hisst gleich morgen früh die Segel, falls das Wetter mitspielt. Es ist nur natürlich, dass du als mein Schreiber uns folgst, um deine Kenntnisse in fremden Ländern zu erweitern; dagegen kann niemand etwas einzuwenden haben.«

Fräulein Agnes aber war immer noch gegen mich ergrimmt und fauchte: »Wenn ich mit diesem Schurken und Natterngezücht im selben Schiff reisen muss, dann bleibe ich lieber hier, denn wahrlich, so schwarze Niedertracht wird ein Loch in den Schiffsrumpf bohren und den Zorn Gottes auf uns herabrufen, so dass wir alle elendiglich umkommen werden.«

Herr Didrik befahl ihr erneut, den Mund zu halten, und gab mir weitere Anweisungen: »Das Volk liegt im Siegestaumel, und die Gasthäuser und Gildesäle werden heute Abend voll sein. Wir sollten nicht allzu trotzig und hochmütig auftreten, aber uns andererseits auch nicht vor den Leuten verstecken, sondern du und wir müssen, soweit erforderlich, in den allgemeinen Jubel einstimmen und König Christians Niederlage mitfeiern. Soweit ich aber die Gemütslage der Leute kenne – und ich glaube, ich habe sie nach mancherlei bitteren Erfahrungen ganz gut einschätzen gelernt –, droht uns die größte Gefahr nicht von den aufrichtigen Anhängern des schwedischen Adels, sondern von jenen, die das Pech hatten, auf König Christian zu trinken und die nun, um ihr Gewissen zu beruhigen und sich als gute schwedische Untertanen zu erweisen, bereit sind, sich als Erste auf uns zu stürzen. Sie müssen wir also meiden wie die Pest. So geh nun und sei guten Mutes, Michael, und vor allem: Halt den Kopf hoch und verschweige deine Abreise nicht, sondern erkläre sie so gut wie möglich! Nur ein mutiger und unerschrockener Mann kann noch den Sieg erringen, wenn er schon im Rachen des Todes steckt, während ein Feigling sich schon am ersten Stolperstein den Hals bricht. Und dann komm früh im Morgengrauen ganz offen zum Schiff. Dort treffen wir uns, so es Gottes Wille ist.«

Das sagte er in so frommem Ton, dass mir schon Zweifel kamen, und ich sprach:»Ihr erwähntet in Eurer großen Güte ein paar Goldstücke, Herr Didrik. Da Ihr mir selbst den Rat gabt, immer forsch aufzutreten, so ist es vielleicht das Beste, wenn Ihr mir das Geld zur Sicherheit schon jetzt aushändigen würdet, denn ich geriete in große Verlegenheit, wenn Euch etwas passierte und wir uns nicht mehr begegnen sollten.«

Aber ich hatte Herrn Didrik falsch eingeschätzt, denn hatte er erst einmal einen Entschluss gefasst, dann hielt er sein Wort, und es lag ihm genauso viel daran wie mir, mich reisefertig zu machen. Deshalb gab er mir ohne irgendwelches Feilschen fünf päpstliche Dukaten und drei rheinische Gulden sowie noch mehrere Silbermünzen, so dass ich reicher war als je zuvor in meinem Leben.

Ich verließ die Herberge also guten Mutes durch die Hintertür und kam bis zu Frau Pirjos Haus, ohne auf jemanden gestoßen zu sein, der mir übel gesinnt gewesen wäre. Frau Pirjo erklärte ich, mein Herr, also Didrik Slaghammer, müsse in dringenden Angelegenheiten unverzüglich die Stadt verlassen und habe sich erboten, mich mitzunehmen, so dass ich mich in einer Stadt, deren Wahl mir überlassen sei, in die hohe Universität einschreiben könnte, auch wenn ich noch nicht wüsste, ob ich mich nach Rostock oder Prag oder gar nach Paris begeben sollte. Dies sei das größte Glück, das mir widerfahren könne, so versicherte ich ihr, und deshalb bat ich sie, mich so schnell wie möglich für die Reise auszurüsten. Frau Pirjo hatte nichts dagegen einzuwenden; sie schien eher erleichtert denn verblüfft, was mich doch wunderte, weil ich nicht glaubte, sie könnte über Herrn Didriks Ränke im Bilde gewesen sein.

Danach lieh ich mir ein Boot und ruderte den Fluss hinab zum Klosterufer, um den feiernden und krakeelenden Volksmassen zu entgehen, denn vor allem wollte ich Pater Petrus sprechen und die Beichte bei ihm ablegen, um mein Heimatland nicht mit sündenbeladenem Gewissen verlassen zu müssen. Der Ostwind fegte gelbes Laub von den Birken, und der Fluss führte lehmgrünes Hochwasser. Ich aber befand mich in erregter Aufbruchsstimmung und glaubte, nun könne mir nichts Übles mehr widerfahren, sondern das Glück sei auf meiner Seite, da ich dem Tod durch das Schwert so gewitzt entkommen war.

Die Non war schon vorbei, und Pater Petrus kam mir an der Klosterpforte gegürtet entgegen, um sich zu den Siegesfeiern in der Stadt aufzumachen. Als er aber erfuhr, in welch wichtiger Angelegenheit ich ihn zu sprechen wünschte, führte er mich an den Abhang des Heiligen-Geist-Berges und nahm mir dort die Beichte ab. Ich berichtete ihm ohne Umschweife alles, was ich getan hatte, in welche Ränke ich verstrickt war, und beschwor ihn, unbedingt das Beichtgeheimnis zu wahren. Ich versicherte ihm, nun sei ich älter und klüger geworden und würde mit erneutem Eifer zu den Büchern und meinen Studien zurückkehren und alle weltlichen Ränkespiele aufgeben. Pater Petrus bekreuzigte sich mehrere Male, während ich sprach, doch schließlich sagte er:

»Offenbar ist dieser Herr Didrik, den ich für einen guten Mann hielt, da er so freigebig Wein und Bier bezahlte, ein ausgemachter Schurke und Handlanger Satans. Aber die Vorsehung hat alles zu deinem Besten gewendet, denn jetzt gelangst du ans Ziel deiner Wünsche und auf die Universität. Zwar liegt noch ein langer Weg vor dir, der beschwerlicher sein wird, als du dir vorstellst, denn viele sind in fremde Länder aufgebrochen, den Weg des Wissens zu beschreiten, aber nur wenige zurückgekehrt. In den Staatsangelegenheiten hast du, soweit ich sehe, sehr dumm und unüberlegt gehandelt, obwohl ich glauben will, dass du im Überschwang deiner Jugend nur Gutes bewirken wolltest. Du musst begreifen, dass, solange die Verhältnisse so sind, wie sie sind, und niemand über Gebühr an ihnen leidet, es falsch und gottlos ist, etwas daran ändern zu wollen, denn wohin Änderungen führen würden, wissen wir nicht, und es können genauso gut Änderungen zum Schlechten wie zum Guten sein. Gegen die Kirche hast du dich allerdings, soweit mein schwacher Verstand das beurteilen kann, nicht versündigt, sondern im Gegenteil nur das Beste für sie gewollt, und deshalb kann ich dir guten Gewissens die Absolution erteilen. Ich rate dir aber, zum Heil deiner Seele an jeder heiligen Stätte zu beten, zu der deine Reise dich führt.«

Mit tiefer Reue und Demut im Herzen küsste ich den fettigen Saum seines Gewandes, und dabei fiel mir ein, dass ich in der Eile gar nicht von dem Unterricht erzählt hatte, den Fräulein Agnes mir erteilt hatte und der mir jetzt als meine größte Sünde erschien. So schilderte ich auch dies nach besten Kräften. Pater Petrus hörte mir aufmerksam zu und fragte mehrmals nach, um sich ein genaues Bild davon zu machen. Schließlich seufzte er wehmütig und sagte:

»Du bist zum Opfer einer Verführung geworden, Michael. Man kann wohl nicht verlangen, dass du in deiner Jugend und Unerfahrenheit einer solch großen Verlockung hättest entgehen können, wo ich selbst kaum vermocht hätte, mich ihr zu widersetzen. Aber um nun von praktischen Dingen zu reden, die wir nicht vergessen dürfen: Du solltest schnellstens bei Magister Martinus vorsprechen, um dir ein Empfehlungsschreiben und ein Zeugnis über deine bei ihm erworbenen Kenntnisse ausstellen zu lassen. Ich selbst werde gleich nach der Vesper zu dir kommen, damit wir unter Frau Pirjos Obhut gemeinsam wachen und beten können, damit du für den entscheidendsten Schritt deines bisherigen Lebens gut vorbereitet bist.«

Sein Trost und sein Rat munterten mich sehr auf, obwohl mir davor graute, vor Magister Martinus zu erscheinen. Doch er empfing mich lächelnd, schaute mich aus seinem vom Wein geröteten Gesicht freundlich an und sprach: »Hoffentlich kommst du als reuiger Sünder zu mir, Michael, und hast inzwischen erkannt, wie dumm du warst, dass du den ganzen Sommer über als Fürsprecher der Dänen aufgetreten bist. Herr Sten Sture hat bei Stockholm einen großen Sieg über die Dänen errungen, und die Freudenglocken tönen überall im Land von jedem Kirchturm, so weit sich die Nachricht davon verbreitet.«

»Pater Martinus«, sagte ich, »Ihr seid klüger als ich und habt die Zukunft besser vorausgesehen als ich. Herr Didrik hat aber erkannt, in welche Schwierigkeiten er mich dadurch gebracht hat, dass er mir seine Meinung aufzwang. So bietet er mir nun als Wiedergutmachung an, mich nach Lübeck mitzunehmen, von wo aus ich an eine Universität weiterreisen könnte. Ich habe mir jede noch so kleine Münze vom Munde abgespart und dadurch soviel zurücklegen können, dass ich damit über den Winter komme. Doch scheint mir, eine Empfehlung von Euch würde mir bei guten Menschen am ehesten helfen, und ich selbst will mich auch nach besten Kräften bemühen.«

Magister Martinus' Erstaunen war groß, aber er freute sich auch und sagte: »Vielleicht ist es wirklich das Beste, dass du gehst, damit die Leute deine Flausen vergessen und du dir, um deinen guten Ruf wiederherzustellen, mit Fleiß gutes Wissen erwirbst. Aber dies ist eine so bedeutende Angelegenheit, dass auch der Bischof davon erfahren muss, denn ohne seine Erlaubnis kann ich meinen Namen unter kein Schriftstück setzen, das dir weiterhelfen soll, so gerne ich das täte. Es trifft sich gut, dass ich sowieso gerade zum Bischof gehen wollte. Er hat nämlich für heute Abend alle Domkanoniker zu einer Feier eingeladen, anlässlich des großartigen Sieges, den Herr Sten errungen hat. Komm also mit, Michael, und dann wollen wir beherzt vor den Bischof treten und ihm deine Sache vortragen.«

Ich glaube nicht, dass er auf einen solchen Einfall gekommen wäre, hätte er sich nicht in so freudiger, vom Wein angeregter Stimmung befunden. Wir gingen an der Außenmauer des Doms entlang und am St.-Georgs-Haus vorbei, wo die beiden Aussätzigen, der eine ohne Nase und der andere mit silbernem Flaum im Gesicht, uns in Erwartung eines Almosens entgegenblickten, so dass ich wehmütig daran denken musste, dass ich diese beiden vertrauten Gesichter jetzt wohl zum letzten Male sah. Aus dem Haus des Bischofs stiegen uns Gerüche entgegen, die von einem delikaten Festmahl zeugten. Ich blieb demütig an der Tür stehen, die Mütze in der Hand, während Magister Martinus eintrat, um dem Bischof meinen Fall darzulegen. Kurz darauf kehrte er zurück und stellte mich dem gestrengen Bischof vor. Dieser war ebenfalls in freudiger Stimmung und erging sich sofort in Erinnerungen, wie er selbst als junger Beanus singend die Straßen Europas entlang gewandert war, obwohl er einer wohlhabenden Familie entstammte und über eine kirchliche Pfründe verfügte. Er schien keine andere Sorge zu haben, als dass ich mich für die richtige Universität entschied. Magister Martinus versuchte, die Rede auf die Universität Rostock zu bringen, die einigermaßen nahe gelegen war und von wo aus ich zur Not schnell in die Heimat zurückkehren könnte. Aber Bischof Arvid gebot ihm zu schweigen und sagte:

»Deutsche Universitäten kann ich in den jetzigen verdorbenen Zeiten niemandem empfehlen, denn auf ihnen breitet sich gerade jetzt die Wittenbergische Irrlehre aus. Ein junger Mann wie du wird dort mehr Schaden an seiner Seele erleiden, als dass er nützliches Wissen erwirbt. Davor bewahre uns Gott, wo schon ein so maßvoller Mann wie der *baccalaureus* Pietari Särkilahti* uns beunruhigende Briefe schreibt, die dieses Mönchsgezänk betreffen, das bald die ganze Autorität der heiligen Kirche in Frage stellen kann. An der Prager Universität haben früher viele Finnen studiert. Aber ich fürchte, die hussitische Ketzerei treibt dort noch immer ihr Unwesen, obwohl man Doktor Hus auf dem Scheiterhaufen verbrannt hat. Es gibt nämlich kein zäheres und widerlicheres Unkraut als die teuflischen Samen der Ketzerei, wenn sie erst einmal Blüten treiben. Nein, Scholarius Michael, wenn es dir irgend möglich ist, dann gehe an die hohe Universität von Paris, an meine Universität, wo ich wie bereits vor mir so viele Männer, die durch Gottes Gnade auf den Sitz des Bischofs von Finnland berufen worden sind, ihr Studium absolviert haben. An dieser Universität genießt Finnland einen guten

Ruf, denn so weit wir uns zurückerinnern können, haben dort auch Finnen studiert, ja sogar zeitweilig das Amt des Rektors ausgeübt, um nur Johannes Petri oder den berühmten Olavi Maununpoika* zu nennen, dem die gesamte Universität großen Dank schuldet, weil er es war, der durch seine Beredsamkeit den König von Frankreich davon überzeugte, der Universität alle ihre Privilegien zu bestätigen, nachdem die Universität bei der Verurteilung eines lothringischen Bauernmädchens mitgewirkt hatte, das dann auf dem Scheiterhaufen als Hexe verbrannt wurde. Es hatte nämlich in Männerkleidung mit allerlei Hexenkünsten für den König gegen die Engländer gekämpft, und es hieß, der König habe diesem Mädchen seine Krone zu verdanken.«

Der gestrenge Bischof hätte sich noch länger seinen Erinnerungen hingegeben, hätte Magister Martinus ihn nicht höflich unterbrochen und ihn um die Erlaubnis gebeten, noch vor dem Beginn des Festmahls einen Empfehlungsbrief zu schreiben, da er glaubte, nach dem Mahl würde er den Gänsekiel nicht mehr mit der gleichen Geschicklichkeit handhaben können. So wies mich der Bischof ohne weitere Fragen an, mich an der Universität Paris einzuschreiben. Er diktierte Magister Martinus in eigenem Namen ein Empfehlungsschreiben, die meinen Fall den Gelehrten der Universität und allen gutwilligen Menschen darlegte. Eigenhändig streute er sodann Sand auf die Tinte und setzte seinen Namen mit solcher Wucht unter das Schreiben, dass die Tinte nur so spritzte. Dann befestigte er schließlich sein Bischofssiegel an dieses für mich so wertvolle Dokument.

»Scholarius Michael«, sagte er, »wenn du einen guten Lehrer gefunden hast und dich zu seinen Hörern gesellst, wirst du ein Beanus, und du genießt alle Freiheiten und Sonderrechte, welche die Universität zu vergeben hat. Denk aber daran, dass so manche, die sich auf denselben Weg wie du jetzt gemacht haben, nie zurückgekehrt sind. So mancher ist auch, an Leib und Seele zerbrochen, zurückgekehrt, nachdem er in dieser gefährlichen Stadt mehr mit den sieben Todsünden als mit den sieben freien Künsten Bekanntschaft geschlossen hat. So du aber dein Bestes gibst und zur *disputatio* und *determinatio* zugelassen wirst und dadurch den Grad des *baccalaureus* erwirbst, dann werde ich ernsthaft darüber nachdenken, was ich für deine Zukunft tun kann. Die erste Prüfung sei dein Probierstein und möge darüber entscheiden, ob du aus hartem Stahl bist oder nur aus biegsamem Eisen. In der Gestalt von Wein, Weib und Gesang werden dir viele Verlockungen begegnen, denn niemand von uns ist ohne Sünde, und der Satan hat zahlreiche Fallen rund um die Universität aufgestellt, um die Schwachen zu verderben. Bleibe stark, faste und bete, wenn dein Fleisch dich quält! Dann wirst vielleicht auch du eines Tages das Barett des Magisters aufsetzen können, und das ist wohl der feierlichste Augenblick im Leben eines Menschen, abgesehen von der Bischofsweihe.«

Mir war unbehaglich zumute, weil ich daran dachte, was der Bischof und Magister Martinus wohl von mir hielten, wenn sie erst von meinen Ränkespielen zugunsten der Dänen erführen, denn ich zweifelte nicht daran, dass das Gerede der Leute über mich bald bis an ihre Ohren dringen musste. Aber ich dankte ihm demütig und aus vollem Herzen und sagte:

»Wie meinen Augapfel werde ich dieses wertvolle Schriftstück hüten und will es nie missbrauchen, sondern hoffe, dass ich mich Eures bischöflichen Vertrauens würdig erweisen werde. Mögen nur wenige Brotkrumen und etwas Wasser meine Nahrung sein, so ich nur in den Genuss des Unterrichts bei gelehrten Professoren komme! Um so größer ist mein Dank, dass Ihr, lieber und verehrter Herr Bischof, mir einen Stein vom Herzen genommen und alle Unsicherheit aus meinem Gemüt verbannt habt, indem Ihr mir meine Universität bestimmtet.«

Vor Rührung brach ich nach all der Aufregung in Tränen aus, und auch die Augen des guten Magisters Martinus blieben nicht trocken. Bischof Arvid war ebenfalls gerührt und sprach: »Vertraue auf meinen Namen, mein lieber Junge, wenn du von Unglück und Ungemach betroffen wirst oder eine Krankheit deine Kräfte schwächt, denn ich will dir nicht verschweigen, dass ich zu meiner Zeit der wohl am höchsten Geachtete unten den finnischen Studenten der Universität zu Paris gewesen bin, zwar nicht als Prokurator oder Rektor, sondern als der Wohlhabendste unter meinen Kameraden, weil ich in meiner Landsmannschaft mit dreizehn Solidi besteuert wurde, während ein gewöhnlicher Student mit sechs oder sieben Solidi wöchentlich zurechtkommt. Ich zweifle nicht, dass du unter Hinweis auf meinen Namen immer noch eine Mahlzeit samt Wein auf Kredit bekommen wirst, ob im ›Haupt von St. Johann‹ oder im ›Talar des Magisters‹, obwohl seit jenen Zeiten fast zwanzig Jahre verstrichen sind. Um dir aber meine Gunst fühlbarer als mit bloßen Worten zu zeigen, will ich deiner Reisekasse eine kleine Unterstützung für die ersten Wochen hinzufügen.«

Mit diesen Worten kramte er aus seiner übervollen Geldbörse drei lübische Gulden hervor, von denen einer untergewichtig war, und überreichte sie mir. Pater Martinus war davon so gerührt, dass er mir seinerseits drei Silbermünzen schenkte. Auf diese Weise erfuhr ich, der ich von Rechts wegen ins Gefängnis oder auf die Folterbank gehörte, nichts als Gunst und Großzügigkeit, so dass bittere Reue die letzten Reste meines Stolzes aus meinem Gewissen hinwegschwemmte und ich ganz von guten Vorsätzen erfüllt war. In der Abenddämmerung kehrte ich zu Frau Pirjo zurück und fürchtete mich nun vor niemandem mehr.

Ich wurde auch von keinem bedrängt, obwohl vor der Drei-Kronen-Wirtschaft einige Handwerksburschen mit dem Finger auf mich zeigten und miteinander tuschelten, so als ob sie mir zu Ehren von Herrn Sten eine Tracht Prügel verabreichen wollten.

In Frau Pirjos Stube herrschte feierliche Stille, und der Tisch war mit einem Festmahl bedeckt, das ausgereicht hätte, ein kleines Dorf zu verköstigen. Außerdem hatte sie mir allerlei Proviant in einen Lederbeutel eingepackt. Die abgenutzte Reisetruhe, die Meister Laurentius mir geschenkt hatte, war bereits mit Hosen, Jacken und Unterwäsche gefüllt, und obenauf lag das zerlesene Buch »Ars moriendi etc.«. Meister Laurentius selbst saß in einer Zimmerecke, die Ellbogen auf den Knien, und ich dankte ihm für sein Geschenk, obgleich mir ein wenig vor den Gerätschaften graute, die er auf seinen Dienstreisen durch den Sprengel mitgeführt haben musste. Auch Antti saß in einer Ecke, den Kopf in seine Hand gestützt. Ich glaube, er war traurig über meine Abreise, obwohl sich später herausstellen sollte, dass er ganz andere Sorgen hatte.

Nach der Vesper kam auch Pater Petrus, der sich das Klostersiegel ausgeliehen und mir im Namen des Klosters einen Empfehlungsbrief geschrieben hatte. Dieser richtete sich an die Mitbrüder in den Klöstern seines Ordens, damit sie mir auf meiner Reise einen kostenlosen Schlafplatz samt Abendessen gewährten, denn ich sei ein frommer und wohlgesitteter Jüngling auf dem Weg nach Paris zum Studium an der dortigen Universität.

»Statt den Namen des Priors unter das Schreiben zu setzen, habe ich es mit meinem eigenen Namen unterschrieben«, sagte er salbungsvoll, »somit ist dieses Papier keine Fälschung, sondern ein Dokument nach Recht und Gesetz. Ich glaube nicht, dass es irgendjemandem bekannt ist, wer in einem unbedeutenden Kloster in diesem abgelegenen Land der Abt ist. Jedenfalls hoffe ich, dass dir dieses Papier so manche Silbermünze auf deiner Reise ersparen wird. Du kannst es ruhig vorzeigen, in welchem Kloster auch immer, sowohl bei den grauen wie auch bei den schwarzen oder weißen Brüdern, denn der Herr schaut nicht auf die Farbe seiner Lämmer, und du selbst bist ja Laie.«

Ich zeigte ihm das Schreiben des Bischofs und berichtete von dem Geld, das ich von ihm erhalten hatte. Darüber wunderte sich Pater Petrus sehr und sage: »Unser frommer Bischof ist ein knauseriger Herr, auch wenn er in jüngeren Jahren, die er im Ausland zugebracht hat, wohl ein rechter Lebemann gewesen sein muss. Deine Angelegenheiten, Michael, laufen aber so verdächtig gut, dass man denken könnte, der Teufel habe dir den Weg geschmiert, weil seine Wege immer glatter und breiter sind als die Pfade Gottes, die, dem Schöpfer sei's geklagt, einem oft allzu schmal und steinig vorkommen. Ich kann mir das nicht anders erklären, als dass unser guter Bischof sturzbetrunken war, als er dir sein Gold und seine Gunst aufdrängte.«

Da wurde mir klar, dass der arme Pater Petrus sich in seinem Herzen verletzt fühlen musste, weil ich das Empfehlungsschreiben, das er für mich geschrieben hatte, nicht genug zu würdigen wusste, sondern ihm das Schreiben des Bischofs vor die Nase hielt. Er hätte mir nämlich sicher auch Geld gegeben, hätte er welches gehabt, und er seufzte schwer über seine Armut, zu der sein Mönchsgelübde ihn verpflichtete. Deshalb dankte ich ihm mit den ausgesuchtesten Worten und küsste viele Mal den Saum seiner Kutte. Ich versicherte ihm, sein väterlicher Segen und seine Absolution bedeuteten mir mehr als alles Gold der Welt und alle Empfehlungsschreiben, und dass, falls einmal etwas aus mir werden würde, solches nur aufgrund seiner guten Lehren und Ratschläge geschehen würde, und dass ich nicht glaubte, in meinem Leben einem zweiten mir so ergebenen und guten Menschen zu begegnen wie ihm. Das beruhigte ihn außerordentlich, ihm traten Tränen in die Augen, und er sprach:

»Ich bin nur ein alter Sack voller Sünden und verwesender Knochen, nichts als Teufelsdreck, aber ich meine es gut mit dir, Michael. Sei du ein besserer Mensch als ich und werde größer als ich, denn du bedeutest mir mehr als mein Sohn, falls ich einen Sohn hätte, wovor Gott mich bewahren möge, denn das wäre eine große Sünde.«

Viel mehr habe ich über diesen Abend voller Wehmut nicht zu berichten. Wir weinten alle miteinander. Auch Meister Laurentius weinte, und Frau Pirjo betätschelte mich und strich mir immer wieder über den Kopf und zeigte mir das rot und grün bemalte Arzneikästchen, das sie zu all den Sachen in meine Reisetruhe gestopft hatte. Das Kästchen enthielt ihre besten Mittel gegen Fieber und Schüttelfrost, Husten und Durchfall. Auch ihr Bären- und Hasenfett hatte sie nicht vergessen, und selbst wertvolles Theriak war dabei. In ein kleines Horn aber hatte sie eine stark riechende Flüssigkeit geträufelt, und dazu flüsterte sie mir ins Ohr:

»Michael, Männer sind Männer, und auch wenn du noch kein Mann sein solltest, so wirst du doch kurz über lang zum Manne werden, während du dich wer weiß wie viele Jahre lang auf Reisen befindest. Ich weiß nicht, ob das gut oder schlecht von mir gehandelt ist, aber in dieses Horn habe ich den stärksten Liebestrank, den ich kenne, hineingegeben. Einige wenige Tropfen davon, in einem Glas Wein oder Bier aufgelöst, genügen, um dir auch das züchtigste Weib gewogen zu machen.«

Unter mancherlei Warnungen und Ratschlägen gab sie mir noch fünf große Silbertaler, die ich in einem ehrbaren Kaufmannshaus in Lübeck in Gold umtauschen sollte. Dabei müsse ich aber darauf achten, dass die Münzränder samt Seitenaufschrift unbeschädigt seien, da die Geldwechsler sich gerne das Gold von den Rändern abfeilen würden. Auch warnte sie mich vor Räubern auf den Landstraßen und Dieben in den Herbergen und schärfte mir ein, eine Meile Umweg sei besser als wenige Schritte durch gefährliches Gelände, und in Gefahr würden flinke Füße unvergleichlich mehr nützen als selbst das schärfste Schwert.

Ich verhehle nicht, dass ich zu Tränen gerührt war, als ich all die Güte sah, die mich umgab, ohne dass ich sie verdient hätte. Ich ging in der Stube umher, betastete jeden mir vertrauten Gegenstand und trat dann auf den Hof hinaus, wo ich den bemoosten Apfelbaum umarmte und den herbstlichen Duft des Gewürzgartens einsog. Aber als wir uns zum Essen und Trinken an den Tisch setzten, sank die wehmütige Stimmung zu Boden wie Schlamm in trübem Wasser, und übrig blieb nur verschüttetes Wasser oder, wie ich wohl lieber sagen sollte, das erfrischende Bier und der starke Branntwein, denn Frau Pirjo an Speis und Trank nicht gespart. Noch zum Nocturnum wachten und beteten wir. Aber zur Zeit des ersten Frühgebets waren Pater Petrus und Meister Laurentius in schönster Eintracht in Frau Pirjos Bett gesunken, und Antti war verschwunden – wohin, weiß ich nicht. Frau Pirjo legte mir nahe, mich endlich schlafen zu legen. Aber ich fiel nur in leichten Schlaf, denn ich wachte immer wieder auf von den Schreien der Hähne.

Als die ersten Anzeichen der herbstlichen Morgendämmerung durch die grünlichen Fensterscheiben hereinschienen, waren wir wieder wach. Pater Petrus und Meister Laurentius trugen zu zweit auf unsicheren Beinen meine Reisetruhe ans Ufer. Ich selbst hatte mir meinen Proviantsack auf den Rücken geschnallt, und Frau Pirjo schleppte meinen Rucksack. Als die Sonne rot am Horizont stand, luden sie alles ins Boot, mit dem ich mich dann einschiffte. Noch vom Schiffsdeck aus sah ich, wie sie mir vom Ufer zuwinkten: Pater Petrus in seiner schwarzen Kutte, Mutter Pirjo im grauen Rock und Meister Laurentius in seiner rostroten Jacke. Auch sah ich den einsam emporragenden Turm des Doms, die niedrigen Häuser der Stadt, die blauroten Kohlfelder und die langen Reihen der Hopfenstangen am Abhang des Vartio-Berges. Aber das mächtige Schiff glitt, von einem nur kleinen Segel getrieben, den Fluss hinab, und als wir die düsteren Mauern der Burg hinter uns gelassen, sprach ich ein inbrünstiges Gebet und sagte meinem bisherigen Leben Adieu, um einzutreten in ein neues, unbekanntes Schicksal.

So verließ ich die Stadt Turku. Das gibt mir den Anlass, ein neues Buch zu beginnen, um zu erzählen, wie es mir erging, als ich versuchte, das Leben in meine eigenen Hände zu nehmen und es nicht mehr loszulassen.

Drittes Buch

DIE HOHE UNIVERSITÄT

Kapitel 1

Herr Didrik hatte für seine Schwester und sich im mehrstöckigen Heck des Schiffes eine Kajüte gemietet, die den beiden ausreichend Platz bot und worin man sitzen und sogar stehen konnte, wenn man darauf achtete, sich nicht den Kopf an der Decke zu stoßen. Ich hingegen musste mir selbst ein Plätzchen suchen. Herr Didrik riet mir, mich an den Küchenmeister des Schiffes zu halten, einen stiernackigen Lübecker, der mich dann samt meinen Habseligkeiten in einer Nische vor der Proviantkammer einquartierte, denn ich war ein gelehrter Mann, und deshalb brauchte ich nicht bei den Seeleuten zu schlafen, falls ich bei denen überhaupt noch Platz gefunden hätte. Es kam mir auch kaum darauf an, wie ich untergebracht war, denn als wir in die Schären hinausfuhren, blies mir auf dem grünlich wogenden Meer ein frischer Wind alle Sorgen fort, und mein Herz war voller Jubel und Lebensfreude.

Dann aber war mir, als sähe ich Gespenster, denn gegen Mittag, als der Wind mächtige Wellen aufwühlte, das Schiff auf- und niederwogte und die Taue knallend gegen das Holz schlugen, kam mein Freund Antti Kallenpoika aus einer der zahllosen Luken gekrochen. Er strich sich mit den Fingern durch sein zerzaustes Haar und sah sich verdutzt.

»Jessesmaria, Antti!« rief ich. »Was machst du denn hier? Wie bist du hierher gekommen? Hast du dich etwa betrunken im Schiff schlafen gelegt? Spring sofort über Bord und schwimm ans Ufer – dort die Insel ist noch ganz nah. Oder willst du etwa in fremde Lande verschlagen werden, wo du deine Haut für einen Heller zu Markte tragen musst und nicht mehr wert bist als zwei Spatzen? Bist du doch langsam von Verstand und sprichst keine fremden Sprachen.«

Doch Antti erwiderte: »Ich bin ganz rechtmäßig hier auf dem Schiff, denn ich bezahle die Überfahrt dadurch, dass ich dem Bootsmann und dem Schiffsschmied helfe, falls es nötig ist, so wie es sich für einen rechten Gesellen ziemt. Vom Kupferschmied, meinem Lehrmeister, habe ich mich verabschiedet und ihm gedankt, denn er hat mir, soweit es ihm seine bescheidenen Fähigkeiten gestatteten, zu einem ehrlichen Beruf verholfen, und ich habe ihm versprochen, es ihm zu vergelten, wenn ich irgendwann einmal zurückkehre. Auch meine Mitgesellen habe ich in Gottes Obhut zurückgelassen, denn die tut ihnen wahrlich not, und ihnen verboten, hinter meinem Rücken böse Gerüchte über mich zu verbreiten. Ich hätte sie zum Abschied sogar zu einem Umtrunk eingeladen, wenn es nicht so spät geworden und mir Frau Pirjos Bier nicht zu Kopfe gestiegen wäre. Ich finde nämlich, es ist an der Zeit, dass ich mich auf die Wanderschaft begebe und mir neue Kenntnisse aneigne, ist doch das Schmiedehandwerk der beste und wichtigste Beruf auf der Welt. Jedenfalls hat man mir das oft genug gesagt. Deshalb verlasse ich nun zusammen mit dir ohne viel Wehmut das Land meiner Väter, denn es hat mir mehr Hunger als Brot geboten und auch mehr harte Worte des Tadels als Behaglichkeit am warmen Herd.«

»Antti, du dummer und einfältiger Junge!« sagte ich. »Kehr sofort um, dann werden dein Meister und der Stadtrat dir vielleicht noch verzeihen, dass du so einfach ausgerissen bist, so du nur demütig um Vergebung bittest.«

Aber Antti blieb unbelehrbar und sagte: »Es gibt nicht viel, das mich zurückhalten würde. Schließlich will ich nicht, dass mir eine faustgroße Bleikugel die Brust zerfetzt. Es ist nämlich so weit gekommen, dass mir der Wirt von den ›Drei Kronen‹ wie vom Teufel besessen nach dem Leben trachtet. Er hält ein geladenes Feuerrohr für mich bereit, an das er beständig die brennende Lunte hält, für den Fall, dass ich wieder bei ihm auftauchen sollte. Er hat sogar gedroht, mich mit der Flinte in der Hand zu jagen, sobald er dazu Muße habe, denn während der gestrigen Feierlichkeiten hatte er in seiner Gaststätte anderes zu tun, als sich um mich zu kümmern. Doch als ich in gutem Glauben und mit besten Absichten die Schankstube betrat, um Herrn Sten die Ehre zu erweisen, da richtete doch dieser Schuft sein Rohr auf mich und hielt auch eine brennende Lunte schon bereit. Tatsächlich hätte mich der Tod ereilt, wenn sich nicht die gute Wirtin, die seine furchtbaren Drohungen vernommen hatte, ihm unbemerkt genähert und ein paar Tropfen Bier über die Lunte geschüttet hätte, so dass er sein Geschütz nicht zünden konnte.«

»Aber warum trachtet er dir denn nach dem Leben?« fragte ich verwundert. »Soweit ich weiß, bist du doch der beste Freund des Hauses. Die Wirtin tätschelt dir die Wangen, wenn du auftauchst, und du sitzt lange Abende in ihrer Küche, wo du alle Schüsseln leerst, in denen die Gäste noch Reste zurückgelassen haben.«

Antti blickte mich mit seinen grauen Augen offenherzig an und sagte: »Michael, wenn dir dein Leben lieb ist, dann lass dir nie von Frauen die Wangen tätscheln, denn daraus folgt nichts Gutes. Ich habe in den besten und lautersten Absichten die Bekanntschaft mit der Drei-Kronen-Wirtin gemacht, oder besser gesagt, sie hat meine Nähe gesucht, seitdem ich sie und ihre Ehre so mutig gegen die Angriffe einer Gaunerbande verteidigt habe. Besser wäre es aber wohl gewesen, ich hätte mich nicht als ihr Beschützer erzeigt, denn sie scheint es nicht so genau zu nehmen mit ihrer Ehre. Du weißt ja, Michael, dass ich von zu Hause eine Art immerwährenden Hunger geerbt habe. Seit meinem mannhaften Entschluss, nie mehr einen Tropfen Branntwein zu trinken, werden meine Gedärme von einem merkwürdigen Brand verzehrt, der erst aufhört, wenn ich mir den Magen vollschlage. Deshalb hielt ich es für einen Wink des Schöpfers, als ich merkte, dass ich als Gast in der Küche der ›Drei Kronen‹ stets willkommen war, denn die Wirtin hatte durchaus nichts dagegen, mir die Essensreste ihrer Gäste vorzusetzen. Im Gegenteil, sie forderte mich noch zum Essen auf, damit ich an Kraft zunähme, und betastete immer wieder meine Armmuskeln und Schenkel, ganz zu schweigen von dem Wangengetätschel, das wohl zu ihrer Lieblingsbeschäftigung geworden ist. Darin sah ich nichts Schlimmes, bis sie gleich dem Weib des heiligen Potiphar, von der die Mönche in ihren Predigten erzählten, mich aufforderte, ich solle zu ihr ins Bett steigen, wenn ihr Mann nicht gerade in der Nähe war.«

Ich war entsetzt. »Antti«, sagte ich, »Ehebruch ist eine furchtbare Sünde! So etwas hätte ich dir nie zugetraut, wo ich von dir doch immer nur das Beste geglaubt habe.«

Doch er antwortete verbittert: »Was weiß ich, ob man das als Ehebruch bezeichnen kann – ich bin ein gehorsamer Junge und tue, was man von mir verlangt. Es war auch nicht weiter schlimm, außer dass der Wirt mich überraschte, als ich mich dem Wunsch der Wirtin gefügt hatte. Da blieb mir nichts anderes übrig, als ihn in denselben Teigzuber zu stoßen, aus dem ich ihn einst befreit hatte, und ihm zu guter Letzt noch das Salzfleischfass über den Kopf zu hauen. Er wurde nämlich äußerst gewalttätig, obwohl er gar kein so kräftiger Kerl ist. Das versetzte ihn wohl noch mehr in Rage, denn nachdem er sich endlich wieder befreit hatte, eilte er zum Rat und lieh sich dort ein Feuerrohr, um hergelaufene Fremde daran zu hindern, ›auf seinen Feldern zu säen und zu pflügen‹, wie er sich dem Rat gegenüber ausdrückte. So sah ich keine andere Möglichkeit, als schleunigst zu verschwinden. Zum Glück hat mir die Wirtin gestern Nacht noch unter Tränen einen Beutel mit Proviant zugesteckt, damit ich, wie sie sagte, auf dem tückischen Meer nicht des Hungers stürbe. Zu Lande aber würde ein Mann von meiner Stärke immer sein Auskommen finden.«

So saßen wir beide in ernste Gedanken versunken auf dem Schiffsdeck da und hielten uns an den Tauen fest, um nicht in dem windgepeitschten hohen Seegang ins Meer geschleudert zu werden. Ich wollte Antti auch nicht weiter tadeln, denn im Nachhinein ließ sich sowieso nichts mehr ändern. Solange man noch lebt, schaut man am besten nach vorne. Ich wunderte mich nur, auf was für merkwürdige Art sich unser beider Schicksale glichen, hatte er doch am Tage zuvor und vielleicht sogar im selben Augenblick ganz in der Nähe in derselben Todesgefahr geschwebt wie ich, als Herrn Didriks Schwertspitze auf meinen Hals gerichtet war. So lag der Gedanke nahe, dass es göttlicher Vorsehung zuzuschreiben war, wenn wir nun diese Reise zusammen machten. Antti schien ebenso zu denken, denn er blickte mich an und sagte:

»Was Wissen und Klugheit betrifft, so schwebst du, Michael, so weit über mir wie eine Krähe, die hoch über einem herumkrabbelnden Mistkäfer in der Luft dahinsegelt. Aber damit du mich nicht ganz verachtest, will ich dich daran erinnern, dass das Schmiedehandwerk von allen Berufen – die geistlichen natürlich ausgenommen – der wertvollste ist, eine Hilfe und Stütze für alle anderen Handwerksarten, wie mir viele Zeugen unter den Schmieden immer wieder bestätigt haben. So wie dich die Grammatik zu geistigen Tätigkeiten befähigt, so legt das Handwerk des Schmiedes den Grund zu allen weltlichen Tätigkeiten. Es hat Schmiede gegeben, die Papst, Kardinal, Bischof oder gar Heilige im Dienste der Kirche wurden. Selbst zum König oder Kaiser haben es Schmiede schon gebracht.«

»Du willst also Kaiser werden, armer Junge?« antwortete ich spöttisch. »Da machst du dich ja zur rechten Zeit auf die Reise, denn der gute Kaiser Maximilian soll bereits in den letzten Zügen liegen, und eine Kaiserwahl scheint kurz bevorzustehen.«

»Mich verlangt es nicht nach irdischem Ruhm, denn wer nach Tannenzapfen schielt, der landet im Dorngebüsch, wie meine Mutter selig zu sagen pflegte, wenn ich richtiges Brot zu essen verlangte statt Baumrinde«, beschied mir Antti auf seine umständliche Art. »Ich will nur meine Kenntnisse und Fähigkeiten in dem Beruf, dem ich mich verschrieben habe, vervollkommnen. Aber wenn man mich mit Gewalt auf den Kaiserthron setzt und mir eine Krone aufs Haupt drückt, wie soll ich, ein unbedeutender Kerl, mich dann dem Willen der Mächtigen widersetzen? Jedenfalls bekäme ich dann wenigstens genug zu essen, und auch der Drei-Kronen-Wirt würde sein Feuerrohr schleunigst wieder abbauen, wenn er hört, dass ich Kaiser geworden bin. Aber Scherz beiseite. Ich habe mir überlegt – eigentlich war es die weise Mutter Pirjo, die mir diesen Gedanken in mein dummes Hirn gepflanzt hat –, dass es nicht schaden könnte, wenn wir erst einmal zusammenbleiben und gemeinsam diese Reise antreten und vielleicht auch gemeinsam beenden, denn ich würde dich mit meinen Kräften vor Gaunern, Räubern und sonstigen Pilgern schützen, während dein Verstand und deine scharfe Zunge uns in Städten und Wirtshäusern nutzen können. Ich würde gerne mit dir bis nach Paris wandern, obwohl ich nicht weiß, wo um alles in der Welt dieser Ort überhaupt liegt. Schließlich beginnt auch ein kluger Bettler seinen Bettelgang am äußersten Ende und arbeitet sich von

Haus zu Haus vor, bis er daheim ist, damit er seinen vollen Sack nicht durch die ganze Stadt zu schleppen braucht.«

Schwer fühlte ich die Verantwortung auf mir lasten, da sich nun dieser dumme Bursche an meine Fersen geheftet hatte und mir in ein fernes Land folgte, von dem aus er wohl kaum auf eigene Faust den Rückweg in seine Heimat zu finden in der Lage wäre. Doch sagte ich, ohne zu zögern: »Einverstanden, Antti Kallenpoika. Wenn du mich so darum anflehst, dann will ich dich mit Gottes Hilfe unter meine Obhut nehmen und, soweit es mir möglich ist, dafür sorgen, dass dir kein Unheil widerfährt. Aber du musst mir hoch und heilig versprechen, mir immer zu gehorchen und alle meine Anweisungen zu befolgen. Außerdem will ich dich gegebenenfalls, wenn es uns nützt, als meinen Diener ausgeben, denn das hebt meine Würde und mein Ansehen, und dir kann es nicht schaden, dich in christlicher Demut zu üben.«

Dieses Abkommen bekräftigten wir mit Handschlag. Und keiner von uns beiden dürfte damals geahnt haben, wie lange und unauflöslich uns diese Vereinbarung aneinander binden würde.

Kapitel 2

Weiter will ich von der Seereise nichts berichten. Nur, dass wir während der drei Wochen wir gleich zweimal in einen Sturm gerieten, wenn auch die gottlosen Seeleute nur von einer »kleinen Bö« sprachen. Während das Schiff auf- und niederstampfte, die Segel knatterten, die Taue im Winde ächzten, und jede Planke knarrte und stöhnte, als würde sie sich gleich aus ihrer Verankerung lösen, betete ich um mein Leben, bis mir so übel wurde, dass ich nicht mehr beten konnte, sondern von Heimweh verzehrt wurde und den ächzenden Schiffsboden sogar mit der Streckbank eines Henkersknechtes vertauscht hätte. Seit dieser Seereise habe ich hohe Achtung vor Seeleuten und frage mich, welche Macht sie immer wieder dazu treibt, sich den gleichen furchtbaren Gefahren auszusetzen, obwohl sie genauso gut auf dem Festland bleiben könnten. Auch wundere ich mich gar nicht mehr über ihr gottloses Betragen in den Hafenstädten, da sie doch ihr übriges Leben sozusagen Aug' in Auge mit Gott und dem Teufel verbringen.

Wenn aber nach Abflauen des Sturmes in frischem Fahrtwind gleich einer weißen Wolke die Segel eines fremden Schiffes am Horizont auftauchten, dann wurden eiligst die Geschütze bereit gemacht und Feuer an die Lunten gehalten, und wir blickten in großer Angst auf das näher kommende Schiff. Allerdings blieben wir von Piraten verschont, obgleich uns die Seeleute versicherten, in den Gewässern zwischen Gotland und Ösel gebe es ebenso viele Seeräuber wie Wanzen im Hemde eines Bettlers. So erreichten wir schließlich unbeschadet den Hafen von Lübeck.

Zum ersten Mal in meinem Leben sah ich eine wirklich große, reiche und mächtige Stadt, und ich muss gestehen, dass ich mir ganz klein und unbedeutend vorkam in dem unbeschreiblichen Menschengewühl des Hafens, wo die Räder quietschten, Rufe in allen möglichen Sprachen ertönten und die Masten der vielen Schiffe einem Wald glichen. Doch konnte ich schließlich auf Herrn Didriks Empfehlung mein Gepäck im Schuppen einer Gastwirtschaft unterstellen. Während dieser sich nach einem Schiff erkundigte, das ihn nach Kopenhagen bringen sollte, ging ich schnurstracks in die St.-Marien-Kirche, um zu beten und der allerheiligsten Jungfrau, dem heiligen Nikolaus und allen anderen Heiligen dafür zu danken, dass sie auf der gefährlichen Seereise ihre schützenden Hände über mich gehalten hatten.

Hier in der St.-Marien-Kirche zu Lübeck wurde mir auch die heilsame Mahnung zuteil, dass alles Irdische vergänglich ist, denn ich sah den Totentanz auf ihren Mauern und las auch die frommen Sprüche unter jedem Bild. So erblickte ich dort den Tod, dieses muntere Gerippe, welches Papst und Bischof, Kaiser und König, den Abt genauso wie das vor dem Spiegel posierende Mädchen, den stolz in seinem Prunkgewand einherschreitenden Junker, den Münzen abwiegenden Kaufmann, den Bäcker oder auch Studenten zum Tanzreigen geleitete. Es gab keinen Stand und keinen Beruf, den der Tod nicht mit in den Tanz gezogen hätte, und niemanden, dem er noch eine kurze Zeit zugebilligt hätte. Als ich diese Bilder betrachtete, verschwanden alle Gedanken an irdische Freuden und Genüsse, und ich beschloss, von nun an mehr an mein ewiges Heil zu denken als an irdisches Wohl.

Ich fand, die Bürger und Kaufleute von Lübeck mussten wohl glückliche und fromme Menschen sein, da sie diese herrliche Kirche besaßen, deren Wandbilder den Totentanz so lehrreich darstellten. Doch als ich dann die engen Gassen der Stadt durchwanderte, die von hohen Häusern gesäumt waren, so dass nie ein Sonnenstrahl auf die Müllhaufen und Abwasserrinnen fiel, wurde mir schnell klar, dass eine fromme und ehrsame Lebensweise nicht zu den Tugenden gehörte, die in dieser Stadt heimisch waren. Ging es darum, Geld zu wechseln, Waren zu befördern, sich eine Unterkunft zu mieten oder auch nur einen Krug erfrischenden Bieres zu erstehen, so waren die ehrbaren Lübecker sehr viel mehr auf ihr irdisches Wohl erpicht, als darauf, sich Schätze im Himmel zu sammeln. Sie machten sich besonders die Unerfahrenheit und Gutgläubigkeit dessen zunutze, der sich zum ersten Mal in ihrer Stadt aufhielt und immer wieder mit staunenden Blicken stehen blieb, um die unerhörte Pracht und den Luxus zu bewundern. Es gab Straßen in der Stadt, auf denen man sich kaum fortbewegen konnte, ohne dass sich einem ein rotbemütztes Mädchen anschloss, von dem man auf den ersten Blick nichts Böses dachte, das aber dann den Reisenden mit sanfter Gewalt und lockenden Worten durch eine Tür schob, hinter der bunte Lichter in den Abend hinausstrahlten und wo Blechtrommeln und andere Instrumenten erschallten. Tatsächlich musste man bei jedem Schritt seine Geldbörse mit der Hand umschlossen halten, denn bevor man sich's versah, schnitt einem ein geschickter Gauner die Lederriemen der Brusttasche entzwei und verschwand im Getümmel. So widerfuhr es mir gleich am ersten Tage. Aber zum Glück wurde dem Räuber keine andere Beute zuteil als mein guter Lederbeutel samt Riemen und mit nur wenig Kleingeld und einem Stück Brot darin, denn meinen eigentlichen Geldvorrat trug ich ganz eng am Körper. Mir war klar, dass der Beruf des Henkers in dieser Stadt recht einträglich sein musste, obwohl ich bei meiner Klage über diesen Diebstahl nur ausgelacht wurde und die Leute mir sagten, ein Auswärtiger müsse eben Lehrgeld zahlen, wenn er die Sitten einer Großstadt kennenlernen wolle.

Herr Didrik, der wieder zu vollem Einvernehmen mit mir gekommen war, versuchte mich zu überreden, ihn nach Kopenhagen zu begleiten und versprach mir Geld und Ruhm, falls König Christian Gefallen an mir fände und mich in seine Dienste nähme. Aber ich war bereits genug gewarnt, was jugendlichen Leichtsinn betraf. Ein unsicheres Leben als Glücksritter erschien mir nicht verlockend, da mir doch die hohen Pforten des Lernens und Wissens offenstanden. Deshalb dankte ich ihm höflich für sein Angebot, und er versprach, sich meiner zu erinnern, wenn wieder bessere Zeiten kämen. Auch Fräulein Agnes söhnte sich mit mir aus, als die Stunde der Trennung nahte, und küsste mich zum Abschied auf beide Wangen, obgleich mich so wenig nach ihren Küssen verlangte, wie nach einem Frosch auf meiner Wange. So groß war meine Abneigung gegen sie geworden, nachdem ich begriffen hatte, wie gern sie mein Blut hätte fließen sehen.

Ich machte mir Sorgen um mein Gepäck, das mir in Paris ein sicheres Dasein und Auskommen gewährleisten sollte. Um seinen Weitertransport zu sichern, musste ich mich Kaufleuten anvertrauen, die nach Hamburg reisten. Auf ihren Wagen konnte ich für teures Geld meine Reisetruhe transportieren, dazu noch meinen Proviantsack. Doch schon nach zwei Tagesreisen wurde mir klar, dass diese frommen Leute mein Gepäck auch umsonst mit zu ihren übrigen Lasten genommen hätten, denn sie führten teure Waren bei sich und glaubten, unterwegs um so sicherer zu sein, je mehr Männer sie als Reisebegleitung hatten. Aber da war es schon zu spät, mir Vorhaltungen wegen meiner Dummheit zu machen.

Als wir das Stadttor hinter uns ließen und an ein paar Galgen vorbei auf die offene Landstraße hinausfuhren, tat Antti vor Erleichterung einen tiefen Seufzer und sagte: »Höchste Zeit, frische Luft zu atmen! Ich kam mir schon vor, als steckte ich in einem Ameisennest in dieser endlos großen Stadt, und ich fühle ich mich noch immer ganz kribbelig. Doch allmählich wird mir wieder leichter zumute, und mir ist, als wäre ich ein Vogel hoch im blauen Himmel. Ja, ich glaube gar, ich könnte gleich anfangen zu singen, wenn ich nicht fürchten müsste, meine dröhnende Stimme könnte unsere Reisegefährten allzu sehr erschrecken.«

Ich fand seine Freude verfrüht, denn ich selbst litt an dem Staub der Landstraßen, an ständigem Durst, Erschöpfung und wunden Füßen. Im Gegensatz zu Antti war ich nämlich ans Wandern nicht gewohnt. Doch er tröstete mich und sagte, es gebe keine bessere Zeit zum Wandern als den Herbst, wenn die gelben Birnen an den Bäumen hängen und auf den Feldern der Bauern saftige Wurzeln auf den warteten, der sie ausgrub. Wäre ich bei eisiger Kälte über Schneeverwehungen gewandert, nur mit einer löchrigen Jacke bekleidet und dem eisigen Glanz der Sterne als einzigem Begleiter, dann erst wüsste ich, wie schwer das Wandern sein konnte.

Es vergingen nicht viele Tage, und ich war zu einem kräftigen Wandersmann geworden, der voller Staunen auf die seltsamen Bäume und flachen Landschaften blickte. Von Tag zu Tag wuchs die Freude in meinem Herzen. Ich verspürte keine Müdigkeit oder Furcht mehr, sondern die Freiheit, die ich genoss, erfüllte mich mit überwältigendem Glücksgefühl. Jeder Wanderer auf der Landstraße war mein Bruder, mit dem ich gerne einen freundlichen Gruß wechselte, und jeder Augenblick bescherte mir neue Bilder und ungewohnte Erfahrungen, bis gegen Abend ein Kloster hinter grauen Mauern, ein Dorf mit seinen Gehöften oder eine Stadt samt ihren Kirchen und Gebäuden dem müden Wanderer ein strohbedecktes Lager und eine Mahlzeit darbot.

Wir ließen Hamburg hinter uns und wanderten durch gelbe Felder und überquerten wasserreiche Ströme. Von Tag zu Tag wurde die Landschaft lieblicher unter den Strahlen der Herbstsonne, und ich konnte mich nicht genug verwundern über die Fruchtbarkeit der deutschen Lande und über die Menge und den Reichtum ihrer Städte. Denn man brauchte nicht länger als einen Tag unterwegs zu sein, da zeigte auch schon ein Galgen auf einem Hügel an, dass man sich wieder einem bewohnten Ort näherte, in dem die Gesetze in Ehren gehalten wurden.

Aber wir trafen auf unserer Reise nicht nur auf ehrbare Kaufleute, brave Gesellen auf der Wanderschaft und fromme Pilger, sondern auch auf Gauner und Betrüger, vagabundierende Soldaten, Bettler und Galgenvögel. Wenn man sich diesem Gesindel näherte, tat man gut daran, auf Rucksack und Geldbörse achtzugeben. Wir hatten es nicht immer nur mit Hilfsbereitschaft und Freundlichkeit zu tun, sondern auch barsche Abweisung und Misstrauen begegneten uns, wenn wir an fremde Türen klopften, so dass meine Beine mehr als einmal mit den Zähnen eines wütenden Hundes Bekanntschaft schlossen.

Gelangten wir aber an eine Klosterpforte, an der ich dem Bruder Guardian in klarem Latein meinen Gruß entbot und ihm mein Empfehlungsschreiben vorwies, dann wurden Antti und ich gut aufgenommen. Man bot uns einen Schlafplatz und oft auch eine kostenlose Mahlzeit, während die neugierigen Brüder uns umstanden und voller Staunen vernahmen, aus welch fernem Lande wir gekommen waren. Man nehme es mir nicht übel, dass ich dann ohne bösen Hintergedanken allerlei Geschichten und Sagen aus meinem Lande zu besten gab, denn auch die frommen und wohlgenährten Patres hielten sich nicht gerade damit zurück, ihren Besuchern im Gegenzug so manchen Bären aufzubinden.

Antti, der während seiner Lehre beim Geschützmeister viele Worte Deutsch gelernt hatte, nutzte und erweiterte seine Kenntnisse in jeder Stadt. Seine Mütze demütig in der Hand haltend, trat er in eine Schmiede und sagte: »Guten Tag, Herr Vater, die besten Wünsche für dieses Haus und Gottes Segen dem Handwerk, den Meistern und Gesellen. Wollt Ihr mir armem Jungen und meinen Freund hier heute Unterkunft gewähren? Er ist ein frommer Scholarius, der euch die Gebete auf Latein sprechen kann. Ein Platz auf der Bank für uns und für unsere Ranzen unter der Bank, und weist uns nicht die Türe, Herr Vater.«

Mit so offenem und ehrlichem Blick sah er bei dieser Bitte den Hausherrn an, dass der Meister fast immer seinen Schmiedehammer niederlegte und antwortete: »Wenn ihr ehrliche Burschen seid, dann tretet ein, und legt eure Ranzen ab in Gottes Namen.« So gingen wir dann ins Haus und begrüßten ehrerbietig die Hausfrau. Danach hatten wir keine Not zu leiden, sondern oft bat man uns zum Abendbrot, wenn wir bescheiden neben der Türe stehenblieben. Wir bedankten uns für die gute Behandlung auch nach Kräften mit freundlichen Worten, frommen Geschichten und Fürbitten.

In der großen Stadt Köln am mächtigen Rheinstrom blieben wir wegen des schlechten Wetters und vielen Regens mehrere Tage lang. Ich war dankbar für diese Verzögerung, denn sie gab mir die Möglichkeit, meine Füße etwas ruhen zu lassen und mir einen Sündenablass von hundert Tagen zu verschaffen, indem ich im Dom jener Stadt betete. Hatten wir auch bereits Städte und Kirchen bis zum Überdruss gesehen, so ließ der Anblick dieses mächtigen Gotteshauses uns beide doch vor Ehrfurcht verstummen. Wir kamen uns vor wie Erdwürmer, als wir in schwindelerregende Höhen zu ihren Türmen aufblickten, die bis in die Wolken hinaufreichten. Mir war, als hätte die ganze Stadt Turku samt ihren Häusern und Einwohnern mühelos in dieser Kirche Platz gefunden. Es wunderte mich nicht, dass Kranken, Lahmen und Blinden Heilung zuteilward, wenn sie in dieser Kirche beteten, denn ich war kaum je Gottes allmächtiger Majestät näher gewesen als in dieser gewaltigen Kirche. Mein Verstand konnte es nicht fassen, wie es schwache Menschenhände vermocht hatten, sie zu errichten.

Als ich mich von meinem Gebet erhob, wurde mein Arm von einer frommen Frau berührt, die sich flehentlich an mich wandte. Sie hatte inbrünstig neben mir gebetet und dabei mit dem Kopf auf den Fußboden geschlagen. Es war kein altes und verwelktes Weib, so wie viele Frauen, die in Kirchen zu beten pflegen, sondern sie war schön und von anmutigem Äußeren. Sie sprach: »Ich heiße Margareta von Brandenburg und habe einen sündigen Lebenswandel geführt, so dass ich zur Buße für meine Sünden von Ort zu Ort pilgern muss. Bis zur Karwoche unseres Herrn Jesus Christus hoffe ich nach Rom zu gelangen, um mich dort vom Heiligen Vater segnen zu lassen. Aber ich habe schon all meine geringe Habe aufgebraucht und besitze nun nichts mehr als die Kleider, die ich am Leib trage. Deshalb bitte ich dich um eine kleine Gabe, edler Jüngling. Ich werde dann auch für dich beten.«

Ich verwunderte mich über ihre Worte, denn sie sah nicht wie eine Frau aus, die betteln musste. Ich sei nur ein armer Student und lebe selbst von den Almosen guter Menschen, versetzte ich. Sie aber betätschelte von neuem meinen Arm und sagte bittend: »Wenn du willst, folge ich dir in deine Herberge oder auch auf eine Wiese an der Stadtmauer und zahle dir für deine Gabe mit meinem Körper, denn ein anderes Gegengeschenk, das ich dir geben könnte, habe ich nicht.«

So große Frömmigkeit und Demut rührten mich sehr, und ich gab ihr eine kleine Silbermünze zu meinem Seelenheil und bat sie, in Rom zu den Heiligen Petrus und Paulus für mich zu beten. Und das bereute ich nicht, auch wenn ich wenig später gewahr wurde, dass es in dieser großen Pilgerstadt ganze Scharen gottesfürchtiger Frauen gab, die auf ihren Pilgerreisen all ihr Geld verloren hatten und die, um nicht in Not zu geraten, in bester Absicht den Beruf des Freudenmädchens ergriffen hatten, ohne dies für eine Sünde zu halten.

In Köln vertraute ich meine Reisetruhe einem ehrbaren Kaufmann an, der über einen Umweg nach Paris reisen wollte. Mit Gottes Hilfe setzten Antti und ich dann zu zweit unsere Wanderung fort, denn es war inzwischen Spätherbst geworden. So gelangten wir nach Burgund und Frankreich. Die Sprache machte uns zunächst Schwierigkeiten; aber in jedem Dorf und in jeder Stadt begegnete ich gottesfürchtigen Priestern und Mönchen, die uns gern halfen, weil ich Latein sprach. Die Not ist auch der beste und schnellste Lehrer, so dass ich bald auch französische Worte zu radebrechen begann, weil ich schon immer rasch fremde Sprachen gelernt habe und auch merkte, dass das Lateinische die Mutter der französischen Sprache sein musste, auch wenn sich diese Tochtersprache auf verblüffende Weise zu verkleiden pflegte. Wir durchwanderten helle Buchenwälder, und an klaren Tagen schien die Sonne durch glitzernden Dunst hindurch, so dass man die Landschaft wie durch einen dünnen Schleier hindurch wahrnahm und glaubte, man träume oder habe eine Erscheinung. Am Allerseelentage erblickten wir vom Montmartre-Hügel aus die Türme und Dächer von Paris, das von den grünen Armen des Seine-Stroms umschlossen wurde. Da fielen wir beide neben einer Kirche auf die Knie, um Gott zu danken, der uns gesund und mit heilen Gliedern bis hierher geführt hatte. Beflügelten Schrittes begannen wir den steilen Hügel hinabzusteigen, und ich begriff, welche Gefühle den frommen Moses bewegt haben müssen, als er von einem Berg aus das Gelobte Land erblickt hatte.

Aber wir hatten zu früh gebetet, und es wäre uns fast wie Moses ergangen, der ja nie in das Gelobte Land gelangte. Denn an einer Wegbiegung stürzte sich aus dem Schatten von Kastanienbäumen plötzlich eine Horde von Bettlern und Räubern auf uns, bewaffnet mit Stöcken, Steinen und Messern. Sie hätten uns, woran ich nicht zweifle, kaltblütig ermordet und bis auf den letzten Fetzen ausgeraubt sowie danach unsere nackten Körper im Gebüsch oder unter Steinen versteckt (und niemand hätte nach unserem Schicksal gefragt), wenn Anttis Kräfte nicht so fürchterlich gewütet hätten, dass die ganze Bande, nachdem Antti sie ordentlich mit seinem Reisestock bearbeitet hatte, unter Geheul und Geschrei Reißaus nahm, weil sie glauben mussten, sie hätten den Teufel höchstpersönlich angegriffen. Aber da lag ich schon blutend auf der Straße, den Kopf durch einen Stein verwundet, so dass ich mit eigenen Kräften nicht mehr auf die Beine kam. So rettete mir Antti schon zum zweiten Mal das Leben. Ich spuckte Blut aus meinem Munde und sagte:

»Sehr gastfreundlich empfängt die Stadt Paris uns ja nicht gerade! Aber nehmen wir dies als Mahnung, dass der Mensch am ehesten kurz vor seinem Ziel stolpert und gerade dann stürzt, wenn er sich am sichersten dünkt. Wahrlich, Antti, das Schicksal hat uns offensichtlich mit den stärksten Banden aneinander gebunden. Lass uns stets Freud und Leid miteinander teilen, sowohl in guten wie in schlechten Zeiten, denn wieder einmal hast du mir das Leben gerettet, und das nicht zum ersten Mal.«

Aber Antti sagte: »Ich lausche immer gerne deinen frommen Belehrungen, mein lieber Bruder Michael, aber wie geht es deinem Kopf? Kannst du dich auf den Beinen halten? Die Räuber können schließlich jeden Augenblick zurückkommen, und ich möchte niemanden umbringen. Das ist wirklich ein Pech, dass du ausgerechnet an der Schwelle zu deinem Studium eins über den Kopf bekommen hast, wo der Kopf ja dein empfindlichstes Organ ist, während ich Armer den Kopf wohl für nichts anderes habe, als um mir die Nase zu schnäuzen.«

Ich war wirklich so benommen von dem Schlag, dass ich zwar kaum Schmerzen verspürte, mir aber dafür war, als ertönten Glockengeläut und Engelsgesang in meinen Ohren. Das beweist klar, wie nah ich den Pforten des Paradieses gewesen sein muss. Von Antti gestützt, humpelte ich den Pfad hinab, und einige Abschnitte des Weges trug er mich in seinen starken Armen. Mich aber beschäftigten allerlei Gedanken, und ich sprach zu Antti:

»Es hätte schlimmer kommen können. Aller guten Dinge sind drei, und nach dem Angriff des Stiers und der Bedrohung durch das Schwert bin ich jetzt zum dritten Mal einer unmittelbaren Todesgefahr entronnen. Deshalb glaube ich nicht, dass ich in nächster Zeit noch einmal vom Tode bedroht sein werde. Am meisten wundere ich mich darüber, dass auch mein erster Weg zum Lernen mit einem furchtbaren Schlag auf den Kopf begann, zu dessen Andenken ich immer noch eine Narbe am Kopf trage. So gebe nun Gott, dass auch dieser zweite Schlag ein günstiges Vorzeichen sein möge für mein erfolgreiches Studium an der hohen Universität.«

Am Stadttor stießen wir aber auf ein Hindernis, denn die Wachsoldaten wollten uns nicht in die Stadt hineinlassen, weil ich verwundet und mein Kopf blutig geschlagen war. In ihrer einfachen Denkweise hielten sie mich für einen Gauner. Ich musste ihnen meine Sache viele Male mit flehentlichen Worten vortragen, aber auch das hätte nichts genützt – man hätte uns sogar lieber eingesperrt –, wenn mir nicht ein alter Barfüßermönch zu Hilfe geeilt wäre, der sich meine Empfehlungsschreiben ansah und sich dann für meinen guten Ruf und meine Ehrlichkeit verbürgte. Er geleitete uns freundlich über die Insel von Paris hinüber auf die andere Seite des Flusses zum Stadtteil, in dem die Universität lag. Dort empfahl er uns eine einfache, am Flussufer gelegene Herberge, in der wir übernachten und ich meine Wunden pflegen konnte.

Die Herbergswirtin, eine Frau mit struppigem Haar, war offenbar den Anblick blutig geschlagener Schädel gewöhnt, denn sie brachte uns ungefragt warmes Wasser und Leinenfetzen und suchte auf meine Bitte hin die Ecken und Winkeln nach Schimmel und Spinnennetzen ab, damit ich sie mir auf meine Wunde legen konnte. Nachdem ich einen Becher Wein getrunken hatte, fühlte ich mich schon besser, und schwindlig war mir auch nicht mehr, obgleich mir immer noch Engelsgesang in den Ohren schallte.

Die gute Wirtin erwies sich als sehr hilfreich. Sie pflegte Studenten zu beherbergen und sie mit Speise und Trank zu versorgen und wusste, was ich als erstes zu tun hatte und an wen ich mich wenden musste, um an die Universität zu gelangen. Zuerst sollte ich mir einen Lehrer wählen, bei dem ich die Vorlesungen besuchen wollte, um dann, wenn die Zeit gekommen wäre, unter seiner Aufsicht für den ersten Studiengrad zu disputieren und determinieren. Man konnte nämlich die Vorrechte der Universität nur dann genießen, wenn man sich unter die Fittiche eines Lehrers begeben hatte, denn nur Magister und Lehrer hatten das Recht, in den Angelegenheiten der Landsmannschaften zu bestimmen. Meine Landsmannschaft war die alemannische, der alle Studenten angehörten, die außerhalb Frankreichs geboren waren, und so musste ich mir einen englischen oder deutschen Lehrer wählen, sofern ich nicht einen dänischen oder schwedischen Magister fand, der gemäß den Regeln nach Erlangung des Magistergrades dazu verpflichtet war, zwei Jahre lang an der Fakultät der Künste unbesoldeten Unterricht zu erteilen und dabei gleichzeitig sein Studium an einer der drei höheren Fakultäten fortzusetzen. Jedoch hatte die Wirtin noch nie von solchen Heidenvölkern wie Dänen oder Schweden gehört und bezweifelte, dass es solche überhaupt gebe.

»Je weiter weg die Heimat der Studenten ist, desto mehr trinken sie und desto ausschweifender ist ihr Lebenswandel«, sagte sie in düsterem Ton. »Falls du wirklich von so weit herkommst, wie du sagst, dann wundert es mich nicht, dass du schon mit angeschlagenem Kopf in Paris erscheinst. Aber eine arme Menschenseele muss alle Anfechtungen, die Gott ihr schickt, geduldig ertragen, und die Studenten sind beileibe nicht die geringsten Anfechtungen. Blonde Männer aus fernen Ländern sind zwar äußerlich kalt, aber in ihrem Innern heißblütig wie alle Bewohner kalter Gefilde und benötigen deshalb viel mehr Flüssigkeit als die dunkelhäutigeren. So viel hohe Philosophie und Naturwissenschaft lernt man auch als ungebildetes Weib hier im lateinischen Stadtviertel.«

»Liebe Herbergsmutter«, entgegnete ich unwirsch, »ich bin mit den besten Absichten und großem Wissensdurst aus meiner fernen Heimat an diese hohe Universität gewandert, die zu allen Zeiten eine Königin unter den Universitäten gewesen ist. Deshalb sei mein Getränk von nun an nur klares Wasser und meine Speise schimmeliges Brot, bis ich die hohen Schwellen des Wissens überschreite. Denn, um die Wahrheit zu sagen, ich bin zwar nur ein armer junger Mann, aber nichtsdestoweniger anständig und von guten Sitten, ganz im Gegenteil zu dem, was Ihr von mir zu glauben scheint.«

Die Herbergswirtin seufzte schwer, als sie meine Worte vernommen hatte, und verlor das Interesse an mir. Zwar verköstigte sie uns und gab uns einen Bund Stroh für unser Lager, aber sonst behandelte sie uns, als wären wir nur zwei Ratten in ihrem Schlupfloch. Am nächsten Tag wäre ich sogleich ohne zu säumen losgezogen, um mir einen Lehrer zu suchen, denn die Universitätsferien waren längst vorbei und das Semester bereits in vollem Gange. Aber Antti warnte mich und sagte:

»Michael, Bruderherz, der liebe Gott hat keine Eile erschaffen, sondern nur die Zeit, falls ich das aus den Predigten der Kapuzinerbrüder vor der Kirche noch richtig in Erinnerung habe. Und man soll nichts überstürzen, wie meine Mutter immer zu sagen pflegte. So wird es am besten sein, dass du dich genau umsiehst und dir gründlich überlegst, womit du anfängst, weil du sonst deine Zeit und dein Geld vergeudest. Mir ist nämlich nicht entgangen, dass es hier in Paris ziemlich laut und unruhig zugeht und sich die Menschen erregt anschreien, selbst wenn es um die allersimpelsten Dinge geht. Auch wäre es ungebührlich, mit einer Binde um den Kopf und mit veilchenblau geschlagenen Augen vor einen hochgelehrten Magister zu treten, sonst bekäme er eine ganz falsche Vorstellung von deiner Person. Vielleicht hat der heilige Nikolaus selber für diesen Schlag auf deinen Kopf gesorgt, damit du deine Ungeduld zügelst und dich erst in aller Ruhe umsiehst.«

Das war meiner Meinung nach dummes Geschwätz, denn nachdem ich nun endlich das Ziel meiner Reise erreicht hatte, war ich sehr erpicht darauf, auf die Universität zu gelangen und mein Studium zu beginnen. Ich gebe aber zu, dass ich, nachdem ich mein Gesicht im Spiegel der Herbergswirtin betrachtet hatte, eher einem bestraften Räuber glich als einem anständigen Studenten. So schlenderten wir also durch die engen Gassen dieser Stadt, in der es überall von Menschen wimmelte, und beteten sowohl in dem riesigen, Unserer Lieben Frau geweihten Gotteshaus auf der Flussinsel wie auch in der ärmlichen St.-Julians-Kirche, in der sich die Landsmannschaften der Universität zu versammeln pflegten. Eifrig durchstreifte ich auch die zahllosen Buchhandlungen, in denen es auch schon gelesene Werke zu maßvollen Preisen zu kaufen gab. Ein Buchhändler versicherte mir, er würde alle von mir gekauften Bücher nach Gebrauch zu einem günstigen Preis zurückkaufen. Das machte mir Mut, denn ich hatte damit gerechnet, dass die Anschaffung der zum Studium nötigen Bücher den größten Teil meines Geldes verschlingen würde.

Nachdem ich bei einem Geldwechsler an einer Brücke etwas von meinem Geld gegen eine Handvoll Solidi eingetauscht hatte, wurde mir bald klar, dass das Leben in dieser unruhigen Stadt sehr viel teurer sein würde als unter den bescheidenen Verhältnissen, die in meiner Heimat herrschten. Falls ich weiterhin in Herbergen wohnte, würde ein Solidus pro Tag nicht einmal für eine bescheidene Mahlzeit und einen Bund Stroh im Schlafraum der Herbergsgäste ausreichen. Ich erkundigte mich nach einem schwedischen oder dänischen Collegium, in dem ich wohnen könnte, aber so eins kannte niemand. Lediglich ein ehrwürdiger Bettler mit grauem Bart erinnerte sich dunkel daran, einmal gehört zu haben, dass es noch vor hundert Jahren in Paris ein schwedisches Collegium gegeben habe. Dänische Studenten hatte er seit zwanzig Jahren nicht mehr in Paris gesehen, denn, so sagte er, es sei den Dänen verboten worden, außerhalb ihrer Landesgrenzen zu studieren, nachdem in Kopenhagen eine Universität gegründet worden war. Dieser wirklich ehrwürdige und kluge Greis war der einzige Mensch, dem ich in den ersten Tagen vernünftige Auskünfte entlocken konnte, denn er sprach ein tadelloses Latein. Er übte, wie er mir erzählte, seinen Beruf schon mehr als fünfzig Jahre an der Kirchenbrücke aus.

Ein betrunkener Student ließ sich auf ein Gespräch mit mir ein, als ich ihm trotz meiner geringen Mittel etwas Wein bezahlte. Doch war er nur hartnäckig darauf bedacht, mir ein französisches Gedicht beizubringen, dessen Reime zahllose Pariser Straßennamen aufzählten. Meine Kenntnis das Französischen war noch so mangelhaft, dass ich den Inhalt dieses Gedichtes kaum verstand, aber ich lernte es ihm zu Gefallen auswendig, was mich einen ganzen Abend und zweieinhalb Solidi kostete. Erst im Nachhinein wurde mir zu meinem großen Verdruss klar, dass dieses achtundvierzig Strophen umfassende Gedicht nach Art eines Stadtführers all jene Straßen aufzählte, in denen sich übel beleumdete Häuser befanden.

Aber diese ersten schweren Ausgaben waren zweifellos das Lehrgeld, das jeder junge Student gleich nach seiner Ankunft in dieser Stadt zu entrichten hatte. Indem ich mehrere Tage lang fleißig durch Paris wanderte, bekam ich allmählich einen Begriff von der Universitätsstadt und den Gebäuden, in denen die Vorlesungen stattfanden, sowie von den zahlreichen Klöstern und Kirchen. Ich begriff, dass an der Pariser Universität tatsächlich sechstausend Studenten studierten, also doppelt so viel, wie meine ganze Heimatstadt Einwohner hatte. Es gab mindestens dreißig Collegia für die verschiedenen Nationalitäten und zu wohltätigen Zwecken. Aber nur ein kleiner Teil der Studenten kam in ihnen unter, und ich hatte keine Möglichkeit mehr, dort Unterkunft zu finden, denn das Semester hatte längst begonnen. Es war der Vorabend des St.-Denis-Tages, und bald stand Weihnachten vor der Tür.

Nach der ersten Hochstimmung darüber, endlich in Paris zu sein, begann ich mir mit ernster Sorge bewusst zu werden, dass ich erst vor der untersten Stufe des Wissens stand. Zum Glück heilte meine Kopfverletzung in wenigen Tagen, so dass ich die Binde abnehmen und mich säubern konnte. Mit dem Kaufmann aus Köln traf auch meine Reisetruhe ein, und nachdem ich in meine besten Kleider geschlüpft war, machte ich mich voll guten Mutes zum Kassenwart der alemannischen Landsmannschaft auf, um mir von ihm Rat für die Aufnahme meines Studiums zu erbitten. Zunächst empfing mich dieser junge Gelehrte mit harten Worten des Tadels, warum ich denn nicht rechtzeitig zu Beginn des Semesters bei ihm erschienen wäre, aber nachdem er das Empfehlungsschreiben des guten Bischofs Arvid gelesen und ich mich mit der Länge und Schwierigkeiten meiner Herreise entschuldigt hatte, zeigte er sich freundlicher. Sicher verleiteten ihn das bischöfliche Schreiben und mein reinliches Äußeres zu der fälschlichen Meinung, ich müsse einer begüterten Familie entstammen, denn er als nächstes fragte er mich, ob ich meinen Lehrer bezahlen würde. Im Prinzip sei jeglicher Unterricht kostenlos, sagte er, aber andererseits sei es verständlich, wenn die unbesoldeten Lehrer an der Fakultät der Künste vorzugsweise solche Schüler annehmen wollten, die ihnen irgendein Entgelt zukommen ließen. Er selbst sei Holländer und könne mich an einen holländischen Lehrer vermitteln, einen Magister namens Pieter Monk, der bisher nur wenige Schüler habe und unter dessen Führung ich deshalb sehr schnell vorankommen könne, um den Grad des Baccalaureus zu erwerben. So gab er mir also Magister Monks Anschrift in der Rue de la Harpe und entließ mich mit den besten Segenswünschen.

Es war gut, dass ich bei ihm eine so klare Anweisung erhalten hatte, denn kaum hatte ich sein Zimmer verlassen, da stürzten sich in der Vorhalle zwei Magister mit hagerem Gesicht und Barett auf dem Kopfe sowie eine ganze Schar von Studenten auf mich, die darin wetteiferten, mir ihre eigenen und ihrer Lehrer Verdienste anzupreisen. Sie wiesen mich auf Verzeichnisse an einer Wandtafel hin, in denen verschiedene Lehrer ihre Verdienste aufzählten, wobei sie sich mit ihren Lobeshymnen gegenseitig zu übertreffen suchten. Der Eifrigste unter den Studenten fasste mich gar am Arm, um mich zu seinem Lehrer zu schleppen. Als ich vorbrachte, ich wolle Schüler bei Magister Monk werden, warnten sie mich wie aus einem Munde und ließen durchblicken, dieser Magister habe die allerschrecklichsten Eigenarten. Die einen bezeichneten ihn als Geizhals, andere wiederum als Säufer oder gar Ketzer, so dass mich schon fast davor graute, ihn aufzusuchen. Wäre ich schwächer gewesen, so hätten sie mich sicher völlig verschreckt und mich mit sich gezogen. Ich glaube zwar nicht, dass das meine Lage sehr verändert oder mir irgendwie geschadet hätte, aber ich bin nun einmal von der starrsinnigen Art und beschloss, auf jeden Fall zu Magister Monk zu gehen und klug mit ihm zu verhandeln, weil wohl jeder Lehrer einen zahlenden Schüler mit offenen Armen aufnahm. So verließ ich mich mehr auf den Kassenwart der Landsmannschaft als auf diese Geier, die sich ungebeten auf mich gestürzt hatten.

Die Rue de la Harpe lag unweit des Flusses und der Herberge, in der ich immer noch wohnte. Ich machte einen kurzen Abstecher in die Herberge, um dort meine einfache Wanderkleidung anzulegen. Ich behielt nur die guten Schuhe an, damit durch meine Gewandung bei dem Magister keine falsche Vorstellung von meinen Mitteln entstünde. Der gelehrte Magister Monk wohnte im Haus eines Siegelgraveurs, einem schmalen und hohen Gebäude mit mehreren Stockwerken. Auf Geheiß des Gravurmeisters stieg ich auf düsteren Treppen in den obersten Stock, und dort fand ich Magister Monk in einem kalten und unaufgeräumten Zimmer, während er gerade mit Händen, die starr vor Kälte waren, an einem wackeligen Tisch mit Schreibarbeiten beschäftigt war. Als Zeichen seiner Würde, und um sich den Kopf zu wärmen, hielt er auch drinnen den Kopf mit seinem Barett bedeckt und hatte sich seinen gesamten Kleidervorrat angezogen, denn es war Dezember, und es herrschte unfreundliche und kalte Witterung. Er war ein blasser und ausgehungert aussehender junger Mann, der mich mit müden Augen forschend anblickte. Ich brachte ihm demütig und aufrichtig mein Anliegen vor, beschrieb meinen Wissensdurst und meine spärlichen Mittel, versprach ihm aber auch, gehorsam und treu seinen Anweisungen zu folgen und ihm auf jede Weise zu Diensten zu sein, wenn er mich als seinen Schüler annähme.

»Beanus Michael«, entgegnete er, »in diesen traurigen Zeiten ist die Königin der Wissenschaft eine gleichgültige Mutter geworden, die ihren Kindern oft Steine statt Brot gibt. Ich bin erst fünfundzwanzig Jahre alt, aber ich habe schon oft genug auf Steine beißen müssen, so dass ich an ständigen Zahnschmerzen leide. Um die Wahrheit zu sagen: Ich habe erst im letzten Jahr die *licentia docendi* erworben, und es haben sich noch nicht viele Schüler um mich geschart. Gestern Schüler, heute Magister, morgen Doktor, so sagt man, aber diese Tage dauern jahrelang und sind mit ständigen Sorgen, Erschöpfungszuständen und geistigen Mühen angefüllt. Im Winter Kälte und im Sommer übler Gestank, der von der Straße herweht, schlechte Nahrung und faule Eier, so sieht der Weg zur hohen Wissenschaft aus, und der einzige Lohn sind ein lebenslang kränkelnder Bauch und verdorbene Zähne. Aber ich sehe in deinen Augen den tiefen Wunsch nach Wissen, der keine Mühen und Anstrengungen scheut, keine schlaflosen Nächte noch ruhelose Tage. Deshalb will ich dich nicht länger mit Warnungen belästigen, sondern ich werde mein Bestes tun, um dich, soweit deine Mittel dir dies gestatten, in deinen Studien voranzubringen.«

Danach unterzog er mich einem etwa einstündigen scharfen und ausgiebigen Verhör, in dem er meine Kenntnisse prüfte. Nachdem die Stunde vorbei war, war mir, als hätte er mich vollkommen umgestülpt wie einen Handschuh, so dass er mehr über mein Wissen und meine Kenntnisse herausgefunden hatte, als ich selbst darüber wusste. Mehrmals aber schüttelte er den Kopf und meinte schließlich: »Michael, mein Sohn, du hast eine rasche Auffassungsgabe und auch die nötigen Grundkenntnisse in aristotelischer Logik, aber dein Wortschatz ist veraltet, und dein Wissen ist das Wissen eines Priesters oder Mönchs, nicht aber das Wissen eines Gelehrten. Man merkt, dass du keine modernen Lehrbücher mit ihren Erklärungen zur Verfügung hattest. Aber wenn du die Vorlesungen, die ich jeden Morgen abhalte, fleißig aufsuchst sowie Disputationen, die einmal wöchentlich bei mir stattfinden, dann kommen wir vielleicht schon bis zum Frühjahr so weit, dass du selbst Determinationen aufstellen und sie in Disputationen mit meinen anderen Schülern verteidigen kannst. Und nach einem Jahr fleißigen Bemühens kannst du dann versuchen, vor einem Gremium von Gelehrten der Landsmannschaft den Grad eines Baccalaureus zu erlangen. Ich zweifle nicht daran, dass dir das gelingen wird. Ich verspreche dir so viel, obwohl mein eigener Erfolg von deinem Erfolg abhängt, denn ein Lehrer wird nach seinen Schülern beurteilt, und deshalb ist es von meinem Standpunkt aus das Klügste, dass ich innerhalb von drei Jahren einen gestandenen Gelehrten aus dir mache.«

Er wies mich an, nach der Morgenmesse vor der St.-Julians-Kirche auf ihn zu warten. Dann fügte er noch zögernd hinzu: »Beanus Michael, es ist Brauch, dass ein neuer Schüler seinem Lehrer ein Geschenk macht, soweit es seine Mittel zulassen. Ich bin besorgt um deine Zukunft, weil du so wenig Mittel hast, aber wenn du mir einen oder zwei Solidi geben könntest, wäre das vielleicht auch für dich von Segen. Nicht, dass ich dich drängen oder gar berauben wollte, aber offen gesagt, ich kann heute nicht einmal eine Abendmahlzeit zu mir nehmen, bevor ich vom Buchdrucker nicht den Lohn für das Korrekturlesen erhalte, mit dem ich mir meinen Lebensunterhalt verdiene, und diese Arbeit wurde durch dein Erscheinen unterbrochen.«

Er zeigte mir das Manuskript und den noch feuchten Druckbogen auf seinem Tisch. Es war das Flugblatt eines ungarischen Gelehrten, in welchem der Verfasser in flammenden Worten die schreckliche Gefahr schilderte, die der gesamten Christenheit drohte, weil der blutrünstige und grausame Sultan der Türken, Selim geheißen, im Jahr zuvor Ägypten erobert und die nach Indien führenden Handelswege in seine Gewalt gebracht hatte. Nachdem der Sultan sich nun den ganzen Osten untertan gemacht hatte, würde er seine geballte Kraft gen Westen richten und konnte so die Christenheit zugrunde richten. Magister Monk erläuterte mir umständlich den Inhalt dieser Schrift, um mir etwas Zeit zu geben, nachzurechnen, wie viel ich ihm von meinen geringen Mitteln geben könnte.

»Wie schrecklich, auch nur daran zu denken«, sagte er, »dass eine Streitmacht, die von den Türken unter dem Banner des Propheten der Ungläubigen versammelt wird, vielleicht schon in wenigen Jahren gegen eine zerstrittene Christenheit loszieht! Liegen doch die christlichen Fürsten, Kaiser, Könige und Herzöge im Streit untereinander, und selbst die heilige Kirche ist durch das Krebsgeschwür einer in ihrem Innern wuchernden Häresie bedroht. Wie nichtig erscheinen einem da die alltäglichen Sorgen und Bestrebungen im Vergleich zu der Gefahr, die uns aus dem Osten droht und die größer ist als jede andere Gefahr, mit der sich die europäische Christenheit bisher auseinandersetzen musste!«

Ich hörte ihm nicht sehr aufmerksam zu, denn in meinem Innern focht ich einen schweren Seelenkampf aus. Schließlich überreichte ich ihm einen rheinischen Gulden vollen Gewichts, eine der wenigen Goldmünzen in meinem Besitz. »Magister Pieter, mein geschätzter Lehrer«, sagte ich, »nehmt dieses Geschenk von mir an, solange ich noch über Mittel verfüge, denn das ist wohl der beste und klügste Einsatz, den ich machen kann und der mir den meisten Nutzen bringt, so Gott will. Als Gegengabe bitte ich um nichts Weiteres, als dass Ihr mir als jemand, der selbst Not gelitten hat, ratet, wie ich auf billigste Art an Nahrung komme. Vielleicht könnt Ihr mir auch ab und zu eines Eurer zahlreichen Bücher ausleihen, denn mein Hunger nach Büchern ist größer als mein leiblicher Hunger. Ich verspreche Euch auch, besser auf sie achtzugeben als auf meinen eigenen Augapfel.«

Magister Monk errötete heftig und lehnte meine Gabe mehrmals ab, ehe er das Geld schließlich doch annahm. In mir machte sich die Überzeugung breit, dass ich unter den zahlreichen Dozenten der Universität, die sich habgierig wie die Geier auf neue Schüler stürzen, doch einen guten und ehrlichen Lehrer gefunden hatte. Der Magister versprach, ich könne alle seine Bücher benutzen, wann immer ich wollte, und dürfe sie sogar in seiner Wohnung lesen, falls ich keinen anderen ruhigen Platz zum Lesen fände. Es stellte sich heraus, dass mehrere seiner Schüler im gleichen Haus wohnten wie er, denn der Siegelgraveur vermietete Zimmer an Studenten, und der Magister sah seine Schüler gerne zusammen, denn er hatte keinen eigenen Hörsaal so wie die älteren Dozenten.

»Solange man noch jung ist, gibt man sich mit wenigem zufrieden und ist bereit, Entsagungen auf sich zu nehmen«, sagte er. »Aber alles hat seine Grenzen; Grenzen, die man nicht überschreiten darf, ohne seine Gesundheit zu gefährden. So mancher Gelehrte zahlt eine solche Grenzüberschreitung durch einen vorzeitigen Tod oder lebenslange Leiden infolge allzu großer Entsagungen in seiner Jugend. Es steht ein kalter Winter bevor, Michael, und deshalb musst du wenigstens eine warme Suppe am Tage zu dir nehmen. Ich werde mich erkundigen, ob drei oder vier meiner Schüler bereit sind, dich als Zimmergenossen unter sich aufzunehmen, um dadurch Mietkosten zu sparen und sich gegenseitig zu wärmen, denn winters ist es um so wärmer, je mehr Leute im selben Zimmer schlafen. Das Studium wird dir nämlich nichts bringen, wenn du dich unzureichend ernährst oder wochenlang an Schnupfen oder Fieber leidest. Kümmere dich deshalb ausreichend um deine leiblichen Bedürfnisse. Sollte dein Geld früher zu Ende sein, als du erwartet hast, dann wollen wir gemeinsam überlegen, wie wir dir helfen können, denn von jetzt ab bin ich für dein weiteres Fortkommen verantwortlich.«

Kapitel 3

So begann die vielleicht glücklichste Zeit meines Lebens, denn ich war noch jung und unverdorben, und vor den irdischen Versuchungen hatte ich bereits eine strenge Warnung erfahren. Das Reich des Wissens schien sich grenzenlos vor mir auszudehnen. Als freier Student durfte ich das Tor durchschreiten, das nur wenige einen Spalt zu öffnen Gelegenheit hatten. Ich hatte das berauschende Gefühl, dass das menschliche Denken keine Grenzen kannte und dass keine Macht größer sein könnte als die Macht des Wissens. Ich hatte Kameraden, die genauso begeisterungsfähig, jung und mittellos waren wie ich. Bei unseren allabendlichen Streitgesprächen erweiterten wir unser Wissen, schärften unsere Gedanken und spürten, wie wir, die wir aus engen Verhältnissen und aus weit voneinander entfernten Ländern stammten, geistig zu einer Bruderschaft zusammenwuchsen, die durch eine gemeinsame Sprache und durch gemeinsames, die nationalen Grenzen sprengendes Wissen geprägt war.

Vielleicht fror ich in jenem Winter und litt Hunger, aber das ist längst aus meiner Erinnerung verschwunden. Ich erinnere mich nur daran, wie ich von all dem neuen Wissen, das ich aufnahm, geradezu berauscht war. Vielleicht war es so, wie Magister Monk sagte, dass man nämlich neben echtem Wissen auch so manch fruchtlose Steine zu beißen bekam, aber ich hatte die starken Zähne der Jugend und zweifelte noch nicht am Wissen. Magister Monk war ein begeisterungsfähiger Lehrer. Anders als viele seiner älteren Kollegen hielt er uns dazu an, uns auch andere Lehrer anzuhören, um unser Wissen auch auf Gebieten zu erweitern, die bei den Examina keine Rolle spielten, uns aber bei unserer geistigen Entwicklung von Nutzen waren. So besuchte ich einmal in der Woche die Vorlesung eines seiner Landsleute über die Planeten und erwarb mir so Grundkenntnisse in Astronomie und Astrologie.

Vielleicht boten wir den gleichen Anblick wie ein armseliger Schwarm grauer Spatzen, wenn wir uns in der Morgendämmerung vor unserer Kirche versammelten, um uns mit bestenfalls einigen Schluck Wein und wenigen Bissen Brot im Magen zusammen mit unserem Magister auf die Suche nach einem freien Hörsaal aufzumachen. Unsere Zahl erreichte selbst im besten Fall kaum die zwanzig, wohingegen die Hörer der berühmten älteren Lehrer an der Fakultät der freien Künste nach Hunderten zählten. Doch beim Unterricht erwies sich dies als Vorteil, denn unser holländischer Magister war nicht nur unserer Lehrer, er wurde für uns auch zu einem lieben Freund. In einem von Widersprüchen und Streitigkeiten zerrissenen Europa waren wir, jeder von einer Laune des Schicksals wie ein vom Wind aufgewirbelter Funke getrieben, aus vielen Ländern an die bedeutendste Universität aller Zeiten gekommen, über welche die edle Theologie herrschte, die Königin der Wissenschaften. Sie stellte ein System dar, das, ausgearbeitet im Laufe der Jahrhunderte, nun auf dem Höhepunkt ihrer Entwicklung stand. In diesem System war nichts Menschliches oder Göttliches offengeblieben. Es vermochte, gestützt auf die Tradition und Präzedenzfälle, jede vernünftige Frage erschöpfend und im Einklang mit der kirchlichen Lehre zu beantworten. Doch erst ein *Magister artium*, der das entsprechende Alter erreicht und weltliche Philosophie studiert hatte, war reif genug, ein Theologiestudium aufzunehmen, und bis dahin lagen noch fünf oder sechs Jahre vor uns. Ich habe es nie so weit geschafft, wie ich noch berichten werde, aber so viel habe ich immerhin begriffen, dass menschliches Denken nie zuvor ein edleres und komplizierteres Wissensgebäude errichtet hat und auch künftighin wahrscheinlich nie mehr wird errichten können, als es die Theologie in ihrer höchsten Blüte zu meiner Zeit darstellte, unmittelbar vor der großen Glaubensspaltung.

Die Jugend ist hungrig und schlingt alles Wissen, das sie bekommen kann, unterschiedslos in sich hinein. Deshalb machte ich mir in schon gefährlichem Maße Magister Monks freundliche Erlaubnis zunutze, seine Bücher lesen zu können. Als belehrende Lektüre neben meinen eigentlichen Studien gab er mir zwei Bücher seines gelehrten Landsmannes Erasmus von Rotterdam. Das eine trug den Titel »Laus stultitiae«, also »Lob der Torheit«, das andere Buch war das gerade erschienene Werk »Colloquia«, das heißt »Gespräche«, dessen scheinbar anspruchsloser Zweck darin bestand, als simples lateinisches Lesebuch zu dienen. Beide Bücher waren in anmutigem Latein geschrieben. Ich verschlang sie an einigen Abenden mit heißem Gemüt ob des Wirrwarrs der Gedanken und unfähig, meine Rüböllampe zu löschen. Nie zuvor hatte ich Bücher gelesen, die mich so verwirrt hatten. Die Gedanken, die sie enthielten, ergossen sich in all ihrem vernunftgemäßen Spott wie Gift über mein Gemüt und säten Zweifel in mein Herz. Denn in seinem »Lob der Torheit« stellte der gelehrte Humanist alles auf den Kopf und bewies auf unumstößliche Weise, dass menschliches Wissen und menschliche Klugheit nichts anderes als Einbildung waren, ein furchterregend kaltes Gespenst, so dass den menschlichen Bestrebungen und Taten in Wahrheit nur eine angemessene Dosis Torheit Sinn und Geschmack verlieh. Nur ein törichter Mensch konnte in seinem Streben und seinen Werken glücklich sein, das war Erasmus' These, die er auf verblüffend scharfsinnige Weise bewies. So lehrte er meine Augen, in mir und in meiner Umgebung überall das Grinsen der Frau Torheit zu sehen, selbst in den ernsthaftesten Dingen. Noch gefährlicher aber war sein Gesprächsbuch, denn er schreckte nicht einmal davor zurück, die Bedeutung der heiligen Sakramente in Frage zu stellen, sofern der Mensch selbst sich nicht änderte und besserte. So sprach er davon, dass nur wenige Zeilen des heidnischen Schriftstellers Cicero die Seele mehr nähren und erquicken würden als die gesamte Scholastik. Denn, so sagte er, was klar gedacht ist, könne man auch klar ausdrücken.

Während ich diese Bücher las, fühlte ich mich klüger als je zuvor. Sie setzten in mir Gedanken frei, die zu denken ich bisher nicht gewagt hatte. Voll heißer Bewunderung und zweifelnder Verwunderung sah ich in ihm einen großen Lehrmeister und Seelenfänger, aber ich kam nicht eher zur Ruhe, bis mir Magister Monk versichert hatte, Erasmus von Rotterdam sei ein geweihter Priester und getreuer Sohn der Kirche, und selbst der Heilige Vater habe seine Bücher mit Vergnügen gelesen.

Jeden Sonntag nach dem Kirchgang sammelte unser Lehrer uns um sich, und wir nahmen zusammen die beste Mahlzeit der Woche in einer kleinen Gastwirtschaft in unserer Straße ein, wobei wir oft bis in den späten Abend hinein auch über alltägliche Dinge redeten. Unvergessen ist mir ein Tag zu Frühlingsbeginn geblieben, als die Sonne schon recht warm schien. Noch sehe ich das hagere und leidenschaftliche Antlitz meines Lehrers unter dem schwarzen Barett vor mir. Ich sehe das griesgrämige Gesicht eines wortkargen Baskenjungen, dann seinen Lieblingsschüler, der ihm am meisten zahlte, einen bleichen und verzärtelten Jüngling von englischem Adel, und auch den sommersprossigen Sohn eines holländischen Tuchmachers. Unser Lehrer hob das Glas – der Wein wurde von dem Engländer bezahlt – und sagte:

»Ewige Ruhe und Ehre dem verstorbenen Kaiser!« Nun aber erhebe ich das Glas auf den jungen König Karl, auf dass er neben der burgundischen und spanischen Krone auch die Kaiserkrone auf sein Haupt setzen möge, denn so bekäme die Christenheit den mächtigsten Herrscher aller Zeiten, der imstande ist, die Türkengefahr abzuwenden und die überall drohende Ketzerei zu besiegen.«

Der Engländer sagte: »Höflichkeit und guter Brauch gebietet mir, mich dem Trinkspruch meines verehrten Lehrers anzuschließen. Aber um die Kaiserkrone bewirbt sich auch mein eigener König, Heinrich VIII., und aus Achtung vor der Stadt Paris und dem König von Frankreich sollten wir nicht vergessen, dass auch dieser die Kaiserkrone anstrebt.«

Ich sagte: »Der Mensch ist ein selbstsüchtiges Wesen, und auch auf die Gefahr hin, von Frau Torheit mit spöttischem Tadel bedacht zu werden, muss ich mich dem Trinkspruch auf König Karl anschließen.

Möge er Kaiser werden, damit er König Christian von Dänemark die Mitgift seiner Schwester auszahlen kann. Denn als des Kaisers Schwiegersohn wird König Christian nach Erhalt des Geldes seinen Krieg gegen Schweden gewiss gewinnen und stiege so zum mächtigsten König des Nordens auf, wodurch auch meine Zukunft gesichert sein würde, so dass ich schon die Bischofsmitra an meinen Schläfen zu fühlen glaube.«

Der mürrische junge Baske meinte: »König Karl bin ich keinen Dank schuldig, denn die Heilige Inquisition macht einem das Leben in meiner Heimat unerträglich, sofern man sich als freier Student mit jüdischer oder arabischer Heilkunst beschäftigen will. So soll dieses Glas für mich der Abschiedstrunk sein, denn meine Mittel sind erschöpft, und ich will nach Spanien zurückkehren und mich als Feldscher jenseits des Ozeans anwerben lassen. Ich habe gehört, dass ein Feldherr namens Cortez furchtlose Männer in Dienst nimmt, um ein heidnisches Reich in der Neuen Welt zu erobern. Als Beutesold hat er jedem seiner Soldaten eine Fuhre Gold versprochen.«

Darauf sagte der holländische Bürgersohn: »Von der Neuen Welt ist noch niemand reich geworden, und selbst Columbus kehrte arm und in Fesseln von dort zurück. Aber geh nur und mache dein Glück, wenn du mehr auf Märchen von Schätzen setzt als auf vernünftige Worte. Unser König Karl wird wahrlich viel Gold brauchen, um seine Schulden abzuzahlen. Hat er doch, um die Stimmen der deutschen Kurfürsten zu kaufen, sich in all seinen Erblanden Geld geliehen. Er wird auch bestimmt Kaiser, denn das Handelshaus der Fugger in Augsburg leiht ihm Geld, und die Fugger haben bei ihren Geschäften noch nie Schiffbruch erlitten, die Pest möge sie holen! Die unersättliche Gier der Fugger ist nämlich der eigentliche Grund für die Unruhe in diesen Zeiten. Nicht einmal jener Mönch aus Wittenberg hätte genug Wasser auf seine Mühle bekommen, hätten die Fugger nicht Geld geliehen und dafür den Ablasshandel in Brandenburg als Pfand erhalten, den sie nun zur Schande für jeden ehrbaren Menschen und die ganze heilige Kirche dort betreiben.«

Der Engländer bekreuzigte sich ehrfürchtig und fragte: »Wo ist denn dieses Brandenburg? Doch von der Pest wollen wir lieber nicht sprechen, denn sie wütet gerade in den Ländern der Eidgenossenschaft, und bis dort dürfte es nicht allzu weit sein.«

Magister Monk sagte: »Das Tuch aus den Fuggerschen Webereien ist ein harter Konkurrent für holländisches Tuch, das allerdings das Beste auf der ganzen Welt ist. Doch ist es wirklich ein erschreckender Gedanke, dass man die Kaiserkrone für Gold kaufen könne, und noch erschreckender ist es, wenn man daran denkt, dass die Fugger sich auch an der Pest bereichern, weil sie Pestarzneien verkaufen, die Heilung versprechen. Es ist so, als ob gerade die Krankheiten dieser Zeit am meisten zum Reichtum der Fugger beitragen, ist doch auch der ausufernde Ablasshandel gleichsam eine Krankheit der heiligen Kirche, wie selbst Männer der Kirche dies freimütig zugeben. Die Fugger bereichern sich daran genauso wie an der Franzosenkrankheit, da sie ja das Monopol an der Rinde des Guajakbaumes besitzen, das als einziges wirksames Mittel gegen die Franzosenkrankheit bekannt ist. Mir ist auch unbegreiflich, dass der Friede die Fugger in gleichem Maße reich macht wie der Krieg, und eine Hungersnot genauso wie ein gutes Jahr. Deshalb liegt für mich in diesem stets wachsenden Reichtum der Fugger etwas Unerklärliches, das schon an Zauberei grenzt.«

Der Engländer meinte: »Wollen wir nicht noch etwas trinken? Ich zahle es ja, und wenn wir immer nur reden, wird uns der Hals ganz trocken.«

So nahmen wir alle noch einen frommen Schluck und wünschten der Kaiserwahl gutes Gelingen und dass sie zum Segen für die gesamte Christenheit werde, ohne uns jedoch für einen bestimmten Kandidaten auszusprechen. Das gefiel allerdings gar nicht einem gewissen glatzköpfigen Vaganten mit Säufermiene, der mit seinen schmutzigen Fingern ein Gedicht auf einen Fetzen Papier kritzelte und dabei verstohlen unserem Gespräch lauschte. Er stand auf, kam an unseren Tisch, und meinte frech:

»Habe ich richtig verstanden? Ist also den Ausländern die natürliche Scham abhandengekommen, obwohl sie aus Gunst und Gnade all die Vorrechte genießen können, die ihnen die Stadt Paris und ihre hohe Universität zugestehen? Sonst würden sie ja nicht zögern, ihr Glas auf den edlen König Franz zu erheben, der sich gerade um die Kaiserkrone bemüht, auf die er aufgrund seiner persönlichen Eigenschaften in viel höherem Maße Anspruch hat, als alle seine Mitstreiter. Dieser König, der euch all eure Privilegien zubilligt, hat wie kein anderer ein Anrecht auf die Kaiserkrone, auch wenn eure dummen Reden zeigen, dass ihr nicht über mehr Urteilskraft verfügt als erfrorene Rüben.«

Magister Monk war über diese Worte höchst erbost und bemerkte: »Ich bin ein Mann des Friedens, und für mich als Universitätslehrer und geweihten Priester ist es unter meiner Würde, so einen Saufbold, der seinen geringen Verstand in einem Weinkrug ertränkt hat, als wäre er eine Ratte, zur Ordnung zu rufen. So aber einer von euch, meine lieben Schüler, ihn mit versöhnlichen, maßvollen Worten zurechtweisen will, so habe ich nichts dagegen, sondern werde ihn mit all meiner Autorität sowohl als Vertreter meiner Landsmannschaft wie auch meiner Fakultät dabei unterstützen.«

Zögernd sahen wir einander an, bis der Engländer das Wort ergriff: »Die Schuld liegt bei mir, weil ich voreilig einen Trinkspruch ausgebracht habe. Ich habe keinen Zweifel, dass wir mit vereinten Kräften diesen frechen Menschen zurechtweisen und ihn wegen seiner schamlosen Worte beschämen können. Das Problem ist allerdings recht weitläufig und von politischer Natur, da sich dieser schlaue Tintenfuchser als Fürsprecher der Ehre seines Königs geriert und uns deshalb in ein schlechtes Licht setzen kann. Natürlich sind wir verpflichtet, dem König, dessen Schutz und Privilegien wir genießen, jegliche gebührende Ehre zu erweisen. Am einfachsten und billigsten scheint mir deshalb, dass wir einen neuen Trinkspruch ausbringen und unser Glas auf den edlen und ritterlichen König Franz I. erheben und ihm Glück und Erfolg wünschen. Außerdem bitten wir diesen Herrn hier, sich das Glas auf meine Kosten zu füllen, sofern er uns nur vorher mit geziemenden Worten um Entschuldigung für seine beleidigenden Äußerungen bittet. Ich glaube nicht, dass mein eigener König oder der König unseres lieben Magisters uns dieses Verfahren übelnimmt.«

Kaum hatte er geendet, als der Herr, der uns beleidigt hatte, über sein ganzes aufgedunsenes Säufergesicht zu strahlen begann. Er hob abwehrend seine tintenbeschmierten Hände und sagte: »Hochgeehrter Herr Magister und gelehrte Herren Beani, ich merke, dass ich mich durchaus geirrt habe, und bedaure meine voreiligen Worte zutiefst, zu denen ich mich nur durch die Sorge um den guten Namen und das Wohlbefinden meines Königs habe hinreißen lassen, jedoch gewiss nicht, um Streit anzuzetteln. Offen gesagt ist der gute König Franz mir mehr schuldig, als ich ihm, weil die Herren seiner *politia* mir schon oftmals das Leben schwer gemacht und viele meiner guten Absichten unterlaufen haben. Ich bin nämlich kein Studiosus mehr und genieße somit nicht die Privilegien der Universität, sondern ich muss mich allein auf die Gnade des Königs und sein Recht verlassen. Gerne nehme ich also euer aus gutem Herzen kommendes Angebot an und will mit euch zusammen das Glas erheben, selbst wenn es auf das Wohl des Teufels wäre, falls ihr das wünscht, denn ein gutes Glas ist die Hauptsache und nicht der Anlass, aus welchem man es trinkt.«

Ohne zu zögern, nahm er an unserem Tisch Platz, obgleich wir ihm angewiderte Blicke zuwarfen, sobald wir seinen Mundgeruch und die Ausdünstungen seiner zerschlissenen Kleidung witterten. Seine Bemerkung über einen Trinkspruch an den Teufel zeigte uns, dass er moralisch ebenso verlottert war, wie seine Kleidung ungepflegt und abgenutzt. Doch er spürte, dass er unsere Abneigung überwinden musste, und begann weitschweifig von seinen zahllosen Wanderungen in verschiedenen Ländern und von seinen hochgestellten Gönnern zu erzählen, die ihm durch unglückliche Umstände immer wieder abhandengekommen seien, so dass er nirgends richtig habe Fuß fassen können, sondern sich vorkomme wie ein Stein, der nur herumgestoßen wird.

»Aber«, fuhr er fort, »meine Missgeschicke stören mich nicht weiter, weil ja ein viel schlimmeres Unglück bald die ganze Welt und somit auch euch ereilen wird, die ihr jetzt noch munter lächelnd an diesem reich gedeckten Tische sitzt. Wenn ihr es genau wissen wollt, so haben wir alle kaum noch fünf Jahre Lebenszeit vor uns. Ich habe eine genaue Kenntnis hiervon erlangt, denn ich bin soeben von einer langen Wanderung aus Straßburg zurückgekehrt, wo mein leiblicher Onkel lebt und sich guter Gesundheit erfreut, ein Böttchermeister – die Pest soll ihn holen! Ich hatte gehofft, unsere Verwandtschaft wäre ein ausreichender Grund für ihn, mir als Ausgleich für meine vielen Missgeschicke eine kleine Unterstützung zukommen zu lassen, aber er wollte mich kaum anhören, sondern hetzte gleich seinen wütenden Hund auf mich. Deshalb musste ich Hals über Kopf von seinem Hofe fliehen, denn ich wollte dieser unschuldigen Kreatur ja nichts zuleide tun, war sie ja nicht an der Grausamkeit meines Onkels schuld, sondern befolgte nur seine Befehle, wie es sich für einen gehorsamen Hund ziemt. Dieser Vorfall ist auch der Grund, warum mein Gewand noch immer so zerfetzt ist. Ich suche jetzt nach einem guten und mitleidigen Weib, das es mir wieder zusammennäht.«

Er unterbrach sich und starrte gedankenverloren in sein leeres Weinglas, wobei er mit dem Munde seltsame Grimassen schnitt, so als klebte seine Zunge plötzlich am Gaumen fest. Aber weil er unsere Neugier geweckt hatte, füllte ihm unser englischer Kommilitone auf Magister Monks zustimmendes Nicken hin bereitwillig wieder das Glas. Dann fuhr er fort:

»Warum soll ich Eure Ohren mit der Aufzählung meiner vielen Missgeschicke ermüden? Niemand entkommt ja dem Schicksal, das ihm von den Sternen vorherbestimmt ist. Schon seit Jahren habe ich mir in den düsteren Augenblicken des Katzenjammers vorgestellt, meine einzige irdische Braut sei der Galgen, der meinen armen Leib mit offenen Armen an sich drückt. Aber damit ihr mir auch sicher glaubt, was ich euch jetzt in allem Vertrauen berichten will, sollt ihr wissen, meine gelehrten Herren, dass ich Julien d'Avril heiße, denn im April bin ich geboren, und mein Leben verlief bisher genauso launisch, unruhig und ungleichmäßig, wie es für den Monat April typisch ist. In Straßburg stieß ich ohne mein Zutun auf eine gedruckte Prophezeiung, welche die Konjunktion der Planeten im Februar des Jahres 1524 betrifft, und nach der unserer Welt dann eine neue, allumfassende Sintflut droht. Prophezeiung hin oder her, jedenfalls begann ich diese Planetenkonjunktion ernsthaft zu erforschen und fand heraus, dass zahlreiche Gelehrte – ich nenne hier nur den Hofastrologen in Wien und einen Astronomen aus Heidelberg, deren heidnische deutsche Namen ich mir nicht merken konnte, ja, und dann auch noch Thriremus selbst – in ihren Schriften diese Konjunktion erwähnt und ihre Bedeutung entschlüsselt haben. Um die Sache kurz zu machen: Ich konnte mich selbst davon überzeugen, dass zu diesem Zeitpunkt alle Planeten im Sternbild der Fische aufeinandertreffen werden. Zurzeit bemühe ich mich angestrengt darum, meine Deutung dieses merkwürdigen Ereignisses der Öffentlichkeit zugänglich zu machen. Deshalb werdet ihr mir wohl verzeihen, dass meine Hände ungewaschen und meine Finger tintenbekleckst sind, denn das ist durchaus nicht meiner Unachtsamkeit zuzuschreiben, sondern die unausweichliche Folge meiner gelehrten Beschäftigung. Ich hoffe, mir durch den Verkauf dieses Werkes an einen Buchdrucker ein paar Goldmünzen zu verdienen.«

Magister Monk nickte und sagte: »Ich habe von dieser außergewöhnlichen Konjunktion gehört. Zweifellos kündigt sie der Welt umstürzende Ereignisse an, jedoch kann ich Euch nicht zustimmen, dass sie eine neue Sintflut ankündigt, auch wenn das Sternbild der Fische Hochwasser verheißen mag, denn das verstieße gegen die ausdrückliche Verheißung der Bibel, laut welcher der Regenbogen uns ein dauerhaftes Zeugnis sein soll.«

Julien d'Avril nickte zustimmend und erklärte: »Es gibt Forscher, die das Zusammentreffen der Planeten in den Fischen nach ihrem Verständnis allegorisch deuten, und zwar so, dass die Welt in einen Zustand wie in hochaufwallendes Wasser gerät und dass Kaiser und Fürsten gestürzt werden, die Ohnmächtigen gegen die Mächtigen aufbegehren und die Fischteiche der Klöster und Grafen leeren. Doch wenn wir die Zeichen der Zeit untersuchen, lässt sich eine viel einfachere und natürlichere Deutung finden, und ich wundere mich, dass diese Erklärung, die vernünftigste von allen, noch keinem anderen eingefallen ist. Vielleicht habe ich sie dem stetigen Durst zu verdanken, den mein anstrengendes Leben hervorruft, wenn mein lebhafter Verstand über verzwickten Problemen brütet.«

Unaufgefordert streckte er die Hand nach dem Weinkrug aus und füllte sich sein Glas. Dann fuhr er fort: »Der furchtbare und grausame Großtürke Selim hat Persien, Syrien und Ägypten mit Krieg überzogen und alle Völker des Ostens unter seinem Turban vereint. Dem Befehl seines Propheten Mohammed folgend, will er nun seinen größten Wunsch verwirklichen, die christlichen Völker zu unterwerfen, die von den Türken als ›Ungläubige‹ bezeichnet werden, obwohl sie selbst dem falschen Propheten anhängen. Aber die Grausamkeit und der Blutgier der Türken, die grenzenlos ist, wie die Venezianer gut zu bezeugen wissen, rührt zumindest teilweise daher, dass ihr Prophet ihnen den Genuss milden und beruhigenden Weines verboten hat. Diese blutrünstigen islamischen Völker sind also gezwungen, sich allein mit Wasser zu begnügen, und deshalb ist es nur natürlich und einsichtig, wenn ich es so deute, dass die Mohammedaner sich im Zeichen der Fische bewegen.«

»Das ist wirklich *sat sapienti*«, sagte Magister Monk aufgewühlt, denn er hatte sich mit diesen Dingen durch die Flugschrift vertraut gemacht, die sein ungarischer Schüler veröffentlicht hatte.

»Nicht wahr?« meinte Julien d'Avril, vom Wein und seiner eigenen Klugheit beseelt. »Im Februar 1524 geben alle Planeten ihre Kraft den Fischen, was bedeutet, dass unsere Welt unter die Herrschaft der irrgläubigen Türken geraten wird. Das ist ein bitterer und erschreckender Gedanke. Aber können wir die klare Schrift der Sterne anzweifeln? Jeder vernünftige Mensch sollte sich deshalb beizeiten auf das Kommende vorbereiten. So werde ich in meiner Schrift alle Winzer in Frankreich dazu auffordern, rechtzeitig in vermauerten Kellern so viele Fässer Wein einzulagern und zu verstecken, wie es nur geht, damit in den ersten Jahren der Türkenherrschaft die braven Christen nicht verdursten. Man könnte auch daran denken, die Türken ganz allmählich an mäßigen Weingenuss zu gewöhnen, was ihre Macht im Laufe der Zeit zweifellos schwächen würde, weil sie gerade im Zeichen der Fische die Christenheit besiegen und sie in bitterste Sklaverei führen werden. Doch diese wie auch noch weitere praktische Maßnahmen werde ich in meiner Schrift demutsvoll dem Gutdünken der christlichen Fürsten anheimstellen und nur auf solche Dinge hinweisen, die mir beim Nachdenken über diese Fragen ganz von alleine eingefallen sind.«

Der Engländer nahm ihm den Weinkrug aus der Hand und schüttete die letzten Tropfen verbissen in sein eigenes Glas. Mit bebender Stimme sagte er: »England ist eine Insel, und deshalb braucht England nichts zu fürchten, was im Zeichen der Fische passiert. Meine Herren, seid euch gewiss: England wird alle Angriffe der Türken von seinen Küsten abwehren, selbst wenn der Kaiser und alle Könige Europas vorher gefallen sein sollten.«

Julien d'Avril entgegnete höflich: »Der Himmel behüte mich davor, auch nur ein Wort gegen den verehrten Gastgeber zu sagen, der uns diesen erquickenden Wein spendet. Deshalb will ich bereitwillig zugeben, dass sich selbst die Türken auf Eurer nebligen Insel verirren dürften, wenn sie nach ihrer Hauptstadt suchen, um sie zu erobern. Ich selbst bin einmal vor Eurer Küste in Seenot geraten, und ich denke nicht gerne an diese schreckensreiche Erfahrung zurück. Ich entging dem Tode damals nur deshalb, weil ich dem heiligen Christophorus von Notre Dame eine Wachskerze von der Größe seines Armes zu stiften gelobte. In der Lebensgefahr, in der ich schwebte, dachte ich allerdings nicht daran, wie erschreckend groß dieser Holzkoloss in unserer Kathedrale ist. Deshalb muss der heilige Christophorus immer noch auf die Einlösung meines Gelöbnisses warten. Aber ich behalte es stets im Gedächtnis und hoffe auf seine Geduld, denn dieser Heilige war von sanfter Natur und langsamem Verstand, so wie es Riesen meistens sind. Falls ich, wenn es soweit ist, Gelegenheit dazu bekommen werde, will ich den Großtürken gern vor einem so unvernünftigen Ansinnen warnen, denn die Eroberung Englands brächte ihm wohl kaum mehr ein als etwas Talg und Schafswolle.«

Der Wein, den uns unser großzügiger englischer Kommilitone gestiftet hatte, war auch mir zu Kopf gestiegen, so dass mir das Studium wie auch jegliche sonstige Bestrebungen des Menschen plötzlich sinnlos erschienen, wenn denn die Stellungen der Planeten eine große Umkrempelung der Welt verhießen. Der junge Baske sagte:

»Ich bin Euch, Herr d'Avril, sehr dankbar für Eure Worte und Prophezeiungen, weil sie mich in meinem Entschluss bestärken, eiligst in mein Heimatland zurückzukehren, um mich dort für den Dienst in der Neuen Welt anwerben zu lassen. Denn ehrlich gesagt habe ich das Gefühl, dass wir hier in der Alten Welt in einer morschen und wurmzerfressenen Arche gefangen sind, die jeden Augenblick unter uns zusammenbrechen kann. Es ermutigt mich dazu, mich einzuschiffen und mich den Gefahren des Ozeans auszusetzen. Denn was kann man noch von einer Welt erwarten, dessen Fürsten ehrlos und die Weiber ohne Anstand sind und die Kirche ihre Verweltlichung bis zur Anbetung von Bildern und äußerlichen Zauberkunststücken getrieben hat.«

Magister Monk presste ihm die Hand auf den Mund und gebot ihm zu schweigen, drohte ihm mit seinem Zorn und erklärte ihn für betrunken. Nachdem er ihn so zum Schweigen gebracht hatte, sah er uns mit ernster Miene an und sagte: »Wenn es auch so sein mag, dass jeder wahre Christ über den jämmerlichen Zustand der Kirche Herzeleid empfindet, so ist es doch nicht unsere Sache, ihn noch mehr zu verschlimmern, indem wir in aller Öffentlichkeit darüber reden, sondern wir sollen demütig darauf vertrauen, dass die Reinigung, die kommen muss, von oben kommt, wenn die Zeit dazu reif ist. Kehre ein jeder von uns um in seinem Innern, denn auch jeder von uns bedarf der Umkehr. So wollen wir uns selbst durch unseren eigenen Lebenswandel und unsere guten Taten Frieden für unsere Seele und die ewige Seligkeit verschaffen.«

»Amen. So sei es!« sprach Julien d'Avril frömmelnd. »Aber ich möchte doch bemerken, dass auch oft eine lange Pilgerfahrt angebracht ist, wenn uns unsere bösen Taten allzu sehr zu quälen beginnen und wir in unserer engeren Umgebung nur Verfolgungen ausgesetzt sind. Ich habe mich dieses erprobten Mittels oft bedienen müssen und gebe auch Euch, meine Freunde, unentgeltlich diesen guten Rat.«

Auf diese Weise schloss ich Bekanntschaft mit Julien d'Avril. Mir bescherte diese Bekanntschaft durchaus nicht nur Segen, auch wenn ich viel aus seinen endlosen Geschichten lernte. Zwar tischte er uns, wie mir schien, sehr oft Lügengeschichten auf, aber er kannte die Menschen und vertraute ihnen nicht, weshalb er einen gesunden und vielleicht auch verderblichen Samen des Misstrauens in mein Gemüt säte. Ich vermute auch, dass er in seinem Innersten nicht an Gott glaubte, obwohl er sich äußerlich fromm gab und trotz seines sündigen Lebenswandels als treuer Sohn der Kirche auftrat. Der größte Nutzen, den ich von der Bekanntschaft mit ihm hatte, war, dass ich bei ihm lernte, mich fließend in gepflegtem Französisch auszudrücken. Auf seine Anregung hin und vielleicht auch aus Verehrung für die Lehren des Erasmus von Rotterdam, die ich bewunderte, begann ich auch Griechisch zu lernen, obwohl Magister Monk dies für überflüssig hielt, ja sogar für verderblich für einen künftigen Kleriker.

Ich sah den Frühling in Paris einziehen, sah, wie die Blütenkerzen an den Kastanienbäumen entlang dem Flussufer in blendendem Weiß erstrahlten. Aber die Universität und das Lernen waren für mich ein größeres Wunder als der Frühling, und ich kannte keine andere Sorge, als dass mir das Geld zur Neige gehen könnte. Ende Juni, am Tag des Martyriums der beiden Heiligen Petrus und Paulus, endete das akademische Jahr der Universität. Der gute Magister Monk reiste nach Hause nach Holland, und meine Kameraden verschwanden jeder in eine andere Richtung. Der Magister hatte mir aber gestattet, auch während der Ferien in seinen Büchern zu lesen, da ich wegen der Länge und Widrigkeiten der Heimreise nicht an eine vorübergehende Rückkehr nach Finnland denken konnte. Auch quälte mich die gesunde Furcht, man könnte mich in meiner Heimatstadt als Freund König Christians und der Union vor Gericht stellen.

Doch im Sommer hatte ich schließlich die allerletzten Münzen ausgegeben, und ich konnte zu nichts anderem mehr Zuflucht nehmen als zu Julien d'Avrils guten und weniger guten Ratschlägen. Ich konnte mich nicht einmal der Prasserei und Verschwendungssucht bezichtigen, denn in den letzten Wochen hatte ich von einigen wenigen Solidi gelebt. Wenn ich etwas verschwendet hatte, dann äußerte sich das darin, dass ich einige für mein Studium unabdingliche gebrauchte Bücher sowie Papier und Tinte gekauft hatte. Zum Glück ließ mich der gute Siegelgraveur weiterhin in dem Zimmer wohnen, das ich während des Winters mit fünf Kommilitonen geteilt hatte, weil er im Sommer keine Mieter dafür fand und glaubte, ich würde schon bald Geld aus meiner Heimat bekommen. Auch meine Strohmatratze durfte ich behalten, denn er konnte sich nicht vorstellen, wie allein und hilflos ich auf der Welt war. Furchtsam, wie ich war, wollte ich seine falschen Vorstellungen auch nicht enttäuschen, sondern machte ihm im Gegenteil jedes Mal noch neue Hoffnung, wenn er durch meinen Geldmangel misstrauisch wurde.

Jetzt muss ich auch von Antti berichten, der mir in meiner schwierigen Lage eine große Hilfe war. Im Winter hatte ich ihn nicht oft gesehen, weil er auf der Suche nach einer Lehrstelle nach außerhalb der Stadt gezogen war. Er arbeitete nun in einer Glocken- und Geschützgießerei am Unterlauf des Flusses, einen langen Fußmarsch von der Stadt entfernt. An einigen wenigen kirchlichen Feiertagen war er mich besuchen gekommen, aber da ich ganz für meine Studien lebte, hatte ich mich nicht viel um ihn gekümmert, sondern begnügte mich mit der Gewissheit, dass er genug zu essen bekam. Aber dann, eines Sonntagmorgens, blieb ich auf meiner Strohmatte liegen und konnte mich nicht zum Besuch der Messe aufraffen. Ich spürte den von der Straße zum Fenster hereindringen süßlich-fauligen Sommerdunst und dachte, mein Leben sei nun nicht mehr viel wert. Mehrere Tage lang waren nur etwas Brot und Wasser meine tägliche Speise gewesen, und um überhaupt an Brot zu kommen, hatte ich meine beste Jacke verkaufen müssen, denn von der trennte ich mich lieber, als dass ich meine Bücher zurück zum Buchhändler gebracht hätte. Antti kam herein, schnupperte die Luft in meinem Zimmer und fragte auf seine unverblümte Art:

»Lieber Michael, hast du gestern Abend zu viel Wein getrunken, dass du nicht auf die Beine kommst, oder was liegst du hier mit grün-bleichem Gesicht in deiner Ecke herum? Außerdem stinkt's hier nach Kot und verfaulten Essensresten. Sieh mich an, einen wackeren Geschützgesellen! Sehe ich nicht blendend aus, wie ein bunter Hahn auf weiter Flur? Schon beim ersten Hahnenschrei bin ich losmarschiert, um dich zu besuchen. Das geht nur deshalb, weil ich mich aller starken Getränke enthalte. Auch den leichten Tischwein lasse ich lieber meine Kameraden trinken, denn er macht mich nur müde. Dafür kriege ich dann mehr Brot zu essen.«

»Antti, Bruderherz«, sagte ich und brach ob meiner verzweifelten Lage in Tränen aus. »Du kommst im letzten Augenblick, da ich noch meinen letzten Willen und mein Testament aufschreiben und es dir übergeben kann. Ich habe durchaus nichts getrunken, sondern ich bin schwach vor Hunger und übermäßigem Lesen. Mir ist klargeworden, dass ich hier in dieser fremden Stadt inmitten all der fremden Menschen sterben muss ob meiner Sünden. Bitte begrabe mich nach Christenart; Gott und alle Heiligen werden es dir gewiss vergelten. Zum Lohn dafür vermache ich dir meine zerschlissene Kleidung, aber du wirst wohl nicht hineinpassen, denn deine Schultern sind ja viel breiter als meine.«

Da wurde Antti ernsthaft besorgt; er betastete meine Handgelenke und meinen Hals mit seinen Riesenpranken. »Du siehst wirklich aus wie ein gerupfter Vogel«, sagte er. »Sieh nur, deine Ellbogen gucken schon längst aus der Haut hervor, du hast sie wohl allzu sehr am Schreibpult abgewetzt. Aber leben wir denn in einem heidnischen Land, oder gibt es in dieser großartigen Stadt keinen Christenmenschen, der sich deiner erbarmt und dir zu essen gibt?«

»Was würde das nützen?« versetzte ich schwach. »Im Kloster der Predigerbrüder war ich, versehen mit dem Empfehlungsbrief von Pater Petrus, so oft essen, wie ich es nur wagen konnte, und der Wirt im ›Engelshaupt‹ hat mir so viele Mahlzeiten anschreiben lassen, dass ich es nicht mehr über mich bringe, ihm wieder unter die Augen zu treten. Als Bettler um Almosen zu bitten, dazu bin ich noch zu gut angezogen, aber andererseits verstehe ich nicht, warum ich meine traurige Lage noch nutzlos verlängern sollte. Weiter den Weg des Studiums zu gehen, bleibt mir nun ein für alle Mal verwehrt, obwohl ich bald in der Lage gewesen wäre, in die *determinatio* und *disputatio* einzutreten, um den akademischen Grad des *baccalaureus* zu erlangen. Somit gibt es keinen Platz mehr für mich auf dieser Welt, und es wäre besser für mich zu sterben. Mit welcher Wehmut habe ich den ganzen Morgen lang Meister Laurentius' gute Ratschläge über einen schmerzlosen Tod in meinem Kopf herumgewälzt! Am liebsten würde ich mich selbst am Galgen aufknüpfen, sofern es keine Todsünde wäre, sich selbst umzubringen. Deshalb habe ich beschlossen, hier auf meiner Matratze liegenzubleiben und demütig den Tod abzuwarten.«

Antti sagte: »Ich halte es für falsch, die Axt in den Brunnen zu werfen, solange sie noch scharf genug ist. Aber du bist viel klüger als ich und gelehrter, Michael, und deshalb kann ich mit meinem schwachen Verstand nichts gegen deinen einmal getroffenen Entschluss einwenden. Bleib also liegen, wo du liegst! Am nächsten Sonntag komme ich gern wieder und sehe nach, ob du schon deinen letzten Atemzug getan hast. Aber ich würde dir jetzt gerne eine einfache Mahlzeit im ›Engelshaupt‹ ausgeben, weil ich mit dir plaudern und in gemeinsamen Erinnerungen an unsere Heimat schwelgen möchte. Zwar bin ich arm und mittellos, denn meine Französischkenntnisse reichen nur für die Arbeit und das, was den Gießereibetrieb betrifft. Sobald ich aber auf meinen Lohn zu sprechen komme, sagt mein Meister, er verstehe mich nicht. Trotzdem glaube ich, ich kann ein paar Solidi aus meiner Börse für einen guten Zweck ausgeben.«

Ich erhob mich eilends und zog mich an. »Antti, mein lieber Bruder«, sagte ich, »falls du tatsächlich meines Rates und meiner Hilfe bedarfst, wer bin ich, dass ich dir Hilfe abschlüge, denn ich bin ja dein einziger Freund in dieser fremden Stadt. Lass uns also sofort zum ›Engelshaupt‹ aufbrechen, denn ich habe eine warme Suppe wirklich nötig.«

Wir traten auf die Straße hinaus und lenkten unsere Schritte gemeinsam zum »Engelshaupt«, dessen Wirt mich trotz meiner Schulden freundlich begrüßte, ja vielleicht gerade wegen meiner Schulden, weil er fürchtete, sonst endgültig um sein Geld zu kommen, falls er mich unfreundlich behandelte. Es war auch kein Wunder, dass wir Julien d'Avril im »Engelshaupt« antrafen, denn ihm begegnete man dort immer, sofern er nicht gerade in Haft einsaß, um wegen ungebührlichen Benehmens oder einer Straßenschlägerei vernommen zu werden.

Er begrüßte Antti und mich sehr freundlich und meinte schmeichelnd: »Dein Kamerad hier ist augenscheinlich ein kräftiger und wohlwollender Mann. Ich zweifle nicht daran, dass er mir gerne ein Glas Wein spendiert, wenn er hört, dass ich ein gelehrter Astronom bin und ein gedrucktes Buch veröffentlicht habe. Sag ihm, dass ich nicht wählerisch bin, sondern mich gerne mit dem billigsten Wein hier begnüge, den der Wirt vom Grund der Fässer aufschöpft und für einen Kreuzer die Maß verkauft.«

Der Wirt trug uns beiden eine Schüssel starker Erbsensuppe auf und legte für jeden von uns noch ein Brot dazu. Antti versprach, auch den Wein zu bestreiten, weil heute Sonntag war, meinte aber: »Ich verstehe nicht, warum man dieses bittere Gesöff trinken soll, das einem nicht einmal zu Kopfe steigt, sondern einen nur müde macht. Ich habe auch die süßen Getränke probiert, die von den Mönchen hergestellt werden, aber die steigen zu schnell zu Kopfe und verschaffen einem so einen Katzenjammer, dass man am nächsten Tag seinen Kopf in Eisenreifen spannen muss, damit er nicht zerbirst.«

Schwach, wie ich war, verschaffte mir schon die heiße Erbsensuppe einen Rausch, und ich sagte zu Julien d'Avril: »Lieber gelehrter Bruder, bitte gib mir einen Rat, was ich tun soll, denn mir steht das Wasser wahrlich bis zum Halse. Nur meine natürliche Scham hat mich daran gehindert, dir schon früher meine elende Lage und meine Armut zu offenbaren. Deshalb ließ ich auch dich glauben, ich bekäme bald Geld aus meinem fernen Vaterland. Aber in Wahrheit bin ich genauso einsam und verlassen wie ein Pferdeapfel auf einem matschigen Weg. Die Kleider, die ich anhabe, kann ich nicht verkaufen, und auch meine Bücher mag ich nicht verkaufen, um dadurch mein armes Leben um ein paar Tage zu verlängern, denn ohne Kleidung und Bücher wäre ich nur noch elender als zuvor.«

Julien d'Avril verdrossen meine Worte sehr. Er sagte: »Michael, du Grünschnabel und dummer Esel, warum hast du mir nicht eher von deiner Notlage erzählt? Dann wären wir zusammen nach der Reichsstadt Frankfurt gezogen um dort bei der großen Kaiserwahl unsere Schäfchen ins Trockene zu bringen. Meine Erfahrungen und deine Unschuldsmiene hätten zusammen Wunderwerke vollbracht. Aber Karl V. ist nun schon ohne unsere Hilfe zum Kaiser gewählt worden, und wir sind leider leer ausgegangen. Aber vielleicht haben wir doch nicht so viel dabei verloren, denn es haben sich dort so viele Schwindler und Gauner aus allen Ländern des Kaisers versammelt, dass die Konkurrenz doch übermächtig gewesen wäre. Doch wenn wir uns jetzt zusammentun, Michael, solltest du dir als erstes hinter die Ohren schreiben, dass so jemand wie wir keineswegs reich werden kann, wenn wir nur den schmalen Pfad der Tugend beschreiten, sondern wir müssen den breiteren Weg wählen, falls du in der kurzen Ferienzeit so viel einstreichen willst, dass du im nächsten Winter in dieser gierigen Stadt über die Runden kommen kannst.«

Antti meinte, er habe auch schon gemerkt, dass durch ehrsame und ehrliche Arbeit noch niemand reich geworden sei, auch wenn man eine gründliche Lehre erhalten habe. »So zum Beispiel bringe ich schon ganz ordentliche Legierungen für Geschütze zustande«, erklärte er. »Ich weiß, dass zwanzig von hundert oder mehr Teile Zinn mit Kupfer gemischt werden müssen. Auch weiß ich, dass Seitenbolzen die wichtigste Erfindung unserer Zeit sind, wenn man die Geschütze auf Räder montieren und auf ein Ziel ausrichten will. Diese Erfindung verdanken wir wohl einem großen Kriegsherrn aus Burgund. Dann weiß ich noch, dass die Pulverkammer im Geschütz fünfmal breiter als hoch sein muss, aber was bringen mir schon alle diese guten Kenntnisse an Dank ein? Ich schaffe es ja kaum, die Erbsensuppe und eine Maß Wein für meinen notleidenden Freund hier zu bezahlen.«

Ich gebot ihm zu schweigen und bat Julien d'Avril fortzufahren. Er sagte: »Wenn es nur darum ginge, Leib und Seele zusammenzuhalten, so könnte ich zweifellos irgendeinen wohlhabenden Bürger dazu überreden, dich mit Speis und Trank zu versorgen als Lohn dafür, dass du seinen Kindern das Lesen beibringst. Auch könnte eine einsame Witwe Gefallen an dir finden und dich eine Zeitlang bei sich einquartieren, so wie eine solche Witwe auch meine Kleider geflickt und mir zwei neue Hemden genäht hat. Aber was würde dir eine solche Hilfe längerfristig nützen? Du hast auch einen Bischofszahn, der gut bei Zahnschmerzen hilft, wie ich selbst gemerkt habe, sowie andere heidnische Arzneimittel aus deiner Heimat. Aber wenn du dich als Heilkünstler betätigen würdest, bekämest du es bald mit der Fakultät der Ärzte zu tun, die eifersüchtig über ihre Privilegien wacht. Du könntest auch die Bücher und Kleider deines Magisters, die er in deiner Obhut zurückgelassen hat, verpfänden und in guter Hoffnung auf die Zukunft vertrauen, auf dass du sie vor seiner Rückkehr wieder einlösen kannst. Doch bringt so ein hoffnungsvoller Glaube oft Schande, wie ich selbst auf bittere Weise habe erfahren müssen. Dein starker Kamerad hier wäre gut geeignet, Schlösser aufzubrechen, und du, mager, wie du bist, kämest selbst durch schmale Fenster hindurch, wenn ich vorher die Häuser ausspioniere, in denen sich Silbergeschirr befindet. Jedoch fürchte ich, dein frommes Gemüt hindert dich daran, dich an fremdem Eigentum zu vergreifen. Allerdings hat im Laufe des Sommers ein frommer Plan in meinem Kopfe Gestalt angenommen, bei dessen Durchführung du mir helfen kannst. Ich werde allmählich wieder zu bekannt in dieser Stadt, so dass es für mich an der Zeit ist, den Ort zu wechseln. Da nun die Weinlese bevorsteht, hat mich der Wunsch gepackt, mich in Frankreichs lächelnden Weinbergen umzusehen. Außerdem sind Bauern und Winzer während der Erntezeit guter Laune, und wenn dein starker Kamerad mitmacht, sind wir vor jeglicher Gewalt sicher.«

Ich fragte, wie denn sein frommer Plan aussehe. Er sagte: »Nachdem ich mein Buch geschrieben und gesehen habe, mit welcher Inbrunst die einfachen Menschen das gedruckte Wort lesen und daran glauben, begann ich selber an die drohende Türkengefahr zu glauben. Deshalb habe ich beschlossen, mein Leben der Bekehrung der Türken zu widmen, sie zu lehren, guten Wein zu trinken und somit ihre rauen Sitten zu lindern, bevor die Schicksalsstunde schlägt. Zu diesem Zweck will ich in den Orient aufbrechen, aber um diesen meinen Plan durchzuführen, brauche ich Unterstützung von allen braven Christen.«

Antti sagte, das sei ein guter und frommer Gedanke, obwohl er gehört habe, die Türken ließen sich nicht auf andere Weise bekehren, als dass man ihnen den Kopf abschlage. Ich aber sagte: »Julien d'Avril, mein gelehrter Bruder, so einen dicken Bären kannst du nicht einmal dem dümmsten Bauern aufbinden, geschweige denn, dass du ihn dazu bringst, für diesen Zweck seine Geldbörse zu öffnen.«

Julien d'Avril schüttelte den Kopf und versetzte: »Du bist noch jung, Michael, und dir ist nicht klar, wie leicht die Leute selbst die dickste Lüge glauben, denn gerade dass es eine so unverschämte Lüge ist, führt sie am ehesten in die Irre. Ist nicht unsere heilige Kirche mit ihren vielen Heiligengeschichten das beste Beispiel dafür? Glaub mir, solange wir uns mit den Priestern und Mönchen gut stellen und die Gaben, die wir einnehmen, mit ihnen teilen, werden wir keine Not leiden, sondern reich und wohlgenährt von unserem Ausflug zurückkehren.«

Je mehr er sprach und seinen Plan ausmalte, desto mehr verwirrte er mir den Verstand. Auch den dummen Antti verlockte er zum Mittun, indem er ihm schilderte, was für gutes Essen es auf dem Lande bei den Herbstschlachtungen gebe. Ich wollte auch gar nicht wissen, wie er alles deichselte, jedenfalls zeigte er mir schon am nächsten Tag ein mit kirchlichem Siegel versehenes Schriftstück, in dem alle wahren Christen dazu aufgefordert wurden, ihm für seine segensvolle und fromme Reise zur Bekehrung der Türken jegliche Hilfe und Unterstützung zukommen zu lassen, da der gesamten Christenheit daraus der größte Nutzen erwachsen werde. Er legte sich das Gewand eines Pilgers an und gürtete sich mit einem Seil. Von seinem Buchdrucker erhielt er auf Schuldschein eine ganze Tonne voll mit Exemplaren des von ihm verfassten Buches, dessen Verkauf meine Aufgabe sein sollte. Antti steckte er in eine merkwürdige Kleidung, die er als türkische Kriegeruniform bezeichnete. Zwei Tagereisen von Paris entfernt machten wir erstmals in einem unscheinbaren Kirchdorf halt, und er rief mit lauter Stimme das Volk zusammen. Der einfältige Dorfpfarrer erschien ebenfalls und gab unserem guten Werk seinen Segen. Er kaufte sich selbst ein Exemplar der Prophezeiung, und ein zweites erstand unser Herbergswirt, der seine lesekundigen Gäste daraus vorlesen ließ. Julien d'Avril hielt eine Rede an das Volk und stellte Antti als bekehrten türkischen Janitscharen vor. Dann ließ er ihn einige Worte in seiner Muttersprache sagen, die er für türkisch ausgab, und Antti zeigte einige Proben seiner Kraft, welche die Leute entsetzten und sie dazu brachten, sich eifrig zu bekreuzigen. Julien d'Avril rief mit lauter Stimme und fragte die Leute, was sie zu tun gedächten, wenn diese furchtbaren Türken wie ein Heuschreckenschwarm über Europa herfielen. Indem sie ein paar Kupfermünzen für einen guten Zweck opferten, könnten sie sich vor dieser schrecklichen Gefahr schützen. Aber die Dörfler waren arm, und es fielen kaum Münzen für uns ab. Stattdessen bewirteten sie uns reichlich mit Speis und Trank. Am Abend führte der Pfarrer uns in ein Schloss und stellte uns dem Schlossherrn sowie dessen Mitbewohnerinnen vor. Das brachte uns ein ganzes Goldstück ein. Der Schlossherr erzählte, er sei schon einmal in Venedig gewesen und habe dort in der türkischen Herberge Türken gesehen, die, wie er versichern könne, genauso gekleidet gewesen seien wie Antti, und sie hätten auch die gleiche unverständliche Sprache gesprochen. Das verblüffte Julien d'Avril sehr.

Gerne denke ich an diesen zwei Monate währenden Ausflug ins südliche Frankreich und wieder hinauf nach Paris nicht zurück, obwohl die Wanderung unter freiem Himmel und die reichliche Nahrung meinem Körper guttaten. Die ganze Zeit lebte ich nämlich in ständiger Angst, dass unser Betrug auffliegen würde. Julien d'Avril hingegen riss unser

Erfolg zu immer frecheren Lügen hin, so dass er selbst an seine Reise in den Orient zu glauben begann, in seinen Reden Tränen vergoss und auf herzzerreißende Weise die künftigen Leiden unter der grausamen Türkenherrschaft schilderte. Er wurde so unverschämt, dass er sich in den größeren Städten als erstes an die Vertreter des höheren Klerus wandte, um sich deren Wohlwollens zu versichern; ja, er schenkte sogar einem alten Bischof einen Beutel mit Erde aus dem Heiligen Land, die er angeblich aus Jerusalem mitgebracht hatte. Wenn es kein Geld gab, dann begnügte er sich auch mit geringeren Gaben, so dass wir uns zum Schluss zwei Pferde zulegen mussten, die wir mit mancherlei Esswaren und verschiedener Kleidung beluden. Er selbst ritt auf einem Esel, weil er sich jeden Abend so schwer betrank, dass er am folgenden Tage nicht laufen konnte. Doch länger als einen Tag blieb er nirgends, sondern befahl uns, ihn des Morgens auf dem Esel festzubinden, wenn er so verkatert war, dass er nicht von allein auf dem Eselsrücken sitzen blieb.

Der St.-Denis-Tag näherte sich, und wir eilten Paris entgegen. Zu meiner Erleichterung hatten wir in den letzten Tagen nicht mehr viel eingesammelt, sondern beschleunigten unsere Reise, da Julien d'Avril, einen, wie er sagte, unangenehmen Traum gehabt habe und dies für ein schlechtes Omen hielt. In der letzten Nacht vor Paris quartierten wir uns wie gewöhnliche Reisende in einer Herberge ein, und Julien d'Avril betrank sich auch nicht nach gewohnter Art, sondern er war ernst und besorgt und sagte: »Michael, mein Bruder, und Antti, du mein Sohn, morgen müssen wir unsere Beute aufteilen und voneinander scheiden; aber schon heute Abend danke ich euch für eure Freundschaft und für all eure Fürsorge auf unserer frommen Reise. Mein Gewissen beginnt mich zu quälen, und deshalb glaube ich nicht, dass ich lange in Paris bleiben werde, sondern ich will zu einer wirklich langen Reise ins Ausland aufbrechen. Vielleicht mache ich mich nach Venedig auf, um mir zusätzliche Kenntnisse über die Türken zu verschaffen, damit ich möglichst bald mit meiner Bekehrungsarbeit beginnen kann. Lasst uns also mit gutem Gewissen zu Bett gehen und uns von den Anstrengungen unserer Reise erholen, denn schon morgen werden wir die bekannten Türme von Notre Dame vor uns erblicken.«

Und so schliefen wir tief und gut, Antti und ich, weil wir den ganzen Tag zu Fuß unterwegs gewesen waren, unsere Lastpferde an den Zügeln führend. Als wir am nächsten Morgen aufwachten, war Julien d'Avril aus der Herberge verschwunden. Er hatte unsere gemeinsame Rechnung bis auf den letzten Heller bezahlt, und der Herbergswirt gab uns einen Brief von ihm an mich. So schrieb er:

»Lieber Michael, mein Sohn, während der Nacht sind meine Gewissensbisse immer stärker geworden, so dass ich meine Reise unverzüglich fortsetzen muss. Ich will dich und deinen Freund nicht aufwecken, weil ihr unter dem Schutz aller Heiligen noch im tiefen Schlaf der Jugend schlummert. Ich überlasse euch das eine Pferd samt seiner Last, denn da ich auf dem Esel reite, wäre es zu schwierig für mich, gleich zwei Pferde hinter mir herzuführen. Ich hoffe aufrichtig, dass du keinen Groll gegen mich hegst, obwohl ich das ganze Geld, das wir gesammelt haben, mitnehme, damit es nicht unnütz vergeudet wird. Wenn ich dich jetzt in der Patsche sitzen lasse, dann tröstet mich der Gedanke, dass du dank mir eine Lehre bekommen hast, die wertvoller ist als Gold, nämlich wie man auf dem breiten Weg reichlich Geld einstreichen und wie schnell man es wieder verlieren kann. Wenn mein Buchdrucker dich bedrängt und eine Abrechnung über die verkauften Bücher verlangt, dann tröste ihn mit der Auskunft, dass ich so bald wie möglich zurückkommen und meine Schulden mit ihm abrechnen werde, und wenn er's dir glaubt, um so besser für dich. Ich schließe dich stets in meine Fürbitten ein und hoffe, du mögest immer derselbe unschuldige Jüngling bleiben, der du auch jetzt bist. Ich unterzeichne den Brief mit meinem Namen Julien d'Avril.«

Zutiefst bestürzt las ich den Brief Antti vor, und nachdem ich bis zum Ende gekommen war, starrten wir beide einander an. Schließlich meinte Antti auf seine direkte Art: »Dieser Schuft und Trunkenbold hat uns betrogen! Sollten wir nicht unseren Anteil an dem Geld bekommen?«

»Davon war die Rede«, sagte ich. »Aber in Wirklichkeit haben wir die ganze Zeit Geld nur für seine Reise gesammelt. Jetzt können wir nur hoffen, dass er wirklich zu den Türken geht, um sie zu bekehren. Dieser Gedanke nimmt mir eine schwere Last von meinem Gewissen, denn ehrlich gesagt habe ich ein paar Silbermünzen beiseitegelegt, wenn er mal nicht hinschaute, und wegen dieses unbedeutenden Betrugs Gewissensqualen ausgestanden.«

Antti sagte: »Zweifellos hat mein Schutzpatron, der heilige Andreas, mir eingegeben, auch manchmal meine Hand in seine am Gürtel baumelnde Geldbörse zu stecken, wenn ich ihn ins Bett trug, denn er war oft so völlig betrunken, dass er selbst nicht wusste, wie viel Geld er eingenommen hatte.«

Dann zählten wir unsere Ersparnisse und stellten fest, dass wir zusammen zehn Goldmünzen besaßen sowie eine Menge Silber. Auch für das Pferd bekamen wir einen angemessenen Preis, und die Last, die es getragen hatte, enthielt so viel Essbares, dass ich einen ganzen Monat vom Beginn des Semesters an davon leben konnte. Das Geld teilten wir christlich in zwei gleiche Teile, und als meins zur Neige ging, lieh mir Antti Woche für Woche von seinem eigenen. So führte ich ein sparsames und arbeitsreiches Leben und erwarb mir dadurch das volle Vertrauen von Magister Monk. Nach Weihnachten gestattete er mir, vor einen von der Fakultät der sechs freien Künste bestimmten Lehrer zu treten und dessen Prüfungsfragen zu beantworten. Auf alle vier Fragen antwortete ich richtig und zur vollen Zufriedenheit und erhielt das Zeugnis über den Grad eines *baccalaureus*, ausgestellt und mit Siegel versehen von der Fakultät der freien Künste. Damit hatte ich die erste Hürde auf dem Weg zu höherem Wissen genommen. Aber das bedeutete nicht viel, weil deshalb noch nicht einmal mein Name in den Büchern der Universität vermerkt wurde. Vier oder fünf Jahre waren noch vonnöten, bis ich selbst zum Lehrer taugte und mir die *licentia docendi* sowie der Grad des *magister artium* verliehen werden konnten. Erst danach konnte ich das Studium an einer der drei höheren Fakultäten aufnehmen, und bis zur Erlangung des Doktorgrades in der Theologie musste ich mit mindestens fünfzehn Jahren rechnen. Doch jetzt dachte ich nicht an die vor mir liegenden Jahre, sondern mein Herz war wegen dieses ersten Erfolges von unbändiger Freude erfüllt, und für mich war er aller Mühen und Gewissensqualen wert, die ich ausgestanden hatte. Auch wurden mir viele wohlgesinnte Worte von den Mitgliedern der Prüfungskommission zuteil, denen ich, meinen lieben Lehrer eingeschlossen, ein Festessen im »Engelshaupt« ausrichtete. Dieses Festmahl belastete meine Geldbörse zwar genauso sehr wie die Ausgaben des gesamten Winters, aber ich sparte nicht an Geld, da ich fühlte, wie die Zukunft mir zulachte.

Schon einige Tage später aber wurden viele meiner gutgläubigen Hoffnungen zunichte, denn über das Kloster der Prädikantenmönche wurde mir ein Brief von Pater Petrus zugestellt. Er war bereits im Herbst geschrieben worden und durch viele Hände gegangen, bevor ich ihn erhielt. Pater Petrus schrieb, dass ich in der jetzigen friedlosen Zeit an eine Rückkehr nach Finnland nicht denken könne. Der gute Bischof Arvid sei äußerst wütend auf mich, da König Christian einen neuen Feldzug plane und gerade seine Truppen gegen Schweden in Stellung bringe. Deshalb werde in Turku gegen all jene vorgegangen, die man verdächtigte, Anhänger der Union zu sein. Der Bischof habe sogar gesagt, er werde dafür sorgen, dass ich nie und nimmer zum Priester geweiht würde, ja, er werde mich auch der weltlichen Gerichtsbarkeit ausliefern, damit ich als Staatsfeind und Ränkeschmied verurteilt würde, falls ich je aus Paris zurückkehrte. Statt des Priesterkragens hätte ich ein Hanfseil um meinen Hals zu erwarten, schrieb Pater Petrus betrübt und warnte mich vor der Rückkehr, sofern die Zeiten sich nicht änderten.

Ich hatte meine ganze Hoffnung darauf gesetzt, dass ich nach bestandenem Universitätsexamen zurückkehren, mich vor dem guten Bischof demütig auf die Knie werfen und ihn um Verzeihung für meine jugendlichen Dummheiten bitten würde, zu denen mich Herr Didrik in meiner

Unwissenheit angestiftet hatte. Dieser Hoffnung war ich nun beraubt. Mein Geld war aufgebraucht, und ich kam nur über die Runden, indem ich mir Woche für Woche Geld von Antti lieh. Außerdem war ich meiner Landsmannschaft noch sechs Solidi an Gebühren schuldig, so dass mir der Verlust meiner studentischen Privilegien drohte. Genauso schwindelerregend, wie mein Jubel am Tag des Examens war, so bitter und demütigend empfand ich meinen Sturz in tiefste Niedergeschlagenheit einige Tage später. In meinem Schmerz konnte ich nicht einmal in die herrliche Kathedrale von Notre Dame gehen, um am Altar der allerheiligsten Jungfrau niederzuknien und mein Herz durch das Gebet zu reinigen, denn als der Prior mir den Brief aushändigte, sah er mich misstrauisch an und fragte:

»Michael de Finlandia, bist du nicht königlich schwedischer Untertan?«

Demütig bejahte ich seine Frage, aber sagte auch: »Genauso gut könnte ich ein elternloser Sperling auf eisverkrustetem Weg sein, denn das Schwedische Reich bietet mir keinen Schutz, und ich habe keinen einzigen adeligen Fürsprecher. Mein einziger Freund ist der gute Pater Petrus, der mir diesen Brief schreibt.«

Der Prior versetzte: »Wenn du schon keine Freude oder keinen Nutzen an deinem Vaterland hast, dann kannst du wenigstens an seinen Missgeschicken teilhaben, denn nach allem, was mir berichtet wurde, wurde das aufrührerische Schwedische Reich mit dem Kirchenbann belegt, und der Heilige Vater hat den König von Dänemark ermächtigt, den Bann in die Tat umzusetzen. Als schwedischer Untertan unterliegst du deshalb dem Kirchenbann, und meiner Pflicht gemäß gebe ich dir hiervon Kenntnis. Ich warne dich deshalb, Kirchen zu besuchen oder die heiligen Sakramente zu empfangen, denn deine bloße Anwesenheit würde jede Kirche entheiligen, und sie müsste unter großen Kosten neu geweiht werden. Allerdings, wenn du deine Lage darlegst, kannst du dir sicher eine Sonderbefreiung vom Kirchenbann erkaufen, wozu ich dir dringend rate, denn es wäre furchtbar für einen Christen, ein Leben ohne die heilige Messe und die Sakramente zu führen.«

»Jesusmaria«, rief ich bestürzt und entsetzt aus. »Ich habe kein Geld und bin so mittellos, dass ich vorhatte, Euch wieder einmal demütig um einen Teller Suppe zu bitten, weil ich heute noch nichts gegessen habe.«

Der Prior hatte Mitleid mit mir. Er dachte lange nach und sagte: »Michael de Finlandia, mir ist nichts Böses über dich bekannt, jedenfalls nicht mehr als über die anderen Studenten, obwohl du Griechisch lernst, eine Sprache, welcher der eklige Beigeschmack des Irrglaubens anhaftet. Ich habe nichts gegen dich, aber nun geh rasch fort und lass dich hier nicht mehr blicken, damit du nicht unser Kloster verunreinigst. Offensichtlich habe ich keinen anderen Rat für dich, als dass du aufrichtig darum betest, dass der gute König von Dänemark die Feinde der Kirche bald besiegen möge, sofern Gott das Gebet eines Gläubigen, der unter dem Kirchenbann steht, überhaupt erhört.«

Er gestattete mir nicht einmal, den Saum seines Gewandes zu küssen, sondern schickte mich fort, und um kein Aufsehen zu erregen, fegte er eigenhändig meine Fußspuren fort und besprengte all die Stellen mit Weihwasser, die von meinen Händen berührt worden waren. Doch gewiss war ich schon in meinem Herzen verstockt, denn das Verbot, die Messe zu besuchen und die Sakramente zu empfangen, bedrückte mich bei weitem nicht so sehr wie die Furcht, man könnte mich der Universität verweisen.

Kapitel 4

Der Winter ging in den Frühling über, und die ständige Kälte und der schleichende Hunger verstärkten nur noch meine Niedergeschlagenheit und Verzweiflung. Zwar war das Pariser Winterwetter mit dem klirrenden Frost in meiner Heimat nicht zu vergleichen, aber dennoch fror ich dort mehr als in Finnland, denn es gab keine guten Öfen in Paris, während ich in meiner Heimat den Winter über immer warm angezogen war und fettreiche Nahrung aß. Doch hatte ich mich auch geändert und wollte mich nicht mehr wie im Winter zuvor wie ein Lamm in mein Schicksal ergeben, sondern ich begann, allerlei Pläne zur Verbesserung meiner Lage zu schmieden. Es gab Momente, in denen sehnte ich mich nach Julien d'Avril zurück, trotz all seiner Hinterlist, denn seine unverbesserliche und selbst dem Galgen hohnspottende ständige gute Laune fuhr mir oft wie ein schneidender Windstoß ins Gemüt, wenn ich allzu sehr dem Selbstmitleid verfallen war. Zweifel und Aufsässigkeit begannen in mir zu sprießen wie Unkraut, das rasch alle gute Saat erstickt, und diese Gefühle fanden keine bessere Nahrung als Hunger, Kälte und Einsamkeit.

Nach unserer herbstlichen Wanderung war Antti in seine Gießerei nach St. Cloud zurückgekehrt, und sein Meister hatte ihn bereitwillig wieder aufgenommen, nachdem er erst viele Flüche ausgestoßen und ihn wegen seines unerlaubten Fernbleibens ordentlich ausgeschimpft hatte. Dabei war es aber nun Antti, der ihn angeblich nicht verstand, sondern sich ohne viel Aufhebens wieder an die Arbeit machte und den Gesellen zu seinem Wiedererscheinen Wein ausschenkte, so dass sie ihn wie aus einem Munde gegen ihren Meister in Schutz nahmen. Ungeachtet seiner Langsamkeit und offensichtlichen Dummheit war Antti ein geschickter Gießer und ersetzte bei den Gießarbeiten mit seiner mächtigen Körperkraft gleich mehrere Männer. Er behauptete, der königliche Geschützmeister habe ihn bei jedem seiner Besuche in der Gießerei als Geschützknecht anwerben wollen. Nach der Kaiserwahl war der königliche Geschützmeister nämlich mehrere Male in der Gießerei erschienen, um eine schnellere Ausführung der Arbeiten für den König anzumahnen.

Während ich noch völlig niedergeschlagen war, begann ich meine Studien zu vernachlässigen und tröstete mich allzu oft mit billigem Wein in fröhlicher Gesellschaft. An solcher Gesellschaft gab es keinen Mangel, denn Abend für Abend sah man in Paris in den zahlreichen Weinstuben am linken Seine-Ufer mehr lärmende Studenten als ruhige Speisegäste. Eine Maß Wein wärmte einem den Leib und vertrieb für einen Abend alle nagenden Gedanken, und die grölende Gesellschaft übertönte die Warnungen des Gewissens. Getrennt von meiner Heimat und verlassen von der heiligen Kirche dachte ich, es sei besser, mit den Wölfen zu heulen als sich wie ein Lamm zerfleischen zu lassen.

Unter die eigentlich anständigen, wenn auch den Freuden des Lebens nicht abgeneigten Studenten mischten sich immer gewisse Vaganten, die auf Kosten anderer lebten und ihre Studien längst aufgegeben hatten. Diese zögerten nicht, die Börse ihrer betrunkenen Kameraden zu leeren oder des Nachts auf den Straßen auf der Lauer zu liegen und Passanten auszurauben. Je näher sie sich dem Galgen wähnten, desto wilder und ungestümer gingen sie bei ihren Untaten vor. Bald machte es ihnen nichts mehr aus, ihrem Opfer den Hals durchzuschneiden und die Leiche in die Seine zu werfen, sofern sie sich nur genug Beute versprachen. Wie eine Wolfsmeute umzingelten sie einen begüterten, aber noch unerfahrenen Kommilitonen und lockten ihn unter Versprechungen allerlei sündiger Freuden in ein übel beleumdetes Haus, wo erst unter dem Klang von Flöten und Trommeln gegessen und getrunken wurde, bis am frühen Morgen das Opfer, seines Wamses oder sogar seiner Schuhe beraubt, auf die Straße hinausgeworfen wurde.

In solcher Gesellschaft sah ich bald ein, dass die Universität durchaus nicht nur ein Paradies des Wissens war, sondern ein starker Laugenkocher, der einem das Fell gerbte und die Seele gefühllos machte. Auch empfand ich bitteren Groll, wenn ich sah, wie jene Glücklichen, die genug Geld hatten, Privatstunden nehmen konnten und auch mit nur schwachen Kenntnissen rasch ihre Prüfungen ablegten, sofern sie nur wohlgesinnte adlige Verwandte an der Universität hatten, oder wenn sie Empfehlungsschreiben hoher Kirchenmänner vorzeigen konnten.

Bislang war mein Leben im Rausch des Wissens verlaufen, und ich empfand vollkommenes Glück, wenn ich jeden Tag etwas Neues lernte. Doch waren meine Augen auch geschärft worden, Glanz und Elend dieser mächtigen Stadt zu sehen. Mit gierigen Blicken folgte ich vornehmen und adligen Herren, die hochmütig mit ihrem Gefolge einherschritten, in Samt und Seide gekleidet, in silberbesticktem Gewand mit geschlitzter Mütze, Jacke und Hose. Der Weg des Wissens war lang und einem armen Schlucker unzugänglich. Sein Lohn waren nur tränende Augen und ein vor Zeiten gekrümmter Rücken, während jemand, der reich und von Adel war, sich mühelos von der Kurie die Bischofsmitra samt den dazugehörenden Einkünften kaufen konnte. Nichts hinderte den Papst, seinen sechzehnjährigen Sohn etwa zum Kardinal zu ernennen. Wieder begann in mir der Gedanke an eine Abkürzung, an einen direkten Weg zu nagen, den es einfach geben musste, um irdisches Wohlergehen zu erzwingen.

Als zu Frühlingsbeginn der Schnee schmolz und die Wege schlammig wurden, trieben mich Hunger und Katzenjammer dazu, mitten in der Woche Antti um Hilfe zu bitten. Ich machte mich zu Fuß nach St. Cloud auf, und der Meister ließ mich an dem Mittagsmahl in seiner Stube teilnehmen. Während sich die anderen danach zur Mittagsruhe niederlegten, begleitete mich Antti ein Stück Weges und deutete dabei auf ein düsteres und ödes Gebäude, in welchem ein Jahr zuvor ein alter italienischer Künstler gestorben war.

»Meister Leonardo da Vinci, so hieß er«, sagte Antti. »Ich sah, wie er im letzten Winter auf einen Stock gestützt hier spazieren ging und vor sich hin murmelte. Niemand wagt in dem Haus zu wohnen, denn er war verrückt, und jetzt spukt es darin. Er lehrte, die Menschen würden dereinst fliegen lernen, und es heißt, er würde nach seinem Tode in einem flatternden schwarzen Gewand und mit wehendem Bart um die hohen Schornsteine der Häuser hier herumfliegen. Man sagt, der König habe ihn hoch geachtet und ihn dazu bewegen wollen, Gold herzustellen, aber er habe nur ein einem Gemälde gearbeitet, das aber nie fertig geworden sei.«

»Ich habe von ihm gehört«, sagte ich, »und auch sonst ist mir bekannt, dass der König allerlei Glücksritter um sich zu sammeln pflegt. Aber reden wir jetzt nicht davon, sondern sag mir lieber, ob du in deiner Gießerei heimlich ein paar Silbersachen einschmelzen kannst, so dass man sie umgeschmolzen und unerkannt nach dem Silbergewicht verkaufen kann. Mein Geld ist nämlich alle, und ein gewisser Mann, den ich im ›Engelshaupt‹ getroffen habe, hat mir ein Zehntel vom Preis des Silbers versprochen, falls ich ihm diesen Freundesdienst erweise.«

»Sein Ansinnen ist aber sonderbar und sehr verdächtig«, sagte Antti. »Wo hat er denn die Silberlöffel her?«

»Das weiß ich nicht und will ich auch nicht wissen«, sagte ich unwirsch. »Vielleicht ist er versehentlich in ein feines Haus zu einem Hochzeitsmahl oder einem Leichenschmaus geladen worden. Er selbst sagt, er habe sie rechtmäßig von seiner Patentante geerbt und schäme sich, seine Armut dadurch zu offenbaren, dass er sie einfach so verkaufe, wo sie doch verschiedene Stempel und Wappen trügen.«

»Michael«, entgegnete Antti ernst, »ich würde nicht zögern, deinem Freund einen solchen Dienst zu erweisen, damit die Ehre seiner Patentante gewahrt bleibt, falls es sich zum Beispiel um einen Goldklumpen von der Größe eines Kindskopfes handelte. Aber ich finde, es lohnt sich nicht, seinen guten Namen wegen ein paar silberner Löffel aufs

Spiel zu setzen. Ich warne dich auch ausdrücklich vor solchen Freunden. Wenn er dir aber Gold anbietet, das eingeschmolzen werden soll, dann nimm es an, und danach wollen wir uns sogleich den Staub von den Füßen schütteln und uns nach Burgund aufmachen. Ich hätte wohl Lust, einmal wieder den Speiseplan zu ändern und mich in der Welt umzuschauen.«

Das war recht und klug von Antti gesprochen. Ohne es zu merken, hatten wir uns Paris immer mehr genähert, und Antti kehrte nicht an seinen Arbeitsplatz zurück, denn nach einem bewölkten Morgen hatte sich der Tag nun aufgeklart, das Land erblühte, und die schwarzen Linden hatten sich mit einem grünen Gewand überzogen. In meiner Heimat wäre jetzt noch nicht einmal das Eis in den Flüssen und Seen geschmolzen. Trotzdem litten wir beide sehr an Heimweh. Antti meinte wehmütig, er würde sogar seine Seele verpfänden, bekäme er nur einmal wieder ein hartes Roggenringbrot und eine Schüssel mit eingelegtem Salzhering zu essen. So wanderten wir ziellos am Flussufer entlang, bis der Abend hereinbrach und wir es eilig hatten, in die Stadt zu kommen, bevor die Tore zur Nacht geschlossen wurden, denn wegen uns beiden würden die Wächter sich kaum die Mühe machen, sie noch einmal zu öffnen.

Es war schon fast dunkel, als wir endlich in der Stadt waren. Auf einer Straße stießen wir auf einen einfachen Wagen, von dem sich ein Rad gelöst hatte. Der Kutscher, ein Mann mit einem einfältigen Gesicht, bemühte sich vergeblich, es wieder festzumachen. Eine vornehm gekleidete Frau mit einem Pelz über den Schultern und goldenen Reifen an den Handgelenken stand beunruhigt neben dem Wagen. Ein Schleier bedeckte ihr Gesicht, doch sie sprach uns an und sagte: »Bei der Güte Gottes, liebe Reisende, wenn Ihr Männer von Ehre seid, dann helft mir und besorgt mir rasch eine Sänfte, damit ich meinen Weg fortsetzen kann!«

Ich sagte, es sei nun doch schwierig nach Einbruch der Dunkelheit, lange nach einer Sänfte oder Kutsche zu suchen. Am schnellsten käme sie wohl zu Fuß weiter, falls sie es wirklich eilig habe. Sie antwortete: »Mein Knecht kann das Pferd nicht alleinlassen, und ich habe keinen Begleiter. Eine ehrbare Frau sollte des Nachts in Paris nicht allein unterwegs sein, ja nicht einmal immer bei Tageslicht.«

Ich räumte ein, da habe sie wohl recht, und sagte: »Ich bin ein armer *baccalaureus* von der Universität, und mein Bruder hier ist Kupfergießer. Aber wenn Ihr Euch uns anvertrauen wollt, dann begleiten wir Euch sicher bis zu Eurer Wohnung, und falls Ihr fürchtet, Eure Schuhe und Euer Samtkleid könnten schmutzig werden, so tragen wir Euch gerne über die schlimmsten Pfützen.«

Sie zögerte und musterte uns eine Zeitlang unsicher aus dem Schatten ihres Schleiers, doch die Eile siegte über ihre Zweifel, und sie sprach: »Mein Mann ist gewiss schon in großer Sorge, denn ich sollte zur Vesperzeit zu Hause sein. Ich habe meine alte Amme besucht, die schwer erkrankt ist. Nun haben allerlei Widrigkeiten meine Heimreise verzögert, und ihr beide könnt meinem Manne bezeugen, dass sich bei der Mietkutsche unterwegs ein Rad gelöst hat. Gehen wir also los, in der allerheiligsten Jungfrau und aller Heiligen Namen.«

Der Diener gab uns eine Fackel von der Kutsche, und wir machten uns zusammen auf den Weg. Ich leuchtete mit der Fackel voran, und Antti trug die Frau, bis wir auf trockenere und beleuchtete Straßen kamen. Wir waren fast bis zum Kloster der Bernhardinermönche gekommen, als sie erleichtert aufseufzte, vor einem gedrungenen steinernen Gebäude stehenblieb und heftig mit dem Türklopfer auf die eisenbeschlagene Pforte einhieb. Antti wischte sich den Schweiß von der Stirn und meinte zu mir: »Gott sei Dank, dass wir am Ziel sind, denn unterwegs war ich allen Versuchungen des Satans ausgesetzt und konnte sie nur bezwingen, indem ich in Gedanken immer wieder ein *Ave Maria* betete.«

»Ist sie so schön?« fragte ich, obgleich mir selbst nicht entgangen war, dass die Frau jung und außerordentlich schön war.

»Wie kann ich schon das schon beurteilen«, sagte Antti verbittert, »aber während ich sie trug, glitzerte und klimperte mir ihr ganzer Schmuck direkt vor der Nase. Ich glaube, die Dame ist mit Gold und Edelsteinen im Wert von mehreren hundert Dukaten behängt. Wahrlich, ich begreife nicht, wieso sich so eine feine Dame in Schmuck und Seide wirft, wenn sie ihre alte Amme besucht. Aber jedes Land hat offenbar seine eigenen Sitten, an denen herumzumäkeln mir nicht zusteht. Dennoch versuchte der Satan mich mit der Vorstellung, wir könnten im Handumdrehen die Fackel löschen, sie ihres ganzen Schmuckes berauben und dann in den Fluss werfen. Das hätte nicht länger gedauert, als eine Katze zum Niesen braucht, und danach hätten wir jahrelang sorglos und als Ehrenmänner leben können.«

Ich besah mir die Frau mit neuen Augen, aber im gleichen Moment öffnete sich schon unter mancherlei Klicken und Knarren die Tür. Wie es bei Frauen so üblich ist, begann diese schöne Dame sogleich den Türhüter wegen seiner Saumseligkeit mit scharfen Worten zu tadeln. Dann forderte sie uns auf, einzutreten und sagte: »Mein Gemahl will euch sicher für die freundliche Hilfe danken, die ihr einem schutzlosen Weibe angedeihen ließet.«

Doch ihr Mann ließ uns gegenüber keine besondere Dankbarkeit erkennen. Er war ein kleinwüchsiger, verschrumpelter Greis mit wässrigen, rot aufgedunsenen Augen und stoppeligem Bart. Er fuchtelte mit seinem Gehstock herum, richtete ihn auf uns und seine Frau und fragte barsch: »Wo bist du gewesen? Und warum holst du Räuber und Gauner in mein Haus? Wie sieht bloß dein Samtkleid aus? Warum nur hat Gott mich in meinem Alter gestraft, indem er mir eine Frau wie dich als Kreuz zu tragen gab?«

»Edler Herr«, sagte Antti, »dieses Kreuz ist leicht und angenehm zu tragen. Gewiss gibt es Schlimmeres zu ertragen, als da wären Armut, Hunger und Durst, von denen mein Bruder und ich gequält werden, da wir uns weit von unserem Heim entfernt haben, um diese schöne Dame sicher zu ihrer Wohnung zu geleiten. Aber wenn Ihr wünscht, so nehmen wir Euch dieses Kreuz gern ab und bringen sie dorthin zurück, wo wir sie gefunden haben.«

Die Frau legte ihren Schleier und Pelzkragen ab. Sie war jung und wirklich schön. Ihre nackten Schultern waren weiß und rund, ihr Antlitz füllig, ihre Augen wie von dunklem Samt und ihr Mund von schmachtendem Rot. Sie begann bitterlich zu weinen und schluchzte: »Ist das der Lohn dafür, dass ich in meiner Angst und Not die Übernachtung bei meiner Amme ausgeschlagen habe, um zu dir zu eilen, damit du dir nur keine Sorgen um mich machst? Drückst du so deinen Dank dafür aus, dass diese beiden braven Jünglinge hier die Ehre und Sicherheit deiner Gattin beschützt haben?«

Der zornige Alte klopfte heftig mit seinem Stock auf den Fußboden und sah abwechselnd uns und dann sein schluchzendes Weib an, ratlos, was er tun sollte. Schließlich kramte er seine Geldbörse hervor und bot Antti und mir je einen Solidus für unsere Mühen. Doch seine Frau begann nur noch bitterlicher zu weinen und sagte: »So wenig ist dir deines Weibes Unbescholtenheit also wert?« So kam es nun dazu, dass sie uns trotz der Verärgerung ihres Mannes einlud, die schon lange erwartete Abendmahlzeit mit ihr einzunehmen, während der er sie mit beredten Worten all ihre Missgeschicke und die Krankheit ihrer Amme schilderte und uns dabei zu Zeugen aufrief. Doch bald lächelte sie wieder, ja lachte sogar zuweilen hell auf. In meinen Augen war sie auf einmal wunderschön, und ich fand großes Gefallen an ihr. Auch ihr Mann beruhigte sich und wurde friedfertig, lächelte mit zahnlosem Mund in seinen Bart hinein und gab zu, wir seien doch ehrliche und brave Jünglinge. Nach dem Abendessen schenkte er uns süßen Mönchslikör in kleine Glaspokale ein und fragte uns aus, wer wir seien. Besonders hatte es ihm Anttis Körperkraft angetan, und er sagte:

»In der jetzigen gottlosen Zeit sucht man selbst mit dem Leuchter in der Hand vergeblich nach ehrlichen und tugendhaften Leuten unter der Jugend. Ich brauche einen kräftigen und ehrlichen Mann, der mir mein Haus bewacht und mich auf meinen langen Reisen begleitet, denn

Gauner und Betrüger schleichen um mein Haus und gieren auch in jeder Herberge nach meiner Habe.«

Antti meinte bescheiden, der Geschützmeister des Königs habe ihm drei Golddukaten Monatslohn geboten, wenn er bereit wäre, als Geschützknecht in königliche Dienste zu treten. Das entsetzte den Alten so sehr, dass er sich zahllose Male bekreuzigte. Er sagte, Antti müsse auch die Verpflegung, Bekleidung und gute Unterkunft in Betracht ziehen sowie das sichere und ruhige Leben im Schutze segensreicher Heiligenreliquien, denn er, Meister Hieronymus Arce, sei Reliquienhändler von Beruf.

Antti versetzte: »Da haben die Heiligen offenbar unsere Schritte zum Beistand für Eure schöne Gattin gelenkt, denn mein Kamerad Michael und ich sind aneinander gebunden, und ich will gerne eine Zeitlang Euer Hauswächter sein, wenn sich auch Michael an den guten Gaben Eurer Tafel laben kann und Ihr ihm ein neues Wams anfertigen lasst, so wie auch mir. Aber wie lange ich in Eurem Hause bleiben kann, das weiß ich noch nicht, weil ich einen Beruf zu erlernen habe.«

Das sagte er mehr im Scherz. Aber offenbar wollte Meister Arce die Gelegenheit beim Schopf ergreifen und machte diese Vereinbarung sogleich mit Handschlag fest. Seine Gemahlin, die schöne Frau Geneviève, sagte: »Wenn dieser junge Student Michael zu den Mahlzeiten in unser Haus kommt, so hoffe ich doch, dass er mir zuweilen die Zeit vertreibt, indem er mir lehrreiche Heiligenlegenden vorliest. Gern würde ich auch ein wenig lesen lernen, falls die Aneignung dieser Kunst nicht allzu viel von dem wenigen Verstand aufzehrt, den der Schöpfer uns Weibern gegeben hat.«

Auf diese Weise wurde Antti Türwächter bei Meister Arce, und er bekam ein prächtiges blaues Wams mit silbernen Knöpfen. Dank seiner Fürsprache durfte ich nun jeden Tag zusammen mit der übrigen Dienerschaft essen, und oft bat mich Frau Geneviève in ihre Räume, damit ich ihr aus französischen Büchern vorlas, von denen Meister Arce eine Menge besaß. Der Meister selbst schlurfte in Filzpantoffeln im ganzen Haus herum und achtete darauf, dass die Tür zum Zimmer seiner Frau immer offenstand, wenn ich mich bei ihr aufhielt. Hin und wieder erschien er an der Tür und warf einen Blick zu uns herein, beruhigte sich aber gleich wieder, wenn er merkte, dass ich nichts Ungebührliches im Sinne hatte. Er stand in regem Briefwechsel mit Händlern in vielen Ländern, die wie er mit Heiligenreliquien handelten. In jüngeren Jahren war er selbst umhergereist, aber nun ging er nur selten außer Haus und ließ seine Frau unbewacht. Er verließ sich ganz auf bevollmächtigte Vertreter, falls es nicht um einen sehr wichtigen Handelsabschluss ging. Er ließ mir folgende Belehrung zuteilwerden:

»Für eine garantierte Heiligenreliquie, deren Ursprung und Echtheit durch die nötigen Beglaubigungen hinreichend bewiesen ist, kann man nie genug bezahlen, denn ihr Wert steigt mit den Jahren. Doch sind in diesem Beruf unbedingte Ehrlichkeit, Frömmigkeit und ein reiner Sinn vonnöten, denn gewissenlose Schwindler haben viele wertlose Fälschungen in den Handel, ja sogar in die Kirchen gebracht. Deshalb kaufe ich im Allgemeinen keine Reliquien mehr, wenn ich mich nicht selbst davon überzeugen kann, dass sie tatsächlich Wunder bewirken und Krankheiten heilen können. In unsicheren Zeiten und gerade bei Feldzügen lassen sich gute Geschäfte machen, denn die skrupellosen Söldner rauben auch Kirchen und heile Stätten aus und verkaufen ihre Beute zu einem Spottpreis, um sich Würfelspiel und Huren leisten zu können. Man muss die Echtheit von Reliquien freilich richtig einzuschätzen wissen und sie billig und in fremden Ländern einkaufen, denn sie kehren am liebsten immer wieder in ihre Heimatländer zurück, wo für sie die besten Preise gezahlt werden.«

Seine Finger waren gichtig und voller Knoten, deshalb diktierte er mir gerne seine Geschäftsbriefe. Ich wunderte mich, dass er an allerhand Beschwerden und Schmerzen litt, obwohl man glauben könnte, seine stetige Beschäftigung mit segensreichen Reliquien würde alle seine Krankheiten heilen. Aber er war der Meinung, seine Schmerzen wären noch viel schlimmer, wenn er nicht dem Einfluss von Reliquien ausgesetzt wäre. Als er von den vielen Gefahren, Mühen und Beschwernissen erzählte, denen er auf seiner Jagd nach Reliquien in verschiedenen Ländern ausgesetzt gewesen war, fragte ich mich, wieso er überhaupt noch am Leben und dabei für sein hohes Alter in so guter Verfassung war, wohl mehr, als es seiner Frau zusagte.

Zum Lohn für meine Schreibarbeiten führte er mich einmal in seine Schatzkammer im Keller des Hauses, die durch eine eisenbeschlagene Tür mit vielen Schlössern gesichert war. Nachdem er sie geöffnet hatte, spürte ich sofort den Duft heiligen Balsams und war überwältigt von der Menge der Schätze, die er gesammelt hatte. Sein größter Schatz war ein Stück vom heiligen Kreuz, das seinerzeit den Türken nach der Eroberung Konstantinopels abgekauft worden war. Auch besaß er, unter Glas in einer goldenen Dose eingeschlossen, ein paar Flocken eines gelblichen Pulvers, das sich in anderthalb Jahrtausenden aus einigen Tropfen Muttermilch der allerheiligsten Jungfrau gebildet hatte. Als besondere Rarität zeigte er mir das Stück einer Planke aus dem Boot, von dem aus die heiligen Apostel Jesus auf dem Wasser hatten wandeln sehen. Er führte gerade Verhandlungen über dessen Verkauf an einen reichen Schiffsbauer, der ausprobieren wollte, ob dieses Plankenstück Schiffe vor Stürmen bewahrte. Dann hatte er noch ein ellenlanges Stück von dem Seil, an dem sich Judas erhängt hatte, und zwei prächtige Schwanzfedern des Hahnes, der dem heilige Petrus gekräht hatte.

Sein Vertrauen in mich ermutigte mich, ihm den Zahn des heiligen Hemming zu zeigen, der mein einziger Schatz war und der meine Zähne all die Zeit lang, trotz Hungers und schlechter Nahrung, makellos bewahrt und auch die Zahnschmerzen so mancher meiner Freunde geheilt hatte. Meister Hieronymus hatte noch nie von einem heiligen Hemming gehört, aber er forschte in seinen Büchern, fand dort alle nötigen Angaben und beschied mir, Hemming sei nie kirchenamtlich zum Heiligen erklärt worden, sondern seine sterblichen Überreste lediglich in einem Schrein aufbewahrt worden, was die erste Stufe zur Heiligsprechung sei. Trotzdem war er bereit, mir den Zahn abzukaufen, nachdem ich ihm erzählt hatte, wie er in meinen Besitz gelangt war. Aber ich wollte mich nicht in Geschäfte mit ihm einlassen, weil ich an seinen eigenen Worten erkannt hatte, dass er mich auf jeden Fall betrogen hätte. Er bot mir nämlich nur drei Dukaten für den Zahn und meinte, dass es selbst für diesen Preis ein unsicherer Handel war, der ihm möglicherweise Verlust einbringen würde. Doch später, als er sich einmal die Füße nassmachte, bekam er pochende Schmerzen an einer faulen Zahnwurzel, und ich lieh ihm den Zahn, damit er ihn in einem Wickel in seiner Wange trug. Innerhalb weniger Tage ließ der heilige Zahn seine schmerzende Stelle im Mund zu einer Eiterblase anschwellen, die dann von selbst aufplatzte. Meister Arce zahlte mir einen Solidus je Tag als Mietgebühr, solange bis das Geschwür aufbrach und seine Schmerzen abgeklungen waren.

Aber ich hatte meine eigenen Gründe, ihm zu helfen und mich in seinem Hause aufzuhalten, denn seit ich Frau Geneviève zuerst gesehen hatte, war ich ihr zugetan. War ich nicht in ihrer Nähe, verspürte ich stete Unruhe, so als wäre mein Leib einem Feuer ausgesetzt. Ihre dunklen Augen, der schmachtende Mund und die runden Schultern hatten mich verzaubert, und ich konnte an nichts anderes mehr denken als an sie. Sie ließ mich auch mancherlei frivole Erzählungen vorlesen, die man durchaus nicht als fromme Lektüre bezeichnen konnte, denn Meister Hieronymus behandelte jedes gedruckte Wort mit Ehrfurcht, wobei es ihm kaum auf den Inhalt seiner Bücher ankam. Während ich vorlas, seufzte Frau Geneviève oft, stützte sich mit der einen Hand an der Wange auf und starrte irgendwohin in die Ferne. Es war etwa eine Woche nach unserer ersten Begegnung, als sie die Gelegenheit ergriff, weil ihr Mann das Haus verlassen hatte, und mich ansprach: »Michael, mein Freund, kann ich dir vertrauen?«

Ich versicherte ihr, das könne sie, da ich sie verehrte und sie aus ganzem Herzen liebgewonnen hätte und nichts Böses von ihr denken könne, sondern jeden Tag an sie denke wie an die heilige Genovefa selbst.

Da seufzte sie und sagte: »Vielleicht wirst du nicht mehr so gut von mir denken, wenn ich dir mein Anliegen offenbare. Sag nur, ist es nicht falsch, dass eine junge und schöne Frau wie ich mit den Fesseln der Ehe an einen hässlichen und mürrischen Greis wie Meister Hieronymus gebunden ist?«

Ich sagte, darüber hätte ich mich schon selbst gewundert und angenommen, ihre Eltern oder Verwandte hätten sie wohl in diese widernatürliche Verbindung gezwungen. Doch meine Worte erbosten sie sehr, und sie fuhr mich an: »Im Gegenteil, niemand hat mich gezwungen, sondern ich selbst tat alles, um ihn zu blenden und ihn dazu zu kriegen, mich zu heiraten, denn er ist unermesslich reich und auch so gutmütig, dass er mir reichlich teuren Schmuck und schöne Kleider geschenkt hat. Man hat mir nämlich mit Bestimmtheit versichert, ein kränklicher Greis seines Alters würde keineswegs noch länger als drei Jahre leben, wenn ein junges, frisches Weib alles täte, um ihm zu Gefallen zu sein und ihm alle seine Wünsche erfüllte. Ich kann dir versichern, Michael, dass ich getan habe, was in meiner Macht stand, und ihn viele Nächte lang in unserem Ehebett wachgehalten habe. Doch zu meinem Erstaunen ist er davon nur jünger und frischer geworden, ja, er ist nun gesünder als damals zum Zeitpunkt unserer Hochzeit. Ich kann es mir nicht anders erklären, als dass er irgendwo eine Reliquie hat, die er vor mir geheim hält und aus der er seine sonderbare Kraft schöpft, so dass schon seine bloße Berührung mich schaudern lässt. Aber das ist nicht das Schlimmste, sondern das Schlimmste ist, dass mich vor ein paar Monaten ein Unglück ereilte, das ich nicht ahnen konnte, als ich ihn heiratete, und das mir jeden Tag und jede Nacht Schmerzen bereitet und mir das Gefühl gibt, als würden ständig Ameisen auf meinem Körper herumkrabbeln.«

»Großer Gott!« rief ich ehrlich entsetzt aus. »Liebe Frau Geneviève, ich habe gehört, dass die Franzosenkrankheit, oder auch die spanische Krankheit, wie man in Frankreich lieber sagt, oft mit genau solchen Anzeichen beginnt.«

Sie befahl mir zu schweigen und nicht solchen Unsinn zu reden. »Ich bin verliebt, Michael«, sagte sie und sah mir tief in die Augen. »Ich habe mich hoffnungslos und wie im Rausch verliebt. Mein Geliebter ist ein adliger Ritter, der dem Gefolge des Königs angehört. Ich wäre ihm nie begegnet, hätte er sich nicht Geld von meinem Mann geliehen, denn seine Finanzen sind völlig zerrüttet, so wie das gewöhnlich bei galanten Rittern der Fall ist. Und natürlich habe ich nicht meine alte Amme besucht, als ich dir und deinem Freund begegnete, sondern ich habe mich heimlich und meiner Schande trotzend mit ihm getroffen.«

Ein übles Gefühl machte sich in meinem Magen breit, und Tränen stiegen mir in die Augen, als ich sie mir in der Umarmung eines stattlichen und galanten Ritters vorstellte, während ich Meister Hieronymus gegenüber nicht den geringsten Anflug an Eifersucht verspürte. »Begreift Ihr nicht, Frau Geneviève, dass Ihr eine furchtbare Sünde begeht und Eure Seele zu ewiger Verdammnis verurteilt, wenn ihr Euren braven Gemahl betrügt?« tadelte ich sie.

Um ihr Seelenheil würde sie sich schon selbst kümmern, versetzte sie; darüber werde sie sich mit ihrem Beichtvater beraten. »Verstehst du nicht, dass es hier nicht um mein Seelenheil geht, Michael?« sagte sie. »Du ahnst ja nicht, was für ein Liebhaber dieser edle Herr ist. In seinen Armen trägt er mich in den siebten Himmel, so dass mein ganzer Leib dahinschmilzt wie Wasser, wenn ich ihn nur ansehe. Das Schlimmste aber ist, Michael, dass er mich nicht liebt.« Nach diesen Worten begann Frau Geneviève zu weinen, legte ihr Haupt auf die Knie, schluchzte bitterlich und benetzte meine Strümpfe mit ihren Tränen.

»Wie ist es möglich, dass er Euch nicht liebt?« fragte ich, erschüttert bis auf den Grund meiner Seele. »Wer könnte Euch nicht lieben, der Euch einmal erblickt hat?«

»Er hat mich nur des Geldes wegen verführt«, antwortete sie ganz offen. »Er glaubte nämlich, ich könne meinen Mann dazu bringen, ihm noch mehr Geld zu leihen, und einmal ist mir das auch gelungen. Aber ein weiteres Mal klappt das nicht, und deshalb verachtet er mich und versagt mir seine Gunst. So nahm er mich bei unserem letzten Treffen kein einziges Mal in die Arme, sondern schalt mich nur mit herzlosen Worten und erklärte, er wolle mich nie mehr sehen. Und ich mag ihn deshalb auch nicht tadeln, denn es ist doch nur natürlich, dass ein adliger Ritter wie er reichlich Geld braucht. Doch leichter kann man aus einem Stein Gold herauspressen als aus meinem Mann, wenn der Darlehensnehmer nicht genug an Pfänden und Sicherheiten zu bieten hat. Mein Mann leiht ihm nichts mehr, selbst wenn mein edler Geliebter ihm sein ritterliches Ehrenwort als Sicherheit gibt, ja, er meint sogar, gegen so eine geringe Sicherheit würde er nicht einen einzigen Solidus herausgeben.«

»Aber wie könnte ich Euch denn in dieser Angelegenheit von Nutzen sein?« fragte ich verwundert. Frau Geneviève ergriff mich am Arm und redete auf mich ein: »Ich will, dass du in meinem Namen einen Brief an ihn schreibst und ihn dann zu ihm bringst. Erkläre in dem Brief, ich hätte unter mancherlei Vorwänden fünfzig Dukaten von meinem Mann erhalten und flehe ihn nun an, mich noch einmal zu treffen, damit er dieses Geld aus meiner Hand entgegennehme, auch wenn ich mich der geringen Summe schäme. Er soll nur Ort und Zeit festsetzen, und ich werde, wenn es sein muss, durch Sturm und Feuer zu ihm eilen.«

Ihr Schmerz rührte mich, und ich verstand ihre Gefühle, da ich sie ja selber liebte. »Frau Geneviève«, sagte ich, und mein ganzer Körper begann bei dem bloßen Gedanken an das, was ich vorhatte, zu zittern. »Was gebt Ihr mir dafür, dass ich ihn dazu bringe, Euch zu lieben?«

Sie lachte hell auf und sagte: »Das ist doch unmöglich! Aber wenn du das wirklich tun könntest, Michael, würde ich dich mein ganzes Leben lang in die Fürbitten meines Morgen- und Abendgebetes einschließen, ja, ich täte alles für dich, wenn du ein solches Wunder zustande brächtest.«

»Frau Geneviève«, sagte ich. »Es ist dies eine Sünde und Zauberei, und vielleicht begebe ich mich in die Macht des Satans, wenn ich Euch helfe, aber ich habe einen Liebestrank, von dem meine Pflegemutter sagt, niemand könne ihm widerstehen. Den könntet ihr ihm zu trinken geben, wenn Ihr ihn trefft.«

Sie erbleichte, während ihre Augen noch dunkler wurden und zu leuchten begannen. Dann plötzlich schlang sie ihren Arm um meinen Hals, küsste mich auf den Mund und sagte: »Michael, wenn das stimmt, dann kannst du von mir alles erbitten, und ich werde jede Bitte von dir erfüllen, wenn das in meiner Macht steht.«

Zitternd küsste ich ihr Antlitz und ihre nackten Schultern und sagte: »Frau Geneviève, ich schäme mich zu bekennen, was ich von Euch begehre, aber seit ich Euch zum ersten Mal gesehen, habe ich nicht einen einzigen ruhigen Tag verbracht. Auch des Nachts träume ich von Euch und Euren Augen, die dunklen Veilchen gleichen. Ich begehre Euch von ganzem Herzen, obwohl das eine schwere Sünde ist, ja vielleicht sogar eine schwerere Sünde als Zauberei anzuwenden, um dadurch Liebe zu erwecken.«

Erschrocken löste sie sich aus meiner Umarmung und versetzte abweisend: »Michael, ich habe mich in dir völlig geirrt und begreife nicht, wie du es wagen kannst, dir einer anständigen Frau gegenüber solche Worte herauszunehmen. Wenn ich dich richtig verstanden habe, richtest du ein böses und sündiges Begehren auf mich. So etwas habe ich nicht gemeint, als ich mich an dich wandte. Wenn du dich nicht vor mir schämst, so solltest du dich wenigstens vor meinem guten Mann schämen, denn er vertraut dir. Ich täte nur recht daran, dich unverzüglich aus diesem Haus zu weisen und dir verbieten, dich hier jemals wieder blicken zu lassen.«

Ich war wie vor den Kopf gestoßen und stotterte: »Aber, meine liebe Frau Geneviève, ich erbitte von Euch doch nur dasselbe, wofür Ihr fünfzig Golddukaten von dem Gelde Eures guten Gatten zu zahlen bereit seid.«

Sie war peinlich berührt und errötete, entgegnete aber sogleich: »Da besteht ja wohl ein großer Unterschied, denn mein Liebhaber ist ein edler Ritter, und es brächte meinem Manne nichts als Ehre, wenn er wüsste, welch hoher Herr mich zu umarmen beliebt, obwohl es natürlich besser ist, wenn er es nicht weiß. Aber würde ich dir erlauben, worum du mich bittest, beginge ich eine unverzeihliche Sünde und würde die Heiligkeit der Ehe beflecken, ja, ich würde sogar meinen Liebhaber entehren, denn ein Herr wie er kniet sich ja nicht auf dem gleichen Kissen zum Gebet nieder wie so ein junger Studiosus.«

Ihre Worte machten mir klar, wie sehr sie mich verachten musste. Doch gleichzeitig spornte ihr Widerstand mich nur noch an und machte sie in meinen Augen noch begehrenswerter, war sie doch wirklich sehr schön, wie sie mich, das Rot der Empörung auf ihren Wangen, anblickte und mit ihren Armen verschämt ihre nackten Schultern vor meinen Blicken bedeckte. »Frau Geneviève«, versetzte ich schüchtern, »denkt doch daran, dass es in meiner Macht steht, vielleicht das Herz Eures edlen Geliebten für Euch zu gewinnen, so dass er nicht mehr von Euch lassen kann, sondern Euch jeden Wunsch erfüllt. Und Euer Brunnen wird ja nicht leer, wenn Ihr einen Schluck davon einem Durstigen darbietet. Außerdem braucht niemand davon zu wissen.«

Die Versuchung war groß, und sie begann in ihrer Verzweiflung die Hände zu ringen und mich mit mancherlei beschwörenden Worten zu bestürmen. Mit sanften Händen strich sie mir über die Wangen und blickte mir flehend in die Augen. Aber in der Gewissheit, dass ich mein Seelenheil aufs Spiel setzte, indem ich, um ihr zu helfen, zur Zauberei Zuflucht nahm, blieb ich hart und forderte meinen Lohn, den zu erbringen ihr meiner Meinung nach keine übermäßigen Mühen abforderte.

»Ich gebe Euch den Liebestrank«, sagte ich. »Wir wissen beide nicht, wie er wirken wird, aber meine gute Pflegemutter hat mich, was ihre Fähigkeiten betraf, nie angelogen, und deshalb glaube ich, dass es klappen wird. Wenn es wirkt, werden Euer Glück und Eure Seligkeit zweifellos so unermesslich sein, dass Ihr mir einen kleinen Anteil daran sicher nicht versagen werdet. Wenn Ihr Euren Liebhaber trefft, müsst Ihr ihn um etwas zu trinken bitten und dann unbemerkt die Arznei, die ich Euch geben werde, ins Getränk mischen. Dann bittet ihn, mit Euch zusammen aus demselben Kelch zu trinken. Ich glaube nicht, dass Ihr bereuen werdet, was auch immer Ihr mir versprecht.«

Unwirsch fuhr sie mich an, ich solle keinen Unsinn reden, sie wisse nämlich selbst sehr gut, was sie tun solle, bekäme sie den Liebestrank erst einmal in ihre Hände. »Aber was auch geschieht«, sagte sie, »du musst schwören, und auch ich werde schwören, dass wir niemandem gegenüber jemals ein Wort hiervon werden verlauten lassen, denn wenn das herauskommt, wird man uns der kirchlichen Gerichtsbarkeit überstellen und wir werden Folter zweiten und vielleicht auch dritten Grades zu ertragen haben, ja, vielleicht werden wir gar auf dem Scheiterhaufen verbrannt. So etwas ist bereits mit Leuten geschehen, die einen Liebestrank zusammengebraut haben. Nicht einmal das viele Geld meines Mannes würde mich vor so einem grausamen Schicksal bewahren, wenn meine Tat bekannt würde.«

Ich war hocherfreut, denn ihre Worte zeigten mir, dass sie auf meine Bitte einzugehen bereit war. So schrieb ich nun den Brief nach ihrem Wunsche an den edlen Ritter und machte mich auf den Weg, ihn zu überbringen, nachdem sie mir genau beschrieben hatte, wo ich sein Haus finden würde und wie ich zu ihm sprechen sollte. Sein hochherrschaftliches Domizil befand sich weit außerhalb der Stadtmauern inmitten eines prächtigen Gartens, der gerade in voller Blüte stand. Mich empfing ein höchst gelangweilter und hochmütiger Diener, der mich um den Brief bat, um ihn seinem Herrn zu überbringen und mich aufforderte, ich solle verschwinden.

»Ich kann den Brief nicht aus der Hand geben«, sagte ich. »Es ist eine wichtige Botschaft, die Antwort erfordert, weil es um Geld geht.«

»Wenn es bei dem Brief um Geldangelegenheiten geht«, entgegnete der Diener, »so hat mein Herr mir die strenge Anweisung gegeben, ich solle die Hunde auf den Überbringer hetzen und ihn, so nötig, mit dem Stock aus dem Haus prügeln. Du solltest also lieber machen, dass du fortkommst, denn mir tut es um deine Jugend und dein unerfahrenes Gesicht leid. Mit meinem Herrn ist nämlich nicht zu spaßen.«

»Der Brief enthält keine Geldforderung, sondern im Gegenteil, ihm wird Geld angeboten«, antwortete ich eilends.

»Wenn das so ist«, meinte er spöttisch, »dann geschehen tatsächlich noch Zeichen und Wunder, und wir können Blut aus den Felsen herauspressen. Was kannst du mir vorweisen, um mich von der Richtigkeit deiner Worte zu überzeugen?«

Schweren Herzens gab ich ihm zwei Silbermünzen, obwohl ich gehofft hatte, ich könnte sie behalten. Er warf einen verächtlichen Blick darauf, aber steckte sie sich dann rasch in seinen Gürtel und führte mich zu seinem Herrn, wobei er hochmütig vorausging, ohne mich weiter anzusehen. Sein Herr hielt sich im Garten auf, wo er einen jungen Falken dressierte, dessen Augenlider mit einem Faden zugenäht waren. Der Vogel saß hilflos auf dem Handschuh des Ritters und wagte nicht, sich in die Lüfte zu erheben. Allerdings muss ich sagen, dass mich der Anblick dieses adligen Herrn sehr verblüffte, denn er war von zierlichem Körperbau, kleiner als ich, und seine dünnen, leicht gekrümmten Beine staken in einer roten Samthose.

Er las den Brief und befahl dann seinem Diener, sich zu entfernen. Dann schaute er mich misstrauisch an und fragte: »Kennst du den Inhalt des Briefes?« Ich bejahte seine Frage und erwähnte auch, den Brief selbst geschrieben zu haben. Da wurde er rot vor Zorn, riss sich den Handschuh samt dem Falken von der Hand und sagte:

»Was sind schon fünfzig Dukaten? Nicht mehr als ein Tropfen auf einen heißen Stein. Deine Herrin ist sicher verrückt geworden, dass sie mich mit einer solchen Angelegenheit belästigt. Ich hätte sie wirklich für klüger gehalten. Richte ihr aus, sie soll mir unverzüglich diese fünfzig Dukaten schicken, sich dann zum Teufel scheren und sich die Decke über die Ohren ziehen, denn ich will sie nie mehr sehen. Schon ihr bloßer Anblick erregt Übelkeit in mir wegen der außerordentlichen Enttäuschungen, die sie mir bereitet hat, wo ich doch zunächst nur Gutes von ihr geglaubt habe.«

Ich sagte, dies sei eine allzu harte und barsche Antwort für die Ohren eines schwachen Weibes, und er würde nichts verlieren, wenn er ein paar Minuten seiner Zeit opferte, um die fünfzig Dukaten aus der Hand Frau Genevièves persönlich zu empfangen, denn die Dame habe ihm darüber hinaus noch etwas Wichtiges zu sagen. Als ihm klargeworden war, dass er auf andere Weise nicht an das Geld kommen konnte, begann er fürchterlich zu fluchen, indem er die schlimmsten Beleidigungen gegen die Heilige Dreifaltigkeit ausstieß und sogar die Jungfräulichkeit der Gottesmutter Maria in Zweifel zog. Doch schließlich warf er mir den Brief ins Gesicht und befahl mir, meiner Herrin auszurichten – er nannte sie dabei eine Hure und Isebel –, sie könne am Nachmittag des folgenden Tages herkommen und ihm das Geld bringen. »Aber mach deiner Herrin klar, dass sie für diese fünfzig Dukaten keine Freundlichkeiten meinerseits zu erwarten hat«, sagte er. »Brächte sie mir fünfhundert Dukaten, würde ich sie vielleicht auffordern, neben mir Platz zu nehmen, und für tausend Dukaten könnte ich sie möglicherweise mit zu mir ins Bad nehmen und meinem Diener auftragen, ihr ein weiches Ruhebett herzurichten. Vergiss nicht, ihr das wörtlich auszurichten! Oder versuch zumindest, sie dazu zu bringen, mir hundert Dukaten zu verschaffen.«

Er suchte in der Geldbörse an seinem Gürtel, um mir einen Botenlohn zu geben, aber die Börse war leer, so dass er sich damit begnügte, mich seiner Gunst zu versichern und mich fortzuschicken. Für alle Fälle nahm ich den zu Boden gefallenen Brief an mich, damit er nicht in falsche Hände geriete, und machte mich auf den langen Heimweg in die Stadt zu Meister Arces Haus. Frau Geneviève umarmte mich, küsste mich auf beide Wangen und schrie vor Freude auf, als ich ihr von der erfolgreichen Erledigung meines Auftrages berichtete. Ich konnte nicht anders, als mich über den Verstand und die erstaunlichen Launen dieser Frau zutiefst zu wundern.

An jenem Abend kehrte Meister Hieronymus nach Hause zurück, von einem bewaffneten Gefolge begleitet. Er war aufgeräumter Stimmung und gab mir eine Goldmünze sowie seiner Frau einen mit Dukaten gefüllten Beutel, damit sie sich davon Schmuck bei den Goldschmieden an der Neuen Brücke kaufen könne. Er hatte nämlich von einem Schuldner eine Geldschuld von neuntausend Dukaten eintreiben können, auf deren Begleichung er gar nicht mehr gerechnet hatte. Jenem Schuldner war unerwarteterweise eine Erbschaft von einem weitläufigen Verwandten in der Normandie zugefallen, und vor freudiger Überraschung hatte er sogleich seine Schulden bezahlt. Ebenfalls vor freudiger Überraschung ließ Meister Hieronymus seine gewöhnliche Vorsicht fahren, und mir war ganz übel zumute, als ich mit ansah, wie er den ganzen Abend an seinem Tisch die Goldmünzen wog und ordnete und von ihnen Goldstaub abrieb, denn ich hatte nie zuvor eine so gewaltige Geldsumme auf einmal gesehen.

Am nächsten Tag hatte er auch nichts dagegen, dass Frau Geneviève wieder zu ihrer alten Amme aufbrach, sondern er legte ihr auch noch nahe, dort zu übernachten, damit sie sich in den dunklen Abendstunden nicht den Gefahren des Heimwegs aussetzte. Antti sollte sie begleiten und am nächsten Tag wieder von ihrer Amme abholen. Zur Nacht sollte er aber nach Hause zurückkehren, denn Meister Hieronymus fürchtete sich vor Einbrechern. So wusch sich Frau Geneviève viele Male, trug überall an ihrem Körper duftende Salben auf, legte ihre besten Kleider und ihren schönsten Schmuck an. Mr war es völlig unverständlich, wieso Meister Arce bei diesen Vorbereitungen nichts Böses ahnte, sondern seine Frau sogar noch bewunderte. Zu mir sagte er:

»Meine Frau ist noch jung und hat nur selten Gelegenheit, ihre besten Kleider anzulegen, denn ich mag keine Empfänge und Gastmähler. Es gibt ja nicht viele Menschen, in deren Gesellschaft ich gerne einen Abend verbringen würde. Wenn man erst einmal in meinem Alter ist, dann wird man der Menschen überdrüssig, weil sie einander sowieso alle gleichen und sich in ihren Reden und Geschichten nicht voneinander unterscheiden, so dass einen nur das Gähnen ankommt, wenn man ihnen zuhört, und man sich nach dem Schlaf sehnt. Somit ist es verständlich, wenn sich meine Frau ab und zu in vollem Schmuck in der Stadt sehen lassen will. Nun, ich habe keine Angst um sie, denn dein starker Bruder schützt sie ja vor Räubern.«

An diesen Worten merkte ich, dass es keinen blinderen Toren gibt als einen alten Ehemann, der ein schönes Weib hat. Ich dachte auch, wer einen Schatz hat, sollte ihn gut behüten, um nicht andere in Versuchung zu führen, und dass es vielleicht eine ebenso große Sünde ist, andere in Versuchung zu führen, als wie ihr selbst anheimzufallen. So bekreuzigte ich mich ein paarmal, sprach einen Segen und gab Frau Geneviève unbemerkt ein Glasfläschchen, in das ich eine, wie mir schien, ausreichende Menge der bitteren Flüssigkeit eingefüllt hatte, die ich von Frau Pirjo in dem Zauberhorn erhalten hatte. Ich gab ihr auch einen Knochen vom Zeugungsglied eines Bären, mit dem sie die Flüssigkeit in das Getränk einrühren sollte, obwohl meine angeborene Schüchternheit mich davon abhielt, ihr zu enthüllen, um was für einen Gegenstand es sich dabei handelte. Bleich vor Anspannung nahm Frau Geneviève in der Sänfte Platz, die Meister Arce hatte kommen lassen, und Antti folgte ihr, angetan mit seinem Wams mit silbernen Knöpfen. Auch ich war äußerst gespannt, welche Wirkung der Zaubertrank wohl zeitigen würde, so dass ich meine eigenen Wünsche ganz vergaß und auch nicht mehr an die Sünde dachte, die ich begangen hatte, da ich nun mit dem reinen, uneigennützigen Wissensdurst eines Gelehrten abwartete, wie der Trank wohl wirken würde.

Kapitel 5

Den ganzen Nachmittag über schrieb ich Briefe nach Meister Hieronymus' Diktat, denn zum einen wollte er nun das Geld, das er erhalten hatte, in eine wertvolle Heiligenreliquie investieren, und zum anderen war er gerade dabei, einen bedeutenden Handel mit dem Kurfürsten von Sachsen abzuschließen, der ein berühmter Reliquiensammler war. Die Korrespondenz mit ihm musste auf Latein geführt werden, und den Briefen waren Abschriften aller Zeugnisse beizufügen, welche die Echtheit der Reliquien bestätigten. Es ging um einen Teil des Mantels des heiligen Franziskus, in den der fromme Kurfürst nach seinem Tode eingehüllt werden wollte. Das war ein kniffliges Problem, weil die Bruderschaft der Minoritenmönche bereit war, ihn zu einem angemessenen Preis in einer grauen Mönchskutte zu bestatten, so dass er nach seinem Tode der zahlreichen guten Werke des Ordens teilhaft würde.

»Es versteht sich von selbst«, sagte Meister Arce, »dass der gute Kurfürst nur davon profitiert, wenn er darüber hinaus noch ein Stück echten Stoff vom Mantel des heiligen Franziskus selbst mit in sein Grab gelegt bekommt. Nur verstehe ich nicht, wie dieser fromme Fürst, dem seine dankbaren Untertanen schon zu seinen Lebzeiten den Ehrennamen ›Friedrich der Weise‹ verliehen haben, diesen Erzketzer Doktor Luther in seinem Fürstentum beherbergen und beschützen kann. Dieser Mönch aus Wittenberg konnte im letzten Jahr selbst in einer zweiwöchigen Disputation mit dem unbesiegbaren Doktor Eck nicht von seinen Irrlehren abgebracht werden.«

»Ich habe von ihm gehört und weiß, dass er viel Unruhe in Deutschland verursacht hat«, sagte ich. »Aber viel lieber wüsste ich gerne, wieso ein weltlicher Fürst sich ob seiner Staatskunst den Zunamen ›der Weise‹ erwerben kann, denn das ist eine wirklich seltene Bezeichnung für einen Fürsten.«

Meiste Arce sann lange nach und rieb sich die Nase zwischen seinen Fingerspitzen. Dann lächelte er sein zahnloses Lächeln und meinte: »Soweit ich sehe, hat sich dieser gute Kurfürst sein ganzes Leben lang weisen Maßhaltens in seiner Staatsführung befleißigt. Wenn man ihn zu Fürstenversammlungen ruft, fährt er nicht hin. Wenn man ihn auffordert, einem Bündnis beizutreten, hält er sich immer unter allerlei Vorwänden heraus. Wenn Verwandte ihn um finanzielle Unterstützung für ihre Kriegszüge bitten, begnügt er sich einfach damit, ihnen einen Brief zu schreiben, in welchem er sie seines Wohlwollens versichert. Wenn man ihn bedrängt, irgendeine wichtige Entscheidung zu treffen, schiebt er die Angelegenheit so lange hinaus, bis selbst die am wenigsten hitzköpfig Gesinnten verzweifeln und ihn schließlich in Ruhe lassen. Auf diese Weise konnte er in Ruhe leben, und seine Untertanen preisen ihn, da sein Land so sehr erblüht. Mit einem Wort, er hat gezeigt, dass diejenige Staatskunst die beste ist, bei welcher der Fürst, ist er sich einer Sache nicht sicher, einfach nichts tut, um nichts Falsches zu tun. Weil alle irdischen Dinge unsicher sind, zögert er immer bei jeder Sache und hat deshalb nie einen Irrtum begangen. Deshalb schiebt er wahrscheinlich auch die Auslieferung dieses ketzerischen Luther auf die lange Bank, und der Papst mag ihn nicht über Gebühr drängen, denn seine Frömmigkeit ist allgemein bekannt. Das ist ja auch ein Grund dafür, warum er so eifrig Reliquien sammelt.«

So verlief mein Nachmittag bei fleißiger Arbeit und in lehrreichem Gespräch mit Meister Arce. Als ich bei Einbruch des Abends in der Küche mein Mahl einnahm, kam Antti von seinem Geleit nach Hause zurück und sagte zu mir: »Der Beruf der Amme scheint in diesem merkwürdigen Land ja äußerst einträglich zu sein. Ich kann es wirklich nur bedauern, nicht als Frau geboren zu sein, wenn ich daran denke, was für eine großartige Amme aus mir geworden wäre. Die Amme unserer Herrin wohnt nämlich in einem von Mauern umgebenen Haus und ist von so hohem Adel, dass ich sie selbst gar nicht zu Gesicht bekam, sondern nur ihre Diener, die in geschlitzten Hosen und Jacken an der Pforte einherstolzieren wie bunte Hähne. Unsere Herrin gab mir übrigens auch eine Goldmünze, damit ich niemandem davon berichte. Dafür soll ich jeden möglichen Unsinn erzählen, wenn man mich fragt. Diese Geschichte ist, wie mir scheint, um so wunderbarer, als dass ich gar nicht anders kann, sie dir zu erzählen, schließlich speisen wir am selben Tisch.«

Am nächsten Tag brachte Antti unsere Herrin wieder nach Hause. Doch bei ihrer Rückkehr war Frau Geneviève ganz bleich und völlig erschöpft. Sie hatte einen wirren Blick in ihren Augen und dunkle Ringe darum herum, schritt wie im Traum einher und wollte mit niemandem ein Wort sprechen, sondern ging schnurstracks in ihr Zimmer, legte sich zu Bett und fiel in tiefen Schlaf. Meister Arce war ihretwegen sehr beunruhigt fürchtete, sie sei erkrankt. Doch Antti tröstete ihn und sagte:

»Ich glaube, dass Euer gutes Weib nur an Schlafmangel leidet, denn sie ist offenbar an ein allzu bequemes Leben und ein gutes Bett gewöhnt. Sie sagte mir, sie habe die ganze Nacht kein Auge zugetan, und schreckliches Ungeziefer hätte sie bis aufs Blut gequält.«

Das stimmte, denn Meister Hieronymus sah besorgt nach ihr und rief auch uns in ihr Zimmer, wo wir einen Blick auf die Schlafende werfen konnten. Ihr Hals und ihre Schultern waren tatsächlich mit roten Flecken übersät, so als wäre sie gebissen worden, aber sie schlief tief und fest und drückte sich im Schlaf ein Kissen auf die Brust. Meister Hieronymus bedeckte sie zärtlich vor unseren neugierigen Blicken und meinte:

»Möge ihr das eine Lehre sein, damit sie nicht ein weiteres Mal bei ihrer Amme übernachtet. Ich kann gar nicht verstehen, warum sie für dieses alte, schmutzige Weib, das ich selbst überhaupt nicht ausstehen kann, so eine heftige Liebe empfindet.«

Am nächsten Tag suchte ich ungeduldig nach einer Gelegenheit, mit Frau Geneviève zu sprechen. Aber sie, immer noch verschlafen, wich mir aus, und ich konnte sie erst wieder unter vier Augen treffen, als der Meister zur Abendmesse gegangen war. »Frau Geneviève«, sagte ich, »ich beschwöre Euch im Namen aller Heiligen, berichtet mir endlich, was Euch widerfahren ist, denn ich bin Euretwegen krank vor Sorgen. Die ganze Nacht lang bekam ich kein Auge zu, weil ich daran denken musste, ich könnte Euch etwas Schlimmes zugefügt haben.«

Sie sah mich verdutzt an und sagte: »Nein, Michael, du hast mir nichts Böses zugefügt, obwohl ich andererseits nicht sagen kann, ob es etwas Gutes war, was du für mich getan hast, so verwirrt bin ich immer noch. Gewiss aber ist dein Zaubertrank ein sehr wirksames Mittel, denn mein edler Liebhaber hat sich mit tausend Schwüren an mich gebunden und als Sicherheit sogar seine Ehre als Ritter verpfändet, dass er mich nie betrügen, sondern mir alle meine Wünsche erfüllen werde. Aber nun bedränge mich nicht mehr, Michael, denn ich habe jetzt wirklich andere Dinge im Kopf, der mir wegen der Fülle meiner Gedanken schon ganz weh tut. Ich muss jetzt über viele Dinge nachdenken.«

»Aber wie ist denn alles abgelaufen?« drang ich weiter auf sie ein. Schließlich willigte sie ein, mir alles zu erzählen, und sagte: »Mein edler Ritter empfing mich stehend in seinem Zimmer und wollte mir zunächst nicht einmal einen Platz anbieten. Er war allerdings besänftigt, als er erfuhr, dass ich ihm hundertfünfzig Dukaten brachte, und wies seinen Diener an, mir einen Pokal Wein zu bringen, als ich ihn darum bat. Dann kam mir der Zufall zur Hilfe, weil seine Hunde draußen anfingen, sich mit lautem Gebell zu balgen, so dass er hinausgehen musste, um sie mit der Peitsche zu züchtigen. Während nun die armen Tiere dort erbärmlich jaulten, hatte ich Zeit genug, den Trank auf die von dir beschriebene Weise zu mischen. Bei Gelegenheit bekommst du deinen Zauberknochen zurück, denn ich glaube nicht, dass ich ihn noch brauchen werde; das Ding ist mir sogar recht unheimlich geworden. Auf meine Bitte trank er dann auch aus demselben Pokal wie ich, wenn auch mit deutlichem Unwillen. Doch kaum hatte ich ein paar Schluck von dem Wein getrunken, da fühlte ich mich schlaff und müde. Auch er gähnte und öffnete das Fenster, um frische Luft hereinzulassen; er sagte, sein Leib fühle sich an, als ob er brenne. Während ich darauf wartete, dass das Getränk seine Wirkung entfaltete, versuchte ich uns die Zeit zu vertreiben und erzählte ihm, dass mein Mann neuntausend Dukaten heimgebracht hatte. Kaum hatte ich das gesagt, da riss er mich plötzlich an sich und sagte, seinen Leib quäle ein furchtbares Brennen, so dass er sich entkleiden und sich in den Brunnen stürzen wolle, um Abkühlung zu erlangen. Auch mir ging es nicht besser, nur hindert mich meine weibliche Schamhaftigkeit daran, dir alles zu erzählen, was dann folgte. Ich will nur sagen, dass er so viele Male in den Brunnen eintauchte, dass ich mit dem Zählen nicht mehr mitkam und ganz erschlaffte. Er ließ mir die ganze Nacht über keine Ruhe, und ich glaube nicht, dass eine Frau je einen feurigeren und zärtlicheren Liebhaber gehabt hat. Noch als ich ihn verließ, schwor er mir seine Liebe und forderte mich auf, ihm meine Liebe zu bezeugen. Doch gerade darüber muss ich noch gründlich nachdenken, so dass du mich jetzt lieber in Ruhe lassen solltest, Michael. Siehst du nicht, wie müde ich bin, und dass ich Kopfschmerzen habe?«

Ich wagte sie daran zu erinnern, was sie mir schuldig war, und sie versetzte bereitwillig: »Gewiss, Michael, gewiss, aber dies ist nun ein falscher und unpassender Augenblick, deinen Lohn einzufordern, denn ich habe Schmerzen am ganzen Leib, so dass ich, offen gesagt, großen Widerwillen bei dem Gedanken empfinde, von irgendeinem Mann berührt zu werden. Hab deshalb Erbarmen mit mir, im Namen aller Heiligen; ich werde dir deine Mühen und Entbehrungen gewiss vergelten. Ist es nicht außerdem besser, zu hoffen und voller Vorfreude darauf zu warten, was du empfangen wirst, als wie ein Verschwender gleich auf der Stelle das zu vergeuden, was dir zusteht?«

Sie schob mich mit beiden Händen von sich und aus ihrem Zimmer, und ich musste mich damit abfinden. Am nächsten Tag brach Meister Arce zu seiner schon lange geplanten Reise in die heilige Stadt Chartres auf. Eigentlich wollte er Frau Geneviève mitnehmen, um vor der wundertätigen Madonna zu beten, weil sie keine Kinder hatten. Aber Frau Geneviève fühlte sich immer noch schwach und erschöpft und beschwor ihren Mann, ihr die Reise und als deren mögliche Folge die Beschwerden des Kindbetts zu ersparen. Deshalb nahm der Meister mich mit, denn er wollte nicht ohne Gesellschaft reisen. Unter zahlreichen Ratschlägen und Warnungen ließ er das Haus in der Obhut seiner Frau zurück und schärfte Antti ein, ihr genauso zu gehorchen wie ihm, dem

Hausherrn, und versprach, nach Ablauf zweier Nächte zurückzukehren. Zu jeder anderen Zeit hätte ich mit Freuden die Gelegenheit ergriffen, in jene wunderbare und heilige Stadt zu reisen, aber diesmal konnte ich an nichts anderes denken als an Frau Geneviève. Insgeheim muckte ich gegen Meister Arce auf, aber ich wagte nicht, ihn durch eine Weigerung zu erzürnen.

So sehr können irdische Leidenschaften einem das Gemüt blenden, dass ich von der wunderbaren Kathedrale von Chartres nur noch in Erinnerung behalten habe, dass ihre zwei Türme von unterschiedlicher Größe sind, was einen merkwürdigen und Andacht erregenden Anblick bietet. Die wundertätige Madonna war von dem steten Rauch der unzähligen Kerzen so schwarz wie ein Mohr geworden, jedoch konnte ich mich vor ihr nicht mit der nötigen Demut ins Gebet versenken, weil ich die ganze Zeit an die schöne Frau Geneviève dachte und daran, was sie mir noch schuldete, wobei ihre Abwesenheit mein Begehren nur noch anstachelte. Am dritten Tag kehrten wir bei Einbruch der Dunkelheit und hungrig und durstig nach der langen Reise wieder nach Paris zurück. Doch vor Meister Arces Haus stand Antti mit sehr betrübter Miene, hielt uns an der Tür auf und sagte:

»Meister Hieronymus, guter Herr, ein großes Unglück hat sich in Eurem Hause zugetragen. Ich bin gewiss ein schlechter Diener, da ich es nicht verstanden habe, Euer Heim besser zu bewachen. Frau Genevièves feinstes Seidengewand ist nämlich verschwunden, während Ihr weg wart.«

Meister Arce schwante beim Blick auf Anttis Gesicht, dass wohl noch Schlimmeres geschehen sein musste, und wollte schon eintreten, aber Antti hielt ihn zurück und fuhr fort: »Das ist noch nicht alles, denn zusammen mit dem Gewand ist auch Frau Geneviève verschwunden.«

Auf diese Weise bereitete Antti seinen Herrn feinfühlig darauf vor, dass Frau Geneviève sein Haus unter Mitnahme all ihrer Kleidung und ihres Schmucks sowie auch sämtlichen Silbergeschirrs verlassen hatte. »Außerdem«, sagte Antti niedergeschlagen, »habe ich mit eigenen Händen Eure Goldtruhe aus dem Keller auf den Wagen geladen, der gekommen war, um sie abzuholen. Ich kann beschwören, dass sie so schwer war, dass zwei normale Männer sie kaum hätten von der Stelle bewegen können. Aber unsere gute Herrin verließ sich ganz auf meine Kräfte, und ich wollte ihr auf bestmögliche Art zu Diensten sein, so wie Ihr selbst es mir befohlen habt, Meister.«

Meister Arce war so verblüfft und entsetzt, dass er keines Wortes fähig war, und deshalb fuhr Antti fort: »Die Kellertür war zwar verschlossen, und Ihr hattet vergessen, der Herrin die Schlüssel zu geben. Aber ich lieh mir bei einem Schmied einen Vorschlaghammer, und so gelang es mir unter großen Mühen, die Schlösser aufzubrechen und die Türangeln herunterzuschlagen, denn Ihr hattet mir ja befohlen, Frau Geneviève in allem zu gehorchen wie Euch selbst.«

Jetzt erst begriff ich entsetzt, was da geschehen war. Tränen strömten mir aus den Augen, und ich sagte zu Meister Arce: »Lieber Meister Hieronymus, Euer gemeines und hinterlistiges Weib hat uns betrogen und unser Vertrauen auf schändliche Weise missbraucht. Möge Gott einen tödlichen Blitz vom Himmel zur Strafe für ihren Verrat auf sie hinabsenden, und ihr schändlicher Leib soll von Hunden zerrissen werden!«

Auch Meister Arce begann bitterlich zu weinen und sprach: »Nein, so nicht, sondern Gottes gerechte Strafe hat mich getroffen ob meiner Blindheit und Vertrauensseligkeit.« Er schleuderte seinen Mantel zu Boden und raufte sich den Bart. Dann griff er zu seinem Stock und begann damit auf Antti einzudreschen, der demütig die verdiente Strafe empfing. Er schlug so lange zu, bis seine Arme ermüdet waren, ließ dann den Stock fallen, verlor allen Mut und sagte: »Prügel und Tränen ändern jetzt auch nichts mehr, und du trägst auch keine Schuld, denn du bist ja nur ein dummer Junge. Schließlich habe ich dir selber in meiner Blindheit befohlen, meiner Frau zu gehorchen.« Mit unsicheren Schritten betrat er sein Haus, und er konnte einem leidtun, wenn man auf seinen tief gebeugten Rücken sah. Mehr als ihn aber bedauerte ich mich selbst, weil Frau Geneviève ihr Versprechen auf so niederträchtige Weise gebrochen hatte. Wusste ich doch, dass ich sie nie mehr wiedersehen würde. Deshalb ließ ich meine ganze Wut an Antti aus. Ich fragte ihn, ob er wirklich so dumm und verrückt gewesen sei, und warum er sich wie ein rechter Einfaltspinsel benommen hatte. Doch Antti entgegnete in aller Ruhe:

»Frau Geneviève ist ein schönes und launisches Weib, und ein einfacher Diener kann ihrem Willen kaum widerstehen, wie du sicher selbst ganz gut weißt, denn gerade dadurch, dass sich dich ins Spiel brachte, hat sie mich ihrem Willen unterworfen. Sie sagte, du habest das alles in die Wege geleitet, weil dein Herz in Liebe zu ihr entflammt sei und du ihr alles Gute wünschst. Deshalb verdanke sie dir ihr ganzes Glück und würde gern ihre Schuld bezahlen, wann immer du es von ihr verlangst. Doch als ich immer noch zögerte, ihr zu gehorchen, löste sie mir einen Teil dessen, was sie dir schuldet, als Vorauszahlung ein. Da wurde mir auch klar, um welchen Dienst es hier ging. Ich kann nichts anderes sagen, dass sie in diesen Dingen eine sehr bereitwillige und großzügige Dame ist, die ihre Schulden mit reicher Münze bezahlt.«

»Antti«, rief ich aus und traute meinen Ohren nicht, »hast du es tatsächlich gewagt, deinen Blick zu Frau Geneviève emporzuheben und sie mit Begehren in deinem Herzen anzurühren?«

»Michael«, versetzte Antti ernst, »so ein Gedanke wäre mir nie gekommen. Aber da ich bemerkte, dass du die Sache begonnen hattest,
dachte ich nur recht zu tun, wenn ich einen Teil dessen, was dir zustand,
als dein Landsmann in Empfang nahm, damit er nicht ganz verlorenge-
he. Obwohl wir in Eile waren, kann ich dir versichern, dass ich ordentlich an dem Obstbaum geschüttelt habe und viele gute Früchte pflücken
konnte. Nur um eines tut es mir leid, dass ich dir nämlich nichts davon
zu kosten geben kann, sondern du musst mir einfach glauben und dich
damit begnügen, dir dich an meiner statt vorzustellen.«

Doch als ich mir vorstellte, ich wäre an Anttis statt gewesen und an
seine bodenlose Dummheit dachte, da er ja so frech und mit ernster
Miene behauptete, er habe es nur zu meinem Besten getan, da ergriff
mich so blinde Wut, dass ich mit meinen Fäusten auf ihn einzutrom-
meln begann und ihn auf das wüsteste beschimpfte. Er ließ es gelassen
über sich ergehen, dass ich mich so austobte, bis ich mich beruhigt und
begriffen hatte, dass meine rasende Wut nun auch nichts mehr änderte.
Dann brachte er mich noch dazu, dass ich ihm trotz all meiner Eide von
Frau Pirjos Liebestrank und dessen Wirkung berichtete. So erzählte ich
ihm alles, und er blickte mich mit sanfter Miene an und fragte:

»Aber Michael, wenn du in deinem Herzen so eine große Zuneigung
zu ihr gefasst hast, warum gabst du ihr dann nicht selbst den Liebestrank zu trinken, damit sie sich in dich verliebte? Vielleicht hättest du
ihre Liebe gewonnen und die neuntausend Golddukaten noch dazu,
wenn du nur genauso schlau gewesen wärest wie ihr edler Liebhaber.«

Da fiel es mir wie Schuppen von den Augen, und ich konnte nicht
begreifen, wie ich mich so unbedarft hatte verhalten können, so als wäre
ich ein entsetzlicher Narr. Aber das konnte ich Antti gegenüber natürlich nicht zugeben, und deshalb sagte ich: »Dieser Versuchung bin ich
aus Sorge um meine unsterbliche Seele lieber ausgewichen, denn ich
hätte mich in die Macht des Teufels selbst begeben, wenn ich zu Zauberei Zuflucht genommen hätte, um ihre Zuneigung zu gewinnen. Auch
kommen mir inzwischen Zweifel an der Wirkung dieses Zaubertranks,
und ich glaube, dass jene neuntausend Dukaten eine ebenso große, wenn
nicht noch bedeutendere Rolle dabei spielten. Ich kann nichts anderes
hoffen, als dass sie diesem niederträchtigen Weib und seinem Liebhaber
Fluch und Ungemach bringen, denn ihre Augen sind voller Lüge und
ihr ganzer Leib nichts als ein Netz und eine Falle, die einen zur Sünde
verlockt. Nur ein wahrhaft Frommer entgeht ihr.«

»Die Trauben sind mit zu sauer, sagte der Fuchs«, versetzte Antti mit
den Worten eines bekannten Sprichworts. »Ich meinerseits wünschte
mir mehr solcher Netze auf meinem Wege, auch wenn ich einräumen

muss, dass man sich nur schwer aus ihnen befreien kann, wenn man sich allzu sehr darin verstrickt hat.«

Keiner von uns beiden traute sich, mit Meister Arce zu reden, sondern wir überließen ihn seinem Schmerz, als wir ihn in seinem Zimmer weinen, jammern und beten hörten. Nach zwei Tagen rief er uns zu sich und sagte:

»Ich hoffe, ihr beide werdet über alles Vorgefallene Stillschweigen bewahren. Ich werde auch die übrigen Diener nach Hause zurückschicken, denn ich habe einen Brief erhalten und weiß jetzt, was geschehen ist. Unser leichtsinniger König würde über mein Ungemach nur lachen, weil ich ein alter Mann bin und fälschlicherweise gehofft hatte, bei einer allzu jungen Frau Liebe und Freundschaft zu finden. Selbst wenn ich Recht bekäme, so bekäme ich nur mein Weib zurück, ohne dass es mir etwas nützte, da ihr Herz sich nun einmal einem anderen zugewandt hat. Somit bleibt mir nichts anderes übrig, als für sie zu beten und zu hoffen, ihr adliger Liebhaber möge sie anständig behandeln. So trage ich schweigend an meinem Ungemach, um nicht allen zum Gespött zu werden, wie es so manchem alten Mann ergangen ist, nachdem seine Schande öffentlich bekannt geworden. Ich kann mich nur damit trösten, dass ich meine Frau, die mich nicht geliebt hat, so billig losgeworden bin, denn es hätte auch schlimmer kommen können. Schließlich hätte auch eine Feuersbrunst mein Haus samt all meiner Habe vernichten können, so dass ich noch mehr verloren hätte. Die Leidenschaft, die in einem Weibe entsteht, ist ja von elementarer Kraft und verursacht furchtbare Zerstörungen, sofern man ihr keinen Einhalt gebietet. Ich will also alles, was geschehen ist, vergessen, und ihr werdet gewiss verstehen, dass ich euch beide nie mehr vor Augen haben will, denn so würde ich jeden Tag, solange ich euch sehe, an meine Frau erinnert werden. Ich vertreibe euch durchaus nicht im Zorn und empfinde auch keinen heimlichen Groll gegen euch, sondern ich verzeihe euch guten Herzens alles, falls ihr euch irgendwie gegen mich versündigt haben solltet. Außerdem schenke ich jedem von euch fünf Goldstücke, damit ihr über alles Stillschweigen bewahrt.«

Seine rotunterlaufenen Augen waren voller Tränen, als er so zu uns sprach. Mit zitternder Hand strich er sich über den Bart, als er jedem von uns fünf Golddukaten auf die Hand zählte. Dann schickte er uns fort. In seinem Unglück und seinem Schmerz war er edelmütiger und klüger als in den Tagen seines trügerischen Glücks, so dass ich mich aus seinem Haus mit elendem Gemüt und wie ein geschlagener Hund davonschlich, wusste ich doch, dass ich mich gegen ihn versündigt hatte. Aber ich tröstete mich mit dem Gedanken, dass ihn das gleiche Unglück sicher auch später noch ohne meine Mitwirkung ereilt hätte, und dass dieses Unglück sich zum Wohle seiner Seele auswirkte, da es ihn demütig und klüger machte.

Schweigend trotteten wir am grünen Fluss entlang zur Brücke und blickten auf die weiß glänzenden Türme der Kathedrale von Notre Dame. Schließlich sagte Antti: »Michael, Bruderherz, nimm du lieber meine Dukaten, denn sie brennen so sonderbar in meiner Faust. Ich glaube nicht, dass sie mir Segen bringen werden.« Ich wunderte mich über seine Worte, nahm aber eilends das Geld an mich, bevor er sich eines anderen besann, dankte ihm mit warmen Worten und versprach, ich würde uns eine gute Mahlzeit im »Engelshaupt« verschaffen, damit wir dort gemeinsam darüber nachdächten, was jetzt zu tun sei.

Aber wir brauchten nicht lange über unsere Zukunft nachzudenken, denn das Schicksal hatte bereits alles für uns fertig vorbereitet. Gerade als wir in die Rue de la Harpe einbogen, kam uns, über Berge von Müll stolpernd, Herr Didrik mit seinem von Pulver entstelltem Gesicht entgegen. Er war prächtig in den Farben Dänemarks gekleidet, trug eine Feder am Hut und hatte sein Schwert gegürtet. So grüßte er mich, als hätte er mich eben erst am Morgen desselben Tages gesehen und rief:

»In was für einem stinkenden Höllenwinkel wohnst du eigentlich, und wo verplemperst du deine Zeit? Ich bin schon zwei Mal vergeblich hergekommen, dich zu suchen. Sag mir auf der Stelle, wo wir uns an ein paar Maß Wein laben können, denn ich habe mit dir zu reden.«

»Herr Didrik«, sagte ich erschrocken und bekreuzigte mich, »hat der Teufel Euch hierher gesandt?«

»Der Teufel oder der dänische König Christian, das ist doch wohl egal«, versetzte er. »Bei der alemannischen Landsmannschaft erfuhr ich, wo du wohnst. Wind und Segel haben mich nach Rouen gebracht, in Begleitung einer Schiffsladung halberfrorener und aus ihren Wunden stinkender Franzosen, die zu ersetzen ich neue Männer anwerben soll, denn der König hat auch eine Abteilung Franzosen in seinen Diensten. Auch für dich ist es höchste Zeit, deinen Lohn einzustreichen, falls du die guten Zeiten nutzen willst, die jetzt angebrochen sind. Der hochmütige Herr Sten ist nämlich gefallen, und es ist nur eine Frage der Zeit, wann unser guter König ganz Schweden unter seine Herrschaft gebracht haben wird. Du hast wohl nicht geahnt, auf welchen Glücksschlitten du aufgesprungen bist, Michael, als du dich für die Sache König Christians entschiedest. Aber nun beeile dich, bevor er dir unter deinem Hintern entgleitet, denn jetzt geht es nur noch darum, wer als Erster seinen Löffel in die Suppe taucht.«

Solch große Neuigkeiten ließen mich aufhorchen, so dass ich ihn mit ins »Engelshaupt« einlud und ihm und Antti ein Festmahl spendierte. Zwar war mir sofort klar, dass er kaum nach mir gesucht hätte, wenn er sich nicht einen Nutzen von mir versprach, aber hier waren unsere Interessen von gleicher Art. Je mehr er mir erzählte, desto mehr war ich davon überzeugt, dass endlich der Tag meines Glückes angebrochen war und ich den verdienten Lohn für meine Mühen zugunsten König Christians und der Union erhalten würde, sofern ich nur rechtzeitig bei der Aufteilung der Beute dabei war.

»Die Truppen des Königs rücken unablässig vor, nachdem Herr Sten seinen Wunden erlegen ist«, berichtete Herr Didrik. »Der Widerstand ist zugleich mit dem Schnee dahingeschmolzen, und die Burgen ergeben sich, ohne dass Schüsse fallen würden. Das ist auch kein Wunder, denn diesmal hat der König seinen Feldzug besser vorbereitet als beim letzten Mal. Der Papst unterstützt ihn, der Kaiser ist sein Schwager, und von den Fuggern hat er Geld bekommen, um gegen die schwedischen Kupferbergwerke gerüstet zu sein. Dadurch konnte er in Schottland so viele und ungestüme Söldner anwerben, dass diese schon in Kopenhagen untereinander Schlägereien anzettelten und einen ihrer Kameraden töteten, der auf dem Amager-Markt dem Schlachtross des Königs gefährlich nahe gekommen war und sich in Sicherheit bringen wollte. Das habe ich mit eigenen Augen gesehen. Als ich Schweden verließ, waren bereits Waffenstillstandsverhandlungen im Gange. Dir stünde es also gut an, Michael, wenn du deine Bücher unverzüglich in die Ecke werfen und mit mir nach Kopenhagen und von dort aus nach Schweden segeln würdest.«

Er hatte es so eilig mit der Rückkehr, dass er schon zwei Wochen später von Rouen aus in See stach, nachdem er das Schiff auf Kosten des Königs mit Pulver, Salz und zwei halben Kartaunengeschützen hatte beladen lassen. Die Söldner überließ er ihrem Schicksal; sie mussten jetzt, jammernd und wehklagend ob ihrer Wunden, mit ihren durch den Frost abgestorbenen Fingern und Zehen und ihren durch mancherlei Frostbeulen entstellten Gliedern selbst zusehen, wie sie sich in ihre Heimatländer durchschlugen. Anfang Mai erreichten wir nach einer Fahrt auf stürmischer See das freudig erregte Kopenhagen. Dort erfuhren wir, dass der König erst wenige Tage zuvor aufgebrochen war, um Stockholm zu belagern und Anfang Juni die schwedischen Reichsstände zu empfangen, die er hatte zusammenrufen lassen. Wir füllten unseren Proviant auf und nahmen weitere Ladung für das Heer an Bord, und dann segelten wir immer an der schwedischen Küste entlang gen Norden.

Auf der ganzen Fahrt lag mir, solange ich nicht seekrank war, Herr Didrik mit Lobgesängen auf König Christian und den Aussichten auf eine herrliche Zukunft in den Ohren. Sofern ich je an der Union gezweifelt hatte, schwanden nun mit jeder neuen Siegesbotschaft auch meine letzten Bedenken, und als wir Mitte Mai vor Stockholm eintrafen, glaubte ich fest daran, dass die Großmachtzeit eines vereinigten Nordens nun unmittelbar bevorstünde. Sogar der alte Unruhestifter und erbittertste Feind Dänemarks, Doktor Hemming Gadh, hatte die Zeichen der Zeit erkannt und sich dem König angeschlossen. Vom Sieg Christians überzeugt, tat er sein Bestes, um das Reich ohne übermäßiges Blutvergießen der Herrschaft des Königs zu unterstellen.

So sah ich nun vom Schiffsdeck aus die Türme Stockholms und die weißen Birkenhaine, die der Frühling inzwischen in ihr grünes Laubgewand gekleidet hatte. Unser Schiff war zusammen mit dem Frühling in Stockholm eingetroffen. Ich hatte den Frühling im Herzen, als ich den Wald von Masten sah, der von der Flotte des Königs gebildet wurde, und die zahllosen weißen Zelte des königlichen Heeres erblickte, das Stockholm belagerte. Doch nun will ich ein neues Buch beginnen, um von der Belagerung Stockholms und von König Christian zu berichten.

Viertes Buch

VERONIKA

Kapitel 1

Ein Heerlager mag im Schein der Frühlingssonne und von ferne betrachtet ein erregender Anblick für einen jungen Menschen sein, aber wenn man den Alltag darin miterlebt, dann wird einem schnell klar, dass es auf der Welt nichts Schlimmeres gibt als so eine Brutstätte des Elends und Lasters, der Zügellosigkeit und Gewalt wie ein solches Heerlager vor den Toren einer belagerten Stadt. Viele hundert Schritte weit, ja bis ans Meer drang der stechende Geruch von Fäkalien, waren Lärm, Waffengeklirre und das Geschrei fluchender und betrunkener Kriegsleute zu vernehmen. Mir scheint auch, dass jenes Vierteljahr lang, das die Belagerung währte, die Belagerer sich selbst und ihren Kriegskameraden einen vielfach höheren Schaden und mehr Wunden zufügten, als die Kugeln, die aus der Stadt heraus auf sie abgefeuert wurden samt den Angriffen, die man von dort aus zur Vernichtung der Belagerungsgräben und Geschützstellungen unternahm.

Neben den Haupttruppen des Königs, die aus Schotten, Franzosen und Deutschen bestanden, gab es im Lager nämlich noch Dänen und mit dem König verbündete Schweden. Unter all diesen Nationen herrschte ein immerwährender Zank und Unfriede. Für den Schotten war es eine Ehrensache, einen Franzosen oder Deutschen zu misshandeln und ihn um seine Geldbörse oder Waffe zu erleichtern, und dem Schotten gegenüber herrschte ein so bitterer Hass, dass sich Deutsche und Franzosen sogar freundschaftlich miteinander verbanden, um einen Schotten, der sich unvorsichtigerweise von seinen Landsleuten getrennt hatte, zu verprügeln. Wenn sich aber der Profos des Lagers samt seinen Wachleuten in diese ständigen Handgreiflichkeiten einmischte, dann hielt jede Nation unerschütterlich zu ihrem Landsmann und forderte mit drohenden Gesten das Recht der Söldner ein, einen Schuldigen in ihrem eigenen Kreise zu bestrafen, wie es das »Gesetz der langen Speere« verlangte. In einem solchen Falle bedeutete dies, dass der Schuldige unter lautem Gelächter und mit vielen Glückwünschen seiner Kameraden freigelassen wurde, selbst wenn er jemanden umgebracht hatte. Sofern aber jemand seine eigenen Landsleute bestohlen oder im Würfelspiel gemogelt hatte, wurde das Gesetz der langen Speere strenger angewandt. So war dann auch das Erste, was ich im Lager sah, ein barhäuptiger, seiner Waffen beraubter Deutscher, von dem seine Kameraden teils mit mitleidigem Bedauern, teils mit groben Scherzreden Abschied nahmen, bevor dieser, nachdem er zum letzten Male das Kreuz geküsst hatte, zwischen den Speeren seiner Kameraden hindurchlaufen musste, wobei jeder auf ihn einschlug, bis er leblos und aus vielen Wunden blutend liegenblieb.

Genauso merkwürdig schien mir auch die Menge der unzüchtigen Frauen, von denen es im Lager nur so wimmelte, denn die Söldner konnten ohne ihre Hilfe nicht auskommen. Ihre Aufgaben bestanden im Sammeln von Brennholz, der Zubereitung von Speisen, dem Wäschewaschen, dem Handel mit Bier und der Fürsorge für die Verwundeten. Natürlich übten sie neben allen diesen Arbeiten noch ihr eigentliches, gottloses Gewerbe aus, denn vor allem deshalb folgten sie der Söldnerarmee.

Herr Didrik rechnete damit, dass die Stadt sich bald ergeben würde, sofern nur der Reichstag auf Einladung des Königs zusammenträte. Derselben Meinung waren auch die Söldner, die den Feldzug bereits für beendet hielten. Deshalb hatten sie keine Lust mehr, gegen die Stadt noch ernsthaft Krieg zu führen. Oft reichte es ihnen, zum Zeichen des Krieges einige wenige Schüsse am Tage aus den Geschützen abzufeuern. Ich war von Herrn Didrik völlig abhängig, und deshalb folgte ich ihm auf Schritt und Tritt, bis er meiner überdrüssig wurde und mich verärgert als lästige Schmeißfliege bezeichnete. Seine Pläne kamen nämlich überhaupt nicht voran, weil der König aufgrund wichtigerer Angelegenheiten keine Zeit hatte, ihn zu empfangen. Auf diese Weise war ich allen im Wege, und mein Geld ging auch zur Neige, denn ich musste meine Verpflegung sowie meinen Schlafplatz im Heu selbst bezahlen, und zwar nach dem durch die Kriegsartikel vorgeschriebenen höchsten Gebührensatz. Also musste ich mich umschauen, wie ich meinen Lebensunterhalt verdienen könnte, bis man Verwendung für mich hätte.

Solche Sorgen hatte Antti nicht, denn da er ein Handwerk erlernt hatte, konnte er sich sofort bei einem deutschen Geschützmeister verdingen und ließ sich die von den Stadtmauern abgeschossenen Kugeln um die Ohren fliegen. Ich überlegte mir schon ernsthaft, ob ich seinem Beispiel folgen sollte. Aber als ich ihm eines Tages in die Geschützstellung folgte, kam von der Stadt eine Geschützkugel angeflogen, von deren Aufschlag der Schlamm mir nur ins Gesicht spritzte, nachdem sie einen dicken Bretterverschlag durchbrochen hatte, der als Schutzeinrichtung vor einem in der Stellung eingegrabenen Geschütz diente. Wären diese Bretter nicht aufgestellt gewesen, um den Soldaten während des Ladens Schutz zu geben, dann wäre ich wohl nicht mit dem Leben davongekommen. Das nahm ich als nützliche Lehre, dass ich nicht für das Kriegshandwerk geboren war, sondern ich mich lieber nach einem anderen Broterwerb umsehen sollte. So überließ ich es Antti, sich um die Stadtmauern zu kümmern und kehrte eilig in das südliche Lager zurück, wo ich mich im Zelt eines dänischen Provianthändlers einquartiert hatte.

Auf dem Rückweg traf ich auf einen deutschen Söldner, der ganz verdutzt und dumm dreinblickend eines seiner Ohren, das ihm abgesäbelt worden war, in der Hand hielt, während er mit der anderen Hand versuchte, den Blutstrom aufzuhalten, der ihm an der Stelle, wo sein Ohr gesessen, hervorsprudelte. Er war so betrunken, dass er sich kaum noch auf den Beinen halten konnte. Die eine Seite seiner Kleidung war ganz von dem Blut durchtränkt, das ihm aus der Ohrwunde strömte. Als er mich in meinem Mantel erblickte, hielt er mich für einen Feldscher und redete auf mich ein: »Jessesmaria, was ist mir nur geschehen, da mein Ohr mir abgefallen ist! Mir ist unbegreiflich, wie das passieren konnte, denn eben noch saß ich in aller Ruhe beim Würfelspiel. Jetzt aber stehe ich hier allein auf weiter Flur mit dem Ohr in der Hand, und meine Kameraden haben mich verlassen. Bei allen Heiligen, edler Doktor, näht mir mein Ohr doch wieder an, damit ich nicht in Scham und Schande als Einohriger in mein Heimatdorf zurückkehren muss!«

Ich gab ihm mit Bedauern zu verstehen, dass ich kein Arzt sei, sondern nur ein gelehrter Studiosus. Doch erbot ich mich, für ihn zum heiligen Petrus zu beten, der ja selbst, jähzornig wie er war, einem anderen auf dieselbe üble Art mitgespielt hatte und deshalb sicher Verständnis für sein unglückliches Geschick aufbringen würde. Der Deutsche zögerte und sagte: »Der Himmel hüte mich, daran zu zweifeln, dass der heilige Petrus mir ein neues Ohr geben könnte, wenn er nur wollte. Aber trotz aller flammenden Gebete hat sich bisher ein solches Wunder noch nicht zugetragen, und deshalb scheint es mir doch sicherer, bei einem Arzt Zuflucht zu suchen. Wir haben nämlich in unserem Lager einen gelehrten Doktor, der für einen geringen Preis Wunden zusammenflickt und das Fieber heilt, aber seine Kunst ist so furchterregend, dass wir glauben, er müsse seine Seele dem Teufel verkauft haben. Deshalb gehen wir ihm lieber aus dem Wege. Bring mich zu ihm, denn, offen gesagt, mir wird schon schummerig vor Augen, und ich habe weiche Knie, da ich so viel Blut verloren habe, so dass ich es auf eigenen Beinen wohl kaum bis zu ihm schaffen werde.«

Tatsächlich war er so betrunken, dass er kaum noch gehen konnte. So stützte ich aus rein menschlicher Barmherzigkeit seine Schritte und brachte ihn zu der Scheune brachte, die als Krankenstube diente. Die ganze Zeit hielt er das abgeschlagene Ohr fest in seiner Faust, damit er es ja nicht verlöre. Am Scheunentor saß ein junger Mann von etwa fünfundzwanzig Jahren, der mit seiner Schwertspitze kabbalistische Figuren auf ein Holzbrett ritzte. Ungehalten über die Störung, stand er auf und begann ganz furchtbar auf Deutsch zu fluchen, während er uns mit seinen erstaunlich hellen und scharfen Augen fixierte. Er war von nicht sehr großer, aber kräftiger Statur und hatte aufgedunsene Tränensäcke unter den Augen. Trotz seines jugendlichen Alters zeigte sein Kopf bereits Anzeichen von Kahlheit, so dass man ihn wohl für einen Gelehrten halten konnte.

»Hochgelehrter, ehrwürdiger und edler Herr Doktor«, bat der Deutsche, indem er ihm flehentlich sein Ohr entgegenstreckte, das er in seiner schmutzigen Faust hielt, »näht mir doch das Ohr wieder an und heilt mich, denn mir ist ein Schaden widerfahren, den nur Eure teuflische Kunst wieder in Ordnung bringen kann.«

»Alle vollkommene Kunst ist von Gott, und die unvollkommene vom Teufel«, sagte der Doktor. »Jost, du Schwein von einem Säufer, wirf das Ohr nur in den Kübel mit den Gliedern, die ich amputiert habe, dann will ich dir das Ohr verbinden. Auf andere Art kann ich dir nicht helfen, sonst wäre ich ein Betrüger, wenn ich dir gegen teures Geld das Ohr wieder annähte und dir einredete, ich könnte Wunder wirken. Auf einem Markt in Italien habe ich mit eigenen Augen einen Wanderchirurgen gesehen, der so etwas zustande brachte, und alle priesen seine Kunst in den höchsten Tönen, aber wenige Tage darauf war das Ohr faulig und wollte durchaus nicht wieder festwachsen.«

Der Deutsche begann entsetzlich zu jammern, aber der Doktor riss ihm das Ohr aus der Hand und warf es in einen Kübel. Dann hieß er mich den Kopf des Deutschen festhalten, wusch die Wunde aus, bestrich sie mit Wundsalbe und verband sie darauf geschickt und im Handumdrehen mit einem sauberen Leinenlappen. Nachdem er von seinem Patienten bezahlt worden war, schickte er ihn mit der Anweisung fort, in einigen Tagen wieder vorbeizukommen, damit er ihm den Verband wechseln könne. In seinen Worten und in seinem ganzen Auftreten zeigte er sich so sicher und selbstbewusst, dass ich mich nicht von ihm trennen konnte, sondern ich sah ihm fasziniert in seine scharfen, lebhaften Augen. »Was willst du von mir? Du störst mich!« fuhr er mich an.

»Gelehrter Meister!« sagte ich. »Ich bin ein armer Student und warte darauf, dass der König mir eine Aufgabe überträgt, aber das lange Warten hat mich ganz mittellos gemacht. Nehmt mich als Euren Lehrling auf, Meister, und unterweist mich in Eurer Kunst, denn von Kindheit an kenne ich die Heilpflanzen und glaube, ich kann Euch deswegen von Nutzen sein.«

Er lachte jedoch nur spöttisch auf und sprach: »Wie kannst du mir wohl von Nutzen sein, du Grünschnabel? Du scheinst nicht zu wissen, dass ich der berühmte Doktor Theophrastus Bombastus Paracelsus von Hohenheim bin, der an hohen italienischen und französischen Universitäten studiert hat. Dort hat man mir allerdings nichts beibringen können, und deshalb bin ich durch Spanien, Granada, Lissabon, England, Holland und viele andere Länder, die alle aufzuzählen ich mir erspare, gewandert, um mir dort Wissen anzueignen. Dabei ist mir nur allzu klar geworden, dass die Kunst, die man an den hohen Universitäten lehrt, nur darin besteht, die Patienten zu erwürgen, aufzuschlitzen und zu vergiften, mit einem Wort, sie umzubringen. Deshalb wählte ich einen anderen Weg und habe mich von jenen abgewendet, die da glauben, sie könnten etwas lernen, indem sie sich am Ofen wärmen, sich an einem gebratenen Haselhuhn gütlich tun und in samtene und seidene Gewänder gekleidet herumstolzieren. Mein Wissen ist das ureigenste Wissen der Natur, mein Lehrbuch ist das große, versiegelte Buch der Natur, und mein Licht ist das Licht der Natur. Doch aus diesem Grunde fürchten mich die Menschen und behaupten, ich betriebe Schwarzkunst, ich sei ein Teufel und ein Hexenmeister.«

Seine machtvollen Worte flößten mir Ehrfurcht vor ihm ein. Er war so voll festen Glaubens und überwältigenden Selbstvertrauens, so überzeugt von seiner Kunst, dass sein Wille den meinen mit sich riss wie die Windbö ein trockenes Blatt. Er dachte eine Weile nach und sagte dann: »Wenn ich es mir recht überlege, dann brauche ich durchaus einen Lehrling, der die Landessprache beherrscht und der mich zu den Wundärzten, Badern, weisen Frauen, Zigeunern und Henkern begleiten kann, denn nützliches Wissen lässt sich auch in den finstersten Winkeln und den bescheidensten Hütten finden. Außerdem hat jedes Land seine eigenen Krankheiten, die man kennen muss, wenn sie sich schließlich einmal als Gast in das eigene Land begeben, so wie jedes Land auch seine eigenen Heilmethoden hat.« Er führte mich in das Innere der Scheune, öffnete seine Arzneitruhe und zeigte mir viele Heilpflanzen, von denen ich einen Teil kannte, während andere mir unbekannt waren. Er befragte mich darüber, welche Krankheiten sie heilten und verglich meine Antworten mit seinen Aufzeichnungen.

»In Kopenhagen lernte ich eine weise Holländerin kennen«, sagte er. »Sie hieß Sigbrit. Dieses kluge Weib hat ihr Wissen über die Krankheiten und Heilpflanzen dieses Landes vor mir ausgebreitet, und wir haben so manchen Abend bei einer Kanne Bier und in gelehrtem Gespräch miteinander verbracht, während die Mächtigen des Reiches demütig auf der Straße und vor Kälte bibbernd vor der Tür ihres Hauses warteten, wann Sigbrit wohl geruhen würde, sie zu empfangen. Allerdings glaube ich nicht, dass sie sie wegen ihrer Heilkünste aufsuchten, sondern eher deshalb, weil sie auf ihren Vorteil bedacht waren, denn diese alte Frau übt großen Einfluss auf König Christian aus. Es heißt sogar, der König höre auf ihren Ratschlag mehr als auf die Meinung der Mächtigen seines Reiches.«

»Kennt Ihr tatsächlich die alte Sigbrit, Doktor Paracelsus?« fragte ich überrascht. »Dann habt Ihr Euer Glück gemacht, und wenn Ihr in ihrer Gunst steht, dann könnt ihr euch Gold und grüne Wälder im Dienst des Königs verdienen.«

Er warf mir einen abschätzigen Blick zu, stieß einen bitteren Fluch aus und sagte: »Mein Glück liegt im Wanderstab und darin, auf den Landstraßen Wissen zu sammeln, denn ich bin hinter nichts anderem her als hinter Wissen, bis ich von allen Ärzten auf der ganzen Welt der Größte bin und nicht einmal die hochgelehrten Doktoren der Universitäten würdig sind, mir die Schuhriemen zu lösen. Wahrlich, es wäre schon an der Zeit, dass ich mich in Samt und Seide kleide und mir eine Goldkette um den Hals hänge, wenn mir danach wäre. Aber ich begnüge mich lieber mit der groben Jacke des Wanderers und mit Mehlgrütze. An Wissen kommt man nicht dadurch, dass man bei irgendjemandem herumsitzt, sondern man muss mit geschickter Hand danach greifen. Ist das Wissen doch wie eine schöne Frau, die zu erlangen der Freier Meere und Länder durcheilt. Für die Schönheit der alten Sigbrit gebe ich freilich keinen Heller, denn sie ist ganz von Runzeln übersät, und ihre Wangen sind vom Bier aufgeschwommen. Auch führt sie ein loses Mundwerk und kann fluchen wie ein holländischer Schiffer oder Fischhändler. Aber was ihre Heilkunst betrifft, so kommt keine andere Frau an sie heran. Da sie meinem Wissen vertraute, befragte sie mich nach der Todesursache ihrer schönen Tochter Dyveke, die die Geliebte des Königs war. Weil aber seit deren Tod bald drei Jahre verstrichen waren, wusste ich nicht mehr darüber als alle anderen. Nach dem Genuss von Kirschen starb sie einige Tage später an Bauchbrennen. Ihr Bauch war hart wie Stein, und nicht einmal die Heilkünste ihrer Mutter konnten ihr helfen. Der König ließ den adeligen Herrn, der ihr die Kirschen zu essen gegeben hatte, um einen Kopf kürzer machen, da er ihn der Vergiftung des Mädchens beschuldigte. Aber ihr Tod kann genauso gut natürliche Ursachen gehabt haben. Jedenfalls hat sie das Geheimnis darum mit in ihr Grab genommen.«

Auf diese Weise wurde ich für kurze Zeit Doktor Paracelsus' Lehrling und lernte seine Lebensweise kennen, die nicht immer die sauberste war, denn er ließ sich gern mit merkwürdigen Menschen aus dem niederen Volk ein und betrank sich dabei oft so sehr, dass er sich in voller Kleidung aufs Bett fallen ließ. Dabei hätte es ihm an gelehrter und auch adeliger Gesellschaft durchaus nicht gefehlt, denn sein Ruf als Heilkundiger wuchs im Lager von Tag zu Tag. Aber er trieb sich lieber in der Gesellschaft billigen und zweifelhaften Gesindels herum. Er meinte, es kümmere ihn einen Scheißdreck, was die Menschen von ihm dächten, denn die Menschen seien seine Herren nicht, sondern er sei als Heilkundiger einem Gott gleich und Herr der Menschen.

Er war ein anstrengender Herr und Lehrer, denn hatte ihn erst einmal die Ruhelosigkeit gepackt, konnte er mitten in der Nacht aufstehen und sich unter Beachtung der Gestirnkonstellationen auf die Suche nach Heilpflanzen machen oder sich mit Gespenstern an frischen Gräbern unterhalten. Und je weiter der Sommer voranschritt, desto mehr wuchs auch sein Staunen über die hellen Nächte, in denen die Stämme der Birken des Nachts silberweiß glänzten und die Vögel die ganze Nacht über sangen. Er hatte auch keine Angst vor den weißen Würmern, die auf den Gräbern herumkrochen, noch vor dem Geruch des Todes, sondern hielt sich dort gern während der dunkelsten Nachtstunden auf und beschwor die Toten, so dass mich schauderte. Dabei belehrte er mich folgendermaßen:

»Der Mensch hat einen irdischen und einen siderischen Leib. Diese beide vergehen, wenn der Leib verwest, doch wird der irdische Leib wieder zu Erde, während der siderische Leib von den Sternen, von denen er kommt, aufgesaugt wird. Deshalb kann jemand, dessen Auge darin geschärft ist, das Licht der Natur zu sehen, beobachten, wie die siderischen Leiber der Verstorbenen über ihren Gräbern schweben, in allen Stadien der Verwesung. Am besten ist dies bei den Gräbern derjenigen zu sehen, die im Kriege oder eines plötzlichen Todes durch einen Unfall gestorben sind. Das Tageslicht verhindert, dass man sie sehen kann, aber bei nächtlichem Licht kann das Auge ihre Umrisse erahnen, und das graue Dämmerlicht der nördlichen Nacht bewirkt, dass man sie vollends deutlich dort schweben sieht.« Ich glaubte ihm, denn wenn mein Blick lange genug in grauer Nacht über den frischen Gräbern verweilte, konnte ich in dem dort schwebenden Dunst menschliche Gestalten erkennen. Welchen Nutzen jedoch dieser Anblick Doktor Paracelsus brachte, das begriff ich nicht, sondern mir tat es leid um meine verlorene Nachtruhe.

Kapitel 2

Unterdessen versammelten sich die schwedischen Reichsstände und bestätigten bereitwillig den Friedensvertrag, durch den sie König Christian als König von Schweden anerkannten und von ihm die Versicherung erhielten, dass keinem, der sich ihm unterwürfe, etwas zuleide geschehen werde. So hätte nun alles seine Ordnung haben sollen, aber der Reichstag war nur schwach besetzt. Aus Finnland war niemand zum Reichstag erschienen, obwohl vom König eine Einladung ergangen war. Das Schloss und die Stadt Stockholm leisteten nach wie vor Widerstand, und die Witwe von Herrn Sten wollte keinesfalls etwas mit dem Reichstag zu tun haben und sich erst recht nicht seinen Beschlüssen unterwerfen. Stockholm verfügte über reichlich Waffen und Verpflegung, und die Söldner zeigten nicht die geringste Bereitschaft, einen Sturm auf die Stadtmauern zu unternehmen, von denen Feuer und Rauch niederging, falls jemand ihnen zu nahe kam.

Die Söldner zogen es nämlich vor, in ihrem Lager dem Müßiggang zu frönen, solange der warme Sommer anhielt, sowie sich ihres Soldes zu erfreuen, während jeder Belagerungstag den König und den dänischen Staat ungeheure Summen kostete. Deshalb musste der König bald nach Dänemark zurückkehren, um weiteres Ausrüstungsmaterial zu besorgen und sich Geld für das Heer zu leihen. Doktor Paracelsus rüstete sich für eine Reise zu den schwedischen Bergwerken, um die Krankheiten der Bergleute zu erforschen. Wahrscheinlich wäre ich mit ihm aufgebrochen, hätte Herr Didrik mich nicht endlich zu sich gerufen, um sich mit mir zu Doktor Hemming Gadh zu begeben. Er stieß bittere Flüche aus und sagte:

»Es ist wahrlich eine Schande, dass die Starrköpfigkeit eines böswilligen Weibes eine gute Sache hinausschiebt. Stockholms Herren und Bürger sind nichts als dumme Kinder, die nach Frau Christinas Pfeife tanzen, ohne auf die Kriegshörner des Königs zu hören. Sonst könnten wir bereits das St.-Petrus-Spiel in Schweden beginnen.«

Ich sagte: »Der König hat zwar jedem, der sich ihm ergibt, Verzeihung und Erbarmen versprochen. Aber ich bin entsetzt, wenn ich die dänischen Hauptleute davon reden höre, es gäbe in Schweden noch nicht genug reiche Witwen, die sie heiraten könnten, und dass der schwedische Bauer lernen müsse, sein Feld als Einhändiger und Einbeiniger zu bestellen. Gewiss sind das doch nur boshafte Scherze, denn König

Christian hat ja Salz an das Volk verteilen lassen und versprochen, jedem die durch den Krieg entstandenen Schäden zu ersetzen.«

Darauf meinte Herr Didrik: »Hundert Jahre dauert die Union nun schon, und die ganze Zeit lang herrschte nichts als ständiges Aufmucken, Rebellion und Blutvergießen, einzig deshalb, weil die selbstsüchtigen schwedischen Herren sich dem König nicht unterwerfen wollten, sondern immer, wenn sich die Gelegenheit fand, alle ihre gegebenen Versprechen gebrochen haben. Dieser Feldzug hat den König und das Dänische Reich so viel gekostet, dass Dänemark nun ein armes Land ist. Wir Männer Dänemarks, die wir unser Hab und Gut, unser Leben und unser Blut für den König aufs Spiel setzen, haben ein Recht darauf, die uns entstandenen Schäden voll ersetzt zu bekommen. Außerdem verlangen wir Sicherheiten dafür, dass Schweden nach Auflösung des Heeres nicht noch einmal versucht, unter Leitung der hohen Herren des Landes einen Aufstand anzuzetteln, um aus dem gemeinsamen Staatsverband auszuscheiden. Das muss doch jedem klar sein, und deshalb muss in diesem Lande das St.-Petrus-Spiel gespielt werden, sobald die Waffen niedergelegt sind und sich alle Burgen und Städte in der Gewalt des Königs befinden. Aber kein Wort darüber zu Doktor Hemming! Er ist alt geworden und nicht mehr ganz richtig im Kopf.«

Ich war sehr niedergeschlagen, als ich seine Worte vernahm. Doktor Hemming war sichtbar gealtert; sein grauer Kopf wackelte, und statt der gespornten Stiefel und des Federhutes, den er in den Tagen seiner Stärke getragen, hatte er wieder sein geistliches Gewand angelegt. Er begrüßte mich freundlich und sagte:

»Herr Didrik hat dich mir empfohlen und gesagt, du seist ein Mann des Friedens und der Verständigung, und du habest in deinem Heimatland viel Schlimmes ertragen müssen, weil du der Sache der Union anhingest. Jetzt aber soll die Vergangenheit vergessen sein; richten wir unsere Gedanken lieber auf eine glückliche Zukunft unseres gemeinsamen Vaterlandes! Mein ganzes Leben lang habe ich gegen die Union gekämpft. Aber nun sind mir die Augen endlich geöffnet worden, und ich begreife jetzt, dass es sinnlos ist, gegen den Stachel zu löcken, denn König Christian hat eine unbesiegbare Streitmacht auf seiner Seite, und ich bin von seinem aufrechten Sinn und seinen guten Absichten überzeugt. Deshalb verschlimmert jeder, der gegen ihn kämpft, nur die gemeinsame Sache und ist eine Gefahr für das Reich. Um so wichtiger ist es, dass wir nun zu einem dauernden Frieden kommen und einträchtig und ohne Streit wie Brüder zusammenleben, seien wir nun Dänen oder Norweger, Schweden oder Finnen. Allerdings verharren Arvid, der Bischof von Finnland, sowie zahlreiche finnische Herren in ihrem Starrsinn und handeln lieber nach den aufrührerischen Ratschlägen Frau

Christinas, als dass sie auf die Briefe und Warnungen des Königs hören, woraus Finnland nur der größte Schaden entstehen kann. Ja, sogar zu einem Blutbad kann es kommen, falls der König gezwungen sein sollte, seine Streitmacht gegen Finnland einzusetzen. Laut Beschluss der Stände handelt nämlich jede Stadt und jede Burg, die weiterhin Widerstand leistet, auf eigene Gefahr und wird dann, wenn sie aus ihrem dummen Traum erwacht, sich in trauriger Wirklichkeit wiederfinden. Ich kann nur mit großem Schmerz und in tiefer Sorge an viele meiner einstigen Freunde und geistlichen Amtsbrüder in Finnland denken, die durch ihre törichte Starrköpfigkeit die Unversehrtheit ihres Halses in Gefahr bringen.«

»Das alles verstehe ich sehr gut«, sagte ich. »Auch Herr Didrik hat mir alles gründlich erklärt, und ich weiß, dass König Christian ein edler und guter König ist, der dem Volk Salz und Hering verspricht und den Herren seine Gnade und sein Erbarmen. Aber wie kann ich in dieser Sache hilfreich sein?«

Doktor Hemming sagte: »Ich habe einen langen Brief an Bischof Arvid geschrieben, in dem ich auf meine Erfahrungen und mein ergrautes Haupt verweise und ihn beschwöre, sich zu unterwerfen, solange er noch Gelegenheit dazu hat. Du sollst diesen Brief nach Turku bringen. Und da du selbst aus Turku stammst, musst du zu den Bürgen und dem Volk der Stadt sprechen und ihnen klarmachen, dass jeglicher Widerstand nicht nur sinnlos, sondern auch verderblich ist. Das wird für dich ein Leichtes sein, denn du hast ja gesehen, wie mächtig des Königs Streitmacht ist, und kannst also guten Gewissens erklären, dass es nur noch eine Sache der Zeit ist, bis Stockholm sich ergeben wird. Ich habe auch selber schon Unterredungen mit Ratsmitgliedern geführt. Sie sind zu einer gütlichen Einigung durchaus bereit. Nur noch die Dummheit und der Starrsinn eines Weibes stehen dem entgegen, denn einem Weibe vernünftig zuzureden ist das gleiche, als wollte man einem Huhn Latein beibringen. Auch nach anderen finnischen Städten und Burgen habe ich auf des Königs Wunsch schon geheime Boten losgeschickt, denn er will sinnloses Blutvergießen und die hohen Kosten eines Feldzuges tunlichst vermeiden. Von diesen Boten brauchst du aber nichts zu wissen; dein einziger Wirkungsort ist Turku.«

»Ehrwürdiger Pater Hemming!« beeilte ich mich zu sagen. »Ich habe eine langsame Redeweise und eine schwere Zunge. Auch bin ich noch zu jung, um eine so gewichtige Aufgabe erfüllen zu können. Außerdem hat der gute Bischof Arvid mir das Hanfseil anstelle eines Priesterkragens versprochen, falls ich mich noch einmal in Turku blicken lassen sollte. Anhänger der Union, die aus Finnland geflohen sind, berichten, in Turku seien Hälse gestreckt und Köpfe abgehauen worden, so jemand es gewagt habe, zugunsten einer Kapitulation zu sprechen. Deshalb bitte ich Euch, Ihr möget jemanden, der erfahrener und gewitzter ist als ich, in diese gefährliche Wolfshöhle schicken.«

»Bescheidenheit ist der Jugend Zier«, sagte Doktor Hemming, »aber ein Mensch, der etwas gewinnen will, sollte nicht allzu wählerisch sein. Herrn Didriks Empfehlung reicht mir, und der Brief, den ich dir mitgebe, ist ja wohl ein hinreichender Schutzbrief für dich, wenn du vor Bischof Arvid stehst. Herr Didrik hat mir alles von dir erzählt, auch von deinen Zukunftsträumen. Wenn du die dir übertragene Aufgabe nur treu und zu meiner Zufriedenheit erledigst, dann verspreche ich dir die Gunst des Königs und werde beim päpstlichen Legaten Fürsprache für dich einlegen, damit du eine Sondergenehmigung erhältst, die deine uneheliche Geburt hinwegwischt (denn es bedarf da nur eines Federstrichs des Legaten und seines Siegels), so dass du zum Priester geweiht werden kannst. Ich glaube, Bischof Arvid wird dich dann auch mit einer guten Pfründe in Finnland belohnen.«

»Pater Hemming«, sagte ich, »ich werde Euch ewig dankbar sein, wenn Ihr mich in Eurer Güte für geeignet haltet, die Priesterweihe zu empfangen und Ihr für mich beim Legaten ein gutes Wort einlegt. Ich werde Eurer stets als meines Wohltäters gedenken, aber ich verstehe nicht, was diese kirchliche Angelegenheit mit meiner Reise nach Turku zu tun haben soll, wo man mich des Betrugs und Landesverrats bezichtigen wird, so dass ich meinen Mitmenschen und Jugendfreunden nicht mehr unter die Augen treten kann.«

Doktor Hemming war sehr erbost über meine Worte. Sein Antlitz überzog sich mit Röte, und mit einer Heftigkeit, die ihm in früheren Tagen zu eigen war, erwiderte er mir: »Habe ich nicht mit meinem eigenen Blut, mit all meiner Arbeit und meinen Taten bewiesen, dass ich der größte Vaterlandsfreund bin? Wenn mein graues Haupt das unsinnige Gerede von Landesverrat erträgt, dann sollte doch auch dein jugendlicher Kopf ein gleiches aushalten können! Übernimmst du die Aufgabe, oder soll ich glauben, dass du nur mit halbem Herzen für die Union eintrittst? Dann wärest du auch ungeeignet, der heiligen Kirche und dem König zu dienen. Im Kriege und in der Politik ist nämlich kein Platz für Halbherzigkeiten, sondern hier spielt man mit vollem Einsatz. Auch eine Geschützladung ist ohne Wert, wenn man das Rohr nur halb füllt, sondern dann sollte man lieber ganz aufs Laden verzichten, nach Hause gehen und sich die Decke über die Ohren ziehen.«

Diese seine Worte machten mir Mut und waren sicher das Klügste, was er mir sagte, so dass ich also seinen Brief entgegennahm samt einigen Goldmünzen, die er mir als Reisegeld überreichte. Meine Reise war dann gar nicht so gefährlich, wie ich befürchtet hatte. In der Nähe von

Naantali setzte mich der Segler an Land, und an einem verabredeten Ort erhielt ich ein Pferd, mit dem ich nach Turku weiterreiten konnte. Überall, wo ich Rast einlegte, lauschte mir das Volk eifrig und begierig, wenn ich davon sprach, was König Christian alles versprochen hatte. Die Menschen sagten, ein magerer Friede sei besser als ein fetter Streit, und sowieso seien nur die Herren auf Krieg aus, weil sie um ihre Güter und Vorrechte fürchteten. So bewirtete man mich wie einen willkommenen Boten, weil ich Frieden verkündete. Niemand bedrohte mich oder sagte mir etwas Schlechtes nach, wie ich befürchtet hatte, denn der Ruhm von des Königs Armee hatte sich nach der furchtbaren Niederlage der Bauern in der Karfreitagsschlacht bei Uppsala weit verbreitet, und niemand wünschte einem Otto Krumpen und seinen Schotten auf finnischem Boden zu begegnen.

Am Stadttor von Turku ließ man mich jedoch nicht ein, sondern die Wächter hießen mich zur Bischofsburg nach Kuusisto weiterzureiten. Diese wurde gerade von Bischof Arvid in Verteidigungsbereitschaft gesetzt. So setzte ich meine Reise fort und kam bereits am selben Abend an. Selbst nach der Dämmerung noch hörten die Arbeiten an der Burg nicht auf, sondern im Burghof wurde gemauert, geschmiedet und gezimmert, alles im Lichte von Fackeln und Teerfässern. Bischof Arvid hatte sein geistliches Gewand gegen einen glänzenden Brustharnisch ausgetauscht. Er lief unter den Arbeitern und Schmieden umher wie ein großer Feldherr und trieb die Leute zu immer neuen Anstrengungen an. Ich sprach ihn ehrerbietigst an und erwähnte, dass ich soeben aus Stockholm eingetroffen sei und ihm einen Brief von Doktor Hemming bringe. Er nahm den Brief an sich, hob dabei seine Fackel und leuchtete mir ins Gesicht. Ein kurzer Blick genügte ihm, um mich wiederzuerkennen. Sogleich rief er mit lauter Stimme den Profos und mehrere Wächter herbei. »Nehmt diesen Mann fest«, befahl er, »damit wir ihm den Hals langziehen, als Warnung für alle Betrüger und Landesverräter, denn dies ist niemand anders als Michael der Hurensohn, Michael der Eidbrüchige aus der Stadt Turku.«

Da glaubte ich, mein letztes Stündlein habe geschlagen, fiel vor ihm, dem guten Bischof, auf die Knie und beschwor ihn: »Bischof Arvid, lest doch erst einmal Doktor Hemmings Brief, denn er ist gleichzeitig mein Schutzbrief. Ich bin sein Abgesandter, und König Christian wird vielfache Rache an Euch nehmen, wenn Ihr mir den Hals umdreht. Sofern Ihr mir jedoch Gunst und Gnade erweist, kann ich Euch und ganz Finnland noch von großem Nutzen sein.«

Doch Bischof Arvid zeigte kein Erbarmen. Er befahl den Wachen, mein Pferd und mein Schwert an sich zu nehmen und mich ins Gefangenenverlies zu werfen. Dort wurde ich dann auch an einem Seil hinuntergelassen und landete auf verfaultem Stroh, inmitten von Ratten, Fröschen und ekeligem Dreck, so dass ich nun genug Zeit hatte, über König Christians Macht und Doktor Hemmings Weisheit nachzudenken, auf die ich keinen Heller mehr gegeben hätte, als schließlich der Morgen graute. Gegen Mittag aber wurde die Dachluke geöffnet; man warf mir ein Seilende zu und zog mich an dem Seil aus dem Verlies empor, denn der Bischof wünschte mit mir zu sprechen. Ich war allerdings so sehr mit Schmutz besudelt, dass der Bischof, kaum dass ihm mein Gestank in die Nase gedrungen war, befahl, mich erst einmal in die Badestube zu bringen und mir frische Kleidung zu borgen, damit meine eigene gewaschen werden konnte. Beim Baden verbesserte sich meine Stimmung, und nachdem ich einen Napf Suppe sowie einen Krug Bier zu mir genommen hatte, brach meine alte Natur wieder aus mir hervor und ich dachte, nun hätte ich nichts zu verlieren, sondern alles zu gewinnen. Angetan mit einer Hose, die mir viel zu weit um die Hüften saß, trat ich vor den Bischof und tadelte mit harschen Worten die schändliche Behandlung, die er mir als Sendboten des Königs hatte angedeihen lassen und drohte, dies alles dem König zu Ohren zu bringen. Der Bischof zeigte keine Verärgerung über mein ungestümes Auftreten, sondern er hatte Doktor Hemmings Brief vor sich liegen, den er offensichtlich bereits einmal zerknüllt hatte und nun wieder glatt strich. Dann las er ihn ein weiteres Mal und sagte:

»Michael, mein Sohn, ich bin voller Unruhe und Sorge wegen all des Unglücks, das unser Reich getroffen hat. Vergib mir also aus gutem Herzen und um der christlichen Demut willen diese schlechte Behandlung, zu der mich mein jähzorniges Wesen getrieben hat. Halten wir es so, dass du damit deinen Übertritt in den Dienst des Königs gesühnt hast. Wenn nämlich jemand wie Doktor Hemming sich zum Helfershelfer des Königs macht, dann ist es nur zu verzeihlich, dass ein so schwacher und flatterhafter Jüngling wie du auf dieselbe Art fehlgeht. Berichte mir nun ausführlich alles, was du über des Königs Armee, seine Flotte, die Lage in Schweden und den Widerstand der Stockholmer weißt, und verschweige mir nichts!«

So berichtete ich ihm so gut ich konnte von allem, was ich wusste, so wie Doktor Hemming es mir aufgetragen, während mein Zuhörer mir lauschte und dabei unruhig im Zimmer auf- und abging und zuweilen schwere Seufzer ausstieß. Schließlich sagte er: »Ich muss deine Worte glauben, denn Doktor Hemming beschreibt die Lage genauso in seinem Brief, und ich kann nicht glauben, dass er einen alten Freund belügen würde. Aber wie er sich nur auf die Versprechungen der Dänen verlassen konnte, das ist mir unbegreiflich, wo wir doch alle wissen, dass die Dänen ihr Wort jedes Mal gebrochen und alle ihre Eide und heiligen

Versprechen vergessen haben, um sich, sobald sie die Macht in ihren Händen hatten, an Schwedens alten Gesetzen und Gebräuchen zu vergehen. Mir ist klar, dass ich hier für eine bereits verlorene Sache kämpfe, aber ich habe mich nun einmal in Frau Christinas Lager gebettet, wenn ich ein solches unkeusches Bild gebrauchen darf, und ich kann nicht eher aufgeben, als bis sie aufgibt. Als Lohn für meine Treue muss sie sich beim König einen Freibrief für mich ausbedingen, ebenso wie für Tönne Eriksson und die anderen finnischen Herren. Deshalb hoffe ich, dass du umgehend nach Stockholm zurückkehrst und mit Doktor Hemmings Erlaubnis einen Brief von mir zu Frau Christina bringst, denn anders bekomme ich keine Verbindung zu ihr, weil die dänische Flotte meine Kuriere aufgreift und schneller an den Galgen bringt, als eine Katze niesen kann. Auch hoffe ich, dass du ein gutes Wort für mich einlegst und Doktor Hemming und über ihn König Christian von meinen ehrlichen Absichten überzeugst. Aber du musst auch von all den Schanzarbeiten berichten, die du hier gesehen hast, und versichern, dass ich meine Haut teuer verkaufen werde, sofern mir König Christian nicht einen Freibrief ausstellt und mit seinem Siegel beglaubigt.«

Nach diesen Worten gab er mir einen Geleitbrief und sandte mich auf meine Bitte nach Turku, wo ich die Ausfertigung seines Briefes abwarten sollte, denn bevor er ihn schrieb, wollte er sich mit dem Schlosshauptmann und den anderen finnischen Herren beraten. Auch mein Pferd erhielt ich zurück, und als ich meine knappen Reisemittel erwähnte, gab er mir ein neues Wams, da mein altes in der Wäsche eingegangen war, sowie zwei lübische Gulden, was sehr zur Ermutigung und Aufheiterung meines Gemütes beitrug. So ritt ich unter Begleitung einer bewaffneten Garde nach Turku in dem Gefühl, ein wichtiger Herr zu sein, und fühlte mich geschmeichelt, wenn die Leute auf den Straßen stehenblieben und mir nachblickten.

Doch als ich schließlich vor dem mächtigen Turm des wohlvertrauten Doms stand und sah, wie die schwarzgefiederten Dohlen, friedlosen Seelen gleich, ihn krächzend umflatterten, da ergriff mich gesunde Demut. Ich vergaß meinen eitlen Stolz und plusterte mich nicht mehr auf wie ein Hahn, sondern stieg vom Pferd ab, das ich meinen bewaffneten Begleitern überließ, und betrat das Gotteshaus, um zu beten. Der päpstlichen Bannbulle trotzend, ließ Bischof Arvid nämlich den Dom weiterhin geöffnet und ließ dort auch die anstehenden Messen lesen, als ob nichts geschehen wäre. Die Priester des Domkapitels wagten nicht, sich seinen Anweisungen zu widersetzen, ausgenommen einige ältere und klügere, die sich an die vernünftige Richtschnur hielten, die besagt, es sei besser abzuwarten, als später zu bereuen und deshalb Krankheit vorschützten oder zu anderen Ausflüchten griffen und auf diese Weise versuchten, zwei Herren gleichzeitig zu dienen.

Es herrschte sommerliche Hitze; der leichte Totengeruch, der aus den Ritzen zwischen steinernen Bodenplatten im Dom nach oben stieg, mischte sich mit dem ewigen Duft des Weihrauchs im Kirchenschiff, und ich spürte, dass ich wieder derselbe schutzlose Knabe war, als ich mich neben einer mächtigen Säule niederkniete, um zu beten. All die Erinnerungen aus meiner Kindheit überschwemmten mein Herz mit wehmütiger Wollust. Nun wusste ich, dass wieder heimgekommen war, weder reicher noch ärmer als bei meinem Weggang. Denn ich war zurückgekehrt als ein von der Welt gebeutelter Mensch, mit Trotz und Aufruhr im Herzen. Jetzt glaubte ich nicht mehr an die unermessliche Macht des Wissens, sondern Funken des Zweifels nagten an mir, und ich war mir gewiss, dass harter Egoismus, der unerbittlich auf den eigenen Vorteil bedacht war und sich nicht um Treueschwüre scherte, dem Menschen irdischen Erfolg und irdisches Wohlergehen eher bescherte als Demut, ein reines Gemüt und aufrichtiger Wille, gut und ehrlich zu sein. Mir war auch klargeworden, dass die Demütigen und Anständigen den selbstsüchtigen Menschen, die vor nichts zurückschreckten, nur als Trittbrett taugten bei deren Streben nach Erfolg, Reichtum und Macht auf Erden. Als ich im Gotteshaus meiner Jugend niederkniete, schmolzen mir Herz und Sinn und spalteten sich gleichsam, so dass ich dachte, ich könnte dem Kaiser geben, was des Kaisers ist, und Gott, was Gottes ist, ohne dabei Schaden an meiner Seele zu nehmen.

Als ich aus der Kirche wieder ins Freie trat, merkte ich plötzlich, wie niedrig, arm und klein diese Stadt meiner Kindheit im Vergleich mit den großen Städten der Welt war. Ich wollte auch nicht mehr in eitlem Prunk durch ihre Straßen reiten, da mich hier vielleicht ja ein schweres Schicksal erwartete, weil so viele Männer aus dummer und starrsinniger Treue an einer verlorenen Sache festgehalten hatten. So wies ich die Garde an, das Pferd zum Bischof zurückzubringen und machte mich dann bescheiden und zu Fuß auf den Weg zu Frau Pirjos Haus. Erst als ich davor stand, wurde mir wieder bewusst, wie klein es war und wie schief sein torfbedecktes Dach und wie dicht bemoost der alte Birnbaum im Hof. Tränen brannten mir in den Augen, als ich eintrat, an der Tür stolperte und mir im dunklen Flur die Stirn an dem ganz schwarz gewordenen Türrahmen stieß. Frau Pirjo war mit irgendwelchen Arbeiten in der Stube beschäftigt. Sie schien mir gebeugter und grauer als früher, und auch ihr Kinn war noch länger und knochiger geworden, als sie mich aus ihren stechenden Augen anblickte.

»Meine liebe Ziehmutter und Wohltäterin, Frau Pirjo«, sagte ich und zog vernehmlich die Nase, denn sonst hätte ich gleich zu weinen begonnen. »Ich bin es, Michael. Ich bin nach Hause zurückgekommen«.

»Tritt dir die Füße ab, schnäuz dich ordentlich und setz dich«, sagte Frau Pirjo. »Hast du schon gegessen, oder soll ich dir ein Stück Speckwurst abschneiden oder einen Brei aufwärmen? Du scheinst ja ordentlich abgemagert zu sein, mit so einem dürren Hals. Auch deine Arme sind dünner geworden, wie sie da aus deinen Jackenärmeln hervorgucken. Aber gesund bist du ja wohl, und dein Kopf ist heil geblieben. Deshalb will ich dich nicht über Gebühr tadeln, mein Junge.«

Sie trat zu mir und fuhr mir mit ihrer knochigen Hand leicht über Schulter und Wangen. Dann begann sie zu weinen und sagte: »Unser guter Bischof hat versprochen, dich hängen zu lassen, und unser aller lieber Herr Sten ist im Winter auf einem vereisten See bei Stockholm auf furchtbare Weise seinen Wunden erlegen. Die Dänen wüten in Schweden, als stünde das Jüngste Gericht bevor. Ein Fass Salz ist so teuer wie seit dreißig Jahren nicht mehr, und Frau Christina, die so jung zur Witwe geworden ist, kann einem leidtun. Ich glaube nicht, dass wir je zuvor in so bösen Zeiten gelebt haben, und viele sagen ja auch den Weltuntergang und eine neue Sintflut voraus. Wenn du willst, verstecke ich dich im Keller und päpple dich dort auf wie ein Schwein im Koben, so dass niemand dich zu Gesicht bekommt und damit dein dünner Hals dir nicht noch mehr in die Länge gezogen wird.«

»Frau Pirjo«, sagte ich erbost, »ich bin doch kein Schwein im Koben, das von Euch aufgepäppelt werden muss, sondern ich bin jetzt ein *baccalaureus artium* von der hohen Universität zu Paris. Außerdem halten König Christian und der gelehrte Doktor Hemming ihre schützende Hand über mich. Ich komme auch geradewegs von unserem guten Bischof, der mir dieses neue Gewand geschenkt hat, dazu noch eine Münze aus reinem Gold. Dass Ihr mich beweint, ist also völlig unnötig.«

»Was bist du jetzt?« fragte sie misstrauisch, und auf meine erneute Versicherung, ich sei jetzt ein *baccalaureus artium*, entgegnete sie unwirsch: »Was auch immer das sein mag, abgemagert bist du jedenfalls wie ein Hungerleider! Jetzt isst und schläfst du erst mal, bis ich dir neue Hemden genäht habe mit besten Naantali-Spitzen an Kragen und Ärmeln, damit jeder in der Stadt sofort an deiner Kleidung sehen kann, dass du ein Gelehrter bist.«

Ich hatte jedoch keine Lust, mich schlafen zu legen, sondern nachdem ich jetzt glücklich nach Hause gekommen war, brannte mir gleichsam ein Feuer unter den Sohlen, das mich dazu trieb, die Aufgabe zu erledigen, die Doktor Hemming mir übertragen hatte. Zu diesem Zwecke musste ich Pater Petrus treffen, der sich in den städtischen Angelegenheiten am besten auskannte, damit ich nicht unvorsichtigerweise an die falschen Leute geriet und dadurch zu Schaden kam, allen Schutz- und Geleitbriefen des Bischofs zum Trotz. So sandte ich Pater Petrus eine Nachricht ins St.-Olafs-Kloster, und er kam auch eiligst herbei, im Laufschritt dabei den Saum seiner Kutte mit den Händen festhaltend, so dass seine behaarten Unterschenkel sichtbar wurden. Er war schweißüberströmt und ganz außer Atem, als er ankam. Kaum hatte er mich umarmt und mir den Segen erteilt, da musste er Frau Pirjo auch schon um einen Becher Bier bitten, um seinen Leib zu erquicken, da er befürchtete, sein Herz würde ihm von dem Gerenne und der Überraschung schier zerspringen.

Frau Pirjo hatte jedoch kein Bier im Hause, und deshalb verließen wir sie bei den Essensvorbereitungen und gingen zusammen ins Drei-Kronen-Wirtshaus. Die Wirtin war noch dicker geworden und auch gefühlvoller, denn ihr braver Mann hatte sich bei einem Sturz auf der steilen Kellertreppe den Hals gebrochen und war gestorben. Sie weinte bitterlich, als sich mich erblickte, tätschelte mir die Wangen und trug uns ihr bestes lübisches Bier auf. Als ich Pater Petrus wahrheitsgemäß vom Feldlager und der Belagerung Stockholms berichtete, waren wir bald von vielen Menschen umringt, die uns begierig lauschten und dabei, besorgt um die Zukunft, oft in Wehklagen ausbrachen. Um die Bezahlung unserer Getränke brauchte ich mir keine Sorgen machen, denn immer wieder wurde ich aufgefordert, mir die Kehle zu benetzen und noch mehr zu berichten. Und es dauerte auch nicht lange, da traf bereits der Ratsschreiber im Wirtshaus ein, richtete ehrerbietig das Wort an mich und sagte, die Bürgermeister und der hohe Rat wünschten mich zu sprechen.

Mir kam gleich das schreckliche Gefängnis im Rathaus in den Sinn, mit der nach Blut stinkenden Folterbank und dem mit Eisenketten versehenen Pranger auf dem Markt. Aber Pater Petrus sprach mir Mut zu und meinte, ich solle in Gottes Namen vor den Rat treten. Auch versprachen einige Gesellen, Seiler und Seeleute, mich nach besten Kräften zu schützen zu Nutz und Frommen der Union und des guten Königs Christian. Sie begleiteten mich unter allerlei Lärm und Gebrüll bis vor das Rathaus. Dort wollten sie auf mich warten und drohten, sie würden mich mit Gewalt wieder herausholen, falls mein Aufenthalt dort zu lange daure und der Rat mich festnähme. Die Stadtwächter machten aber keine Anstalten, mit ihren Hellebarden auf sie loszugehen, sondern nannten sie »brave Leute« und baten sie, sich zu beruhigen, denn mir würde bestimmt kein Leid geschehen.

Der Rat war durchaus nicht vollständig versammelt, sondern ich wurde von lediglich acht besorgten Bürgern im Ratssaal erwartet, die alle ein ernstes Gesicht machten. Mir rutschte das Herz wie ein Klumpen

Blei in die Hose, da ich als ersten den Goldschmied Lauri erblickte, der mich mit boshaften und mit übelwollenden Blicken musterte. Aber dann dachte ich an die Ratschläge, die Herr Didrik und Doktor Hemming mir mit auf den Weg gegeben hatten, und ergriff mutig das Wort. Ich bewies, dass die Stadt Turku keine andere Wahl hatte, als sich dem guten König Christian zu ergeben, der laut Gesetz und in Übereinstimmung mit sämtlichen Abmachungen und Verträgen der einzige rechtmäßige König von Schweden war und in dem Kampf für seine Rechte auch die alleinseligmachende Kirche vertrat, damit Erzbischof Trolle wieder in sein Amt eingesetzt würde, dessen er durch Hinterlist und gegen alle Rechte der heiligen Kirche enthoben worden war.

Der Bürgermeister und die Ratsherren nickten zu meinen Worten mit dem Kopf, seufzten schwer und sagten: »So ist es, und das ist uns allen auch gut bekannt. Aber wie weit können wir dem Wort des Dänen trauen? Sollen wir tatsächlich glauben, dass König Christian uns aufrichtig vergibt und Gnade walten lässt? Wird er auch alle unsere Privilegien achten? Über wie viele Schiffe verfügt seine Flotte, wie viele Geschütze und Kanonen hat er, und wie groß ist sein Söldnerheer? Sollte er tatsächlich Stockholm einnehmen? Schließlich sind Lübeck und die Hanse nicht gut auf ihn zu sprechen und werden deshalb möglicherweise Frau Christina unterstützen, wie uns Meister Israel versichert hat.«

Ich berichtete von der Armee des Königs, soweit mir davon bekannt war und versicherte, er habe sich nach Dänemark begeben, um einen Vertrag mit Lübeck zu schließen. Der Streit zwischen dem König und Lübeck rühre einzig daher, dass Christian die Privilegien seiner Untertanen, vornehmlich der Bürger und der Kaufleute, auf Kosten der Hanse erweitert und gestärkt habe. »Man sollte die guten Absichten und die Aufrichtigkeit des Königs nicht in Zweifel ziehen«, sagte ich, »denn zum Zeichen seiner Gunst ließ er Salz und Hering an die Bauern in den Provinzen verteilen. Die leisesten Zweifel am König sind ein *crimen maiestatis*. Wenn ihr mir nicht glaubt, dann glaubt doch wenigstens dem *doctor electus* Hemming Gadh, der sein ergrautes Haupt für die guten Absichten des Königs zu verpfänden bereit ist. Wenn ihr ihm früher vertraut habt, als er euch noch zu Widerspenstigkeiten und gar zum Aufstand gegen die Dänenmacht angestachelt hat, warum solltet ihr ihm nicht auch jetzt vertrauen, wenn er euch zum Frieden und zur Eintracht auffordert, damit unnötiges Blutvergießen vermieden wird?«

Der Bürgermeister und die Ratsmitglieder begannen aufeinander einzureden und miteinander zu streiten. Einige meinten, auf die Versprechungen von Dänen sei kein Verlass. Die Klügeren aber sagten, dass ihnen nichts anderes übrigbliebe, als sich zu unterwerfen, ob man nun den Versprechungen glaube oder nicht. Und dann gab es noch zwei

Männer, die sagten, es sei am besten, in die Wälder zu fliehen und abzuwarten, bis sich alles zum Guten oder auch zum Schlechten gewendet habe. Lauri der Goldschmied wies mit dem Finger auf mich und rief aus: »Woher sollen wir wissen, ob nicht auch dieser Hurensohn Michael uns nur etwas vorspielt, um uns mit süßen Versprechungen und Lügengeschichten in die Falle zu locken, bis wir uns dann doch noch auf der Henkersbank wiederfinden?«

Das erboste mich aufs äußerste, denn ich hatte in den »Drei Kronen« schon eine Menge Bier getrunken. Ich trat vor ihn hin, sah ihm fest in die Augen und sprach: »Wirst du dich für diese deine Worte auch verantworten, Goldschmied Lauri? Das frage ich dich, damit ich nicht vergesse, sie weiterzumelden. Denn man hat mich dazu bestimmt, die Spreu vom Weizen zu sondern und all die Bürger zu notieren, die störrischen und aufwieglerischen Geistes sind, auf dass mit ihnen nach Gebühr verfahren werde.«

Meine Worte lösten bei allen Anwesenden Schrecken aus; sie fassten Lauri den Goldschmied am Arm und warnten ihn eindringlich, er solle sich nicht mit seiner Zunge das Genick brechen. Aber der Grimm, den er gegen mich in sich trug, machte ihn blind, und er fauchte zurück: »Wie der Herr, so der Knecht! Wie sollen wir König Christian vertrauen, der uns so einen Boten schickt? Denn dieser elende Jüngling ist ein Taugenichts und Frauenverführer, Zögling einer Hexe und Dänenfreund obendrein, alles andere als ein aufrechter Mann, sondern ein verdammter Scheißkerl, der gezwungen war, im Dunkel der Nacht aus unserer Stadt zu fliehen und ins Ausland zu gehen wegen all der Dinge, die er auf dem Kerbholz hat und um dem Galgenstrick zu entkommen. Deshalb täten wir besser daran, beizeiten das Böse aus unserer Mitte zu verbannen und ihn zu verurteilen, seine Papiere und Schutzbriefe zu verbrennen und ihn zur Urteilsvollstreckung an die Burg auszuliefern. Ich glaube nicht, dass ihm irgendjemand eine Träne nachweinen wird, wie auch immer wir mit ihm verfahren.«

Mir war sehr wohl bewusst, dass Doktor Hemming kaum groß nachforschen würde, was mit mir passiert wäre, wenn ich verschwunden bliebe. Aber die Furcht gab mir Kraft, und ich antwortete im Brustton der Überzeugung: »Wagt es ja nicht, mir etwas anzutun, sonst werdet ihr sehen, was das für Folgen hat. Mein Leben bedeutet mir nichts in dieser Sache, sondern ich vertraue lieber auf Gott und den Schutz der Heiligen. Meister Lauri nützt es gar nichts, wenn er mich frommen Jüngling beschimpft und beleidigt, der ich es, obwohl in Armut lebend, durch harte Arbeit bis zum Rang eines Gelehrten der Universität zu Paris gebracht habe. Nein, sein übles Gerede ficht mich nicht an. Ich glaube, dass er sich noch schämen wird, solche Worte gesprochen zu haben. Wenn ihr aber mit Mut und Aufrichtigkeit die Gunst des Königs erlangen, euren Stand erhalten und euch eure Privilegien sichern wollt, dann schreibt einen Brief an Doktor Hemming, unterschrieben von euch allen und mit dem Siegel beglaubigt. Ich verspreche, ihm diesen Brief zu überbringen und als euer Fürsprecher aufzutreten, obgleich ich große Bedenken habe, dieses auch für Lauri den Goldschmied zu tun, da er eine solche Wohltat keinesfalls verdient.«

Die Ratsherren, aus Erfahrung und durch mancherlei Wendungen des Schicksals zu schlauen Füchsen geworden, wollten ihre Namen jedoch keinesfalls unter ein verpflichtendes Papier setzen. Deshalb beschworen sie mich, ich müsse doch ihre missliche Lage gleichsam zwischen zwei Feuern verstehen und als ihr Fürsprecher auftreten. Wenn alles gutginge, dann würden sie sich mir gegenüber erkenntlich zeigen. So versprachen sie mir das gutbezahlte Amt eines Stadtschreibers, zu dessen Ausführung ich einen armen Scholaren dingen und dabei von den Erträgen dieses Amtes bequem leben könnte. Zunächst einmal stellten sie mir einen Schutzbrief aus und erlaubten mir, mich frei in der Stadt zu bewegen, sofern ich keine Volksversammlungen abhalten und keinen Aufruhr erregen würde, sondern mich damit zufriedengäbe, in aller Ruhe dem Volk zu berichten, was es an Neuigkeiten gab. Als ich mich bei ihnen über meine geringen Mittel beklagte, versprachen sie, mir meine Reise nach Stockholm zu finanzieren. Sie gaben mir einen (allerdings recht kleinen) Beutel mit Silbergeld, damit ich mich von ihrer Aufrichtigkeit und ihren guten Absichten überzeugen könnte. Aber damit konnten sie mich nicht täuschen. Ich begriff sehr wohl, dass sie, falls der König erfolgreich sein würde, zwar wie warme Butter vor mir sein würden, sich aber im Falle einer Niederlage des Königs sofort über mich hermachen würden, ja sogar imstande wären, mich als unliebsamen Zeugen aufzuhängen.

Auch Lauri der Goldschmied begann seinen Zornesausbruch und seine unbedachten Worte zu bereuen. Er redete mit Engelszungen auf mich ein und sagte: »Vielleicht habe ich dich zu Unrecht verurteilt, Michael, und es mag sein, dass deine vielen Fähigkeiten und dein gutes Wesen dich noch in eine hohe Stellung bringen werden. Also besuch mich alten Mann doch einmal in meinem Hause, um zu zeigen, dass du nichts mehr gegen mich hast.«

Ich versprach ihm nichts, sondern verließ das Rathaus bei Anbruch der Dunkelheit. Auf dem Marktplatz war keine Menschenseele mehr, denn die Gesellen und Seeleute hatten sich verzogen, um sich ihre trockenen Kehlen zu benetzen oder um schlafen zu gehen. So wurde mir die gesunde Lehre zuteil, wie schnell die Gunst des Volkes verfliegt. Pater Petrus fand ich dann allerdings in den »Drei Kronen«, wo er immer noch auf mich wartete und auf meine Rechnung Bier trank. Die gutmütige Wirtin meinte aber, ich bräuchte mir über die Rechnung keine Sorgen zu machen, ich könne sie begleichen, wenn ich wieder Mittel dazu hätte. Sie freute sich einfach, mich wieder gesund und munter daheim zusehen, bei guten Kräften und als einen vom Schicksal Begünstigten. Sie erkundigte sich auch neugierig nach Antti und seufzte schwer, als ich ihr erzählte, wie heldenhaft und unter welch großer Lebensgefahr er bei den Geschützen vor Stockholm seinen Mann gestanden hatte.

So blieb ich nun einige Tage in Turku, während ich auf den Brief des Bischofs wartete. Das reichliche Essen und Trinken munterte mich auf, und die Ehrerbietung, die mir die Menschen erwiesen, schmeichelte mir, da sie trotz all dem Getuschel über mich meinen Worten aufmerksam lauschten und versuchten, ihre Gedanken in neue Bahnen zu lenken. Denn man hatte dem Volk so lange von der Grausamkeit und der Hinterlist der Dänen gepredigt, dass ihnen die Verbitterung und der Hass auf alles Dänische in Fleisch und Blut übergegangen war. Deshalb fühlten sich alle zunächst wie vor den Kopf gestoßen, wenn sie nun von den Dänen nur Gutes denken sollten. In dieser Not aber richteten sie ihre Hoffnungen auf König Christian, dessen Gestalt für sie alles Dunkel zu erhellen begann und die Raubzüge und Brandschatzungen seiner Armee allmählich überstrahlte – was hätte man von den gottlosen Söldnern auch anderes erwarten können? In diesen Tagen wurde in Turku so manches Glas auf den Frieden und auf König Christian geleert, so dass ich ständig vom Weinrausch benebelt war. Das war nicht gut für meine Gesundheit, denn mancherlei merkwürdige Eingebungen spukten mir im Kopf herum.

So ergriff eines sehr warmen Augustabends eine unerklärliche Unruhe von mir Besitz. Ich hielt es nicht mehr in der beengten Bierstube aus, sondern wanderte ziellos am Flussufer entlang, wo die Stämme der Birken totenbleich in der Abenddämmerung schimmerten und ein Wetterleuchten am Himmel aufblitze. Da konnte ich der Versuchung nicht widerstehen und beschloss, der Einladung, die Lauri der Goldschmied ausgesprochen hatte, Folge zu leisten und bei ihm vorbeizuschauen, um noch einmal Anna zu sehen, die, wie ich gehört hatte, zu ihrem Vater in die Stadt zu Besuch gekommen war. Als ich eintrat, saß Anna in der Stube und stillte ihr Kind. Bei meinem Anblick erbleichte sie, begann zu zittern und hätte fast das Kind fallen lassen, so dass sie schnell ihre Brust bedecken musste. Ich spürte den ekelig süßlichen Duft von Kinderwindeln und bemerkte, dass sie dick geworden war, wie das bei jungen Frauen nach der Geburt ihres ersten Kindes oft der Fall ist und dass sie unübersehbar schielte. Ich empfand keinerlei Entzücken und kein Begehren mehr, sondern blickte auf sie wie auf eine fremde Frau.

Mir war nun klar, wie verrückt und dumm ich gewesen, als eine bloße Berührung von ihrer Hand mir wie die himmlische Seligkeit vorgekommen war.

Auch kam mir Lauri der Goldschmied nun als langweiliger Schwätzer vor, der, seine Wut auf mich zu verbergen suchend, bestrebt war, mich mit schmeichlerischen Worten zu umgarnen. So blieb ich nicht lange bei ihm, sondern kehrte wieder in die heiße Nacht zurück. Wirre Gedanken gingen mir im Kopf umher. Ich dachte, ich würde bald Diener der heiligen Kirche werden und nie heiraten, und das sei auch sehr gut. Aber die heiße Nacht und das Maunzen der Katzen in den Gärten machte mich unruhig. Immer wieder flammten Blitze weit entfernter Gewitter auf, die das ganze Firmament erhellten, so dass ich mich unsagbar einsam und traurig fühlte. Gewiss aber kam dieses furchtbare Gefühl von Verlassenheit und völliger Sinnlosigkeit des Lebens nur daher, dass ich so viele Tage hintereinander ständig Wein und Starkbier getrunken hatte.

Kapitel 3

Ende August war ich wieder im Feldlager des Königs und übergab Bischof Arvids Brief an Doktor Hemming, der mir eifrig nickend dankte und mich seiner Gunst versicherte. Er machte sich dann selbst auf den Weg, um den Brief des Bischofs im Stockholmer Schloss bei Frau Christina abzuliefern. Er forderte auch keine Schutzbriefe oder Geiseln mehr als Pfand für seine Unversehrtheit, denn die Verhandlungen zur Übergabe von Stadt und Schloss waren schon recht weit gediehen. Zweifellos trug auch der gemeinsame Brief Bischof Arvids und der finnischen Herren dazu bei, denn schon wenige Tage darauf wurde ein Verzichtsabkommen unterzeichnet und besiegelt, das Frau Christina und den mit ihr verbündeten schwedischen und finnischen Herren und Bischöfen völlige Straffreiheit für ihren Widerstand und ihre begangenen Verfehlungen zusicherte. Während die Glocken läuteten und die Bürger sich in Festkleidung am Straßenrand drängten, ritt der König in Stockholm ein. Es war eine große Freude, all den von Herzen kommenden Jubel zu sehen, mit dem man ihn empfing. Am Stadttor übergaben Vertreter des Rates dem König die Stadtschlüssel auf einem samtenen Kissen, und beim Klang von Hörnern und Flöten streuten ihm die schönsten Jungfrauen der Stadt, nur leicht bekleidet, Blumen auf den Weg. Doch inmitten all des Jubels und Trubels überkam mich Niedergeschlagenheit, weil ich das Gefühl hatte, hintergangen worden zu sein. Doktor Hennig hatte mich nämlich nicht für würdig erachtet, mich seinem Gefolge anschließen zu dürfen, wo doch der geringste Söldner im Vergleich zu mir nun als Herr und Eroberer auftreten konnte. Ich hingegen bekam all diese Pracht inmitten des Gedränges nur als Zaungast zu sehen.

Einige Tage später allerdings war ich ihm wieder gut genug, als der König zahlreiche Schiffe nach Finnland entsandte, um die finnischen Burgen seiner Herrschaft zu unterstellen. Dafür hatte er Doktor Hemming zu seinem Unterhändler bestimmt. Als man mich abholen kam, wurde mir bewusst, dass ich ein wichtiger Mann war, und ich forderte endlich Lohn und Anerkennung dafür, was ich bisher für die Sache des Königs geleistet hatte. Doktor Hemming bat mich vielmals um Verzeihung. Er sei ein alter, zerstreuter Mann, dessen Herz und Sinn von der ständigen Sorge um das Wohlergehen des gemeinsamen Vaterlandes erfüllt sei. Deshalb habe er es vergessen, mich dem päpstlichen Legaten gegenüber zu erwähnen. Aber er versprach, das Versäumte bei der nächsten sich bietenden Gelegenheit nachzuholen. Dann stellte er mich einem barschen Junker vor, der, die Fäuste an die Hüften gestemmt, das Verladen von Schlachtrössern auf das Schiff überwachte und dabei aus seiner dicken, runden Nase schnaubte wie ein Stier. Dieser Heerführer war Thomas Wolf, ein Deutscher, welcher der künftige Herr der Burg von Turku sein sollte. Auf Doktor Hemmings Empfehlung hin nahm er mich sogleich als seinen Schreiber in Dienst, weil ich die Landessprache beherrschte. Damit waren Verpflegung und Bekleidung für mich gesichert; ich sollte nämlich einen Lohn von vier Öre in Silber je Monat erhalten. Während der Überfahrt hatte ich Gelegenheit, diesen Thomas Wolf näher kennenzulernen, und mir wurde bald klar, dass er ein ungebildeter Mann war, der kaum seinen eigenen Namen schreiben konnte. Als Soldat aber gab er sicher einen fähigen Kommandanten ab, denn schon bei dem geringsten Anlass pflegte er fürchterliche und gotteslästerliche Schimpftiraden auszustoßen.

So segelten wir hinüber nach Turku, und von Insel zu Insel verkündeten die Wachtfeuer mit ihren schwarzen Rauchsäulen die Nachricht von unserem Erscheinen, so dass von der Burg in Turku Salutschüsse abgefeuert wurden, als wir an der Flussmündung vor Anker gingen. Bischof Arvid erhielt einen Schutzbrief und der Stadtrat die Versicherung des Königs, niemanden zu bestrafen. Dann erfolgte unter festlichen Ehrenbezeugungen, Trommelwirbeln und Flötenklängen die Übergabe der Burg an Junker Thomas, der sie sogleich mit seinen eigenen Männern besetzte, in ihr Wohnung bezog und sich das gesamte Bestandsverzeichnis vorlegen ließ. Danach erkundigte er sich bei mir nach einem fähigen Henker. Ich empfahl ihm wärmstens Meister Laurentius. Den ließ er sogleich herbeiholen und übertrug ihm als Probe, zwei Söldner zu hängen, die in den »Drei Kronen« randaliert, ehrsame Bürger mit dem Schwert bedroht und ein Mädchen im Stall des Gasthauses vergewaltigt hatten. Dieses Vorgehen fand einhellige Zustimmung bei den Bürgern der Stadt, und sie priesen Junker Thomas ob seiner Strenge und Gerechtigkeit.

Doktor Hemming klagte beredt darüber, wie er sich in seinem hohen Alter als Gottes und des Königs Laufbursche den mannigfaltigen Beschwernissen des Reisens aussetzen musste, da ja die herbstliche Kälte schon zu Bodenfrost führte. Die finnischen Burgherren waren nämlich nicht gewillt, zu friedlichen Verhandlungen in Turku zu erscheinen, wie er gehofft hatte, sondern er musste mit seinen Truppen erst nach Hämeenlinna und dann noch nach Viborg reiten, um Tönne Eriksson dem König gefügig zu machen. Ich folgte ihm bis nach Hämeenlinna, wo er den dortigen Burgherrn Åke Jörnsson traf und viele Tage aufwenden musste, bevor er das Misstrauen diesen halsstarrigen Herrn überwinden und ihn auf seine Seite ziehen konnte. Herr Åke gab sich nicht eher geschlagen, als bis er die Versicherung erhielt, weiter in seinem Amt als Burgherr zu verbleiben. Immerhin musste er einen dänischen Berater und königliche Truppen innerhalb seiner Burgmauern dulden.

Nach den erfolgreichen Verhandlungen ließ er mehrere Fässer Bier anzapfen und richtete den Neuankömmlingen ein Festmahl im Burghof aus. Er selbst betrank sich dabei völlig, und auch Doktor Hemming vergaß ganz auf seine Würde und trank mehr, als ihm guttat. Dabei umarmten sich die beiden, vergossen Tränen über das Schicksal von Herrn Svante und Herrn Sten und schworen zahlreiche schauerliche Eide, wie sie mit König Christian verfahren würden, sollte dieser seine Versprechen brechen und den Herren, die sich ihm ergeben hatte, die einträglichen Belehnungen vorenthalten, die er ihnen in seiner königlichen Verlautbarung angekündigt hatte. Wie bei alten Männern üblich, erging sich Doktor Hemming unter Tränen in Erinnerungen an die verflossenen Tage seiner Jugend und seine Studienzeit in Rom und an hohen Universitäten. Er sei ein mächtiger Mann gewesen, sagte er, und habe Mars, Bacchus, der Venus und anderen heidnischen Göttern vielleicht mehr Ehre erwiesen als es mit seiner Würde als Kirchenmann und gewählter Bischof wohl vereinbar gewesen sei.

»Aber«, meinte er, »was dem Jupiter erlaubt ist, ist dem Ochsen noch lange nicht erlaubt. Wer einen Stein auf mich wirft, auf den werfe ich den Stein zurück, so dass ihm davon der Schädel dröhnt. Außerdem kann ich mich freuen, in meinen alten Tagen die Taten zu bereuen, die ich vollbracht habe, und nicht die, die ich ungetan gelassen habe, so wie es das Schicksal der Hasenfüße und Angsthasen ist. Was das betrifft, so bin ich noch Manns genug, mich mit anderen Flüchtlingen in den Wald zu verziehen und von Tannenzapfen zu leben, sofern der König den Einflüsterungen böser Ratgeber erliegen sollte und seine Siegel und Eide vergisst, wovor der liebe Gott uns alle bewahren möge.«

Auf diese Weise herrschte eitel Freude und Sonnenschein, Freundschaft und Eintracht an den flammenden Teertöpfen und Strohfackeln, die auf den Zäunen um die Felder bei der Burg brannten. Doktor Hemming schickte mich zurück nach Turku, um Junker Thomas die Nachricht vom glücklichen Ausgang der Verhandlungen zu überbringen. Auch aus Viborg ging das Versprechen des Herrn Tönne ein, er werde gleich nach Erhalt des Schutzbriefes aus Doktor Hemmings Hand die Burg der Herrschaft des Königs unterstellen. Daraufhin sandte mich Junker Thomas weiter nach Stockholm, damit ich dort alle diese guten Nachrichten melde. Ich war sehr gespannt auf die Krönung und Salbung Christians zum König von Schweden. Allerdings nahm keiner der finnischen Herren die Einladung zu den Krönungsfeierlichkeiten an. Sogar Bischof Arvid ließ sich entschuldigen, er sei krank und bettlägerig, was Junker Thomas sehr erboste.

Zu Allerheiligen traf ich in Stockholm ein. Ich wurde Augenzeuge, wie die schwedischen Stände auf dem mit Wimpeln und Fahnen geschmückten Brunkeberg dem König ihre Ehrenbezeugungen darbrachten. Die Stände hatten nämlich, dem Rat von Kennern des kanonischen und römischen Rechts folgend, auf ihr uraltes Recht der Königswahl verzichtet und das Schwedische Reich zu König Christians ewigen Erblanden erklärt. Dieses Ereignis sollte nun feierlich begangen werden. Ich selbst war durch meine Erfahrungen klüger geworden und hatte das mir in Turku erworbene Vertrauen genutzt, indem ich mich mit den besten Kleidern ausstaffierte. So schritt ich mich einer Schmuckfeder am Hut, gegürtetem Schwert, spitzenbesetzten Ärmeln und goldenen Schnallen an meinen Schnabelschuhen einher.

Weil jeder Würdenträger mindestens einen Diener bei sich haben musste, nahm ich Antti mit, nachdem ich auch ihn mit passender Kleidung ausgestattet hatte. Da ich nun auf diese Weise auftrat, empfing man mich überall mit den mir zustehenden Ehren als Schreiber des Burgherrn zu Turku und als dessen Repräsentanten bei den Krönungsfeierlichkeiten. Am nächsten Tag wurde der König in der Stockholmer St.-Nikolai-Kirche feierlich gesalbt und gekrönt. Ich erkämpfte mir und meinem Diener drängelnd einen Platz unter den übrigen Männern meines Standes, so dass ich die ganze Zeremonie als Augenzeuge verfolgen konnte. Der wieder in Amt und Würden eingesetzte Erzbischof Gustav Trolle verrichtete das feierliche Ritual, als hätte er seinen Lebtag nichts anderes getan, als Könige mit heiligem Öl zu salben und sie mit den Insignien ihrer Macht zu kleiden.

So hatte ich Gelegenheit, König Christian genau zu beobachten. Dabei wurde mir klar, dass ich einem edlen Herrn diente. Er hatte ein längliches Gesicht mit ebenmäßigen Augenbrauen; die Augen blickten schwermütig drein und funkelten im Schatten müder Augenhöhlen. Als er auf dem Krönungsstuhl saß, um gesalbt zu werden, waren an seinem nackten Oberkörper und den Armen kräftige Muskeln zu sehen; seine Brust waren von schwarzem Haar bedeckt. Als er schließlich gekrönt war, schlug er Otto Krumpen, der Schweden für ihn erobert hatte, sowie seinen munteren Admiral Severin Norby zu Rittern. Das war schon ein merkwürdiger Anblick, denn Otto Krumpen war ein kleiner, hässlicher Mann, der beim Gehen watschelte wie eine Ente, während Severin Norby von eindrucksvoller Gestalt war und wegen seines draufgängerischen Naturells von allen geliebt wurde. Jedoch ließen sich die schwedischen Herren zu keinerlei Lächeln hinreißen, sondern verfolgten die ganze prachtvolle Zeremonie mit missgünstiger und langgezogener Miene. Sie waren nämlich höchst verstimmt, weil der König niemanden von ihnen für würdig erachtet hatte, die Krönungsinsignien in die Kirche zu tragen, geschweige denn, dass er einen von ihnen zum Ritter geschlagen hätte. Danach legte ein Abgesandter des Kaisers dem König den Orden vom Goldenen Vlies um den Hals. Somit hatte ich einen historischen Augenblick miterlebt und war Augenzeuge geworden, wie ein vereintes nordisches Reich unter dem Zepter eines gemeinsamen gesalbten Königs entstanden war. Doch Antti sagte:

»Jetzt warte ich schon auf das Festmahl, denn das Klirren der Schwerter auf den Schultern der hohen Herren, der Glanz des Goldes und das Funkeln der Edelsteine haben mich furchtbar hungrig gemacht. Ich hoffe deshalb, das Mahl möge von nicht minderer Pracht sein.«

Er wurde nicht enttäuscht, denn der festliche Trubel samt Gastmahl, Tanz und Flötenspiel im Schloss wie auch auf dem Marktplatz von Stockholm dauerte geschlagene drei Tage lang. Ich glaube nicht, dass die gesamte Einwohnerschaft der Stadt, Säuglinge und einige fromme Mönche vielleicht ausgenommen, drei Tage lang einen klaren Morgen, Mittag oder Abend erlebte. Am dritten Tag gegen Mittag schien selbst die Novembersonne im Festtaumel am Himmel einen Reigen zu tanzen, und viele adlige Damen begannen damit, ihre betrunkenen Männer vom Fest wegzulocken oder sie gewaltsam nach Hause zu schleppen. Sogar der König ließ sich dazu herab, mit schönen Bürgerstöchtern im Schloss zu tanzen. Unermüdlich ging er vom einen zum andern, klopfte den Leuten auf die Schulter, sprach sie freundlich an und gebärdete sich ganz wie einer der ihren. Auch mich klopfte er auf die Schulter, fragte nach meinem Namen und meiner Herkunft und sagte, er freue sich, dass auch ein Finne an seinen Krönungsfeierlichkeiten teilnehme. Allerdings klagte er auch darüber, dass so wenige Finnen der Einladung gefolgt waren. Aber während er mit mir sprach, schaute er aus seinen in tiefen Höhlen liegenden Augen an mir vorbei, so als dächte er an ganz andere Dinge, und die Ehre, die er mir erwies, lähmte mir die Zunge, so dass ich es versäumte, mir von ihm irgendeine Gunst zu erbitten, worüber ich mich später sehr ärgerte.

Am vierten Tag lag ich in meiner Unterkunft im Haus Hans des Fleischers danieder und kühlte mir die Stirn mit feuchten Umschlägen. Schmerzhaft dröhnte in meinem Schädel das Hufgeklapper draußen auf der Straße, da die zahlreichen Gäste der Krönungsfeierlichkeiten Stockholm verließen und in ihre Städte und Dörfer heimritten. Während ich so von Schmerzen geplagt dalag wie auf einem Rost und nicht einmal fähig war, etwas zu essen, so dass ich nur an einem Salzhering lutschen konnte und aus einem Krug Wasser gegen meinen furchtbaren Durst trank, erschien Antti bei mir. Seine Jacke war völlig zerrissen; er umfasste seinen Kopf mit den Händen und schwor im Namen aller Heiligen, er werde nie mehr im Leben berauschende Getränke zu sich nehmen. »Doch immerhin kann ich mich damit trösten«, fügte er hinzu, »dass ich jetzt nicht in den Hosen der hohen Herren stecke. In der Stadt hört man nämlich seltsame Gerüchte. Es heißt, der König habe eine ganze Reihe adliger Herren samt Frau Christina zu sich ins Schloss gerufen, um ihnen ordentlich den Kopf zu waschen, aber dieses Kopfwaschen sei von eigentümlicher Art, denn es geschehe hinter verschlossenen und bewachten Türen. Auch der Erzbischof soll nun persönlich so manchem Sünder, der ihn beleidigt habe, Bußübungen zuteilen.«

Ich sagte, alle bisher geschehenen Sünden seien doch vergeben und vergessen und verbot ihm, weiter solchen Unsinn zu reden. Außerdem bat ich ihn, er solle mich in Ruhe schlafen lassen. Am Abend stellte sich dann aber heraus, dass Antti die Wahrheit gesagt hatte, denn Frau Christina und mit ihr eine ganze Reihe adeliger schwedischer Herren und Bischöfe waren im Schloss unter Arrest gestellt worden. In Frau Christines Wohnung hatte man eine Wand und dahinter ein geheimes Versteck entdeckt, das ein Dokument enthielt, in welchem der Reichsrat und die Vertreter der Stände einer für alle und alle für einen den Erzbischof des Amtes enthoben und einander versprachen, sich gemeinsam gegen den Bann zu stellen, der aus diesem Grunde vom Papst ausgerufen werden könnte. Auf dieses geheime Dokument angesprochen, behauptete Frau Christina, man könne keine bestimmte Person für die Amtsenthebung des Erzbischofs zur Verantwortung ziehen, sondern das gesamte Reich sei dafür verantwortlich. Wie man nun irgendjemanden wegen vergangener Dinge, die der König zu vergeben und zu vergessen versprochen hatte, zur Verantwortung ziehen konnte, war mir allerdings unbegreiflich. Aufklärung lieferte mir jedoch Herr Didrik, der mich am Morgen schon vor Dämmerungsbeginn abholen kam. Er sagte:

»Michael, zieh dich an und beeil dich, denn der König sieht sich zu seinem großen Verdruss gezwungen, ein geistliches Gericht einzusetzen, um Ketzer zu verurteilen. Das Gericht sucht nun nach einem Sekretär, ohne bisher eine ausreichend gebildete Person gefunden zu haben, denn alle, die man deswegen ansprach, haben sich unter allerlei Vorwänden geweigert. Aber du bist hinreichend gebildet, beherrschst Latein und bist als Finne unanfechtbar und unparteiisch. So mach dich eilends auf und komm mit ins Schloss!«

Er warf mich aus meinem Bett, schläfrig, wie ich war, bevor ich recht begriff, worum es eigentlich ging, und stellte mich im Schloss Meister Slagheck vor, dessen Augen auf mich den Eindruck eines tückischen Menschen machten und der mir erklärte, worin meine Aufgabe bestand. Auf diese Weise befand ich mich unversehens in höchster geistlicher Gesellschaft, denn in dem sorgfältig abgeriegelten Saal im Schloss hatten sich drei Bischöfe, acht Domkapitulare, ein Dominikanerprior und der Erzbischof höchstselbst versammelt. Der Erzbischof erkundigte sich nach meinem geistlichen Stand und war äußerst bestürzt, als er erfuhr, dass ich nicht zum Priester geweiht war. Diesem Mangel müsse, wie er fand, unverzüglich abgeholfen werden, und so weihte er mich mit eiliger Handauflegung zum Priester, so dass ich nicht wusste, wie mir geschah. Ich konnte einfach nicht glauben, dass sich infolge dieses schlichten Aktes von nun an Brot und Wein, wenn es von mir gesegnet wurde, zu Christi Leib und Blut verwandeln würde. Doch als ich es wagte, dem Erzbischof, der in vollen Ornat gekleidet war, meine Einwände stotternd vorzubringen, zischte er mich an, er verstehe von diesen Dingen mehr als ich. Er bemerkte sogar, er könne durch Handauflegung, wenn es sein müsse, auch einen morschen Baumstumpf zur Spendung der heiligen Sakramente befähigen. Diese Worte machten mir klar, dass er ein Hitzkopf von Kirchenfürst war und schlechte Laune hatte. So war es also das Beste für mich, dass ich mich still verhielt wie eine Maus in ihrem Loch.

Die Versammlung, der ich nun beiwohnte, war offenbar keinem der geistlichen Herren angenehm. Jeder von ihnen hätte nach den anstrengenden Feiern lieber noch einige Stunden mehr im Bett verbracht. Den meisten von ihnen fiel es sichtlich schwer, ihre Gedanken zu sammeln, wie es für diese schwierige Angelegenheit nötig war. Deshalb nahm der Herr Erzbischof unverzüglich die Führung in seine Hand. Er breitete seine am Tag zuvor aufgesetzte Anklageschrift gegen die schwedischen Herren auf dem Tisch aus, dazu auch das Dokument, dessen Versteck Frau Christina in ihrer weiblichen Unbedachtheit enthüllt hatte, um die Ehre Herrn Stens, ihres verstorbenen Mannes, zu verteidigen. Dieses Dokument, sagte der Erzbischof betrübt, war dazu geeignet, die Entehrung und Schmähung, der er ausgesetzt gewesen, nur noch schlimmer zu machen, denn es bewies, dass in diese furchtbare und ketzerische Verschwörung gegen die heilige Kirche viel mehr einflussreiche schwedische Herren, als man bisher angenommen hatte, verwickelt waren, bis hin zu den Bürgermeistern und Ratsmitgliedern von Stockholm. Nun gehe es nicht mehr nur um Wiedergutmachung dessen, was er erlitten habe, sondern als König Christian seinen Krönungseid geschworen habe, da habe er sich auch dazu verpflichtet, die Rechte der heiligen Kirche zu verteidigen. Seine Pflicht sei es nun, herauszufinden, wie weit sich diese verderbliche Ketzerei in seinem Reich schon ausgebreitet hatte. Dieses geistliche Gericht sei zu dem Zweck eingesetzt worden, alles damit Zusammenhängende zu untersuchen und ein Urteil darüber zu fällen.

Daraufhin kam es unter den geistlichen Herren zu einer lebhaften Diskussion über die Art und Höhe der Wiedergutmachung, die dem Erzbischof zustand, bis dieser selbst sie ungeduldig unterbrach und sagte, sie hätten offenbar überhaupt nicht verstanden, worum es gehe. Die Wiedergutmachung sei nebensächlich; die Hauptsache sei, festzustellen, inwiefern diejenigen, die das Geheimdokument unterschrieben hatten, sich notorischer und unheilbarer Ketzerei schuldig gemacht hätten, und ein Urteil darüber zu fällen. Die Unterzeichner hätten sich schließlich gemeinsam dazu verpflichtet, alle für einen und einer für alle dem Kirchenbann zu trotzen, indem sie dem Erzbischof den Krieg mit dem Ziel erklärt hatten, ihn mit Gewalt und wider die Bestätigung seitens des Papstes seines Amtes zu entheben.

Um die Sache voranzubringen, fragte der gute Erzbischof, ob man irgendeinen der Unterzeichner für schuldlos halten könne. Die geistlichen Herren erwiderten wie aus einem Munde, der brave Hans Brask, der Bischof von Linköping, sei aus dem Verfahren herauszunehmen, weil er nur unter Zwang und von den anderen bedrängt das Dokument unterschrieben habe. Zum Beweis dessen habe er an seinem Siegel unter dem Dokument ein kleines Stück Papier versteckt, in welchem er erklärte, er handle unter Zwang. Am Abend zuvor war das Siegel untersucht worden, und man hatte den Zettel zur großen Verwunderung der übrigen Unterzeichner daran entdeckt. Somit handelte es sich nicht nur um eine gestattete, wenn auch schwer zu beweisende *reservatio mentalis*, sondern um einen klaren und offensichtlichen Protest gegen das ganze Dokument.

Der Erzbischof ließ das Siegel von Hand zu Hand gehen, und auch ich konnte es mir anschauen und verspürte Hochachtung ob der gewieften Staatsklugheit von Bischof Brask. Man beschloss also, den Bischof aus dem Prozess herauszunehmen und ihn von aller Schuld freizusprechen. Der Erzbischof stimmte diesem Beschluss um so lieber zu, als er von niemand anderem als Bischof Brask selbst einen gewissen Hinweis über die Existenz dieses erschreckenden Dokumentes erhalten hatte. Das gestrige Verhör war ausdrücklich zu dem Zweck abgehalten worden, um an besagtes Dokument zu gelangen. Danach diskutierte man ausführlich über die Erklärung, die das Gericht abgeben sollte, sowie über die einzelnen Formulierungen. Über den Inhalt des Gerichtsurteils gab es jedoch keinen großen Streit, und es konnte auch keinen geben, denn die Unterzeichner des fraglichen Dokuments hatten sich sozusagen selbst der Ketzerei bezichtigt, indem sich sie gegen die heilige Kirche und die Autorität des Papstes vorzugehen entschlossen.

Bischof Jens, der ein in jeder Hinsicht schlichtes und gutes Gemüt hatte, meinte dazu: »Unsere Aufgabe ist unangenehm und betrüblich.

Aber wir haben wenigstens den Trost, dass wir kein endgültiges Urteil fällen, sondern das bleibt dem König überlassen, und für seine Entscheidung können wir wohl nicht verantwortlich gemacht werden. Es steht außer Zweifel, dass gegen jegliches Ketzertum mit großer Strenge vorgegangen werden muss. Doch die große Anzahl der Beschuldigten, ihre hohe Stellung und die Vergebung für alle begangenen Verbrechen, zu welcher der König sich verpflichtet hat, all das spricht dafür, dass sie wohl begnadigt werden.«

Darauf versetzte der gute Erzbischof scharf: »Es ist nicht unsere Sache, uns Gedanken über eine Bestrafung zu machen, sondern wir haben uns darauf zu beschränken, einzig die Aufgabe zu erfüllen, die uns übertragen worden ist. Außerdem, wenn der König sich auch dazu verpflichtet hat, vergangene Verbrechen zu vergeben und zu vergessen, so kann die Vergebung nicht für Ketzerei gelten, denn es steht nicht in der Macht des Königs, Verbrechen, die sich gegen die heilige Kirche richten, zu vergeben. Wir haben jetzt schon genug Zeit mit unnützem Gerede vergeudet. Es ist schon spät, und uns bleibt nicht mehr viel Zeit. Nun ist es unsere Aufgabe, einen Beschluss zu Papier zu bringen, ihn zu unterschreiben und das endgültige Urteil dem freien Ermessen des Königs anheimzustellen, denn schließlich sind wir seine Ratgeber.«

So wurde mir endlich der Entscheid diktiert, und ich tat mein Bestes, ihn in meiner schönsten Handschrift zu Papier zu bringen. Die Beschuldigten wurden namentlich aufgezählt und mit Ausnahme von Bischof Brask als notorische Ketzer bezeichnet, und sie wurden dem weltlichen Gericht zur Verurteilung überstellt. Ich muss gestehen, dass mir war, als würde mir jemand mit einem Eiszapfen das Rückgrat hinunterfahren, als ich diese furchtbaren Worte aufschrieb, denn die traditionellen Formulierungen des kanonischen Rechts verliehen der Anklage und dem Beschluss eine feierliche Eindringlichkeit, die meine Nase fast schon den Geruch von Ketzern spüren ließ, welche auf dem Scheiterhaufen verbrannten. Doch war keine lange Zeit zur Beschlussfassung nötig, denn die geistlichen Herren hatten seit dem frühen Morgen keinen Bissen und keinen Tropfen Bier genossen.

Es herrschte niedergedrückte Stille, während die Mitglieder des Gerichts den Beschluss unterschrieben, als Erster der Erzbischof. Ich entzündete mehrere Wachskerzen, und die Herren brachten Siegellack zum Schmelzen und befestigten ihre Siegel am Schriftstück. Danach lud der gute Erzbischof die Herren lächelnd zum Mahl, das sie sich wahrlich verdient hatten. Er geruhte auch mir auf die Schulter zu klopfen und forderte mich auf, mitzukommen, da ich sicher hungrig sei, nachdem ich mich der wichtigen Aufgabe des Sekretärs so sorgfältig entledigt hätte. Von seiner Freundlichkeit ermutigt, fragte ich ein weiteres Mal, ob ich nun wirklich dem geistigen Stande angehörte. Der Erzbischof bejahte dies und legte mir nahe, mir nun ruhig ein Priestergewand zuzulegen, mir eine Tonsur zu scheren und mir von den Herren des Domkapitels eine Bescheinigung über meine Priesterweihe ausstellen zu lassen. Ich wagte den Einwand, ich hätte ja noch nicht das kanonische Alter erreicht und sei nicht einmal in christlicher Ehe geboren. Aber er ließ nur ein bitteres Lächeln in seinen eiskalten Augen aufblitzen und meinte, das alles sei nebensächlich im Vergleich zu dem großen Dienst, den ich heute der heiligen Kirche erwiesen hätte. Er übergab das Schriftstück mit dem Beschluss Meister Slagheck, der es eilig an sich nahm, um es dem König zu überbringen. Dann wies er auf den sich entfernenden Slagheck und sagte:

»Der brave Meister Slagheck ist auch unehelicher Herkunft. Er ist sogar der uneheliche Sohn eines Priesters, aber ich glaube, hat sich heute die Bischofsmitra verdient, auch wenn es nicht in meiner Macht liegt, Zukünftiges vorherzusagen.«

So nahmen wir dann, noch klamm vor Kälte und hungrig, an einem langen Tisch im Speisesaal Platz, in dessen Kamin ein wärmendes Feuer brannte. Man trug uns eine heiße Suppe, warme Blutwurst und allerlei Leckereien auf, die nach den dreitägigen Feiern noch übrig waren. Doch trotz des starken Bieres kam keine Unterhaltung auf, und wir aßen unter drückender Stille und in tiefer Niedergeschlagenheit. Draußen ging ein grauer Novembertag zur Neige, und an den Fenstern vorbei fielen einige Schneeflocken zu Boden. Ich fühlte mich durchaus nicht glücklich, nachdem ich mich nun so plötzlich am Ziel aller meiner Träume sah, denn das war alles viel zu schnell und unerwartet geschehen, und ich begriff noch immer nicht, in welch eine Sache ich da hineingeraten war. Ich glaube auch, dass erst in der Wärme des Speisesaals und unter der stärkenden Einwirkung des Bieres die Gedanken der geistlichen Herren und Bischöfe so richtig in Gang kamen und sie sich über die weitreichenden Folgen ihres Beschlusses klar zu werden begannen. Denn nach der seit Jahrhunderten überlieferten Rechtsprechung der heiligen Kirche war die einzig mögliche Strafe für Ketzerei der Tod, und dem König dürfte es trotz all seiner wohlwollenden Zusagen schwerfallen, sich einer solchen Bestrafung zu verweigern.

Während wir noch aßen, hörten wir aus der Stadt entfernte Hornsignale, doch achteten wir nicht weiter darauf. Kaum aber hatten wir unser Mahl beendet und Bischof Jens ein kurzes Dankgebet für die guten Gaben gesprochen, die wir genossen hatten, als ein Diener, die Augen vor Entsetzen weit aufgerissen, in den Raum gestürzt kam und berichtete, die Bischöfe Matthias und Vincentius würden gerade vom Schloss auf den Markplatz zur Hinrichtung geführt. Alle sprangen wir auf, so dass der Tisch erdröhnte und die Becher und Schalen darauf umkippten. Aber der Erzbischof beruhigte uns und sagte: »Dieser Mann ist offensichtlich von Sinnen und sieht Gespenster.« Und Bischof Jens meinte: »Der liebe Gott hüte uns davor zu glauben, seine königliche Majestät würde es wagen, seine Hand gegen diese Männer zu erheben. Wer so etwas behauptet, ist ein Lügner und Verleumder und begeht ein *crimen majestatis*.« Dann beruhigte er sich, lachte kurz auf und sagte: »Seit die schwedischen Herren sich ergeben haben, hat doch niemand von ihnen sich so sehr für die Sache des Königs eingesetzt wie Matthias, der Bischof von Strangnäs, und der König hätte sich wohl kaum ohne Matthias' Unterstützung im Reiche durchsetzen können.«

Allerdings waren die Herren sehr beunruhigt und gingen ruhelos im Zimmer auf und ab, wobei sie immer wieder versuchten, einen Blick aus dem Fenster zu werfen. Bischof Jens gab mir den Auftrag, hinunterzugehen und nachzusehen, was sich dort täte. So schlich ich mich hinunter auf den Schlosshof und traf dort auf eine große Schar deutscher Söldner. Sie empfingen mich mit Flüchen und befahlen mir, drinnen zu bleiben, denn der König habe ins Horn blasen lassen und angeordnet, es habe jeder im Schloss und auch in der Stadt in seinen vier Wänden zu bleiben. Doch im selben Augenblick traten Bischof Matthias und Bischof Vincentius aus dem Schloss, jeder der beiden von Wachsoldaten umgeben. Sie waren beide vom langen Wachbleiben und von der Aufregung erschöpft, doch als der Profos vortrat, um sie in Empfang zu nehmen, versuchte Bischof Vincentius zu lächeln und fragte leutselig: »Nun, wie geht's, wie steht's, Profos?«

Der Profos verbeugte sich tief vor ihm und antwortete ehrerbietig: »Ich habe keine guten Nachrichten für Euch, Euer Gnaden. Sie müssen mir verzeihen, aber ich habe den Befehl, Euer Gnaden den Kopf abzuschlagen.« Mir schien jedoch, dass die beiden Bischöfe kein Wort davon glaubten, sondern wie ich, der ich den seltsamen Humor der Deutschen kannte, überzeugt waren, der Profos mache Witze. Jedenfalls wurden die beiden aus dem Schloss gebracht, und die Wachsoldaten schubsten mich wieder hinein, so dass ich in den Speisesaal zurückkehrte und berichtete, was ich gesehen und gehört hatte, nicht ohne zu erwähnen, dass es sich bestimmt um einen schlechten Scherz handelte. Trotzdem erbleichten die meisten der geistlichen Herren. Bischof Jens griff sich mit der Hand an die Herzgegend und sagte, er bekomme keine Luft mehr. Zwei oder drei Herren klagten über plötzliches Bauchgrimmen, und der Dominikanerprior, der sich im Schloss gut auskannte, führte sie zum Abtritt. Aber als sie wieder zurückgekehrt waren, nachdem sie sich erleichtert hatten, stürzte einer von Bischof Matthias' Dienern laut weinend in den Saal. Seine Jacke war zerrissen, und seine Nase blutete.

Er berichtete, auf dem Marktplatz sei ein Schafott samt mehreren Galgen errichtet worden, und die beiden Bischöfe knieten gerade vor dem Henkersklotz nieder. Auch andere Beschuldigte würden soeben vom Schloss zum Markt gebracht.

Mehrere der geistlichen Herren brachen in Entsetzensschreie aus und verhüllten ihr Antlitz. Bischof Jens aber fand zuerst die Fassung wieder und sagte: »Lasst uns sogleich zum König eilen und ihn um Gnade bitten. Wir müssen ihn beschwören, sich nicht eines so entsetzlichen Unrechts schuldig zu machen.« Bis auf den Erzbischof verließen alle den Saal, und ich folgte ihnen, vor Entsetzten unfähig, auch nur ein Wort zu sagen. Doch auf der Treppe eilte uns Meister Slagheck mit ausgebreiteten Armen entgegen, fluchte fürchterlich auf Deutsch und untersagte den Herren, jetzt den König zu stören, der von Trauer und Kummer höchst erschüttert sei wegen des Urteils, zu dem der Gerichtsentscheid ihn gezwungen habe. »Nehmt Euch ja in Acht, edle Herren«, sagte er zornig. »Bedenkt, was diesen widerfährt, damit Ihr Euch nicht selbst zusammen mit den anderen Verrätern ins Unglück bringt, denn heute wird das St.-Petrus-Spiel gespielt, und ein großer Besen wird durch die Stadt Stockholm fegen.«

Da blieb den geistlichen Herren nichts anderes übrig, als weinend und händeringend in denselben Raum zurückzukehren, wo sie dann mit lauter Stimme Gebete zur Vergebung ihrer Sünden stammelten. Dabei wagte keiner, den anderen anzuschauen. Auch ich wagte niemandem mehr in die Augen zu blicken, sondern es überlief mich abwechselnd heiß und kalt. Ich begriff nun, warum es so schwierig gewesen war, einen geeigneten Sekretär aufzutreiben, der den Gerichtsbeschluss niederschreiben sollte. Jedoch glaubte ich noch immer nicht völlig das, was gerade geschah, sondern ich dachte, der König wolle den schwedischen Herren nur einen ordentlichen Schrecken einjagen; er werde nur einige wenige hinrichten lassen und die meisten begnadigen. Deshalb wollte ich nun alles mit eigenen Augen sehen und verließ den Raum, um mit Meister Slagheck zu sprechen. Dieser klopfte mir kräftig auf die Schulter, lachte laut und riet mir, nur nicht den Mut zu verlieren, denn es handle sich bloß um Übeltäter und Verbrecher, die ihre Strafe verdient hätten. Auf meine Bitte hin befahl er einem Hellebardier, mich zu begleiten, damit ich sicher und ungestört verfolgen konnte, wie die Urteile auf dem Markt vollstreckt wurden.

So folgte ich dem Hellebardier mit klopfendem Herzen durch verlassene Gassen bis auf den Marktplatz, wo, stumm vor Entsetzten, eine nicht geringe Menge einfachen Volkes ausharrte. Um das Schafott herum standen, von einem Wald von Piken der Söldner umgeben, die adligen schwedischen Herren, die auf die Urteilsvollstreckung warteten.

Ihre Zahl wuchs stetig an, denn viele, welche die Stadt schon verlassen hatten, waren zurückgekehrt. Man hatte sie am Stadttor gezwungen, von ihrem Pferd abzusteigen, und sie dann zum Markt geleitet. Auch viele Männer aus dem Stockholmer Bürgerstand hatte man herbeigeschafft, nachdem man sie bei ihren Tagesgeschäften ergriffen hatte, den einen am Gerbkübel, einen anderen an der Gewürzwaage, so dass viele von ihnen noch ihre Lederschürze umgebunden oder ihre Ärmel hochgekrempelt hatten. Auf dem Balkon des Rathauses hatten sich einige der Ratgeber des Königs versammelt. Sie riefen dem Volk abwechselnd mit lauter Stimme zu, die einfachen Menschen hätten keine Strafe zu befürchten, bestraft würden nur Verbrecher, Ränkeschmiede, Verschwörer und Ketzer. Doch mehrere unter den verurteilten Stockholmer Bürgern widersprachen laut und riefen, das sei doch alles Lug und Trug. »Ihr lieben und aufrechten Männer Schwedens«, riefen sie dem Volk zu, »prägt euch das alles ein und merkt euch gut, welche Gewalt und welches Unrecht uns angetan wird, denn das gleiche Schicksal droht auch jedem einzelnen von euch, wenn ihr weiterhin auf das Wort eines Tyrannen vertraut und an trügerische Gnadenerlasse und hinterhältige Abmachungen glaubt. Stürzt den Tyrannen! Dafür erflehen wir für euch Kraft vom Himmel herab. Unser Blut schreie aus den Steinen und Straßengräben Stockholms nach Rache an dem Tyrannen!«

Als alle diese Rufe kein Ende nehmen wollten, verlor der Profos die Geduld und ließ einen Trommelwirbel schlagen, um die Stimmen der Verurteilten damit zu übertönen, so dass diese, wenn sie auf dem Schafott standen, um ihr gutes und verbrieftes Recht gebracht wurden, sich mit einem letzten Wort an das Volk zu wenden. Nicht einmal die heiligen Sakramente durften sie empfangen, sondern sie mussten ohne priesterlichen Beistand selber beten und ihre Seele Gottes Obhut anvertrauen. Auch sahen sie nicht nach Ketzern oder Verrätern aus, sondern viele von ihnen knieten fromm zum Gebet nieder; die Stärkeren trösteten die Schwachen, und Greise sprachen adligen Jünglingen Mut zu. Doch durch ihr Stimmengemurmel und die Trommelwirbel hindurch ertönte immer wieder ein dumpfer Schlag auf den Henkersklotz, und der Boden des Schafotts wurde glitschig von dem Blut, das sich in Rinnsalen auf das Pflaster des Marktplatzes ergoss. Fässer füllten sich mit den abgeschlagenen Köpfen, und die kopflosen Leichen wurden beiderseits des Schafotts zu Bergen aufgehäuft. Männer aus dem gemeinen Volk aber, denen ihres geringen Standes wegen die Hinrichtung mit dem Schwert versagt blieb, wurden am Rand des Marktplatzes an den Galgen aufgehängt. Allerdings glaube ich, dass es in all der Hast und Eile zu so manchem Irrtum und so mancher unverdienten Standeserhöhung kam, denn es gab nicht genug Galgen, und so wurden auch mehrere einfache Bürger mit dem Schwert hingerichtet.

Ich versuchte, die Leichname der Hingerichteten und auch die, denen noch Schwert oder Galgen bevorstanden, zu zählen, und kam so zu dem Schluss, dass eine ganze Menge mehr Leute getötet wurde, als in dem Urteil des geistlichen Gerichts aufgezählt waren. Während der Dunst warmen Blutes sich in der kalten Novemberluft über den ganzen Marktplatz verbreitete, wuchsen dort die Unruhe und das Durcheinander immer mehr an, so dass der eine oder andere, der sich zufällig auf den Markplatz verirrt hatte, entweder versehentlich oder absichtlich unter die Verurteilten abgedrängt und dort ohne Urteil mit ihnen hingerichtet wurde. Dieser jähe und schreckliche Triumph des Todes war so bestürzend, dass niemand dagegen einschritt oder versucht hätte, sich dagegen zu wehren. So ließen sich alle auf das Schafott hochschleppen, mit derselben Schicksalsergebenheit wie Lämmer, die zur Schlachtbank geführt werden. Ich glaube auch, dass jeder Stockholmer, der damals auf dem Marktplatz mit zugegen war, sich in dem gleichen Maße schuldig fühlte wie die bekannten Männer, die man auf dem Schafott hinrichtete, denn die Schuldigen hatten nichts Schlimmeres getan als die Unschuldigen. Deshalb war auch niemand groß verwundert, wenn man ihn aus der Volksmenge herausholte und auf das Schafott brachte, sondern die Leute, denen das widerfuhr, begannen eifrig in ihren Geldbörsen zu kramen und dem Henker Geld anzubieten, damit er sie sauber und mit einem einzigen Schlag von Leben zum Tode beförderte.

Auch mich ließ dieser furchtbare Anblick so erstarren und gefühllos werden, dass ich nicht einmal meinen Namen flüstern konnte, als ein paar Männer des Profoses, die die Zuschauer beobachteten, auf mich aufmerksam wurden und einander fragten: »Was ist denn das für ein junger Mann da mit dem Gesicht eines Gelehrten und mit Tintenflecken an den Fingern? Offensichtlich ist er Schwede. Und spitzenbesetzte Ärmel trägt er auch; somit ist sein Platz eher diesseits unserer Piken als jenseits.« So drängten sie sich durch die mit Piken bewaffneten Wachsoldaten hindurch, um mich zu ergreifen. Bestimmt hätten sie mich zu den wartenden Verurteilten geschleppt und mich an einem Galgen aufgeknöpft oder mit dem Schwerte umgebracht, wenn nicht Meister Paracelsus, der die Gefahr, in der ich schwebte, erkannt hatte, aus der Volksmenge hervorgestürzt gekommen wäre und ihnen mit der flachen Seite seines Schwertes einen Schlag auf ihre Finger versetzt hätte. Er verbürgte sich für mich und nannte ihnen meinen Namen. Selbst ein vom Himmel herabgestiegener Engel hätte nicht mehr zu meinem Schutz tun können, denn die deutschen Landsknechte kannten ihn und fürchteten sich vor seinen Zauberkräften, so dass sie mich sogleich in

Ruhe ließen. Der Hellebardier hatte mich nämlich schon längst verlassen, um sich anderen gottlosen Söldnern hinzuzugesellen. Zusammen mit ihnen beugte er sich über die Leichenhaufen, um die kopflosen und blutigen Körper nach Geldbörsen, Schmuck und Ringen abzusuchen. Das erzähle ich nur als Beispiel für das Durcheinander, das auf dem Markt herrschte, nicht aber, um mich wegen meiner wundersamen Rettung irgendwie wichtig zu machen.

Mich an Meister Paracelsus' Arm festhaltend, erbrach ich nach diesem Schrecken den Inhalt meines Magens. All das gute Essen, das ich an jenem Tag genossen hatte, landete auf dem Marktplatzpflaster, und ich bedauerte es nicht, denn mir war, als hätte mich diese Speise schließlich vergiftet, wenn ich sie bei mir behalten hätte. Die Nachmittagsdämmerung setzte ein, und als auch noch abendlicher Frost hinzukam, bedeckte sich das Schafott mit blutigem Raureif. Graue Schneeflocken fielen mir aufs Gesicht, und entsetzt bemerkte ich, dass der Balkon des Rathauses und die Türen zahlloser Häuser noch immer mit Wacholdergirlanden anlässlich der Krönungsfeierlichkeiten geschmückt waren. Doch wenn der König drei Tage lang seine Gäste bewirtet hatte, so ließ er ihnen nun den wahren Hauptgang auftragen, der dazu führte, dass sie nie mehr an einem Brummschädel zu leiden hatten oder von sonstigen irdischen Schmerzen gequält wurden.

Nachdem ich mich von meinem Schrecken erholt hatte, wollte ich nur noch weg vom Markt. Aber Meister Paracelsus hielt mich zurück; er sagte, er müsse nach dem Blutgericht noch mit dem Henker sprechen. Er erzählte mir von seinen Reisen durch Schweden; er habe sich mit Bergleuten unterhalten und ihre Krankheiten erforscht und sei gerade rechtzeitig zu diesem außergewöhnlichen und denkwürdigen Schauspiel zurückgekehrt. Er sagte:»Ich bin kein Prophet, sondern nur Arzt, aber genauso wie meine vom Licht der Natur geschärften Augen die Erzschätze gesehen haben, die in den Tiefen dieses Landes verborgen sind, so sehe ich nun, wie König Christian mit jedem Schwertschlag seines Henkers seine unversehrte Krone mit Dellen und Beulen verunziert.«

Über diese seine Worte wunderte ich mich sehr und versetzte: »Im Gegenteil, jeder Schlag mit dem Schwert stärkt seine Macht, denn so furchtbar all dies Blutvergießen auch ist, so rottet er doch jeglichen Widerstand im Schwedischen Reiche aus, da er einem jeden den Kopf abschlägt, der jetzt noch zum Anführer des Widerstandes werden könnte. Man sollte den König nicht allzu sehr tadeln, denn er gebraucht die ihm von Gott verliehene Macht nur als Mittel, um ein Urteil in die Tat umzusetzen, das aufgrund des unumstößlichen Beschlusses eines kirchlichen Gerichts erlassen wurde.«

Aber Doktor Paracelsus schüttelte den Kopf und meinte: »Wenn so etwas in einem Land geschähe, dessen Volk zu Demut und Gehorsam erzogen ist, dann würde dieses furchteinflößende Beispiel die Menschen warnen und sie daran erinnern, was es bedeutet, gegen ihren rechtmäßigen König aufzubegehren. Aber wie mir bereits aufgefallen ist, sind die Menschen in diesem Land ein eigensinniges und freiheitsliebendes Volk. Hierzulande glauben sogar die Bauern, sie seien auf ihrem eigenen Grund und Boden den adeligen Herren ebenbürtig. Ein solches Volk lässt sich nicht so leicht unterkriegen, sondern ergrimmt, sobald jeder das Gefühl haben muss, sein Leib und Leben sei bedroht. Außerdem hält sich den Wäldern noch eine Menge Leute versteckt, alles Männer, die den Versprechungen des Königs, Gnade walten zu lassen, keinen Glauben schenken. Das habe ich auf meinen Reisen selbst gesehen. Und wenn es unter diesen Männern einen gibt, der klüger und fähiger ist als seine Gefährten, einer, der zum Anführer geeignet ist, dann werden sie ihn zu ihrem König wählen, und er braucht dann auch keinen Rivalen mehr zu fürchten, denn König Christian hat in seiner Kurzsichtigkeit bereits alle Widersacher eines solchen Mannes aus dem Wege geräumt. Wenn ich es recht verstehe, dann hat in diesem Lande seit jeher Zwist, Streit und Krieg unter den adeligen Herren geherrscht. Zu solchen Streitigkeiten kann es jetzt aber nicht mehr kommen, weil die Streithähne jetzt tot vor uns liegen, und ihre Köpfe grinsen uns in schönster Eintracht aus den Fässern dort an.«

Ich sage, es sei ganz unmöglich, sich nun einen anderen König für das Schwedische Reich vorzustellen, da ja König Christian gerade erst gesalbt und gekrönt war. Außerdem sei Schweden auf gemeinsamen Beschluss der Reichsstände in aller Feierlichkeit zu Christians ewigen Erblanden erklärt worden. Dann meinte ich noch: »Mag das Volk dazu lange Mienen ziehen, aber es muss nun diese Suppe auslöffeln, ob es will oder nicht, denn es hat sich diese Suppe wahrlich selbst eingebrockt.«

Meister Paracelsus blickte mich in der immer dunkler werdenden Abenddämmerung mit seinen furchteinflößenden Augen eines Sehers an und sagte: »Ich würde ja gerne wissen, welche Suppe du dir selbst eingebrockt hast, Michael Pelzfuß, denn wie man sich bettet, so liegt man, und wer seinen kleinen Finger dem Teufel reicht, dessen ganze Hand wird der Teufel sogleich ergreifen.« Diese seine Worte ließen mich verstummen, und ich bekreuzigte mich gleich mehrere Male. Gleichzeitig hörte der letzte Trommelwirbel auf, und die Leute auf dem Marktplatz gingen auseinander. Der Henker stieg vom Schafott herab, setzte sich auf eine der Stufen und stöhnte vor Anstrengung laut auf. Er war von Kopf bis Fuß mit Blut bespritzt, so dass seine Kleider klitschnass waren, und er zog seine Stiefel aus, um das Blut auszuschütten, das in sie hineingeflossen war. Selbst die Landsknechte wichen furchtsam vor ihm zurück, aber Doktor Paracelsus zog mich mit sich zu ihm hin und richtete das Wort an ihn: »Verkauft mir Euer Schwert, Meister Jörgen. Ich möchte gern ein wertvolles Erinnerungsstück mitnehmen, wenn ich Schweden verlasse. Ich verspreche Euch, Euer Schwert in Ehren zu halten, wie es sie verdient, denn ein so mächtiges Schwert dürfte es in der gesamten Christenheit kein zweites Mal geben.«

Meister Jörgen antwortete: »Heute leide ich keinen Mangel an Kleingeld, denn man zahlt mir drei Öre in Silber für jeden Kopf, den ich in Ausübung meines Amtes vom Körper abtrenne, und die Anzahl dieser Köpfe ist so groß, dass ein armer Mann wie ich sich nur verwundern kann, wenn ich mir meine Einkünfte ausrechne. Ich musste mit der Spitze meines Schwertes für jeden abgeschlagenen Kopf einen Strich auf den Henkersklotz ritzen, damit ich mit meinen Berechnungen nicht völlig durcheinandergerate.« Doch dann blickte er nachdenklich sein Schwert an. Es war ein Zweihänder-Schlagschwert mit kreuzförmigem Griff, an dessen Ende ein großer, runder Knauf saß. »Ehrlich gesagt«, fuhr er fort, »ich bin ein frommer Mann, und wenn ich mir mein Schwert jetzt genauer ansehe, dann jagt es mir Angst ein, denn es scheint mir, als wäre es nun voll des Geistes und der Kraft all jener Männer, die es heute niedergemäht hat. Auch ist mein Schwert stumpf geworden, und ich fürchte, es hackt mir den Daumen ab, wenn ich es gegen den Schleifstein halte. Nehmt Ihr also mein Schwert, Meister Paracelsus, und tragt es zur Erinnerung an mich. Ich schenke es Euch und fordere keinen Preis dafür, sofern Ihr mir ein anderes Schwert von gleicher Art besorgt, das schon fertig zugeschliffen ist. Aber darüber können wir ein andermal eine Abmachung treffen, denn der Frost macht mir meine Kleidung ganz klamm, und ich fürchte, ich werde krank bis auf den Tod, wenn ich jetzt nicht ein warmes Bad nehme und mir etwas Trockenes anziehe.«

Auf diese Weise erhielt Meister Paracelsus das machtvolle Henkersschwert, mit dem er sich bis an sein Lebensende gürtete. Das spöttische Grinsen der Leute machte ihm nichts aus, denn das Schwert war ihm zu lang, und er stolperte ständig darüber, wenn er es nicht in Händen hielt. Er pflegte zu sagen, diesem Schwert wohnten Zauberkräfte inne. Viele haben sich über das Geheimnis seines Schwertes verwundert, und deshalb habe ich erzählt, wie er es in seinen Besitz nahm, denn ich war Augenzeuge, wie er es nach dem furchtbaren Blutbad von Stockholm geradewegs aus der Hand des Henkers erhalten hat. Ich selbst aber fühlte mich krank und musste mich dauernd übergeben, während mein Leib von Schüttelfrost gequält wurde, bis ich endlich in meine Unterkunft und in mein Bett gelangte. Nicht viele Menschen schlossen in jener Nacht in der guten Stadt Stockholm die Augen. In jedem Haus ertönten Wehklagen, denn die gottlosen Söldner drangen in die Häuser der hingerichteten Bürger ein, forderten von ihren Frauen die Schlüssel, raubten bis zur letzten Truhe alles aus und ließen die Witwen und Waisen mittellos zurück. Allerdings glaube ich nicht, dass sie auf Befehl von König Christian hin handelten, wie von vielen behauptet wurde, die diesem König inzwischen alles Böse zutrauten.

Während ich an Fieber und Übelkeit litt, kam Antti zu mir und behelligte mich mit seinen Grübeleien: »Da haben wir uns ja auf einen sonderbaren Schlitten gesetzt, Michael, Bruderherz! Man hat ja nicht ahnen können, dass auch die Köpfe der hohen Herren rollen können wie reife Rüben. Mir sind eine Menge merkwürdiger Gedanken durch den Kopf gegangen, als ich sah, dass das Blut eines Adligen oder eines geistlichen Herrn sich kein bisschen von dem eines Niedriggeborenen oder eines Bürgers unterscheidet. Nein, das Blut spritzt bei jedem von ihnen auf dieselbe Weise aus dem Hals, wenn der Kopf durch einen geschickt angebrachten Schwerthieb vom Körper abgetrennt wird. Am liebsten würde ich jetzt nach Hause zurückkehren und mich wie ein Hase in einem Wacholderstrauch verstecken, da ich doch von so empfindsamem Wesen bin. Ich empfinde tiefes Mitleid, wenn ich so viel Kümmernis und tränenüberströmte Gesichter um mich herum sehe. Übrigens glaube ich nicht, dass man uns für unsere guten Taten großen Dank erweisen wird, wenn wir als treue Männer des Königs nach Turku zurückkehren, obwohl andererseits der unverschämte Drei-Kronen-Wirt inzwischen tot ist und ich also nicht mehr befürchten muss, dass man mir zur Begrüßung den Inhalt eines Feuerrohres ins Gesicht schießt.«

Den ganzen nächsten Tag ließ man zum großen Entsetzen des Volkes die kopflosen Leichen auf dem Stockholmer Marktplatz liegen. Auf dem Erzfeld südlich vor den Stadtmauern wurde auf Befehl des Königs Holz für den großen Scheiterhaufen zusammengetragen, und am Samstag karrte man die Leichen dorthin, um sie zu verbrennen. Auch Herrn Stens Leichnam holte man aus seinem Grab hervor, um ihn zusammen mit den anderen wie die Leiche eines Ketzers dem Feuer zu übergeben. Dadurch wollte König Christian zeigen, dass es sich um eine von der Kirche angeordnete Bestrafung eines Ketzers handelte und dies alles durchaus nicht auf seinen bösen Willen hin oder aus Willkür geschah. Diese Auffassung wurde auch von Vertrauten des Königs nach bestem Vermögen unter dem Volke verbreitet, so dass viele Bürger schon bald untereinander davon zu reden begannen, sie seien dem starrsinnigen Adel gegenüber zu nichts verpflichtet, hätten die adligen Herrschaften doch stets die Rechte des armen Volkes unterdrückt und mit Füßen getreten. Die besten Bürger tröstete in ihrer Trauer zumindest der Gedanke, dass nun viele Stellen als Bürgermeister und Stadtratsmitglieder in der Stadt Stockholm neu zu besetzen waren.

Kapitel 4

Auch ich fasste wieder Mut, aber nicht so viel, dass ich mich an die Kanoniker des Domkapitels gewandt hätte, denn ich wollte für den Rest meines Lebens lieber nichts mehr mit ihnen zu tun haben. Andererseits wagte ich es nicht, noch schwach und kränklich, wie ich war, eigenmächtig priesterliche Gewandung anzulegen und mir eine Tonsur scheren zu lassen. Am Sonntagabend jedoch wurde ich ins Schloss geholt und in ein Zimmer gebracht, in dem Meister Slagheck gerade die Mitra von Bischof Vincentius anprobierte. Er hatte nämlich die ganze Habe des Bischofs auf eigene Faust beschlagnahmen lassen, um die Ausgaben für seinen bischöflichen Ornat zu sparen, denn er war von etwa der gleichen Größe wie Bischof Vincentius. Kaum hatte Meister Slagheck mich erblickt, da ließ er von seinem gottlosen Tun ab, legte die Bischofsmitra beiseite und fragte mich: »Baccalaureus Michael, bist du ein treuer Mann des Königs, oder nur ein elender Schwächling? Gib mir rasch Antwort, damit ich dich deiner Würde und deinen Verdiensten gemäß behandeln kann!«

Ich sagte, ich sei auf den Schlitten des Königs aufgesprungen, weil ich offenbar nicht anders konnte, auch wenn seine rasende Fahrt mich schwindlig machte und mir das Hinterteil heiß werden ließ. Diese Antwort gefiel ihm sehr; er lachte laut auf und versetzte: »Der König will dich sehen und dir eine wichtige Aufgabe übertragen, wenn du ein verlässlicher Mann bist. Du wirst es nicht bereuen müssen, sondern kannst dir der königlichen Gunst sicher sein, wenn du das Geschäft, mit dem er dich beauftragen wird, erfolgreich zu Ende bringst.«

Er führte mich durch eine in der Wand verborgene Tür in einen geheimen Raum, in dem der König saß, der offensichtlich an einem schweren Katzenjammer litt und düster dreinblickte. Der König wandte sich an mich mit den Worten: »Du bist doch der Finne und Sekretär des geistlichen Gerichts, das mich zu meinem Kummer in schwere Bedrängnis gebracht hat, als es mich zwang, die Häupter der großen Geschlechter Schwedens zu einem elenden Tod als Ketzer auf dem Scheiterhaufen zu verurteilen. Selten stand ein König vor der Aufgabe, einen so schwerwiegenden Beschluss in die Tat umzusetzen. Aber ich glaube, alle guten und gerecht denkenden Menschen werden meine Lage verstehen und mich unterstützen.«

Ich antwortete, dass ich ihn aus vollem Herzen unterstützte und als treuer Untertan Verständnis für ihn hätte, setzte aber hinzu: »Als jemand, der durch die Gunst des Erzbischofs plötzlich und unerwartet in den geistlichen Stand erhoben wurde, muss ich als treuer Sohn der Kirche sagen, dass Bischof Matthias und Bischof Vincentius als heilige Männer der Kirche auch nach Meinung des geistlichen Gerichts unantastbar waren. Es war also eine große Sünde und ein Vergehen gegen die heilige Kirche, sie hinzurichten und ihre Leichen auf dem Scheiterhaufen zu verbrennen, ohne ihnen gestattet zu haben, wenigstens die heiligen Sakramente zu empfangen oder sich verteidigen zu können.«

Der König warf mir aus seinen großen Augen einen unwirschen Blick zu und sagte verdrossen: »Ich habe dich nicht um deine Meinung gefragt. Lass dir das gesagt sein, denn ich habe schon genug Scherereien damit, diese Sache seiner Heiligkeit dem Papst zu erklären. Aber zu meiner Verteidigung kann ich sagen, dass diese von dir als heilig bezeichneten Herren an diesem Ränkespiel und der Verschwörung gegen mein Leben durchaus beteiligt waren. Das kannst du ruhig allen Leuten in Finnland weitererzählen und dabei auf meine Worte verweisen, falls dich jemand danach fragen sollte. Aber berichte das unter dem Siegel der Verschwiegenheit und mit der nötigen Vorsicht, denn die Gefahr, die mein wertvolles Leben bedroht hat, könnte sonst zu Unruhe und Unsicherheit unter dem mir treu ergebenen Volk führen.«

Diese Nachricht erschütterte mich zutiefst. Mir wurde klar, dass die beiden Bischöfe ihre Bestrafung tatsächlich verdient hatten, falls sie wirklich ihre Frömmigkeit und ihre geistlichen Pflichten so weit vergessen hatten, dass sie insgeheim nach dem Leben des Königs trachteten. Zwar hatte ich dafür keinen anderen Beweis als das Wort des Königs und Meister Slaghecks Grinsen neben ihm, aber ich konnte mir nicht vorstellen, der König könnte mich kaltblütig von Angesicht zu Angesicht belügen. Der König beobachte aufmerksam meinen Gesichtsausdruck und sagte dann:

»König zu sein ist kein einfaches Geschäft. Es sind viele Kümmernisse damit verbunden, und ich muss mich vor Gott für alle meine Taten verantworten, doch bin ich sonst niemandem Rechenschaft schuldig. Als Sekretär des geistlichen Gerichts weißt du wohl, dass auch der *doctor electus* Hemming Gadh zu meiner allergrößten Bestürzung und Überraschung seinen Namen und sein Siegel unter dasselbe Dokument gesetzt hat. Er ist damit offensichtlich ein rechter Erzketzer, obgleich ich wegen des Eifers, mit dem er mit diente, nur Gutes von ihm denken wollte. Da es sich nun so verhält, muss ich wohl annehmen, dass er diese ketzerischen Ränke mit seinem Diensteifer verbergen wollte. Um ihm zuvorzukommen, bin ich nun gezwungen, ihm ein Lehen im Himmelreich zu verschaffen, und das möglichst bald, bevor die Kunde von den betrüblichen Ereignissen in Stockholm bis an seine Ohren dringt. Nimm deshalb diesen versiegelten Brief an dich. Er enthält seine Verurteilung. Begib dich nach Finnland, suche ihn unverzüglich auf, wo auch immer er sich gerade aufhält, und lass ihm den Kopf abschlagen. Diese Vollmacht wird dir alle nötige Amtshilfe bei dieser deiner Aufgabe verschaffen. Für die nötigen Ausgaben wird Meister Slagheck dir zehn Mark in Silber auszahlen lassen.«

»Eure Majestät können das nicht ernst meinen«, sagte ich entsetzt. »Doktor Gadh ist ein Mann der Kirche und ein aufrichtiger Freund der Union. Dass sich die Burgen in Finnland Euch ergeben haben, haben Eure Majestät allein ihm, seinem Verhandlungsgeschick sowie dem Vertrauen zu verdanken, das er in Finnland genießt. Mit so schlechtem Lohn sollten seine guten Taten wahrlich nicht vergolten werden!«

Doch der König versetzte ärgerlich: »Gehörst du nicht dem geistlichen Stand an? Dann ist es deine vornehmste Pflicht, Ketzerei zu verurteilen, wo immer du sie antriffst. Du brauchst mir auch nichts von Doktor Gadhs Verdiensten zu erzählen, denn die sind nur allzu groß, als das ein Mann, der solches Vertrauen genießt, nach all dem, was passiert ist, noch am Leben bleiben könnte. Genauso schnell, wie er die finnischen Herren zur Aufgabe gebracht hat, würde er sie nämlich wieder gegen mich aufhetzen. Deshalb ist es meine Pflicht, ihn – wenn auch schweren Herzens – zu verurteilen. Dabei ist es mir ein Trost, dass er schon ein alter Mann ist und sein Leben lange genug hat genießen können.«

Es half mir nichts, gegen den Stachel zu löcken. Wenn ich mich geweigert hätte, diese Aufgabe zu übernehmen, hätte ich die königliche Gunst verloren und vielleicht sogar meinen Hals in Gefahr gebracht, ohne etwas dadurch an der bedauerlichen Angelegenheit zu ändern, denn dem König wäre es gewiss ein Leichtes gewesen, jemand anderen zu finden, der diese traurige Aufgabe übernommen hätte. Deshalb nahm ich das versiegelte Urteil und die königliche Vollmacht, die mich jeglicher Amtshilfe versicherte, an mich. Dann gestattete mir der König, vor ihm niederzuknien und ihm die Hand zu küssen, wonach er mich fortschickte und Meister Slagheck befahl, ihm schnellstens noch einen Krug Bier herbringen zu lassen. So blieb er denn in seiner Geheimkammer zurück, wo er über seinen schweren Pflichten brüten konnte. Meister Slagheck führte mich zum Schatzmeister der Burg und ließ mir gegen Quittung zehn Mark in Silber ausbezahlen. Das ergab einen hübschen Beutel voller Silbermünzen, was bei all meinen Zweifeln und Gewissensbissen dazu beitrug, meine niedergedrückte Stimmung aufzurichten, denn eine so große Summe hatte ich noch nie zuvor in Händen gehalten.

Meister Slagheck vertraute mir noch eine ganze Reihe Briefe an Junker Thomas an. Auch schärfte er mir ein, Bischof Arvid gut im Auge zu behalten, wenn ich mich erst einmal in Turku einquartiert hätte und sofort weiterzumelden, falls mir irgendetwas am Tun und Lassen des Bischofs verdächtig erschiene. »Denk auch daran, Michael Fennicus«, sagte er, »dass dir dein Kopf recht locker auf den Schultern sitzt, bis das Urteil des Königs vollstreckt ist. Denn wenn es Doktor Gadh durch deine Dummheit oder Gedankenlosigkeit gelingen sollte, zu entkommen oder in irgendeiner Burg in Finnland ein Widerstandsnest einzurichten, dann wird der Arm des Königs dich zu fassen kriegen und dich an den Haaren herbeiziehen, wo auch immer du versuchst, dich zu verstecken. Glaub ja nicht, du könntest dir mit irgendwelchen Träumereien von der Gnade und Gunst des Königs falsche Hoffnungen machen, sonst gibt es ein trauriges Erwachen.«

»Ich habe gehört, was ich hören musste«, versetzte ich. »Ich glaube auch, dass ich bereits ausgeträumt habe und mein Erwachen schauerlich war, aber daran ist nichts mehr zu ändern. Deshalb werde ich den Löffel schön in Händen halten und die Suppe auslöffeln, auch wenn sie völlig versalzen ist.«

So verließ ich das königliche Schloss, ausgerüstet mit reichlich Silber und wichtigen Papieren. Als ich ins Freie trat, war mir, als wäre ich aus einer Gefängniszelle oder einem Grabgewölbe hinausgekommen. Am Tor befühlte ich vorsichtig meinen Hals, der mir sehr verletzlich und schmal vorkam. In meiner Herberge packte ich dann meine Habseligkeiten zusammen. Auch Antti verstaute seine irdische Habe in einen Ledersack, denn er wollte mir zurück in die Heimat folgen. Dann verabschiedete ich mich noch von Doktor Paracelsus, der sich anschickte, zusammen mit deutschen Landsknechten nach Polen zu segeln, um dort vielerlei nützliches Wissen zu sammeln. Er war aber ziemlich betrunken, fuchtelte mit seinem Henkersschwert herum und gab an, er kämpfe gegen allerlei Geister und Teufel, deren Namen er aufzählte, aber ich erinnere mich an keinen mehr außer Asrael und Melusina. Offensichtlich war er recht knapp bei Kasse. Aber da konnte ich ihm nicht helfen, sondern sagte ihm höflich Lebewohl und bestieg ein Schiff, das nach Turku segeln sollte. So eine Überfahrt hatte ich noch nicht erlebt, denn das Schiff hisste befehlsgemäß die Segel, obwohl gerade ein Novembersturm aufzog. Als wir auf das offene Meer kamen, sah ich nur noch grauen Himmel, rasch vorbeiziehende Wolken und flatternde Schaumkronen auf der Wasseroberfläche. Bald schlugen die Wellen über Deck, und es gab nichts mehr außer dem Knattern der Segel sowie dem Krachen und Knirschen brechender Bohlen, so dass alle weltlichen Gedanken mir aus dem Sinn schwanden und ich nach langer Zeit wieder an mein ewiges Seelenheil dachte, das mir immer fragwürdiger vorkam.

Mehr tot als lebendig ging ich endlich nach einer Seereise von mehr als einer Woche an Land. Das Schiff hatte mancherlei Sturmschäden erlitten, und selbst der Kapitän brüstete sich nicht ob seiner Fahrtkünste, sondern gab demütig zu, dass wir gerade mal mit dem Leben davongekommen seien. Die Kunde vom Blutbad von Stockholm war aber schon gerüchteweise bis nach Turku vorgedrungen; sie verbreitete sich nun wie ein Lauffeuer überall im Lande und brachte die Menschen sehr auf, obwohl Junker Thomas nach besten Kräften von der Burg aus verkünden ließ, dies alles sei bloßes Geschwätz, lügnerisches und aufrührerisches Gerede, das nur den guten Namen des Königs durch den Schmutz ziehen sollte.

Nachdem die ersten Nachrichten eingetroffen waren, hatte Doktor Gadh heftig mit Bischof Arvid gestritten und war dann wutschnaubend trotz seines hohen Alters zu Pferde nach der Burg Raseborg aufgebrochen, die von den Wachtleuten des Bischofs gehalten wurde. Der Burgvogt von Raseborg, Nils Eskilsson aus dem Geschlecht der Banér, hatte in Schweden gegen den König gekämpft. Doch dann hatte er sich ergeben und durfte nach dem königlichen Gnadenerlass nach Raseborg zurückkehren. Junker Thomas vermutete nicht ohne Grund, dass er sich mit Doktor Gadh zusammentun und wieder gegen den König tätig werden könnte. Deshalb befahl er mir, einer möglichen neuen Verschwörung zuvorzukommen und so schnell wie möglich aufzubrechen, um meine Aufgabe zu erfüllen. Um Turku werde er sich schon selbst kümmern, meinte er verbissen schnaufend. Als ich die Burg verließ und durch die Stadt auf die Straße nach Raseborg ritt, sah ich Zimmerleute, die unter den verwunderten Blicken vieler Bürger hohe Gerüste auf dem Marktplatz aufbauten. Ich trabte im Schritttempo über den Markt, und ein grauhaariger Schweinehirt legte meinem Pferd die Hand auf die Kruppe und fragte demütig, ob wohl ein hohes kirchliches Fest bevorstünde, oder ob sich die Stadt zu Feiern anlässlich der Krönung des Königs rüste. Ich sagte, vermutlich solle die Krönung auf ähnliche Weise wie in Stockholm gefeiert werden. Daraufhin zeigte sich der Hirt sehr erfreut und sagte, Finnland und die gute Stadt Turku bräuchten sich durchaus nicht immer vor den Stockholmern zu verstecken.

Deshalb verließ ich Turku nicht ungern und in Eile, ohne dort irgendjemanden von meinen alten Bekannten getroffen zu haben, auch wenn ich von der stürmischen Überfahrt noch erschöpft war und mich kaum im Sattel halten konnte. Schon bald litt ich höllische Schmerzen, da mir mein Hinterteil von dem unbequemen Sattel ganz wund wurde. Doch die beiden bewaffneten Büttel, die Junker Thomas mir mitgegeben hatten, lachten nur über meine Qualen und schwangen ihre Peitschen über meinem Pferd, wenn ich, alle Heiligen um Hilfe anrufend, versuchte, das Tempo zu drosseln. So erreichten wir Raseborg in zwei Tagen. Als ich vom Rücken meines schaumbedeckten Pferdes aus endlich die schwarzen, von Wasser umgebenen Mauern auf dem Felsen erblickte, rutschte mir das Herz bleischwer bis auf den Grund des Magens, und ich fühlte mich sehr ungemütlich. Trotz meiner Rufe ließ man weder die Zugbrücke herunter, noch öffnete man das Tor, bis endlich Herr Nils Eskilsson persönlich auf der Mauer erschien, um sich selbst von meiner Identität zu überzeugen. Er hieß mich willkommen, wies die Torwächter an, sich zu beeilen und schrie: »Wir verlangen nichts anderes als einen unverfälschten und wahren Bericht von den Ereignissen in Stockholm. Es sind hier vielerlei Gerüchte in Umlauf, welche den guten Namen seiner königlichen Majestät in den Dreck ziehen. Weil wir deswegen Unruhen befürchteten, halten wir die Burg auch geschlossen.«

Knirschend und quietschend senkte sich die Zugbrücke, und das Tor öffnete sich mit dumpfem Ächzen. Dann ritten wir durch das Torgewölbe, in dem das Hufgeklapper unserer Pferde widerhallte, in die Burg hinein, und ich betete nacheinander ein *Ave Maria*, das *Pater noster* und sogar das *Credo*, um mir Mut zu machen. Auf dem Innenhof angekommen, befahl ich den Wachen, das Tor unverzüglich wieder zu schließen, und sprach sogleich mit dem Hauptmann der deutschen Söldner, der neugierig zu mir getreten war. Ich zeigte ihm meine Vollmacht samt dem Siegel des Königs und befahl, mir bei der Aufgabe, mit der ich vom König betraut worden war, jegliche nötige Unterstützung zu gewähren. Ich glaube, er hatte von Junker Thomas bereits diesbezügliche Instruktionen erhalten, denn er nickte nur kurz und ließ sofort die Trommel schlagen, um die Burg in Alarmzustand zu versetzen. Als Herr Nils die Trommel hörte, kam er barhäuptig auf den Burghof gelaufen und fragte, was zum Teufel denn los sei. Ob er nicht mehr der Herr auf dieser Burg sei? Noch weitere freche und unverschämte Worte stieß er aus. Doch Hauptmann Gissel beruhigte ihn und wies auf meine Vollmacht. Sie befingerten beide ausgiebig das königliche Siegel, und Herr Nils wusste nicht so recht, was er nun tun sollte. Er biss nur ärgerlich die Zähne zusammen und stampfte ungeduldig mit den Füßen auf, so als wäre er ein störrisches Pferd.

So gingen wir nun hinein, auch wenn ich für Herrn Nils jetzt kein willkommener Gast mehr war. Er führte mich in den Rittersaal, in dessen großem Kamin ein wärmendes Feuer brannte. Doktor Gadh kam mir mit wackelndem Kopf entgegen, und als er mich erkannte, umarmte und segnete er mich, so dass auch Herr Nils mich wieder freundlicher behandelte. Kaum hatte ich einen Willkommenstrunk zu mir genommen, als sie beide mich um die Wette auszufragen begannen, was in Stockholm geschehen war und ob es wahr sei, dass diese oder jene Männer des schwedischen Adels aufgrund königlichen Wortbruchs einen elenden Tod erlitten hätten. So hieß es nämlich auch in mancherlei schlimmen Gerüchten. Ich überlegte, wie ich es ihnen am besten beibringen sollte, aber da mir nichts anderes einfiel, sagte ich einfach:

»Das ist alles wahr, und noch mehr als das. Aber jetzt ist es nicht an der Zeit, davon zu sprechen, sondern Ihr, lieber Doktor Hemming, solltet Eure Gedanken nun nicht mehr auf irdische Dinge richten, sondern Euch darauf vorbereiten, Eure arme Seele Gott zu überantworten. Seine Majestät König Christian hat Euch nämlich ein gutes Lehen versprochen. Allerdings befindet sich dieses Lehen im Himmelreich. Noch heute Abend sollt Ihr ins Paradies eingehen, und ich habe die Aufgabe, Euch auf die Reise zu schicken, auch wenn ich das höchst betrübt und schweren Herzens tue, weil Ihr Euch mir gegenüber stets wohlwollend gezeigt und mich besser behandelt habt, als einen eigenen Sohn.«

Obwohl ich diese Worte sehr rücksichtsvoll und nicht ohne Eloquenz vorbrachte, ereiferte sich der hochgeehrte *Electus* trotz seines Alters außerordentlich. Er sagte: »Das sind furchtbare Worte! Das ist doch unmöglich! Ich hätte nicht geglaubt, dass es eine so schreckliche Treulosigkeit geben könnte. Ich besitze doch die schriftliche Zusicherung samt eigenhändiger Unterschrift des Königs und seinem Siegel! Darauf berufe ich mich nun.«

Ich gab ihm den Befehl und das Urteil des Königs zu lesen, forderte auch Herrn Nils auf, einen Blick darauf zu werfen und sagte: »So sind die Dinge nun einmal. Herrn Doktor Hemming soll unverzüglich der Kopf abgeschlagen werden, wozu Herr Nils als Burgvogt mir die nötige Amtshilfe zu leisten hat. Allerdings habe ich nichts dagegen, wenn Doktor Hemming vor dieser traurigen Verrichtung, die uns und allen seinen Freunden sehr unangenehm ist, noch die heiligen Sakramente empfangen möchte. Ich habe auch nicht vor, seinen Leichnam zu verbrennen, sondern will ihm gern eine ehrenvolle Bestattung gönnen, da mir hierüber keinerlei Befehle vorliegen. Aber ich bitte Euch beide von ganzem Herzen, diese Angelegenheit nun schleunigst zum Abschluss zu bringen, damit Ihr mir sie nicht noch schwieriger macht, da sie mir ohnehin ziemlich schwerfällt.«

Herr Nils verlegte sich aufs Fluchen und schrie, lieber hinge er als Aas am Galgen, als dass er einen so gottlosen und hinterlistigen Befehl ausführte. Er zog sein Schwert und hätte mich vielleicht sogar damit durchbohrt, hätte Doktor Hemming ihn nicht zurückgehalten, so dass mir von Herrn Nils' irrsinnigem und unbeherrschtem Benehmen schon ganz angst und bange wurde. Mit lauter Stimme rief er nach seinen

Dienern und befahl ihnen, sich zu bewaffnen und die Burg in Besitz zu nehmen. Doch man gehorchte ihm nicht, denn der brave Hauptmann Gissel hatte die Wachtposten sofort bewaffnen lassen, und seine fünf Gewehrschützen standen auf dem Hof, die Büchsen schießbereit in ihren Stützgabeln und mit brennender Lunte in Händen, um jeden zu erschießen, der es wagte, Widerstand zu leisten. Als er Herrn Nils' Wutausbruch und gottloses Gebrüll vernahm, kam er in den Saal und forderte ihn auf, ihm sein Schwert auszuhändigen, sich zu beruhigen und lieber dem König Gehorsam zu leisten als seinem eigenen aufrührerischen Herzen. Doch Herr Nils hatte noch immer nicht begriffen, worum es ging und wollte den vernünftigen Worten des Hauptmanns nicht folgen. Stattdessen rief er, der hinterlistige König von Dänemark solle von ihm aus zur Hölle oder auch zur Latrine hinunterfahren; er wolle so einem König nicht gehorchen, sondern würde lieber alle wackeren und aufrechten Männer in einen Aufstand führen und dabei sein Leben so teuer wie möglich verkaufen. Und er sagte: »Ich muss schon jetzt lachen, wenn ich daran denke, was für einen bitteren Preis dieser Christian der Blutige und Christian der Tyrann einst wird zahlen müssen für seine Wortbrüchigkeit.«

Deshalb musste der gute Hauptmann zwei seiner Leute herbeirufen, die den Burgvogt mit Gewalt in die Kaminecke zwangen, bevor er sich bereiterklärte, seinen Gürtel zu öffnen und das Schwert zu Boden fallen ließ. Als Doktor Hemming das sah, beruhigte auch er sich, erbleichte und sagte mit sanftmütiger Stimme: »Jetzt hilft kein Wüten und Fluchen mehr, wenn man sich bis zum Hals in die Jauche hat drücken lassen. Du hättest lieber auf meinen Rat hören und diese deine ›Schutztruppe‹ fortjagen sollen, um die Hoheit über die Burg in eigene Hände nehmen zu können. Dann hättest du in aller Ruhe abwarten können, ob die Gerüchte zutreffen oder nicht, und wir hätten nach sorgfältiger Abwägung über unser Schicksal entscheiden können. Jetzt aber hat man uns am Strick und führt uns dahin, wo wir nicht hinwollen. Deshalb solltest du dich lieber in dein Schicksal ergeben und diese guten Männer für deine unbedachten Worte demütig um Verzeihung bitten, so dass sie bereits sind, sie zu vergessen und du genug Zeit hast, dir deinen heißen Kopf zu kühlen. Mein weißes Haupt ist ja schon von der Kälte des Todes umgeben.«

Doch Herr Nils stieß immer noch die grässlichsten Flüche aus und sagte: »Ich soll diese Schmeißfliegen im Dienst Christians des Blutigen um Verzeihung bitten? Nie und nimmer! Ich will mich unverzüglich auf meine Güter begeben, denn die Burg hat man mir weggenommen. Dann will ich mich mit meinen Männern und Anverwandten beraten, was nun zu tun ist, nachdem der König seinen heiligen Eid und die mit seinem Siegel bekräftigten Absprachen gebrochen hat .«

Da lächelte Doktor Hemming nur milde, schüttelte den Kopf und meinte: »Willst du tatsächlich mit solchen Hohlköpfen ein neues Reich aufbauen?« Dann wandte er sich an den Hauptmann und an mich und sagte demütig: »Hört nicht auf ihn, und vergesst alles, was er gesagt hat, denn er ist von Sorge um mein Leben nicht bei Sinnen. Nehmt also meinen alten Kopf, denn er ist bereits allzu erschöpft, um über all diese Bosheit und Hinterlist nachzusinnen, die sich hier auf Erden zuträgt, und lasst ihn in Frieden ziehen, denn er ist noch jung und aus adligem Hause. Es wäre falsch, ihm nur seiner törichten Worte wegen Schaden zuzufügen.«

Daraufhin befahl Herr Gissel Herrn Nils, er solle sich in sein Zimmer zurückziehen und sich beruhigen. Er stellte ihm auch einen Wächter vor die Tür. In der Burg befand sich gerade ein wandernder Predigermönch aus dem Kloster von Viborg, und dieser wackere Mann nahm Doktor Hemming die Beichte ab, erteilte ihm die Absolution und reichte ihm die heilige Kommunion, woraufhin der gute Doktor uns auch nicht mehr lange hinhielt, sondern alles in kürzester Zeit mit sich geschehen ließ. Es gab in Raseborg keinen Henker, aber einer der deutschen Söldner erklärte sich für die gewöhnliche Taxe von drei Öre bereit, dem Doktor den Kopf abzuschlagen. Ich glaubte seiner Versicherung, dieser Aufgabe gewachsen zu sein, nachdem er uns seine Fähigkeit vorführte und mit einem einzigen Hieb seines schweren Schwertes einen Holzpfeiler an der von mir bezeichneten Stelle spaltete. Auch seine Kameraden verbürgten sich für ihn. So wurde dann ein Birkenholzblock auf einen kleinen Hügel unweit der Burg gerollt, und die gesamte Burgbesatzung bis zu den Dienern und Mägden sowie auch Leute vom benachbarten Handelsplatz versammelten sich im Kreis um den Block, wobei viele bitterlich weinten, denn der gute Doktor Hemming war bei allen hoch angesehen, und sein Name galt viel im gesamten Schwedischen Reich.

Doktor Hemming trat, ohne dass man ihn hätte führen müssen, an den Block, nahm einen Schluck aus dem Becher des Henkers und sprach dann zum versammelten Volk: »Weint nicht meinetwegen, liebe Leute, denn ich erhalte nur den verdienten Lohn, weil ich den schönen Augen eines grausamen und hinterlistigen Königs mehr geglaubt habe als meinem eigenen Herzen und den Erfahrungen, die ich mit den Eiden von Königen und Fürsten gemacht habe. Ich habe nichts zu meiner Verteidigung vorzubringen, als dass ich geglaubt habe, Frieden bringen zu können anstelle des Schwertes und Eintracht anstelle von Streit und Zwist nach all dem Unfrieden und Blutvergießen. Aber es kam anders. Es kann kein Einverständnis geben mit einem Feind, der bei erster Gelegenheit alle seine Versprechungen und Abmachungen bricht, auch wenn es mit Unterschrift und königlichem Siegel bekräftigte Eide sind. Deshalb weint nun, liebe Leute, um unser armes gemeinsames Vaterland, um das gesamte Schwedische Reich! Denn solange dieser blutrünstige König herrscht, ist niemandes Nacken sicher, sei er Adliger oder Gemeiner, arm oder reich. Mein weißes Haupt wird gleich zum Beweis meiner Worte in den Schmutz des Erdreiches rollen, obwohl ich dem geistlichen Stand angehöre und unter dem Schutz der heiligen Kirche stehe.«

Er holte Atem und nahm Haltung an, und sein Kopf wackelte nicht mehr. In meinen Augen wuchs er zu voller Mannesgröße an, einem Volksführer und Aufwiegler gleich, als er sein Antlitz hoch zum kalten Dezemberhimmel richtete und mit lauter Stimme ausrief: »Höre mich, heiliger Gott im Himmel! Es rufe mein Blut von der Erde hinauf zu deinem Thron, denn so wahr ich hier stehe, verfluche ich den blutrünstigen König Christian ob seiner Missetaten. Ich verfluche ihn mit all der geistlichen Macht, die deine heilige Kirche mir hier auf Erden verliehen hat. Vor deinem Antlitz, heiliger Gott, verfluche ich ihn, damit er schon auf Erden Strafe für seine Missetaten erleiden möge, sein Land und Reich und seine Krone auf schändliche Weise verliere und als armer Mann in Not und Elend sterbe, von allen gemieden und ohne deiner Gnade teilhaftig geworden zu sein. All dies möge ihm widerfahren nach seinen Verdiensten. Heiliger Gott, erhöre mein Rufen!«

So mächtig und majestätisch war sein Fluch, dass selbst die Landsknechte sich bekreuzigten. Alle blickten gen Himmel, um zu sehen, ob sich der Himmel öffnen würde. Auch ich blickte gen Himmel, aber ich sah nur ein graues Firmament, obwohl einige unter den Anwesenden später behaupteten, sie hätten einen Blitz über den Himmel zucken sehen. Nachdem Doktor Hemming seine Rede beendet hatte, reichte er dem Henker seine Geldbörse, kniete demütig auf dem schmutzigen Erdboden nieder, wobei er sich den Saum seines Gewandes sorgfältig über die Knie zog, legte seinen Kopf auf den Block und schloss die Augen. Der Deutsche hob sein Schwert mit beiden Händen und hieb ihm mit einem einzigen Schlag den Kopf ab, so dass er sogleich zu Boden fiel. Danach wickelte man seinen Körper samt dem Kopf in ein Stück Stoff ein und trug sie in die Burgkapelle, wo der brave Dominikanermönch eine Seelenmesse für ihn abhielt.

Hauptmann Gissel betrachtete sich nun als Herrn der Burg und bat mich, dass ich mich bei Junker Thomas für ihn einsetzen möge, damit dieser seine Ernennung bestätigte. Er brauchte gar nicht zu erwähnen, dass ich seinem schnellen und entschiedenen Eingreifen möglicherweise mein Leben zu verdanken hatte, denn daran erinnerte mich deutlich genug Herrn Nils' unbeherrschtes Verhalten, der unaufhörlich auf die Tür einschlug und die Wachleute beschimpfte, die er aufforderte, ihn freizulassen. Wir nahmen ein reichliches Mahl zu uns, das wir uns wohl verdient hatten, gedachten Doktor Hemmings und all seiner guten Eigenschaften und bedauerten, dass diesen guten und gelehrten Mann ein so schändlicher Tod ereilt hatte. Doch trösteten wir uns mit dem Gedanken, dass er schon alt und etwas schrullig war, wie ja sein Verhalten aufs schönste bewiesen hatte. Erst war er voll des Lobes über König Christians gute Charakterzüge gewesen, aber dann, im Angesicht des Todes, verfluchte er ihn plötzlich in die tiefsten Schlünde der Hölle. Das war ja nun ganz und gar nicht die Art eines klugen und vernünftigen Mannes.

Aber Herrn Nils' Gepolter störte uns beim Mahl, und nachdem wir uns an einem Krug seines besten Weines gelabt hatten, wurde Hauptmann Gissel nachdenklich und sagte: »Was sollen wir nur mit diesem dämlichen Wüterich machen? Wenn wir ihn freilassen, wird er sich bald mit seinen Leuten wie ein Hornissenschwarm auf uns stürzen, was Junker Thomas sehr erzürnen wird. Wenn wir ihn aber weiterhin gefangenhalten, ist er eine ständige Gefahr für die Burg, denn an eigenen Männern habe ich nur zwanzig habgierige Söldner, die sich leicht bestechen lassen. Schicke ich ihn nach Turku, könnte er unterwegs entkommen, oder seine Freunde könnten ihn befreien. Ich muss auch ehrlich sagen, dass er kein guter Mann ist, sondern ein hochmütiger und böswilliger Herr, der mich die ganze Zeit von oben herab behandelt hat, obwohl ich älter bin als er und schon viele Feldzüge mitgemacht habe. Für mich ist es nämlich eine Sache der Ehre, dem Herrn, der mir jeweils meinen Sold zahlt, in guten wie in schlechten Zeiten treu zu dienen. Was sollen wir also mit ihm anfangen?«

»Das weiß ich wirklich nicht«, lautete meine aufrichtige Antwort, »und ich will mich auch keinesfalls in Eure dienstlichen Pflichten und Belange einmischen, auch wenn ich nicht bestreiten kann, dass mein Erscheinen Euch in eine schwierige Lage gebracht hat.«

Er seufzte schwer und sagte: »Der Beruf des Soldaten ist ein schwieriges Handwerk, denn es macht einen hart und lässt einen jegliche göttlichen Gebote vergessen. Mich tröstet immer meine Harfe, die ich stets bei mir führe. Oft spiele ich in meiner Einsamkeit darauf und singe ein frohes und erquickendes Lied dazu. So brauche ich nicht wie die anderen Soldaten zu berauschenden Getränken, zu Huren und zu Würfelspiel Zuflucht zu nehmen, wenn ich mir meine Zeit vertreiben will. Mir ist auch aufgefallen, dass ein kleines Liedchen und der Klang der Harfe die Gedanken ganz wundersam antreiben können. Wenn Ihr nichts dagegen habt, hole ich meine Harfe und singe ein Liedchen dazu. Dann fällt mir vielleicht ein, wie diese schwierige Frage zu lösen ist.«

Er holte seine Harfe und begann darauf zu spielen und zu singen. Er und sang und spielte, wie mir schien, wirklich sehr schön. Auch sonst war er ein angenehmer, zu Melancholie neigender Mann mit schönen Händen und einem weichen, blonden Bart. Zuletzt sang er ein wehmütiges Lied, das davon handelte, dass der Sommer vorbei war und kühle Witterung anbrach. Das Lied erzählte von einem roten Hengst und einer Jungfrau, die sich ihr Kleid auf nächtlicher Wiese mit Tau benetzte, während sie dem Gesang einer Nachtigall lauschte. Mir kamen unwillkürlich die Tränen bei diesem traurigen Lied.

»So ist es«, sagte er und legte die Harfe beiseite. »Der Sommer ist vorbei, es ist kalt geworden, und Ihr, gelehrter Herr Michael, habt eine königliche Order samt Siegel, und ich muss Euch bei der Euch übertragenen Aufgabe jegliche Amtshilfe leisten. Aber Art und Umfang Eures Auftrags sind in der Order nicht bis ins Einzelne näher bestimmt, sondern Ihr könnt ihn nach Eurem eigenen Ermessen ausführen. Was immer Ihr befehlt, ich muss Euch gehorchen. Wenn Ihr Euren Auftrag etwa so auslegen und mir befehlen würdet, Herrn Nils Eskilsson den Kopf abzuschlagen, dann bliebe mir nichts anderes übrig, als Euch zu gehorchen, und das würde ich auch unverzüglich und frohgemut tun, weil das die Klemme, in der wir uns befinden, auf einen Schlag beseitigen würde. Falls es stimmt, was Ihr mir von Stockholm berichtet habt, nimmt es der König nicht allzu genau in diesen Dingen, sondern lässt seine Untergebenen seine Befehle eher weit auslegen denn eng. Warum sollten wir also auf halbem Wege stehenbleiben? Das brächte uns in größere Gefahr, als wenn wir den Weg entschieden bis ans Ende gehen würden.«

»Edler Herr Gissel«, gab ich entsetzt zurück, »zwar ist der Sommer tatsächlich vorbei, und es ist spürbar kalt geworden, aber der liebe Gott verhüte, dass ich Euch etwas so Gottloses befehle. Außerdem bin ich dazu wirklich nicht befugt.«

»Aber lieber Herr Michael«, versetzte er beschwichtigend, »habt Ihr nicht gehört, wie viele Male dieser gute Herr Nils bereits bei allen Teufeln geschworen hat, er werde Euch mit seinem Schwert durchbohren, wo auch immer er Euch antrifft, und dass er Euch einen Landesverräter, Betrüger und eine Schmeißfliege Christians des Tyrannen genannt hat? Er hat sich selbst geschadet, weil er nicht auf Doktor Hemmings guten Rat hören wollte. Nun fügt Euch selbst keinen Schaden zu, indem Ihr meinen guten Rat verschmäht – schließlich seid Ihr im Besitz einer königlichen Vollmacht. Ich könnte ihn natürlich in seinem Zimmer töten lassen und sagen, er habe einen Fluchtversuch unternommen. Aber das könnte im Nachhinein viel böses Gerede auslösen, das ein Mann von Ehre so gut es geht vermeiden sollte. Wenn später einmal die Rede auf diese Sache kommt, werde ich Euch verteidigen und versichern, wir hätten einverständlich und in einer Zwangslage gehandelt, nur auf den Vorteil des Königs bedacht, um nicht später gezwungen zu sein, vielleicht hunderte von Nacken statt dieses einen stiernackigen Kerls dem Schwert zu überantworten.«

Ich musste zugeben, dass dies vernünftig gesprochen war. Auch half Herrn Nils' guter Wein, meine Gedanken auf Trab zu bringen und mir Mut zu machen, da ich ja von den Beschwernissen der Reise und den Erfahrungen dieses Tages ganz erschöpft war. Herr Nils war tatsächlich kein guter Mann und mir jedenfalls nicht wohlgesinnt, wie sich aus seinen Worten mit erschreckender Deutlichkeit folgern ließ. Doch entsetzte mich der Gedanke, ich müsste Verantwortung für eine Tat übernehmen, für die sich allein der König zu verantworten hatte, auch wenn wir in einer unruhigen Zeit des Umsturzes lebten.

»Herr Gissel«, sagte ich, »Ihr seid ein erfahrener Soldat und wisst am besten, wie in dieser Angelegenheit vorzugehen ist. Aber wenn einem Mann erst einmal der Kopf abgeschlagen ist, dann kann ihn selbst die höchste Kunst nicht wieder lebendig machen. Deshalb soll man so etwas nicht unüberlegt tun. Darum schlage ich vor, die Sache erst einmal zu überschlafen, bevor wir eine endgültige Entscheidung treffen.«

Er sagte, als Soldat wisse er selbst am besten, was es zur Folge hatte, wenn jemandem der Kopf abgeschlagen würde; daran müsse ich ihn nicht erinnern. Es sei allerdings am sichersten, das Eisen zu schmieden, solange es heiß ist, meinte er, und würden wir uns erst schlafen legen, müssten wir mit dem Schlimmsten rechnen, solange Herr Nils noch bei bester Gesundheit in seinem Zimmer herumtobe. Er sagte auch, seine soldatische Erfahrung zeige an zahllosen ähnlichen Fällen, dass ein erfahrener Anführer es nie habe bereuen müssen, jemanden geköpft zu haben, sondern unvergleichlich häufiger seien die Fälle, in denen ein Befehlshaber es bitter bereut habe, wenn er sich von Milde und Mitleid habe leiten lassen. Nach alldem, was ich ihm berichtet hätte, rechne er noch mit viel Widerstand und harten Schicksalsschlägen in diesem unfreundlichen Land, und er warnte mich mit den Worten: »Was man hinter sich spart, das findet man dann vor sich, und bevor Ihr damit rechnet, Herr Michael, wird dieser Nils Eskilsson mit erhobenem Schwert vor Euch stehen. Dann nützt Euch Eure Gelehrsamkeit und Euer Latein kein bisschen mehr, sondern er ist Manns genug, Euch bis zum Altar in die Kirche zu folgen und Euch den Hals abzuschneiden, wenn er erst einmal an diesem gottlosen Plan Gefallen gefunden hat.«

Ich will hier nichts weiter von unserer betrüblichen Auseinandersetzung berichten. Jedenfalls endete sie damit, dass Herr Gissel die Trommel zu schlagen befahl, obwohl es bereits später Abend war, und seine Landsknechte in Herrn Nils' Zimmer schickte, wo sie ihn fesselten, was jedoch erst nach heftigem Handgemenge geschehen konnte, so dass viel von der wertvollen Einrichtung im Zimmer des Burgvogts in die Brüche ging, zum großen Schaden für die arme Burg. Dann ließ Hauptmann Gissel zwei Fackeln auf dem Hof entzünden, und der deutsche Söldner trennte Herrn Nils' Kopf so schnell von seinem Leib, dass er selbst wohl kaum begreifen mochte, was ihm widerfuhr. Deshalb muss ich zu meinem Bedauern sagen, dass er als hartherziger Mensch ohne Reue starb und die ganze Zeit die fürchterlichsten Flüche gegen Herrn Gissel, gegen mich und König Christian ausstieß. Was er über mich sagte, das konnte ich ja noch mit christlicher Demut ertragen, da ich wusste, wie gedankenlos er daherredete, aber über König Christian äußerte er sich wirklich auf die übelste Weise. Mein Verdruss wurde noch dadurch vergrößert, dass ich gezwungen war, dem deutschen Landsknecht aus eigener Tasche drei Öre in Silber zu zahlen, weil Herr Gissel sagte, er verfüge nur über eine geringe Geldsumme in der Burgkasse, und der Landsknecht wollte sich trotz allen Feilschens mit weniger nicht zufriedengeben. Danach war es mir völlig gleichgültig, was weiter geschah. Ich legte mich in dem für mich bestimmten Zimmer schlafen, erschöpft von den Beschwernissen der Reise und dem reichlichen Weingenuss. So schlief ich fest bis in den späten Morgen, denn einen guten Schlaf hatte ich mir wahrlich verdient.

Der nächste Tag war ein Freitag und Fasttag, und Herr Gissel und ich begnügten uns mit trockenem Brot, Salzfisch und dünnem Bier im Gedenken an die Leiden unseres Herrn Jesus Christus, und wir ergingen uns in frommen Gedanken über die Launenhaftigkeit irdischen Glücks. Zu meinem Erstaunen sah ich zwei kräftige Männer nackt am Galgen auf der Burgmauer hängen. Aber Herr Gissel sagte, um die solle ich mir keine Gedanken machen, es handle sich nur um zwei finnische Tölpel, Diener von Herrn Nils, die mit Waffengewalt aus der Burg zu fliehen versucht hätten. Neben Herrn Nils bedeuteten sie nicht mehr als zwei Heller im Vergleich zu einem Golddukaten, doch würden sie als gesunde Abschreckung für alle dienen, die heimlich Pläne für einen Aufstand schmiedeten.

Doch als Herr Gissel wieder seine kleine Harfe hervorholen wollte, um mir etwas vorzusingen, schützte ich eilige Geschäfte vor und rüstete mich für den Heimweg, obwohl ich immer noch am ganzen Leib Schmerzen verspürte und nach wie vor steif vom Reiten war. Noch verwundeter aber war mein Herz. Deshalb wollte ich keine Stunde länger in dieser grausamen Burg verweilen, sondern ritt gemächlich in Richtung Turku los. Das Land war morastig, und die dünne Eisschicht auf den Pfützen knackte unter den Hufen. Allmählich aber kam die Sonne hervor; es war ein klarer Tag, und je ferner ich jenen schwarzen Mauern war, desto besser fühlte ich mich. An mehreren Orten, wo wir rasteten, hatte ich Gelegenheit, mich mit Bauern zu unterhalten. Sie beklagten sich bitter darüber, dass Junker Thomas ihnen schwere Steuern auferlegte, um seine Truppen mit Lebensmitteln, Fleisch und Getreide aus der Provinz zu versorgen. Die Nachricht, König Christian habe die führenden Männer des schwedischen Adels köpfen lassen, beeindruckte sie nicht sehr. Viel mehr waren sie um ihr Vieh und ihre Felder besorgt und sagten: »Es sieht schlecht aus, ja, es sieht düster aus, und um das traurige Schicksal der adeligen Herren scheren wir uns einen Dreck, denn ein Land ist um so besser, je weniger Herren es hervorbringt. Der König soll lieber die zügellosen Soldaten abziehen, solange es noch geht, denn die vernichten wie ein Heuschreckenschwarm alles, was wir, emsigen Ameisen gleich, mit schwerer Arbeit aufgebaut und angepflanzt haben.«

Als ich in Turku ankam, war die Stadt genauso öde und die Stimmung gedrückt so wie in Stockholm bei meiner Abreise. Die Leute hasteten mit verweinten Augen durch die Gassen und zuckten bei jedem kleinsten Geräusch zusammen. Deshalb wollte ich mich lieber nicht auf Gespräche einlassen, um mich nach den neuesten Nachrichten zu erkundigen, sondern ritt geradewegs zur Burg, wo Junker Thomas mich freundlich empfing. Ich erzählte ihm alles, so wie es sich abgespielt hatte. Er lobte meine Geduld und Vernunft und fand auch viele schöne Worte zugunsten Herrn Gissels.

Er sagte: »Ich habe den Befehl des Königs ebenfalls so gut ich konnte untersucht und lege ihn lieber zu weit als zu eng aus, denn man muss das Unkraut beizeiten jäten, bevor es sich ausbreitet und alle gute Saat unter sich erstickt. Ich glaube, diese Gegend ist jetzt ruhig und befriedet und wird dem König und seinen treuen Dienern keine Schwierigkeiten mehr machen.« Dabei blies er seine Nüstern auf, aus denen zwei dichte schwarze Haarbüschel wuchsen, und stand kerzengerade und unerschütterlich da wie ein Fels, während er mir diktierte, was ich dem König über alle seine guten Taten schreiben sollte. Nachdem ich alle Briefe geschrieben hatte, wandte ich mich untertänig an ihn und sagte:

»Erzbischof Gustav hat mich durch Handauflegung in den geistlichen Stand aufgenommen und zum Priester geweiht. Deshalb ziemt es sich nicht mehr für mich, als billiger Burgschreiber mit vier Öre Gehalt herumzulaufen, sondern ich hoffe, Bischof Arvid teilt mir eine meinen Verdiensten entsprechende Pfründe zu, damit ich meine Studien fortsetzen kann, so Gott will.«

Junker Thomas lachte laut auf und versetzte: »Zieh ruhig in dein Haus in der Stadt um, bleib dort wohnen und sei mein Auge und mein Ohr in der Stadt, wenn du willst. Aber der Frost treibt das Ferkel nach Hause, und du wirst bald erfahren, wo du hingehörst.«

So verließ ich ihn, um mit dem Bischof zu sprechen. Aber unterwegs sank mir der Mut, und ich ging in die Drei-Kronen-Wirtschaft, wo ich einen ordentlichen Krug Bier trinken wollte, um mich wieder aufzumuntern. Kaum hatte ich die Wirtschaft betreten, da verstummten alle Gespräche. Ein Gast nach dem anderen legte sein Geld auf den Tisch, stand auf und ging seines Weges, so dass der Schankraum sich zum großen Verdruss der Wirtin plötzlich leerte. Sie sagte: »Ich begreife nicht, weswegen die Leute sich heute so haben. Allerdings sind viele erbost, weil Junker Thomas Galgen auf dem Marktplatz hat errichten lassen. So etwas ist bisher noch nie geschehen, sondern die Bürger der Stadt sind immer ohne zu murren zum Galgenhügel gewandert, um sich dort die Hinrichtungen anzuschauen. Ich selbst bin aber äußerst froh, weil dein Bruder und Kamerad Antti der Geschützgießer zurückgekehrt ist und jetzt bei mir wohnt. Er hat vor, eine eigene Schmiede aufzumachen und sich das Bürgerrecht zu kaufen. Vielleicht wird er noch Geschützschmied in der Burg und ein hoher Herr, denn er hat sich auf seinen Reisen in vielen Ländern große Fertigkeiten erworben. Aber du, Michael, solltest in Zukunft lieber zur Hintertür eintreten und Antti in der Küche Gesellschaft leisten, damit du mir nicht die Gäste aus der Schankstube vertreibst und mich dadurch an der Ausübung meines ehrenhaften Berufes und am Ausschank hinderst. Die Leute sind ja in letzter Zeit ziemlich sonderbar geworden.«

So ein gedankenloses Gerede verletzte mich sehr. Aber von der dummen Wirtin war nichts Besseres zu erwarten, und deshalb antwortete ich gefasst, ich könnte auch ganz gut in die Herberge gehen, um mein Bier zu trinken, denn es zieme meiner Würde nicht, die Zeit in einer billigen Wirtschaft zu verbringen. So ging ich also in die Herberge. Der Wirt dort aber war durchaus nicht erfreut, mich zu sehen, sondern er begann über die schlechten Zeiten zu jammern, die ihm seine Geschäfte erschwerten. Der Diener, der das Bier an den Tisch trug, brachte mir abgestandenes Bier und verschüttete auch noch die Hälfte davon auf meine Knie, so dass ich meine Mühe hatte, mich zu säubern, bevor ich vor den Bischof trat.

Der Wirt wischte mit seiner Schürze über meine Knie und sagte: »Gelehrter Herr Michael, nehmt mir die Worte eines alten Mannes nicht übel, aber einige Leute haben damit gedroht, Euch zu verdreschen und in den Fluss zu werfen. Deshalb solltet Ihr nicht zu oft in meinem Hause zu Gast sein, weil das zu mancherlei Ungemach für mich führen könnte, wenn es zu Schlägereien kommt und Euretwegen Fenster und Möbel zu Bruch gehen. Ich empfange und bewirte wirklich gerne Dänen wie auch Deutsche, die viel Geld haben und es auch gern ausgeben. Kein vernünftiger Mensch hat etwas dagegen, selbst wenn ich Junker Thomas mit Gänsebraten bewirten sollte, denn er ist Ausländer und hat seine Haut an den König verkauft. Aber du, Michael, bist in unserer guten Stadt geboren, bist unter uns aufgewachsen und trägst einen finnischen Namen, welcher Herkunft dein Vater auch immer sein gewesen mag. Deshalb können viele nicht verstehen, warum du so bereitwillig wie ein schwanzwedelnder Hund dem König zu Diensten bist, zum Schaden deines Heimatlandes und zahlreicher guter Menschen. Doch verzeih mir und sei mir nicht böse, wenn ich dumm daherrede, denn ich bin schon ein alter Mann.«

Ich vermochte ihm nicht gleich gebührend zu antworten. Erst am Tor fiel mir die passende Antwort ein, und ich überschüttete ihn in Gedanken mit zahlreichen harschen Worten, während ich sein Haus verließ. Verbittert ging ich an der Kirche und am St.-Georgs-Hospital vorbei zum Haus des Bischofs und betätigte mit aller Kraft den Türklopfer, so dass es im ganzen Gebäude widerhallte. Ein Diener, die Nasenspitze bleich vor Angst, kam herbeigelaufen, um zu öffnen. Dann empfing mich auch schon Bischof Arvid, der noch immer erschrocken die Hände rang.

»Was glaubst du eigentlich, wer du bist?« fuhr er mich an. »Mit einem Getöse, als wären Einbrecher am Werk, erscheinst du hier in meinem Haus, so dass mir ganz flau im Magen wird. Wir leben nämlich in schlimmen Zeiten; so mancher gute Mann wurde aus seinem Haus und von seinem Tagewerk weggeholt, ohne Vorwarnung und ohne es geahnt zu haben. Nicht einmal ein Bischof der heiligen Kirche kann seines Lebens mehr sicher sein.«

»Gnädiger Herr Arvid«, versetzte ich, »kein aufrichtiger Unionsfreund hat in diesen Zeiten etwas zu fürchten, sondern lebt sicher unter dem Schutze des Königs. Solche Gespenster am helllichten Tage sehen nur diejenigen, die etwas zu verbergen haben.«

»Du hast recht«, sagte der gute Bischof rasch, »und ich habe durchaus nichts zu verbergen. Nimm doch bitte Platz, Michael, mein lieber Sohn, und berichte mir, wie es dir geht und wie ich dir am besten helfen kann.«

Seine Freundlichkeit besänftigte mich; ich setzte mich, und er befragte mich über alles, was ich wusste. Er erschrak sehr, als er erfuhr, auf welch schreckliche Weise der brave Doktor Hemming in der Burg Raseborg auf Befehl des Königs sein Leben verloren hatte. »Gott sei Dank habe ich nichts mit ihm zu schaffen, sondern er hat mich im Streit verlassen«, erklärte er sogleich. »Ich bin ja nicht der geeignete Mann, die

Beschlüsse des Königs anzuzweifeln oder zu kritisieren. Aber in dieser Angelegenheit hat er sicher richtig gehandelt, denn Doktor Hemming war ein ganz durchtriebener Ränkeschmied, und ich kann mich wirklich glücklich preisen, dass ich mich nicht im Netz seiner Machenschaften verfangen habe.«

Ich erzählte auch, dass der Erzbischof mich im Beisein von drei weiteren Bischöfen und acht Kanonikern zu Priester geweiht hatte und erwähnte, dass ich nun um meines eigenen Seelenfriedens willen hoffte, der gute Herr Bischof würde diese Weihe anerkennen und sie mit den nötigen kirchlichen Riten im Dom von Turku bestätigen. Im Vertrauen auf seine Gunst und guten Absichten hoffte ich auch, wie ich sagte, auf eine kleine Pfründe, die es mir ermöglichen würde, meine Studien an der Pariser Universität fortzusetzen, da ich vorerst nicht beabsichtigte, in der Heimat zu bleiben. Darauf antwortete der Bischof ausweichend:

»Das ist eine schwierige und komplizierte theologische Frage, über die ich erst nachdenken und mich mit dem Domkapitel beraten muss. Denn auch wenn man das vom Erzbischof gespendete Sakrament mit einer kirchlicherseits gestatteten Nottaufe vergleichen kann, so würde ich es doch vorziehen, wenn man einen passenden Präzedenzfall finden könnte, aufgrund dessen sich diese Sache entscheiden ließe. Für Nottaufen gibt es zahllose Präzedenzfälle und gelehrte Literatur, und ich fände gar nichts dabei, etwa die Nottaufe dadurch zu spenden, dass ich in Ermangelung von Wasser Sand nehme oder auch auf den Schädel des Neugeborenen spucke – ein Kind, das in falscher Lage zur Welt kommt, kann man ja auch taufen, selbst wenn nur das Hinterteil aus dem Mutterleib hervorlugt –, aber dein Fall lässt sich mit keinem dieser Fälle vergleichen.«

Störrisch fragte ich, ob er glaube, klüger zu sein als der gute Herr Erzbischof. Aber Bischof Arvid rechtfertigte sich mit den Worten: »Zeig mir eine schriftliche, mit Siegeln versehene Bescheinigung des Erzbischofs oder von mir aus auch nur eine Erklärung der Herren des Domkapitels, dann ist die Sache klar, und ich werde nicht zögern. Doch ich habe nun einmal keine andere Bestätigung hierüber als dein Wort, und so gerne ich mich auch auf deine Ehrlichkeit verlasse, ein bloßes Wort genügt nicht, wenn es um ein verwickeltes theologisches Problem geht, das den gelehrten *doctores* in den hohen Universitäten so manches Kopfzerbrechen bereiten kann.«

Um wenigstens Sicherheit über meine jetzige Lage zu erlangen, fragte ich noch, ob er als Oberhaupt der finnischen Kirche etwas dagegen hätte, wenn ich Priesterkleidung anlegen und mir die Tonsur scheren lassen würde. Er sagte: »Ich kann dich nicht daran hindern, dich zu kleiden, wie du willst. Aber wenn mir zu Ohren kommen sollte, dass du versuchst, in irgendwelchen Kirchen die Messe zu lesen oder die Beichte abzunehmen und Absolution zu erteilen oder sonstwie die heiligen Sakramente zu spenden, dann lasse ich dich unverzüglich gefangensetzen und werde dich der geistlichen Gerichtsbarkeit ausliefern. Das ist meine Pflicht als von Gottes Gnaden eingesetzter Bischof über die finnische Kirche. Das ist mein letztes Wort in dieser Angelegenheit, bis du mir das geforderte Papier beibringst.«

Mit mancherlei prahlenden Worten versuchte ich, ihn von seinem Standpunkt abzubringen, ja, ich drohte ihm sogar mit dem Zorn des Erzbischofs. Aber in dieser Sache war er einfach stärker als ich, und ich vermochte ihm in seinem Starrsinn nicht beizukommen. Er gab durchaus zu, dass ich im Blick auf meine Gelehrsamkeit befähigter war, ein kirchliches Amt zu übernehmen, als so manch anderer Priester. Aber er könne mir höchstens eine Sondererlaubnis wegen meines Alters verschaffen, falls ich zwanzig Golddukaten an die päpstliche Kasse zahlte, während eine Sondererlaubnis aufgrund unehelicher Herkunft nur von einem päpstlichen Legaten erteilt werden könne. Was das kosten würde, wisse er nicht, aber vermutlich wäre eine solche nicht unter hundert Dukaten zu bekommen. Er müsse sich sowieso wundern, sagte der Bischof scheinheilig, warum ich mir nicht in Stockholm mit Hilfe meiner hochgestellten Gönner die nötigen Sondererlaubnisse besorgt hätte, die seiner Meinung nach viel mehr zählten als eine alles in allem doch sehr zweifelhafte Handauflegung durch den Erzbischof. Er fragte mich, ob ich nicht wenigstens die Mitwirkung des Heiligen Geistes bei dieser Zeremonie gespürt hätte, und ich musste darauf ehrlicherweise zugeben, dass ich nicht dergleichen gespürt hatte, doch fügte ich gleich hinzu, das sei auch kein Beweis dagegen, dass der Heilige Geist möglicherweise doch mit im Spiel war, weil ich ja nach den Krönungsfeierlichkeiten an heftigem Katzenjammer gelitten hätte, so wie auch der gute Herr Erzbischof und die anderen Mitglieder des Domkapitels.

Sonst aber behandelte Bischof Arvid mich mit ausgesuchter Freundlichkeit und versicherte mich seiner uneingeschränkten Gunst, sofern ich ihm nur das nötige Schreiben aus Uppsala beschaffen würde. Mir blieb also nichts anderes übrig, als mich mit einem Brief demütig an Bischof Slagheck zu wenden und ihn zu bitten, seinen Einfluss in dieser Sache geltend zu machen. Ich konnte meinen Brief auch noch vor Weihnachten auf den Weg bringen. Aber bald darauf fror die Ostsee zu, und ich hatte lange Zeit, über alles nachzudenken und auf eine Antwort zu warten. In die Burg zurückkehren und mich den Befehlen von Junker Thomas unterstellen wollte ich nicht, denn offen gesagt war mir seine Gesellschaft unheimlich geworden. Deshalb hatte ich keine andere Wahl, als mich in mein altes und einziges Heim bei Frau Pirjo zurückzuziehen. Sie war mir wohlgesonnen und behandelte mich nicht als Fremden, denn sie kannte mich ja von Kindheit an und wusste, dass ich nur Gutes beabsichtigt hatte.

Pater Petrus ließ mich nicht in meiner Trübsal ebenfalls nicht im Stich, sondern kam mich oft besuchen und tröstete mich mit vielerlei lehrreichen Geschichten über den Wankelmut irdischen Glückes. Auch Meister Laurentius erschien so wie früher zuweilen in Frau Pirjos Stube, wo er heißen Wein aus einem alten zerbeulten Silberbecher trank und sich über Gespenster und die Unsterblichkeit unterhielt. Doch waren diese beiden Männer meine einzige Gesellschaft, denn die übrigen Menschen und meine früheren Bekannten wollten mich nicht sehen, sondern gingen mir aus dem Wege und ließen sich mancherlei Vorwände einfallen, um sich von mir fernzuhalten, wenn sie mir auf der Straße begegneten und es aus Gründen der Höflichkeit und guten Sitten eigentlich nicht vermeiden konnten, mich zu grüßen.

Der Stadtrat war mir auch nicht freundlich gesinnt. Es war nicht mehr die Rede von dem besoldeten Amt eines Stadtschreibers, das man mir versprochen hatte. Es war nämlich so, dass die Zusammensetzung des Rates sich gewandelt hatte und nun Junker Thomas' Wünschen entsprach. Die neuen Mitglieder sagten, sie seien mir keinen Dank schuldig, sondern würden ihr ganzes Vertrauen auf Junker Thomas setzen. Zudem waren bedauerlicherweise drei Ratsmitglieder auf dem Marktplatz vor dem Rathaus gehängt worden, ob auf des Königs oder Junker Thomas' Geheiß, weiß ich nicht. Zu meinem Entsetzen musste ich erfahren, dass die meisten Ratsmitglieder mir die Schuld daran gaben. Doch war ich daran völlig schuldlos, denn als Junker Thomas sich mit den Verhältnissen in der Stadt Turku bekanntmachte, hatte er mich über die Ratsmitglieder ausgefragt, und ich hatte ihm ehrlich und nach bestem Wissen darüber Auskunft gegeben, was ich von welchem Ratsmitglied hielt, ohne irgendjemandem von ihnen etwas Böses zu wünschen. Außerdem hatte die Stadt durch den Tod jener drei Männer keinen unersetzlichen Schaden erlitten. Aber da die Leute nun einmal nach einem Sündenbock suchten, richteten sie ihre Blicke sogleich auf mich, denn ich stand allein da, ohne Beschützer und mit dem Makel außerehelicher Geburt behaftet.

Kapitel 5

So dürfte es wohl verständlich sein, dass ich den langen Winter über in tiefste Schwermut verfallen war und nicht mehr der Wunsch nach menschlicher Gesellschaft verspürte, sondern mich lieber von den Menschen fern hielt. Mit einiger Frechheit und Dreistigkeit hätte ich den Stadtrat gewiss zwingen können, mir ein Amt zu meinem Lebensunterhalt zu geben. Aber ich wollte nicht Zuflucht zu solch würdeloser Erpressung nehmen, war ich doch von allen Menschen, die meine guten Absichten nicht würdigten, zutiefst enttäuscht. Ich stellte mir vor, brächen erst einmal schlimmere Tage an, dann würden sie in Massen zu mir kommen, um sich meiner Hilfe und Sympathie zu vergewissern, und dieser Gedanke tröstete mich. Aber noch mehr trösteten mich die Bücher, denn der Bischof öffnete mir seine Bibliothek, um mich auf diese billige Weise bei Laune zu halten. Um mich auf mein heiliges Amt vorzubereiten, das zu erlangen ich keinen Augenblick zweifelte, las ich in aller Demut die Werke der heiligen Kirchenväter, sogar die »Summa« des heiligen Thomas von Aquin, die mir viele harte Nüsse zu knacken gab, an denen sich schon klügere Geister als ich die Zähne ausgebissen hatten.

Ich will auch nicht verschweigen, dass der alte Magister Martinus mich an einigen Abenden im Schulhaus neben dem Dom empfing und wir übungshalber über manche theologische Streitfrage disputierten, wie zum Beispiel darüber, ob man ein Ei essen dürfe, das an einem Fasttag gelegt worden war, wie viel und was für Wein bei der Hochzeit zu Kanaan getrunken worden war, und ob man eine Maus, die in einem Taufbecken ertrunken war, als getauft ansehen konnte. Das waren zwar alles veraltete und abgedroschene Fragen für einen denkenden Menschen, aber zahlreiche Generationen von Theologen hatten sich darüber ereifert, und es sind über diese Fragen viele gelehrte Dissertationen geschrieben worden, denn zweifellos bieten sie mannigfaltigen Stoff zur Schulung des Intellekts. Wenn ich aber mit Magister Martinus über den freien Willen des Menschen und die Notwendigkeit guter Werke, über den Ablasshandel und die Lehre von der Erlösung disputieren wollte, da brachte er mich rasch zum Schweigen und sagte, die Erörterung solcher Fragen sei eine kniffelige und gefährliche Sache. Zudem habe die Kirche darüber schon längst das letzte Wort gesprochen. Die Beschäftigung mit diesen Fragen führe nur zur Ketzerei, wie der Fall des unglücklichen Mönches, des Doktors Martin Luther gezeigt habe, der sich im vergangenen Sommer den Bann des Papstes zugezogen hatte. Dieser Bann habe bewirkt, dass sein ungestümes Vorgehen so schnell zu Ende gegangen sei wie der Flug eines Hahns.

Aber auch Magister Martinus ließ bald davon ab, mich bei sich zu empfangen. Wenn ich ihn zu treffen versuchte, redete er sich entweder mit seiner Kränklichkeit oder mit dringenden Arbeiten heraus, so dass ich in meinem verletzten Gemüt argwöhnte, der Bischof müsse ihm verboten haben, weiter mit mir zu verkehren. Der Winter war endlos lang, und hoch lagen die Schneeverwehungen an den Straßenrändern in Turku. Ich blieb drinnen in der warmen Stube bei meinen Büchern, und an milden Abenden beobachtete ich die Sterne und stellte sogar nach bestem Wissen astronomische Berechnungen an, denn ich wollte lernen, Horoskope zu erstellen. So erforschte ich – lediglich zu Studienzwecken und nicht, um Geld damit zu verdienen –, die Stellungen der Sterne und erstellte auch das Horoskop für einen Knaben, bei dessen Geburt Frau Pirjo Hilfe geleistet hatte und dessen Geburtszeitpunkt ich deshalb genau wusste. Seine Mutter war eine von den Dienstmägden in den »Drei Kronen«, und der Vater war unbekannt, denn auch das Mädchen war sich unsicher und bezichtigte mal einen Matrosen aus Lübeck, mal einen hinkenden Schneidergesellen der Vaterschaft. Ich dachte, indem ich das Schicksal dieses Knaben verfolgte, könnte ich herausfinden, wie viel die Sterne wirklich wussten. Aber er starb schon nach drei Wochen, was schade war, denn nach den Sternen wäre er ein großer Segler und reicher Kaufmann geworden und in gesetzterem Alter sogar zum Staatsrat aufgestiegen.

Eingedenk der Ratschläge und Lehren von Doktor Paracelsus fragte ich auch Frau Pirjo nach verschiedenen Krankheiten und deren Heilungsmöglichkeiten aus. Ich notierte mir einige Zaubersprüche, die bei durch Eisen oder Feuer zugefügten Wunden sowie bei Schlangenbissen helfen sollten. Auch machte ich mir eine Aufstellung über die in ihrem Keller befindlichen Arzneipflanzen und vergaß auch nicht, mir aufzuschreiben, wann und wo sie gepflückt worden waren. Dann verglich ich diese Angaben mit dem Kräuterbuch der Nonnen von Naantali, von dem ich eine Abschrift in der Bibliothek des Bischofs gefunden hatte. Ich war der Meinung, solches Wissen könne nie schaden. Derlei Beschäftigungen bewahrten mich davor, völlig in Schwermut oder theologische Grübeleien zu verfallen.

Allmählich wurden die Tage wieder länger, und der Schnee begann zu schmelzen. Aber mit Anbruch des Frühlings kamen auch beunruhigende und besorgniserregende Nachrichten ins Land, die von Schneeschuhläufern und Robbenjägern aus Schweden von jenseits des Bottnischen

Meerbusens berichteten. Es hieß nämlich, dass ein gewisser Gustav Eriksson, ein junger Heißsporn, dessen Vater samt seinen Standesgenossen auf dem Marktplatz in Stockholm als Ketzer hingerichtet worden war, in Dalsland einen Aufstand entfesselt habe. Um ihn hätte sich eine ganze Schar von Bauern gesammelt, die ihre Waffen nicht an den Vogt des Königs ausliefern wollten und sich auch weigerten, die schweren Steuern zu bezahlen. Diese hätten bereits eine ganze Reihe von Vögten des Königs sowie auch unschuldige Steuereintreiber erschlagen und hingerichtet, und kein Däne wage es mehr, sich in Schweden ohne Schutzgeleit außerhalb der Städte und Burgen zu bewegen.

Auch im südlichen Finnland, in der Gegend zwischen dem königlichen Gut in Vantaa und der Festung Raseborg erschienen, noch bevor der Schnee bei Frühlingsbeginn geschmolzen war, schnelle Schneeschuhläufer, welche die Eintreibung der Steuern stark behinderten und selbst schwerbewaffnete Reiter mit Pfeil und Bogen angriffen, wenn diese erfolglos versuchten, sie bis in unzugängliches Waldesdickicht zu verfolgen. Sie raubten die Steuereinnehmer aus, und einmal sperrten sie einen Richter samt Gefolge bei nächtlicher Dunkelheit ins Gerichtshaus, verstopften Türen und Fenster mit Stroh und zündeten das Gebäude an, so dass alle, die darin waren, eines furchtbaren Todes starben. Niemand wusste, woher diese schnellen Schneeschuhläufer kamen und wohin sie verschwanden, denn wenn jemand etwas wusste oder ahnte, dann wollte er lieber nichts sagen, um nicht irgendwann in dunkler Nacht das Genick gebrochen oder sein Haus angezündet zu bekommen. Deshalb lebten nun alle guten und anständigen Menschen in steter Angst und Sorge. Denn sie hatten gleichermaßen die schnellen Schneeschuhläufer aus den Wäldern zu fürchten wie die Ritter von Junker Thomas, von denen jeder einen festen Galgenstrick in seinem Sattel mitführte.

Bis nach Turku wagten sich diese schnellen Schneeschuhläufer heran, und eines Morgens fand man am Tor des Domes eine Schrift angenagelt, in der es hieß, bald werde es Schluss sein mit der Unterdrückung, Gewalt und Tyrannei der Dänen. Jeder, der die Dänen durch Rat oder Tat unterstütze, sei von nun an seines Lebens nicht mehr sicher. In ihrer Dummheit wagten es die Priester und Kanoniker des Domes nicht, diese aufrührerische Schrift vom Tor abzureißen, sondern ließen sie bis zur Mittagsmesse hängen, ja, sie lasen sie sogar all jenen vor, die nicht lesen konnten, denn es hatte sich viel neugieriges Volk vor dem Dom versammelt, und die Leute starrten diese Schrift mit offenem Munde an. Erst nach Mittag bekam Junker Thomas von guten Menschen Wink von dieser Sache und sandte eiligst seine Ritter aus, welche die Schrift abreißen sollten. Allerdings verließen auch einige gottlose Handwerksgesellen ihre Arbeitsplätze, und das gegen alle guten Sitten mitten im Jahr, und verschwanden aus der Stadt. Selbst einige Bürgersöhne nahmen sich an ihnen ein Beispiel, trotz der Warnungen und Tränen ihrer Eltern. Dann wurden eines Nachts zwei deutsche Söldner in der Stadt getötet, und die blutigen Spuren im Schnee führten zu einem Eisloch im Fluss.

Als dann endlich Frühling geworden war, lebten die Menschen in geheimer Unruhe und Erwartung, und wenn man mit vertrauenswürdigen Männern sprach und ihnen in die Augen blickte, war es, als stocherte man in Asche, unter der glühende Funken schwelten. Ich begriff nichts mehr, außer dass aus alledem noch viel Verdruss, Schaden und Verderben für die ganze Welt entstehen würde. Da das Eis geschmolzen und das Meer wieder offen war, wartete ich mit größerer Ungeduld als je zuvor auf Nachrichten von außerhalb. Doch kamen mit den Schiffen nur widersprüchliche Berichte. Die Dänen verbreiteten die Kunde, die aufständischen schwedischen Bauern seien in mehreren Schlachten bis zum letzten Mann niedergemacht worden und ihr Anführer, der Herr Gustav, sei unter Lebensgefahr nach Lübeck geflohen. Die einfachen Seeleute sagten aber, der Aufstand habe auf das gesamte Reich übergegriffen, und die Dänen würden sich in den Städten und Burgen verschanzen. All diese Nachrichten konnten nichts anderes bedeuten, als dass nun große Not, Unruhe und Kümmernis im Schwedischen Reich herrschte.

Während ich auf den Brief oder eine Nachricht aus Schweden wartete, wanderte ich unruhig im Hafen umher. Dort begegnete ich dem Kapitän aus Lübeck wieder, mit dessen Schiff ich einst auf meiner Reise nach Paris gesegelt war. Er lud mich auf sein Schiff ein und bewirtete mich mit gutem lübischen Bier. Dabei befragte er mich über die Ereignisse in Finnland, über die er unverzüglich Herrn Israel und dem Rat der Stadt Lübeck berichten wollte. Er zeigte sich erfreut und schadenfroh über König Christians Niederlage und sagte:

»Dieser Aufstand in Schweden geht auf das Einwirken Lübecks zurück, denn Herr Gustav Eriksson, der aus altem Adel stammt und in Dänemark in Gefangenschaft war, kam auf seiner Flucht zu uns. Wir lieferten ihn nicht an König Christian aus, sondern schickten ihn auf schnellstem Wege nach Kalmar, sobald uns klar geworden war, mit wem wir es zu tun hatten. Auf diese Weise konnten wir ohne große Kosten König Christian Knüppel zwischen die Beine werfen. Ist er doch von Anfang an gegen unsere alten und ererbten Rechte vorgegangen und bevorzugt die Fugger sowie die Holländer auf Kosten der Hanse. Es ist die alte Sigbrit, dieses Hexenweib, das ihn zu diesem Vorgehen angestachelt hat.«

Dazu konnte ich nichts sagen, aber ich fragte ihn noch nach Nachrichten aus dem Kaiserreich, und er antwortete: »Die Welt ist zweifellos aus den Fugen geraten, und das Weltende ist nahe, wie von vielen prophezeit wird. Dieser Erzketzer und Volksaufwiegler Luther hat im Dezember nämlich die päpstliche Bannbulle vor dem Schlosstor in Wittenberg verbrannt und wiegelt in allen deutschen Landen und Städten die Söhne gegen die Väter und die Frauen gegen ihre Männer auf, so dass nun plötzlich Schuster und Fischhändler meinen, sie seien große Gottesgelehrte. Aber sein Vorgehen hat die Studenten entsetzt, die bisher eine gute Meinung von ihm hatten, so dass die Universität Wittenberg nun leersteht, weil die frommen Studenten die Hörsäle verlassen haben. Das weiß ich aus erster Hand, denn mein Schiffseigner hat seinen Sohn aus diesem gottlosen Ort heimgeholt, und jener Magister Nikolaus berichtete uns, dass von vierhundert Studenten nicht einmal hundert in Wittenberg geblieben sind. Auch wurde dieser Luther vor den Kaiser zitiert, um beim Reichstag zu Worms vor ihm zu erscheinen und sich für seine Irrlehre zu verantworten. Deshalb werden wir wohl über kurz oder lang erfahren, dass er auf dem Scheiterhaufen landet. Das gebe Gott, denn in seinen Predigten verwirft er all das, worauf unsere Väter und Ahnen ihren Glauben und ihr Hoffen gesetzt haben.«

Da war meine Neugier geweckt, und ich fragte, was dieser ketzerische Doktor denn lehrte. Der fromme Schiffer nahm ein Schluck Bier und sagte: »Seine Lehre ist viel zu einfach, um etwas anderes zu sein als gotteslästerliches Gerede, denn was er lehrt, wird ohne weitere Erklärungen von jedem Müllkutscher verstanden, und gerade das ist geeignet, das Volk aufzuwiegeln. Er sagt nämlich, man brauche nichts zu glauben, was sich nicht mit Gottes klarem Wort beweisen ließe. Er sagt, in der Bibel stehe nichts vom Fegefeuer, und er fordert Mönche und Nonnen auf, ihre Klöster zu verlassen. Auf Ablässe und gute Werke gibt er keinen Heller, sondern der arme Mensch solle sich allein auf Gottes unfassbare Gnade und Milde verlassen, die er uns dadurch zeigte, dass er seinen eingeborenen Sohn sein Blut vergießen ließ, um die Sünden der ganzen Christenheit zu sühnen. Die Bibel erwähne auch mit keinem Wort den Papst und gebe ihm als Nachfolger des Heiligen Petrus auch keinerlei Vollmacht über die Schlüssel des Himmelreichs. Noch viele andere gottlose Dinge und weitere Lügen verbreitet er, an die ich mich jetzt nicht erinnere, obwohl Magister Nikolaus dieselbe Lehre in Lübeck mit Fleiß predigt.«

Ich bekreuzigte mich, um das Böse abzuwehren, und sagte entsetzt: »Es zeugt ganz klar von Ketzerei, wenn man fordert, das Wort der Bibel zur Grundlage der kirchlichen Lehre zu machen. Die Kirche hat ja schon ganz früh gemerkt, dass die Bibel in den Händen ungelehrter Menschen eine Waffe des Teufels ist und man damit alles Mögliche beweisen kann, wenn man nur genug bösen Willen hat. Deshalb ist es

Ketzerei, wenn ein Laie die Bibel auf seine eigene Art lesen will, denn nur ein gelehrter Theologe und geweihter Priester ist befugt, die Bibel auszulegen.«

Der Schiffer seufzte schwer und meinte: »Ich habe ja schon gesagt, dass heutzutage alles drunter und drüber geht und die Hölle sich der Welt bemächtigt. Dieser furchtbare Doktor Luther hat nämlich damit gedroht, das Neue Testament ins Deutsche zu übersetzen, denn er sagt, die Kirche könne erst dann gereinigt und erneuert werden, wenn auch der einfachste Mann seinen Glauben auf das klare Wort der Bibel in seiner eigenen Sprache gründen könne.«

»Das wäre das Ende der heiligen Kirche«, sagte ich erschüttert. »Allerdings glaube ich nicht, dass irgendein Buchdrucker gottlos genug ist, die heilige Bibel in barbarischem Deutsch zu drucken.«

Der fromme Schiffer war derselben Meinung, obgleich er daran zweifelte, ob die Buchdrucker wirklich so gottesfürchtig seien, denn sie hatten sich ja schon einmal darum gerissen, Doktor Luthers schamlose und ketzerische Schriften gegen die heilige Kirche drucken zu dürfen. »Das Schlimmste in dieser evangelischen Irrlehre ist aber«, fuhr er fort, »dass ihre Lehre einem nicht aus dem Sinn geht und man ständig darüber nachdenken muss, so dass ich beim Empfang der heiligen Sakramente mein Gemüt nicht mehr zu Demut und voller Andacht zwingen kann, sondern der Satan flüstert mir fortwährend ins Ohr dabei und fragt, was davon sich eigentlich auf das Wort der Bibel gründet und was auf die Irrtumslosigkeit der Kirche. Sogar wenn ich die heilige Kommunion empfange, frage ich mich, ist dies wirklich der Leib unseres Herrn Jesus Christus, ist sein Leib im Abendmahlsbrot nur anwesend, oder ist die Kommunion nur eine sinnbildliche Handlung, die zu seinem Gedächtnis geschieht? Auch fragt mich der Satan, warum ein frommer Christ beim Abendmahl keinen Wein genießen darf, sondern der Wein nur dem Priester erlaubt ist, der die Messe liest. Doktor Luther teilt nämlich den Wein christlich mit allen Gläubigen, wie man hört, auch wenn Gott verhüten möge, dass ich den heiligen Leib unseres Herrn Jesus Christus aus seiner Hand empfange.«

Der fromme Kapitän hatte gewiss recht in allem, was er über die Ruchlosigkeit dieser Ketzerlehre sagte. Denn auch wenn Doktor Luthers Predigt auf diese Weise in einer verfälschten, durch viele Münder gegangenen Form zum ersten Mal an mein Ohr gelangte, trug sie in all ihrer Einfachheit dazu bei, mich zu verwirren, ähnlich wie das einfache Christentum des Erasmus von Rotterdam, wie es in seinen »Vertraulichen Gesprächen« geschildert war, mich davon überzeugt hatte, dass die Kirche einer inneren Erneuerung bedurfte.

»Aber«, so fragte ich mich nun, »was nützt mir mein ganzes Wissen und meine Gelehrsamkeit, wenn dieser gelehrte Mönch Luther, der nach einem Studium von immerhin fünfzehn Jahren den Doktortitel erhalten hat und zum Lehrer an einer hohen Universität berufen wurde, sein ganzes Wissen und seine Gelehrsamkeit verwirft, um sich einzig und allein auf das Wort der Heiligen Schrift zu berufen, die jeder junge Spund verstehen kann, der eine Lateinschule besucht hat? Das ist doch verrückt! So etwas hätte nirgendwo anders geschehen können als in Deutschland. Die heilige Kirche hat ja schon oft Ketzer von seinesgleichen auf dem Scheiterhaufen verbrannt, um das Böse aus ihrer Mitte auszumerzen. Woher kommt also seine Macht, die sich bis auf mich erstreckt, über das Meer und viele Länder hinweg, und die mein Gemüt so sehr beunruhigt?«

Darauf antwortete ich mir: »Der innerste Grund meiner Ruhelosigkeit besteht darin, dass die ganze Welt so unruhig und in ständigem Umbruch begriffen ist und nichts mehr an seinem Platze bleibt, weil sogar die Grundpfeiler der heiligen Kirche ins Wanken geraten sind und die Türken Europa bedrohen. Niemand weiß mehr, was richtig und falsch ist, denn was der eine für recht erklärt, das nennt der andere falsch, und es gibt kein Recht mehr als nur das des Stärkeren und das Recht des Siegers. Aber ich bin weder stark noch siegreich, weil ich in allem, was ich unternehme, zweifle und zaudere und Gewissensbisse mich quälen, was auch immer ich tue, so dass ich von Furcht und Zittern überwältigt werde, wenn ich auch nur daran denke, dass ich die heilige Messe lesen und dabei Brot und Wein in meinen Händen zu Leib und Blut unseres Herrn Jesus Christus verwandeln muss. Wie sollte ich irgendjemandem die Absolution erteilen, wenn ich mich selbst als Sünder und Kind der Finsternis empfinde?«

So beschloss ich, in aller Demut abzuwarten, was da kommen mochte. Ich hatte noch einiges an Erspartem, und Frau Pirjo kümmerte sich um mich und nahm es mir nicht übel, dass ich bei ihr wohnte und ihre Mittel aufzehrte. Ich musste fast bis zum Beginn des Sommers warten, ehe ich von Meister Slagheck einen Brief bekam. Er hatte ihn in aller Eile geschrieben und teilte mir mit, dass er mir in keiner Weise helfen könne, denn Erzbischof Gustav sei eine verrückte und unmögliche Person, mit der kein vernünftiger Mensch zurechtkäme, und es wundere ihn nun gar nicht mehr, dass die schwedischen Herren ihn einst einmütig seines heiligen Amtes enthoben hatten. Der Erzbischof habe sich mit Bischof Jensen gegen ihn, Slagheck, verbündet und habe kein Ohr mehr für seine Ratschläge und Warnungen, sondern wolle die ganze Zeit den Hahn auf dem Misthaufen, Schwedisches Reich genannt, spielen.

Doch auch ein anderer Hahn war erschienen, der in den schwedischen Wäldern krähte, und das war der gottlose Herr Gustav, der das Volk aufgewiegelt hatte, so dass Meister Slagheck seine Mitra gegen das Schwert vertauschen und an der Spitze eines Heeres gegen ihn marschieren musste. Das hatte eine bittere Niederlage zur Folge, aber nicht für Herrn Gustav, sondern für Meister Slagheck, der sich mit Mühe und Not vor den Pfeilen und Wurfspießen der außer Rand und Band geratenen Bauern hatte retten können und gerade noch mit dem Leben davongekommen war. Davon solle ich Finnland allerdings lieber nichts erzählen. Er, Meister Slagheck, erwähne es nur, damit ich in geziemender christlicher Demut verstünde, dass er wirklich andere Sorge habe, als sich um meine Erhebung in den geistlichen Stand zu kümmern. Wenn ich selbst nicht Manns genug wäre, mich um meine eigenen Angelegenheiten zu kümmern, dann hätte ich das nur meiner eigenen Dummheit zu verdanken; er gedenke nicht, mich an meinen Haaren vorwärts zu ziehen, wenn ich mir selbst nicht zu helfen wisse. »Aber«, so beendete er den Brief, »wenn du nicht noch dümmer bist, als ich glaube, wirst du schon im Winter die Sahne aus dem Krug, zu dem ich dich geschickt habe, abgeschöpft haben, so dass du nun ein reicher Mann bist. Deshalb begnüge ich mich damit, dir meinen bischöflichen Segen zu senden, auf dass alle deine Bemühungen von Erfolg gekrönt sein mögen.«

Nach dem Empfang dieses Briefes war es, als wäre es mir wie Schuppen von den Augen gefallen, und ich hatte dasselbe flaue Gefühl im Magen wie damals in der kleinen Herberge unweit von Paris, als ich den Abschiedsbrief von Julien d'Avril las, nachdem dieser sich auf und davon gemacht hatte, um die Türken zu bekehren. Mir war nicht klar, was Meister Schlagheck mit »die Sahne abschöpfen« gemeint haben konnte, aber ich hätte ihm gerne eigenhändig all die Sahne in seinen Schlund gekippt, die mir den Winter über in der guten Stadt Turku kredenzt worden war. Hatte ich doch nichts anderes erfahren, als Beschämung und freche Zurückweisung sowohl vonseiten der Bürger wie auch der Geistlichkeit. So saß ich nun lange wie vor den Kopf geschlagen da und überlegte, ob ich nach Stockholm reisen sollte, um dort mein Recht einzufordern. Aber da der gute Erzbischof sich nun einmal mit Meister Slagheck überworfen hatte, würde er mich kaum freundlich empfangen, sofern ich überhaupt zu ihm vordrang. Nein, ich hatte wahrlich keine Lust, als König Christians Mann um meinen Lohn zu betteln in einem abweisenden Land, in dem zudem noch kurz über lang ein Aufstand ausbrechen würde.

Kapitel 6

Diesen düsteren Gedanken hing ich nach, als am Abend Antti in die Stube trat. Er legte seine Mütze ab, setzte sich an den Tisch, stützte seinen Kopf in beide Hände, seufzte schwer und sagte nicht einmal guten Abend. Auch ich seufzte, um zu zeigen, dass ich mit meinem eigenem Kummer beschäftigt war. Aber nachdem wir eine Zeitlang um die Wette geseufzt hatten, wurde ich ärgerlich und fragte ihn barsch, warum er mich störe, was denn los sei, und ob er wieder einmal zu viel getrunken habe.

»Verurteile mich nicht vorschnell, Michael«, sagte er, »denn mir liegt ein Strick um den Hals, und ich fühle mich wie ein Lamm auf der Schlachtbank und weiß nicht, was ich tun soll. Aber du bist klüger als ich, bist ein Gelehrter, also rate mir, wie ich aus diesem Unglück herauskommen soll. Ich muss als Erklärung voranschicken, dass ich mich den ganzen Winter über von der guten Witwe, die als Wirtin in den ›Drei Kronen‹ waltet, habe aushalten lassen, wie dir ja bekannt ist, und ich will mich auch nicht darüber beklagen. Aber jetzt hat diese Witwe mir die Pistole auf die Brust gesetzt und will, dass ich sie heirate. Falls nicht, so droht sie sich beim Herrn Bischof zu beschweren, ich hätte ihre Witwenschaft und weibliche Keuschheit mit falschen Versprechungen verletzt.«

Seine Worte verblüfften mich sehr, und ich sprach ihm meine Glückwünsche aus: »Du bist mir ja ein Glückspilz, Antti! Die ›Drei Kronen‹ sind die beste Wirtschaft in Turku, und die Witwe verdient eine Menge Geld. Außerdem kennt sie sich in ihrem Handwerk aus; sie ist eine freundliche und schlagfertige Frau, und auch wenn sie es mit ihrer Sittsamkeit nicht so genau nimmt, wie man wohl weiß. So ist es nun deine Sache, darüber zu wachen.«

Doch Antti versetzte: »Wenn es nur um das Essen ginge, so habe ich keine Klagen, im Gegenteil, ich habe den Winter über ordentlich zugenommen, und meine Wangen sind richtig rund geworden, wie du siehst. Mich graust jedoch, in den Ehestand zu treten, weil ich noch so jung bin, ist doch die Witwe zweimal älter als ich. Deshalb ist mir, als hätte sie mir eine geladene Feuerbüchse auf die Brust gesetzt und würde mit der schwelenden Lunte in der Hand herumfuchteln, um mich dazu zu zwingen, mit ihr vor dem Traualtar niederzuknien. Seit Frühlingsbeginn hat mich dazu noch eine starke Unruhe ergriffen, und es brennt mir unter den Sohlen, da ich ja daran gewohnt bin, auf Wanderschaft zu gehen, Neues zu lernen und mein Handwerk zu vervollkommnen. So bin ich nun ganz ungeduldig und kann nicht länger an einem Ort verweilen, obwohl ich mir jeden Morgen bei Frühstück einzureden versuche, wie gut und bequem ich es hier habe, da ich unter vertrauten Menschen wohne, die eine christliche Sprache sprechen.«

Seine Worte und schweren Seufzer machten mich nachdenklich, und nach längerer Überlegung sagte ich: »Es ist offensichtlich, Antti, dass das Schicksal uns beide aneinander gebunden hat. Denn wenn du in Not und Angst lebst, dann beginnt sich auch in mir das Gefühl auszubreiten, als hätte ich mich nackt in ein Ameisennest gelegt. Es besteht also ein Gleichklang in unseren Schicksalen, obwohl du dumm bist und ich klug und gelehrt. Ich habe nämlich begonnen, an König Christians guten Absichten ernstlich zu zweifeln, weil alle guten Menschen übel von ihm reden und ihn einen Tyrannen nennen. Sicher hat er schlechte Ratgeber und hat außerdem sein eigenes Nest beschmutzt. Jedenfalls zahlt er den Leuten, die sich ehrlich bemühen, ihm zu dienen und seine Befehle auszuführen, einen miserablen Lohn. Deshalb bin auch ich gewillt, mich auf die Wanderung zu machen. Aber wenn man arm ist und kein Geld hat, ist schlecht reisen, und ich weiß nicht, wie ich meine Geldbörse auffüllen soll.«

Antti blickte mich forschend an und sagte: »Gestern Abend kam ein unbekannter Gast in die ›Drei Kronen‹, und als er erfuhr, dass ich ein erfahrener Geschützgießer bin, begann er, mir von einer einträglichen und vergnüglichen Arbeit vorzuschwärmen. Wenn ich ihn richtig verstanden habe, gehört er zu den Leuten des Herrn Nils von Grabbacka, und die Arbeit, die er meinte, war das Seeräuberhandwerk, die einen fähigen Mann schnell zu Reichtum bringen soll.«

»Antti, Antti«, rief ich warnend aus, »sprich mir nicht von so schrecklichen und gottlosen Dingen! Aus dir wird nie ein richtiger Seemann. Außerdem hat Junker Thomas geschworen, diesen Nils Grabbe am höchsten Mast seines Kriegsschiffes ›Prinz von Finnland‹ aufzuhängen. Er ist zudem ein grausamer Herr, der viele unschuldige Leute in Häusern von Beamten der Krone hat elend verbrennen lassen und sogar Kirchen ausgeraubt haben soll.«

»Aber« warf Antti ein, »er kann nur junge und unverheiratete Männer brauchen, und das spricht für ihn. Sein Mann hat mir seine Kühnheit und Gewitztheit über den grünen Klee gelobt. Wenn es ihm hier bei uns nämlich zu heiß wird, zieht er sich auf seine Schiffe zurück und segelt hinüber in den Schutz der Türme von Reval oder lässt es sich als Gast der estnischen Strandräuber gut gehen. Auch heißt es, er würde im Namen Gottes, des Vaterlandes und aller guten Menschen von den Dänen

Steuern eintreiben, und auf Junker Thomas' herzlose Eide soll er geantwortet haben, so wahr es auf der Welt noch Anstand und Gerechtigkeit gebe, werde Junker Thomas vor ihm am Galgen baumeln. Unter seinen Freibeutern gibt es Scholaren und Bürgersöhne. Und so wie alle großen Kriegsherren braucht auch er einen Kaplan, der für ihn den lateinischen Schriftwechsel erledigt und seinen dänischen und deutschen Gefangenen die Sakramente spendet, bevor er sie hängen lässt. Das beweist, dass er kein gottloser, sondern ein frommer Mann ist.«

»Es sei fern von mir, dass an so etwas auch nur denke!« sagte ich. »Ich fürchte, ich tauge nicht zum Kaplan für Herrn Grabbe. Im Gegenteil, ich wäre ein Kaplan des Teufels, wenn ich mich in seinen Dienst begäbe. Außerdem würde er mich aufknöpfen, sobald er mich erblickt hat, denn er war ein Saufkumpan des Herrn Nils Eskilsson von Raseborg und hat geschworen, seinen Tod zu rächen.«

Doch Antti ging zur Tür und schaute nach, ob dort nicht jemand lauschte. Dann sah er mich an und sagte ernst: »Vielleicht brauchst du ihn gar nicht zu sehen, denn er benötigt auch unsichtbare Männer in seinen Diensten und ist bereit, sie mit gutem Silber zu bezahlen, sofern sie ihm nicht nur aus Hass gegen die Dänenherrschaft zu Diensten sein wollen. So zum Beispiel will er wissen, welche Schiffe den Hafen von Turku verlassen, womit sie beladen und wie sie ausgerüstet sind. Auch darüber, wo und wann die Steuereintreiber unterwegs sind, braucht er Auskünfte und überhaupt über alles, worüber ein Seeräuber Bescheid wissen sollte. Ich armer Bursche verstehe von diesen Dingen ja nicht viel, aber mein Trinkkumpan von gestern Abend zeigte mir eine tiefe Aushöhlung in der Dommauer gegenüber vom St.-Georgs-Spital. Falls ein guter Mann dort dann und wann einen Brief einwürfe, so könne dieser gute Mann im selben Nest silberne und sogar goldene Eier finden. Aber bin ja des Schreibens unkundig und auch sonst recht dumm, und deshalb will ich meine Siebensachen zusammenpacken und im Wald Tannenzapfen pflücken gehen, um dem gestrengen Ehestand zu entgehen.«

»Der liebe Gott und alle Heiligen mögen sich deiner erbarmen, Antti«, sagte ich. »Zu welch furchtbarem Verbrechen willst du mich anstiften? Ich fühle mir schon den Hals lang werden, wenn ich auch nur daran denke, was du mir da vorschlägst.«

Aber Antti sagte: »Es wird am sichersten sein, wenn du wieder in der Burg Wohnung nimmst und in Junker Thomas' Dienste trittst, falls du nicht mit mir in die Wälder gehen willst. Sonst bekommst du hier in der Stadt über kurz oder lang ein Messer zwischen die Rippen. Denn wie man hört, ist Herr Grabbe über das traurige Ende seines teuren Saufgenossen recht erbost. Auch wenn du in der Burg wohnst, so hast du doch immer wieder auch im Dom oder im Haus des Bischofs zu tun, und wenn du dort vorbeikommst, kannst du dich kurz dem Loch in der Kirchenmauer widmen. Du brauchst nichts zu befürchten, denn ich weiß als einziger davon, und der, welcher mir davon erzählt hat, hat keine Ahnung, dass du dahinter stecken würdest.«

Er nahm sich meine Ratschläge und Warnungen nicht zu Herzen, sondern verschwand noch in derselben Nacht aus der Stadt, zum großen Kummer der Drei-Kronen-Wirtin. Ich konnte nicht begreifen, warum er das unsichere Dasein als Seeräuber dem Leben an der Seite einer reichen Witwe vorzog, und so festigte sich in mir nur die Überzeugung, dass er tatsächlich ein armer Kerl und schlichter Bursche war, der nicht erkannte, was seinem eigenen Vorteil diente. Aber er hatte die Wahrheit gesprochen, denn schon am nächsten Tage wurde ich auf dem Heimweg von der Messe ordentlich verprügelt, so dass ich es für das Beste erachtete, in Junker Thomas' Obhut zurückzukehren, nachdem ich mich bei ihm beschwert hatte, dass meine Sicherheit in der Stadt Turku nicht mehr gewährleistet sei. Junker Thomas empfing mich mit offenen Armen, denn er war seines Schreibers Mons überdrüssig geworden, der ein einfacher schwedischer Scholar war und aus seinem Grimm gegen die Dänen keinen Hehl machte. Mir hingegen vertraute Junker Thomas und sprach mit mir offen über alle seine Pläne. Er beklagte sich bitterlich über die Aufsässigkeit der Finnen – jede Schweinskeule und jeder Sack Getreide müsse man den Bauern gewaltsam abnehmen unter Drohung mit Spieß und Schwert. Er meinte, das finnische Volk tauge zu nichts anderem als zum Fraß für die Raben.

Jedoch langweilte ich mich sehr in der Burg, denn der Schreiber Mons oder der Burgkaplan waren keine rechte Gesellschaft für mich. Der Kaplan widmete sich lieber dem Würfelspiel und trank Bier mit den Landsknechten, als dass er sich mit mir über geistliche Fragen unterhielt. Um mir die Zeit zu vertreiben, fertigte ich deshalb ein genaues Verzeichnis der Schiffe an, die den Hafen verließen, notierte ihre Fracht, die Zahl ihrer Geschütze sowie weitere nützliche Dinge. Ich erwähnte die Namen der Schiffsführer, die Anzahl der Seeleute und die Verstärkungstruppen, die Junker Thomas nach der von den Seeräubern bedrohten Festung Raseborg schicken wollte. Als ich dann die Bibliothek des Bischofs aufsuchte, um mir einen Kommentar zur »Summa« des heiligen Thomas zu entleihen, warf ich im Vorbeigehen meine Aufzeichnungen in das Mauerloch gegenüber dem Hospital.

Ich weiß nicht, ob das meinem Brief zu verdanken war, jedenfalls enterten und versenkten die Seeräuber in den Schären bei den Ålandinseln mehrere Jollen, die mit Getreide und Lebensmitteln nach Stockholm unterwegs waren. Die ländlichen Provinzen waren nämlich nicht mehr in der Lage, die Hauptstadt zu ernähren, und darum hatte Junker Thomas diese Fracht in den sowieso schon bis fast auf das letzte Korn ausgeplünderten Dörfern rund um Turku unter großer Mühe zusammengetrieben. Auf der Straße nach Raseborg hatten die Freibeuter einen Hinterhalt errichtet und zwei Geschütze, die unter Begleitung eines bewaffneten Trupps zum Schutz der Festung nach Raseborg gebracht wurden, unbrauchbar gemacht, indem sie die Pulverlöcher zunagelten. Das verursachte großen Schaden, denn die Geschütze mussten nach Turku zurückgebracht und erneut gegossen werden, und da Junker Thomas keinen Geschützmeister zur Verfügung hatte, der sich auch in der Gießerei auskannte, wurde diese Arbeit verpfuscht, obwohl ich ihm nach besten Kräften mit meinem Rat zur Seite stand.

Als ich dann dem Bischof den Kommentar zu Thomas von Aquin zurückbrachte, den ich mir ausgeliehen hatte, machte ich an der Dommauer halt, um meine Blase zu leeren und fuhr dabei mit der Hand in die Mauerhöhlung. Auf dem Grund des Lochs ertastete ich einen schweren, weichen Beutel, den ich mir freudig in meine Gürteltasche steckte. Dann begab ich mich eilends zu Frau Pirjo und zählte das Geld aus dem Beutel. Er enthielt kleinere und größere Silbermünzen, Öre Turkuer und Stockholmer Prägung, einige Lübische Gulden und einen Dukaten. So konnte ich mich wieder als vermögenden Mann betrachten, denn das Geld würde, bei sparsamer Nutzung, für eine mehrmonatige Wanderung ausreichen, falls ich gezwungen wäre, den Wanderstab in die Hand zu nehmen. Ich verwahrte das Geld, indem ich ein Versteck unter einem flachen Stein an der Wurzel des Birnbaums grub, denn ich wollte es nicht vorschnell beim Würfelspiel verlieren. In der Waffenstube der Burg hatte ich nämlich schon zu Genüge erfahren müssen, dass mir das Glück beim Würfeln nicht gerade hold war.

Meine Stimmung änderte sich so schnell, wie nach einer langen Regenzeit die Sonne wieder strahlt und alles erwärmt. Ich dachte nun, das irdische Leben gleiche einem Würfelspiel, bei dem auf die Dauer nur der gewinnen könne, der munter und ohne Skrupel falsche Würfel verwendet und dabei aufpasst, dass ihm keiner auf die Schliche kommt. König Christian und Meister Slagheck hatten mich aufgrund meiner Dummheit und meines sanftmütigen Wesens zum Narren gehalten und mich dadurch in eine Zwickmühle gebracht, die mir nichts als Verdruss und Bedrängnis beschert hatte. Deshalb sagte ich mir nun, ich sei ihnen nichts mehr schuldig. Noch weniger schuldete ich, wie ich fand, Junker Thomas, diesem grausamen und ungehobelten Tölpel. Bis jetzt war ich umhergestreift wie ein Schaf unter Wölfen und ich hatte mich durch blumige Versprechungen scheren lassen. Doch nun begann ich, mir über der geschorenen Wolle ein Wolfsfell wachsen zu lassen.

Da ich mich nun einmal auf das Spiel eingelassen hatte und ich Turku sogar mehr gehasst wurde als die Dänen, so dass ich in meiner Heimat nichts Gutes mehr zu erwarten hatte, dachte ich, dass es nun das Beste sei, meine Schäfchen ins Trockene zu bringen, solange dazu noch Zeit war. Auf diese Weise konnte ich mir auch am besten Junker Thomas' Vertrauen sichern, was für mich eine Frage des Überlebens war. So begann ich eifrig, verschiedenen Bürgern in Turku in ihren Heimen und Werkstätten Besuche abzustatten, mit einem deutschen Waffenknecht als Begleiter, der sich darüber freute, sich den Magen vollschlagen zu können, reichlich zu trinken zu bekommen und die Dienstmägde zu begrapschen, während ich mich mit den braven Bürgern über Staatsangelegenheiten unterhielt.

Ich wandte mich besonders an die Männer des Friedens, die sich bitterlich über die von den Freibeutern verursachten Schäden beklagten und die nichts anderes wollten, als einfach in Frieden zu leben, gleichgültig, ob sie dänische oder schwedische Herrscher über sich hatten. Sie alle wussten nur zu gut, dass ich der Vertraute von Junker Thomas war, und ich klagte in beredten Worten über meine schwierige Stellung und meine Armut. Auch sprach ich davon, dass der brave Junker stets alles Mögliche über die Einwohner der Stadt wissen wollte und deshalb ein bloßes, unschuldiges Wort verderbliche Folgen haben könne, wie etwa das Verschwinden eines wackeren Mannes in dem schrecklichen Burgverlies. Deshalb müsse ich mir genau überlegen, was ich sagte. In diesen gottlosen Zeiten könne man sich niemandes sicher sein. Es würde meine schwierige Aufgabe sehr erleichtern, wenn zum Beispiel Simo der Zinngießer oder Kustaa der Kerzenzieher mir ihre guten Absichten und ihre untadelige Gesinnung klar und unmissverständlich beweisen könnten. Was man mir anbot, das nahm ich dankbar und demütig an und bat nötigenfalls auch um mehr, indem ich auf anschauliche Art bewies, dass, falls Junker Thomas' erbarmungslose Söldner erscheinen und die Schränke und Truhen durchwühlen würden, keine einzige Zinnkanne und kein einziges Festgewand im Haus zurückbliebe. Die braven Bürger seufzten, aber sie zahlten je nach ihren Möglichkeiten. Ich hingegen sorgte nach besten Kräften dafür, dass keiner von denen, die unter meinem Schutz standen, von den Männern des Junkers bedrängt wurde.

So begriff ich endlich, was Meister Slagheck gemeint hatte, als er in seinem Brief etwas vom Abschöpfen der Sahne schrieb. Jedoch auf längere Zeit ließ sich so etwas nicht verheimlichen, und es vergingen nicht viele Wochen, bis die Kunde von meiner frommen Kollekte Junker Thomas zu Ohren kam. Mehrere Bürger waren nämlich bei ihm erschienen und hatten sich über mich beklagt. Sie sagten, sie hätten an Junker Thomas' Hauptmann Brandsteuer gezahlt, dann Galgensteuer an den Profos und

Getränkesteuer an jeden dahergelaufenen Gauner, der mit dem Schwert am Gürtel die Straßen Turkus unsicher machte. Sie fanden gar nicht so viele Worte, um all die ungesetzlichen Steuern aufzuzählen, die sie bezahlt hatten. Jetzt aber sei das Maß voll, sie könnten nicht noch an einen arbeitslosen Scholarius, der mit nichts anderen herumfuchtle als mit der Feder, weitere Steuern entrichten. Junker Thomas befahl mich zu sich, damit ich mich für meine Taten verantwortete. Um die Wahrheit zu sagen, packte mich, als ich von dem ganzen Gezeter erfuhr, die Angst so sehr, dass ich mich in der Burglatrine verkroch, wo Schreiber Mons mich schließlich nach langem Suchen mit heruntergelassener Hose fand. Doch nachdem ich mir die Hose wieder gegürtet hatte, fasste ich Mut. Blanke Wut stieg in mir hoch, als ich an diese schamlosen Bürger dachte, hatten wir doch gemeinsam, sie und ich, einander heilige Eide geschworen, wir würden die an mich gezahlten Beihilfen geheimhalten. So blieb mir nichts anderes übrig, als Frechheit mit Frechheit zu vergelten. Während Junker Thomas schnaubte wie ein wütender Stier und die Bürger mir mit den Fäusten drohten, ergriff ich erhitzt das Wort:

»Das ist schamloses Geschwätz und freche Verleumdung! Bin ich denn nicht ein treuer Diener seiner Majestät? Aber diese Stadt ist voller hinterlistiger Intrigen, und für mich steht fest, dass es sich hierbei um eine freche und abscheuliche Verschwörung handelt mit dem Ziel, meinen guten Namen und meine Ehre in den Dreck zu ziehen. Ich leugne auch gar nicht, von Simo dem Zinngießer und Kustaa dem Kerzenzieher sowie von weiteren Bürgern, die mir jetzt Flüche auf den Hals wünschen, Geld erhalten zu haben. Doch jetzt ist mir klar, dass sie mir aus reiner Hinterlist Geld angeboten haben, um mich dann beschuldigen zu können, bestechlich zu sein. Vor dem Statthalter seiner Majestät frage ich euch, Männer von Turku, ob ich euch jemals etwas Ungesetzliches gesagt oder versprochen habe, wenn ich meine Armut beklagte und von meinem Wunsche sprach, irgendwann einmal mein Studium an einer hohen Universität fortzusetzen, um den Magistergrad zu erlangen. Wenn ich etwas versprochen habe, dann habe ich euch zugesagt, euch in meine Fürbitten einzuschließen und immer ein gutes Wort für euch einzulegen. Mehr habe ich aber nicht versprochen, und ihr habt mir aus freien Stücken das gegeben, was ich angenommen habe. Ich habe euch weder bedroht noch erpresst, sondern in mildem Ton zu euch gesprochen, wie es sich für einen armen Mann ziemt. Wenn ihr das abstreitet, dann seid ihr wahrlich gottlose Gesellen und verurteilt eure Seelen durch diese Lüge zu ewiger Verdammnis.«

Die braven Bürger gerieten durch meine Worte in große Verlegenheit, stotterten Unzusammenhängendes und konnten nicht abstreiten, dass ich die Wahrheit gesagt hatte. Aus eigenen freien Stücken hätten sie mir

Geschenke gemacht, aber nur deshalb, weil sie fürchteten, ich würde sie beim Burgherrn verleumden. Da zeigte ich mit dem Finger auf sie und rief:

»Ist das nicht eine böswillige Unterstellung? Denn was hat ein unbescholtener Ehrenmann von einer gerechten Obrigkeit zu befürchten, die von seiner Majestät eingesetzt worden ist? Wenn sie mir also aus Furcht Geld gegeben haben, dann zeigt das nur, dass sie sich mit schmutzigen Geschäften abgegeben haben. Männer von Ehre haben nichts zu befürchten, solange der gute König Christian in diesem Lande herrscht.«

Diese meine Rede gefiel Junker Thomas sehr. Er wandte sich mit strengen Worten an die Bürger und legte ihnen nahe, sie sollten sich ihrer verleumderischen Lügen schämen und mich um Verzeihung bitten. Dabei geriet er so in Rage, dass er mit dem Fuß aufstampfte und sogar Streckbank und Galgen erwähnte, so wie es seine Art war, so dass ich ihn unterbrach und mich für die Bürger zu verwenden begann. Ich sagte, sie seien nur dumme und unverständige Leute, und ich würde kein Groll mehr gegen sie hegen. Bleich und erschrocken wichen sie bis an die Tür zurück, sich gegenseitig beschuldigend, und ich schob sie schnell hinaus und empfahl ihnen, sich in aller Ruhe nach Hause zu begeben. Dabei vergaß ich nicht zu erwähnen, dass sie ihrer Dummheit wegen nun ihr Leben und ihre Unversehrtheit mir zu verdanken hätten. Daran sollten sie denken, wenn ich sie das nächste Mal besuchen käme.

Nachdem sie gegangen waren, schlug Junker Thomas mir gegenüber einen milden Ton an und bat mich um eine Aufstellung der Geldbeträge, welche die braven Bürger ihrer eigenen Aussage nach an mich gezahlt hatten, denn seine eigenen Rechenkünste reichten dafür nicht aus. Ich rechnete ihm die Summe zusammen, und er seufzte schwer und meinte, das sei eine Menge Geld. Ich bräuchte davon bestimmt nicht alles, um an der Universität zu studieren. Da auch er ein armer Mann sei und sich in Diensten des Königs sogar verschuldet habe, hoffe er auf mein gutes Herz und darauf, dass er mir die Hälfte dieser Summe leihen könne. Wenn ich das täte, werde er mich nicht wegen meines dummen Betragens bestrafen. Dieses Ansinnen betrübte mich, und ich vergoss sogar Tränen, während ich ihm von all den Widrigkeiten und Demütigungen erzählte, die mir auf dem Weg zu höherer Bildung und zum Dienst an der Kirche widerfahren waren. Darauf ließ er sich erweichen und ging nach längerem Feilschen auf ein Viertel der Summe herunter.

Nach dem Erhalt des Geldes sagte er, er könne sich keinen Grund vorstellen, warum ich das Geldeintreiben zum Zwecke des Studiums nicht fortsetzen sollte, da die braven Bürger mich ja freiwillig und aus gutem Herzen unterstützen wollten. Schließlich sei der König auf jeden Fall auf treue und gelehrte Männer angewiesen, die in seinen oder der

Kirche Diensten arbeiten wollten. Doch fügte er sogleich hinzu, ein guter Hirte schere die Schafe nicht bis auf die nackte Haut, sondern lasse noch genug an Wachstum übrig, und deshalb solle ich ihm auch in Zukunft ein Viertel meiner Einnahmen abtreten, damit er kontrollieren könne, ob ich die Schafe, deren Schutz der König ihm anvertraut habe, auch nicht allzu heftig schöre. Das Geld, das er auf diese Weise von mir bekäme, versprach er mir als Ehrenmann irgendwann einmal zurückzuzahlen, sobald er reich geworden sei.

Auf diese Weise kam ich im Laufe des Sommers mehrere Male dazu, Besuche in der Stadt zu machen, und nichts hinderte mich daran, hin und wieder in das Mauerloch am Dom zu fassen, so dass von Turku aus merkwürdige Vögel in den Irrgarten der Schären und die Schlupflöcher in den Wäldern flogen und von dort zurückkehrten, um silberne und goldene Eier im Mauerloch auszubrüten. Die Schiffe aus Stockholm brachten immer beunruhigendere Nachrichten aus Schweden, denn die Truppen des Herrn Gustav waren bereits zu einer Armee angewachsen und bewegten sich auf die Hauptstadt zu, um sie zu belagern. Diesen Truppen schlossen sich Adelige und gemeines Volk an, Handwerksgesellen und Bürger aus den Städten, sogar aus den Garnisonen des Königs. Die führenden Männer Schwedens hatten Herrn Gustav zum Reichsverweser gewählt, und mit Geldern aus Lübeck warb er deutsche Landsknechte an, die zum Rückgrat seiner Armee wurden. Junker Thomas konnte sich nicht genug darüber wundern, wie frech die Freibeuter in den finnischen Küstengebieten wurden und wie gut sie über seine Pläne im Bilde waren, so dass die Schiffe nach Stockholm im Geleit und unter dem Schutz von Kriegsschiffen segeln mussten, was zu mancherlei Verzögerungen führte. Deshalb wurde er misstrauisch und sagte, dieses unfreundliche Land sei voller Machenschaften. Offenbar sei nicht einmal das Innere der Burg frei von derartiger Arglist, da die gottlosen Räuber und Freibeuter in der Lage seien, selbst seine geheimsten Gedanken zu lesen. Auch wurde es in der Burg allmählich eng, denn viele finnische Adelige flohen von ihren Gütern in die Burg. Sie sagten, sie wollten treu für König Christian kämpfen, weil sie ihm einen Eid geschworen hätten und nicht glauben könnten, dass verstreute Bauernhorden und einige Freibeuter auf längere Zeit dem Heer und der Flotte des Königs würden Widerstand leisten können.

Kapitel 7

Ich trug mich derweil mit dem Gedanken, bei Anbruch des Herbstes meine Sachen zu packen und mir den Staub von den Füßen zu schütteln, um mich in fremde Länder und nach Paris zu begeben. Derweil sollten waffenfähige Männer ihre Zwistigkeiten in diesem von Unruhe ergriffenen Land unter sich ausmachen, denn ich selbst war ein Mann des Geistes mit der Feder als einziger Waffe. Doch zögerte ich meine Abreise immer wieder hinaus, weil es stets schwerfällt, sich aus seiner gewohnten Umgebung zu lösen und sich dem Unbekannten zu stellen. Auch waren Gerüchte aufgekommen, wonach der König von Frankreich einen Krieg gegen den Kaiser plante, und ich wollte nicht aus einem vertrauten Krieg als Fremder in einen neuen und möglicherweise noch schlimmeren Krieg geraten.

Es war bereits Erntezeit. Die Nächte wurden wieder dunkel, die heißen Tage mündeten in Gewittern, und abends flackerten lautlos Nordlichter über den Himmel. In der Abenddämmerung eines solchen heißen Tages warf ich wieder einmal einen Blick in das Mauerloch. Aber dann überlief es mich heiß und kalt, als ich bei meiner Rückkehr vom Haus des Bischofs von der nächsten Ecke aus ein barhäuptiges Mädchen erblickte, das gerade die Hand aus dem Mauerloch zog. Ich konnte es mir nicht anders erklären, als dass das Mädchen mich dabei beobachtet hatte, wie ich ein Papier in das Loch einwarf, und neugierig geworden war. Deshalb schlich ich lautlos an sie heran, packte sie am Handgelenk und versuchte, ihr das Papier zu entwinden. Sie wehrte sich mit allen Kräften, und ich fürchtete schon, sie würde schreien und die ganze Umgebung auf sich aufmerksam machen. Aber sie sagte keinen Ton, und als ihr klar geworden war, dass sie gegen mich nicht ankam, ließ sie den Zettel in ihrem Busen verschwinden. Dann meinte sie hochmütig:

»Ist die Gottlosigkeit in der Stadt Turku schon so weit gediehen, dass ein gelehrter Herr an der Mauer des Doms über eine ehrbare Jungfrau herfällt und ihr Gewalt antut?«

»Halt den Mund, dummes Mädchen!« sagte ich. »Ich werde dich nicht anrühren. Ich will nur den Zettel, den du absichtlich in deinen Ausschnitt gesteckt hast, um mich anzulocken. Kein anständiges und ehrbares Mädchen läuft nach Eintritt der Dunkelheit hier an der Mauer herum. Offensichtlich bist du hinter Seeleuten und Soldaten her, um

Unzucht mit ihnen zu treiben. Also gib mir den Zettel, dann lasse ich dich gehen.«

Sie weigerte sich heftig und sagte, sie habe keinen Zettel, ich würde träumen. Dabei hielt sie sich schützend die Hand über die Brust und atmete schwer. Mir war, als würde mir trotz der abendlichen Hitze ein Eiszapfen das Rückgrat entlangstreichen, lag doch nun mein Leben in der Hand dieses dummen, allzu neugierigen Mädchens. Deshalb sah ich mich verstohlen um, ob uns auch niemand sah, und obgleich ich fürchtete, sie könnte schreien, warf ich mich mit aller Kraft auf sie, so dass sie zu Boden ging, und zog ihr den Zettel aus dem Busen. Dabei musste ich ihr die Jacke aufreißen, und auch der Zettel riss entzwei, als sie das Papier in ihrer Faust festzuhalten versuchte. Aber schließlich konnte ich es ihr entwinden, obwohl sie mit allen Kräften nach mir trat und mich kratzte. Als ich das Stück Papier endlich in Händen hielt, begann sie zu weinen und sagte:

»Ich kenne dich! Ich weiß, du bist Michael der Unhold, Michael der Blutige! Allerdings hätte ich nie geglaubt, dass du dich über ein schutzloses Mädchen hermachst und ihr die Keuschheit zu rauben versuchst. Jetzt ist es allerdings geschehen, und ich glaube nun, dass all das Schlimme stimmt, was sich die Leute von dir erzählen.«

Ich hatte sie nie zuvor gesehen, obwohl sie ein schönes junges Mädchen war, mit dunklen Haaren und Augen. Unter anderen Umständen hätte ich sie gerne näher betrachtet, aber es war mir gar nicht recht, dass sie mich erkannt hatte. Deshalb sagte ich:

»Dummes Mädchen, ich habe deine Keuschheit nicht angetastet und hatte so etwas auch gar nicht im Sinn. Schließlich bin ich Geistlicher, und es ist unter meiner Würde, mich mit jungen Mädchen abzugeben. Ich habe dir nur dieses Stück Papier abgenommen, das dich nichts angeht. Aber wo du nun schon einmal weißt, wer ich bin, dann finde ich, dass wir uns näher unterhalten sollten. Gehen wir dazu am besten auf den Klosterberg, dort wird sich unter den Bäumen ein Plätzchen finden, wo wir in Ruhe miteinander reden können.«

Dadurch wollte ich erst einmal Zeit gewinnen. Falls sie hinter mir herspioniert hatte, würde sie wohl von mir und dem Inhalt des Zettels weiterberichten, worauf Junker Thomas Wächter bei der Mauer postieren und denjenigen festnehmen lassen würde, der käme, um nach Nachrichten im Mauerloch zu schauen, und danach wäre mein Leben kaum noch ein paar Heller wert. Folter im Keller der Burg würde mir drohen und das Rad, auf dem man mir alle Glieder und Knochen brechen würde. Es schien, mir blieb nichts anderes übrig als dieses böswillige Mädchen zu töten, obwohl es mir um ihr junges Leben sehr leidtat. Zu meiner Verwunderung ging sie sogleich auf meinen Vorschlag ein und sagte:

»Mir ist schon klar, was du von mir willst. Du bist voller Hinterlist, aber ich folge dir aus freien Stücken zu den Bäumen auf dem Klosterberg, denn du gefällst mir, und ich will dir sogar geben, was immer du von mir verlangst, wenn ich nur den Zettel wiederbekomme. Das ist nämlich ein Brief von meinem Liebsten, den ich sonst nicht treffen kann. Wenn du mich damit bei meinen Eltern bloßstellst, schlagen sie mich tot.«

Sie blickte mir aus ihren dunklen Augen bleich in der Abenddämmerung an und schien dabei so gefügig, dass ich nicht begreifen konnte, warum sie mich anlog. Schon überlegte ich, ob sie tatsächlich dasselbe Mauerloch wie ich für ihren geheimen Briefwechsel benutzte. Mit diesen Gedanken ging ich wortlos am Flussufer entlang. Sie versuchte nicht zu fliehen, sondern schritt scheu neben mir her und ergriff sogar vertrauensvoll meine Hand, während sie über die Pfützen hüpfte, die von einem der letzten Gewitter herrührten. Wir beide suchten aufmerksam nach einem geeigneten Platz und stiegen den pfadlosen Abhang hinauf bis zu den hohen Tannen, unter denen es ziemlich dunkel und wo die Erde trocken war. Als ich stehenblieb, sagte sie plötzlich mit hindeutend erhobenem Finger:

»Schau mal, was für ein seltsamer Vogel dort auf dem Zweig sitzt. Wie merkwürdig er pfeift!«

Ich schaute in die Richtung, in die ihr Finger wies, und dabei bückte sie sich, hob ihren Rock an, und hatte plötzlich einen Dolch in ihrer Faust, den sie mir durch meine dünne Sommerjacke in den Rücken stieß, so dass ich vor Schmerz und Erschrecken aufheulte. Doch schon während ich ihre Bewegung gewahr wurde, hatte ich mich umgedreht und gebückt, so dass der Dolch mein Schulterblatt traf und mir dann eine lange Schramme den Rücken hinunter beibrachte. So entstand eine lange, aber nur leichte Fleischwunde. Ich packte sie sofort beim Handgelenk, drehte es herum und löste den Dolch aus ihrer Hand. Doch durch ihr kräftiges Zustoßen hing sie mir nun am Rücken fest, und wir beide fielen zu Boden. Jetzt saß sie auf meinem Rücken, und ich hielt mit der einen Hand ihr Handgelenk, mit der anderen den Dolch, während mir das Blut warm den Rücken hinabsickerte und meine Jacke davon feucht wurde.

Beide überlegten wir eine Zeitlang, was wir machen sollten. Ich hatte große Angst, und zwischen meinen Schultern brannte es wie im Feuer. Doch als ich begriff, dass ich noch nicht tot war und nicht einmal schwer verwundet, wälzte ich mich plötzlich herum, so dass sie unter mich zu liegen kam. Ich packte sie bei den Haaren, presste ihren Kopf zu Boden und setzte ihr den Dolch an den Hals.

»Wahrlich ein seltsamer Vogel«, sagte ich, »und merkwürdig ist auch sein Gezwitscher. Aber jetzt zwitscher mir mal, was du für ein Vogel bist, und bete das Credo, wenn du kannst, denn ich muss dir jetzt den Hals durchschneiden.«

Totenbleich starrte sie mich mit ihren dunklen Augen an, atmete mir heftig ins Gesicht und sagte: »Michael, du kannst mich ruhig töten. Aber ich flehe dich an, gib mir erst den Zettel zurück, damit ich ihn vernichten kann, denn in deiner Hand kann er viele brave Männer das Leben kosten. Es ist besser, du tötest mich sofort, als dass du mich zu Junker Thomas bringst, wo mich seine Söldner martern werden.«

»Gott im Himmel möge sich unser beider erbarmen« gab ich zutiefst entsetzt zurück, als mir die Wahrheit klar geworden war. »Weißt du denn, was auf diesem Zettel steht, und warum ich ihn ins Mauerloch gelegt habe? Wenn das so ist, ist dein Leben verwirkt, denn dann gehörst du zu den unsichtbaren Männern des Nils von Grabbacka, auch wenn du ein Mädchen bist, wie ich an deinen nackten Brüsten sehr gut fühlen kann.«

Ihr zerrissenes Gewand war nämlich aufgegangen, und als ich sie im Dunkeln mit meiner Hand abtastete, bestand kein Zweifel, dass sie ein Mädchen war und nicht etwa ein verkleideter Freibeuter. Das machte, wie ich fand, die ganze Sache nur noch schlimmer, denn sie kannte meinen Namen und wusste, wer ich war. Ich konnte nicht dulden, dass mein Leben vom Plappermaul eines jungen Mädchens abhing, sondern ich hatte nun einen umso stichhaltigeren Grund, sie auf der Stelle zu töten.

Sie fragte genauso überrascht: »Hast du etwa den Zettel in das Mauerloch gesteckt? Das kann ich einfach nicht glauben, denn du bist doch der übelste Verräter und der größte Schurke, den es in Finnland gibt. Herr Grabbe hat versprochen, dich an dem ersten Baum aufzuknöpfen, wenn er deiner habhaft wird. Aber hör auf, mich mit deinen Fingern zu begrapschen, das gehört sich einfach nicht!«

Mir wurde klar, dass ich in meiner Verwirrung ihr immer noch mit der Hand über ihre nackte Brust fuhr, und das machte mich so verlegen, dass ich sie beschämt losließ. Sie setzte sich auf und ordnete ihre Kleidung. Sie versuchte mich im Dunkeln anzublicken und sagte: »Ich bin verwirrt und weiß nicht, was ich tun soll, aber sicher wäre es am besten gewesen, wenn ich dir den Dolch direkt ins Herz gestoßen hätte, denn von deinesgleichen hat man ja nichts Gutes zu erwarten. Jetzt dämmert mir es noch klarer als zuvor, dass Junker Thomas dich geschickt haben muss, das Mauerloch zu bewachen, damit du Herrn Nils' Boten überraschen kannst.«

Doch obwohl mir klar war, dass ich sie töten musste, wollte ich nicht, dass sie so schlecht von mir dachte. Deshalb begann ich alles zu erklären und zählte die Briefe auf, die ich bisher in das Mauerloch gelegt hatte. Ich sagte sogar, was ich in diesem neuen Brief geschrieben hatte, und warum es wichtig war, dass er möglichst schnell die Freibeuter erreichte. Sie war höchst erstaunt und versetzte:

»Ich kann mir über dich nicht klar werden, Michael. Bist du Fisch oder Vogel? Es sprechen doch alle schlecht von dir! Wenn es aber stimmt, was du da gerade erzählt hast und was ich dir wohl glauben muss, dann werde ich mein Bestes tun, um allen Leuten gegenüber nur gut von dir zu sprechen.«

Erschrocken legte ich ihr die Hand auf den Mund und zischte: »Dummes, blödes Mädchen, das fehlte noch, dass du Gutes über mich redest. Jetzt bin ich mir sicherer als zuvor, dass ich dich töten muss, da du mir auf so furchtbare Weise drohst. Mein einziger Schutz bei dieser ganzen Geschichte ist es doch, dass man mich hasst und verachtet und mir Steine nachwirft und niemand etwas von meinen guten Absichten ahnt!«

Sie sagte: »Die Zeiten ändern sich; der edle Herr Gustav hat versprochen, ein Heer zu entsenden, um Finnland von der Dänenherrschaft zu befreien. Dann wird man dich am höchsten Galgen aufknöpfen, und niemand fragt dann nach deinen guten Absichten.«

Ich antwortete: »Das kannst du den Ziegen erzählen, aber nicht mir, denn so ein Tag wird nie kommen. König Christian ist zu mächtig, als dass irgend so ein Herr Gustav ihn stürzen könnte. Deshalb muss ich dir den Hals durchschneiden, armes Mädchen, damit du mich nicht verrätst und gegen mich aussagst, wenn du bei deinen widergesetzlichen und aufständischen Geschäften den Dänen in die Hände fällst, denn du bist der einzige Mensch, der von mir weiß und meine guten Absichten kennt, abgesehen von noch einem anderen, dem ich vertrauen kann.«

Aber meine Schulter war steif geworden und schmerzte sehr, so dass ich der ganzen Sache überdrüssig wurde und dachte, es sei keine angenehme Aufgabe, sie dahinzuschlachten wie ein warmes Lamm, da ich ihren Hals und ihre Mädchenbrust unter meinen Händen gespürt hatte. So überlegte ich, es wäre für mich das Beste, mich auf das erste ins Ausland abgehende Schiff zu schleichen und den Schiffsführer dazu zu bewegen, mich mitzunehmen. Inzwischen hatte ich ja genug Geld, um sogar zwei Jahre lang im Ausland zu studieren. Wenn ich noch länger zögerte, würde ich nur mein Leben in Gefahr bringen.

Sie fühlte sich wohl durch meine Worte verletzt, denn sie biss die Zähne zusammen und sagte: »Glaubst du etwa, du könntest mir nicht trauen, Michael? Ich bin bereit, bei allen heiligen Sakramenten zu schwören, dass ich nie ein Wort über dich verlauten lassen werde, weder im Guten noch im Bösen.«

Verbittert entgegnete ich: »Du bist nur ein Mädchen und eine Frau, und aus übler Erfahrung weiß ich, dass man dem Wort einer Frau nie trauen darf.«

Da besänftigte sie sich; sie berührte meine Wange mit ihrer Hand und sagte: »Tut es dir nicht wenigstens leid um mein junges Leben? Willst du, dass ich nie mehr den blauen Himmel erblicke und die Vögel singen höre? Bist du wirklich so grausam, dass du mir das alles nehmen willst?«

Ich sagte: »Gar lieblich sind deine Worte, aber die helfen mir nicht, wenn mir am Galgen ein Rabe die Augen auspickt.«

Sie schlang mir den Arm um den Hals, gab mir ungeniert einen Kuss und meinte: »Sag nicht so etwas Furchtbares, Michael, denn das versetzt meinem Herzen einen Stich. Das Leben ist doch so kurz, und überall lauert der Tod. Ich wünsche dir nichts Böses. Ich wünsche dir nur Gutes, wo ich jetzt als einziger Mensch deine guten Absichten kenne, und ich bereue jetzt, dass ich dich mit meinem Dolch angegriffen habe. Aber zum Glück hat dich dein Schutzengel vor einer schlimmeren Verletzung bewahrt.«

Da wurde ich wütend und versetzte: »Glaubst du, mich überlisten zu können, indem du mich küsst? Fass mich nicht an, denn meine Schulter ist steif und tut weh, und ich fühle mich schwach durch den Blutverlust. Außerdem bin ich durch Handauflegung zum Dienst für die heilige Kirche geweiht worden, und deshalb ziemt es sich nicht, dass sich mir eine Frau nähert, die fleischliche Gelüste hat.«

Sie zog ihre Hand von meinem Hals zurück, wurde betrübt und sagte: »Ich habe mich dir durchaus nicht mit fleischlichen Gelüsten genähert, wie du glaubst, sondern ich habe dich geküsst wie eine Schwester ihren lieben Bruder.«

»Das ist aber sonderbar«, sagte ich. »Ich habe zwar keine Schwester, aber deine Lippen schmeckten überhaupt nicht nach schwesterlichen Lippen.«

Sie sagte: »Du trägst ja gar keine Priesterkleidung. Ist es wirklich wahr, dass du nie heiraten darfst? Ich finde, das ist sehr schade, und es tut mir von Herzen leid.«

»Du bist wirklich verrückt, du dummes, törichtes Mädchen«, versetzte ich, »denn wer außer einer Verrückten würde damit anfangen, vom Heiraten und der heiligen Ehe zu sprechen, wenn ich gerade gesagt habe, dass ich dir den Hals durchschneiden und deine Leiche hier unter Tannennadeln verstecken will?«

Sie summte nur leise etwas vor sich hin und sagte dann: »Ich bin jung, und mein Herz möchte singen, wenn die Reseden am Bergabhang duften und die Eule sanft im Wipfel der Tanne nach ihrem Eulenmann ruft. Ist es nicht so, dass auch ein Mann der Kirche ein Kebsweib haben darf, wenn er dafür fünf Goldstücke jährlich an die päpstliche Kasse zahlt? Das weiß ich genau, denn ich bin die Küsterstochter aus dem Kirchspiel Kaarina und entstamme somit selbst geistlichem Geschlecht. Ich heiße Veronika, und du brauchst nur *Ego te absolvo* zu sagen, dann wären mir meine Sünden vergeben, wenn du mich zur Sünde mit dir verleiten würdest.«

»Guter Gott!« entfuhr es mir. »Offenbar besteht Männermangel in diesem armen Land. Ich habe keine Lust, jetzt über kirchliche Dinge zu reden, wo ich durch den Blutverlust fast im Sterben liege und meine Wunde wie Feuer brennt. Dies ist wirklich eine merkwürdige Unterhaltung, dafür dass ich dich in den Wald bringen wollte, um dich zu töten und du mir bereitwillig gefolgt bist, um mir deinen Dolch in den Rücken zu stoßen.« So sprach ich, und dann sagte ich: »Veronika«, weil mir dieser Name plötzlich so lieblich auszusprechen schien.

Sie begann meine Schulter abzutasten. Dann zog sie mir das Hemd aus der Hose, riss es in Streifen und verband dann meine Schulterwunde. Dabei meinte sie, ich solle nicht über meine Verwundung jammern, sondern lieber allen Heiligen dafür danken, dass der Dolch ausgerutscht war. Ich spürte ihre warmen Hände auf meiner nackten Haut und ihren Atem in meinem Gesicht. Ihre Haare kitzelten mich im Nacken, während sie meine Wunde verband, so dass ich keinen starken Schmerz mehr verspürte, obwohl sie ungeschickt im Verbinden war.

»Veronika«, sagte ich, »sicher bist du ein leichtsinniges Mädchen, wenn du erst einen wildfremden Mann töten willst und ihm dann um den Hals fällst.«

Aber sie drückte mir nur einen sanften Kuss auf den Mund und sagte: »Ich weiß nicht, was mit mir los ist, aber ich lebe seit langem in Angst und Bedrängnis und habe mit den Freischärlern im Wald nichts anderes zu tun, als dass mein Bruder sich ihnen angeschlossen hat und sich deine Briefe bei mir abholt, weil er nicht wagt, sich in der Stadt zu zeigen. Mach mit mir, was du willst, aber du musst mir schwören und mir versprechen, dass du immer nur mich liebst und keine andere Frau auf der Welt. Sobald du ein kirchliches Amt antrittst, sollst du mich zu deiner Geliebten machen, damit ich ehrenvoll und vor allen Leuten ein Kind von dir gebären kann und mich nicht wie ein Tier im Wald verkriechen muss, wenn ich dir ein Kind gebäre.«

Ihre Nähe entfachte liebliche Glut in meinem Herzen, und in dem Bewusstsein, dass ich sie nicht töten könnte, sondern ihr mein Leben überantwortete, überkam mich ein übermächtiges Gefühl der Verantwortungslosigkeit und völligen Sinnlosigkeit. Ich dachte, dass ich, bevor ich am Galgen baumelte, sowieso nichts mehr von den guten Früchten des Lebens zu pflücken bekäme. Deshalb verbrachten wir die Nacht miteinander, bis es hell wurde und die Sonne in rötlichem Schimmer aufging. Und wir beide bereuten nichts, sondern Veronika, meine Geliebte, sagte:

»Ich bin glücklich, Michael, glücklicher als je zuvor, und das Leben scheint mir wieder schön. Ich liebe deine Augen und deinen Mund, und überhaupt liebe ich alles an dir mehr, als ich mir es je habe vorstellen können. Deshalb hoffe ich, dass wir uns bald wiedersehen und unser ganzes Leben lang zusammenleben können, bis dass der Tod uns scheidet.«

Als wir uns verabschiedeten, gab ich ihr den Dolch zurück und ebenfalls den zerrissenen und zerknitterten Brief, den sie ihrem Bruder zu übergeben versprach. Wir vereinbarten, dass wir uns jeden Sonntag während der Messe im Dom an jenem Pfeiler treffen wollten, an dem ich gewöhnlich zum Beten niederkniete, da ich es nun nicht mehr wagte, zum Mauerloch zu kommen, denn das hielt ich für zu gefährlich. Außerdem sehnte ich mich von ganzem Herzen danach, sie wiederzusehen, wenn auch vielleicht nur für einen kurzen Augenblick. Lieber hätte ich sie bei Frau Pirjo getroffen, aber ich wollte meine liebe Ziehmutter nicht in meine finsteren Geschäfte hineinziehen. Veronika versprach, eine Blume oder Vogelbeerdolde im Haar oder am Busen zu tragen, wenn sie mit mir zu sprechen hatte, und ich versprach, mir eifrig immer wieder das Haar aus der Stirn zu streichen, wenn ich ihr einen Brief mitgeben wollte. Nach der Messe konnten wir dann in dem Gewühl an der Kirchenpforte zusammenkommen, ohne dass jemand etwas davon merkte.

An zwei Sonntagen sah ich sie in der Messe ohne Blume oder Beerenschmuck, so dass wir nur Blicke miteinander wechselten. Ihre Augen waren voller Sehnsucht, und auch ich sehnte mich aus ganzem Herzen nach ihr, denn sie war ein schönes junges Mädchen, und ich liebte sie. Dann brachten Boten auf schaumbedeckten Pferden die Kunde, dass Herrn Gustavs Heer an der Küste gelandet war und sich mit den Freischärlern von Nils Grabbe vereinigt hatte. Sie befänden sich bereits auf dem Weg nach Turku, um die Burg zu belagern. Da war es nun zu spät für mich, auf ein Schiff zu fliehen, um mich ins Ausland davonzumachen, denn die lübischen Schiffe verschwanden aus dem Hafen. Junker Thomas ließ die Burg in den Belagerungszustand versetzen und erhob eine hohe Brandsteuer von den Einwohnern Turkus.

Am dritten Sonntag sah ich Veronika nicht mehr in der Messe, obwohl ich mit meinen Blicken ängstlich nach ihr suchte. Da ergriff mich große Unruhe, und ich bekam Angst um sie. Der Gefahr trotzend, nahm ich mir ein Pferd aus der Burg und ritt auf die Straße nach Raseborg hinaus bis zur Kirche von Kaarina. Dort erkundigte ich mich nach dem Haus des Küsters. Aber davon war nur noch eine rußbedeckte Ruine übriggeblieben, und an den Ästen einer großen Eiche hingen drei nackte und schwarz gewordene Leichen. Ich erkannte Veronika an ihrem Haar, denn die Raben hatten ihr bereits die Augen ausgepickt, genauso wie ihrem Vater und ihrem Bruder, die neben ihr hingen, leicht schwingend im sanften Herbstwind. Ich sagte den Dorfbewohnern, dies sei ein schrecklicher und gottloser Anblick und forderte sie auf, die Leichen zu beerdigen. Doch sie antworteten verängstigt, Junker Thomas' Reiter hätten es verboten und befohlen, die Toten zur Mahnung für das Volk bei der Kirche hängen zu lassen. Weiter konnte ich sie zu ihrem Schicksal nicht befragen, da ich mich sonst verdächtig gemacht hätte. Das ist also die ganze Geschichte, und mehr habe ich nicht zu erzählen von Veronika, die ich geliebt hatte.

Mit ihr kann ich auch den Bericht über diesen Abschnitt meines Lebens beenden, um ein neues Buch zu beginnen, denn alle Freude schwand aus meinem Herzen, und mein Gemüt verhärtete sich. Viele Wochen lang konnte ich weder im Wachen noch im Schlaf etwas anderes sehen als jene angeschwärzte Mädchenleiche, die an einem Eichenast hing. Deshalb war ich froh, als Herrn Gustavs Heer im November schließlich in Turku eintraf und damit begann, die Burg von Turku zu belagern.

Fünftes Buch

BARBARA

Kapitel 1

Von der Belagerung der Burg gibt es nicht viel zu erzählen, denn sie gereichte weder den Belagerern noch den Belagerten zur Ehre. Die Belagerer hatten keine ordentlichen Geschütze, so dass sie meistenteils in den Häusern von Turku hockten und Bier in sich hineinschütteten. Die unfreiwilligen Burginsassen hingegen saßen in der Waffenstube, tranken ebenfalls Bier und stritten miteinander. Zu unseren ungebetenen Gästen gehörten nämlich solche Herren wie der griesgrämige Tönne Eriksson, den König Christian in weiser Voraussicht seiner Befehlsgewalt enthoben hatte, sowie der hochnäsige Streithammel und Bauernhasser Erik Fleming, der am liebsten gleich die Seiten gewechselt hätte, als ihm klar geworden war, woher der Wind wehte. Deshalb waren diese Gäste hochmütige Burschen, die nur unwillig an den Ausfällen aus der Burg teilnahmen, welche die Belagerung nötig machte. Für gewöhnlich kamen sie schnell wieder zurückgeritten, während das Fußvolk hinter ihnen herrannte und sich an den Schwänzen der Pferde festzuhalten versuchte, nachdem die ersten Schüsse von den hölzernen Barrikaden der Belagerer gefallen waren.

Bischof Arvid hatte endlich sein Taktieren aufgegeben und alle seine Gewehre, Pferde, Pulver, Blei, Nahrungsvorräte sowie seine eigenen Waffenträger an die Belagerer übergeben, weil diese nur eine arme Truppe war und an allem Möglichen Not litt. Deshalb waren sie froh, sich nun in warmen Stuben in Turku zur Ruhe legen zu können und das zu genießen, was Junker Thomas den bedauernswerten Einwohnern der Stadt übriggelassen hatte. Bei ihrem Eintreffen begrüßten die Bürger sie und vergossen Freudentränen. Die Domglocken läuteten, und in den Abendmessen sang man Gott Danklieder. Doch kaum stand Weihnachten vor der Tür, als die Turkuer schon wieder bekümmert seufzten und sich fragten, ob es besser war, das kleine Wolfsrudel von Junker Thomas durchzufüttern oder Herrn Gustavs zahlreiche und nimmersatte Rattenschwärme.

Es fiel uns nicht schwer, Nachrichten über die Ausrüstung der Belagerer, ihre Stärke und Stimmung zu erhalten, denn der einzige Zweck der Ausfälle war es, uns dann und wann einen bemitleidenswerten Burschen zu schnappen. Dann machte sich Junker Thomas mit Eifer daran, ihn zu rösten und auszuquetschen und ihn sodann auf der Burgmauer hängen zu lassen, ungeachtet seines Standes und seiner Herkunft. Die Bestürzung der Belagerer war groß, als sie immer neue Galgen auf den Mauern emporragen sahen, so dass sie ihrerseits damit begannen, gegenüber der Burg eine Reihe von Galgen aufzustellen. Eines Morgens hingen dort einige Männer, die sie vorher gefangengenommen hatten. Junker Thomas geriet darüber so in Wut, dass er Tränen über das Schicksal seiner Reiter vergoss, heftig schnaubte und sagte:

»Was für eine gottlose Frechheit, dass diese Aufständischen diejenigen Soldaten, die in des Königs Diensten stehen, ohne gerichtliche Untersuchung an den Galgen bringen! Unglaublich, dass sie ihnen nicht gestatten, nach gutem Brauch ihr Leben mit Geld auszulösen oder ihnen die Möglichkeit geben, sich auf ehrbare Weise von ihrem Eid entbinden zu lassen und sich denen anzuschließen, die sie gefangengenommen haben. So ein ehrloses Vorgehen ist ein schlimmer Verstoß gegen das Völkerrecht, und deshalb werde ich Blut in ihr Weihnachtsbier mischen!«

Er versammelte seine Männer im Waffensaal und sprach mit seinem Hauptmann, Herrn Oldenburg. Dann ließ er sie am Weihnachtsmorgen noch bei Dämmerung einen großen Ausfall unternehmen. Hauptmann Oldenburg machte eine Menge Gefangene, unter denen sich auch der Bruder von Herrn Nils Arvidsson befand, dem Feldherrn von Herrn Gustav, den sie aus dem Bett gezerrt hatten, als er noch schlaftrunken war, so dass er, kaum richtig wach, sich noch nicht einmal den Schlaf aus den Augen gerieben hatte, als er schon vor Junker Thomas auf dem Burghof stand. Junker Thomas zögerte nicht lange, sondern schickte ihn sogleich zum Augenöffnen ins Himmelreich und ließ alle Gefangenen noch am gleichen Weihnachtsmorgen auf den Burgmauern aufhängen. Dabei sagte er, er kenne keine bessere Art, der Geburt unseres Herrn Jesus Christus zu gedenken, als all die Aufrührer und Rebellen aufzuknöpfen, die den Frieden im Lande gestört und die Menschen gegeneinander aufgebracht hätten.

Trotzdem herrschte keine besondere Weihnachtsfreude in der Burg, sondern wohin auch immer Junker Thomas schaute, sah er immer nur mürrische Gesichter und scheele Blicke. Deshalb beklagte er sich bitterlich und sagte, Gott habe ihn wegen seiner Sünden schwer bestraft, indem er ihn in dieses finstere und undankbare Land gesandt habe.

Aber er war ein fähiger Feldherr, und auch sonst sehr geradlinig in seinem Tun. Deshalb schickte er rechtzeitig, bevor die Küste zufror, seine Kriegsschiffe sowie die anderen Schiffe aus dem Land, damit sie sich der Flotte Severin Norbys, des Admirals des Königs, anschlössen und nicht den Belagerern in die Hände fielen. Er versprach, die Burg bis zum Frühjahr für König Christian zu halten, und zum Lohn dafür erhielt er schon im Januar Nachricht mit der Ankündigung baldiger Unterstützung. Der König sei über den Aufstand sehr erbost und fordere ihn auf, alle in der Burg befindlichen Schweden und Finnen unverzüglich zu hängen. In den Brief hieß es auch, den gleichen Befehl habe er allen seinen Hauptleuten überall im Schwedischen Reich gegeben. Junker Thomas las diesen Brief mit großem Behagen und lobte den König. Er, Junker Thomas, habe schon länger als genug die mürrischen Gesichter um sich herum ertragen, und was die Ausführung dieses Befehls betreffe, sehe er keine Schwierigkeiten, abgesehen davon, dass es in der Burg vielleicht nicht genug Galgen gebe. Deshalb wies er die Zimmerleute in der Burg gleich an, sich an die Arbeit zu machen, und mir befahl er, den Befehl des Königs vorläufig geheimzuhalten.

Nach seiner gefahrvollen Überfahrt schlürfte der Überbringer des Briefes unterdessen heiße Erbsensuppe. Er war immer noch als einfacher Bauer verkleidet und erzählte mir, dass der König gleich zu Beginn des Frühlings mit Trommeln und Trompeten erscheinen und den aufständischen Schweden den Marsch blasen werde, so dass diese nach ihren kurzzeitigen Erfolgen bald aus ihren Träumen erwachen würden. Auch berichtete er, der König habe vor seiner Abreise aus Kopenhagen seinen Günstling Slagheck zum Erzbischof von Dänemark ernannt, ihn aber gleich darauf vor ein geistliches Gericht gestellt, als Hauptschuldigen an all dem Unglück, von dem das Reich betroffen war, mit der Folge, dass Meister Slagheck hingerichtet und auf dem Scheiterhaufen verbrannt worden sei. Niemand habe ihn ob seines traurigen Schicksals beweint.

Lange hielt ich es nicht aus, dem Boten bei seinen lehrreichen Betrachtungen zuzuhören, sondern mir war, als brannte mir ein Feuer unterm Hintern. Ich machte mich zu Herrn Erik Fleming auf, der mit Herrn Tönne beim Würfelspiel saß, dessen ganzes Geld er zu gewinnen suchte. Herr Tönne konnte mich nicht leiden und wollte kein Wort mit mir reden. Aber Herr Erik war jünger und klüger und fragte mich sofort, welche neuen Nachrichten aus Dänemark eingetroffen seien.

»Lauter gute Nachrichten«, sagte ich. »Sobald das Meer eisfrei ist, werden der König und seine Admiräle mit Trommeln und Trompeten erscheinen. Allerdings fürchte ich, dass Eure blauen Augen, Herr Erik, die Ankunft des Königs nicht mehr sehen werden, sondern die werdet Ihr erst wieder im Paradies öffnen, und zwar früher, als Euch lieb ist.«

»Das sind betrübliche Aussichten«, meinte Herr Erik, schüttelte die Würfel im Becher und warf zu seiner Freude zwei Sechser. »Mein Todestag steht bestimmt in den Sternen geschrieben, und ich werde dem nicht entgehen können, obwohl ich ein adliger Herr bin. Mein ganzer Trost dabei ist, dass vor mir schon viele gestorben sind und nach mir noch viele sterben werden, denn der Mensch ist wie Gras, das am Tage blüht, am Abend aber verwelkt und abgemäht wird.«

Ich sagte: »Ich finde, ein adliger Herr, der sich wie ein junger Hahn den Kopf abschlagen lässt, taugt nicht viel, zumal wenn für ihn auch nur die geringste Möglichkeit besteht, seinen Hals zu retten.«

Herr Erik strich erfreut Herrn Tönnes Geld ein, der wie jeder, der im Spiel verliert, deshalb wütend wurde und sagte: »Hör doch nicht auf das dumme Gerede dieses Tölpels! Schließlich hat der König uns einen Schutzbrief samt Siegel ausgestellt, und wir haben ihm unsern Treueid geschworen. Säßen wir sonst hier mit heilem Hals?«

Ich versetzte: »Herr Erik, Ihr müsst zugeben, dass die Burg ein ungemütlicher Ort ist, solange die Belagerung andauert. So mancher ist schon am Wechselfieber erkrankt, und bloßes Salzfleisch ist auf die Dauer auch nicht gesund, sondern lässt einem die Zähne ausfallen, wie viele bittere Reisigbrühe man auch trinkt, um gesund zu bleiben. Ihr habt Glück im Spiel, Herr Erik; spielt also, solange Euch noch Zeit bleibt.«

Herr Erik war nicht dumm, und so erhob er sich vom Tisch, lockerte seine Glieder und sagte: »Ich werde mir merken, was du gesagt hast, Michael, und gehe jetzt auf den Hof pinkeln. Dabei kann ich auch ein bisschen frische Luft schnappen.« Er begab sich hinab auf den Burghof, vernahm das emsige Werken der Zimmerleute auf den Mauern und sah die neu errichteten Galgen, die wie unheilverheißende Zeichen gen Himmel ragten. Offensichtlich wusste er diese klaren Zeichen gleich zu deuten, denn er eilte sogleich zu Junker Thomas und sagte:

»Mein Schwert rostet, weil es nichts zu tun hat, und die Zeit wird mir lang. Deshalb würde ich gerne meine Männer sammeln und meine Kräfte mit den Aufständischen messen, um ihnen zu zeigen, dass nicht alle Männer in Finnland eidbrüchige Verräter sind, so wie die, welche die Frechheit haben, diese starke Burg zu belagern. Eure Raben krächzen schon vor Hunger, und ich würde sie gerne füttern, wie es sich für einen adligen Herrn geziemt.«

Das waren Worte nach Junker Thomas' Geschmack. Er brach in dröhnendes Gelächter aus, schlug sich mit den Händen auf die Knie und sagte: »Ich habe mir schon Sorgen um meine lieben Vögelein gemacht, denn ihre Wohlgenährtheit und glänzendes Gefieder liegt mir sehr am Herzen. Zweifellos ist das, was du vorschlägst, eine gute Methode, deine Treue zu prüfen und besser als Würfelspiel. Sehen wir mal, wie viele deiner Männer dir auf den Ausfall folgen werden, denn sie sind recht unwillig, das Fell ihrer Landsleute anzukratzen. Für diese Unlust sollen sie bald ihren verdienten Lohn erhalten.«

Herr Fleming machte sich sogleich daran, sich geeignete Männer für den Ausfall zusammenzusuchen, Männer, die gewillt waren, mit dem Speer in der Hand ihre Treue für den König und für Dänemark zu beweisen. Mit dröhnender Stimme sprach er von Ehre und Treue; denen aber, welchen er am meisten vertraute, flüsterte er andere Worte ins Ohr, so dass sie große Augen machten. Herr Tönne jedoch glaubte diesem Geflüster nicht, sondern nahm ihm noch immer seine Niederlage im Würfelspiel übel, klagte über Gliederschmerzen und sagte geradeheraus: »Gott bewahre mich davor, mit dem Schwert in der Hand über meine eigenen Landsleute herzufallen, um sie zu töten oder sie dem gottlosen Junker Thomas zu übergeben, damit er sie hängen kann. Es ist besser, in aller Ruhe abzuwarten, welcher Seite sich der Sieg zuneigt, denn Gott liebt die Sanftmütigen.« Er glaubte Herrn Fleming auch dann noch nicht, als dieser ihm eröffnete, er werde samt seinen Männern aus der Burg fliehen, sondern meinte, so ein Plan könne nicht gelingen, und warnte ihn davor, dadurch sein Leben aufs Spiel zu setzen.

In der Dunkelheit der Nacht ließ dann Herr Fleming während eines Schneeschauers seinen getreuen Knecht an einem Seil die Mauer hinab und schickte ihn zu den Belagerern, denen er von seinen guten Absichten berichten sollte. In der Morgendämmerung öffnete sich das Burgtor, und Herrn Fleming ritt mit seinen Gefährten hinaus. Junker Thomas allerdings, der ihm nur zur Hälfte geglaubt hatte, sandte ihm eine Truppe deutscher Reiter und Pikeniere von gleicher Stärke nach und verfolgte das Geschehen aufmerksam von der Mauer aus. Nachdem Herr Fleming weit genug von der Burg entfernt war, zog er sein Schwert, schrie aus Leibeskräften Herrn Gustavs schwedische Losung und hieb gleich beim ersten Schlag sein Schwert am starken Schulterharnisch des hinter ihm reitenden Hauptmanns der deutschen Reiter in Stücke. Beinahe wäre es ihm übel ergangen, aber sein Fußvolk und deren Knechte, die neben den Reitern einhermarschierten, bückten sich wie verabredet, um den Pferden, auf denen die Deutschen saßen, die Fußgelenke zu durchschneiden, worauf die Pferde samt Reiter hilflos in den Schnee plumpsten. Herr Fleming ritt nun kreuz und quer über das Feld, brüllte zornig und befahl seinen Männern, ihm ein neues Schwert zu reichen, aber diese waren so damit beschäftigt, ihre Begleiter niederzuhauen, dass sie ihrem Herrn keine Hilfe waren, bis schließlich der letzte Deutsche auf der verkrusteten Schneedecke in seinem Blute lag. Dann nahmen sie den Gefallenen erst die Waffen und Geldbörsen ab, entkleideten sie der Brustpanzer und Lederwämser, zogen die Stiefel von den Füßen der Gefallenen und reichten ihrem Herrn endlich ein neues Schwert. Auf diese Weise hatten sie so viel zu tragen, dass sie unter all den Lasten im Schnee schwankten. Dabei klagten sie bitterlich darüber, warum sie grundlos so viele gute, starke Pferde verletzt und getötet hatten.

Junker Thomas sah dies alles von der höchsten Stelle der Mauer. Er stampfte mit den Füßen auf und fluchte so fürchterlich, dass sein Gesicht blaurote Färbung annahm und ihm Geifer aus dem Mund spritzte.

Er befahl, die Geschütze auf die Flüchtenden zu richten, aber das war eine unnütze Verschwendung von Pulver, weil Herr Fleming den Ort des Kampfes klug gewählt hatte – er lag nämlich außerhalb der Reichweite der Geschütze. So schlugen die Kugeln wirkungslos im Schnee hinter ihm ein. Aber Herr Fleming hob die Hände zum Trichter geformt an seinen Mund und brüllte, nachdem der Geschützdonner abgeklungen war, Junker Thomas einen Abschiedsgruß zu, in welchem er ihm für die freundliche Bewirtung dankte und versprach, sich dafür zu erkenntlich zu zeigen, wenn er Gelegenheit dazu bekäme.

Als Junker Thomas erkannte, dass er nichts mehr tun konnte, begann er bitterlich zu weinen und sagte, das sei der Lohn der Welt, da lägen nun seine teuren Pferde hingeschlachtet im Schnee, seine guten Männer bis auf die nackte Haut beraubt mit im Frost bläulich angelaufenen Arschbacken. Er hätte nie geglaubt, dass solch ein Verrat, solche Arglist möglich sei. Das sei der Beweis, dass der König klüger sei als er und gewusst habe, dass man keinem einzigen Finnen oder Schweden trauen könne. Nun warte er wachend und betend ungeduldig auf den morgigen Tag, bis die Galgen fertig seien und er endlich den Befehl des Königs ausführen und alle in der Burg verbliebenen Finnen und Schweden hinrichten könne, ungeachtet ihres Standes und ihrer Würde, mit Herrn Tönne als Erstem, auch wenn Herr Tönne erbost knurrte und meinte, er brauche keine so starke Arznei gegen seine Gelenkschmerzen.

Auch zwei adlige Jungen in noch kindlichem Alter ließ Junker Thomas hängen, obwohl sie versuchten, sich an ihrer Mutter Rocksaum festzukrallen. Den Schreiber Mons brachte er ebenfalls an den Galgen, obwohl Mons viel zu dumm war, um ein Verräter zu sein. Mir tat es leid um ihn, aber noch mehr um mein eigenes Schicksal, weil ich sicher war, dass ich auch gehängt würde. Schließlich war ich durch meine Geburt Finne, so wie die anderen auch. Als jedoch alle gehängt waren und ihre noch warmen Leiber in schönster Eintracht nebeneinander auf der Mauer baumelten, war mir so schummrig zumute, dass ich es nicht mehr aushielt und Junker Thomas demütig fragte, wann ich denn an den Galgen käme, da ja der Befehl des Königs offensichtlich auch mich beträfe, und ich wollte ein treuer Diener des Königs sein, der seinen Befehlen gehorchte. Junker Thomas stutzte, als er meine Frage hörte. Er fuhr mit seinen Fingern ein paar Mal nachdenklich über meinen Nacken, dann jedoch bekreuzigte er sich fromm und sagte:

»So eine gottlose und schreckliche Tat sei fern von mir! Dich bringe ich doch nicht an den Galgen, Michael, schließlich bist du Geistlicher, und der Erzbischof selbst hat dich durch seine Handauflegung geweiht. Du bist ein frommer Mann, und ich halte die Sakramente in Ehren, auch wenn ich mir wegen meiner schwachen Gesundheit eine Sonderbefreiung von den Fasttagen gekauft habe. Gott behüte mich davor, dass ich einen Geistlichen antaste, selbst wenn du kein Priestergewand trägst.«

Seine Worte ließen mir die Knie weich werden, und ich verspürte nicht einmal besondere Freude deswegen, denn ich hatte mich schon auf das Sterben vorbereitet, nachdem ich Junker Thomas und seinen niederträchtigen Deutschen meinen letzten und besten Streich gespielt hatte. Nach dem Tod der schönen Veronika hing ich nämlich nicht mehr sehr an meinem Leben, sondern sehnte mich danach, sie im Paradies wiederzusehen. Ein solches Treffen lag, wie ich befand, im Rahmen des Möglichen, wenn es auch nicht sehr wahrscheinlich war. Doch vor seinen unausweichlichen Tod gestellt, klammert sich der Mensch gern selbst an die geringste Möglichkeit, und deshalb hatte dieser Gedanke mich sehr getröstet, während ich des Nachts in Beklemmung und Todesängsten dalag. Unzufrieden verließ ich also Junker Thomas, und einige Zeit lang dachte ich ernsthaft daran, mich in den Pulverturm der Burg zu schleichen, mich dort auf ein Pulverfass zu setzen und Feuer zu schlagen, um die Burg zusammen mit mir selbst in die Luft zu jagen. Diesen gar nicht so schlechten Plan führte ich dann jedoch nicht aus, sah er doch bedenklich nach Selbstmord aus, und das war schließlich eine Todsünde. Deshalb vegetierte ich demütig weiter vor mich hin. Ich päppelte meinen Leib sogar auf, indem ich morgens und abends bittere Reisigbrühe trank, denn ich dachte, wenn ich schon weiterleben müsste, dann am besten mit einem gesunden Körper und mit noch allen Zähnen im Mund.

Kapitel 2

Der Winter war mild, und der Frühling kam zeitig. Das Meer war schnell eisfrei, und es dauerte nicht lange, da erwachten die sorglosen Belagerer aus ihren Siegesträumen. Der muntere Admiral Norby kam nämlich mit günstigen Winden in die Flussmündung gesegelt, und die Belagerer machten sich so rasch aus dem Staub, dass ich im Haus des Bischofs den Tisch noch mit halbvollen Suppentellern gedeckt vorfand. Viel mehr fand ich in der Stadt allerdings nicht mehr vor, denn Herr Nils Arvidsson hatte sein ganzes Pulver in ein Steinhaus an der Nordseite des Flusses gebracht und es dann in einem Akt der Verzweiflung in die Luft gesprengt, so dass daraus eine Feuersbrunst entstand, die große Teile der Stadt vernichtete. Der Dom, das Kloster und die Steingebäude wie das Bischofshaus überstanden den Brand allerdings, wenn auch durch den Explosionsdruck die Fenster und sogar deren Bleirahmen in die Brüche gegangen waren. Die Bürger und der Bischof hatten ihr Hab und Gut jedoch rechtzeitig in Sicherheit gebracht, so dass der Brand hauptsächlich leere und ausgeraubte Häuser traf. Deshalb meinten Admiral Norby und Junker Thomas voller Zorn, dieser Herr Nils Arvidsson tauge als Feldherr einfach nichts.

Ich war unter den Ersten, die in die Stadt eilten, während das Feuer noch wütete. Nachdem ich im Bischofshaus nachgeschaut hatte, ob es dort noch irgendetwas gab, das sich mitzunehmen lohnte, eilte ich zu Frau Pirjos Hütte, um sie, wenn nötig, vor Plünderern zu schützen. Die Hütte stand noch, aber ihre Fenster waren zerbrochen und die Tür aus den Angeln gesprengt. Als ich eintrat, sah ich, dass alles, was auch nur von geringem Wert war, fehlte, und das Übrige in Stücke zerschlagen war. Auf dem Fußboden aber lag Antti im Stroh, bleich und so geschwächt, dass er kaum den Kopf zu heben vermochte, und neben ihm saß, den Rock um sich herum ausgebreitet, die Drei-Kronen-Wirtin, laut weinend und klagend. Sie sagte:

»Gott segne dich, Michael, dass du gekommen bist, denn meine Wirtschaft ist zunichte und ein Raub der Flammen geworden. Ich habe deinen Bruder mit Mühe und Not hierher bringen können, denn ich dachte mir schon, du würdest hier auftauchen. Du bist nun sein einziger Schutz. Ich selbst bin ja nicht in Gefahr, da ich als Gastwirtin ein ehrbares Handwerk betreibe. Außerdem habe ich unter dem Misthaufen zwei Fass Starkbier versteckt und noch etwas Branntwein für Notzeiten.«

Zunächst fiel mir nichts ein, wie ich Antti helfen könnte, während die Soldaten lärmend durch die Straßen zogen. Doch dann zog ich mein Schreibzeug aus dem Gürtel und schüttete etwas Rußtinte in Anttis Gesicht. Als Soldaten in die Stube drangen, sagte ich: »Hier liegt ein Pockenkranker in den letzten Zügen. Es gibt hier nichts zu holen, wie ihr selbst sehen könnt.« Sie zogen sich fluchend zurück, indem sie sich bekreuzigten, denn mit den schwarzen Flecken im Gesicht und dem Grinsen, das seiner Todesangst geschuldet war, sah Antti wirklich furchterregend aus. Nachdem die Soldaten verschwunden waren, fragte ich ihn:

»Was ist denn los? Was hast du, Bruderherz, und wo ist Frau Pirjo? Warum bist du hier? Man könnte dich schließlich hängen, Wahnsinniger! Dich hätten doch deine Kameraden mitnehmen können, wenn du krank bist. Warum bist du nicht wenigstens in die Kirche geflüchtet oder ins St.-Olavs-Kloster? Wenn du dort mit beiden Händen den Altar umklammerst, wird niemand es wagen, dich umzubringen.«

Doch Antti entgegnete betrübt: »Ich habe keine Kameraden und keine Freunde mehr in dieser bösen Welt, außer dir und der braven Witwe hier, die sich an mich klammert wie eine Klette, so dass ich nie von ihr loskomme. Ich habe mich nämlich mit meinen Kriegskameraden und den Bürgern von Turku heftig zerstritten. Sie haben mich so zugerichtet, so dass mir das Leben fast durch meine Nasenlöcher entfleucht wäre.«

Ich versetzte tadelnd: »Du bist ja wirklich ein unausstehlicher Streithammel, dass du nicht einmal mit deinen Waffenbrüdern in Frieden leben kannst. Bestimmt hast du dich wieder betrunken und dann eine Prügelei angefangen. Deine Sauferei wird dir noch einmal den Tod bringen, falls du durch eine wundersame Fügung Gottes dem Galgen entgehen solltest.«

Diese Worte empörten Antti sehr, so kraftlos er auch war, und er versetzte: »Wäre ich doch wenigstens betrunken gewesen, dann hätte ich besser kämpfen können, denn mit klarem Kopf bin ich zu sanftmütig. Wahrlich, man hat mich halbtot geschlagen, als ich versuchte, deine gute Ziehmutter Frau Pirjo zu beschützen. Sie ist nämlich tot.«

Die Drei-Kronen-Wirtin schnäuzte sich die Nase und versicherte, das sei wahr. Da ich, durch diese Todesnachricht zutiefst bestürzt, keinen Ton herausbrachte, berichtete sie, dass sich ein paar einige Bürgersleute in den Kopf gesetzt hatten, Frau Pirjo der Hexerei anzuklagen. Unter Mithilfe von Soldaten, die außer Rand und Band geraten waren, hatten sie sie von der Brücke in den Fluss gestürzt. Doch Frau Pirjo sei, getragen von ihren weiten Röcken, ganz gemächlich ans Ufer getrieben wie es bei einer Hexe nicht anders zu erwarten gewesen, und deshalb habe man sie dann zu Tode gesteinigt und ihren Leichnam in ein altes

Fass gestopft, um sie flussabwärts ins Meer zu befördern, möglichst weit weg von der Stadt Turku, in der sie angeblich lange genug ihr Unwesen getrieben habe.

»Man beschuldigte sie nämlich auch deshalb, weil sie so einem Teufelsbalg wie dir, Michael, geholfen hatte, zur Welt zu kommen und dich in ihrer Hütte aufgezogen hat«, sagte die gute Wirtin und schlug fromm das Kreuzzeichen. »So haben sie sich an ihr gerächt, weil sie deiner nicht habhaft werden konnten. Die Ersten, die einen Stein warfen, waren Simo der Zinngießer und Kustaa der Kerzendreher. Als aber Antti erfuhr, was da geschah, stürzte er sich, ungeachtet meiner Warnungen, wie ein wildgewordener Stier auf sie, schlug Simo dem Zinngießer mit der bloßen Faust den Schädel ein und schmiss Kustaa den Kerzendreher in den Fluss, wo er dann ertrank wie eine Maus, weil er nicht schwimmen konnte. Auch andere verprügelte er noch und warf sie in den Fluss, bis sie ihn schließlich überwältigten. Sicher hätten sie ihm den Hals durchgeschnitten, wäre ich nicht dazwischengekommen und hätte ihn nicht mit Silber und Bier freigekauft.«

Aber Antti sagte: »Nimm es dir nicht zu Herzen, Michael, denn Frau Pirjo bat mich noch, dir auszurichten, du solltest dir wegen ihres Schicksals keine Vorwürfe machen, denn du seist nicht schuld daran. Sie sagte, sie habe dich immer so geliebt wie ihren eigenen Sohn, und sie wünschte dir vor ihrem Tod alles Gute, was ihre Ankläger nur umso wütender machte. Sie war auch nicht traurig, als sie sterben musste, sondern mir kam es eher vor, dass sie bis zu ihrem letzten Atemzug zornig und selbstbewusst war, denn sie versprach, ihre Peiniger würden bald im Höllenkessel geschmort werden. Dem Herrn Bischof, der, ohne einen Finger zu rühren, von der Brücke aus zusah, wie sie gesteinigt wurde, rief sie zu, er werde das Mittsommerfest auch nicht mehr erleben.«

Nachdem ich dies alles gehört hatte, wurde mir ganz schummrig zumute, so dass ich mich auf den Fußboden setzen musste und zu keiner anderen Regung mehr fähig war, als meinen Kopf hin und her zu schwenken. Denn wenn Frau Pirjo auch zweifellos eine Hexe gewesen war, wie schon daraus hervorging, dass sie von der Flussmitte ans Ufer getrieben worden war, weil Hexen leichter sind als Wasser, so hatte sie ein solch elendes Los doch nicht verdient. Als mir dies durch den Sinn ging, verspürte ich großen Hass auf die ganze Stadt Turku und auf jeden ihrer Einwohner. Mich dünkte, sie hätten selbst einen Fluch über sich gebracht, indem sie eine alte, schutzlose Frau steinigten, die ihnen kaum etwas Übles zugefügt hatte. Und es war mir ein Trost in meinem Schmerz, dass Frau Pirjo offenbar stark in ihrem Zorn gewesen war, denn schon wenige Tage später zerstörte eine weitere Explosion samt Feuersbrunst die halbe Stadt. Ich glaubte auch nicht, dass Bischof Arvid ihrem Fluch entgehen würde, obwohl er inzwischen aus Turku geflüchtet war.

Doch nun war guter Rat teuer, denn der Wind drehte sich, und als ich einen Blick hinauswarf, sah ich überall Dampf- und Feuersäulen, und Ratten, die aus brennenden Häusern flohen, huschten über die Straße. So hatten wir nicht mehr viel Zeit zu verlieren, wenn wir uns vor der Feuersbrunst retten wollten. Die brave Witwe sorgte sich um ihre Bier- und Branntweinfässer und fürchtete, sie könnten in der Hitze zerbersten, obwohl sie sie tief im Misthaufen versteckt hatte, und wir beide waren Anttis wegen besorgt, falls Junker Thomas ihn aufspürte und hängen ließ.

Aber der liebe Gott meinte es wohl gut mit Antti, denn statt Feuer und Qualm erschien plötzlich ein von Brandwunden übersäter und vor Schmerz heulender dänischer Soldat in der Hütte. Er war wohl als Plünderer unterwegs und riss sich seinen heiß gewordenen Helm vom Kopf, so dass es für mich ein leichtes war, ihm mit einem Balken eins über den Schädel zu geben, womit ich sicher ein gottgefälliges Werk vollbrachte, weil ich ihn dadurch von seinen Qualen erlöste. Ich nahm ihm eilends seinen Brustpanzer samt den Schulterschnüren ab, setzte Antti den Helm auf, kleidete ihn in dänische Farben und gürtete das Schwert an seiner Seite. Auf diese Weise gelang es uns, der braven Witwe und mir, ihn mit beträchtlichen Mühen in ein Boot zu schleppen und auf dem Fluss zum Kloster zu bringen, wo Pater Petrus ihn im Speisekeller hinter Schüsseln, Fässern und dicken Schinken versteckte, denn mit diesem Teil des Klosters war Pater Petrus am besten vertraut. Danach umarmte ich Pater Petrus, und wir beide betrauerten mit bitteren Tränen Frau Pirjos furchtbares Los. Der Pater schimpfte auf den grausamen Bischof, der es unterlassen hatte, Frau Pirjo durch Einlieferung ins Burgverlies zu retten, sondern schweigend gestattete, dass sie zu Tode gesteinigt wurde.

Ich aber verließ mich darauf, dass Frau Pirjos starker Fluch wirken würde. Dabei konnte man, wie ich fand, auch mithelfen, und deshalb fragte ich die Drei-Kronen-Witwe und Pater Petrus, wohin ihrer Meinung nach der Bischof wohl geflohen sei. Sie berichteten, dass der Bischof im Hafen von Rauma ein Schiff bereitliegen habe, auf das er all sein wertvolles Hab und Gut habe bringen lassen, um zu Herrn Gustav nach Schweden zu flüchten. Deshalb machte ich mich eilends zu Admiral Norby auf. Er saß auf einem Grabstein vor dem Domtor, wo seine Männer versuchten, die Einwohner der Stadt, die sich in den Dom geflüchtet hatte, zum Herauskommen zu überreden. Es waren nicht viele, denn die meisten waren, von gesunder Furcht gepackt, zusammen mit Nils Arvidsson geflohen. Die aber, welche aus dem Dom kamen, wurden vom Admiral als treue Untertanen des Königs herzlich begrüßt. Dann gab er seinen Männern den Befehl, ihnen ihre Geldbeutel abzunehmen und sie zu entkleiden, um zu sehen, ob sie nicht irgendwelche Wertgegenstände am Körper oder in den Kleidern versteckt hätten. Da er jedoch ein gutes Herz hatte, ließ er die Männer ihre Hosen anbehalten und die Frauen ihre Hemden. Dann dankte er ihnen aufrichtig für ihre guten Gaben und fügte noch hinzu, er sei kein gottloser Pirat, der die Menschen bis auf den nackten Leib ausraubte, sondern lasse, wie es sich gehöre, jedem noch so viel, dass er seine Scham damit bedecken könne.

An diesen munteren und stets zu Späßen aufgelegten Herrn wandte ich mich also und berichtete ihm von dem Schiff des Bischofs, das mit Silber und allerlei Schätzen beladen war und im Hafen von Rauma bereitstand. Er war über diese Nachricht sehr erfreut und versprach, sich um den Bischof noch zu kümmern, sobald er erst einmal herausbekommen hätte, was die Anführer der Aufständischen nun vorhatten, denn das sei seine wichtigste Pflicht als Admiral des Königs. Er dürfe nicht nur auf seinen eigenen Vorteil bedacht sein, sondern ihm liege zuallererst daran, möglichst viele Rebellen für den König in ehrlichem Kampf niederzuringen. Auch nannte er Nils Arvidsson einen erbärmlichen Krieger, weil er ihm anders als die übrigen Anführer von Herrn Gustavs Truppen keine Möglichkeit zur Schlacht geboten hatte, sondern einfach davongerannt war, dass der Matsch nur so spritzte. Anders sei es im letzten Sommer bei der Festung Stäkeborg zugegangen, denn dort sei ihm, Severin Norby, ein so feuriger Empfang zuteilgeworden, dass er habe flüchten müssen und ins Meer gesprungen sei. Ein kleinwüchsiger Schwede sei ihm doch tatsächlich nachgesprungen und habe ihn viermal beinahe zu fassen gekriegt, ehe es seinen eigenen Männern gelungen sei, ihn an den Haaren zu packen und aufs Schiff zu ziehen. Solche Leute gefielen ihm außerordentlich, sagte Herr Norby.

Doch Nils Arvidssons Männer rannten bis Janakkala, ehe sie innehielten, um bei der Brücke Atem zu schöpfen. Dort berieten sie untereinander, wie sie sich Herrn Severin in einer Schlacht stellen sollten. Aber bevor dieser sie mit seinen Männern einholen konnte, beschlossen sie, sich nach Schweden zurückzuziehen und erst dann wiederzukommen, wenn ihnen das Glück hold wäre. Herr Nils Grabbe allerdings sammelte seine Leute und setzte den Krieg auf gewohnte Weise und auf eigene Faust fort. Herrn Severin gelang es nicht einmal, des Bischofs habhaft zu werden, denn Bischof Arvid war schneller als er und segelte aufs offene Meer hinaus in Richtung Schweden. Jedoch war Frau Pirjos Fluch mächtig genug, um einen furchtbaren Sturm herbeizurufen, der sein Schiff mit Mann und Maus versenkte. Zusammen mit dem Bischof ertrank eine Menge unschuldiger adliger finnischer Jungfern und Witwen. Aber das hatten sie sich selbst zuzuschreiben, denn Herr Severin hätte keiner von ihnen ein Haar gekrümmt, sondern sie gerne an seine Kapitäne verheiratet, um auf legale Weise an ihre Erbgüter zu kommen. König Christian hatte ihm nämlich Finnland als Lehen anvertraut, so dass es den Damen mehr als gut ergangen wäre, wenn sie ihm in die Hände gefallen wären.

Dieser Severin Norby, Ritter und Admiral des Königs, war wirklich ein munterer und liebenswürdiger Herr, obgleich alle friedliebenden Schiffer in der ganzen Ostsee seinen Namen verfluchten und Gott anflehten, er möge ihn ob seiner schlimmen Taten bestrafen. Junker Thomas musste demütig seinen Befehlen gehorchen und die Leichen der Gehängten (oder was davon übriggeblieben war) in den Fluss werfen. Herr Severin, dessen Nase an frische Seeluft gewohnt war, konnte ihren Gestank nämlich nicht ertragen. Er ließ auch niemanden aufhängen, sondern ließ die bedauernswerten Männer, die er gefangengenommen hatte, lieber in die Wälder zurückkehren, nachdem sie entwaffnet worden waren, oder er bot ihnen eine gute Heuer auf seinen Schiffen, so dass viele von ihnen das Anwerbungsgeld annahmen und es sogleich vertranken, bevor sie sich den Gefahren des Meeres aussetzten, damit ihr gutes Silber nicht in den Tiefen der See versenkt würde.

Mein Herz war mir wie ein Stein auf den Grund eines Sees hinabgesunken, als ich von Frau Pirjos traurigem Tod erfahren hatte. Mein Gemüt kannte keinen frohen Gedanken mehr, sondern mir schien, dass ich allen, die das Schicksal mit mir zusammengeführt hatte, wohl nichts als Unheil brächte. Aber Antti wollte ich retten, und dieser Gedanke hielt mich aufrecht, so dass ich mich nicht ganz der Verzweiflung hingab. Admiral Norby bezeugte mir seine Gunst und ließ mich einen Brief an Frau Christina Sten schreiben, die der König zusammen mit vielen anderen adeligen schwedischen Damen in Dänemark in Gefangenschaft hielt. Er gestand mir nämlich, er sei von dieser schönen und stolzen Witwe, die dem schwedischen Hochadel entstammte, sehr angetan, und sagte, er werde alles in seinen Kräften Stehende tun, damit sie ihre Trauer um Herrn Sten vergäße und sich wieder den Freuden des Lebens zuwenden könne.

»Das Schwert weiß ich besser zu gebrauchen als die Feder«, sagte der gute Admiral. »Vergiss nicht, in dem Brief zu erwähnen, dass ich ledig bin und mir der Ehestand offensteht. Falls sie mir gewogen ist, kann ich den König vielleicht dazu bringen, ihr ihre Güter und Schlösser in Schweden zurückzugeben. Um die Wahrheit zu sagen, ich habe von ihr bereits ein kleines Souvenir erhalten, welches zeigt, dass sie mir gegenüber nicht völlig gleichgültig gesinnt ist. Ich würde sie gerne im Hochzeitsbett an mich drücken, aber das brauchst du in dem Brief nicht zu erwähnen.«

So schrieb ich den Brief also für ihn. Er gefiel ihm sehr, und als er ihn gelesen hatte, sah er mich freundlich an und fragte: »Warum lässt du nur immer den Kopf hängen, junger Mann? Fahr zur See, das vertreibt dir die düsteren Gedanken, wenn du erst einmal die salzige Gischt in deinem bleichen Antlitz spürst.«

Seine freundlichen Worte taten mir gut, so dass ich in bittere Tränen ausbrach und sagte: »Den ganzen Winter lang hatte ich nur den Gestank der Leichen am Galgen in der Nase, und das Gekrächze der Raben war die einzige Musik in meinen Ohren. Ich habe meine Liebste verloren, und meine liebe Ziehmutter wurde als Hexe zu Tode gesteinigt, so dass mir kein anderer Gedanke mehr im Kopfe herumgeht, als ins Heilige Land zu pilgern, um dort Vergebung für meine Sünden zu erflehen. Danach will ich mein Leben als Mönch oder Einsiedler beschließen.«

Er versetzte: »Jeder auf seine Weise! Ich will nicht mit dir streiten, aber du bist noch jung und siehst mir nicht gerade nach einem Heiligen aus. Deshalb glaube ich, dass es dir guttäte, wenn du dich mal ordentlich betrinken würdest, denn so etwas vertreibt einem ganz wunderbar alle schwermütigen Gedanken, und wenn man wieder bei klaren Sinnen ist, hat man Anlass genug, über die Hinfälligkeit des eigenen Leibes nachzugrübeln, als sich mit anderen schweren Gedanken abzuplagen. Aber erzähle mir alles, dann kann ich dir vielleicht helfen.«

Ich sagte: »Mein Entschluss steht fest, und niemand kann mich mehr davon abbringen.« Aber dann erzählte ich ihm alles von Frau Pirjos schrecklichem Schicksal, und er nickte verständnisvoll dazu und meinte: »Hexerei ist oft eine gute und nützliche Sache, und kein kluger Seemann denkt schlecht von Hexen oder Hexenmeistern, sondern macht sich deren Hilfe zunutze. Auch unter meinen Männern gibt es mehrere Seeleute, die einen Sturm herbeirufen können, indem sie am Mast kratzen und pfeifen. Denn ich fürchte keine Stürme, liebe ich doch mehr den Wind als die Windstille. Aber wenn irgendein Unglück geschieht, dann geben die Leute gerne Hexen die Schuld daran. In Kopenhagen hat man im Winter die alte Sigbrit in einen Ententeich geworfen, und Soldaten stürzten ihren Wagen um, so dass nicht einmal der König sie schützen konnte.«

Da ich sah, dass er mir gewogen war, richtete ich eine Bitte an ihn: »Ich habe auch einen Ziehbruder; er ist ein befähigter junger Mann, wenn auch recht dumm. Er hat Herrn Nils Arvidsson als Geschützknecht gedient, wurde aber verwundet und zerwarf sich mit seinen Waffenbrüdern, als er meiner lieben Ziehmutter helfen wollte. Bitte heuert ihn an, Herr Admiral und Ritter! So würdet Ihr ihm das Leben retten, denn wenn Ihr erst wieder weg seid, wird Junker Thomas ihn bestimmt hängen lassen. Er hat nämlich kein Zuhause, da seine Anverwandten ihn von sich gewiesen haben.«

Herr Severin überlegte eine Zeitlang und sagte dann: »Einen guten Mann, der bereit ist, sein Leben einzusetzen, könnte ich wohl anheuern. Die durchtriebenen Kaufleute in Lübeck sind nämlich dabei, einen Krieg anzuzetteln. Ihre Schiffe sind bereits ausgelaufen. Aber meine Spione in Lübeck taugen entweder nichts oder sind betrunken, oder man hat sie hingerichtet, weil ich keine Nachricht mehr von ihnen erhalte. Wenn du diese Heuer annimmst, dann nehme ich dich in meine Dienste, und deinen Ziehbruder dazu, wenn er etwas von Geschützen versteht, denn du wirst dich mit Geschützen und Kriegsschiffen wohl genauso wenig auskennen wie ein Schwein mit Messer und Gabel. Allerdings sage ich dir gleich, dass dein Hals nicht viel wert ist, wenn die mächtigen Ratsherren in Lübeck herausfinden, wessen Geschäfte du betreibst.«

»Wie komme ich nach Lübeck?« fragte ich. »Darf ich nach Erledigung dieses Auftrags den Pilgerstab ergreifen und mich ins Heilige Land aufmachen?«

Lachend antwortete er: »Du bist ein Bursche nach meinem Geschmack, Michael, weil du nicht lange um den Brei herumredest. Ich versichere dir, von mir aus bist du frei wie ein Vogel am Himmel, zu gehen und zu kommen, wie es dir beliebt, selbst wenn ich von dir keine andere Nachricht bekäme, als dass die Sau achtzehn Ferkel geworfen hat. Dadurch würdest du mir nämlich anzeigen, dass die lübische Flotte mit achtzehn Schiffen in See gestochen ist. Ohne diese wichtige Information würde ich mit meinen Schiffen in Gotland festsitzen wie mit einem Sack überm Kopf.«

Als ich in fragte, wie ich ihm meine Nachrichten nach Gotland schicken könnte, sagte er, dafür habe er bereits einen Plan ausgearbeitet. Ich solle in den Hafenschenken von Lübeck nach einem hasenschartigen Mann suchen, an dessen rechter Hand nur drei Finger übrig seien. Mit ihm könne ich mich vertrauensvoll über den Schweinehandel unterhalten. Falls dieser Mann aber schon gehängt worden sei, könne ich nach eigenem Gutdünken einen Fischer anheuern, der nach Visby auf Gotland segeln solle, um dort Schweinehandel zu treiben. Die Fischer in der Gegend von Lübeck seien auf den stolzen Stadtrat und seine einflussreichen Mitglieder nicht gerade gut zu sprechen. So werde es mir nicht schwerfallen, einen geeigneten Mann für diese Botendienste zu finden.

So machte ich mich frohgemut zum St.-Olavs-Kloster auf, um Antti, der immer noch im Keller saß, diese guten Nachrichten zu überbringen. Er richtete sich stöhnend von seinem Strohlager auf und fragte: »Wer stört mich da? Kann ich nicht einmal in Ruhe sterben? Ich fühle schon die Kälte des Todes in meinen Gliedern, und ich habe dem lieben Gott bereits meine arme Seele anvertraut.« Als er mich erkannte, setzte er sich allerdings rasch auf, streckte Arme und Beine und sagte: »Verzeih, Michael, aber ich dachte schon, die Drei-Kronen-Wirtin sei gekommen. Sie schleicht sich immer wieder zu mir herunter, bis sie mir noch einen Galgenstrick mitbringt. Sie hat nämlich bei allen Heiligen geschworen, sie werde mich vor den Altar zerren. Deshalb hilft mir nichts anderes, als mich schwach und todkrank zu stellen, da ich ja nicht mehr zu meinen Geschützen fliehen kann wie noch im Winter. Aber ich leide keine Not, weil ich tüchtig gegessen und viel gesundes Bier getrunken habe, so dass ich bei besten Kräften bin. Pater Petrus ist schon schwer am Stöhnen und klagt, im Kloster werde eine Hungersnot ausbrechen, wenn ich noch länger hier im Speisekeller bleibe.«

Ich fragte: »Willst du den Pilgerstab in die Hand nehmen und mit mir ins Heilige Land wandern, um am Grab unseres Herrn Jesus Christus und an der Stätte seines Leidens die Vergebung unserer Sünden zu erflehen?«

Antti versetzte: »Nichts lieber als das! Mit dir würde ich sogar bis ins Land der Mohren wandern, wenn ich nur von dieser verdammten Witwe loskomme. Bevor ich mich versehe, hat sie mir alle Haare ausgerissen, so wie es einst eine freche Witwe beim heldenhaften Samson getan haben soll, der auch die heidnischen Philister in Ermangelung einer besseren Waffe mit dem Kieferknochen eines Esels erschlug. Das hat Pater Petrus mir erzählt. Gürten wir also unsere Lenden und machen wir uns eilends nach dem Heiligen Land auf – je früher, desto besser.«

Ich sagte ihm, dass wir über Lübeck reisen müssten, um wichtige Erkundigungen für den edlen Admiral Norby einzuholen. Gegen diesen Vorschlag hatte Antti nichts einzuwenden, denn an die Stadt Lübeck habe er nur gute Erinnerungen. So nahm Admiral Norby uns in seinem Kriegsschiff mit, als er mit seiner Flotte in See stach, um Lübecks Flotte zu vernichten, wo immer er auf sie träfe. Bevor wir lossegelten, stattete ich Frau Pirjos Hütte noch einen Besuch ab und grub unter dem verkohlten Birnbaum mein angespartes Geld aus. Auch durchwühlte ich ihren Keller und steckte mir viele ihrer Arzneien ein, um in Lübeck als Arzt aufzutreten. Ich fand, es sei besser, mit Pauken und Trompeten in Lübeck einzuziehen, als sich wie ein verdächtiger Ausländer in die Stadt einzuschleichen.

Kapitel 3

Von Junker Thomas verabschiedete ich mich, ohne über unser Scheiden betrübt zu sein. Nachdem wir in Gesellschaft des munteren Admirals einige Tage lang in lübischen Gewässern gekreuzt waren, ließ er Antti und mich an Land rudern und hisste dann die Segel in Richtung Gotland, um dort auf Nachrichten über die Absichten Lübecks zu warten. Mit dem Arztstab in der Hand richtete ich meine Schritte geradewegs in die Stadt, und Antti schritt mit meiner Reisetasche auf dem Rücken hinter mir her. Niemand hinderte uns auf der freien Landstraße, uns den anderen Reisenden anzuschließen, sondern wir passierten ohne Widerstand das Stadttor, nachdem ich dort angegeben hatte, ich sei der *doctor illustrissimus* Michael Pelzfuß. Nach mehr fragten die Wachen nicht, denn für mich sprach gutes Silber. Hatte der edle Admiral mich doch mit deutschem Silbergeld und Florentiner Golddukaten versehen, damit ich mich nicht durch den Gebrauch von Münzen aus Turku oder Schweden verriete.

Als hochgelehrter Doktor quartierte ich mich in einer guten Herberge ein, und ohne die notwenige Erlaubnis beim Stadtrat eingeholt zu haben, dingte ich einen Trommler, der ausrufen sollte, dass ich allerlei Krankheiten heilte und ab sofort Patienten empfinge, auch solche, die von den Ärzten der Stadt bisher nicht geheilt werden konnten. Dies hatte genau die Folge, die ich mir ausgerechnet hatte, denn genauso schnell, wie die unheilbar Kranken und ihre Angehörigen sich bei mir einfanden, liefen die städtischen Ärzte zum Rat und beschwerten sich, ein fremder Kurpfuscher würde ihre Privilegien verletzen. Bevor ich also irgendeinem Kranken hatte Schaden zufügen können, zitierte man mich wegen unerlaubter Ausübung des Arztberufs vor den Rat, verlangte mein Doktordiplom zu sehen, verurteilte mich zu einer Geldstrafe und forderte mich auf, bei der Ärzteschaft die nötige *supplicatio* zur Entscheidung einzureichen, falls ich in Lübeck als Arzt praktizieren wolle. Auf diese Weise kam keiner darauf, dass ich vielleicht noch andere gefährliche und unerlaubte Dinge treiben könnte.

Ich trat also guten Mutes vor den Rat, während die Ärzte in ihren Samtroben und mit ihren mit goldenem Knauf verzierten Arztstäben sich wie die Raben um mich tummelten. In aller Ausführlichkeit erklärte ich, dass ich an hohen Universitäten studiert und viele Länder bereist hatte, immer auf der Suche nach neuen Kenntnissen. Außerdem sei ich ein Schüler des weltberühmten Doktors Theophrastus Bombastus Paracelsus. Die Ärzte sagten dazu wie aus einem Munde, ich sähe viel zu jung aus, um ein gelehrter Doktor zu sein, und sie forderten mich zu einer Disputation über Angelegenheiten ihres Berufes heraus. Ich wandte mich an den Rat und sagte:

»Die ärztliche Kunst beruht nicht auf dem Latein, das jemand aus seinem Munde spuckt wie ein Schaf Kotkügelchen aus seinem Hinterteil, sondern ärztliche Kunst besteht darin, Kranke und Leidende zu heilen. Deshalb fordere ich die Ärzte dieser stolzen Stadt auf, mit mir in einen Wettbewerb in der Heilkunst zu treten. Lasst mich einen Patienten behandeln, den sie nicht haben heilen können! Dann werden wir bald sehen, wessen Kunst mehr vermag, meine oder die ihre.«

Die Ratsmitglieder wurden unsicher, denn es war ihnen unbegreiflich, dass hier jemand so entschlossen auftrat, der sich seiner Kunst nicht sicher sein konnte. So wuchs ich in ihrer Achtung, und sie hielten mich nicht mehr für einen Betrüger. Die Ärzte aber protestierten und sagten:

»Schätzt ihr das Leben und die Gesundheit unserer Mitbürger so gering, dass ihr sie diesem Kurpfuscher zur Behandlung überlasst? Zwar kann auch ein Betrüger zuweilen mit Hilfe des Teufels die Leiden eines unheilbar Kranken lindern, aber das ist nichts als Augenwischerei. Wir hegen den Verdacht, dass dieser Mann ein frecher Spagyre, Ketzer und Nigromant ist.«

Nach erregter Beratung verbot mir der Stadtrat die Ausübung des ärztlichen Berufes und legte mir die Kosten des Gerichtsverfahrens auf, jedoch keine Bußgelder, weil der Herbergswirt bezeugen konnte, dass ich noch keinen Patienten behandelt hatte. So setzten die Ärzte ihren Willen durch, und ich machte mir in Lübeck einen guten Namen, denn ein Ratsmitglied sprach mit gleich nach der Sitzung an und fragte, ob ich ihn von seinem ständigen Sodbrennen und seinen Verdauungsbeschwerden heilen könne. Er sagte, kein Gesetz und kein Brauch könne mich daran hindern, einen Kranken zu behandeln, wenn ich dafür keine Bezahlung annähme; andererseits sei es aber auch nicht verboten, wenn die Kranken mir freiwillig etwas gäben. Ich versetzte aber, ich hätte keine Lust, weiter in einer so undankbaren Stadt zu verweilen, sondern wolle nach Danzig und Polen weiterreisen. Vor dieser Reise warnte er mich und fragte, ob ich nicht wisse, dass Krieg herrschte und dass in allen Gewässern gottlose dänische Seeräuber auf der Lauer lagen.

Eingedenk dessen, was ich bei Doktor Paracelsus gelernt hatte, gab ich ihm einige gute Ratschläge, die ihm zumindest nicht schaden konnten. Zum Lohn dafür berichtete er mir bereitwillig alles, was er vom Krieg wusste, darunter das Wichtigste von allem, nämlich dass Lübeck soeben zehn vollständig ausgerüstete Kriegsschiffe an Herrn Gustav verkauft und von ihm mehrere schwedische Burgen zum Pfand erhalten hatte.

Dann kehrte ich aus dem Rathaus in meine Herberge zurück und trug dem Herbergswirt auf, er möge den Kranken und ihren Angehörigen ausrichten, dass ich sie aufgrund des Ränkespiels der hiesigen Ärzteschaft nicht empfangen könne und sie ihre Leiden deshalb in christlicher Demut weiter zu ertragen hätten. Das hatte große Empörung zur Folge. Viele flehten mich an, ich solle die Kranken dennoch empfangen, und versprachen, mir gegen das neidvolle Gehabe der einheimischen Ärzte beizustehen. Jedoch wurden meine Gedanken bald abgelenkt, denn das Gasthaus betrat eine Frau in wertvollen Kleidern, deren Haar nach venezianischer Mode gefärbt war. Sie riss verwundert die Augen auf, als sie mich erblickte. Schon meinte ich ein Seil um meinen Hals zu spüren, aber sie tat so, als hätte sie mich nicht gesehen, sondern ging auf ihr Zimmer. Ich fragte den Wirt, wer die Frau sei, und bekam die Antwort, sie sei eine reiche schwedische Witwe von hohem Geblüt. Sie warte in Lübeck darauf, dass die Lage sich beruhige, um nach Schweden zurückzukehren und wieder ihr Hab und Gut in Besitz zu nehmen, das ihr der unbarmherzige König Christian geraubt habe, nachdem ihr Mann im Krieg gegen die Dänen gefallen sei.

Diese Geschichte beruhigte mich, zeigte sie doch, wie mir schien, dass auch Fräulein Agnes in unlautere Geschäfte verwickelt sein musste. Schon überlegte ich, gleich zu Antti zu laufen, um mich seines Stillschweigens zu versichern, da kam er schon aus dem Hafen zurück, und zwar so betrunken, dass er sich kaum auf den Beinen halten konnte. Ich hatte ihn nämlich in den Hafen geschickt, damit er dort in den Schenken nach einem Mann mit Hasenscharte und nur drei Fingern suchte. Ich tadelte ihn streng ob seiner Trunkenheit, aber er brach in Wehklagen über seinen jämmerlichen Zustand aus und sagte: »Ich gehe noch zugrunde in dieser fürchterlichen Stadt, denn im Hafen gibt es mindestens hundert Schenken und Freudenhäuser, und ich war erst in zwanzig von ihnen, da bekam ich bereits weiche Knie, und mir wurde schwarz vor Augen, so dass alle, die mir entgegenkamen, mit einer Hasenscharte am Mund herumzulaufen schienen. Dazu haben diese habgierigen Gastwirte und ihre Freudenvögel mich ganz um mein Geld gebracht. Also her mit weiterem Geld, damit ich diesen dreifingrigen Mann auffinden kann, denn es warten nicht weniger als fünf Hasenschartige, alles gute Freunde von mir, im Krug zum Silbernen Humpen auf mich. Ich will diesen Burschen ausfindig machen, selbst wenn ich ihnen deshalb alle Finger brechen müsste, denn was ich mir vorgenommen habe, das führe ich auch aus, wie elend auch immer mein Zustand jetzt gerade sein mag.«

Es war nicht leicht, Antti zu beruhigen, da er so eigensinnig weiteres Geld forderte, um gleich wieder in den Hafen zurückkehren zu können. Doch schließlich sackte er zusammen, fiel wie ein Holzklotz zu Boden und sank in tiefen Schlaf. Ich war so wütend auf ihn, dass ich ihm Fußtritte versetzte, während er schlief. Während ich mich noch meinem Zorn hingab, erschien Fräulein Agnes. Sie hatte sich in mein Zimmer geschlichen, schlang mir ihre Arme um den Hals und sagte, sie habe sich immer nur nach mir gesehnt. »Du bist es also wirklich, Michael!« flötete sie. »Ich freue mich von ganzem Herzen, dich zu sehen, denn ich habe es stets gut mit dir gemeint, und es betrübt mich, dass du die Stirn runzelst und sich Falten um deinen Mund zeigen. Du bist also nicht mehr dasselbe Milchbübchen wie einst, da wir uns zum ersten Mal begegneten. Michael, mein Liebster, tu aber lieber so, als würdest du mich nicht kennen in dieser furchtbaren Stadt, denn sonst entstünde mir großer Schaden. Niemand weiß hier, dass Herr Didrik mein Bruder ist, sondern ich befleißige mich einer ehrbaren Lebensweise und hoffe hier einen braven Mann zu finden, der bereit ist, mich zu heiraten.«

»Ich fühle mit Euch in Eurem Kummer, Frau Agnes«, versetzte ich. »Ich habe nämlich gehört, Ihr wäret eine reiche und adelige Witwe, die sich am bösen König Christian rächen will und eifrig Erkundigungen über die Kriegsvorbereitungen Lübecks gegen Dänemark einzieht. Dabei sind wohl die Kapitäne und Befehlshaber von Kriegsschiffen Eure eifrigsten Freier.«

Sie errötete, was ihr sehr gut anstand, und meinte: »Hast du mir etwa nachspioniert? Es ist doch nicht Schlechtes, wenn ich meinen schwachen Fähigkeiten entsprechend edle Männer erfreue, bevor sie auf das Meer hinaussegeln und sich dort mancherlei Gefahren aussetzen. Was treibst du eigentlich selber so, Michael? Du wirst sicher noch am Galgen enden, wenn hier jemand erfährt, dass du in deiner Jugend der Sache Dänemarks gedient hast.«

»Meine Jugend liegt hinter mir«, sagte ich, »und jetzt bin ich ein ehrbarer Arzt. Niemand weiß, dass ich Finne bin, denn ich heiße jetzt Michael Pelzfuß. Deshalb sitzen wir im selben Boot, liebe Frau Agnes. Außerdem habe ich nicht die geringste Lust, mit Euch bekannt zu sein, sofern Ihr mich nicht kennen wollt. Falls ich aber wirklich am Galgen landen sollte, dann werdet Ihr an meiner Seite baumeln, so wahr mir Gott helfe.«

Sie legte mir ihre Hand auf den Mund, zitterte am ganzen Leibe und sagte: »Sprich nicht von solch schrecklichen Dingen, Michael, sondern nimm mich lieber in deine Arme und sei zärtlich zu mir, denn ich bin ein einsames Weib und fürchte mich vor den Gefahren, in die mein böser Bruder mich verstrickt hat. Hast du eigentlich Geld?«

Ich antwortete, ich verfügte über genug Geld, um damit bei bescheidener Lebensweise eine Zeitlang über die Runden zu kommen. Darüber war sie sehr erfreut und meinte: »Gib mir zehn Goldstücke, dann werde ich keiner Seele etwas über dich erzählen und dich nicht verraten. Als Pfand und zur Sicherheit gebe ich dir gerne, was immer du willst, selbst meine Ehre und Keuschheit, falls du so grausam bist, ein so großes Pfand einzufordern.«

Aber ich widersprach heftig: »Liebe Frau Agnes, das Pfand und die Sicherheit, die Ihr bietet, ist wertlos für mich. Dafür würde ich nicht einmal einen Schilling zahlen. Ehrlich gesagt trug ich mich schon mit dem Gedanken, Euch aufzusuchen und zu fragen, ob Ihr, großzügig wie Ihr seid und eingedenk unserer alten Freundschaft mir ein paar Goldmünzen leihen könntet. Ich habe nämlich vor, zur Sühne für meine Sünden ins Heilige Land zu pilgern. Ihr tätet somit ein gottgefälliges Werk, wenn Ihr mir eine Unterstützung für meine Reise zukommen ließet.«

Da versetzte sie gereizt: »Dein Kamerad, der da auf dem Boden liegt, hat gebrüllt wie ein Stier, und deshalb konnte ich gegen meinen Willen hinter der Tür mit anhören, dass du im Hafen nach einem Mann mit Hasenscharte suchst, der nur drei Finger hat. Wenn du mir eine Goldmünze gibst, werde ich dich unverzüglich zu ihm führen.«

»Gott sei uns armen Sündern gnädig!« entfuhr es mir, so verblüfft war ich. »Dienen wir etwa demselben Herrn, liebe Frau Agnes? Falls das so ist, dann verfügt er in der Tat über eine richtige Orgelbüchse, die viele Schüsse gleichzeitig abgeben kann. Aber das Goldstück bekommt Ihr erst, wenn Ihr den Mann zu mir gebracht habt, denn hier sind bereits jedem Bettler und jedem Müllkutscher Dinge bekannt, von denen ein dänischer Admiral noch keine Ahnung hat.«

Die schöne Frau Agnes wünschte zuerst das Goldstück zu sehen, und als sie den Dukaten in ihrem hübschen Händchen hielt, sagte sie unschuldig: »Ich kann diesen Mann nicht zu dir bringen, sondern du musst selbst zu ihm gehen. Du triffst ihn neben dem Tor zum Arsenal. Dort hängt er, schön in vier Teile zerstückelt, an einem Mauerhaken.«

Mir blieb nichts anderes übrig, als ihr zu glauben. Natürlich wurmte es mich, dass ich für nichts und wieder nichts einen ganzen Dukaten hergegeben hatte und dazu die Silbermünzen, die von Antti vertrunken worden waren. Mir wurde klar, dass ich Frau Agnes nun vertrauen musste. Deshalb redete ich in Engelszungen auf sie ein und fragte sie, wie es denn um ihren Schweinehandel bestellt war, da die ersten Mutterschweine bereits geferkelt hatten. Sie versetzte, mit dem Schweinehandel seien keine Geschäfte mehr zu machen, weil alle Ferkel aus den Koben entwichen seien. Der Admiral habe sich allzu lange in Finnland aufgehalten, um alle diese Ferkel wieder einfangen zu können. Die mächtigen

Herren Lübecks hätten nämlich in jeder Schenke ihre Ohren, und kaum hatte der Krieg begonnen, hätten sie als erstes jeden Mann ergriffen, ins Gefängnis geworfen oder gar hinrichten lassen, der durch allzu große Neugier bezüglich ihrer Kriegsschiffe aufgefallen war. Die Lübecker dünkte es besser, dass zehn Unschuldige im Gefängnis schmachteten, als dass ein einziger ungestört ihre Geheimnisse ausspähen konnte, denn sie fanden, im Kerker zu verschmachten bringe niemandem Schaden, sondern biete dem Menschen ausreichend Gelegenheit, über sein Seelenheil nachzudenken.

»Deshalb habe ich das Gefühl, als hätte ich meinen Kopf einem Bären ins Maul gelegt«, klagte Frau Agnes. »Ich habe auch keinerlei nützliche Nachrichten nach Visby schicken können, sondern gleiche bei all dem, was ich herausgefunden habe, einem Geizkragen, der seine Goldstücke unnütz in einer Eisentruhe verrotten lässt. Außerdem glaube ich, dass König Christian bereits seine Sache verspielt hat, weil die geballte Macht Lübecks nun gegen ihn gerichtet ist. Sogar sein lieber Onkel, der Herzog von Holstein, hat vor, sich dem Krieg gegen ihn anzuschließen. Auch der Papst zürnt ihm, weil er Ketzer aus Deutschland nach Kopenhagen geholt hat, die dort nun ihre Predigten halten. Es ist bestimmt das Klügste, hier jetzt alle Zelte abzubrechen und die Stadt zu verlassen, denn auch der Kaiser und der König von Frankreich befinden sich im Krieg miteinander und brauchen Leute, die ihnen dienen. König Heinrich VIII. von England hat sich dem Krieg gegen das gottlose Frankreich angeschlossen und dafür vom Papst den Ehrentitel ›Verteidiger des Glaubens‹ verliehen bekommen. Wenn du nur genug Geld hättest, Michael, würde ich nicht zögern, dir zumindest bis nach Venedig auf deiner Pilgerfahrt zu folgen, aber ich muss an meinen guten Namen denken.«

Sie berichtete mir so viel Neues und Erstaunliches von den Zuständen in Europa, dass ich mir vorkam, als hätte ich lange Zeit wie in einem Sack gelebt. Ich bestellte Wein und Essen auf mein Zimmer, damit wir zusammen speisen konnten und ich aus ihrem Wissen Nutzen zöge. Der Gastwirt schaute auch vorbei, um sich zu überzeugen, dass man uns gut bediente, und wünschte mir mit lustigem Augenzwinkern viel Glück bei meinem Vorhaben. Offenbar hielt er mich für einen Schlaukopf, weil ich seinen Wink so schnell verstanden hatte und mich nun in Frau Agnes' zahlreiche Freier einreihte.

So verlebte ich einen munteren Abend in Frau Agnes' Gesellschaft, und die ganze Zeit schnarchte Antti auf dem Fußboden. Ich erfuhr, dass Soliman, der junge türkische Sultan, nach dem Tode seines Vaters, des grausamen Selim, im letzten Jahr Belgrad, die stärkste Festung und Vorhut der Christenheit erobert hatte und nun Ungarn bedrohte, wobei er die Zerstrittenheit unter den Christen klug auszunutzen verstand, war sie doch größer als je zuvor. Deshalb waren auch kluge Menschen der Meinung, dass ganz Europa sich in einem Zustand der Auflösung befand. Papst Leo X. war gestorben, und böse Zungen behaupteten, er sei ohne den Empfang der Sakramente verschieden, da er auch sie noch verkauft habe, so wie er Kirchenämter und die Vergebung der Sünden an halb Europa verschachert hatte, so dass es nichts mehr in der Kirche gab, wofür der Apostolische Stuhl nicht einen Kaufpreis festgesetzt hatte. Zu seinem Nachfolger hatte der Kaiser seinen strengen holländischen Lehrer auf den Papstthron gehievt, der dann als Papst den Namen Hadrian VI. angenommen und barfuß sowie mit einem Pilgerstab in Händen in Rom erschienen war. Er hatte dann durch seine sparsame Lebensweise große Empörung ausgelöst. Außerdem erzählte Frau Agnes pikante Geschichten vom französischen Hof, von den Liebhaberinnen König Franz' I. sowie vom Kaiser, der nur seine Hunde liebte. Sie sprach durchaus nicht ohne Verstand und in spöttischem Ton, seufzte aber immer wieder einmal sehnsuchtsvoll auf, blickte mich mit ihren braunen Augen an und sagte:

»Du bist noch jung, Michael, jünger als ich, so dass ich mir vorkomme wie ein altes Weib hier neben dir, obwohl ich noch nicht einmal fünfundzwanzig Jahre alt bin oder jedenfalls noch keine dreißig. Aus dir ist ein ansehnlicher Mann geworden, und siehst jetzt anders aus, als ich dich in Erinnerung hatte, so dass deine Selbstbeherrschung und deine düsteren Augen dich sehr anziehend machen. Bedenke also alles, was ich dir erzählt habe, und bedenke auch, dass wir in einer Zeit junger Männer leben, denn Kaiser Karl V. ist kaum volljährig, Franz I. und Heinrich VIII. sind noch unter dreißig, und der türkische Sultan erst fünfundzwanzig. Auch wurde jenseits des Ozeans das mächtige Reich der Rothäute vernichtet, dessen zahlreiche Schätze und Reichtümer nun nach Spanien strömen. Wäre ich ein junger Mann so wie du, Michael, würde ich nicht den Pilgerstab ergreifen, sondern mich dem Studium der Kriegskunst widmen, denn in diesen Tagen ist Europa wie ein Vulkan, dessen Ausbruch kurz bevorsteht.«

Ich hatte seit langer Zeit nicht mehr so guten Wein getrunken, so dass ich vom Wein und Frau Agnes' ermutigenden Worten ganz berauscht wurde. Ich musste auch daran denken, dass Admiral Norby insgeheim um die Witwe des schwedischen Reichsverwesers freite. Ebensowenig hatte ich vergessen, dass die großen Bischöfe Finnlands bereits von einem eigenständigen, nur dem Papst unterstellten Großfürstentum Finnland träumten. Wenn König Christian seinen Kampf verlöre, würde sein Reich sicherlich auseinanderbrechen, und vielleicht wäre Finnland dann wie ein steuerloses Wrack dem Spiel der Wellen ausgesetzt, weil die Reste von Herrn Gustavs Truppen in all dem Drunter und Drüber die Burg von Turku verlassen hatten und sofort flüchten würden, tauchte Admiral Norby auch nur kurz auf. Falls in Finnland dann niemand die Macht übernähme, der es an Kraft und Entscheidungsfreude mit dem Admiral aufnehmen und sich auch der Unterstützung des Papstes sicher sein konnte, würde das Land vielleicht in den Besitz der Moskowiter Zaren übergehen und wäre der heiligen Kirche für alle Zeiten verloren. Der Papst hatte früher schon zwei Mal zu einem Kreuzzug für Finnland aufgerufen und einem jeden die Absolution versprochen, der das Kreuz auf sich nähme, um gegen die schismatischen Russen zu kämpfen. Vom Wein angestachelt, sah ich bereits Bilder vor meinen Augen, wie sie sich wohl der muntere Admiral vorstellen mochte, da der König ihm ja Finnland als Lehen anvertraut hatte.

Frau Agnes' Gedanken aber waren inzwischen abgeschweift, und sie warf mir neugierige Blicke aus ihren braunen Augen zu. »Worüber denkst du nach, Michael?« fragte sie und streckte ihre weißen Arme hinter sich aus, so dass ihre runden Brüste aus dem offenen Ausschnitt quollen und sich mir entgegenreckten. Ich bat sie, ihre Ferkelchen lieber vor ungebetenen Dieben zu verstecken und sagte: »Ich überlege mir gerade, wie wir es am besten anstellen, um beizeiten zu verschwinden. Am meisten beunruhigt mich, dass es in dieser Stadt wahrscheinlich mehrere Männer gibt, die in Herrn Severins Diensten stehen und ebenso zur Untätigkeit verdammt sind wie wir, weil er seine Fäden mit allzu großer List geknüpft hat.«

Frau Agnes meinte: »Jeder Tag hat seine eigenen Sorgen, und dieser Tag neigt sich schon seinem Ende zu. Aber der Wein hat meinen Leib erschlafft, und außerdem stört mich dieses Geschnarche deines Dieners da auf dem Fußboden. Setzen wir also unsere Unterhaltung auf meinem Zimmer fort, denn ich fürchte mich, allein ins Bett zu gehen, sondern mich verlangt nach guten und zärtlichen Worten.«

Auch mich störte Anttis lautes Schnarchen, so dass ich ihr auf ihr Zimmer folgte. Dort strömten wieder alle Erinnerungen meiner Jugend auf mich ein und erfüllten mich mit Wehmut, als ich den lieblichen Duft der teuren Salben und Parfüme in ihrem Zimmer wahrnahm. Nach der Rückkehr in ihr Zimmer fühlte sich Frau Agnes plötzlich schwach und klammerte sich an mir fest, wobei sie mit einer Hand das Gewicht meiner Geldbörse prüfte, die an meine Gürtel hing. Als sie sich von deren nicht unbeträchtlichem Gewicht überzeugt hatte, wollte sie sogleich zu Bett gehen und bat mich, die Schnallen und Ösen an ihrem Gewand zu öffnen, denn ihr Dienstmädchen habe sich bereits in den Stall verzogen, wo sie sich mit einem Reitknecht im Heu schlafen gelegt habe. Mehr will ich hier nicht berichten, denn obwohl ich den Entschluss gefasst hatte, nie mehr ein Weib anzurühren, wurde ich diesem Entschluss schneller untreu, als man braucht, um ein *Ave Maria* zu beten. Zu meiner Entschuldigung kann ich nichts anderes vorbringen, als dass sie sich mir gegenüber besonders freundlich zeigte und mich lehrte, allerhand Dinge zu verstehen, die ich früher nie begriffen hatte und welche die oft so seltsamen Launen von Weibern betreffen.

Trotz ihrer innigen Bitten blieb ich aber nicht, um an ihrer Seite in ihrem Bett zu schlafen, wusste ich doch nur allzu gut, wie wenig man ihr trotz all ihrer Freundlichkeit vertrauen durfte. Deshalb ordnete ich meine Kleider, klemmte mir meinen Gürtel samt Geldbörse unter den Arm, kehrte in mein eigenes Zimmer zurück und schloss sorgsam die Tür hinter mir ab. Antti schlief noch immer fest und schnarchte. Aber ich konnte, obwohl ich so erschöpft war, keinen Schlaf finden, sondern lag wach da, und alle meine Sinne waren merkwürdig angespannt. Der Weinrausch schwand allmählich, durch das offene Fenster drang aus dem Gemüsegarten der Herberge der Geruch feuchten Grases zu mir herein, und das graue Licht der Morgendämmerung stahl sich in mein Zimmer. In diesem todesgrauen Licht hatte ich das Gefühl, als stünde ich mit einem Bein auf der Schwelle des Todes und blickte auf mein vertanes vergangenes Leben zurück.

Denn nichts als eitler und trügerischer Rausch waren alle Gedanken an die Privilegien und die Stellung, die ich mir vielleicht verschaffen könnte, wenn ich mich in Herrn Severins Dienste begab. Wenn ich an die hohe Politik und all die damit verbundenen Ränkespiele dachte, sah ich sogleich den grauen Himmel, die grauen Schneeflocken und den Dunst vor mir, der von dem noch warmen Menschenblut auf dem Marktplatz in Stockholm aufstieg. Dachte ich an mein Vaterland, sah ich Scharen von Raben mit glänzendem Gefieder; ich sah Veronikas dunkles Haar, das ihr in Strähnen über die geschwärzten Schultern fiel. Und ich sah Mutter Pirjo, die sich mit kraftlosen Händen vor den Steinen zu schützen versuchte, die auf sie niederprasselten. Eine Rückkehr in meine Heimat war mir verbaut, und wenn ich an mein Vaterland dachte, überkam mich nur unsägliche Beklemmung und tiefe Trauer. Ich empfand nicht einmal mehr Hass gegen irgendjemanden, sondern dachte nur, dass der Mensch des Menschen schlimmster Feind sei.

Ich dachte auch an die heilige Kirche und begriff plötzlich in dem kalten Licht meine eigene Leere. Denn mir wurde klar, dass nur meine Selbstsucht und mein kranker Ehrgeiz mich dazu gebracht hatten, den geistlichen Stand anzustreben. Nicht als Dienst an armen Menschen hatte ich diese heilige Berufung gesehen, sondern mir war nur die Pfründe wichtig, die mir mühelos sieben oder zehn oder vielleicht sogar fünfzehn Silbermark jährlich einbringen würde, so dass ich ein Leben nach Lust und Laune führen und studieren könnte, um durch weitere akademische Würden mit neuen *supplicationes* Pfründe auf Pfründe zu häufen. Ich hatte auch keine Freude an meinem Wissen, weil ich demütig all das glaubte, was man mich lehrte, ohne eigenständige Fragen zu stellen. Fürchtete ich doch, dadurch in einen Widerspruch zur heiligen Kirche zu geraten, wie es im Lauf der Zeit einem jeden widerfuhr, der trotzig die von der Kirche vorgezeichneten Grenzen menschlichen Wissens überschreiten wollte.

Nach der langen Anspannung, bohrenden Sorge und plötzlichen Erschöpfung überkam mich in dem grauen Morgenlicht ein sonderbares, wehmütiges Gefühl der Verzückung. Alle Mauern, die mich umgeben hatten, stürzten ein, und ich wusste plötzlich, dass Gott und Satan beide in meinem eigenen Herzen hausten, und dass in meinem Herzen unzählige Möglichkeiten verborgen waren, zum Bösen wie zum Guten. Außerhalb meines Herzens gab es weder Gott noch Satan, dort war nur eine sinnlose Welt ohne Vernunft. Die Wesen, die dort lebten, fochten einen furchtbaren Kampf um Gier, Wollust und Todesfurcht miteinander aus. Gott und Satan fanden Raum in mir selbst, und sie hatten keine Macht außerhalb des Menschen, sondern sie offenbaren sich im Menschen selbst. Alles andere war nur Herkommen, ein Muster und Konstrukt, das sich der Mensch unter dem Zwang seiner Begierden und seiner Todesfurcht errichtet hatte, so dass selbst die heilige Kirche nur eine von Menschen erbaute Schale war, die weder Macht noch Kraft hatte, den Menschen zu binden oder zu lösen. Gottes Sohn musste in Menschengestalt in der Welt offenbar werden, aber wenn er tatsächlich sein Blut vergossen hatte, um die Sünden der gesamten Menschheit zu sühnen, so hatte die Kirche kein Recht, sein Blut und seinen Leib mit Gold aufzuwiegen, sondern wo zwei oder drei sich versammelten und Gott in ihrem eigenen Herzen suchten, dort durften sie das Brot brechen und den Wein segnen. Und das war in ihren Händen genauso gut Christi Leib und Blut wie in den Händen eines von der Kirche geweihten Priesters.

So kamen in mir plötzlich und unerwartet all diese ketzerischen Gedanken zum Ausbruch, die über eine lange Zeit hinweg insgeheim in meinem Gemüt gereift waren. Doch trotz meiner Begeisterung erschrak ich über diese Gedanken, weil sie zu stark und zu eindringlich für mein altes Ich waren, das sein Mäntelchen immer nach dem Winde gedreht hatte. Hätte ich gewollt, so hätte ich mich leicht wieder meinem alten Selbst zuwenden können, indem ich mir einredete, der Satan hätte mich in Frau Agnes' Gestalt zur Sünde verleiten wollen mir und in einem Augenblick der Schwäche all diese ketzerischen Gedanken eingegeben. Aber nun hatte ich das Gefühl, als wäre es mir wie Schuppen von den

Augen gefallen, als hätte ich eine ganz neue Welt erblickt und das vergebliche Treiben der Menschen in gänzlich neuem Licht gesehen. Deshalb empfand ich keine Reue, sondern ich verstockte mein Herz und durchsiebte meine Gedanken, bis ich endlich beim Hahnschrei und dem ersten Vogelgezwitscher im Gemüsegarten der Herberge in tiefen Schlaf fiel, aus dem ich erst am späten Vormittag erwachte.

Doch beim Aufwachen kam es mir so vor, als hätte ich nur geträumt, und ich wandte mich rasch wieder meinen Alltagsgeschäften zu. Antti saß auf dem Fußboden, hielt sich den Kopf zwischen den Händen und sprach zu sich selbst: »Wo bin ich? Was habe ich getan? Warum fühlt sich mein Kopf an wie rotglühendes Eisen, das mit Vorschlaghämmern bearbeitet wird? Warum hat niemand Mitleid mit mir und gibt mir Wasser zu trinken? Ich sterbe sonst noch vor Durst!«

Ich öffnete die Tür und rief dem Herbergsdiener zu, er solle einen Kübel Wasser bringen. Sobald Antti ihn bekommen hatte, trank er ihn leer, stellte ihn vor sich hin und sagte: »Diese gerissenen Lübecker müssen mir Rattengift eingeflößt haben, so dass ich bald sterben muss. Mir ist unbegreiflich, wie ich zurück in unser Zimmer gefunden habe, denn soweit ich mich erinnere, habe ich mich gestern um einer guten Sache willen in den Hafen aufgemacht. Hoffentlich habe ich diese Sache auch erledigt und alles ist jetzt in Ordnung, damit wir bald diese schreckliche Stadt verlassen können, in der sich Schenke auf Schenke reiht und wo gottlose Wirte beim Klang aller möglichen Instrumente dem armen Gast zu überhöhten Preisen die fürchterlichste Teufelspisse kredenzen.« Er fasste sich am Gürtel und begann zu klagen, man habe ihm sein ganzes Geld gestohlen.

Ich hielt es für nutzlos, ihn ob seines törichten Benehmens zu tadeln, denn er hatte genug Mühe damit, sich den Kopf zu halten, den er mit den Händen umfasst hielt. Deshalb machte ich mich selbst zum Hafen auf, um herauszufinden, wie ich Admiral Severin eine Nachricht zukommen lassen könnte. Doch mein Ausflug endete ergebnislos. Ich sah nur verschwitzte Männer in Filzlatschen, die Pulverfässer auf ein Schiff trugen, sowie zahlreiche Soldaten, die man aus den Schenken hinausgeworfen hatte und die nun inmitten der Abfallhaufen auf den Straßen schliefen. Auf diese Weise verbrachten wir zwei Wochen in Lübeck, und ich konnte allerhand Nachrichten sammeln, die sich für Admiral Severin als wertvoll erwiesen hätten, sofern sie ihm nur zu Ohren gekommen wären. Jeden Morgen segelten Fischfangschiffe mit ihren Netzen und Fanggerätschaften den Fluss hinab ins Meer, doch die städtischen Wachtschiffe gaben ihnen das Geleit und ließen sie nicht aus den Augen.

Niemand hegte Verdacht gegen mich, denn ich sprach überall davon, dass ich auf eine sichere Schiffspassage nach Danzig wartete. Ich aß und trank und zeigte mich oft in Frau Agnes' Gesellschaft, so dass der Herbergswirt denken musste, ich würde ernsthaft um diese schöne und reiche Witwe freien. Doch mir war sehr wohl bewusst, dass ich mit dem Tod Verstecken spielte. Ich fühlte mich von Tag zu Tag ungemütlicher, so dass mir das Essen nicht mehr schmeckte und ich jedes Mal, wenn ich das Weinglas hob, dachte, nun den Henkerstrunk zu mir zu nehmen. Denn je mehr Zeit verstrich, desto klarer spürte ich, dass ich durchaus noch nicht sterben wollte, sondern ich wollte meine gesamte Vergangenheit aus meinem Gemüt verbannen, so als hätte es sie nie gegeben, und in einem neuen Land, wo mich niemand kannte, ein neues Leben beginnen. Mehr als nach allem anderen aber strebte ich danach, ins Heilige Land zu pilgern, denn ich hatte das Gefühl, als würden alle meine Gedanken klar werden und mein Herz endlich Frieden gewinnen, wenn ich am Grabe unseres Herrn Jesus Christus niederknien und dieselben Pfade wandeln könnte, die er als Mensch gewandelt war.

Eines Tages kam Antti endlich vom Hafen zurück, wo er viele hasenschartige Freunde hatte, und sagte: »Neben dem Tor des Arsenals sitzt schon seit drei Tagen ein schielender Mann auf einem Schweinekoben und versucht, Ferkel als Schiffsproviant zu verkaufen. Allerdings verlangt er so horrende Preise für seine Ferkel, dass niemand sie ihm abkaufen will, obwohl er klagt und weint und die Leute in Gottes Namen anfleht, seine Ferkel zu kaufen, weil seine strenge Herrin ihn sonst gelb und blau prügeln würde.«

Mir kam in den Sinn, dass Schielen und Hasenscharte an Admiral Severins schalkhaftes Wesen erinnerten, denn Mann von solchem Äußeren lässt sich auch von einem Fremden leicht erkennen. Deshalb ging ich eilends in den Hafen, sprach den stinkenden und schmutzstarrenden Ferkelverkäufer an und sagte: »Bist du denn völlig verrückt, dass du schon den vierten Tag versuchst, deine Ferkel zu einem unmöglichen Preis zu verkaufen? Weißt du nicht, dass der Rat jegliche Wucherpreise verboten hat und bald die Stadtbüttel über dich herfallen und dir deine Ferkel wegnehmen werden, ohne auch nur einen Schilling dafür zu bezahlen? Verkaufe sie also auf der Stelle zu einem günstigen Preis. In mir sollst du einen guten Käufer finden.«

Der schielende Mann seufzte, brach in Tränen aus und sagte: »Die Höchstpreise, die der Rat festgesetzt hat, betreffen nur Pökelfleisch von geschlachteten Schweinen. Für lebende Schweine darf ich jeden Preis nehmen, den ich will. Meine Herrin fordert für sie deshalb einen so hohen Preis, weil es sich um eine edle Rasse handelt und sie gut zu mästen sind. In Stockholm würde man sicher ihr Gewicht in Gold aufwiegen, denn dort sollen die Menschen, wie ich gehört habe, bereits Katzen und Ratten essen.«

Ich versetzte: »Überlass deine Ferkel für einen Augenblick meinem Diener und komm mit mir in die Kirche, damit wir dort über den Kaufpreis verhandeln können.« Er folgte mir in die Kirche, und nachdem wir uns zum Gebet niedergekniet hatten, sagte er: »Ein edler Herr und Ritter, dessen Namen ich ungesagt lassen will, riet mir, nach einem Mann Ausschau zu halten, der trotz seines jugendlichen Alters den Anschein erweckt, als hätte er nach dem Verkauf seiner Butter sein Geld verloren. Ihr seid offenbar dieser Mann. Lasst mich also auf der Stelle teilhaben an Eurem Wissen, denn in der nächsten Nacht schon segle ich fort. Ich bin befugt, Euch für jedes Ferkel, das Ihr mir offenbart, ein Goldstück zu zahlen oder auch Euch mein Messer in den Bauch zu rammen, je nachdem, was ich für das Beste halte.«

Ich sagte auch, er solle die Kirche lieber nicht mit unnützem Blutvergießen entweihen, und dann legte ich ihm alles dar, was ich herausbekommen hatte. Dazu noch bat und beschwor ich ihn, eine adelige Dame von reichem Wissen mitzunehmen, war mir doch klar, dass ich mich Frau Agnes' auf andere Weise wohl nicht würde entledigen können. Während wir noch sprachen, begannen die Kirchenglocken zu läuten, und dann fielen auch alle anderen Glocken Lübecks in ihr Geläut ein, und fröhlich lärmende Menschen strömten zu Dankgebeten in die Kirche. Als ich fragte, was das zu bedeuten habe, sagten sie: »Vor Stockholm gab es eine große Seeschlacht. Dort haben die wackeren lübischen Schiffe, die in Herrn Gustavs Diensten stehen, die furchterregende dänische Flotte vernichtet, die von Finnland her erschienen war, um Stockholm zu befreien. Der Untergang der dänischen Flotte ist so vollkommen, dass kein einziges Schiff davonkam, und den Admiral der Flotte, einen gewissen dänischen Junker namens Thomas, hat Herr Gustav an einem Bastseil aufhängen lassen, weil er nichts Besseres verdiente nach all den bösen Taten, die er begangen hat.«

Der schielende Mann seufzte schwer und sagte: »Mehr brauche ich nicht zu wissen! Gewiss hängt mich der Admiral zum Lohn für diese schlechten Nachrichten auf. Ich muss mich nun sputen und kann dein Frauenzimmer nicht mit auf mein Schiff nehmen, denn Weiber bedeuten nichts als Ärger auf dem Meer. Schließlich habe ich eine schwierige und gefährliche Reise vor mir.«

Nach einigem Feilschen und nachdem ich schließlich versprochen hatte, er könne all die Goldmünzen behalten, die für mich bestimmt waren, wenn er nur Frau Agnes mitnähme, änderte er seine Meinung und meinte frömmlerisch: »Wenn sie sich als Nonne kleidet, kann ich sie aus der Stadt bringen, ohne Verdacht zu erregen. In dieser Verkleidung täuscht sie vielleicht die bösen Sturmgeister, so dass die Reise gefahrlos vonstattengeht. Macht sie also reisefertig; ich werde zur Zeit der Abendmesse vor der Marienkirche auf sie warten.«

Wir verließen die Kirche, und er verschwand in dem Gedränge und überließ seine Ferkel herzlos ihrem Glück. Antti hätte sich den Koben zwar gerne auf den Rücken gehievt und ihn in die Herberge mitgenommen, aber ich befahl ihm, den Boden des Verschlags aufzubrechen und die Ferkel freizulassen, um die Freude des Siegestaumels nur noch anzustacheln. Die Ferkel entwichen also unter großem Gequieke zwischen den Beinen der Menschen hindurch, und ich kehrte in die Herberge zurück, um Frau Agnes mitzuteilen, welches Glück sie ereilt hatte. Allerdings war sie überhaupt nicht erfreut, als sie erfuhr, dass sie sich auf eine Seereise machen sollte. Sie rang die Hände, brach in Tränen aus und sagte: »Liebst du mich denn gar nicht, Michael? Sollten sich all deine Worte und Versprechungen als Lügen erweisen, so wie das bei dem, was einem die Männer geloben, immer der Fall zu sein scheint? Dabei hatte ich schon an deine guten und aufrichtigen Absichten geglaubt, obwohl ich kein klingendes Gold von dir erhalten habe. Ich hatte fest auf dein Versprechen gesetzt, du würdest mich mitnehmen und mit mir nach Venedig reisen.«

Ich versetzte: »Liebe Frau Agnes, Ihr müsst mich völlig missverstanden haben, denn ich habe nur versprochen, Euch in Sicherheit zu bringen und dafür zu sorgen, dass Ihr von dem munteren Admiral den Lohn erhaltet, der Euch zusteht. Er ist außerdem ein prächtiges Mannsstück, und jede Frau wird schwach, sobald sie vor ihm steht. Er schafft jetzt all die Schätze, die er auf vielen Schiffen zusammengeraubt hat, nach Visby. Dort werdet Ihr kaum Rivalinnen haben, während in Venedig die Konkurrenz härter ist als irgendwo sonst auf der Welt, denn dort gibt es, wie Ihr mir selbst berichtet habt, zwanzigtausend gesetzlich anerkannte Huren, und selbst unter den anständigen jungen Damen finden sich nur sieben Jungfrauen. Damit Ihr während Eurer Reise beschäftigt seid und die Seefahrt nicht allzu eintönig wird, habe ich dem schielenden Segelschiffer auch all die Gulden als Bezahlung für Eure Überfahrt überlassen, die der Admiral als Bezahlung für mich bestimmt hatte.«

Wütend fauchte sie mich an: »Michael, hältst du mir wirklich für so gemein, dass ich einen schielenden Ferkelverkäufer mit Küssen und Liebkosungen überhäufen würde, nur um an fünfzig Gulden zu kommen?« Doch mir entging nicht, dass dieser Gedanke sie zu beschäftigen begann, denn sie wurde nachdenklich. Deshalb sagte ich: »Liebe Frau Agnes, ich denke nur Gutes von Euch, aber ich glaube, dass Ihr für ein paar Goldstücke selbst den Teufel küssen würdet, und ich will Euch deswegen nicht tadeln, denn Ihr seid eine einsame Frau und sehnt Euch nach Zärtlichkeit. Legt deshalb Nonnentracht an, auch wenn von allen

Gewändern, mit denen eine Frau sich kleiden kann, gerade dieses Euch am schlechtesten steht. Dann folgt jenem Manne. Wenn seine schielenden Augen Euch stören, dann drückt Eure eigenen Augen fest zu und denkt an die Dutzende von Goldvögeln, die in seiner Geldbörse mit den Flügeln schlagen und endlich freigelassen werden wollen.«

Sie seufzte schwer und sagte: »Offenbar muss ich aufgrund deiner Lieblosigkeit und Hartherzigkeit auf die Reise nach Venedig verzichten, Michael. Dieses Schicksal haben mir die Sterne wohl vorherbestimmt, auch wenn ich nie geglaubt hätte, mich einmal in Nonnentracht hüllen zu müssen.«

Ich wünschte ihr eine glückliche Reise, worauf sie mich umarmte und dabei versuchte, mir mit einem kleinen Messer die Börse vom Gürtel zu trennen. Aber das nutzte ihr nichts, denn während dieser Umarmung hielt ich mit einer Hand meine Geldbörse fest umschlossen. Deshalb wünschte sie mir mit aufrichtigen Tränen in ihren braunen Augen, ich möge auf der Fahrt ins Heilige Land den Türken oder Piraten in die Hände fallen. So schieden wir voneinander, und ich glaubte nicht, dass ich ihr noch einmal begegnen würde. Nachdem sie gegangen war, sagte ich zu Antti:

»Jetzt haben wir als anständige Männer unsere Aufgaben erledigt und sind nun frei wie die Vögel des Himmels, zu kommen und zu gehen, wohin auch immer es uns gelüstet. Ich hoffe, ich sehe diese Gestade nie wieder. Wandern wir also südwärts, nach fremden Ländern unter einer anderen Sonne, und lassen wir all unsere traurigen Erinnerungen zurück, um von Venedig aus ins Heilige Land zu segeln, damit wir dort Vergebung für unsere Sünden erlangen!«

Antti fragte, ob es eine lange Strecke ins Heilige Land sei und meinte, so groß seien seine Sünden nun auch wieder nicht. Er habe aber nichts dagegen, wenn zwischen der Drei-Kronen-Wirtin und ihm selbst eine möglichst lange Entfernung zu Wasser und zu Lande zurückgelegt würde. So entledigte ich mich meiner guten Kleider, und mit ihnen legte ich auch mein altes Leben ab und hüllte mich trotz meines jugendlichen Alters in die graue Kutte eines Pilgers und gürtete mich mit einem grob geflochtenen Seil. Ich verkaufte alle unnütze Habe und behielt nur meine Arzneitruhe, die Antti bis ins Heilige Land zu tragen versprach. Als wir die Stadt Lübeck verlassen hatten, schnitzte ich mir einen Pilgerstab aus Eschenholz. Lübecks Masten, Türme und graue Mauern blieben hinter uns, und so wanderten wir auf Landstraßen bei schöner sommerlicher Witterung gen Süden, während die Ernte auf Feld und Flur zu reifen begann. Sommer und Vogelgezwitscher verließen uns nicht, sondern begleiteten uns auf unserer Wanderung, so dass wir den beginnenden Herbst allmählich im dunklen Norden zurückließen.

Das Volk, das auf den Landstraßen unterwegs war, ließ uns in Ruhe, wenn es meines Pilgergewandes ansichtig wurde, denn man hielt mich für einen armen Wanderer. Anttis starke Schultern und sein dicker Wanderstab sorgten ebenfalls für gesunden Respekt. Auf diese Weise wanderten wir sechzig Tage lang, weder besondere Eile an den Tag legend, noch uns irgendwo allzu lange aufhaltend. Nach gelben und grünen Weinbergen sahen wir endlich die schneebedeckten Alpen, blauweißen Wolken gleich, sich vor uns bis zum Himmel erheben. Dieser majestätische Anblick ließ Antti ernst werden, und staunenden Auges sagte er: »Das ist ja wirklich ein ganz besonderer Gartenzaun! Wir wollen sehen, wie wir ihn überwinden, ohne uns die Hosen zu zerreißen.« Und da hatte er recht, denn meine Hose wurde zerrissen, noch ehe wir an den Fuß der Alpen gelangten.

Kapitel 4

Wir übernachteten nämlich in einer von Mauern umgebenen Stadt. Dort begegneten wir in der Gasthausstube bei einem Krug Wein einem übel aussehenden Kerl, dessen schmutziger Mantel auf dem Rücken das Kreuz der Johanniter trug. Als er mein Pilgergewand erblickte, fragte er mich, wohin ich des Weges sei, um mir gute Werke zu erwerben. Doch als ich antwortete, ich wolle ins Heilige Land, meinte er, diese Reise könne ich mir sparen. »Du Armer«, sagte er, »weißt du denn nicht, dass die Türken, die Anhänger des falschen Propheten, gerade die Festung Rhodos belagern? Wenn diese Säule der Christenheit fällt, können die Johanniterschiffe nicht mehr die Schiffe der Pilger geleiten und beschützen, so dass sie alle den Türken in die Hände fallen, die sie dann in grausame Sklaverei verschleppen. Deshalb wagt kein einziges Schiff mehr, von Venedig nach dem Heiligen Land zu segeln, und so ist auch das Heilige Land zuletzt verloren. Denn die frommen Christen, die sich um die Grabeskirche und die Klöster kümmern, sind auf die Gaben der Pilger angewiesen, um die drückenden Steuern bezahlen zu können, die der Sultan von ihnen fordert. Diese belaufen sich jedes Jahr auf achtzigtausend Dukaten. Doch anstatt dass die gesamte Christenheit in Wehklagen ausbricht ob der Gefahr, die Rhodos droht, und das Kreuz nimmt oder wenigstens Geld spendet, um eine Flotte zum Entsatz der Insel Rhodos auszurüsten, liegen sich der Kaiser des Heiligen Römischen Reiches und der allerchristlichste König von Frankreich in den Haaren und scheren sich nicht im geringsten um die flehenden Bitten des Papstes nach Hilfe. Denn wenn Rhodos fällt, dann fällt auch die ganze Christenheit, und das ist für sie die strengste Bestrafung, die sie wegen der immer mehr zunehmenden Gottlosigkeit und Ketzerei ereilen kann. Dies alles weiß ich am besten, auch wenn ich nur ein unbedeutender Schatzmeister dieses heiligen Ritterordens bin, der auf den Gütern des Ordens mit viel Mühe die nötigen jährlichen Abgaben einsammelt. Auch Venedig hat die gemeinsame Sache der Christenheit verraten, als es einen Sonderfrieden mit dem Sultan schloss. Außerdem fordern die habgierigen Venezianer unglaubliche Wucherpreise für die Schiffspassage ins Heilige Land. Dabei landet das Geld, das man ihnen zahlt, letztendlich in der Kasse des Sultans. Deshalb tätest du gut daran, auf dein Vorhaben zu verzichten und lieber – natürlich gegen Siegel und Quittung – mir dein Geld zu geben, damit ich es zum Vorteil für Rhodos verwenden kann.«

Ich antwortete zurückhaltend, ich sei ein armer Mann und hätte nicht mehr Geld, als für ein Nachtlager auf Stroh und einen Happen Graubrot. Doch zum Nutzen einer guten Sache wolle ich ihm eine Silbermünze überlassen, wenn er mir mehr von Rhodos berichtete. So erfuhr ich von ihm, dass die türkische Flotte mit dreihundert Schiffen vor Rhodos erschienen war und zahlreiche Belagerungsgeschütze mit sich führte. Der Sultan selbst war zu Lande mit einem Heer von hunderttausend Mann herbeigeeilt.

Doch sei Rhodos eine uneinnehmbare Festung, sagte er, die von den besten Rittern aus allen christlichen Nationen verteidigt werde. Diese hätten das Kreuz genommen, ihre Güter in verschiedenen Ländern dem Ritterorden überlassen und sich dem Großmeister gegenüber zum Gehorsam verpflichtet. Und sie hätten bisher auch keinen Grund gehabt, dies zu bereuen, denn vom Ufer des Hellespont bis an die Mündung des Nils sei nun kein Handelsschiff der Ungläubigen mehr sicher vor den schnellen Galeeren des Ordens. Hunderte, ja Tausende von Ungläubigen seien dem Verderben anheimgefallen bei dem Versuch, als Pilger nach Ägypten zu segeln und von dort nach Mekka zum Grab des falschen Propheten zu gelangen. Doch könne selbst die stärkste Festung mit der Zeit keiner Belagerung widerstehen, falls sie keine Hilfe erhalte. Deshalb versuchten die Abgesandten des Ordens mit päpstlicher Unterstützung, den Kaiser und den König von Frankreich zu einer Übereinkunft zu bewegen, damit sie gemeinsam eine Flotte zur Befreiung von Rhodos ausrüsteten, bevor es zu spät sei.

Der nicht gerade große Mann leerte seinen Becher, schlug mit dem Weinkrug auf den Tisch, dass es nur so dröhnte und sein schmutziger Mantel verrutschte, und er rief erbost: »Hier saufen, spielen und huren sie herum, ohne an den nächsten Tag zu denken! Aber hättet ihr nur Ohren zu hören, würdet ihr über Land und Meere den Geschützdonner vor den Mauern von Rhodos und das Kriegsgeschrei der Ungläubigen vernehmen, wenn sie gegen die Mauern anstürmen und ihren Propheten um Hilfe anrufen. Dies ist die Strafe für die Sünden der Christenheit und die lutherische Irrlehre, die von entlaufenen Mönchen und verheirateten Priestern überall in Stadt und Land verbreitet wird, während sich ihr Meister Luther vor der päpstlichen Bulle und dem Reichsbann versteckt hält. Vielleicht hat ihn ja auch schon sein Lehrmeister, der Herr Teufel, zu sich geholt.«

Der Herbergswirt wischte mit einem Lappen über den Tisch und brachte ihm noch mehr zu trinken, so dass er sich beruhigte und verbittert meinte: »Zwar dröhnen überall die Trommeln der Werber, um

Söldner für das Heer des Kaisers anzuwerben, aber wenn die Leute den Namen ›Johanniter‹ hören, ziehen sie sich ein Tuch über die Ohren. Doch wird der Tag kommen, da die Türken ihnen das Tuch wegziehen, ihnen Nase und Ohren abschneiden und sie bei lebendigem Leibe häuten, ihre Kinder pfählen, die Frauen in die Sklaverei verkaufen und die Männer zu Eunuchen kastrieren. Aber dann ist es zu spät für sie, ihre Dummheit zu beklagen und ihr Schicksal zu beweinen, wenn sie die Ritter ganz allein diesen ungleichen Kampf für die die Christenheit und ein freies Mittelmeer ausfechten lassen.«

Antti war von diesen Worten sehr beeindruckt und fragte, ob es wahr sei, dass die Türken die Christen so grausam behandelten. Alles andere könne er ja durchaus verstehen, denn so etwas spiele sich auch unter den Christen ab. Aber Männer zu entmannen halte er für gottlos und widernatürlich, denn es hindere den Mann daran, Nachkommen zu zeugen und nach Gottes Gebot die Erde zu füllen. Diesem Gebot könne ein Mann ja auch ohne Nase und Ohren nachkommen, ja selbst ohne Hände, wie Erfahrung gezeigt habe. Der Schatzmeister der Johanniter meinte dazu, im Orient herrsche steter Mangel an Eunuchen, weil die Vornehmen dort zahlreiche Ehefrauen hätten nach dem Gebot ihres Propheten, dazu noch viele Sklavinnen und Nebenfrauen zu ihrem Vergnügen. Deshalb bräuchten sie Eunuchen als Haremswächter, denn sie würden eifersüchtig über ihre Frauen wachen und wollten wohl auch vermeiden, sich mit der Franzosenkrankheit anzustecken. Aus diesem Grunde erzielten Eunuchen auf den Märkten hohe Preise, und man halte sie sehr in Ehren, so dass selbst venezianische Kaufleute sich Eunuchen in ihren Häusern hielten.

Als wir uns schlafen legten, fragte Antti mich, ob ich mir mein Vorhaben gut überlegt hätte und meinen Kopf nicht etwa zwischen zwei Mühlsteine geraten ließe. Ihm komme es allmählich bedenklich vor, diese Reise fortzusetzen. Offenbar sei schon Venedig ein äußerst verdorbener Ort und ein Sündenpfuhl, und wenn wir versuchten, noch weiter bis ins Heilige Land zu reisen, kämen wir in Länder, deren Sitten und Gebräuche uns fremd seien, von der Sprache ganz zu schweigen. Sicher wäre dort auch das Essen ganz anders als das, an welches wir gewohnt waren, so dass auch unsere Gesundheit bedroht sein könne. Stattdessen schlug er vor, wir sollten uns eine Landsknechtsausrüstung kaufen und in kaiserliche Dienste treten. Schließlich habe der Kaiser, wenn man den Aussagen der Werber glauben könne, bereits Mailand erobert und beabsichtige, ganz Frankreich niederzuwerfen, so dass wir großen Ruhm erwerben könnten. Ich würde vielleicht sogar zum Grafen erhoben, und er könne Geschützmeister des Königs werden.

Darauf fragte ich ihn, ob er nicht allmählich genug von Krieg und Blutvergießen habe. Ich sagte, wir sollten unsere Gedanken lieber auf die Wunden Christi und unsere unsterbliche Seele richten, als arme Menschen auszurauben und ihre Häuser niederzubrennen. Wenn er aber das Kreuz nehmen und in Rhodos gegen die Türken kämpfen wolle, so sei dies ein schöner Plan, und er könne sicher sein, bald ins Paradies einzugehen. Ist es doch ein Gott wohlgefälliges Werk, für das Kreuz gegen die Ungläubigen zu kämpfen, denn dies sei ohnehin das einzige Mittel, ins Heilige Land zu gelangen.

Wir brauchten aber nicht lange darüber zu streiten, denn ich hatte meine Geldbörse wohl allzu deutlich in der Wirtsstube sehen lassen. Als wir nämlich am nächsten Tag frühmorgens unsere Wanderung auf die Alpen zu fortsetzten, ereilte uns ein Unglück. Antti klagte über Bauchschmerzen und schlug sich in die Büsche, um sich zu erleichtern. Während ich solange auf dem Weg stand und wartete, bis er sein Geschäft verrichtet hätte, setzten uns aus der Stadt zwei Reiter nach. Als sie mich erreicht hatten, gab mir einer der beiden einen kräftigen Schlag auf den Schädel und der andere, der Schatzmeister der Johanniter, ergriff meinen Mantel am Nacken und zog mich quer aufs Pferd vor sich. Jedenfalls glaube ich, dass alles sich so abspielte, denn als ich erst gegen Mittag wieder zu mir kam, befand ich mich in einer schattigen Talsenke mitten im Wald. Ich hatte eine riesige Beule am Kopf, war verwundet und fror, denn man hatte mich bis auf die Haut ausgeplündert. Die zusammengeklaubten Blätter, die meine Blöße verhüllen sollten, wärmten meinen Leib auch nicht gerade. Auf diese Weise war ich nicht nur meine Geldbörse losgeworden, sondern auch alle Goldmünzen, die ich aus Angst vor Räubern sorgfältig in meine Kleider eingenäht hatte.

Ich erwachte bei Vogelgezwitscher, und einer der Vögel sprach in klaren Worten in der Sprache meiner Heimat zu mir: »Nichtsnutz, Nichtsnutz, komm, komm, komm«, so dass ich mich wieder als kleiner Junge wähnte, der beim Hüten von Frau Pirjos Schwein in einem Eichenwald am Stadtrand von Turku eingeschlafen war. Aber dann merkte ich, wie kalt mir war; ich spürte die Beule an meinem Kopf, stöhnte vor Schmerz auf und schob das Laub von mir, um mich aufzusetzen. Im selben Augenblick vernahm ich eine sanfte Stimme, die mich mit folgenden Worten anredete:

»Gott sei Dank, dass du nicht gestorben, sondern am Leben bist, lieblicher Jüngling! Das hast du sicher mir zu verdanken, denn ich habe an deiner Seite gewacht, um dich durch meine innigen Gebete ins Leben zurückzuholen, obwohl ich dich schon für tot hielt. Aber schieb die Zweige und Blätter nicht fort von dir, denn ich habe dich schon allzu lange betrachtet, und du verletzt meine Keuschheit, wenn du dich allzu sehr vor mir entblößt.«

Ich wusste nicht, wo ich mich befand und wie ich in den Wald geraten war. Im ersten Augenblick konnte ich nicht einmal sagen, wer ich war und was ich wollte, so dass ich, nachdem der Vogel zu mir gesprochen hatte, glaubte, die sanfte Stimme komme aus der alten Eiche neben meinem Kopfe, und ich verstünde die Sprache der Natur, so als hätte ich die Zunge eines weißen Raben verschluckt. Aber als ich den Kopf umwandte, wobei ich starke Schmerzen und Schwindel verspürte, sah ich, dass neben mir eine junge Frau kniete. Sie hatte den Saum ihres rotgestreiften Rocks züchtig auf den Boden ausgebreitet und blickte mich mit gelbgrünen Katzenaugen aufmerksam an. Ihr Kleid war das einer unverheirateten Bürgerstochter. Über der Brust trug sie eine große Silberschnalle, doch war ihr rötliches Haar struppig und ihr bleiches Gesicht voller Sommersprossen. Sie hatte etwas von einer dürren Katze, während sie mich so aufmerksam betrachtete.

Ich zog eilends die Zweige und Blätter wieder über mich, weil ich merkte, dass ich nackt war, und fragte: »Wo bin ich, was ist geschehen? Wer bist du? Was machst du hier im Wald, und wie heißt du?«

Sie sagte: »Ich bin Barbara Büchsenmeisterin, die Tochter ehrbarer Bürger aus der Stadt Memmingen, wo mein Vater Büchsenmacher ist. Hier bin ich nur zu Besuch bei meinem Onkel. Wir sind hier nicht weit von der Stadt, und ich war im Wald, um Wermutkraut zu sammeln. Aber wer bist du? Bist du ein Mensch oder ein heidnischer Waldgeist, der Menschengestalt angenommen hat, um mich zu verführen?«

Sie streckte vorsichtig die Hand aus und strich mir über die Schulter, um sich davon zu überzeugen, ob ich wirklich aus Fleisch und Blut war. Ihre Berührung fühlte sich nicht unangenehm an. »Ich bin ein Mensch wie du auch«, sagte ich, »und mein Name ist Michael Pelzfuß, jedenfalls glaube ich das, obwohl ich mich jetzt gerade nicht an vieles aus meiner Vergangenheit erinnern kann, denn man hat mich niedergeschlagen und ausgeraubt und im Wald ausgesetzt. Deshalb bin ich so nackt wie bei meiner Geburt und genauso arm und auf die Gnade guter Menschen angewiesen.«

Als sie mich so sprechen hörte, faltete sie die Hände, lobte Gott und sagte: »Der liebe Gott hat also meine Bitten erhört, und mein Traum ist wahr geworden! Denn schon lange hat mich Unruhe gequält, und deshalb habe ich auch meinen Onkel besucht, um in dieser Stadt einen Mann für mich zu finden. Zu Hause in meiner Stadt, wo alle mich kennen, habe ich nämlich noch keinen gefunden. Auch hier habe ich keinen Mann für mich gefunden, denn ich habe mein bestes Heiratsalter bereits überschritten, bis ich im Traum die Eingebung bekam, in den Wald zu gehen, um dort einen Mann zu finden. Seitdem streifte ich jeden Tag im Wald umher und sprach mit Köhlern und Holzhackern, bis ich dich gefunden habe. Der liebe Gott hat dich mir offenbar zum Mann bestimmt, weil er dich mir gab, als du bis auf die Haut ausgeraubt, krank und hilflos dalagst, so dass du nicht vor mir weglaufen kannst so wie die anderen Männer. Ich habe dich auch bereits liebgewonnen, und meine Aussteuer weiß ich auch schon, obwohl meine weibliche Schamhaftigkeit mich daran gehindert hat, dich allzu genau in Augenschein zu nehmen.«

»Barbara Büchsenmeisterin«, sagte ich, »Gott und alle Heiligen haben dich offenbar zu mir geführt, damit ich nicht vor Kälte umkomme und meinen Verletzungen erliege oder des Nachts Wölfen und wilden Tieren zur Beute werde, wie ich gerne zugebe. Aber du solltest deswegen keine unnützen Heiratspläne schmieden, denn ich bin von geistlichem Stande und befinde mich auf der Pilgerschaft. Deshalb kann ich auch nicht an eine Heirat denken, sondern ich will meine Reise unverzüglich fortsetzen, sobald ich wieder auf die Beine komme.«

Sie nahm meine Hand zwischen die ihren, drückte sie zärtlich, legte sie sich auf die Brust und sagte: »Da irrst du dich gewiss, Michael Pelzfuß, weil du noch ganz durcheinander bist, nachdem du dir diese Beule zugezogen hast. Du hast ja auch keine Tonsur und siehst gar nicht wie ein Geistlicher aus, auch wenn du mit deinen Händen wohl keine schweren Arbeiten verrichtet oder ein Handwerk ausgeübt haben kannst. Außerdem gibt es ja auch Mönche und Priester, die eine neue Lehre predigen und sich verheiraten, so dass auch dies kein Hindernis sein sollte. Ja, ich will diese neue Lehre gern annehmen, falls es nötig ist. Wir finden sicher einen umherziehenden Priester, der uns dem Evangelium gemäß als Mann und Frau traut. Aber erst muss ich dich gesundpflegen und dir Kleidung besorgen, bis du wieder auf eigenen Füßen stehen kannst.«

Da wurde mir übel und ich fühlte mich schwindelig. Mein ganzer Leib begann tüchtig zu zittern vor all der Aufregung, als mir vollends klar wurde, dass all mein Geld verschwunden war und ich die Reise nicht fortsetzen konnte, denn ich war ja so nackt und schutzlos wie im Augenblick meiner Geburt. Tatsächlich war meine einzige Hilfe diese hagere Katze, die mich aus ihren gelbgrünen Augen freundlich anblickte. So begann ich zu glauben, ich unterhielte mich mit einer wilden Katze, hatte doch schon vorher ein Vogel zu mir gesprochen.

»Liebe, gute Waldkatze«, sprach ich deshalb, »wo ist denn hier der Weg? Hast du auf dem Weg einen dummen Mann gesehen, kräftig wie ein Stier, der nach mir sucht? Das ist nämlich mein Reisegefährte. Er muss glauben, dass ich in den Himmel aufgefahren bin, denn ich bin in einem kurzen Augenblick verschwunden, währenddessen er sich in die Büsche geschlagen hatte, um dort seine Notdurft zu verrichten. Ich erinnere mich, dass zwei Männer mich niederschlugen und auf ihren Pferden verschleppten. Der eine der beiden war wahrscheinlich Schatzmeister des Johanniter-Ritterordens, jedenfalls behauptete er, es zu sein, als ich ihm am Tag zuvor in einer Herberge begegnete. Aber ich bin mich nicht sicher, denn ich glaube, ich sterbe jetzt.«

Nach diesen Worten erbrach ich alles, was ich in mir hatte, und während ich mir vorkam wie ein zertretener Wurm, verlor ich mein Bewusstsein. Ich hatte allerlei Visionen und Wahnvorstellungen, ich focht Kämpfe gegen den Teufel aus und glaubte, in der Hölle gelandet zu sein, bis ich nach diesem drei Tage dauernden Krankheitsanfall wieder zu mir kam und merkte, dass ich in einem großen Bett lag, das sich in einer kleinen Kammer mit niedriger Decke befand. Dabei sah ich in die gelbgrünen Augen Barbara Büchsenmeisters, die meine Hand umfasst hielt. Ich war so schwach, dass ich kaum meine Finger bewegen konnte. Aber die Schmerzen waren verschwunden, und ich fühlte mich nach dem brennenden Fieber in der Kühle durchaus wohl. Als Barbara merkte, dass ich erwacht war, beugte sie sich über mich, drückte mir einen sanften Kuss auf die Lippen und sagte:

»Michael, mein lieber Bräutigam, du bist wieder gesund und bei Verstand. Ich habe drei Tage und Nächte lang mit dem Tod um dein Leben gerungen und die ganze Zeit nicht ein Auge zugetan, um dich im Bett zu halten. Der Barbier musste dich zur Ader lassen, so dass du schwach und blutleer bist wie ein Geist. Aber jetzt bist du gesund. Ich werde dich füttern und dir zu trinken geben, dich ankleiden und dich in jeder Weise aufpäppeln, und wenn du willst, kannst du dich auch mit deinem Reisegefährten unterhalten. Er ist sehr besorgt um deinen Verstand, also beruhige ihn und sag ihm, dass er gehen kann, wohin es ihm beliebt. Denn wir beide sind bereits miteinander verlobt, du und ich, und ich kümmere mich um dich, bis wir in der Kirche meiner Heimatstadt vor dem Altar und vor allen unseren Mitmenschen getraut werden.«

Sie rief nach Antti, und Antti trat, an einem Brotlaib knabbernd, ins Zimmer. Er sah mich neugierig an und sagte: »Wahrlich, Michael, dein Kopf ist schon außergewöhnlich, da er selbst die furchtbarsten Stöße aushält. Ich hätte schwören können, du liegst im Sterben. Aber du lebst und hast auch noch genug Zeit gefunden, dich zu verloben, so dass mir nichts weiter bleibt, als dir viel Glück und Erfolg zu wünschen, auch wenn ich mich über deinen plötzlichen Entschluss wundern muss. Doch ich bin ja ein dummer Mensch und nicht befugt, an dem, was du tust, herumzumäkeln. Sicher ist dies auch vernünftiger, als eine Reise ins Heilige Land zu unternehmen, wo einen die Heiden und Ungläubigen in die Sklaverei führen. Allerdings verstehe ich nicht, was du an dieser Jungfer Barbara findest, und wie du dich so schnell und heftig in sie verlieben konntest.«

»Antti«, sagte ich, »rede nicht so lange um den heißen Brei herum, sondern sage mir auf der Stelle, wie viel Geld uns geblieben ist!«

Er kramte in seinem Beutel herum, zählte das Geld und sagte: »Nicht mal ein voller Gulden. Du hast ja so starrköpfig darauf bestanden, alles Geld in deiner Geldbörse und in deine Kleider eingenäht bei dir zu tragen, weil du glaubtest, ich würde das Geld nur verplempern, um mich zu betrinken, anstatt mich einen Teil des Geldes behalten lassen, wo du weißt, dass ich nichts mehr verabscheue als berauschende Getränke, die mir immer nur Schaden und Verdruss bereitet haben. Aber jetzt wünschte ich fast, ich hätte dein Geld vertrunken, denn du bist es schneller losgeworden, als eine Katze niesen kann. Mit meinem einfachen Verstand glaubte ich schon, Gott hätte dich an den Haaren zu sich in den Himmel gezogen, als du so plötzlich verschwandest und ich nichts anderes hörte als Hufgeklapper und das Rauschen des Windes. Weinend und mit Angst im Herzen lief ich den Reitern bis zur Erschöpfung nach, ohne eine Spur von dir zu sehen. Schließlich gab ich dich verloren und kehrte niedergeschlagen in die Stadt zurück, wo ich dem Pfarrer von dem Wunder erzählen wollte. Aber am Stadttor traf ich auf dich in Begleitung deiner Braut, die dich auf einer von Ochsen gezogenen Fuhre Heu transportierte. Dann begleitete ich dich in dieses gute Haus, das keine anderen Nachteile bietet als magere Mahlzeiten und strenge Zucht und Ordnung.«

»Antti, Bruderherz«, sagte ich, »es war offensichtlich Gottes Wille und stand mir schon in den Sternen geschrieben, dass ich hier bei dieser guten Jungfer bleiben soll. Denn ohne Geld kann ich meine Pilgerfahrt nicht fortsetzen, und außerdem bin ich zu schwach, schließlich kann ich kaum meine Finger bewegen. Und wenn sie mir die Rechnung für Unterkunft, Bett, Nahrung, Aderlassen und ärztliche Behandlung präsentiert, dann bleibt mir nichts anderes übrig, als sie zu heiraten, weil ich ihr zweifellos mein Leben verdanke. Das wäre die einfachste Lösung für meine Ruhelosigkeit und alle meine Sorgen, denn gerade jetzt ersehne ich nichts mehr als Ruhe und Frieden. Auch du solltest dich aufmachen und dir ein gutes Weib suchen, um dich zu verheiraten. Dann kannst du eine Familie gründen und ein ordentliches Handwerk ausüben. Schließlich ist es auch für dich an der Zeit, solide zu werden. Auf den Landstraßen lernt man doch nichts als schlechte und verderbliche Sitten.«

Antti hob abwehrend beide Hände und sagte: »Offenbar bist du noch immer wirr im Kopf. Es ziemt sich nicht für einen lieben Freund und Bruder, seinen Gefährten in die gleiche Patsche zu locken, in der man selbst sitzt. Aber du kannst beruhigt sein, Michael, denn da ich keinen anderen Ausweg sah, habe ich bereits goldene Verlobung gefeiert, und meine Braut heißt Faule Dorothea. Ich bin so sehr von ihr angetan, dass ich ihr folgen werde, so dass wir nun voneinander scheiden und uns Lebewohl sagen müssen.«

Ich begriff nicht, was er meinte, bis ich nach langem Herumfragen herausfand, dass er von den mageren Mahlzeiten, die Jungfer Barbara ihm servierte, genug hatte, sich in eine Bierschenke begeben hatte und dort von einem kaiserlichen Werber drei Gulden aufs Fell der Werbetrommel als Zahlung erhielt. Dieses Geld hatte er jedoch sogleich vertrunken, so dass er keinen Gulden mehr übrig hatte. »Aber du musst verstehen, Michael, dass ich deinetwegen sehr in Sorge war, weil ich glaubte, du hättest den Verstand verloren«, sagte er. »Und diesen Kummer konnte ich in starkem Bier ertränken, obwohl ich alle berauschenden Getränke eigentlich verabscheue. Die Kanone, an der zu dienen ich mich auf ein Jahr verpflichtet habe, sagte mir auch auf den ersten Blick zu. Sie ist so schwer, dass sie von sechzehn Pferden oder zehn Ochsen gezogen wird, und acht Geschützknechte haben voll damit zu tun, sich darum zu kümmern. Von Italien und dem Herzogtum Mailand erzählte der freundliche Feldwebel des Kaisers auch so erstaunliche Geschichten, dass ich Lust bekam, dieses Land in Augenschein zu nehmen, in dem Bäume mit goldenen Früchten wachsen, auch wenn ich mir nicht viel aus Obst mache, sondern guten Schweineschinken oder gesalzenen Lammbraten vorziehe. Ehrlich gesagt hätte ich mich kaum auf diese kaiserliche Verlobung eingelassen, wenn ich nicht ordentlich betrunken gewesen wäre, denn in diesem Land wird stärkeres Bier gebraut als irgendwo anders, und es steigt einem ganz schön zu Kopfe. Allerdings hast du ja selbst gesagt, es sei nutzlos, verschütteter Milch hinterherzuweinen. So musst du mir verzeihen, wenn ich mich lieber neben ein schönes Geschütz schlafen lege als zu einem hartherzigen Weib. Diese Jungfer Barbara und ich haben nämlich bereits bemerkt, dass wir nicht zusammen ins selbe Haus passen. Deshalb ist es am besten, dass wir beizeiten voneinander scheiden, Michael. Aber in einem Jahr sehen wir uns, so Gott will, wieder, und dann ist dein Kopf gewiss ausgeheilt und wir können einander erzählen, wie es uns ergangen ist.«

So begab sich Antti zu den Fahnen des Kaisers, um in Italien und Frankreich in den Krieg zu ziehen, und ich blieb in Jungfer Barbaras Obhut und hatte keinen Zweifel daran, dass mir von der Vorsehung dieses Schicksal zugedacht war, hatte sie mich doch aufgrund eines Traumes im Wald gesucht und mich dort halbtot vorgefunden. Sie versorgte mich mit großer Zärtlichkeit und ließ mich dabei für keinen Moment aus den Augen. Zeigte ich Anzeichen von Unruhe, ließ sie unverzüglich den Barbier kommen, der mir aus der Ellbogenbeuge zwei Tassen voll Blut abzapfte, wonach ich gleich wieder ruhig und schläfrig wurde.

Als ich wieder gehen konnte, setzte sie mich in einem Ochsenkarren auf ihre Reisetruhe und brachte mich ins Haus ihrer Eltern, das sich in der Stadt Memmingen befand, wo ihr Vater das Handwerk eines Büchsenmachers ausübte. Barbara war das fünfte und jüngste Kind und die einzige Tochter. Drei ihrer älteren Brüder waren als Arkebusiere in kaiserliche Dienste getreten, und der Vierte, ein wortkarger junger Mann, ging bei seinem Vater als Geselle in die Lehre, um einst sein Nachfolger als Büchsenmeister zu werden. Ihr Haus mit dem sich weit über die enge Gasse erstreckenden Obergeschoss befand sich unweit von Marktplatz, Kirche und Rathaus. Barbaras betagte Eltern empfingen uns freundlich konnten nicht genug über Gottes wunderbare Vorsehung staunen, die ihrer Tochter einen gelehrten jungen Mann beschert hatte. Sie hatten nämlich schon geglaubt, ihre Tochter würde ihr Leben lang unverheiratet bleiben.

Ich aber lebte nach wie vor wie in einem wunderlichen Traum gefangen und konnte mich kaum an das erinnern, was mir widerfahren war; alle jene Ereignisse fielen mir erst nach und nach wieder ein. Barbara trat mir gegenüber sanftmütig, aber entschlossen auf; sie bedachte und regelte alles für mich, so dass ich mich nicht im geringsten um mein Auskommen sorgen musste. Wenn mir die Zeit allzu lang wurde, ging ich hinunter in die Werkstatt, knüpfte ein Gespräch mit dem Meister an und half ihn bei einfachen Arbeiten, goss Bleikugeln und schnitzte Büchsenstutzen aus Holz zu. Aber sein Handwerk wollte er mich nicht lehren. Auch sonst war er nicht sehr gesprächig, sondern sah mich oft misstrauisch von der Seite an, so als wäre ihm mein Aufenthalt in seinem Hause unangenehm. Oft holte mich Barbara dann aus der Werkstatt zu sich und sagte, ich solle ihr lieber beim Garnwickeln helfen oder meine neuen Kleider anprobieren. Wenn ich aber versuchte, einen Spaziergang zum Marktplatz oder zur Kirche zu machen, lief sie mir nach und geleitete mich wieder unter sanftem Tadel zurück ins Haus. Dabei gab sie mir zu verstehen, ich sei noch zu schwach, um mich im Freien aufhalten zu können.

So vergingen zwei Monate, und die Rankengewächse im Hof hatten sich mit glühendem Rot überzogen, als Barbara eines Tages schüchtern und verschämt zu mir kam, mich aber mit festem Blick aus ihren gelbgrünen Augen ansah und sagte: »Jetzt bist du schon gesund und bei Kräften, Michael, und musst nun entscheiden, was du tun willst, denn es ziemt sich nicht, dass ein wildfremder Mann in unserem Haus wohnt und das Brot meiner Eltern isst. Ich will dich keineswegs zwingen, denn schließlich kenne ich dich ja schon und weiß, dass man sich niemals einen anderen Menschen durch Zwang zu eigen machen kann. Wenn es dir also beliebt, kannst du gehen und bekommst auch die Kleider mit, die ich für dich habe anfertigen lassen, ohne dass ich Bezahlung von dir dafür fordere. Aber ich weiß auch, dass du allein und ganz verwaist bist, weder Eltern noch Freunde oder ein Zuhause hast, wohin du zurückkehren kannst. Was stünde also dem entgegen, dass du bei mir bleibst und meine Verlobungsgaben annimmst, damit wir am nächsten Allerheiligentage als Christenmenschen getraut werden und die Ehe eingehen und das Bett miteinander teilen? Denn mein Herz hat dich liebgewonnen, und ich könnte wohl nicht mehr weiterleben, wenn du fortgingest und mich allein ließest.«

Sie überreichte mir ein schönes vor ihr selbst genähtes Hemd und hängte mir eine Kupferkette um den Hals, an der ein längliches Heiligenbild hing. So berührten ihre Hände meinen Hals, und ihr Gesicht, gerötet und leicht erhitzt, kam mir ganz nahe, so dass dessen Züge weicher wurden und die Sommersprossen verschwanden und ich nur ihre gelbgrünen, brennenden Augen sah, die mir all meinen Willen entzogen und sie mir anziehend machten. Deshalb schlang ich meine Arme um sie, ohne dass mir recht bewusst war, was ich tat, drückte sie an mich, küsste sie auf den Mund und sagte:

»Ich bin in deiner Gewalt, Barbara, und ich kann nicht anders, als mich danach zu sehnen, mit dir das Hochzeitsbett zu besteigen, wenn du dein Leben mit dem meinen verknüpfen willst, obwohl ich vielleicht vom Schicksal verflucht bin und denen, die ich liebe, nichts als Unheil bringe.«

Da entbrannte sie in meiner Umarmung, küsste mich viele Male und sagte: »Ich freue mich von ganzem Herzen, dass du mich aus eigenem freien Willen zu deiner Gemahlin erwählst, und verspreche, dir stets gehorsam und eine gute Frau zu sein. Es fällt mir schwer, bis zu Allerheiligen warten zu müssen, denn mein ganzes Leben von Kindheit an habe ich habe ich mich nach einem Mann für mich gesehnt. Aber in dieser Stadt gibt es nur wenige Männer, und Gesellen dürfen nicht heiraten und eine Familie gründen, bevor sie nicht alt geworden sind und es zum Meister gebracht haben. Die Mutigsten von ihnen verdingen sich beim Kaiser, und wenn sie dann zurückkehren, sind sie von der Franzosenkrankheit gezeichnet und taugen nicht zur Ehe. Deshalb ist es ein Wunder Gottes, dass ich dich zu meinem Gemahl nehmen darf und du mich liebst. Denn wenn du mir so in die Augen schaust und mich küsst, spüre ich, dass du mich wirklich liebst und nicht nur so tust um deines irdischen Vorteils willen, auch wenn mein Vater mir eine gute Aussteuer versprochen hat, worüber du dich unverzüglich mit ihm ins Benehmen setzen solltest. Ich werde auch für dich sprechen, ist mir doch nicht entgangen, dass du schüchtern bist und dich beim Reden ungeschickt anstellst.«

Auf diese Weise verlobte ich mich mit ihr und band mich an sie. Ich bereute es auch nicht, obwohl ich, je näher der Allerheiligentag kam, sie oft verstohlen betrachtete und nur allzu gut gewahr wurde, dass sie nicht mehr die Jüngste war. Aber sie brauchte mich nur aus ihren gelbgrünen Katzenaugen anzublicken, da war sie plötzlich ganz anders und kam mir schön vor mit ihren sanften Zügen, und die Sommersprossen verschwanden aus ihrem Antlitz, genauso wie ihre schlechten Zähne auf einmal in hellem Weiß erstrahlten, so dass ich wie verzaubert nur noch in den Anblick ihrer Augen versunken war. Ich konnte auch nicht mehr ohne sie leben, sondern musste ihr auf Schritt und Tritt folgen. Ich gewöhnte mich daran, mich nach ihrer Anwesenheit zu sehnen, so dass mich eine Leere umfing, wenn sie einmal nicht bei mir war. Dann konnte ich meine Gedanken auf nichts anderes richten als nur noch auf sie. Vielleicht lag all das an meiner langen Krankheit und körperlichen Schwäche, und vielleicht fühlte ich mich erleichtert, dass nun jemand anderes für mich dachte und Entschlüsse traf. Aber im Laufe der Zeit begann ich sie, glaube ich, wirklich zu lieben und gewöhnte mir an, sie bei jeder Sache zu fragen, wie sie darüber dachte, um ihr zu Gefallen zu sein, denn sie ereiferte sich leicht und wurde dann hässlich in meinen Augen und flößte mir Furcht ein. Ich merkte auch, dass ihre Eltern und ihr Bruder versuchten, ihr in allem entgegenzukommen, um Streit zu vermeiden, so als hätten sie Angst vor ihr.

Es fiel mir ebenfalls auf, dass sie alle ein recht zurückgezogenes Leben führten und das Haus nur dann verließen, wenn es unbedingt erforderlich war. Sogar Gespräche mit den Nachbarn vermieden sie. Ich hielt die angeborene Wortkargheit des Büchsenmachers für den Grund dafür, denn er war auch kurz angebunden mit seinen Kunden, und bei den Mahlzeiten sprach er kaum je ein Wort, nachdem das Tischgebet gesprochen war. Ihr Leben war von Schlichtheit und Sparsamkeit gekennzeichnet. Die Mahlzeiten waren karg, und alltags gab es nur wässriges Dünnbier zu trinken statt schäumenden Starkbiers. Sie fasteten drei Tage in der Woche, begnügten sich aber auch mit nur einem Kirchgang jeweils zur Sonntagsmesse, und auch nach dem Gottesdienst hielten sie sich nicht noch auf dem Marktplatz auf, um mit ihren Freunden und Bekannten zu plaudern, sondern kehrten unverzüglich nach Hause zurück. Aber ich fand keinen Grund zu klagen, denn Barbara verwöhnte mich mit Eiern, Sahne und Butter, damit ich wieder zu Kräften kam, und niemand im Hause murrte über diese Verschwendung, sondern alle gönnten es mir aus vollem Herzen, obwohl sie selbst sich mit schlichten und billigen Speisen begnügten.

Nach meiner Gesundung jedoch begann ich die tägliche Messe zu vermissen, ebenso Bücher und Gesellschaft. Deshalb drängte ich meine Verlobte, mit mir in die Stadt zu gehen und mich dort mit den gebildeten Männern bekannt zu machen, denn mir stand der Sinn nach gelehrten Gesprächen und standesgemäßer Gesellschaft. Ein paar Mal folgte sie mir in die Kirche, und einmal umrundeten wir unter strahlender Herbstsonne die Stadtmauern. Aber kaum jemand grüßte sie in der Stadt, obwohl die Stadt so klein war, dass ich annahm, hier müsse jeder mit jedem bekannt sein. Auf meine Fragen zu den Einwohnern der Stadt antwortete sie ausweichend, und ich merkte bald, dass sie nicht wollte, dass ich mit irgendwelchen ihrer Mitbürger Bekanntschaft schloss. Jedoch gab mir das nicht weiter zu denken, sondern ich vermutete, sie wollte, dass ich mich zunächst in der Stadt einlebte und die Leute sich allmählich daran gewöhnen sollten, mich in ihrer Mitte zu sehen. Schließlich war ich ja fremd hier und dazu noch Ausländer. Mir schmeichelte sogar der Gedanke, dass sie mich ganz für sich behalten wollte. Allerdings rechnete ich damit, es würde sich alles ändern, wenn wir erst getraut wären, als Mann und Frau zusammenlebten und sie vielleicht meiner ausschließlichen Gesellschaft überdrüssig würde. Ich wollte mir auch keine großen Gedanken über die Zukunft machen, sondern lebte ruhigen Gemütes in den Tag hinein und fühlte mich immer noch erschöpft von all den Erfahrungen, die ich in der Vergangenheit gemacht hatte. Diese kamen mir vor wie ein böser Traum, und ich wollte sie nur alle vergessen.

Kapitel 5

Vor Allerheiligen wurde im Hause gebacken und gebraten, und man war mit den Vorbereitungen für das Festmahl beschäftigt. Zum ersten Mal konnte Barbara mit meiner Gesellschaft nichts anfangen. Sie drückte mir eine Silbermünze in die Hand und forderte mich auf, in die Kellerwirtschaft »Zum wilden Eber« zu gehen und dort ein Bier zu trinken, denn ich sei beim Hausputz und dem Herrichten des Brautzimmers nur im Wege. Ihre schmalen Wangen waren fleckenübersät, und Unduldsamkeit lag in ihrem Blick. Deshalb kam ich ihrer Aufforderung gern nach und stieg die Stufen in die Schenke hinab. Sie lag gleich neben dem Rathaus. Im Sommer war es kühl darin und im Winter warm, so wie sich das für eine gute Bierstube gehört.

Ich hatte so lange abgeschieden von anderen Menschen gelebt, dass ich fast wieder umgekehrt wäre, als die Gespräche im Keller bei meinem Eintritt verstummten und alle Blicke sich auf mich richteten. Doch trug ich standesgemäße Kleidung, die Barbara für mich hatte anfertigen lassen, und so setzte ich mich unbekümmert auf einen freien Platz an einem langen Tisch und bat den Wirt um einen Humpen von seinem besten Bier. Der Wirt zögerte zunächst und wischte lange mit einem Lederlappen auf der Tischplatte vor mir herum, bevor er endlich Bier aus dem Fass in den Humpen zapfte und ihn dann mit solcher Kraft vor mir auf den Tisch niederstellte, dass der ganze Schaum auf meine Knie spritzte. Die jungen Männer am anderen Tischende begannen miteinander zu flüstern. Einer von ihnen spuckte mit gehässiger Miene zu Boden, als er meinen Blick traf. Aber ich kümmerte mich nicht um ihn, denn seiner Kleidung nach zu urteilen war er nur ein gewöhnlicher Geselle.

Stattdessen betrachtete ich neugierig einen Mann, der mit einem aufgeschlagenen Buch vor sich am Tisch saß und von den anderen umringt war. Er trug ein kupfernes Schreiberkästchen am Gürtel, der Ärmel seines Mantels war gebauscht und wies Schlitze nach der neuesten Mode auf. Doch ich achtete nicht so sehr auf seine Kleidung, sondern auf sein Gesicht, denn sein Antlitz strahlte Mut aus, und der offene Blick aus seinen großen, funkelnden Augen, die unter schwarzen Brauen weit voneinander abstanden, deutete auf ein starkes und bedachtsames Wesen hin. Während ich ein Schluck Starkbier aus meinem Humpen nahm, forderte er die anderen auf, endlich still zu sein. Dann las er weiter mit klarer Stimme aus dem Buch vor, denn bei dieser Beschäftigung war er durch meinen Eintritt unterbrochen worden. Ich hörte aufmerksam zu. Der Inhalt der Worte kam mir bekannt vor, aber es dauerte eine Weile, bis ich begriff, dass er das Evangelium auf Deutsch las. Als mir das klar geworden war, schrak ich bestürzt auf und bekreuzigte mich unwillkürlich. Das aber schien dem Vorlesenden übel aufzustoßen, denn er unterbrach die Lektüre, sah mich stirnrunzelnd an und meinte:

»Wenn du fremd in der Stadt Memmingen bist und es beim Anhören des heiligen Wortes Gottes mit der Angst zu tun bekommst, dann hindert dich nichts daran, deinen Humpen auszutrinken und danach sogleich zum Rat und zum Pfarrherrn zu laufen, um mich anzuzeigen. Und damit du auch weißt, wen du da anklagst, so sei dir gesagt, dass ich Sebastian Lotzer heiße und der Sohn des Kürschnermeisters Lotzer bin, bei dem ich als Geselle arbeite, solange ich nicht gerade diesen aufrichtigen Männern hier das Wort Gottes auslege in einer Sprache, die alle verstehen.«

Seine Kameraden erhoben nun ihre Stimme, stießen einander an und sagten: »Werfen diesen Handlanger im Dienst von Pfaffen und Mönchspack raus und brechen ihm die Knochen! Dann begreift er, wie er sich zu benehmen hat, wenn er in unserer Stadt bleiben will. Ist dieses Bleichgesicht von Mann nicht Barbara Büchsenmeisters Bräutigam? Kein Mensch weiß, aus welchem Hexenloch sie ihn hervorgezogen hat.«

Dieses streitsüchtige Gerede erschreckte und verletzte mich, und ich wollte mich schon zur Tür hin verziehen, um mich nicht auf Zank und Streit einlassen zu müssen. Allerdings brachte ich zu meiner Verteidigung vor: »Ich bin Michael Pelzfuß und durchaus kein Mann von schlechtem Namen. Ich habe an der hohen Universität zu Paris studiert und dort den Grad des *baccalaureus artium* erworben. Legt mir mein Verhalten nicht zur Last, denn ich war lange krank und eben glaubte ich dich, Sebastian Lotzer, Gottes heiliges Wort aus dem gedruckten Buch dort vorlesen zu hören. Dabei zeigt dein Gewand, dass du kein Kleriker bist, und du sagtest ja auch, du übtest das Kürschnerhandwerk aus. Deshalb wusste ich mir keine andere Erklärung, als dass ich Zeuge eines teuflischen Ränkespiels geworden bin, damit mein Glaube auf die Probe gestellt würde. Oder sollte der Satan mir die Ohren verzaubert haben, so dass ich Dinge zu hören glaubte, die gar nicht gesprochen wurden?«

Da lächelte Sebastian Lotzer mich an und sagte: »Du musst wirklich lange krank gewesen sein, dass dir die Zeichen der Zeit verborgen geblieben sind. Aber setze dich doch zu uns und höre mir beim Vorlesen zu! Meine Kameraden und ich haben gemeinsam dieses heilige Buch erstanden, das uns den Preis eines guten Pferdes kostete, damit wir die Hoffnung auf unser Heil auf das heilige Wort der Bibel gründen und nach dem klaren Wortlaut der Bibel all das beurteilen können, was ist und was geschieht. Dies hier ist nämlich das Neue Testament, das von Doktor Luther ins Deutsche übertragen wurde. Es liegt also durchaus kein teuflisches Ränkespiel vor, sondern im Gegenteil, der Satan kämpfte mit Doktor Luther, um ihn mit Hörnern und Hufen bei seinem Übersetzungswerk zu hindern, so dass dem Doktor nichts anderes übrig blieb, als dem Satan sein Tintenfass aufs Maul zu schleudern. Aber jetzt ist dieses Buch allen Ränken des Teufels und der Pfaffen zum Trotz gedruckt. So kann von nun an jeder ehrliche Mann selbst die Bibel lesen und auslegen. Ich habe in diesem Buch kein einziges Wort und keine Zeile gefunden, die einem Laien so etwas verbieten würde.«

Doch seine Kameraden warnten ihn und sagten: »Lass ihn lieber nicht an unserer Gemeinschaft teilhaben, Sebastian, wo dieser bleiche Mann doch die rothaarige Barbara heiraten will. Jedenfalls soll er uns erst einmal eine Runde Bier spendieren, falls er sich unserer evangelischen Gemeinschaft anschließen will.«

Ich schämte mich meiner Armut und erwiderte demütig: »Rümpft nicht die Nase über mich, ihr braven Männer, aber ich habe nur eine Silbermünze in meiner Börse. All mein Unglück fing damit an, dass ich das Opfer von Räubern wurde, als ich mich auf dem Weg ins Heilige Land befand, um dort als Pilger meine Sünden zu sühnen. Doch wenn ihr gestattet, will ich euch frohen Herzens so viel Bier für jeden spendieren, wie mein Geld hergibt, denn ich will euer Freund sein und mich eurer Gemeinschaft anschließen, sofern mich das nicht in Schwierigkeiten mit der Kirche bringt. Immerhin bin ich fremd in eurer Stadt, und deshalb will ich mir in Glaubensdingen keine Unannehmlichkeiten einhandeln.«

So also wurde ich mit Sebastian Lotzer bekannt und hörte ihm zu, wie er die Bibel auf ganz andere Weise auslegte, als sie je zuvor erklärt worden war. Seine Kameraden – sie waren Weber – suchten in der Bibel nämlich nicht so sehr ihr Seelenheil, sondern Hinweise darauf, ob man der Kirche den kleinen oder großen Zehnten zu zahlen hatte, ob das klare Wort der Bibel die Gläubigen dazu verpflichtete, Heilige zu verehren, ans Fegefeuer und an den Nutzen von Fürbitten zu glauben, oder auch, ob die Mönche und Nonnen in den Klöstern das Recht hatten, der armen Weberzunft Konkurrenz zu machen, ohne Steuern oder andere Abgaben an die Stadt zahlen zu müssen. Furchtlos bewies Sebastian Lotzer, dass man nichts glauben und der Kirche nichts zahlen musste, wozu das klare Wort der Bibel einen Christenmenschen nicht verpflichtete oder ihn zu glauben hieß. Auch sagte er, in der Bibel stünde nichts von Klöstern, sondern die Klöster seien eine Erfindung des Satans, um das arme Volk zu bedrücken und auszusaugen, eine Geißel für ehrliche Handwerker. Konnten die armen Weber doch für ihren und ihrer Familien Unterhalt nicht genug verdienen, wenn sie mit den großen Webereien der Klöster konkurrieren mussten, die keine Abgaben an die Stadt oder die Kirche zu leisten hatten. Ferner sagte er:

»Gottes Recht steht höher als das Recht der Kirche oder sogar des Kaisers, denn die Kirche ist eine Einrichtung, die von Menschen geschaffen wurde, und der Kaiser ist von Menschen gewählt. Deshalb will ich Tag und Nacht damit verbringen, herauszufinden, was das göttliche Recht ist, so dass ich es durch das klare Wort der Bibel beweisen kann und es von jedem rechtschaffenen Mann verstanden wird. Es kann doch nicht göttliches Recht sein, dass die Mönche in ihren Klöstern immer dicker und fetter werden, während Bauer und Bürger sind fast zu Tode schuften, um sich ihr mageres Brot zu verdienen. Damit muss es aufhören, denn Christi Blut hat jeden von uns, auch den Ärmsten, erlöst, und deshalb sind wir vor Gott alle gleich. Vor Gott gibt es keine Bischöfe oder Priester, Mönche oder Grafen, sondern vor Gott hat jedermann das gleiche Recht. Deshalb muss man die Menschen dazu bringen, die Zeichen der Zeit zu erkennen, denn die Geduld des armen Volkes ist nicht unermesslich.«

Der Wirt des »Wilden Ebers« hatte bis jetzt aufmerksam zugehört, doch jetzt wurde er unwillig, nahm die Humpen vom Tisch, wischte über die Tischplatte und sagte: »Ich kann dir und deinen Freunden jetzt nichts mehr zu trinken geben, Sebastian. Wenn dein Vater erfährt, was du hier verkündest, würde er dir das Fell über die Ohren ziehen. Deshalb halte ich es für das Beste, wenn du ab jetzt anderswo aus diesem Buch vorliest, so anregend es auch für mich war, Dinge zu hören, die ich zuvor nie vernommen habe und die bis jetzt für die Ohren von Laien verboten waren. Bald kommen nämlich brave Bürger in meine Wirtschaft, um mit ihren Chorproben zu beginnen, und dann müssen die Gesellen weichen, ganz gleich, was die Bibel dazu sagt.«

Sebastian Lotzer wickelte sein wertvolles Buch sorgfältig in einen Ballen Stoff ein, klemmte es sich unter den Arm und verließ die Schenke samt seinen Kameraden. Ich folgte ihm. Während seine Freunde mit zornig erhitzter Miene und groben Worten über das Gehörte miteinander stritten, wandte er sich an mich und sagte: »Michael Pelzfuß, lass uns Freunde sein, denn schon lange sehne ich mich nach einem Freund von meiner Wesensart, um mit ihm all die Gedanken zu besprechen, die mir fast den Kopf versengen. Ich würde auch gerne Latein mit dir sprechen, denn ich habe diese Sprache auf eigene Faust gelernt, und auch wenn ich sie nur radebreche, habe ich doch vieles aus der Bibel in Latein gelesen, bevor dieses unvergleichliche Buch hier erschien, welches das göttliche Recht auch einfachen Menschen so klar aufscheinen lässt wie die Sonne am helllichten Tage.«

Er verabschiedete sich von seinen Freunden, die sich betrübt in Erinnerung riefen, dass sie nun wieder an ihre Arbeit und in die Werkstätten zurückeilen mussten, wo ihre Meister sie mit harschen Worten und vielleicht auch Schlägen erwarteten. Sebastian aber nahm mich gleich mit in sein Vaterhaus und führte mich in den Raum, in dem sein beleibter Vater mit schneller und geschickter Hand teure Pelze für die Halskrägen an den Gewändern seiner reichen und adeligen Kunden zuschnitt. Vater und Sohn sahen einander sehr ähnlich; bei beiden standen die funkelnden Augen weit voneinander ab. »Ich habe einen Freund nach meinem Geschmack gefunden«, sagte Sebastian und stellte mich seinem Vater vor. »Er ist fremd in unserer Stadt, doch ist er gelehrt und versteht es, höflich und gesittet aufzutreten. Gewähre ihm also deine Gunst, lieber Vater, und nimm es mir nicht übel, wenn ich mich heute lieber mit ihm unterhalten will, anstatt dir beim Zuschneiden der Pelze zu helfen.«

Meister Lotzer blickte mich lange an, so als wollte er abwägen, was für ein Mensch ich wohl sei. »Sei willkommen in meinem Hause, Michael Pelzfuß«, sagte er. »Füge meinem Sohn keinen Schaden zu, denn er ist noch jung und aufbrausend und redet schneller, als er denkt. Versuche lieber, mäßigend auf ihn einzuwirken und ihn zur Vernunft zu mahnen. Mir ist durchaus klar, dass er nicht das Zeug zum Kürschner hat. Die Feder geht ihm besser von der Hand als das Pelzmesser; aber er wird es sich noch mit all seinen Mitmenschen verderben, wenn er nicht bald Vernunft annimmt. Ich hoffte, aus ihm einen Rechtsgelehrten machen zu können und verschaffte ihm beim Rat eine Stelle als Gerichtsschreiber, aber der Rat schickte ihn wieder fort, weil er so vorlaut und starrsinnig war. Jetzt wage ich nicht, ihn an die Universität nach Bologna zu schicken und ihn dort die Jurisprudenz studieren zu lassen, denn er kann den Mund nicht halten und redet sich in einer fremden Stadt sicher um Kopf und Kragen und lässt es gar soweit kommen, dass sich die Heilige Inquisition für ihn interessiert. Ich selbst bin ein aufgeklärter Mann und gestatte jedem, sich seine eigenen Gedanken zu machen. Aber mein Junge begreift noch nicht, dass es einen Unterschied macht, ob man sich das Seine nur denkt oder es auch offen äußert.«

Doch Sebastian umarmte nur lächelnd seinen Vater, und wenn ich mir sein stolzes Haupt und seine edle Gestalt ansah, verstand ich, dass weder sein Vater noch sonst irgendjemand ihm im Grunde seines Herzens böse sein konnte, sondern ihm leicht all seine unbedachten Worte verzieh. Dann führte Sebastian mich in seine Kammer. Dort gab es eine ganze Reihe Bücher, einen mit blaugrauen Kacheln verkleideten Ofen und vor dem Bett einen glänzenden Pelzvorhang, so dass mir klar wurde, dass er das verhätschelte Kind aus wohlhabendem Hause war, jemand, der nie Not und Kälte zu spüren bekommen hatte. Deshalb fand er wohl nichts dabei, mit Gedanken zu spielen, die einen anderen brotlos und heimatlos machen, ja sogar auf den Scheiterhaufen bringen konnten. Er redete eifrig auf mich ein und ließ mich kaum zu Wort kommen, so sehr beschäftigte ihn all das, was ihm im Kopf herumging. Als er endlich schwieg, sagte ich:

»Sebastian, du weißt ja, dass ich am Samstag mit Barbara, der Tochter des Büchsenschmieds getraut werde. Nun habe ich in dieser Stadt keinen einzigen Freund, der mich zum Altar geleiten könnte, weil ich hier völlig fremd bin. Wenn du, wie du sagst, mein Freund sein willst, Sebastian, dann geleite du mich zum Altar und sei mein Gast bei der Hochzeit, damit ich mich nicht vor den Menschen schämen muss.«

Seine Miene verdüsterte sich, er biss sich auf die Lippen und wandte den Blick von mir ab. Schließlich sagte er: »Michael, bist du dir auch darüber im Klaren, auf was du dich einlässt? Kennst du diesen Rotschopf Barbara wirklich, sie und ihre Familie? Weißt du nicht, dass das Mädchen sich einen üblen Namen gemacht hat, was dann dazu führte, dass sich sogar ihre Eltern von den guten Leuten hier in der Stadt entfremdet haben? Sie musste auch schon ein Mal den Reinigungseid vor dem kirchlichen Gericht ablegen. Zwar beweist das noch nichts, denn die frommen Kleriker sind ja nur auf die zweieinhalb Gulden aus, die sie für die Freisprechung erhalten, aber auch sie können niemanden zum Ablegen eines solchen Eides auffordern, der dazu keinen Anlass gibt. Glaub mir, Barbara hat einen schlechten Ruf hier. Niemand in unserer Stadt kann glauben, dass sie einen jungen Mann wie dich auf natürliche Weise zu ihrem Bräutigam hat machen können. Einige sagen, du entstammtest selbst demselben Teufelsgezücht, weil du so unnatürlich blass bist, oder du seist nur ein armer Glücksjäger und strebtest in deiner Dummheit nach dem Geld des Büchsenmachers. Aber nachdem ich mit dir gesprochen habe, kann ich weder das eine noch das andere glauben. Deshalb will ich dich warnen, damit du weißt, worauf du dich einlässt.«

Seine Worte machten mir vieles klar, was ich zwar bemerkt, aber in meiner kranken und schwachen Verfassung nicht so recht hatte begreifen können. Dennoch fühlte ich mich durch seine warnenden Worte verstimmt, denn ich hatte Barbara liebgewonnen und mich mit dem Gedanken vertraut gemacht, dass die Vorsehung mich zu ihrem Gemahl ausersehen habe. Deshalb erzählte ich Sebastian von unserer ersten Begegnung so viel, wie ich für angebracht hielt, und bat ihn, seine Worte eingehender zu begründen und mir klipp und klar zu sagen, was denn das Böse sei, das er in Barbara zu sehen meinte.

»Von Kindheit an war sie anders als die übrigen Kinder«, sagte er nach einigem Zögern. »Niemand begreift die merkwürdige Macht, die sie auf ihre Eltern ausübt.«

Ich strich über die kupferne Kette an meinem Hals, die Barbara mir gegeben hatte und sagte: »Auch du bist anders als die anderen, Sebastian. Auch du übst eine merkwürdige Macht über deinen Vater aus, der dich nicht zurechtweist, obwohl er durchaus Grund dazu hätte.«

Da musste Sebastian lachen, aber meinte dann: »Du verstehst diese Sache nicht oder willst sie nicht verstehen. Es gab da einen Knaben, den Barbara verzaubert hat, obwohl die anderen Kinder sich von ihr fernhielten, ja sie sogar schlugen und an den Haaren zogen, wenn sie an ihren Spielen teilnehmen wollte. Dann wurde dieser Junge von einem Blitz erschlagen. Barbara braucht nichts anderes zu tun, als an ihrer Haustür zu stehen und auf die Straße zu schauen, so genügt schon ihr bloßer Blick, um die Milch in der Brust einer jungen Mutter versiegen zu lassen. Bei der Frau des Gewürzhändlers, die ihren Zorn erregte, erschienen drei dunkle Fingerabdrücke an ihrem Arm, nachdem Barbara nur eine Hand nach ihr ausgestreckt hatte. Deshalb will ihr niemand mehr in die Augen blicken, und mit ihren Augen hat sie gewiss auch dich verzaubert. Schließlich hat sie das beste Heiratsalter bereits hinter sich, so hässlich sie ist mit ihren braunen Zähnen und roten Haaren.«

»Sebastian«, versetzte ich», vielleicht stimmt ja, was du sagst, aber vielleicht ist auch die gewöhnliche Liebe nichts als Blendung und Verzauberung, ist ja selbst das hässlichste Kind in den Augen einer liebenden Mutter schön. Deshalb ist jedes Wort von dir wie ein Stachel in meinem Herzen, denn in meinen Augen ist Barbara nicht hässlich, sondern ihre Haut ist warm und weiß, und ich liebe ihre gelbgrünen Augen und ihr Haar. Außerdem gelüstet es mich durchaus nicht nach dem Geld ihres Vaters, sondern ich will sie ernähren, wie es sich für einen Mann geziemt, sofern ich nur eine Arbeit bekomme, die meinen Fähigkeiten entspricht. Nimm also deine beleidigenden Worte zurück, denn sonst kannst du nicht mein Freund sein, sondern mir bleibt nichts anderes übrig, als mich als deinen Feind zu betrachten. Lieber drisch mit deinen Worten auf mich ein, wo ich ein bleicher Fremdling bin, aber nicht auf Barbara, mein künftiges Weib!«

Ein warmes Gefühl der Freude und Hingabe erfüllte mich, als ich so zu Sebastian sprach, denn erst, als er so über meine Verlobte herzog, wusste ich voll und ganz, dass ich Barbara von ganzem Herzen liebte und mich nach ihr und einem Leben mit ihr sehnte, so merkwürdig und überraschend mir dies alles auch vorkam. Und Sebastian konnte sich mir nicht widersetzen, sondern seine Herzenswärme siegte über seinen Verstand, so dass er mich als seinen Freund umarmte und mir versprach, mich in seinem besten Gewand zum Altar zu geleiten und dann als mein Gast in der Hochzeitsstube zu erscheinen. Außerdem lieh er mir sein Samtgewand, das mit einem Blaufuchspelz besetzt war. Er wollte es mir beim Gang zur Kirche und von dort zurück auf die Schultern legen, denn es herrschte schon kalte Witterung, und von den Alpen her wehten oft eisige Winde über die Stadt hin.

Ich will hier nicht mehr von meiner Hochzeit erzählen, denn ich war glücklich und geblendet und sah keinerlei böse Vorzeichen, auch wenn die Leute unser Hochzeitsgeleit übellaunig und mit versteinertem Blick verfolgten und nicht, wie so üblich, in Segensrufe ausbrachen. Vor dem Haus des Büchsenschmieds wurden Geld und Speisen an die Armen der Stadt verteilt; dazu gab es nicht wenige Hochzeitsgäste. Zum Hochzeitsmahl erklangen Pfeifen und Trommeln, wie es sich nach guter Sitte ziemte, so dass im Hause so gute Stimmung und lärmende Freude herrschte wie selten. Sebastian trank reichlich Wein und hielt allerlei Spottreden an die Frauen unter den Gästen, und sein munteres und fröhliches Wesen trug viel zur allgemeinen Erheiterung bei. Ihn fand ich genauso bezaubernd wie Barbara, deren gelbgrüne Augen mir jedes Mal geheimnisvoll entgegen leuchteten, wenn ich sie anblickte, so dass ich es kaum erwarten konnte, bis die Hochzeitsgäste uns in das Zimmer geleiten würden, das als Hochzeitskammer hergerichtet worden war. Barbara wurde von ihrer Mutter und Nachbarsfrauen entkleidet, und mir half Sebastian, die Schnallen meiner Kleider zu öffnen. Während er mir die Hose hinunterzog, spritzte er reichlich Weihwasser auf mich, bis wir beide, Barbara und ich, schließlich völlig nackt nebeneinander im Hochzeitsbett saßen, mit geweihten Kerzen in unseren Händen. Ich fand, dass Barbara sich vor den Menschen ihrer Nacktheit durchaus nicht zu schämen brauchte, denn ihre Haut war weiß wie Milch, und ihre kleinen Brüste reckten sich mir mit ihren rosigen Spitzen jungfräulich entgegen, so dass ich mir als äußerst beneidenswerter Mann vorkam, während wir so nebeneinander im Bett saßen und die geweihten Kerzen in unseren Händen brannten, wobei uns ihr Wachs auf die Finger tropfte.

Sebastian stieß einen wehmütigen Seufzer aus und sagte, am liebsten würde auch er jetzt sogleich ins Hochzeitsbett schlüpfen, sofern er nur eine Jungfer fände, der etwas an ihm lag, sei er doch beileibe nicht ein so hübsches und stattliches Mannsbild wie ich. Auch fragte er, ob nicht eine der anwesenden verheirateten Frauen ihm einen Vorgeschmack auf die Freuden des Hochzeitsbetts geben könne, um ihn dadurch zu ermutigen, sich endlich auf Freiersfüße zu machen. Ferner bedauerte er, dass ich kein Kaiser, König oder Herzog sei, der im Beisein dazu befugter Zeugen all die Pflichten zu erfüllen habe, die das Hochzeitsbett diesem auferlege, denn dann könnte er mir durch seine Freundschaft und gute Ratschläge Mut zusprechen. Jedenfalls riet er mir, nicht die Fassung zu verlieren und mein Bestes zu geben, ohne mich um Widerstand zu kümmern. Mit derlei Scherzworten brachte er die Hochzeitsgäste zum Lachen, bis sie sich schließlich aus der Hochzeitskammer verzogen und uns beide allein ließen. Nur die Musikanten blieben vor der Tür und spielten bis in die späte Nacht, damit etwa mögliches Klagen und Wimmern der züchtigen Braut nicht an die Ohren der Hochzeitsgäste dringen konnte.

Barbara war jedoch durchaus nicht züchtig oder furchtsam, sondern nachdem sie mich nun endlich bei sich im Bett hatte, machte sie mich ganz kraftlos durch ihre leidenschaftlichen Zärtlichkeiten, so dass ich mich am nächsten Morgen mehr tot als lebendig fühlte und ich Nasenbluten bekam, als ich das Bett verließ, weil ich nach meiner Krankheit noch so geschwächt war. Aber ich liebte sie noch mehr als zuvor, und sie stillte auch sogleich den Blutfluss aus meiner Nase mit einem in Essig getränkten Lappen. Ich empfand auch keine Scham, auch wenn sie mich inniger küsste und liebkoste, als es wohl einem züchtigen Eheweib angestanden hätte, sondern ich liebte sie gerade wegen ihrer Leidenschaftlichkeit und Zärtlichkeit. Die Vergangenheit war nur noch wie ein ferner Nebel, als ich sie in meinen Armen hielt und sie ihren schmalen, unersättlichen Leib an mich drückte. War die junge Veronika mir wie ein nach Gras duftender und taufrischer Traum gewesen, so war Barbara nun wie ein feuriger Ofen, den ich umarmte.

Barbaras Mitgift bestand aus Tisch- und Bettwäsche, Decken, Matratzen und Haushaltsgeschirr; dazu kamen fünfzig rheinische Gulden, die der alte Büchsenschmied mir vor meinen Augen Münze für Münze in einen Lederbeutel tat und meinte, dieses Geld könne ich ab jetzt als mein Eigentum betrachten. Schon wollte ich ihn als meinen Vater umarmen, aber er entzog sich brüsk meiner Berührung. Schon nach zwei Wochen war mir klar, dass es sein und seines Sohnes größter Wunsch war, dass ich mir mit Barbara möglichst bald eine neue Bleibe suchte. Diese unfreundliche Gereiztheit, welche die beiden mir gegenüber immer wieder an den Tag legten, wenn Barbara nicht zugegen war, verdross mich sehr, und ich begann mich nach einer Möglichkeit umzusehen, wie ich meine Frau und mich auf anständige Weise ernähren könnte. Aber ich gehörte keiner Handwerksgilde an und war ja auch fremd in der Stadt; und weil man mir die Tür immer wieder abweisend vor der Nase zuschlug, wuchs meine Niedergeschlagenheit nur noch, musste ich mich doch als einen Ausgestoßenen empfinden, den hier niemand in seiner Mitte duldete. Nur Sebastian war mein Freund und suchte meine Gesellschaft, um mit mir all die Fragen zu bereden, die sich um Gottes Gerechtigkeit drehten, denn das war das Thema, das ihn am meisten beschäftigte. Mich hingegen interessierte mehr theologische denn juristische Fragen, und deshalb redeten wir oft aneinander vorbei, wenn wir die Heilige Schrift auslegten. Seine Kameraden, ungebildete Leinenwebergesellen, gingen mir aus dem Wege; sie neideten mir meine Freundschaft mit Sebastian und nannten mich nach wie vor den »bleichen Kerl«, obwohl ich wieder völlig zu Kräften gekommen war und eine frische Gesichtsfarbe angenommen hatte.

Aus diesem Grunde litt mein männlicher Stolz, so dass ich in tiefe Verzweiflung geriet und dachte, ich sein ein erbärmlicher Taugenichts, da ich ständig das Gnadenbrot des Büchsenmachers aß und nicht in der Lage war, selbst für meinen Lebensunterhalt zu sorgen. Ich sprach sogar, ohne dass Sebastian davon wusste, mit dessen Vater, ob ich eine Kürschnerlehre bei ihm beginnen könnte. Der drückte mir sogleich ein Ledermesser und ein Maulwurfsfell in die Hand, nachdem er mir zuvor gezeigte hatte, wie ich es zuschneiden sollte. Ich tat mein Bestes, aber er nahm mir gleich wieder das Messer aus der Hand und meinte, schon ein kurzer Blick zeige ihm, dass ich nicht das Zeug zum Kürschner hätte. Stattdessen empfahl er mir dem Apotheker, der sich sein Privilegium bei der Stadt gekauft hatte. Aber das war ein habgieriger, unwissender Mann, der die Arzneimischungen als sein Geheimnis betrachtete und die Leute mit untauglichen Kräutern und Gewürzen betrog, weshalb er auch keinen Gehilfen haben wollte. Als Arzt konnte ich meinen Lebensunterhalt nicht bestreiten, denn dafür war ich zu jung, und mir fehlte das Universitätsdiplom, obwohl ich, wenn ich mich an Doktor Paracelsus' simple Behandlungsmethoden hielt, wohl keinem Patienten mehr geschadet hätte als der betagte Stadtarzt. Mit dem Barbier wollte ich nicht in einen Wettstreit als Aderlasser treten, und eine Tätigkeit als Chirurg und Tierheiler war mit meiner Gelehrtenwürde unvereinbar, auch wenn ich in meiner Kindheit bei Frau Pirjo eine Menge darüber gelernt hatte, wie die Krankheiten von Haustieren zu kurieren waren.

Mir war, als hätten die Wellen eines Sturmes auf wogender, windgepeitschter See mich in finsterer Nacht an ein rettendes Ufer geworfen, wo ich mich mit aller Kraft in dem Glauben festkrallte, endlich festen Boden unter den Füßen gefunden zu haben. Ich ersehnte nichts anderes, als Ruhe für mein Herz und ein bescheidenes Leben mit meiner Frau Barbara und ihren gelbgrünen, zärtliche Liebe ausstrahlenden Augen an meiner Seite. Nach meiner Kopfverletzung und dem sich anschließenden Siechtum hatte sich alles wie in einem düsteren Traum zugetragen. Doch während die Finsternis sich allmählich aufhellte und in die Morgendämmerung überging, bemerkte ich zu meinem Entsetzen, dass das Meer mich auf eine karge, unbewachsene Klippe geworfen hatte, über welche die Wellen aus allen Richtungen hinwegbrausten und dabei den Griff meiner Hände lockerten, um mich wieder zurück ins Meer zu spülen.

Es war eine ruhelose Zeit. Das Deutsche Reich führte ununterbrochen Krieg gegen das reiche und mächtige Frankreich. Von Norden und von der Eidgenossenschaft her tönten schrill die Stimmen der Ketzer, die eine Säuberung der Kirche einforderten. Die kleine Reichsstadt, in die es mich verschlagen hatte, war all diesen rebellischen Gedanken schutzlos ausgesetzt. Fast jeden Tag hielt irgendein aus einem Kloster entlaufener Mönch, ein umherziehender Schuster oder Geselle auf dem Markt oder vor der Kirche Predigten gegen die heilige Kirche oder das Klosterwesen und sammelte nach der Predigt Almosen und allerlei Geschenke ein, um dann mit seiner aufrührerischen Botschaft in die nächste Stadt weiterzuziehen. Weder streckte Gott sie durch einen Blitz vom Himmel zu Boden, noch wagte die geistliche oder weltliche Obrigkeit, solche Leute anzurühren, denn man fürchtete sich vor Unruhen.

Jene Hetzpredigten verbreiteten sich wie eine geistige Pest im ganzen Reich, so wie die Pest ja aus trockenem Staub und trockener Luft entsteht und sich über die Atemluft überträgt, so dass niemand vor der Seuche sicher ist. Die Leute hörten sich diese zerlumpten Prediger an, lachten sie aus, begegneten ihnen mit Gleichgültigkeit oder lauschten ihnen mit offenem Munde. Aber deren Botschaft erwies sich als ansteckend und setzte sich in den Gemütern fest. Ketzerei und Bibelkenntnisse nahmen auf erschreckende Weise im gemeinen Volk zu, denn alle gierten nach der verbotenen Frucht, so dass bald jeder glaubte, er könne in dem klaren Wort der Bibel Rechtfertigung für sein schändliches und willkürliches Tun finden.

Sebastian machte mich mit einem bejahrten Prälaten in der Stadt bekannt. Dieser war ein Eidgenosse aus St. Gallen, ein gelehrter Mann, wenn auch von jähzornigem Wesen und keine groben Worte scheuend. Offensichtlich war er von der Ketzerei angesteckt, obwohl er seine ketzerischen Lehren noch nicht offen zu predigen wagte. Um so eifriger war er bestrebt, junge Männer auf seine Seite zu ziehen. Er lud sie zu sich in die Pfarrei ein, um mit ihnen beim Bier zu disputieren, und wenn er sprach, unterstrich er seine Worte, indem er mit der Faust auf die lateinische Übersetzung des Neuen Testamentes einhämmerte, die der Feder des Erasmus von Rotterdam entstammte. Der Prälat war nämlich kein Anhänger Luthers, sondern hatte zu seinem Lehrmeister einen noch radikaleren Ketzer erkoren, der in seiner Heimat in der Stadt Zürich wirkte.

Sebastian und er hatten vor, über Neujahr nach Zürich zu reisen, wo der Stadtrat im Rathaus eine öffentliche Disputation zur Klärung religiöser Streitfragen abhalten wollte. Die beiden versuchten mich zu überreden, dass ich mich ihnen anschlösse. Aber ich fürchtete die Kosten dieser Reise, denn ich hatte ja keine eigenen Mittel, sondern lebte von dem Geld aus der Mitgift meiner Frau. Barbara wollte mich auch nicht ziehen lassen, sondern meinte unter Tränen, sie habe mich doch nicht geheiratet, damit ich mir den Kopf an den unerschütterlichen Mauern der heiligen Kirche einschlage. Deshalb blieb ich lieber zu Hause, fütterte den kleinen grünen Vogel in dem Käfig aus Weidengeflecht mit Brotkrumen und Haferkörnern und schlug mir traurig die Zeit tot, indem ich durch die grünen Fensterscheiben auf die Dächer der Nachbarhäuser schaute. Hinunter in die Werkstatt wagte ich mich nicht mehr, denn der Büchsenschmied und sein Sohn legten mir gegenüber ein immer unfreundlicheres Verhalten an den Tag. In ihren Blicken las ich den Vorwurf, ich sei ein Nichtsnutz, der auf Kosten anderer Leute lebte.

Schließlich hielt ich es in meinem Kummer nicht mehr aus, sondern legte meinen Kopf in Barbaras Schoß und klagte verbittert: »Ich bin ja zu nichts nutze und der einsamste Mensch auf der Welt, wo doch niemand ein gutes Wort für mich hat und ich nicht einmal mein Weib ernähren kann. Du hast dich auf einen schlechten Handel eingelassen, Barbara, als du mich zu deinem Mann erkorst. Es wäre gewiss besser, ich würde aus deinem Leben so schnell wieder verschwinden, wie ich aufgetaucht bin.«

Mit ihrer schmalen Hand strich sie mir übers Haar und sagte: »Mach dir keine Sorgen, Michael, ich habe mir schon alles für dich überlegt. Wenn du willst, können wir diese Stadt verlassen. Es würde mir nichts ausmachen, selbst wenn ich mit dir ein Leben auf der Wanderschaft verbringen müsste und die Straße unter freiem Himmel unser Zuhause wäre, denn ich liebe dich. Doch hab Geduld! Der Ratsschreiber ist ein derartiger Säufer, dass ihm ständig die Hände zittern. Bevor du dich versiehst, kann ihn ein Unglück treffen, und dann wirst du, wie ich glaube, dich in sein Amt einkaufen können. Mach dich gut Freund mit ihm, wenn dir die Zeit allzu lang wird, und biete ihm kostenlose Hilfe bei seinen Schreibarbeiten an, so dass die Ratsherren sich an dein Gesicht gewöhnen und du kein Fremder mehr für sie bist. Ich würde zwar gerne mit dir wegziehen von hier, aber es sind schlimme Zeiten; die Städte sind verarmt, und die Handwerker klagen überall darüber, wie wenig sie bei harter Arbeit heutzutage verdienen. So ist es am besten, auf Sicherheit zu setzen statt auf Unsicherheit, und hierzubleiben, wo die Leute mich und meinen Vater kennen, auch wenn ich bei ihnen verhasst bin.«

Während ihre Hände mein Haar streichelten, überkam mich ein trügerisches, aber süßes Gefühl der Geborgenheit, und ich achtete nicht sehr auf ihre Worte. Jedenfalls freundete ich mich mit dem Ratsschreiber an, was nicht schwer war, wenn man ihm im Keller des »Stoßzahns« ein Bier ausgab. Oftmals nahm er mich mit in seine Amtsstube und die Gerichtssitzungen und erlaubte mir, ihm bei seinen Schreibarbeiten und dem Protokollieren zur Hand zu gehen, damit er nur schnell wieder in den Bierkeller kam. Ich lernte das Stadtsiegel zu gebrauchen und machte mich vertraut mit den alltäglichen Streitsachen um falsche Maße und Gewichte der Händler sowie den Preisfestsetzungen für Handwerkserzeugnisse, die unerlaubten Wettbewerb verhindern sollten. Mich störte auch nicht die ermüdende Eintönigkeit solcher Arbeit, sondern in meinen Gedanken begann sich eine Zukunft abzuzeichnen, in der ich, mit solch anspruchsloser Arbeit beschäftigt, mit Anstand und in Ruhe alt werden konnte, mit einer lieben Frau und guten Freunden an meiner Seite sowie gelehrten Büchern, deren Lektüre mir Freude bereitete.

Deshalb tat ich mein Bestes, um die Gunst der Ratsherren zu erlangen. Stets verbeugte ich mich tief vor ihnen, achtete auf tadellose Kleidung und schrieb die Akten in meiner besten Handschrift. Unverzagt blickte ich auf den Ratsschreiber mit seinen ungekämmten, angegrauten Haaren, seiner an den Ellbogen abgewetzten Jacke, auf sein aufgeschwemmtes Gesicht mit den dicken Tränensäcken und sah, welche Erschöpfung in seinen Augen lag und wie ihm von allzu häufigem Biertrinken die Hände zitterten. Ich sah in ihm nicht das Bild meiner eigenen Zukunft im Dienste der Stadt, sondern beneidete ihn um seine Stellung. Im Innersten meines Herzens wünschte ich ihm Böses, obwohl ich es mir selbst nicht eingestand. Stattdessen war ich lieber bestrebt, ihn reichlich mit Bier zu bewirten, damit er sich betrank und nur um so häufiger meiner Hilfe bedurfte. Er machte es sich zur Gewohnheit, nach Feier- und Markttagen einen Knaben zum Haus des Büchsenmachers zu schicken, um mich holen zu lassen, weil an solchen Tagen die Feder seiner zitternden Hand immer wieder entfiel. Doch wagte der Knabe nie, das gefürchtete Haus zu betreten, sondern rief von der Straße her meinen Namen, bis ich in an solchen Tagen schon früh aufstand und durch das Fenster auf die Straße spähte, um dem Ruf sogleich Folge leisten zu können. Es gefiel mir nämlich nicht, dass mein Name laut auf der Straße gerufen wurde.

Sebastian kehrte mit dem Prälaten aus Zürich zurück und war völlig berauscht von leidenschaftlicher Siegeszuversicht, und das ganze evangelische Lumpenpack drängte sich im Pfarrhaus, um dem Bericht der beiden zu lauschen. Der Zürcher Pfarrer Ulrich Zwingli hatte seine siebenundsechzig Thesen von der Freiheit des Christenmenschen und gegen die Zwangsgewalt der Kirche so überzeugend vertreten, dass niemand in der Lage gewesen war, in dem Disput gegen ihn zu bestehen. »Wenn jemand auch nur ein Wort zu sagen versuchte«, berichtete Sebastian, »wurde er von Zwingli mit blitzenden Blicken und donnernden Worten zum Verstummen gebracht. Schon um ihres eigenen Friedens willen war es für seine Gegner das Beste, mucksmäuschenstill zu bleiben, denn zu allem entschlossene Männer standen bereit, sie hinauszuwerfen und vor dem Rathaus zu verprügeln, wenn sie es wagen sollten, gegen das klare Wort der Bibel aufzutreten. Deshalb verließen die Abgesandten der Bischöfe, die Priester und Mönche den Ort mit hochroten Köpfen und zutiefst beschämt wie Hunde, und der Prophet Gottes blieb als Sieger am Katheder zurück. Die Folge der Disputation war, dass der Stadtrat beschloss, von nun an dürfe im Kanton Zürich nichts mehr gepredigt werden, das nicht auf dem klaren Wortlaut der Bibel beruht, auf Worten also, die jeder aufrichtige Mann verstehen kann. Dieser Beschluss war schon von vornherein abgesprochen, sofern Zwingli als Sieger aus der Disputation hervorgehen sollte. Seine Stellung war nun um so stärker, weil er es strikt ablehnte, als Luther-Schüler bezeichnet zu werden, so dass seine Feinde den Bannfluch auf ihn nicht anwenden können.«

»Ist es also möglich«, fragte ich, »dass Gott gegen diesen streitsüchtigen Aufrührer mehr Gnade walten lässt als gegenüber den großen Lehrern der Kirche und allen Heiligen, die um ihres Glaubens willen gelitten haben und den Märtyrertod gestorben sind? Das kann ich einfach nicht glauben, denn Zwingli ist ein Sklave seines Fleisches, hat er doch den Zölibat gebrochen und geheiratet. Auch sonst befleißigt er sich nicht gerade eines heiligen Lebenswandels.«

Sebastian versetzte: »Du hättest ihn sehen und ihm in die Augen blicken sollen, dann wüsstest du, dass aus ihm der Heilige Geist spricht. Und damit will er sich nicht begnügen, sondern hat insgeheim bereits seine Vertrauten wissen lassen, er werde nicht eher aufgeben, bis die Heiligenbilder und diese ganzen Abgöttereien aus den Kirchen verschwunden sind und die Klöster zu Schulen und Werkstätten werden. Im Vergleich zu ihm ist Luther ein lahmer Beschwichtiger. Denn Luther erlaubt alles, was in der Bibel nicht ausdrücklich verboten ist, während Zwingli nur das gestatten will, was die Bibel den Menschen zwingend vorschreibt.«

»Das ist mir durchaus klar«, sagte ich, »denn wenn wir schon das Ankerseil durchschneiden und den rettenden Anker der Kirche aufgeben, warum sollten wir dann all die sonstigen und ganz und gar überflüssigen Lasten dulden? Werfen wir also auch die heiligen Sakramente über Bord und lassen wir den Satan aus vollen Kräften in die Segel blasen!«

Das sagte ich, um ihn zu ärgern, doch Sebastian sah mich mit einem Blick an, aus dem glühender Glaubenseifer sprach, und er antwortete: »Da kommst du der Wahrheit näher, als dir bewusst ist, denn nun erhebt sich ein Sturm, und wir hören schon sein Brausen. Dieser Sturm wird alles Vergangene und Überlebte hinwegblasen, so dass endlich das Reich Gottes auf Erden errichtet werden kann.«

Prälat Christopher sagte: »Der Papst hat sogar versucht, sich Zwingli gefügig zu machen und ihn zu bestechen, indem er eine innere Reinigung der Kirche versprach. Aber ein morsches Gebäude lässt sich nicht mehr instand setzen; man kann es nur noch abreißen. Zwingli hat mit Verweis auf die Offenbarung des heiligen Johannes bewiesen, dass die vom Papst geleitete Kirche der Antichrist selbst ist. Es gibt auch genügend Vorzeichen, die darauf hindeuten, dass dieses morsche Gebäude einstürzen wird, denn als Papst Hadrian in seinem verpesteten Rom die Weihnachtsmesse las, löste sich ein großer Stein von einem der Stützpfeiler und stürzte vor ihm auf den Altar nieder. Das ist ein Vorzeichen, das jeder rechte Christ versteht, auch wenn der Papst versucht, die Sache dadurch zu verschleiern, der heruntergefallene Stein versinnbildliche den Fall von Rhodos. Am Weihnachtstag überfielen nämlich die Irrgläubigen die Stadt Rhodos. Sie brandschatzten, mordeten und plünderten, obwohl sich die Festung bereits ergeben hatte.«

Als ich das hörte, stand ich auf und sagte: »Wahrlich, jetzt glaube ich tatsächlich, dass der Antichrist bereits erschienen ist, und der Satan die Augen der Menschen verhext hat, wird doch der Heilige Vater verleumdet, und die guten Heiligen beschimpft man als Abgötter. Macht euch denn nicht einmal das Wüten der Türken Angst, das die ganze Christenheit bedroht? In der Stunde der größten Gefahr streut ihr nichts als Zwietracht aus. Ihr werdet wohl nicht eher Reue zeigen, als bis dass die Hufe der Türkenrösser auf den Straßen unserer Städte dröhnen und ihre Pfaffen den Namen des falschen Propheten von unseren Kirchtürmen herabbrüllen.«

Da standen zwei Webergesellen auf und sagten zu Sebastian: »Dieser Michael Pelzfuß ist ganz vergiftet von den Einflüsterungen der Priester und Mönche. Er verachtet das klare Wort der Bibel, das doch jeder aufrechte Mann versteht. Sollten wir ihm nicht mit unseren Fäusten die Augen öffnen und ihm seine Papsthörigkeit aus den Gedärmen prügeln? Damit würden wir seiner unsterblichen Seele einen guten Dienst erweisen, bevor er unserer evangelischen Bruderschaft noch weiteres Ungemach bereitet.«

Aber Sebastian legte ein gutes Wort für mich ein, und ich konnte in aller Ruhe nach Hause zurückkehren. Doch war ich sehr aufgewühlt von all dem, was ich erfahren hatte. Am nächsten Tag kam Sebastian zu mir, denn ihm machte der schlechte Ruf des Hauses, in dem der Büchsenmacher wohnte, nichts aus. Er redete lange auf mich ein, um mich zu seinen Ansichten zu bekehren, und dabei saß Barbara schweigend an meiner Seite und blickte abwechselnd ihn und mich mit ihren gelbgrünen Augen an. Ich widersprach Sebastian und sagte:

»Das heilige Gebäude der Kirche steht bereits seit anderthalb Jahrtausenden unerschütterlich da. Es wird vom Blut der Heiligen und der Märtyrer zusammengehalten. Papst Hadrian ist ein frommer und gestrenger Mann, dem nichts mehr am Herzen liegt als die Reinigung der Kirche und die Vertreibung der Geldwechsler aus dem Tempel, wenn es sein muss auch mit der Peitsche. Aber die Kirche ist verloren, wenn jeder Schmied oder Schuster nach eigenem Gutdünken in der Bibel liest und sie so auslegt, wie es ihm sein ungebildetes Gemüt eingibt.«

Sebastian versetzte: »Die heiligen Apostel waren auch ungebildet. Sie waren einfache Fischer, und Gott ließ seinen eingeborenen Sohn als Sohn eines einfachen Tischlers auf die Welt kommen. Die Kirche und die hohen Universitäten verfälschen das einfache Wort der Bibel nur und machen daraus ein verzwicktes Lehrgebäude. Ich habe schon zwei Schriften verfasst, um das Recht des Laien und gemeinen Mannes zu verteidigen, selbst Gottes Wort auszulegen. Ich habe vor, meine Schriften auch zu veröffentlichen, sofern ich einen Wanderbuchdrucker dazu bringen kann, sie zu drucken.«

»Sebastian«, sagte ich, »wenn die Menschen ihren Glauben an die heilige Kirche und die Sakramente verlieren, dann verlieren sie auch den Glauben an alles andere, und die Folge davon sind Sünde, allgemeine Verderbtheit und der Untergang der Christenheit. Schon jetzt gibt es Leute, die sich erfrechen, keine Fastenzeiten mehr einzuhalten und die alles, was heilig ist, in den Dreck ziehen, indem sie ihre Laster und Begierden mit den Worten der Bibel begründen. Leute, die von Gier und Geiz zerfressen sind, geben sich evangelisch, weil keinen Zehnten mehr bezahlen wollen. Die Weber wollen die Klöster schließen, weil sie fürchten, ihr Berufsstand würde verarmen. Die Söldner tragen die Bibel in ihrem Tornister, um Kirchen zu plündern und Nonnen zu vergewaltigen. Die Bibel ist eine furchtbare Waffe in den Händen eines Ungebildeten, wenn er unreinen Sinnes ist und nicht Rettung seiner Seele darin sucht, sondern nur die Befriedigung seiner Gelüste. Glaub mir, Sebastian, der Satan ist der eifrigste Bibelleser.«

Sebastian blickte mich an. Seine Stirn war rein und störrisch, und die hellen, weit voneinander abstehenden Augen überschattet von dunklen Augenbrauen. »Michael«, sagte er, »Gott hat dem Menschen eine herrliche Erde zur Behausung gegeben und dazu alle Tiere des Waldes, die Vögel der Luft und die Fische in den Flüssen, damit er über sie herrsche. Er hat mit dem Blut seines einzigen Sohnes alle Menschen erlöst, ganz gleich, welchen Standes und welcher Abkunft sie sind. Dies und nur dies ist die einzig richtige Lehre. Aber der Bauer schuftet als Sklave der Scholle nur für seinen Burgherrn, und der Handwerker arbeitet allein zum Wohl der großen Handelshäuser. Den Bauern lässt man im Kerker der Burg dahindarben, wenn er es wagt, im Fluss einen Fisch zu angeln, um seiner kranken Frau ein Süppchen zu kochen, und der Handwerker verliert seinen Broterwerb und wird aus der Stadt gejagt, wenn er halb verhungert seine Faust erhebt und die großen Webereien in den Klöstern verflucht. Das kann nicht Gottes Absicht sein. Deshalb muss die Bibel zur Waffe werden, mit der Gottes Reich auf Erden errichtet wird. Dieser Gedanke gärt und glimmt in mir wie ein Feuer, auch wenn es besser ist, noch nicht in aller Öffentlichkeit davon zu sprechen. Die Menschen müssen erst daran gewöhnt werden, ihren Glauben und ihr Seelenheil auf das klare Wort der Bibel zu gründen und nicht auf die Finsternis der Kirchen. Dann wird es ihnen schließlich eines Tages wie Schuppen von den Augen fallen, und sie werden begreifen, dass statt der von Menschen gemachten Gesetze die Gerechtigkeit Gottes auf Erden herrschen muss.«

Ich sah ihn an, aber nicht mehr als Freund und mit den Augen der Freundschaft, sondern als ein schönes, gefährliches Raubtier, dessen Fell in seidenem Glanz erstrahlte. Sein Hemd zierten silberne Knöpfe, und der weiche Pelzkragen seines samtenen Wamses schmiegte sich an seine heißen Wangen, wenn er zur Bekräftigung seiner Worte heftig mit dem Kopf nickte. Des Menschen Sünde, Leid und Vergebung waren ihm fremde und unbegreifliche Dinge. Er suchte in der Bibel auch nicht nach dem Weg ins Himmelreich, sondern nur danach, wie sich die Verhältnisse hier auf Erden ändern ließen. Ich sagte zu ihm: »Erasmus hat das Ei gelegt, und Luther brütete ein Küken aus. Zwingli kräht schon als ausgewachsener Hahn, du aber legst Feuer an die Fackel, die dereinst den ganzen Hühnerstall in Brand setzen wird. Aber warum du das tust, und was dein Herz wirklich bedrückt, das begreife ich nicht. Schließlich fehlt es dir an nichts, was der Mensch von seinem Leben nicht billigerweise verlangen kann, sondern du bist jung, gesund und aus gutem Hause, und alle Türen stehen dir offen, wenn du nur willst.«

Er wich meinem Blick aus, sein Antlitz überzog sich mit heißer Röte, und er sagte: »Es gibt Türen, die mir verschlossen sind, auch wenn ich mir an ihnen die Fäuste blutig schlage. Aber mit Schießpulver und Kanonenkugeln werde ich auch diese Tore irgendwann einmal aufbrechen, und dann wird man mir keine Verachtung mehr entgegenbringen.«

Barbara meldete sich zu Wort und meinte schnippisch: »Sebastian Lotzer, du brauchst um deiner Leidenschaft willen nicht die ganze Welt in die Luft zu sprengen. Besorge dir lieber einen bewährten Liebestrank. Dafür brauchst du keine Bibel, sondern nur zwei Goldstücke, und danach kannst du deinen innigsten Wunsch befriedigen, so dass dein Herz endlich Ruhe gibt.«

Sebastian sprang auf und schrie sie mit sich vor Wut überschlagender Stimme an: »Du Hexe Satans, du gemeine Hure, wir haben in dieser Stadt schon genug unter dir und deinem bösen Auge gelitten! Dein Reinigungseid wird dir nicht mehr lange helfen; irgendwann wirst du für all deine Untaten auf dem Scheiterhaufen brennen!«

Ich glaube nicht, dass Barbara ihre Worte böse gemeint hatte, aber bei Sebastians Verwünschungen erhob sie sich, und ihre gelbgrünen Augen blitzten auf vor Zorn. Ihr Gesicht wurde mit einem Mal so bleich, dass sich die Sommersprossen wie braune Flecken auf ihrer Haut abzeichneten. Eine Weile lang starrte sie Sebastian an, aber zähmte dann ihre Wut und verließ ohne ein Wort das Zimmer. Sebastian sah ihr nach, bereute offenbar seine unbedachten Worte und bekreuzigte sich mehrmals. Ich aber war erbost über seine unverschämten Äußerungen und fuhr ihn spöttisch an:

»Wenn du nach dem klaren Wort der Bibel Christus nachfolgen willst, Sebastian, dann geh hin und verkaufe alles, was du hast, und verteile es an die Armen, denn gerade du bist ja der reiche Jüngling, von dem die Bibel berichtet. Genauso hat es auch der heilige Franziskus gemacht.«

Da erbleichte auch Sebastian vor innerer Rührung und sagte: »Du hast recht, Michael! Aber ich werde nicht den gleichen Fehler machen wie der heilige Franziskus und jenseits des Todes nach dem Himmel suchen, sondern ich suche den Himmel in dieser Welt und werde die Klöster und die Reichen zwingen, ihre Reichtümer an die Armen zu verteilen und sich mit dem zu begnügen, was mir selbst genug ist.« Bei diesen Worten schleuderte er sein schönes samtenes Wams zu Boden und trampelte darauf herum. Er riss sich auch die silbernen Knöpfe von seinem Hemd und warf sie von sich. Dabei sagte er: »Von heute an sei mein Kleid das Kleid eines armen Gesellen! Ich will mir mein Brot mit meiner Hände Arbeit verdienen und begnüge mich mit der gleichen Speise wie der ärmste Geselle in meines Vaters Haus, denn ich will um niemandes Gunst betteln.« Und während seine teuren Kleider schon ganz zerfetzt waren, begannen seinen Augen heiße Tränen zu entströmen; er stürmte aus dem Zimmer davon, rannte die Treppen hinunter und hatte das Haus verlassen, ehe ich noch von ihm Abschied nehmen konnte. Dadurch wurde mir klar, dass ihn ein heimliches Herzeleid quälen musste, das er mir aber, stolz wie er war, nicht enthüllen wollte. Deshalb gebärdete er sich nun wie ein Wahnsinniger.

Barbara kam ins Zimmer zurück, immer noch ganz bleich. Sie hob das Samtwams vom Fußboden auf, bürstete es sauber und sammelte auch die überall herumliegenden silbernen Knöpfe auf. Mit Bitterkeit in der Stimme sagte sie: »Sebastian hat gut reden, denn er ist der Sohn eines reichen Mannes, und niemand wagt es, auch nur einen Finger gegen ihn zu erheben. Aber wenn du als Fremder so sprächest und dich so aufführtest wie er, dann würde man dich als Volksaufwiegler aus der Stadt weisen. Dabei leidet er keine andere Not, als dass ein vornehmes Burgfräulein ihn wegen seiner bürgerlichen Herkunft verachtet und sein Vater nicht reich genug ist, um sich beim Kaiser eine Grafenkrone zu kaufen so wie Jakob Fugger.«

Ich wunderte mich darüber, in welchem Ton sie dies sagte, und fragte: »Barbara, willst du etwa, dass ich genauso rede wie er und eine Welt herbeipredige, in der das Oberste zuunterst gekehrt wird?«

Zum ersten Mal wich sie meinem Blick aus, als ich sie etwas fragte, und plötzlich sah ich in ihr nur eine hässliche und magere Frau mit hohen Wangenknochen und Sommersprossen. »Wenn du Glauben hättest, Michael«, sagte sie, »dann würdest du mich nicht um Rat fragen. Aber du hast keinen Glauben, obwohl du weißt, dass die Kirche oft grausam ist, dass die Priester gleichgültig und die Mönche habgierig und ungebildet sind. Weihwasser und geweihte Kerzen kann man genauso gut zum Guten wie zum Bösen gebrauchen. Vielleicht bist du genauso einer, Michael, und vielleicht auch ich, auch wenn du es nicht weißt. Aber mein weiblicher Verstand sagt mir, dass die Welt nicht zu ändern ist, sondern es immer Reiche und Arme, Mächtige und Niedere geben wird. Genauso gibt es ja auch kluge und dumme, starke und schwache, gesunde und kranke Menschen. Deshalb liebe ich die Menschen nicht und wünsche ihnen nichts Gutes, weil auch sie mir nichts Gutes gönnen, wie du eben aus Sebastians Mund gehört hast. Nur dich liebe ich, Michael. Deshalb lass uns ein Leben in der Stille und im Verborgenen führen, damit wir nicht den Unwillen der Leute auf uns ziehen, falls sie merken, dass wir beide verzaubertes Wachs sind.«

Aber ich vergaß ihre rätselhaften Worte, als sie mich dann wieder mit ihren gelbgrünen Augen ansah, die so viel Zärtlichkeit ausdrückten. Plötzlich war sie wieder schön in meinen Augen, und ich zog sie in meine Umarmung, während mein Leib vor Lust loderte, so dass wir wieder zusammen glücklich waren, auch wenn dies eine große Sünde war am helllichten Tage und in einem lichtdurchfluteten Zimmer. Ich dachte, dass die Welt, in der ich lebte, vielleicht nur ein untergehendes Schiff sei. Aber wenn es wirklich so war, dann war ich nicht derjenige, der ein sinkendes Schiff retten konnte, auch wenn ich nicht gerade der sein wollte, der es leck schlug. Es würde nicht länger als ein Jahr dauern, bis die Planeten in das Sternbild der Fische einträten. Deshalb suchte ich mein Glück in den Armen meiner Frau Barbara und dachte, es sei am besten, sich klein zu machen, still und bescheiden zu sein und sich wie ein Mäuschen vor den Augen der Welt zu verstecken, während die bösen Tage kamen.

Kapitel 6

So erkaltete meine Freundschaft mit Sebastian. Er aber hielt sein Wort, lebte von da an als armer Geselle in seines Vaters Haus und aß am Tisch der Gesellen. Abends las er in der Bibel und schrieb lange Abhandlungen über die Freiheit des Christenmenschen. Es gelang ihm auch, zumindest zwei davon bei einem Buchdrucker drucken zu lassen. Ich wollte mich nicht mehr mit ihm treffen, weil er beim Stadtrat ungelitten war und ihm ein schlechter Ruf anhaftete. Sogar sein eigener Vater klagte bitterlich über den Starrsinn seines Sohnes und vermutete, jemand müsse ihn verhext haben, weil er so plötzlich ein ganz anderer Mensch geworden sei. Ich fand allerdings, diese Veränderung sei mit ihm durchaus nicht so plötzlich vorgegangen, sondern er war schon seit längerer Zeit dazu gereift. Der Vater sah nur nicht in sein Herz, sondern nahm lediglich die äußeren Veränderungen wahr. Denn es verstrichen nicht viele Wochen, und Sebastians Gesicht war genauso hager, seine Augen genauso flammend und sein Gewand ebenso abgerissen wie bei den Wanderpredigern, die sich vor die Kirche oder auf den Markt hinstellten und um Almosen bettelten.

Zur gleichen Zeit trat das Unglück ein, das Barbara dem trinksüchtigen Stadtschreiber prophezeit hatte. Er stolperte nämlich auf der Treppe, als er in seine Wohnung hinaufstieg, und brach sich den rechten Arm, so dass er für lange Zeit keine Feder mehr in der Hand halten konnte. Mit Einwilligung des Rates stellte er mich als seinen Gehilfen ein und teilte sich seinen Lohn mit mir, so dass er selbst nicht mehr zu arbeiten brauchte, auch wenn er sich ab und zu noch zum Schein im Rathaus sehen ließ, um mir Anweisungen zu geben. Diese Regelung war zu unser beider Vorteil. Sein Arm wurde auch nicht wieder heil, aber er meinte, der linke Arm reiche ihm durchaus, um den Bierkrug damit zu halten. Als ihm wieder einmal das Bier zu Kopfe stieg, sagte er zu mir:

»Ich weiß, was ich weiß, Michael. Du bist zwar ein gerissener Bursche, aber du führst mich nicht hinters Licht. Ich weiß nämlich genau, wem ich es zu verdanken habe, dass ich auf der Treppe gestolpert bin. Aber ich nehm's dir nicht übel, denn auf diese Weise ist mein Leben angenehmer geworden. Ich kann mich nun ganz und gar meiner Lieblingsbeschäftigung widmen, auf dem Grund des Bierkrugs nach der Wahrheit zu suchen, denn die Wahrheit verbirgt sich überall, und man kann sie an den unwahrscheinlichsten Orten finden. Du solltest allerdings deiner rothaarigen Barbara sagen, dass dein zeitweiliger Erfolg völlig von mir abhängt, denn als Fremdling und als ihr Mann wirst du nie selbst das Amt des Schreibers übernehmen können, sondern höchstens unter meinem Namen, so dass mein Tod dir nichts nützen würde, sondern nur zu deinem Schaden wäre. Deshalb solltest du dich nicht grundlos demütigen und vor den Ratsherren herumscharwenzeln. Halte dich ganz allein an mich, und vergiss nicht, das, was ich dir jetzt gesagt habe, auch deiner Frau zu berichten.«

Er tat diese Äußerungen mit geheimnisvollem Unterton, und ich schrieb das, was ich Barbara ausrichten sollte, seiner Trunkenheit zu. Ich wünschte ihm ja auch durchaus nichts Böses, sondern mir war schon klar, dass ich als Fremder in dieser Stadt auf Jahre hinaus keine eigene Anstellung würde finden können. Ich dachte auch nicht näher darüber nach, wieso ihm dieses von Barbara prophezeite Unglück so bald zugestoßen war, sondern ich brauchte nur in Barbaras gelbgrüne Augen zu schauen, die bei meinem Anblick immer größer zu werden schienen, und alle sonstigen Gedanken waren wie fortgeblasen, so dass ich nur noch an sie dachte.

Ich hatte nun mehr als genug von dem lautlosen Haus des Büchsenschmieds, dessen niedrige Räume von steter Angst und Beklemmung erfüllt schienen. Ich wusste durchaus, dass der schweigsame Büchsenmacher und erst recht sein mürrischer Sohn mich und Barbara lieber heute als morgen loswerden wollten. Ich hatte auch keine Lust mehr auf den Anblick von Barbaras wassersüchtiger Mutter, welche die meiste Zeit des Tages im Bett verbrachte. Nicht um dem Stadtschreiber, meinem Freund und Gönner, zu schaden, versuchte ich die Gunst des Stadtrates zu erlangen, sondern wegen zweier kleiner Zimmer im Keller des Rathauses, in denen ich, wie ich hoffte, würde wohnen können, so dass Barbara und ich ein eigenes Zuhause hätten. Einer der Bürgermeister der Stadt fand aufgrund meiner Sorgfalt, schnellen Auffassungsgabe und meines freundlichen Auftretens Gefallen an mir, zumal da ich stets bereit war, ihm zu Diensten zu sein. Er versprach mir, ich könne die Wohnung übernehmen, wenn der bisherige Bewohner, ein von der Franzosenkrankheit gezeichneter Stadtbüttel, dort auszöge. Als Barbara hiervon erfuhr, meinte sie erfreut:

»Die Wohnung dort ist zwar feucht und ähnelt mehr einem Rattenloch als einer menschlichen Behausung, aber sie wäre doch unsere eigene Wohnung, und mit dir, Michael, kämen mir ihre Wände vor, als wären sie mit Wandbehängen verziert und als wäre der Fußboden aus purem Marmor. Geh also so schnell wie möglich zu diesem dummen Büttel und frag ihn, ob er sie nicht uns überlassen möchte. Sag ihm, dass ich es so wünsche, und wenn du willst, kannst du ihm als Vergütung auch einen Goldtaler aus meiner Mitgift anbieten. Aber das wird wohl nicht nötig sein, denn ich glaube, dass er meiner bescheidenen, aber dafür umso dringenderen Bitte gern nachkommen wird.«

Mir kam es etwas drollig und auch sehr weiblich vor, dass sie sich dessen so sicher war. Aber ich hatte mir bereits angewöhnt, ihre Bitten ohne Widerrede zu erfüllen. Deshalb ging ich unverzüglich ins Rathaus und stieg auf den abgewetzten Stufen in die Kellerwohnung hinab, in die durch winzige Fensteröffnungen gleich unter der Decke etwas Licht vom Hof des Rathauses hereinfiel. Ich legte dem Stadtbüttel mein Anliegen dar und bot ihm auch eine Goldmünze. Er sah mich nur mit seinen rotgeränderten Augen an, wobei ihm der ergraute Schnurrbart traurig hinabhing, und begann dann wortlos seine Siebensachen zusammenzupacken, so als wollte er so schnell wie möglich seine Behausung verlassen. Seine Frau hingegen machte viele Worte; sie überschüttete ihn mit den unflätigsten und gemeinsten Flüchen, denn der Büttel hatte sie in seiner Jugend, während er als Söldner in kaiserlichen Diensten stand, kennengelernt und sich bei ihr mit der Franzosenkrankheit angesteckt, so dass die beiden keine Kinder hatten. Um so größer war ihr Vorrat an Schimpfwörtern. Aber der Büttel hieß seine Frau schweigen und sich mit dem Goldstück zufriedengeben, damit sie nicht Unglück über sie beide herbeibeschwöre. Diese Bemerkung erschreckte das Weib, das durch ihre Krankheit Nase und Haare verloren hatte. So arm waren die beiden, dass es nicht länger dauerte, als ein Vaterunser zu beten, bis sie ihre Habe samt allem Haushaltsgerät zusammengepackt hatten. Sie waren bereit, uns die Zimmer unverzüglich zu überlassen.

Auf diese Weise kamen Barbara und ich an unser erstes und einziges Zuhause, und dort lebten wir ein Jahr lang zusammen wie die Mäuslein in ihrem Loch, die sich vor den Unbilden der Zeit und der Missgunst der Menschen in Sicherheit bringen. Wir wollten niemandem zur Last fallen, und abends, wenn das Rathaus sich geleert hatte, putzten wir seine großen, dumpf hallenden Räume, fegten die Steinfußböden und feudelten die Treppen. Im Winter machte ich morgens Feuer in den großen Kaminen und verrichtete tagsüber still und bescheiden meine Schreibarbeiten, zu niemandem ein böses Wort sagend. Der Stadtschreiber, unser trunksüchtiger Gönner, pflegte bei uns sein Mittagsmahl einzunehmen, und Barbara tat ihr Bestes, um ihn bei Laune zu halten. Zu jeder Mahlzeit holte ich für ihn einen riesigen Krug Starkbier aus der Schankstube.

Er war sehr auf seinen Vorteil bedacht und wollte uns bestimmt nichts Böses. Aber je mehr er auf dem Grund des Bierkrugs nach seiner Wahrheit suchte, desto mehr nörgelte er an uns herum und suchte Streit. Seine geheimnisvollen Andeutungen trieben Barbara oft Tränen in die Augen, so dass sie die Zähne zusammenbiss und ihre Wangen rot aufflammten. Aber warum soll ich hier Übles berichten, wo wir zusammen doch so glücklich waren! Damals hatte ich keine weiteren Wünsche an mein Leben, sondern ich sah mit Barbaras Augen, wie glänzender Brokat die von Wassertropfen übersäten Wände unserer Wohnung verhüllten, und die schwache Rübenöllampe verwandelte sich in einen vielarmigen Kandelaber, so dass ich Barbara des Abends in unserem samtenen Bett im strahlenden Licht ungezählter Wachskerzen umarmte. Dann war sie in meinen Armen schöner als eine Königin, auch wenn die schwere Arbeit ihre Hände hart und schwielig gemacht und der ständige Aufenthalt in dunklen Räumen ihrem Antlitz noch mehr Blässe als zuvor verliehen hatte.

Oft forderte sie mich auf, ich solle meine Zeit mit Freunden verbringen oder mein Wissen aus Büchern erweitern, denn ein solches Leben fand sie unpassend für mich, wo doch das Schicksal mir größere Aufgaben zugedacht habe, wie sie fest überzeugt war. Aber ich hatte mich Sebastian entfremdet. Auch sahen es die Ratsherren nicht gern, dass ich mich mit seinen fanatischen Kameraden traf, die sich der Ketzerei verschrieben hatten. Stattdessen begann ich mein Studium des Griechischen wiederaufzunehmen, wenn auch ohne jenen Eifer, der mich während meiner Jahre auf der Universität angetrieben hatte. In der Stadt wohnte nämlich ein schon sehr tatteriger Greis, dessen Vater seinerzeit aus Konstantinopel geflüchtet war, nachdem die Türken jene Stadt erobert hatten. Er hatte eine größere Zahl griechischer Bücher und Handschriften mitgebracht.

Der mittellose Greis ließ mich gerne in den von Ratten angefressenen und halb verschimmelten Papieren blättern und unterrichtete mich, so gut er konnte, wofür ich ihm ein paar Schillinge zahlte. Wäre ich gelehrter gewesen, so wäre ich vielleicht auf die Idee gekommen, etwas von diesen unersetzlichen Schriften dem Vergessen zu entreißen. Aber ich hielt diese Papiere, Zeugnisse einer dahingeschiedenen Vergangenheit, für genauso wertlos wie der Alte selbst. Er starb bereits einige Monate, nachdem ich ihn kennengelernt hatte. Seine Pergamentrollen wurden an einen Buchbinder verkauft, der sie zu Einbänden verarbeitete, und die Bücher und Papiere dienten dann einem Gewürzhändler als Tüten und Söldnern als Stopfladungen für Schießpulver. Mit seiner Hilfe aber hatte ich gelernt, das Griechische einigermaßen fließend zu lesen und zu sprechen, denn ich lernte schnell, und diese Beschäftigung hielt meinen Geist frisch, so dass ich mich nicht völlig dem trügerischen Glücksgefühl hingab, während ich mit Barbara zusammenlebte.

So lebten wir wie die Mäuslein in unserem Loch und wollten niemandem zur Last fallen. Barbara ging nur manchmal während der Dämmerung oder in dunklen Stunden draußen frische Luft schnappen, so als fürchtete sie sich davor, Menschen zu begegnen, und als wollte sie, dass alle vergäßen, dass es sie überhaupt gab. Ihre merkwürdige Scheu griff auf mich über, so dass mich von Zeit zu Zeit eine niederdrückende Frucht ergriff und ich dachte, so wie jetzt sei es gut, und was auch immer geschähe, es könne nur schlechter werden. Auch kann ich reinen Gewissens vor Gott und allen Heiligen schwören, dass während der ganzen Zeit, in der wir in unserer düsteren Wohnung unter dem Rathaus zusammenlebten, ich Barbara nie dabei ertappt habe, dass sie etwas Verwerfliches, das etwa auf Hexerei deutete, getan hätte. Falls sie sich irgendwann einmal mit solch finsteren Künsten beschäftigt hatte, so glaube ich nach wie vor unverdrossen, dass sie sich während unseres Zusammenlebens von allem Bösen völlig losgesagt hatte.

Dagegen erschien der Hund bei uns auf ganz unspektakuläre Weise, denn eines Morgens spielte er allein im Rathaushof, und es meldete sich niemand, um Besitzansprüche auf ihn anzumelden. Damals war er noch ein Welpe, struppig und kohlrabenschwarz. Offenbar war er einer jener Hündchen, wie sie die Frauen von Söldnern auf den Armen tragen, wenn deren kurze Beine auf den langen Märschen ermüden, und die durchaus von Nutzen sind, weil sie über den Schlaf ihres Herrn wachen, so dass ihm im Lager niemand ungestraft die Geldbörse losschneiden, die Waffe entwenden oder das Kochgeschirr stibitzen kann. Diese Hunde sind kluge Tiere und vermögen ihren Besitzer selbst aus dem tiefsten Schlaf der Trunkenheit zu wecken, indem sie ihn schmerzhaft ins Ohr beißen, falls er die Signaltrommeln oder das Weckhorn überhört. So ein Tier also war das kleine schwarze Hündchen, und ich kann es mir nicht anders erklären, als dass es, dieser unverständige Welpe, einem wandernden Söldner oder dessen Frau entlaufen und so im Hof des Rathauses aufgetaucht war. Darin liegt, wie mich dünkt, nichts Geheimnisvolles, denn wandernde Söldner sind oft lichtscheues Gesindel, das allerlei zu verbergen hat und sich deshalb ungern in Städten aufhält, wo man solche Leute erkennen und hängen kann, erst recht nicht, um nach einem entlaufenen Welpen zu suchen, den man schon für einen Viertelgulden erstehen kann.

Tagsüber jaulte das Hündchen ganz erbärmlich vor Hunger an der Tür. Zum Spaß brachte ich es zu Barbara, die ihm zu fressen gab und es wieder auf den Hof hinaus ließ. Doch niemand kam, um es zu holen, und ich bekam Mitleid mit dem kleinen, verlassenen Tier. Auch dachte ich, dass es Barbara Gesellschaft leisten könnte, verbrachte sie doch lange Tage ganz allein in dem fast dunklen Raum. Deshalb nahmen wir den Hund auf, und einmal, als er in tiefem Schlaf in Barbaras Schoß lag, streichelte sie sein flauschiges, schwarzes Fell und sprach zu ihm:

»Du sollst Azrael heißen und zu einem genauso starken Hund heran-
wachsen, wie Azrael ein mächtiger Engel war, denn dein Fell sagt mir,
dass du ein echter Mandragora-Hund bist. Irgendwann wirst du Michael
und mich noch reich machen, so dass wir diese böse Stadt verlassen
und in warme südliche Länder ziehen können. Wachse nun und werde
groß, kleiner Azrael, und such uns eine Alraune und zieh sie für uns aus
der Erde, selbst wenn es dich das Leben kosten sollte. Dann ziehen wir
dem Wurzelmännchen Kinderkleidung an und verkaufen es gegen dessen mehrfaches Gewicht in Gold. Doch vielleicht behalten wir es auch
selbst, so dass uns alles gelingt und wir reich werden, ohne eine Hand
dafür rühren zu müssen.«

Sie lächelte mit bleichem Angesicht vor sich hin, streichelte das Fell
des schlafenden Hundes, sah mich mit ihren großen, gelbgrünen Augen
an und sagte:

»Hab keine Angst vor meinen Worten, Michael. Ich mache ja nur
Spaß. Aber es stimmt, dass ich im tiefen Wald eine Stelle zu kennen
glaube, wo irgendwann einmal ein Mensch gehängt wurde, und dort
wächst eine Pflanze, die eine echte Mandragora sein könnte. Sie aus
der Erde zu ziehen, kann zwar den, der es wagt, den Tod kosten, aber
wenn wir es zusammen tun, Michael, dann haben wir danach nichts
mehr zu fürchten und sind bis ans Ende unserer Tage sicher, denn so
eine Mannswurzel wird uns reich machen. Der schwarze Hund wird sie
für uns herausziehen können und kommt vielleicht dabei um, aber wir
brauchen keine Angst zu haben, wenn wir uns nur die Ohren sorgfältig
mit Wachs verschließen, denn wenn die Wurzel aus der Erde kommt,
lässt sie so furchtbare Töne erschallen, dass ein Mensch, der sie hört,
leblos zu Boden stürzen oder für den Rest seines Lebens dem Wahnsinn
verfallen kann.«

Ich versetzte: »Barbara, gib dem Hund nicht so einen Namen, denn
der Name Azrael ist eine zu schwere Bürde für so einen kleinen Hund.
Ich will ihm nichts Böses, bin ich doch zutiefst gerührt, wenn er mir mit
seiner winzigen Zunge die Hand leckt und mich mit seinen dunkelbrau-
nen Augen unter den struppigen Brauen hervor anblickt. Ist dir denn
wirklich eine Stelle bekannt, wo eine echte Mandragora wächst?«

Sie antwortete nicht, sondern blickte mich nur regungslos mit ihren
gelbgrünen Augen an, so dass ich gleichsam erschlaffte und süße Leich-
tigkeit mein Gemüt erfüllte. Deshalb fuhr ich fort: »Es stimmt, was
du von der Mandragora sagst, denn einmal habe selbst ich eine echte
Mandragora gesehen. Sie war mit Kleidern aus Samt und Seide angetan
und befand sich unter den Schätzen eines Reliquienhändlers in Paris.
Aber er hatte keinen Nutzen von ihr, denn seine Frau verließ ihn, um
mit einem vornehmen Adeligen durchzubrennen, und dabei nahm sie

den größten Teil seines Geldes mit. Dennoch habe ich keinen Zweifel an der Macht einer Mandragora, aber ich weiß auch, dass sie äußerst selten ist. Gewissenlose Schwindler nutzen das aus, indem sie unschuldige Wurzeln so zuschnitzen, dass sie wie kleine Menschlein aussehen und sie in Kinderkleidung stecken. Die verkaufen sie dann für teures Geld an leichtgläubige Leute als angeblich echte Alraunen. Deshalb kann ich kaum glauben, dass wir tatsächlich eine echte Mandragora finden werden.«

Wieder hielt sie den Blick aus ihren gelbgrünen Augen auf mich gerichtet und hob vorsichtig den Hund aus ihrem Schoß. Da loderte heißes Feuer in meinem Herzen auf, und ich vergaß alles andere, während ich sie in meine Arme schloss. Sie war wie Schaum und Rosen in meiner Umarmung, und ihre wunderbaren Augen waren mir Pforten zu den Freuden des Paradieses. Dann und wann sprachen wir noch scherzhaft von der Mandragora, und was wir täten, wenn wir eine fänden und sie aus der Erde zögen, ohne dabei das Leben zu verlieren, und dann zu Reichtum kämen. Aber bald vergaßen wir dieses Thema wieder und gewannen beide den kleinen Hund lieb. Er war unsere Freude, unser Freund und Gefährte und uns beiden stets treu ergeben. Wir begannen ihn Rael zu nennen, und vermutlich hatte ich bald ganz vergessen, von welcher magischen Bezeichnung dieser Name herrührte.

So waren wir glücklich miteinander. Aber manchmal zu abendlicher Stunde wurde mein Gemüt von einer namenlosen Furcht erfasst, die so drückend auf mir lastete, dass das Atmen mir schwerfiel, gleichsam als läge ein furchtbares Unwetter in der Luft. Auch Barbara spürte dies und ahnte, was mich bedrückte. Sie kam zu mir und legte ihr Gesicht an meinen Hals. An solchen Abenden lagen wir schweigend im Bett, pressten uns aneinander und hielten uns an den Händen, so als fürchtete jeder von uns insgeheim, den anderen zu verlieren. Aber im Nachhinein denke ich, dass gerade dies unsere glücklichsten Stunden waren. Wir waren damals einander so nahe, wie zwei Menschen sich nur nahe sein können, obwohl keiner von uns beiden ein Wort sprach. Im Dunkel der Nacht flüsterte ich zuweilen beim Ausatmen: »Barbara.« Und sie flüsterte genauso leise: »Michael.« Da wusste ich, dass auch sie nicht einschlafen konnte.

So verging ein Jahr, und auch viele andere Menschen fürchteten sich vor der Zukunft. Aber die mächtigen Planeten begegneten im Februar einander im Zeichen der Fische, ohne dass etwas Erwähnenswertes geschah. Der Frühling brach aus und ließ die Umgebung der Stadt neu erblühen; und die Sonnenstrahlen brachten die Waren auf dem Tisch des Zinngießers am Rathausplatz zum Funkeln. Ich war noch jung und vergaß meine bösen Ahnungen, um von dem irdischen Glück zu kosten, so klein, arm und bittersüß mein Glück auch war. Aber diese kurzen, vorbeifliegenden Frühlingswochen waren die letzten meines Glücks, und mit ihnen endete meine ganze Freude. Deshalb schließe ich nun dieses Buch mit dem Frühjahr 1524 und beginne ein neues und gleichzeitig mein bitterstes Buch.

Sechstes Buch

DER SCHEITERHAUFEN

Kapitel 1

Ich habe in meinem Leben eine Menge Merkwürdiges und Unerklärliches gesehen und will mich nicht selbst zum Ketzer erklären, indem ich behaupte, es gebe keine Hexerei oder der Mensch könne nicht im Bund mit dem Satan stehen. Ich habe die Erfahrungen, die ich in meiner Kindheit bei Frau Pirjo machte, nicht vergessen. Es gibt so viele unbestreitbare Beweise für die Existenz von Hexerei, und das in verschiedenen Ländern, dass ein denkender Mensch wahnsinnig wäre, wollte er sie leugnen. Sogar der Erzketzer Doktor Luther ist in dieser Hinsicht einer Meinung mit dem Papst. Was aber die Erforschung, die Verurteilung und Bestrafung von Hexerei betrifft, so kann man durchaus geteilter Meinung sein. Bis ans Ende meiner Tage, bis zu meinem letzten Atemzug werde ich stets die Meinung vertreten, dass die heilige Kirche die Hexerei auf falsche und furchtbare Weise verfolgt und bestraft. Das ist mein fester Glaube, auch wenn ich aufgrund dieser meiner Überzeugung selbst auf dem Scheiterhaufen landen und dereinst dem Höllenfeuer anheimfallen sollte.

Ich glaube auch, dass vieles von dem, was die Menschen für Hexerei halten, nur dem ewigen Wunsch des Menschen nach dem leichten Weg entspringt. Diesen Wunsch habe ich selbst verspürt, aber ich glaube nicht mehr, dass es diesen leichten Weg gibt, und ich glaube auch nicht, dass die Hexen ihn gefunden haben. Der beste Beweis dafür, dass es ihn nicht gibt, ist mein eigenes Leben. Dieser ewige Wunsch aber ist tief in der Natur des Menschen verwurzelt, wenn erst der Drang, über alles nachzudenken, in ihm erwacht, und deshalb sollte, wie ich finde, dieser Wunsch auch nicht verurteilt oder bestraft werden, jedenfalls nicht auf so furchtbare Weise, wie es die heilige Kirche tut. Wenn aber jemand diesen einfachen Weg gefunden zu haben glaubt, wie die Hexen, dann ist dies nur Einbildung und Wunschdenken. Das kann jedoch ebenso wenig strafbar sein wie Träume.

Barbara hingeben war keine Einbildung, und deshalb ist es leicht, sich wegen meiner ketzerischen Gedanken über mich lustig zu machen und zu sagen, der beste Beweis für die Existenz von Hexerei sei ich selber, weil Barbara es geschafft habe, mich durch ihre Hexerei zu bezaubern, obwohl sie mehrere Jahre älter war als ich, dazu hässlich, rothaarig und sommersprossig. In den Augen der heiligen Kirche und auch der Menschen bestanden die stärksten Beweise für Barbaras Hexerei nämlich darin, dass sie mir vorgaukeln konnte, schön zu sein, und mich dazu brachte, sie zu heiraten.

Im Nachhinein habe ich begriffen, dass die heilige Kirche nur deshalb Barbaras Tod forderte, um zu zeigen, über welch unerschütterliche Macht sie, die Kirche, verfügte. Aber Barbara starb nicht als Märtyrerin, sondern man hat sie als Hexe und aufgrund ihrer Hexerei verurteilt. Das ist, wie mich dünkt, ein ungeheures Unrecht und gereicht der heiligen Kirche nicht zur Ehre, auch wenn ich der Kirche keine Schuld mehr geben will, sondern nur sage, dass die heilige Kirche schlechte Diener hatte. Trotzdem fällt es mir schwer, Pater Angelo zu beschuldigen, denn ich lernte ihn gründlich kennen und kann nicht sagen, dass irgendein Falsch an ihm war, als er seine schwere Aufgabe übernahm.

Ich weiß noch immer nicht, ob dies alles in der Kurie oder nur am Hof des Fürstbischofs ausgeheckt worden war. Doch glaube ich, dass die Kirche ein warnendes Beispiel ihrer Macht geben wollte, als die Ketzerei immer mehr überhandnahm und Sebastians Reden von der Gerechtigkeit Gottes von Mund zu Mund gingen. Die evangelische Irrlehre hatte sich schon so weit verbreitet, dass man niemanden mehr als Ketzer verurteilen und verbrennen konnte, denn dann hätte man die Hälfte der Einwohner des Bistums ins Gefängnis werfen und auf den Scheiterhaufen schleppen müssen, was zu einem offenen Aufstand geführt hätte. Aber jemanden wegen Hexerei zu verurteilen, gehörte zu den natürlichen Vorrechten der Kirche. Das wurde nicht einmal vom schlimmsten Ketzer geleugnet. Deshalb dachten der Fürstbischof und seine Domherren sowie vielleicht auch die begüterten und einflussreichen Leute in der Stadt mit kalter Berechnung, ein Scheiterhaufen und verbranntes Menschenfleisch würde wohl die erhitzten Gemüter abkühlen und die Leute wieder zur Vernunft bringen. Opfer ihrer klugen Berechnung wurde meine Frau Barbara, allerdings ohne den erhofften Nutzen, und deshalb kann diesen Herren selbst bei gutwilliger Einschätzung keine Weitsichtigkeit attestiert werden. Nein, ich hasse sie alle aus tiefster Seele, obwohl sie bestimmt glaubten, sie hätten recht und würden nur zum Besten der heiligen Kirche handeln.

Damals dachte ich noch nicht so, sondern all dies wurde mir erst in späteren Jahren klar, als ich klüger und besonnener geworden war. Deshalb ist es vielleicht müßig, hier meine erst viel später aufgekommenen Gedanken darzulegen. Doch muss ich sie einfach niederschreiben, denn noch nach Jahren krampft sich mir das Herz in der Brust zusammen, wird mir dunkel vor den Augen und zittert mir die Hand, welche die Feder hält, wenn ich nun beginne, von Barbara und meinem Abschied von ihr zu schreiben. Aber Millionen sind einen qualvollen Tod vor ihr gestorben, und Millionen werden einen ebenso qualvollen Tod nach ihr erleiden, wenn sich die Welt nicht ändert, und nichts garantiert, dass ich nicht selbst noch einen schmerzlichen Tod erleiden werde. Warum sollte ich also Barbaras wegen erzittern? Eins will ich aber sagen und als meine einzige Hoffnung ausdrücken, dass nämlich die Welt sich ändern muss. Alles, was zu meiner eigenen Zeit geschehen ist und was ich mit eigenen Augen gesehen habe, beweist meiner Meinung nach, dass die Welt eine Zeit großer Veränderungen und Geburtswehen durchlebt. Auf Gottes Geheiß vollzieht sich jede Geburt unter Schmerzen, und das können wir nur beweinen, aber nicht ändern.

Kapitel 2

Ich selbst führte jenen Mann mit dem Rattengesicht und dem grauen Wams vor den Rat, ohne etwas von dem Ruf zu wissen, der ihm vorausging. Er redete freundlich zu mir und klopfte mir auf die Schulter, wobei er ständig den Kopf hin und her drehte und seine kleinen, grausamen Augen in alle Richtungen Ausschau hielten, so als würde er ständig nach etwas suchen. Rein äußerlich machte er in seinem grauen Wams nicht viel her, und deshalb begriff ich nicht so recht, wieso die Ratsherren ihn so ehrerbietig empfingen und sogleich die Tür hinter ihm schlossen, um in meiner Abwesenheit mit ihm zu reden. Aber es dauerte nicht lange, und die Tür wurde wieder geöffnet. Der Besucher in dem grauen Wams trat zu mir in Begleitung zweier Ratsherren, die es geflissentlich vermieden, mir in die Augen zu sehen.

»Dein Name ist Michael Pelzfuß?« erkundigte er sich höflich. »Ich bin Meister Fuchs aus der Bischofsstadt, und ich möchte gerne deine Frau Barbara sehen. Ich habe ihr etwas zu sagen. Bitte sei so gut und führe mich zu ihr.«

Ich ahnte noch immer nichts Böses, von so falscher Freundlichkeit war sein Auftreten. Aber als ich vorauseilen wollte, um Barbara von der Ankunft des Gastes zu unterrichten, ergriff mich Meister Fuchs am Arm und hielt mich zurück. So musste ich ihn und die beiden Ratsherren ohne Vorwarnung zu meiner Wohnung führen, deren Ärmlichkeit mich beschämte. Ich hätte mir auch gewünscht, dass Barbara vor der Ankunft des Gastes saubere Kleidung hätte anlegen können.

Es war ein klarer Frühlingstag, und als wir die düsteren Steinstufen hinabstiegen, war unsere Wohnung von dem Frühlingslicht überflutet, das durch die Fensteröffnungen gleich unter der Decke hineinströmte. Barbara bereitete am Herd gerade eine Suppe zu, als wir kamen. »Bist du's, Michael?« fragte sie überrascht und hob die Augen. Als sie den Gast erblickte, zuckte sie zusammen und trat einen Schritt zurück; mit schlaffer Hand ließ sie den Kochlöffel sinken, und in dem hellen Zimmer wurde ihr Gesicht plötzlich kreidebleich, so dass die Sommersprossen sich braun und gelbrot um ihre Augen herum abzeichneten.

Der Gast musterte sie kurz mit seinen kleinen, grausamen Augen. Dann lächelte er, entblößte dabei zwei große gelbe Rattenzähne und wandte sich den Ratsherren zu. »Wir können gehen«, sagte er. »Das dürfte reichen.«

Die Ratsherren schienen verwirrt. Einer der beiden warf mir einen mitleidigen Blick zu und fragte den Mann im grauen Wams: »Wollt ihr nicht noch das Zimmer durchsuchen, Meister Fuchs?«

»Das reicht«, wiederholte der nur und versetzte Rael, der ihn nichts Böses ahnend freudig begrüßt hatte, einen leichten Fußtritt und wandte sich zum Gehen. Die Ratsherren folgten ihm ohne ein weiteres Wort, und ich schloss mit einer tiefen Verbeugung die Tür hinter ihnen. Dann wandte ich mit verwundert an Barbara und fragte: »Was hat das zu bedeuten?«

Barbara stand lange schweigend da und blickte mit dem Kochlöffel in der Hand irgendwohin in die Ferne. Sie sah zutiefst erschöpft aus. Die Suppe kochte über und lief in die Flammen, doch kümmerte es sie nicht. Rael fing leise an zu winseln, so als spürte er, welch schwere Gedanken seiner Herrin im Kopf umhergingen. Barbara beugte sie wie geistesabwesend, um ihn zu streicheln.

»Ich muss weg, Michael«, sagte sie. »Je weniger du davon weißt, desto besser. Dir können sie keinen Schaden zufügen, und das ist meine einzige Hoffnung. Aber was auch immer geschieht, und selbst wenn wir einander nie mehr begegnen sollten, so darfst du doch nichts Böses von mir denken, liebster Michael, denn ich habe dich immer geliebt, nur dich allein, und nie habe ich einen anderen geliebt außer dir.«

Ihre Worte wirkten auf mich, als wäre ich von der Kälte des Todes angehaucht worden. »Wer war dieser Mann?« fragte ich.

»Fuchs, der Kommissar des Bischofs«, sagte sie ganz leise, gerade so, als ob dieser Name alles erklären würde. Auf meine verständnislose Miene hin lächelte sie sanft und wurde sogleich schön in meinen Augen. »Ich vergaß, dass du fremd hier bist, Michael; deshalb hast du mich ja auch geheiratet. Meister Fuchs ist der Hexenjäger des Fürstbischofs. Er brüstet sich damit, er könne Hexen schon auf große Entfernung riechen, und ein bloßer Blick aus seinen Augen reiche aus, um einen Menschen zu verurteilen. Einmal musste ich seinetwegen bereits den Reinigungseid leisten, aber das geschah nur um zweieinhalb Gulden willen, als der Bischof Geld brauchte, und da wohnte ich noch im Hause meines Vaters, so dass sein guter Leumund und die Büchsenmachergilde mir Schutz boten. Jetzt schützt mich niemand mehr. Deshalb muss ich jetzt weg.«

Die volle Bedeutung dieser Worte wurde mir blitzartig klar, denn alles, was uns bisher umgeben hatte, meine bösen Ahnungen und Sebastians Andeutungen über Barbara ergaben nun plötzlich einen Sinn, und ich konnte mich nur darüber wundern, wie blind ich so lange gewesen war. Wer will, kann natürlich auch dies als Beweis dafür nehmen, dass sie mich mit ihren Hexenkünsten verzaubert hat, wo ich nicht in der Lage war, eine so klare Sache zu durchschauen.

»Du hast recht, Barbara«, sagte ich. »Wir müssen fliehen. Vielleicht gelingt es uns, durch Wald und Gebirg zu den Städten der Eidgenossenschaft zu entkommen, oder, wenn wir dem Rhein folgen, auch hinüber nach Frankreich.«

»Würdest du wirklich gemeinsam mit mir die Flucht antreten, Michael?« fragte sie ungläubig und blickte mich mit ihren gelbgrünen Augen an, so dass gelbe und rote Blumen aus dem Marmorfußboden sprossen und funkelnder Brokat die verschimmelten Wände bedeckte. »Würdest du mit mir fliehen, auch wenn ich eine Hexe wäre und unsere Flucht uns als Hexenpaar abstempeln würde?«

»Natürlich«, versetzte ich ungeduldig. »Du bist ja überhaupt keine Hexe, das weiß ich doch. Reden wir keinen Unsinn, sondern packen wir so viel zusammen, wie wir tragen können. Sobald es dunkel wird, machen wir uns auf die Flucht.«

»Ich liebe dich, Michael«, sagte sie und küsste mich sanft, wobei ihr Mund mit dem meinen verschmolz. »Da du so starrköpfig bist, Michael, weiß ich, dass ich dich an einer gemeinsamen Flucht nicht hindern kann, auch wenn dich das in große Gefahr bringen wird«, fuhr sie fort. »Deshalb sollten wir die Flucht sorgsam planen, um kein Misstrauen zu erregen. Vor allem musst du deinen Amtspflichten ganz wie gewohnt nachgehen. Bis zum Abend habe ich dann alles für unsere Flucht vorbereitet. Falls aber irgendetwas Unvorhergesehenes passieren sollte und wir getrennt fliehen müssen, sollten wir auf jeden Fall so verbleiben, dass wir uns außerhalb der Stadt, in der mein Onkel wohnt, im Wald treffen, und zwar an der gleichen Stelle, wo ich dich einst gefunden habe. Was auch immer geschehen mag, es soll abgemacht sein, dass wir uns dort treffen, Michael.«

Bei diesen Worten ahnte sie gewiss schon, dass die Flucht aussichtslos war, und wollte mich nur um jeden Preis allen Gefahren fernhalten. Denn bereits am späten Nachmittag, als ich mit dem Abschreiben von Akten beschäftigt war, ertönte vom Markt her plötzlich Lärm und Geschrei, der von einer Volksmenge ausging. Als ich, den Tod im Herzen, hinausstürzte, sah ich, wie Meister Fuchs Barbara an einem Seil abführte. Ihr waren die Hände auf dem Rücken zusammengebunden, und zwei Wächter hielten mehr schlecht als recht die schreienden Leute zurück, welche die Hexe mit Straßendreck und Pferdeäpfeln bewarfen. Meister Fuchs hob triumphierend ein kleines Bündel hoch und rief:

»Ich habe sie dabei ertappt, wie sie flüchten wollte. Sie schlich sich über den Hof auf die Straße. Warum sollte sie wohl fliehen, wenn sie keine Hexe wäre? Ein Unschuldiger ergreift bei meinem Erscheinen nicht die Flucht.«

»Hexe, Hexe, Hexe!« brüllte die Menge, die sie umgab, und schlug die Hellebarden der Wächter beiseite, um meine Frau Barbara zu bespucken und ihr Schläge und Tritte zu versetzen. Ihr strömte Blut aus Mund und Nase. Alle Kräfte aufbietend, kämpfte ich mich durch die Menge bis an Meister Fuchs heran und ergriff ihn am Arm. »Lasst Barbara gehen, Meister Fuchs!« rief ich, von Weinkrämpfen geschüttelt. »Sie ist doch mein Weib. Ich, als ihr Mann, weiß doch am besten, dass sie keine Hexe ist!«

»Geh, Michael, geh!« sagte Barbara und riss an dem Seil, das ihre Hände umschlang, so als wollte sie mich von sich fortstoßen. Inzwischen richtete sich die Aufmerksamkeit der Leute auf mich, und sie begannen rufen: »Seht den Fremdling und Ausländer! Nehmt ihn fest, Meister Fuchs! Bestimmt ist auch er ein Hexenmeister.«

Meister Fuchs lächelte siegesgewiss und hob die Hand zum Zeichen, dass er einige Worte an die Menge richten wollte. Der Lärm verstummte, und einige riefen: »Hört ihm zu!« Als endlich völlige Stille herrschte, ergriff Meister Fuchs mit lauter Stimme das Wort und sagte:

»Ich kann eure Erregung gut verstehen, liebe Leute, hat doch dieses Hexenweib Barbara schon so viel Fluch und Schaden angerichtet in eurer schönen Stadt. Aber es kommt euch nicht zu, sie zu beschimpfen und zu misshandeln. Sie wird nämlich von der Heiligen Inquisition nach Recht und Gesetz befragt und bestraft werden, so wie sie es verdient hat. Wenn sie euch Leid und Kummer verursacht hat, dann könnt ihr sicher sein, dass ihre Qualen und Leiden tausendmal größer sein werden, bevor sie endlich zu ihrem Meister in feurigem Wagen zur Hölle fährt.«

Dann wandte er sich an mich und meinte: »Michael Pelzfuß, da du hier fremd bist, ist mir deine Erregung durchaus verständlich, und es tut mir leid um dich, da sie doch dein Weib ist. Aber ich will dir nichts Böses, denn mir ist klar, dass sie dich mit ihren Hexenkünsten verblendet hat. Deshalb glaube und erwarte ich, dass du den besten Zeugen gegen sie abgeben wirst. Ich sehe an dir keine Anzeichen von Mitschuld an ihrer Hexerei, wenn ich dir ins Antlitz schaue. Ohne mich rühmen zu wollen, kann ich dir nämlich versichern, dass ich mit meinem bloßen Blick eine Hexe von einem anständigen Menschen unterscheiden kann. Dank meiner zwanzigjährigen Erfahrung habe ich da den richtigen Riecher. Vertrau mir also, dann soll dir nichts Böses geschehen, sondern nur Gutes, wenn du vernünftig bist.«

Erneut hob er die Stimme und sagte: »Hiermit sei euch kundgetan, liebe Leute, dass der Dominikanerpater Angelo als Bevollmächtigter des Heiligen Stuhles in der Bischofsstadt eingetroffen ist, um all die Hexen zu befragen und zu verurteilen, die in den letzten Jahren so viel Unheil in unserem Bistum angerichtet haben.«

Da gellte plötzlich eine laute Stimme auf dem Marktplatz auf: »Verdammte Mönche, verfluchter Papst!« Und sogleich fiel die Volksmenge mit derselben Inbrunst in diese Rufe ein, wie sie vorher Barbara beschimpft hatte, um nun den Papst in den Schlund der Hölle zu verwünschen. Auf den Tresen des Zinngießers schwang sich ein langhaariger, in Lumpen gekleideter Mann, den ich zuvor hier nie gesehen hatte. Wild gestikulierend und mit fanatisch funkelnden Augen schrie er:

»Überlasst uns die Hexe, Meister Fuchs! Papst und Mönche sollen zur Hölle fahren! Wir können selbst mit unseren Hexen fertig werden und sie verbrennen, auch ohne die Hilfe des Papstes. Holt Holzscheite her und entzündet ein Feuer, liebe Leute, dann wollen wir aus eigener Kraft das Böse aus unserer Mitte ausmerzen!«

Meister Fuchs schien sich unbehaglich zu fühlen und sah mich an. Dann gab er dem bewaffneten Gefolge einen Befehl und schleifte Barbara auf die Rathaustür zu. Mit Hilfe der Wachmannschaft wehrte ich die überraschten Leute ab. Auch wenn ich dabei ein paar Faustschläge auf Kopf und Schultern abbekam, gelang es uns, Barbara hineinzuziehen und die schwere Tür hinter uns zu schließen. Sie hielt die Schläge und Tritte der Leute draußen gut aus. Meister Fuchs runzelte die Stirn, rieb sich die Ohren und entblößte dabei grinsend seine gelben Rattenzähne. Er schritt nicht ein, als ich niederkniete, der kraftlos am Boden liegenden Barbara das Seil von den Händen löste und ihr Blut und Straßenschmutz aus dem Gesicht wischte. Dabei tropften meine heißen Tränen auf ihre Haut, und sie erwachte aus ihrer Erstarrung und öffnete die Augen.

»Ihr seid offenbar alt geworden, Meister Fuchs«, meinte einer der weniger bedeutenden Ratsherren spöttisch. »So wie ihr diese Sache angeht, ist von Euren berühmten Fähigkeiten, die ja ohnegleichen sein sollen, nichts zu spüren. Das kann Euch noch teuer zu stehen kommen.«

Meister Fuchs lachte kaltblütig auf. »Ihr habt recht«, versetzte er. »Es macht mir keine Ehre, wenn der Bischof und Pater Angelo davon erfahren. Aber auch Eure Stadt wird teuer dafür zahlen müssen. Hört doch selbst!«

Im selben Augenblick vernahm man bereits, wie die erste Fensterscheibe klirrend zu Bruch ging und ein Stein auf dem Fußboden entlangschlitterte. Der Pöbel draußen brach in begeisterte Rufe aus und forderte die Herausgabe der Hexe, um sie sogleich verbrennen zu können.

»Hat dich der Teufel geritten, bei helllichtem Tage zu fliehen, Hexenweib?« fuhr Meister Fuchs Barbara an und versetze ihr einen Fußtritt. »Ich war darauf vorbereitet, dich erst nach Einbruch der Dunkelheit zu schnappen, denn ich kenne diese Hexenkünste.« Aber sehr böswillig klangen seine Worte nicht, sondern eher erstaunt, so als ob er in seinem Beruf mit etwas Neuem konfrontiert worden wäre. Dann gingen zwei weitere, mit wertvollen Glasmalereien versehene Fensterscheiben zu Bruch, und die im Rathaus eingeschlossenen Ratsherren rangen entsetzt die Hände. Meister Fuchs hingegen blieb gelassen.

»Es sind schlimme Zeiten«, sagte er. »Wäre es nicht das Beste, wenn einer der hohen Herren auf den Balkon hinausträte, um zum Volk zu sprechen und die Menge zu beruhigen? Man könnte ja sagen, ich hätte die Hexe bereits zur Hintertür hinausgebracht und befände mich jetzt mit meinem Hexenkarren schon außerhalb der Stadt. Dann könnten wir uns des Nachts in aller Ruhe auf den Weg zur Bischofsstadt machen, die Hexe und ich.«

Doch keiner der Ratsherren zeigte die geringste Neigung, vor das Volk zu treten, solange noch Steine flogen. Der spöttische Ratsherr, von dem ich wusste, dass er insgeheim der lutherischen Lehre anhing, erbleichte und wandte sich eindringlich an den Hexenjäger: »Meister Fuchs, übergebt die Hexe dem Volk, denn die Rechte unserer Stadt, die immerhin freie Reichsstadt ist, dürfen nicht angetastet werden. Barbara Pelzfuß ist hier in der Stadt geboren und aufgewachsen, und Ihr habt keine Befugnis, sie ohne Einwilligung des Rats gefangen zu nehmen und aus der Stadt zu bringen.«

»In dieser Hinsicht steht die heilige Kirche über der Gerichtsbarkeit des Rates und sogar des Kaisers«, sagte Meister Fuchs. »Aber was sage ich da, habe ich doch die Einwilligung des Rates hier in meiner Tasche. Noch heute Morgen habt ihr mir sie selbst versprochen, da die heilige Kirche gern einvernehmlich mit der jeweiligen Stadt handelt. Ihr könnt fest darauf vertrauen, dass Pater Angelo sie euch bereitwillig für die Urteilsvollstreckung ausliefert, wenn die Zeit dafür gekommen ist. Aber erst muss die Heilige Inquisition sie befragen und verurteilen. Das ist nämlich der Kern der Sache, und das solltet ihr alle als vernünftige Männer begreifen.«

Die Ratsherren begannen sich eilends zu beratschlagen und stellten dann fest, es liege im Interesse der Stadt, den Aufruhr so bald wie möglich zu besänftigen. Ihnen war durchaus klar, dass Barbaras Auslieferung an das aufmüpfige Volk und die dann folgende Hexenverbrennung vielleicht noch mehr Unruhen zur Folge hätte und den gesamten Rat ins Unheil stürzen könnte. Deshalb hießen sie Meister Fuchs' Rat gut, auch wenn niemand von ihnen auf den Balkon hinausgehen und zu der Menge sprechen wollte. Sie versuchten nur, mal diesem, mal jenem diese Aufgabe zu übertragen und bezeichneten sich nacheinander als viel zu unwürdig oder unfähig, einen solch verantwortungsvollen Auftrag zu übernehmen.

Meister Fuchs sah sich dies Getue mit gelangweilter Miene an und wandte sich dann an mich, der ich immer noch auf dem Fußboden saß und Barbaras Kopf in meinem Schoß hielt. »Michael Pelzfuß«, sagte er, »solange man lebt, so lange gibt es Hoffnung. Über kurz oder lang wird der Pöbel in das Gebäude eindringen, und du weißt, wie es dann deiner Frau ergehen wird. In Obhut der Heiligen Inquisition hingegen ist sie in völliger Sicherheit, bis ihre Schuld durch hinreichende Zeugnisse und ihr eigenes Geständnis bewiesen ist. Der Prozess kann monatelang andauern, und ich versichere dir, dass Pater Angelo ein frommer und gerechter Mann ist, von dem niemand ein böses Wort sagt. Deshalb hat man ihn auch in das schwere Amt des Inquisitors berufen. Geh du also auf den Balkon und verkünde, ich sei bereits samt deiner Frau aufgebrochen.«

Unschlüssig hob ich Barbaras Kopf an, der noch immer auf meinem Schoß lag. Entkräftet öffnete sie ihre gelbgrünen Augen und flüsterte: »Michael, mein Liebster, ich flehe dich an, stoß mir ein Messer ins Herz! Dann sterbe ich hier in deinen Armen, und es tut nicht weh.«

Aber ich war feige. Ja, ich war ein furchtbarer Feigling und klammerte mich an den Hoffnungsstrohhalm, den mir Meister Fuchs mit seinen tückischen Worten hingehalten hatte. »Du bist keine Hexe, Barbara«, flüsterte ich ihr ins Ohr. »Ich werde dich retten. Die heilige Kirche spricht keine falschen Urteile. Ich werde mit Pater Angelo sprechen.« Sie schüttelte kraftlos den Kopf und versuchte, sich an mir festzukrallen, aber ich riss mich los von ihr und stürzte auf die Treppe, die nach oben führte. Dann stieß ich die Balkontür auf, trat eilends auf den Balkon und rief, heftig mit den Armen gestikulierend:

»Haltet ihn auf, liebe Leute! Er hat mein Weib in seinem Hexenkarren zum Hinterausgang hinaus entführt. Rettet mein Weib vor der Inquisition, ich bitte euch! Rettet sie, denn sie können noch nicht durch das Stadttor gelangt sein!«

Dies rief ich ununterbrochen, bis der Lärm verstummte und das Volk meine Worte hören konnte. Erst rannten nur einige los, um das Stadttor zu erreichen, dann folgten ihnen weitere, bis sie zu einer schreienden und lärmenden Schar anwuchsen. Als alle verschwunden waren, war der verödete Marktplatz über und über mit herausgeschlagenen Steinen, hinuntergefallen Mützen, Holzscheiten und Zaunpfählen übersät.

Ins Erdgeschoss zurückgekehrt, musste ich eine Quittung ausstellen und ins Reine schreiben, welche die Leistungen anführte, die für die Stadt erbracht worden waren: »Hexe festgenommen, 1 Stück, macht 7 Gulden nach gültiger Taxe.« Meister Fuchs unterschrieb sie mit weit ausholendem Federschwung, und der städtische Kassenmeister zählte ihm widerwillig sieben Goldstücke auf die Hand. Meister Fuchs verwahrte das Geld sorgsam in seiner Gürtelbörse und wandte sich dann wieder an mich:

»Wir müssen uns nun irgendwie die Zeit bis Mitternacht vertreiben, denn vorher dürfte es kaum geraten sein, sich auf den Weg zu machen. Zum Glück habe ich den Hexenkarren außerhalb der Stadt bei einem verständigen Bauern im Stall gelassen, damit er nicht unziemliche Aufmerksamkeit erregt. Nichts hindert uns, Eure Wohnung aufzusuchen, um dort den Abend zu verbringen, falls Frau Barbara uns Abendbrot bereitet. Ich nehme an, du willst sie in die Bischofsstadt und ins Gefängnis begleiten. Dagegen habe ich nichts, denn die Wachleute sorgen für meinen Schutz. Außerdem wird Pater Angelo gewiss auch dich anhören wollen.«

Er ließ die Ratsherren, die noch immer die Hände rangen und sich über die eingeschlagenen Fensterscheiben aufregten, einfach stehen, und wir gingen zu dritt hinunter in unser bescheidenes Heim, wo wir so sicher waren wie in irgendeinem beliebigen Raum innerhalb des Rathauses. Rael kam uns schwanzwedelnd und jaulend entgegen, denn er war nicht daran gewohnt, alleingelassen zu werden. Meister Fuchs setzte sich, nahm ihm auf den Schoß und kraulte ihm das Fell. Den Wachleuten befahl er, vor der Tür zu warten, und Barbara kochte uns so viel Suppe, dass auch sie etwas davon abbekamen. Ihre Suppe war wirklich gut, denn jetzt kam es nicht mehr darauf an, Sparsamkeit walten zu lassen, sondern es war am klügsten, all das aufzubrauchen, was während unserer Abwesenheit hätte verderben können. Meister Fuchs sprach einen frommen Segen über sein Mahl und aß begierig wie ein Mann, der hart gearbeitet hat. Aber ich selbst bekam kaum etwas herunter und nahm nur wenige Löffel zu mir. Wenn ich mich umsah, kam mir dieses enge Heim so lieb, sicher und anheimelnd vor wie kein anderer Ort auf der Welt in diesen letzten Stunden vor unserem Aufbruch in ein Land des Grauens.

Als der Nachtwächter eintönig die Mitternachtsstunde ausrief, schlichen wir uns vorsichtig aus dem Rathaushof auf die Gasse, über die Barbara schon zu fliehen versucht hatte. Niemand war uns im Wege. Vom Stadtrat war an den Wächter des Viehtors ein geheimer Befehl ergangen, so dass dieser uns sogleich und ohne lästige Nachfragen das Tor öffnete. Und bald darauf rollten wir in dem Hexenkarren, der einen Holzverschlag aufwies, auf holprigen Wegen der Bischofsstadt zu. Die Frühlingsnacht duftete nach Erdreich und frisch sprießendem Gras. Meister Fuchs hielt Rael noch immer im Schoß und strich ihm nachdenklich über die struppig bepelzten Ohren, während wir zu dritt auf dem strohbedeckten Boden der Karre saßen. Im Dunkel der Nacht war er schweigsam geworden, und ich spürte, wie sich im Kutscher und im

Büttel allmählich Angst breitmachte ob ihrer furchterregenden Fuhre. Glaubten sie doch fest daran, dass Barbara eine Hexe war, genauso wie die Leute in der Stadt es geglaubt hatten. Sie flüsterten miteinander und bekreuzigten sich immer wieder.

Während ich in dem Karren saß, mit Barbaras von den Steinen zerschundenem Kopf auf meinem Schoß, dachte ich an Flucht. Die Nacht war finster, der Himmel bewölkt und sternenlos, und hier und da am Wiesenrain funkelten Glühwürmchen in fahlem Blau. Es wehte starker Wind, das Gras duftete, und die Nacht schien unheimlich, wie für Hexen gemacht. Wäre Barbara gesund und wohlauf gewesen, hätten wir eine Flucht ins Dunkle antreten können, trotz des Holzverschlages, der uns wie ein Käfig umgab. Aber ihr war schwindlig, und sie wäre nicht weit gekommen. Auch lockte mich die grausame und trügerische Hoffnung, der gute Pater Angelo, dessen frommes und gerechtes Wesen Meister Fuchs in den höchsten Tönen gepriesen hatte, würde Barbaras Unschuld feststellen und sie bald freilassen, obwohl ich schon so viel Übles von Hexenprozessen gehört hatte. Hatte Barbara doch schon einmal zuvor unbeschadet den Reinigungseid geleistet, und ich zweifelte nicht daran, dass ich durch gutes Zureden und Geldgeschenke die nötigen zwanzig oder dreißig wohlbeleumdeten Zeugen zusammenbekäme, die sie von jeglichen Hexenkünsten freisprechen würden. Wenn wir jetzt flüchteten, so wäre das ein verhängnisvolles Zeugnis gegen Barbara.

Aber die Nacht war finster, der Wind wehte, die Glühwürmchen funkelten unheilverheißend auf den Wiesen, und das Geklapper der Pferdehufe auf dem Weg kam mir unheimlich vor. Es war eine richtige Hexennacht. Ich versuchte, meine Gedanken zu ordnen und mir Rechenschaft darüber zu geben, ob ich im Grunde meines Herzens wirklich an Barbaras Unschuld glaubte. Ihr Kopf ruhte auf meinem Schoß, und sie umschlang mit ihren Armen meine Knie, wobei ihr Leib immer wieder einmal in verzweifeltem Schluchzen erbebte. Um mich von allen Zweifeln zu befreien, neigte ich meinen Mund an ihr Ohr und flüsterte: »Barbara!« Da bewegte sie leicht den Kopf, und ich flüsterte nochmals: »Barbara, wenn du wirklich eine Hexe bist, dann befreie dich selbst, jetzt ist Gelegenheit dazu!« Aber sie schluchzte nur und drückte sich immer fester an mich. Da glaubte ich, dass sie keine Hexe und nicht mit dem Satan im Bunde sein konnte, denn sonst hätte der Satan sie ja als die Seine errettet, oder sie hätte mit ihren Hexenkünsten die Augen ihrer Wächter blenden können, so dass wir hätten entfliehen können und Meister Fuchs nur eine Strohpuppe auf dem Boden des Karrens bewacht hätte. Dies ist, wie mir scheint, der sicherste Beweis dafür, dass Barbara keine richtige Hexe war, selbst wenn sie sich manchmal mit dunklen Künsten abgegeben haben sollte.

Kapitel 3

Als die Morgendämmerung fahl heraufzog, erholten sich der Kutscher und der Büttel von ihrer ängstlichen Stimmung und ihren üblen Gedanken, doch Meister Fuchs schlief endlich ein und schnarchte schwer mit offenem Munde. Rael schlief zwischen seinen Knien, wo er sich vertrauensvoll zusammengerollt hatte und ihn mit seinem Hundeleib wärmte. Als wir uns der Bischofsstadt näherten, ging die Sonne auf. Ich weiß nicht, ob ich die Welt je so jung und so schön gesehen habe wie an jenem Morgen, als am südlichen Horizont die Berge mit ihren schneebedeckten Gipfeln sichtbar wurden wie bläulich schimmernde Wolken, das Gras hellgelb in den Tälern aufschien und das Wasser im Fluss weißgrün schäumend über die glatten, grauen Steine im Flussbett hinwegeilte. Braun und gelb lagen die Weinberge da; an den schwarzen Stämmen von Eschen und Linden zeigte sich das frische Grün der Blätter, und vor uns ragten grau und braun die Türme der Bischofsstadt gen Himmel. Wie Schwalbennester schoben sich die Obergeschosse der Häuser hier und da über die hohe Stadtmauer, und das schwache, helle Bimmeln einer Klosterglocke rief die Brüder zum Morgengebet.

Etwas aus meiner Jugend ließ mir im klaren Schein jenes herrlichen Sonnenaufgangs das Blut aufwallen. So vergaß ich, was und wo ich war und dachte an die ersten Abende auf meinen Wanderungen zurück, als ich durch fremde Länder der Universität zustrebte, das Herz mir vor Wissensdurst glühte und meine Lippen fröhliche Wanderlieder anstimmten. *O saeculum, o litterae, juvat vivere,* trällerte die unwiederbringliche Vergangenheit in meinem Herzen. Aber dann gewahrte ich wieder Barbaras zerschundenen Kopf auf meinem Schoß und spürte, dass ich in einem grausamen Jahrhundert der Umwälzungen lebte, wusste, dass Literatur und Wissenschaften mir nun verschlossen waren, und dass das Leben durchaus nicht wunderbar war. Aller Wissensdrang verbrannte in meinem Gemüt zu Staub, und die graue Asche der Verzweiflung überkam meine Gedanken, so dass meine Augen sich nicht mehr an der unbeschreiblichen Schönheit der Welt erfreuen konnten, sondern Angst und Kummer sich in meinem Herzen breitmachten.

Die Stadtwache kannte Meister Fuchs und ließ den Karren durch das Tor in die Stadt rollen, wobei sie Barbaras rote Haare und ihr bleiches Gesicht mit groben Worten des Spottes bedachten. Vereinzelte Handwerker, die gerade ihre Geschäfte aufschlossen, und einige Mägde in

Bürgerhäusern starrten neugierig unsere gelb angemalte Karre an, und schon nach kurzer Zeit folgte uns eine Schar Gesellen, Kinder und Mägde, als das erschöpfte Pferd langsam durch die engen Gassen auf den Gefängnisturm der Bischofsburg zutrottete. Doch sie lästerten und spotteten nicht über uns, sondern blieben ängstlich vor dem Burgtor stehen, als wir hineinfuhren. Meister Fuchs hämmerte mit einem Stein gegen die eisenbeschlagene Tür, weckte den Gefängniswärter auf und übergab ihm Barbara. Rael rekelte sich erst schläfrig und hockte sich dann anmutig neben die Tür, um seine morgendliche Notdurft zu verrichten. Er blicke abwechselnd auf Barbara und auf mich, so als wäre er sich nicht klar darüber, wem von uns beiden er nun folgen sollte. Zu meinem Erstaunen packte Meister Fuchs ihn am Genick und nahm ihn an sich, so dass Rael schmerzgequält aufjaulte. »Den Hund behalte ich«, sagte er. »Pater Angelo soll entscheiden, ob das Tier nur ein Beweisstück ist, oder ob auch gegen den Hund wegen Hexerei ermittelt wird. Bis dahin muss ich als bischöflicher Fiskal und Hexenkommissar dafür Sorge tragen, dass er nicht einfach verschwindet.«

Rael wollte sich losstrampeln und jaulte herzzerreißend, während Barbara immer noch in der Tür stand, aus der ein furchtbarer Kerkergestank entwich, der sich mit der frischen Morgenluft mischte. Aber ich konnte mich jetzt nicht um Rael kümmern, wo alle meine Sorgen Barbara galten. Der buckelige Gefängniswärter musterte sie mit boshaftem Grinsen und beriet sich mit Meister Fuchs darüber, wie er sie im Turm anzuketten hätte. Ohne weiter auf meinen Geldvorrat zu achten, gab ich ihm einen ganzen Gulden mit der Bitte, sich um ausreichend Speis und Trank für Barbara zu kümmern. Dennoch wurde mir nicht gestattet, selber in den finsteren Turm einzutreten. Nur Meister Fuchs folgte dem Wärter, wobei er immer noch den armen Rael unsanft am Nacken festhielt. Sie stießen Barbara vor sich her, und die niedrige Tür schlug mir vor der Nase zu, sobald sie eingetreten waren.

So stand ich in der morgendlichen Frische auf dem Hof, sah die hohen, spitzgiebeligen Fenster des Bischofspalais und versuchte, ein stilles Gebet an die Gottesmutter und alle Heiligen zu richten, damit Barbara nichts Übles widerführe, sondern ich sie bald wieder in die Arme schließen und in Sicherheit bringen könnte, selbst wenn ich gezwungen wäre, mit ihr in fremde Länder auszuwandern und wir größte Armut erleiden müssten, weil dann unseres einziges Heim ein Feldrain wäre und unser Dach der bestirnte Himmel. Selbst dieses Los schien mir herrlich und erstrebenswert, wenn ich an die Finsternis des Gefängnisturms dachte.

Es dauerte lange, bis die Tür wieder aufschwang und Meister Fuchs heraustrat, wobei er sich die Hände am Saum seines grauen Gewandes abwischte. »Du brauchst keine Angst zu haben«, sagte er zum Gefängniswärter, »Pater Angelo wird dir geweihtes Wachs und Weihwasser schicken, das wird dich schützen. Hüte dich aber davor, der Hexe in die Augen zu blicken! Versäume auch nicht zu beten, dann wird dir nichts Böses widerfahren. Jetzt geht von ihr keine Gefahr mehr aus.«

»Was habt ihr mit meiner Frau getan, Meister Fuchs?« fragte ich ängstlich.

»Wir haben sie an den Fußblock gelegt«, sagte Meister Fuchs. »Danach habe ich, wie es meine Pflicht ist, untersucht, ob sie in ihren Kleidern oder an ihrem Körper nicht irgendwelche Hexengerätschaften versteckt hat, damit sie für diesen braven Mann und seine Familie keine Gefahr darstellt.«

Mit Furcht und tiefer Abneigung im Herzen betrachtete ich seine Augen, sein Gesicht und seine grausamen Hände. Doch nutzte es nichts, wenn ich mich ihm verhasst machte. Deshalb versetzte ich nur demütig: »Lieber Meister Fuchs, ich bin ein unerfahrener Jüngling und kenne mich im Prozessverfahren nicht aus, weil ich noch nie mit der weltlichen oder geistlichen Gerichtsbarkeit in Berührung gekommen bin. Steht mir deshalb mit Eurem Rat zur Seite, was ich für meine Frau tun kann. Damit Ihr dabei nicht nutzlos Zeit vergeudet, will ich Euch gerne in der nächsten Schenke mit einem Becher heißen Würzweins bewirten, damit ihr Euch nach der anstrengenden Fahrt den Leib wärmen könnt.«

Er antwortete: »Das ist ein guter Vorschlag. Ihr gefallt mir, Michael Pelzfuß. Gehen wir also einen morgendlichen Schluck trinken, und dabei kann ich dir auch gleich die Rechnung für meine Dienste präsentieren.« Er rieb sich die Nase und musterte mich von Kopf bis Fuß. »Wohlhabend bist du ja nicht«, sagte er. »Deshalb will ich mich bei meinen Forderungen zurückhalten. Aber sprechen wir darüber lieber beim Wein.«

Gedankenversunken ging er los, murmelte unverständliche Worte vor sich hin und stellte stirnrunzelnd mit seinen Fingern Berechnungen an. Ich ging einen halben Schritt hinter ihm her, und beim Tor wagte ich die Frage: »Was habt Ihr mit dem Hund gemacht, Meister Fuchs?«

»Den haben wir in einem eigenen Verschlag verwahrt und gefesselt«, sagte er. »Aber mach dir keine Sorgen, Michael. Er hat eine Schüssel mit Wasser, und die Kinder des Gefängniswärters bringen ihm Knochen und Brot, denn er ist ja ein freundliches Hündchen, und ich will nicht, dass es ihm schlecht geht, auch wenn ich ihn pflichtgemäß hinter Schloss und Riegel bringen musste. Ich hoffe von Herzen, dass sich seine Unschuld schon bald herausstellt, und wenn das der Fall ist, werde ich ihn dir gerne zurückgeben.« Wir schritten weiter voran, und nach einer Weile sagte er: »Ich mag Tiere, besonders Vögel. Ich habe zu Hause gleich mehrere Käfige voller Vögel.«

Als wir auf dem Markt ankamen und er sich umsah, um eine geeignete Schenke auszuwählen, sprach er leise wie zu sich selbst: »Ich hatte einmal vier Kinder, aber sie starben alle in derselben Woche an den Pocken. Auch meine Frau starb. Es war ein trockener Sommer, und Hexen hatten den Staub verzaubert, mit dem sich die Leute ansteckten. Mehr als tausend Menschen gingen in meiner Stadt an den Pocken zugrunde, bevor alles aufgeklärt wurde. Achtzehn Hexen haben wir verbrannt. Erst dann ging die Seuche zurück.«

Inzwischen betraten wir eine reinliche Weinstube, und ich bestellte uns heißen Würzwein, frisches Gebäck und Käsekuchen. Während wir von dem Wein nippten, stellte Meister Fuchs ständig irgendwelche Berechnungen mit seinen Fingern an und sagte schließlich, unter Berücksichtigung meiner Jugend und Armut werde er sich mit zweieinhalb Gulden zufriedengeben. Dieser Betrag beinhalte Bewachung, Transport, die Miete von Karren und Pferd und die Leibesdurchsuchung der Hexe. Ohne Widerrede zahlte ich ihm das Geld aus meiner Börse, denn für alle Fälle hatte ich all das mitgenommen, was noch von Barbaras Mitgift übrig war, dazu meine eigenen Ersparnisse, die ich mir in anderthalb Jahren als Stadtschreibergehilfe hatte zur Seite legen können. Ich wusste, dass Meister Fuchs mir viel zu viel abknöpfte. Aber das war sein gutes Recht, und ich wollte mich in meiner verzweifelten Lage gut mit ihm stellen. Ich wusste auch, dass ich alle Prozesskosten und die Unkosten der Zeugen zu tragen hatte, unabhängig davon, ob man Barbara schuldig sprechen würde oder nicht. Doch dachte ich jetzt nicht an den Verlust des Geldes, sondern hoffte nur, dass mein Geld für all dies reichen möge.

Meister Fuchs ließ sich Schreibzeug bringen, und ich schrieb nach seinem Diktat eine Quittung aus, auf der er genau und in allen Einzelheiten sämtliche Ausgaben aufzählte und dann auf die erwähnte Summe von zweieinhalb Gulden kam. Durch den Wein und das Geld milde gestimmt, bezeugte er mir sogar gewisses Wohlwollen.

»Die Hexe hat dir Sand in die Augen gestreut, armer Junge«, meinte er freundlich. »Aber so eine Hexerei verliert mit der Zeit ihre Wirkung, wie ich aus meiner langjährigen Erfahrung weiß. Ich glaube, du wirst zur Vernunft kommen, wenn dir erst einmal das umfangreiche Beweismaterial vorliegt, das wir sammeln werden.«

Auf meine zahlreichen Fragen antwortete er, dass ein Reinigungseid diesmal nicht in Frage käme. Das Gericht lade auch keine Zeugen vor, die für die Beschuldigte aussagen wollten, sondern nur Aussagen gegen die Beschuldigte würden vom Gericht anerkannt werden.

»Du musst endlich begreifen, Michael«, erklärte er geduldig, »dass Hexerei ein *crimen exceptum* ist und in die gleiche Kategorie gehört wie etwa Majestätsbeleidigung, Landesverrat oder Falschmünzerei, diese aber durch seine außergewöhnlich furchtbare Natur noch übertrifft. In einem Hexenprozess muss der Richter über Sondervollmachten verfügen, weil er während seiner Untersuchung nicht nur gegen die Hexe kämpfen muss, sondern gegen den Satan selbst, der als Vater der Lügen unsichtbar neben der Angeklagten steht und dem Richter die Augen verblenden, den Zeugen Gedächtnis und Verstand verwirren und alle Prozessbeteiligten in unmittelbare Gefahren bringen kann. Deshalb ist es nur natürlich, dass die Namen derer, die Anzeige erstattet haben und als Zeugen auftreten, nötigenfalls geheim gehalten werden und man zur Erzwingung des Geständnisses besondere Methoden anwendet. In einem Hexenprozess muss menschliche Hinterlist gegen die Hinterlist Satans kämpfen und sie besiegen. In diesem Kampf sind alle Mittel erlaubt, mit denen völlige Klarheit erreicht und die Wahrheit ans Licht gezogen werden kann. Wenn du deinen Verstand gebrauchst und es dir wirklich um Gerechtigkeit geht, Michael, so musst du zugeben, dass dies nur recht und billig ist.«

Ich räumte bereitwillig ein, dass er wohl recht haben mochte, aber ich blieb hartnäckig bei der Behauptung, dass Barbara schuldlos sei. Ich, ihr Mann, müsse dies doch am besten wissen. Ich sagte auch, dass es in der vergangenen Nacht dem Satan ein Leichtes gewesen wäre, Barbara zur Flucht zu verhelfen, stünde sie tatsächlich mit dem Satan im Bunde.

»Daran habe ich selbst schon gedacht und war deshalb in höchster Sorge«, gab Meister Fuchs zu. »Dies war das erste Mal, dass ich umständehalber gezwungen war, eine Hexe im Dunkeln zu transportieren. Du wirst zugeben, dass dazu eine gehörige Portion Furchtlosigkeit gehört, auch wenn ich mich damit nicht brüsten will. Aber bei dieser Frau ist der Satan schlauer, als wir uns vorstellen können. Offensichtlich hielt sie es für angeraten, das Lügengewand der Unschuld anzulegen und sich in die Hände des Gerichts zu begeben, ohne ein zweites Mal die Flucht zu wagen, weil sie über kurz oder lang ohnehin gefasst worden wäre in diesem dicht besiedelten Landstrich. Deshalb nehme ich an, dass der Satan sie mit gewissen Hilfsmitteln ausgestattet hat, die ihr helfen, im Zustand der Verstocktheit zu bleiben, obwohl ich bisher keine Hexengerätschaften bei ihr gefunden habe. Aber der Heiligen Inquisition stehen auch dafür Mittel zur Verfügung. Allerdings hindert mich mein Amtseid daran, dir Näheres davon zu enthüllen.«

»Ich hoffe nur, dass sie nicht mehr behelligt wird, als ein schwaches Weib ertragen kann«, sagte ich und empfand kaltes Grauen bei seinen Worten.

Aber Meister Fuchs beruhigte mich freundschaftlich und versetzte: »Solches wird nicht geschehen. Ja, es ist noch nicht einmal sicher, ob sie einer inquisitorischen Befragung unterworfen wird. Doch selbst wenn das der Fall sein sollte, verursacht die Untersuchung der Angeklagten keinen körperlichen Schaden, denn es besteht der feste Grundsatz, dass eine Befragung keine dauernde Verletzung zur Folge haben und nicht länger ausgedehnt werden darf, als die Beschuldigte zu ertragen imstande ist. Natürlich ist es hin und wieder geschehen, dass der Satan, wenn er merkt, dass die Leidensfähigkeit der Angeklagten an ihr Ende kommt, diese zu Tode kommen lässt, indem er ihr zum Beispiel im Beisein von Richtern und Untersuchungsführern auf völlig unerklärbare Weise den Hals bricht. Aber auch das ist natürlich kein Schaden, weil ein solcher Tod der endgültige Beweis dafür ist, dass es sich um eine Hexe handelt, genauso wie ein Tod im Gefängnisturm, wenn der Satan dabei seine Finger im Spiel hat.«

Der Würzwein schmeckte bitter in meinem Munde, als ich seinen Worten lauschte. Aber ich gab ihm noch einen zweiten Becher aus, und er fuhr mit roten Wagen und in ausgezeichneter Stimmung fort:»Schon die Ankettung einer Hexe im Gefängnisturm erfordert besonderes Geschick, damit sie sich selbst keinen Schaden zufügt und dadurch verhindert, dass es zu einem Prozess und zur Wahrheitsfindung kommt. Selbst der beste Hexenkommissar kann nicht verhindern, dass die Hexe im Gefängnisturm Umgang mit dem Satan pflegt. Als ich mein Amt noch in einer anderen Gegend ausübte, geschah es, dass ein zwölfjähriges Mädchen, obwohl sie gefesselt und angebunden war, geschlechtlich mit dem Satan verkehrte, so dass sie nach zwölfmonatiger Gefangenschaft ein Kind zur Welt brachte. Da sie geständig war, wurden beide, sie selbst und der Säugling, auf dem Scheiterhaufen verbrannt.«

»Meister Fuchs«, sagte ich, »offenbar ist dem Satan nichts unmöglich. Eure Worte flößen mir Entsetzen ein. Ich möchte so bald wie möglich mit Pater Angelo sprechen, damit ich ihm diese ganze Sache erklären und sie seiner Frömmigkeit und Gerechtigkeit anheimstellen kann.«

Freundlicherweise kam Meister Fuchs meiner Bitte nach, so dass ich noch am Nachmittag desselben Tages Pater Angelo in seiner kargen Mönchszelle im Kloster der Schwarzen Brüder aufsuchen konnte.

Kapitel 4

Inzwischen war ich von all dem Schmerz und meines Herzens Unrast in äußerst erregten Zustand geraten. Aber kaum befand ich mich innerhalb der stillen Klostermauern und verspürte den mir vertrauten klösterlichen Heiligenduft, in den sich die Ausdünstungen verschwitzter Mönchskutten mischten, da überkam mein Gemüt und mein wundes Herz klösterliche Ruhe. Ich schritt auf kalten Steinfluren dem Dienstbruder hinterher und dachte: »Dies ist ein Haus Gottes. Seit Jahrhunderten haben es viele Generationen von Mönchen durch ihre Gebete, asketischen Übungen und frommen Betrachtungen geheiligt. Es gibt gute Mönche und auch schlechte, aber das Haus Gottes beschützt sie alle und sorgt dafür, dass Barbara nicht Böses widerfahren kann.«

Als ich eintrat, erhob sich Pater Angelo gerade von seinem Gebetsschemel vor dem Bild des Gekreuzigten. Ich warf mich vor ihm auf die Knie und küsste den Saum seiner schwarzen Kutte. Sie bestand aus teurem Stoff, und sein Untergewand war von makellosem Weiß. Er trug keine Sandalen, sondern war barfuß. Seinen sehnigen, von Schwielen übersäten Füßen sah man an, dass er sommers wie winters barfuß zu gehen pflegte. Dennoch waren seine Füße reinlich, und als ich den Kopf hob, sah ich, dass auch sein Antlitz rein und offen war und von langer denkerischer Arbeit gezeichnet. Dabei strahlte es fromme Herzlichkeit und Güte aus, als er sich niederbeugte, um mir aufzuhelfen.

»Du brauchst vor mir nicht niederzuknien, Michael Pelzfuß«, sprach er. »Nur vor der Gottesmutter und den Heiligen sollst du knien. Du sollst mir auch nicht als einem Menschen Ehre erweisen, denn als Mensch bin ich schwach und kann irren. Wenn du mir Ehre erweist, dann tu es deshalb, weil du in mir der Kirche ewiges und unerschütterliches Recht erblickst, das den Schuldigen bestraft, den Unschuldigen aber in die Freiheit entlässt. Setz dich deshalb ruhigen Sinnes nieder und erzähle mir freimütig all das, was du auf dem Herzen hast. So hilfst du dir selbst und deinem unglücklichen Weib am besten.«

Seine freundlichen Worte waren mir ein solcher Trost, dass ich nach all meiner Niedergeschlagenheit, meiner Unruhe, der durchwachten Nacht und dem Verzicht auf Speisen in Tränen ausbrach. Er tröstete mich sanft, schob mir einen niedrigen Hocker zu, damit ich mich setzen konnte, und nahm selbst auf einem Lehnstuhl Platz. Seine Wärme und Freundlichkeit ließen die Schleusen in meiner Seele brechen, und ich begann, ihm mein ganzes bisheriges Leben zu schildern. Ich gestand ihm, ein Bastard zu sein und erzählte von meinem innigen Wunsch, in den Dienst der Kirche treten zu können. Ich zeigte ihm das inzwischen arg zerknitterte Zeugnis über den Baccalaureus-Grad, das mir die Pariser Universität ausgestellt hatte, und berichtete, welch harte Schicksalsschläge mich dazu gebracht hatten, mein ganzes bisheriges Leben zu bereuen und mir den Gedanken eingaben, mich als Pilger ins Heilige Land zum Grab des Heilandes aufzumachen, und wie ich dann auf dem Weg dorthin beraubt und halbtot am Wegesrand zurückgelassen wurde.

»In dieser elenden Lage fand mich Barbara Büchsenmeister, so als hätte Gott selbst sie auf geheimnisvolle Weise zu mir geführt«, sagte ich. »Barbara war gut und mildtätig zu mir. Sie pflegte meine Wunden, bis ich wieder gesund wurde, und sie kleidete mich, der ich bis auf die nackte Haut ausgeraubt war. Mein Herz fand Zuneigung zu ihr, und wir heirateten, um bis an unser Ende zusammenzuleben. Anspruchslos, fleißig arbeitend und niemandem zur Last fallend haben wir gelebt, und nur die Missgunst und Boshaftigkeit der Menschen, die Barbara wegen ihres Äußeren von Kindheit an nachstellten, legten den Grund zu dem furchtbaren Misstrauen, der sie jetzt hierher gebracht hat. Aber ich, ihr Ehemann, kenne sie am besten und kann bei Gott und den heiligen Sakramenten schwören, dass sie diese schrecklichen Anschuldigungen nicht verdient hat und unschuldig ist.«

Während meines Berichtes saß Pater Angelo geruhsam auf seinem Stuhl und betrachtete mich mit regen, forschenden Blicken. Seine schönen, sehnigen Hände lagen auf den Stuhllehnen, und zuweilen, wenn ich zögerte, ermunterte er mich durch kurze Fragen zum Weiterreden, so dass sein ganzes Wesen mir Ruhe einflößte und mir half, freimütig alles zu berichten, was ich erlebt hatte. Nachdem ich meinen Bericht beendet hatte, schwieg er lange und betrachtete mich dabei mit seinen klaren Augen. Schließlich seufzte er schwer und sagte:

»Michael Pelzfuß, ich glaube dir und will nur Gutes von dir denken, denn du befandest dich auf dem Weg ins Heilige Land zur Sühnung deiner Sünden, als die Hexe dich auffand und Macht über dich gewann. In deiner Unerfahrenheit begreifst du noch nicht, um was für eine furchtbare und weitreichende Angelegenheit es sich hierbei handelt. Dennoch hoffe ich, sie mit Gottes Hilfe vollständig aufklären zu können. Deshalb muss ich dir zunächst einige Fragen stellen.«

Er erstarrte wie zu Stein auf seinem Sitz, und sein sanfter Blick nahm den kalten und harten Ausdruck eines strengen Richters an. »Michael Pelzfuß«, fragte er, »glaubst du, dass es so etwas wie Hexen und Hexerei gibt?«

Ich bekreuzigte mich und sagte: »Gott behüte mich davor, die Lehren der heiligen Kirche anzuzweifeln, denn ich bin doch kein Ketzer! Gewiss doch gibt es Hexen, aber meine Frau Barbara ist unschuldig.«

Er sagte: »Du glaubst also, dass die Hexen, welche von der heiligen Kirche verurteilt wurden, durchaus nicht unschuldig gelitten, sondern ihre gerechte Strafe erhalten haben, da sie sich solch furchtbarer Sünden schuldig gemacht und sich mit dem Satan verbündet haben?«

Ich senkte den Blick und dachte nach, aber nach einer Weile musste ich leise antworten: »Ich muss es glauben, denn die heilige Kirche kann sich nicht irren.« Dennoch begehrte mein Gemüt insgeheim auf, und ich konnte ihm bei dieser Antwort nicht in die Augen schauen.

Er erschlaffte auf seinem Stuhl, seufzte, und sein Blick war wieder sanft, als er mich ansah. »Michael, mein Junge«, sagte er, »in dir ist rechter Glaube, und du bist kein Ketzer. Deshalb musst du auch glauben, dass deinem Weib Recht geschieht, nichts als Recht. Eine Hexe zu überführen ist eine schwere, ja furchterregende Aufgabe; sie fordert alle Seelenkräfte des Richters heraus, so dass ich in meiner Schwachheit tausendmal gegen diesen furchtbaren Auftrag aufbegehrt habe, den der Heilige Vater mir anvertraut hat. So sehr versucht der Satan mich schwachen Menschen. Ich habe dem nichts anderes entgegenzusetzen als ständiges Gebet und Kasteiung des Fleisches, um die Zweifel zu besiegen, die der Satan mir ins Ohr flüstert. Deshalb solltest auch du beten, Michael! Bete um deines Herzens willen und um meiner Schwachheit willen, damit ich als gerechter Richter alle Einflüsterungen Satans überwinde und mich der Untersuchung dieser traurigen Sache widmen kann.«

In seinen Worten lag so ernste Aufrichtigkeit und tiefe Seelenqual, dass mir mein eigener Kummer gering erschien im Vergleich mit den seelischen Bedrängnissen dieses frommen Paters. »Pater Angelo«, versetzte ich demütig, »ich will von ganzem Herzen für Euch beten, auf dass der gütige Gott Euch die Wahrheit herausfinden lässt. Auch für meine eigene arme Seele werde ich beten, am inbrünstigsten aber für mein armes Weib Barbara, damit ihr nichts Böses geschieht.«

Pater Angelo schüttelte leicht den Kopf. »Michael, mein Junge«, sagte er. »Mit Gottes Hilfe werde ich in dieser Angelegenheit die ganze Wahrheit herausfinden, nur die Wahrheit und nichts als die Wahrheit. Aber nie zuvor stand ich vor einer so schwierigen Aufgabe, muss ich doch die Hexe mit unwiderlegbaren Beweisen überführen und außerdem deine verblendete Seele davor bewahren, dem Unglauben zu verfallen, damit du dich in frommer Demut dem gerechten Urteil der heiligen Kirche unterwirfst und erkennst, dass Recht geschieht. Das musst du tief in deinem Herzen erkennen und nicht nur mit deinem Mund bezeugen.«

Danach stellte er mir noch zahlreiche gezielte Fragen, etwa wie Barbara mich gefunden hatte, wie sie mich während meiner Krankheit verarztete, und wie wir heirateten. Auch zu unserem Hund stellte er Fragen und dazu, wie der Arm des Stadtschreibers verletzt worden war. Dadurch zeigte er, dass er über unser Leben recht gut im Bilde war. Aber ich antwortete offen auf seine Fragen und verwickelte mich nicht in Widersprüche, als er sie in unterschiedlichem Wortlaut wiederholte. Schließlich fragte er:

»Seid ihr regelmäßig zur Messe gegangen? Habt ihr gebeichtet und gemeinsam die heilige Kommunion empfangen?«

Ich musste gestehen, dass wir unsere Pflichten der heiligen Kirche gegenüber etwas vernachlässigt hatten. Aber dies kam nur daher, dass Barbara sich wegen der Missgunst ihrer Mitmenschen gescheut hatte, unter die Leute zu gehen und die Messe zu besuchen. Unsere Gebete jedoch hatten wir nie ausgelassen, das versicherte ich dem Pater. Auch alle Fastengebote hatten wir gehalten. Ferner sagte ich: »Unsere Nachlässigkeit reut mich sehr, und ich verstehe, dass wir uns um den Groll der Leute nicht hätten kümmern, öfter die Messe besuchen und unsere Pflichten der Kirche gegenüber erfüllen sollen. Das wollten wir eigentlich auch tun, aber wir fürchteten uns vor den Leuten.«

»Wer ohne Schuld ist, der fürchtet sich nicht vor den Menschen, noch meidet er sie«, sagte Pater Angelo. »Eine Hexe hat durchaus Grund, Menschen zu meiden, und die Vernachlässigung des Messbesuchs und Kommunionsempfangs ist ein weiteres erschwerendes Zeugnis gegen sie. Der Satan ist allerdings so listenreich, dass ich, wenn ich gehört hätte, sie habe fleißig die Messe besucht und die Kommunion empfangen, dies als ebenso schweres Zeugnis gegen sie und als Zeichen von Verstellung genommen hätte, denn das spräche dafür, dass sie die Menschen in die Irre führen wollte. So ist es oft in Hexenprozessen der Fall.«

Wieder sah er mich mit seinen kalten, forschenden Augen an und nahm gewiss an meiner Miene wahr, dass ich aufbegehren wollte, denn er sagte: »Des Satans Blendwerke sind undurchschaubar. Um dir klarzumachen, mit welch schwierigen Dingen wir es hier zu tun haben, will ich dir ein Beispiel geben. Es ist noch kein Jahr her, da gestanden in einer Stadt am Rhein drei alte Hexen, sie hätten auf dem Friedhof die Leiche eines neugeborenen Säuglings ausgegraben, um sich daraus Fett für ihre Hexensalbe zu sieden. Ihre Geständnisse stimmten miteinander überein. Aber eine von ihnen hatte einen Ehemann, der genauso unerfahren und unverständig war wie du, und er forderte, man solle das Grab öffnen und untersuchen. Er verfügte über so viel Einfluss, dass man auf Drängen des Rates seiner Bitte nachkam. Wie zu erwarten, hatte der Satan seine Wege und Mittel eingesetzt, dass der Leichnam des Kindes scheinbar unberührt in dem kleinen Sarg aufgefunden wurde. Dies war mehr als alles andere das überzeugendste Zeugnis gegen jene drei Hexen, und sie wurden in Gottes Namen alle drei am selben Tag verbrannt, auch wenn das Gericht sie wegen ihrer Geständnisse die Gnade erwies, dass sie vor der Verbrennung erwürgt wurden. Dieser Fall zeigt klar und deutlich, wie leicht der irdische Verstand in solchen Fällen getäuscht werden kann, und wie sehr der Richter sich der göttlichen Vorsehung und der Fürbitte der Heiligen anvertrauen muss.«

»Meine Frau ist keine Hexe«, sagte ich, denn etwas anderes konnte ich nicht sagen.

»Du hast diese Barbara Büchsenmeister geheiratet«, sagte Pater Angelo. »Findest du sie hübsch?«

»Ich finde sie hübsch«, antwortete ich. Als ich an Barbara dachte, wie sie in dem Gestank und Unrat des Gefängnisturms im Fußblock steckte, brach ich wieder in Tränen aus und sagte: »Pater Angelo, in meinen Augen ist sie schöner als alle anderen Frauen, und ich liebe sie mehr als irgendetwas sonst auf der Welt.«

Pater Angelo schrak heftig zusammen und machte ein Kreuzzeichen. »Das reicht«, sagte er. »Von jetzt an wirst du dich ständigem Gebet, innerer Reinigung und Bußübungen widmen, damit ich dich aus den Schlingen des Satans erretten kann. Ich selbst habe diese Hexe Barbara noch nicht zu Gesicht bekommen. Aber ich weiß, dass sie ein hässliches, rothaariges Weib ist, mit einem Gesicht voller Sommersprossen und rostbraunen Zähnen. Sie ist viele Jahre älter als du und hatte ihr bestes Heiratsalter bereits hinter sich, als sie auf dich traf. Von jetzt an darfst du dieses Kloster nicht mehr verlassen. Ich überstelle dich der Aufsicht des Priors, damit du Reue zeigst und betest, bist alle Beweise zusammengetragen sind, damit der Prozess beginnen kann.«

»Pater Angelo«, rief ich und warf mich vor ihm auf die Knie. »Ich wünsche mir nichts mehr als völligen Frieden, damit ich mich dem Gebet und Übungen der Buße widmen kann, aber gestattet mir doch, mein Weib im Gefängnisturm aufsuchen zu können, damit ich sie in ihrer Einsamkeit trösten kann, denn mir bricht das Herz, wenn ich an ihre furchtbare Lage denke.«

Aber das verweigerte Pater Angelo mir strikt und sagte, schon um meiner selbst willen sei es unerlässlich, dass ich Barbara für eine längere Zeit nicht zu Gesicht bekäme. Als er meine Verzweiflung bemerkte, tadelte er mich heftig und sagte: »Du vertraust also weder Gott noch mir, Michael, sondern willst in der Verblendung des Satans verharren. Begreifst du nicht, dass ich und alle Mönche hier im Kloster nur dein Bestes wollen? Um dir zu beweisen, dass ich dir nur Gutes tun will, will ich mich selbst zu Fuß in deine Heimatstadt aufmachen, um dort die

Zeugen zu vernehmen. So entstehen dir keine größeren Unkosten, als wenn man sie hierher brächte, um sie in der Bischofsstadt zu verhören. Ich weiß ja, dass du nur ein mittelloser Jüngling bist. Solange ich fort bin, stehst du unter Obhut dieses Klosters, und dir wird es an nichts fehlen, was für dein Seelenheil notwendig ist. Bezähme also deine Erregung und sei guten Mutes, denn ich werde deine Seele retten, selbst wenn ich mich dafür in ein Handgemenge mit dem Satan einlassen müsste.«

Mein inständiges Flehen konnte ihn nicht erweichen. Im Gegenteil, ich merkte, dass ihn meine Starrköpfigkeit ärgerte. Deshalb schwieg ich schließlich, und er brachte mich zum Prior. Während der Abendmesse in der Klosterkirche besprengte man mich mit Weihwasser, schob mir eine geweihte Kerze in die Hand und streute mir geweihtes Salz in den Mund, während die Mönche Choräle zur Vertreibung des Satans anstimmten und Pater Angelo samt allen Mönchen inständige Gebete zur Rettung meiner Seele sprach. Diese ermüdenden Riten beruhigten mich so weit, dass ich in einen todesähnlichen Schlaf fiel nach all der körperlichen Erschöpfung und Verzweiflung meines Herzens. Aber schon nach drei Stunden rüttelte man mich wach, um mich zur Mitternachtsmesse zu holen.

So ging es viele Tage lang. Das ständige Wachen und die Fastenspeisen ließen mich allmählich in einen Zustand gnädiger Betäubung fallen. Dann und wann aber strahlte in meinem Gemüt das helle Licht des Bewusstseins wieder auf, und mir war, als würde mir ein Messer in die Brust gestoßen, wenn ich an Barbara im Gefängnisturm dachte. Dann schrie ich meinen Kummer heraus und flehte die Mönchsbrüder an, mich mit Knotenseilen und Dornenruten zu peitschen, damit der körperliche Schmerz mir die Seelenqual vertrieb, die ich um meine Liebste litt. Und so peitschten mich die Mönche aus, bis mein Rücken von Wunden übersät war, die bald zu nässen begannen. Die Mönche glaubten nämlich, mir so den Satan austreiben zu können. Auf diese Weise vergingen fast zwei Monate. In der Bischofsstadt stand der Sommer bereits in voller Blüte, aber ich nahm den Sommer gar nicht wahr, denn meine Wohnstätte war eine karge Mönchszelle, mein Bett aus nacktem Stein, meine Nahrung Wasser und Brot, und meine Wanderungen beschränkten sich auf den steinernen Gang in die Kirche und zurück. So verflog meine Anspannung, ich wurde ruhig und phlegmatisch.

Als der Prior merkte, dass meine Unruhe und Erregung abgeklungen war, verfügte er, der Bußübungen sei es nun genug. Ich bekam meine eigenen Kleider zurück und erhielt nahrhafte Speisen, so dass meine Gedanken in wenigen Tagen wieder klar wurden und ich wieder ich selbst war. So rechnete ich damit, dass der Prozess nun bald beginnen würde, und erwartete ihn mit Ungeduld.

Eines Tages bat ich den Prior, in die Stadt gehen zu dürfen, um mir dort die Haare schneiden zu lassen, denn ich wollte, dass nun auch mein Äußeres gepflegt sei. Ich wagte nicht, den Gefängniswärter herauszurufen, aber ich ging in den Hof der Bischofsburg, um wenigstens den dicken Turm zu sehen, in dem Barbara eingesperrt war. Bei dessen Anblick vergoss ich heiße Tränen. Kaum hatte ich sie mir abgewischt, da sah ich Barbaras Vater, Meister Büchsenmacher, der gerade aus der Bischofsburg kam und auf das Tor zuschritt. Sein Anblick erfreute mich sehr und erschien mir als ein gutes Vorzeichen, auch wenn ich meinen mürrischen Schwiegervater nie besonders gut hatte leiden können. Ich lief auf ihn zu und grüßte ihn so herzlich, wie es mir möglich war. Er schien durchaus nicht erfreut von meinem Anblick, doch war er auch nicht so missgelaunt wie sonst. Er hatte Wein getrunken, und ihm stand der Sinn nach einem Gespräch. Nach kurzem Zögern lud er mich ein, mit ihm einen Humpen Bier zu trinken, und wir setzten uns an einen Holztisch in einem Bierkeller. Dort wurde er gesprächig und begann, Klagelieder über seine Geschäfte anzustimmen.

»Wir leben in schlimmen Zeiten«, sagte er. »Ich habe bisher nie solche Verwilderung und solches Elend erlebt. Die Einkünfte der Büchsenmacher sind geringer als je zuvor, obwohl der König von Frankreich einen neuen Feldzug gegen Mailand begonnen hat und für uns Büchsenmacher deshalb goldene Zeiten angebrochen sein sollten. Aber der Kaiser mischt sich in unser Handwerk ein. Seine Feldobersten schreiben uns vor, wie lang die Gewehre sein müssen, die wir herstellen, wie groß der Durchmesser des Laufes und wie schwer die Kugel. Aber damit nicht genug; unser freies Handwerk ist völlig auf den Hund gekommen, denn auch der Preis unserer schweren Büchsen wird von oben her festgesetzt, und andere Arten von Büchsen dürfen wir gar nicht mehr bauen. Niemand kann heutzutage mehr aus eigener Kraft schwere Arkebusen tragen, sondern ihr Lauf muss von einer Gabel gestützt werden, die der Schütze immer mit sich schleppen muss, so als hätten diese armen Kerle nicht schon genug zu tragen. Außerdem ist es völlig sinnlos, alle Büchsen nach gleichen Maßen zu fertigen. Die Welt geht den Bach hinunter, und ehrliches Handwerk wird nicht mehr geachtet. Schließlich muss man die Büchsen je nach dem Mann anfertigen, der sie benutzt. Der Kaiser kann sich seine Männer doch auch nicht nach der Büchse machen! Jedenfalls sage ich dem Kaiser schwere Verluste und Niederlagen voraus, und das wird dem ganzen Deutschen Reich zum Unglück gereichen. Wer weiß, vielleicht werden dann eines Tages die gottlosen Eidgenossen als Söldner des Königs von Frankreich unsere Städte überfluten.«

Ich versetzte ungeduldig, ich verstünde seine Schwierigkeiten durchaus, und er könne mit meinem Mitgefühl rechnen. »Aber lieber Schwiegervater«, fragte ich dann, »wisst Ihr vielleicht etwas von Eurer Tochter Barbara?«

Er sah mich an und begann leise vor sich hin zu kichern. »Ich habe meine Zeugenaussage über sie gemacht und mein Zeichen neben meinen Namen gesetzt«, sagte er. »Auf diese Weise bin ich sie endlich los und habe die Gewissheit, dass man mir und meiner Familie ihretwegen endlich keine Scherereien mehr machen wird. So ist unser guter Ruf wieder hergestellt, und wir haben nichts mehr mit ihr zu tun. Deshalb ist dieser Tag für mich ein wahrer Glückstag. Um das zu feiern, sollten wir noch einen Humpen zur Brust nehmen. Mein Sohn kann jetzt nämlich ein neues Leben beginnen, und ein jahrelanger Albtraum hat nun ein Ende.«

Ich war entsetzt und wollte meinen Ohren nicht trauen. »Vater Büchsenmeister«, sagte ich, »habt Ihr denn tatsächlich gegen Eure Tochter ausgesagt? Hasst Ihr sie so sehr, obwohl sie Euer eigen Fleisch und Blut ist? Wenn das so ist, dann ist die Welt wahrlich noch verrückter, als ich geglaubt habe, und dann wird man auch bald Männer züchten, die zu den Büchsen passen, wie Ihr gerade gesagt habt. Das ist doch alles ohne Sinn und Verstand!«

Er schlug mit dem Humpen auf den Tisch, damit er ihm erneut gefüllt wurde, und sagte: »Ich hege keinen Groll gegen dich, Michael. Aber habe ich dir nicht fünfzig Gulden gezahlt, um die Hexe endlich loszuwerden? Wärest du mit ihr bloß aus unserer Stadt verschwunden! Aber nein, du hast dich bei uns eingenistet, und nun kannst du die Suppe auslöffeln, die du dir eingebrockt hast. Ich wasche meine Hände in Unschuld, genauso wie meine Frau und mein lieber Sohn. Du fragst, ob ich meine Tochter hasse. Nun endlich, wo ihre verdammten Augen mich nicht mehr anblicken, gebe ich gerne zu, dass ich sie von Geburt an gehasst habe. Ich glaube nicht einmal, dass sie meine Tochter ist. Weiß der Teufel, wes Kind sie ist; sicher hat so ein Incubus meinem armem Weibe beigewohnt und sie gezeugt. Allerdings habe ich uns dafür schon die Absolution gekauft.«

Ich blickte ihn an, ihn und sein verbittertes Antlitz mit den vom Trunk wässrigen Augen, so als würde ich ihn zum ersten Mal sehen. Dann stand ich auf, schüttete den Inhalt meines Bierhumpens in sein dummes Angesicht, rannte fort und schlug krachend die Tür der Bierstube hinter mir zu. Mein Herz war in Wut gegen die ganze Welt entbrannt. Er wischte sich das Bier aus Augen und Bart und rief mir die zotigsten Kraftflüche nach, an denen ihm offenbar ein großer Vorrat zur Verfügung stand.

Doch bald legte sich meine Wut wieder, und unsägliche Mattheit erfüllte mich, als ich begriff, dass ich durch solche Wutanfälle Barbara nicht im mindesten helfen konnte. Im Gegenteil, ich musste mich so weit ich konnte mit allen Beteiligten gut stellen, wenn ich etwas für sie tun wollte. Deshalb demütigte ich mich und trottete still und leise ins Kloster zurück. Kaum war ich wieder in meiner Zelle, da ließ mich Pater Angelo zu sich rufen. Vor ihm lag ein hoher Stapel Schriftstücke. Er redete mich freundlich an und sagte:

»Fasse dich, Michael, damit du die Wahrheit ertragen kannst! Morgen findet nämlich der Prozess statt, und dann musst du in Gottes Namen stark sein. Deshalb möchte dich auf das vorbereiten, was du zu erwarten hast, und lasse dich im Voraus Einsicht in alle Zeugenaussagen nehmen, obwohl das eigentlich nicht einer korrekten Prozessführung entspricht. Aber ich tue dies zur Rettung deiner Seele. Wisse also: Deine Frau Barbara ist eine Hexe.«

Das hatte ich schon geahnt, und deshalb sagte ich nichts dazu. Ich neigte nur den Kopf und bekreuzigte mich demütig, um ihm zu Gefallen zu sein. Dann fragte ich leise: »Darf ich Barbara beim Prozess sehen?«

Pater Angelo seufzte und sagte: »Das lässt sich nicht vermeiden. Schon um deiner Seele willen ist es am besten, dass du anwesend bist. Wenn du nun diese eidlich bezeugten Aussagen gelesen hast, wirst du hoffentlich nicht mehr zweifeln. Ich bitte dich auch, nach der Lektüre deine eigenen Aussagen, die ich dem Sekretär des Inquisitionsgerichts aufgrund deiner Worte diktiert habe, mit deiner Unterschrift zu bekräftigen.«

Er reichte mir die Papiere, und ich begann sie aufmerksam zu lesen, auch wenn ich an mehreren Stellen verblüfft und angeekelt aufschrie. Aber dann zwang ich mich zum Gleichmut und senkte meinen Blick, damit Pater Angelo nicht mein Mienenspiel sah. Er behielt mich nämlich die ganze Zeit mit forschendem Blick im Auge, und das Gefühl absoluter Sicherheit, das er ausstrahlte, hatte sein schönes Denkerantlitz verhärtet und erstarren lassen.

Es lohnt sich nicht, hier die Zeugnisse vollständig wiederzugeben. Die Eltern des jungen Mannes, der Barbara vor Jahren hatten heiraten wollen und dann durch Blitzschlag gestorben war, sagten aus, Barbara habe sich mit ihm auf einer Wiese vor der Stadtmauer gestritten und dabei gen Himmel gedeutet. Im gleichen Augenblick sei ein heftiges Gewitter losgegangen, und der Blitz habe ihren Jungen getroffen, obwohl er sogleich unter einem einsam stehenden Baum Schutz gesucht habe. Barbara hingegen war ohne Schaden geblieben, obwohl sie sich weiter auf der offenen Wiese aufgehalten hatte. Dies könne nichts anderes als Hexerei sei. Die Zeugen gaben ihre Vermutung zu Protokoll, Barbara habe mit Hilfe des Satans den Blitz verhext, wobei sie ihren eigenen Namen verwendete, denn die heilige Barbara schützt ja die Menschen vor dem Blitzschlag.

Eine Frau sagte aus, die Milch sei in ihrer Brust versiegt, nachdem sie sich heftig mit Barbara gestritten habe. Nur drei Tage seien verstrichen, bis die Milch ausgeblieben war; dabei hätte sie ihr Kind noch nicht einmal fünf Monate gestillt. Der Stadtschreiber, mein Freund, bezeugte, Barbara habe es mit ihren Hexenkünsten fertiggebracht, ihn auf der Treppe stürzen zu lassen, wobei er sich den rechten Arm gebrochen hatte, den er zur Berufsausübung brauchte. Dadurch habe Barbara mir das Amt verschaffen wollen. Indem sie ihn täglich zu einer warmen Mahlzeit zu sich eingeladen hatte, sei es ihr möglich gewesen, die Heilung des Arms zu verhindern, so dass er gelähmt blieb. Mir wollte der Stadtschreiber deshalb keine Vorwürfe machen, sondern sprach die Vermutung aus, ich sei mir nicht bewusst gewesen, dass Barbara eine Hexe war.

Der Stadtbüttel sagte aus, wir hätten ihn und sein Weib aus seiner Wohnung vertrieben und sie dann selbst in Beschlag genommen. Er betonte außerdem, er und seine Frau hätten die Wohnung nicht geräumt, wenn sie nicht Angst gehabt hätten, dass Barbara ihnen mit ihrer Hexerei Schaden zufügen könnte.

Der Stadtrat gab mit Siegel und Unterschriften zu Protokoll, Barbara sei von Kindesbeinen an als Hexe verschrien gewesen, und sie habe bereits einmal den Reinigungseid leisten müssen. Ihr eigener Vater bezeugte, Barbara sei schon als kleines Mädchen auf merkwürdige Art im Hof herumgehüpft und habe dabei unverständliche Worte vor sich hingemurmelt. Dann seien ihr Vögel zugeflogen und hätten sich auf ihre Schulter gesetzt. Auch ein Eichhörnchen habe ihr aus der Hand gefressen. Älter geworden, habe sie durch ihre Launen die ganze Familie in ständiger Furcht gehalten, so dass niemand es wagte, ein Wort gegen sie zu sagen. Als sie einmal ihrer Mutter zürnte, habe sie ihren Finger auf sie gerichtet, und zwei Monate später sei ihre Mutter dann an Wassersucht erkrankt und bettlägerig geworden. Eines Morgens habe Barbara die Werkstatt ihres Vaters aufgesucht, und noch am Nachmittag desselben Tages war dann der Ofen unter großem Getöse zerborsten, wobei großer Schaden entstanden sei.

Die Witwe eines Kutschers sagte aus, Barbara habe ihren Mann mit bösen Blicken angeschaut. Zwei Wochen später sei er dann auf der Straße ausgerutscht, und ein mit vollen Weinfässern beladener Wagen sei über ihn hinweggerollt, so dass er dann nach kurzer Zeit an Blutsturz verstarb.

Solcher Art waren also die Zeugenaussagen, die ich eine nach der anderen mit immer heftigerem Herzpochen las. Nach jedem dieser Zeugnisse sank mir der Mut, denn eine einzelne Aussage hätte man vielleicht noch widerlegen können, aber die gleichen Beschuldigungen wiederholten sich immer wieder, und zusammengenommen stellten sie ein furchtbares Beweismaterial gegen Barbara dar. Ich musste zugeben, dass der wahrhaftgemäße Bericht vom Tode ihres Verlobten tiefen Eindruck auf mich machte und mich erschütterte. Dennoch konnte ich nicht glauben, dass Barbara eine Hexe sei, sondern mir schienen alle diese Aussagen nur zu belegen, wie missgünstig, unverständig und voreingenommen die Leute ihr gegenüber waren. Als letztes fiel mir ein Schriftstück in die Hände, das nicht unterschrieben war. Ich begann es zu lesen, ohne zunächst so recht zu begreifen, dass es meine eigene Zeugenaussage gegen Barbara war.

In diesem Bericht bezeugte ich, Michael Pelzfuß, auch Michael de Finlandia genannt, Baccalaureus der Universität zu Paris, dass Barbara mich auf unerklärliche Weise im Wald gefunden hatte, als ich dort ausgeraubt und misshandelt in todesähnlichem Schlaf dalag. Niemand anders als der Satan hätte sie zu dem Versteck führen können, an dem die Räuber meinen Leib in dem Glauben zurückgelassen hatten, ich sei tot. Solange ich krank war, hatte mir Barbara bittere Würztränke eingeflößt, über deren Zusammensetzung sich nichts sagen ließ, die aber zweifellos Zaubertränke gewesen sein mussten, weil ich bald Zuneigung zu Barbara fasste trotz ihres hässlichen Äußeren, so dass ich sie schließlich heiratete. Während unserer Ehe hatte mich Barbara ständig mit ihren Satanslisten und Hexenkünsten bestrickt, so dass sie meinen Augen als die schönste Frau der Welt erschien. Nachdem mir aber die Wahrheit klar geworden, hatte ich mich nun von ihr und von allen Hexenkünsten losgesagt und bezeuge, dass es nur durch Hexerei geschehen konnte, dass ich die Ehe mit ihr eingegangen war.

Nach der Lektüre dieses furchtbaren Dokuments, das Pater Angelo nach meinem Bericht diktiert, aber zu einer Anklageschrift umgestaltet hatte, hob ich den Blick und sagte mit fester Stimme: »Pater Angelo, diese Aussage kann ich keinesfalls unterschreiben, denn sie ist nicht wahr.«

Pater Angelo zuckte ungehalten zusammen, aber er beherrschte sich und fragte in versöhnlichem Ton: »Steht da nicht alles so, wie du es selbst berichtet hast? Begreifst du immer noch nicht, dass sie dich als Hexe mit ihren angeblichen Heiltränken vergiftet und deine Augen geblendet hat? Kein vernünftiger Mensch kann doch behaupten, sie sei die schönste Frau der Welt.«

Aber trotz aller Überredungsversuche fand ich mich nicht bereit, diese Zeugenaussage zu unterschreiben. Endlich gestattete er mir, die Aussage neu zu formulieren. Ich schrieb, Barbara habe mich im Wald gefunden, mich mit Heiltränken gesund gepflegt und mich aus eigenem freien Wunsch dazu gebracht, sie zu heiraten, weil ich sie mehr liebte als alles andere auf der Welt. Dies alles gestattete Pater Angelo mir zu schreiben. Aber als ich noch hinzufügen wollte, dass ich Barbara nicht für eine Hexe hielt und während unserer Ehe in ihrem Verhalten nichts bemerkt hatte, was darauf hingedeutet hätte, verbot er mir auf das Strengste, so etwas niederzuschreiben, denn es sei nicht meine Sache, mich über Barbaras Schuld oder Unschuld zu äußern. Das zu beurteilen bleibe dem Gericht nach sorgfältigem Studium der Zeugenaussagen überlassen. Auch behalte sich das Gericht vor, seine eigenen Schlüsse über meine Aussage zu ziehen, und diese Schlussfolgerungen hätte ich nicht zu beurteilen. Zu spät begriff ich, dass er meine Zeugenaussage auf jeden Fall gegen Barbara wenden wollte.

Ich war nämlich schwach und konnte mich Pater Angelos starkem Willen nicht widersetzen. Er war gnadenlos, nachdem er erst einmal sicher war, die Wahrheit herausgefunden zu haben. Auch nährte ich in mir die ganze Zeit die Hoffnung, ich könnte Barbara sehen, sie trösten und ihr mit meinen Blicken Mut zusprechen, auch wenn ich sie nicht berühren durfte, so dass sie die nötige Festigkeit erlangte, ihre Unschuld trotz der langen und schrecklichen Gefangenschaft zu bekräftigen. War sie doch stets stärker und entschiedener gewesen als ich. Deshalb unterschrieb ich dann meine Aussage und versprach mir im Stillen, vor Gericht alle Versuche Pater Angelos abzuwehren, meinen Bericht gegen Barbara zu verwenden. Allerdings wollte ich ihn vorerst nicht weiter erzürnen. Pater Angelo nahm das Papier an sich, und alle Strenge verschwand aus seinem Antlitz, das nun wieder schön und mitfühlend war, wenn er mich anblickte.

»Glaub mir, Michael«, sagte er, »auch ich bin nur ein Mensch. Die Aufgabe, die mir übertragen ist, dünkt mich oft schwerer, als dass ein Mensch sie ertragen könnte. Aber vor der Ehre und Herrlichkeit Gottes muss meine menschliche Schwäche weichen, damit ich mich als würdiger Diener der Kirche erweise. In einem Fall wie diesem ist auch menschliches Mitleid nur eine grausame Falle Satans, mit der er mich fangen will, um dadurch seine eigene Dienerin zu retten.«

»Ich glaube einfach nicht, dass meine Frau eine Hexe ist«, sagte ich, »was immer die Leute auch gegen sie ausgesagt haben.«

Pater Angelo legte sich die Hände vors Gesicht, seufzte schwer und sprach ein stilles Gebet. »Michael«, sagte er, »ich bin ein schwacher Mensch, und von Kindheit an litt ich, wenn ich jemanden weinen sah. Wenn jemand sich verwundete, wurde mir übel. Als kleiner Junge wurde ich sogar ohnmächtig, wenn meinem kleinen Bruder die Nase blutete.

Wegen eben dieser meiner Schwäche hat man mir diese Aufgabe übertragen, auf dass ich mein körperliches Selbst zu um so größerem Ruhme Gottes überwinde. Auch unser allerfrömmster Papst Hadrian VI. war seinerzeit in Spanien als Inquisitor tätig, um zu seiner großen Berufung als Reiniger der Kirche heranzuwachsen, woran ihn dann sein früher Tod gehindert hat.«

»Ich habe gehört, dass seine bescheidene Lebensweise in Rom nur Spott hervorgerufen habe«, sagte ich. »Außerdem heißt es, dass nach seinem Tode das Volk von Rom die Tür seines Leibarztes mit einem Ehrenkranz schmückte, der mit der Aufschrift ›Dem Retter des Vaterlandes‹ versehen war.«

»Das Volk ist dumm und ohne jeden Verstand«, sagte Pater Angelo. »Zudem braucht die Kirche einen großen Besen, denn die Tauben brüten in ihrer Kuppel und lassen ihren Dreck auf die Säulen fallen. Unwürdige Hände haben ihren Altar besudelt. Aber, Michael, die Kirche bleibt dennoch die Kirche, ihre Säulen werden ewig aufragen, und ihre Kuppel wölbt sich auf ewig über unseren Häuptern. Irdischer Unrat vergeht, aber die heilige Kirche besteht in Ewigkeit.«

Diese seine Worte bewirkten, dass ich mich ganz klein und unbedeutend fühlte, denn wider Barbara stand nicht nur das dumme, unverständige Volk, sondern die ganze heilige Kirche samt ihren großen Lehrern und Überlieferungen. Barbara war ganz allein. Sie hatte keinen Fürsprecher, denn auch ich, ihr Mann, hatte eine Aussage unterschrieben, die gegen sie verwendet werden konnte. Deshalb litt ich die ganze Nacht an Albträumen. Ich schrie im Schlaf, und in meinen Träumen trat der Satan neben Barbara hin, um sie mit all seiner höllischen Macht zu verteidigen, worüber ich mich von ganzem Herzen freute. Das war eine furchtbare Sünde, auch wenn sie nur im Traum geschah.

Kapitel 5

Das Inquisitionsgericht versammelte sich in einem Raum im Gefängnisturm der Bischofsburg. Die hohen und schmalen Schießscharten oben an den steinernen Wänden ließen nur fahles Licht durch. Während ich auf die ehrwürdigen Patres wartete, blickte ich zu den schmalen Fenstern hinaus und bemerkte zu meiner Verblüffung, dass es draußen außerhalb der Stadt Sommer war. Die Bäume waren dicht belaubt und das Land mit hellem Grün überzogen. Das Turmzimmer befand sich nämlich hoch über der Stadtmauer, und man hatte einen herrlichen Blick bis zu den wolkenartigen Berggipfeln der Alpen. Als ich den Blick wieder zurück in den Raum wandte, kam mir der kalte Fußbodenstein vor wie Grabplatten, und ich wusste, dass unter ihnen in den Kellergewölben des Turms lebendige Menschen geseufzt, geweint und gelitten hatten. Aber von ihren Seufzern und Wehklagen waren in dem verwitterten Stein der Wände und des Fußbodens keinerlei Spuren zurückgeblieben.

Als vorsitzender Richter fungierte Pater Angelo, dem zwei Dominikanerpatres des Klosters zur Seite standen. Einer der beiden führte Protokoll. Meister Fuchs war der Fiskal des Gerichts. Sonst durfte kein anderer anwesend sein, so dass der Wachsoldat und auch der Gefängniswärter draußen warten mussten, nachdem Barbara hereingebracht worden war.

Man hatte sie gewaschen und gekämmt, und sie trug ein grobes, aber sauberes Gewand, das ihr einziges Kleidungsstück war. Wenn ich einem Wiedersehen mit Furcht entgegengefiebert hatte, da ich mir alle möglichen Schrecken und Leiden ihrer Gefangenschaft ausmalte, so beruhigte ich mich nun, als ich sie erblickte, denn ich fand an ihr keinerlei äußere Zeichen von Misshandlungen. Sie war nur noch magerer als zuvor, und in einem Mundwinkel erkannte ich eine Narbe. Auch war sie erstaunlich hässlich in meinen Augen; ihr Haar war glanzlos und rostfarben, und gelbrote Sommersprossen überzogen ihr ganzes Gesicht, als sie sich blinzelnd an das Licht im Raum zu gewöhnen suchte. Ich glaube, dass sie lange Zeit im Dunkeln verbracht hatte, denn immer wieder rieb sie sich die Augen, so als täten sie ihr weh.

»Vorgeführt wurde Barbara Pelzfuß, geborene Büchsenmeister, Alter fünfundzwanzig Jahre«, begann Pater Angelo dem Sekretär zu diktieren, nachdem er zuvor für das Protokoll die Mitglieder des Gerichts aufgezählt hatte. Aber es lohnt sich nicht, mehr von dem Verhör zu berichten, das über zwei Stunden bis zur Zeit des Mittagsmahls andauerte. Nachdem Pater Angelo die Anklage wegen Hexerei und des Bundes mit dem Satan vorgelesen und sie gefragt hatte, ob sie sich für schuldig erkläre, antwortete Barbara ganz ruhig mit einem »Nein«. Danach begann der Sekretär, mit eintöniger Stimme die Zeugenaussagen vorzulesen, und Barbara antwortete bald bejahend, bald verneinend auf die Fragen des Richters. Zu meiner Freude bemerkte ich, dass sie auch während der Gefangenschaft ihren klaren Verstand und ihre Willenskraft nicht verloren hatte, denn sie gab alles zu, was unbestreitbar geschehen und zu beweisen war, wie den Streit mit ihrem Verlobten und der stillenden Mutter sowie das Zerbersten des Ofens und die Armverletzung des Stadtschreibers. Doch bestritt sie entschieden, irgendeinen Anteil an diesen Unglücksfällen gehabt zu haben. Ihre Geistesgegenwart und ihr festes Auftreten beeindruckten mich nicht wenig, so dass jeglicher heimliche Zweifel sich in mir verflüchtigte und ich sie aus tiefstem Herzen für unschuldig hielt.

Als meine Aussage vorgelesen wurde, hatten sich ihre Augen endlich an das Licht gewöhnt. Sie sah sich um und bemerkte mich in einer Ecke des Raumes. Wieder blickten mich ihre gelbgrünen Augen an, und ihr hageres Gesicht erglühte von unsäglicher Freude, so dass sie wieder schön war in meinen Augen und sich in meinem Herzen jäh Sonnenschein und Vogelgezwitscher breitmachte. Auch konnte ihr meine Aussage, wie ich fand, keinen Schaden zufügen, denn sie berichtete freimütig, sie habe mich gefunden, als sie gerade Heilpflanzen sammelte. Sie habe Mitleid mit mir gehabt, da ich nackt und ausgeraubt gewesen war. Mit bewährten Heilkräutern habe sie mich behandelt, und sie zählte auch die Kräuter auf, aus denen sie ihre Heiltränke gemischt hatte. Dabei bestritt sie entschieden, mich mit unerlaubten Zaubertränken gefügig gemacht zu haben. Doch während sie vor dem Richter stand, mehrten sich bei ihr Anzeichnen von Erschöpfung; sie begann zu schwanken und wechselte öfter das Standbein, so dass ich nichts lieber getan hätte, als zu ihr zu eilen und sie zu stützen, wenn ich es nur gewagt hätte.

Als alle Aussagen vorgelesen waren und das Gericht über jede einzelne davon lange beraten hatte, sprach Pater Angelo mit kalter und strenger Stimme: »Hexe Barbara, aufgrund all dieser unbestreitbaren und eindeutigen Zeugenaussagen hält das heilige Gericht dafür, dass du die Quelle schändlicher Hexerei in allen hier aufgezählten Fällen bist, in denen armen und unschuldigen Menschen großer Schade verursachte wurde, im Fall des Fuhrkutschers sogar den Tod. Da es keine Hexerei ohne Verbindung mit dem Satan gibt, hält das Gericht die Anschuldigung des Bundes mit dem Satan ebenfalls für bewiesen. Willst du dich nun freiwillig schuldig bekennen, oder bestehst du darauf, im Vertrauen auf den Satan in deiner Verstocktheit zu beharren und deine Schuld leugnen?«

Barbara schrie auf und sagte: »Ich bin weder eine Hexe, noch im Bunde mit dem Teufel, was auch immer die Leute an Verleumdungen gegen mich vorbringen. Alle Menschen haben mich von Kindheit an gehasst, weil ich hässlich bin und anders als die anderen.«

»Nach wohlwollend vorgebrachter Aufforderung, zu gestehen, wies die Hexe in ihrer Verstocktheit alle gegen sie vorgebrachten Zeugnisse und Anschuldigungen von sich«, diktierte Pater Angelo sogleich, »räumt aber ein, sie sei von Kindheit an anders gewesen als ihre Mitmenschen.« Danach sprach er zu Barbara: »Sowohl während deiner Gefangenschaft wie auch hier vor Gericht habe ich alles mir Mögliche getan, um dich zu einem freiwilligen Geständnis zu bewegen, aber du bleibst weiterhin verstockt. Deshalb unterbreche ich nun die Sitzung, denn jetzt ist es Zeit für das Mittagessen. Danach wird das Verhör, wie es die Prozessordnung verlangt, fortgesetzt, und zwar als peinliche inquisitorische Befragung. Ich bin bekümmert, meine Tochter, aber daran trägst du selbst die Schuld. Du hast jetzt Zeit, dir noch einmal zu überlegen, ob du freiwillig gestehen willst, oder ob die heilige Kirche dich durch Zufügung körperlicher Schmerzen dazu zwingen muss, ein Geständnis abzulegen. Glaub nur nicht, dein Verbündeter, der Satan, könne dir beistehen, wenn du dich in den Händen des Kerkermeisters befindest! Gestehe lieber, denn so entbindest du uns von dieser schweren Pflicht, die weder dir noch uns behagen wird.«

»Aber ich bin keine Hexe«, jammerte Barbara und brach in Tränen aus. Doch ihre Tränen machten keinen Eindruck auf Pater Angelo. Er rief den Gefängniswärter und ließ ihn Barbara für die Zeit des Mittagsmahls zurück in die Gefängniszelle bringen.

»Pater Angelo«, wandte ich mich an ihn, »gestattet mir, mit ihr zu reden und sie zu beschwören, ein Geständnis abzulegen, wenn sie wirklich schuldig ist! Ich kann den Gedanken nicht ertragen, dass sie leiden muss.«

»Das geht nicht, Michael«, versetzte Pater Angelo ungeduldig. »Sie würde dich nur von neuem verhexen, wie du selbst sicher begreifen wirst. Auch könntest du ihr irgendetwas zustecken, womit sie sich verletzen oder schmerzunempfindlich machen könnte. Als Richter kann ich es nicht zulassen, dass dadurch der Prozess rechtsunwirksam würde. Also belästige mich nicht weiter, sondern lass mich endlich für mein leibliches Wohl sorgen! Schließlich liegt ein schwerer Nachmittag vor uns, und das nur wegen der Starrköpfigkeit dieses Hexenweibs.«

Dann verließ er mich. Der Fürstbischof selbst richtete nämlich den Mitgliedern des Gerichts und Meister Fuchs das Essen aus, weil er erpicht darauf war zu erfahren, welchen Erfolg das Verhör gehabt hatte. Mich schickte man in die Küche des Bischofs, wo etwas für mich zubereitet worden war. Aber ich mochte nichts essen, sondern irrte ruhelos zwei lange Stunden im Hof der Bischofsburg umher. Ich versuchte, den Gefängniswärter zu bestechen, damit er mich zu Barbara ließe, aber dieser habgierige Kerl war allzu sehr um seine eigene Haut besorgt, als dass er gewagt hätte, gegen Pater Angelos ausdrückliche Anweisung zu verstoßen. Nachdem er von mir Geld erhalten hatte, versprach er wenigstens, Barbara ein anständiges Mahl zu besorgen.

Als die Patres aus dem Saal der Bischofsburg zurückkehrten, sich dabei mit dem Handrücken die Mundwinkel abwischten sowie mit vom Wein geröteten Gesichtern eifrig miteinander diskutierten, ging ich wieder zu Pater Angelo und behelligte ihn mit der Bitte, doch bei der inquisitorischen Befragung zugegen sein zu dürfen. Diesmal war er zuvorkommend und sagte:

»Ich hatte mir schon gedacht, dass du darum bitten würdest. Ich habe deshalb sogar mit dem Bischof gesprochen, da meines Wissens so etwas noch nie gestattet wurde. Aber dies ist sowieso ein Ausnahmefall, denn du bist verhext worden, und ich glaube nicht, dass du dich ganz von der Gewalt dieser Hexe freimachen kannst, bevor du nicht mit eigenen Ohren ein Geständnis aus ihrem Munde vernommen hast. Mit Erlaubnis des Herrn Bischofs darfst du also zugegen sein, aber nur unter der Bedingung, dass du dich auf keinen Fall mit Worten oder Gesten in das Verhör einmischst, sondern dich völlig zurückhältst. Auch musst du den üblichen Eid schwören, dass du hinterher keinen Groll oder gar Rachegedanken gegen irgendeinen Anwesenden hegst und auch keinen anderen dazu verleitest oder durch Bestechungen dazu bringst, an deiner Stelle Rache zu üben. Du musst dich mit allem, was geschieht, ganz und gar abfinden. Diesen heiligen Eid fordert von dir nicht nur das Gericht selbst, sondern auch Meister Fuchs sowie des Bischofs Kerkermeister und sein Knecht.«

Aus diesem Grunde begaben wir uns zunächst wieder in das Turmzimmer, wo ich Pater Angelo gegenüber den geforderten Eid ablegte. Erst dann stiegen wir auf steiler Treppe in die Folterkammer hinab, ein fensterloses Gewölbe. Erleuchtet wurde es von zwei Fackeln. Der Kerkermeister und sein Knecht standen schon bereit und warteten auf uns. Sie trugen, wie ihr Amt es vorschrieb, reinliche rote Gewänder, auch wenn es laut Vorschrift nicht erlaubt war, Blut zu vergießen oder der zu verhörenden Person bleibende Verwundungen zuzufügen. Während ich mich umschaute, versuchte ich mich mit dem Gedanken zu trösten, dass alle diese furchtbaren Zangen, Schrauben und Quetschen wohl nicht zum Einsatz kämen. Aber der Anblick des Blockrads mit der Leiter und dem Seil, an dem schwere, in Eisenbänder eingefasste Gewichte hingen, genügte, mich in Schweiß ausbrechen zu lassen. Die Patres nahmen Platz, nicht ohne sich über die unbequemen Sitzgelegenheiten zu beklagen. Dann wurde Barbara hereingeführt. Sie zitterte am ganzen Leib und war völlig verstört. Nachdem der Kerkermeister ihr auf Pater Angelos Anweisung hin die Anwendung der verschiedenen Geräte erklärt hatte, leugnete sie trotzdem immer noch demütig und in beschwörenden Worten ihre Schuld. Sie könne sich nicht an Dingen für schuldig erklären, an denen sie keine Schuld trage. Pater Angelo seufzte und befahl Meister Fuchs, mit seiner Arbeit zu beginnen.

Mit groben Scherzworten Barbara gut zuredend, sie aber gleichzeitig davor warnend, sich zu wehren, zogen der Kerkermeister und sein Knecht ihr das Hemd vom Leibe, so dass sie splitterfasernackt dastand. Dann banden die beiden sie mit Händen und Füßen an der Leiter fest. Barbara war sehr mager geworden, aber ihr gründlich gewaschener Leib war immer noch ganz weiß; nur an den Knöcheln und Handgelenken sah ich blaue Flecken, die vom Fußblock herrührten. Barbara stöhnte ein paar Mal auf, als der Kerkermeister ihr mitleidlos die Haare abschnitt, nicht nur am Kopf, sondern überall am Körper. Danach untersuchte Meister Fuchs gründlich jede Stelle ihres Körpers, besonders die Hohlräume, um mögliche Hexenmittel zu finden, mit deren Hilfe sie sich Schmerzen gegenüber unempfindlich hätte machen können. Pater Angelo wollte aus Gründen der Schamhaftigkeit diesen Teil der Untersuchung nicht mitverfolgen, sondern unterhielt sich leise mit den anderen Patres. Ich selbst hielt diese grobe und schamlose Behandlung nicht für besonders schlimm, sondern war für jeden Augenblick dankbar, der für Barbara ohne allzu viele Qualen verstrich.

»Viele Hexen haben sich damit gebrüstet, keine Schmerzen zu verspüren, sofern sie auch nur einen winzigen Fetzen als Bekleidung behalten dürfen«, sagte Meister Fuchs. »Aber wenn diese Hexe jetzt nicht all ihrer Mittel beraubt ist, dann tauge ich nicht für das Amt des Hexenkommissars.«

Er trat von Barbara zurück und die Patres stellten sich neben ihren nackten, gefesselten Körper, wo sie begannen, wie aus einem Munde mit lauter Stimme zu beten. Sie verspritzten Weihwasser über sie und streuten ihr geweihtes Salz in den Mund. Diese Reinigungsriten ermutigten den Kerkermeister und seinen Knecht sehr, hatten sie sich doch vielfach zu ihrem Schutz bekreuzigt, während sie Barbara festbanden. Mir entging auch nicht, dass auch die Patres in dem halbdunklen, von den Fackeln nur unzulänglich beleuchteten Raum Barbaras Hexenkünste fürchteten, und diese Beobachtung raubte mir alle Hoffnung, denn sie zeigte deutlich, dass sie ihr Richteramt in gutem Glauben versahen und überzeugt waren, dass Barbara tatsächlich eine Hexe sei.

Danach forderte Pater Angelo Meister Fuchs auf, die Nadelprobe zu machen. Meister Fuchs ergriff sogleich eine lange, spitze Nadel und begann, schmerzunempfindliche Hexenstigmata an Barbaras Leib zu suchen. Die Patres verfolgten dies mit großer Neugier, und jedes Mal, wenn Barbara aufschrie und rotes Blut aus der Wunde quoll, entrangen sich ihnen schwere Seufzer. Meister Fuchs wandte besonders Muttermalen, so winzig sie auch waren, seine besondere Aufmerksamkeit zu und durchstach mit seiner Nadel auch die Brustwarzen, so dass Barbara vor Schmerzen schrille Schreie ausstieß. Endlich fand er an ihrer Seite ein größeres Muttermal, aus dem kein Blut floss und dessen Durchstechung Barbara offensichtlich keinen Schmerz bereitete. Das war offensichtlich ein Hexenstigma, mit dem der Teufel sie als sein Eigentum gekennzeichnet hatte. Nicht ohne Bestürzung dachte ich daran, dass ich in Momenten aufwallender Leidenschaft oftmals diese Stelle geküsst hatte, die ich für ein ganz gewöhnliches Muttermal hielt.

Im Protokoll wurde vermerkt, die Nadelprobe habe ein hufeisenförmiges, schmerzunempfindliches Stigma an der rechten Hüfte der Hexe entdeckt, etwa einen Zoll über dem Beckenknochen. Danach befahl Pater Angelo, Barbara von der Leiter loszubinden und sie zu wiegen. Nachdem dies geschehen war, verkündete Meister Fuchs, Barbara wiege über zehn Pfund weniger, als eine Frau ihrer Größe und ihres Körperbaues naturgemäß wiegen müsse. Die Mitglieder des Gerichts sowie auch der Kerkermeister und sein Knecht waren schon des Stigmas wegen nun endgültig davon überzeugt, dass Barbara eine Hexe sei, und sie empfanden nicht mehr das geringste Mitleid mehr mit ihr. Die Wiegeprobe machte die Sache völlig sicher, denn eine Hexe ist leichter als ein echter Mensch. Deshalb treibt sie ja auch auf dem Wasser und geht nicht unter.

Angewidert von ihrem Anblick, befahl Pater Angelo, sie wieder mit ihrem Hemd zu bekleiden und fragte sie, ob sie jetzt gestehen wolle. Barbara stand mit gesenktem Kopf da und sagte nichts. Jetzt, da das grobe Hemd ihre weiße Haut wieder verhüllte, war sie von so abstoßender Hässlichkeit, dass ich nicht begriff, wie ich sie je hatte lieben und mich vor Sehnsucht nach ihr verzehren können. Bedrückt und entsetzt dachte ich, nun müsse ich wirklich glauben, dass sie meine Augen wohl geblendet hatte.

Da Barbara keine Antwort gab, wies Pater Angelo mit offensichtlichem Widerwillen den Kerkermeister an, seine Pflicht zu tun. Dieser packte sie und hielt sie fest, während sein Knecht ihr die Hände auf dem

Rücken zusammenband. Das über das Blockrad verlaufende Seil wurde an Barbaras Handgelenken befestigt. Dann wurde sie hochgezogen, und zwar bis zur Decke, so dass die Schultergelenke knackten, als sie in dieser unnatürlichen Stellung in der Luft hing. Sodann wurde das Seil gelockert, und sie fiel hinab; aber bevor sie unten aufschlug, straffte der Kerkermeister das Seil wieder und verhinderte, dass sie den Fußboden erreichte. Barbara entrang sich ein furchtbarer Schrei, während ihr die Arme aus den Gelenken sprangen. »Michael«, schrie sie, »Michael!«

Schweiß strömte mir übers Gesicht, und ich streckte die Hand nach Pater Angelo aus. Aber in dem Licht der Fackeln sah ich nur, wie er mit verzerrter Miene auf Barbara blickte und auch seine hohe, reine Stirn von dicken Schweißtropfen bedeckt war. Er litt wie ich an dem furchtbaren Anblick, und ich ließ meine Hand kraftlos sinken. Nachdem der Kerkermeister noch einige weitere Male Barbara hinaufgezogen und wieder fallen gelassen hatte, ließ er sie schließlich auf den Fußboden stürzen, und sie schlug mit dem Gesicht auf den Steinplatten auf. Pater Angelo fragte ein weiteres Mal streng, ob sie gestehen wolle. Barbara jammerte leise, rief die allerheiligste Gottesmutter um Hilfe an und sagte: »Wie soll ich denn gestehen, wenn ich noch nicht einmal weiß, was ich gestehen soll! Doch um Gottes willen, quält mich jetzt nicht mehr, edle Herren!«

Mit entsetzlich verzerrtem Gesicht nickte Pater Angelo dem Kerkermeister zu. Dieser rollte einen anderthalb Liespfund* schweren Steinbrocken herbei. Barbaras Füße wurden aneinandergebunden, und den Stein befestigten sie an einem Ring, den sie ihr über die Zehen schoben. Aus Barbaras Mund ertönten entsetzliche Schreie, als der Kerkermeister sie langsam hinaufzog und dabei die Schultergelenke knackten und das Gewicht des Steines auf ihren Zehen lastete. Schon das erste Fallenlassen kugelte ihr die Schultergelenke aus, so dass Barbara mit hinter dem Rücken hochgereckten Armen in der Luft hängen blieb. Erst stieß sie fürchterliche Schreie aus, aber dann wimmerte sie nur noch still vor sich hin, während ich am ganzen Leibe zitterte. Pater Angelo fragte mit fester Stimme, ob sie nun ein Geständnis ablegen wolle. Aber als Barbara versuchte, etwas zu sagen, verlor sie das Bewusstsein. Man ließ sie wieder auf den Fußboden hinab, und der Kerkermeister versuchte sie zu beleben, indem er ihr die Schläfen mit einem in Essig getauchten Lappen einrieb und ihre Lippen mit Branntwein benetzte. Meister Fuchs meinte interessiert:

»Verehrte Patres, seht doch, sie hat noch keine einzige Träne vergossen. Eine Hexe kann nicht weinen, das ist der dritte Beweis.«

Im Protokoll wurde vermerkt, dass auch die Tränenprobe ergeben hatte, dass sie eine Hexe sei. Inzwischen kam Barbara wieder zu sich und wimmerte erschöpft. Aber als Pater Angelo sich über sie beugte, um ihr ein Geständnis zu entlocken, schien es, als habe sie die Fähigkeit zu sprechen verloren, sondern bewegte nur den Kopf hin und her. Um die Sache zu beschleunigen, befahl Pater Angelo dem Kerkermeister, weitere Gewichte hinzuzufügen. Dabei sagte er: »Verstopf ihr den Mund; ihr Geschrei macht einem ja Ohrenschmerzen! Es geht nicht an, dass den ehrwürdigen Patres und mir allzu viel zugemutet wird.«

Der Kerkermeister schob Barbara daraufhin ein birnenförmiges Stück Holz mit Luftlöchern in den Mund. Es füllte ihren ganzen Rachenraum aus und bläht ihre Wangen unnatürlich auf, ohne sie dabei am Atmen zu hindern. Nachdem er noch ein weiteres Liespfund an Gewicht hinzugefügt hatte, zogen er und sein Knecht Barbara wieder hoch, strafften das Seil und warteten ab.

Eine Weile lang herrschte Stille; nur das Knistern der Fackeln und das leise Rieseln des Sandes im Zeitglas des Sekretärs waren zu vernehmen. Barbaras Wimmern war verstummt, aber ihre Atmung war am keuchenden Heben und Senken des Brustkorbs zu sehen. Ich sah, wie ihre zierlichen Zehen fürchterlich gestreckt wurden und die Schultern im Bereich der Gelenke bläuliche Färbung annahmen. Der Kerkermeister holte sich aus einer Wandhöhlung einen Humpen Bier, trank und bot auch seinem Knecht davon an. Einer der Dominikanerpatres – er hatte Hängebacken – begann halblaut ein Gebet zu murmeln und ließ dabei die braunen Perlen seiner Gebetsschnur durch seine Finger gleiten. Plötzlich konnte ich mich nicht mehr beherrschen, sondern fing bitterlich an zu weinen, stürzte auf Barbara zu und beugte mich vor, ihre Knie zu umarmen und ihr zu helfen, die furchtbar schweren Gewichte zu tragen. »Gestehe, Barbara, gestehe!« flehte ich sie an. »Um unserer Liebe willen, gestehe, denn ich halte dies nicht mehr aus!« Barbaras Augen öffneten sich, und sie sah mich mit ihren glanzlosen grüngelben Katzenaugen an. Aber ihr Blick hatte keine Wirkung mehr auf mich, sondern ich verspürte nur noch den furchtbaren Schrecken der Folterqualen mit ihren mageren Beinen in meinen Armen.

Pater Angelo trat neben mich und löste sanft meine Arme von ihr, so dass Barbaras Körper aufzuckte, als die zerschundenen Gelenke wieder das ganze Gewicht tragen mussten. »Gestehst du, Hexe?« fragte er, und versetzte ihr einen Faustschlag auf die Brust. »Gestehe, oder du reißt deinen Mann Michael mit ins Verderben!« Da bewegte Barbara den Kopf zum Zeichen, dass sie etwas sagen wollte, und der Kerkermeister stieg auf die Leiter, um ihr das Holzstück aus dem Mund zu nehmen. Dabei rissen ihre Mundwinkel ein, und schmale Blutrinnsale liefen ihr am Kinn herunter. »Vielleicht bin ich eine Hexe«, keuchte sie mit leiser Stimme, »aber lasst Michael in Ruhe; er weiß nichts von mir.«

Pater Angelo seufzte vor Erleichterung, wies den Kerkermeister an, das Seil zu lockern, so dass die Gewichte auf dem Fußboden landeten und Barbara das Sprechen leichter fiel. Danach stellte er ihr zu jeder Zeugenaussage die erforderlichen Fragen, und sie gestand in allen Anklagepunkten ihre Schuld ein. Pater Angelo diktierte für das Protokoll:

»Frage: Gestehst du, den Blitz heraufbeschworen zu haben, um deinen Verlobten zu töten? Antwort: Ich gestehe. Frage: Gestehst du, durch Hexerei den Fuhrkutscher getötet zu haben, so dass ein Wagenrad ihm den Leib zerquetschte? Antwort: Ich gestehe. Frage: Gestehst du, mit Hilfe von Hexerei und Beschwörungen dem Stadtschreiber den Arm gebrochen zu haben? Antwort: Ich gestehe.« Ich will hier nicht alles aufführen, sondern erwähne nur, dass ich nun aus Barbaras eigenem Munde vernahm, dass sie mich unter Anleitung des Satans im Wald gefunden und einen Hexentrank benutzt hatte, um mich dazu zu verleiten, ihr Ehemann zu werden. Als das Verhör nun zu seinem Ende kam, warf mir Pater Angelo einen Blick zu, und vielleicht las er in meinen entsetzten Augen noch den Funken eines Zweifels, denn er änderte den Wortlaut seiner Fragen ab und sprach:

»Was war das für ein Zaubertrank, mit dem du diesen Michael hier verhext hast?«

Barbara zögerte, wandte den Kopf hin und her, und mit einer Art Schleier vor den Augen und schwer atmend antwortete sie dann: »Er bestand aus Weihwasser, Saft von wildem Kohl und Mutterkorn.« Nachdem ich dies vernommen hatte, konnte ich nicht mehr zweifeln, sondern nun musste ich glauben, dass sie mich verhext hatte. Mit kaum noch hörbarer Stimme sagte Barbara: »Verzeih mir, Michael.«

Aber Pater Angelo fragte weiter: »Gestehst du, dass du den Satan in der Gestalt eines schwarzen Hundes bei dir hast leben lassen, um ihn als Hilfe für deine teuflischen Hexereien zu haben?« Da riss Barbara die Augen auf und stieß stockend hervor: »Nein, das stimmt nicht. Rael ist doch nur ein gewöhnlicher Hund und hat nichts Böses getan.«

»Das werden wir noch herausfinden«, sagte Pater Angelo und fuhr fort: »Jetzt bedenke genau, was du sagst, Hexe, denn ich will wissen, wann, wo und wie du den Bund mit dem Satan geschlossen hast. Weiter: Wann, wo und wie hat er dir sein Signum ins Fleisch gedrückt? In welcher Gestalt und wie oft hatte er als dein Herr geschlechtlichen Umgang mit dir? Wenn du auf diese Fragen antwortest, werden wir dich freigeben, und wenn du dann noch schwörst, dass du dich vom Satan lossagst, wird dich die heilige Kirche wieder in ihre Gemeinschaft aufnehmen und dich begnadigen und dadurch deine unsterbliche Seele vor dem Höllenfeuer bewahren. Antworte also, Hexe!«

Aber Barbara antwortete nicht, sondern sah nur verschreckt und verständnislos Pater Angelo an. Der ereiferte sich wieder, aber trotz seiner wiederholten Fragen leugnete Barbara, einen Bund mit dem Satan geschlossen zu haben und bat um Gnade, indem sie versicherte, sie wisse nichts von dem, wonach man sie frage. Der Kerkermeister ließ sie erneut in der Luft hängen, und nun knirschten ihre brechenden Glieder so furchtbar, und sie schrie so entsetzlich, dass ich, um ihre gellenden Schreie nicht hören zu müssen, mir mit beiden Händen die Ohren zuhielt.

»Lassen wir sie hängen, bis sie sich wieder erinnert«, stieß Pater Angelo verärgert hervor. »Inzwischen können wir den Hund untersuchen und verhören.« Auch er hielt sich die Ohren zu und eilte die Treppe hinauf zum Turmzimmer. Nur der Knecht des Kerkermeisters blieb samt seiner Bierkanne da, um Barbara zu bewachen, obwohl er sich sehr fürchtete und mehrmals bat, jemand möge ihm doch Gesellschaft leisten. Die Patres versicherten ihm allerdings, die Macht des Satans sei bereits gebrochen, und er brauche keine Angst zu haben. Alle waren nämlich schon neugierig auf den Hund.

Das Licht und die frische Luft im Turmzimmer sorgten dafür, dass ich wieder einen klaren Kopf bekam. Mich begann zu frösteln unter meinen schweißnassen Kleidern, die mir an der Haut festklebten. Der Gefängniswärter brachte uns Wein, der uns allen guttat. Nachdem Pater Angelo etwas getrunken hatte, nahm er zufrieden seufzend auf einen bequemen Stuhl Platz und sagte: »Holt den Hund her, Meister Fuchs.«

Aber als Meister Fuchs zurückkam und den sich widerstrebenden Rael an der Leine hereinzerrte, konnte ich den Hund zuerst gar nicht wiedererkennen, denn sein Fell war völlig abgeschoren, so dass nun statt des früheren schwarzen Pelzes die nackte graue Haut zuerst ins Auge fiel; außerdem war sein ganzer kleiner Körper mit nässenden Wunden überzogen. Als er mich erschnüffelt hatte, versuchte er weinend und winselnd zu mir zu gelangen. Meister Fuchs ließ Rael schließlich los, und er sprang mir sogleich auf den Schoß. Zitternd und weinend machte er sich daran, mir das Gesicht zu lecken und drückte mir seine Schnauze auf die Schulter, so dass meine heißen Tränen ihm die Wunden benetzten. Denn wenn Barbara sich vielleicht tatsächlich der Hexerei schuldig gemacht hatte, wie ich es aus ihrem eigenen Munde vernehmen musste, so war dieses Hündchen unschuldig. Das wusste ich genau, schließlich hatte ich ihn im Hof des Rathauses gefunden, wohin er sich verirrt hatte.

»Der Hund hört auf den Namen Rael«, erklärte Meister Fuchs. »Das ist zwar ein heidnischer und merkwürdiger Name, aber noch viel ausgefallenere Namen pflegen anständige Menschen und auch edle Herren ja ihren Hunden zu geben, so dass gegen den Namen wohl nichts einzuwenden wäre. Er versteht sich auch auf ein paar sonderbare Kunststückchen, wie zum Beispiel nach Menschenart aufrecht auf den Hinterbeinen zu gehen, wenn er um etwas bittet, zumindest einige Schritte. Aber solche und noch merkwürdigere Kunststücke bringen auch dressierte Hunde zustande, die für Geld auf Jahrmärkten gezeigt werden. Und die können wohl eher für verhext gelten als dieses kleine Hündchen. Pflichtgemäß habe ich nun dieses Tier nach bestem Wissen und Gewissen untersucht und versucht, es zum Sprechen zu bringen. Denn wenn der Satan oder auch ein geringerer Dämon in dem Hund wohnen würde, dann müsste das Tier sprechen können. Deshalb habe ich ihn viele Male am Tag getreten und geschlagen. Auch habe ich auf seinem Rücken mit Schwefel bestrichene Daunenfedern abgebrannt, aber ich habe keinen einzigen Laut aus seiner Schnauze vernommen, den man als menschlich Rede hätte bezeichnen können; er hat nur gejault und vor Schmerz gewinselt, wie es ein gewöhnlicher Hund auch täte, obwohl seine Stimme an ein schreiendes Kind gemahnt. Bei der Nadelprobe konnte ich kein Teufelsstigma entdecken, sondern immer ist Blut geflossen, und er hat immer aufgejault, ganz gleich, wo ich ihn stach. Aus Versehen habe ich ihm auch ein Auge ausgestochen, aber vielleicht heilt die Wunde ja wieder.«

Pater Angelo blickte voller Abscheu auf den Hund auf meinem Schoß und hielt sich die Hand vor die Nase, denn Raels nässende Wunden stanken. »Warum sollte sich eine Hexe einen Hund halten, wenn nicht der Satan in ihm wohnt?« fragte er. Aber Meister Fuchs verteidigte Rael nach wie vor, so gut er konnte, und sagte, dass Hexen durchaus auch unschuldige Kreaturen für ihre schlimmen Künste missbrauchen könnten. Pater Angelo brach die Diskussion darüber ab und befahl dem Kerkermeister, sich Rael vorzunehmen. Anders als Meister Fuchs konnte er Tiere nämlich nicht leiden. So riss mir der Kerkermeister den armen Hund gewaltsam vom Schoß, obwohl Rael versuchte, sich an mich zu drücken, presste ihn mit dem Nacken zu Boden und begann, mit einem Ledergürtel auf ihn einzuprügeln. Rael, der vom Hunger und den Quälereien ohnehin völlig erschöpft war, versuchte nicht einmal zu beißen, sondern presste sich gehorsam zu Boden, ohne zu begreifen, warum ihm diese Qualen zugefügt wurden. Ich weinte immer bitterlicher, weil ich ihm überhaupt nicht helfen konnte, denn mein Verstand sagte mir, dass wenn auch die Folter Barbara ein Geständnis abgepresst hatte, nicht einmal die ärgsten Quälereien diesen kleinen Hund zum Sprechen bringen würden. Deshalb war auch Barbara vielleicht unschuldig, obwohl übermenschliche Qualen und meine eigene Bitte sie zum Geständnis veranlasst hatten und ich deshalb keinen Grund hatte, wegen eines Hundes zu weinen. Um so viel mehr Grund gab es, über meine arme, hässliche und gequälte Frau zu weinen, deren Lungen erschöpft keuchten und deren Herz fast zersprang, während sie, mit dicken Steinen beschwert und den Leib zum Zerreißen gespannt, unten im Gewölbe hing.

»Pater Angelo«, sagte ich, »Ihr werdet den Hund nicht zum Sprechen bringen, auch wenn Ihr ihn zu Tode quälen lasst. Die Schmerzen einer unschuldigen Kreatur werden Euch am Tag des Jüngsten Gerichts noch anklagen wegen Eurer Grausamkeit. Lasst doch wenigstens den Hund frei, wenn meine Frau schon verurteilt ist.«

Auch Meiser Fuchs meinte: »Aufgrund meines Wissens und meiner Erfahrungen kann ich den Hund nicht für schuldig halten. Es wäre besser, wenn wir ihn als Zeugen gegen die Hexe betrachten würden und danach freiließen.«

Raels Gejaule aber ließ Pater Angelo keine Ruhe. »Zur Sicherheit und um jeglichen Irrtum auszuschließen, wird es das Beste sein, wenn wir auch den Hund verbrennen«, sagte er. »Falls der Hund aber bereit ist, als Zeuge zu fungieren, dann hat er sich Leben und Freiheit verdient, da kein klares Zeugnis erweist, dass er selbst der Hexerei oder des Bundes mit dem Satan schuldig wäre.« Dieser Meinung schlossen sich auch die anderen beiden Patres an, und Meister Fuchs ließ eine Schale Wasser holen, die Rael laut schmatzend leerte. Danach forderte der Sekretär ihn mit den vorgeschriebenen Formeln auf, gegen die Hexe auszusagen. Dann stiegen wir alle wieder ins Gewölbe hinab, wo Barbara nach wie vor an der Decke aufgehängt war, wobei der Kopf ihr leblos hinabhing und sie auch sonst kaum noch Lebenszeichen zeigte. Der Kerkermeister führte Rael an der Leine, und da er nun durch das Wasser ein wenig erquickt war, hob er seinen kleinen Kopf und blickte mit seinem verbliebenen grünlich glänzenden Auge auf Pater Angelo, als der ihn feierlich ansprach:

»Hund, wer auch immer du sein magst, das heilige Gericht vernimmt dich jetzt als Zeugen, und nachdem dir deine Rechte und Pflichten klargemacht worden sind, fordere ich dich hiermit auf, uns wissen zu lassen, ob sich in diesem Raum eine Hexe befindet oder nicht, und wenn ja, sie uns zu zeigen.«

Er wies den Kerkermeister an, ihn von der Leine zu lassen, und im gleichen Augenblick ließ Rael ein tiefes Knurren ertönen, stürzte auf unsicheren Beinen auf Meister Fuchs zu und biss ihn unerwartet in die Wade. Meister Fuchs brüllte auf und trat so heftig nach ihm, dass er quer durch den Raum flog. Aber dennoch griff Rael ihn von neuem an, so dass Meister Fuchs alle Mühe hatte, sich Raels zu erwehren, bis der Kerkermeister ihn wieder an die Leine nahm. Ich will nicht verhehlen, dass diese plötzliche Wendung tiefen Eindruck auf mich und auf das ganze Gericht machte. Auch der Kerkermeister bekreuzigte sich und begann, Meister Fuchs ängstlich zu mustern.

Der aber rieb sich wütend die Wade, schimpfte und verfluchte den Hund und sagte: »Satansköter! Ist das der Dank dafür, dass ich mich für dich eingesetzt habe und dir das Leben retten wollte?« Zu Pater Angelo sagte er: »Dieses Zeugnis zählt nicht. Ich fordere bei meiner Ehre, dass es als ungültig angesehen und aus dem Protokoll gestrichen wird. Der Hund legt aus Groll und Feindschaft Zeugnis gegen mich ab, weil ich ihn in Ausübung meines Amtes inquisitorisch untersucht habe, und als Hund konnte er nicht vorher den nötigen Eid ablegen, sich der Feindschaft und Rache zu enthalten. Deshalb ist er befangen in seinem Zeugnis gegen mich. Weil ein Hund einen Menschen eher am Geruch erkennt als am Aussehen, fordere ich, die Probe zu wiederholen und zu diesem Zweck die Hexe auf den Fußboden herunterzulassen, damit der Hund sie erkennt.«

Die Patres berieten sich miteinander und kamen zu dem Schluss, Meister Fuchs habe recht und weise gesprochen. Somit wurde kein entsprechender Eintrag im Protokoll vorgenommen. Aber Pater Angelo musterte den Hexenkommissar verstohlen und mit Verwunderung in den Augen, als der Kerkermeister Barbara unsanft auf dem Fußboden aufschlagen ließ. Rael begann sogleich zu winseln, und nach einer wiederholten Aufforderung durch Pater Angelo, der noch erwähnte, er solle sich nicht durch Verwandtschaft oder Verschwägerung, durch Freundschaft oder Feindschaft in seinem Zeugnis beeinflussen lassen, lief er sogleich freudig zu Barbara und fuhr ihr quiekend mit der Zunge über Gesicht, Hals und die gefesselten Hände. So vermerkte man im Protokoll, der Hund habe freiwillig und ohne Zwang seine Herrin als Hexe entlarvt. Gleichzeitig wurde er von allen Anklagen freigesprochen und aus dem Verfahren entlassen.

Raels eifrige Zärtlichkeitsbekundungen wirkten belebend auf Barbara. Sie öffnete wieder die Augen und begann zu stöhnen. Ich aber ertrug dies alles nicht mehr; mir wurde schwarz vor Augen, und ich verlor das Bewusstsein. Während das Verhör fortgesetzt wurde, trug man mich ins Turmzimmer. Dort kam ich erst wieder zu mir, als der Knecht des Kerkermeisters mich wachrüttelte und mir Branntwein einflößte. Auch Rael war da und leckte mir besorgt die Hand.

»Was ist passiert?« fragte ich und befühlte meinen Kopf..

»Die Hexe hat alles gestanden«, sagte der Knecht. »Sie hat den dritten Grad nicht mehr ausgehalten und sich vom Satan losgesagt. Zwei Mal im Jahr ist sie, wie sie berichtete, auf einem Ofenbesen auf den Walpurgisberg geflogen, um sich dort auf unsittliche Weise dem Satan hinzugeben, der mal in Gestalt eines schwarzen Bockes, mal als bleicher Mann auftrat. Das war alles ganz gruselig anzuhören, und ich kriege immer noch eine Gänsehaut, wenn ich an all das Fürchterliche denke,

was ich zu hören bekam. Leider hat Meister Fuchs mich zu Euch her-
aufgeschickt, unter dem Vorwand, ich sei schließlich noch unverheiratet,
und so ist mir von ihrem Geständnis so einiges entgangen.«

Einige Zeit später kam auch Pater Angelo heraufgestiegen. Ihm standen Schweißperlen auf der Stirn, und er zitterte sogar noch unter dem
Einfluss des Gehörten. »Die Hexe gesteht, Michael«, sagte er erregt.
»Schon mit zwölf Jahren gab sie sich dem Teufel hin und bekam das
Signum von ihm. Ihre Lehrerin war eine Hexe, die man vor zehn Jahren
verbrannt hat. Michael, wenn es noch irgendeinen Zweifel daran gegeben hätte, dass sie mit dem Satan im Bunde stand, dann haben all die
Übereinstimmungen mit den in vielen Ländern gesammelten Geständ-
nissen, die bis in die Einzelheiten gehen, nun endgültig gezeigt, dass
tatsächlich ein Bund mit dem Satan vorliegt. So ist dieses Geständnis
nun ein weiteres neues Glied in einer Kette, welche die heilige Kirche
seit Hunderten von Jahren um das Reich Satans herum schmiedet. Die
Hexe Barbara hat sogar ausgesagt, dass sie während der Paarung mit
dem Satan spürte, dass des Satans Samenflüssigkeit eiskalt war, eine Tatsache, die den Kirchenvätern bereits seit langem bekannt ist, da es darüber so viele übereinstimmende Zeugnisse von Hexen gibt. Aber diese
Verhöre sind schwer, ja, sie nehmen einen furchtbar mit, Michael, mein
Junge. Deshalb bin ich heraufgekommen, um zu sehen, wie es dir geht.
Außerdem will ich mich mit etwas Wein erquicken, denn ich kann ihre
Schreie einfach nicht mehr hören.«

»Gütiger Gott«, entfuhr es mir, »quält Ihr sie denn immer noch weiter,
Pater Angelo? Hat sie nicht schon genug gestanden?«

Pater Angelo warf mir einen Blick zu, als wäre ich schwachsinnig.
»Die Hexe muss doch auch noch enthüllen, wer alles zu ihren Komplizen gehört«, sagte er. »Dieser Punkt ist überhaupt der wichtigste in allen
Verhören, und ich vermute, dass sie noch dem vierten und fünften Grad
unterzogen werden muss, bis sie uns alle gewünschten Auskünfte gibt.
Aber sowohl ich als auch meine guten Mitbrüder sind bereit, wenn es
sein muss, die ganze Nacht über weiterzumachen, denn man muss das
Eisen schmieden, solange es heiß ist. Wenn wir jetzt Schwäche zeigen
und das Verhör erst morgen fortsetzen, dann kommt sie vielleicht wieder zu Kräften und widerruft alle Geständnisse, so wie es die Hexen oft
tun, wenn ihnen des Nachts der Satan neue Kraft einflößt.« Er trank
einige Schlucke, musterte mich mitleidig und meinte: »Ich glaube an
deine Unschuld, Michael, und der erfahrene Meister Fuchs glaubt auch
daran. Aber trotzdem müssen wir natürlich auch dich vernehmen. Es
freut mich, sagen zu können, dass sie bisher immer wieder geleugnet hat,
du wärest an ihren Verbrechen irgendwie beteiligt gewesen. Aber sie
muss uns auf jeden Fall alle Personen und sonstigen Hexen enthüllen,

die sie bei den satanischen Orgien auf dem Walpurgisberg erkannt hat. Dazu wird noch einiges an Zeit und Geduld nötig sein.«

Nach diesen Worten wurde mir schwindelig, und mich überkam eine gnädige Ohnmacht. Erst spät am Abend kam ich wieder zu mir, als Pater Angelo mein Gesicht im Schein einer Fackel betrachtete. »Wach auf, mein Sohn«, sagte er. »Alles ist vorbei. Wir haben einen guten Kampf gekämpft und endlich den Sieg errungen. Du hast dich keinerlei Sünden schuldig gemacht, und wenn du willst, darfst du sie, dein ehemaliges Weib, jetzt treffen, um dich von ihr zu verabschieden. Das haben wir ihr nämlich versprochen, da wir sie nun ganz und gar besiegt haben, sie ihre furchtbaren Taten bereut hat und dir nicht mehr schaden kann. Auch hat das Gericht sie in seiner Güte begnadigt, denn sie ist voll und ganz geständig und zeigt Reue. Deshalb wird sie nun zur Verbüßung ihrer Strafe der weltlichen Gerichtsbarkeit überstellt mit der Maßgabe, dass sie erst enthauptet wird, bevor ihr Leib auf dem Scheiterhaufen verbrannt wird. So entgeht sie den Qualen des Feuertodes. Das arme, irregeleitete Weib hat, wie mir scheint, nämlich schon genug hier auf Erden gelitten, auch wenn ich glaube, dass ihre Leiden im Fegefeuer noch viel länger andauern werden, vielleicht mehrere tausend Jahre lang, so Gott ihr gnädig ist.«

Dann verließ er mich. Ich stieg mit weichen Knien und mit Rael unter dem Arm in das Kellergewölbe, das ich zuweilen noch immer in meinen schlimmsten Albträumen sehe. Denn wenn menschliches Leid auch groß ist, wenn man körperliche Schmerzen verspürt, so ist vielleicht der seelische Kummer noch schlimmer, wenn man einen geliebten Menschen leiden sieht in dem Bewusstsein, ihm nicht helfen zu können.

In dem Raum brannte knisternd Feuer im Kamin, und der Kerkermeister kümmerte sich um Barbara, indem er sie aufzumuntern versuchte und ihr mit tröstenden Worten zuredete, denn sie schluchzte herzzerreißend. Ihr Weinen wollte nicht aufhören, obwohl der Kerkermeister ihre Arme wieder eingerenkt und ihr die zerfetzten Gelenke mit schmerzlindernden Essigbinden umwickelt hatte. Der Gefängniswärter war ebenfalls anwesend. Ich gab ihm Geld und bat, er möge etwas zu essen und starken Wein bringen sowie außerdem Wasser für den Hund.

»Diese kleine Hexe war wirklich zäh und starrköpfig«, meinte der Kerkermeister freundlich. »Sie hat mein ganzes Können auf die Probe gestellt, so dass ich schon an meinen Fähigkeiten zu zweifeln begann. Aber schließlich hat sie doch gestanden, und zwar so gründlich, dass sie vor den guten Patres so offen war wie ein auf links gedrehter Fäustling. Dem Satan blieb dann nicht mehr das kleinste Kämmerlein in ihrer Seele als Versteck, genauso wenig, wie ein Floh sich auf einer Glatze verstecken kann. Jetzt ist alles gut. Sie hat nichts mehr zu bereuen, außer vielleicht, dass sie die meine und unserer lieben Patres Geduld auf eine allzu lange Probe stellte. Wenn sie deshalb Schaden an ihrem Leib davonträgt, so hat sie das sich selbst und ihrer frechen Verstocktheit zuzuschreiben.«

Barbara öffnete einen Spaltbreit die Augen, und unter meiner Hand konnte ich spüren, wie ihr das Herz fast barst, so heftig schlug es gegen die Rippen. Als ich vorsichtig versuchte, ihr die zerschundenen Knöchel und Zehen zu streicheln, zuckte sie vor Schmerz zusammen. Der Gefängniswärter brachte und warme, noch dampfende Speise in zwei Lehmschüsseln. Auch eine zinnerne Kanne Wein hatte er sich untergeklemmt, so dass der Kerkermeister höchst erfreut war, mich einen edlen Herrn nannte und mir ausdrücklich dafür dankte, dass ich ihm nicht grollte wegen meiner Frau.

»Ich habe geschworen, auf jegliche Rache zu verzichten«, sagte ich. »Du trägst ja auch keine Schuld, sondern dienst nur nach bestem Wissen und Gewissen denen, die dir ihre Befehle erteilen. Ich sehe, du bist ein guter Mensch, weil du dich sanft und feinfühlig wie ein Arzt darum bemühst, den Schaden, den du an ihr angerichtet, wiedergutzumachen. Auch scheinen mir jetzt Groll und Rachegefühle völlig sinnlos. Mein Herz ist wie ein Klumpen Blei in meinem Magen und regt sich nicht mehr. Aber iss und trink nur, lieber Kerkermeister, nach deiner schweren Arbeit, die dir sicher keine große Freude bereitet hat, und dann lass uns beide hier allein. Ich weiß nämlich nicht, wann ich meine Frau danach wiedersehen darf. Schließlich will ich mich gebührend von ihr verabschieden, bevor wir uns irgendwann einmal im Jenseits wiederbegegnen.«

Ich versuchte, Barbara mit meinen Fingern feste Speise einzugeben, aber sie konnte nichts zu sich nehmen außer einer Tasse Suppe und etwas Wein. Rael hingegen fraß, so gut er konnte, so dass seine mageren Flanken deutlich anschwollen. Er war so glücklich, dass er wieder mit uns vereint war, und leckte, noch während er fraß, Barbara immer wieder die Hand und beschnupperte meine Knie. Auch dem Kerkermeister gegenüber war er freundlich und wedelte ihm mit seinem nackten, geschorenen Schwanz zu, so dass dieser, gesättigt nach dem Essen und froh geworden vom Wein, ihn hinter den Ohren kraulte und meinte, das sei wirklich ein liebes und kluges Hündchen. Dann rülpste er verlegen und sagte, mich habe er nie der Hexerei verdächtigt, weil er wisse, dass ich ein anständiger Kerl sei. Da wir hier so zwanglos beisammensäßen, könnte ich ihm nicht da auch gleich den vorgesehenen Lohn für ihn und seinen Knecht auszahlen? Er erklärte dazu unumwunden, er sei ein armer Mann mit großer Familie, habe heute vom frühen Morgen bis in die Nacht seinen Amtspflichten genügen müssen und sich dabei völlig verausgabt. Nicht einmal um seinen Kohlgarten habe er sich heute kümmern können, der ihm neben seinem eigentlichen Handwerk ein gewisses, aber notwendiges Nebeneinkommen verschaffe. Er wagte es nicht, mir in die Augen zu schauen, als er mich um vier Gulden bat, von denen einer für seinen Knecht bestimmt sei.

Um ihn endlich loszuwerden, gab ich ihm fünf Gulden, denn Geld bedeutete mir nichts mehr, ja, es war mir weniger wert als trockenes Laub. Der arme Mann war so erfreut, dass er sich vor mir auf die Knie warf, mir die Hände küsste und mich und Barbara Gottes Segen anbefahl. Er ließ auch alle seine Salben und Arzneien da und riet mir, wie ich Barbara damit behandeln sollte, falls ihr Fieber wieder anstiege. Weiter versprach er, ja er schwor mir sogar, falls Barbaras Hinrichtung und Verbrennung ihm übertragen würde, wie er von Herzen hoffe, würde er ihr dann so geschickt und flaumfederleicht den Kopf vom Hals trennen, dass Barbara es kaum richtig merken würde. Auch von Barbara verabschiedete er sich, nannte sie eine edle Frau und wollte schon gehen, als mir plötzlich einfiel, dass ich nach dem Erwachen aus meiner Ohnmacht Meister Fuchs nicht mehr gesehen hatte. Da ich fürchtete, der Hexenjäger könnte bald erscheinen, mir Barbara wegnehmen und sie wieder über Nacht in den Fußblock schließen, fragte ich den Kerkermeister, wo Meister Fuchs sich befand.

Der Kerkermeister wurde verlegen, rieb sich die großen Hände aneinander, wechselte das Standbein und sagte: »Wisst Ihr denn nicht davon, edler Herr Michael?« Ich versetzte, ich wisse nichts, weil ich aufgrund meiner angeborenen Schwäche mehrere Stunden lang ohnmächtig gewesen sei. Da berichtete er mir flüsternd, man habe Meister Fuchs festgenommen; er sei nun an den Fußblock im Gefängniskeller des Turms gekettet.

»Als wir nämlich zum fünften Grad gekommen waren und ich schon glaubte, all meine Kunst sei vergeblich«, berichtete der Kerkermeister, »da ließ sich die Hexe, ich meine die edle Frau Barbara, endlich dazu bewegen, ihre Kumpane zu nennen, deren Namen Pater Angelo so eindringlich von ihr forderte. Sie bestritt allerdings weiterhin, dass Ihr, edler Herr Michael, irgendetwas mit Hexerei zu tun hättet. Stattdessen berichtete sie, sie habe Meister Fuchs mehrere Male in der Johannisnacht auf dem Walpurgisberg gesehen, desgleichen auch in der Weihnachtsnacht, und Meister Fuchs stehe offenbar ganz oben in der Gunst des Satans, habe den anderen Hexen ihre Aufgaben zugewiesen und eine schwarze Messe zelebriert. Diese Worte haben uns alle erschüttert und entsetzt, nicht nur die drei Patres, sondern auch mich. Meister Fuchs begann ganz teuflisch zu fluchen und zu brüllen und forderte die Hexe auf, ihre Aussage zu widerrufen. Pater Angelo hielt die Aussage für so unglaubhaft, dass er mir befahl, noch mehr Gewichte hinzuzufügen. Im fünften Grad hängten wir die Hexe dann mit auf dem Rücken zusammengebundenen Armen und Beinen an die Decke und beschwerten ihren Rücken mit noch weiteren Gewichten. Aber obwohl ihr das Rückgrat fast gebrochen wäre, blieb die Hexe bei ihrer Aussage und versicherte, weiter habe sie nichts zu gestehen. Bis zuletzt hatte sie sich vor der Macht gefürchtet, die Meister Fuchs vom Satan verliehen worden war. Deshalb hatte sie auch nicht früher gewagt, seinen Namen zu erwähnen. Dann sagte sie sich mit letzter Kraft vom Satan los, und da begannen ihr auch schon die Tränen in Strömen zu fließen, zum Zeichen dafür, dass der Satan keine Macht mehr über sie hatte. Sie versicherte noch ein weiteres Mal bei allen Heiligen, dass Meister Fuchs der größte Hexenmeister sei, der in Deutschland je geboren wurde. Deshalb musste Pater Angelo ihn trotz aller Zweifel festnehmen und ließ ihn in den Fußblock einschließen, hatte doch auch das Zeugnis dieses klugen Hündchens gegen ihn gesprochen. Bald, nachdem Meister Fuchs fortgebracht worden war, war es, als fiele es uns allen wie Schuppen von den Augen, und jeder von uns konnte sich an mancherlei nebensächlich scheinende, aber bedenkliche Dinge erinnern, die Meister Fuchs' Benehmen in den letzten Jahren geprägt hatten. So zweifle ich nicht daran, dass Pater Angelo reichlich Zeugnisse gegen ihn wird sammeln können. Auch dürfte jetzt klar sein, woher Meister Fuchs diese eingehende Kenntnis hat, was Hexen betrifft.«

Dieser Bericht war so ungeheuerlich, dass ich nicht mehr wusste, wo mir der Kopf stand. So sagte ich denn auch, dies alles sei unglaublich und unmöglich. Meister Fuchs konnte einfach kein Hexenmeister sein, hatte er doch als bischöflicher Fiskal eifriger als jeder andere die letzten zwanzig Jahre lang Hexen gesucht und aufgespürt. Der Kerkermeister zuckte nur mit den Schultern und meinte, Hinterlist und Heimtücke des Satans seien eben größer als ein armer Mensch sich ausmalen könne. Nur Pater Angelo sei der geeignete Mann, dagegen anzukämpfen. Aber es sei schon spät in der Nacht, und er müsse heim zu seiner Familie. So verabschiedete er sich dann von mir, ohne noch ein weiteres Wort über Meister Fuchs und dessen trauriges und bestürzendes Los zu verlieren.

Kapitel 6

So blieben wir nun zu dritt zurück, Barbara, Rael und ich. Mich überkam ein niedergeschlagenes Gefühl der Erleichterung, obwohl die Luft in dem Gewölbe von Schweißausdünstungen und menschlichem Leid geschwängert war und die entsetzlichen Gerätschaften, die uns umgaben, immer noch von Barbaras Qualen zeugten. Aber im Kamin brannte ein wärmendes Kohlenfeuer, ich hatte Barbara auf eine weiche Decke gebettet und hielt ihren kahl geschorenen Kopf auf meinem Schoß. Rael hatte sich zusammengerollt, wärmte ihr die Füße und schlief den tiefen Schlaf eines satten Hundes, wobei er ab und zu im Traume seufzte. Ich streichelte Barbaras Stirn und Schläfen mit meinen Fingerspitzen, bis sie schließlich die Augen öffnete und ein Aufschimmern des Wiedererkennens über ihr Antlitz zog und sie mit schwacher Stimme fragte: »Sind wir allein, Michael?«

Ich sagte, nun seien alle fort, es sei tief in der Nacht, und Pater Angelo habe mir gestattet, bei ihr zu bleiben, um mich von ihr zu verabschieden, bevor sie dem weltlichen Gericht zur Bestrafung überstellt würde. Da begann Barbara heftig zu zittern. Sie versuchte, sich an mir hochzuziehen und schlang mir ihren Arm um den Hals, obwohl ihr jede Bewegung unbeschreibliche Schmerzen verursachte. Ihre Augen waren nun weit aufgerissen und begannen im Licht des Kaminfeuers zu glänzen. Mit meiner Hand an ihrer Stirn konnte ich spüren, dass sie fieberte. Ich versuchte sie zu beruhigen und sagte ihr, sie solle ganz ruhig in meinem Schoß liegenbleiben. Da erschlaffte sie endlich und verharrte und regungslos, wobei sie mit großen Augen an die Decke starrte.

»Bestimmt bin ich sehr hässlich in deinen Augen, Michael, wo du dir nichts mehr aus meinen Liebkosungen machst.«

»Du bist durchaus nicht hässlich«, log ich gnädigerweise, schob aber instinktiv die Hand hinauf, um ihren kahl geschorenen Schädel zu bedecken, auf dem das Schermesser des Kerkermeisters Flecken mit abgerissenen Hautfetzen hinterlassen hatte. Das Licht war schwächer geworden, aber dennoch erkannte ich die hässlichen Sommersprossen in ihrem hageren Gesicht und ihre schadhaften Zähne. Meiner Brust entrang sich ein plötzlicher Schluchzer, als ich sah, wie hässlich sie tatsächlich war.

Sie spürte, was ich dachte, und ein kurzer Weinkrampf verzerrte ihr Gesicht. Nach einer Weile sagte sie: »Michael, ich glaube nicht mehr an Gott.«

Unwillkürlich bekreuzigte ich mich und versetzte, sie solle nicht so etwas Schreckliches sagen. Sie müsse nun zur Ruhe kommen und nur an ihre unsterbliche Seele denken, denn die heilige Kirche habe ihr verziehen, und sie müsse bald sterben. Aber dann begann sie zu lachen, erst leise, dann laut, bis ihr Gelächter in ein hässliches, schmerzhaftes Keckern überging und ihr Körper sich auf meinem Schoß zusammenkrampfte.

»Du glaubst also auch, dass ich eine Hexe bin, Michael?« sagte sie. »Du glaubst, dass ich mit dem Satan im Bunde stand, nicht wahr? Warum also hältst du dann meinen Kopf in deinem Schoß und tröstest mich, wenn du glaubst, ich bin hässlich und eine Hexe?«

Ich dachte lange über ihre Frage nach, ohne eine vernünftige Antwort darauf zu finden. »Ich weiß nicht, Barbara«, sagte ich schließlich ganz ehrlich. »Vielleicht bleibe ich bei dir und halte dich nur deshalb in meinem Schoß, weil ich dich in unseren guten und glücklichen Tagen umarmt und liebkost habe und dich deshalb auch in schlechten Tagen nicht loslassen will, obwohl ich aus deinem eigenen Munde gehört habe, dass du eine Hexe bist.«

Sie sah mich ernst an, und ihre Augen glänzten fiebrig, als sie sagte: »Michael, sicher glaubst du mir nicht, und es wäre wohl zu viel verlangt, dass du gut von mir denkst, allen schlechten Meinungen der anderen Menschen zum Trotz. Aber ich liebe dich, Michael. Vom ersten Augenblick an, als ich dich sah, habe ich nur dich geliebt. Alles andere in meinem Leben außer dir war nur ein unsicheres Umhertapsen, ein dummes kindliches Gehabe, auch wenn du mich jetzt nicht mehr liebst. Deshalb möchte ich nicht, dass du allzu schlecht von mir denkst, wenn ich gestorben bin und wir uns nie mehr wieder sehen. Es gibt keinen Schwur mehr, der heilig genug wäre, um mich in deinen Augen rein zu schwören. Ich kann nur dies schwören: So wahr ich nicht mehr an Gott und an die heilige Kirche glaube und nicht einmal mehr an die heiligen Sakramente, so wahr ist es, dass ich keine Hexe bin und nie mit dem Teufel im Bunde stand, auch wenn ich gesündigt und mit Dingen gespielt habe, mit denen man nicht spielen sollte. Von alten Frauen und Köhlern habe ich gelernt, was böse Kräuter sind und wie sie wirken. Ich habe auch böse Geister herbeibeschworen, aber nicht, indem ich zu ihnen betete, sondern um ihnen Befehle zu geben. Das ist nicht verboten, wenn es auch böse ist. Um deinetwillen habe ich dem Stadtschreiber ein Unglück an den Hals gewünscht, und vielleicht habe ich auch anderen Menschen Böses gewünscht, wenn ich wütend auf sie war. Aber das ist überhaupt keine Hexerei, sondern das einzig Hexenhafte dabei ist wohl, dass in meinen Unglückswünschen mehr Kraft lag als in den bösen Wünschen anderer Menschen, weil ich immer anders war als die anderen. Deshalb habe ich versucht, mich zu beherrschen und mich jedes Mal bestraft, wenn ich jemandem voreilig Unheil gewünscht habe. Nachdem ich dir begegnet bin, habe ich wirklich niemandem mehr etwas Böses an den Hals gewünscht, außer dem Stadtschreiber, der ja auch nicht allzu großen Schaden erlitt. Wenn ich mir irgendetwas gewünscht habe, dann war es dies: dass du mich lieben solltest. Das habe ich mir von ganzem Herzen gewünscht, mit all meinem Willen und meiner Kraft, dass dein Herz sich mir zuneigen möge. Auf andere Weise habe ich dich nie verhext, so wahr ich nicht mehr an Gott und das Gute im Menschen glaube.«

Sie sprach mit solchem Ernst und Nachdruck, während sie im Schein des Kaminfeuers ihren starren Blick auf mich gerichtet hielt, dass ich ihr einfach glauben musste, obwohl sie im Fieber sprach und ich zuvor etwas ganz anderes aus ihrem Munde vernommen hatte. »Ich glaube dir, Barbara«, sagte ich deshalb. »Ich glaube dir um deiner selbst willen und auch deswegen, weil ich mit ansehen musste, wie sie einen kleinen Hund schlugen und quälten, damit er in menschlicher Rede zu ihnen spräche. Mir ist auch klar, dass du dein Geständnis nicht mehr zurücknehmen kannst, denn das würde ja nur zu neuen und noch schrecklicheren Qualen führen. Dabei ist es besser für dich, schnell und schmerzlos zu sterben, so wie der Kerkermeister es versprochen hat. Ich glaube, dass Gott dir in seiner übergroßen Barmherzigkeit deine Sünden vergeben wird. Wenn es aber Gott gibt und der Mensch eine unsterbliche Seele hat, und wenn unser Herr Jesus Christus sein Blut vergossen hat, um einen jeden Menschen zu erretten, wie es die Heilige Schrift lehrt, dann kannst du nicht mit einer so entsetzlichen Sünde auf deinem Gewissen sterben, dass du einen anderen, unschuldigen Menschen mit ins Verderben reißt. Wenn das, was du gesagt hast, denn wahr ist, dann hast du Meister Fuchs nie auf dem Walpurgisberg gesehen, sondern hast falsches Zeugnis gegen ihn abgelegt. Nach dem, was ich heute gesehen habe, zweifle ich nicht daran, dass Pater Angelo ihm ein Geständnis abpressen wird, so als hätte er seine Seele der Hölle vermacht, obwohl Meister Fuchs ein starker und zäher Bursche ist. Deshalb kannst du nicht reinen Gewissens sterben, Barbara, wenn du ihn auf diese Weise ins Verderben stürzt.«

Barbara begann leise zu lachen. Sie hob ihre Hände und strich mir damit über die Wangen. »Was bist du doch für ein unschuldiger und einfältiger Junge, Michael, mein Liebster!« sagte sie. »Aber das habe ich schon immer gewusst, und vielleicht liebe ich dich gerade deshalb.

Hättest du schon auf Erden die Hölle durchschritten so wie ich in den letzten Wochen und gerade heute, würdest du nicht so dumm daherreden. Pater Angelo hätte so lange nicht von mir gelassen, wie noch ein Fünkchen Leben in mir übrig war, das diese Höllenqualen erdulden musste, hätte ich ihm nicht irgendeinen Komplizen genannt. Aus reiner Bosheit und um eines elenden Lohns willen, ohne dass mich jemand angezeigt hätte, hat Meister Fuchs unser kleines Glück zerstört. Dabei wollten wir doch nichts anderes, als wie zwei Mäuslein in einem kleinen Loch zusammenzuleben und niemandem dabei zur Last fallen. Deshalb hat er diese furchtbare Rache tausendfach verdient. Aber ich habe nicht nur an Rache gedacht, als ich ihn beschuldigte, Michael, so gemein bin ich nun doch nicht. Ich habe an die vielen armen Menschen gedacht, die er schon auf den Scheiterhaufen gebracht hat, und an Hunderte, denen er ihr letztes Scherflein genommen und die er in tiefe Armut gestürzt hat, indem er den Reinigungseid von ihnen forderte. Vielleicht ist er ja nicht böse, sondern übt sein Amt nur in gutem Glauben aus und ist davon überzeugt, gute Arbeit zu leisten. Und so wenig, wie ich jetzt noch an Gott glaube, so wie ihn die Kirche lehrt, so wenig glaube ich an den Satan und sein Reich. Deshalb muss nun endlich Schluss sein mit seinesgleichen, glaubt er doch, er sei Deutschlands bester Hexenjäger. Wie viele Reichtümer er wohl angesammelt hat als Hexenkommissar! Als ich ihn anschwärzte, habe ich nicht nur an mich selbst gedacht, sondern an all die anderen, die ihm nach mir in die Hände fallen würden und seinetwegen alle Qualen der Hölle schon hier auf Erden würden erleiden müssen.«

»Baraba«, sagte ich, »das ist gottloses Gerede. Ich bin entsetzt über deine Worte. In dem, was du sagst, zählt nur noch die Rache. Doch jetzt wäre eine Rache wertlos für dich und für mich, wo meine ganze Seele nichts mehr ist als ein Haufen grauer Asche. Stell dir vor, Meister Fuchs wird jetzt als Hexenmeister verbrannt, dann wird dieser unerhörte Vorfall die Menschen nur dazu bringen, noch mehr an Hexerei und Satansbünde zu glauben. Jeder wird jeden verdächtigen, so dass nur immer mehr leiden werden. An seiner statt wird der Bischof einen neuen Fiskal in dieses einträgliche Amt einsetzen, der vielleicht nicht so fähig und erfahren ist wie Meister Fuchs und Menschen ins Verderben stürzt, die noch unschuldiger sind als du. Bist du doch nach deinen eigenen Worten nicht gänzlich unschuldig, da zu Recht der Schatten eines Verdachts auf dich gefallen ist und du selbst freiwillig gestandest, anders zu sein als die anderen. Meister Fuchs' Verurteilung würde also mehr Böses zur Folge haben denn Gutes. Deshalb solltest du deine Anschuldigung so schnell wie möglich widerrufen.«

Barbara schloss die Augen, so als durchlebe sie einen Schmerzanfall, und begann leise zu schluchzen. Ich trocknete ihr die Tränen und legte ihren Kopf an meine Brust, bis sie sich wieder beruhigte und sagte: »Du bist wirklich gemein und gedankenlos, Michael, wenn du mir solche Vorwürfe machst und mich in meinem Elend anklagst, obwohl ich dies nur getan habe, um alles zum Besten zu wenden. Meister Fuchs hat sich das alles selber eingebrockt. Sag mir, Michael, hätte es dir mehr gefallen, wenn ich mir im fünften Grad dadurch Erlösung von meinen Qualen erkauft hätte, wenn ich dich als Mitschuldigen und meinen Komplizen, der ebenfalls im Bunde mit dem Satan steht, angeschwärzt hätte? Das war nämlich die andere Möglichkeit, die Pater Angelo nur zu gerne aus mir herausgepresst hätte.«

Das hatte ich nicht bedacht. Mir brach der Schweiß aus, als ich daran dachte, wie es mir hätte ergehen können, wenn Barbara mich nicht so sehr lieben würde. »Vergib mir meine dummen Worte«, bat ich sie zerknirscht. »Du bist ein gutes und treues Weib. Du bist klüger als ich, und es ist mir unbegreiflich, woher du die Kraft nahmst, all diese entsetzlichen Qualen zu erdulden, ohne auch mich anzuzeigen. Wäre ich in deiner Lage gewesen, hätte ich das wohl nicht ertragen, sondern dich ohne weiteres verraten. Deshalb war es unbedacht von mir, dich zu tadeln, und ich schäme mich dafür. Meine Liebe ist so gering im Vergleich zu deiner. Ich glaube nicht, dass irgendeine Frau ihren Mann so sehr liebt wie du mich.«

Da lächelte Barbara wieder, hob meine Hand an ihren Mund und küsste sie mit ihren trockenen, heißen Lippen. »Was reden wir hier für dummes Zeug«, sagte sie, »dabei rinnt der Sand in meinem Glas dahin. Meine Zeit ist bald vorbei, und ich werde nicht mehr lange diese Luft atmen. Behandle mich so, Michael wie einst in den Tagen unseres Glücks! Hab keine Angst, du könntest mir schaden oder mich verletzen, auch wenn mir alle Glieder schmerzen, als würden sie vom Feuer verzehrt. Ich spüre das Fieber, das mir den Kopf gnädig betäubt, und selbst meine Schmerzen sind süß, wenn du mich berührst. Drücke mich deshalb ganz fest an dich, Michael, drück mich so fest du kannst, denn ich ängstige mich vor dem Dunkeln, ganz so, wie als kleines Mädchen, wenn ich allein im finsteren Wald war und merkte, dass ich anders war als die anderen, und dass wilde Tiere meinen Befehlen gehorchten.«

Da drückte ich sie an mich, wie sie mich gebeten hatte, und obwohl sie vor Schmerz aufstöhnte, schlang sie mir den Arm um den Hals, sah mich mit weit aufgerissenen Augen an, und ihr Mund war ganz nah an dem meinen. Im Licht des Kaminfeuers sah ich ihre Augen und blickte ihr in die Augen, und nun waren ihren Augen nicht mehr gelbgrün wie bei Tageslicht, sondern dunkel und wunderschön, so dass ich nur noch ihre großen Augen in dem kleinen Gesicht sah und darüber ihre Kahl-köpfigkeit und Hässlichkeit vergaß, und sie war wieder schön in meinen Augen. Schöner als alle Frauen von der Welt war sie in meinen Augen, und plötzlich verspürte ich linden Blumenduft um uns herum; die zer-kratzten Steinplatten unter uns waren auf einmal aus Marmor, und munteres Vogelgezwitscher klang mir in den Ohren, so dass mein Herz von unsagbarer Liebe zu ihr entflammt war und es kein größeres Weh auf der Welt gab als die Gewissheit, dass der Tod uns bald auf immer scheiden würde. Deshalb weiß ich – und das sagt mir auch mein klarer Verstand –, dass in ihren Adern Hexenblut floss und sie deshalb bei der heiligen Kirche zu Recht Verdacht erregte. Doch durch ihre eigenen Worte, die ich ihr glaube, weiß ich auch, dass sie strafbarer Hexerei nicht schuldig war; ihre Hexerei hatte etwas Natürliches, Menschliches, und ich kann nie und nimmer glauben, dass sie mich in dieser Sache belog, so kurz vor ihrem Tode.

So waren wir wieder glücklich zusammen, und ich bat sie von Herzen um Verzeihung für meinen Mangel an Mut, als ich ihr im Rathaus nicht mit dem Messer den Todesstoß versetzt hatte, während der Pöbel drau-ßen randalierte, denn so hätte ich ihr alle diese Qualen ersparen können. Aber sie dankte mir von Herzen dafür, dass ich sie nicht getötet hatte, und sagte: »Meine Leiden sind jetzt vorbei, und ich werde nie mehr al-lein sein, wenn du bei mir bist. Diese Nacht macht alles erlittene Leid tausendmal wieder gut, denn ich habe dich nie zuvor so unaussprech-lich innig geliebt wie jetzt. Hättest du mich damals getötet, so hätte ich diese Erfahrung nicht gemacht, und ich wäre ärmer gestorben, als ich nun sterben werde. Und obwohl ich dann ganz allein bin, so wird mich im Augenblick meines Todes deine Liebe umgeben wie ein wärmendes Gewand. Ich weiß, dass du mich nie vergessen wirst, Michael. Ich werde versuchen, dich aus meinem anderen Leben heraus zu schützen, damit dir nie ein Unglück widerfährt, so ich es nur verhindern kann.«

Kapitel 7

Ich war niedergeschlagen, aber gefasst, als ich am nächsten Tag vor Pater Angelo trat. Großen Schmerz oder Kummer verspürte ich nicht, denn das Schlimmste war, wie mich dünkte, vorbei. Barbara konnte nicht Übleres mehr widerfahren, so dass alles, was danach mir ihr geschah, geradezu gut war verglichen mit dem Tag zuvor. Gewiss sind den Gefühlen und Seelenqualen, die ein Mensch ertragen kann, bestimmte Grenzen gesetzt. Dann brechen sie auf, wenn das Leid allzu groß wird, so dass der Mensch wieder Ruhe und Fassung findet, weil sein Schmerz sich dann aus seinem engen Gefäß in ein weites Meer ergießt, dessen Oberfläche nicht mehr so brodelt, und dann tut es auch nicht mehr weh.

Anders kann ich mir mein leichtes Gemüt an jenem klaren Morgen nicht erklären. Barbaras Tod kam mir schon wie etwas Natürliches, Unausweichliches vor, mit dem mein Herz sich abgefunden hatte. Förderlich war meiner Gemütsruhe auch die Gewissheit, dass keine Macht der Welt, kein Geld und nicht einmal der Kaiser mehr ihr Los ändern konnten, nachdem sie der Kirche erst einmal in die Hände gefallen war. Hätte ich hingegen über irgendwelchen Möglichkeiten der Rettung für sie gebrütet oder mir den Kopf zerbrochen, wie eine Flucht aus dem Gefängnisturm zu bewerkstelligen sei, so wäre ich nur völlig darüber verzweifelt, weil ich ja nicht genug Geld hatte, sie freizukaufen, oder ich hätte nutzlos Zeit damit verbracht, mir irgendwelche Ränke zu ersinnen, wie ich sie hätte befreien können. Jetzt wusste ich, dass unser Abschied unwiderruflich war. Diese Gewissheit verschaffte mir Linderung, so dass ich ruhigen Sinnes vor Pater Angelo trat.

Pater Angelo hingegen war alles andere als ruhig. Er ging im Schreibzimmer des Bischofs auf und ab, und an seinem Gesicht und den schweren Tränensäcken unter seinen Augen war zu erkennen, dass er die ganze Nacht schlaflos und von Sorgen geplagt verbracht hatte. Er blieb vor mir stehen und sagte: »Bist du nun zufrieden, Michael Pelzfuß, mein Junge? Ist dein Glaube gestärkt? Die Hexe hat doch wohl nicht ihr Geständnis widerrufen? Das wäre zu schön, um wahr zu sein, auch wenn ich dann diese peinliche Befragung noch tagelang fortsetzen müsste. Aber im Grunde genommen weiß ich, dass ich die Wahrheit bis auf den Grund herausgefunden habe, so abstoßend auch all der Schmutz war, den ich dabei aufwühlen musste.«

»Zweifellos ist meine Frau Barbara eine Hexe. Ich habe es ja aus ihrem eigenen Munde gehört, und es steht so im Protokoll«, sagte ich. »Aber die heilige Kirche hat sie jetzt begnadigt, und sie ist genauso unschuldig wie bei ihrer Geburt. Ich freue mich, dass sie einen schmerzlosen Tod erleiden wird, bevor man ihren Leib zur Warnung für das Volk dem Feuer übergibt. Dafür danke ich Euch von Herzen, Pater Angelo, und für all Eure Güte und Barmherzigkeit.«

Meine Worte rührten ihn, obwohl ich sie durchaus nicht aufrichtig gemeint hatte. Er umarmte mich und nannte mich einen braven Burschen. Dann brach er vor Erschöpfung und Verzweiflung in Tränen aus, und unter heftigem Schluchzen sprach er: »Michael, Michael, ich bin verloren! Meine Lage ist so schlimm wie nie zuvor, und das nur deshalb, weil ich allzu große Bereitwilligkeit gezeigt habe, der heiligen Kirche in dieser schweren Sache zu dienen. Wisse also: In der letzten Befragung hat sich offenbart, dass Meister Fuchs, dem ich völlig vertraute und den wir wie eine Schlange an unserem Busen nährten, in Wahrheit ein rechter Hexenmeister ist. Erst wollte ich es nicht glauben, sondern hielt es für eine besonders verschlagene List des Satans und zweifelte sogar an meinem Verstand. Aber dann gingen mir die Augen auf, und mir wurde klar, um was für eine schreckliche Sache es sich dabei handelt.«

»Aber warum hat Meister Fuchs dann sein ganzes Leben lang Hexen aufgespürt und eifrig ihre Verbrechen aufgedeckt?« widersprach ich. »Sein Ruhm als Hexenmeister ist größer als der jedes anderen. Genauso könnte man den Herrn Bischof in Verdacht haben, ein Hexenmeister und Verbündeter des Satans zu sein. Schließlich ist Meister Fuchs des Bischofs treuer Diener und Fiskal.«

Pater Angelo wischte sich den Schweiß von der Stirn und schnäuzte sich die Nase in den weiten Ärmel seiner Kutte. Dann blickte er sich besorgt um und senkte die Stimme: »Dafür hatte dein Hexenweib eine gute Erklärung parat, Michael«, flüsterte er. »Offenbar bestand die Aufgabe von Meister Fuchs darin, als besonderer Vertrauter des Satans mit all jenen Hexen abzurechnen, die aus irgendeinem Grunde seine satanische Majestät erzürnt haben. Von nun an kann man keinem einzigen Menschen mehr trauen. Mich hat sehr erschreckt, was du eben über den Herrn Bischof gesagt hast, hat er sich doch in der vergangenen Nacht mir gegenüber nicht wie ein hoher Geistlicher und Kirchenfürst benommen, sondern wie jemand, der eher dem Satan als der heiligen Kirche ergeben ist. Sogar dich würde ich verdächtigen, Michael, hätte die Hexe nicht auch unter der schwersten Folter geleugnet, dass du an irgendeiner ihrer Hexereien oder am Bund mit dem Teufel beteiligt wärest.«

Ich erlaubte mir die Frage, ob man Meister Fuchs lediglich auf Barbaras Aussage hin vor Gericht stellen könne. Pater Angelo seufzte, rang die Hände und meinte: »Wenn nur die Aussage einer Hexe gegen ihn stünde, so wäre ein Reinigungseid vielleicht ausreichend, ihn davonkommen zu lassen. Aber auch dein Hund hat auf furchterregende Weise gegen ihn ausgesagt. Da ich immer noch an meinem Verstand und dem Zeugnis meiner Sinne zweifelte, habe ich eilends noch zu nächtlicher Stunde erste Untersuchungen in die Wege geleitet, die dann seine Schuld auch klar erwiesen haben. In seiner Wohnung fand man nämlich eine aus Wollfäden geknüpfte, menschenähnliche Puppe, die von reichlichem Gebrauch schon sehr abgenutzt war. Auch hält er einen buntgefiederten Vogel in einem Käfig, und dieser Vogel sprach, nachdem man ihn geweckt hatte, mit menschlicher Stimme, stieß gottlose Flüche aus und schrie in einem fort: ›Eine Kanne Bier, eine Kanne Bier‹, bis ein unverständiger Büttel ihm den Hals umdrehte, weil er Machenschaften des Satans fürchtete. Trotz alledem wirft mir der Bischof jetzt vor, ich sei unfähig, der Kirche zu dienen und überhäuft mich mit Flüchen, weil ich die Kunde davon verbreitet habe, so dass nun die ganze Stadt, ja, das ganze Land schon davon redet, Meister Fuchs sei als Hexenmeister entlarvt worden. Der Bischof ist der Meinung, dies werde der ganzen Kirche zu Schmach und Schaden gereichen und noch mehr ketzerische Irrlehren und Unruhen heraufbeschwören, die schon in vielen Landesteilen zu Zusammenrottungen von Bauern geführt haben, die ungebührliche Forderungen an ihre Grundherren und an die Klöster stellen. Der Bischof war so außer sich, dass er mich in die tiefsten Schlünde der Hölle verfluchte und mir drohte, er werde sich bei der Kurie über mich beschweren. Deshalb blieb mir nichts anderes mehr übrig, als ihn an die Vollmachten zu erinnern, die der Heilige Vater mir persönlich übertragen hat, und das brachte ihn dann doch zum Schweigen.«

Er nahm seine Wanderungen im Zimmer wieder auf, schlug dabei mit der Faust auf die Möbelstücke, rang die Hände und klagte: »Michael, Michael, mein guter Junge, du weißt, dass ich nur nach der Wahrheit suche, nach der ganzen Wahrheit und nichts weniger. Warum nur gab man mir diesen bitteren Kelch? Ich muss doch mehr auf Gott denn auf die Menschen hören! Wenn Meister Fuchs ein Hexenmeister ist, dann muss er auch als solcher verbrannt werden, ungeachtet aller weltlichen Aspekte. Gewiss ist mir klar, dass daraus in der jetzigen Lage der Kirche mehr Schaden entsteht als Nutzen, und dass diese Angelegenheit mich, den Herrn Bischof und die ganze heilige Kirche zum Gespött der Menschen machen wird. Die Kirche muss eine kluge Diplomatie verfolgen, wenn sie ihre Macht und ihre ewigen Rechte beibehalten und stärken will. Das ist völlig klar, und man hat es mir oft genug eingehämmert, zum letzten Mal in der vergangenen Nacht. Aber die kirchliche Diplomatie ist Sache der päpstlichen Legaten, während ich nur den Befehlen meines Gewissens zu folgen habe, selbst wenn mich das ins Verderben bringt. Deshalb kann nicht anders, als mir an die Brust zu schlagen und zu rufen: Hier stehe ich und kann nicht anders. Soll dann doch ein kluger Legat das Knäuel entwirren, das ich gestrickt habe! Ich kehre nun in die Ruhe meines Klosters zurück, um dort bis ans Ende meiner Tage als niedrigster Dienstbruder meinen Dienst zu verrichten, auch wenn das ein schwerer Schlag für mich ist. Glaubte ich doch in meinen Träumen den roten Kardinalshut schon in greifbarer Nähe!«

»Pater Angelo«, versetzte ich, »nicht, dass ich zweifeln oder irgendetwas in Frage stellen würde, aber da Ihr Euch nun in einer solchen Notlage befindet, frage ich Euch ganz offen, ob es wirklich der Sinn eines inquisitorischen Verhörs ist, dass so ein Geständnis, das einem unglücklichen Menschen mit Gewalt abgepresst wurde, all die Mühe und die Leiden lohnt, die es verursacht.«

Pater Angelo hielt in seiner erregten Wanderung inne, musterte mich wieder wie einen Schwachsinnigen und fragte: »Glaubst du an Gott, Michael?« Ich bekreuzigte mich und bezeugte ihm meinen Glauben. »Wenn das so ist«, fuhr er fort, »wenn wir an Gott, die Auferstehung und das ewige Leben glauben, sind dann nicht aller Schmerz hier auf Erden, alle Leiden und Qualen nur ein lächerlich geringer Preis, wenn wir dadurch auch nur eine einzige arme Seele vor den ewigen Qualen der Hölle erretten können? Du solltest dich schämen, Michael, so etwas auch nur zu denken! Denn die schrecklichste Sünde von allen wäre es, eine Seele für alle Ewigkeit in das Höllenfeuer hinabzustoßen, wenn ihr über den Weg durchs Fegefeuer die Rettung und der Aufstieg ins Himmelreich offensteht, und das mit Hilfe von Leiden und Mühen hier auf Erden, die im Vergleich zu den Höllenqualen nur sehr gering sind. Wenn ich also arme Menschen den Leiden der Inquisition unterwerfe – so schwer und unerträglich es für meine schwache Menschennatur auch ist, ihre Schmerzen mit ansehen zu müssen –, so weiß ich doch, dass ich ihnen den größten und besten Dienst erweise, den ein Mensch seinem Mitmenschen erweisen kann. Diese Gewissheit heiligt mir mein trauriges Werk. Deshalb muss ich auch Meister Fuchs' Seele den Klauen des Satans entreißen, selbst wenn mir das die letzten Kräfte abverlangen sollte, denn natürlich muss ich ihn erst verhören und die Wahrheit aus seinem eigenen Munde vernehmen, bevor ich dem Heiligen Vater den vom Bischof geforderten schriftlichen Bericht übersenden kann, um dann das endgültige Urteil dem irrtumslosen Ermessen des Papstes anheimzustellen.«

Ich empfand keinen Hass gegen Pater Angelo, sondern bedauerte ihn, da ich ihn in seiner Not sah, denn ich wusste, dass er in gutem Glauben handelte, auch wenn er nun in einem Netz gefangen war, das er sich selbst gestrickt hatte. Deshalb fragte ich ihn, was weiter mit Barbara geschehen würde, und ob ich meine Frau bis zum Tag der Hinrichtung noch sehen dürfte. Das lehnte Pater Angelo jedoch strikt ab und sagte: »Ich glaube an deine Aufrichtigkeit und guten Absichten, Michael Pelzfuß. Aber weltliche Gedanken dürfen deine Frau jetzt nicht mehr beschäftigen, sondern sie hat die verbleibende Zeit für Bußübungen und Reinigung von ihren Sünden zu nutzen, damit die heilige Kirche sie wieder in ihren Schoß aufnehmen kann. Du verstehst ja, Michael, die heilige Kirche begnadigt sie voll und ganz eingedenk der unermesslichen Barmherzigkeit Gottes, wird sie aber der weltlichen Gerichtsbarkeit ausliefern als Mahnung für die Sünder. Die weltliche Gerichtsbarkeit aber kann eine Hexe nicht begnadigen, sondern sie muss die verdiente Strafe erleiden, eine Strafe, die wirklich gering ist, wenn man ihre furchtbaren Verbrechen bedenkt. Wann dies geschehen wird, das kann ich noch nicht sagen. Allerdings scheint mir, der Herr Bischof will die ganze Angelegenheit so schnell wie möglich hinter sich bringen. Er wirft mir vor, ich hätte mir deine Frau zu einem ungelegenen Zeitpunkt vorgenommen. Ich habe also bereits heute die entsprechenden Papiere an den Stadtrat weitergeleitet, der dann nur noch das Urteil und dessen Vollstreckung schriftlich auszufertigen hat. Der kaiserliche Statthalter wird dann das Urteil unverzüglich bestätigen, denn das ist alles schon mit ihm abgesprochen. Der Zeitpunkt der Hinrichtung hängt davon ab, ob der Bischof es für geboten hält, das Urteil im gesamten Bistum verkünden zu lassen oder nur in eurer Heimatstadt, damit die Menschen sich um den Scheiterhaufen versammeln können und so an die unerschütterliche Macht der Kirche und die Rettung ihrer Seelen gemahnt werden.«

Ich dankte ihm, weil er sein Bestes tat, um den Fortgang der Sache zu beschleunigen und meine Frau und mich nicht in quälender Ungewissheit zu lassen. Dann erkundigte ich mich noch, für wie hoch er wohl die Kosten des Prozesses veranschlage. Er fragte, ob ich den Kerkermeister schon bezahlt hätte, und rechnete dann die verbliebenen Kosten aus. Schließlich sagte er: »Ich habe mich bemüht, dass für dich alles so kostengünstig wie möglich wird. Aber das weißt du ja. Ich selbst verlange keinen Lohn von dir, sondern betrachte in christlicher Demut meine Mühen als meinen Lohn, was dich natürlich nicht davon abhalten soll, meinem Kloster auf meinen Namen eine bleibende Schenkung zu machen, falls deine Mittel dafür ausreichen. Meinen beiden Mitbrüdern musst du die festgesetzte Taxe entrichten, wobei ich fürchte, dass der

Lohn für denjenigen von ihnen, der als Sekretär fungierte, nicht gering sein wird, denn er hat viel Papier und Tinte für das Protokoll verbraucht. Ich will jedoch versuchen, ob nicht aus Meister Fuchs' Vermögen ein Teil der Kosten dieses Prozesses abgezweigt wird, weil beide Prozesse miteinander zusammenhängen und es meiner Meinung nach unangebracht wäre, wenn er aus der Gefangennahme und Untersuchung deiner Frau auch noch Gewinn zöge. Dann musst du natürlich noch für das Urteil des Stadtrates sowie auch für die Unterschrift des kaiserlichen Statthalters aufkommen. Darüber hinaus kommen wohl keine anderen Kosten mehr zusammen, abgesehen von den Unterhaltskosten für deine Frau, die Miete des Gefängnisturms bis zum Hinrichtungstag und natürlich noch eine Fuhre besten Brennholzes, die du zu zahlen hast. Vorsichtig geschätzt würde ich sagen, dass du mit fünfundzwanzig Gulden auskommst, und in dieser Summe wäre dann auch eine einfache silberne Hostienschale für mein Kloster enthalten.«

Ich seufzte vor Erleichterung, weil dann wohl mein Geld ausreichen würde, und küsste den Saum von Pater Angelos Kutte aus Dankbarkeit für seine große Güte. Es wäre mir sehr zuwider gewesen, hätte ich meinen Schwiegervater, den Büchsenmeister, in dieser Angelegenheit um Hilfe bitten müssen, wo mir sein grausames und herzloses Zeugnis gegen seine Tochter noch in frischer Erinnerung war. So verschwand die letzte Sorge, die ich hatte. Nachdem ich ein weiteres Mal vergebens darum gebeten hatte, Barbara noch einmal sehen zu dürfen, fragte ich Pater Angelo noch, ob er etwas dagegen hätte, wenn ich mich mit Meister Fuchs unterhielte, bevor ihm der Prozess gemacht würde.

Zuerst wunderte sich Pater Angelo über dieses Ansinnen. Aber nach kurzer Überlegung hielt er es für durchaus vernünftig und meinte: »Ich habe nichts dagegen, sondern sähe es sogar gerne, wenn du dich mit ihm treffen würdest, denn ich glaube nicht, dass er dir schaden kann, sei er auch ein noch so gerissener Hexenmeister. Du hast dich den Lockungen des Satans ja bereits erfolgreich entzogen. Stattdessen könntest du dir sieben Gulden verdienen, die für die Entlarvung von Hexerei gezahlt werden, wenn du deine Worte recht zu gebrauchen weißt und ihn dazu bringst, freiwillig seine Schuld zu gestehen. Ein freiwilliges Geständnis ist nämlich immer von höherem Wert als eines, das unter der Folter gemacht wird, obgleich wir wohl auf jeden Fall zu einer inquisitorischen Befragung Zuflucht nehmen müssen, ehe er uns seine Komplizen nennt. Das ist aber jetzt noch nicht spruchreif, und du brauchst es ihm gegenüber nicht zu erwähnen. Schließlich bist du ein kluger Jüngling und weißt geschickt mit Worten umzugehen. Wenn er gesteht, werde ich dafür sorgen, dass dir unverzüglich gegen Quittung die sieben Gulden aus der bischöflichen Kasse ausbezahlt werden sowie weitere Spesen, wenn du ihn etwa mit Wein gesprächig machen oder weitere nützliche und erlaubte Mittel anwenden musst, um die Sache voranzutreiben. Ich weiß ja, dass er ziemlich wohlhabend ist und der Bischof sich diese Summe leicht aus seinem Vermögen zurückholen kann.«

Als ich schon gehen wollte, hielt Pater Angelo mich am Arm fest. Sein Antlitz erbleichte und war plötzlich auf grausame Weise verzerrt, so dass ihm das Sprechen schwerfiel. Große Schweißtropfen erschienen wieder auf seiner hohen Stirn. »Michael«, sagte er mit heiserer Stimme, »warte noch, denn mir ist gerade etwas eingefallen. Ich weiß nicht, ob es eine List des Satans ist oder auf eine göttliche Eingebung zurückgeht, durch die eine Schmähung und Verunglimpfung der Kirche verhindert werden könnte. Mein Gewissen weiß sich keinen Rat, und deshalb überlege du dir die Sache und sei Gottes Werkzeug, wenn das der Sinn des Ganzen sein sollte. Mir ist nämlich eingefallen, dass alle Probleme gelöst wären, wenn du ihm in seinem Gefängnis ein Seil oder ein Messer zustecken könntest, so dass er sich erhängen oder sich die Schlagadern aufschneiden kann. Das wäre der beste Beweis seiner Schuld, und es würde die Sache ein für alle Mal beenden. Ich wage nämlich kaum daran zu denken, was ich am Ende des Weges, den ich nichts Böses ahnend angetreten habe, noch an Schrecklichem werde sehen müssen. Wenn er sich auf Eingebung des Satans hin bis morgen früh den Tod gibt, hast du dir die sieben Gulden verdient, Michael. Wenn ich mir die Sache genau überlege, wird es nicht einmal notwendig sein, dass du meinem Kloster ein Geschenk machst, sondern es genügt, dass du für meine arme Seele betest.« Aber er zögerte noch immer, hielt mich weiter am Arm zurück und versuchte sich zu beruhigen, indem er sagte: »Ich weiß nicht, ob dies himmlische oder weltliche Diplomatie ist, aber eine Stimme in mir sagt, dass es jedenfalls eine Diplomatie ist, die unseren Herrn Bischof zufriedenstellt und der heiligen Kirche von höherem Nutzen sein wird, als wenn wir ihn als Hexenmeister verbrennen würden.«

Ich hatte nichts gegen seinen Vorschlag, sondern im Gegenteil; etwas Ähnliches hatte sich auch in meinem Gemüt unbestimmt abgezeichnet. Ich war ja kein schlechter Mensch, und nicht einmal Meister Fuchs wünschte ich solche Qualen, wie sie Barbara am Tag zuvor hatte erdulden müssen. Ich wusste ja auch, dass er dieses furchtbaren Vergehens gar nicht schuldig war. Jedenfalls war er unschuldiger als Barbara, und deshalb wollte ich ihm sein Los gerne erleichtern, denn mein Gewissen quälte mich, weil ich Zeugnis gegen Barbara abgelegt hatte. Auch konnte ich die sieben Gulden gut gebrauchen.

So versicherte ich Pater Angelo, dass ich mein Bestes tun würde, und er überließ mir sein Gürtelseil und ein kleines, sehr scharfes Siegelmesser, das auf dem Schreibtisch des Bischofs lag. Ich verbarg beides in meiner Gürteltasche. Mit Tränen in den Augen gab Pater Angelo mir seinen Segen, nannte mich einen braven Burschen und versprach, in seinen Fürbitten meiner zu gedenken, falls ich den Auftrag erfolgreich ausführte. Da er sich in einer Notlage befand, konnte ich ihm sogar noch das Versprechen abluchsen, mich von Barbara vor ihrer Hinrichtung noch ordentlich verabschieden zu können. Munter wie ein Fisch im Wasser verließ ich darauf die Schreibstube des Bischofs, und als ich auf den Hof hinaustrat, merkte ich, dass ich sehr hungrig war. Deshalb machte ich, bevor ich in den Turm ging, einen Abstecher in die bischöfliche Küche und konnte dort ein hübsches Mädchen überreden, mir ein Stück Brot mit etwas Käse und einen kalten Hähnchenbraten zu überlassen. Letzterer war von der letzten Mahlzeit der Patres übrig geblieben.

Ich aß mit großem Appetit, und das Mädchen ging in den Keller, wo sie mir aus einem großen Fass süßes schäumendes Bier holte, das mir sogleich zu Kopf stieg, so dass mir, beschwingt wie ich war, nach lustigem Gesang zumute war. Voller Dankbarkeit umarmte ich das Mädchen und küsste sie auf beide Wangen, was sie mir nicht übelnahm. Sie lachte mich mit schelmischen Augen an und versprach, mir noch ein gutes Mahl für später bereitzustellen, falls der Koch nicht aufpasste. Danach überquerte ich den Hof, ging zum Gefängnisturm und klopfte mit einem Stein an seine eisenbeschlagene Tür, worauf der Gefängniswärter mir öffnete und mich im Schein einer schwachen Funzel durch die stinkende Finsternis zu Meister Fuchs führte.

Kapitel 8

Fast glitten wir aus in dem Schmutz, und ab und zu hörte ich ein Platschen, so als gingen wir durch Pfützen. Vielleicht war es gut, dass die Funzel mit ihrem schwachen Licht die Finsternis kaum erhellte, die mir so schrecklich und verseucht vorkam, dass ich glaubte, ersticken zu müssen, zumal da ich gerade an der frischen Luft unter Gottes freiem Himmel gewesen war. Ein paar Mal versank mein Fuß fast bis zum Knie in unbestimmtem Dreck. Als ich mich darüber beschwerte, kam vom Gefängniswärter die ärgerliche Antwort, es sei nicht sein Fehler, dass der Turm so alt war und die Gefangenen hier in Hunderten von Jahren mit ihrem Müll, ihren Exkrementen und vermodertem Stroh alles besudelt hatten, so dass man nur noch an den seltensten Stellen auf den ursprünglichen Fußboden trat. Im Gegenteil, meinte er, das sei für viele bedauernswerte Gefangene ein Segen, weil sie sich so im kalten Winter bequeme und warme Schlafplätze in die Schmutz- und Schlammschichten graben könnten, ausgenommen natürlich diejenigen, die im Fußblock saßen oder an die Wände gekettet waren und sich nicht bewegen konnten, um sich zu wärmen. Aber das seien ohnehin so schlimme Verbrecher, dass sie nichts anderes verdient hätten, als in Fußblöcke gesteckt zu werden, wo sie in ihrem Unrat sitzen mussten. Die Ankettung sei ja der beste Beweis dafür, wie verstockt sie waren.

Bei diesen Worten hob er schließlich seine Funzel, und ich erblickte Meister Fuchs. Er saß auf dem Boden, den Nacken gebeugt, und Hände und Füße steckten in den engen Löchern eines schweren Fußblocks, so dass er sich kaum rühren konnte. Er saß in einer Pfütze und hatte sich schon beschmutzt, da er seine Hose nicht herunterlassen konnte, um seine Notdurft zu verrichten. Ich empfand allerdings kein großes Mitleid für ihn, da ich daran denken musste, dass Barbara viele Wochen lang alleine in derselben unbequemen Stellung hatte ausharren müssen. Der Gedanke daran ließ mich erbeben, so dass ich das Zittern meiner Stimme unterdrücken musste.

Als Meister Fuchs das Licht sah, hob er ungehalten den Kopf und fragte: »Wer ist da? Ist Pater Angelo endlich zur Vernunft gekommen? Lasst mich sofort frei, wenn euch noch etwas an eurem Leben liegt, und befreit mich endlich aus dieser entwürdigenden Lage, dann will ich euch verzeihen. Sonst werdet ihr bald beide auf dem Scheiterhaufen landen.«

Als ich endlich wieder mit fester Stimme reden konnte, sagte ich: »Meister Fuchs, jetzt ist es nicht an der Zeit zu zetern und zu fluchen, sondern Ihr solltet jetzt Eure Seele erforschen und Euch auf die Verurteilung vorbereiten. Morgen früh werden die Patres der heiligen Inquisition gut ausgeruht sein und können sich dann mit ganzer Kraft dem Kampf gegen den Satan widmen und Eurem sündigen Leib die Wahrheit entreißen.«

»Du bist's, Michael Pelzfuß?« versetzte er unfreundlich. »Bist du gekommen, um dich in meiner Erniedrigung über mich lustig zu machen und dich wegen deines schrecklichen Weibes zu rächen, das tatsächlich eine Hexe und Handlangerin des Satans ist? Es muss ja wohl jedem vernünftigen Menschen klar sein, dass dies alles ein gemeines Ränkespiel des Teufels ist, um mich zu vernichten, schließlich habe ich ihm so manchen Kummer bereitet. Ist es jetzt eigentlich Morgen oder Abend? Nimm mal die Geldbörse aus meinem Gürtel und lass mir etwas zu essen und zu trinken bringen! Ich habe verdammt noch mal Hunger. In meiner Verbitterung und meinem gerechten Zorn habe ich schon gefürchtet, niemals mehr einen Bissen in den Mund zu bekommen.«

Im Namen Pater Angelos wies ich den Gefängniswärter an, Meister Fuchs die Hände aus dem Fußblock zu lösen. Erst war der Wärter unwillig, aber dann drehte er die verrosteten Schrauben auf, wozu große Kraft nötig war, und wir hoben zusammen das obere Querholz des Fußblocks an, so dass Meister Fuchs seine Hände herausziehen konnte. Er begann sich die Handgelenke zu reiben, stieß eine Reihe gottloser Flüche aus und zeigte mir, wie die Ratten des Nachts seine Fingerspitzen beknabbert hatten, wodurch seine Daumen, an denen nur noch Hautfetzen hingen, schon ganz blutig geworden waren. Seine Finger schmerzten ihn so, dass er die straffen Schnüre seiner Geldbörse nicht lösen konnte. Ich musste ihm dabei helfen und schickte dann den Gefangenenwärter nach Speise und Bier. Nachdem er gegangen war, sagte ich:

»Meister Fuchs, jetzt wird es wirklich ernst. Gegen Euch hat sich eine Menge von Beweisen angesammelt, und alle entlarven Euch als Hofmeister des Satans und seinen obersten Priester. Deshalb wird Euch keine weltliche oder himmlische Macht mehr vor dem Scheiterhaufen retten können.«

Meister Fuchs stieß weitere Flüche aus, bekreuzigte sich und sagte: »Genau das habe ich in meiner Einsamkeit gefürchtet. Jetzt muss ich offenbar zum Löffel greifen und die Suppe auslöffeln, die der Satan mir gekocht hat. Allerdings würde ich gerne wissen, was das für Beweise sind, die gegen mich vorliegen. Und womit will Pater Angelo beginnen?«

»*Pro primo*«, sagte ich, »wäre da das Zeugnis des Hundes.«

»Ist das der Dank dafür, dass ich diesem teuflischen Köter das Leben retten wollte?« versetzte Meister Fuchs verbittert. »Das ist also der Dank für meine Tierliebe! Ja, Tiere habe ich schon immer geliebt, und offen gesagt habe ich dem Hund nicht mehr zugesetzt, als nötig war, um ihn zum Sprechen zu bringen. Es tut mir wirklich leid, dass ich ihm versehentlich ein Auge ausgestochen habe. Allerdings glaube ich jetzt, dass in dem Hund doch der Satan wohnt.«

»Pro *secundo*«, fuhr ich fort, »ist da das Zeugnis meiner Frau Barbara, an dem sie selbst im fünften Grad der Folter festhielt, wie Euch ja bekannt ist.« Dazu sagte er nichts mehr, sondern begann nur wütend an seinem Bart zu kauen. »Pro *tertio*«, sagte ich darauf, »fand sich in Eurer Wohnung eine sorgsam versteckte menschenähnliche, aus Wolle gestrickte Puppe, die offenbar zu bösen Zauberzwecken benutzt wurde.«

»Das ist ein Spielzeug meiner kleinen Tochter, die an den Pocken verstarb«, versetzte er. »Ich habe sie als Erinnerung an das Mädchen versteckt, das meine Lieblingstochter war, und weil Gesetz und guter Brauch es fordern, dass alles, was einem Opfer der Pocken gehört hat, vernichtet und verbrannt werden muss. Aber ich brachte es nicht über mich, dieses einzige Andenken an mein kleines Mädchen zu verbrennen.« Meister Fuchs überkam Rührung, er wischte sich Tränen aus den Augen und fuhr fort: »Sie hieß Margaretha. Die älteste war Paula, die mittlere von meinen Töchtern Euphrosyne, und den Jungen habe ich auf den Namen Johannes getauft, nicht nach dem Apostel, sondern nach dem Heiligen, der enthauptet wurde.«

»Außerdem fand man bei Euch zu Hause einen bösen, sprechenden Geist in Vogelgestalt«, setzte ich meine Aufzählung fort. »Er soll von den Bütteln des Bischofs mit menschlicher Stimme eine Kanne Wein gefordert haben, so dass einer von ihnen dem Vogel den Hals umdrehte. Auch wenn das wohl nur die Erfindung allzu reger Phantasie ist, gibt es dafür doch gleich mehrere Zeugen gegen Euch.«

Da weinte Meister Fuchs nur noch bitterlicher und sagte mit erstickender Stimme: »Haben diese ehrlosen Schufte und Räuber wirklich meinen schönen Papagei umgebracht? Ich habe ihn für teures Geld bei einem spanischen Landstreicher erstanden. Dieser Spanier lebte davon, dass er den Leuten in den Weinstuben unglaubliche Geschichten von Indien und einem gewissen Cristoforo Colombo auftischte. Er erzählte auch von einer Stadt, die er zusammen mit jemandem namens Cortez erobert haben will, und wo es angeblich Pyramiden und eine Million Einwohner mit gefiederten Köpfen gibt. Der arme Vogel konnte aber tatsächlich ein paar Worte nach Menschenart sprechen. Ich habe mich aber nicht getraut, das irgendjemanden wissen zu lassen, weiß ich doch, wie abergläubisch die Menschen sind. Aber ich habe noch andere Vögel in den Käfigen, Michael. Gibt ihnen jemand Wasser und etwas zu fressen, während ich hier bin? Das ist meine größte Sorge, denn kleine Vögel habe ich schon immer geliebt.«

»Meister Fuchs«, sagte ich, »wenn Ihr wollt, dann tue ich Euch den Gefallen, füttere Eure Vögel und stelle auch Wasser für sie bereit, wenn ich Euch verlassen habe. Ich habe ja sonst nicht viel zu tun, solange ich darauf warte, dass meine Frau auf dem Scheiterhaufen verbrannt wird. Ihr solltet jetzt allerdings begreifen, dass Ihr aufgrund all dieser Beweise schon verloren seid. Ihr wisst es ja selbst am besten: Ist der Stein erst einmal ins Rollen gekommen, dann werden die Beweise gegen Euch zu einem riesigen Berg anwachsen, bis er Euch unter sich begräbt. In seiner Sorge um den guten Ruf und die Ehre der heiligen Kirche hofft Pater Angelo jedoch, dass Ihr ein freiwilliges Geständnis ablegt, damit er Euch nicht allzu sehr quälen muss. Auch ich finde, dass Ihr diesen Dienst der heiligen Kirche schuldig seid, der Ihr Euer ganzes Leben lang so eifrig und keine Mühen scheuend gedient habt.«

Meister Fuchs dachte lange nach, seufzte schwer und sagte schließlich: »Michael Pelzfuß, besorge mir Feder, Tinte und Papier.«

Diese Bitte machte mich misstrauisch, und ich deshalb fragte ich nach: »Wozu braucht ihr Feder und Tinte, in dem Zustand, in dem Ihr Euch jetzt befindet?«

Er sagte: »Die Zeit wird mir lang in dem finsteren Gewölbe hier, während die Ratten einen Tanz um mich herum aufführen und es mir vorkommt, als hätte ich schon viele Wochen oder gar Monate hier verbracht, obwohl ich erst seit der letzten Nacht hier bin. Wenn ich aber daran denke, was mich erwartet, nämlich ein Schicksal, das ich jetzt wohl als unausweichlich betrachten muss, auch wenn ich eben noch versuchte, mir das Herz durch Flüche zu erleichtern, so will ich mich jetzt damit trösten, dass ich mir jeden einzelnen Menschen in Erinnerung rufe, der mich irgendwann einmal gekränkt oder mir ein böses Wort gesagt hat. Davon gibt es eine ganze Menge, Michael Pelzfuß, denn das Amt des Hexenkommissars ist kein Zuckerschlecken. Jetzt will ich all derer gedenken, die mich je übers Ohr gehauen und in Geschäften betrogen haben, mit falschen Würfeln gegen mich gespielt, mich verleumdet oder mir Bier ins Gesicht geschüttet haben, kurzum, die mir zuwider waren. Auch an Frauen will ich mich erinnern, an solche, die mir ihre Gunst versagten, die mich aus ihrem Bett gestoßen oder mich wegen meiner krummen Beine verspottet haben, und an Kinder, die mich mit Pferdeäpfeln bewarfen. Dabei will ich auch die hohen Herren nicht vergessen, die sich mir gegenüber von oben herab benahmen, mich in ihren Vorzimmern warten ließen oder ihre Diener anwiesen, aus dem Fenster heraus ihr Nachtgeschirr über mir zu leeren. So etwas passiert einem

Hexenkommissar andauernd. Besonders aber muss ich den Herrn Bischof erwähnen, der mich auf so fiese Weise im Stich lässt, und die übrige hohe Geistlichkeit, die mich um meinen mir zustehenden Anteil gebracht hat, wenn das Hab und Gut der Hexen konfisziert wurde. Ja, ich habe vieles, woran ich mich erinnern muss, Michael Pelzfuß, und deshalb bitte ich nun um Papier und Feder. Ich bin ja nicht mehr der Jüngste, mein Gedächtnis ist löcherig geworden, und ich will schließlich niemanden von ihnen vergessen.«

»Jesusmaria!« entfuhr es mir. »Worauf seid Ihr aus, Meister Fuchs?«

»Ich werde sie alle anzeigen«, versetzte Meister Fuchs mit Inbrunst. »Wenn ich nun einmal auf dem Scheiterhaufen geröstet werden soll, dann soll das, zum Teufel, auch mit den anderen so sein. Das ist nur recht und billig.«

»Jesusmaria!« wiederholte ich. »Wollt Ihr etwa den Herrn Bischof des Bundes mit dem Satan bezichtigen?«

»Selbstverständlich«, stieß Meister Fuchs verächtlich hervor, als machte er sich darüber lustig, wie schwer von Begriff ich war. »Aber zuerst werde ich Pater Angelo entlarven, der nach allem zu urteilen ein wahrer Satansdiener sein muss, weil er mir so hinterhältig in den Rücken fällt, um mich zu vernichten.«

Ich musste erst einmal tief Atem holen, bevor ich wieder Fassung gewann. »Aber Meister Fuchs«, widersprach ich entsetzt, »begreift Ihr denn nicht, was Ihr für gottlose Reden führt, wenn ihr Euch so billigen Rachegedanken hingebt, wo Ihr Euch jetzt doch darauf vorbereiten solltet, vor Gottes ewigen Richtstuhl zu treten?«

Aber da war er ganz anderer Meinung: »Es handelt sich hierbei nicht um Rache, Michael. Ich bin auf diesem Gebiet schließlich nicht unerfahren und weiß, dass Pater Angelo mich einem inquisitorischen Verhör unterziehen wird, und zwar vom ersten bis zum fünften Grad, selbst wenn ich ihm zuliebe gleich alles gestehen würde. Deshalb ist es wichtig, dass ich mir eine Liste mache. Die lerne ich dann auswendig, damit ich in jedem Grad die notwendige Anzahl von Komplizen angeben kann, zuerst die unbedeutenderen, und zum Schluss die allerhöchsten Würdenträger. Er wird sich nicht mit Kinkerlitzchen zufriedengeben, schließlich beschuldigt er mich, Haushofmeister des Satans und zu sein und schwarze Messen zu zelebrieren. Eine solche Anklage setzt voraus, dass ich alle Hexen und Hexenmeister Deutschlands kenne. Und deren Namen soll er von mir bekommen, denn ich will die Verhöre und die Folter nicht vergebens erdulden.«

Was er sagte, hatte Hand und Fuß, obwohl es gottlos war. Ich begriff nun plötzlich die ganze Tragweite der Sache und wusste, dass Pater Angelo einen Stein ins Rollen gebracht hatte, dessen Lauf er nicht mehr beherrschen konnte. Dieser Stein drohte ja, einen großen Erdrutsch auszulösen und schließlich den letzten Rest von Autorität unter sich zu begraben, den die heilige Kirche in dem von evangelischen Hirngespinsten nur so brodelnden Deutschland noch aufwies. Auch begriff ich, dass ein so furchtbares Ärgernis um jeden Preis verhindert werden musste. Gut, dass Pater Angelo im letzten Augenblick eine göttliche Eingebung zuteilward, um die Sache zum Guten zu wenden. So begann ich nun, mit schweißnassen Fingern sein Gürtelseil aus meiner Tasche hervorzuziehen, aber während ich noch damit beschäftigt war, kam der Gefängniswärter herbeigeschlürft und brachte uns Speise, Bier und Kerzen. Meister Fuchs machte sich gierig über das Essen her, das er mit Starkbier hinunterspülte. Das Bier half offenbar seinem Gedächtnis auf, denn ab und zu schlug er sich auf die Stirn und nannte Namen von Leuten, die er schon lange vergessen geglaubt hatte.

Nachdem er sich sattgegessen hatte, war er guter Laune, reckte und streckte sich, rülpste und furzte ungehemmt. »Im Koster zu Fulda«, erzählte er, »traf ich einmal einen Mönch, der in der Lage war, eine Kerze, die in der entgegengesetzten Ecke seiner Zelle brannte, durch seine Darmwinde zu löschen. Diese seltene Fähigkeit machte hin weithin berühmt, so dass er vor allen Besuchern des Klosters seine Kunst demonstrieren musste. Sogar ein päpstlicher Legat äußerte sich voll des Lobes darüber und meinte, nicht einmal in Rom bekäme man so etwas zu sehen.«

»Meister Fuchs«, versetzte ich niedergeschlagen, »ich will nicht leugnen, dass dies eine lehrreiche Geschichte ist, die mein Wissen bereichert, aber könntet Ihr jetzt Eure Gedanken nicht von weltlichen Dingen abwenden und an das künftige Los Eurer armen Seele denken? Als Mann mit Erfahrung wisst Ihr doch, dass keine weltliche Macht mehr verhindern kann, dass Ihr die furchtbarsten Qualen erdulden werdet, bis zum fünften Grad, und dass Euch der Tod auf dem Scheiterhaufen sicher ist.«

Er seufzte und sagte: »Du bist ja ein richtiger Spielverderber, Michael, dass du mich an all die unangenehmen Dinge erinnerst, von denen ich mir mit viel Mühe über dem guten Essen und dem Bier den Kopf freigehalten habe. Aber es ist vergeblich, wider den Stachel zu löcken. Ich spüre schon ein Kribbeln im Rücken, wenn ich an die Seile und das Blockrad denke, und erst recht an den Scheiterhaufen. Denn der Tod auf dem Scheiterhaufen ist beileibe keine angenehme Todesart, besonders dann nicht, wenn der Wind die Flammen dreht und den Qualm von dem Betreffenden erst einmal wegbläst. Das habe ich nur allzu oft gesehen. Dann musste der Henker, ober er wollte oder nicht, noch einmal auf die brennenden Scheite springen, um der Hexe einen Holzpflock in den Mund zu schieben, weil diese so furchtbar schrie, dass nicht einmal der Henker es aushielt.«

Er versank in seine Erinnerungen, seufzte und fuhr fort: »Etwas anderes wäre es natürlich, wenn ich wirklich ein Hexenmeister wäre und der Satan meinen Körper gefühllos machen würde, so wie ich es auch schon gesehen habe. Das bringt mich zu der ernsthaften Überlegung, ob ich nicht im letzten Augenblick noch einen Bund mit dem Satan schließen sollte, damit er mir dann beisteht. Bei Verhören habe ich es auch erlebt, dass er seinen Dienern und Dienerinnen des Nachts oft mancherlei Vergnügungen bereitet, die sich ein tugendhafter Mensch nicht im Traum vorstellen kann. Das Wichtigste aber ist, Michael, dass du mir versprichst, meine Vögel zu füttern und ihre Trinknäpfe mit Wasser zu füllen, weil ich nicht will, dass diese unschuldigen Kreaturen leiden, nur weil ihr Herr in eine so schlimme Lage geraten ist.«

Ich legte ihm zitternd eine Hand auf die Schulter und sagte: »Was würdet Ihr dafür geben, Meister Fuchs, wenn Ihr Euch in einem einzigen Augenblick mühelos von diesen Qualen erlösen könntet und auch dem Scheiterhaufen entginget, um Euch dann reinen Gewissens und in Reue für Eure Sünden der Gnade und Barmherzigkeit Gottes zu ergeben?«

Meister Fuchs horchte auf, und wenn seine Worte bisher von Grobheit und einer Art Galgenhumor geprägt waren, so wurde er nun ernst. »Michael Pelzfuß«, sagte er, »tätest du mir einen solchen Freundesdienst, dann würde ich dich bei meinem letzten Atemzug segnen. Ich habe so etwas eigentlich nicht verdient, weil ich dir und deinem Weib viel Böses angetan habe, auch wenn ich weiß, dass sie eine Hexe ist. Dafür hat sie sich ja auch schlimmer gerächt, als irgendjemand sonst sich rächen kann. Und vielleicht ist mein Segen auch nicht viel wert. Deshalb verrate ich dir jetzt Folgendes: Im Keller meines Hauses ist ein loser Stein im Fußboden, und darunter findest du in einer Börse fast siebzig Goldstücke, gute rheinische Gulden und venezianische Dukaten. Noch viel mehr Geld könnte ich dir hinterlassen, denn ich habe keinen weiteren Erben. Aber ich glaubte, besonders klug zu sein, wenn ich mein Geldvermögen in Land, Feldern, Wiesen und Grundstücken in der Stadt anlegte. Das wird dazu führen, dass mein Vermögen ordnungsgemäß auf den Bischof und das Kloster übergeht. Das ist das Ärgerlichste von allem, was mir widerfährt, und mir schwellen die Zornesadern, wenn ich daran denke. Doch um deinetwillen hoffe ich, dass die Räuber des Bischofs das erwähnte Geldversteck nicht entdeckt haben. Was du sonst noch an Nützlichem in meiner Wohnung findest, das kannst du als dein Erbe an dich nehmen. Du musst nur aufpassen, dass du dir keine Anklage als Dieb zuziehst, falls das Haus schon versiegelt sein sollte mit bischöflichem Siegel. Versprich, dass du dich um meine Vögel kümmerst! Mach sie dann samt dem Käfig lieben Kindern zum Geschenk oder lass sie einfach frei gen Himmel fliegen, je nachdem, was du für richtig erachtest.«

Er sprach dies in ernstem Eifer und fürchtete wohl die ganze Zeit, ich würde ihm nur falsche Hoffnungen machen, um mich für all das zu rächen, was er mir angetan hatte. Deshalb versuchte er mich zu bestechen und sagte, er habe da zu Hause eine gute Arkebuse, eine von den neuartigen Waffen des Kaisers, die er sich habe anschaffen müssen wegen der unruhigen Zeiten. Es könne ja nicht ausgeschlossen werden, dass irgendein randalierender Pöbel jederzeit gegen ihn vorging. Diese Arkebuse also könne ich mir nehmen, wenn ich wollte, genauso wie seinen silbernen Trinkpokal und eine lateinische Bibel, die er als seinen Anteil aus dem Besitz eines der Hexerei angeklagten Priesters bekommen habe, obwohl dieser gar kein Latein gekonnt hatte. Dazu meinte ich, dass ich mir nichts als Schwierigkeiten machen würde, wenn ich mich an seinem Eigentum vergriffe, denn das würde ja der Kirche zufallen. Aber diesen Einwand ließ er nicht gelten, sondern versprach, er werde eine Vollmacht ausstellen, die mich dazu berechtigte, aus seiner Wohnung nach eigenem Gutdünken Wertsachen im Wert von fünfzig Gulden an mich zu nehmen.

»Es ist nämlich besser, eine bestimmte, maßvolle Summe schriftlich festzulegen«, sagte er. »Dann wird der Bischof das nicht vor Gericht bringen, denn er erhält auf jeden Fall sehr viel mehr an Land und Immobilien. Von mir aus kannst du so viel aus meiner Wohnung schleppen, wie du tragen kannst. Da du mir einen Freundschaftsdienst erweist, gönne ich es dir und sähe es lieber, dass dir die Sachen in die Hände fallen als dem verdammten Bischof. Aber zuerst solltest du herausfinden, ob man schon ein Verzeichnis meines Wohnungsinventars angelegt hat, denn dann musst du auf jeden Fall vorsichtig sein.«

Diesen und viele andere nützliche Ratschläge gab er mir und erwähnte noch, dass die Büttel des Bischofs wohl schon wie üblich auf eigene Faust eine Menge hatten mitgehen lassen, als sie bei der Hausdurchsuchung nach Hexenutensilien fahndeten. Deshalb hätte ich nicht viel zu befürchten. »Ich habe selbst viele Male die Kirche um Sachen betrogen, die ich in Häusern von Hexen fand, deshalb weiß ich Bescheid«, gab er freimütig zu. »Das gehört zu den natürlichen Vorrechten von Bischofsbütteln und Hexenkommissaren, sofern sie nicht zu viel und allzu wertvolle Dinge mitgehen lassen, sondern sich mit Kleinigkeiten begnügen. Auf diese Weise bin ich an die lateinische Bibel gekommen, und sicher hast du gar nicht gemerkt, dass ich mir in deinem eigenen Heim zum Andenken eine hübsche kupferne Nadeldose deiner Frau eingesteckt habe. Auch anderes hätte ich gern mitgenommen, aber das wollte ich dann doch nicht, denn deine Frau hat mir leckeres Essen gekocht, und so habe ich von deinen Speisevorräten gegessen und sie mir mit deinem Salz gesalzen.«

Ich war nicht sehr angetan von seinen Versprechungen, denn aller weltliche Besitz, ja sogar Geld schien mir nichtig bei dem Gedanken daran, dass Barbara bald sterben musste. Aber damit hatte ich mich schon abgefunden. Schon ich dachte an sie wie an eine Verstorbene, und mein Verstand sagte mir, die Zeit würde vergehen, Woche auf Woche, und ich würde Geld brauchen, um meinem Leben irgendeine Richtung zu geben. Deshalb dankte ich Meister Fuchs und ließ ihn die Vollmacht schreiben, die er versprochen hatte, denn ich führte mein Schreibzeug in einer Messingdose bei mir. Nachdem wir gegenseitig unseren Dank ausgesprochen hatten, gab ich ihm Pater Angelos Gürtel und das Siegelmesser des Bischofs und erklärte, er habe bis morgen früh Zeit, sich für eine der beiden Todesarten zu entscheiden, entweder sich zu erhängen oder sich die Schlagadern aufzuschneiden.

Meister Fuchs drückte mit der einen Hand das Seil, mit der anderen das Messer an sich, so als fürchtete er, ich könnte ihm diesen Ausweg noch in letzter Minute entreißen. »Da stellst du mich wirklich vor eine schwere Entscheidung, Michael«, sagte er, »denn ich weiß wirklich nicht, welche der beiden Arten ich vorziehe. Kaum jemand hat das Erhängen überlebt, um sich über dessen Qualen beschweren zu können. Da ich mich nicht auf normale Weise erhängen kann, weil meine Füße im Block stecken, so könnte ich das Seil ja am oberen Querbalken festknöpfen und mich dann mit einer Schlinge um den Hals zur Ruhe legen, um dann vom Trunk berauscht allmählich ins Dunkel und in die Ohnmacht hinüberzugleiten. Diese Todesart tut meines Wissens nicht sonderlich weh, sondern verursacht höchstens einen unangenehmen Blutstau im Kopf. Aber auch das Öffnen der Schlagadern tut weh, mag das Messer noch so scharf sein, und ein langsames Ohnmächtigwerden und Erkalten, während das Blut aussickert, fühlt sich wohl nicht gerade angenehm an. Wenn ich aber einen Eimer heißes Wasser bekäme und meine Hände dort hineinhielte, wenn ich mir die Adern öffne, dann dürfte das kaum schmerzhafter sein als ein Mückenstich. Aber wie du sagtest, habe ich noch genug Zeit, mir dies alles gründlich zu überlegen. Außerdem kann ich mir so die Zeit bis zum ersten Hahnenschrei vertreiben.«

Griesgrämig saß er da, den Nacken gebeugt, und wurde schweigsam, während er abwechselnd das Seil, dann das Messer in Händen wog. Ich begriff, dass ich ihn schon zu lange behelligt hatte, und verabschiedete mich deshalb von ihm so freundlich, wie ich nur konnte. Ich versicherte ihm, keinen Groll gegen ihn zu hegen, sondern wegen seines traurigen

Loses Mitleid mit ihm zu empfinden. So empfahl ich ihn dem Schutz aller Heiligen und hoffte, diese würden über all den Schmutz und Gestank im Gefangenenturm nicht die Nase rümpfen. Als ich Meister Fuchs gerade verlassen wollte, hielt er mich plötzlich ängstlich zurück, und all seine Selbstsicherheit hatte sich in nichts aufgelöst. Jetzt war er nur noch ein schmutziger, furchtsamer alter Mann, und der Bart zitterte ihm bei seinen Worten.

»Selbstmord ist eine Todsünde, Michael«, sagte er. »Aber die Torturen, die mich erwarteten, sind nicht geringer als die Qualen der Hölle, wie ich genau weiß, da ich ihnen so oft als Zeuge beiwohnte. Sag mir also, glaubst du, dass Gott mir verzeiht, wenn ich, ein schwacher Mensch, mich hier in meiner Zwangslage umbringe? Und sag mir auch, dass Christus auch mich durch sein Blut zum ewigen Leben erlöst hat, so wie alle armen Menschenkinder!«

Ja, sagte ich, das glaubte ich, denn Gott sei gerecht, und es sei schwierig, sich ein Leben ohne einen gerechten Gott vorzustellen. Ferner sagte ich, Christus sei um seinetwillen am Kreuz gestorben, wie auch um aller anderen Menschen willen. Ja, er hat sogar den Räuber, der neben ihm am Kreuz hing, mit zu sich ins Paradies genommen. Diese meine Worte trösteten Meister Fuchs sehr, der meinte, die Welt sei voller Räuber und Schurken, von denen die Bischöfe und Klostermönche durchaus nicht die geringsten wären. Deshalb könne er, Meister Fuchs, wohl auch im Vertrauen darauf sterben, dass er gewiss nicht der schlimmste dieser Schurken sei.

»Wenn man's recht betrachtet«, sagte er, »hatte ich eigentlich recht wenig Freude hier auf Erden, besonders nachdem alle meine vier Kinder innerhalb nur einer Woche verstarben. Meine einzige Freude waren dann meine Vögel, und ich weiß nicht, ob ich letzten Endes Freude daran hatte, so viele Hexen gefasst und auf den Scheiterhaufen gebracht zu haben. Es war mehr eine Art Schadenfreude, eine traurige Freude. Ich werde also nichts verlieren, wenn ich diese Welt verlasse. Wenn ich im Vertrauen auf dein Wort tatsächlich dem Höllenfeuer entgehe und durch das Fegefeuer hindurch doch noch in die himmlische Herrlichkeit eingehe, dann ist das so, als hätte ich beim Würfelspiel zwei Sechser geworfen. Bete also für mich, Michael, wenn ich tot bin! Auch könntest du eine Seelenmesse für mich lesen lassen, wenn du das Geld nicht für wichtigere Dinge brauchst, fallen dir als meinem Erben doch keine Begräbniskosten an. Dafür reichen einige Scheite aus dem Holzvorrat des Bischofs.«

Dann ließ er mich endlich gehen, und mir war, als wäre ich aus der Unterwelt direkt in den Himmel aufgestiegen, als ich schwankenden Schrittes die Tür des Gefängnisturms durchschritt und wieder nach

Herzenslust die frische Luft atmen konnte. Der Gefängniswärter schloss die Tür hinter mir ab, nachdem ich ihn noch nach Barbaras Befinden fragen konnte. Zu meiner großen Freude erfuhr ich, dass Barbara schlief. Die Schwellung an ihren Gelenken gehe bereits zurück, was den heilsamen Salben des Kerkermeisters zuzuschreiben sei. Ihr Gesicht sei während des Schlafes zwar noch von fiebriger Röte überzogen, doch der Gefängniswärter versprach, ihr einen fiebersenkenden Trank aus aufgebrühten Wegerichblättern einzuflößen. Seiner Erfahrung nach werde Barbara sich schon in drei Tagen wieder auf den Beinen halten können und keine starken Schmerzen mehr leiden. So gab ich dem Gefängniswärter noch einen Gulden, worüber er Freudentränen vergoss und meinte, er sehe wohl an meinem Gesicht und meinem Betragen, dass ich von edler Abkunft sei, auch wenn ich mich wie ein bescheidener Gelehrter kleidete. Als ich ihm aber auftrug, Meister Fuchs einen Eimer heißes Wasser zu bringen, zeigte er sich entsetzt. Er bekreuzigte sich und fragte: »Was in Gottes Namen hat Meister Fuchs damit vor? Er wird sich doch wohl nicht ertränken? Das würde mich armen Mann in die allergrößten Schwierigkeiten bringen.«

Ich versetzte, Meister Fuchs wolle sich waschen. Über diese Antwort verwunderte sich der Wärter noch mehr, bekreuzigte sich ein weiteres Mal und sagte: »Das soll man doch nicht für möglich halten! Hätte ich daran gezweifelt, dass Meister Fuchs ein wahrer Hexenmeister ist, so weiß ich es jetzt gewiss. Es ist doch wider alle Natur und der Gesundheit höchst abträglich, sich zu waschen. Ich selbst habe mich nicht mehr gewaschen, seitdem meine Mutter selig mich ins Bad zu tragen pflegte und mir dort die Haut abschrubbte, so dass ich schon Angst hatte, sie würde mir wie Schuppen abfallen. Aber das geschah, als ich noch ein Kind war. Danach hat mich dieser teuflische Wunsch nach Dampfbädern und Badestuben verlassen, denn allzu viele Leute stecken sich dort mit der abscheulichen Franzosenkrankheit an. Und es weiß auch niemand, ob die Heiligen sich jemals gewaschen haben, auch wenn ihren Gebeinen und Reliquien himmlischer Balsamduft entströmt. Deshalb glaube ich, dass Gott in seiner Weisheit die Geißel der Franzosenkrankheit herabgesandt hat, damit der Mensch erkennt, dass in öffentlichen Badehäusern und Waschstuben kein anderer als der Teufel sein gemeines Spiel treibt.«

Ich wollte mit ihm nun nicht die Vor- und Nachteile des Waschens erörtern, denn das ist eine Streitfrage, über die auch die Gelehrten noch nicht zu einer Einigung gelangt sind. Ich wies ihn nur streng an, Meister Fuchs einen Eimer heißes Wasser zu bringen, und er kam meinem Befehl mürrisch nach. Danach begab ich mich wieder zu Pater Angelo. Ich traf ihn im Schreibzimmer des Bischofs, so er zum Gebet niedergekniet war und am ganzen Körper zitterte. Bei meinem Anblick unterbrach er seine Gebete, stürzte sich mir entgegen und umfasste mich ungeduldig bei den Schultern.

Ich hielt es für angebracht, ihn zunächst in wohlbedachter Ungewissheit zu lassen und sagte, ich hätte die Hoffnung, Meister Fuchs werde bis morgen früh Vernunft annehmen und freiwillig aus dem Leben scheiden, wodurch er selbst seine Schuld beweisen würde. »Aber er ist wirklich ein gefährlicher Hexenmeister«, führte ich aus. »Ich erbebe beim Gedanken an all die Enthüllungen, zu denen er gezwungen sein wird, wenn erst einmal das Verhör beginnt. Ich fürchte, halb Deutschland wird dann im Chaos versinken, wenn seine Worte zu Protokoll genommen werden.«

»Michael«, versetzte Pater Angelo. »Bitte tu, was du kannst, um meinetwillen und um der heiligen Kirche willen, dann schwöre ich dir, barfuß nach Rom zu wandern, um dem Heiligen Vater alle Einzelheiten dieser Angelegenheiten zu berichten, mich vor ihm zu rechtfertigen und mich jeder Bestrafung zu unterwerfen, welche die Kirche über mich verhängt. Diesem Hexenmeister muss der Garaus gemacht werden!«

Ich zeigte ihm die von Meister Fuchs ausgestellte Vollmacht und bat, mir meinen Anteil aus seiner Wohnung holen zu dürfen. Als Pater Angelo las, ich dürfte Wertgegenstände im Wert von fünfzig Gulden an mich nehmen, nahm Gesicht einen Ausdruck an, als hätte er auf etwas Bitteres gebissen. »Das muss der Herr Bischof entscheiden«, meinte er unwirsch. »Ich glaube nicht, dass du berechtigt bist, Dinge in Besitz zu nehmen, die von nun an Eigentum der heiligen Kirche sind. Und wenn du darauf bestehst, dann sollte dir klar sein, dass ich die bischöfliche Kasse auch nicht anweisen kann, dir die versprochenen sieben Gulden auszuzahlen, die du, arm wie du bist, wirklich nötig hättest.«

Ich bat ihn untertänigst, doch den Herrn Bischof in dieser Angelegenheit zu befragen, worauf Pater Angelo versetzte, der Bischof habe sich über diese Vorfälle so aufgeregt, dass er nun bettlägerig sei. Nach langem Zureden konnte ich ihn aber dazu bringen, doch zum Bischof zu gehen. Gleich darauf hörte ich durch mehrere Wände hindurch den Kirchenfürsten mit lauter Stimme nach mir rufen. So stand ich kurze Zeit später vor dem Bett des Bischofs. Ich sah, dass der Arzt ihm gerade ein halbes Quart Blut abgezapft hatte. Aber nicht einmal das hatte den Herrn Bischof beruhigen können. Er riss den Bettvorhang zur Seite, streckte sein vor Wut blau angelaufenes Gesicht heraus und schrie Pater Angelo an, er solle sich zum Teufel scheren und mich gleich mitnehmen.

»Meister Fuchs ist der beste Hexenkommissar in ganz Deutschland und bringt mir alljährlich eine Menge Nebeneinkünfte ein«, schrie er. »Ich brauche den Mann, und wenn er hundertmal Satans Diener sein sollte. Du verdammter Schnüffler in schwarzer Kutte hast unermesslichen Schaden angerichtet! Ich begreife nicht, wie die Kurie einen Schafskopf wie dich für dieses heikle und verantwortungsvolle Amt auswählen konnte. Wenn wir die Angelegenheit für fünfzig Gulden geregelt kriegen, dann ist das ein gutes, ja ein hervorragendes Geschäft, falls Gott mich noch einmal von meinem Krankenlager erheben lässt, damit ich dir mal so richtig einen Tritt in den Hintern geben kann, verfluchter Dominikaner. Gebt mir eine Feder!«

Eilig überreichte ich ihm die Feder aus meinem Schreibkästchen und benetzte sie mit Tinte. Unter zornigem Schnaufen kritzelte der Bischof seinen Namen unter Meister Fuchs' Vollmacht und wies seinen Sekretär an, mir fünf Gulden für das Siegel in Rechnung zu stellen. Als ich ihm dankbar die Hand küssen wollte, versetzte er mir eine Ohrfeige. Der Aderlass hatte seine Körperkräfte leider nicht erschlaffen lassen. »Sorgt dafür«, sagte er, »dass der Wert der Sachen, die sich dieser Scheißkerl hier unter den Nagel reißt, von einem Notar geschätzt wird. Wenn es mehr als fünfzig Gulden ergibt, dann muss er den Mehrwert gegen Quittung an meine Kasse entrichten. Außerdem soll sofort ein Verzeichnis über Meister Fuchs' bewegliche Habe aufgestellt werden. Jetzt zum Teufel mich euch beiden, damit ich endlich Ruhe habe und zu Gott dem Herrn beten kann, die heilige Kirche von so einem unvergleichlichen Dummkopf wie Pater Angelo zu befreien!«

Ich fühlte mich von seinen Worten gekränkt und versuchte zu erklären, dass ich, auch wenn ich möglicherweise nach Exkrementen stank, mich im Gefängnisturm bis zu Knien im Dreck stehend und nach bestem Wissen und Gewissen bemüht hätte, die Interessen des Bischofs zu wahren. Aber der Sekretär hielt mir einfach seine Hand vor den Mund und bugsierte mich aus dem Zimmer. Er und Pater Angelo erklärten mir wie aus einem Munde, ich solle mich nicht um die Worte des Bischofs scheren, denn er sei leider oft wie vom Satan besessen.

Wegen des Siegels schuldete ich dem Sekretär nun fünf Gulden, aber er meinte, das mache nichts, er werde mir dafür zum Haus von Meister Fuchs folgen, um dort das Inventarverzeichnis anzufertigen. Er war ein junger, sympathischer Mann mit hungrigen Augen, der sich mir gern anschließen wollte. Offenbar lag ihm daran, sich gut mit mir zu stellen, und ich sah ein, dass es für mich von Vorteil wäre, ihn mitkommen zu lassen. So verließen wir Pater Angelo, der sich dem Gebet widmen wollte, und gingen gemeinsam in die Stadt. Bald waren wir ein lebhaftes Gespräch vertieft, das sich um den Haushalt des Bischofs, die Reliquien des Klosters und um Gerüchte drehte, die davon berichteten, unzufriedene Bauern hätten sich in verschiedenen Landesteilen zusammengerottet, um ihren Grundherren Erleichterungen bei der Fronarbeit und den hohen Steuern abzutrotzen. Der Sekretär meinte, diese Aufsässigkeit sei das Ergebnis der Teufelssaat, die der gottlose Luther ausgesät habe; man hätte so etwas von Anfang an erwarten können. Ich stimmte ihm zu, und wir beschlossen, erst einmal einen Schluck Wein zu uns zu nehmen und in einer Schenke einzukehren, die »Zum Schwert von St. Michael« hieß, was ich als gutes Vorzeichen nahm. Ich bezahlte unsere Zeche, und dann gingen wir frohgemut zu Meister Fuchs' kleinem Haus, dessen schmaler Giebel zwischen zwei großen Kaufmannshäusern regelrecht eingezwängt schien. Die Tür wurde von einem in Rot und Blau gekleideten Bischofsbüttel bewacht, der sich seine Hellebarde über den Rücken geworfen hatte. Wir schickten ihn fort, damit er auf meine Kosten Bier trinken konnte, und betraten das Haus.

Aus dem Zimmer im Obergeschoss war Vogelgezwitscher zu hören. Wir sahen in den Fenstervorsprüngen verschiedene Käfige von der Decke herabhängen, teils aus Eisen, teils aus Weidenzweigen geflochten, und darin hüpften munter Vögel herum. Sonst aber herrschte überall ein Drunter und Drüber; das Bettzeug lag auf dem Fußboden verstreut, die Matratzen waren aufgeschnitten worden und die Schlösser der Truhen aufgebrochen. Der Sekretär schüttelte nur stumm den Kopf, als er dieses Gräuel der Verwüstung sah. Dann begann er, gedankenverloren den Henkel einer silbernen Kanne zu befingern, die er auf einem Regal entdeckt hatte.

Ich sagte, ich würde den Vögeln Futter und Wasser holen und erwähnte, dass mir unter anderem eine lateinische Bibel gehören würde. Er versprach, sich nach ihr umzusehen, wenn ich länger wegbliebe. Daraufhin ging ich ins Untergeschoss, nahm mir dort eine Kerze und stieg in den Keller hinab. Wie Meister Fuchs gesagt hatte, fand ich dort sogleich den losen Fußbodenziegel und darunter eine schwere Geldbörse, die ich mir unverzüglich in meine Gürteltasche stopfte. Dies alles dauerte nicht länger, als man für ein *Ave Maria* braucht. Mit einem Seufzer der Erleichterung kehrte ich in die Küche zurück, wo ich in mehreren Dosen allerlei Körner und Samen fand, die Meister Fuchs als Vogelfutter aufbewahrt hatte. Alles in seinem Haus wäre reinlich und anheimelnd gewesen, hätten die Büttel des Bischofs nicht so schlimme Spuren hinterlassen.

Als ich wieder ins Obergeschoss hinaufsteigen wollte, vernahm ich Kinderstimmen. Das schien mir ein Zeichen des Himmels zu sein. Ich blickte aus dem Fenster und sah zwei sauber gekleidete Kinder, einen Jungen und ein Mädchen, beide mit lockigem, blondem Haar und hellblauen Augen. Ich fragte sie, ob ich ihnen ein paar Vögel zum Geschenk machen dürfe. Da sprangen sie vor Freude in die Luft, klatschten in die Hände und versprachen, sich gut um die Vögel kümmern zu wollen. So kehrte ich vergnügt ins Obergeschoss zurück, wo der Sekretär des

Bischofs mitten im Zimmer nachdenklich dastand und einen Vogel von der Größe einer Elster kopfüber an den Füßen vor sich hinhielt. Der Vogel war tot; sein Gefieder glänzte metallisch bunt wie die Schwanzfedern eines Hahns. Ich erriet, dass es sich dabei um den von Meister Fuchs erwähnten sprechenden Papagei handelte, dem ein dummer Büttel den Hals umgedreht hatte. Jedoch gab ich mich nicht lange bewundernden Blicken hin, sondern wählte die schönsten Vögel aus und trat mit zwei Käfigen, einen in jeder Hand, auf die Gasse hinaus. Die Kinder nahmen das Geschenk freudestrahlend in Empfang und liefen sogleich damit nach Hause. Wieder im oberen Zimmer, öffnete ich das Fenster und ließ die verbliebenen Vögel frei. Erst beäugten sie misstrauisch den Himmel, so dass ich an das Käfiggitter klopfen musste, doch dann flatterten sie schließlich davon.

Der Sekretär meinte dazu, er müsse die Vögel wohl mit auf das Inventarverzeichnis setzen und ihren Wert von den fünfzig Gulden abziehen. Doch ich nahm dies als Scherz und verwies auf das Bibelwort, dass man zwei Sperlinge für einen Pfennig kaufe. Da geriet er über meine theologische Bildung so sehr in Begeisterung, dass er die ganze Sache vergaß und stattdessen herauszufinden versuchte, ob ihm wohl Meister Fuchs' samtenes Nachthemd passte. Die silberne Kanne war bereits vom Regal verschwunden; jedoch bemerkte ich eine Wölbung in Magenhöhe unter dem Gewand des Sekretärs, wenn er sich bewegte. So zögerte ich nicht, sondern stellte für mich zwei kleine Silberpokale und einen zerkratzten Weinpokal sicher, in den ein Adelswappen eingraviert war. Dann durchwühlte ich die Schränke mit Meister Fuchs' Kleidervorräten und stellte fest, dass seine Unterwäsche und Leibhemden von bestem Leinen waren. Für den Winter hatte er einen mit feinstem Pelz gefütterten Mantel samt Biberpelzkragen. Allein dieser Mantel dürfte mehr als fünfzig Gulden wert sein, wurde mir klar, als ich ihn unter meinen Händen ausbreitete. Der Sekretär kam auch, um ihn zu befingern, aber wir beide vermieden es dabei, einander in die Augen zu sehen.

Endlich aber fasste er seinen Entschluss und sprach in munterem Ton zu mir: »Michael Pelzfuß, ich habe Zuneigung zu dir gefasst, zumal da wir uns ja auch schon brüderlich zugeprostet haben. Wir sind somit Freunde und sollten nichts voreinander verheimlichen. Mir scheint, niemand wird es für möglich halten, dass so ein ungebildeter Grobian wie Meister Fuchs so feine und teure Kleider getragen, noch, dass jemand seines Standes eine Sammlung solch edler Teller und Pokale aus feinstem Zinn besessen haben kann. Im Gegenteil, wenn wir dies alles in das Inventarverzeichnis aufnehmen, werden wir uns bald beide verdächtig machen, dass wir der Versuchung nicht haben widerstehen können und bei dem Anblick so vieler Wertsachen wohl etwas gestohlen haben müssen, da wir beide ja noch jung und arm sind. So sitzen wir jetzt ganz schön in der Klemme. Wir sollten uns also überlegen, wie wir da wieder herauskommen, wenn wir unseren guten Ruf bewahren wollen.«

Er hatte recht, und seine Worte waren gut gewählt. Er erwähnte noch, Meister Fuchs habe seines Amtes wegen ein zurückgezogenes Leben ohne Freunde geführt. Als ich einwarf, die Büttel hätten das Haus bereits untersucht und wüssten, was es enthalte, gab er zu bedenken, nach allen Anzeichen zu schließen hätten die Büttel durchaus Grund, den Mund zu halten, was das Inventar der Wohnung betreffe. Er habe im ganzen Haus nämlich kein bisschen Geld gefunden, sondern nur eine aufgebrochene Geldschatulle, und nirgends sehe er Kerzenständer, die vermutlich aus Silber gewesen sein müssten.

Deshalb sagte ich, nun stehe der Winter vor der Tür, und ich müsse mich wohl auf die Wanderschaft machen, so dass ich einen warmen Mantel gut gebrauchen könnte. Und so ein hübscher und gelehrter junge Mann wie er würde als bischöflicher Sekretär bestimmt manch edle und schöne Frau kennenlernen, so dass so ein samtenes Nachthemd gerade das Richtige für ihn sei. Nach einigem Hin und Her einigten wir uns dann. Er sagte, er kenne da einen Juden, der stets über Bargeld verfüge und verschwiegen sei, wenn auch von unverschämter Geldgier. Um es kurz zu machen: Wir ließen uns auf einen Handel mit dem Juden ein und verkauften ihm sämtliche Zinnsachen von Meister Fuchs, eine ganze Menge Kleider, eine Daunenmatratze und zwei schöne Stühle, die es dem Juden besonders angetan hatten. In der Abenddämmerung schaffte er alle diese Gegenstände mit einem Rollkarren aus der Wohnung, während wir beide dafür sorgten, dass der als Türwächter abkommandierte Büttel derweil in der Küche seinen Rausch ausschlief. Am nächsten Tag klagte er, ihm sei seine Hellebarde abhanden gekommen, worüber er sehr unglücklich sei. Deshalb kauften wir ihm eine neue, nachdem der Sekretär des Bischofs ihn zunächst heftig schalt, mit Fußstößen traktierte und ihm mehrere Ohrfeigen versetzte, weil er seinen Wächterauftrag so gröblich vernachlässigt hatte.

Jedenfalls erbte ich völlig legal die erwähnten Silbersachen und Leinenkleider, sowie ein feines Tuchgewand, eine lateinische Bibel und eine Arkebuse samt Gabelstütze. Ich nahm auch einen Kugelbeutel, ein Pulvermaß, Luntenbänder, ein schönes mit Silber überzogenes Pulverhorn und einen dieser neuartigen Gürtel an mich, in den kleine hölzerne Hülsen eingenäht waren, die man mit Pulver füllen konnte, so dass der Schütze seine Büchse relativ schnell neu laden konnte, bis zu elf Mal hintereinander. All dies wurde ins Inventarverzeichnis eingetragen. Außerdem erbte ich noch jenen wertvollen Pelzmantel. Der Jude riss sich zwar an seinen Schläfenlocken und rief Abrahams Geist zum Zeugen seiner Armut an, zahlte uns dann aber doch zweiundsiebzig Gulden aus, von denen ich die Hälfte bekam. Nun war ich auf einen Schlag zum reichen Mann geworden.

Vielleicht sollte ich noch erwähnen, dass der Sekretär mir nichts von der Silberkanne sagte, die er unter seinem Wams versteckt hatte. Sicher glaubte er, ich hätte sie vergessen. Deshalb hatte ich auch keine Gewissensbisse, ihm die Geldbörse zu verschweigen, die ich unter dem Ziegel im Keller gefunden hatte, und die mir Meister Fuchs aus eigenem freien Willen vermacht hatte. Mit gemeinsamen Kräften stellten wir dann ein einigermaßen glaubhaftes Inventarverzeichnis zusammen, in dem nichts fehlte, was ein alleinstehender Mann zum Leben brauchte. Niemand hat später daran gezweifelt, dass es mit diesem Verzeichnis seine Richtigkeit hatte. Über dem Feilschen mit dem Juden und der Arbeit an dem Inventarverzeichnis vergingen die Stunden bis nach Einbruch der Dunkelheit. Nachdem der Jude gegangen war, ließen wir gutgelaunt den schnarchenden Wachsoldaten in der Küche zurück und verrammelten die Tür, damit er sich in der kalten Nacht nicht verkühlte.

In bester Eintracht und als Freunde kehrten wir dann in die Bischofsburg zurück, der Sekretär und ich, und er bewirtete mich mit einer vorzüglichen Abendmahlzeit mit gleich mehreren Weinen. Er konnte mir nicht genug danken und war voll des Lobes über meinen Takt und mein gutes Benehmen. Auch versprach er, mir ein Nachtlager zu besorgen und als Bettgenossin eine von den Mägden des Bischofs, aber Letzteres lehnte ich dankend ab und sagte, ein bloßes Nachtlager reiche mir. So begann er, allein mit dem rotwangigen Mädchen zu schäkern, das uns bedient hatte. Ich hingegen, nachdem ich meinen Hunger gestillt hatte, der nach den Anstrengungen dieses Tages nicht gering gewesen war, wünschte ihm eine gute und heitere Nacht und ging in den Gefängnisturm, um Barbara einen Korb mit Weintrauben, Birnen und Pfirsichen zu bringen, die ich von der Mahlzeit abgezweigt hatte, und um Meister Fuchs zu berichten, dass für seine Vögel gesorgt war. Erst jetzt kam mir zu Bewusstsein, dass wir sein Haus ausgeplündert hatten, noch bevor er aus dem Leben geschieden war, und das bereitete mir Gewissensbisse. Aber ich tröstete mich mit dem Gedanken, dass er ja selbst darum gebeten hatte.

Vielleicht war ich leicht betrunken, aber das ist wohl verständlich und verzeihlich, wenn man an meine lang anhaltenden und beschwerlichen Bußübungen denkt, an meine Nachtwachen, die kargen Mahlzeiten und all die Ängste, die ich ausgestanden hatte. Ich selbst merkte dies erst, als ich in dem dunklen Hof stolperte und mit meinem Korb stürzte, so dass ich lange auf dem Boden herumkriechen musste, um das Obst aufzusammeln. Deshalb war ich gereizter Stimmung, als ich mitten in der Nacht mit einem Stein auf die Tür des Turms hämmerte und den Gefängniswärter mit groben Worten beschimpfte, weil er mich so lange hatte warten lassen. In seiner Nachtruhe gestört, rief er Jesus und Maria zum Beistand an: »Ihr solltet einem armen Mann wenigstens den nächtlichen Schlaf gönnen, edler Herr Michael«, klagte er, »denn mein Leben ist wahrhaftig nicht angenehm, wo ich hier tagaus, tagein meine Zeit in Gesellschaft von Hexen und Teufeln verbringen muss und die Ratten mir die Ohren vollquieken. Meine Frau ist krank, und meine Tochter hat die Masern, so dass ihr Gesicht ganz von Schorf bedeckt ist.« Aber ich hörte nicht auf sein Gejammer, sondern befahl ihm, mich zu Meister Fuchs zu führen und danach Barbara den Obstkorb zu bringen.

Allerdings bin ich von Natur aus sanftmütig, und während ich im Dreck des Gefängnisturms vorantapste und in dem Morast ausglitt, so dass der Wärter mir wieder aufhelfen musste, wurde ich von Mitleid für diesen armen, weinerlichen Burschen erfüllt und sagte ihm, er könne sich ein paar Birnen und Pfirsiche für seine kranke Tochter nehmen. Als wir bei Meister Fuchs angelangt waren, steckte ich ihm einen weiteren Gulden zu, weil ich wusste, dass sein Leben doch sehr freudlos war. Zu solch unangemessener Verschwendungssucht führt allzu leichter Geldgewinn. Man muss aber auch berücksichtigen, dass ich betrunken war und im Lichte zahlreicher Kerzen Meister Fuchs doppelt sah.

Meister Fuchs hatte um sich herum nämlich eine rechte Festbeleuchtung aufstellen lassen und ließ in schamloser Verschwendung gleich acht Wachskerzen gleichzeitig brennen. Vier davon hatte er auf den oberen Balken gestellt, und vier brannten um ihn herum, mit weichem Wachs auf den Tellern und dem Rand des Eimers befestigt. Die Zahl der Kerzen will ich allerdings nicht beschwören, denn wie gesagt sah ich alles doppelt. Zunächst wusste ich nicht, welchen von den beiden Meistern Fuchs ich ansprechen sollte. Aber als ich mir die Hand vor ein Auge hielt, sah ich nur einen, den richtigen Meister Fuchs, und ich sah auch, dass es wegen der Festbeleuchtung um ihn herum so hell war wie am Tage. Er hatte sich eine reiche Mahlzeit bringen lassen und war völlig betrunken, das heißt, möglicherweise noch betrunkener als ich selbst. Er fuhr mich gröblichst an und fragte, ob ich nicht auf eine bessere Weise mein Geld ausgeben könnte, als es in den Dreck zu schmeißen; der Gefängniswärter hätte wohl auch über einer Silbermünze Freudentränen vergossen. Er sagte mir voraus, ich würde meine Tage noch als Bettler beschließen.

Der Wärter weinte bitterlich und nannte Meister Fuchs einen geizigen, gottlosen Mann, der den Armen keinen Heller gönne, auch wenn er als Gefängniswärter seine Tage in schwerer Arbeit hinbringe, ihm einen Eimer heißen Wassers nach dem anderen heranschleppen müsse und lieber nicht daran denken wolle, wie viel all die Kohle kostete, die für das Erhitzen draufginge, obwohl er sie glücklicherweise aus der Schmiede des Bischofs stibitzen konnte. Meister Fuchs fuhr ihn grob an, er solle verschwinden und uns in Ruhe lassen. Bei diesen Worten bekam er einen gewaltigen Schluckauf, der noch viel schrecklicher war als alle seine Flüche. Der Wärter verschwand, einer flüchtenden Ratte gleich, und ich setzte mich unbequem auf den obersten Balken des Fußblocks, um mir meine Hose nicht zu beschmutzen. Danach berichtete ich sehr ausführlich, wie ich mich um Meister Fuchs' Vögel und seine sonstige Habe gekümmert hatte, auch wenn mir die Worte nur schwerfällig herauskamen und sich mir im Munde verhedderten. Ich sagte auch, Meister Fuchs solle mich nicht für meine Verschwendung tadeln, wo er doch selbst auf gottlose Weise hier mehrere Wachskerzen brennen ließ, die sicher einen halben Gulden das Dutzend gekostet hätten, wenn es geweihte Kerzen waren.

Meister Fuchs versetzte wütend, ich solle nicht so einen Unsinn reden, sondern lieber Wein, Bier oder Würzwein mit ihm trinken, was mir eben am meisten mundete. Er sagte: »Das Leben ist verdammt schwierig und verwickelt und fordert einem allzu viele Entscheidungen ab. So ein einfach gestrickter Mann wie ich, der ich nur kleine Vögel liebe, kann die vielen Fragen gar nicht alle zu Ende denken. Da sterbe ich lieber, verdammt noch mal! Erst habe ich nämlich den ganzen Tag lang verzweifelt mal das Seil, mal das Messer in meiner Hand gewogen, so dass mir am Ende nichts übrigblieb, als meine Gedanken mit gutem Würzwein auf Trab zu bringen. Aber ich bin an eine maßvolle Lebensweise gewöhnt, so dass ich nun vor der noch schwierigeren Frage stehe, ob ich Branntwein, Bier oder Wein trinken soll. Wenn ich Branntwein trinke, muss ich mich nämlich übergeben, vom Bier bekomme ich Schluckauf und vom Wein Durchfall.«

Ich redete ihm gut zu, auf das Biertrinken zu verzichten, denn ein Schluckauf würde unser Gespräch nur stören. Er hielt sich an meinen Rat, so dass wir zusammen Wein aus dem Zinnkrug tranken. Ich berichtete ihm unverblümt, was mit seinen Sachen passiert war. Er fragte, ob ich in seinem Schrank nicht die schöne Biberpelzmütze gesehen hätte, der zu seinem Pelzmantel gehörte, und was mit seiner wertvollen Amtskette geschehen sei, an der ein Bild des heiligen Sebastian hing. Diese Sachen hatte ich aber nicht gesehen, und er sprach die Vermutung aus, dass die Büttel des Bischofs sie wohl gestohlen hätten. Richtig wütend aber wurde er, als ich ihm erzählte, dass der Jude uns nur zweiundsiebzig Gulden gezahlt hatte. Er warf mir vor, wir seien beide, der Sekretär und ich, ganz schön blöd und grün hinter den Ohren. Offenbar habe er Perlen vor die Säue geworfen, als er sich auf meinen Verstand verließ.

Ich ertrug seinen Tadel gelassen, war er doch schon ein alter Mann und mochte vielleicht recht haben. Um ihm zu Gefallen zu sein, sagte ich, ich hätte nie und nimmer gedacht, dass er so feine Kleider besäße und sich kleidete wie die hohen Herren. Das besänftigte ihn. Er erklärte, immer eine maßvolle Lebensweise geführt zu haben; er hätte sich lieber in den eigenen vier Wänden in feinstes Linnen und edle Pelze gekleidet, als sein Geld in Schenken und Weinstuben beim Würfelspiel zu verschwenden, auch wenn er von Amts wegen verpflichtet gewesen sei, ein graues Gewand zu tragen, um nicht allzu viel Aufsehen zu erregen. »Aber wenn du mich erst bei hohen kirchlichen Festen gesehen hättest!« prahlte er. »In meinem Feststaat konnte ich selbst dem Herrn Bischof das Wasser reichen, so prächtig, wie ich gekleidet war. Oft widerfuhr mir die Ehre, neben ihm beim Scheiterhaufen stehen zu dürfen, während die Priester und Mönche trostreiche Hymnen anstimmten. Da starrten mich dann die hohen geistlichen und weltlichen Herren mit offenem Munde an und konnten sich nicht sattsehen an meinen prachtvollen Kleidern.«

Nach Art älterer Männer gab er sich dann seinen Erinnerungen hin und erzählte mir mit stammelnder Zunge manche lehrreiche Begebenheiten aus seinem Leben, während wir zusammen Wein tranken. Als nur noch wenig Wein in der Kanne war und seine Geschichten mich nicht mehr sonderlich fesselten, erlaubte ich mir, ihn vorsichtig daran zu erinnern, dass bald der Morgen heraufziehen und in Kürze der Hahnenschrei über den Hof gellen würde. Er lobte mich, ihn daran erinnert zu haben, und sagte: »Du bist ein anständiger Kerl, Michael, wo du dich so um mich kümmerst, denn ich hätte diese unangenehme Sache doch fast vergessen, wo ich nicht daran gewohnt bin, so viel Wein zu trinken. In dieser ganzen Sache gibt es nur einen heiklen Punkt, Michael, nämlich dass ich mich nicht traue, Hand an mich zu legen, denn das ist eine Todsünde. Außerdem geht es mir gerade jetzt so gut, dass ich mit Freuden daran denke, welche Unannehmlichkeiten ich dem Kerkermeister noch bereiten könnte, und was für ein blödes Gesicht der Bischof machen wird, wenn ich ihn des Bundes mit dem Satan beschuldige. Alle wissen doch, dass er ab und zu vom Satan besessen ist.«

Diese Worte waren mir nun ganz ungelegen, so dass ich wieder einigermaßen zur Vernunft kam, und ihn mit den eindringlichsten Worten beschwor, er solle nun mit seinem irdischen Leben abschließen und sich so von allen Schwierigkeiten befreien. Aber er hielt die Weinkanne schräg in seinem Schoß, lallte zunächst Unverständliches vor sich hin und sagte schließlich, Wein sei etwas Wunderbares, viel wunderbarer, als er sich habe vorstellen können. Er mache den Menschen frei von aller Furcht und lasse ihm sogar ein inquisitorisches Verhör als reines

Kinderspiel erscheinen. Deshalb würde er es nun bereuen, all die guten Eigenschaften des Weins früher nie erkannt zu haben, hätte er sich doch in seinem Haus einen guten Weinkeller einrichten können. »Vielleicht ist es ein genauso angenehmer Zeitvertreib, gute Weine zu sammeln, wie das Sammeln schönen Zinngeschirrs«, sagte er. »Ich werde mir das jedenfalls merken.«

Da geriet ich in Verzweiflung, weil alles, was ich gewonnen hatte, nun wieder auf dem Spiel stand, nur weil er sich so maßlos betrunken hatte. Deshalb sagte ich, durch seinen Tod könne er der heiligen Kirche den letzten und größten Dienst erweisen, habe er ihr doch auch zuvor schon mehr als zwanzig Jahre lang treu gedient in seinem schweren und verantwortungsvollen Amt als Hexenkommissar. Wenn er nun auf der Stelle gehorsam sein Leben aushauche, würde er vielleicht sogar seine unsterbliche Seele retten und die Zeit, die er sowieso noch im Fegefeuer verbringen müsse, erheblich verkürzen. Dieser Gedanke beeindruckte ihn zunächst. Aber dann begann er zu jammern und wiederholte, er traue sich nicht, und überhaupt finde er jetzt, Seil oder Messer seien sowieso widerwärtige Werkzeuge.

»Allerdings, Michael«, sagte er listig, »wenn du unbedingt darauf bestehst, dann tu du mir diesen Freundschaftsdienst. Wenn ich's recht bedenke, bist du mir ihn sowieso schuldig, schließlich hast du einen guten Pelzmantel geerbt, für den ich, wenn ich das Tuch, den Pelz und die Arbeit zusammenrechne, deutlich mehr als hundert Gulden bezahlt habe, auch wenn du diese Summe natürlich nicht herauskriegst, solltest du den Mantel einmal verkaufen müssen. Mach du es, Michael, und befreie mich so aus dieser Notlage. Niemand braucht davon zu wissen, sondern alle werden glauben, ich hätte selber Hand an mich gelegt. Der allmächtige Gott allein weiß, dass ich mich nicht der Sünde des Selbstmords schuldig gemacht habe.«

Zunächst war ich entsetzt von seinem Ansinnen, aber ich war auch ziemlich betrunken, und die erstaunlichen dialektischen Fähigkeiten des Weins brachten mich auf den Gedanken, dass sein Vorschlag eigentlich ganz vernünftig sei. Ich hätte mir gewünscht, eines dieser Instrumente bei mir zu haben, mit denen Patienten zur Ader gelassen wurden, denn damit hätte ich Meister Fuchs die Schlagadern so schnell und schmerzlos öffnen können, dass er es kaum gemerkt hätte. Aber er hielt seine Hände in den Eimer, in dem das Wasser nur noch lauwarm war, und unter Wasser schnitt ich ihm dann mit dem scharfen Siegelmesser des Bischofs so geschickt die Schlagadern auf, dass er nur einmal kurz aufzuckte und der Schmerz sofort wieder abklang.

Er dankte mir und meinte nur verwundert, er verspüre nur ein schwaches Kribbeln, als sein Blut auch schon in den Eimer strömte. Er bat mich, ihm die Weinkanne an den Mund zu heben, damit er die Hände nicht aus dem Wasser zu nehmen brauchte, denn ihm würde übel davon, sein Blut fließen zu sehen. Er trank den Wein in gierigen Schlucken, und nach einer Weile seufzte er und sagte, keine Schmerzen mehr zu verspüren. Es sei nun sicher das Beste für mich, ihn zu verlassen, so lange noch Zeit dafür bleibe, da mir sonst seinetwegen noch Unannehmlichkeiten drohen würden. Außerdem wolle er jetzt gerne alleine beim Schein der geweihten Kerzen beten, und nachdem er mir noch ein Mal für meinen Freundschaftsdienst gedankt hatte, schickte er mich fort. Ich machte mich allein auf den Weg zur Tür, da ich den Weg schon kannte und der Gefängniswärter die Tür offen gelassen hatte. Er wusste ja, dass ich den Turm ohne seine Hilfe sonst nicht hätte verlassen können.

Ich war sehr wehmütiger Stimmung, denn nun hatte ich zum ersten Mal in vollem Bewusstsein und mit eigener Hand einen Menschen getötet. Denn wenn ich auch schuld am Tode des einen oder anderen Menschen gewesen sein mochte, als ich im Feldlager als Gehilfe von Meister Paracelsus gearbeitet hatte, so handelte ich damals als Feldscher und nach bestem Wissen und Gewissen, und den Doktor Hemming hatte der König selbst zum Tode verurteilt. In dieser Stimmung empfand ich auch Mitleid mit dem Gefängniswärter und war unschlüssig, ob ich ihn wecken sollte, damit er mir doch die Tür des Turmes öffnen sollte. Bei allen diesen Gedanken fühlte ich mich recht müde und schläfrig. Ich stolperte auf der Treppe und fiel nach wenigen Schritten hin, ohne mich dazu aufraffen zu können, wieder aufzustehen. Im Gegenteil, ich schlief auf der Stelle ein und erwachte in derselben unbequemen Stellung, in der ich gestürzt war, erst am Morgen, als die Hähne im Hof der Bischofsburg krähten. Der Wärter fand mich, weckte mich, geleitete mich zur Tür und hinaus an Gottes frische Luft. Er zeigte sich erfreut darüber, dass er des Nachts doch noch ungestört hatte schlafen können und erwähnte, Meister Fuchs habe sich endlich beruhigt und brülle nicht mehr nach heißem Wasser. So war also alles in Ordnung. Ich ging mit schleppenden Schritten zum Brunnen, trank gleich eimerweise Wasser daraus und verzog mich dann in mein Bett, das der Sekretär des Bischofs mir hatte bereitstellen lassen. Von niemandem gestört, schlief ich bis zum Mittag. Nachdem ich aufgewacht war, erfuhr ich, dass Meister Fuchs sich des Nachts das Leben genommen und somit gestanden habe, Hexerei getrieben und einen Bund mit dem Satan geschlossen zu haben.

Kapitel 9

Manch einer meint vielleicht, ich hätte allzu langwierig und ausführlich von an sich unbedeutenden Dingen berichtet. Aber das hat seinen Grund. Der Grund dafür ist, dass ich noch von Barbaras Tod erzählen muss, und den Bericht darüber wollte ich so lange wie möglich aufschieben, weil dieser Bericht mir nicht leicht fällt. Aber ich muss es nun erzählen, und deshalb wende ich mich wieder Barbaras Schicksal zu.

Mehrere Tage lang fühlte ich mich krank und von Gott und den Menschen verlassen, so dass mir die Hände zitterten und mir das Essen nicht mehr schmeckte. Teilweise hatte an diesem Zustand auch der Brummschädel schuld, der mich nach dem maßlosen Weingenuss quälte, und auch (aber nicht nur) die Trauer um Barbara, glaubte ich doch, mich damit schon abgefunden zu haben in dem Wissen, dass der Tod nach all den Qualen, die sie hatte erleiden müssen, eine Befreiung für sie war. In meinem elenden Zustand sehnte ich mich unsäglich nach ihr, nach den Berührungen ihrer Hände und nach ihren gelbgrünen Augen, so dass ich alles Mögliche dafür gegeben hätte, wenn ich ihre letzten Tage zusammen mit ihr hätte verbringen dürfen. Pater Angelo war in dieser Sache allerdings unerbittlich, so groß auch der Dienst war, den ich der heiligen Kirche erwiesen hatte. Er meinte, ich sei von Sinnen, wenn ich einiger weniger irdischer Tage wegen Barbaras ewiges Seelenheil in Gefahr bringen wollte. Ich solle lieber daran denken, sagte er, dass ich durch Gottes Gnade Barbara einst im Himmelreich wiedersehen würde und dann auf ewig mit ihr vereint wäre, so dass ich dann vielleicht ihrer Gesellschaft noch öfter überdrüssig würde, denn schließlich war sie nur eine Frau. Aus diesem Grunde solle ich von meiner unvernünftigen Starrköpfigkeit ablassen und mich lieber um mein eigenes Seelenheil kümmern.

Auch wollte mich der Gefängniswärter nicht zu Barbara lassen, obwohl ich ihm zehn und sogar zwölf Gulden bot, um ihn umzustimmen, wodurch ich diesen armen Mann in große Versuchung führte. Barbaras einzige Gesellschaft waren Pater Angelo und seine Mitbrüder, die sie auf den Tod vorbereiteten. Ich konnte nichts anderes für Barbara tun, als ihr gutes Essen zu schicken: Süßspeisen, Kuchen und Wein. All dies brachte ihr heimlich der Gefängniswärter bei Nacht, nachdem die Patres in ihr Kloster zurückgekehrt waren. Nicht einmal Briefe konnte ich ihr schicken, weil sie nicht lesen konnte. Aber ich dachte, meine Auswahl an Speisen, selbst wenn sie ihr nicht schmecken sollten, würde ihr zeigen, dass ich ununterbrochen an sie dachte. Dafür gab ich viel Geld aus und scheute keine Mühen.

Aber ich vergaß auch nicht, mir aus Meister Fuchs' Haus die Truhe zu holen, die ich mit all den Sachen gefüllt hatte, die mir bei der Aufteilung zugefallen waren. Dann bezog ich Quartier in der Herberge »Zum schwarzen Schwan« am Markt, denn Pater Angelo bestand nicht mehr darauf, dass ich im Kloster wohnte. Ich fand, es war schon ein beeindruckender Anblick, als ich mit großer Arkebuse samt Stützgabel über der Schulter dort eintraf, gefolgt von einem Träger mit einer großen eisenbeschlagenen Truhe auf dem Rücken. Zwar wusste der Herbergswirt, dass ich der Mann einer Hexe war, aber das Geld sprach für mich, und in dieser Stadt zeigten die Menschen mir gegenüber eher Neugier denn Furcht. Auch war ich durch meine Erfahrungen klug geworden und hinterlegte den größten Teil meines Geldes, insgesamt hundert Gulden, im städtischen Kontor des Handelshauses der Fugger, obwohl ich wusste, dass Graf Jakob der Reiche schon alt und kränklich war. Jedoch verließ ich mich darauf, dass dessen Neffen seine Geschäfte und Bergwerke mit Umsicht weiter führen würden, wenn er selbst erst gestorben wäre, und dass ich mein Geld nicht verlieren würde. Das Handelshaus forderte für seine Mühen und das Risiko, mein Geld in Obhut zu nehmen, nicht mehr als vier Gulden. Nun war ich berechtigt, in verschiedenen Städten in den Kontoren der Fugger und sogar bei fremden Bankiers Geld abzuheben, wenn ich die geforderten Geldwechselgebühren entrichtete. Ich fand, das war ein vorteilhaftes Geschäft für mich.

Die Wartezeit wurde mir nicht allzu lang, denn der Rat von Memmingen schickte unverzüglich das Urteil und dazu noch den mündlichen Bescheid an den Bischof, er solle zusammen mit dem Bevollmächtigten des Kaisers Barbaras Hinrichtung und Verbrennung selber in die Wege leiten. Die Stimmung in Memmingen war nämlich sehr erregt und hatte sich gegen die Kirche gewendet, so dass der Rat es vermeiden wollte, dort bei sich die kirchlichen Feierlichkeiten und die Hexenverbrennung auszurichten. Künftig wollte Memmingen als freie Reichsstadt die Aufspürung und Bestrafung der Hexen in eigene Hände nehmen, so dass der Hexenkommissar des Bischofs nichts mehr bei ihnen zu suchen hatte. Der Wortlaut, mit dem der Rat von Memmingen dies den Bischof wissen ließ, war recht unfreundlich. Daraus schloss ich, dass die Unruhen, die nach Barbaras Festnahme dort ausgebrochen waren, den Herren Stadträten einen gehörigen Schrecken eingejagt und die Mehrheit von ihnen dazu gebracht hatten, sich auf die Seite der Ketzer zu schlagen. Aber Barbaras Los milderte dies keineswegs. Ich wusste sehr wohl, dass, wäre sie dem randalierenden Pöbel in die Hände gefallen, die Leute sie in ihrem evangelischen Eifer womöglich noch grausamer behandelt hätten als die heilige Kirche.

Dem Bischof war die ganze Sache nun gründlich zuwider. Er bestimmte, dass Barbara bereits am nächsten Sonntag nach der Messe mit kirchlichem Gepränge hingerichtet und verbrannt werden sollte, und zwar auf dem Marktplatz vor dem Dom, als Mahnung für das unruhige Volk. Ich brauchte mich an keinen der vielen Vorbereitungsmaßnahmen zu beteiligen. Am Samstag sah ich vom Fenster der Herberge aus, wie eine Fuhre besten Brennholzes auf den Markt für den Scheiterhaufen herbeitransportiert wurde, und Zimmerleute errichteten eine Empore für die Hinrichtung. Am Sonntagmorgen durfte ich Barbara in ihrer Gefängniszelle treffen, einem reinlichen und hellen Turmzimmer. Allerdings waren Pater Angelo und die beiden anderen Patres von der Inquisition ebenfalls anwesend, so dass ich Barbara nur einmal fest umarmen konnte und dabei meine Tränen mit den ihren mischte.

»Michael, Michael, weißt du noch, was ich dir gesagt habe?«

»Ich hab's nicht vergessen«, antwortete ich, und dann trennte uns Pater Angelo und meinte streng, es sei jetzt nicht an der Zeit für Tränen und Geschluchze, sondern wir sollten uns lieber freuen, nahm die heilige Kirche doch Barbara wieder unter ihre mütterlichen Fittiche und sicherte ihrer Seele so die ewige Herrlichkeit. Mich schickte man fort; die Mönche des Klosters stimmte auf dem Hof der Bischofsburg Bußgesänge an, Pater Angelo nahm Barbara die Beichte ab und erteilte ihr die Absolution. Danach durfte sie die heilige Kommunion und das Sakrament der Letzten Ölung empfangen. Dumpf begannen die Glocken im Turm des Domes zu läuten, und man führte Barbara aus dem Gefängnisturm hinaus unter Gottes freien Himmel.

Es war schon Herbst. Das Obst war gereift, und der blaue Himmel schien in meinen Augen grenzenlos zu schimmern, so dass Barbara und das sie begleitende Gefolge von Mönchen in schwarzen Kutten seltsam klein und wie zusammengeschrumpft aussahen, so als würde ich dies alles von Ferne und von einem hohen Berg aus betrachten. Ich weinte nicht mehr, sondern folgte schicksalsergeben der Prozession, in der Barbara im groben Büßerhemd und mit geschorenem Schädel die kurze Strecke vom Hof der Bischofsburg bis zum Marktplatz vor dem Dom einherschritt, umgeben von Pater Angelo und den anderen Patres. Der Mönchsgesang war sehr schön; die Mönche sangen mit lauter Stimme, und auf dem Markt hatte sich eine große Volksmenge versammelt. Auch Bauern aus der Umgebung waren gekommen. Sie schauten der Prozession stumm und eingeschüchtert zu, denn berittene Wachen und die Büttel des Bischofs hatten den Markt umstellt, um sämtliche Unmutsäußerungen gegen die Kirche zu unterbinden. Das Volk sah zwar gerne der Hinrichtung und Verbrennung einer Hexe zu, murrte aber auch gegen die Mönche in ihren Kutten und die Priester in ihrem Ornat. So konnte man inmitten der zusammengedrängten Massen ein unfreundliches Gezische hören, als die Geistlichen des Domkapitels aus der Kirche auf den Platz traten, angeführt vom Fürstbischof persönlich mit seinem Hirtenstab in Händen, in blaurotem Ornat und mit funkelnden Edelsteinen an seinem goldenen Bischofskreuz.

Die heilige Kirche in all ihrem majestätischen Prunk sollte Zeuge von Barbaras Hinrichtung sein, dort, wo der mächtige Turm des Doms über den Markplatz hinweg in himmlische Höhen ragte. Barbara aber stieg allein auf die Empore, und ich stand so nahe, dass ich ihr kleines, bleiches Antlitz sah. Ich sah sie schwanken, weil die frische Luft und das Gehen unter freiem Himmel für sie zu viel waren nach der langen Gefangenschaft, der Folter und dem Fieber, so dass sie bestimmt wie berauscht war und nicht mehr viel wahrnahm von dem, was da mit ihr geschah. Trotzdem schaute sie sich suchend um, und aus der Menschenmenge heraus streckte ich, ohne mich um die Priester und Mönche zu scheren, ihr beide Arme entgegen, damit sie mich sehen konnte. Da lächelte sie und nickte leicht mit dem Kopf, und ein letztes Mal sah ich ihren gelbgrünen Blick, schöner und wunderbarer als je zuvor, und sie war nicht hässlich in meinen Augen, sondern schöner als alle Frauen auf der Welt, so dass ich nur noch unsägliche Wehmut und Trauer verspürte, weil ich wusste, dass ich sie nie mehr lebendig in meine Arme würde schließen können.

Aber das war nur ein kurzer Augenblick. Der Kerkermeister, der jetzt das Henkersamt ausführte, stieg schon hinter ihr auf die Empore, fesselte ihr die Hände auf dem Rücken und forderte sie auf, vor dem Richtblock niederzuknien. Der Bischof versuchte, ihm Zeichen zu geben, aber der Henker stellte sich blind und taub und hieb Barbara mit einem einzigen Schlag den Kopf ab, so dass sie überhaupt nicht leiden musste. Dieser brave Kerkermeister hatte sein Versprechen wirklich gehalten, denn eigentlich war es vorgesehen, dass Barbara warten sollte, bis dem Volk ihr Urteil verkündet worden wäre. Aber er hatte ihr dieses erspart, und ich war ihm dankbar dafür und zahlte ihm einen reichlichen Henkerslohn, mehr, als er sich erbeten hatte.

So stieg der Herold verspätet auf die Empore und verlas das lange und in eintönigen Wendungen abgefasste Urteil, während Barbaras Blut noch immer strömte und vom Rand der Empore auf das Marktplatzpflaster tropfte. Kalte Klarheit durchströmte mein Gemüt. Ich dachte an meine Liebe und an Barbara, an Pater Angelo und die heilige Kirche. In meinen Augen stand noch immer der gelbgrüne Blick aus Barbaras Augen, und plötzlich fiel es mir wie Schuppen von den Augen, und mein

Herz durchfuhr jäher Hass; ein Hass, der so kalt und scharf war, dass er mir das Herz durchbohrte. Ich hasste aber nicht Pater Angelo oder die schwarzen Kutten der Mönche noch des Bischofs blauroten Ornat, denn sie trugen keine Schuld, weil sie nur blinde Diener der heiligen Kirche waren. Nein, sie waren nicht schuldig – schuld war die ganze heilige Kirche, die ihre Macht so grausam missbrauchte. Als Oberhaupt der heiligen Kirche war der Papst selbst und nur er schuldig an Barbaras Qualen und ihrem Tod. Noch während der Herold die Worte des Urteils verlas, trat ich durch die Reihe der Bewaffneten hindurch an die Hinrichtungsempore und schöpfte mit meiner Hand die letzten Tropfen ihres Blutes auf. Und während mir ihr Blut über die Hände rann, schwor ich in meinen Herzen einen furchtbaren Eid: Ich schwor, bis zum letzten Atemzug gegen die Macht des Papstes zu kämpfen, dass ich nicht ruhen wollte, bis Papst Clemens VII. vom Heiligen Stuhl vertrieben sein würde, um seine Tage als schutz- und heimatloser Flüchtling zu beenden, und die Macht Roms gebrochen wäre.

Ich weiß nicht, ob es Gott oder der Satan war, der mir diesen Schwur eingab, denn nie zuvor hatte ich an so etwas gedacht, sondern all dies überkam mich, als ich mit ansehen musste, wie Barbara, meine Liebe, starb. Ich glaube aber, dass Gott mich dazu brachte, diesen Schwur zu leisten, weil er es mir gewährte, dass mein Eid in Erfüllung ging. Bis es so weit war, sollten nicht einmal drei Jahre vergehen.

Das wusste ich damals aber noch nicht, sondern fühlte mich einsam in meinem Hass und jeder Kraft beraubt, als der Henker Barbaras leblosen Körper auf den Scheiterhaufen warf und ihren Kopf zwischen ihre Beine rollen ließ. Das Feuer loderte qualmend auf, und als ich den Brandgeruch spürte, der vom Körper meiner Liebsten ausging, da gaben meine Knie nach, und ich sackte auf dem Pflasterstein zusammen und verbarg das Gesicht in meinen blutigen Händen. Die Chorknaben schwenkten ihre Weihrauchfässer vor dem Bischof, und der Gesang der Mönche stieg in mächtigen Tönen gen Himmel auf. Ich aber war taub, und mein Leib erbebte in unsagbarem Schmerz, während Barbaras Leichnam zu Asche verbrannte. Kaum wurde das Feuer schwächer, da bewölkte sich der Himmel, und ein plötzlicher Hagelschauer trieb die Menschen, die Zuflucht vor den Hagelkörnern suchten, in die Flucht. Das Unwetter zwang auch den Bischof, sich samt seinem Gefolge in den Dom zurückzuziehen. Die Glut verlosch zischend unter den Hagelkörnern, und ich hob zitternd das Gesicht gen Himmel und beschwor in meinem kraftlosen Schmerz einen Hagelsturm über alle deutschen Lande.

Der Hagelsturm, den ich herbeibeschworen hatte, kam früher, als ich es ahnen konnte. Dann regnete es Hagelkörner aus Eisen, aber um davon zu berichten, muss ich ein neues Buch beginnen. Von Barbara bleibt nur noch zu sagen, dass der plötzliche und unerwartete Schauer viele Schäden in Obst- und Weingärten anrichtete, so dass das Volk nur um so stärker davon überzeugt war, dass Barbara eine Hexe gewesen sei, falls es noch jemanden gab, der an der Rechtmäßigkeit ihrer Verurteilung gezweifelt hätte.

Siebtes Buch

DIE ZWÖLF ARTIKEL

Kapitel 1

Nachdem ich bei der Kasse des Bischofs und beim Stadtrat sämtliche Gerichtskosten sowie die Kosten der Urteilsvollstreckung abgerechnet und auch dem Henker seinen Lohn ausbezahlt hatte, konnte ich die Bischofsstadt endlich verlassen. Ihre Mauern und Türme wollte ich nie wieder sehen. Man wird es mir wohl nachsehen, dass ich mich nicht einmal von Pater Angelo verabschiedete. Ich holte nur Rael ab, meinen Hund, der sich noch in der Obhut des Gefängniswärters befand, lud meine Truhe auf den Karren eines Bauern und bezahlte ihn dafür, dass er mich und meine Sachen nach Memmingen brachte, denn ich wusste keinen anderen Ort, den ich zunächst hätte aufsuchen können.

Mein armer Hund war trotz seiner Kahlheit und seines elenden Zustandes heilfroh, als ich ihn abholen kam. Er sprang um mich herum und leckte mir viele Male und unter Freudentränen die Hände. Der Gefängniswärter berichtete, Rael habe sich getreu an Barbaras Fußende zusammengerollt und ihren Schlaf bewacht, als sie nach der Folter im Fieber gelegen hatte, bis die Patres ihn aus dem Gefangenenverschlag vertrieben hatten. Barbara hatte sich auch um ihn gekümmert. Sie hatte etwas von der Salbe, die sie vom Kerkermeister erhalten hatte, auf seine Brandwunden und den Schorf am Rücken aufgetragen. So war Rael schon fast ganz genesen, und ein neuer Pelz begann auf seinem kahlgeschorenen Leib zu wachsen. Schwarz war diese Neubehaarung allerdings nicht mehr, sondern wies verschiedene Grautöne auf. Ganz hatte er sich noch nicht von seinen Strapazen erholt, und deshalb lag er während der Reise lieber auf meinem Schoß, anstatt dass er neben dem Wagen herlief und nach all den Gerüchen der Landstraße schnupperte. Mir war, als wäre Barbara mir ganz nahe, als ich den gequälten Hund in meinem Schoß hielt. So trösteten wir uns gegenseitig in unserem Kummer, Rael und ich.

Dennoch sehnte ich mich in meiner Einsamkeit unsäglich nach einem Freund, einem Menschen, mit dem ich offen reden konnte und der mich in meiner Trauer zu trösten vermochte. Seit langem dachte ich wieder an Antti, der sich beim Kaiser verdingt hatte und verschwunden war, um auf Schlachtfeldern in fremden Ländern jenseits der Alpen und in Italien sein Glück zu versuchen. Er war noch nicht wiedergekehrt, obwohl seine Dienstzeit längst vorbei war. Er hätte mich trösten können, wie mir schien, denn er war zwar ein rechter Dummkopf, aber er sprach meine Muttersprache. Gewiss hatte schon den Tod erlitten, weil ich ihm mit meinem guten Rat und meiner Hilfe nicht zur Seite stehen konnte. Da ich sonst keinen anderen Freund hatte, ging ich nach Memmingen, um dort Sebastian Lotzer aufzusuchen. Aber ich traf nur seinen Vater an. Der war in tiefer Sorge und wies mir nicht die Tür, obwohl meine Frau als Hexe verbrannt worden war. Er sagte:

»Wir durchleben schlimme Zeiten, Michael Pelzfuß. Du weißt ja wohl, dass sich vielerorts Bauern in Scharen zusammenrotten und gegen ihre Herren aufbegehren, ja sogar Klöster und Heiligtümer plündern. Auch Sebastian, mein verblendeter Sohn, begann aufrührerische Reden zu schwingen, so dass mein guter Ruf in dieser Stadt darunter litt und ich ihn meines Hauses verweisen musste. Ich weiß nur, dass er die Stadt verlassen hat und mit einer Bibel des ketzerischen Luther unter dem Arm und einem Bettlerstab in Händen irgendwo aufs Land gezogen ist, nicht ohne schlimme Drohungen und lästerliche Worte gegen mich, seinen Vater, ausgestoßen zu haben. So verwildert sind allerorts die Sitten, dass ich mir von meinem Sohn nichts Gutes mehr erhoffe. Aber vielleicht lehrt die Not ihn beten, und er kommt wieder nach Hause zurück.«

Ferner sagte er: »Du warst stets ein braver und sanftmütiger Jüngling, Michael Pelzfuß, auch wenn du ungeschickte Finger hast, die ein Kürschnermesser nicht zu halten vermögen, verlangt dieses Handwerk doch große Geschicklichkeit und Erfahrung. Mir ist unbegreiflich, was für ein Teufel die heutige Jugend reitet, so dass sie die ganze althergebrachte und bewährte Ordnung auf den Kopf stellen wollen. Seit den Zeiten der Barbarei und des Heidentums haben unsere Vorväter in mühevoller Arbeit eine gute Ordnung geschaffen, und jeder hat in unserer Welt seinen Platz, sowohl Arme wie Reiche. Der Sohn erbt das Handwerk seines Vaters, und das Gesetz, die althergebrachten Bräuche und Regeln bestimmen das Los jedes einzelnen von der Wiege bis zum Grabe, und um das Seelenheil im Jenseits kümmert sich die heilige Kirche. So ist in unserer Welt alles geordnet. Alle Dinge haben ihren festgesetzten Preis. Der Bauer zahlt seine Abgaben und leistet Fronarbeit, zahlt den großen und den kleinen Zehnten für seine Felder und sein Vieh, und jeder Dienst hat seinen Preis, genauso wie jede Ware. Ja sogar die Sünden haben ihre Preise, die von der Kirche genau festgesetzt sind. So lebt ein jeder in Geborgenheit und Sicherheit. Selbst die Art seines Gewandes, der Stoff und sein Preis richtet sich nach eines jeden Stand, so dass kein Mensch sich Gedanken darüber machen muss, wo er hingehört. All dies aber wollen nun einige Wirrköpfe über den Haufen werfen.«

Ich entgegnete, meiner Meinung nach sei die Welt durchaus nicht so gut beschaffen, wie Meister Lotzer glaubte, hatte ich doch schon allzu viel Mord und Totschlag, Leid, Verzweiflung Schmerz, Armut und Tränen in meiner Umgebung gesehen. Das räumte Meister Lotzer auch ein, aber er meinte: »Eine von Menschen errichtete Ordnung ist immer bis zu einem gewissen Grade fehlerhaft und unvollkommen, selbst wenn sie auf göttlichem Fundament steht. Deshalb lassen sich auch in einer geordneten Welt bestimmte Unvollkommenheiten nicht vermeiden. Aber die sind ein Teil der natürlichen Ordnung, so wie Krankheit und Tod, also Dinge, denen man sich nicht entziehen kann. Dennoch sind diese Mängel gering und unbedeutend im Vergleich zu den Segnungen, die eine gute, allumfassende Ordnung mit sich bringt, so dass Menschen, welche diese Ordnung erschüttern wollen, genauso unvernünftig sind wie ein Bauer, der seine gesunde Milchkuh nur deshalb tötet, weil sie ihrer Natur entsprechend von Zeit zu Zeit auch stinkenden Kot absondert. Das habe ich meinem Sohn Sebastian viele Male gesagt. Auch habe ich ihm verdeutlicht, dass alles Neue, was zuvor noch nicht gedacht und ausprobiert wurde, die Gefahr in sich birgt, eine gute Ordnung zu erschüttern. Alles gute Wissen ist bereits in den Lehren des Aristoteles und der heiligen Kirche sowie anderen alten Schriften enthalten, wie mir durchaus bekannt ist, obwohl ich kein Gelehrter bin und keine Universität besucht habe. Was dort nicht enthalten ist, das ist von Übel. Genauso wenig besteht Grund dazu, die überkommenen und für gut erachteten Arbeitsweisen oder die althergebrachten Formen der handwerklich hergestellten Dinge zu ändern, weil auch das nur die gute Ordnung erschüttern würde. Und nichts ist unvernünftiger, als die heilige Kirche mit neuen Lehren zu erschüttern. Denn die heilige Kirche ist das Fundament, auf dem jegliche gute Ordnung beruht, und wenn die Kirche wankt, dann wankt die ganze Welt, und das Ende der Tage ist nahe gekommen.«

Ich wollte mich mit Meister Lotzer nicht streiten, sondern lieber die Unterhaltung mit diesem guten Mann in die Länge ziehen, war ich doch allein wie eine Waise, und in dem feuchtkalten herbstlichen Wetter bot sein warmes Zimmer mir eine sichere und angenehme Zuflucht. Deshalb sagte ich:

»Bestimmt ist dies alles recht und weise gesprochen von Euch, Meister Lotzer. Aber die heilige Kirche hat nicht eher zugegeben, dass die Welt rund ist, als bis Cristoforo Colombo nach Indien segelte und Amerigo einen neuen Weltteil entdeckte. Auch diese beiden Männer zweifelten an dem, was man ihnen gesagt hatte; sie suchten nach Neuem und zeigten, dass sie recht hatten mit ihrem Glauben.«

Meister Lotzer geriet darob so sehr in Fahrt, dass er mit seinem Pelzmesser herumzufuchteln begann und rief: »Genau das habe ich schon immer gesagt, was als bester Beweis dafür dienen kann, dass ich recht habe mit meinen Worten: Wie um alles in der Welt kann sich jemand daran ergötzen, dass die Welt rund ist? Alles Übel, alle Verderbtheit und umstürzlerischen Ideen, angefangen bei der Franzosenkrankheit, nahmen doch ihren Ausgang, als man davon zu reden begann, die Welt sei rund. Als ich noch ein Kind war, wäre niemandem so etwas in den Sinn gekommen, und kein Mensch hatte damals von so etwas wie von der Franzosenkrankheit gehört. Meine Mutter lehrte mich beten und die heilige Messe besuchen, mein Vater lehrte mich mein Handwerk und trieb mir mit einem Lederriemen die Albernheiten aus, die sich sonst in meinem Kopf breitgemacht hätten, denn natürlich hatte ich damals allerhand Unsinn im Kopf; so etwas ist ja bezeichnend für junge Leute. Aber weiß Gott, so verrückt, mit einer Bibel unter dem Arm in die weite Welt hinauszulaufen, war ich nun doch nicht. Besser wäre es, wenn mein Sohn Sebastian Wein saufen würde, sich dem Würfelspiel hingäbe oder den Röcken hinterherliefe, wie es sich für einen rechten Mann gehört, als dass er auf solch furchtbaren Unsinn verfällt.«

Auf diese Weise führten wir ein langes Gespräch, bis ich ihn aus Gründen der Schicklichkeit nicht länger behelligen konnte. So verabschiedete ich mich von ihm und verließ sein Haus. Ich hatte schon gemerkt, dass die Menschen mich mit scheelen Blicken bedachten, auch wenn sie mich nicht offen verhöhnten, hatte doch jeder seine eigenen Sorgen in diesen unruhigen Zeiten. Der Stadtbüttel und sein Weib hatten unsere Wohnung im Untergeschoss des Rathauses wieder in Beschlag genommen und benutzten unser Bett und unsere Haushaltsgegenstände, als wären es ihre eigenen. Ich wollte sie dafür allerdings nicht tadeln, denn ich war viel zu niedergeschlagen, um andere Menschen zurechtzuweisen, zumal da sie mir aus reiner Herzensgüte ein Nachtlager anboten. Aber es machte mich wehmütig zu sehen, wie sehr sich mein armer Hund über das Wiedersehen mit unserem alten Heim freute, wie eifrig und unermüdlich er dort nach Barbara suchte, bis er ermüdet an meiner Seite einschlief.

Aus allen diesen Gründen beschloss ich, nicht länger in dieser Stadt zu verweilen. Ich ließ meine Truhe in der Obhut des Stadtbüttels, der mir versprach, gut auf sie aufzupassen. Offensichtlich freute er sich, dass ich ihm und seinem Weib keine Unannehmlichkeiten bereiten wollte. Als ich meine Sachen noch durchstöberte, ehe ich die Truhe verschloss, fand ich darin einen venezianischen Spiegel, der von Meister Fuchs auf mich übergegangen war, und ich betrachtete mein Bild darin. Mein Haar war zerzaust, mein Gesicht abgemagert, und in meinen Augen lag ein starrender Blick, so dass ich mich nicht mehr darüber wunderte, warum mir die Menschen in den Straßen und Gassen nachschauten, wenn ich an ihnen vorbeiging.

»Michael Pelzfuß«, sprach ich zu meinem Abbild im Spiegel, »wer bist du eigentlich, was hast du vor, und wohin willst du deine Schritte lenken?«

Aber mein Spiegelbild antwortete nicht, und deshalb antwortete ich selber an meines Bildes statt und sagte: »Michael Pelzfuß, du bist ein ehrloser Bankert aus der Stadt Turku im fernen Finnland, ein willensschwacher Mensch. Du hast stets nur Unheil gebracht all jenen, die dich liebten, und deshalb bist du, ob mit oder ohne Grund, verflucht auf Erden. Hat nicht deinetwegen das Volk Frau Pirjo, deine gute Ziehmutter, zu Tode gesteinigt? Hat nicht die junge Veronika deinetwegen auf furchtbare Weise ihr Leben verloren, nachdem sie dich liebgewonnen hatte? Deine Frau Barbara wurde als Hexe verbrannt, obwohl du sie mehr liebtest als je einen Menschen zuvor. Deine eigene Mutter ertränkte sich im Fluss nach deiner schändlichen Geburt. Und wenn du jetzt versuchtest, in dein Vaterland zurückzukehren, würde dir der Galgen zur Begrüßung winken, weil du wie ein leichtgläubiges Kind machtgierigen Männern dientest und von einem mächtigen, vereinten nordischen Reich träumtest. Was hast du also vor, Michael Pelzfuß?«

Als ich so zu mir sprach, da spürte mein Hund Rael das ganze Ausmaß meiner Verzweiflung. Er kam zu mir und stupste behutsam meinen Arm mit seiner Schnauze an. Ich blickte ihn an, und in seinem einzigen, braunen Auge lag ein so warmer, zärtlicher und gleichsam vergöttlichender Blick, dass es mir vorkam, als spräche er zu mir: »Du hast doch noch mich, liebes Herrchen! Sei nicht traurig, denn ich werde dich nie enttäuschen, sondern dich in allen Gefahren behüten und über deinen Schlaf wachen.« Diese zärtliche Hingabe meines Hundes rührte mein Herz, so dass ich den wertvollen Spiegel in Stücke schlug und mein Gesicht an Raels warmen Körper drückte. Dabei schluchzte ich mir all meinen Kummer aus dem Leib, und Rael leckte mir tröstend den Nacken und die Ohren.

»Wo sollen wir nun hingehen, mein lieber Hund?« fragte ich, und da er nicht antwortete, sondern mich nur erwartungsvoll mit seinem einzigen Auge anblickte, antwortete ich selbst und sagte: »Gehen wir dein liebes Frauchen suchen, denn ich glaube, sie kann uns Rat geben.«

Zwar hatte ich jetzt Geld, so dass ich mich an irgendeiner Universität hätte einschreiben können, um bei sparsamem Umgang zwei Jahre lang von meinen Mitteln zu leben. Aber jeglicher Wissensdrang hatte für mich seine Würze verloren und schmeckte nur noch fade in meinem Mund. Auch hätte ich meine unterbrochene Reise wieder aufnehmen und mich ins Heilige Land aufmachen können, um als Pilger am Grabe unseres Herren Jesus Christus zu beten. Aber so ein Plan war nach der Eroberung von Rhodos ein gefährliches Unterfangen und reizte mich nicht mehr, nachdem ich an Barbaras Scheiterhaufen meinen unbedachten Eid geschworen hatte.

Aus allen diesen Gründen schloss ich meine Truhe ab und machte mich auf die Wanderschaft, um Barbara zu suchen. Ich nahm nichts anderes mit als die Kleider, die ich am Leibe trug, etwas Unterwäsche, die lateinische Bibel und Meister Fuchs' Arkebuse, um mich vor Räubern und marodierenden Bauern zu schützen. Ich ahnte nicht, dass ich durchaus nicht der einzige Mann in Deutschland war, der in diesen Tagen an der Schwelle zum Winter mit ähnlicher Ausrüstung auf Wanderschaft ging. Genauso hatte sich Sebastian aufgemacht. So manch anderer Mann verließ ebenfalls sein Haus. Der Geselle ließ seinen Werktisch im Stich, der Student erhob sich vom strohbedeckten Boden des Hörsaals und der Bauer ließ Pflug und Zugtier zurück, ohne zunächst eine klare Vorstellung davon zu haben, welche Macht sie zum Aufbruch trieb.

Ich aber wanderte zunächst zu der Stadt, wo Barbara mich bei ihrem Onkel gesundgepflegt hatte. Dort ging ich dann in den Wald und suchte die Stelle, wo sie mich, von Zweigen bedeckt, gefunden hatte. Der Boden war voller herabgefallener Eicheln, ein Wildschwein grunzte im Gebüsch, und die Luft war herbstlich feucht. Mitten im Wald schrie ich Barbaras Namen, ich rief laut nach ihr und beschwor sie, zu mir zurückzukommen: »Du meine Liebe, meine Einzige, Barbara, komm zurück! Hast du nicht versprochen, dass wir uns hier treffen würden, was auch immer geschieht? Deshalb bin ich hergekommen, um dich zu suchen.« Aber mir antwortete nur mein Echo. Mein Hund wurde unruhig, er weinte und heulte das bittere Geheul des Todes, als er mich Barbaras Namen rufen hörte.

Ganz in der Nähe stand eine verlassene Köhlerhütte, und dort ließ ich mich den Winter über nieder. Gelegentlich ging ich in der nahen Stadt Speisevorräte kaufen, aber die meiste Zeit war ich mit der Lektüre der lateinischen Bibel beschäftigt. Manchmal schlich sich eine wilde Katze zu unserer Hütte, flüchtete vor dem Hund auf einen Baum und blickte uns von einem Ast aus mit ihren gelbgrünen, glänzenden Augen an, so dass ich mit ihr zu sprechen begann, als wäre sie Barbara. Sicher war ich sehr wirr im Kopf während jener Winterwochen, denn ich ertrug Kälte und Hunger mit Gleichmut, ließ mir einen Bart wachsen, und meine Kleider wurden allmählich zu rußbeschmierten Lumpen. Rael war sehr unglücklich meinetwegen und versuchte oft, mich mit sanften, zärtlichen Gesten dazu zu bewegen, in die Stadt zurückzukehren. Er lief dann auf einem Waldweg vor mir her und zog mich mit seinen Zähnen am Saum meines Mantels. Aber ich las ihm die Bibel auf Latein vor und sagte zu ihm, ich sei gekommen, den Vater gegen den Sohn und den Sohn gegen die Mutter aufzubringen. Ich sagte, ich müsse mein Gewand verkaufen, um dafür ein Schwert zu erstehen, und ich müsse listig sein wie eine Schlange und unschuldig wie eine Taube. Auch lachte ich oft laut auf beim Lesen, aber der Hund mochte mein Lachen nicht. Dann zog er den Schwanz ein und hockte sich furchtsam zu Boden, wenn ich lachte.

Einige Male schneite es, und ich hörte Wölfe im Wald heulen. Aber der Schnee schmolz wieder, frühlingshafte Winde kamen auf, und auf den Lichtungen im Wald begannen weiße Blumen zu blühen. Ich wurde ruhiger und unternahm lange Ausflüge durch den Wald. Ich suchte nicht mehr nach Barbara. Als ich aber aufgehört hatte, nach ihr zu suchen, da kam sie zu mir, und ich spürte ihre Nähe im Rauschen des Windes. Ich fühlte die milde Berührung ihrer Lippen, wenn ich die Blumen auf der Erde berührte, und ich erahnte sie in dem vergehenden roten Schimmer, wenn im Frühjahr die Sonne unterging. Dann weinte ich vor Freude und fühlte mich wieder gesund. Ich reinigte mich, so gut ich konnte, und kehrte in die Städte der Menschen zurück. Mitte Februar traf ich wieder in Memmingen ein.

Kapitel 2

Aber diesmal traf ich nicht alleine ein, sondern die ganze Gegend war in Aufruhr. Bewaffnete Bauernscharen waren auf allen Straßen und Wegen unterwegs. Zusammen mit den Bauern kam ich nach Memmingen, und Sebastian Lotzer war in sein Vaterhaus zurückgekehrt. Die ganze Stadt war von seinen Scharen beherrscht, so dass der Rat nichts mehr zu sagen hatte, sondern nur noch Beschlüsse fasste, wenn er sich zuvor mit Sebastian und seinem Hitzkopf von Lehrer beraten hatte. Als ich sein Haus betrat, breitete er gerade ein seidenes, rotweißes Banner aus, das mit einem Andreaskreuz bestickt war. Kaum hatte er mich erblickt, da stürzte er auf mich zu, umarmte mich und sagte:

»Du kommst gerade richtig, Michael Pelzfuß, denn heute ziehen wir unsere Fahne auf, damit die Welt sich umgestaltet und das Göttliche Recht die Herrschaft in Deutschland übernimmt anstelle des alten Rechts.«

Er machte überhaupt keinen abgerissenen Eindruck, sondern trug wieder das samtene Wams mit silbernen Knöpfen, obwohl sein Stand ihn zu so einer Tracht gar nicht berechtigte. Er war wirklich eine Augenweide in seinem feurigen Eifer. Seine großen, weit auseinanderstehenden Augen leuchteten vor Begeisterung, als er mir die zwölf Artikel vorlas, die er selbst verfasst hatte. Nach diesen Artikeln wollte er eine neue Ordnung für Bauern und Handwerkern errichten. Ich war auch nicht sein einziger Zuhörer, denn in dem Zimmer befanden sich eine ganze Reihe begüterter Bauern aus der Umgebung von Memmingen sowie verschiedene Dorfschulzen und Mitglieder von Sebastians evangelischer Lesegesellschaft.

»Jede Gemeinde hat das Recht, sich seinen Priester selbst zu wählen und im Notfall auch abzusetzen. Der Priester darf nur Gottes klares Wort predigen, ohne Zusätze aus dem Munde von Menschen«, trug Sebastian vor. »Der Lohn des Priesters ist aus dem großen Kornzehnten zu zahlen, der Rest ist bestimmt für die Armen des Dorfes. Der kleine Zehnt für das Vieh wird gänzlich abgeschafft, denn Gott hat das Vieh zur freien Verfügung des Menschen geschaffen. Die Hörigkeit steht nicht im Einklang mit Gottes Wort, weil Christus durch sein Blut uns alle erlöst hat, den Hirten genauso wie den Fürsten. Deshalb sind wir frei und wollen frei sein und erkennen keine Untertanschaft in Bezug auf die Obrigkeit an, wo es nicht recht und billig ist und nicht der christlichen Sache dient. Gott hat die Tiere des Feldes, die Vögel des Himmels und die Fische im Wasser um der Menschen willen erschaffen. Deshalb sollen Jagd, Vogelfang und Fischerei frei für alle sein. Die Wälder kehren in gemeinschaftlichen Besitz zurück, so dass dort jedermann ungehindert Brenn- und Bauholz zum eigenen Bedarf sammeln kann. Die Dienste und Frontage, die den Bauern von ihren Herren immer mehr abverlangt werden, werden auf ein angemessenes, unter unseren Vorfahren übliches und dem Worte Gottes gemäßes Maß herabgesetzt, und die Herren dürfen sie nicht willkürlich vermehren. Ehrbare Männer sollen angemessene Abgaben für die Ländereien festsetzen, deren Pachtgelder ins Unermessliche gestiegen sind, damit der Bauer nicht um seinen Ertrag gebracht wird, denn nach Gottes Wort ist der Arbeiter seines Lohnes würdig. Statt willkürlicher Rechtsprechung sind wieder die alten Gesetze zu achten, so dass keine Strafe von Stand und Gunst abhängt, sondern gleiches Recht für alle gilt. Die Felder und Auen, welche die Herren den Dörfern gestohlen haben, sind wieder in gemeinschaftlichen Besitz zu überführen. Die schwere Leibfron der Hörigen ist abzuschaffen, so dass niemals mehr Witwen und Waisen wider Gottes Wort und wider die Ehre ausgeraubt werden.«

Sebastian hielt inne, schaute sich um und sagte: »Am wichtigsten ist jedoch der letzte Artikel, der zwölfte, denn damit soll bezeugt werden, dass wir keinesfalls Aufrührer und Rebellen sind, sondern wir das göttliche Recht nicht nur den Rechten, sondern auch unseren Pflichten zugrunde legen. Es sei also unser unumstößlicher Entschluss und unsere feste Absicht bekundet, dass, falls einer oder mehrere dieser Artikel nicht auf dem klaren Wort Gottes fußen sollten, wir davon Abstand nehmen wollen, sofern uns dies aus der Heiligen Schrift erklärt und bewiesen wird. Auch wenn wir einen solchen Artikel nun annehmen und er sich später als falsch herausstellen sollte, so sei er sogleich für nichtig erklärt und soll nicht mehr gelten. Doch genauso wollen wir uns das Recht auf weitere Artikel vorbehalten, wenn wir auf der Grundlage der Heiligen Schrift etwas herausfinden, was gegen das Wort Gottes verstößt und armen Menschen zum Schaden gericht.«

Die Bauern sagten, dies sei ja alles schön und richtig, aber wie in Gottes Namen wolle Herr Sebastian diesen Artikel Gültigkeit verschaffen? Was sei mit den Klagebriefen, welche die Bauern von nah und fern an ihre Herren gerichtet hatten, nachdem diese ihnen gestattet hatten, ihre Beschwerden vorzubringen, sofern sie in Ruhe nach Hause zurückkehrten, keine Waffen mehr schwangen und sich nicht mehr aufrührerisch benahmen? Sebastian sagte: »Ich bin durchaus kein Herr, sondern nur ein armer Mensch wir ihr, der durch Christi Blut zur Freiheit losgekauft worden ist. Deshalb will ich euer Bruder sein und euch mit Rat und

Tat zur Seite stehen. Denn viele von euch sind dumm und sehen nicht weiter, als ihre Nase reicht. Seid ihr doch um eines kleinen Vorteils und einer kurzen Erleichterung willen bereit, nachzugeben und bringt dadurch viele andere Bauern in nah und fern in eine Notlage, Bauern, die von ihren Herren noch viel ärger bedrängt und bedrückt werden als ihr selbst. Ich habe Dutzende eurer Briefe und Hunderte eurer Beschwerden gelesen, ja Tausende von Klagen aus Bauernmund habe ich gelesen. Anfangs wollte ich, so gut ich konnte, diesen armen Männern helfen, ihre Klagen zu Papier zu bringen. Dann aber begriff ich, dass all diese Papiere und Klageschreiben völlig nutzlos sind und nicht zu mehr taugen, als in den Abtritten eurer Herren zum Hinternabwischen benutzt zu werden. Man hört ja, dass die edlen Herrschaften tatsächlich teures Papier zu einem so gottlosen Zweck missbrauchen.«

Als die Bauern und Gesellen das hörten, erhoben sie großes Geschrei und meinten entrüstet, das sei doch wirklich gottlos und unanständig. Die Bauern sagten, sie hätten ihre Zehnten nicht deshalb bezahlt und nicht bis aufs Blut schwere Fronarbeit geleistet, damit die Herren das Papier, das doch schließlich eine Menge Geld koste, für so unerhörte Zwecke benutzten. Ferner meinten sie, sie könnten ja noch verstehen, wenn eine Schlossherrin die Bauern des Dorfes in aller Herrgottsfrühe losschickte, um Tau von den Blättern gewisser Pflanzen zu sammeln, nur um damit ihre Schönheitspflege zu betreiben, da Morgentau die Haut tatsächlich weich und weiß mache. Aber im Abtritt teures Papier zu vergeuden, das sei wahrlich zu viel, so etwas könnten sie einfach nicht gutheißen. Sebastian sagte:

»Da seht ihr's, liebe Leute! Wenn schon, dann solltet ihr eure Klagebriefe lieber dazu gebrauchen, die Vorlader an euren Büchsen zu stopfen, um für das Göttliche Recht zu kämpfen. Deswegen pflanzen wir jetzt auch unser Banner auf und wählen einen Hauptmann, einen Leutnant und einen Fähnrich aus unserer Mitte. Danach stellen wir die Kriegsartikel auf, bei denen wir schwören wollen, jederzeit Disziplin zu wahren.«

Aber diese Worte behagten den Bauern nicht sonderlich. Sie murrten, man solle lieber kein Öl ins Feuer gießen. In geziemender Weise ihre Klagen vorzubringen sei etwas ganz anderes, als eine Fahne aufzuziehen und einen Aufstand anzuzetteln. In einer bewaffneten Auseinandersetzung mit den Herren ziehe der Bauer stets den Kürzeren. Nach dem, was sie von ihren Vätern und Vorvätern gehört hätten, wüssten sie sehr wohl, dass immer, wenn der Bauer ein Kriegsbanner aufgezogen hatte, er mit blutbesudelten Kleidern heimgekehrt sei, oder die Raben hätten ihm auf dem Schlachtfeld die Augen aus dem Schädel gepickt, seine Hütte sei abgebrannt worden und neues Elend sei über den Bauern gekommen, ein größeres als zuvor. Aber Sebastian versetzte:

»Was nützt es euch, ihr Armen, wenn jetzt jemandem vorübergehend seine Abgaben gestundet werden, ein anderer seine Wiese zurückkriegt, einem drittem erlaubt wird, seine Schweine im Eichenwald zu weiden und ein vierter jeden Freitag Fische im Fluss angeln darf, weil seine Frau gerade schwanger ist? Nein, alle diese Hunderte von Beschwerden aus Bauernmund sind sinnlos und führen zu keinerlei dauerhafter Besserung eures Elends. Jede eurer Beschwerden ist in den zwölf Artikeln enthalten, wenn sie von ehrlichen Männern richtig gedeutet werden. Das müsst ihr endlich verstehen. Gebraucht doch endlich das bisschen an Verstand, das Gott euch gegeben hat! Nur, wenn ihr das Göttliche Recht als Grundlage einer neuen Ordnung annehmt, wird es auf Dauer zu einem besseren Einvernehmen zwischen den Menschen kommen. Das ist eine so große Sache, dass es sich wahrlich lohnt, dafür zu kämpfen. Noch nie haben sich der arme Handwerker und der Bauer um einer besseren Sache willen zum Kampfe erhoben. Wenn ihr an einen gerechten Gott glaubt, liebe Leute, dann müsst ihr auch glauben, dass Gott selbst für das Recht kämpft, so wie es in der Bibel dargelegt ist. Dann werdet ihr in diesem heiligen Kampf sein Werkzeug sein!«

Die Bauern waren unschlüssig. Sie kratzten sich am Kopf, traten von einem Bein aufs andere und sagten, sie seien schwer von Begriff, und Sebastian spreche viel zu schnell, als dass sie ihn voll und ganz hätten verstehen können. Es bestehe kein Grund zur Eile, sagten sie, und es sei immer das Beste, solche Beschlüsse erst einmal zu überschlafen. Sei das Banner erst einmal aufgezogen, dann könne man das nicht wieder rückgängig machen. Deshalb sei es besser, sich zu erkundigen, was die erfahrenen Männer vom Seeufer in Baltringen von der Sache hielten, und ob auch sie das Kriegsbanner entfalten wollten. Sebastian regte sich über ihr Zaudern auf; sein Gesicht rötete sich, und er beschimpfte sie als dumme Esel und Rindviecher.

»Geht das denn nicht in eure dicken Schädel rein, dass es noch nie eine so günstige Gelegenheit gegeben hat, gerade jetzt das Banner aufzupflanzen?« rief er. »Der Kaiser ist in den Krieg gezogen und hat alle Söldner auf deutschen Boden in seinen Dienst genommen, so dass die deutschen Fürsten nur noch über geringe Besatzungen verfügen. Der König von Frankreich belagert die italienische Stadt Pavia mit weit überlegener Heeresmacht, und Frundsberg hat mit seinen Pikenieren die Alpen überquert. Für mich gibt es keinen Zweifel, dass wir bald von einer furchtbaren Niederlage des Kaisers hören werden, so wie einst in Marignano. Deshalb ist jeder Tag, der tatenlos verstreicht, ein unersetzlicher, verlorener Tag, denn die Herren und Fürsten zittern in ihren Burgen, und die Klöster vergraben ihre Schätze. Ihr werdet doch eure Herren für nicht so dumm halten, dass sie auf die Beschwerden der

Bauern eingehen, wenn sie wegen ihrer geschwächten Lage nicht dazu gezwungen wären. Indem sie euch in manchem entgegenkommen, bringen sie euch dazu, dass ihr nach Hause zurückkehrt. So gewinnen sie Zeit, um sich untereinander zu beraten und Söldner zu ihrem Schutz in Dienst zu nehmen.«

Diese Worte verfehlten nicht ihre Wirkung auf die Bauern. Sie sagten, das habe wohl Hand und Fuß. Ihnen sei die unmenschliche Habgier und Anmaßung der Herren und Fürsten wohlbekannt, und sie verstünden durchaus, dass die Herren sich gewiss nicht dazu bereitfänden, den Bauern ihre Lasten zu erleichtern, wenn sie sich nicht in einer Zwangslage befänden. So erklärten sie sich nach kurzer Beratung einverstanden damit, alle vorliegenden Beschwerden aus den vierunddreißig Dörfern in Gestalt von Sebastians zwölf Artikeln zusammenzufassen. Sie waren nun auch gewillt, das Banner aufzupflanzen, um die Artikel dem Rat von Memmingen vorzutragen, auf dass danach das Göttliche Recht zur Grundlage jeglicher Ordnung auf dem Gebiet der reichsfreien Stadt würde.

Wenige Tage später marschierten die Bauern in bewaffneten Reihen und mit Pfeifern und Trommlern an der Spitze unter dem rotweißen Banner in die Stadt ein, so dass die verschreckten Bürger ihre Läden und Werkstätten schlossen und die Türen verriegelten. Die Gesellen und das arme Volk aber zogen jubelnd den Bauern hinterdrein. Ihre hundert Vertreter verhandelten im großen Saal des Rathauses mit dem Stadtrat, wobei Sebastian und der Pfarrer der Stadtkirche für die Bauern sprachen und anhand der Bibel und des klaren Wortes Gottes bewiesen, dass es mit jedem der zwölf Artikel seine Berechtigung hatte. Der Rat versuchte zwar, mit aller Macht auf seinem Standpunkt zu beharren und brachte auch Bibelzitate vor, aber die Bauern obsiegten, indem sie die schwachen Stimmen der Ratsherren niederschrien, unter denen es nicht genug Schriftgelehrte gab. So geschah das Wunder: Der Rat von Memmingen erklärte ohne weiteren Zwist und Streit die zwölf Artikel über das Göttliche Recht zur Grundlage jeglicher Ordnung in der Stadt und den dazugehörigen Dörfern. Als dies geschehen war, brach auf dem Marktplatz großer Jubel aus. Viele Bauern betranken sich so sehr, dass sie schließlich bewusstlos in den Gassen herumlagen. Die Gesellen liehen sich Gewehre und Armbrüste aus, um damit auf die Jagd zu gehen, denn die Jagd war ja von nun an frei für alle.

Aber Sebastian zog nur ein langes Gesicht und sagte: »Mein Banner ist jetzt nutzlos, und ich habe in dieser Stadt nichts mehr zu tun. Aber Memmingen ist nur ein Tropfen im großen Meer, das Deutschland darstellt, und ich glaube an die zwölf Artikel. Wenn ich Geld hätte, dann würde ich sie drucken lassen und in allen Dörfern, Städten und Fürstentümern verbreiten. Aber die Bauern sind arm und geizig, und mein Vater gibt mir ohnehin kein Geld für so etwas.«

Ich fragte ihn, wie viel der Druck der Artikel kosten würde, worauf er antwortete, das Drucken von Büchern sei ein teures Vergnügen. Sein Vater sei ziemlich wütend auf ihn, weil er schon im letzten Jahr gleich drei Bücher zu Gottes klarem Wort auf Kosten seines Vaters habe drucken lassen. Dass sich der Stadtrat von Memmingen den zwölf Artikeln unterwarf, hatte tiefen Eindruck auf mich gemacht, denn nie hätte ich geglaubt, dass so etwas geschehen könnte. Deshalb dachte ich, dass es eine gute Tat wäre, diese Artikel im ganzen Volk zu verbreiten. Aber bevor ich mich zu dem entscheidenden Entschluss durchringen konnte, traf eine Botschaft aus Baltringen ein. Sebastian wurde dringend ersucht, nach Baltringen zu kommen. Der Anführer der Bauern, die sich dort zusammengefunden hatten, befand sich in einer verzweifelten Lage, weil er mit den Beschwerdeschreiben der Bauern geradezu überhäuft wurde.

Wir ritten also umgehend nach Baltringen, und als wir dort angekommen waren, machten wir große Augen, denn das war nun wahrlich kein Spiel mehr. In Baltringen selbst und der Umgebung der Stadt hatte sich eine ungeheure Menge von Bauern gelagert, bewaffnet mit Speeren, Knüppeln und Spitzhacken. Einige sprachen von fünftausend, andere gar von zehntausend Mann. Nicht einmal ihr Anführer und ihre Fähnriche wussten deren genaue Zahl, denn viele der Bauern waren dauernd auf den Beinen und schauten immer wieder einmal zu Hause vorbei, um sich zu waschen und Verpflegung zu holen. Aber ihr Anführer verhandelte über Boten und Abgesandte mit Fürsten, Bischöfen und den Herren des Schwäbischen Bundes. Er hatte sie bereits dazu gebracht, sich die Beschwerden der Bauern anzuhören. Er war ein einfacher, frommer Handwerker namens Ulrich Schmid. Seinerseits hatte er keinerlei Klagen vorzubringen; er hatte als Untertan eines Nonnenklosters gelebt und den Nonnen dort Predigten über Adam und Moses und die Segnungen guter, ehrlicher Arbeit gehalten. So erwarb er sich den Ruf eines redekundigen Mannes. Die Bauern, die sich in einer Dorfschenke versammelt hatten, um dort ihren Kummer miteinander zu besprechen, hatten ihn auserwählt, dass er ihre Sache vortragen sollte, weil er sich in der Bibel auskannte. Er konnte selber nicht so recht verstehen, wie er nach Baltringen gelangt war und dort zehntausend Bauern um sich versammelt hatte, die ihn mit ihren Klagebriefen überhäuften und ihn für ihren Anführer hielten.

Er hatte im Rathaus der Stadt Quartier bezogen. Die umherziehenden Söldner und die waffenfähigen Bauern, aus denen seine Leibwache bestand, tranken Bier, ergaben sich dem Würfelspiel und führten in seiner unmittelbaren Umgebung ein rechtes Lotterleben. Mit Freudentränen in den Augen begrüßte dieser Ulrich Schmid nun Sebastian, umarmte ihn und pries den Tag seiner Ankunft. Er ernannte ihn sogleich zu seinem Feldschreiber und wies hilflos auf die vielen Briefe und Stapel von Papieren, die nicht nur seinen ganzen Tisch bedeckten, sondern auch auf Schränken und auf dem Fußboden herumlagen und all jene Beschwerden enthielten, welche die Bauern gegen ihre weltlichen und geistlichen Herren vorzubringen hatten. Er selbst war ein ernsthafter, frommer Mann, dessen Bart bereits erste graue Strähnen aufwies und der uns mit hellblauen Kinderaugen anblickte.

Sebastian machte sich unverzüglich an die Lektüre der Papiere. Aber es dauerte nicht lange, bis er dieses aussichtslose Unterfangen aufgab und sagte, was in den Papieren stehe, sei alles in seinen zwölf Artikeln enthalten. Die las er dann Ulrich Schmid vor, der ihm aufmerksam zuhörte und dann meinte, Sebastian habe recht und sei ein Bote Gottes, der gekommen sei, Klarheit in seine eigenen Gedanken zu bringen. Von da an wollte er das Göttliche Recht in der Form der zwölf Artikel als Grundlage für die Forderungen der Bauern betrachten. Er wolle sie jedoch nicht durch Hass und Aufruhr durchsetzen, sondern verlasse sich auf die große Zahl der Bauern. Deren gute Absichten würden die Fürsten im Guten dazu bringen, sich dem Göttlichen Recht zu unterwerfen. Sofort ließ er die Trommeln schlagen, um die Führer der verschiedenen Bauerngruppen zusammenzurufen, damit er ihnen die zwölf Artikel erklären konnte. Aber es verging dann noch eine ganze Woche, und Tag auf Tag wechselten Verhandlungen, Predigten, Gebete und Erklärungen einander ab, bis die Bauern begriffen, worum es eigentlich ging. Auch ich musste reden und reden, bis ich heiser war. So blieb mir nicht viel Zeit zum Schlafen und Essen während dieser Tage voller Enthusiasmus. Wenn ich vorher nicht an das Göttliche Recht geglaubt hatte, so glaubte ich jetzt, nachdem ich den dickschädeligen Bauern bis an den Rand der Verzweiflung Predigten darüber gehalten hatte. Es kam vor, dass ich vom vielen Reden schön völlig ermattet war. Doch dann fragten mich die Bauern, wo ihre Beschwerdebriefe geblieben wären, ob die Anzahl ihrer Frontage vermindert würde und ob die Fischerei nun auch in den Fischteichen der Klöster erlaubt wäre.

Zwar war Ulrich Schmid nur ein einfacher Bursche, aber wenn ihm eine Sache endlich klar geworden, dann hielt er starr daran fest und wiederholte sie unermüdlich anderen gegenüber, so dass sie sich auch den Allerdümmsten einprägte und diese zwang, ihm zu glauben. Deshalb riefen die Bauern schließlich das Göttliche Recht aus, verbrannten ihre Klageschriften und hoben dann jubelnd Ulrich Schmid auf den Schild und trugen ihn im ganzen Lager umher. Aber Sebastian und ich waren beide so heiser, dass wir kaum ein Wort untereinander flüstern konnten. Ich sagte zu Sebastian, wir müssten um Gottes willen die zwölf Artikel drucken lassen, denn die Bauern glaubten am ehesten dem gedruckten Wort und würden sich die Artikel viele Male selbst vorlesen. Schließlich hatte kein Mensch so viel Geduld, ihnen immer wieder das Gleiche zu erklären.

Sebastian meinte, vielleicht würde ein umherziehender Buchdrucker das gefährliche Risiko auf sich nehmen, die Artikel zu drucken, auch wenn er sich dadurch bei allen deutschen Fürsten verhasst machte. Aber dafür brauche man eben Geld, und Schmid hatte keines, war er doch ein armer und einfacher Bursche, der jegliche Art von Diebstahl und Gewalttaten im Lager streng verboten hatte. Darauf versetzte ich, ich besäße hundert Gulden in Fuggerschen Wechseln; wenn es Gottes Wille sei, sein Recht auf Erden erstehen zu lassen, dann bekäme ich gewiss auch mein Geld wieder. Falls es aber nicht Gottes Wille sei, dann wäre es sowieso egal, ob ich Geld hätte oder nicht. Sebastian war hellauf begeistert und sagte, so wahr wie er an den lebendigen Gott und das Göttliche Recht glaube, so gewiss bekäme ich mein Geld auch wieder zurück. Er setzte sich auch sofort hin und schrieb die endgültige Fassung nieder, indem er in seinen Artikeln auf all das Unrecht verwies, das die Bauern und Hörigen seitens der weltlichen und geistlichen Obrigkeit erlitten hatten. Jedem Artikel fügte er Zitate aus der Bibel bei. Diese Verweise auf die Heilige Schrift waren äußerst zahlreich und überzeugend, weil jeder, der die Bibel gelesen hatte, sein Scherflein dazu beitrug und seine Spuren in Sebastians Schrift hinterließ. Auch schrieb er zu den Artikeln ein Vorwort an den christlichen Leser und erklärte darin, dass das Evangelium durchaus nicht zu Aufstand und Empörung aufrufe, sondern nur Frieden, Geduld und Einmütigkeit lehre. Weil die Bauern in diesen Artikeln lediglich darum baten, der Lehre des Evangeliums Gültigkeit zu verschaffen, könne man sie beileibe nicht der Aufmüpfigkeit oder Rebellion bezichtigen, sondern im Gegenteil, das Ablehnen ihrer berechtigten Forderungen sei eine Rebellion gegen Gott.

Seine Augen glühten vor Begeisterung, und die Tinte spritzte nur so, während er schrieb. Schließlich las er mir vor: »Wenn aber Gott die Bauern erhören will, die in ihrem Schmerz ihren Wunsch hinausschreien, gemäß seinem heiligen Wort zu leben, wer kann dann Gottes Willen tadeln? Wer kann sich seinem Urteil widersetzen? Wer will sich denn wirklich seiner Majestät entgegenstellen?«

Ich war schon immer geneigt, anderen mehr zu glauben, als mir selbst. Wenn mir etwas in klaren und nachdrücklichen Worten gesagt und viele Male wiederholt wird, dann muss ich es einfach glauben. Wahrscheinlich unterscheide ich mich in dieser Beziehung nicht sehr von anderen

Menschen. Deshalb ist es verständlich, dass Sebastians Begeisterung auf mich übersprang und ich ihm gerne den Fuggerschen Wechsel aushändigte, den der Buchdrucker als Lohn für den Druck der Artikel in Zahlung nahm. Ich glaubte, dadurch ein gutes Werk an den Armen und den so arg bedrängten Bauern getan zu haben. So erschienen die Artikel nun im Druck, und reitende Boten brachten die noch von der Tinte feuchten Druckwerke in alle Himmelsrichtungen, nach Ost und West, Nord und Süd. Bald darauf erschien in Wittenberg auch eine Schrift von Doktor Luther zu diesen Artikeln. Darin räumte er ein, die maßvollen Forderungen der Bauern seien durchaus berechtigt. Doch rief er sie auch dazu auf, in Eintracht mit ihren Herren zu leben und warnte sie vor Aufständen und Blutvergießen.

Auch diese Schrift wurde im Lager verlesen, und die Bauern priesen Doktor Luther in den höchsten Tönen, hatte er sich doch auf ihre Seite gestellt und unterstützte ihre Forderungen. Aufstand und Blutvergießen lagen ihnen ja fern, sondern sie kehrten am liebsten wieder zu ihren Gehöften zurück, wenn erst das auf dem Evangelium beruhende Göttliche Recht hergestellt war und die Fürsten es als Grundlage einer neuen Ordnung anerkannten. Auch Ulrich Schmid freute sich über Luthers Brief und nannte ihn den größten Mann, den Deutschland je hervorgebracht habe, weil er es allein und als schwacher Mensch gewagt habe, gegen die Macht des Papstes, ja sogar gegen den Kaiser aufzubegehren. Jetzt aber war er nicht mehr allein, sondern die Bauern hatten sich überall im Lande vereinigt, um seiner Lehre Gültigkeit zu verschaffen. So kannten die Hoffnungen der Bauern nun keine Grenzen mehr, auch wenn die Fürsten sie durch ihre Abgesandten warnten und ihnen sagen ließen, sie sollten an den Frosch denken, der sich so lange aufplustert, bis er platzt.

Die Verhandlungen mit den Fürsten gingen nämlich weiter. Sie ließen spöttisch anfragen, ob Ulrich Schmid denn glaube, dass Gott jetzt eilends vom Himmel herabsteigen würde, um als Schiedsrichter über den Inhalt der zwölf Artikel sein Urteil zu sprechen. Aber Ulrich Schmid versprach seinerseits, innerhalb von drei Wochen alle christlichen Gelehrten Deutschland zusammenzurufen, damit sie als Schiedsrichter aufträten, darunter auch Doktor Luther und Doktor Zwingli. Ich muss gestehen, dass mich der schnelle Fortgang der Ereignisse während jener wenigen Frühjahrswochen sehr überraschte. Vielleicht habe ich auch die richtige Abfolge der Ereignisse schon vergessen, denn mir war, als hätte ein mächtiger Strom mich mit fortgeschwemmt, einen kleinen Tropfen in einem großen Wasserstrudel. Auch war ich wegen der ständigen Hin- und Herreiterei zwischen Memmingen und Baltringen, der durchwachten Nächte und langen Verhandlungen dauernd erschöpft. Dabei kam bei diesen Verhandlungen kaum etwas heraus, sondern jeder predigte dort Gottes Wort nach jeweils eigenem Gutdünken.

Auf Sebastians Rat hin versuchte Ulrich Schmid, einen Christlichen Bund zwischen den mächtigen Bauernscharen der verschiedenen Fürstentümer ins Leben zu rufen, mit dem Göttlichen Recht als gemeinsamer Losung. Zu diesem Zweck hielt man in Memmingen eine Versammlung ab, zu der auch die kriegserfahrenen Bauern vom Seeufer und das große Bauernheer im Allgäu ihre Abgesandten schickten. Doch als Sebastian seine zwölf Artikel verlesen hatte, erhob sich großes Geschrei, denn die Männer vom Bodensee wollten nicht auf ihre maßvollen und berechtigten Forderungen verzichten, erst recht nicht zugunsten eines unklaren und unbestimmten Göttlichen Rechts, das jeder nach Belieben auslegen konnte. Mit der Hand auf der Bibel beschwor Ulrich Schmid sie, Frieden und Einmütigkeit zu wahren. Aber schon bald waren die verschiedenen Obersten in ein Handgemenge verstrickt, und die Männer vom Seeufer verlangten, man müsse das Eisen schmieden, solange es heiß ist und jetzt zum Schwert greifen, bevor die Fürsten ihre Truppen sammeln und zusammenziehen konnten. Die Verhandlungsbereitschaft der Fürsten sei nichts als ein Vorwand, um Zeit zu gewinnen. Sie hatten gut reden, denn die meisten von ihnen hatten bereits als Söldner gedient und an vielen Feldzügen teilgenommen. Die besten Landsknechte stammten nämlich aus den Dörfern und Städten am Bodensee, während Ulrich Schmid als geruhsamer Handwerker sich vor dem Knall einer Büchse fürchtete und seine Bauern besser mit einer Heugabel als mit einem Speer umzugehen verstanden.

So löste sich die Versammlung erst einmal auf, um essen zu gehen. Die gemäßigteren Teilnehmer schickten junge und gelehrte Männer los, damit sie die heißblütigen und sehr selbstbewussten Obersten in deren Herbergen aufsuchten und sie durch gutes Zureden zur Vernunft brachten. Nachdem diese sich sattgegessen und gutes Bier getrunken hatten, mussten sie zugeben, dass sie ihre Forderungen nur dann erfolgreich durchsetzen konnten, wenn sie Eintracht bewahrten. Bis in den späten Abend dauerten die Unterredungen, bevor die Obersten der Bauernscharen den Streit endlich satthatten und das Göttliche Recht anerkannten. Doch forderten sie, jeder solle es so handhaben dürfen, wie es ihm genehm sei. Die Artikel seien Unsinn, sagten sie geradeheraus, und es gehe ihnen nicht um das Recht oder um die Artikel, sondern die Bauern müssten vor allem ihren Rang und ihre Stellung sichern. Deshalb forderten sie die Hinzufügung eines dreizehnten Artikels, eines Artikels über die Burgen. Darin solle stehen, dass Burgen und Klöster unverzüglich zu besetzen und zu entwaffnen seien, sofern deren Herren sich nicht dem Christlichen Bund anschlossen.

Dieser Burgartikel war eine harte Nuss für Sebastian, weil seine Artikel sich bereits im Druck befanden. Daher kämpfte er mit aller Kraft gegen die Aufnahme dieses Artikels, obwohl einem schon der gesunde Menschenverstand sagte, dass dieser Punkt der vernünftigste von allen war, wenn man die Sicherheit der Bauern in Betracht zog. Es grenzte ja an Wahnsinn, dass sie bisher mit Geschützen und sonstigen Schusswaffen ausgestattete Burgen und Klöster in ihren Gebieten geduldet hatten, auch wenn die Herren sich bisher mucksmäuschenstill verhielten und die Klöster heimlich Hilfstruppen anwarben. Die Besetzung von Burgen und Klöstern bot auch die einzige Möglichkeit, an Geschütze, Geld und vor allem an Verpflegung zu gelangen, alles Dinge, ohne welche die großen Bauernheere sich nicht lange zusammenhalten ließen. Das Geld war nötig, um die Disziplin der Söldner, die sich den Bauern angeschlossen hatten, aufrechtzuerhalten, wenn man verhindern wollte, dass die Bauern zu Plünderungen und Gewalttätigkeiten Zuflucht nahmen. Aber Sebastian meinte nur spöttisch, dieser Artikel sei schon deshalb nutzlos, weil die Bauern die starken Burgmauern nicht mit nackten Fäusten zum Einsturz bringen konnten.

Hier irrte sich Sebastian allerdings, denn die meisten Burgen öffneten den Bauern bereitwillig und widerstandslos ihre Tore. Die Pfeifer und Trommler, die zuvor die Adeligen auf deren Festmählern unterhalten hatten, setzten sich dabei freudestrahlend an die Spitze der Bauernscharen und brachten auf den Märschen viele mit ihren Gaukeleien zum Lachen. Die Fürsten seufzten verbittert, der deutsche Adel gebärde sich wie ein Haufen alter Weiber, und es sei leichter, in den Kampf gegen die Bauern zu ziehen, als den Adel zu ermuntern, mit der Waffe in der Hand für ihre natürlichen und uralten Rechte in den Krieg zu ziehen.

Doch will ich hier nicht weiter von den Verhandlungen und den Streitigkeiten berichten, die schließlich doch noch zur Gründung des Christlichen Bundes führten. Ich erwähne nur, dass zu Sebastians Freude und Genugtuung seine Fahne, das rot-weiße Andreaskreuz, zum gemeinsamen Banner der drei großen Parteiungen erwählt wurde. Die Männer vom Bodensee, die Allgäuer und die Baltringer schworen, mit ihrem Leben, ihrer Ehre und ihrer Habe füreinander einzustehen. Die Zuversicht der Bauern wuchs noch, als sie erfuhren, dass Ulrich, der ehemalige Herzog von Württemberg, offen erklärt hatte, die Sache der Bauern zu unterstützen und er mit Geldern des Königs von Frankreich in der Eidgenossenschaft ein Heer ausgerüstet hatte, das gerade in die kaiserlichen Lande einmarschierte, um ihm sein Herzogtum zurückzuerobern.

In diesen fiebrigen und hitzigen Frühlingstagen trafen nur gute Nachrichten ein. Während die zwölf Artikel im Volk immer mehr Verbreitung fanden, kamen aus allen Himmelsrichtungen Boten nach Baltringen, die sich uns anschließen und über gemeinsame Forderungen beratschlagen wollten. So befand sich ganz Süddeutschland schon in einem Zustand der Gärung, und die einzige, recht geringfügige Heeresmacht, welche die Fürsten und der kaiserliche Statthalter hatten aufstellen können, marschierte gegen Herzog Ulrich. Es war also kein Wunder, dass die Bauern von Freude und Hoffnung erfüllt waren. Sie ließen sich in den Klöstern reichlich bewirten und von der Frühlingssonne bescheinen, konnten sie doch darauf vertrauen, dass ihre Anführer dem Göttlichen Recht in den Verhandlungen mit den Fürsten tatsächlich zum Durchbruch verhelfen würden.

So vergeudete man wertvolle Tage, bis sich, einem plötzlichen Unwetter gleich, die Kunde verbreitete, dass der Kaiser in der Schlacht gegen den König von Frankreich in Italien durchaus keine Niederlage hatte einstecken müssen, sondern im Gegenteil bei Pavia den größten Sieg errungen hatte, dessen sich jemals ein Heer hatte rühmen können. Die eidgenössischen Truppen, die Frankreich aufgestellt hatte, waren vernichtet, und der allerchristlichste König Franz war in Gefangenschaft geraten. Die Kunde davon versetzte jeden vernünftigen Mann unter den Bauern in Angst und Schrecken. Viele sprachen nun wieder davon, sie müssten sich um ihre Aussaat kümmern. Die Klügsten von ihnen verschwanden heimlich, still und leise und kehrten zu ihren Familien zurück. Aber das waren nur wenige; die meisten glaubten nach wie vor an das Göttliche Recht.

Ulrich Schmid und die anderen Vertreter des Christlichen Bundes begaben sich kleinlaut nach Ulm, um mit den Fürsten zu verhandeln. Aber der Ton hatte sich bereits verschärft, und die Fürsten und die kaiserlichen Räte gingen sie hart an und forderten sie zu völliger Unterwerfung auf. Die Bauernscharen seien unverzüglich aufzulösen, die Bauern sollten nach Hause zurückkehren und nach alter Weise ihre Abgaben und Fronarbeiten entrichten. Erst nachdem dies geschehen war, wären die Fürsten bereit, eine Schiedsstelle einzurichten, welche die Artikel der Bauern durchgehen und ein verbindliches Gutachten darüber abgeben sollte, an das sich beide Seiten zu halten hätten.

Ulrich Schmid hatte sich in vollem Vertrauen auf das Göttliche Recht nach Ulm aufgemacht, doch er kam als alter, müder Mann zurück und vermied es, uns in die Augen zu schauen. Mit gebrochener Stimme berichtete er, die Vertreter der Bauern hätten sich dazu verpflichtet, diese Forderungen ihren Scharen vorzutragen und ihnen die Annahme zu empfehlen. Bei diesen Worten riss Sebastian sich das Wams auf, um tief Luft holen zu können, und schrie: »Bist du wahnsinnig geworden, Ulrich Schmid? So verrätst du das Göttliche Recht? Vertraust du nicht mehr auf Gott? Wenn sich unsere Truppen auflösen, dann ist das Göttliche Recht nicht mehr wert als ein Haufen Kuhscheiße, und all das alte Elend wird wiederkommen und schlimmer sein als zuvor!«

Ulrich Schmid sagte: »Ich glaube an Gott, und dieser Glaube ist mein einziger Trost. Ihr wisst längst nicht alles und könnt diese Sache nicht so beurteilen wie ich, dem die Fürsten und kaiserlichen Räte großes Vertrauen erwiesen haben. Die haben mir nämlich ganz offen gesagt, dass ihre Geduld nicht grenzenlos ist und sie nicht bis in alle Ewigkeit ihre Söldnertruppen ruhigstellen können, sondern gezwungen sind, den Kampf aufzunehmen und uns allen den Garaus zu machen, wenn wir uns nicht ergeben.«

Da erhoben die Fähnriche und Hauptleute der Truppen ein Geschrei wie aus einem Munde: »Du bist ja verrückt, Ulrich Schmid! Bestimmt haben die Fürsten dich bestochen. Mach doch mal deine Gürtelbörse auf, und zeig uns, was da an schwerem Metall drin ist! Die Fürsten haben doch überhaupt keine Truppen! Ihr Führer Jörgen Truchsess, von dem wir nicht das Geringste zu fürchten brauchen, marschiert irgendwo im Württembergischen herum, und Herzog Ulrichs Eidgenossen werden seine wenigen Leute zermalmen, wie ein Hammer eine Erbse auf dem Amboss zerquetscht, denn die Eidgenossen sind die besten Soldaten der Welt und kämpfen wie die Löwen, auch wenn ihnen da bei Pavia ein kleines Malheur passiert ist. Aber das zeigt nur, dass die Deutschen noch bessere Soldaten sind als sie. Und sind wir nicht alle Deutsche?«

Ulrich Schmid schüttelte müde den Kopf und versetzte: »Ihr wisst wirklich noch nicht alles. Denn die Eidgenossenschaft hat ihre Männer sofort abgezogen aus den Truppen des Herzogs, so groß war der Schrecken nach der furchtbaren Niederlage bei Pavia, damit die Eidgenossenschaft nicht völlig unbeschützt und unbemannt bliebe. Damit ist Herzog Ulrich nun so allein wie ein einzelner Pferdapfel auf weiter Flur und hat unter Lebensgefahr die Flucht zurück gen Frankreich angetreten. Sogar seine Geschütze musste er zurücklassen, als Pfand für seine riesigen Schulden. Weiß Gott, Herzog Ulrich kann froh sein, dass die Eidgenossen ihn nicht gefangen genommen und an den Kaiser ausgeliefert haben. Man weiß ja, dass die Eidgenossen gierig und grausam sind; der liebe Gott möge uns vor ihnen verschonen. Das zeigt uns diese Wendung ganz klar. Aber jetzt kommt Jörgen von Truchsess in Eilmärschen auf uns zu, und deshalb ist es das Beste, wenn wir uns jetzt sofort auflösen, um böses Blutvergießen zu vermeiden. Vertrauen wir auf den guten Willen der Fürsten, den sie mir aufrichtig versichert haben!«

Da erhob sich so wütendes Geschrei, dass die Bauern aus allen Richtungen zusammenliefen. Die Hauptleute und Fähnriche brüllten durcheinander und schalten Ulrich Schmid einen Feigling, Verräter, Waschlappen und Betrüger, der die Bauern an die Fürsten verkauft habe.

Als die Kunde von seinem Verhalten bei den Truppen bekannt wurde, wäre dies Ulrich Schmid fast zum Verhängnis geworden. Man riss ihn am Bart und stieß ihn mit Ellenbogen in die Rippen, so dass er schließlich in Tränen ausbrach und sagte, er wolle doch nichts anderes als für eine gute Sache zu leben und zu sterben. Und tatsächlich wollte er im Lager bleiben, den Angriff der Fürsten abwarten und sogar das Schwert in die Hand nehmen, um das Göttliche Recht zu verteidigen, falls sich nur jemand bereitfände, ihm zu zeigen, wie man ein Schwert hält.

Aber man hatte sich bereits von ihm abgewandt. Die besten und erfahrensten Hauptleute sammelten ihre Anhänger um sich und begannen tuschelnd darüber zu beraten, was zu tun sei. Sie sagten: »Wir haben uns schon allzu lange in der Sonne gerekelt, so wie die Schweine sich im Schlamm suhlen. Es ist zwecklos, schicksalsergeben auf den Angriff der Fürsten zu warten oder auf neue, nutzlose Verhandlungen zu setzen, die wohl nur zu schändlicher Unterwerfung führen würden. Jetzt ist es an der Zeit für den Krieg. Holen wir uns ruhig blutige Köpfe, wenn die Fürsten es so wollen! Schreiten wir von Worten zu Taten und sammeln wir die emsigsten Männer um uns, dann können wir vielleicht noch etwas Nützliches tun für das Göttliche Recht!«

Sie konnten alle Ungeduldigen für sich gewinnen, sowohl die Söldner, die auf Raub und Plünderung aus waren, als auch die Bauern, die es nach Rache an ihren Herren dürstete und die friedlicher Verständigung allmählich überdrüssig waren. Viel hat man von den Bluttaten der Bauern gesprochen, nachdem sie ihr Kriegsbanner aufgezogen hatten. Aber ich, der ich dabei war und alles mit eigenen Augen gesehen habe, kann bezeugen, dass bis zu diesem Tag im März zumindest der Baltringer Haufe sich keine üblen Gewalttaten zuschulden kommen ließ, auch wenn er in Burgen und Klöstern Lebensmittel requiriert hatte. Erst in dieser Nacht ging die Burg Schemmering in Flammen auf, die den Mönchen von Salem gehörte. Das war die erste Burg, die im Bauernkrieg in Brand gesetzt wurde, obwohl die Bauern bereits ein halbes Jahr lang immer wieder ihre Klagen und Forderungen vorgebracht hatten. Der Grund hierfür lag in dem unangemessenen Starrsinn der Fürsten. Die nämlich hatten den Krieg heraufbeschworen und nicht die Bauern, die nur nach Frieden strebten und nach dem Göttlichen Recht.

Es war, als hätten die Bauern auf dieses Feuerzeichen nur gewartet. Denn als über der Burg Schemmering die Flammen aufloderten, da gingen überall in der Umgebung die Burgen und Klöster in Flammen auf, und die Hölle brach über Deutschland herein. Jeder Bauer wollte sich nur für all das erlittene Unrecht rächen. Die grausamen Vögte durften zu ihrem letzten Lauf durch die Spießruten der Bauern antreten, und so mancher adelige Herr erhielt jeden einzelnen Schlag zurück, den er einst ausgeteilt hatte, und wurde zu Tode geprügelt. Ich halte die Bauern allerdings nicht für übermäßig grausam im Vergleich zu den Grausamkeiten, derer sich der deutsche Adel später selber schuldig machte, denn die Bauern mussten für jeden Blutstropfen, den sie vergossen hatte, mit einem Kübel Blut bezahlen, obwohl die meisten von ihnen nur dumme Männer von langsamem Verstand waren, die sich damit begnügten, zu saufen und zu prassen und sich die Bäuche vollzuschlagen, und die von den reichlichen Speisen und Leckerbissen der Herren nicht genug kriegen konnten.

Die gemäßigteren Bauern hielten weiterhin zu Ulrich Schmid. Sie vertrauten darauf, mit seiner Hilfe unbeschadet davonzukommen, weil sie den Fürsten als einfältige und gottesfürchtige Männer bekannt waren. Aber als sie die anderen sahen, wie sie die Beute ihrer Plünderungen betrunken lallend gleich fuhrenweise aus den Burgen und Klöstern wegführten, da sprang die Beutegier auch auf sie über. Immer mehr von ihnen rotteten sich zusammen und bedrängten die ganze Umgebung bis zur Donau. Von einem solchen Beutezug kehrte Sebastian dann ganz allein zurück und erzählte mir mit bleicher Nase:

»Wahrlich, von meiner Kriegslust ist nichts mehr übrig. Ich hätte nicht geglaubt, in eine Meute von Schurken und Räubern zu geraten. Wenn solche Leute dem Göttlichen Recht zum Sieg verhelfen wollen, dann glaube ich nicht mehr an das Göttliche Recht.«

»Was hast du jetzt vor?« fragte ich ihn, und er sagte: »Ich kehre zu meinem Vater nach Memmingen zurück. Sollen diese zügellosen Räuberbanden es mit den Artikeln halten, wie sie wollen! Ich habe lange genug gegen das Wohlwollen meines Vaters aufbegehrt. Die Bibel befiehlt, Vater und Mutter zu ehren. Wenn nämlich mein Vater auf seinen Forderungen beharrt, dann will ich ihm wirklich gehorchen und an die Universität zu Bologna gehen, um dort die Rechte zu studieren, da der Krieg in Italien inzwischen aufgehört hat.«

Ich versetzte: »Du hast leicht reden. Du ziehst dich jetzt in aller Ordnung zurück und sagst dich von deinen Streichen los, weil du einen Vater und ein wohlhabendes Zuhause hast. Aber wo sind jetzt meine hundert Gulden? Über keinen einzigen Kreuzer, der durch den Verkauf der gedruckten Artikel eingenommen wurde, ist mir Rechenschaft abgelegt worden. Das hätte ich wirklich nicht von dir gedacht, Sebastian!«

Er sagte: »Glaub von mir, was du willst, Michael Pelzfuß. Ich bin dir nichts schuldig; du hast dem Buchdrucker deine hundert Gulden ja selber aufgedrängt. Außerdem ist dein Ruf nicht gerade der beste. Du bist Ausländer und in deinem Herzen genauso einer wie all die anderen, denen es nicht um das Evangelium geht, sondern darum, sich möglichst schnell die Taschen zu füllen, zu prassen und sich allerlei Ausschweifungen hinzugeben. Außerdem ist deine Frau als Hexe verbrannt worden.«

Mir war, als hätte er mir ins Gesicht geschlagen, als er so zu mir sprach, obwohl er mein Freund war und ich ihm vertraut hatte. Aber er redete noch weiter: »Nimm's mir nicht übel, Michael, aber du solltest mir keine Schuld geben. Ich glaube wirklich nicht daran, dass dieser zügellose Pöbel eine neue Ordnung schaffen kann. Bisher hatten die ehrbaren und wohlhabenden Bauern das Sagen, die sich an kluge und buchgelehrte Männer hielten wie mich. Aber jetzt werden die Scharen von vagabundierenden Schustern und Schneidern angeführt, von Dieben, Taugenichtsen und umherwandernden Söldnern, die für zwei Kreuzer ihre eigene Mutter verkaufen würden und meine Artikel mit den Füßen treten. Das wurde mir schon damals klar, als sie meine Artikel schlechtredeten und ihnen ihre eigenen wirren Ideen hinzufügen wollten. Jetzt sind mir jedenfalls die Augen geöffnet worden, und ich rate auch dir, dich davonzumachen, solange es noch geht, denn dies alles wird noch böse enden.«

Da musste ich laut auflachen, und als ich sein schönes Antlitz mit seinen braunen Augen und sein beschmutztes Wams mit den Silberknöpfen vor mir sah, schämte ich mich, dass ich ein Mensch war und ihn für meinen Freund gehalten hatte. War er doch nur der verhätschelte Sohn eines reichen Vaters, der es gewohnt war, andere nach seinen Launen herumzukommandieren und laut zu krähen wie ein Hahn auf dem Misthaufen. Deshalb sagte ich: »Nein, Sebastian, ich werde mich nicht davonmachen, wohin denn auch? Ich habe ja keinen anderen Schutz als meinen kleinen Hund und diese gute Arkebuse, mit der ich schon ganz gut umgehen kann, auch wenn sie mir beim Rückstoß blaue Flecken an den Schultern beschert. Und wenn ich auch Ausländer bin, so gehöre ich doch einem Volk an, das hartnäckig an dem einmal gefassten Entschluss festhält. Ich bin auch kein Verräter, selbst wenn ich das vielleicht einmal gewesen war. Deshalb werde ich ab jetzt als Wolf mit den Wölfen heulen, nachdem ich lange genug wie ein Schaf blökend hinter dir hergelaufen bin. Denn vielleicht werden die Wölfe eine neue Ordnung errichten, wozu die Schafe niemals fähig sein werden, wie ich jetzt an dir sehe.«

Auf diese Weise schieden wir voneinander und waren keine Freunde mehr, auch wenn ich wusste, dass Sebastian seine herzlosen Worte bald bereuen würde, denn ich kannte ja sein jähzorniges und wankelmütiges Wesen. Auch war ich meiner Sache durchaus nicht so sicher, wie ich gesagt hatte. Ich war fast versucht, mir den Staub von den Füßen zu schütteln und mir eine friedvollere Bleibe zu suchen. Was hatte ich denn schon mit diesen schwäbischen Bauern zu schaffen, die im besten Falle simple Leute von langsamem Verstand waren, im schlimmsten Falle aber nachtragend und rachgierig? Aber ich wusste keinen Ort, an den ich hätte gehen können, und hatte mein ganzes Geld verloren. Vor allem hatte mich ein großer Strom mitgerissen, und ich war nicht Manns genug, mich davon loszureißen und rechtzeitig ans Ufer zu schwimmen.

Ich dachte auch, es wäre ehrlos, jetzt zu verschwinden, hatte ich doch selbst so viele einfältige Männer dazu gebracht, an das Göttliche Recht zu glauben und an die neue Ordnung, wie sie in den zwölf Artikeln niedergelegt war. Deshalb sagte mir mein Gewissen, ich müsse auch ihr Schicksal teilen und, wenn nötig, zusammen mit ihrer Sache fallen. Ein Trost bestand für mich auch darin, dass ihre Sache durchaus noch nicht verloren war, denn ihre Zahl war riesig im Vergleich zu den geringen Kräften der Fürsten. Viele kluge und weitsichtige Männer in verschiedenen Städten suchten schon heimlich Verbindung mit ihren Anführern aufzunehmen, um nach deren Sieg an der Errichtung der neuen Ordnung mitwirken zu können, auch wenn sie es ängstlich vermieden, sich in aller Öffentlichkeit mit den Bauern zu verbünden, bevor ihr Sieg sicher war. Unter diesen Männern gab es überall in Deutschland berühmte Rechtsgelehrte und sogar Staatsräte, die ihre Finger abwechselnd mal in den einen, mal in den andern Topf hielten, um herauszufinden, in welchem das Wasser heißer war.

Sebastian verließ also das Lager, um zu seinem Vater zurückzukehren. Bald erfuhr ich den wahren Grund seines Sinneswandels. Der bestand nämlich darin, dass er sich mit seinem Haufen wegen eines Kommandos zerstritten hatte. Die erfahrenen Krieger wurden seiner überdrüssig und bedeuteten ihm, er solle endlich den Mund halten und ihnen nicht in Dinge hineinreden, von denen er als Federfuchser nichts verstehe. Aber er wollte den Mund nicht halten, so dass man ihm schließlich eins aufs Maul gab und ihn unter Zuhilfenahme von Speerspitzen aus der Truppe vertrieb. Deshalb hatte er gesagt, er wolle nicht mehr unter Schurken und Räubern bleiben, und prophezeite ihnen ein böses Ende.

Nach seinem Weggang hatte ich auch genug von Ulrich Schmid, diesem Mann des Friedens, der in Wirklichkeit eine Memme war und ständig mit verweinten Augen jammerte und sagte, wer nach dem Schwert greife, werde durch das Schwert umkommen. Tatsächlich kam er durch das Schwert um, aber nur deshalb, weil er es, wie ich fand, nicht fest genug ergriffen hatte. Ich schloss mich stattdessen dem Anführer des Allgäuer Haufens an, einem gewissen Jörgen Knopf, der in Baltringen nach Gewehrschützen suchte, um mit ihrer Hilfe die Bischofsstadt einnehmen zu können. Sein Abgesandter brauchte mich nicht zwei Mal zu bitten.

Kapitel 3

Dieser Jörgen Knopf war ein schmächtiger Mann, dessen großer, seltsam ausgebeulter Kopf auf einem mageren Hals saß, so dass es schien, als wäre er wassersüchtig. Ein Wasserkopf war er allerdings nicht, sondern er wusste, was er wollte. Sein Angriff auf die Bischofsstadt war beileibe kein planloser Raubzug, sondern er wählte dafür seine entschlossensten und erfahrensten Männer und setzte dabei Geschütze ein, die er in den Burgen der Adeligen erbeutet hatte. Er sorgte auch dafür, immer genug Pulver und Geschützkugeln zu haben, mit denen die Mauern der Bischofsburg zum Einsturz gebracht werden sollten.

»Ich habe nämlich selber schon genug unter der Habgier und den Wutanfällen unseres lieben Bischofs leiden müssen«, sagte er. »Mit seinem Gefängnisturm habe ich auch schon Bekanntschaft geschlossen. Einmal hätte er mich fast gehängt. Meine Eltern waren Hörige der Bischöfe, solange wir uns erinnern können, denn diese braven Bischöfe dulden auf ihrem Gebiet keine freien Bauern, sondern haben alle zu ihren Hörigen gemacht. Achtzigjährige Greise und zwölfjährige Mädchen haben sie in den Gefängnisturm gesteckt, wenn jemand bei ihnen ihr Recht einklagen wollte. Seit hundert Jahren schon ziehen die Bauern dieses Bistums vor Gericht, um ihre Rechte gegen die Bischöfe durchzusetzen. All ihre Habe geht dabei für die Prozesskosten drauf, und zwar ohne Erfolg. Der jetzige Bischof aber ist der Schlimmste von allen, denn fordert jemand sein Recht bei ihm, dann fällt er eigenhändig über den Bauern her, als wäre er vom Teufel besessen, und lässt ihn halbtot prügeln. Deshalb will ich dem Bischof nun ans Schlafittchen. Das wird der größte Freudentag meines Lebens werden! Es ist mir gleich, was danach passiert, ob ich das überlebe oder sterben muss, auch wenn ich eigentlich noch nicht sterben will.«

Er lächelte verschmitzt mit seinen schmalen Lippen, den schweren Kopf schief gegen die eine Schulter geneigt, und fuhr fort: »Viele der Unsrigen können kaum über ihre Nasenlänge hinaussehen. Ich sage dir, Michael Pelzfuß, ganz im Vertrauen: Ich habe Abgesandte nach Thüringen und Böhmen geschickt und habe vor, meine Spuren auch in den Papieren des Kaisers zu hinterlassen; denn der beste Reiter dieser Gegend eilt jetzt gerade als Bote nach Pavia und Mailand, um Frundsbergs Landsknechte, immerhin unsere Landsleute und Verwandten, davon in Kenntnis zu setzen, was sich hier in der Heimat tut. Wenn sie zurückkehren und sich uns anschließen, dann haben die Fürsten nichts mehr zu melden. Ich glaube sogar, die werden sich in in die Hose machen vor Angst. Aber um die Landsknechte zu entlohnen, braucht man viel Geld, und das beabsichtige ich mir beim Bischof zu holen.«

Weiter sprach er: »Jetzt ist das Eisen heiß genug, dass es geschmiedet werden kann. Wir sollten auch nicht vor Plünderungen, Mord und Totschlag zurückschrecken, denn je mehr Klöster in Flammen aufgehen, desto mehr nützt das unserer Sache. Ulrich Schmid ist ein Narr und Schafskopf, der höchstens noch dazu taugt, den Nonnen Predigten über Adam und Eva zu halten. Er begreift nicht, dass in unserer bedrängten Lage nur Raub, Mord und Gewalt unsere Leute zusammenschmiedet und eine kampferprobte Truppe aus ihnen macht. Nichts hält die Männer nämlich mehr zusammen als gemeinsam begangene Verbrechen. Wir müssen es so deicheln, dass keinem einzigen Mann mehr die Rückkehr möglich ist und keine Hoffnung auf Vergebung besteht, sondern ihn nur noch Folter, Henkersbeil oder Galgenstrick erwartet, wenn er die Waffe hinwirft und sich der Gnade der Fürsten ausliefert. Sonst werden sie gleich in der ersten Schlacht ihre Waffen hinschmeißen und sich demütig auf die Forderungen des hinterlistigen Fürstenpacks einlassen.«

Ich weiß nicht, ob er recht hatte, und erbebte vor seinen mordlüsternen Worten. Aber zweifellos lag durchaus auch etwas Vernünftiges darin, auch wenn mein Gefühl mir sagte, dass Mord, Raub und Brandstiftung wohl nicht die beste Methode war, dem Göttlichen Recht zum Durchbruch zu verhelfen. Sein Gehilfe und engster Ratgeber war auch nicht jemand, der mir Vertrauen einflößte, denn er trug das Brandmal eines Diebes auf der Stirn und schaute niemandem in die Augen. Es hieß von ihm, er sei in seinem Leben schon so viele Male wegen Diebstahls verurteilt worden, dass er sich selbst nicht mehr daran erinnerte, wie oft er schon vor Gericht gestanden hatte, obwohl er noch ziemlich jung war. Zu seiner Verteidigung führte er an:

»Es stimmt, dass ich ein Dieb bin. Von Kindheit an war ich durch allerlei unglückliche Umstände zu Diebereien gezwungen, um überleben zu können, bis der gute Jörgen Knopf hier mich vor dem Galgen rettete. Ich finde es einfach ungerecht, dass einige ohne eigenes Verdienst in Saus und Braus leben, während andere, ärmere Leute bis aufs Blut schuften müssen, ohne sich genug Brot für sich und ihre Kinder leisten zu können. Ganz bestimmt ist das falsch und kann nicht Gottes Wille sein, und deshalb habe ich zeit meines Lebens versucht, dieses Unrecht mit meinen bescheidenen Kräften auszugleichen. Es ist doch nicht mein Fehler, dass ich nur ein armer Mann bin und kein Adeliger, der hoch zu Ross und von einem starken Harnisch geschützt als Raubritter von den

Händlern Wegezoll erpresst, wenn er mal in Geldverlegenheit gekommen ist.«

Ich dachte, dass ich mich wohl einer seltsamen Gesellschaft angeschlossen hatte. Jedenfalls standen wir dann eines Tages im März vor den Mauern der Bischofsstadt. Als die Türme der Stadt vor mir gegen den blauen Himmel ragten, verspürte ich ein schmerzliches Pochen in meiner Herzgegend und missbilligte meine Gefährten nicht mehr, sondern dachte, dass Gott wahrlich sonderbare Wege wählte, um seine Absichten zu verwirklichen, wenn es um Rache ging. Nach meiner Rückkehr aus dem Wald, als ich mich endlich wieder unter Menschen wagte, hatte ich nämlich wie in einem Fieber gelebt, und über all der Betriebsamkeit und dem rastlosen, von nur wenigen Stunden Schlaf unterbrochenen Umherziehen hatte ich nur selten an Barbara denken können. Jetzt aber erinnerte ich mich nur allzu gut, wie wir nur ein Jahr zuvor eines frühen Morgens im Frühjahr in dem gelb angestrichenen Hexenkarren in dieselbe Stadt eingefahren waren.

Von der Mauer und den Türmen des Stadttors wurden ein paar Schüsse auf uns abgegeben, so dass weißer Qualm in der warmen Sonne über uns dahinzog. Aber Jörgen Knopf hatte seine Sache gut vorbereitet, denn die Gesellen und das arme Volk zettelten sogleich auf dem Marktplatz der Stadt einen Tumult an und jagten dadurch dem Rat, der dem Bischof sowieso nicht wohlgesonnen war, einen großen Schrecken ein. Infolgedessen öffnete man uns die Tore, ohne weitere Geschütze abzufeuern. Der Rat sagte sich von der Herrschaft des Fürstbischofs los, ja, man übergab uns sogar einige Geschütze zur Belagerung der Bischofsburg. Doch erfuhren wir zu unserem Kummer, dass der Bischof die Stadt schon verlassen und sich in seine Burg verzogen hatte, die auf einem nahen Berg lag und gut bewaffnet war. Seinen Schatz und die Preziosen des Klosters hatte er mitgenommen. Jörgens Ratgeber und seine Landsknechte, die schon viele Schlachten und Belagerungen mitgemacht hatten, stiegen sofort auf die Mauern und Türme, um nach der Festung des Bischofs Ausschau zu halten. Sie meinten, diese würde einer mehrmonatigen Belagerung ohne weiteres standhalten können.

Der brave Jörgen Knopf ließ sich dadurch aber nicht unterkriegen. Er meinte nur, wir bräuchten uns über den nächsten Tag nicht zu sorgen, denn jeder Tag habe seine eigenen Sorgen. Er führte seine Truppen in das Kloster, das ich nur allzu gut kannte. Was dann dort des Nachts passierte, war ein Plündern, Prassen und Schlemmen, wie ich es noch nie zuvor erlebt hatte. Zuerst rollten die Bauern mit bereitwilliger Unterstützung der Gesellen aus der Stadt die Bier- und Weinfässer aus den riesigen Kellergewölben des Klosters auf den Hof und schlugen die Fassböden auf. Nachdem sie ihren schlimmsten Durst gelöscht hatten, plünderten sie den Speisekeller und drangen in die Klosterkirche ein, wo sie die goldbestickten Messgewänder und Altardecken zerrissen und zertrampelten. Die wertvollen Reliquienschreine des Klosters wurden mit Hämmern aufgebrochen, die Frauen schütteten die heiligen Gebeine auf den Fußboden, und die Schlaueren unter den Männern brachen den Gold- und Silberschmuck von den zertrümmerten Reliquienschreinen ab.

Inzwischen war der Fischteich des Klosters mit Keschern geleert worden. Herrliche Holzstatuen und Heiligenbilder wurden zu Brennholz in Stücke zerschlagen, und bald brutzelten dicke Karpfen in Weihwasserbecken und Taufbecken überall auf dem Hof, während jedermann sich an diesen seltenen Leckerbissen labte. Viele hatten sich allerdings schon zuvor mit Schweinefleisch und Rindsbraten vollgestopft. Das trockene Holz aber verbrannte bald zu Asche, und deshalb stürmten die Männer, schon gänzlich betrunken, in die Klosterbibliothek und holten von dort wertvolle Bücher, Handschriften und Pergamentrollen, die sie im Archiv gefunden hatten, um den Flammen neue Nahrung zu geben.

Als ein alter, weißhaariger Mönch sah, was da mit den wertvollen Büchern und Handschriften geschah, geriet er so außer sich, dass er ein Kruzifix von der Wand riss und sich gegen die Räuber wandte. Dabei standen ihm Tränen in den Augen, und er flehte alle Heiligen um Hilfe an. Einige konnte er zunächst abwehren, weil diese im Grunde genommen gutmütigen Männer sich nicht an ihm vergreifen wollten, sondern ihn lieber auslachten und sich über seinen heiligen Eifer lustig machten. Aber als Jörgen Knopf davon erfuhr, kam er herbei und versetzte dem alten Mönch mit seinem Schwert einen Schlag auf den Kopf, so dass dieser mitten in der Bibliothek in seinem Blute zu Boden sank. Danach hinderte niemand mehr die betrunkenen Bauern daran, die Bücher von ihren Ketten loszureißen, mit denen sie an den Pulten befestigt waren.

Das war der einzige Widerstand, der mir bekannt wurde. Denn obwohl die Patres und Mönche sich bei unserem Erscheinen an der Klosterpforte versammelt hatten und geistliche Lieder anstimmten, dabei Waffen schwangen und Gott zu Hilfe riefen, so zeigten sie keinen erwähnenswerten Heldenmut mehr, nachdem die Klosterpforte erst zertrümmert war, sondern verschwanden wie die Spreu im Wind. Die meisten flohen aus dem Kloster. Doch nicht wenige blieben da und dienten den Bauern bereitwillig als Führer zu den Kellergewölben und den Speisekammern, nicht ohne sie als ihre Befreier zu preisen und ihnen zu enthüllen, dass im Grunde ihres Herzens an die neue lutherische Lehre glaubten und vorgehabt hätten, das Kloster so bald wie möglich zu verlassen und zu heiraten.

Doch all diese blinde Zerstörungswut und maßlose Prasserei behagte mir nicht. Ich konnte nicht mit den Wölfen heulen, sondern schritt die langen Gänge des Klosters ab und wanderte unruhig von einem Lagerfeuer zum nächsten, das im Klosterhof brannte. Viele Bauern waren schon so betrunken, dass sie nur noch auf allen Vieren herumkrochen und sich reihenweise übergaben. Etliche waren auch schon völlig bewusstlos. Aus den Freudenhäusern der Stadt kamen übelbeleumdete Frauen herbei, um sich ihren Anteil an der Beute zu sichern. Einige von ihnen zogen sich bis auf die Haut aus und wickelten sich in die Messgewänder, um darin dann zur Musik der Pfeifer und Trommler auf dem Hof Tänze aufzuführen. Der Lärm und das Gekreische kannten keine Grenzen. Doch etwas abseits an einem kleineren Feuer sah ich einen Bauern, der sich davon nicht mitreißen ließ, sondern der in einem alten Messbuch blätterte, das mit goldenen und silbernen Initialen sowie mit herrlichen, prachtvollen Bildern geschmückt war. Diese Bilder betrachtete er aufmerksam, und ich setzte mich neben ihn, weil er ganz still und kaum betrunken war. Im Feuer lag eine noch nicht ganz verbrannte Holzstatue der Gottesmutter, und der schon fast verkohlte Teil ihres anmutigen Frauenantlitzes, den vor hundert oder zweihundert Jahren ein frommer Holzschnitzer geformt hatte, sah mich anklagend an.

Ich musste daran denken, dass das Kloster schon hundert, zweihundert oder dreihundert Jahre lang mancherlei Schätze gesammelt und gehegt hatte. Die Sünden der Menschen und ihre Hoffnung auf Erlösung hatten die besten Bildhauer, Künstler und Silberschmiede, Weber und Ziersticker dazu angehalten, das Kloster zu verschönern. Doch alle diese Kunstwerke waren in einer einzigen Nacht von einer Schar ungebildeter und zorneswütiger Bauern vernichtet worden. Diese Zerstörung war so grausam und sinnlos, dass sie nicht anders zu erklären war als dadurch, dass das Kloster verweltlicht war, sich von Gott entfremdet und so den Zorn Gottes heraufbeschworen hatte. Gewiss wollte Gott den einfachen, in seiner Urgemeinde herrschenden Glauben an die frohe Botschaft von der Erlösung des Menschen durch Christi Blut in der Welt wiederaufleben lassen, und zwar ohne den Umweg über habgierige Priester und Mönche, Heiligenbilder und Reliquien. Aber beim Anblick der Bauernhorden, wie sie sich betrunken lallend übergaben, ihre Notdurft verrichteten und sich mit Huren paarten, dachte ich auch, dass Gott sich wohl bessere Sendboten hätte aussuchen können.

Der Bauer neben mir begann, die Bilder aus dem Messbuch herauszureißen und sagte: »Ich bin ein einfacher Mann und kann nicht lesen. Von den vielen Büchern hier ist nur die Bibel allein nützlich. Alle anderen Bücher sollte man lieber verbrennen, denn sie enthalten nur Eingebungen Satans und päpstlichen Aberglauben. Aber diese Bilder hier sind schön; in ihnen sehe ich nichts Böses, und deshalb will ich sie meinen Kindern mitbringen, damit auch sie sich Bilder anschauen können so wie die Kinder der Fürsten und Adeligen.«

Er faltete die herausgerissenen Bilder zusammen und schob sie sorgfältig in seine Gürteltasche. Dann warf er das Messbuch in das schon verlöschende Feuer und stieß mit seiner Schuhspitze auch das hölzerne Gesicht der Jungfrau Maria in die Glut. »Jetzt wollen wir in Gottes Namen schlafen«, sagte er sodann, bekreuzigte sich und legte sich zu Boden, nachdem er sich zuvor einen Beutel unter den Kopf geschoben hatte, in dem er etwas Nahrung und Beutestücke verwahrte.

Am nächsten Tag sammelte Jörgen Knopf seine verkaterten Männer, um die Bischofsburg inmitten der Stadt zu erobern. Als er die Büttel des Bischofs aufforderte, ihm die Tore zu öffnen, verhöhnten sie ihn frech und großmäulig. Aber kaum hatten sie gesehen, dass Geschütze vor die Tore gerollt und geladen wurden, da bekamen sie es mit der Angst zu tun und versprachen, ihm die Tore zu öffnen und die Burg zu übergeben, falls sie unbeschadet davonkämen und die Bauern sie laufen ließen. Das versprach Jörgen auch. Aber die Bauern ergriffen trotzdem den Vogt des Bischofs samt zwei Anführern der Büttel und erschlugen sie. Auch den Wärter des Gefängnisturms hätten sie getötet, wenn ich mich nicht für ihn eingesetzt und ihnen seine guten Eigenschaften geschildert hätte. So durfte er sein Amt behalten. Als die übrigen Büttel das Los ihrer Anführer sahen, schlossen sich viele von ihnen den Bauern an. Ihnen war klargeworden, dass sie in ihren roten und blauen Bischofsfarben außerhalb der Stadt, wo Aufruhr herrschte, kaum mit dem Leben davonkommen würden, selbst wenn es ihnen gelänge, die Stadt zu verlassen, denn die Hörigen des Bischofs wollten sich an jedem rächen, der seine Farben trug.

Die Bischofsburg wurde mehr oder weniger leergeplündert, die Fenster mit ihren schönen Malereien wurden eingeschlagen, und schließlich ging die Burg in Flammen auf, auch wenn ich glaube, dass niemand absichtlich Feuer gelegt hatte. Sie geriet nur deshalb in Brand, weil die betrunkenen Bauern unvorsichtig mit dem Feuer hantierten. Allerdings ist es auch nicht ganz ausgeschlossen, dass Jörgen Knopf den Brand befahl, um der jedes Maß übersteigenden Sauferei seiner Leute ein Ende zu machen. Die Bischofskasse hatte er nämlich leer vorgefunden, und die wertvollsten Gegenstände waren ebenfalls rechtzeitig weggeschafft worden. Das erbitterte ihn sehr, und er sagte: »Jetzt müssen wir uns sein Rabennest vornehmen und es um jeden Preis erobern, denn wir können keinesfalls unsere Brüder und Vettern aus dem kaiserlichen Heer auf unsere Seite ziehen, wenn wir ihnen keinen vernünftigen Sold zahlen.

Deshalb müssen wir das Geld und die Schätze des Bischofs in die Hände bekommen.«

Er führte also seine Truppen auf den Berg und ließ auch die Geschütze dort hinaufziehen. Die Geschützmeister wählten die schwächste Stelle der Mauer aus und begannen sie aus drei Richtungen zu beschießen, von oben nach unten, von links nach rechts und von unten nach oben, so wie man es ihnen beigebracht hatte, um ein Loch von ausreichender Größe in die Mauer zu brechen. Sie hatten jede Menge Eisenkugeln, und trotz ihres trutzigen Aussehens waren die Burgmauern aus weichem Stein und zerbröckelten leicht. Aber des Bischofs Geschützknechte und Gewehrschützen beantworteten das Feuer, und als die Bauern die Kugeln fliegen hörten und sahen, wie das Erdreich bei ihrem Einschlag aufstob, da kamen vielen von ihnen Bedenken. Sie sagten, so ein Ameisennest solle man lieber in Ruhe lassen und sich leichtere Ziele suchen.

Neben den anderen Schützen stieß auch ich die Stützgabel in die Erde und gab mehrere Schüsse aus meiner Arkebuse ab, wobei ich so gut zielte, wie ich konnte, auch wenn jeder Schuss von einem so gewaltigen Rückstoß begleitet wurde, dass ich fürchtete, mir würde die Schulter ausgerenkt. Doch ohne sich um den Kugelhagel zu kümmern, erschien der Fürstbischof persönlich auf der Mauer, angetan mit einem silberblitzenden Harnisch. Er stampfte mit den Füßen, brüllte mit der durchdringenden Stimme eines Kirchenmannes und ließ dermaßen schreckliche Flüche auf uns niederprasseln, dass wir schon den Schwefelgestank der Hölle in unseren Nasen zu spüren vermeinten. Tatsächlich gebärdete er sich wieder einmal wie jemand, der vom Teufel besessen ist. Ich dachte, sein Feldscher würde seine Mühe damit haben, ihn zur Ader zu lassen. Wir konnten ihn mit unseren Kugeln nämlich nicht treffen, obwohl wir unsere Arkebusen und Geschützen mehr als zehn Schüsse auf ihn abgaben. Jürgen Knopf allerdings freute sich über seinen Wutanfall und sagte:

»Der liebe Bischof wäre nicht so wütend, wenn er nicht arg in der Klemme säße. Setzen wir deshalb die Belagerung fort und vertrauen wir auf Gott!«

Er schickte ein paar Diener und Büttel des Bischofs aus, die den Belagerten klarmachen sollten, die Burg müsse sich unverzüglich ergeben, um Blutvergießen zu vermeiden. Die Belagerer seien angeblich nur eine kleine Vorhut, und zehntausend Landsknechte seien bereits im Anmarsch. Ferner habe man in der Eidgenossenschaft bereits große Belagerungsmaschinen gemietet, die zehn, zwanzig und sogar dreißig Liespfund schwere Steinkugeln abschießen könnten. Er befahl auch, ihnen zu sagen, dass Frundsberg sich den Bauern angeschlossen habe, die Fürsten geflohen und die Truppen Jörgens von Truchsess bis auf den letzten Mann geschlagen seien. Würde sich die Burg aber nicht rechtzeitig ergeben, dann könne er, Jörgen Knopf, für niemandes Leben mehr garantieren, sondern die erbosten Bauern würden Rache üben, so dass keine einziger Verteidiger der Burg mit dem Leben davonkäme.

Die Botschafter entledigten sich ihrer Aufgabe so gut, dass es in der darauffolgenden Nacht in der Burg zu Streit und Handgemenge kam. Hier und da hörte man Lärm und Schüsse. Die Zugbrücke fuhr krachend nieder, nachdem die aufständischen Burginsassen deren Ketten beschädigt hatten, so dass man sie nicht mehr hochziehen konnte. Jörgen hatte nämlich denjenigen aus der Burg, die sich ihm anschließen wollten, einen Anteil aus der Beute versprochen, und die Gerüchte von den sagenhaften Schätzen des Bischofs stellte eine große Versuchung für dessen Leute dar. So hielten diese, von Jörgens schamlosen Lügen in die Irre geführt, die Sache des Bischofs schon für verloren. Aber es gelang dem Bischof, die Ordnung wiederherzustellen, so dass am nächsten Morgen etliche Leichen von der Mauer in den Wallgraben hinabgeworfen wurden. Der Bischof selbst erschien auf der Mauer und zeigte den Belagerern sein breites Hinterteil.

Das Burgtor stand allerdings offen, und die Geschützknechte versuchten, ihre Geschütze darauf auszurichten. Aber das Tor befand sich tief in den Mauergewölben, und die Verschanzungen verhinderten eine genaue Ausrichtung der Geschütze, so dass man sie nicht in eine Stellung bringen konnte, von der aus sie das Tor hätten aufbrechen können. Jörgen Knopf geriet darob in Verbitterung und sagte: »Wenn wir unter uns nur einen mutigen Mann hätten, der mit Gottvertrauen eine Petarde ans Tor schlägt, dann wäre die Burg schon heute unser. Aber ich schätze, niemand unter uns ist mutig genug, weil alle fürchten, mit siedendem Pech und flüssigem Blei überschüttet zu werden. Deshalb verspreche ich tausend Gulden aus dem Geld des Bischofs demjenigen, der eine Petarde ans Tor schlägt und sie aufsprengt. Tausend Gulden, das ist so viel Geld, wie es noch nie jemand von euch auf einem Haufen gesehen hat. Ein Handwerker, der von früher Jugend bis ins Greisenalter von seiner Hände Arbeit lebt, wird zeit seines Lebens nie so eine gewaltige Summe verdienen. Hingegen fordert es nicht mehr Zeit, als das Glaubensbekenntnis herunterzubeten, um die Petarde bis ans Tor zu bringen. Das ist jetzt die Gelegenheit eures Lebens! Nutzt sie, ihr lieben Leute und erfahrenen Krieger!«

Aber die erfahrenen Soldaten schüttelten den Kopf, lachten und sagten: »Ein toter Mann wird mit tausend Gulden nichts anfangen können. Das weißt du ganz gut, Jörgen Knopf, du alter Fuchs! Kriegshandwerk bedeutet doch nicht, dass man mit geschlossenen Augen dem Tod in die Arme rennt, sondern das Kriegshandwerk ist ein genaues Abwägen aller

Gefahren, wobei man sich dann für die geringste Gefahr entscheidet, weil ein Soldat nur allzu leicht sein Leben verliert. Verschwende deine Worte deshalb lieber an Narren und Tölpel, aber nicht an uns, Jörgen Knopf!«

Während dieses Wortwechsels legte gerade ich nach bestem Wissen und Gewissen einem Bauern einen Verband an, dem eine umherirrende Geschützkugel den Oberschenkel zertrümmert hatte. Aber sein Gesicht war schon von bleiernem Grau überzogen, und ich wusste, dass er sterben würde. Deshalb verließ ich ihn, ging zu den Landsknechten und fragte sie: »Was ist eine Petarde?«

Sie erklärten es mir bereitwillig und schilderten, was eine Petarde ist und welche Wirkung sie auf Tore und Palisaden hat. Damit es mir möglichst klar würde, bedienten sie sich eines Vergleiches: »Stell dir einfach einen eisernen Topf vor, obwohl das Eisen natürlich dicker ist als bei einem gewöhnlichen Topf. Der nun wird mit Pulver befüllt, und an den Henkeln bringt man starke Planken aus Eichenholz an. Darin sind an beiden Enden Löcher, und man braucht nichts anderes zu tun, als mit wenigen Hammerschlägen die Dornen, die aus diesen Löchern hervorstehen, an das Tor zu nageln, so dass die Petarde möglichst festen Halt hat. Wenn man dann die Lunte zündet, fliegt das Tor in die Luft.«

Ich sagte: »Da lügt ihr wohl, liebe Leute, und wollt mir einen Bären aufbinden. Aber ich bin nicht so dumm, wie ihr glaubt, denn so viel Ahnung habe ich doch vom Pulver und seinen Eigenschaften, dass ich, wenn ich das tue, nur den Eisentopf auf die Nase kriege, und das Tor bleibt dabei unbeschädigt.«

Aber sie antworteten wie aus einem Munde, nein, nein, gerade weil die Petarde innen ausgehöhlt sei, würde sich die ganze Kraft gegen das Tor wenden und nicht ins Topfinnere. Warum dies aber gegen allen Verstand so sei, das könnten sie mir auch nicht erklären. Jedenfalls zeige das die Erfahrung. Und dann begannen sie einen Streit darüber, ob die Petarde eine der zahlreichen Erfindungen des Schützenmeisters des Herzogs von Burgund war, oder ob die Eidgenossen sie erfunden hatten. Einig waren sie sich nur darin, dass die gottesfürchtigen Deutschen sich so eine Teufelsmaschine keinesfalls ausgedacht haben konnten. Während sie noch stritten, fragte ich:

»Zahlst du mir wirklich tausend Kronen vom Geld des Bischofs, Jörgen Knopf, wenn ich gehe und das Tor sprenge?«

Jörgen Knopf sah mich an, während sein Kopf schief auf seinem dürren Hals balancierte, und schwor beim Blute Christi und Gottes heiligem Wort, er werde dieses Versprechen halten, sofern es mir gelänge, die Petarde am Tor zu befestigen und die Lunte zu zünden. Alle erfahrenen Söldner versammelten sich um mich und priesen mich um die Wette für meinen Mut. Aber mir entging nicht, dass sie mich für verrückt hielten und sich sicher waren, dass ich wohl nicht mehr dazu käme, meinen Lohn einzufordern.

Ich hatte jedoch meinen eigenen Grund für mein Vorhaben. Der Grund dafür war mir wie aus heiterem Himmel klargeworden, als der starke Bauer in meinen Armen seinen Geist aushauchte und er mit seinen schwieligen Händen im Todeskrampf um sich schlug. Ich war nämlich meines Lebens gründlich überdrüssig geworden, und zwar wegen all meiner vielen Kümmernisse und widersprüchlichen Gedanken, die mir am Lagerfeuer auf dem Klosterhof im Kopf umhergingen. Ja, ich war alle diese Dinge satt und dachte, nun hätte ich die beste Gelegenheit dazu, Gott entscheiden zu lassen und mein weiteres Schicksal Gottes Urteil anheimzustellen. Falls es so etwas wie das Göttliche Recht gar nicht gab, dann war es ziemlich egal, ob ich weiterlebte oder starb, denn dann wäre ich auch kein besseres Wesen als ein seelenloses Tier.

Aber ich hatte große Angst, und immer, wenn eine Kugel an mir vorbeipfiff, zitterte ich am ganzen Körper. Der Schweiß kroch mir den Rücken hoch, wenn ich die Burg und das Tor nur anblickte und die Rauchwolken sah, die aus dem Türmen am Tor emporstiegen. Deshalb dachte ich, nun müsse ich mir endlich beweisen, ob ich ein Feigling war oder nicht. Nicht aus Heldentum also entschied ich mich für dieses Unterfangen, sondern aus reiner Verzweiflung über meine Feigheit. So erschien mir das Befestigen der Petarde am Tor nun als leichteste und einfachste Lösung all meiner Probleme in der Unsicherheit, in der ich mich befand. Wenn Gott mich dabei mit dem Leben davonkommen ließ, dann hatte er für die Zukunft offenbar noch etwas mit mir vor. Würde ich aber sterben, dann war es nun die höchste Zeit dazu. Und falls ich lebendig davonkäme, dann wäre es auch nur recht und billig, klingende Münze dafür in die Hand zu bekommen. Deshalb drängte ich Jörgen und seine Ratgeber dazu, mir zu schwören, dass die tausend Gulden dann wirklich mein wären.

Als den Geschützknechten klargeworden war, dass ich es ernst meinte, holten sie eilends eine Petarde von ihrem Wagen, auf dem insgesamt drei Stück bereitlagen. Dieses furchtbar schwere Ding war von recht einfachem Bau. Die Geschützknechte maßen auch gleich eine kurze Lunte ab, die so schnell abbrennen würde, wie man für ein hastig heruntergebetetes Vaterunser brauchen würde. Ich hätte also gerade genug Zeit, mich vor der Explosion in Sicherheit zu bringen. Jörgen Knopf versprach mir, eine Schar wagemutiger Männer mit einem eisenbeschlagenen Balken so nah wie möglich am Tor bereitzustellen, die gleich nach dem ersten Knall voranstürmen und die Reste des Tores beiseite stoßen sollten. Ein freundlicher Landsknecht entledigte sich seines schweren

Brustpanzers und seiner Leistenschienen, damit ich sie anlegen konnte und somit zumindest etwas Schutz gegen Pfeile und Kugeln hatte. Als ich aber die Petarde anhob, wurde mir klar, dass ich allein daran genug zu schleppen hatte. Meine einzige Rettung bestand ja darin, dass ich mit dem Ding so schnell wie möglich beim Tor war, weil mir das Torgewölbe einigermaßen Schutz bot.

Ich hängte mir also einen Vorschlaghammer und die zwei großen Eisenstacheln an den Gürtel, klemmte mir die Lunte, die bereits an beiden Enden brannte, damit ich nicht unnütz Zeit durch das Feuerschlagen vergeudete, zwischen die Zähne, umfasste mit beiden Armen die Petarde und rannte los, von der Geschützstellung auf das Tor zu. Mir schien es unnütz, jetzt noch ein Gebet zu sprechen, denn ich fürchtete, dann würde ich nur den Mut verlieren. Mich demütig Gottes Urteil zu ergeben, das sollte genug der Fürsprache für meine Seele sein, dachte ich, falls ich nun sterben würde. Im letzten Augenblick rupfte ein guter Mann ein Eisenkraut vom Erdboden und stopfte es mir in die Tasche, damit es mich vor Kugeln schützte.

Ich hatte nicht mehr zu laufen als ungefähr hundertfünfzig Schritte. Aber diese Strecke kam mir verdammt lang vor, zumal das Gewicht der Petarde mich stolpern ließ. Nach der Hälfte der Strecke war ich schon völlig außer Atem. Während das Blut durch die Adern an meinem Kopf rauschte, hörte ich von den Mauern her ein unentwegtes Gepolter, und mir schien, alle Arkebusen und Geschütze der Burg zielten auf mich. Die Kugeln pfiffen mir um die Ohren und ließen Erdreich vor mir aufspritzen. Doch mehr als die Kugeln fürchtete ich mich die Pfeile, die mich wie Hornissen umtanzten, denn Armbrüste hatten eine viel größere Zielgenauigkeit als Arkebusen. Zwei Pfeile steckten auch schon in der Eichenplanke, die ich mir als Schutz vor die Brust geschoben hatte, und vielleicht kam ich nur mit dem Leben davon, weil ich zwei Mal zu Boden stürzte.

Aber Jörgen Knopf und seine Männer hielten ihr Versprechen und beschossen die Mauern die ganze Zeit und aus vollen Kräften, um die Schützen an genauerem Zielen zu hindern, so dass ich zu meiner eigenen Verwunderung tatsächlich das Torgewölbe erreichte und schon dachte, nun in Sicherheit zu sein. Gerade, als ich unter dem Gewölbe angekommen war, wurde aus den Türmen über dem Tor kübelweise flüssiges Blei hinabgegossen. Aber nur einige Tropfen spritzten vom Boden auf und brachten mir Brandwunden an den Beinen bei. Das merkte ich allerdings erst viel später, denn meine Anspannung war so groß, dass ich nicht den geringsten Schmerz verspürte, obwohl mir diese Bleitropfen lebenslange Narben bescherten.

Als ich nun das Tor zu untersuchen begann, merkte ich bestürzt, dass in den beiden Seitenwänden der Türme zwei schmale und hohe Schießscharten eingelassen waren. Als ich die Petarde mitten zwischen den beiden Torflügeln anhob, wo ich das Schloss und die Riegel vermutete, sah ich zu meinem außerordentlichen Entsetzen, wie sich die Spitze einer Arkebuse aus der Schießscharte direkt auf mich zuschob. Auf diese wenige Schritt Entfernung konnte auch eine Arkebuse nicht ihr Ziel verfehlen. Mir war klar, dass das Blei und die Eisensplitter meinen Leib im nächsten Augenblick zerreißen würden. Ich ließ also die Petarde fallen und warf mich neben der Schießscharte gegen die Mauer, so dass der Schuss am Tor abprallte. Doch im selben Moment schob sich noch ein Gewehrlauf durch die andere Schießscharte und zielte auf mich.

Nachdem ich, ganz in Angstschweiß gebadet, erst auf der einen und dann auf der anderen Seite des Torgewölbes Schutz gesucht hatte, wurde ich plötzlich der ganzen Sache überdrüssig und dachte, ich müsse ja ein übler Wicht sein, wenn ich auf diese Weise versuchte, Gottes Urteilsspruch zu entgehen. Deshalb hob ich die Petarde erneut an und nagelte sie mit schallenden Hammerschlägen ans Tor, ohne mich weiter umzusehen. Die Furcht gab meinen Armen dermaßen Kraft, dass sich die beiden Eisenstacheln so leicht in das harte Holz versenkten wie eine Nadel in Butter. Hinter mir donnerte ein Schuss, und am Tor neben meinem Kopf war plötzlich ein faustgroßes Loch. Aber ich hatte keine Lust, da hindurch in den Innenhof der Burg zu schauen, sondern ich riss mir die Lunte von den Zähnen und setzte die Zündschnur der Petarde in Brand. Als diese zu knistern begann und scharfer Schwefelqualm aufstieg, bekreuzigte ich mich und rannte aus dem Torgewölbe hinaus unter den freien Himmel.

Wahrscheinlich hatte niemand erwartet, dass ich wieder lebend auftauchen würde, denn erst, nachdem ich fünfzig Schritte weit gelaufen war, begannen Schüsse von der Mauer herabzudonnern. Doch im selben Augenblick erscholl ein Knall, der stärker war als ein Kanonenschuss, und Jörgen Knopfs brave Männer sprangen auf und rannten mir entgegen. Mit sich schleppten sie eine eisenbeschlagene Brechstange. Es war ihr Glück, dass alle Geschütze der Burg bereits auf mich abgeschossen waren und es eine Zeitlang dauerte, sie neu zu laden. Nur einer von ihnen wurde von einem Pfeil im Hals getroffen und stürzte zu Boden. Ihnen folgte auf den Fersen eine Schar Männer, die mit Arkebusen und Speeren bewaffnet waren und vor Angst und Raserei brüllten, so dass ich umkehren musste und wie ein verängstigtes Reh wieder zum Torgewölbe lief, um nicht von ihnen überrannt zu werden.

Das tat ich wahrlich nicht gern, denn ich hätte wirklich eine Atempause verdient. Von den Mauern und den Türmen am Tor ergoss sich ein unaufhaltsamer Regen siedenden Pechs und flüssigen Bleis, so dass die Brechstangenträger furchtbare Schmerzens- und Entsetzensschreie von sich gaben. Ich aber wusste nicht mehr, wo mir der Kopf stand und lief den speerbewaffneten Männern voraus, so als wollte ich sie in einen Sturmangriff führen, obwohl ich eigentlich nur von ihnen fort wollte. Während ich so rannte, hörte ich über all dem Lärm, dem Geschützdonner und dem Geschrei die gellende Stimme des Bischofs, der von den Mauern herab seine eigenen Männer verfluchte und sie als Nichtsnutze und Hosenscheißer beschimpfte. Sie hatten nämlich in ihrer Bedrängnis alle ihre Pechkübel und Bleitöpfe geleert, ohne den eigentlichen Angriff abzuwarten. So erreichte ich unbeschadet wieder das Torgewölbe, obwohl ich mir meine Beine genauso schlimm verbrannt hatte wie die anderen, die hinter mir herrannten. Am schlimmsten erging es einem jungen Bauern, der von seinen eigenen Kameraden in das herabregnende Pech geschubst wurde, damit diese den Pechtropfen ausweichen konnten. Dieser unglückliche Bursche schaffte es noch, sich auf die Knie zu erheben. Er sah seine Freunde mit einem Gesicht an, wie man es höchstens in Albträumen erblickt, und stieß dabei ein unmenschliches Geheul aus, bis einer seiner Kameraden ihm gnädigerweise mit seiner Stachelkeule einen Schlag auf den Kopf gab.

Aber ich sollte lieber davon berichten, was am Tor geschah, denn die Petarde hatte tatsächlich dessen eisenbeschlagene Balken durchschlagen. Deshalb bedurfte es nicht vieler Stöße mit der Brechstange, bevor beide Torflügel aufschlugen und am Ende des Torgewölbes ein helles Loch erschien, das den Weg zum Innenhof wies. Die Männer des Brechkommandos ließen jubelnd die Brechstange fallen und rannten in das Gewölbe, und ich ihnen wie ein Hase hinterher, denn etwas anderes blieb uns nicht übrig, weil uns die Landsknechte mit gesenkten Piken dicht auf den Fersen waren. Im Innenhof angekommen, vernahmen wir hinter uns ein furchtbares Gepolter, als das aus massivem Eisen geschmiedete Gatter des Tores hochkant zu Boden krachte und das Torgewölbe verschloss, so dass wir uns plötzlich in der Falle befanden. Aus allen Fenstern und Schießscharten des Innenhofes prasselten nun Pfeile und Kugeln auf uns herab. Hinter uns hämmerten und schlugen die Landsknechte vergeblich gegen das Gatter, und von uns zweihundert Männern, die wir im Innenhof eingeschlossen waren, sanken mehr als ein Dutzend blutüberströmt zu Boden, ehe man »Herr, erbarme dich« sagen konnte. Schließlich bereitete der Bischof dem Gemetzel ein Ende, indem er seinen Leuten befahl, kein Pulver und keine Pfeile an uns zu verschwenden. Dann rief er uns mit gellender Stimme zu, wir sollten unsere Waffen fallen lassen.

Ich hatte aber keine Waffe, dich ich hätte fallen lassen können. So erhob ich meine Stimme und rief: »Wir werden die Waffen nicht fallen lassen! Lasst Ihr lieber die Waffen fallen, bester Herr Bischof, damit wir Euer teures Leben schonen! Wir wollen uns doch nicht an einem Bischof vergreifen, der von der heiligen Kirche geweiht ist. Lange werde ich diese braven Männer hier aber nicht zurückhalten können, denen es nach nichts anderes verlangt als nach dem Göttlichen Recht. Euer Widerstand hat sie schon mehr als genug aufgebracht. Ihr hört ja, dass sie hinter mir heulen wie Raubtiere.«

Der Bischof stampfte mit dem Fuß auf und schrie: »Wahrhaftig, ihr sollt das Göttliche Recht zu spüren bekommen, und dann wird jeder Einzelne von euch am Galgen baumeln. Wer bist du eigentlich? Ich kenne dein Gesicht, also habe ich dich irgendwo schon mal gesehen.«

Daran sah ich, dass der Bischof es mit der Angst zu tun bekommen hatte, weil er sich in einen Wortwechsel mit mir einließ. Mein Mut wuchs, und ich antwortete mit vernehmbarer Stimme: »Ich bin Michael Pelzfuß. Ihr werdet von mir sicher nicht glauben, dass ich Euch Böses antun werde, lieber Herr Bischof. Nein, ich will nur Euer Bestes, weil Ihr mich durch Euren Namen und Euer Siegel zu einem reichen Mann gemacht habt. Deshalb bin ich diesen wildgewordenen Männern hier vorausgeeilt, um Euer Leben zu retten, falls das noch möglich ist. Macht diesem sinnlosen Blutvergießen ein Ende, lieber Herr Bischof, dann garantiere ich Euch bei allem, was mir heilig ist, freien Abzug, und niemand wir Euch ein Haar auf Eurem heiligen Haupte krümmen.«

Einige der Männer auf dem Burghof, die am Leben geblieben waren, äußerten Unterstützung für meine Worte und versprachen, dem Bischof freien Abzug zu gewähren. Auch könnten seine Männer ihre Waffen und ihre persönliche Habe behalten. Meine frechen Worte brachten den Bischof wohl in Verlegenheit, denn er begann zu zögern, und unter seinen Männern erhob sich ein Gemurmel, dies seien doch annehmbare Bedingungen. Niemand von ihnen habe Lust, gegen einen Frundsberg zu kämpfen, so dieser sich den Bauern angeschlossen habe. Das war zwar nur eine freche Lüge von Jörgen Knopf, aber sie schien den Söldnern des Bischofs glaubhaft. Es war ihnen nämlich bekannt, dass Frundsberg seinerzeit auf dem Reichstag zu Worms Luther über den Kopf gestreichelt und diesen Mönch ermutigt hatte, gegen die Macht des Papstes zu kämpfen. In ganz Deutschland gab es schließlich keinen Söldnerführer, der mehr gefürchtet war als Frundsberg.

Um die Sache kurz zu machen: Der Bischof ergab sich Jörgen Knopf, nachdem er die Versicherung erhalten hatte, samt seinen Männern und Waffen sowie seiner persönlichen Habe die Burg verlassen zu können. Jörgen Knopf war zwar wütend, weil er sich nicht, wie er vorgehabt hatte, am Bischof rächen konnte, aber die hinter dem Gatter im Torgewölbe zusammengepferchten Männer waren genauso froh wie ich, dass sie der Falle lebend entkamen, denn der Bischof hätte ja bloß seine Geschütze in den Hof bringen müssen, um durch das Gatter hindurch auf sie zu schießen, und das hätte keiner von ihnen überlebt.

So übernahm Jörgen Knopf die Burg, und dazu eine unermessliche Beute, denn als des Bischofs persönliche Habe ließ er nur zehn silberne Trinkbecher, zweihundert Gulden in bar und zwei Pferde gelten, von denen eines mit der Daunenmatratze und der Bettwäsche des Bischofs beladen wurde. Als dem Bischof diese Auslegung des Waffenstillstands zu Ohren kam, überkam ihn solche Wut, dass ihm die Worte im Munde steckenblieben und er nur mit aufgerissenem Mund dastand. Sein Gesicht nahm eine hässliche bläuliche Färbung an, so dass sein Feldscher es für geboten hielt, ihn zur Ader zu lassen, wobei der Bischof während der ganzen Operation von zwei starken Männern festgehalten werden musste. Danach hoben sie den Bischof aufs Pferd, und zu Pferde durfte er dann die Burg verlassen. Seine Leute marschierten hinter ihm her, nachdem man deren Frauen, Kinder und Siebensachen in Fuhrwerken verstaut hatte. Ihr Abmarsch wurde begleitet vom Klang von Pfeifen, Trommeln und Salutschüssen der jubelnden Bauern, so dass die Leute des Bischofs sich zumindest darüber freuen konnten, ihre militärische Ehre bewahrt zu haben.

Wie viel Geld, Gold und Silber Jörgen Knopf in die Hände fielen, weiß ich nicht, denn er gestattete nur zweien seiner Vertrauten, ihm in die Schatzkammer des Bischofs zu folgen, die unter dem mittleren Turm lag. Alle anderen gingen vorerst leer aus. Als seine Leute darüber zu murren begannen, verteilte er an jeden von ihnen drei Gulden, was dem Sold eines Landsknechts entsprach, und diejenigen, die das Gemetzel im Hof überstanden hatten, erhielten sechs Gulden je Mann. Nachdem das Geld verteilt worden war und die Bauern sich zum Essen und zur Ruhe niederließen, meldete ich mich bei Knopf und bat um die tausend Gulden, die er mir versprochen hatte. Da seufzte er schwer, wich meinem Blick aus und sagte:

»Michael Pelzfuß, ich fürchte, du hast so wie alle anderen hier den Reichtum des Bischofs ganz falsch eingeschätzt. Bedenke, dass für die Bezahlung von zehntausend Söldnern mehr als dreißigtausend Gulden vonnöten sind. Deshalb ist es mir derzeit nicht möglich, dir die gesamte Summe auszuzahlen. Aber in Anbetracht deiner Lauterkeit und deines Wagemutes gebe ich dir fünfundzwanzig Gulden bar auf die Hand. Über den Rest der Summe bekommst du einen Schuldschein, den ich dir unverzüglich einzulösen verspreche, wenn erst die neue Ordnung verwirklich ist und das Göttliche Recht hier auf Erden herrscht.«

Über diese Worte war ich äußerst erbost. Hatte ich doch allen Grund, mich nach der Angst und Todesgefahr, die ich ausgestanden, in Zorn zu geraten. Außerdem schmerzten mich meine Brandwunden immer mehr, so dass mir war, als stünde ich mit beiden Beinen in einem Feuer. Zutiefst verbittert beschimpfte ich ihn, nannte ihn einen meineidigen, ehrlosen Kerl und forderte, er solle mir zumindest die Hälfte der Summe auszahlen. Meine scharfen Worte setzten ihm so sehr zu, dass er in Tränen ausbrach und sagte:

»Ist das der Lohn für all meine Plagen und Mühen, Michael Pelzfuß? Ist das der Dank dafür, dass ich um so einer guten Sache wie des Göttlichen Rechts willen mein Leben und meine Ehre aufs Spiel gesetzt habe? Du hast also kein Vertrauen zu mir und zweifelst an Gott, weil du nicht glaubst, dass unsere Sache siegen wird und ich dir schon bald meinen Schuldschein in bare Münze einwechseln kann. Und vergiss nicht, dass wir es deiner Feigheit zu verdanken haben, dass wir den Bischof ziehen lassen mussten, obwohl wir ihn schon in Händen hatten. Aber du hieltest dein elendes Leben für wertvoller als die Vergeltung für alle diese Ungerechtigkeiten, derer sich dieser grausame und habgierige Bischof schuldig gemacht hat. Überleg dir also gut, was du sagst, Michael Pelzfuß, oder ich muss mich eines anderen besinnen! Ich kann dir jetzt keinesfalls mehr als fünfzig Gulden zahlen. Wenn du willst, bitte ich zehn meiner besten Männer und Ratgeber, für meine Zahlungsverpflichtung zu bürgen. Das sind alles ehrliche und verlässliche Männer, auch wenn die Welt sie verleumdet hat und falsche Richter sie ins Gefängnis geworfen haben, solange noch die alte Ordnung herrschte.«

Nach einigem Feilschen konnte ich ihn schließlich dazu bringen, mir hundert Gulden bar auf die Hand zu zahlen, auch wenn mehr als der Hälfte der Münzen nicht ihr volles Gewicht besaß. Dann gab er mir einen Schuldschein über neunhundert Gulden mit der frommen Mahnung, ich solle mein Vertrauen auf Gott setzen. Ich weiß nicht, was mit den unermesslichen Reichtümern des Bischofs geschah, denn für die Besoldung der Landsknechte gab Jörgen Knopf nur einen kleinen Teil der Schätze aus. Alles andere verschwand unwiederbringlich, nachdem Jörgen Knopf gehängt worden war, was als großer Schaden für das arme Volk betrachtet werden muss. Besser hätte er nämlich gehandelt, wenn er mir ehrlich den versprochenen Lohn ausbezahlt und nach gutem Brauch die Beute unter den Eroberern der Burg aufgeteilt hätte, auch wenn er für sich selbst den Teil des Anführers einbehalten hätte.

Jedenfalls wurden wir uns irgendwie einig, weil ich finde, ein magerer Friede sei besser als ein dicker Streit, wie meine liebe Mutter Pirjo mich in meinen Kindertagen gelehrt hatte. Aber ich hatte keine Lust mehr, in der Burg zu bleiben. Nicht einmal der Schlaf schmeckte mir, weil mich meine verbrannten Beine schmerzten. So schenkte mir Jörgen Knopf zum Beweis für seine guten Absichten ein einigermaßen gutes Pferd aus dem Stall des Bischofs, und kurz vor Anbruch der nächsten Morgendämmerung, als die weißen Sterne noch gerade am Frühjahrshimmel funkelten, ritt ich nach Baltringen zurück, um dort die ermutigende Kunde vom großen Sieg des Allgäuer Haufens und der schändlichen Flucht des Fürstbischofs auf einer alten Schindmähre zu verbreiten.

Kapitel 4

Aber diese Nachrichten konnten Ulrich Schmid nicht sonderlich erfreuen, denn allmählich verlor er seinen Glauben. Er sagte, Gewalt ernte nur Gewalt, und Jörgen Kopf werde durch das Schwert zugrunde gehen, das er ergriffen habe. Ich hatte bald genug von seiner Gesellschaft und begab mich in meine Herberge, wo ich das Pferd im Stall ließ und dann humpelnd aufgrund meiner Brandwunden die schmalen Treppen zu der kleinen Dachbodenkammer hinaufstolperte, die ich ganz für mich allein hatte. Ich wohnte nun nämlich am liebsten ganz für mich. Eine brave Frau, die Witwe eines Gewürzhändlers, der ich auch meinen Hund anvertraut hatte, sorgte dafür, dass niemand in mein Zimmer eindrang, solange ich fort war.

Ich war sehr müde, verspürte aber auch große Zufriedenheit bei dem Gedanken, dass ich mich Gottes Urteil unterworfen hatte, wie man es sich schwerer kaum vorstellen konnte, und dass Gott mich hatte davonkommen lassen, obwohl ich als Mahnung für meine Sterblichkeit siedende Pechspritzer an meinen Beinen hinnehmen musste. Besonders glücklich war ich bei dem Gedanken, dass Gott sicherlich noch unerforschliche Pläne mit mir hatte, und dass ich gleich meinen lieben Hund wiedersehen würde, um mich dann aufs Bett zu werfen und in einen verdienten Schlaf zu fallen. Und erwachen würde ich hoffentlich nicht durch böse Albträume, sondern durch den Geruch eines leckeren Bratens und frischgebackenen Brotes, das mir die Witwe, die sich auch um mein leibliches Wohl kümmerte, dann wohl bringen würde. Sie war eine fromme Frau; ich hatte ihr Kapitel aus der Bibel vorgelesen, wie zum Beispiel die Geschichte von David und Bathseba, oder auch die von Josef und Potifars Weib. Daran konnte sie sich nicht satthören.

Man kann sich also meine Verärgerung vorstellen, als ich mein Zimmer betrat und dort einen fremden Landsknecht auf meinem Bett liegen sah. Er schnarchte mit offenem Mund. Seine Kleidung bestand aus einer bunten, vielfach geschlitzten Landsknechtshose und einem Wams, das halb geöffnet war, so dass seine behaarte Brust darunter sichtbar wurde. Auch noch in tiefem Schlaf hielt er den Griff seines Schwertes fest umklammert, in der anderen eine große Geldbörse. Mein Hund lag bequem zusammengerollt auf dem Bauch des Fremdlings und erhob sich nicht einmal, um mich zu begrüßen, sondern wedelte nur eifrig mit dem Schwanz und blickte mich mit seinem einzigen Auge an, wie um mir zu verstehen zu geben, dass ich den Schlafenden nicht wecken sollte. Ich kannte diesen Mann überhaupt nicht, obwohl mir in seinem breiten, dümmlichen Antlitz irgendetwas bekannt schien, was mich stutzig machte. Aber mein Zorn siegte, zumal ich auch über meinen Hund erbost war, so dass ich den Mann trotz seiner Leibesgröße am Kragen packte und ihn wachrüttelte. Als er erwachte, sprach er viele Sprachen durcheinander, schrie dann Zeter und Mordio und fluchte auf Spanisch. Aber endlich ganz zu sich gekommen, setzte er sich auf den Bettrand, sah mich an und sagte:

»Michael Pelzfuß, Bruderherz, bist du's wirklich? Noch immer am Leben? Wie geht es dir? Warum humpelst du wie eine gichtige Greisin?«

Da fiel es mir wie Schuppen von den Augen; ich erkannte ihn und sah, dass es Antti war, den ich mir so sehr herbeigesehnt hatte und von dem ich schon geglaubt hatte, er wäre auf den Schlachtfeldern des Kaisers in Mailand oder Frankreich seiner großen Dummheit zum Opfer gefallen und inzwischen mausetot. Ich brach in Tränen aus, umarmte ihn und spürte, dass er noch immer über Bärenkräfte verfügte, denn er drückte mich so fest an sich, dass mir die Rippen knackten und der Atem wegblieb. Er war noch in die Höhe und die Breite gewachsen, sein Gesicht war noch ausdrucksloser als früher, und sein ganzes Wesen zeigte jetzt die gnadenlose Grobheit eines Söldners. Mich aber blickte er wie schon immer mit seinen grauen, schläfrigen Augen an, und sein Haar war zerzaust. Das Finnische ging ihm mühsam von der Zunge. Er durchmischte es mit fremden Wörtern, und auch mir fiel es nicht leicht, meine finnische Muttersprache zu gebrauchen, die ich so viele Jahre lang nicht gesprochen hatte. Aber ich sagte:

»Du bist also doch nicht gestorben, Antti, auch wenn ich seit Jahren nichts mehr von dir gehört habe. Bist du aus den Wolken gefallen und hier in Baltringen gelandet? Ich danke Gott und allen Heiligen, dass du wieder bei mir bist und ich mich um dich kümmern kann, damit deine Einfalt und Dummheit dich nicht in Teufels Küche bringt. Jetzt wollen wir zusammen jedweder Gefahr trotzen, in die du geraten könntest. Sogar Geld habe ich, also brauchst du keine Not zu leiden. Es ist mir wirklich unbegreiflich, wie du all diese Jahre ohne meinen Rat und meine Hilfe überlebt hast.«

Aber Antti schwenkte stolz seine schwere Gürtelbörse und sagte: »Kannst du den Klang von Gold und Silber von Pferdegeschirrglöckchen unterscheiden? Ich kehre durchaus nicht als armer Mann zu dir zurück. Nachdem ich all die schlimmen Nachrichten von den Ereignissen in Deutschland gehört hatte, verließ ich eilends das Feldlager des Kaisers, um nach dir zu suchen. Meine dritte Dienstzeit war gerade zu Ende, und ich muss sagen, dass der Kaiser mir mehr schuldig geblieben ist als ich ihm. Wenn es nämlich um ehrliche Soldzahlung geht, dann könnte man glauben, dieser große Kaiser befände sich gerade mit einem Bettelstab auf Wanderschaft. Ich glaube nicht, dass es je einen ärmeren Kaiser auf Erden gegeben hat, denn er steht nicht nur bei jedem einzelnen König und Fürsten dieser Weltgegend in der Kreide, sondern auch bei jedem Landsknecht und Eseltreiber in seinem Heer. Aber ich habe keinen Grund zur Klage, denn das Glück hat mich begünstigt, obwohl ich nur ein dummer Tropf bin. Das Beste war, dass ich rechtzeitig von dem Aufstand in Deutschland erfahren habe, bevor ich mein Geld vertrinken konnte. So hat mich nun ernste Seelennot gezwungen, mich auf den Weg zu machen und nach dir zu suchen, denn ich dachte mir schon, dass dein ungestümes Wesen und dein frommes Herz dich sicher mitten in die Bredouille schleudern würden, die hier gerade herrscht. Aber ich habe vor, dich beizeiten aus dieser Klemme zu befreien.«

Ich freute mich von Herzen, als ich erfuhr, dass das Glück ihm hold gewesen war, auch wenn ich nicht begriff, wie das hatte möglich sein können, wo ich ihm doch nicht zur Seite stehen konnte. Aber sonst fühlte ich mich von seinen Worten gekränkt und sagte: »Du bist genauso ein Dummkopf wie früher, Antti, ja, dümmer als ein Stiefel, denn offenbar begreifst du gar nicht, worum es hier geht. Deutschlands arme Bauern und Handwerker haben sich nämlich wie ein Mann erhoben, um eine neue Ordnung zu errichten, die auf zwölf Artikeln beruht, welche ich dir allerdings jetzt nicht aufzählen werde, weil du sie mit deinem dummen Verstand kaum ohne lange Erläuterungen verstehen würdest. Ich kann dir aber versichern, dass es sich um ganz vorzügliche Artikel handelt, schließlich war ich selbst daran beteiligt, als sie verfasst wurden. Jedenfalls sind alle diese braven Männer fest entschlossen, mit der Waffe in der Hand das Göttliche Recht auf Erden zu verwirklichen. Deshalb trifft es sich besonders gut, dass du jetzt gekommen bist, denn jeder Mann von Anstand sollte nach besten Kräften bei dieser guten Sache mithelfen.«

Antti gähnte, kratzte sich am Kopf und sah mich unsicher an. »Michael, Bruderherz«, sagte er, »du bist ein gelehrter Bursche und klüger als ich. Du verstehst dich viel besser auf die Gottesgelehrsamkeit als ich, aber nach dem, was ich auf mit eigenen Augen gesehen habe, als ich in ganz Deutschland nach dir suchte wie nach einer Nadel im Heuhaufen, scheint mir diese neue Ordnung doch eine rechte Unordnung zu sein. Viele, die sie erbauen wollen, sind alles andere als wackere Männer und gehören eher zum Lager des Teufels. Ich glaube nicht, dass das Göttliche Recht vor dem Tag des Jüngsten Gerichts herrschen wird, wenn wieder Fleisch um unsere Gebeine wächst und die Posaunen der Engel die Lämmer von den Böcken scheiden. Deshalb scheint mir, ich bin in dieser Sache unbeteiligt und kann darüber kein Urteil abgeben. Jedenfalls will ich mich strenger Neutralität befleißigen und meine Wahl, wenn überhaupt, erst dann treffen, wenn ich sehe, welcher Seite sich der Sieg zuneigt, sofern wir überhaupt in diesem unruhigen und unsicheren Land bleiben wollen. Denselben ausgewogenen Standpunkt möchte ich auch dir ans Herz legen, ja, ich würde dich am liebsten mit nach Italien nehmen, wo goldene Früchte an den Bäumen wachsen.«

Er sprach, wie es ihm sein dummer Verstand eben eingab, und meinte es gewiss gut, so dass ich ihm nicht böse werden konnte. So lächelte ich nur mitleidig und sagte: »Lass uns deswegen nicht streiten, Antti! Erzählen wir einander lieber, wie es jedem von uns ergangen ist. Ich bin sehr gespannt, von deinen Erlebnissen zu erfahren und davon, wie du dein Glück machen konntest. Auch würde ich dir gerne von meinen traurigen Erfahrungen berichten, damit du begreifst, dass ich nicht mehr derselbe Mann bin wie damals, als wir voneinander schieden.«

Aber als ich das Wort »Glück« erwähnte, zog Antti ein langes Gesicht; seine Stimmung wandelte sich, und er sagte: »Offenbar gibt es für den Menschen nicht so etwas wie reines Glück, sondern seinem Glück ist immer ein bitterer Wermutstropfen beigemischt. Damit meine ich nicht solche Kümmernisse und Unannehmlichkeiten wie Kälte, Armut, Fieber, Hunger, Pest oder Wunden, die man stets als unausweichliche Beigaben erhält, wenn man in kaiserliche Dienste tritt, sondern etwas anderes, von dem ich dir noch berichten werde. Von deinem eigenen Kummer aber brauchst du mir nichts zu erzählen, denn darüber weiß ich schon Bescheid, weil ich, von den Alpen herabkommend bis zu der Stadt, in der wir voneinander schieden, und von dort bis Memmingen und von Memmingen bis hierher viele Menschen über dich befragt habe, weil ich dich ja unbedingt wiederfinden wollte. Ich weiß also, dass deine Frau als Hexe verbrannt worden ist, und ich nehme Anteil an deiner tiefen Trauer. Allerdings hat es mich auch kaum überrascht, weil jeder vernünftige Mensch schon bei ihrem ersten Anblick erkennen musste, dass sie eine Hexe war. Nur ein so frommer, unschuldiger Bursche wie du konnte sich von ihr täuschen lassen. Auch heißt es, du würdest jetzt der lutherischen Lehre anhängen und das Volk aufwiegeln, obwohl du Ausländer und von schlechtem Leumund bist. Du brauchst mir also nichts weiter zu berichten. Ich hingegen habe dir eine Menge Erlebnisse zu erzählen, die nützliche Lehren für dich enthalten dürften. Aber erst einmal sollten wir unsere Kehle befeuchten und unsern ausgemergelten Leib mit guten Speisen kräftigen, denn mein Bericht wird bis in die Abendstunden dauern.«

Erst da dachte ich an meine Gastgeberpflichten, vergaß meine Müdigkeit und merkte, dass ich ziemlich ausgehungert war. Eilends ging ich ins

Erdgeschoss, wo ich die Gewürzhändlerwitwe in der Backstube antraf. Sie befand sich in reizbarer Stimmung. Sie holte gerade das frisch gebackene Brot mit einem großen Brotschieber aus dem Ofen und begann auf mich einzureden: »Herr Michael, ich will über Euren ausländischen Freund ja nicht Böses sagen, denn er scheint ein frommer und starker Mann zu sein, obwohl er furchtbar viel säuft. Er hat Geld, bezahlt gleich alles, was er trinkt und findet freundliche Worte für ein armes Weib wie mich, weshalb ich nichts Böses über ihn sagen will. Aber ich kann es keinesfalls dulden, dass er sein ausländisches Flittchen hier in mein Haus mitbringt, ein Weib, das eine heidnische Sprache spricht und mir gegenüber unerträglichen Hochmut an den Tag legt. Dieses Weib trägt wider ihren Stand einen Samtrock und Federschmuck im Haar, obwohl ihr eher eine zweigehörnte rote Mütze anstünde. Mit so einem Getue, dieser Unzucht und Schamlosigkeit muss Schluss gemacht werden in meinem Haus, das dulde ich nicht! Ich glaube nie und nimmer, dass die beiden auf Lateinisch und mit geweihten Kerzen getraut sind. So ein schlimmes Los kann ich diesem braven und frommen Mann wirklich nicht wünschen, obwohl ich ja verstehe, dass er so viel trinkt, wo er dieses unausstehliche Flittchen ertragen muss. Ich hoffe, er bekommt noch rechtzeitig ein Einsehen und setzt das Weib eigenhändig vor die Tür!«

Diese Worte erstaunten mich sehr. Ich sagte, meines Wissens sei Antti ein ehrbarer junger Mann und habe nicht die Gewohnheit, irgendwelche Frauen mit sich zu schleppen. Wäre dies aber wahr, und hätten die leichtsinnigen papistischen Sitten, wie sie in Italien gang und gäbe waren, sowie das Lotterleben im Feldlager Antti verdorben, so würde ich unverzüglich ein strenges Wort mit ihm reden und ihn durch Tadel und Ermahnung wieder auf den rechten Weg führen. Die Gewürzhändlerwitwe zeigte sich erfreut über meine Worte, deckte umgehend den Tisch und trug allerlei Speisen wie Suppe, Braten, Speckwurst und Honigkuchen auf, die sie inzwischen für Antti vorbereitet hatte. Sie riet uns, gleich tüchtig zuzugreifen, bevor dieses furchtbare Frauenzimmer zurückkehren würde, das gegen Mittag ausgegangen sei, um eine evangelische Messe zu besuchen, aber noch nicht zurückgekommen war, obwohl der Abend bereits herandämmerte. Ich bat also Antti hinab zum Essen und forderte Aufklärung von ihm. Antti bekreuzigte sich fromm und sagte:

»Jene Frau macht einem so viele Scherereien wie ein Sack wilder Katzen. Ich will jetzt nicht mehr von ihr erzählen, weil ich mir noch eine kleine Überraschung für dich aufheben möchte. Außerdem will ich mir nicht Durst und Appetit verderben, indem ich jetzt über sie rede, denn kein anderer als sie ist der bittere Wermutstropfen in dem Becher meiner Erfolge.« Mit wenigen Schlucken leerte er daraufhin den Bierkrug, ließ sich nachschenken und sagte: »Trotzdem sollte man den Wermut nicht schelten, denn die Italiener bereiten aus starkem Wein und Wermut ein bitteres und gesundes Getränk, das schon so manchen von Wechselfieber und Bauchschmerzen geheilt hat.«

Ich bat ihn um etwas Zurückhaltung beim Trinken und erinnerte ihn an all die unerfreulichen Folgen, die ihm der maßlose Genuss von Bier und Wein schon beschert hatten. Aber das hörte er gar nicht gern und widersprach mir: »Ich sehe, dass du nie einen richtigen Feldzug mitgemacht hast, Michael, wenn du solchen Unsinn redest. Der erste und beste Rat, den ich von meinem braven Feldwebel erteilt bekommen habe und für den ich ihn mein Leben lang dankbar sein werde, lautet: Ein guter Soldat trinkt niemals Wasser, solange er es vermeiden kann, sondern löscht seinen Durst mit Bier oder Wein, selbst wenn ihm das ins Geld geht. Und das war nicht zum Spaß gesagt, denn ich habe allzu viele Männer gesehen, die nur deshalb krank wurden, bis aufs Skelett abmagerten und schließlich auf scheußliche Weise ins Gras bissen, weil sie diesem klugen Rat nicht gefolgt sind, sondern aus übertriebener Sparsamkeit dreckiges Wasser getrunken haben anstatt guten Bieres. Mein Feldwebel traute auch keinem See, Teich oder Fluss, sondern sagte, falls man trinken müsse und für kein Gold auf der Welt Wein aufzutreiben sei, dann dürfe man nur fließendes Wasser aus einer klaren Quelle trinken, selbst wenn man sonst an Durst zugrunde gehen würde. Ferner sagte er, kaltes Wasser sei der Gesundheit abträglich. Wenn man schon gezwungen sei, Wasser zu trinken, dann lieber heiß und mit Gewürzen verfeinert. Den gleichen guten Rat gebe ich auch dir, Michael, weil du dich offenbar auch auf einem Feldzug befindest und in der Stadt so viele Leute zusammengepfercht sind, dass über kurz oder lang Krankheiten ausbrechen werden, denen zuerst die Wassertrinker zum Opfer fallen dürften.«

Er meinte es völlig erst und glaubte steif und fest an das, was er sagte, so dass auch ich es glauben musste, weil er in dieser Hinsicht bestimmt erfahrener war als ich. Deshalb spülte ich genauso wie er das Essen mit Bier und Wein herunter. Bald waren wir bester Laune, lachten, schlugen einander auf die Schulter und machten unsere Scherze mit der braven Gewürzhändlerwitwe, die mit den Speisen durchaus nicht geizig war, sondern immer wieder für Nachschub sorgte und verwundert und fasziniert Antti zusah, wie er das alles in sich hineinstopfte, wobei sie ihm von ganzem Herzen guten Appetit wünschte. Nachdem Antti aber seinen schlimmsten Hunger gestillt hatte, begann er zu erzählen und sagte:

»Gott segne unsere brave Wirtin und vergelte ihr ihre Mühen! Wahrlich, ich habe all die Oliven und das zähe Eselsfleisch des Kaisers gründlich satt, während die gute Butter hier und der Speck einem die Zunge schön geschmeidig macht. Deshalb will ich jetzt von meinen Abenteuern erzählen. Aber damit du meinen Bericht besser verstehst, Michael, muss ich dir die hohe Politik erklären, weil du dich vermutlich mehr im Himmelreich auskennst als in den Angelegenheiten irdischer Reiche. Ich hingegen musste mir oft genug den Schädel mit der hohen Kunst der Politik vollschlagen. Ein Soldat muss nämlich wissen, wem er sein Schwert verkauft, und welchem Anführer er sein teures Leben anvertraut. Deshalb muss er sich auch in der hohen Politik kundig machen. So wird nirgends eifriger über die Angelegenheiten von Kaisern und Königen geplaudert, als am Lagerfeuer oder beim Würfelspiel im Feldlager. Aus solchen Gesprächen habe ich für mich so manche gute Lehre gezogen.«

Wie nebenbei führte er sich ein hohes, schmales Weinglas zu Gemüte, das ganz in seiner Bärenpranke verschwand, und bat die Gewürzhändlerwitwe, sie solle ihm um Gottes willen doch ein größeres Glas geben, das er nicht versehentlich in seiner Hand zerdrücken könnte. Dann fuhr er fort und sagte: »Wie du dich erinnerst, habe ich beim Kaiser angeheuert und hielt dies für einen klugen Entschluss, denn schließlich ist unser wackerer Kaiser Karl V. der mächtigste Fürst der Welt. Er herrscht nicht nur über seine Erblande, die Niederlande, Österreich, Neapel und Spanien, um nur einige wenige Länder aufzuzählen, sondern als Kaiser auch über ganz Deutschland sowie in Übersee noch über Indien und Amerika. Davon erzählen die spanischen Arkebusiere so unglaubliche Geschichten, dass, wenn sie wahr wären, er der reichste Fürst auf Erden wäre und sich Burgen aus reinstem Gold und Edelsteinen bauen könnte. Statt dessen aber quält ihn ständiger Geldmangel, was das beste Zeugnis dafür ist, dass die Spanier, die aus den überseeischen Ländern zurückgekehrt sind, die unverschämtesten Lügner sein müssen, welche die Welt je gesehen hat.«

Ich wurde ungeduldig und warf ein, dass ich die Spaniergeschichten genauso gut kannte wie er, und er solle doch endlich zur Sache kommen. Antti ließ sich davon nicht beirren, sondern fuhr fort: »Neben unserem wackeren Kaiser gibt es auf Erden eigentlich keine Fürsten, die erwähnenswert wären, mit Ausnahme von Franz I., dem König von Frankreich, den ich ganz gut kenne, weil ich an seiner Gefangennahme bei Pavia beteiligt war, und dem englischen König Heinrich VIII., der durch den Wollhandel zu großem Reichtum gekommen ist. Ihn braucht man in der hohen Politik aber nicht weiter zu berücksichtigen, obwohl er mit dem Kaiser verbündet ist, denn der Kaiser tut nichts anderes, als ihn um Geld anzubetteln, behelligt ihn aber sonst weiter nicht und lässt ihn darüber hinaus auch leer ausgehen, wenn es darum geht, die Beute zu verteilen. Um ihn bei Laune zu halten, hat der Kaiser ihm allerdings versprochen, ihn zu seinem Schwiegersohn zu machen und ihn mit seiner Tochter verheiratet. Aber die ist noch ein kleines Mädchen, das noch beim Vater lebt und darauf wartet, dass ihr Brüste wachsen, bevor sie vor den Traualtar tritt. Jedenfalls sagen alle, der Kaiser habe sich nur deshalb zu dieser Verheiratung durchgerungen, um dem König von England im Voraus so viel an Mitgift abzuknöpfen wie nur möglich. Und dabei geht es nicht um ein paar silberne Knöpfe, sondern um Hunderttausende Goldmünzen.«

Antti trank ein paar Schluck Wein, wischte sich mit dem Handrücken über den Mund, hielt verschämt inne und sagte: »Der Schweinespeck macht wohl gesprächig, deshalb komme ich wohl immer wieder von der Sache ab. Ich wollte nämlich gar nicht von diesem unbedeutenden König erzählen, der auf seiner einsamen Insel mitten in nebeliger See sitzt, sondern von hoher europäischer Politik. Die deutschen Fürsten braucht man dabei nicht besonders zu berücksichtigen, denn die bedeuten nichts weiter als ein bisschen Fliegendreck an der Wand. Ganz Deutschland ist ja eigentlich ein großer Flickenteppich, auf dem die Grafen, Herzöge, Fürsten, Bischöfe und Freistädte gedeihen wie die Pilze im Wald. Der einzige wirkliche Herr in diesem Teil der Welt ist der Erzherzog Ferdinand, der Bruder des Kaisers, aber sonst ein unerfahrenes Jüngelchen, der als Statthalter über Deutschland und Österreich herrscht und den Kindskönig von Ungarn gegen die Türken beschützt. Ansonsten macht er, was der Kaiser ihm befiehlt. Von Polen und dem Zaren von Moskau will ich gar nicht erst reden, denn über die weiß ich kaum etwas. Der große Türkensultan Soliman ist ein Kapitel für sich und neben dem Kaiser gewiss der mächtigste Fürst auf Erden, aber er ist weit weg, und deshalb will ich keine weiteren Worte an ihn verschwenden, auch wenn böswillige Zungen behaupten, der König von Frankreich suche sich mit ihm zu verständigen und schmiede sogar ein Bündnis mit ihm gegen den Kaiser. Aber das sind wohl nur haltlose Gerüchte und Verleumdungen.«

Diese Nachricht erboste mich, und ich sagte: »Als jemand der an der hohen Universität zu Paris studiert hat und als Freund Frankreichs, besonders aber der Stadt Paris, dergleichen es keine andere Stadt auf Erden gibt, sage ich, dass solche Behauptungen nichts als üble Nachrede und Lügen sind. Man sollte einem König, der ein schweres Unglück erlitten hat, nicht noch solche abscheulichen Dinge unterstellen, sondern ihm sein Los lieber erleichtern, denn er ist ein edler und ritterlicher Fürst, wenn er auch als Weiberheld gilt. Er hat tapfer gegen die Macht des Kaisers gekämpft, denn es kann ja nicht Gottes Wille sein, dass ein einziger Fürst und Kaiser zur Herrschaft über die ganze Welt gelangt.«

Antti schlug mit der Faust auf den Tisch, so dass ein Stück davon abbrach, und rief anerkennend: »Wahrlich, Michael, da hast du den Nagel auf den Kopf getroffen! Vielleicht bist du doch klüger, als ich dachte, und zwar auch, was die hohe Politik betrifft. Hier liegt nämlich der Hund begraben: Der Kaiser und der König von Frankreich sind wie Hund und Katze und können sich nicht vertragen, seitdem die beiden um die Kaiserkrone gekämpft haben. Frankreich ist nämlich das reichste und mächtigste Land in Europa und setzt der sich maßlos ausufernden Macht des Kaisers nunmehr als einziges noch Widerstand entgegen. Weitere Fürsten sind in diesem Kampfe nicht von Bedeutung, vielleicht mit Ausnahme des Sultans, der aber ein Heide und Anhänger des falschen Propheten ist und gegen den deshalb jeder Christ bis zum letzten Atemzug zu kämpfen verpflichtet ist. Damit du aber einen ausreichenden Begriff von alledem hast, muss ich dir auch erklären, wie es um Italien bestellt ist. Italien ist ein rechter Flickenteppich und duldet keinen obersten Herrscher. Der Kaiser und der König von Frankreich kämpfen unentwegt um die Krone des Herzogs von Mailand und die kornreiche Lombardei, woher ich gerade gekommen bin. Als direkter Nachbar Mailands ist Venedig samt seinen abhängigen Gebieten die wichtigste Macht in Italien, abgesehen natürlich vom Papst, der als Medici nicht nur über Rom, sondern auch über Florenz herrscht. Außerdem gibt es dann noch das Königreich Neapel, das dem Kaiser gehört, aber auf das der König von Frankreich aufgrund irgendwelcher Erbgeschichten Anspruch erhebt. Er hat sogar sein Heer losgeschickt, um Neapel zu erobern, aber das war ein Fehler. Schon glaubte er, er könnte als siegreicher Hahn auf dem Misthaufen krähen, da kamen wir, halb verhungert und erfroren, von den Alpenpässen hinab, nachdem wir Marseille belagert hatten.«

»Du redest unverständliches Zeug und bist bestimmt schon betrunken«, sagte ich. »In meinem Kopf dreht sich schon alles. Ich würde lieber von dir hören, was du selbst erlebt und mit eigenen Augen gesehen hast. Ich finde nur, dass der Kaiser und der König wahrlich gottlos handeln, wenn sie einander bekriegen und dadurch zahlreichen Unschuldigen Leid zufügen, anstatt dass sie ihre Erbstreitigkeiten durch gelehrte Juristen regeln lassen, so dass beide zu ihrem Recht kommen.«

Da musste Antti laut lachen und sagte: »Sowohl des Kaisers als auch des Königs Erbstreitigkeiten gehen auf die Ehen ihrer Eltern und Voreltern zurück. Diese ganzen Heirats- und Mitgiftgeschichen sind so verwickelt, dass da niemand mehr durchsteigt. Mehr als ein gelehrter Jurist ist darüber verrückt geworden oder hat sich schließlich in ein Kloster zurückgezogen, wenn er dieses Knäuel entwirren wollte. Aber unter Kaisern und Königen herrscht kein anderes Recht als Macht und

Stärke, und recht hat der, der die meisten Pikeniere, gepanzerten Reiter, Arkebusiere und Geschützmeister bezahlen kann. Deshalb ist es ganz unnütz, sich den Kopf mit juristischen Spitzfindigkeiten zu zerbrechen, obwohl die Fürsten natürlich gewissen fachmännischen Rat bei Juristen einholen, um ihren Forderungen zumindest in den Augen ihrer Untertanen Nachdruck zu verleihen. Jedenfalls war der Streit um das Herzogtum Mailand der formelle Kriegsgrund. Damals befand es sich gerade unter der Herrschaft des Königs von Frankreich, bis ich und andere heldenhafte Männer über die Alpen kamen, den Franzosen Feuer unterm Hintern machten und sie aus Italien vertrieben. Bis in die Provence hinein verfolgten wir sie, mit Raub, Mord, Vergewaltigung, soviel wir nur konnten, denn unser Anführer war ein Konnetabel von Frankreich, der Herzog von Bourbon. Der war ein erbitterter Feind von König Franz und wollte ihm so viel Schaden zufügen wie möglich.«

Die Witwe des Gewürzhändlers brach in Wehklagen aus, bekreuzigte sich und sagte, sie sei nur ein einfaches Weib und verstehe nicht viel von dem, was Antti da erzähle. Aber sie könne sich einfach nicht vorstellen, dass so ein lieber Junge wie Antti unschuldige Menschen beraubt, ermordet und vergewaltigt habe. Auch ich fragte, wie es möglich sei, dass ein Oberkommandierender der französischen Armee und Konnetabel Frankreichs an der Seite des Kaisers gegen seinen eigenen König kämpfte.

Da zerbiss Antti verstört einen Knochen zwischen seinen Zähnen und gab ihn meinem kleinen Hund zum Beknabbern, denn für den war das Knochenmark ein wahrer Leckerbissen, weshalb er Antti auch so sehr verehrte. Antti konnte nämlich mit seinen Zähnen Knochen zerbeißen, wozu Rael mit seinen eigenen Zähnen nicht fähig war. Dann meinte Antti entschuldigend: »Raub und Plünderung gehören nun mal zum Soldatenhandwerk und sind des Soldaten natürliches Recht. Außerdem habe ich keinen einzigen unschuldigen Menschen aus bloßem Vergnügen getötet, so wie es die Spanier tun, wenn sie zornig werden. Was das Vergewaltigen betrifft, so muss ich sagen, dass vielen Frauen in Pavia das gar nicht so übel erschien, sondern sie liefen den Soldaten sogar eher hinterher, als dass sie ihnen aus dem Weg gegangen wären, sofern diese nur einen glänzenden Brustharnisch und eine schöne geschlitzte Hose hatten. In dieser Beziehung ist mein Gewissen also rein. Der Konnetabel von Frankreich aber hinterging seinen König und begab sich in die Dienste des Kaisers, um unter kaiserlichem Schutz sein eigenes, unabhängiges Königreich in Frankreich zu errichten. Jedenfalls führte uns dieser Herzog von Bourbon mit solchem Geschick, dass unsere Truppen in der Provence dahinschmolzen wie Schnee in der Frühlingssonne. Nachdem wir eine Zeitlang Marseille belagert hatten, musste ich unsere guten Geschütze den Franzosen als Beute zurücklassen und eine schwierige Flucht zurück nach Mailand antreten, denn dem König von Frankreich gelang es, im Herbst ein riesiges Heer aufzustellen, obwohl niemand damit gerechnet hatte, dass er dazu fähig wäre. So marschierten wir dann um die Wette über die Alpen auf Mailand zu.«

Antti geriet in Fahrt und schlug ein weiteres Mal mit der Faust auf den Tisch, warf seinen Krug um und sagte: »Nun denn, jetzt will ich euch von der Schlacht von Pavia berichten, und Gott steh' mir bei, dass ich endlich zur Sache komme und nicht um den heißen Brei herum rede, denn diese Schlacht ist wahrlich berichtenswert. So ein grandioser Sieg ist nämlich noch nie erstritten worden. Männer, die klüger sind als ich, versichern, das Ergebnis der Schlacht von Pavia werde das Schicksal Europas prägen und die Oberherrschaft des Kaisers auf hundert, ja gar auf tausend Jahre sichern. Nun braucht der Kaiser den König von Frankreich nur noch zu seinem Vasallen machen und mit ihm zusammen gegen die Türken in den Krieg zu ziehen und Konstantinopel zurückzuerobern, das schon seit einem ganzen Menschenalter zur Schande der Christenheit unter dem Joch der ungläubigen Diener des Islams dahinsiecht. Doch um wieder auf die Schlacht von Pavia zu sprechen zu kommen: Wir von der kaiserlichen Armee, zu einem kleinen Haufen zusammengeschmolzen, schleppten uns hungrig und abgezehrt wie ein vom Mutterschaf verirrtes Lamm, das vergeblich nach der Mutter blökt, über die Alpenpfade dahin. Sogar im fernen Rom machte man sich über uns lustig, so dass man dort an einem Stein, den sie dort *pasquino* nennen, eine Inschrift angebracht wurde, auf der es hieß: »Vermisstes und Gestohlenes: eine gewisse kaiserliche Armee. Der ehrliche Finder erhält guten Finderlohn.« Aber für diesen schändlichen Spott werden die Römer noch büßen müssen, sofern ich noch länger lebe und irgendwann einmal in Rom zu tun habe. Einen Geschlagenen soll man nun einmal nicht aufs Haupt schlagen, und ein ehrbarer Soldat ist nicht immer an seinem Missgeschick schuld, wie es das traurige Los von König Franz klar beweist.«

Ich bat ihn mit freundlichen Worten, doch nun endlich von der Schlacht bei Pavia zu berichten, war ich doch schon ganz gespannt darauf, einen Augenzeugenbericht von dieser großen Schlacht geliefert zu bekommen. Aber Antti wurde unwirsch und sagte: »Sei doch nicht immer so quengelig, Mikael! Alles, was ich bisher erzählt habe, gehört nämlich durchaus zur Sache. Ein guter Maler, der die heilige Familie darstellen will, lässt sie doch auch nicht einsam auf einem Felsen hocken, sondern malt auch einen breiten Hintergrund dazu, mit fruchtbaren Tälern, Weinbergen, Flüssen und Städten. In Italien habe ich nämlich gesehen, wie die besten Maler ihr Metier angehen, und ich weiß, wovon ich spreche. Deshalb wirst du auch nicht das Geringste von der Schlacht bei Pavia begreifen, wenn ich dir nicht all die Umstände erläutere, die zu der Schlacht geführt haben. Hungrig, ohne einen Heller in der Tasche und unseres Ruhmes beraubt irrten wir also durch die Lombardei und suchten in Mailand Schutz zu finden, weil wir lieber starke Mauern um uns herum haben wollten. Aber in Mailand hatte die Pest gewütet; alle Betten in den menschenleeren Häusern waren von der Pest vergiftet, die Einwohnerzahl war auf ein Drittel der ursprünglichen Größe zusammengeschrumpft, und vor allem gab es dort nichts mehr zu plündern, was einem armen Soldaten wenigstens ein bescheidenes Auskommen beschert hätte, denn das Plündern hatte bereits die vom Kaiser zurückgelassene Besatzung der Garnison besorgt. Deshalb verließen wir eilends diese unergiebige Stadt durch das östliche Stadttor, während die Truppen des Königs von Frankreich durch das westliche Stadttor in Mailand einmarschierten. Dem Herzog von Bourbon behagte dies gar nicht; er dankte uns für unsere treuen Dienste und sagte uns Lebewohl, denn er hatte nun plötzlich anderswo wichtige Dinge zu erledigen. Er sagte, wir sollten unser Gottvertrauen bewahren; der Kaiser werde uns irgendwann einmal den ausstehenden Sold bezahlen, und er versprach uns Hilfe zu schicken, wenn er irgendwo Geld auftreiben könnte, um Truppen in Deutschland anzuwerben. In dem von starken Mauern umgebenen Pavia ließ er etwa fünftausend deutsche Pikeniere und zweihundert spanische Arkebusiere zurück, die immer noch an die leeren Versprechungen des Kaisers glaubten, denn er wollte wenigstens einen kleinen Teil des Herzogtums Mailand zumindest dem Namen nach dem Kaiser unterstellt haben. Ich und viele andere aber verzichteten dankend auf diese Ehre und verlebten nun einen schweren Winter in Italien, so dass die armen Einwohner der Lombardei uns für die schlimmste Geißel halten mussten, mit der Gott jemals die Geduld der Menschen auf die Probe gestellt hat. Allerdings muss ich auch sagen, dass die Dörfer und Städte der Lombardei durchaus nicht arm waren, als wir dort erschienen; sie waren es erst, als wir wieder abzogen. Aber Not kennt kein Gebot, und wir versicherten den Leuten, der Kaiser werde ihnen allen Schaden ersetzen, den wir ihnen möglicherweise verursacht hatten.«

Antti seufzte und fuhr fort: »Inzwischen begann der König von Frankreich mit der Belagerung Pavias. Aber da hatte er sich einen größeren Bissen vorgenommen, als er herunterschlucken konnte. So erpicht darauf war er, sich Pavias zu bemächtigen, dass er sogar versuchte, den Fluss umzuleiten, um an den schwächsten Abschnitt der Mauern heranzukommen. Aber der herbstliche Regen hatte den Fluss anschwellen lassen und spülte nicht nur seine Grabungsmaschinen fort, sondern auch die Pioniere, die sie bedienten. Drei Monate lang ließ er die Zeit vor Pavia verstreichen. Seine Übermacht war so gewaltig, dass er einen Teil seines Heeres nach Neapel entsandte, welche die Stadt für ihn einnehmen und ihm so Zeit verschaffen sollten. Doch Anfang Februar kehrte der Herzog von Bourbon aus Deutschland zurück und führte zehntausend Pikeniere mit sich, die von Frundsberg angeführt wurden. Es grenzt an ein Wunder, dass er genug Geld auftreiben konnte, um ihnen den Sold zu zahlen, denn den hat er gezahlt, während über weitere Soldzahlungen nichts bekannt ist. Auf diese Weise gelang es ihm, dem Marquis von Pescara als kaiserlichem Oberbefehlshaber sowie Herrn de Lannoy, dem Vizekönig von Neapel, so etwas wie ein Heer aufzustellen, und wir marschierten auf Pavia zu und begannen unsererseits, die Armee des Königs von Frankreich zu belagern. Diese hatte sich mit uneinnehmbaren Verschanzungen umgeben und machte uns hinter diesem Schutz eine lange Nase, indem deren Soldaten uns im Vertrauen auf ihre Übermacht Beleidigungen herüberbrüllen und sich über unsere Herkunft und Kriegskunst lustig machten. Der König hatte ja unbesiegbare Pikeniere aus der Eidgenossenschaft in seinen Dienst gestellt sowie als gepanzerte Reiterabteilung die edelsten Ritter Frankreichs, so dass er nichts zu fürchten brauchte. Im Gegenteil, er gierte geradezu nach einer offenen Schlacht und schlief zwei Nächte lang in voller Rüstung, da er glaubte, wir würden ihm einen ordentlichen Kampf bieten.«

»Wahrlich«, fuhr Antti fort, »wir befanden uns in einer merkwürdigen Lage, denn wenn wir von den Bergen hinabschauten, brannten die Lagerfeuer der französischen Armee wie ein ununterbrochener Ring um Pavia herum. Der Kaiser dürfte sich nie zuvor in einer so aussichtslosen Situation befunden haben wie zu jener Zeit. Es war ja nur noch eine Frage der Zeit, wann sich Pavia ergeben würde, auch wenn der Hauptmann der Garnison von Pavia, ein Spanier namens Leuva, alles Silbergeschirr der Bürger und der Kirchen, ja sogar die dicke Goldkette, die er um den Hals trug, einschmelzen und zu Geld prägen ließ, um seine Soldaten zu besänftigen, die seit einem Jahr keinen Lohn gesehen hatten, so dass sie mit Würfeln um ihre Waffen und Kleider spielen mussten. Das ist wohl das elendste Los, das einem ehrbaren Landsknecht widerfahren kann. Wenn ich noch erwähne, dass sie alle Esel, Hunde und Katzen, die es in der Stadt gab, aufgegessen und ihr letztes Pulver verschossen hatten, dann wirst sogar du, Michael, verstehen, dass sie vollsten Grund zur Verzweiflung hatten, auch wenn dir die hohe Kriegskunst sonst ein Buch mit sieben Siegeln sein dürfte.«

Anttis verächtliche Bemerkung erzürnte mich so sehr, dass ich ihm sogleich erzählte, wie ich das stark befestigte Burgtor des Bischofs mit einer Petarde aufgesprengt hatte, obwohl ich mich mit dieser Tat eigentlich nicht brüsten wollte. Da wurde Antti neugierig und brachte mich dazu, dass ich ihm den ganzen Vorfall erzählte. Nachdem er alles erfahren hatte, schüttelte er den Kopf und meinte:

»Gerade diese unbedachte Tat beweist doch, dass du kein bisschen von der Kriegskunst verstehst, denn dein Werk war die Tat eines Verrückten und nicht eines vernünftigen Soldaten. Allmählich komme ich zu der Überzeugung, dass dir das ganze Drunter und Drüber hier in Deutschland schon auf den Verstand geschlagen hat. Hättest du wenigstens einen mächtigen Talisman zum Schutz dabei gehabt, oder hättest du dir mit Hilfe der Passauer Kunst einen Unverletzlichkeitszauber beigebracht, dann könnte ich dich vielleicht noch verstehen. Aber kein ehrbarer Soldat, der bei vollem Verstande ist, würde sich ohne ausreichenden Schutz durch Zaubermittel auf ein solches Wagnis einlassen.«

Erst da erinnerte ich mich und zog das vertrocknete Eisenkraut aus meiner Tasche, das ich fassungslos anstarrte und in meinem vom Wein schon benebelten Kopf nicht verstehen konnte, ob ich nun tatsächlich ein Gottesurteil überstanden hatte, oder ob das Eisenkraut mich durch seine bekannte Wirkung geschützt hatte. Antti erkannte sofort, dass dieses Eisenkraut eine mächtige Schutzkraft besaß und sagte, nur weil es so verbreitet und billig sei, würden viele Menschen es ohne Grund verschmähen. Dass ich mit dem Leben davongekommen war, bewies seiner Meinung nach ganz klar, dass das alte, bewährte Eisenkraut besser als ein ganzer Beutel voll neuer und teurer Zaubermittel sein musste. Und er sagte:

»Von jetzt an werde ich mich auf Eisenkraut verlassen, auch wenn ich eigentlich gar nicht brauche, trage ich doch noch immer das Bild der heiligen Barbara um den Hals, das mir einst Meister Schwarzschwanz gegossen und der gute Pater Petrus gesegnet hat. Dieses Bild hat mich auf wunderbare Weise vor allen Gefahren beschützt. Aber um auf die Schlacht von Pavia zurückzukommen: Wir saßen da also zwei Wochen herum, und die Feldherren des Kaisers stritten sich darüber, was zu tun sei. Der Kaiser war uns bereits sechshunderttausend Dukaten an Soldzahlungen schuldig. Niemand wusste, wann wir Geld bekommen würden, und die Nahrung ging allmählich aus, so dass es wohl nur noch wenige Tage dauern mochte, bis unsere Truppe sich auflösen würde. Die Feldherren mussten also gegen Frankreichs übermächtige Armee losschlagen, solange sie noch ein Heer zur Verfügung hatten, auch wenn sie den Kampf schon im Voraus als verloren ansahen. Der trotz seines jugendlichen Alters kluge Marquis von Pescara meinte, hundert Jahre Krieg seien besser als eine einzige Schlacht, denn das Ergebnis einer Schlacht sei stets unsicher und abhängig vom Kriegsglück. Dennoch beschlossen sie, sich auf das Glück zu verlassen, weil ihnen nichts anders übrigblieb, und sie einigten sich darauf, im Dunkeln der Nacht in den Tiergarten von Mirabello einzudringen.«

»Gütiger Gott«, rief ich aus, »was hat dieser Tiergarten mit der Schlacht von Pavia zu tun?«

»Rede ich jetzt oder du?« ereiferte sich Antti erneut. »Jetzt geht es nicht um Petarden, sondern um hohe Kriegskunst. Außerhalb der Stadt gleich an der Stadtmauer lag der von hohen und starken Mauern umgebene Lustpark und Tiergarten des Herzogs von Mailand. Dieser hatte gewaltige Ausmaße und war von den Franzosen besetzt, so dass wir dort auf keinen einzigen Pfau oder Hirsch noch auf irgendein anderes Tier trafen, denn die Franzosen hatten alle aufgegessen. Nachdem sie die Tiere verputzt hatten, interessierten sie sich aber nicht mehr für die Wäldchen, Bäche und Wiesen des Lustparks, sondern verließen sich auf die massive Mauer, die allerdings stärker war, als wir gedacht hatten, wie ich gleich berichten werde. Der Marquis von Pescara kam auf die Idee, alle unsere Truppen an der Nordseite der Mauer zusammenzuziehen. So durchbrachen wir in einem Überraschungsangriff die Mauer und fielen über die Franzosen her, bevor sie es schafften, ihre Truppen zu sammeln. Jedoch misslang dieser Plan letzten Endes, denn er wollte keine Geschütze gegen die Mauer einsetzen, sondern verließ sich lieber auf die spanischen Grabungspioniere, weil er die Franzosen nicht vorzeitig aus dem Schlaf wecken wollte. Zu seinen Gunsten ist allerdings auch zu sagen, dass er nicht gerade viele Geschütze zur Verfügung hatte. Aber die Geschützknechte fühlten sich doch in ihrer Ehre gekränkt, weil er so gedankenlos ihre Dienste verschmähte. Ich bin allerdings zu befangen, um mir in dieser Hinsicht ein Urteil zu erlauben, weil ich nach dem Verlust meines Geschützes als gewöhnlicher Landsknecht mit Doppelhandschwert in der Vorhut der deutschen Pikeniere diente, die mit den kräftigsten und heldenhaftesten Soldaten bemannt wird. Aus beruflichem Interesse aber sah ich mich auch bei den spanischen Pionieren um, weil unser aller Erfolg davon abhing, wie schnell es ihnen gelingen würde, Breschen von genügender Größe in die Mauer zu schlagen.«

In seine Erinnerungen versunken, hob Antti den Blick zur Zimmerdecke, blickte dann verzückt auf seine großen Pranken, schüttelte den Kopf und fuhr fort: »Der Marquis von Pescara hielt eine Rede an die Spanier, so wie sich Frundsberg an uns Deutsche wandte. Beide sagten ungefähr das gleiche, nämlich dass uns der Boden unter den Füßen heiß geworden sei, wir ab morgen auch nichts mehr zu essen hätten, und dass der Habenichts von Kaiser uns keinen Sold zahlen könne. Als wir diese traurigen Worte vernahmen, brachen viele von uns in bittere Tränen aus, und wir fühlten uns wieder wie verlorene Lämmer, die von ihrem Mutterschaf getrennt sind. Aber die beiden Feldherren ermutigte uns und sagten, vor uns im Lager des Königs von Frankreich gebe es Wein, Fleisch und Brot, eine gut gefüllte Kriegskasse und die höchsten Herren des französischen Adels, die uns als unsere Geiseln für den Rest unseres Lebens zu reichen Männern machen würden, hätten wir erst einmal Lösegeld für sie eingesackt. So bewiesen uns die beiden, dass wir nichts zu verlieren, sondern alles zu gewinnen hätten, wenn wir jetzt nur mutig in die Schlacht zögen. Frundsberg, ein großer und dicker Kerl, brüllte so laut er konnte und erinnerte uns daran, dass die Eidgenossen trotz ihres hervorragenden Rufes auch nur verwundbare Männer sind, die genauso bluten wie wir, wenn wir sie nur mit unseren Piken aufspießen, und dass wir Deutsche unvergänglichen Ruhm einheimsen würden, falls wir sie besiegten. Auch rief er uns auf, wir sollten unsere Landsleute, unsere Brüder und Verwandte nicht vergessen, die unter der langen Belagerung und dem Mangel innerhalb der Stadtmauern von Pavia litten; unsere Aufgabe sei es, sie aus dieser Lage zu befreien. Diese Worte wurden von den Pikenieren mit gottlosem Geschrei beantwortet, denn sie riefen, ihre Vetter und Landsleute in Pavia seien ihnen scheißegal, genauso wie ihre Ehre, aber Wein, Fleisch und Brot, das sei etwas anderes, und gegen Geld hätten sie auch nichts. Also würden sie so verbissen kämpfen wie möglich, auch wenn sie vor den Eidgenossen wirklich Schiss hätten, denn gegen deren Pikeniere hatte noch keine Macht der Welt etwas ausrichten können. Frundsberg versprach, an ihrer vordersten Spitze in die Schlacht zu ziehen und forderte uns auf, Gott zu vertrauen. Das versprachen wir auch, denn etwas anderes blieb uns ja nicht übrig.«

»Die Februarnacht war bewölkt, und es wehte ein starker Wind«, fuhr Antti fort, »und ich werde sie wohl nie vergessen, denn so furchtbar habe ich noch nie geschwitzt wie damals mit einer Brechstange in der Hand an der Mauer des Tiergartens von Mirabello. Wir hatten jeder den Befehl, uns ein weißes Hemd anzuziehen oder uns jedenfalls weißen Stoff um den Arm oder den Leib zu binden, damit wir einander im Dunkel der Nacht und im Durcheinander des Angriffs erkennen konnten und nicht aus Versehen übereinander herfielen. Das war leichter befohlen als getan, denn wir waren arme Burschen, unsere Hemden waren schon zerfetzt und alles andere als weiß. Aber da alle ein gutes Herz hatten und einander halfen, gab es für jeden von uns einen Fetzen Stoff, den man mit etwas gutem Willen noch als weiß bezeichnen konnte. Diese Vorsichtsmaßnahme war allerdings völlig unnötig, so dass wir unsere Hemden und Leinenkleider grundlos zerrissen, was uns armen Leuten noch zum Schaden gereichte, denn die Mauer war stärker, als wir gedacht hatten. Erst bei Morgengrauen konnten wir in den Park eindringen. Da kokelte der Speck allerdings schon in der Bratpfanne, um es bildlich zu sagen, denn die Alarmtrommeln und Signalhörner der Franzosen ließen sich bereits vernehmen, und wir trafen im Park auf eine wohlgeordnete französische Armee, die nichts weniger als kampfbereit war. König Franz persönlich ritt in seinem goldverzierten Harnisch an der Spitze seiner gepanzerten Truppe. Auch ihre Geschütze hatten schon Stellung bezogen, so dass uns zunächst ein feuriger Empfang bereitet wurde. Die französischen Geschützmeister brachten wider alle guten Sitten der Kriegsführung miteinander verbundene Kettengeschosse zur Anwendung, so dass bald abgetrennte Arme und Beine in der Luft herumflogen und unsere Vorhut sich mit blutigen Köpfen Schutz in den Gebüschen des Parks suchen musste.«

»Hat sich denn durch Gottes Eingreifen ein unbegreifliches Wunder ereignet?« fragte ich. »Anders kann ich es mir nicht erklären, dass eine stärkemäßig deutlich unterlegene Truppe die unbesiegbarste Armee Europas hat besiegen können.«

Antti dachte eine Weile nach und sagte: »Ich glaube nicht, dass Gott bei dieser Schlacht seine Hände im Spiel hatte, weil der allerchristlichste König von Frankreich hier wider den allerkatholischsten Kaiser stritt. Sogar der Heilige Vater war auf beider Seiten, wenn ich die hohe Politik richtig verstehe. Hätte Gott den Verlauf der Schlacht mitbestimmt, dann hätte er uns bestimmt eine Niederlage beschert, denn die meisten von Frundsbergs Pikenieren waren von der lutherischen Irrlehre angesteckt, und wir anderen, die wir eigentlich ganz fromme Leute sind, hatten in der Provence so manche Sünden begangen. Deshalb erkläre ich es mir so, dass es tatsächlich die hohe Kriegskunst des gelehrten Marquis von Pescara sowie unser eigener Heldenmut waren, die uns den Sieg brachten. Aber zunächst war der Sieg noch fern, denn als unsere eigene Reiterei in rasselnder Rüstung und mit gesenkten Speeren eine Attacke auf die gepanzerte Truppe des Königs von Frankreich ritt, da erhob der französische Adel ein furchtbares Kriegsgeschrei, und der König selbst trieb sein Ross zum Angriff. Die stattlichste Reiterei der Welt stürzte sich, von Gold und Silber blitzend und mit prächtigen Federbüschen wie ein Gewitter auf unsere Berittenen, und die Erde dröhnte, als würden Donner und Blitze gar kein Ende nehmen. Sie fuhr in unsere Reihen wie in weiche Butter und zerstreute sie. König Franz spießte dabei eigenhändig einen italienischen Fürsten auf, dessen Namen ich schon vergessen habe und der dann unter den Hufen der Pferde elendiglich zu Tode kam. Der König glaubte den Sieg schon sicher und sagte, er fühle sich bereits als Herzog von Mailand. Ehrlich gesagt waren auch wir uns sicher, dass er den Sieg schon davongetragen hätte, als wir mit ausgestreckten Speeren auf ihn zu marschierten, auch wenn Frundsberg, der schwitzend und ächzend mit uns vorrückte, dabei versuchte, uns nach Kräften Mut einzuflößen. Aber er und wir wussten sehr wohl, dass eine Front Pikeniere gegen eine schwer gepanzerte Reiterei nichts würde ausrichten können. Von der anderen Seite marschierten bereits die Eidgenossen mit gesenkten Speeren auf uns zu und freuten sich darauf, uns eine Lehre zu erteilen, denn sie mochten die Deutschen nicht und wollten auch die Reiterei des Königs noch übertrumpfen. Diese kurze Minute entschied, wie mir schien, den Verlauf der Schlacht, auch wenn wir es damals noch nicht wussten. Wir verlangsamten einfach unsere Schritte, um Zeit für unsere letzten Gebete zu haben und unsere sündigen Seelen dem lieben Gott anzuvertrauen, bis der Druck von hinten so stark wurde und uns mit Gewalt vorwärtstrieb, was ja auch beabsichtigt ist, wenn mehrere Dutzend Reihen der Pikeniere in quadratisch angeordneten Formationen in den Kampf zieht.«

Ich hörte Antti mit angehaltenem Atem zu, und die Witwe des Gewürzhändlers bekreuzigte sich wieder und meinte: »Ein Krieg ist doch eine grausame Sache! Ich fürchte, es wird Euch noch übel ergehen, wenn Ihr so leichtsinnig gegen den Feind marschiert, und das in zerrissenem Hemd!«

Antti bedeutete ihr zu schweigen und begann, Brotkrümel, Knochen und Messer auf dem Tisch in Reihen gegenüber anzuordnen. Er erklärte: »Dieses dicke Fleischmesser hier soll König Franz und seine stolze Reiterei darstellen. Der Knochen da ist dann die siegreiche Front der Eidgenossen, die erst mit kurzen Schritten kaum von der Stelle kam und dann auf uns losging. Dieses Stück Kalbsleber hingegen soll die erregte Front der schwarzen italienischen Truppen sein, die sogar den Eidgenossen vorausläuft, um am Sieg teilzuhaben, denn sie finden, dass es in dem Krieg um Italien geht, und da wollen sie ihr Wörtchen mitreden. Jetzt liegen sie schon im Schussbereich der französischen Kanonen, so nämlich, und der Seneschall von Frankreich hüpft vor Erregung auf der Stelle, flucht und reißt sich zornig seinen Federbusch vom Kopf, so. Unsere Vorhut hat sich inzwischen bis zu diesem Sprung hier auf dem Tisch geflüchtet. Gott möge meine Kräfte zähmen, ich habe tatsächlich fast den Tisch kaputtgeschlagen mit meiner Faust! Jedenfalls verzogen sich in diese Delle die Überlebenden, während noch abgeschlagene Köpfe, Arme und Innereien durch die Luft wirbelten. Aber jetzt, bumm bumm, dieser silberne Weinbecher ist der beste Feldherr der Welt, der Marquis von Pescara, der das Schlachtfeld erkundet, unsere zerstreute Reiterei zusammenwinkt und seine spanischen Arkebusiere gegen die berittenen Truppen des Königs losschickt. Sie schleichen sich von Busch zu Busch, anderthalbtausend Mann, zu beiden Seiten der Reiterei, genau so. Einige Deutsche haben aus ihrer Heimat auch welche von diesen neuen Gewehren des Kaisers mitgebracht, kriechen den Spaniern hinterher und überlegen dabei, ob sie mehr Angst vor dem Krach und dem Rückstoß ihrer Büchsen haben sollen oder vor den Harnischen und scharfen Lanzen und der französischen Reiterei. Aber jetzt haben die erfahrenen Spanier ihre Stützgaben in die Erde gestoßen, zielen und feuern, wobei sie ihre Büchsen so schnell wieder laden, wie man es noch nie gesehen hat, denn sie können in einer Viertelstunde sage und schreibe fünf Schuss pro Mann abgeben. Qualmwolken steigen aus den Büschen und den Wäldchen auf, die Schüsse dröhnen, als hätte ein wütender Esel gegen die Stallwand getreten, und die schweren Kugeln der Arkebusen durchschlagen mühelos zwei Mann auf einmal, ja sogar zwei große Pferde. So was hat man noch nicht gesehen! Die stolzesten Ritter Frankreichs stürzen zu Boden, ihre großen Kriegsrosse stellen sich auf die Hinterbeine oder fallen einfach um und lassen entsetzliche Todesschreie ertönen.«

»Die armen Tiere!« sagte die Gewürzhändlerwitwe und begann zu weinen. »Pferde sind doch sehr teuer; man hätte sie lieber vor Pflüge und Eggen spannen oder sie an Kaufleute für deren Fuhrwerke verkaufen sollen, anstatt sie auf so nutzlose und grausame Weise in den Tod zu reiten!«

Aber Antti hörte nicht auf sie, sondern fuhr fort: »Die Ritter krochen nach dem Verlust ihrer Pferde auf allen vieren auf der Erde herum und versuchten sich trotz ihrer schweren Panzer zu erheben. Die aber noch auf ihrem Streitross saßen, wandten sich eilends zur Flucht, so, jetzt macht sich das Fleischmesser auf und davon, und unsere eigene Reiterei verwandelt auf der Flucht die speerbewehrten Reihen der Eidgenossen in ungeordnete, schreiende Haufen. Gleichzeitig stoßen wir mit den schwarzen Truppen der Italiener zusammen; dieser Fleischklopfer sind unsere Leute, hier stehe ich, und da brüllt Frundsberg persönlich seine Kommandos. Wir haben hinten ordentlich Druck, aber die Italiener kämpfen wie wildgewordene Rinderherden. Jetzt schlägt Frundsberg ihren Fürsten zu Boden, ich schwinge wie verrückt mit beiden Händen mein Schwert, haue Piken entzwei und bahne unseren Speeren den Weg, aber die Italiener weichen einfach nicht. Wir müssen sie bis auf den letzten Mann aufspießen und zu Boden schlagen, bevor wir über die Eidgenossen herfallen können, worauf wir schon besonders große Lust haben. So, genau so, wie ich jetzt dem Hund das Stück Leber hinschmeiße. Will das Aas sie nicht fressen? Er schnuppert nur daran ... zum Henker mit dem Köter! Von der französischen Reiterei niedergetrampelt, können die Eidgenossen unserem Angriff nichts entgegensetzen, und sie haben auch keinen Druck mehr von hinten, und hol's der Teufel, da wenden sie sich zur Flucht! Zum ersten Mal seit Erschaffung der Welt wenden die Männer der Eidgenossenschaft dem Feind ihren Rücken zu. Der König von Frankreich schiebt sein goldenes Helmvisier hoch, um besser sehen zu können, und ruft erbleichend: *Mon Dieu, mon Dieu,* was hat das zu bedeuten? Aber die Eidgenossen erklären es ihm nicht, und jetzt werden sie hier, beim Lustschloss von Mirabella, von Truppen des Marquis von Pescara angegriffen und umzingelt, genau so. Im selben Augenblick geht hinter den französischen Truppen ein furchtbarer Krach los, Geschützdonner und Waffengeklirr sind zu hören. Die Holzschale hier auf dem Tisch ist die Stadt Pavia, und von hier aus stürzt sich der heldenhafte Leuva samt seinen Truppen ins Kampfgewimmel. Seine Leute, vor Hunger und Beutegier fast verrückt geworden, schlagen die Nachhut der Franzosen zu Boden und fallen über die flüchtenden Eidgenossen her. So ein Blutvergießen hat noch keiner der beteiligten Soldaten erlebt. Die klaren Bäche im Lustpark färben sich rot von dem überall fließenden Blut, und blutgeschwängerter Dunst zieht an diesem kalten Februarmorgen über dem Gelände auf, ganz wie beim Schweineschlachten im Hof vor dem Stall.«

»Jesusmaria!« entfuhr es der Gewürzhändlerwitwe. »Ich habe ja ganz vergessen, Euch die Blutspeckwürste aufzutischen, die ich extra für Euch in den Ofen geschoben habe!« Sie holte die Würste, Antti verschlang geistesabweisend eine halbe Wurst und fuhr noch kauend und mit starrem Blick fort:

»Der König von Frankreich könnte sich noch retten und auf seinem Ross die Flucht ergreifen. Aber nein, ihn ergreift unmäßige Wut, als er sieht, wie sich der sicher geglaubte Sieg in die größte Niederlage aller Zeiten verwandelt. Er ist der erste Ritter Frankreichs und erträgt die Schande der Flucht nicht. Um ihn herum wird das edelste Blut Frankreichs vergossen, und er selbst will lieber mit der Waffe in der Hand sterben, als fliehen. Er treibt sein Ross geradewegs in unsere Speere, und sein Ross stürzt unter ihm zu Boden. Brüllend, fluchend und einander anrempelnd fallen wir über ihn her, denn eine wertvollere Geisel hat noch kein Landsknecht auf dem Schlachtfeld erbeutet. Es kommt zu einem Handgemenge zwischen den Spaniern und uns Deutschen. In dem Gedränge verwunden wir uns gegenseitig mit unseren Waffen, so dass bald rund ein Dutzend Männer ineinander verknäuelt auf dem König liegt. Stark, wie ich bin, stoße ich die Spanier beiseite, als wären sie störende Kleiderhaufen und kriege schon einen Fuß des Königs zu fassen, um mir wenigstens seine Sporen als Andenken zu sichern. Andere versuchen, ihm den viele zehntausend Dukaten teuren Panzer vom Leib zu reißen. Wahrlich, ich glaube, wir hätten in unserem Inbrunst und unserer Gier den König noch in Stücke gerissen. Aber der Vizekönig von Neapel, Herr de Lannoy, reitet über uns hinweg, schlägt uns mit dem flachen Schwert zur Seite, springt von seinem Pferd und lässt so fürchterliche Flüche auf uns niederprasseln, dass uns keine Wahl bleibt, als vor ihm zurückzuweichen. Der König rappelt sich auf und wischt sich Blut aus dem Antlitz, denn sein Gesicht und eine Hand ist in Mitleidenschaft gezogen, was mich überhaupt nicht wundert. Sofort rufen wir alle unsere Namen um die Wette und machen unseren Anteil an der Gefangennahme des Königs geltend. Aber de Lannoy entreißt einem spanischen Arkebusier das Schwert des Königs, drückt es wieder dem König in die Hand, wirft sich vor ihm auf die Knie und fordert ihn auf, sich dem Kaiser gefangen zu geben. Auch der Herzog von Bourbon stampft herbei, aber der König spuckt ihm Blut ins Gesicht, nennt ihn einen Schuft und Verräter und reicht sein Schwert dem Vizekönig von Neapel. Dann beginnen die beiden Herren, uns wie aus einem Munde zu verfluchen und zu beschimpfen. Sie sagen, wir hätten uns nicht um ihren Gefangenen zu scheren, denn die Schlacht tobe ja immer noch um uns herum. Wir machten uns deshalb eilig auf wie Jagdhunde, um lohnende Gefangene zu machen. Aber die stolzen französischen Ritter lassen sich lieber in Stücke schlagen, als dass sie sich uns ergeben. In zwei Stunden ist alles vorbei. Zwanzigtausend Mann liegen tot im Lustgarten, Franzosen, Eidgenossen, Deutsche, Spanier und Italiener, alle durcheinander, Herren und Narren, Ritter im goldenen Harnisch und gemeine Pikeniere. Unsere Beute ist ungeheuerlich, unser Sieg noch unermesslicher, wir brüllen, singen, schreien, plündern und essen so viel wir können, und in unserer Freude denken wir überhaupt nicht an unsere Wunden, denn kaum jemand ist ohne Verwundung, Beulen und blaue Flecken davongekommen in dieser furchtbaren Schlacht bei Pavia.«

Antti seufzte erschöpft, wischte mit der Hand die Holzbecher, Messer und Knochen vom Tisch wie um zu zeigen, dass die Schlacht vorbei war, und ließ seine Hosen herunter, um uns an einem seiner kräftigen Schenkel eine gut verheilte Stichwunde zu zeigen. Die Witwe des Gewürzhändlers war erneut gerührt, sie drückte seinen Schenkel und meinte bewundernd, der sei ja wie aus Eisen. Aber Antti zog sich die Hose flugs wieder hoch und sagte:

»Die Zahl unserer Gefangenen war so unglaublich hoch, dass uns nichts anderes übrigblieb, als etwa viertausend Franzosen und Eidgenossen sofort wieder freizulassen, damit sie uns nicht unsere ganzen Nahrungsvorräte wegaßen, denn es waren arme Burschen, und sie hätten uns sowieso nichts genützt. Doch konnten wir auch eine ganze Menge adeliger Herren gefangen nehmen. Ich kann bezüglich der Beute nicht klagen, obwohl ich deinetwegen das Lager vorzeitig verlassen und meinen Anteil am Lösegeld für Herrn de Montmorency zu einem Spottpreis an einen spanischen Hauptmann verkaufen musste. Der König brachte uns keinen einzigen Heller ein, denn im Nachhinein meldeten sich eintausendzweihundertzweiundachtzig Spanier und Deutsche, die im Namen Gottes und der allerheiligsten Jungfrau schworen, sie hätten jeweils als erster Hand an den König gelegt. Schließlich beschied uns Herr de Lannoy, wir sollten uns zur Hölle scheren, und er verkündete, kein anderer als er selbst habe den König gefangen genommen, was jeder, der dabei gewesen, beschwören könne, da der König ihm sein Schwert überreicht habe.«

»Mit den großen Herren ist nicht gut Pilze essen«, meinte dazu die brave Gewürzhändlerwitwe. »Sich bei denen sein Recht zu suchen, ist für einen Armen so, als ergreife man einen Igel. Davon bleiben nur Stacheln in der Hand zurück.«

Antti leerte einen ganzen Krug Wein, sah mich mit ernstem Blick an und sagte:»Michael Pelzfuß, Bruderherz, ich habe dir einen Einblick in die hohe Politik gegeben und von der Schlacht bei Pavia berichtet, in der dreißigtausend gut ausgerüstete, kriegstüchtige Männer gegen fünfunddreißigtausend von erfahrenen Feldherren angeführte Männer kämpften. Ich habe dir das alles nicht ohne Absicht erzählt. Jetzt dürftest du endlich begreifen, dass neben der hohen Politik und einem richtigen Krieg dieser stümperhafte Aufruhr der Bauern in Deutschland nicht mehr bedeutet als ein bisschen Fliegendreck an der Wand. Ein erfahrener Feldherr wird sie niedermähen wie Getreide mit einer scharfen Sichel. Nach dem Sieg bei Pavia verfügt der Kaiser über alle Macht der Welt. Er kann die Lutheraner nicht ausstehen, sondern hat geschworen, erst die Ketzerei in Deutschland bis auf die Wurzeln auszurotten und dann mit Hilfe der vereinten Christenheit die Türken zu schlagen. Deshalb mache ich dir den gutgemeinten Vorschlag, dass du wieder zu Verstand kommst, wir unsere Siebensachen packen, solange es noch Zeit ist, und wir uns dann in anderen und besseren Gegenden umsehen.«

Seine Worte gaben mir einiges zu denken. Aber ich fand, er eigne sich nicht als mein Ratgeber, weil ich klüger war als er und dazu noch etwas betrunken, hatte ich doch aus Freude über unser Wiedersehen und gespannt seinem Bericht lauschend in seiner Gesellschaft mehr getrunken, als angebracht war. Deshalb sagte ich:

»Du bist immer noch ein dummer und einfältiger Kerl, Antti. Ein Zweihandschwert weißt du zwar gut zu gebrauchen, aber die Dialektik ist die völlig fremd. Du brauchst dich auch nicht mit deiner gut gefüllten Geldbörse zu brüsten, schließlich kann jeder seine Hand in die Geldbörse seines Mitmenschen versenken. Wisse also: Das Göttliche Recht steht über jedem Recht der Kaiser und Könige. Und mögen die zwölf Artikel auch Menschwerk sein und deshalb unvollkommen, so beruhen sie doch auf Gottes klarem Wort. Keine Macht der Welt kann es verhindern, dass sie dereinst verwirklicht werden. Nein, Gott der Herr wird seine Feinde schlagen, so wie Simson die Philister mit eines Esels

Kinnbacken erschlug. Du darfst auch nicht vergessen, dass die Bauern nicht so schlecht ausgerüstet sind wie Simson, sondern auch sie haben Speere, viele von ihnen sogar Brustpanzer, ja, auch Geschütze haben sie zur Verfügung.«

Aber Antti glaubte meinen Worten nicht, sondern voller Hochmut über seine Kriegserfahrungen antwortete er mir: »Ja, gewiss bin ich ein dummer und einfältiger Kerl verglichen mit dir. Aber mein dummer Verstand sagt mir ganz klar, dass Gott auf Seiten des allerkatholischsten Kaisers sein muss und nicht mit den ketzerischen Bauern, die einen gottlosen Aufstand gegen ihre rechtmäßigen Herren, Grafen, Bischöfe und Fürsten angezettelt haben. Bei Pavia konnte ich mit eigenen Augen sehen, dass das Blut der Herren und des Adels beträchtlicher klarer, heller und längst nicht so dickflüssig ist wie das dicke, schwarze Blut der billigen Söldner, auch wenn es nicht blau ist, wie viele glauben. Und wenn aus den Wunden einiger Herren trotzdem dickes und schwarzes Blut floss, dann beweist das nur, dass seine adelige Mutter das Gebot ehelicher Treue gebrochen und sich mit einem Stallknecht oder Waffenjungen eingelassen hat, wie es in Frankreich oft der Fall ist. Jedenfalls zeigt schon diese unterschiedliche Art des Blutes, dass zwischen Herren und Bauern ein großer Unterschied besteht. Ich erinnere mich gehört zu haben, auch wenn ich's nicht beschwören kann, da ich kein Buchgelehrter bin so wie du, dass das klare Wort der Bibel den Untertanen befiehlt, der Obrigkeit gehorsam zu sein. Auch steht wohl geschrieben, man solle dem Kaiser geben, was des Kaisers ist, und Gott, was Gottes ist. Des gemeinen Mannes Leib und Leben, Habe und Ehre sind ganz klar des Kaisers, wie mir mein dummer Verstand sagt, hingegen gehört seine unsterbliche Seele Gott und geht den Kaiser nicht im Geringsten etwas an.«

Ich fand, Antti benahm sich ungebührlich, indem er ein Streitgespräch über Dinge begann, von denen er nichts verstand. Schon wollte ich ihn für sein freches Selbstbewusstsein mit Hilfe meines hohen Wissens, der Dialektik und des klaren Wortes der Bibel zurechtweisen und ihn zu Boden ringen, aber im selben Augenblick öffnete sich die Tür. Eine Frau trat in leichtem Schlenderschritt ein, lächelnd und mit rot geschminkten Wangen. Sie trug einen recht zerlumpten Rock, und von ihrem Hut hing eine schmutzige Kranichfeder hinab. Sie summte erst eine traurige Melodie und begann dann mit schöner Stimme zu singen:

> *»Monsieur de la Palice est mort,*
> *Mort devant Pavie.*
> *Un quart d'heure avant sa mort,*
> *il était encore en vie.«*

Die brave Gewürzhändlerwitwe schluchzte vor Wut auf und sagte: »Das ist sie, dieses furchtbare Flittchen, das Herr Andreas aus Italien mitgebracht hat. Wenn Ihr Manns genug seid, Herr Michael, dann nehmt Euch einen Stock und prügelt sie aus meinem anständigen Haus hinaus. Wie Ihr selbst hört, singt sie unanständige Lieder in ihrer heidnischen Sprache, die kein ehrbarer Mensch versteht.«

Aber als ich den Klang ihrer Stimme hörte und ihr Gesicht sah, fuhr ich erschrocken hoch und bekreuzigte mich, so als wäre ich dem Satan höchstpersönlich begegnet. Denn so wahr ich lebe, vor mir stand, etwas schwankend, aber leibhaftig, niemand anders als Frau Geneviève aus Paris, aus dem Haus von Meister Arce. Obwohl sie nicht mehr ganz jung war, so hatte sie immer noch runde Wangen, einen schön geschwungenen Mund und veilchenblaue Augen. Als sie mich erblickte, jauchzte sie vor Freude, flog mir an den Hals und küsste mich auf beide Wangen, bevor ich sie daran hindern und von mir wegstoßen konnte.

Aller Hochmut war plötzlich aus Antti geschwunden. Er schrumpfte gleichsam in meinen Augen, sah mich flehend an und sagte:»Vergib mir, Michael, aber das ließ sich nicht verhindern. Sie klebt an mir fest wie eine Klette, nachdem sie bei Pavia ein Auge auf mich geworfen hat und vergällt mir mein Leben so sehr, dass ich nur noch hoffen konnte, du würdest sie unter deine Fittiche nehmen. Ich habe nicht vergessen, dass sie dir einst viel bedeutete, und sie ist dir ja auch gewisse Dinge schuldig geblieben, die meine männliche Sittsamkeit lieber nicht mit klaren Worten benennen will.«

Ich war so bestürzt, dass ich kein Wort herausbrachte. Frau Geneviève machte es sich auf einem Stuhl bequem, zog ihre Bluse herunter, so dass ihr runder Busen entblößt wurde, und begann mich mit schiefgelegtem Kopf zu betrachten wie ein Hund ein Stück Fleisch. Während sie so dasaß, sang sie mit leiser, aber schöner Stimme das gleiche Lied weiter. Schließlich gewann ich meine Fassung zurück. Zorn überkam mich, und ich sagte:»Gott sei mir gnädig, jetzt habe ich aber für meinen Lebtag genug von Pavia gehört. Antti, du bist wirklich dümmer und närrischer als ich mir habe vorstellen können, wenn du tatsächlich diese Frau als Kriegsbeute von Pavia bis hierher mitgeschleppt hast. Damit machst du mir wahrlich keine Freude, falls du das geglaubt hast. Im Gegenteil, ich bin entsetzt!«

Aber Frau Geneviève glaubte, ich würde ihren Gesang bemäkeln, und sagte verärgert:»Herr de Palice war wirklich ein besserer Mensch als ihr beide. Keiner von euch wäre würdig gewesen, ihm seine Sporen an den Füßen zu befestigen. Ihr solltet euch nicht über ihn lustig machen, Herr Michael, sondern ihm Eure Ehre erweisen. Wollen wir nicht ihm zu Ehren das Lied singen, das die Franzosen, die in Gefangenschaft gerieten, nach der Schlacht auf ihn gedichtet haben? Von hundert Spaniern umzingelt hat Herr de Palice nämlich bis zu seinem letzten Atemzug gekämpft, obwohl das viele Blut seine Augen am Sehen hinderte, denn man hatte ihm einen Arm direkt an der Schulter abgehackt, und außerdem floss noch Blut in Strömen aus seiner offenen Wunde am Bein.«

Ich bat sie um Gottes willen zu schweigen, damit ich Zeit zum Nachdenken hatte. Aber genauso gut hätte ich mit bloßen Händen das Rad einer Wassermühle anhalten können, denn Frau Geneviève fuhr wortreich fort: »Die Manneskraft des Herrn de Palice kann ich selbst am besten bezeugen, denn er geruhte, mir seine Gunst zu erweisen, und schenkte mir am Morgen danach zwanzig Gulden in einem reich bestickten Seidenbeutel. Aber auch Admiral Bonnivet öffnete, als er die Gefangennahme des Königs sah, eigenhändig das Visier seines Helms und entblößte diesen entsetzlichen deutschen Kerlen seinen Hals zum Schwertschlag, denn er sagte, nach dieser furchtbaren Niederlage wolle er um nichts mehr auf der Welt weiterleben. Den Admiral Bonnivet habe ich zwar nicht persönlich gekannt, aber ob ihr's glaubt oder nicht, der König von Frankreich höchstselbst hat diese meine Hand geküsst, und zwar nicht nur die Hand, sondern auch andere Stellen an meinem Körper, die ich aus Gründen der Schamhaftigkeit aber lieber nicht nennen will, denn er war ein galanter Ritter, der die Abwechslung liebte, weil ihm die Zeit im Feldlager allzu lang wurde. Er verehrte mir zwar kein Geschenk, und ich habe ihn auch um keines gebeten, denn seine ritterliche Gunst war mir Geschenk genug. Danach wetteiferten die vornehmsten Herren darum, meine Freundschaft zu gewinnen, so dass ich viele Nächte lang keine Ruhe fand, sondern abnahm und mich völlig verausgabte in dem Wunsch, ihnen nach besten Kräften zu dienen. Ein vornehmer Gönner, der mich ins Feldlager mitgebracht hatte, schlug mich deswegen in seiner Eifersucht oftmals grün und blau und verwundete einen gewissen Herrn Brioni mit seinem Schwert, weil jener Herr mein Bett verlassen wollte, ohne zu bezahlen. Aber jetzt sind die beiden tot, und ich hoffe, dass Gott ihnen in seiner Barmherzigkeit ihr ritterliches Ungestüm um meiner Ehre willen vergeben wird.«

Ihren Worten entnahm ich, dass ihr offenbar ganz unerwartet Erfolg in dem Beruf beschieden war, den sie erwählt hatte, obwohl ich ihr alles Schlimme an den Hals gewünscht hatte, weil sie sich mir gegenüber so schändlich gezeigt. Was ich aber nicht verstand, warum sie in so einen zerlumpten Rock gekleidet war und sich Antti angeschlossen hatte. Es gab im kaiserlichen Heer doch gewiss genug galante und vornehme Herren, die sie liebend gerne unter ihre Fittiche genommen hätten. Deshalb forderte ich eine Erklärung von ihr. Da blitzten ihre Augen unheilverheißend auf, und sie krümmte die schmalen Finger ihrer fleischigen Hände, so als wollte sie irgendeinen Nichtsnutz erwürgen.

»Auf der Welt gibt es niemanden, der den vornehmen französischen Herren an Ritterlichkeit, Freigebigkeit und der Liebeskunst gleich wäre«, sagte sie. »Dafür ist mein zerrissener Rock der beste Beweis, denn ich habe mir wahrhaft Mühe gegeben und weiß nicht, ob ich nun die Deutschen mehr verabscheuen soll, diese ungeschlachten und brutalen Kerle, die nichts von Frauen verstehen und ihnen ihr Bier und ihre Würste vorziehen, als alle Verführungskünste eines erfahrenen Weibes, oder ob mir die Spanier noch mehr zuwider sind, die zwar allzu feurig zu lieben verstehen, aber noch geiziger sind als die Deutschen und, auf das Recht des Siegers pochend, all das umsonst haben wollen, wofür ein Mann von Ehre bereitwillig den Preis zahlt, der ihm angemessen scheint. Von den Italienern will ich lieber nicht reden, denn die stellen sich einfach taub, wenn ein empfindsames Weib auf Geld und neue Kleider zu sprechen kommt. Gott der Herr ist mein Zeuge, lieber Michael, mein Unglück besteht nur darin, dass die wilden und gnadenlosen Landsknechte mich all meiner teuren Kleider, meiner Kästchen mit Schönheitsmitteln, meiner Duftwässer und -öle und Augenbrauenschminke beraubt haben. Außerdem haben sie mir die nicht geringe Habe geraubt, die ich mir im königlichen Feldlager mit so viel Mühe erworben habe. Wovon sollen ich und meine Kinder jetzt leben?«

»Jesusmaria!« rief ich bestürzt aus, ohne auf Anttis warnende Zeichen zu achten. »Habt Ihr etwa auch Kinder, liebe Frau Geneviève?«

»Gewiss doch«, versetzte sie gekränkt. »Ich bin doch eine reife Frau im besten Alter. Seid Ihr tatsächlich noch so unschuldig und unerfahren, Herr Michael, dass Ihr glaubt, eine Frau könnte in der Welt vorwärtskommen und vornehme Gönner haben, ohne Kinder zu bekommen? Ich habe ja nicht mal, bis auf ein einziges Mal, an der galanten Krankheit gelitten, und da genas ich auch völlig und ganz rasch, weil ich den guten Guajaksaft trank, den das Handelshaus der Fugger aus Indien importiert und zu Wucherpreisen verkauft. Ich kann diese Arznei wärmsten empfehlen, obwohl sie so teuer ist. Von meiner Krankheit genesen, habe ich keine Beschwerden mehr verspürt, auch wenn mir eine Zeitlang war, als würden tausend Flöhe auf einmal meine empfindliche Haut beißen.«

Antti mischte sich ein und sagte: »Lieber Michael, Bruderherz, ich bitte dich, glaub lieber nicht alles, was diese Frau erzählt, denn sie ist eine ausgekochte Lügnerin und behauptet, zwei Kinder zu haben, einen Jungen und ein Mädchen, die sie bei irgendwelchen Zieheltern in Tours untergebracht haben will. Der Junge soll fünf Jahre alt sein, und – das kann ich nun überhaupt nicht glauben – sie hat sich mir deshalb angeschlossen, weil der Knabe angeblich mein Sohn ist.«

»Da ist jeder Irrtum ausgeschlossen«, sprach Frau Geneviève in zärtlichem, aber bestimmtem Ton. »So wahr Gott vom Himmel auf uns herabblickt – und mich soll auf der Stelle der Blitz treffen, falls ich lüge, – so wahr ist mein Junge der Sohn des heldenhaften Herrn André hier. Das wusste ich gleich bei seiner Geburt, denn man braucht sich ihn ja nur anzuschauen – sein zerzaustes Haar, diese schläfrigen Augen – Ihr würdet ihn sofort erkennen, denn er ist wirklich ein Spiegelbild seines Vaters, so dass ich jedes Mal selbst zusammenzucke, wenn ich ihn anblicke. Ich hatte wirklich große Mühe damit, meinen ersten Gönner, an den Ihr Euch sicher noch erinnert, Herr Michael, davon zu überzeugen, dass er der Vater sei, denn er wollte mich verlassen, als das Geld, das ich völlig rechtmäßig von Meister Arce übernommen hatte, aufgebraucht war. Aber Gott sei Dank, schließlich glaubte er mir und erkannte den Knaben als seinen Bastard an, so dass der Junge stets den Schutz einer vornehmen Familie genießen kann, auch wenn sein Vater ein Schuft und Räuber war. Doch Friede seinem Andenken, denn er fiel in der Schlacht von Pavia und ertrank zu seinem Glück bei der Flucht in einem Fluss, so dass er nicht mehr die Schande der Flucht tragen muss. Ich meine natürlich seinen gesetzlichen Vater und nicht den Herrn André, der sein wahrer Vater ist und dem zu Ehren ich den Knaben auf den Namen André Florian taufen ließ, so dass er nun die Namen seiner beiden Väter trägt. Das glaubte ich seinem leiblichen Vater schuldig zu sein, an dessen Zärtlichkeit ich oft wehmütig zurückdachte, wenn ich mich in den Armen eines weniger starken und abstoßenderen Mannes befand. Nun hat die göttliche Vorsehung ihn aber wieder mit mir zusammentreffen lassen, so dass er mich bei Pavia aus den Klauen der Spanier retten konnte.«

Frau Genième sprach so warmherzig und überzeugend und sah dabei Antti mit so innigen Blicken aus ihren veilchenblauen Augen an, dass ich ihr einfach glauben musste. Ja, nachdem ich mich von meiner ersten Bestürzung erholt hatte, musste ich mir eingestehen, dass ich Antti keine Vorwürfe machen konnte, hatte er sich doch als wackerer Mann gezeigt, indem er die Mutter seines Sohnes unter seine Fittiche nahm, so viel Ungemach und Kosten sie uns auch noch verursachen konnte. Aber Antti sagte:

»Glaubst du ihr etwa, Michael? Ich kann ihr jedenfalls nicht völlig glauben, denn Weiberzungen sind geschmeidig, und ihre Worte sind nur Fallen und Netze, die sie einem leichtgläubigen Mann über den Weg werfen. Überhaupt ist die Rede von Frauen wie das Knistern trockener Zweige unter einem Topf, wie der gute Pater Petrus immer zu sagen pflegte. Wenn du ihr aber glaubst, Michael, dann ist es auch deine Pflicht, mannhaft deinen Anteil an der schweren Last der Vaterschaft zu übernehmen, denn wenn du ehrlich bist, musst du zugeben, dass der Junge eigentlich zur Hälfte dein Kind und unser gemeinsamer Sohn ist, und sein Name sollte eher André Michel Florian sein, wenn es mit rechten Dingen zugegangen wäre.«

Bei diesen Worten war ich wie vor den Kopf geschlagen; ich riss mein Wams auf, so dass die Knöpfe nur so an die Wände sprangen, und sagte: »Bist du wahnsinnig geworden, Antti? Du musst vom Teufel besessen sein, dass du so einen Unsinn von dir gibst! Ich habe wirklich nicht den geringsten Anteil an deinen Verfehlungen und habe mich Frau Geneviève nie und nimmer so genähert, wie du es offensichtlich andeuten willst, obwohl ich zugebe, dass ich damals in der Unvernunft meiner Jugend durchaus Lust dazu verspürte. Aber ihre Hinterlist und Tücke hat es dann verhindert, dass ich diese Gelüste in die Tat umsetzte, wofür ich Gott von Herzen dankbar bin, da ich nun sehe, in was für eine Patsche dich dieses Weib gebracht hat.«

Doch Antti sah mich vorwurfsvoll mit seinen ehrlichen, wenn auch vom Wein etwas farblos gewordenen Augen an und versetzte: »Denk doch mal nach, wie es damals war, Michael! Willst du etwa bestreiten, dass diese Frau dir etwas schuldig war? Und dass ich aus lauter Gutmütigkeit und um dir zu helfen, für dich einen Teil der Schuld eintrieb, damit du nicht ganz ohne das dastehen musstest, was dir zukam? Wahrlich, du kannst mir nicht in die Augen sehen, ohne zu leugnen, dass es genau so war und nicht anders. Deshalb ist, vernünftig betrachtet, der Junge viel eher dein Sohn als meiner, und du trägst für ihn also mindestens genauso viel Verantwortung wie ich.«

Das konnte ich wirklich nicht bestreiten, und wieder wurde mein Herz von demselben kraftlosen Ingrimm ergriffen, den ich in den Tagen meiner Jugend verspürt hatte, als Antti mir in Meister Arces Haus in seiner dummen Unschuld gestand, was er da angerichtet hatte. Am liebsten hätte ich Antti erwürgt, aber er war einfach zu stark für mich. Auch die unverschämt lächelnde Frau Geneviève hätte ich gerne erwürgt, wäre sie mir nicht plötzlich wieder außerordentlich schön vorgekommen, und wäre ihr bereitwillig entblößter Busen nicht so weiß und rund gewesen. Deshalb hielt ich es für unmöglich, mich jetzt an ihr, diesem gefühllosen Weibe, zu vergreifen. So hielt sie mein Schweigen für das Eingeständnis, dass ich mich mit allem abgefunden hätte. Sie berichtete stattdessen von ihren weiteren traurigen Erlebnissen:

»Als ich den Schlachtenlärm bei Pavia vernahm und viele stolze Ritter in den Fluten des stark strömenden Flusses ertrinken sah, weil sie sich den grausamen Deutschen durch die Flucht entziehen wollten, da begriff ich, dass der König eine Niederlage erlitten hatte. So blieb mir nichts anderes mehr übrig, als mich demütig dem Willen Gottes zu unterwerfen. Die vornehmen Ritter ertranken nämlich genauso elendiglich wie die gemeinen Pikeniere, wenn nicht sogar auf noch erbärmlichere Weise, weil sie wegen ihrer schweren Rüstung so schnell im Wasser versanken wie Steine in einem Brunnen. Deshalb begab ich mich eilends in meine kleine Zelle im St.-Johannes-Kloster, die mir ein vornehmer Gönner als Unterkunft besorgt hatte. Diese Klosterzelle hatte ich, um meinen Gästen ein angenehmes Ambiente zu bieten, wirklich hübsch eingerichtet. Um zu retten, was noch zu retten war, machte ich mich so schön wie möglich, weil ich unter den Anführern der kaiserlichen Armee, die bald mit dem Plündern des Klosters beginnen würde, auf diese Weise einen vornehmen Gönner zu finden hoffte. Doch keiner der hohen Herren ließ sich blicken, sondern meine beschauliche Zelle füllte bald blutbeschmierter und rußgesichtiger Pöbel. Diese Leute raubten mir mein Geld, meine Schmuckschatullen, meine schönen Gewänder und sogar meine Bettwäsche, und der Raub geschah schneller, als man bis drei zählen konnte.«

Frau Geneviève brach in Tränen aus, als sie an dieses Unrecht und das große Leid denken musste, das sie getroffen hatte. Dann trocknete sie die Tränen ab und sagte: »Schau mich nicht so an, lieber Michael, wo mein Gesicht jetzt tränenverschmiert ist. Noch viel derangierter aber war mein Gesicht in meiner Zelle im St.-Johannes-Kloster, denn als ich versuchte, meine Habe zu retten, verprügelten mich diese unverschämten Kerle, so dass mir das Blut aus der Nase strömte. Sie stießen mich zu Boden, und ihre frechen Weibsstücke rissen mir meine wertvollen Kleider vom Leibe, so dass mir kein Stück Stoff blieb, mit dem ich meine Blöße hätte bedecken können. Bei den Männern handelte es sich aber um Deutsche, die mich nicht weiter belästigten, aber nach ihnen kamen Spanier, und als die sahen, dass die Deutschen nichts mehr in meiner Zelle zurückgelassen hatte, was einen Raub gelohnt hätte, bedachten sie mich mit Flüchen und raubten mir einer nach dem anderen meine Keuschheit, und zwar in so raschem Tempo, dass ich gar nicht dazu kam, sie alle zu zählen, sondern mehr tot war als lebendig. Wenn ich das Wort ›Geld‹ auch nur erwähnte, schlugen sie mich auf den Mund, und selbst die Ritterlichsten unter ihnen sagten, sie verstünden kein Französisch. Kaum war ich sie los und kam wieder mühsam auf die Beine, als schon eine neue Gruppe erschien und mich wieder flach legte. Endlich erschien ein Mann mit einem zerzausten Bart, den ich wegen seines silbergeschmückten Harnischs für einen Ritter und adeligen Herrn hielt. Ich warf mich vor ihm auf die Knie und beschwor ihn, mich zu retten und mich unter seinen Schutz zu nehmen. Doch starrte nur angewidert auf mein blutbeschmiertes Gesicht, mein ungekämmtes Haar und die blauen Flecken an meinem Körper und sagte, ich solle mich zu den

Lagerfeuern verziehen, um da mein Geld zu verdienen, wie die anderen Huren auch. Da wusste ich, dass ich meines Glücks beraubt und ganz und gar verloren war.«

Frau Geneviève sah mich an und erklärte: »Du musst nämlich wissen, Michael, dass das Glück einer Frau von ihrer Kleidung und ihrem Geschick im Gebrauch der Schönheitsmittel abhängt. Auch die Frisur und noch viele andere äußerliche Dinge, die ich dir jetzt aber nicht alle aufzählen will, spielen hier eine Rolle. Der Verlust meines Geldes wurmte mich nicht allzu sehr, denn ich hätte in kurzer Zeit genauso viel wieder verdient, hätte ich meine Kleider und meine übrigen Sachen behalten dürfen; damit hätte ich genug vornehmen Gönner im Lager des Kaisers finden können. So war mein größtes Unglück nun der Verlust meiner Kleider, denn ohne schöne Kleidung und das dazugehörige Äußere ist eine Frau in einem Kriegslager genauso viel wert wie jede andere. Nach dem Verlust meiner Kleidung hatte ich nicht mehr zu bieten, als selbst die billigste Hure den Soldaten bieten konnte. Ich wanderte also von einem Lagerfeuer zum anderen und konnte dabei kaum mehr verdienen als einen zerfetzten Rock, um meine Blöße zu verdecken. In meiner demütigenden Lage hatte ich keinen anderen Trost, als dass mein allerchristlichster König auf die gleiche Weise vom hohen Thron seines Glücks gestürzt und zum Gefangenen des Kaisers geworden war, so dass selbst seine Feinde sein Schicksal beklagten. Aber die Vorsehung richtete es so ein, dass ich schließlich auf den Vater meines Sohnes traf und ihn gleich erkannte. So errettete er mich aus dem Schlimmsten, obwohl ich mir noch nicht den notwendigen Vorrat an Kleidern zulegen konnte, um in meinen früheren Stand aufzusteigen und meine schutzlosen Kinder auf ehrbare Weise ernähren zu können.«

Antti warf ein: »Gott behüte, dass ich die Dukaten, die ich durch mein Blutvergießen erworben habe, für Fummel und Weibertand zum Fenster hinauswerfe, da mag sie tausendmal meines Sohnes Mutter sein. Außerdem stellt ein lumpiger Rock wie der da gerade jetzt den besten Schutz für eine Frau in Deutschland dar. Denn wenn du dich standesgemäß kleiden würdest, dann hielten dich die Bauern gar für eine Adelige oder Fürstin und würden dich auf der Stelle ausrauben.«

Frau Geneviève sagte: »Dies ist wahrlich ein übles Land. Ich begreife nicht, warum ich dir hierher gefolgt bin. Ich will unverzüglich fort von hier, denn hierzulande denken die Männer mehr ans Essen und Trinken, als an die Freuden der Liebeskunst.«

Ich aber dachte über alles nach, und meine rasche Auffassungsgabe half mir zu verstehen, dass es vergeblich wäre, wider den Stachel zu löcken und wir Frau Geneviève nie los werden würden, wenn wir sie nicht mit der Art von Kleidern ausstatteten, die ihr erlauben, ihren Beruf auf anständige Weise auszuüben. Deshalb sagte ich: »Vielleicht hat die Vorsehung Euch an den richtigen Ort geführt, liebe Frau Geneviève, denn die Bauern plündern überall die Burgen der Grafen und die Schlösser des Adels. Ich habe Bauernweiber gesehen, die in Samt, Seide und weichen Pelzen herumstolzierten, mit Storchenfedern auf dem Kopf, obwohl niemand sie deshalb für Gräfinnen halten würde. Ich glaube, wir könnten Euch zu mäßigem Preis einen ordentlichen Kleidervorrat verschaffen, wenn wir uns zusammen auf den Weg machen und die Augen offen halten. Aber jetzt bin ich schon zu erschöpft von all den Erschütterungen meines Gemütes. Die Brandwunden an meinen Beinen tun weh, und ich will endlich zu Bett gehen und schlafen, in der Hoffnung, dass der morgige Tag uns besseren Rat geben möge als der heutige.«

Frau Genevièves Augen begannen zu leuchten; sie stürzte sich auf mich, umarmte mich und sagte, sie würde mich gerne zu Bett bringen, falls ich mich nach dem Weingenuss unsicher auf den Beinen fühlen sollte. Sie versprach, eine gute Salbe auf meine Brandwunden zu streichen und mich in meinem Bett mit ihrem Körper zu wärmen, denn die Frühlingsnächte seien ja kalt, und zu zweit schlafe man in wärmeren Betten als alleine. Sie musste meine Absichten völlig missverstanden haben, als ich von der Bettruhe sprach. Aber ich hatte nicht die Kraft, ihr zu widersprechen, und da die Gewürzhändlerwitwe sich strikt weigerte, Frau Geneviève ihr eigenes Bett zu überlassen und uns allen wegen unserer Gottlosigkeit die ewige Verdammnis prophezeite, stiegen wir zu dritt auf den Dachboden hinauf und teilten uns mein Bett so, dass Frau Geneviève zwischen uns beiden lag und mein Hund es sich zwischen Anttis Hals und Schulter bequem machte, um seinen Schlaf zu bewachen, denn er bewunderte Antti sehr, besonders seiner kräftigen Zähne wegen. Kaum hatte Antti seinen Kopf aufs Kissen gebettet, da schlief er schon ein, und als sein Schnarchen ertönte, schlang mir Frau Geneviève zärtlich ihren Arm um den Hals, küsste mich aufs Ohr und begann mir allerlei Dinge zuzuflüstern, die ich aus Gründen der Schamhaftigkeit hier lieber nicht aufschreiben möchte. Jedoch wehrte ich ihre Verführungsversuche ab, denn ich war zu müde und viel zu betrunken vom Wein, als dass ich an leibliche Sinnenfreuden hätte denken können. So schlief ich mit ihrem weichen Arm an meinem Halse ein.

Auf diese Weise war die Schlacht von Pavia für mich zu Ende. Wenn ich vielleicht allzu ausführlich davon erzählt habe, dann nur deshalb, weil ich glaube, dass Anttis Bericht für alle lehrreich und von Nutzen ist. Denn es handelt sich dabei um einen Augenzeugenbericht, und Antti schilderte die Schlacht mindestens ebenso genau wie die gelehrten Historiker, die noch immer uneins über bestimmte Einzelheiten des

Schlachtverlaufes sind, mit Ausnahme der eidgenössischen Geschichts-schreiber, die sich über die ganze Sache lieber in Schweigen hüllen.

Kapitel 5

Ich hatte also beschlossen, Frau Geneviève neue Kleider zu beschaffen, ohne dabei auf meinen eigenen Vorteil zu schauen. Doch war ich auch gewillt, Antti an den Kosten teilhaben zu lassen, weil er genauso viel wie ich, wenn noch nicht mehr, der Vater von Frau Genevièves Sohn war. Frau Geneviève schwor, sie werde umgehend in ihr Heimatland Frankreich zurückkehren und sich beim Hof der Mutter des Königs niederlassen, sofern sie nur erst Kleidung bekäme, die ihrem Rang angemessen wäre. Sie meinte, es könnten ja nicht alle vornehmen Ritter Frankreichs in der Schlacht bei Pavia zu Tode gekommen sein. Bestimmt gebe es am Hof noch den einen oder anderen adeligen Herrn, der galant genug sei, eine schöne Frau unter seine Obhut zu nehmen. Aber bei Gott, dies soll jetzt das letzte Mal sein, dass ich die Schlacht bei Pavia erwähne, sofern es nicht unerlässlich ist, denn ich verspüre immer noch einen furchtbaren Katzenjammer, wenn der Name dieser Stadt genannt wird.

Erst am folgenden Morgen merkte ich nämlich, dass wir viel zu viel Wein getrunken hatten. Antti hielt den Kopf in seinen Händen, seufzte und schwor, er werde nie mehr auch nur einen Tropfen Wein trinken, sondern sich von jetzt an mit Buttermilch und frischem Wasser begnügen, natürlich außer auf Feldzügen, wenn er nach dem Rat seines Feldwebels auf seine Gesundheit bedacht sein musste. Trotzdem verschaffte mir etwas Bier doch so weit einen klaren Kopf, dass ich mich hinkend und ächzend zu Ulrich Schmid schleppen konnte. Von seinen Hauptleuten erfuhr ich, dass fünftausend Bauern auf die Donau zu nach Leipheim unterwegs waren, denn dort gab es mehrere reiche Klöster und Burgen. So wollte ich unverzüglich nach Leipheim aufbrechen, denn ich dachte, je schneller wir Frau Geneviève loswürden, desto besser wäre es für meine Sittsamkeit, die mir in ihrer Gegenwart stets gefährdet schien. Auch dachte ich, es wäre wohl ein gottgefälliges Werk, wenn wir diese in Not geratene Frau mit Kleidern ausstatteten, die sie für ihre Berufsausübung benötigte.

Ulrich Schmid lobte mich für meine Entscheidung und beschwor mich flehentlich, den räuberischen Bauern die Nachricht zu überbringen, dass sie sich so schnell wie möglich wieder mit der Haupttruppe vereinigen sollten. Denn Jörgen von Truchsess, den die Fürsten des Schwäbischen Bundes zu ihrem militärischen Anführer gemacht hatten, näherte sich ihnen bereits in Eilmärschen. Unterwegs hatte er so viele verschiedene Bauerngruppen getötet, ermordet, lebendig verbrannt und den Männern die Augen ausgestochen, dass die Leipheimer Truppen allen Grund zur Eile hatten. Ulrich Schmid hoffte, von Truchsess würde es mit der Angst zu tun bekommen und sich auf Verhandlungen einlassen, wenn er erst die vielen Bauern mit Speeren in Händen zu sehen bekäme.

Wir hatten es also eilig, nach Leipheim zu kommen und wählten für Frau Geneviève ein besonders braves Pferd aus, denn sie wollte unbedingt selbst beim Kleiderkauf dabei sein. Davon verstünden wir Männer nämlich nichts, wie sie sagte. Antti hatte kein Pferd, und während wir noch überlegten, wie wir uns eines beschaffen könnten, lenkte uns die Vorsehung zu einer Schenke, vor der jemand sein fertig gesatteltes Pferd stehen gelassen und an einem Ring an der Schwelle angebunden hatte. Dankbar über dieses Geschenk des Himmels bemächtigte sich Antti des Pferdes und meinte, niemand könne dies als Diebstahl bezeichnen, wo doch nach dem Wort der Bauern unter den Gläubigen alle Dinge in gemeinschaftlichem Besitz waren.

Wir ritten also auf vom Regen aufgeweichten Wegen nach Leipheim. Überall am Wegesrand blühten auf den Wiesen die Blumen, die Luft war frisch und voller Lindenduft, obwohl es gerade erst Anfang April war. Das brachte unsere Gedanken auf unsere ferne und arme Heimat, wo zu dieser Zeit das Meer noch zugefroren war und die grauen Hütten unter einer Schneedecke begraben waren. Wehmut überkam uns, und Antti erzählte, er habe unter den Landsknechten einen dänischen Vizehauptmann, einen *lieu tenant* getroffen, der seinerzeit unter König Christian gedient habe. Der hatte ihm berichtet, König Christian hätte schon vor längerem seine Krone und sein Land verloren, und zwar an seinen Onkel, den Herzog von Holstein. Christian sei in die Niederlande geflüchtet, das Herrschaftsgebiet des Kaisers, seines Schwagers, der ihm immer noch einen großen Teil der Mitgift seiner Schwester schuldig war.

Die schwedischen Herren hatten in einem schwachen Moment jenen Herrn Gustav aus dem Geschlecht der Vasa zum König gewählt, der, verwegen wie er war, Schweden und Finnland zum Aufstand gegen den gesetzlichen König angestiftet hatte. Doch hatte sich dieser König Gustav dann für die schwedischen Herren als unberechenbarer Starrkopf erwiesen. Er war ein jähzorniger und pingeliger Herr, der keine Rivalen im Spiel um die Macht duldete. König Christian hatte ihm bereits einen großen Dienst erwiesen, indem er all jenen Männern den Kopf hatte abschlagen lassen, die sich in Schweden allzu viel hätten herausnehmen können. König Gustav hatte dann selbst in seiner Weitsicht dieses Werk vollendet, denn als die letzte große Schlacht auf schwedischem Boden anstand, hatte er ganz bewusst seine besten Anführer, jene nämlich mit dem größten Selbstbewusstsein, die sich schon viel zu viel Ruhm beim Aufstand gegen die Dänen erworben hatten, in einen Sturmangriff gegen die unbesiegbaren Mauern der Festung Kalmar geschickt, so dass sie dabei der Reihe nach ums Leben kamen und der König sie auf leichte Weise loswurde.

Weiter hatte der dänische Vizehauptmann erzählt, dass dieser König Gustav nach seinem Aufstieg nichts mehr von dem Aufstand hören wollte, sondern seine Rebellion lieber als Freiheitskrieg gegen die Dänen bezeichnen ließ. Nachdem König Christian seine Krone verloren hatte, bemächtigte sich der wackere Admiral Norby der Insel Gotland und plünderte von dort aus alle Schiffe, die ihm in die Hände fielen, ganz gleich, wie groß und welcher Nationalität sie waren. Er nannte sich einen Feind aller Menschen, aber Freund Gottes. Er war nämlich sehr erbost darüber, dass König Gustavs Truppen Finnland besetzt hielten, obwohl König Christian ihm Finnland ganz legal zum Lehen gegeben hatte. Die lübischen Kaufleute, denen König Gustav die schwedischen Burgen verpfändet hatte, um von ihnen mit Geld und Kriegsmaterial versorgt zu werden, so dass Schweden nun eher so etwas wie eine Kolonie Lübecks war als ein selbstständiges Reich, hatten König Gustav dann in einen Krieg gegen den Admiral gezwungen. So blieb Herrn Gustav nichts anderes übrig, als all das viele silberne Essgeschirr, das ihm während des Aufstands in die Hände gefallen war, zu Münzen zu schlagen, damit er seine Flotte ausrüsten konnte. Dann war Herr Severin nach Narva gesegelt, um sich beim Zaren von Moskau zu verdingen und mit seiner Hilfe Finnland zurückzuerobern. Allerdings hatte man danach nichts mehr von ihm gehört. Es gab ja viele, die nach Moskau gingen, aber nur wenige, die von dort wieder zurückkamen.

Als ich all dies erfahren hatte, war mir klar, dass ich nicht mehr in meine Heimat zurückkehren konnte. Auch bekam das Bild, das ich mir von dem wackeren Admiral bewahrt hatte, einige Flecken, denn nicht einmal um des eigenen Vorteils willen wünschte ich meiner finnischen Heimat so ein schlimmes Los, von den grimmigen Reiterhorden Russlands überrollt und gebrandschatzt zu werden, wie es schon einmal einige Jahre vor meiner Geburt geschehen war. So stimmte ich in Anttis Gebet ein, Gott möge unser liebes Vaterland vor dem Grimm der russischen Schismatiker bewahren und das ehrlose Ränkespiel von Admiral Norby zuschanden werden lassen, auch wenn wir dann unser ganzes weiteres Leben als heimatlose Flüchtlinge verbringen müssten. Unsere frommen Wünsche und unser schlimmes Los rührten uns beide zu Tränen. Doch da von Gott die Rede war, so wusste Antti auch noch zu berichten, dass König Gustav Vasa von Schweden nun fleißig lutherische

Predigten hörte. Ein Prediger des neuen Glaubens, der nach Stockholm gekommen war, hatte nämlich verkündet, zum Wohl des Reiches wären der große Landbesitz der Kirche sowie die Schätze und das Silber der Klöster besser in der Kasse des Königs aufgehoben, als dass dadurch den Priestern und Mönchen ein bequemes Leben auf den Schultern des armen Volkes ermöglicht würde. Diese Worte hatten König Gustav sehr erfreut, und er hatte gesagt, diese neue Lehre finde sein unbedingtes Wohlwollen.

In solche Gespräche vertieft, ritten wir dahin. Auch Frau Geneviève ergötzte uns mit allerlei Geschichtchen vom französischen Hof und den Lebensgewohnheiten von König Franz. Allerdings waren ihre Geschichten nicht gerade lehrhaft, sondern konnten einem unverständigen Geist eher schaden als nützen, so dass ich sie hier nicht wiederhole. Ich erwähne nur, dass bei unserer Ankunft in dem Städtchen Leipheim die Bauern sich auf den Hügeln der Umgebung gelagert hatten. Überall herrschte derselbe Lärm und Streit, dazu Sauferei, Prasserei und Unzucht, so wie ich es schon zu Genüge kannte. Auf dem Marktplatz vor der Kirche wurde emsig Handel getrieben. So wie Fliegen sich auf den Mist stürzen, waren von überallher Juden gekommen und luden bereits die besten Waren auf ihre Fuhrwerke. Für die Kleider adeliger Damen forderten sie unverschämte Preise, obwohl sie sie selbst gerade zu einem Spottpreis von bierdurstigen Bauern erstanden hatten.

Deshalb sahen wir uns im Lager der Bauern um und schauten auch in Schafskoben und Viehställe, gingen von strohbedeckten Hütten zu Häusern aus Stein und von Keller zu Keller, denn überall hatten sich die Bauern einquartiert. Sie zeigten uns bereitwillig die Beute ihrer Plünderzüge. Wenn ich auf jemanden von ihren Anführern traf oder auch auf einen, der lauter schreien konnte als die anderen oder auf jemand besonders Betrunkenen, dann richtete ich ihnen die Nachricht von Ulrich Schmid aus und forderte sie auf, nach Baltringen zurückzukehren, damit sie in friedlichen Verhandlungen mit den Hauptleuten der Fürsten, die im Anmarsch waren, um die Bauern Gesetz und Ordnung zu lehren, alle ihre Forderungen durchsetzen konnten. Aber diese braven Burschen waren so von ihrer eigenen Stärke und ihren Erfolgen berauscht, dass sie nicht mehr an Verhandlungen und die Anführer der fürstlichen Truppen glaubten, erst recht aber nicht an Ulrich Schmid, der für sie eine Memme war. Sie würden Herrn von Truchsess schon ihre Faust zeigen, wenn dieser Zottelbart von Mann, der sich ja wohl dem Teufel verschrieben hätte, es überhaupt wagen würde, ihnen zu nahe zu kommen.

Bei einem dieser Gespräche fand Frau Geneviève eine Truhe voll hübscher Kleider aus Samt und Seide, dazu pelzbesetzte Mäntel, Spitzen und Kranichfedern. Sogar ein Kästchen mit Schönheitsmitteln befand sich in der Truhe, samt Spiegeln mit silbernem Griff, Kämmen, Bürsten, Zangen und Pinseln. Die Truhe musste wohl einer vornehmen Dame gehört haben, die ihre besten Sachen gut verpackt hatte, um vor den Bauern zu flüchten. Frau Geneviève schlang mir den Arm um den Hals und küsste mich auf den Mund. Sie hätte auch Antti geküsst, wenn er sie nicht daran gehindert hätte. Sie flehte uns an, ihr die Truhe samt Inhalt zu kaufen, und versprach uns, wir würden sie nicht wiedererkennen, hätte sie sich erst neu eingekleidet und sich das Gesicht nach allen Regeln der Kunst geschminkt. Sie war wirklich ein verlockender Anblick, als sie beschwingt und wie eine echte Französin vor uns hin und her spazierte, so dass ich plötzlich in Erinnerungen aus meiner Jugend schwelgte, während die Frühlingssonne auf uns herabschien und auf den grünen Wiesen die Blumen in weißer und roter Pracht erblühten. So beschloss ich, mich mit dem Hauptmann der Bauernschar auf einen Handel einzulassen und fragte ihn, wie viel er für die Truhe wollte.

Er breitete seine Arme aus, rief Gott zum Zeugen an und schwor, er habe gar nicht vor, diese feinen und wertvollen Kleider zu verkaufen, sondern wollte sie seinem lieben Weib als Trophäe mitbringen. Ihr wären sie zwar ums Hinterteil und auch vorne wohl etwas zu eng, aber das könne man ja ändern, wenn man die Nähte auftrennte. Jedenfalls werde er die Truhe für nicht weniger als tausend Gulden abgeben, wo die geizigen Juden ihm bereits hundertundfünf Gulden dafür geboten hätten. Mir war somit klar, dass er durchaus bereit war, die Sachen zu verkaufen. Als Frau Geneviève den Preis vernommen hatte, bat sie mich sogleich, ich solle mit den tausend Gulden herausrücken und die Truhe an mich nehmen, bevor der Bauer es sich anders überlegte, da allein schon das Kästchen mit den Schönheitsmitteln mindestens hundert Gulden wert sei. Da war ich aber dann doch entsetzt. Ich bekreuzigte mich und sagte:

»Wie ist es möglich, dass eine Frau so eitel sein kann, für Kleider einen Betrag auszugeben, für den sich ganze Landgüter und Viehherden erstehen lassen? Wenn das so ist, dann ist es wirklich an der Zeit, dass die Welt eine neue Ordnung bekommt. Ich bin auch kein Prinz oder Kardinal, der tausend Gulden einfach so wegwerfen kann, selbst wenn ich tausend Gulden hätte. Ich hatte die Absicht, so etwa zwanzig Gulden für diesen Zweck auszugeben, was ohnehin schon eine große Summe ist, um das Schmuckbedürfnis eines Weibes zu befriedigen. Von Antti wollte ich den gleichen Betrag fordern, weil er der Vater Eures Sohnes ist.«

Frau Geneviève brach in Tränen aus und sagte, sie habe nicht geahnt, sich mit Geizhälsen und Bettlerpack eingelassen zu haben. Der liebe Gott würde uns für unseren Geiz noch strafen. Sie hätte sich uns nie angeschlossen, wenn sie gewusst hätte, dass wir so wenig Geld haben.

Lieber hätte sie sich dann an Gänsehirtin verdingt. Ihre Zornestränen verunsicherten mich derart, dass ich dem Bauernhauptmann sechzig Gulden für die Truhe bot. Da wurde er unwirsch, klappte den Deckel geräuschvoll zu und sagte, der Handel habe sich für ihn erledigt.

Während wir noch so feilschten, hatte sich Antti von einem Hügel aus umgesehen und die gelbgrün dahinströmende Donau beobachtet, die das Städtchen und die in den Ort führenden Straßen in einem Bogen umfloss. »Ich sehe da Reiter auf der Straße«, sagte er. »Sie haben Speere und glänzende Harnische und reiten in vollem Galopp, so als hätten sie es sehr eilig. In meinen dummen Augen scheinen es eher Berittene der Fürsten zu sein als Kundschafter der Bauern, denn die Pferde der Bauern haben dickere Beine und sind ungestriegelt. Diese Pferde da sind aber groß und gut genährt, haben glattes Fell, und in ihrem Trab sind sie makellos.«

Der Anführer des Bauernhaufens wandte sich um und hielt Ausschau, schnäuzte sich die Nase in die Finger und sagte: »Reiter von uns scheinen das nicht zu sein, denn welche Narren reiten schon auf leeren Straßen, wo wir in dieser Gegend alles geplündert haben, was nur zu plündern war, und alle Burgen ausgebrannt sind? Aber wir sind viele; ich kenne nicht einmal alle meiner Männer. Die Reiter da kommen bestimmt von jenseits der Donau, um sich uns anzuschließen und etwas von der neuen Ordnung und den zwölf Artikeln von uns zu erfahren.«

Wir schauten alle ins Tal hinab und sahen, wie die Reiter über eine Schar Bauern herfielen, die gerade mit Getreidefuhren unterwegs waren. Sie machten sie mit ihren Spießen und Speeren nieder und stießen sie unter die Hufe ihrer Pferde. Ihr Geschrei drang als schwaches Echo an unsere Ohren, die wir auf dem Hügel standen. Zwei Zugtiere scherten erschrocken aus und brachten ihre Fuhre zu Fall. Der ganze Anblick hatte etwas von einem Traumgesicht mitten an diesem sonnigen Tag, so dass wir einander nur ungläubig anstarrten.

Der Bauer bekreuzigte sich und meinte fromm: »Gott behüte uns vor Zank und Streit! Aber wo Tausende Männer beisammen sind und es viel Wein und Bier gibt, da ist man vor Auseinandersetzungen und Handgreiflichkeiten nicht gefeit. Mir scheint, diese Reiter sind aus irgendeinem Grunde wütend. Wahrscheinlich haben die Leute mit den Fuhren ihnen nicht rasch genug Platz gemacht, als sie an ihnen vorbei wollten.«

Aber Antti wies uns darauf hin, dass sich auf einer anderen Straße aus größerer Entfernung ebenfalls eine Gruppe Reiter der Stadt und dem Hügel näherte. Er sagte: »Ich bin einigermaßen kriegserfahren, obwohl ich mich mit meinen Erfahrungen nicht brüsten will, weil ich nur ein einfacher und bescheidener Bursche bin. Aber ich finde, wir sollten jetzt die Trommeln schlagen und die Hörner blasen. Denn wenn ich mich nicht sehr irre, handelt es sich um die Vorhut der Fürsten und des Herrn von Truchsess, welche die Gegend erkunden soll. Besagter Herr wird sicher schon bald persönlich erscheinen, falls sie es wagen, hier direkt vor unseren Stellungen zuzuschlagen.«

Der Bauer hatte für diese Worte nur ein nachsichtiges Lächeln übrig und meinte, Antti sehe wohl Gespenster am helllichten Tage. Ferner fragte er, über was für Stellungen und Ausrüstungen die mittellosen Bauern nach Anttis Meinung wohl verfügten. Man habe in diesen Tagen doch wahrlich Wichtigeres zu tun gehabt, als Stellungen auszuheben und Pfähle für Fallen in die Erde zu schlagen. Doch im gleichen Augenblick begannen die Kirchen in der Stadt mit dem Alarmgeläut. Aus dem Stadttor brachen Bauern hervor so wie Bienen zur Schwarmzeit aus einem Bienennest. Alle begannen, auf den Hügel zuzulaufen, stolperten dabei und verhedderten sich in ihren Speeren, während die beiden Reitergruppen innehielten, eine Weile lang alles genau beobachteten und dann in vollem Galopp zurückritten.

Auch auf dem Hügel wurden nun die Trommeln geschlagen; die Bauern krochen aus ihren Ställen und Kellern hervor und rieben sich den Schlaf aus den Augen. Der Hauptmann des Bauernhaufens hatte inzwischen eine blasse Nase bekommen. Seine Augen blickten verwirrt drein, aber er versuchte sich zu fassen und sagte: »Wenn das wirklich die Reiter der Fürsten war, dann sind es jedenfalls nicht viele. Wir werden sie mit Gottes Hilfe in offener Schlacht besiegen, oder sie wenden sich gleich zur Flucht, wenn sie unsere große Anzahl erblicken. Doch sollten wir zur Vorsicht unseren Hügel befestigen. Bitte steht uns mit Rat zur Seite, hoher Herr und Kriegshauptmann; sagt uns, was zu tun ist! Von unseren Vätern haben wir gelernt, Räderwerk und Fuhrwagen zu unserem Schutz um uns herum aufzustellen, um vor den Reitern sicher zu sein. Aber wir wenden gerne auch neuere Kriegslisten an, wenn Ihr auf Euren Feldzügen welche gelernt habt.«

Kaum hatte er dieses gesagt, da erschienen auch schon in beiden Tälern die viereckigen Formationen der Pikeniere, die wohlgeordnet und in gleichmäßigem Marschschritt vorrückten, zu beiden Seiten von der Reiterei flankiert. Bei ihrem Anblick bekreuzigte sich der Bauer eilends, wandte sich an mich und fragte: »Ihr spracht von sechzig Gulden, lieber Herr? Gebt noch zehn drauf, dann gehört die Truhe Euch samt allem, was drin ist, auch wenn das für mich einen großen Verlust bedeutet und ich nicht weiß, wie ich das meiner Frau erklären soll. Aber Geld ist Geld, und man kann es leichter in der Gürteltasche bei sich führen, als eine große Truhe. Also, Hand drauf, und der Handel ist abgemacht!«

Frau Geneviève, die sich nicht im geringsten um die Reiter und die heranmarschierenden Soldaten mit ihrem Wald aus Piken scherte, begann vor Freude auf und ab zu hüpfen wie ein junges Mädchen. Sie zog mich sogar am Arm, damit ich meine Hand dem Bauern entgegenstreckte und mit ihm einschlug. Aber Antti hielt mich zurück und sagte: »Verschieben wir den Handel auf bessere Zeiten, denn jeder Tag hat seine eigenen Sorgen. Heute werden wir, wie ich befürchte, in ein rechtes Ameisennest geraten. Wenn mich meine Augen nämlich nicht täuschen, dann ist der Herr von Truchsess ein kundiger und geschickter Feldherr, auch wenn er dem Marquis von Pescara natürlich nicht das Wasser reichen kann. Ich wette, dass der Sand im Stundenglas nicht einmal bis zur Hälfte durchrinnt, bis er uns hier in diesem Donaubogen eingeschlossen hat. Ich sehe, wie Ochsengefährte die Geschütze herbeiziehen. Deshalb ist jetzt mein Platz nicht hier, wo ich doch nur ein unbeteiligter Ausländer bin. Wir sollten so schnell wie möglich fortreiten und zu fliehen versuchen, wenn uns unser Leben lieb ist.«

Die Bauern hatten schon begonnen, ihre Fuhrwerke an den Abhängen des Hügels aufzustellen. Sie schlugen Pfähle in die Erde und spannten Seile dazwischen auf. Auch sah ich, wie sie zwei kleinere Geschütze in ihre Stellungen zogen. Es gab sogar Arkebusiere unter ihnen, so dass mein Herz jubilierte und ich sagte: »Geh du nur deines Weges, Antti, wenn es dir dein Gewissen erlaubt; aber mein und meiner Arkebuse Platz ist hier unter diesen wackeren Männern, die offenbar furchtlos für das Göttliche Recht zu kämpfen entschlossen sind. Mag sein, dass sie in ihrem Unverstand Sünden begangen haben und ihre Taten bei genauerer Betrachtung nicht ohne Fehl und Tadel sind. Aber ich glaube, dass Gott ihnen ihre Fehler vergibt, weil sie nur Gutes im Sinn haben. Noch ermutigender finde ich es aber, dass die Truppen der Fürsten nicht sehr zahlreich sind im Vergleich zu uns. Deshalb glaube ich, wir können uns auf diesem Hügel durchaus sicher fühlen.«

Frau Geneviève weigerte sich strikt, ohne die Truhe irgendwohin zu gehen, denn dies sei die Gelegenheit ihres Lebens, und sie würde lieber sterben, als auf die Truhe zu verzichten. Zur Bekräftigung ihrer Worte warf sie sich längs auf die Truhe und umklammerte sie mit beiden Armen, so dass es nutzlos war, sie von dort wegziehen zu wollen, wollte Antti ihr nicht sämtliche Glieder ausreißen. Der Bauer warf einen weiteren Blick ins Tal, wo die großen quadratischen Formationen der Pikeniere sich in kleinere Gruppen auffächerten, um den Hügel zu umstellen, und sagte rasch, weltliche Eitelkeit und Ziersucht seien nichts für ihn, sondern seine beste Zier sei Gottes klares Wort, und deshalb wolle er sich mit dreißig Gulden für die Truhe zufriedengeben, wenn er das Geld sofort bekäme. Ich ließ mich von einem so vorteilhaften Handel und Frau Genevièves Sturheit verleiten und zählte ihm eilends das Geld auf die Hand, wobei ich noch nicht einmal darauf achtete, ob er vollgewichtige oder untergewichtige Gulden von mir erhielt.

Von der Stadt her tauchte, auf einem Esel reitend, ein Priester auf dem Hügel auf. Ihm liefen Männer hinterher, die ihn mit ihren Spießen zur Eile antrieben. Er begann unverzüglich mit einer Predigt an die Bauern und rief sie dazu auf, Gott zu vertrauen. Danach schossen die Geschützknechte zwei Kugeln ab, um die ganze Schar zu ermutigen. Aber die Kugeln flogen nicht weit und landeten nicht einmal in der Nähe der fürstlichen Truppen. Antti hingegen sagte: »Bei unserer Freundschaft, Michael, ich beschwöre dich, lass uns abhauen! Denn auch wenn ich ein dummer und einfacher Kerl bin und du klüger bist als ich, so sagen mir doch alle meine Erfahrungen, die ich im Krieg gesammelt habe, dass es jetzt höchste Zeit ist zu verschwinden. Wir müssen uns so schnell wie möglich auf die Pferde schwingen, in die Stadt und ans Ufer reiten und dort ein Boot finden, mit dem wir die Donau überqueren können. In Anbetracht von Frau Genevièves Wahnsinn bin ich bereit, sogar die Truhe mitzunehmen, wenn wir nur auf der Stelle aufbrechen.«

Aber mein Glaube an die gute und gerechte Sache machte mich taub für alle Stimmen der Vernunft. Sicher hatte auch die Tatsache, dass ich das Tor der Bischofsburg mit der Petarde hatte aufbrechen können, mir Mut verschafft. Außerdem hatten die Bauern ja noch nie eine Niederlage hinnehmen müssen, wenn sie Burgen und Klöster belagerten und ausplünderten. Deshalb meinte ich schnippisch:

»Geh nur, Antti, und suche Sicherheit auf der anderen Seite der Donau, damit nicht eine verirrte Kugel auf deinen Schädel aufprallt. Ich hole dich ab, wenn wir die Truppen der Fürsten geschlagen haben. Dann wird der am besten lachen, der zuletzt lacht. Ich hätte dich nie für so einen Angsthasen gehalten. Viel kann ich auch nicht auf die Geschichten geben, mit denen du von deinen Kriegserfahrungen prahlst.«

Antti schaute sich um, schlug fromm ein Kreuzzeichen und sagte: »Ein gutes Wort ist immer angebracht, aber unser langes Geschwätz hat dazu geführt, dass es jetzt schon zu spät ist, die Flucht zu ergreifen. Deshalb bleibe ich hier bei dir. Ich kann schließlich nicht ohne dich fliehen, wo ich doch extra aus Italien hierher gewandert bin, um dich zu finden und dich aus all dem Ungemach zu retten, in das dich deine angeborene Unvernunft immer wieder treibt. Jetzt träumst du noch, Michael, aber ich fürchte, dass es für dich bald ein böses Erwachen geben wird. Du hast ganz recht, wenn du sagst, wer zuletzt lacht, der lacht am besten, und deshalb werde ich auch ganz schön zu lachen haben, wenn wir aus diesem Schlamassel noch lebend herauskommen. Aber dir wird das Lachen noch vergehen, das kann ich dir wohl sagen, obwohl ich dir das natürlich nicht wünsche wegen der guten Sache, für die du dich einsetzt.

Jedenfalls hoffe ich von Herzen, dass die Sache der Bauern gewinnt. Denn jetzt sitze ich nur wegen dir genauso tief in der Scheiße wie du.«

Mehr Worte machen konnten wir nicht, denn die Hauptleute, Fähnriche und Feldwebel, die sich als Rangabzeichen eine Hahnenfeder an den Hut geheftet hatten, begannen wie kopflose Hühner umherzurennen. Sie schubsten und stießen mit ihren Ellbogen die Bauer an oder bearbeiteten sie mit den Fäusten, um sie in Reihen antreten zu lassen, damit sie sich dem Angriff der Pikeniere stellen konnten. Unter den etwa dreitausend Mann gab es nur um die dreißig mit Arkebusen. Auch ich schlug die Stützgabel meiner Arkebuse in die Erde, während die Reiterei bereits den Hügelabhang heraufkam, zielte trotz meines heftig pochenden Herzens so gut ich konnte, und schoss ab. Ich glaube, ich habe mindestens ein Pferd verwundet, denn als Feuerstöße aus den Büchsenläufen knallten, da drehten die Reiter ab und machten den Reihen der Pikeniere Platz, um den Hügel zu umzingeln. Die Bauern brachen in jubelnde Siegesrufe aus, und der Priester verkündete mit schriller Stimme, nun würde Gott seine Fliegenklatsche am Himmel schwingen, um den Gottlosen den Garaus zu bereiten.

Während die Pikeniere in kurzen, aber gleichmäßigen Schritten den Hügel hinaufkamen, begannen ihre Geschütze unseren Hügel zu beschießen, so dass die Wagen der Bauern umkippten und ihre Reihen in arge Unordnung gerieten. Ein bitterer Geschmack machte sich in meinem Munde breit, als ich das furchtbare Pfeifen der Kugeln vernahm. Aber Antti stand mir mit gutem Rat zur Seite, als ich meine Arkebuse von neuem lud, und er sagte:

»Am schlimmsten ist es dann, wenn die Reihen der Pikeniere aufeinanderprallen, denn es gibt auf Erden und auch im Himmel niemanden, dem dann nicht vor Angst die Beine schlottern. Deswegen ist es auch notwendig, dass von hinten ein ordentlicher Druck herrscht und an vorderster Front niemand umkehren und fliehen kann, denn das würde selbst der Tapferste am liebsten tun, wenn er sieht, wie ihm die vorgestreckten Piken und Spieße entgegenkommen. Das ist ein Anblick, bei dem niemand glaubt, er könne das überleben. Aber die Erfahrung zeigt, dass man trotzdem mit dem Leben davonkommt, wenn man nämlich Ruhe bewahrt, denn die Speere prallen oft an den Brustpanzern der Männer in der ersten Reihe ab, und die Griffe rutschen den Männern, die sie halten, aus den Händen, selbst wenn sie noch so stark geriffelt sind. Mit einem Zweihandschwert kann man viele Speere zerhauen, und dann ist es Aufgabe der Arkebusiere, ein Loch in die Reihen der Pikeniere zu schießen. Aber jetzt scheint mir, es ist Zeit für dich zum Schuss, denn die Vorhut ist bis zu den Fuhrwerken gekommen. Das ist jetzt die beste Zeit für einen Angriff der Bauern, denn nun können sie die

Feinde den Hügel hinunterstoßen, wenn sie gerade über die Wagenbarrikaden stolpern.«

Ich schoss also mit meiner Arkebuse mitten hinein in das größte Gewimmel, während Antti seinen Zweihänder ergriff. Aber beides war vergebens, denn als die Bauern die langen Spieße und Speere vor sich sahen, verließ sie plötzlich der Glaube, so dass sie ihre Waffen wegwarfen und sich zur Flucht wandten. Sie hatten auch nicht genug Druck hinter sich, denn als ich mich umschaute, rannten auch die hinteren Reihen schon den Abhang hinab und flüchteten in Richtung des Städtchens, wobei sie versuchten, durch die Lücken zwischen den quadratischen Formationen der Pikeniere hindurch zu kommen. Dabei riefen sie, die Stadtmauern böten besseren Schutz als ihre schwache und löcherige Wagenburg.

Als Antti diese ungeordnete Flucht sah, lachte er laut auf und sagte: »Glaubst du's mir jetzt, Michael? Jetzt aber nichts wie weg! Lauf, was du kannst!« Das brauchte er mir nicht zwei Mal zu sagen; wir rannten los, und Antti hielt uns mit seinem Schwert den Fluchtweg frei. Ich muss gestehen, dass ich mit dem Kolben meiner Arkebuse vielen Feinden eins aufs Haupt gab, damit wir schneller vorankamen. Zu meiner Verteidigung kann ich nur sagen, dass alle vernünftigen Männer so vorgingen. Wenigstens jetzt verspürten die Bauern genug Druck, obwohl er in die falsche Richtung ging.

Unsere Pferde standen noch an der Straße. Frau Geneviève weinte und rang die Hände, als sie uns anflehte, ihre Truhe mitzunehmen. Aber Antti schlug sie mit der flachen Hand einfach auf den Mund und riss sie am Arm mit sich fort. Wir stürzten uns den Abhang hinunter, so wie die anderen Bauern auch, und versuchten beieinanderzubleiben. Wie wir dem ganzen Durcheinander entkamen, weiß ich nicht mehr. Ich weiß nur noch, dass ich mich an Anttis Ledergürtel festhielt. Er zog mich mit sich und schlug uns mit seinem furchtbaren Schwert einen blutigen Weg frei. Frau Geneviève zog er mal am Arm, mal an den Haaren mit. Bald befanden wir uns unter Bauern, bald unter Pikenieren, die stechend und hauend Tod und Verderben säten, aber vor Antti wohlweislich zurückwichen. Mindestens zweitausend Bauern wurden auf diese Weise am Abhang des Hügels niedergemacht, während sie flüchteten, und das Ganze dauerte nicht länger, als man für das Herunterbeten eines *Ave Maria* braucht. Es half auch nichts, dass viele Bauern ihre Waffen fortwarfen, das Haupt entblößten und die Hände hoben, denn dann war es nur noch leichter, sie mit dem Speer zu durchbohren oder sie totzuschlagen.

Wir hatten fast als Letzte die Flucht ergriffen, aber beim Stadttor waren wir unter den Ersten, auch wenn ich völlig außer Atem war und mich nur noch entkräftet dahinschleppte. Tränen rannen mir aus den Augen, sowohl aus Angst als auch aus Kummer über dieses furchtbare Blutvergießen. Von der Stadtmauer wurden aufs Geratewohl mehrere Schüsse auf uns und auf die Truppen der Fürsten abgegeben. Als wir endlich innerhalb der Stadtmauern waren, zögerte Antti nicht lange, sondern lief mitten durch die Stadt hindurch einfach weiter, um zum Tor am Donauufer zu gelangen. Mir schien, er war in dem ganzen Durcheinander der Einzige, der wusste, was er wollte. Deshalb hielt ich mich die ganze Zeit an seinem Gürtel fest und zog die Arkebuse hinter mir her, obwohl ich am liebsten endlich Atem geschöpft hätte, nachdem wir hinter der Stadtmauer in Sicherheit waren. Viele andere dachten offenbar genauso wie ich, denn alle, die sich nicht vor Erschöpfung aufs Straßenpflaster fallen ließen, folgten uns rufend und brüllend, gleich einer flüchtenden Schafsherde, die ihrem Widder hinterherläuft.

So führte uns Antti gleich wieder hinaus aus der Stadt. Als wir am Ufer angekommen waren, hielt er erst einmal inne und atmete tief durch. Dann sah er sich um und betrachtete die grün dahinströmende Donau, die Frühlingshochwasser führte und in der starke Strudel zu sehen waren. Ich schaute ebenfalls auf den Fluss, der mir sehr breit vorkam. Mir schien, uns würde nichts anderes übrigbleiben, als ins Wasser zu springen und ans andere Ufer zu schwimmen. Bestimmt wäre ich auch gesprungen, hätte Antti mich nicht an den Haaren gepackt und zurückgehalten.

»So außer Atem kannst du doch nicht schwimmen«, sagte er besorgt. »Außerdem herrscht starke Strömung. Es wäre gefährlich, darin zu schwimmen, wie du siehst. Frau Geneviève kann überhaupt nicht schwimmen, und ich kann doch die Mutter unseres Sohnes nicht im Stich lassen.«

Jetzt sah ich auch, wie stark und gefährlich die Strömung war, denn das Wasser hatte die Bauern, die uns gefolgt und in ihrer blinden Flucht geradewegs in den Fluss gelaufen waren, einfach mit sich gezogen und riss sie in starken Strudeln fort, so dass wir nur noch die sich drehenden Köpfe und schwenkenden Arme der Bauern sahen, die hilflos flussabwärts getrieben wurden. Es gab zwar auch eine Fähre am Ufer, aber die war nach wenigen Augenblicken so überfüllt, dass sie schon am Ufer sank, ihre Last abwarf und dann ganz leer wieder an die Oberfläche trudelte und vom Strom fortgetrieben wurde. So sahen wir diese unersetzliche Rettungsmöglichkeit vor unseren Augen verschwinden.

Inzwischen war das schlimmste Gedränge vorbei, und Antti atmete wieder ruhig und gleichmäßig. Dann sah er etwas weiter flussaufwärts, wie einige Männer ein Boot den Uferabhang hinab trugen. Antti forderte uns auf, mitzukommen, und rief den Männern zu, sie sollten warten. Die aber dachten gar nicht daran, sondern schoben das Boot ins Wasser und stiegen so überstürzt ein, dass das Boot im Uferschlamm stecken blieb und sich nicht von der Stelle bewegte. So gelang es Antti noch rechtzeitig, das Boot am Vordersteven festzuhalten, und mit seinen außerordentlichen Kräften zog er es an Land. Dann redete er freundlich auf die Männer ein und erklärte ihnen, er brauche das Boot unbedingt; es handle sich dabei um eine wirklich wichtige Angelegenheit, die keinen Aufschub dulde. Deshalb wolle er das Boot kaufen, falls einer von ihnen der Besitzer sei, und einen guten Preis dafür zahlen, und zwar sage und schreibe fünf Gulden, obwohl dieser morsche Kahn ihm nicht einmal einen Gulden wert zu sein schien.

Jedoch erhielt er auf seine freundlichen Worte keine angemessene Antwort, sondern die Männer drohten ihm aus dem Boot heraus, fluchten und schimpften gotteslästerlich. Sie sagten, auch ihnen sei ihr Leben etwas wert, Christi Blut habe auch sie erlöst, und deshalb bräuchten sie das Boot selbst. Einer dieser unverschämten Männer war so gemein, dass er mit seinem Messer nach Anttis Hand stach, denn Antti hatte seine Hand immer noch auf dem Bug liegen.

Obwohl seine Hand blutete, ließ Antti sich nicht aus der Ruhe bringen. Er sagte, er habe ihnen ein gutes, ehrliches Angebot unterbreitet; wenn sie aber auf Streit und Zank aus wären, dann wäre es ihm auch recht. Dann schlug er mit der flachen Seite seines Schwertes den Mann zu Boden, der ihn mit seinem Messer angegriffen hatte, bat mich, eine Weile sein Schwert zu halten, watete ins Wasser und begann, mit seinen Pranken die Last zu löschen, das heißt, er warf einen Mann nach dem anderen kopfüber ins Wasser. Die Strömung nahm diese streitsüchtigen Kerle sofort mit sich; der Letzte aber von ihnen, ein schmächtiges Männlein, flehte ihn um Gnade an und bat ihn, Antti möge ihn zum anderen Ufer mitnehmen, denn er sei eigentlich fremd in der Stadt und nur hergekommen, weil ihm eine wichtige Aufgabe übertragen worden sei. Deshalb habe er mit dem Streit ums Boot überhaupt nichts zu tun und wolle sich auch nicht in das Gezeter und Blutvergießen einmischen, das, wie man hören könne, in der Stadt begonnen haben müsse.

Seine freundlichen Worte besänftigten Antti, und er versetzte, er wolle niemandem etwas Böses, und streitsüchtig sei er schon gar nicht. Allerdings könne er es gar nicht leiden, wenn man ihm patzig und unfreundlich käme. Da wir ganz gut auch zu viert im Boot Platz fanden, forderte Antti uns auf, sofort darin Platz zu nehmen und keine Zeit mehr zu verschwenden, denn aus dem Stadttor, das dem Fluss zugewandt war, begannen nun viele Leute zu strömen, und auch Reiter kamen auf uns zu. Frau Geneviève weigerte sich allerdings und sagte, nie und nimmer werde sie ihr teures Leben einem morschen Boot anvertrauen. So blieb Antti nichts anderes übrig, als sie wieder an den Haaren zu ziehen. Ich setzte mich auf den Bootsboden, um meine Arkebuse zu laden, und der schmächtige Mann ergriff sofort die Ruder, denn er war offenbar schnell von Begriff.

Das geschah auch im letzten Augenblick, denn Antti musste sich schon umdrehen und mit seinem Schwert einige Männer zu Boden schlagen, die aus Furcht um ihr Leben noch rasch ins Boot springen wollten. Sein Schwert schwingend, stieß Antti das Boot vom Ufer ab und sprang selbst kopfüber hinein. Mehrere Männer kamen hinter uns her gewatet und versuchten, sich an den Bootswänden festzuhalten und hätten es dadurch gewiss zum Kentern gebracht, wenn ihnen nicht Antti mit dem Schwert die Finger oder Hände abgeschlagen hätte. Dann riss die Strömung uns mit, und der schmächtige Mann versuchte, so gut er konnte, mit den Rudern auf das andere Ufer zuzusteuern. Antti half mit dem Heckruder, so dass die Strudel uns nichts anhaben konnten, auch wenn wir zwei Mal fast von dem Sog mitgezogen worden wären. Antti aber schien gar nicht zufrieden, sondern er starrte finster vor sich hin, sprach ein kurzes Gebet und sagte dann:

»Verzeiht mir mein grausames Auftreten von eben, liebe Freunde, denn es war hässlich von mir, unschuldigen Menschen Hände und Finger abzuhacken. Ich habe keinen anderen Trost, als dass sie sowieso in Kürze sterben werden und nicht lange über den Verlust von Finger oder Hand werden trauern müssen. Das Boot hätte nicht mehr als vier Personen tragen können, und es ist wohl besser, dass vier gerettet werden, als dass alle zugrunde gehen. Deshalb hoffe ich, Vergebung für meine böse Tat zu erhalten, und hoffe aus ganzem Herzen, dass Gott sie beim Jüngsten Gericht in einen makellosen Leib kleidet, damit sie nicht handlos und fingerlos an der Himmelspforte weinen müssen.«

Der schmächtige Mann meinte dazu gerührt, Antti habe recht und fromm gesprochen und zeige christliche Wesensart. »Wahrlich«, sagte er, »besser ist's, dass vier Gerechte gerettet werden, als dass die Gerechten zusammen mit den Gottlosen umkommen. Diese guten Schwaben werden durch Schwert und Speer umkommen, weil sie nicht dem rechten Glauben anhangen. Sie haben den falschen und zu leichten Weg gewählt, aber unsere Rettung zeigt, dass wir vier von Gott auserkoren sind.«

Das Boot schwankte allerdings heftig in der Strömung und war dazu noch leck, so dass unsere Rettung wirklich an einem seidenen Faden hing. Nass bis zu den Hüften gelangten wir schließlich ans gegenüberliegende Ufer. Als ich wieder festen Boden unter den Füßen spürte, überkamen mich wütende Rachegelüste, und ich wollte die Reiter der Fürsten gern daran erinnern, dass auch sie sterblich waren. Ich hatte mich bemüht, mein Pulver möglichst trocken zu halten. Obwohl es Antti gar nicht gefiel, gingen wir ein ganzes Stück zurück, bis wir dem

Stadttor am anderen Ufer gegenüberstanden, und gesellten uns dort zu einigen Leuten, die am Ufer standen und mit aufgerissenem Mund beobachten, wie Menschen im Fluss ertranken und sich an der Stadtmauer gegenüber ein wahres Blutbad abspielte.

Die Pikeniere und gepanzerten Ritter hatten nämlich eine vieltausendköpfige Menge von Bauern umzingelt und stachen oder schlugen sie tot. Etwas weiter weg saß auf einem schwarzen Ross ihr Anführer in glänzender Rüstung, den ich wegen seines wehenden Helmbuschs und der Fahne, die vor ihm flatterte, für Jörgen von Truchsess hielt. Er hatte das Visier seines Helms hochgeschoben, so dass sein struppiger Bart und sein hageres, dunkelhäutiges Gesicht, mit dem er zufrieden dem mörderischen Werk seiner Männer zusah, klar zu erkennen waren. Umgeben war er von adeligen Herren, die auf ihn einredeten und offenbar versuchten, ihn zum Abbruch dieses sinnlosen Abschlachtens der Bauern zu überreden. Schließlich war man auf die Bauern angewiesen, denn sie waren es ja, die säten und die Ernten einbrachten.

Endlich ließ er ein Hörnersignal erschallen, um seinen Männern das Zeichen zu geben, mit ihrem blutigen Werk aufzuhören. Dann rief er den Profos zu sich, um ihnen nach Recht und Gesetz den Prozess zu machen. Er schrie so laut, dass seine Stimme vom Frühlingswind auch ans gegenüberliegende Ufer getragen wurde und gut zu verstehen war. Als ich hörte, wie er den Henker herbeirief, schlug ich die Stützgabel meiner Arkebuse in die Erde und zielte nach ihm, so gut ich konnte. Die müßigen Zuschauer am Ufer erschraken vor meinem Tun, liefen weg aus meiner Nähe und beschworen mich, lieber nicht zu schießen. Auch Antti sagte, es sei sinnlos, mit dem Stock auf ein Hornissennest zu schlagen, wo wir gerade auf so wundersame Weise mit dem Leben davongekommen waren. Aber ich stellte mich taub, schüttete Pulver in die Zündpfanne schlug Feuer an die Lunte.

Ich zielte also und schoss ab. Aber Jörgen von Truchsess traf ich nicht, sondern meine gute Arkebuse zersprang in einem dumpfen Puffen, weil bei der Bootsfahrt offenbar Wasser in den Lauf geflossen war. Es war wohl nur ein unbegreifliches Wunder Gottes, dass niemand der mich Umstehenden und auch ich selbst nicht von den umherfliegenden Eisensplittern verletzt wurde, auch wenn ich Pulver in die Augen bekam.

Da begann das schmächtige Männlein erneut aufgeregt zu predigen und sagte, dies sei das beste Zeichen dafür, dass die schwäbischen Bauern einer falschen Irrlehre anheimgefallen seien. Jörgen von Truchsess hingegen sei von Gott gesandt, um sie zu strafen, auch wenn er ansonsten ein böser und grausamer Mensch sei. Deswegen habe die Kugel aus meiner Arkebuse ihn nicht töten können, bevor er die Aufgabe erfüllt habe, die ihm von Gott aufgetragen sei.

»Bis zu einer gewissen Grenze dürfen auch die Gottlosen sich freuen und triumphieren«, sagte er. »Aber diese Grenze ist bald erreicht, und dann lässt Gott sein Strafgericht über die Gottlosen kommen und scheidet die Gerechten von den Ungerechten, so dass ein tausendjähriges Reich auf Erden anbricht. Die Gemeinde der Erwählten Gottes wird das dornige Unkraut aus dem Kornfeld jäten, so dass auf Gottes Feld nur pures Getreide wächst.«

Seine Worte machten durchaus Eindruck auf mich, denn ich war ganz verstört darüber, dass die Arkebuse mir unter den Händen geborsten war. Deshalb fragte ich ihn, wer er denn sei, und warum er die schwäbischen Bauern für ketzerisch halte; schließlich glaubten sie an Luther und kämpften für das Göttliche Recht und die zwölf Artikel. Er versetzte, er sei einer der Geringsten, Jakob der Schneider, aus der Stadt Mühlhausen in Thüringen. Er sei gekommen, um Brief und Botschaft seines Lehrmeisters an die Bergleute in Thüringen zu überbringen und sie als die Gemeinde, die Gott sich erwählt habe, zum Aufstand gegen ihre Herren und Fürsten zu bewegen. Dieselbe Botschaft habe er auch den schwäbischen Bauern bringen wollen, aber die hätten ihn in Leipheim nur ausgelacht und seinen Brief bespuckt. Deshalb erhielten sie jetzt auch die verdiente Strafe, denn Gott lasse nicht mit sich und seinen Auserwählten spotten.

Da hatte er recht, denn Herr von Truchsess hatte bereits den Henker herbeiholen lassen, und seine Männer schleppten aus der Bauernschar die Anführer, Hauptleute und auch den Priester herbei, der auf dem Rücken eines Esels von der Stadt auf den Hügel gekommen war. Offen gesagt, man brauchte nicht lange nach ihnen zu suchen, denn die Bauern, gefügig geworden durch ihre Niederlage, übertrafen einander dabei, ihre Anführer preiszugeben und stießen sie aus ihren dicht zusammengerückten Reihen. Vor den Hufen des schwarzen Rosses schlug der Henker dem Priester und fünf Bauernführern den Kopf ab. Jakob der Schneider freute sich sehr, als er das sah, denn für ihn war dies nichts anderes als Gottes Urteil über den falschen und schwachen Glauben der Bauern.

»Luther ist beileibe nicht der Prophet Gottes«, sagte er, »sondern eher ein Schaf im Wolfspelz. Gottes wahrer Prophet ist mein Lehrmeister, der wie der heilige Johannes aus der Wüste gekommen ist, um die Gemeinde der Erwählten zu gründen und das tausendjährige Reich anzukündigen. Mir bleibt hier nun nichts mehr zu tun, sondern ich werde zu meinem Meister zurückkehren, denn diese frechen Pikeniere da drüben sehen sich um, als suchten sie eine Fähre, um zu uns über den Fluss zu kommen.«

Das stimmte, und deshalb verließen wir diesen unheilsschwangeren Ort so schnell wie möglich. Jakob der Schneider führte uns, so dass wir schon bald weit entfernt von Baltringen waren. Allerdings war ich besorgt um meinen Hund, den ich der Obhut der guten Gewürzhändlerwitwe überlassen hatte in dem Glauben, ich würde bald zurückkehren. Aber nun war Baltringen schon weit weg. Die stark dahinströmende Donau und die Truppen des Herrn von Truchsess waren zwischen Baltringen und uns, und mir war klar, dass ich Ulrich Schmid nicht mehr würde helfen können, obwohl ich sehr um ihn besorgt war, wo er sich nun nicht mehr auf meine Schlauheit und meinen guten Rat verlassen konnte. Er verlor auch nur eine knappe Woche später seinen Kopf. Seine ganze Truppe von zehntausend Mann zerlief sich kampflos in alle Himmelsrichtungen. Die Bauern kehrten nach Hause zurück, fanden dort aber nur noch rußige Grundmauern vor, denn Herr von Truchsess war schon vorher da gewesen. Aber davon erfuhr ich erst später.

Jetzt folgte ich dem schmächtigen Schneider. Wir wateten durch morastige Felder, krochen durch Gräben und wanderten durch Waldesdickicht, um möglichst sicher vor Verfolgung zu sein. Frau Geneviève weinte die ganze Zeit, schalt uns Angsthasen und Nichtsnutze, da wir ihre Truhe nicht hatten retten können, so dass sie nun noch ärmer sei, weil sie auch ihre Schuhe in dem Morast verloren hatte. Ich aber war nach all den Vorzeichen, unserer wunderbaren Rettung und der Explosion meiner Arkebuse nachdenklich geworden und vermutete hinter allem irgendeine geheime Absicht Gottes. Deshalb begann ich, Jakob den Schneider nach seinem Glauben auszufragen. So hielt er mir auf der ganzen Wanderung Predigten, wann immer er nur zu Atem kam, und sagte:

»Mein Führer und Lehrmeister ist Thomas Müntzer, der jetzt gerade die Gemeinde der Erwählten in Mühlhausen um sich sammelt, nachdem er zuvor eine solche in vielen anderen Städten gegründet hat, sogar in der Eidgenossenschaft, obwohl er immer wieder vertrieben wurde und um seines Glaubens willen bitteren Verfolgungen ausgesetzt war. Die Gottlosen lechzen ja seit der Zeit der Märtyrer danach, die Gläubigen zu verfolgen. Thomas Müntzer aber konnte, einem Gebot Gottes folgend, sein Licht nicht einfach unter den Scheffel stellen. Er ist auch noch keine fünfunddreißig Jahre alt und hat dennoch schon an vielen hohen Universitäten studiert. Er kann Griechisch und Hebräisch, und die Bibel kann er auch auswendig, so dass man ihn trotz seines jungen Alters als einen der fleißigsten Gelehrten Deutschlands anerkennt. Aber Gott hat ihn umgetrieben, so dass er nicht lange an einem Ort verweilen konnte, sondern in vielen verschiedenen Städten als Lehrer, Prediger und Beichtvater von Nonnenklöstern tätig war, bis das Wort Gottes ihn durch den Mund eines ungelehrten, aber von Gott begnadeten Leinenwebers erreichte. Da gab er alle seine Ämter und Ehrenstellungen auf und machte sich zum Knecht Gottes und Verkündiger der Kreuzesbotschaft.«

Als er Atem holte, wandte ich ein, dass auch Luther die Botschaft vom Kreuze verkündigte. Aber das hörte Jakob der Schneider gar nicht gern, sondern fuhr sogleich fort: »Luther wählte den leichten Weg und muss sich für seine Fehler vor Gott verantworten, denn der bloße Glaube allein reicht nicht, um den Menschen zu rechtfertigen und ihn in die Gemeinschaft der Heiligen aufzunehmen. Nein, der Mensch muss das Kreuz, das Gott ihm gegeben hat, annehmen, sein Herz zerschlagen und seine Seele demütigen, bis er wieder ein bloßer, nackter Mensch ist, in den Gott seinen Odem einhaucht, so dass er Anteil erhält an der Gemeinschaft der Heiligen, und Gott durch seinen Mund spricht. Das ist der schwere Weg, und deshalb ist die Zahl der Auserwählten Gottes gering. Aber sie sind das Salz der Erde, und Gott wird ihnen die Gottlosen in die Hand geben. Deshalb taugt ein gelehrter Mann und Doktor der hohen Universität wie Luther nicht dazu, Gottes Gedanken auszusprechen, sondern ein gewöhnlicher Leinenweber oder zum Beispiel ein Schneider, der einer der Geringsten des Herrn ist, taugt mehr als alle Gelehrten dazu, weil Gott selbst in ihm spricht und der Heilige Geist in ihm seinen Willen klarer ausdrückt als selbst in der Bibel. Ich kann es nicht anders sagen, als dass unsere wunderbare Errettung aus den Händen der Ungläubigen ein Zeichen des Himmels und ein Beweis dafür ist, dass auch ihr zu den Auserwählten Gottes gehört. Deshalb bitte ich euch aufs Innigste, mir nach Mühlhausen zu folgen und Jünger meines Meisters Müntzer zu werden. Ihr seid beide kräftige Männer und von größerer Statur als ich. Ich habe Angst, in diesen unruhigen Zeiten allein zu wandern, zumal des Nachts. Gott muss euch also geschickt haben, um mir zu folgen und mich dabei zu beschützen.«

Seine Worte und seine Lehren gaben mir viel zu denken, denn ich hatte schon von Thomas Müntzer gehört und wusste, dass er ein mächtiger Künder des Gotteswortes war, obwohl viele ihn nur für einen spinnerten Querulanten hielten. Ich wollte diesen Mann gerne sehen und mir anhören, was er in Glaubensdingen lehrte, weil man ja nie zu viel lernen kann. Außerdem war mir ein Ort genauso viel wert wie ein anderer, da ich nicht nach Baltringen zurück konnte, um mir meinen Hund zu holen.

Gegend Abend war Antti der Meinung, nun seien wir von Leipheim weit genug entfernt, so dass wir völlig erschöpft zu Boden sanken und uns das Brot, das sich noch in Anttis Rucksack befand, sowie den Käse, den Jakob aus seiner Bettlertasche holte, christlich untereinander teilten.

Jakob sagte nämlich, er schäme sich nicht zu betteln, da sein Meister Müntzer trotz seiner Gelehrtheit oft seine Freunde um Almosen habe anbetteln müssen. So trage er eben das Kreuz, das Gott ihm zugedacht hatte. Auf diese Weise bekam jeder einen Happen zu essen. Auch ein Feuer entzündeten wir, an dem wir dann unsere Kleider trocknen konnten, obgleich Jakob der Schneider es für sehr ungeziemend hielt, dass Frau Geneviève mit nacktem Unterleib dasaß, weil sich nur so ihr Rock trocknen ließ. Um woanders hinschauen zu können, kramte er ein zerfleddertes Stück Papier aus seinem Beutel und las uns Thomas Müntzers Brief an seine Getreuen in Thüringen vor.

»Wie lange wollt ihr noch schlafen?« las er. »Wie lange wollt ihr euch noch gegen Gottes Willen auflehnen? Glaubt ihr etwa, er hätte euch verlassen? Ach, wie lange muss ich euch noch erklären, wie dies alles geschehen wird? Gott kann sich auf andere Weise nicht offenbaren. Wenn ihr nicht seinen Willen tut, sind alle eure Opfer, ist alle Zerknirschung eures Herzens und sind alle Leiden vergeblich. Wahrlich, ich sage euch: Wenn ihr nicht um Gottes willen leiden wollt, dann werdet ihr zu Märtyrern Satans werden. Seid also wachsam! Macht euch nicht mehr lieb Kind bei dummen Ketzern und gottlosen Übeltätern! Beginnt endlich den heiligen Kampf des Herrn zu kämpfen! Es ist schon höchste Zeit. Hütet euch davor, über das Zeugnis Gottes zu spotten, denn sonst werdet ihr alle ins Verderben geraten. In ganz Deutschland gärt es. Der Meister fordert, mit dem Spiel zu beginnen. Die Gottlosen müssen vernichtet werden. Wenn auch nur drei von euch beisammen sind und ihr im Vertrauen auf Gottes Namen nur nach seinem Namen und seiner Ehre sucht, dann braucht ihr euch selbst vor hunderttausend nicht zu fürchten. Auf nun, auf, jeder Mann, und vorwärts! Es ist an der Zeit. Lasst keine Gnade walten, selbst wenn die Gottlosen winseln wie Hunde! Treibt alles Volk an, in den Dörfern wie in den Städten, besonders aber die starken Bergleute! Schlummert nicht mehr! Vorwärts, solange das Feuer heiß ist! Lasst eure Schwerter nicht kalt werden! Gott wird euch vorauseilen. Folgt ihm, wahrlich, ich sage euch: Folgt ihm!«

Der schmächtige Schneider las sich so in Rage, dass er auf die Beine sprang und uns aufforderte, wir sollten ihm auf der Stelle folgen. Auch wenn der Brief auf mich einen großen Eindruck machte, so hielt es Antti jedoch für das Beste, die ganze Sache erst einmal zu überschlafen; immerhin waren wir ja sehr müde. Dann meinte er noch, er sei so hungrig, dass er gern einen ganzen Gulden für eine Brotkruste hergeben würde. Da fiel mir ein, von ihm noch seinen Anteil an Frau Genevièves Truhe einzutreiben. Doch er weigerte sich entschieden und sagte: »Das kommt überhaupt nicht in Frage. Ich soll für eine Truhe zahlen, die du gegen meinen Rat gekauft und dann noch bei den Bauern zurückgelassen hast?«

Ich fand, es sei falsch und ungerecht von ihm, wenn er nicht seinen Anteil an den Kleidern für die Mutter unseres gemeinsamen Sohnes tragen wollte, so wie wir es eigentlich abgemacht hatten. Aber ich wollte auch nicht mit ihm streiten. So legten wir uns Seite an Seite zum Schlaf nieder und wärmten uns einander christlich in jener kalten Nacht. Der schmächtige Schneider wollte allerdings nicht neben Frau Geneviève liegen, so dass sie wieder zwischen mir und Antti zu liegen kam und mir die ganze Nacht lang meine Seite wärmte wie ein glühender Ofen.

Am nächsten Morgen mussten wir uns entscheiden, in welche Richtung wir weiterziehen wollten, denn es ist schwer, einfach so ohne ein bestimmtes Ziel zu wandern. Antti wollte, dass wir nach Frankreich gingen, aber davon wollte Frau Geneviève nichts hören. Sie meinte, Deutschland sei ihr noch eine zweite und mindestens ebenso gute Truhe voller Kleider schuldig, wie sie sie bei Leipheim verloren hatte. Sie wollte Deutschland nicht eher verlassen, als bis sie ihre Forderung erfüllt sähe. Deshalb ersuchte ich Jakob den Schneider um eine ehrliche Antwort auf meine Frage, ob auch Thomas Müntzer für das Göttliche Recht und für die zwölf Artikel zugunsten der Bauern einstehe. Der schmächtige Mann sagte, ihm selbst liege nichts an weltlichen Dingen, aber Müntzer verspreche seinen Anhängern mindestens ebenso viel wie die zwölf Artikel, wenn gar nicht mehr. Als er, Jakob, Mühlhausen gerade verließ, habe Müntzer sich in sein Kämmerlein eingeschlossen, um mit Gottes und des Heiligen Geistes Hilfe seine Forderungen zu vier Artikeln zusammenzufassen, damit die armen und einfachen Menschen sich darüber nicht über Gebühr den Kopf zu zerbrechen brauchten.

Wie es sich mit diesen Artikeln verhielt, wusste Jakob noch nicht. Aber er vermutete, sie könnten zumindest das allgemeine Jagd- und Fischereirecht sowie das Recht auf Weidenutzung und Holzhacken enthalten. Auch wisse er, dass Müntzer von den Fürsten fordere, sie sollten beizeiten auf alle ihre Würdentitel und Vorrechte verzichten, wenn sie nicht zu Märtyrern Satans werden wollten, denn Würdentitel gebührten Gott allein, und alle Menschen seien vor Gott gleich. Dafür versprach Müntzer dann, jeder Fürst dürfe acht, ein Graf vier und ein gewöhnlicher Adeliger zwei Pferde behalten, was aber nach Jakobs Meinung zu viel war. Das erwähnte er aber nur, um zu zeigen, dass sein Meister in seinen Forderungen durchaus nicht maßlos war, sondern den Fürsten auch in bestimmten Dingen entgegenkam, sofern sie sich ihm anschließen wollten.

Ich glaube nicht, dass die Neugier auf den Inhalt dieser vier Artikel Antti dazu bewog, sich nach Mühlhausen zu begeben, sondern viel eher der Geschützdonner und die Qualmwolken, die am westlichen Horizont aufstiegen, nachdem wir uns auf den Weg gemacht hatten. Er vermutete, die Fürsten würden nun mit ihren Untertanen abrechnen, und zwar genau dort, wo die Wege nach Frankreich führten. Deswegen sei es wohl besser, Jakob dem Schneider zu folgen, der versicherte, er kenne sichere Wege nach Mühlhausen, weil er als Geselle kreuz und quer durch Thüringen gewandert war. Das allein hätte Antti wohl noch nicht zu seinem Entschluss gebracht, aber als Jakob erwähnte, dass in Mühlhausen das beste Bier im weiten Umkreis gebraut wurde, war Antti doch endlich überzeugt.

Wir machten uns also auf den Weg wie die Kinder Israel in der Wüste, denn unser Marsch war des Tags von Staubwolken und des Nachts von Feuerzeichen aus brennenden Burgen und Adelshöfen begleitet. Bald konnten wir uns auch wieder reichlich ernähren. Während jener Tage aß ich dann so viel fettes Lammfleisch, dass ich dachte, das würde für den Rest meines Lebens reichen, und ich konnte schließlich kein Lammfleisch mehr sehen. Frau Geneviève kam auch zu ordentlichen Kleidern und sah nicht mehr aus wie ein billiges, abgerissenes Lagerflittchen. So erreichten wir endlich nach zweiwöchiger Wanderung, die ohne erwähnenswerte Abenteuer vonstattenging, die Stadt Memmingen.

Frau Geneviève war allerdings überhaupt nicht zufrieden, sondern nörgelte immerzu und nannte uns nichtsnutzige Schlafmützen, obwohl wir auch um ihretwillen so viele Mühen ausstanden. So wurde sie eine ziemlich unausstehliche Weggefährtin für uns. Ich war ihrer schließlich gänzlich überdrüssig und konnte nicht begreifen, wie ich ihr in meinem jugendlichen Wahn hatte verfallen und mich in sie verlieben können. Ihre Beine waren ganz und gar nicht ansehnlich, ihr Rocksaum verdreckt, die Haare ungewaschen und sie selbst eine große Nörglerin. Als Jakob der Schneider erfuhr, dass sie die Mutter unseres Sohnes war, meinte er, er sei sich sicher, diese Frau sei das Kreuz, das Gott für uns bestimmt habe, und wir müssten es nur tapfer tragen, bis unser Herz gebrochen wäre. So waren wir nun bei unserer Ankunft in Mühlhausen bereit und reif, in die Gemeinde der Auserwählten unter dem Banner Thomas Müntzers, des Gottesknechts, einzutreten.

Aber um von Thomas Müntzer und seinem Banner zu berichten, muss ich ein neues Buch beginnen.

Achtes Buch

DAS REGENBOGENBANNER

Kapitel 1

Mühlhausen ist eine große Stadt und gehört sicherlich zu den größten Städten des Deutschen Reiches, denn sie hat achttausend Einwohner, so dass das Gebiet innerhalb der Stadtmauern nicht mehr Platz für alle von ihnen bietet, sondern das ärmere Volk sich in fünf Vorstädten außerhalb der Stadtmauern niedergelassen hatte. So war Mühlhausen doppelt so groß wie etwa Leipzig oder Dresden, die beide als große Städte galten. Aber auch wenn man bereits bei der Wanderung durch die Vorstädte merkte, wie groß Mühlhausen war, so wies uns Jakob der Schneider darauf hin, dass viele Einwohner der Stadt in ihrer Armut rein gar nichts besaßen, und dass selbst die Reichsten nur fünf bis fünfzig Gulden Steuern zahlen mussten. Deshalb sei diese Stadt von Gott mit großem Glück beschert worden, als er eines Tages Thomas Müntzer in einem Wagen hergeschickt hatte.

Ich sah große Brauereien und Leinenwebereien in der Stadt. Antti meinte, er sei nun genug gewandert und wolle all den Staub in seiner Kehle mit gutem Mühlhausener Bier wegspülen. Man sah in der Stadt viele müßige Nichtstuer. An jeder Straßenecke und Winkelgasse standen Männer herum, von Greisen bis zu jungen Knaben, die in ein Streitgespräch über Gnade, Evangelium und die richtige Spendung des Abendmahls verwickelt waren sowie über das Kreuz, das die Reichen genauso gut zu tragen hätten wie die Armen, wenn nicht vor allem sie. Auch sah ich vielerorts zerschlagene Fenster und eingetretene Türen. Mit Geld und vielen guten Worten konnte ich einen Herbergswirt überreden, uns ein Zimmer zu überlassen und uns mit Speis und Trank zu versorgen. Jakob der Schneider hatte es eilig, zu seiner Frau nach Hause zu kommen. Er sagte, während unserer gesamten Wanderung habe ihn der Satan in Gestalt von Frau Geneviève mit ihrem nackten Unterleib gequält, und nun wolle er endlich Ruhe bekommen von seinen Versuchungen. Er riet uns, nach dem Essen in die Kirche zu kommen und uns die Abendpredigt anzuhören. Er versprach auch, uns seinem Meister Thomas Müntzer und dessen Obersten Heinrich Pfeiffer zu empfehlen. Ich fragte ihn, wer denn dieser Heinrich Pfeiffer sei, und der schmächtige Schneider erklärte:

»Wir wussten nicht viel über ihn, bis er eines Sonntags nach dem Gottesdienst am St.-Marien-Friedhof auf den Stein des Bierversteigerers stieg und dem Volk verkündete, er habe ein neuartiges Bier anzubieten.

Sein neues Bier war recht stark und voll bitteren Hopfengeschmacks, denn er rief, die Priester, Mönche und Nonnen, die Adeligen, die Grafen und Fürsten seien eine Herde Satans und Ausgeburten des Teufels; alle ihre irdischen Reichtümer seien mit dem Blut und dem Schweiß der Armen erlangt, das die Reichen dem Volk ausgepresst hätten. Diese seine Lehre gefiel uns sehr, so dass viele Männer vors Rathaus zogen und den Rat und die Stadtverwaltung völlig neu regelten, und zwar zum Wohl des Volkes. Doch damit noch nicht zufrieden, fuhr er mit seinen Reden fort, so dass freche Leute, welche die Aufrichtung des Göttlichen Rechts auf Erden verhindern wollten, ihn aus der Stadt vertrieben. Auch verleumdeten sie ihn, so wie ja Heilige stets verleumdet werden, und sagten, er sei ein Mönch, der, des Klosterlebens überdrüssig, einem Grafen als Küchenmeister und Zuhälter gedient habe, bis er wegen Diebstahls aus dem gräflichen Schloss gejagt worden sei. Doch dieser brave Mann ließ sich von den Verleumdungen nicht beirren, sondern predigte weiter in den Vorstädten. Als dann Thomas Müntzer in die Stadt kam, schlossen sich die beiden zusammen und herrschen jetzt in der Stadt. Sie nötigen den Rat zu Beschlüssen, die ihnen beiden genehm sind, indem sie während der Ratssitzungen das Volk auf dem Markplatz versammeln und den Rat durch Zwischenrufe beeinflussen.«

Nach dem Mahl bat ich Antti und Frau Geneviève, mit mir in die Kirche zu gehen und uns dort dieses sonderbare Volk anzusehen. Außerdem wollte ich, dass die beiden sich auch die Predigt anhörten, die ihren Seelen nützlich sein könnte. Aber Antti sagte, er sei immer noch ganz erschöpft von der Reise und schläfrig vom Bier; er wolle die Gemeinde nicht dadurch gegen sich aufbringen, dass er in der Kirche einschlief. Frau Geneviève wollte sich die Haare waschen und endlich die Kleider anlegen, die wir ihr unterwegs beschafft hatten. Deshalb musste ich mich zu meinem Verdruss ganz alleine zur Kirche aufmachen. Dort konnte ich kaum einen Platz finden, so überfüllt war sie. Bürger, Gesellen, Leuten aus den Vorstädten und Bauern vom Lande, die alle begierig das klare Wort Gottes hören wollten, drängten sich in der Kirche.

Über dem Altar war ein riesiges Banner aufgezogen, für das man mindestens dreißig Ellen dicke, weiße Seide verbraucht hatte. Es trug als Zeichen des Bundes einen Regenbogen, und unter dem Regenbogen befand sich eine lateinische Inschrift, die lautete: Das Wort Gottes bleibt in Ewigkeit. Aber ich schenkte dem Banner nur wenig Aufmerksamkeit, weil ich Thomas Müntzer sehen wollte. Als ich ihn zum ersten Mal erblickte, schien er mir von recht unbedeutendem Äußeren. Er war nämlich einen Kopf kleiner als ich. Nase und Mund waren fleischig, das Kinn kaum ausgeprägt, und sein Gesicht war von braun-gelblicher Farbe, so als leide er an einer Gallenkrankheit oder wäre fremdstämmiger Herkunft, wie auch seine mandelförmigen Augen zu verstehen gaben. Alles in allem erinnerte mich sein Gesicht an die Schnauze eines aufgescheuchten Wildschweins. Dieser Eindruck wurde noch dadurch unterstrichen, dass er beim Sprechen sein fliehendes Kinn immer wieder eifrig vorreckte.

Doch kaum hatte er zu sprechen begonnen, da vergaß ich sein Äußeres und blickte nur auf seine Augen, die in seinem gelben Angesicht zu leuchten und zu glühen begannen. Noch nie in meinem Leben hatte ich nämlich eine so leidenschaftliche und überzeugende Predigt gehört, wie sie Thomas Müntzer hielt. Sein ganzes Wesen strahlte eine so vollkommene und unerschütterliche Glaubensgewissheit aus, dass man wirklich meinen könnte, der Heilige Geist spräche aus ihm. Er gab kein brüllend vorgetragenes, unausgegorenes Zeug von sich, so wie die vielen zerlumpten Wanderprediger, die ich in Memmingen gesehen hatte, sondern selbst wenn er seine Stimmer hob, kam ihm jedes einzelne Wort so klar und deutlich über die Lippen, dass man jedes Wort bis ans Kirchenportal mühelos verstehen konnte. Und wenn er nur leise flüsterte, war es dennoch überall in der großen Kirche zu hören. Aber was er da sagte, das war mir nur schwer verständlich, und wenn ich im Nachhinein daran zurückdenke, dann wiederholte er immer wieder dasselbe, aber mit solcher Leidenschaft, dass alle diese Dinge dem Hörer stets wie etwas völlig Neues erschienen und niemand sich gelangweilt fühlte, obwohl er ununterbrochen über drei Stunden lang redete.

Er begann damit, dass er die Gemeinde an all die Unbilden erinnerte, die er habe erleiden müssen, an sein Kreuz, das ihn zu Boden gedrückt hatte, so dass der Geist des Herrn ihn endlich überkommen habe und Gott ihm in völliger, unauflöslicher Einheit erschienen sei. Deshalb predige er nicht mehr als Mensch, wie er ganz einfach und unschuldig sagte, sondern Gott selbst spreche unmittelbar durch seinen irdischen Mund aus ihm und verkünde seinen Willen dem ganzen Volk, so dass niemand mehr auf die Vermittlung der Bibel angewiesen sei, um Gottes Willen kennenzulernen, sondern es reiche, einfach ihm zuzuhören, um Gottes Willen vollkommen zu verstehen. Deshalb mache sich jeder, der sein Ohr vor seiner Botschaft verschloss und ihn oder auch den Treuebund des göttlichen Willens, der sich um ihn versammelt hatte, mit Spott und Hohn überschüttete, zum Märtyrer Satans auf Erden. Denn der Tag des Herrn werde kommen, und an jenem Tage würden alle Gottlosen getötet werden. Deshalb warne er jeden Einzelnen eindringlich davor, sich für nichts und wieder nichts zum Märtyrer Satans zu machen.

Wenn man ihn so reden hörte und ihn sah, musste man ihm einfach glauben. Ich vermag nicht zu erklären, woher seine wundersame und unglaubliche Macht über die Menschen kam. Aber nachdem er dies alles etwa eine Stunde lang immer aufs neue wiederholt hatte, wandte er sich einem neuen Thema zu und verkündete, Gott habe ihm seinen Willen in vier Artikeln offenbart. Erstens und vor allem müsse man Gottes Wort frei und ungehindert verkünden dürfen, den Mündern der Gottlosen aber müsse man einen Riegel vorschieben. Zweitens seien die Bäume des Waldes, die Fische in den Flüssen, die Vögel des Himmels, alles Wild, die Wiesen und Weiden gemeinsamer Besitz aller. Drittens müssten die Fürsten, Grafen und Adeligen ihre Burgen und Festungen niederreißen, ihre hohen Ehrentitel ablegen und Gott allein alle Ehre erweisen. Viertens – und das war neu für mich – erhielten die Fürsten und der Adel als Entschädigung das Nutzungsrecht über alle Landgüter, die bisher der heiligen Kirche, den Klöstern und geistlichen Herren gehört hatten. Auch sollten sie ihre Ländereien, soweit sie diese aus Geldnot verpfändet hatten, kostenlos wieder zurückbekommen.

Als die Gemeinde diesen vierten Artikel vernahm, begannen die Leute vor Verblüffung zu murmeln und zu zischen. Aber Thomas Müntzer schlug mit beiden Fäusten auf die Kanzel, stellte sich auf die Zehenspitzen und rief, Gott sei gnädig und langmütig; er wolle, dass die Fürsten sich seiner Macht im Guten fügten, damit Hass und Blutvergießen vermieden würden. Auch Luther, der eher ein Feind denn ein Freund Gottes sei, suche die Fürsten auf seine Seite zu ziehen, indem er ihnen die Ländereien der Kirche und den Zugriff auf die Bischofsämter in den jeweiligen Fürstentümern versprach. Er, Müntzer wolle in dieser Beziehung nicht hinter Luther zurückstehen. Er meine auch, dass die Fürsten nach dem Verlust ihrer Burgen und Ehrentitel und nachdem sie dann den übrigen Menschen in jeder Hinsicht gleichgestellt wären, keine Gefahr für die Verwirklichung des göttlichen Willens auf Erden mehr darstellten. Dann nämlich seien ihnen endlich die Zähne gezogen, und sie müssten sich nur demütig unterwerfen, wenn Gott seinen Willen auch künftighin durch den Mund Thomas Müntzers verkünden wolle.

Zwei Stunden lang sprach er von diesen vier Artikeln. Dabei ereiferte er sich wieder und rief alle Zuhörer auf, sie sollten sich mit Zerknirschung im Herzen als reine, bloße Menschen dem Treuebund des göttlichen Willens unter seinem Regenbogenbanner anschließen. In diesem Treuebund des göttlichen Willens besitze niemand etwas, sondern alles war Gemeinbesitz, und jeder habe sich in blindem Gehorsam Gottes Willen zu unterwerfen, so wie Gott ihn jeweils durch Thomas Müntzers Mund verkünde. Wenn er sagte: Schlagt, schlagt zu, dann müssten sie zuschlagen. Wenn er sagte: Habt Geduld, dann müssten sie sich gedulden. Und wenn er sagte: Ruft mit lauter Stimme, dann müssten sie mit lauter Stimme rufen. Wenn er sagte: Schweiget still, dann müssten sie schweigen. Sie müssten listig sein wie die Schlangen und unschuldig wie

Lämmer in dem Warten auf die Zeit und die Stunde, zu der Gott den Becher seines Zorns über die Gottlosen ausgießen würde. Aber Gott erwähle die Seinen selbst, und deswegen könne sich niemand dem Treuebund des göttlichen Willens anschließen, ohne vorher geprüft worden zu sein. Jeder müsse sich erst in einer Probezeit als getreu erweisen, eines jeden Herz sei zu erforschen. Der eigene, selbstsüchtige Wille müsse erst niedergerungen werden, bis kein eigner Wille mehr vorhanden sei, sondern nur noch Gottes Wille.

Als Müntzer von dem Treuebund des göttlichen Willens sprach, begann die Gemeinde schwer zu seufzen. So mancher wackere Mann brach in Tränen aus und sagte, das seien wahrlich schwere Forderungen; Luther verhelfe dem Menschen auf einfachere Art zur Seligkeit. Aber die Getreuen Gottes brachten an verschiedenen Stellen in der Kirche diese kleingläubigen Zweifler zum Schweigen. Müntzer rief aus, es sei nun keine Zeit für Tränen, sondern eine Zeit für Jubel und Freude, denn Gott werde die Gottlosen in die Hand seiner Getreuen geben und an sie deren Habe austeilen, die ja nur auf dem Schweiß und Blut der Armen beruhe. Deshalb müsse der Unglaube schweigen. Jedermann solle sich darauf vorbereiten, alle Versuchungen zu überstehen, um einer der Getreuen zu werden, die im Reiche Gottes herrschen würden, und dieses Reich werde schon bald auf Erden erstehen.

Dann kam er von der Kanzel herab, wischte sich den Schweiß von der Stirn und lauschte, mit seinen dunklen, schiefstehenden Augen schwermütig dreinblickend, den Zurufen der Gemeinde. Das Volk nämlich brach in Hochrufe aus und jubelte ihm zu, obwohl er mehrere Male die Hand hob, um seinem Oberst Pfeiffer das Wort zu erteilen. Das gefiel Pfeiffer gar nicht, denn er verzog den Mund, hatte die Hand an seinen Schwertgriff gelegt und wartete ungeduldig darauf, dass all die Rufe verstummten. Doch seine Griesgrämigkeit war wie weggeblasen, als er die Kanzel bestiegen hatte. Er lächelte breit, als die Gemeinde ihn mit munteren Rufen und fröhlichem Gelächter begrüßte. Offensichtlich war beim Volk sehr beliebt und ein lustiger Geselle, dessen von Bier aufgedunsenes Gesicht verschmitzt dreinblickte. Er flocht manch scharfen Witz ein und suchte den Leuten zu gefallen. Ich will seine Rede hier nicht wiederholen, denn sie ist es nicht wert. Er bedachte die Fürsten und die heilige Kirche mit Schmähworten, die ein anständiger Mensch nicht in den Mund nimmt, auch wenn ich ihn dafür nicht tadeln will, denn selbst Luther hatte ja davon gesprochen, dass das Papsttum aus des Teufels Arschloch hervorgekrochen sei. Aber worum es in seiner Rede ging, das war mir bald klar, denn er stachelte die Getreuen des göttlichen Willens dazu auf, gegen die benachbarten Städte in Thüringen in den Krieg zu ziehen, deren Einwohner sich erst gegen ihren

Stadtrat erhoben und Klöster geplündert hatten, jetzt aber fürchteten, die Truppen der Fürsten würden sich gegen sie wenden. Er versicherte feierlich, er wisse aus sicherer Quelle, dass die Truppen des Fürsten und der Grafen zerstreut und aufgesplittert sowie von großer Furcht gelähmt seien; er selbst könne die Burgmauern, wenn nötig, sogar mit weichem Käse beschießen und dennoch zum Einsturz bringen.

Durch sein gutgelauntes Selbstvertrauen fühlte sich das Volk offenbar sehr erleichtert nach Thomas Müntzers scharfen Forderungen. So riefen ihm immer mehr Zuhörer zu, er habe recht gesprochen, und schrien nach dem Banner. Wenn die Truppen des Fürsten des Fürsten tatsächlich zerstreut waren und die Herren sich noch verängstigt untereinander berieten, dann war es, wie er sagte, tatsächlich an der Zeit, um Gottes Ehre willen loszuziehen, die Burgen in Brand zu setzen, die Klöster dem Erdboden gleichzumachen und so allen Gläubigen und Verbündeten in den benachbarten Städten Mut einzuflößen, damit sie sich nicht mehr scheuten, sich gegen ihre Stadträte zu erheben. Nur so könne endlich die neue Ordnung verwirklicht werden. Es bestehe kein Grund, jetzt noch zu zögern, im Gegenteil, jetzt sei Eile vonnöten; man solle gleich morgen in der Frühe aufbrechen. Wackere Männer hätten schon versprochen, eine Fuhre weichen Käse für den Beschuss der Mauern bereitzustellen.

Mir entging allerdings nicht, dass diese Rede, das ganze Geschrei und die lärmende Stimmung Thomas Müntzer nicht behagten. Denn jetzt war er es, der griesgrämig dreinschaute und den Kopf schüttelte. Zwei Mal schien er schon aufstehen zu wollen, um Heinrich Pfeiffer mit eigenen Händen von der Kanzel zu ziehen. Als das Volk aus der Kirche strömte und offenbar fest entschlossen war, gleich am nächsten Tag einen leichten und nützlichen Feldzug zu unternehmen, packte Thomas Müntzer seinen Obersten am Kragen und zog ihn mich sich in die Sakristei. Inzwischen hatte sich die Kirche fast geleert, und ich erblickte Jakob den Schneider, der sich suchend umblickte. Ich ging zu ihm, weil ich vermutete, ich sei es, den er suchte. Er seufzte vor Erleichterung, als er sah, dass ich ohne Frau Geneviève gekommen war. Er nahm mich am Ärmel und brachte mich in die Sakristei, denn sein Meister wollte mich sehen und mich über die Schlacht von Leipheim ausfragen, der nur wir vier Gerechte wie durch ein Wunder entkommen waren.

So stand ich nun vor Thomas Müntzer persönlich. Er gab mir nicht die Hand, sondern sah mich mit seinen schrägstehenden Augen an, die in furchtbarem Zorn erglüht waren, so dass mir die Knie zu zittern begannen, mir alle meine Sünden einfielen und ich mich fragte, wie ich ihn so hatte erzürnen können. Doch bald wurde mir klar, dass er nicht mir zürnte, sondern sein Zorn galt Pfeiffer, der ein paar Schritte abseits stand und sehr betroffen dreinschauend mit seinem Daumen die Schneide seines Schwertes prüfte. Während Thomas Müntzer mich anschaute und befragte, fiel ihm ab und zu ein drastisches Schimpfwort ein, dass er in Pfeiffers Richtung aus dem Mundwinkel hervorstieß, wobei er aber mich stets fest im Auge behielt, so dass mir unser Gespräch sehr merkwürdig vorkam.

Ich berichtete also alles, was ich von den Bauerntruppen aus Baltringen, dem Bodenseeufer und aus dem Allgäu sowie von Ulrich Schmid und Jörgen Knopf wusste. Ich sprach die Vermutung aus, dass Herr von Truchsess alle diese schwäbischen Bauern mühelos mit einem einzigen Schlag und ohne eigene Verluste niedermachen würde, genauso wie er bei Leipheim fünftausend Bauern geschlagen hatte. Selbst hatte er nur einige wenige Pferde verloren, die von den Kugeln aus den Arkebusen getroffen wurden, und vielleicht zwei, drei Pikeniere, die gestolpert waren und sich die Beine brachen, als sie die Wagenburg der Bauern auf dem Hügel überrannten. Meine düsteren Voraussagungen entmutigten Thomas Müntzer jedoch keineswegs; im Gegenteil, er schien mir ganz zufrieden, und schließlich sagte er:

»Das ist klug und recht gesprochen von dir, Michael Pelzfuß. Gott hat dir offenbar einen klaren Verstand gegeben. Die Anführer dieser schwäbischen Bauern sind nur hirnlose Wildschweine in Gottes Weinberg und wühlen dort eine Zeitlang herum, bis sie zusammen mit anderen Gottlosen durch das Schwert geschlagen werden, denn sie haben keinen rechten Glauben. Sie haben sich über Jakob den Schneider lustig gemacht und ihn weggeschickt, ihn, der sie als Gottes Gesandter retten und ihnen den richtigen Weg weisen wollte. Was aber soll aus Gottes Weinberg werden, wenn diese ganze Teufelsbrut, diese Banden von Mistkerlen und tollwütigen Hunden mich umzingeln, meine Getreuen verführen und mein heiliges Banner besudeln, indem sie damit in gefährliche Abenteuer ziehen, die zu nichts Gutem führen können? Meine Aufgabe besteht darin, den Bund der Getreuen zu einer eisernen Waffe in Gottes Hand zu schmieden, solange es noch Zeit ist. Die Ratgeber Satans aber, die mich umgeben, können nicht länger denken, als ihre triefenden Nasen reichen. Sie sinnen nur darüber nach, wie sie mein Werk zuschanden machen und Gottes Burg niederreißen können, da sie sich so schnell wie möglich nur ihre Bäuche und ihre Geldbörsen vollstopfen wollen. Stecke dein Schwert also endlich in die Scheide, Pfeiffer, denn du stinkst fürwahr wie eine Satansbrut! Ich bin es satt, mir deine ekelige Schnauze anschauen zu müssen.«

Pfeiffer nahm sich diese Worte zu Herzen; er steckte mit einem Ruck sein Schwert in die Scheide und sagte: »Wahrlich, du bist längst nicht so groß wie ich, Thomas Müntzer, und deine Schnauze ist auch nicht besser als meine. Vor Gott sind wir beide arme Teufel, du und ich. Deshalb solltest du auch daran denken, dass man dich bereits einmal aus dieser Stadt ausgewiesen hat. Diese Stadt folgt eher mir als dir. Meine Frauensleute haben an unserem Kriegsbanner genauso fleißig genäht wie deine Weiber. Ich führe das Banner dahin, wo ich will, und du steigst brav auf den Wagen und folgst dem Banner. Fürwahr, ich würde dir um einen halben Pfennig mit meiner Faust einen Schlag in deine Schnauze versetzen, wollte ich nicht nutzlosen Streit vermeiden, wo jetzt gerade Fremde anwesend sind. So viele Mühen habe ich wegen Langensalza auf mich genommen, dass ich diese Stadt jetzt nicht einfach aufgeben will, da die braven Männer, die hier wohnen, endlich die Zeichen der Zeit erkennen und mich um Hilfe bitten. Deine verdammte Feigheit wird es nicht verhindern können, dass sich das Banner auf den Weg macht. Wenn auch nur etwas von einem Mann in dir steckte und du nicht bis zu den letzten Fasern deines Leibes ein Muttersöhnchen wärst, dann würdest du verstehen, dass unsere Truppe, wenn wir jetzt losziehen, wachsen wird wie eine Lawine. Bleiben wir aber hier, dann wird die Zahl der Getreuen immer weiter abnehmen, wenn die Leute, die am lautesten schreien, sich erst einmal den Bauch vollgeschlagen haben. Ich will einen Sack Dreck fressen, dass in einem Monat keiner mehr einen Finger zu unserer Verteidigung rühren wird, wenn wir beide gehorsam vor dem Henker des Fürsten niederknien.«

So stritten sie sich und beschimpften einander mit den übelsten Schmähworten, so dass ich nicht mehr wusste, was ich von den beiden halten sollte. Denn wenn auch Müntzers Worte und seine Augen einen starken Eindruck auf mich machten, so war auch Pfeiffer ein Mann von beeindruckender Größe und Stärke, der seine Worte mit geballten Fäusten unterstrich. Doch mussten die beiden zu einer Einigung kommen, weil sie im Grunde genommen sehr wohl begriffen, dass sie ohne einander nicht auskommen konnten. Würden sie sich voneinander trennen, dann war jeder der beiden dem Untergang geweiht. Allmählich wurde mir klar, dass Müntzer gerne viele Worte machte, allem auf den Grund ging und sich dabei in eine solche Glaubensgewissheit steigerte, dass er das, was er sagte, für Gottesworte hielt, während Pfeiffer, tatkräftig wie er war, praktische Taten für die einzige Lösung hielt und die göttlichen Dinge lieber Müntzer überließ, sofern dieser sich nicht allzu sehr in seine Pläne einmischte.

Schließlich verkündet Pfeiffer mit groben Worten, er werde morgen die Trommeln schlagen und die Hörner blasen lassen. Dann werde man ja sehen, wem von beiden die Männer des Treuebundes lieber folgten, ihm oder Müntzer. Er warnte seinen Freund davor, des Nachts das Banner anzurühren und es zu verstecken, wenn er nicht wollte, dass ihm die Haut abgezogen würde. Wenn Müntzer allerdings die Nacht wachend verbringen und nach Eingebungen suchen wollte, dann hätte er nichts dagegen, denn das sei vielleicht sogar nötig, obwohl er, Pfeiffer, den Willen der Vorsehung genauso gut, wenn nicht gar besser, auf dem Grund einer Bierkanne finden könne, als innerhalb der Kirchenmauern. Dann verließ er stürmischen Schrittes die Sakristei und knallte dabei die Tür so kräftig zu, dass der Nachhall in der ganzen Kirche dröhnte und Thomas Müntzer vor Schreck zusammenzuckte.

Jakob der Schneider legte ihm seinen Arm auf die Schulter und tröstete ihn mit aufmunternden Worten. Er sagte, es werde sich noch alles zum Guten wenden, denn Gottes Wege seien unerforschlich. Er solle nur Mut fassen und tapfer seinem Banner folgen, dann würden die Feinde vor ihm zu Boden sinken wie Getreide in einem Hagelschauer. Auch ich tröstete ihn, so gut ich konnte. Schließlich bat, ja beschwor er mich, ich möge mich ihm auf dem Feldzug anschließen, damit er wenigstens einen einzigen vernünftigen und maßvollen Menschen zur Seite hätte, der ihm als Ratgeber dienen und seine Briefe an die Grafen und den Fürsten überbringen könnte. Mindestens einmal wöchentlich lasse ihn Gott nämlich einen Sendbrief schreiben, um ihm in all der Trübsal Mut einzuflößen. Er zweifle nicht, dass diese Briefe tiefen Eindruck auf den Fürsten machen würden.

Ich war nicht sehr begeistert von der Aussicht, sein Briefträger zu werden. Aber er versicherte mir mit großer Eindringlichkeit, dass mir keine Gefahr drohe; immerhin sei ich ein ausländischer Gelehrter und kämpfte nicht mit der Waffe in der Hand im Treuebund des göttlichen Willens. So kehrte ich erst nach der Abenddämmerung in meine Herberge zurück, und meine Stimmung war recht gedrückt. Müntzers Rede in der Kirche hatte mich sehr beeindruckt. Seine unerschütterliche Glaubensgewissheit legte mir den Gedanken nahe, dass er vielleicht tatsächlich Gottes Knecht und Abgesandter war, und zwar auf ganz andere Weise, als die anderen Verkünder des neuen Glaubens, denen ich bisher begegnet war. Andererseits aber hatte ich ihn in der Sakristei als schwachen und zögerlichen Menschen gesehen, als einen, der anderen Menschen glich, so dass ich seiner Wahrheit nicht mehr völlig vertrauen konnte, obwohl er selbst so sehr daran glaubte, dass Gott aus seinem Munde sprach.

So atmete ich begierig die frühlingshafte Nachtluft in der armen Stadt Mühlhausen ein und hob meinen Blick gen Himmel zu den weißen Frühjahrssternen. In ihre Betrachtung versunken, dachte ich an mein eigenes Schicksal. Mir war, als hätte Gott mich des Nachts wie einen einsamen Funken über das brodelnde, in Aufruhr begriffene Deutschland hinweg geworfen, in irgendeiner dunklen Absicht, die ich selbst noch nicht durchschaute. Ich empfand tiefe und schmerzhafte Trauer, als ich mit wundem Herzen die Sterne am Frühjahrshimmel über Mühlhausen betrachtete. Ich wusste nur, dass ich ein einsamer Fremdling auf Erden war, und ich wusste auch, dass ich gerne alle meine Habe mit Freuden hingäbe, ja vielleicht sogar zu sterben bereit wäre, könnte ich noch ein einziges Mal Barbaras warme Hand in der meinen halten, während ihre gelbgrünen Augen mich dabei voller Liebe und Hingabe ansahen.

Als ich in der Köhlerhütte lebte, hatte ich monatelang auf sie gewartet und vergebens ihren Namen in das Waldesrauschen und in die Nacht hineingerufen. Nur eine einsame Wildkatze war erschienen und hatte mich von dem Ast einer Eiche aus mit ihren im Dunkeln leuchtenden Augen angeblickt. Die harten Worte der Bibel waren mein einziger Begleiter, bis ich an der Schwelle zum Frühjahr aufgebrochen war, um das göttliche Recht auf Erden zu suchen. Ich dachte damals, wenn mein eigenes Glück mich auf Nimmerwiedersehen verlassen hatte, dann würde vielleicht das künftige Glück des armen, geschundenen Volkes mein Herz mit neuem Glauben füllen. So wurde ich von einem mächtigen Strom aus mancherlei Taten und Ereignissen mitgerissen, so dass mir nicht mehr viel Zeit zum Innehalten und Nachdenken geblieben war. Ganz verblendet durch emsige Betriebsamkeit hatte ich die Fähigkeit verlernt, nachzudenken. Auch war meines Herzens Trauer ganz hintangetreten und zu einem dumpf pochenden, fernen Schmerz irgendwo in den Tiefen meines Bewusstseins geworden.

Nun fühlte ich meine Trauer wieder viel lebendiger und schmerzhafter als seit Monaten. Ich erinnerte mich auch an meinen törichten Schwur, den ich getan hatte, als das Blut Barbaras noch warm über meine Hände rann. Vor meinem geistigen Auge vermeinte ich, das majestätische Gebäude der heiligen Kirche von der Erde bis zu den Sternen des nächtlichen Himmels aufragen zu sehen. Anderthalb Jahrtausende lang hatte sie, geheiligt vom Blute der Märtyrer und erhellt von dem Zeugnis der Heiligen, inmitten dieser sündenvollen Welt unerschütterlich überdauert und dem armen Menschen durch ihre heiligen Sakramente den einzigen Weg zum Seelenheil gezeigt. Wer war ich denn, dass ich auch nur einen einzigen Stein dieses heiligen Baus hätte erschüttern können? Ein elender Wurm war ich, der sich diesen wild entschlossenen Predigern des neuen Glaubens angeschlossen hatte, um Gottes Reich auf Erden zu errichten, so wie es vom klaren Wort der Bibel gelehrt wurde.

Aber das Wort der Bibel war gerade jetzt für mich nicht klar. Das Wort der Bibel war gnadenlos und sanftmütig zugleich, verletzend und heilend, grausam und unschuldig, so dass ein Eiferer mit dem Wort der Bibel seine Ereiferung als gerecht empfinden und ein Sanftmütiger seine Demut und Unterwerfung als den einzigen richtigen Weg zum

Seelenheil bezeugen konnte. Das Wort der Bibel hatte den ganzen Erdkreis in Wallung gebracht, doch die heilige Kirche bestand genauso unerschütterlich fort, wie sie schon seit Jahrhunderten den Unbilden der Zeit getrotzt hatte. Rom war ferne; Aufruhr und Wirrwarr konnten nichts anderes hervorbringen als Blut und Tränen und noch mehr trostlose Leiden für die armen Menschen. Deshalb war mein wahnsinniger Schwur nichtig und sinnlos.

So also schaute ich hoch zu den Sternen des Frühlingshimmels, ein von Gott verlassener, glaubensschwacher Mensch, mit vor Trauer wundem Herzen und mit Gedanken, die sich aus trüber Wirrnis zu erschreckender Klarheit gewandelt hatten. In meiner trostlosen Einsamkeit ertrug ich diese Klarheit nicht mehr, denn ich war nur ein Mensch. Deshalb senkte ich mein Haupt und beschleunigte meine Schritte, um endlich in das Licht und die Wärme der Herberge zu gelangen, in die Gesellschaft einfacher Menschen. Denn ein Mensch sollte unter anderen Menschen sein. Nur der Tod vermag das hoffnungslose Streben und den Schmerz des menschlichen Herzens zum Erlöschen zu bringen.

Kapitel 2

Der Herbergswirt hieß mich nicht gerade freundlich willkommen: Sein Tisch sei beschädigt, seine Kanne eingebeult und angekratzt; all das müsse ihm mit barer Münze ersetzt werden, sonst würde mich und meine gottlosen Gefährten der Teufel holen. Gott werde nicht zulassen, dass man ihn hier in Mühlhausen zum Besten hielte. Er fragte, in welchem Freudenhaus ich denn den Abend verbracht hätte, wo ich nicht rechtzeitig erschienen sei, meine Gefährten zur Vernunft zu bringen. Jedenfalls sei seiner armen Herberge beträchtlicher Schaden entstanden.

Da ich mich ohnehin in schlechter und niedergeschlagener Stimmung befand, ärgerte ich mich über ihn und schalt ihn tüchtig aus, um mein Gemüt zu erleichtern. Ich sei bei Thomas Müntzer und Heinrich Pfeiffer gewesen und hätte mir den Kopf zerbrochen, wie die Pläne der beiden zu einem Erfolg zu führen wären, denn gleich morgen früh solle das Banner aus der Kirche getragen werden, da der Treuebund des göttlichen Willens ins Feld ziehen werde. Ich erwähnte, dass Thomas Müntzer persönlich mich zu seinem Abgesandten beim Fürsten und bei den großen Herren erkoren habe. Deshalb solle er, der Herbergswirt, lieber den Mund halten, um nicht noch größeren Schaden zu erleiden. Vielleicht stecke ja auch in mir Kraft genug, ihm seine Tische zu zerschlagen, wenn er mich weiter ärgerte. Da wurde der Wirt ganz kleinlaut. Er führte mich unter vielen Verbeugungen auf mein Zimmer und versprach, mir zur Versöhnung einen Humpen besten Mühlhäuser Bieres zu bringen, wenn ich nur meine Reisegefährten zur Vernunft brächte.

In meinem Zimmer aber war alles ganz friedlich, denn Frau Geneviève kühlte die Beulen und blauen Flecken an Anttis Schädel mit feuchten Tüchern, während Antti sich schwer seufzend den Kopf hielt und sagte, er wäre mir doch lieber gehorsam in die Kirche gefolgt, als von dem Mühlhäuser Bier zu trinken, das einem so plötzlich und überraschend zu Kopfe steige, dass ein Mann von einfachem Gemüt nur ein halbes Fass zu trinken brauche, um nicht mehr Herr seiner selbst zu sein. Er wisse sich keinen anderen Ausweg in seiner elenden Lage, als gleich ab morgen früh auf den Genuss starker Getränke zu verzichten.

Frau Geneviève hatte sich inzwischen angekleidet und ihr Äußeres so gut sie konnte verschönert, auch wenn sie an diesem späten Abend schon etwas zerknautscht aussah. Die Schminke um ihre Augen war zerlaufen und hatte Spuren auf ihren Wangen hinterlassen. Als ich sie fragte, was denn geschehen sei, antwortete sie ungehalten, ihrer Meinung nach sei nichts Erwähnenswertes passiert, und Antti habe wirklich keinen Grund, Trübsal zu blasen und seine schlechte Laune an ihr auszulassen. Er habe nur, wie es bei wackeren Kriegern üblich sei, die Gaststube der Herberge von Spöttern und Radaubrüdern gereinigt und sie allesamt draußen auf dem Misthaufen abgeladen, um die Ehre der Mutter seines Sohnes wirkungsvoll zu verteidigen. Sie habe den Eindruck gehabt, ihretwegen sei es zu einem Wortwechsel gekommen, auch wenn sie die barbarische Sprache dieses Landes, die man kaum von dem Gegrunze von Schweinen unterscheiden könne, nicht verstehe.

Antti hob traurig den Kopf und sagte, er sei nur ein einfacher, anständiger Kerl, den nichts so sehr verdrieße wie grundloser Streit und Radau. Er könne nicht verstehen, was diese elenden Mühlhausener dazu getrieben habe, plötzlich wie tollwütig über ihn herzufallen und ihn zu verprügeln. Als wortkarger und schweigsamer Mann habe er sich überhaupt nicht in deren Gerede eingemischt, solange sie sich damit begnügt hätten, sich über den Papst sowie über Prälaten und Mönche zu ereifern. In diesen gottlosen Zeiten gehöre es in deutschen Bierstuben wohl zum guten Ton, Spott über die Geistlichkeit auszugießen.

»Aber«, fuhr er fort, »da war so ein übler Kerl, ein Weber, dessen Aussehen mir schon gar nicht gefiel, und der stellte die Keuschheit und die unbefleckte Empfängnis der allerheiligsten Jungfrau in Frage. Er riss solche Zoten über Dinge, die mich schon meine Mutter gelehrt hat, als ich noch ein junger Spund war, dass ich ihn ganz ruhig zurechtwies und sagte, er solle den Mund halten über Dinge, von denen sein dicker Kopf nichts verstehe. Schließlich zerbrechen sich über diese Sachen sogar die Gelehrten ihre klugen Köpfe. Aber der Kerl lachte nur, zeigte auf die Mutter unseres Sohnes und meinte, er gebe keinen Heller für die Jungfräulichkeit von Frau Geneviève. Ich verbot ihm, die Ehre und Sittsamkeit der Mutter unseres Sohnes zu beleidigen. Aber er legte noch eins drauf, so dass das Bier in mir sich zu Wort meldete und ich die Hand hob, um ihm eins aufs Maul zu geben. Das war natürlich unrecht, wie mir jetzt klar ist, denn Frau Geneviève ihre Jungfräulichkeit zurückzugeben, ist ja wohl ein Ding der Unmöglichkeit. Na, ich will diese unangenehme Geschichte jetzt nicht auswälzen, du siehst ja, dass diese elenden Kerle meinen Schädel mit einer Beule verunziert haben und meine Wange mit blauen Flecken. Als ich sie rausschmiss, versprachen sie, morgen mit ihren Spießen und Büchsen wiederzukommen und mich abzustechen wie einen Hund, weil ich offenbar ein Papist sei und Handlanger der Mönche, der das klare Wort Gottes hasse. Deshalb tut's mir leid, Michael. Es sieht so aus, dass wir wieder unsere Siebensachen packen und weiterziehen müssen zu einem besseren Ort, sobald ich erst mal wieder einen klaren Kopf habe.«

Ich sagte: »Du solltest dir den Kopf nicht wegen Dingen zerbrechen, von denen du nichts verstehst, Antti. Aber diese Angelegenheit ist bereits geregelt, denn morgen früh ziehen wir das Banner auf und marschieren los, und zwar nicht alleine, sondern wir sind viele. Diesmal ist ein Regenbogen auf unser Banner gestickt, zum Zeichen des Bundes mit Gott. Mehr brauchst du über diese Sache nicht zu wissen. Gürte dich nur rechtzeitig und mache dich bereit zum Aufbruch!«

Antti sah mich misstrauisch an und meinte: »Ein Regenbogen? Das klingt nicht gut in meinen Ohren, denn auf den Fahnen und Bannern ehrlicher Fürsten, Feldherren und Kaiser sind allerlei würdige Tiere abgebildet, wie zum Beispiel Löwen, Bären, Einhörner und Panther, oder doch wenigstens Kronen und Hermeline. Und nur Könige und Fürsten können sich auf einen Feldzug machen, falls einer nötig wird, denn nur sie wissen, wann, wie und warum und Kriege zu führen sind. Sie reden dabei auch kaum von ihrem Bund mit Gott, sondern überlassen das den Bischöfen und Priestern, die von Berufs wegen mit so etwas zu tun haben. Deshalb wirst du mir wohl vergeben, wenn ich es dir anheimstelle, Michael, allein dem Regenbogen zu folgen.«

Ich erinnerte ihn daran, dass die Männer von Mühlhausen angedroht hatten, am nächsten Morgen mit Hilfe von Spießen und Gewehren mit ihm abzurechnen. Deshalb bleibe ihm nichts anderes übrig, als sich mir gehorsam anzuschließen, wenn er seine Haut retten wollte. Das sei ein klares Zeichen der Vorsehung, sagte ich ihm, und da ich keine Lust hatte, noch länger mit ihm darüber zu diskutieren, gingen wir dann gleich zu Bett und schliefen alle drei fest bis zum Hahnenschrei. Dann ertönten auch schon die Trommeln und Hörner, die überall in der Stadt die Mitglieder des Treubundes des göttlichen Willens zu den Waffen riefen.

Als wir auf dem Marktplatz ankamen, war das Banner bereits aus der Kirche hinausgetragen worden. Im hellen Licht der Morgensonne war es wirklich ein prächtiger Anblick, und es schien würdig, ihm zu folgen, wie es in allen fünf Farben des Regenbogens leuchtete. Pfeiffer stand siegesgewiss neben dem Banner, und um ihn herum ragte ein Wald von Speeren gen Himmel. Auch einige Arkebusiere schienen Mitglieder im Bund der Getreuen zu sein. Als Thomas Müntzer aus der Kirche trat, rief er mit mürrischer Miene Gott zur Hilfe an und bestieg einen gefügigen Wallach, um seine Truppe aus der Stadt zu führen. Etliche Pferde und Wagen folgten den Reihen der Marschierenden, und die Männer stimmten, sobald sie losgezogen waren, gleich einen Pfingsthymnus an, den Müntzer gedichtet hatte. Antti aber hielt mich am Arm fest und fragte:

»Michael, Bruderherz, was hat das zu bedeuten? Wo ziehen wir hin? Meiner Rechnung nach sind wir nicht einmal fünfhundert Mann, und Verpflegung haben wir auch nicht dabei, denn die Wagen da hinter uns sind ja leer.«

Ich sagte, er solle sich keine Sorgen über den morgigen Tag machen, denn jeder Tag habe seine eigenen Sorgen. Wenn Thomas Müntzer Gottes wahrer Prophet war, wie ich gerne glauben wollte, dann war er auch in der Lage, seine Truppe mit fünf Broten und zwei Fischen zu ernähren. Ich hatte schon lange genug zwischen Glauben und Unglauben geschwankt; jetzt war es an der Zeit, dass ein Wunder geschah, wenn Gott wollte, dass sein Wille auf Erden verwirklicht würde. Deshalb sollten wir getreu dem Regenbogenbanner folgen. Antti versetzte, ich sei verrückt, ja, noch verrückter, als er sich je habe vorstellen können. Er verließ mich, um Frau Geneviève zu trösten, die es sich samt ihren Siebensachen in einem der leeren Wagen bequem gemacht hatte.

Kapitel 3

Im Nachhinein betrachtet war dieser unser Feldzug völlig zwecklos und hatte nicht mehr Sinn, als die Wanderung eines betrunkenen Müllers von einer Schenke zur nächsten. Denn als wir endlich vor Langensalza angekommen waren, stellte sich heraus, dass die Einwohner jener Stadt ihren Rat schon hatten umstimmen können und nicht mehr auf unsere Einmischung angewiesen waren. Sie verschlossen sogar die Stadttore vor uns und schickten uns nur zwei Fass Bier heraus, um sich für unsere Hilfsbereitschaft erkenntlich zu zeigen. Aber zur Furcht bestand für uns auch kein Anlass, denn der Adel verließ seine Schlösser und ergriff die Flucht, wo immer sich unser Regenbogenbanner zeigte, so dass wir keinen Hunger zu leiden brauchten, denn die Schafsherden und Fischteiche der Klöster versorgten uns mit reichlicher Nahrung. Täglich kamen auch aus anderen Städten und Dörfern weitere Truppen, die sich Thomas Müntzers Banner anschließen wollten. Sie brachten in ihren Wagen auch allerlei Beute mit: Kleider, Waffen, Glocken, Getreide und Speck, all dies Ergebnis ihrer Plünderungen. Thomas Müntzer begrüßte sie von seinem Pferd herab als christliche Brüder und gestattete ihnen, die Beute unter seinen Getreuen aufzuteilen. Unser Haufen wuchs tatsächlich wie eine Lawine an, so wie Pfeiffer es vorausgesagt hatte, und Frau Geneviève hatte keinen Grund mehr zur Nörgelei. Sie hielt unseren Feldzug bei dem schönen Aprilwetter nun für einen interessanten Ausflug.

Müntzers Selbstgewissheit wuchs von Tag zu Tag. Täglich predigte er von Rücken seines Pferdes herab, während das Banner über ihm im Winde flatterte. Als er erfuhr, dass Luther, erbost über Müntzers wachsende Beliebtheit, sich in die Grafschaft Mansfeld begeben hatte, dort Predigten hielt und dann nach Weimar weitergereist war, um die Grafen und den Fürsten zu überreden, alle ihre Truppen gegen Müntzer ins Feld zu schicken, da ließ Müntzer mich zu sich kommen und wandte sich wutentbrannt an mich:

»Dieser Doktor Luther, von dem so viel geredet wird und zu dem unser Volk aufsah wie zu Gott, weil es an seine guten Absichten glaubte, hat endlich gezeigt, wes Geistes Kind er ist. Er hat unverhohlen gezeigt, dass er zum Märtyrer Satans werden will. Er ist nun gewogen worden und wurde für zu leicht befunden. Seine Zeit ist um, und seine eigenen Werke klagen ihn an, denn es gibt auf der ganzen Welt keinen schlimmeren und blutrünstigeren Tyrannen als den Grafen von Mansfeld, der mich aus meiner Gemeinde vertrieben und mich zu einem Bettler der Landstraßen gemacht hat. Nun hat sich Luther offen für diesen Schuft erklärt und predigt den Bergleuten, dass sie sich mir und meinem Banner nicht anschließen dürfen. Für diesen Hass, dieses gottlose Unrecht wird Luther noch einen hohen Preis bezahlen. Am wichtigsten ist, dass er jetzt nicht Johann, den Fürsten von Weimar, gegen mich aufhetzt. Der brave Kurfürst Friedrich der Weise ist nämlich krank und dem Tode nahe. Luther hat seinen Fuchsbau in Wittenberg verlassen und sich nach Weimar begeben, um sich in Friedrichs Bruder Johann einen neuen Schutzherrn zu suchen. Deshalb muss ich Fürst Johann vor Luthers tückischem Ränkespiel warnen und ihn dazu bringen, mehr auf Gott zu hören als auf einen Menschen. Reite also nach Weimar, Michael Pelzfuß, überbringe dem Fürsten meinen Brief und bring mir dann seine Antwort, wo auch immer du mich dann antreffen wirst. Denn es ist nicht mehr mein Wille, der mir meinen Weg vorgibt, sondern meine wachsende Truppe führt mich voran, so wie Gott es will.«

Er zeigte mir das Warnschreiben, das er an Fürst Johann gerichtet hatte. Er hatte diesen Brief in einer so wütenden Stimmung geschrieben, dass die Punkte und Striche wild über den Zeilen verteilt waren. So viel konnte ich vom Inhalt des Briefes erhaschen, dass ich nicht gerade große Lust verspürte, einem hohen Herrn und Fürsten einen solchen Brief zu überbringen. Müntzer tadelte mich deshalb hart und warf mir fehlenden Glauben vor. Er beschwor mich in Gottes Namen, mir werde schon nichts passieren, denn er werde alle Diener des Grafen von Mansfeld, die ihm in die Hände gefallen waren, auf der Stelle hinrichten lassen, würde mir auch nur ein Haar gekrümmt werden.

So blieb mir nichts anderes übrig, als mir das beste Pferd auszuwählen und Antti demütig zu bitten, mir zu folgen, denn sonst könnte mir so einiges zustoßen, wenn ich in der unruhigen Provinz allein zu Ross unterwegs wäre. Dann tröstete ich Frau Geneviève und sagte, wir würden kaum lange wegbleiben, nicht mehr als vier Tage. Ich empfahl ihr wortreich, sich dem Schutze Jakobs des Schneiders anzuvertrauen. Aber sie versetzte nur hochmütig, sie könne durchaus besser als Schuster und Schneider auf sich aufpassen. Das nahm ich als Zeichen, dass ich bei ihr nicht mehr wohlgelitten war.

Wir ritten also los, Antti und ich, und vermieden so gut wir konnten dichter besiedelte Gebiete und umgingen die Städte, die auf unserem Weg lagen. Es war schon Anfang Mai, und am Abend des zweiten Tages kamen wir in Weimar an, ohne dass uns jemand Beachtung geschenkt hätte, denn auch andere bewaffnete Reiter waren auf vielen Straßen innerhalb der Stadt unterwegs. Antti meinte, der Fürst ziehe offenbar seine Truppen zusammen, und somit sei es höchste Zeit für Müntzer, noch einmal gründlich über seine Pläne nachzudenken.

Ich hielt es für geboten, nicht gleich alle Welt wissen zu lassen, wer mich ins Schloss zu Fürst Johann geschickt hatte. Ich ließ also den wachhabenden Offizier ans Tor holen und sagte, ich sei der Überbringer einer dringenden geheimen Botschaft an den Fürsten. Zum Zeichen meiner guten Absichten gab ich ihm drei Gulden, auch wenn der Verlust von so viel Geld mich schmerzte. Doch verfehlte das Geld seine Wirkung auf den Offizier nicht, so dass er uns sogleich auf den weiten Schlosshof führte und Knechte aus den Stallungen herbeibefahl, die sich um unsere Pferde kümmern sollten. Es war offensichtlich, dass der Fürst selber ungeduldig Nachrichten erwartete, denn es dauerte nicht lange, und schon wurden wir von einer bewaffneten Eskorte abgeholt und ins Schloss gebracht. Dort nahm man uns die Waffen ab. Selbst mein Speisemesser musste ich ihnen aushändigen, woraus ich schloss, dass der Fürst ein misstrauischer Mann sein musste.

Antti sagte, ihn dränge es nicht danach, Fürsten von Angesicht von Angesicht zu begegnen. Er habe lieber ein Auge auf unsere Sachen und bat deshalb um etwas zu essen. Ein weißhaariger Kammerdiener, der ständig über die bösen Zeiten seufzte, führte mich ins Schreibzimmer des Fürsten, und dort durfte ich dann warten, bis der Fürst in einem abgenutzten Seidenwams erschien, dessen Aufschläge Spuren von Eigelb aufwiesen. Er schien nicht weniger besorgt als sein Kammerdiener. Der Fürst fragte mich freundlich, wer ich sei, was ich wolle und von wem der Brief sei, den ich offenbar für so wichtig hielte, dass ich ihn nicht seinen Dienern hatte übergeben wollen, sondern ihn damit belästigte, einen alten Mann, in seinem Schreibzimmer dazu, obwohl es schon Abend sei er sich nach all den Sorgen des Tages nach etwas Ruhe sehne. Ich konnte einfach nicht anders, als mich vor diesem braven Greis auf die Knie zu werfen, ihn um Gnade anzuflehen und ihm zu gestehen, der Brief sei von Thomas Müntzer, dem Abgesandten Gottes.

Der wackere Fürst Johann bekreuzigte sich und öffnete den Brief so vorsichtig, als fürchtete er, sich die Finger zu verbrennen. Langsam und mühevoll las er sich den Brief durch, ließ sich schwer auf seinen Stuhl fallen, seufzte ein paar Mal und sagte:

»Wer bin ich armer und sterblicher Mensch, dass ich mir anmaßen würde, den Willen Gottes zu kennen und seine Absichten zu verstehen? Alle möglichen Leute scheinen sich besser damit auszukennen als ich und drängen sich mir mit ihren Ratschlägen auf. Mein lieber Bruder, der Kurfürst, liegt im Sterben. Ihm habe ich stets vertraut, und das nicht ohne Grund, denn das Volk hat ihm schon zu Lebzeiten den Namen Friedrich der Weise verliehen, weil er immer das Sichere gewählt und das Unsichere vermieden hat. Als er von dem Aufruhr der Bauern erfuhr, schrieb er mir unverzüglich mit letzter Kraft und riet mir, ich solle jegliche Gewalt vermeiden. ›Denn‹, so schrieb er nämlich, ›vielleicht haben diese armen Menschen ja jeden Grund zu ihrem Tun, und die weltliche und geistliche Obrigkeit hat sie auf vielerlei Weise gequält und bedrückt, indem sie die Verkündigung von Gottes klarem Wort unterbunden hat. Wenn Gott will, dass der gemeine Mann über das Land herrscht, dann soll es auch so sein. Wenn es aber nicht Gottes Wille ist, dann wird sich bald alles ändern, auch ohne dass ich dazwischenfahre. Deshalb sollen wir Gott nur um die Vergebung unserer Sünden bitten und unser ganzes Vertrauen auf ihn setzen.‹ Das schrieb mir mein lieber Bruder, der Kurfürst. Nach den neuesten Nachrichten liegt er bereits in den letzten Zügen. Also werde ich jeden Augenblick die schwarze Fahne über meinem Schloss aufziehen müssen und bin dann selbst als Kurfürst für das Schicksal dieses Landes verantwortlich.«

Der Fürst schwieg und nickte seufzend mit seinem zitternden Kopf, so dass ich demütig meine Stimme erhob und gestand, ich hätte nie geglaubt, aus dem Munde eines irdischen Fürsten einmal so weise und vernünftige Worte zu vernehmen. »Darf ich dies als Antwort nehmen?« fragte ich. »Darf ich meinem Herrn die Botschaft überbringen, dass der Fürst ihm nichts Böses will und auch keine Gewalt gegen die Bauern anzuwenden gedenkt, die doch nur nach besten Kräften das göttliche Recht auf Erden suchen?«

Aber der brave Fürst sah mich an, als wäre ich von Sinnen, und wandte eilends ein: »Nein, lass um Gottes willen nicht verlauten, dass ich so etwas gesagt hätte, denn ich habe gerade den strengen und erregbaren Doktor Luther hier zu Besuch, und wenn der hört, dass ich so etwas gesagt habe, kommt er zu mir und brüllt mich nur an. Dabei kann ich sein furchtbares Geschrei nicht mehr hören. Ich habe ja auch schon meine Kriegstruppen versammelt, und mein Vetter, Herzog Georg, hat versprochen, von Leipzig aus den Bauern entgegenzuziehen. Viele Grafen haben mir schon ihre Truppen zugesagt, so dass ich meinen Entschluss nicht mehr zurücknehmen kann, selbst wenn ich es wollte. Deshalb ist es wohl am besten, dass ich Doktor Luther holen lasse, damit er dich über alles aufklärt. Dann kann er dir mit eigenen Worten sagen, was meine fürstlichen Vettern und Brüder über diese Dinge denken, und was wir gemeinsam vorhaben. Von mir darfst du ruhig Grüße an Thomas Müntzer ausrichten und ihn bitten, für meine arme Seele zu beten, wenn er tatsächlich ein Mann Gottes ist. Warne ihn auch rechtzeitig, damit er schnell die Waffen sinken lässt und in ein sicheres Land flieht, sonst wird es ihm, wie ich fürchte schlimm ergehen, zumal da er dann auch noch viele Männer mit sich in den Tod reißt.«

Nach diesen Worten erhob sich Fürst Johann überraschend schnell, ließ mich seine Hand küssen und ließ den Brief, den ich ihm gebracht hatte, offen auf dem Tisch liegen, damit Doktor Luther ihn zu lesen bekäme. Als ich nun auf diesen großen Mann wartete, dessen Ruhm sich in wenigen Jahren im ganzen Deutschen Reich und in vielen anderen Ländern verbreitet hatte, überkam mich ein Zittern und Zagen. Ich fürchtete mich vor dieser Begegnung mehr, als ich mich davor gefürchtet hatte, diesem braven und freundlichen Fürsten gegenüberzutreten. Ich wusste ja, dass Doktor Luther mit wachsendem Ruhm und Erfolg immer schrecklicher gegen seine Gegner wütete. Wenn er jetzt trotz des Briefes, den er früher in diesem Jahr an die Bauern geschrieben hatte, sich jetzt ganz gegen die Bauern richten würde und Müntzer für einen Verfälscher seiner Lehre hielt, wie ich vermutete, dann stand mir eine Predigt bevor, die es in sich hatte. Ich bedauerte inzwischen, mich von Antti getrennt zu haben, denn ich hatte Angst, Doktor Luther würde mit den Fäusten auf mich losgehen, gleichsam um in meiner Gestalt Thomas Müntzer zu züchtigen.

Diese Furcht war allerdings unangebracht, denn der große Lehrer erschien mit einem breiten Doktorbarett auf dem Kopf, mit Tintenflecken an den Fingern und mit mehreren von ihm beschriebenen Blättern Papier wedelnd, um die Tinte trocknen zu lassen. Sogar auf einer seiner Wangen prangte ein Tintenfleck. Ich erkannte sofort, dass er mit einer wichtigen Arbeit beschäftigt zu mir kam, denn er las immer noch das, was er soeben geschrieben hatte. Dabei lächelte er vor sich hin, auch wenn seine murmelnd hervorgestoßenen Worte und die Art des Lächelns nichts Gutes verhießen. So blieb mir ein wenig Zeit, ihn mir etwas genauer anzusehen. Sein Antlitz war nicht mehr das sehnige und hagere Gesicht eines Mönchs, den schwere Gedankenarbeit vorzeitig hatte altern lassen und der sich allein und ohne Fürsprecher gegen den Papst und sogar gegen den Kaiser erhoben hatte, sondern er war nun ein kräftiger, beleibter Mann in seinen besten Jahren. Sein Kinn war äußerst energisch, sein Antlitz gerötet. Ja, sein Kinn war wirklich wie aus Eisen, aber er redete mich recht freundlich an und sagte:

»Ach, du armer Junge, in welche Teufelsfalle bist du da geraten? Der Satan wird dich holen, wenn du dich nicht rechtzeitig aus diesem Teufelsdreck befreist. Aber du hast ein offenes, ehrliches Gesicht und bist gewiss nicht selbst schuld an deiner Verirrung, sondern dieser Satansknecht, der ganz Deutschland in Aufruhr bringt, hat dich in diese Sache hineingezogen.«

Er bemerkte Müntzers Brief auf dem Tisch, nahm ihn in seine Hand, las einige Zeilen daraus, wobei der Zorn ihm ins Gesicht stieg, und dann zerriss er den Brief und trampelte darauf herum. Seine erschreckend dunklen Augen schienen mich gleichsam an die Wand zu pfählen, als er vor mich hintrat und sagte:

»Nun ist der Vorhang aufgerissen, und das Böse hat seine Fratze entblößt. Deshalb sollte jetzt niemand mehr Gnade erwarten, jetzt, wo der Tag des Zorns gekommen ist, weil die Bauern nicht auf meine Warnung hören und das heilige Evangelium für weltliche Zwecke missbrauchen wollten. Ein Christ unterwirft sich dem Unrecht und der Gewalt und strebt keinesfalls danach, sich dafür zu rächen, indem er Gottes klares Wort verfälscht, sondern hält dem Schläger lieber noch die andere Wange hin, um für seine Demut den Lohn im Himmel zu erhalten. Ich habe euch doch wahrlich gewarnt, ihr widerspenstigen Räuber und Aufrührer, dass eure Sache auch mich betrifft und ich euch für meine Feinde halten muss, weil ihr nur Zerstörung im Sinn habt und meinem Evangelium mehr schadet, als es selbst Papst und Kaiser bisher vermocht haben, wenn ihr den Namen Christi in euren weltlichen Bestrebungen weiter missbraucht. Deshalb kenne ich keine Gnade und kein Mitleid mehr, sondern spreche zu euch in offenen Worten, die ich auch niedergeschrieben habe, damit sie unverzüglich in ganz Deutschland bekannt werden. Höre nun also, junger Mann, hör genau zu, damit du deinem Meister meine Botschaft als Antwort des Fürsten überbringen kannst!«

Er setzte sich an den riesigen Schreibtisch des Fürsten, schlug sich den Rock über den Knien zu und begann mir mit dröhnender Stimme seine Botschaft vorzulesen, die gegen die mordlustigen und räuberischen Zusammenrottungen der Bauern gerichtet war. Offenbar war er beim Schreiben so erregt gewesen, dass er seine Schrift zuweilen nicht gleich entziffern konnte, sondern sich tiefer über das Papier beugen musste. Mehrmals verbesserte er vor sich hinmurmelnd gewisse Stellen, strich eine Zeile durch und schrieb eine neue darüber, oder er setzte nach Art eines geübten Druckereikorrektors ein Kreuz in den Text und fügte an der Seite eine Änderung ein. So wurde mir das Zuhören nicht leicht gemacht, aber über den Inhalt des Schreibens war jeglicher Zweifel ausgeschlossen. Es war eine grausame, gnadenlose Schrift gegen die Bauern und ihre guten Absichten. Da die Bauern gegen die gesetzliche und von Gott eingesetzte Obrigkeit aufgestanden waren, Klöster und Burgen wie Landstreicher geplündert und schließlich ihre furchtbare Sünde mit dem Evangelium bemäntelt hatten, indem sie die Frechheit besaßen, einander Brüder in Christo zu nennen, so hätten sie dreimal den Tod verdient, nicht nur an Leib, sondern auch an ihrer Seele. Deshalb könne es für sie keine Geduld, kein Mitleid geben. Nun sei nicht die Zeit der Gnade, sondern des Zorns und des Schwertes. Zwei Mal las mir Doktor Luther seine Hauptthesen vor, so dass sie mir für alle Zeiten im Gedächtnis haften geblieben sind. Beim ersten Mal las er stockend und immer wieder den Stift hebend, als wolle er seinen Text abmildern, beim zweiten Mal aber trug er alles mit großem Nachdruck und in gnadenlosem Ton vor, so als würde er die Kraft seiner Worte genießen:

»Deshalb soll man sie nun zerschmeißen, würgen, stechen, heimlich und öffentlich, wer da kann. Man soll denken, dass es nichts Giftigeres, Schädlicheres und Teuflischeres gibt als einen aufrührerischen Mann. Also soll man ihn erschlagen wie einen tollen Hund. Wenn du ihn nicht erschlägst, so erschlägt er dich und das ganze Land mit dir.«

An diesen Worten sah ich, dass der seinen Brief als Richtschnur an die Fürsten und den Adel Deutschlands richtete, um zu zeigen, wie sie diejenigen Bauern behandeln sollten, die aufgestanden waren, um das Göttliche Recht einzufordern. Seine wütenden Worte machten mich so niedergeschlagen, dass ich am liebsten hätte sterben wollen. Jetzt dachte ich nicht mehr an brennende Burgen und Schlösser oder an geplünderte Klöster und ausgeraubte Leichen am Wegesrand, sondern nur noch an die frommen, einfachen Männer, die ihr ganzes Leben lang gearbeitet und geschuftet hatten, ohne dass sie sich mit ihrer lebenslangen Arbeit ein bleibendes Vermögen erworben oder auch nur ein paar Gulden verdient hätten, und die nun in ihrem selbstlosen Vertrauen auf Gottes Wort glaubten, sie könnten das Reich Gottes auf Erden errichten. Ich dachte an den einfachen Mann, der im Klosterhof der Bischofsstadt bunte Bilder aus einem wertvollen und unersetzlichen Messbuch gerissen hatte, um sie mit nach Hause zu nehmen, wo er seinen Kindern solche Bilder zeigen wollte, wie sie die Kinder der Reichen und Vornehmen besaßen. Ich dachte an all die armen Bauern, die im Vertrauen auf Gottes Wort glaubten, sie hätten das Recht, die Vögel des Himmels, das Wild des Waldes und die Fische im Wasser zu eigener Nahrung und ohne Erlaubnis zu jagen, ihren Herden Gottes Aue zum Weiden zu überlassen und in den Wäldern, die Gott geschaffen hatte, frei nach Holz zu suchen.

Diese traurigen Gedanken ließen meinen Augen Tränen entquellen, so dass ich meine Furcht vergaß, mich Doktor Luther zu Füßen warf, meine Hände nach dem Saum seines Mantels ausstreckte und sagte: »Hochgelehrter Doktor Luther, glaubt mir, auch wenn ich ein armer und schwacher Mensch bin: Das sind durchaus keine tollwütigen Hunde, sondern die meisten von ihnen sind fromme, einfache Männer, die nur nach dem Göttlichen Recht streben. Sie haben an Eure Lehre geglaubt und Euch genauso vertraut wie dem lieben Gott. Ihr seid es doch, der ihnen die Bibel in ihrer eigenen Sprache zu lesen gab! Ihr könnt sie doch jetzt nicht im Stich lassen, wo die Fürsten ihre Truppen gegen sie sammeln! Kümmert Euch jetzt um sie, vermittelt und verzeiht ihnen, wenn sie unrecht getan haben, wenn Ihr Euch ihnen schon nicht anschließen könnt, um für alle Zeiten eine neue Ordnung in Deutschland aufzubauen. Eurem großen Geist, Eurer Stärke haben doch selbst die Fürsten nichts entgegenzusetzen!«

Aber er stieß meine Hand fort und zog den Rocksaum an sich heran, so als wäre auch ich eine Giftschlange oder ein tollwütiger Hund, und sagte: »Ich bin weder dir noch irgendjemand anderem Rechenschaft schuldig in dieser Welt; für meine Worte und Taten trage ich die Verantwortung vor meinem Gewissen und dem lieben Gott und sonst niemandem. Ich gestatte nicht, dass Träumer und Phantasten mein Evangelium in Stücke reißen, nein, ich werde mit Zähnen und Klauen bis zu meinem letzten Atemzug gegen sie ankämpfen, so wie ich gegen Papst und Kaiser gekämpft habe. Wenn dieser Wüterich Thomas Müntzer glaubt, er sei klüger als ich und könne auf meinen Schultern in das Himmelreich reiten, dann hat er sich gründlich geirrt. Soll die Stadt Mühlhausen ruhig in Blut gebadet werden um seinetwillen, wo er sie zu einem rechten Satansnest gemacht hat! Ich werde die Schlangeneier, die er ausgebrütet hat, zerschmettern, ehe ihnen neues Schlangengezücht entschlüpft!«

Da war mir klar, dass er sich schon für so groß hielt, dass er keinen anderen neben sich dulden konnte, der ihm im Glauben und in der Lehre gleich wäre. Er hielt jeden, der sich in sein Lehrgebäude einmischte, für einen Verfälscher seines Glaubens. Er verdammte die Sache der Bauern, weil sie das, was seine Lehre zusammenhielt, auseinanderzusprengen drohten. Gewiss rechnete er damit, dass ihm eine Verbindung mit den Fürsten mehr nützte, und wollte sich mit seiner Schrift rechtzeitig in deren Augen reinwaschen, denn diese seine Schrift käme dem Adel und den Fürsten als wirksame Waffe im Kampf gegen die Bauern wie gerufen. So groß war nämlich sein Ruhm überall in Deutschland. Tiefe Verbitterung machte sich in mir breit, so dass ich aufstand, ihm furchtlos in die Augen sah und sagte:

»Ich bin noch ein junger Mann und kann mich, Ihr großer Doktor Deutschlands, nicht Eurer Gelehrsamkeit rühmen. Meine Meinung zählt weniger als ein Staubkorn auf der Waage der Zeit, die Eure Worte und Taten einmal wiegen wird. Aber es kränkt mich sehr, wenn Ihr immer wieder von ›meinem Evangelium‹ redet, denn das Evangelium ist doch nicht nur Euer Evangelium, sondern eines jeden armen Mannes Evangelium. Jedenfalls ist das die Grundaussage Eurer eigenen Lehre. Gottes klares Wort spricht gegen Euch selbst, seid Ihr doch selbst gar nichts willens, auch die andere Wange hinzuhalten, wenn man Euch kränkt. Auch habt Ihr Euch ziemlich lange vor dem Zorn des Kaisers versteckt, als ganz Deutschland ungeduldig nach Euch rief. Jetzt will mir scheinen, dass Ihr Euch in dieser Sache mit den Bauern hinter dem

Rücken der Fürsten versteckt, um Euch lieb Kind mit ihnen zu machen.«

Sicher war es nicht ratsam, so aufmüpfig gegen diesen großen Mann aufzutreten, und sicher tat er recht daran, mir mit seiner tintenbespritzten Pranke eine schmerzhafte Ohrfeige zu versetzen. Aber meine Erbitterung ließ mich den Schmerz kaum spüren. Mit Tränen der Wut und der Demütigung in den Augen fuhr ich nämlich fort:

»Schlagt mich ruhig, denn das bedeutet mir nichts. Die Tinte an Euren Fingern ist ja das Blut unschuldiger Menschen, und aus jedem Buchstaben in Eurer Schrift da tropft das Blut Schuldiger und Unschuldiger. Zieht nur die Fürsten auf Eure Seite, Doktor Luther, werdet in Ruhe dick und fett und macht aus ihnen die höchsten Bischöfe ihrer Länder und Reiche, wie Ihr versprochen habt, damit sie ganz nach Belieben Euer Evangelium auslegen können, besser jedenfalls als die unverständigen Bauern. Bestimmt bekommt Ihr die Fürsten auf Eure Seite, wenn Ihr sie mit den Besitztümern und Ländereien der heiligen Kirche bestecht und noch stärkere und höhere Mauern um Euer Evangelium aufzieht, so dass das Evangelium nicht mehr wie ein freies Feuer Gottes auf Erden brennt, sondern sich in die Mauern und Wände verkriecht, die Ihr darum herum errichtet habt, so dass es keine Gefahr für die alte Ordnung darstellt. Bestimmt erfüllt es Euch dann auch mit Zufriedenheit, wenn Eure Schriften in allen Kirchen Deutschlands verlesen werden und auch die katholischen Fürsten, die Euch bisher mehr gehasst haben als den Teufel, Euren Namen im Munde führen, wenn sie ihre Untertanen erschlagen wie seelenloses Vieh. Vor Gott aber fügt Ihr Euch genau deshalb Schaden an Eurer Seele zu.«

Während mir Doktor Luther zuhörte, wich ihm vor Wut alles Blut aus seinem Antlitz, und es war, als hätten meine Worte ihm einen Schlag versetzt, denn er rührte mich nicht mehr an. Stattdessen sah er mich mit unbeschreiblich düsteren Augen an, so als wollte er bis auf den Grund meiner Seele herabblicken, und dann sagte er wie zu sich selbst:

»Vielleicht stimmt das ja sogar. Vielleicht war ich freier und glücklicher, als ich vor dem Kaiser stand und mich fast schon auf dem Scheiterhaufen wähnte, als jetzt, wo ich von allen Seiten von Fallen und listenreichem Ränkespiel umgeben bin. Aber was ist mit dir, du bleicher, zorniger junger Mann, bist du etwa mein Gewissen, das hier quicklebendig vor mir steht? Nein, nein, das kann nicht sein; du bist nur eine neue Hinterlist des Teufels und willst mir meine klaren Gedanken durcheinanderbringen. Hebe dich also hinfort von mir, Versucher, und kehr zurück auf den Misthaufen Satans, von dem du herabgestiegen bist!«

Etwas in mir sagte mir, dass er es schwer hatte, ja, gewiss hundertmal schwerer als ich, nachdem er sich in den Netzen der Fürsten verstrickt hatte und sich zu ihrem Werkzeug hatte machen lassen. Doch empfand ich in meiner Verbitterung kein Mitleid mit ihm, sondern schrie ihn geradewegs an. Nicht ich allein schrie da, sondern in mir schrie die Verzweiflung Tausender, ja Hunderttausender, und voller Enttäuschung und Verzweiflung schleuderte ich ihm diese Worte entgegen:

»Ihr könnt jetzt wahrlich zufrieden mit Euch sein, Doktor Luther, denn gewiss gewinnt Ihr dabei, wo nun nichts mehr die Fürsten hindern kann, da Ihr Euch mit ihnen verbündet habt. Wisset aber, dass das Blut von der Erde bis hoch zum Himmel gegen Euch schreien wird. Die, die Euch und Euren Namen gesegnet haben, werden Euch ab jetzt verfluchen und Gottes Strafe auf Euch herabflehen. Die Klagerufe von Witwen und Waisen werden Euch in den Ohren gellen, wenn sie vor den noch schwelenden Ruinen ihrer abgebrannten Häuser stehen. Ab jetzt geltet Ihr als vogelfreier Mann in Deutschland, Doktor Luther, denn ein Pfahl wird vor Eurem Hause eingerammt werden, so dass Ihr Euch im Dunkeln nicht einmal in Eurer eigenen Stadt ins Freie trauen könnt. Gott sei Euch gnädig, wenn Ihr allein auf die Straße gehen solltet ohne bewaffneten Schutz! Denn jeder Bauer, der das Blutbad überstehen wird, das ihr herabbeschworen habt, wird es für eine gottgefällige Tat halten, wenn er Euch mit einem Stein den Schädel einschlägt oder Euch mit seiner Knute niederknüppelt. Diesen Hass werdet Ihr bis ans Ende Eurer Tage zu spüren bekommen, Doktor Luther, und das Volk wird Eurer Lehre nicht mehr glauben, sondern Augen und Ohren vor Euch verschließen und in dasselbe graue Tal des Todes zurückkehren, aus dem Ihr es für eine kurze Weile zur Hoffnung und zum feurigen Licht des Evangeliums hinaufgehoben habt.«

Er hörte mich jetzt ganz gelassen an, während er wie ein mächtiger Steinbrocken vor mir stand. Nachdem ich geendet hatte, schüttelte er kaum merklich den Kopf, lächelte trocken und sagte: »Ich kenne deine Zunge und deine Rede; glaubst du, ich wäre nicht schon früher verflucht worden? Oh ja, ich bin wohl der am meisten verfluchte und gescholtene Mann der Christenheit um meines Evangeliums willen. Deine schwache Zunge kann es nicht mit den mächtigen Flüchen aufnehmen, die mir aus Rom entgegengeschleudert worden sind, obwohl ich zugeben muss, dass deine Worte mir Wunden geschlagen haben, denn Gott hat mich nicht mit der dicken Haut eines Nashorns ausgestattet, sondern gab mir nur eine verletzliche Haut, die unter jedem Tadel leidet. Aber geh nun in Frieden zu deinem Lehrmeister zurück und richte ihm meine Botschaft aus, auch wenn ich dir nur meinen Daumen auf den Schädel drücken müsste, um dich zu zerquetschen wie eine Laus. Ich will dir allerdings einen guten Rat mitgeben. Sinne darüber nach auf deinem Wege! Falls du dich von den Irrungen deines Geistes doch noch einmal freimachst, dann wirst du meinen Rat begreifen, wenn du erst mein Alter erreicht hast: Dein heutiger Feind kann dein morgiger Freund sein, und umgekehrt. Deutschland hat meinen Namen schon über Gebühr gepriesen, es verfluche ihn nun also, wenn's ihm Erleichterung verschafft, denn es werden nicht viele Jahre verstreichen, da wird es mich wieder lobpreisen.«

Er blickte mich noch einmal mit seinen finsteren Augen an, hielt dabei die Blätter in der Hand, und sein Kinn war wie von Eisen. Da wusste ich, dass ich ihn nicht erschüttern und seinen Sinn noch ändern konnte. Deshalb fühlte ich mich klein und zu Boden getreten neben ihm. Ich verzog mich rückwärts und kleinmütig zur Tür, trat zur Tür hinaus und ließ ihn allein in seiner Einsamkeit stehen.

Kapitel 4

Der weißhaarige Kammerdiener hatte, während er an der Tür stand, sein Ohr an die Türfüllung gepresst und schien überhaupt nicht betroffen, als ich ihm bei dieser Lauscherei ertappte, sondern er sagte: »Ich höre nicht mehr so gut wie früher, mein junger Herr, und verstehe nicht mehr alles, wenn ich mein Ohr nicht fest an die Tür presse. Das ist ja keine Sünde, denn jemand, der ein gutes Gehör hat, würde unseren braven Doktor sowieso durch viele Türen und Wände hindurch hören, wenn er etwas Wichtiges zu sagen hat. Ihr seid wirklich ein mutiger Mann, Michael Pelzfuß, dass Ihr es gewagt habt, ihm Eure Antwort ins Gesicht zu schreien. Das traut sich fast keiner. Ich glaube, mein Fürst lacht sich ins Fäustchen, wenn ich ihm das erzähle. Aber bloßes Gelächter wird hier nicht viel helfen. Mir wird ganz angst und bange, wenn ich bedenke, wie viel Böses in der Welt passiert, denn ich bin selbst auch nur ein Bauernsohn und verstehe die Sorgen der Bauern um ihre Felder, Weiden und das Vieh, auch wenn ich es in meinem Leben weit gebracht habe. Mein lieber Fürst hat sogar Tränen vergossen, weil er nicht wusste, was er tun sollte. Er wird von allen Seiten bedrängt, und jetzt hat Doktor Luther sein Machtwort gesprochen. Nun wird es also wirklich ernst. Dem Doktor Luther sollte man aber nicht fluchen; er ist ein frommer Mann und der gelehrteste Mensch in ganz Deutschland. Er will ja nur das Beste, genauso wie mein lieber Fürst. Was wird denn nun aus Euch, Herr Pelzfuß?«

Ich versicherte ihm, dass auch meine Absichten die allerbesten seien und ich mir um das schlimme Los, das nun den Bauern drohte, große Sorgen machte. Er zog mich an ein kleines Fenster im Flur und zeigte mir durch das grünlich schimmernde Glas die gepanzerten Reiter und Pikeniere, die dort gerade aufmarschierten, ihre Reihen im Takt schlossen und wieder auseinanderfächerten, genauso wie bei einem Uhrwerk. Der alte Kammerdiener ließ gleichgültig seine Geldbörse am Gürtel klimpern und sagte:

»Wir leben in bösen Zeiten, und selbst an diesem Fürstenhof herrscht Mangel an Bargeld. Ich habe Enkel, an die ich einmal meinen bescheidenen Besitz vererben will. Ich habe gehört, dass Ihr, Herr Pelzfuß, einem dummen Unterhauptmann am Tor eine nicht unbeträchtliche Summe in die Hand gedrückt habt, um ihn Eurer ehrenwerten Absichten zu versichern. Ich bedaure sehr, dass Ihr Euer wertvolles Geld auf diese Weise vergeudet. Auch ich habe eine Geldbörse, und ich bin kein dummer Kerl, sondern könnte Euch manchen guten Rat geben.«

Ich versetzte sogleich, ich sei ein armer Mann und verstünde nicht, was mir selbst die besten Ratschläge nützen sollten. Schließlich hatte Luther bereits sein Wort gesprochen, und auf dem Hof da draußen würden immer neue Truppen zusammenkommen. Deshalb sei das Einzige, was mir jetzt bliebe, so schnell wie möglich zu Müntzer zurückzureiten und den Bauern dringend ans Herz zu legen, sich für den Kampf zu rüsten. Da hätte ich vollkommen recht, meinte der Kammerdiener, sagte aber auch:

»Der beste Rat wäre wahrscheinlich, die Bauern aufzufordern, auseinanderzugehen und in ihre Dörfer zurückzukehren. Magister Müntzer würde ich raten, sich irgendwo anders eine neue Stelle als Prediger zu suchen. Die Fürsten und Grafen sind aber schon losgezogen und sinnen auf Rache für die Schäden, die sie erlitten haben. Deshalb werden wohl viele Unschuldige zu leiden haben, wenn die Fürsten auf keinen Widerstand stoßen und sich mit bloßer Gewalt an den Bauern rächen. Am klügsten handelten die waffenfähigen Bauern vom Bodenseeufer, die sich in großer Zahl auf einen uneinnehmbaren Berg zurückgezogen haben, so dass Herr von Truchsess es gar nicht erst wagte, sich auf einen Kampf mit ihnen einzulassen, sondern sich für einen Waffenstillstandsvertrag mit ihnen entschied, der ihnen sogar erlaubte, ihre Waffen zu behalten. Ich weiß, dass mindestens einer der Fürsten eine solche Lösung gerne befürworten würde. Denn obwohl die Zeit der Zwistigkeiten und des Zögerns unter den Herren nun vorbei ist, so würden sie sich vielleicht doch zurückhalten, wenn sie auf starken Widerstand stoßen, und dann fänden sie sich wohl zu einer friedlichen Einigung bereit. Ihre Zahl ist nämlich nicht besonders groß. Jemand, der sich auskennt, könnte ganz einfach die Größe und die Marschrichtung ihrer Truppen enthüllen, wenn eine solche Person für ihre Kenntnisse in klingender Münze entlohnt würde.«

Er zwinkerte mir mit listigen Blicken zu, und auch seine buschigen, grauweißen Augenbrauen schienen mir über den rotrandigen Augen zuckend Zeichen zu geben. Mir war klar, dass er genau wusste, wovon er sprach, auch wenn ich nur schwer an seine aufrichtigen Absichten glauben konnte, denn schließlich war er ein enger Vertrauter von Fürst Johann. Jedenfalls fragte ich, welche Summe seiner Meinung nach denn angemessen sei für seine Auskünfte. Er breitete nur die Arme aus und meinte, er sei gewiss nicht habgierig, sondern würde sich in christlicher Demut mit dem Betrag zufriedengeben, den ich für ihn auszugeben bereit wäre. Danach führte er mich durch ein Labyrinth von Gängen in ein abgelegenes Zimmer, in dem ein Tisch mit Brot, Käse, Fleisch und einem Krug Bier für mich gedeckt war. Er zog eine bunt bemalte Karte hervor und zeigte mir die Sammelstellen der fürstlichen Truppen.

»Fürst Johann hat seine Truppen für den siebten Mai zusammengerufen. Bis dahin sind es nur noch wenige Tage. Ich kann aber wohl dafür garantieren, dass zur Aufstellung der zusätzlichen Truppen hier noch einige Zeit verstreichen wird und sie wohl nicht auf eigene Faust einen Angriff wagen, auch wenn sie von Weimar direkt auf Mühlhausen zu marschieren werden. Eine größere Gefahr für die Bauern stellt der unbeherrschte Vetter unseres Fürsten dar, nämlich Georg, der Herzog von Sachsen, dessen Lande Müntzers Truppen am schwersten verwüstet haben. Er dürfte in diesen Tagen von Leipzig aus losmarschieren, verfügt aber über kaum mehr als tausend Reiter und zwei Fähnlein Pikeniere, einschließlich der Truppen der Grafen von Mansfeld, die sich ihnen während des Marsches anschließen werden. Philipp, der junge und energische Landgraf von Hessen, hat schon Unterstützung aus der anderen Richtung versprochen. Allerdings hat er wohl genug damit zu tun, die Aufständischen in seinem eigenen Gebiet niederzuwerfen. Er hat tausendvierhundert Reiter und noch einmal genauso viele Pikeniere zugesagt. Vielleicht wird sich der Herzog von Braunschweig ihm anschließen. Jedenfalls marschieren dann aus Osten, Süden und Westen drei starke Formationen auf Mühlhausen zu, und wenn die Fürsten vor der entscheidenden Schlacht ihre Truppen tatsächlich zusammenführen können, dann verfügen sie über eine überragende Kriegsmacht. Doch wie ich schon sagte, es gibt noch allerlei Unwägbarkeiten. Zumindest aus der Richtung Weimar ist noch mit Verzögerungen zu rechnen. Deshalb scheint mir dir Lage der Bauern auch nicht ganz hoffnungslos, sofern sie sich zu Verhandlungen und gütlicher Einigung entschließen.«

Ich schaute mal auf die Karte, mal in die verstohlen dreinblickenden Augen des Greises, während ich an dem Brot und dem Käse kaute und die Bissen mit ein paar Schlucken Bier herunterspülte. »Wenn diese Auskünfte wahr sind«, sagte ich, »dann kann wohl kein Gold der Welt sie bezahlen, denn für Gold kann man keinen Menschen, der durch Christi Blut erlöst wurde, wieder lebendig machen. Aber ich bin ein armer Mann, wie ich schon sagte, und deshalb kann ich Euch nicht mehr geben als zehn Gulden. Zum Ausgleich werde ich Euch in meine Fürbitten einschließen.«

Ich kramte also zehn Gulden aus meiner Börse hervor, wobei ich mich bemühte, das übrige Geld darin nicht allzu sehr klimpern zu lassen. Aber das Gehör des Alten war doch nicht so schlecht, um das Klingen der Münzen in meiner Börse zu überhören, denn nachdem er mit deutlich tadelnden Blicken diese große Summe entgegengenommen hatte, streckte er seine Hand ein weiteres Mal aus und sagte: »Ihr solltet nicht so geizig sein, lieber Herr Pelzfuß, denn die Wege der Vorsehung kann niemand voraussehen. Ich möchte doch nicht, dass ein so edler junger Herr wie Ihr Schaden erleidet. Falls Ihr also noch etwas draufgeben und so meine Dankesschuld Euch gegenüber noch etwas vergrößern wollt, dann könnte ich Euch vielleicht noch einen Schutzbrief meines lieben Fürsten Johann verschaffen, der Euch Euer Leben, Eure Ehre und Eure Habe garantiert, falls Ihr den Truppen der Fürsten in die Hände geraten solltet. Sind die Fürsten und Grafen sind in ihrem Zorn ja besonders grausam. In Franken soll ein Ratgeber der Bauern schon lebendig verbrannt worden sein, wobei die Herren eigenhändig die Holzscheite zu seinen Füßen aufschichteten und dabei sogar schmutzige Hände in Kauf nahmen. Ich glaube allerdings, dass Fürst Johann Euer aufrichtiges und unschuldiges Antlitz schätzen gelernt hat und Euch bestimmt einen Schutzbrief ausstellen würde, wenn ich mich nur energisch genug für Euch einsetze.«

Sein Vorschlag gab mir einiges zu denken. Denn auch wenn wir unbeschadet nach Weimar gelangt waren, so hinderte doch die Reiter, die jetzt in der Stadt ankamen, nichts daran, Antti und mich zu ergreifen und totzuschlagen, wenn wir die Stadt verlassen wollten. Bei den Bauern und unter dem Regenbogenbanner jedoch dürfte ein fürstlicher Schutzbrief noch gefährlicher für mich sein, wenn man ihn bei mir entdeckte und mich deshalb für einen Spion des Fürsten hielte. Nach einigem Zögern sagte ich dem alten Mann, ein solches Papier hätte nicht viel Wert für mich, denn ich verließe mich mehr auf das Göttliche Recht denn auf Papiere und Siegel von Fürsten. »Aber lieber übermäßige Vorsicht als spätere Reue«, fuhr ich fort, »und deshalb gebe ich Euch weitere fünf Gulden, wenn Ihr mir wirklich einen solchen Schutzbrief beschafft, woran ich durchaus meine Zweifel habe, denn Doktor Luther wird in seinem Grimm dem Fürsten wohl kaum gestatten, mir einen Schutzbrief auszustellen.«

Der Greis bat mich, mein Angebot um Gottes willen doch noch um wenigstens einen Gulden zu erhöhen, sozusagen als Trinkgeld für ihn. Aber ich blieb hart, bis er anfing zu kichern, mich ihm die fünf Gulden auf die Hand zählen ließ und sich dann entfernte, um sich, wie er sagte, um die Schutzbriefangelegenheit zu kümmern. Schon nach einer kurzen Weile kehrte er zurück und hatte den fertig ausgestellten Schutzbrief bei sich. Er war von Fürst Johann eigenhändig unterschrieben und mit einem großen Siegel versehen. Darin wurde bestätigt, dass ich, Michael Pelzfuß de Finlandia, in Fürst Johanns Diensten und unter seinem Schutz stehe und in wichtigen Angelegenheiten unterwegs sei, so dass niemand mich an Leib und Leben schädigen oder meine Ehre oder meinen Besitz verletzen dürfe. Der Fürst sehe es als großen Gunstbeweis sich selbst gegenüber an und sei jedem zu Dank verpflichtet, der mir seinen Schutz zukommen ließe oder mich in meinen Angelegenheiten unterstützte.

Als ich dieses wertvolle Dokument durchlas, wollte ich zunächst meinen Augen nicht trauen. Dann wurde mir alles klar: Der listige Alte hatte mich zum Besten gehalten und mich um mein Geld erleichtert, denn der Schutzbrief befand sich längst in seiner Obhut, fertig mit Siegel und Unterschrift, und er hatte ihn mir nur noch auszuhändigen. Auch die Pläne der Fürsten und die Angaben über die Truppenstärken hatte er mir mit Wissen und auf Geheiß des Fürsten enthüllt, weil der Fürst mich offenbar als Werkzeug zur Durchführung seiner merkwürdigen Absichten benutzen wollte, über die er sicher nur vor Gott und seinem Gewissen Rechenschaft abzulegen beabsichtigte, genauso wie Doktor Luther. Deshalb überkam mich der starke Verdacht, der brave Fürst habe mir wohl gar eine hübsche Summe Reisegeld zugedacht, damit ich um so bereitwilliger in seinem Sinne zu Müntzer und den Bauern spräche. Aber der Kammerdiener hatte mich ordentlich übers Ohr gehauen und wohl alles selber eingestrichen. So hatte ich mich in diesem Fürstenschloss verhalten wie ein ahnungsloser Tölpel, der zum ersten Mal sein Pferd auf dem Markt verkaufen will.

Was aber die wirkliche Absicht des Fürsten war und wie viel die Auskünfte, mit denen ich mich auf den Weg machte, tatsächlich wert waren, ob sie vielleicht weder Hand noch Fuß hatten, sondern die Bauern nur in die Irre führen sollten, das herauszufinden machte mir mehr Sorgen der Verlust meines Geldes. Deshalb überwand ich meinen verständlichen Zorn, lobte den frechen Greis für seine Gerissenheit und sagte, ich könne nun gut verstehen, dass jemand wie ich mich lieber nicht mit einem erfahrenen Fuchs wie ihm einlassen sollte. »So ist es eben beim Spiel«, sagte ich, »wer sich aufs Würfelspiel verlegt, den zieht man bald bis aufs Hemd aus. Sag mir doch, guter Mann, was steckt wohl hinter der Gunst des Fürsten? Was will mir der brave Fürst da durch deinen Mund einflüstern? Wenn ich das wüsste, könnte ich ihm besser zu Diensten sein zum Dank für seine Güte, denn genauso gut hätte er mich mit abgeschnittenen Ohren und ohne Nase in Müntzers Lager zurückschicken können, so wie es der König von Ungarn angeblich mit den Abgesandten des Sultans zu tun pflegt.«

Der alte Kammerdiener wurde ernst, tätschelte mir mit seiner vertrockneten Greisenhand die Wange und sagte offen: »Du bist wirklich ein netter junger Mann, Michael Pelzfuß. Zwar bist du Ausländer und stammst aus einem fernen heidnischen Land, aber du bist nicht nachtragend wegen des Geldes, denn Geld kriegt man und verliert es auch wieder, hingegen sind gute Ratschläge und gute Erfahrungen mehr wert als Geld. Die Auskünfte, die du erhalten hast, sind so gut und richtig, wie sie zu diesem Zeitpunkt nur sein können in diesem Deutschland, wo es an allen Ecken und Enden brennt. Der Fürst will nichts weniger, als dass dieser furchtbare und gefährliche Aufruhr beendet wird und man zu einer Einigung kommt, mag sie noch so unvollkommen sein. Dabei hält er sich an den Rat seines lieben Bruders. Er will nämlich nichts gegen den Willen und die Weisheit eines Sterbenden unternehmen. Deshalb setzt er alles daran, dass die Bauern es nicht mit einer allzu großen Übermacht zu tun bekommen. Aber wenn die Bauern so verstockt sind, dass es sie nach einem Kampf verlangt, dann will er ihnen diesen Kampf liefern. Wenn die Herren in ihrer Rachegier auf ein Kräftemessen aus sind, dann gönnt er auch ihnen die Schlacht. Auf jeden Fall aber wünscht er beiden Parteien dann so schwere Verluste, dass eine Einigung um so leichter möglich wird.«

»Aber«, wandte ich ein, »das hat doch alles weder Hand noch Fuß! Denn wie kann der gnädige Fürst seine teuren Verwandten und Standesgenossen so hintergehen und im Stich lassen, falls es wirklich zu einer Schlacht kommt und Gott der gerechten Sache den Sieg schenkt?«

»Du vergisst, junger Mann, dass Verwandte einander nicht immer in aufrichtiger Liebe verbunden sind«, sagte der alte Kammerdiener. »Nach Meinung des Fürsten ist es auch nicht leicht, seine teuer besoldeten Truppen in Gefahr zu bringen und dann bei einer möglichen Niederlage selbst schutzlos und allein dazustehen. Die Rolle eines Friedensstifters und Versöhners führt oft zu mehr als die eines Streithahns. Die Erfolge unseres lieben Kurfürsten Friedrich sind der beste Beweis dafür. Unser braver Fürst sieht es nämlich ganz gern, dass die Bauern dem Hochmut so manches kleinen Herrn die Spitze abbrechen und deren unverschämte Anmaßungen zurückweisen, bevor er seine übermächtigen Truppen losmarschieren lässt, um sein Land vor sinnloser Verwüstung zu schützen. Aber was auch immer geschehen mag, du kannst sicher sein, dass er am längeren Hebel sitzt in diesem üblen Spiel, denn er ist schon bejahrt und hat gelernt abzuwarten, was immer ihm die Leute ins Ohr schreien.«

Solch kaltblütige Berechnung kam mir allerdings gottlos vor, so dass ich von all dem, was der Greis da sagte, nur die Hälfte glaubte. Da ich darüber hinaus nichts mehr aus ihm herausbekam, dankte ich ihm für die Bewirtung und verabschiedete mich in etwas kühlem Ton von ihm. Doch nahm er mir meine Unfreundlichkeit nicht übel, sondern begleitete mich durch die vielen Treppenflure bis ans Seitentor und wünschte mir eine gute Reise. Als ich mich schon aufmachen wollte, um nach Antti zu suchen, legte er mir noch seine kalte Hand auf die Schulter und warnte mich:

»Halte nur nicht allen Leuten den Schutzbrief des Fürsten unter die Nase, guter Mann, denn mit so etwas soll man sich nicht brüsten. Wenn es zum Äußersten kommen sollte, kann der Fürst immer noch sagen, du hättest ihm den Schutzbrief hinterlistig und mit erlogenen Geschichten abgeluchst, weil du Ausländer bist und aus einem fernen Land stammst. Es hängt also nur von dir und deinem eigenen Auftreten ab, ob dir dieses Papier den Hals bricht oder dich vor Gefahren schützt.«

Ich antwortete, der Schutzbrief würde mich wahrscheinlich eher in Mühlhausen an den Galgen bringen. Dann ließ ich ihn stehen, weil ich das letzte Wort in dieser unangenehmen Unterhaltung behalten wollte. Draußen sah ich Antti bei der Pferdetränke stehen. Um ihn herum hatten sich Reiter in Eisenrüstung sowie an ihre Speere gelehnte Pikeniere versammelt. Sie brachen immer wieder in Gelächter aus, während sie Antti zuhörten. Als ich näherkam, merkte ich, dass er von der großen Schlacht bei Pavia berichtete und dabei seine eigenen Heldentaten in dieser Schlacht nicht unerwähnt ließ. Als er aber mich erblickte, wie ich mich wütend durch den Pulk der Männer drängte, brach er seine Erzählung ganz unvermittelt ab, blickte sich um und schnappte sich sein Pferd, indem er es am Hals und am Hinterteil umfasste und es hoch in die Luft hob, so dass dem armen Tier, das in seinen Pranken eingeklemmt war, nichts anderes übrigblieb, als hilflos den Kopf hin und her zu wenden. Dieser Beweis seiner Kraft ließ die Soldaten vor Verwunderung laut aufschreien, und sie machten Antti bereitwillig Platz, als er in aller Ruhe mit dem Pferd in seinen Armen auf das Schlosstor zuschritt. Ich nahm die Zügel meines eigenen Pferdes und führte es Antti hinterher zum Tor. Dort ließ Antti das Pferd sanft zu Boden, klopfte ihm auf den Hals, sattelte es, ohne dass er merklich außer Atem gekommen wäre, und ritt dann neben mir zum Tor hinaus, wobei er den Soldaten zum Abschied zuwinkte.

Ich konnte mir dieses Schauspiel nicht anders erklären, als dass Antti alle seine guten Vorsätze vergessen und wieder zu trinken begonnen hatte, denn nur wenn er betrunken war, pflegte er mit seinen Kräften zu prahlen. Sonst war er immer friedlich und bescheiden in seinem Auftreten. Deshalb wollte ich lieber nicht mit ihm reden, bis wir das Stadttor verlassen hatte. Als wir aber glücklich die Landstraße erreicht hatten, fuhr ich ihn an:

»Ich schäme mich für dich, Antti, denn während ich mich ganz allein gegen Doktor Luther behaupten musste und mutig für unsere gute Sache stritt, machtest du dir mit deinen Zechkumpanen einen guten Tag und warst dir nicht einmal zu schade, diese arme seelenlose Kreatur vor meinen Augen zu quälen. Ich hätte wirklich nicht von dir geglaubt, dass aus dir, einem sanftmütigen Jüngling, einmal ein Trunkenbold, Angeber und Radaubruder werden würde, der mir nichts als Schande bringt.«

Antti aber antwortete nicht; er bekreuzigte sich nur demütig und hielt den Mund fest verschlossen. Das ärgerte mich nur noch mehr nach all meinen Mühen, meiner Niedergeschlagenheit und dem Verlust meines Geldes. Deshalb schalt ich ihn noch lauter und sagte:

»Ich wurde als Abgesandter Gottes auf die Reise geschickt, aber du hast daraus eine Ausfahrt des Teufels gemacht, so dass die Leute uns deinetwegen auslachen und unser heiliges Banner verhöhnen werden. Kein Wunder, wenn unsere Sache Schiffbruch erleidet. Es fehlte nur noch, du hättest wieder eine Prügelei angefangen und uns beide dadurch hinter Schloss und Riegel gebracht. Außerdem verstehe ich nicht, ob dir die Zunge abgefallen ist, denn an der Pferdetränke hast du noch das große Wort geführt. Jetzt aber willst du nicht einmal auf meinen berechtigten Tadel antworten.«

Da warf mir Antti einen düsteren Blick zu und sagte: »Heilige Maria und alle anderen Heiligen, haltet meine Zunge im Zaum, damit sie nicht grundlos zürnt, sondern damit ich lieber mit christlicher Demut die grundlosen Verleumdungen über mich ergehen lasse, die Michael Pelzfuß da über mich ergießt, nur weil er seine eigenen Angelegenheiten vermasselt hat und ich ihm nur mit Müh und Not aus der Patsche helfen konnte. Ohne mich lägen wir beide nämlich schon mausetot im Schlosshof von Weimar, und die Raben würden sich an uns gütlich tun.«

Ich erklärte, mir solchen Blödsinn aus dem Mund eines Betrunkenen nicht anhören zu wollen und forderte, er solle klipp und klar sagen, was er damit meine. Da antwortete Antti mit großem Ernst:

»Ich habe wirklich nicht getrunken, Michael. So etwas wirfst du mir ganz grundlos vor, wo du doch selbst schon auf ein paar Schritte nach Bier stinkst. An der Pferdetränke saß ich tatsächlich schlimmer in der Klemme, als damals der heilige Petrus am Kohlefeuer im Hof des Hohepriesters. Man fragte mich nämlich in einem fort, wer du bist, ob du nicht zu den gottlosen Mördern und Räubern von Mühlhausen gehörst und ob du nicht neben dem blassen Jüngling in den Hof geritten kamst, der gleich am Galgen aufgeknüpft werden sollte. Mit solch widerlichen Fragen bedrängte man mich, und ich musste höllisch aufpassen, dass man uns nicht unsere Pferde gestohlen hätte. Da blieb mir nichts anderes übrig, als von der Schlacht bei Pavia zu erzählen, denn das kann ich alles schon auswendig. Sonst ist meine Zunge ja nicht sehr wendig und versteht sich nicht aufs Lügen. Auf dem Hof gab es nämlich so viele Meinungen wie Männer, und einige steckten bereits die Köpfe zusammen und flüsterten, wie sie uns bei unserem Aufbruch am Tor auflauern und uns abstechen könnten. Warum sie uns so sehr nach dem Leben trachteten, das ist mir nicht klar, falls du dich im Schloss nicht um Kopf und Kragen geredet hast. Deshalb habe ich das Pferd hochgehoben, um sie zu erschrecken, und bei meinen Kräften hat dieses Mittel ja auch gewirkt, so dass wir ungestört zum Tor herausgekommen sind. Aber es war wirklich schon fünf vor zwölf, und fast hätten wir den Hahn zum letzten Mal krähen gehört. Wären wir noch länger geblieben, dann hätte vielleicht auch ich meinen Herrn und Meister verleugnet und bei deiner Ankunft gesagt: Was habe ich mit diesem Kerl zu schaffen?«

Anttis Worte gaben mir jetzt nur noch mehr zu denken, so dass ich den Schutzbrief des Fürsten in meiner Tasche befingerte und überlegte, ob es vielleicht beabsichtigt war, mich gerade mit dem Schutzbrief in der Tasche am Tor zu erschlagen, damit niemand meine Ermordung dem Fürsten in die Schuhe schieben konnte. Das erschien mir aber ein allzu komplizierter Plan, den ich dem Fürsten nicht zutraute. Ich konnte mir nicht gewiss sein, ob es in seiner Umgebung vielleicht Herren gab, die sein doppeltes Spiel durchschauten und, nachdem sie mich zu zweit mit dem Vertrauten des Fürsten in einer Kammer hatten verschwinden sehen, zu dem Ergebnis kamen, ich dürfe den Tag nicht überleben, damit ich den aufständischen Bauern nicht irgendwelche geheimen Anweisungen überbringen konnte. Allerdings fiel mir noch eine dritte Möglichkeit ein, und zwar, dass der Kammerdiener des Fürsten wegen des Geldes, das er mir abgeknöpft hatte, wünschte, dass ich das Schloss so schnell wie möglich verließ und deshalb die Männer angewiesen hatte, meinem Begleiter mit derartigen Drohworten zuzusetzen. Zum vierten kam ich noch auf den Gedanken, dass er mir vielleicht deshalb solchen Schrecken einjagen wollte, damit ich die Auskünfte, die er mir gegeben hatte, nicht anzweifelte und sie nur um so schneller meinen Leuten überbrachte.

Bei diesen Gedanken begann mir der Kopf zu brummen wie ein Bienenstock, und ich hielt es für das Beste, alles, was mir im Kopf herumging, Antti anzuvertrauen, obwohl ich ihm vom Schutzbrief des Fürsten eigentlich nichts hatte erzählen wollen, damit er nicht dieses gefährliche Geheimnis ausplauderte, wenn er wieder einmal betrunken wäre. So redete ich nun begütigend auf Antti ein und sagte:

»Vergib mir meinen falschen Verdacht, Antti! Ich glaube jetzt, dass du dich an der Pferdetränke klug und geschickt verhalten hast. Du warst schlauer, als ich dir zugetraut hätte, wo doch sonst dein Verstand eher langsam arbeitet. Wie viel würdest du mir bezahlen, wenn du einen von Fürst Johann eigenhändig unterschriebenen und besiegelten Schutzbrief bekämest, der dich vor dem Schlimmsten retten würde, falls es zur Schlacht kommt und unser Regenbogenbanner fällt?«

Antti sagte: »So viel habe ich jedenfalls auf dem Schlosshof mitbekommen, dass es schon bald zur Schlacht kommt. Dann gibt es ja wohl
keinen Zweifel, welche Seite den Sieg davontragen wird. Das war für
mich als alten und erfahrenen Soldaten klar an der militärischen Disziplin zu sehen, als die fürstlichen Truppen im Schlosshof ihr Manöver
abhielten; dazu kommt noch, dass sie auch Geschütze haben. Du kannst
also ganz sicher damit rechnen, dass das Regenbogenbanner fallen wird,
und dann dürfte ein Schutzbrief des Fürsten sicher ein Papier sein, das
sein Geld wert ist. Aber wo bekomme ich armer Mann so ein Papier
her? Ich habe den Verdacht, dass du, Michael, dein Geld wieder einmal
für nichts und wieder nichts zum Fenster hinausgeworfen hast und jetzt
von mir die Hälfte deines Verlustes bezahlt haben willst, so wie es uns
mit der Kleidertruhe von Frau Geneviève ergangen ist.«

Anttis Geiz und seine frechen Vorwürfe kränkten mich sehr, weil ich
tatsächlich daran gedacht hatte, unsere Ausgaben brüderlich zu teilen.
Deshalb sagte ich: »Wie kannst du so etwas von mir auch nur denken,
lieber Antti? Haben wir nicht immer gute und schlimme Tage miteinander geteilt, so wie ich demütig und in wahrer Herzensgüte bereit gewesen bin, meinen Anteil an der Vaterschaft von Frau Genevièves Sohn zu
übernehmen? Dabei bin ich wirklich schuldlos an der Geburt dieses armen Jungen, gerade so als fehlte mir der Körperteil, an dem man bei der
Geburt eines Kindes einen Knaben von einem Mädchen unterscheiden
kann. Es stimmt, dass ich Geld ausgegeben habe und fünfzehn Gulden
zahlen musste. Aber dafür habe ich in meiner Gürteltasche jetzt auch
diesen wertvollen Schutzbrief, von dem ich gerade sprach. Deshalb ist
es nur recht und billig, dass du mir die Hälfte dieser Summe zahlst oder
gar mehr, denn ich habe ja meine Scherereien damit gehabt, während du
nur große Reden schwangst an der Pferdetränke. Dieses Papier garantiert nämlich auch deine Ehre, dein Leben und deine Habe, wenn du bei
mir bleibst und als mein Diener auftrittst, was auch nur recht und billig
ist, schließlich bin ich von uns beiden der Gelehrte, während du nicht
einmal lesen kannst.«

Antti sagte, seine Ehre könne ihm gestohlen bleiben, denn so etwas
könne sich ein armer Mann nicht leisten, das sei das Vorrecht der hohen
Herren und des Adels, genauso wie er in Italien gesehen habe, wie die
vornehmen Ritter mit der Gabel aßen statt mit Messer und Fingern.
Ganz anders verhalte es sich mit der Garantie für Leben und Habe.
Deshalb sei er grundsätzlich bereit, für einen solchen Schutz teures Geld
auszugeben, weil seiner Meinung nach sowieso alles gründlich in die
Binsen gehen werde. »Aber«, fuhr er fort, »mein dummer Verstand kann
nicht begreifen, warum ich für das Vergnügen, in christlicher Demut als
dein Diener dein Pferd satteln und deine Kleider ausbürsten zu dürfen

sowie dir auf der Straße die Bettler vom Leibe zu halten, auch noch zahlen soll. Schließlich ist ein Herr verpflichtet, seinen Diener zu unterhalten, denn das nützt ihm schließlich selbst. Ich habe mich zu dieser Reise auch nicht aufgedrängt, sondern du hast dich an mir festgehalten und mich auf diese langen und beschwerlichen Reisen mitgeschleppt, die uns nichts als Geldverlust und sonstige Unannehmlichkeiten eingebracht haben, obwohl ich dich immer wieder gewarnt und versucht habe, dich zur Vernunft zu bringen, damit wir uns von diesem Bund der Auserwählten Gottes trennen, solange es noch nicht zu spät ist.«

Ich musste zugeben, dass er damit recht hatte, aber ich meinte auch: »Du darfst nicht an Gott zweifeln, Antti, denn unsere Sache ist durchaus noch nicht verloren. Im Weimarer Schloss konnte ich manch wichtige Auskünfte sammeln, die ich dir anvertrauen werde, wenn du dich wenigstens mit fünf Gulden an meinen hohen Ausgaben beteiligst. Thomas Müntzer zahlt mir ja keinen Heller, und noch weniger dieser schwertschwingende Heinrich Pfeiffer, weil im Treuebund des göttlichen Willens das Geld Gemeinbesitz ist und deshalb jeder füglich bei sich behält, was ihm in die Geldbörse kommt.«

»Der Himmel erbarme sich deiner, Michael, für deine schreckliche Habgier«, sagte Antti, aber er löste die Bänder seiner Börse. »Das ist jetzt aber das letzte Mal! Du musst mir bei allen Heiligen schwören, wenn dir überhaupt noch etwas heilig ist, wo du unentwegt Gottes teuren Namen im Munde führst, obwohl ich dich deshalb nicht tadeln will, da das in diesem göttlichen Bund so Brauch ist und wohl schon auf dich abgefärbt hat. Also, du musst mir schwören, dass, wenn's zum Äußersten kommt, wie ich annehme, und wir trotz allem mit dem Leben davonkommen in dem Schlamassel, der uns bevorsteht, dass du mir dann blind vertraust und mir ohne Ausflüchte und Widerrede folgst, was ich auch sage. Und komm mir dann ja nicht mit dem heiligen Wort der Bibel, wenn ich mich daran mache, dich zu retten und dich in Sicherheit bringe!«

Das war ein bitterer Happen, den ich da schlucken musste. So ritten wir dann stumm weiter nebeneinander her, während der Maiabend herandämmerte und der Wald uns mit seinen schweren Düften umfing. Aber fünf Gulden waren nun einmal fünf Gulden, und das war leicht verdientes Geld für mich, weil ich beschlossen hatte, Antti auf jeden Fall an meinem Wissen teilhaben zu lassen und ihm mit Hilfe meines Schutzbriefes das Leben zu retten, falls dies notwendig würde. Auch wirkte sich diese wehmütige Abendstimmung wohlig auf mein Gemüt aus. Thüringens grüne Hügel wurden allmählich immer dunkler um uns, während sich das Rot der Abenddämmerung auf sie herabsenkte. Schließlich sagte ich:

»Gut, es soll sein, wie du willst, Antti, auch wenn man nicht nur auf seinen eigenen Vorteil bedacht sein sollte, sondern auch an das Leid und den Kummer seiner Mitmenschen denken muss und alles tun soll, um ihnen ihr Los zu erleichtern. Nichts anderes hatte ich nämlich im Sinn in diesen langen Frühlingswochen, selbst wenn es mir nichts als Mühen, Verdruss, Widerstände, Gefahren und Geldverluste einbrachte. Auch sind die Narben, die mir das flüssige Blei zugefügt hat, noch immer nicht ganz verheilt, sondern zwacken mich nach wie vor. Wahrlich, meine gute Absicht bestand und besteht darin, dass die Menschen, die durch Christi Blut alle zu gleicher Freiheit erlöst sind, in Eintracht miteinander leben sollen, so dass niemand zu reich oder zu arm ist und niemand, der sich seiner Sporen und Ehrentitel brüstet, auf seinen Mitmenschen herabsieht, der sich mit Müh und Not den Mist von den Händen abwischt. Ich glaube nämlich, dass so etwas möglich ist. Deshalb habe ich mich doch dem Regenbogenbanner angeschlossen. Ja, ich glaube noch immer, dass Gott die Hoffnung und Zuversicht seiner Getreuen nicht zuschanden werden lässt. Wenn aber mein Glaube enttäuscht wird, dann ist mir sowieso alles gleichgültig, und ich folge dir, wohin du willst. Vielleicht finden wir dann ja irgendwo einen ruhigen Winkel, wo wir unserm Wissen und unseren Fähigkeiten gemäß leben können und ein bescheidenes Auskommen haben.«

Antti sagte: »Ich verstehe deine Wehmut, Mikael. Auch ich bin als kleiner Junge im Wald umhergelaufen und habe versucht, nach dem Regenbogen zu greifen. Aber er ist mir immer entwischt und verschwand schließlich ganz, als ich schon dachte, ich hätte ihn endlich geschnappt. Genau so schnappst du nach dem Regenbogen, denn er ist ja wirklich prächtig anzuschauen und leuchtet in seinen fünf bunten Farben. Aber glaub mir, niemand auf Erden wird ihn jemals festhalten können. Stattdessen gibt es auf Erden auch eine Menge Gutes und Angenehmes, was einem im Munde zergeht und den Magen füllt, und das sollten wir vor allem anstreben. Wir leben nämlich in einer Zeit der Umwälzungen, Michael, die gerade uns jungen Leuten so viel zu bieten hat. Die ganze weite Welt liegt ausgebreitet vor uns, und besonders Italien hat es mir angetan. Es würde mich nicht überraschen, wenn dort irgendein lächelndes Tal mit Weingärten und zinnenbesetzten Türmen auf uns warten würde, das ein starker Jüngling sich zu seiner Grafschaft erwählen kann. Es sind schon viel merkwürdigere Dinge passiert, wie zum Beispiel, dass ein Mann, der seinen Weg als leseunkundiger Landsknecht begann, es bei seinem Tode bis zum berühmtesten Feldherrn des Kaisers gebracht hat, so dass ihn Rosse in schwarzen Trauerhauben, Ritter in goldener Rüstung und fünfhundert psalmodierende Mönche zu seiner Grablegung begleiteten. Solche wahrheitsgemäßen Geschichten habe ich schon an vielen Lagerfeuern gehört, während ich vor Kälte bibberte und Hunger litt. Diese Geschichten haben mich gewärmt, wenn ich mich zuweilen fühlte, als wäre ich in die kalte Welt hinausgeworfen worden wie eine junge Krähe, die aus ihrem Nest fällt.«

Ich glaube, solche Gedanken hätte Antti mir nie offenbart, wäre der Abend nicht so glasklar und überirdisch schön gewesen, so dass er sich selbst und seine Dummheit ganz vergaß und in Gedanken ein Märchen nachspielte wie ein Kind. Deshalb wollte ich ihn auch nicht kränken, obwohl ich innerlich lachen musste über seine unglaublichen Hirngespinste. So sagte ich nur: »Es stimmt, dass Schmiedegesellen schon Könige wurden und einer sogar den Thron des Papstes erklommen hat. Aber ich würde doch gerne wissen, wer hier mehr dem Regenbogen hinterherläuft, du oder ich?«

Antti versetzte trocken: »Michael, man kann alles erreichen, wenn man es nur entschlossen genug angeht, dabei gesund bleibt und seinen Appetit nicht verliert und sich auch nicht allzu häufig betrinkt. Das ist mein fester Glaube. Natürlich setzt das voraus, dass man Ziele anstrebt, die einem Menschen auch erreichbar sind und nicht etwa meint, man könne den Regenbogen erhaschen und festhalten. Nachdem ich mir zu diesem Glauben durchgerungen hatte, brach ich auf, dich zu suchen, weil ich meine künftigen Erfolge gern mit dir teilen möchte und dich auch brauche, denn du kannst lesen und wirst vermutlich auch dafür sorgen, dass ich auf der Suche nach irdischem Glück mein Seelenheil nicht allzu sehr vernachlässige, denn sein Seelenheil zu verlieren, das wäre zweifellos ein zu hoher Preis für einen armen Menschen wie mich. Nur deshalb gebe ich dir meine fünf Gulden, damit du mir folgst. Du musst dich allerdings mit venezianischen Dukaten zufriedengeben, denn ich habe keine Gulden mehr. Aber du gewinnst ja sowieso bei diesem Handel.«

Er reichte mir fünf Dukaten herüber, und plötzlich wurde es vollends dunkel, so dass seine reitende Gestalt verschwamm und in meinen Augen eine riesige Größe annahm. Ich zögerte jäh, beugte mich aus dem Sattel und suchte in dem Dunkel sein Gesicht zu erkennen. »Bist du's, Antti, oder wer hat da gerade zu mir gesprochen?« fragte ich, und kaltes Grausen stieg mir das Rückgrat hoch.

Aber dieses Gefühl verschwand gleich wieder, als in ich meiner Hand Anttis warme Pranke spürte, die mir die fünf Goldmünzen übergab. Dann ritten wir weiter und machten nur noch wenige Worte, bis wir auf den verlassenen Stall eines abgebrannten Bauerngehöfts stießen. Dort versteckten wir unsere Pferde und verbrachten die Nacht, denn wir waren beide schon ziemlich müde. Als wir am nächsten Morgen weiterritten, erzählte ich Antti unverblümt alles, was ich im Weimar Schloss erlebt und erfahren hatte. Ich fragte Antti auch, wie er die wahren Beweggründe des Fürsten einschätzte. Er dachte eine Weile nach und sagte dann:

»Je mehr Gruben jemand anderen Leuten gräbt, desto sicherer wird er selbst in eine hineinfallen, und je verzwickter die Falle ist, die jemand aufstellt, desto leichter verfängt er sich selbst darin. Deshalb sind ein langsamer Verstand und ein gemäßigter Sinn der beste Schutz gegen alle Gruben und Fallen. Zerbrechen wir uns also nicht weiter den Kopf über Dinge, von denen wir sowieso nichts verstehen und die wir auch nicht wissen können. So mancher Mann hat sich durch allzu vieles Nachdenken schon einen wirren Kopf eingehandelt, so wie ein Großpapa in meinem Heimatdorf, der einmal einen Predigermönch auf dem Kirchhügel verkünden hörte, Gott habe die Welt aus dem Nichts erschaffen. Darüber zerbrach er sich dann so lange den Kopf, bis er sich schließlich am Ast einer Fichte neben seiner Sauna aufhängte, nachdem er vorher überall herumerzählt hatte, von Nichts komme Nichts.«

Daraus ersah ich, dass Antti seine wirren Gedanken vom Vorabend bereits vergessen hatte. Das erleichterte mich sehr, denn ich hatte wirklich befürchtet, dass all die Strapazen auf seinen vielen Feldzügen sowie die große Schlacht von Pavia seinen ohnehin schon schwachen Verstand verwirrt hatten, so dass er nun unwirklichen Tagträumen nachhing. Nach einem Ritt von zwei Tagen trafen wir dann auf Spuren des Regenbogenbanners. Thomas Müntzer hatte sich an vielen Orten gezeigt, und in den Dörfern erzählten die Weiber verwundert, von überallher und aus vielen Städten seien Boten bei ihm eingetroffen, hätten sich vor ihm auf die Knie geworfen und ihn gebeten, er möge ihnen bei ihrem Widerstand gegen die Herren helfen. So zog der Treuebund des göttlichen Willens mit seinem Banner nun kreuz und quer durch Thüringen, planlos wie eine Herde wütender Wildschweine, alle Burgen und Klöster unter sich niedertrampelnd, die auf ihrem Weg lagen.

Nachdem wir zwei Tage lang weitergeritten und an vielen noch qualmenden Gutsruinen vorbeigekommen waren, wo ganze Wolken von Fliegen über erkalteten Leichen summten, gaben wir es auf, nach Müntzer zu suchen. Wir lenkten nun unsere Pferde geradewegs nach Mühlhausen, da wir vermuteten, er werde über kurz oder lang dorthin zurückkehren. Die Frauen hatten uns nämlich berichtet, dass seiner Truppe schon die Nahrung ausging, so dass Müntzer in Mühlhausen um Mehl und Fleisch für seine Getreuen hatte bitten müssen.

Kapitel 5

Wir waren allerdings nicht weitergekommen als bis in die östliche Vorstadt, da sahen wir schon, wie uns das Regenbogenbanner in kräftigem Winde flatternd entgegenzog. Unter dem großen Banner ritt Thomas Müntzer mit gesenktem Kopf, und sein Gesicht war noch gelblicher als sonst. Der Treuebund des göttlichen Willens schien ziemlich zusammengeschrumpft zu sein, denn meiner Rechnung nach folgten ihm nur noch etwa dreihundert Mann, an der Spitze zwanzig Landsknechte mit Arkebusen auf der Schulter, und danach ein paar Pikeniere mit Speeren, die in der Luft schwankten wie Ähren im Wind. Doch war jedem in diesem kümmerlichen Haufen das Gesicht vor Eifer gerötet, und sie sangen aus vollem Hals den Kriegsmarsch, den Müntzer gedichtet hatte: »Oh komm, du Heil'ger Geist, Geist Gottes, komme nun!«

Erschöpft hielten wir unsere Pferde an, warteten, bis das Banner uns erreicht hatte, und dann fragte ich: »Was um Gottes willen ist geschehen? Wo ist Pfeiffer? Ich kann sein Biersäufergesicht nirgends entdecken und ahne Schlimmes.« Antti hingegen bekreuzigte sich und sagte in frömmelndem Ton: »Was sorgst du dich, Michael? Hab doch einfach Gottvertrauen! Dem kräftigen Gesang nach zu urteilen steht der Heilige Geist wohl noch auf ihrer Seite.«

Wir brauchten nicht lange auf Aufklärung zu warten, denn kaum hatte Müntzer uns erblickt, da brachte er sein Pferd durch ungeschicktes Zerren am Zaumzeug zum Stehen und gab das Kommando zum Anhalten. Dann überhäufte er mich mit Vorwürfen und warf mir schlimme Namen an den Kopf. Er fragte, wo ich mich versteckt gehalten und ob ich meine Zeit im Weinrausch und in Hurenhäusern zugebracht hätte. Vom heutigen Tag an herrsche eine neue Ordnung, sagte er, und er dulde keine Trunkenheit, Hurerei und Gewalt gegen unschuldige Menschen mehr. Alles, was ab jetzt geschehe, das geschehe zur Ehre Gottes. Darauf antwortete ich, es sei auch die höchste Zeit, dass es so geschehe. Es geschehe keine Minute zu früh, und ich dankte ihm für diesen guten Entschluss. Und dann fragte ich auch, wohin wir denn unterwegs seien, warum unsere Schar so zusammengeschrumpft sei, und wo sich Pfeiffer aufhalte.

Kaum hatte ich diesen Namen ausgesprochen, da erregte sich Müntzer nur um so mehr. Er sagte, Pfeiffer sei nichts als eine Falle, die der Teufel ihm zugedacht hätte. Er habe mit diesem Menschen endlich abgerechnet und sich von ihm getrennt; jetzt solle der Satan Pfeiffer holen. Gott habe seine Wahl getroffen und seine Tenne von Unkraut gereinigt. Übrig sei jetzt nur noch Gottes wertvolles Getreide, und wenn auch nicht mehr besonders viel Korn da sei, so sei es doch fruchtbares Korn, das hundert- und tausendfache Ernte bringen werde. Jetzt sei er unterwegs in die nahe Salzstadt Frankenhausen, wo sich eine sechstausendköpfige Schar braver Bauern und ehrlicher Männer zusammengetan hatte. Diese hätten seine vier Artikel angenommen und ihn inständig gebeten, sich zu ihnen zu begeben, um eine ewige Herrschaft und christliche Ordnung samt deutscher Messe zu errichten. Eine größere und stärkere Schar habe es in Thüringen noch nicht gegeben. Für ihn sei dies ein Zeichen Gottes, und deshalb ziehe er jetzt mit seinen Getreuen nach Frankenhausen und überlasse die Stadt Mühlhausen ihrem eigenen Elend.

Seine Worte zeigten mir, dass er sich endgültig mit Pfeiffer zerstritten hatte und er von Pfeiffer aus Mühlhausen vertrieben worden war, nachdem dieser die Stadt übernommen hatte. Das hielt ich aber nicht für schlimm, wenn es stimmte, was Müntzer über die Leute in Frankenhausen sagte, denn ich hatte wahrlich genug von den nutzlosen Raubzügen und Gewalttaten, die Pfeiffers Anhänger überall in Thüringen verübt hatten. Deshalb schloss ich mich Müntzer und seinem Trupp ohne zu zögern an. Als ich mich bei ihm jedoch vorsichtig nach Frau Geneviève erkundigte, da lautete seine Antwort, er habe den Treuebund des göttlichen Willens von allen Huren und unzüchtigen Weibern gereinigt und über seine Leute ein Keuschheitsgebot verhängt, damit ein jeder sich reinen Leibes und Geistes zum Kampf bereite und aller Macht der Sünde entsage. Ich bat also Antti, nach Mühlhausen zurückzukehren, dort nach Frau Geneviève zu sehen und dann zu uns nach Frankenhausen zu kommen, und zwar möglichst ohne Aufsehen zu erregen. Antti meinte missmutig dazu, Frau Geneviève werde schon für sich selbst sorgen, so dass wir uns um sie keine Sorgen zu machen brauchten, und wir würden rechtzeitig wieder auf sie stoßen. Ich warf ihm Hartherzigkeit vor und sagte, Frau Geneviève sei immerhin die Mutter unseres Sohnes, und da sie nicht einmal der Landessprache mächtig war, sei es unsere Aufgabe, über ihre Ehre zu wachen.

So kehrte Antti unwillig in die Stadt zurück, während ich mein Pferd neben Müntzers Mähre lenkte und ihm all das erzählte, was ich in Weimar erlebt hatte, oder jedenfalls das, von dem ich annahm, dass es ihn nicht über Gebühr aufregen würde. Ich berichtete, Doktor Luther brenne vor Ingrimm gegen die Bauern und rufe die Fürsten zu Blutvergießen und furchtbarer Rache auf. Jedoch erwähnte ich auch, dass nach meiner Einschätzung immer noch der Verhandlungsweg offen stehe, dass Herzog Johann ihn, Müntzer, für einen Abgesandten Gottes halte und ihn bitte, für seine arme Seele zu beten, und dass Gott ihm die richtigen Entscheidungen eingeben möge.

Jedoch machte mein Bericht Müntzer nur noch wütender. Er sagte, Adel und Fürsten seien wertloser Teufelsdreck, und Luther habe sich nun endgültig zum Märtyrer Satans gemacht. Es gebe nichts, worüber er mit den Fürsten zu verhandeln gedenke, bevor diese nicht alle ihre Ehrentitel abgelegt, sich Gott unterworfen und ihre Burgen und Schlösser geschleift hätten. Gottes großer Frühling sei im ganzen Land ausgebrochen, und selbst wenn ihm nur noch zwei oder drei Getreue blieben, so werde er mit Gottes Hilfe eine Fürstenmacht von selbst hunderttausend Mann schlagen. Er fürchte die Schlacht nicht, sondern sehne sie geradezu herbei, um mit Gottes Kraft dem Volk zu beweisen, dass er der Abgesandte Gottes auf Erden sei. Bisher habe er als schwacher Mensch mit Zweifeln gekämpft, aber endlich habe ihm Gott offenbart, dass seine Zeit gekommen sei. Er habe ihn mit dem Feuer des Heiligen Geistes erfüllt und wolle seine Truppe mit dem Blut der Gottlosen zur Schlacht weihen, noch werde er Schwert und Galgenseil sparen, denn die Zeit der Gnade sei nun vorüber; jetzt müsse ein jeder seine Wahl treffen.

Sein gelblich schimmerndes Antlitz bebte, während er sprach, und in seinen schrägstehenden Augen loderte ein grünliches Feuer, so dass er auf den ersten Blick hässlich und furchterregend aussah und in meinen Augen einem Wildschwein ähnlicher war als je zuvor. Doch je länger er sprach, desto machtvoller kam er mir vor und desto überzeugender schienen mir seine Worte, so dass ich ihm wieder voll und ganz vertraute. Alle Stimmen der Vernunft verstummten in mir, und für mich war er nun wieder der wahre Abgesandte Gottes. Mir kam es auch überhaupt nicht seltsam vor, dass er in einem bis zum Erdboden hinunterhängenden teuren Pelzmantel auf seinem Pferd ritt, obwohl bereits warmes Maiwetter herrschte und er sich immer wieder mit dem Handrücken den Schweiß aus seinem Gesicht wischen musste.

Er redete ohne Unterlass auf mich ein und wiederholte immer wieder aufs neue die gleichen Dinge, so als wollte er mit seinem Redefluss den letzten Rest des Zweifels, den er vielleicht noch hatte, verdrängen und sich selbst Mut zusprechen. Er sprach von der neuen Ordnung und der göttlichen Wahrheit, die ihm heute früh offenbart worden sei, als das Regenbogenbanner sich über seinem Haupt entfaltet hatte. Diese Offenbarung mache die vier Artikel überflüssig und verdichte den göttlichen Willen auf nur drei Worte. Aber diese Wörter würde er jetzt nicht einmal mir sagen, sondern bewahre er in seinem Herzen wie eine Geheimlosung. Er versprach sie erst in Frankenhausen bekanntzugeben, wenn alle Getreuen Gottes um ihn versammelt wären.

Er warf auch einen Blick zurück in seine Vergangenheit und erzählte mir Bruchstücke aus seinem Leben und von seinen Wanderungen, ganz wie jemand, der seinen Tod vorausahnt, sich gern in Erinnerungen verliert. Er berichtete von jenem weißbärtigen Stoffweber, der verarmt war und seine Habe verloren hatte, als er versuchte, eher den Geboten Gottes zu folgen als den Geboten von Menschen, bis ihn die Wahrheit vom Kreuz aufgegangen war und er begonnen hatte, nur noch die Wahrheit vom Kreuz zu verkünden, obwohl die Menschen ihn als Schwärmer und Träumer bezeichneten.

»Denn die Menschen sind blind und taub inmitten ihrer irdischen Geschäftigkeit«, sagte er. »Sie hören und vernehmen doch nichts, sie sehen und erblicken nichts. Denn der Mensch muss unter dem Kreuz bis zum Boden niedergedrückt werden, bis er nichts Eigenes mehr hat, keine Hoffnung, keine Zukunft, kein Streben, keine Wärme, keine Freunde und auch keine Enttäuschungen mehr, sondern nur noch ein alles abtötendes Gefühl unsäglicher Leere und Nacktheit, so dass der Mensch ist wie ein ausgeblasenes Ei und es in seiner Seele leerer ist als in den Taschen des ärmsten Bettlers auf Erden. Erst dann kann Gottes Wort ihn erreichen, und es erreicht ihn durch den allergeringsten Mund, durch den Mund eines Gelehrten oder Ungelehrten, eines Kindes oder Tattergreises oder den Mund jemandes, der selbst nicht versteht, was er sagt. Und es gibt keinen Schmerz, der furchtbarer wäre als Gottes Wort, wenn es auf den nackten, leeren Menschen trifft, denn dann ist es, als bohrte sich ein glühendes Schwert in sein Herz. Dann fällt er unter Schmerzensschreien zu Boden und beißt sich die Zunge blutig. Aber im selben Augenblick macht Gott seine Augen sehend und verleiht seinen Ohren die Fähigkeit zu hören, so dass es keine Geheimnisse für ihn gibt auf Erden, denn Gott offenbart sich ihm in all seiner heiligen und unbeschreiblichen Klarheit, die heller ist als Sonne und Feuer. Gott hat dann kein Gesicht, sondern Gott erglüht im Menschen selber in furchtbarer Herrlichkeit, so dass für ihn die Zeit zu verfließen aufhört, und er in einem Augenblick tausend Jahre verlebt und weiß, dass er nun die Taufe des Heiligen Geistes erhalten hat.«

Thomas Müntzer verstummte und wischte sich den Schweiß von der Stirn. Dabei starrte er mit großen, furchterregend geweiteten Augen vor sich hin. »Das habe ich erlebt, als mich das Kreuz zu Boden drückte«, sagte er. »Es gibt keine größere Seligkeit als das Wissen und die Gewissheit, dass Gott unter allen Menschen gerade mich erwählt hat, obwohl ich nur ein armer Erdenwurm war; dass er in mir Wohnung nahm und durch meinen Mund zu sprechen begann. Deshalb wäre jegliche menschliche Schwäche, jeder Zweifel in mir nur Gotteslästerung. Meine Aufgabe ist es, die Herde Gottes von der Schar der Gottlosen zu trennen, sie aufs neue mit Gottes Feuer und dem Heiligen Geist zu taufen und sie zum Sieg zu führen, um dann Gottes ewiges Reich auf Erden zu begründen.«

Als ich ihn so reden hörte und dabei anschaute, überkam mich ein Beben, denn ich spürte und wusste, dass er die Wahrheit sprach und wirklich erlebt hatte, wovon er da sprach. Deshalb bin ich nach wie vor überzeugt, dass in diesem Mann etwas Heiliges war, auch wenn er ein gelbliches Gesicht und schräg stehende Augen hatte. Ich kann mir es nur so erklären, dass alles auf Erden fehlerhaft und vergänglich ist, und dass der Mensch, selbst wenn er Gottes Abgesandter ist, aufgrund seiner eigenen menschlichen Natur das Wort Gottes verwässert, verdreht und verfälscht. Aber während ich neben ihm einherritt auf unserem Zug nach der Salzstadt Frankenhausen, da glaubte ich fest und ohne jeden Zweifel im Herzen an ihn, ja, ich glühte vor Eifer für seine große Botschaft.

Wir übernachteten in einem armen Dorf, dessen Einwohner freudig ein Fass Bier herbeirollten, damit wir daran unseren Durst stillten. Sie fischten auch den Fischteich des nahegelegenen Klosters bis auf den letzten Fisch leer, um uns mit Speise zu bewirten. Am nächsten Tag erreichten wir, von dem langen Ritt erschöpft, endlich Frankenhausen. Uns kamen beide Hauptleute der Frankenhäuser Schar entgegen, der eine ein aufrechter Bürger, der andere ein Adeliger, der sein Land verloren hatte, aber auch kriegserfahren war. Ehrfürchtig grüßten sie Thomas Müntzer und sein Banner. Ich wurde von großer Freude erfüllt, denn obwohl sich in der Stadt und ihrer unmittelbaren Umgebung mehr als sechstausend Bauern gelagert hatten, herrschte nicht die geringste Unordnung oder Handgreiflichkeit. Die Bauern hatten sich hinter ihren Fähnrichen in sorgfältig ausgerichteten Reihen versammelt. Es waren alles ernste, kräftige Männer, die offenbar fest entschlossen waren, die vier Artikel zu verwirklichen, weil sie an das Göttliche Recht glaubten. Das war der schönste und trostreichste Anblick, den ich während all dieser Monate der Wirrnisse zu sehen bekommen hatte. Durchdrungen von der Gewissheit, die Müntzer ausstrahlte, hielt ich nun selbst alle Verhandlungen und Versöhnungsversuche für dumm und überflüssig und bereute aufs tiefste meine Schwäche und meine Zweifel.

Es war Freitagabend, und Müntzer, von dem die Strapazen der Reise gleichsam abgefallen waren, hielt sogleich eine Rede an diese neue Schar und predigte nachdrücklicher als je zuvor über den Anbruch des Reiches Gottes auf Erden. Da neigten sich die Köpfe der ernsten Männer, und viele von ihnen knieten nieder vor ihm und huldigten ihm als Abgesandtem Gottes. Es gab auch schon Gerüchte, Georg, der Herzog von Sachsen, sei aus Leipzig abmarschiert, und vor ihm würden die Reiter der Grafen von Mansfeld schutzlose Dörfer überfallen und alle niedermachen, die ihnen unter die Hufen gerieten. Aber das bedeute nur, dass Gott seinen Getreuen die Gottlosen überantworten und vernichten wolle, sagte Müntzer. Jetzt sei keine Zeit für Verhandlungen, sondern jeder müsse Mut fassen und sich durch Gebet und Fasten heiligen, um ein Soldat für die Sache Gottes zu werden.

Als er sprach, schweifte mein Blick über das in der Maisonne golden daliegende Tal mit seinen Hügeln und dem schwarzen Kamm der Berge nördlich der Stadt, und ich dachte, dieses düstere Tal sei vielleicht schon von Anbeginn dazu geschaffen und bestimmt worden, zum Ausgangspunkt des Reiches Gottes zu werden, ein Tal, in dem die Gottlosen als Märtyrer Satans der Vernichtung anheimfielen und von dem die neue Ordnung ausgehen würde. Nachdem Müntzer längere Zeit gesprochen und sich dabei immer mehr in Wut geredet hatte, winkte er mich zu sich und rief, nun werde er einen Brief an den Grafen von Mansfeld diktieren, der sich schon längst als eingefleischter Feind Gottes erwiesen habe, auch dadurch, dass er den Gesandten Gottes auf schmähliche Weise aus Allstedt vertrieben hatte. Nach Müntzers Diktat schrieb ich:

»Ich, Thomas Müntzer, vormals Prediger zu Allstedt, gebiete dir im Namen des lebendigen Gottes, auf der Stelle von deinem tyrannischen Wüten abzulassen und nicht mehr Gottes Zorn auf dich zu ziehen. Du hast schon genug Christenmenschen gequält und gemordet. Du hast den heiligen Christenglauben verspottet und mit Kindermärchen verglichen. Sag selbst, du elender und jämmerlicher Madensack: Wer hat dich zum Fürsten über das gemacht, was Gott mit seinem teuren Blut erworben hat? Ich gebiete dir, vor Gottes Gemeinde Zeugnis und Rechenschaft abzulegen, ob du überhaupt als Christ gelten kannst. Wenn du nicht erscheinst, dann verkünde ich vor aller Welt, dass du geächtet und vogelfrei bist, so dass jeder, der dich tötet, eine gottgefällige Tat begeht, so wie damals, als Christen wider die Türken stritten. Wirst du dich nicht demütigen vor den Geringsten Gottes, so wird dir ewige Schande zuteilwerden, und du wirst zu des Teufels Märtyrer werden. Denn dieses Geheiß ist uns von oben gegeben, und deshalb sage ich: Der ewige, lebendige Gott hat uns geheißen, dich mit Gewalt von deinem Thron zu stoßen, wenn du ihn nicht von selbst aufgibst. Dann bist du der Christenheit nichts mehr nütze, sondern nur eine schändliche Eiterbeule in der Gemeinde Gottes. Deshalb soll dein Nest zerschmettert und dem Erdboden gleichgemacht werden, sagt der Herr.«

Diesen Brief diktierte er mit lauter Stimme und las ihn dann noch einmal den Bauern vor. Diese nickten mit dem Kopf und sagten, der Graf von Mansfeld sei ein grausamer und gnadenloser Herr, der dieses schlimme Schicksal durchaus verdient habe. Aber das genügte Müntzer noch nicht, und deshalb ließ er drei Diener des Grafen von Mansfeld herbeiholen, die man in der Stadt gefangen genommen hatte. Der eine von ihnen war adeliger Herkunft, der zweite Priester und der dritte ein einfacher Jüngling, der sich wohl nichts hatte zuschulden kommen lassen, sondern die Bauern nur erschrocken anblickte, als man ihn mit verbundenen Händen vor die Speere zerrte. Müntzer rief den Bauern die Frage zu, ob diese Diener des gottlosen Herrn nicht tausendfach den Tod verdient hätten, damit der Graf von Mansfeld endlich begreife, dass er es ernst meinte mit seinem Brief. Aufgepeitscht von der Predigt, stimmten die Bauern ein großes Geschrei an und schüttelten ihre Spieße und Speere. Ja, diese Männer hätten wahrlich den Tod verdient, weil sie einem so blutrünstigen Herrn dienten, riefen sie. So befahl Müntzer, den Dreien auf der Stelle den Kopf abzuschlagen. So wurde zum ersten Mal und mit voller Absicht Menschenblut unter dem Regenbogenbanner vergossen.

Als Müntzer aber das Blut strömen und die Leichen auf dem Boden in ihren letzten Zuckungen sah, da erschrak er selbst und wurde kreidebleich. Doch bald hatte er sich wieder gefangen, predigte von neuem und versetzte sich selber in eine schwärmerische Stimmung, so dass sein Antlitz zu leuchten begann und seine Stimme über das Tal hinweg schallte wie ein brausender Wind Gottes. Die vier Artikel reichten nicht aus, verkündete er, denn sie seien nur ein erster Schritt hin zum künftigen Reich, in dem es weder reich noch arm, weder Fürsten noch Bürger, weder Bauern noch Gesellen gab, sondern nur noch Untertanen Gottes. Deshalb habe Gott ihm seine Wahrheit in drei einfachen Worten offenbart, und diese drei Worte werde er beizeiten enthüllen, zum Zeichen, dass Gottes heilige Schlacht beginnen sollte.

So gab er der Frankenhäuser Schar einiges zu denken, als sich die Leute zur Nachtruhe zurückzogen. Ich aber ging auf Müntzers Geheiß von Haus zu Haus, von Stall zu Stall und von Lagefeuer zu Lagerfeuer, wo ich alle nur Gutes über ihn sagen hörte. Alle glaubten fest daran, dass der Geist Gottes aus ihm gesprochen hatte. Fasten aber wollten die meisten nicht, sondern sie stärkten sich so gut sie konnten mit von zu Hause mitgebrachten Speisen. Sie sagte, mit leerem Magen sei nicht gut kämpfen. Das könne ein Priester und Geistlicher wohl nicht verstehen, aber das verziehen sie ihm gerne, denn sonst sei er ganz offensichtlich ein kluger Mann und wisse, wovon er spreche, auch wenn er in Rätseln und Gleichnissen redete.

Es war ja auch schwer, sich eine Welt vorzustellen, in der es keinen Adel, keine Bauern, Handwerker und Bauern gab. Wer würde in einer solchen Welt das Sagen haben? Wer würde die Felder pflügen und das Vieh füttern? Wer würde Stoff weben, wer würde alle möglichen nütz-

lichen und lebensnotwendigen Waren herstellen und damit Handel treiben? Das konnten sie nicht verstehen, und nicht einmal Müntzer würde
das mit nur drei göttlichen Worten erklären können. Aber sie vertrauten
ihm trotzdem und warteten gespannt auf diese drei Worte. Die über
etwas Buchgelehrsamkeit unter ihnen verfügten, sagten, das klare Wort
der Bibel besage ja auch, dass die Lilien auf dem Felde und die Vögel unter dem Himmel nicht arbeiten und nicht spinnen und trotzdem
prächtiger gekleidet sind als Salomo in all seiner Herrlichkeit.

Vielleicht könne auch der Mensch, wenn Gottes Reich erst auf die
Erde gekommen war, leben, ohne zu arbeiten und ohne zu spinnen,
meinten einige. Aber solches Gerede verärgerte viele vernünftig den-
kende Männer nur. Sie meinten, wer solchen Unsinn von sich gebe, solle
sich lieber zu den Lilien des Feldes verziehen und nicht in ihrer Mitte
Blödsinn schwatzen; sie hingegen wollten nichts anderes, als mit ihren
Händen ehrliche Arbeit zu verrichten, um die Früchte ihrer Arbeit zu
genießen, ohne dass Adel und Geistlichkeit die Scheunen der Bauern
leer plünderten und sich die Taschen vollstopften. Sich so etwas vorzunehmen, reiche doch voll und ganz, und wenn sie darüber hinaus
noch ihre Felder und Weiden zurückbekämen, dazu freies Brenn- und
Bauholz aus den Wäldern und dann und wann einen fetten Vogelbraten
oder eine Fischsuppe, dann sei für sie das schon so viel wie das Himmelreich.

Als ich diese einfachen Leute so reden hörte, da empfand ich innige
Liebe für sie und begriff, dass sie keiner Menschenseele etwas Übles
wollten und auch nichts Unmögliches forderten. Nein, ihre Forderungen waren maßvoll, und ich konnte nicht verstehen, wie jemand so
unbarmherzig sein konnte, ihnen die Rechte, um die sie nachsuchten,
nicht zu gönnen, sondern sie lieber totschlug wie tollwütige Hunde. Mir
wurde auch klar, dass sie gewiss nicht mit der Waffe in der Hand losgezogen wären, um das Göttliche Recht einzufordern, wenn die weltliche
Gerichtsbarkeit sie nicht im Stich gelassen und der Willkür ihrer Herren ausgeliefert hätte. Diese Art des Vorgehens war zweifellos schwer
für manchen von ihnen. Viele saßen schon seufzend da, den Kopf in
die Hand gestützt, und sahen schwermütig ins Feuer, so dass ich daran
ersah, dass sie sich fürchteten und im Grunde ihres Herzens vor Angst
zitterten, auch wenn sie dies einander nicht zugeben wollten. Aus allen
diesen Gründen ward mein Herz von großer Liebe zu diesen armen
Menschen erfüllt. Ich lag lange im Dunkeln da, dachte an sie und fast
gar nicht mehr an mich selbst.

Kapitel 6

Am nächsten Tag brachten Flüchtlinge, zumeist in Tränen aufgelöst und die Hände ringend, die Kunde, dass die Truppen Herzog Johanns und der Grafen von Mansfeld sich bereits näherten. Doch als die Ankömmlinge die große Schar der Bauern sahen, da fassten sie Mut und sagten, der Herzog habe beileibe nicht so viele Leute, sondern viel weniger, auch wenn Kardinal Albrecht ihm seine Reiterei zur Unterstützung beigegeben habe.

Dieser Kardinal Albrecht hatte sich seinerzeit von den Fuggern eine Menge Geld geliehen und wider Recht und Gesetz zwei Bistümer und das Erzbistum Mainz gekauft, obwohl er damals noch nicht einmal das kanonische Alter erreicht hatte. Als Sicherheit für seine Schulden überließ er den Fuggern in seinen Bistümern das Ablassrecht, gegen das Doktor Luther in Wittenberg seine Thesen an die Kirchentür geschlagen hatte. Die Funken, die von Doktor Luthers Hammerschlägen aufstoben, hatten nun einen großen Teil Deutschlands in Brand gesetzt, und gewiss hielt es dieser große Kirchenfürst Albrecht nun für seine Pflicht, mit seinen gepanzerten Reitertruppen dieses Feuer, das er selbst erst verursacht hatte, mit Blut zu löschen. Am erstaunlichsten aber war, dass er in seinen Reihen auch auf Luther als seinen Waffenbruder stieß, ihn, den er mehr hasste als den Teufel. So sehr war die Welt aus den Angeln geraten. Als mir das durch den Kopf ging, konnte ich nur schwer begreifen, dass kaum siebeneinhalb Jahre seit Luthers Hammerschlägen vergangen waren, welche die Welt erschüttert hatten.

Die beiden Hauptleute der Frankenhäuser Bauern verhörten die Flüchtlinge ausführlich und hielten Manöver mit ihren Truppen ab. Sie ließen die Bauern in Reih und Glied antreten und sie in quadratischen Formationen marschieren. Die Arkebusiere gossen eilends Kugeln für ihre Arkebusen, und die Kaufleute wurden angewiesen, ihr Pulver zu Preisen zu verkaufen, die von den Hauptleuten festgesetzt wurden. So kam es in der ganzen Stadt und im Lager der Bauern zu lebhafter Geschäftigkeit. Jeder spürte, dass man es nicht mehr mit planlos umherziehenden Aufrührern zu tun hatte, sondern dass fünftausend starke und entschlossene Männer endlich Ernst machten mit ihrem Kampf für das Göttliche Recht, wenn es denn notwendig war.

Am Nachmittag befahl Müntzer, alle diese Vorbereitungen einzustellen, die er für unnötig hielt, und rief die Bauern wieder zu einer seiner

Predigten zusammen. Er machte ihnen Mut, indem er sagte, die Truppen von Herzog Georg seien noch fern und kämen nur langsam und mit Mühe voran. Bei ihnen handle es sich kaum um tausend Mann, die Hälfte davon Reiter. Es bestehe also kein Grund zur Furcht. Müntzer führte zahlreiche Beispiele von Schlachten aus der Bibel an, in denen der Herr seine Feinde geschlagen hatte. Dann sprach er vom Bund der Getreuen Gottes und fragte, wer sich diesem Bund anschließen und sich neu taufen lassen wollte. Diesem Aufruf folgten etliche Männer. Er befahl ihnen, ihre Kleidung abzulegen und führte sie zu einem Teich vor der Stadtmauer und ließ jeden Einzelnen von ihnen untertauchen, obwohl das Wasser jetzt im Mai noch kalt war. Als einige der Männer sahen, wie ihre durchnässten Kameraden sich schüttelten, niesten und sich das Wasser aus Nase und Haar strichen, zogen sie sich gleich wieder an und schlichen sich zu ihren Fähnrichen zurück. Müntzer aber segnete die von ihm getauften Männer im Namen des Heiligen Geistes und gestatte diesen bibbernden Gestalten, deren Glieder vor Kälte blau angelaufen waren, sich der Schar der Getreuen unter dem Regenbogenbanner anzuschließen, was diese für eine große Ehre hielten.

Ich hingegen wurde unruhig und ärgerte mich, weil Antti so lange ausblieb. Er hätte uns schon längst nach Frankenhausen nachkommen sollen. Mit großer Überredungskunst war es mir gelungen, ihm und Frau Geneviève in der völlig überfüllten Stadt eine Backstube als Unterkunft freizuhalten. Zwar wurde dort von morgens bis abends unermüdlich Brot für die Bauernscharen gebacken, aber nachts war der Raum ungenutzt und angenehm warm, wenn man aufpasste, sich seine Kleider nicht mit Mehl zu bestäuben. Ich vermisste Antti sehr, denn er wäre in der Lage gewesen, mir in Fragen der Kriegskunst mit seinem Rat beiseite zu stehen. Darin kannte er sich ja bestens aus, während ich eigentlich nur eine einzige Schlacht miterlebt hatte, nämlich die bei Leipheim, und die hatte mir nicht gerade Ehre eingebracht, weil meine Arkebuse in Stücke gegangen war. Aber jetzt war ich gründlich auf die Schlacht vorbereitet, und weil mein Platz an Thomas Müntzers Seite war, wo ich ungehindert seine Beratungen mit den Hauptleuten verfolgen konnte, verspürte ich ein starkes Gefühl der Verantwortung in mir. Ich dachte nämlich, dass Gott mich vielleicht mit mehr Verstand und Gelehrsamkeit ausgestattet hatte als diese einfachen Hauptleute, die sich auch einiges auf ihre Stellung einbildeten. Ich war mir bewusst, dass ich mich einst in aller Demut vor Gott würde verantworten müssen, und deshalb tat ich alles, um zum Gelingen dieses heiligen Kampfes beizutragen.

Während Antti weiterhin ausblieb, versuchte ich mich an alle seine Berichte zu erinnern. Dabei fiel mir ein, dass es bei Pavia den kaiserlichen Arkebusieren, die mit neuartigen Gewehren ausgerüstet waren, gelungen war, einen Angriff der gepanzerten französischen Reiter abzuwehren und sogar die gesamte feindliche Reiterei ins Chaos zu stürzen. Wichtiger, als die Pikeniere in Marsch- und Formationsmanövern zu üben, war deshalb meiner Meinung nach, sich nicht nur um die Arkebusen, sondern auch um die Falkonette, Feldschlangen und andere Feuerwaffen zu kümmern, welche die Bauern in den Burgen erbeutet hatten und die nun im morastigen Rathaushof verrotteten und im Regen nass wurden. Als man mich deshalb um Rat fragte, gab ich vorsichtig zu bedenken, die Erfahrungen zahlreicher großer Feldherren hätten gezeigt, dass selbst die dichteste Reihe von Pikenieren nicht in der Lage sei, einen Angriff gepanzerter Reiter abzuwehren. Deshalb sei es unbedingt notwendig, dass die Arkebusiere sich zunächst zurückhielten und dann alle auf einmal einen Schuss abgäben, aber erst, wenn die Reiter bis auf zwanzig Schritte herangekommen waren. Weil aber die Arkebusen unserer Leute von ganz verschiedener Art waren und es sich bei einigen davon nur um leichte Jagdwaffen handelte, deren Kugeln einen Reiterharnisch gar nicht durchdringen konnten, sei es nötig, die Geschütze hervorzuholen und in einer Reihe aufzustellen, um dann auf diese Weise den Angriff der Reiter abzuwehren.

Der zum Hauptmann aufgestiegene Bürger hielt überhaupt nichts davon, sondern sagte: »Geschütze sind eine unsichere und gefährliche Waffe. So mancher, der mit ihnen schießen wollte, hat selber mehr Schaden davongetragen als der Feind.«

Der adelige Hauptmann warf mir einen mitleidigen Blick zu und meinte: »Du kannst ja Erbsen auf die Reiter abblasen, wenn du willst. Die Erfahrung hat allerdings gezeigt, dass Arkebusen und Geschütze gegen Männer im Harnisch nicht mehr ausrichten als Erbsen. Nein, um die Reiter abzuwehren, müssen wir eine starke Wagenburg bauen.«

Mich kränkten seine Worte, so dass ich streitlustig wurde und sagte: »Die Fürsten haben Geschütze, und sie werden unsere Wagenburg in Grund und Boden schießen, wenn wir selbst keine Geschütze haben, mit denen wir ihren Kanonen Paroli bieten können.«

Müntzer hob beschwichtigend die Hand und sagte: »Gott ist unser stärkstes Schild, und unsere Panzer sind stärker als die Harnische der Fürsten und Richter. Vertrauen wir nur auf Gott!«

Ich versetzte, dass ich natürlich auf Gott vertraute, fügte aber hinzu: »Ich glaube nicht, dass Gott uns am Haar vorwärts zieht, wenn wir uns nicht selbst helfen und einfach die Hände in den Schoß legen.«

Müntzer sagte: »Habe ich nicht vierzig Männer getauft und sie mit dem Panzer des Heiligen Geistes bekleidet? Somit wird ihnen keine Waffe der Welt Schaden zufügen können.«

Der adelige Hauptmann aber wurde nachdenklich und sagte: »Wir verlieren nichts, wenn wir ein paar Geschütze in Schussbereitschaft versetzen. Also mach, was du willst, wenn du glaubst, klüger zu sein als ich.«

Ich bat ihn untertänigst um eine schriftliche Vollmacht als Geschützmeister, denn ich dachte, dass ich im Besitz einer solchen Vollmacht wenigstens einen Brustpanzer anlegen und mir eine Feder an die Mütze stecken könnte, so wie es bei ihm der Fall war. Dann würden mich die Bauern respektieren und meinen Befehlen folgen. Aber er war meiner bereits überdrüssig und meinte nur, ich solle ihn nicht weiter belästigen; er habe Wichtigeres zu tun, als sich mit mir zu streiten. Der bürgerliche Hauptmann war freundlicher und ermahnte mich nur, mir selber und den Bauern mit den Geschützen keinen Schaden zuzufügen. Diese Kanonen seien sowieso nur alter Schrott, da sie schon seit fünfzig, wenn nicht gar hundert Jahren unbenutzt in den Burgen herumgestanden hätten.

Mein Gewissen zwang mich jedenfalls dazu, mir die Geschütze genauer anzusehen. Einige von ihnen waren, wie mir schien, noch ganz brauchbar. Ähnliche hatte ich seinerzeit in der Burg von Turku gesehen und sogar mit ihnen geschossen. Die drei größten Geschütze mit jeweils faustgroßem Rohrloch standen schon fertig auf einer Lafette, und zwei Feldschlangen fehlten die Räder und die Stützsporen, mit denen der Rückstoß abgefangen wurde. Die anderen Geschütze, die überall auf der Erde im Schlamm herumlagen, taugten kaum noch etwas. Wenn ich aber die erwähnten fünf Kanonen wieder in Schussbereitschaft versetzen konnte, dann wäre das besser als nichts. Jedenfalls würde ihr mächtiger Geschützdonner unsere Truppe bestimmt ermutigen.

Um die Geschütze instand zu setzen, brauchte ich mindestens fünfundzwanzig starke Männer und einige Zugtiere, Zuggeschirr, Kugeln, Pulverkisten, Stoff, Werg, Ladestangen, Luntenstöcke, Holzpfropfen und anderes. So hatte ich nun plötzlich eine Menge zu tun an diesem Samstagnachmittag und auch noch den ganzen Abend lang bis Mitternacht. Inzwischen hatte ich auch mit Zwang, Überredung und klingender Münze für jedes Geschütz die nötigen fünf Männer aufgetrieben, von denen jeweils einer schon einmal hatte beobachten können, wie ein Geschütz geladen wird. Diesem gab ich einen Gulden und den vier anderen zusammen einen weiteren Gulden, so dass ich insgesamt zehn Gulden zu diesem Zweck ausgab, wofür mir niemand dankte. Die Ochsen und Pferde nahm ich mir einfach ohne Erlaubnis und wies mehrere Frauen an, mir Leinenbeutel für die Pulverportionen zu nähen. Dann maß ich in der Backstube für jedes Geschütz sorgfältig zehn Portionen Pulver ab, die nur noch in die Leinenbeutel abgefüllt werden mussten, und zwar so, dass diese Pulverportionen jeweils drei Fünftel der Pulverkammer jedes Geschützes ausfüllten.

Den Geschützknechten übertrug ich die Aufgabe, die nötigen Holzpfropfen für die Öffnung der Pulverkammern zuzuschnitzen; sie sollten jeweils ein Fünftel der Pulverkammern ausfüllen. Danach schickte ich sie los, brauchbaren Lehm zu sammeln, und diejenigen, die sich aufs Schmiedehandwerk verstanden, kommandierte ich in eine Schmiede, wo sie Kugeln gießen sollten. So hatte ich kaum Zeit, auch noch an andere Dinge zu denken. Um Mitternacht war ich todmüde und teilte die Geschützknechte zur Nachtwache ein, die bis zum Morgen andauerte, damit uns niemand unsere Ochsen und Pferde wegnahm. Daraufhin wickelte ich mich in der Backstube in alte Mehlsäcke, schlug ein Kreuzzeichen über mich und legte mich zum Schlafen auf den Fußboden.

Kaum hatte ich die Augen geschlossen – so kam es mir jedenfalls vor – und war mit einem guten Gewissen als bestem Ruhekissen in tiefen Schlaf gefallen, da wachte ich auch schon durch lautes Getrommel und furchtbaren Lärm und Gepolter auf. Jemand rüttelte mich an den Schultern und hieß mich in Gottes Namen so schnell wie möglich aufstehen. In der Backstubenwand war ein großes Loch, durch das ich sah, dass es draußen noch dunkel war. Ich hustete den Mehlstaub aus meinen Lungen, sprang auf die Beine und fragte, was um aller Heiligen willen denn passiert sei.

»Der Krieg hat begonnen«, sagte Antti gelassen. »Ich bin gekommen, um dich zu wecken, denn ich bin mit den Reitern des Landgrafen von Hessen um die Wette nach Frankenhausen geritten. Ich hatte ja keine Ahnung, dass sie auch ein paar Geschütze auf Pferderücken transportieren, denn dass es so etwas gibt, habe ich noch nie gehört. Jedenfalls hatte ich dich kaum wachgerüttelt, da flog bereits eine Kugel durch die Wand. Ich habe es wohl nur der heiligen Barbara zu danken, deren Bleibildnis mir um den Hals hängt, dass die Kugel mir nicht den Kopf abgerissen hat.«

Draußen herrschte großer Lärm; Leute schrien und rannten umher, Pferde wieherten und Frauen klagten. Die Trommeln dröhnten furchtbar laut, und die Kirchenglocke begann zu läuten wie bei einer Feuersbrunst. Ich dachte schon, mein letztes Stündlein hätte geschlagen und wollte mich im Backofen verkriechen. Aber Antti hielt mich am Arm fest und beruhigte mich: »Das sind nicht sehr viele Reiter. Es handelt sich bei ihnen nur um Kundschafter, die es kaum wagen werden, sich auf einen Kampf mit einer ganzen Stadt einzulassen. Trotzdem habe ich eigenmächtig die Truppen alarmiert, denn es ist schon früh am Morgen, und ich finde es nicht richtig, dass die Leute noch fest schlafen, während ich armer Bursche die ganze Nacht lang geritten bin wie vom Teufel gejagt, um euch zu Hilfe zu eilen.«

Er führte mich auf den Hof, wo meine Geschützknechte hin und her rannten wie kopflose Hühner. Sie rieben sich noch den Schlaf aus den Augen und riefen: »Zu den Waffen! Zu den Waffen!« Der Mann, der gerade Wache hatte, wandte sich verlegen an mich und sagte: »Mir wurde die Zeit lang, und mich fror vor dem Hahnenschrei, und da dachte ich, ich könnte mich mit gottgefälliger Arbeit nützlich machen, und habe so, wie Ihr es beschrieben habt, Herr Michael, mein Geschütz geladen. Aber dann kam dieser große Mann auf den Hof gerannt, rief Zeter und Mordio und fragte nach Euch. Als dann die Trommeln ertönten, war mir klar, dass der Feind angreifen wollte. Ich schnappte mir ein Holzscheit aus dem Wachfeuer und habe die Kanone abgeschossen, obwohl ich große Angst hatte. Die ganze Geschützlafette flog in die Luft wie ein scheuendes Pferd. Nur Gottes wunderbare Vorsehung hat mich davor bewahrt, unter dem Geschütz begraben zu werden.«

Ich war so erbost über seine Dummheit, die mich fast mein teures Leben gekostet hätte, dass ich ihm mit der offenen Hand je einen derben Schlag auf beide Wangen versetze und ihm versprach, ich würde ein Kriegsgericht abhalten, so wie es im Felde vorgesehen war, und dann sollte er für seinen dummen Streich gehängt werden. Aber Antti beruhigte mich und sagte: »Gerade jetzt ist es völlig sinnlos, einen Mann zu hängen, der ein Geschütz laden und abschießen kann und damit ein großes Loch in eine dicke Hauswand zubrechen vermag. Im Gegenteil, der Mann hat ein Lob für seine Wachsamkeit verdient, denn er hat seine Wache nicht mit unnützem Schlummer vertan, sondern die Zeit für nützliche Übungen im Gebrauch der Kanone verwendet. Es ist ja auch kein Schaden entstanden. Spannen wir also die Zugtiere vor die Geschütze und ziehen wir mutig in den Kampf, der dem Lärm nach zu urteilen gerade begonnen hat.«

Als meine Wut abgeklungen war und ich merkte, dass ich keinen Schaden davongetragen hatte, sah ich ein, dass Antti recht hatte mit seinen Äußerungen. Ich bekam Gewissensbisse, weil ich einen Unschuldigen geschlagen hatte, der ja nur glaubte, seine Pflicht erfüllt zu haben nach den geringen Verstandesgaben, die er von Gott bei seiner Geburt verliehen bekommen hatte. Deshalb demütigte ich mich und bat ihn um Verzeihung. Doch er rieb sich nur seine Wangen und meinte, die Schläge hätten ihm zumindest einen klaren Kopf verschafft. Jedenfalls hätte er nicht geglaubt, dass ich so fest zuschlagen könnte. Jetzt glaube er es aber und würde mich nicht mehr für ein umherstolzierendes Großmaul halten, sondern für einen anständigen Kerl und erfahrenen Kriegsherrn, der hohe Achtung verdiene.

So vertrugen wir uns wieder und waren wieder klar bei Kopf, während in der Stadt immer noch ein wildes und unbegreifliches Durcheinander herrschte. Ich bat Antti, meine Männer zum Appell zu rufen, denn seine Stimme war kräftiger als meine. Immer, wenn ich laut rief, kiekste meine Stimme nämlich, und das war mir peinlich vor diesen dummen Burschen. Antti brüllte also los, und das brauchte er auch nicht mehr als zwei Mal, bis alle Männer wieder in Reih' und Glied dastanden, jede Gruppe hinter ihrem Geschütz. Nur zwei Männer schliefen noch, beide in ihre Mäntel zusammengerollt, ohne von dem Chaos, der um sich herum herrschte, etwas mitbekommen zu haben. Die anderen Männer entschuldigten deren Verhalten damit, dass es sich bei den zwei um langsame Kerle aus dem Harz handle. Einmal habe man einen Bauern im Harz aufgefunden, der auf einem Strohballen selig schlief, nachdem drei Mal hintereinander ein Blitz in seinem Haus eingeschlagen war und den Ofen zum Bersten gebracht hatte. Sie zogen die Männer hoch und stellten sie neben sich auf die Füße, wobei mir allerdings schien, dass die beiden dabei im Stehen einfach weiterschliefen. Antti meinte, solche Männer gäben gute Geschützknechte ab, da sie kein Krach und Getöse aus der Ruhe bringe.

Ich befahl den Männern also, die Zugochsen und Pferde vor die Geschütze und Feldschlangen zu spannen und sich dann für weitere Befehle bereitzuhalten. Danach wollte ich mit Antti zum Marktplatz zu den beiden Hauptleuten gehen, um sie um die nötigen Anweisungen zu bitten. Aber Antti sagte, im Kriege herrsche keine Eile, und er begann, jedes Geschütz einzeln zu inspizieren. Er öffnete die Laden, in denen die Pulverbeutel verwahrt wurden, wog die Kugeln in seiner Hand, steckte seine Pranke in die Geschützrohre und sagte schließlich, ich hätte die Geschütze so gut instand gesetzt, wie man es von mir habe erwarten können. Nun bleibe uns nichts mehr, als uns auf die Hilfe der Heiligen zu verlassen. Ich fragte, was er denn von meinen Geschützen halte, aber er schlug nur fromm das Kreuzzeichen und sagte:

»Jedenfalls krachen die schön ordentlich, wie ich selbst gehört habe. Aber das Laden und Ausrichten geht nur langsam vonstatten, und die Lafetten müssen nach jedem Abschuss wieder von neuem in den Boden eingegraben werden. Die kaiserlichen und die französischen Feldgeschütze waren mit Seitenstützen und Rädern versehen, dazu hatte jede Geschützgruppe gleich schwere Kugeln und gleich große Pulverkammern. Im Vergleich dazu würden diese Geschütze hier im hintersten Winkel des Lagers verschwinden als Andenken aus der Vergangenheit, wenn man sie nicht gar einschmelzen würde, um aus ihnen modernere Waffen zu schmieden.«

Seinen abschätzigen Worten entnahm ich, dass er neidisch auf mich war, weil ich fünf Geschütze unter meinem Kommando hatte und er nichts anderes als sein großes Schwert. Ich schlug ihm also kräftig auf die Schultern und sagte: »Die Trauben in Nachbars Garten sind halt sauer. Mach dir nichts draus, lieber Antti. Wir sind zusammen in den Krieg gezogen und werden auch zusammen zu Ehren Gottes kämpfen. Hiermit ernenne ich dich zum Geschützmeister. Du darfst sie aufs Ziel ausrichten und das Feuer führen, ganz wie es dir beliebt, sofern du nur meinen Befehlen gehorchst, denn letzten Endes bin ich für die Geschütze verantwortlich.«

Aber Antti zeigte sich in keiner Weise dankbar für mein Entgegenkommen. Er murmelte sich nur etwas in den Bart und folgte mir schließlich mehr oder weniger unwillig zum Marktplatz. Die Morgendämmerung war angebrochen, in den Häusern brannte Licht, und die Bürger stopften ihre Habe in Kisten und Truhen, um die Flucht zu ergreifen, obwohl sie nicht wussten, wohin. Durch die Gassen und Straßen liefen, schwerfällig ihre Piken schwenkend, Scharen von Bauern. Wer auch immer auf sie traf, schloss sich ihnen an, bis die Gruppe immer größer wurde und an der nächsten Straßenecke wieder umkehrte. Das Dröhnen der Trommeln hatte aber aufgehört, die Kirchenglocke läutete nicht mehr, und nur vom Markt her schallte noch das Horn, das die Truppen zusammenrief.

Vor der Kirchentür traf ich auf Müntzer und den bürgerlichen Hauptmann. Der kleine Marktplatz war voller bewaffneter Bauern, die beunruhigt fragten, was denn los sei, was der Geschützdonner, die Arkebusenschüsse und der Trommelwirbel zu bedeuten hätte. Sie hätten sich alle ihren Schlaf am Sonntagmorgen wohl verdient. Der Hauptmann behauptete, von Westen her seien fremde Reiter erschienen, von denen einige bis unmittelbar an die Stadtmauer geritten seien. Müntzer widersprach; dies sei Blödsinn, denn man erwarte den Feind von Osten her. Aus dem Westen könne niemand von den Fürsten kommen, wenn er nicht zuerst Mülhausen und Erfurt in seine Gewalt gebracht hätte.

Er bibberte in der morgendlichen Kälte, obwohl er seinen teuren Pelzmantel trug. Doch je heller es wurde, desto mehr wuchs sein Mut, und um sich aufzuwärmen, begann er mit einer Predigt an die Bauern. Allerdings wurde die schon bald unterbrochen, denn der adelige Hauptmann kam in vollem Galopp auf den Platz geritten, sprang vor der Kirche vom Pferd und berichtete, eine feindliche Reiterei habe in der Morgendämmerung die Bauern geschlagen und aufgerieben, die westlich der Stadt ihr Lager aufgeschlagen hatten. Diese hätten sich dann panisch in die Stadt geflüchtet und das Stadttor hinter sich geschlossen, wobei viele Männer zu Tode gekommen seien. Von der Stadtmauer aus habe man die Reiter mit Arkebusen beschossen, so dass sie sich in den Schutz des Waldes zurückgezogen hätten. Was für Truppen dies aber gewesen seien und wie viele, das wisse nicht einmal der Teufel, denn einige der Geflüchteten hätten von fünf oder zehn Reitern gesprochen, andere hingegen von hundert oder tausend.

Antti trat vor und sagte, Bauern könnten eben kaum richtig zählen, denn es habe sich um kaum mehr als zwanzig Reiter gehandelt. Das wisse er am besten, denn er sei ihnen selbst in die Stadt vorausgeritten und habe Alarm geschlagen. Nach allem zu urteilen sei es nur eine Vorhut, der noch eine ganze Armee folgen dürfte. Es sei also das Beste, sich auf eine Schlacht vorzubereiten, solange noch Zeit bliebe. Er könne auch sagen, dass es sich bei diesen Reitern um Männer des Landgrafen von Hessen handelte, denn als sie ihm hinterherjagten wie einem Raubtier, hätten sie ihm mancherlei Flüche und Verwünschungen zugerufen. Gefasst aber hätten sie ihn nicht, weil sie schwere Harnische trugen. Außerdem waren ihre Rosse sehr erschöpft, weil sie wohl einen langen Ritt hinter sich hatten. Deshalb hätten sie versucht, ihn mit ihren Sattelbüchsen zu beschießen, ohne ihn jedoch zu treffen. Ohnehin könne man mit einer Sattelbüchse nur dann treffen, wenn man den Lauf direkt auf die Brust des Feindes gerichtet hält, was jedem erfahrenen Soldaten wohlbekannt sei.

Anttis Worte beeindruckten die beiden Hauptleute zwar sehr, doch glaubten sie ihm nicht. Der adelige Hauptmann sagte: »Wie um Gottes willen kann Landgraf Philipp so nahe sein? Nach allem, was ich weiß, ist er so sehr damit beschäftigt, seine Untertanen im Zaum zu halten, dass er wohl kaum so dumm sein wird, aus seinem eigenen Land gen Frankenhausen hinauszumarschieren und dabei die aufständischen Städte Mühlhausen und Erfurt in seinem Rücken zu lassen. Wenn dies aber wirklich stimmt, dann sitzen wir ganz schön in der Patsche. Wir sollten deshalb eilends die Stadt verlassen und eine Wagenburg errichten. Denn wenn wir in der Stadt bleiben, dann hocken wir hier wie in einer Mausefalle. Alle richtigen Schlachten sind unter freiem Himmel und auf freiem Feld geschlagen worden.«

Müntzer sagte: »Das ist eine satanische Hinterlist des Grafen von Mansfeld. Er will uns nur verwirren, denn der Feind kommt von Osten und nicht von Westen, wie ich schon gesagt habe. Aber lasst uns eine Wagenburg errichten, wenn sie uns Schutz vor den elenden Reitern bietet, obwohl natürlich Gott unser bester Schutz ist.«

Während dieser Wortwechsel noch andauerte, kam ein Wächter vom Stadttor herbeigelaufen und verkündete, von Westen her nähere sich der Stadt eine riesige Reiterschar in langsamem Ritt und geschlossenen Reihen. Er habe sie trotz seiner großen Furcht genau gezählt, wobei er seinen Rosenkranz zu Hilfe genommen habe. Ihre Zahl betrage mindestens zweihundert. Diese Zahl erschien uns aber nicht sehr hoch, und deshalb bewahrten die beiden Hauptleute Ruhe und riefen beide ihre Truppen zusammen. Sie befahlen den Bauern, mit ihren Wagen die Stadt durch das östliche Stadttor zu verlassen und den Wagen in Marschordnung zu folgen, um dann außerhalb der Stadt eine Wagenburg zu errichten.

Von einer richtigen Marschordnung konnte allerdings kaum die Rede sein, als wir versuchten, die Geschütze aus der Stadt zu bringen, denn die Bauern hatten es sehr eilig, aus den engen Gassen der Stadt hinaus aufs freie Feld zu kommen. Gnadenlos peitschten sie auf ihre Pferde und Ochsen ein, so dass die Wagen und Fuhrkutschen sich immer wieder ineinander verkeilten. Am Stadttor herrschte ein solches Gedränge, dass viele von ihnen blaue Flecken davontrugen und etliche Knochenbrüche zu beklagen waren. Ich weiß nicht, wie wir dies unbeschadet überstanden hätten, hätte Antti nicht die Führung übernommen. Er schritt gemächlich einher und rief immer wieder, dass im Krieg jegliche Hast von übel sei, und dass man am besten vorwärtskomme, wenn man sich an den Grundsatz »Eile mit Weile« halte. Die Wagenburg entstand dann auf einem flachen Hügel etwa in Schussweite vom Stadttor, und während noch die Wagen in endlosen Reihen aus der Stadt strömten, gruben wir die Geschützlafetten in den Boden ein, befestigten sie mit Seilen und richteten die Feldschlangen gen Süden aus, denn von dort rechneten wir mit dem Reiterangriff. Dann kümmerte sich Antti um die Geschütze, und ich hielt jeden Mann an, der eine Arkebuse bei sich trug. Ich stellte sie im Schutz der Wagen in einer Reihe auf und befahl ihnen, ihre Waffen mit brennendem Luntenband bereitzuhalten. Doch verbot ich ihnen, zu schießen, bevor sie das Weiße im Auge der Reiter erkennen konnten.

Dann kam die Reiterei auch schon hinter einer Mauerwindung hervorgestürmt, nachdem sie zuvor die Stadt umkreist hatten. Kaum hatten die Fuhrleute, welche mit ihren Wagen noch immer aus der Stadt strömten, die feindlichen Reiter erblickt, da verließen sie ihre Fahrzeuge und rannten zur Wagenburg, um sich dort in Sicherheit zu bringen. Die Truppen, die ihnen hinterdrein marschierten, bekamen es mit der Angst zu tun und rannten ebenfalls los. Ihr Anblick musste den Reitern geradezu wie eine Einladung zum Angriff erscheinen. Ich hörte mehrere Hornsignale; die Reiter ordneten sich zu einer festen Reihe, senkten ihre Piken und galoppierten auf die Flüchtenden zu, um ihnen den Weg zur Wagenburg abzusperren und all diejenigen niederzumachen, die sich auf der Flucht zwischen der Stadtmauer und unserer Wagenburg befanden.

Als die Flüchtenden das gewittergleiche Donnern der Hufe und das Klirren der Harnische vernahmen, das wirklich nicht angenehm anzuhören war, da warfen sie ihre Waffen weg und suchten sich vor der Reiterei in wildem Lauf nordwärts an der Stadtmauer entlang in Sicherheit zu bringen. Das Stadttor war inzwischen geschlossen worden, obwohl viele Unglückliche mit den Fäusten am Tor hämmerten und ihre Kameraden anflehten, sie wieder hineinzulassen. Doch im selben Augenblick donnerte die erste Geschützladung, nur kurz danach gefolgt von vier weiteren Schüssen, die hohe Wolken aus Pulverdampf vor der Wagenburg aufwirbelten. Zweitausend Mann brachen in begeisterte Jubelschreie aus, als sie sahen, wie Pferde zu Boden gingen und die Reihen der Reiter, die eben noch in vollem Galopp angriffen, in Unordnung gerieten. Da konnten die Arkebusiere ihre Ungeduld nicht mehr zügeln, sondern schossen kurz hintereinander ihre Waffen ab, so dass weitere Männer von den Pferden purzelten und schließlich alle zweihundert Reiter umkehrten und sich genauso überstürzt zur Flucht wandten, wie sie zuvor in den Angriff übergegangen waren. Mehrere Pferde galoppierten ziellos auf dem freien Feld umher. Ich zählte mindestens sechs Männer, die leblos dalagen, während einige weitere versuchten, sich zu erheben und ihre wildgewordenen Rosse zu bändigen und zu besteigen.

Angesichts der Flucht der feindlichen Reiter brachen viele uns in Siegesrufe aus und schrien: »Victoria! Victoria!« Die Pikeniere, die so schändlich geflohen waren, kehrten zurück, lasen ihre Waffen von der Erde auf und stürzten sich auf die Gefallenen, um sie auszurauben, sowie auf die Verwundeten, um sie zu erschlagen. Viele Arkebusiere, die dies sahen, ließen ihre Waffen fallen und liefen auf den freien Platz vor der Wagenburg, um sich einen eigenen Anteil an der Beute zu sichern. Sie kümmerten sich nicht um die wütenden Rufe und Verbote der Hauptleute. Die Bauern jubelten und schrien durcheinander, lachten und fielen einander um den Hals, so als hätte jemand Freibier unter ihnen verteilt. Die Reiter hätten nur gleich zurückkehren müssen, dann hätten sie wahrscheinlich die ganze Wagenburg erobern können, ohne auf Widerstand zu stoßen, denn nur einige wenige pflichtbewusste Arkebusiere hatten sofort nach dem ersten Schuss ihre Waffe wieder geladen.

Ich ging zu den Geschützen und sah, wie Antti, der dort Tritte und Ohrfeigen verteilte, die Geschützknechte auf Trab hielt und sie daran hinderte, auf die Geschehnisse vor der Wagenburg zu starren. Die ganze Zeit schrie und brüllte er herum, fluchte ganz gotterbärmlich und sagte: »Ein Geschützknecht muss blind und taub sein. Er darf keinen Augenblick lang in der Gegend herumglotzen, sondern seine Aufgabe besteht darin, zu putzen und zu laden, zu putzen und zu laden. Er darf sich mit nichts anderem beschäftigen, bis der Geschützmeister ihm befiehlt, die Flucht zu ergreifen.«

Erfreut sah ich, dass niemand von den Geschützknechten einen Schaden davongetragen hatte, obwohl einer von ihnen weinend auf dem Boden saß und sich das Knie rieb, dem ein Zugpferd, vom Abschuss erschreckt, einen Tritt versetzt hatte. Die übrigen folgten widerspruchslos Anttis Anweisungen und beeilten sich, mit nassen Lappen die glühenden Pulverreste aus den Geschützrohren zu entfernen. Dann schnitten sie die Leinenbeutel auf, schütteten das von mir abgemessene Pulver in die Pulverkammern und schlugen den Holzpfropfen auf die Kammeröffnungen. Andere wickelten unterdessen Kugeln in Werg und Lumpen, schoben und stopften sie in die Geschützrohre und schütteten zähen Lehm darüber, so dass die Kugel fest im Lauf saß. Erst als all dies erledigt war und die Geschütze somit erneut geladen, wandte sich Antti an mich, wischte sich den Schweiß aus seinem vom Pulverdampf verschmierten Gesicht und sagte: »Na, dann spiel man schön Krieg mit diesen Tölpeln, die nichts vom Krieg verstehen.«

Aber ich sah an seiner Miene, dass er durchaus nicht so wütend war, wie er tat. Er ließ sich bequem auf einer Lafette nieder und erinnerte die Leute daran, nach dem Laden die Pulverfächer immer sorgfältig zu verschließen. Außerdem befahl er ihnen, die Kugeln neben den Geschützen zu einem ordentlichen Haufen aufzuschichten. Dann sagte er: »Hätte ich ein Jahr oder auch nur einen Monat lang Zeit, dann würde ich aus diesen Burschen ordentliche Geschützknechte machen, die nicht einmal den Teufel fürchten. Ich begreife nicht, was alle diese Leute sich bei dieser Sache gedacht und womit sie ihre Zeit verschwendet haben. Nach ihren Reden zu schließen müssen sie sich seit schon mehr als drei Wochen in dieser elenden Stadt aufgehalten haben. In dieser Zeit hätte ich es geschafft, aus dem Bronzeschrott, den sie in den Burgen haben mitgehen lassen, wenigstens vier moderne Halbkartaunen samt Seitenstützen und acht Viertelkartaunen zu gießen. Wahrlich, hätte ich die Gelegenheit dazu gehabt, dann hätte ich sie mit eisenbereiften Rädern, robusten Lafetten und Zielkeilen versehen, und den Männern hätte ich beigebracht, richtig damit umzugehen. Aber dieser ganze Krieg hat weder Hand noch Fuß. Wir haben auch überhaupt keinen Sieg errungen, wie diese närrischen Kerle da brüllen, auch wenn wir den leichten Reitern des Feindes ganz ordentliche Verluste zugefügt haben. Die Ausrüstung eines einzigen von diesen Reitern kostet nämlich so um die fünfzig Gulden, und ein gutes Kriegsross dann noch einmal so viel. So haben sie mindestens tausend Gulden verloren, und es ist verständlich, dass sie als erfahrene Krieger dann die Flucht ergreifen, wenn sie mit einem Kugelhagel erwartet werden. Aber als Sieg kann man das nicht bezeichnen.

Nur das unumstößliche Gesetz der Kriegskunst hat uns alle vor völliger Vernichtung bewahrt.«

So redselig war Antti nur, wenn er guter Laune war. Deshalb fragte ich ihn, worin denn dieses unumstößliche Gesetz der Kriegskunst bestehe. Bereitwillig erklärte er es mir:

»In einem offenen Kampf ist der Kanonier, wenn er seine Geschütze auf die Reiterei abfeuert, das schutzloseste Geschöpf auf Erden, denn nachdem er gefeuert hat, dauert es eine halbe Ewigkeit, bis er sein Geschütz wieder geladen kriegt, auch wenn ich mit erfahrenen Männern an diesen Geschützen vielleicht vier, fünf, möglicherweise sogar sechs Mal in der Stunde feuern könnte. Aber das unumstößliche Gesetz der Kriegskunst besagt, dass selbst die beste Reiterei gegen einen gemeinsamen Schuss der Geschütze nicht bestehen kann, wenn die Kanonen gut ausgerichtet sind und in nicht zu großer Entfernung abgefeuert werden. Dann wenden sich die Reiter nämlich zur Flucht und denken gar nicht daran, dass die Geschütze erst einmal lange schweigen, wenn sie gerade ihren Schuss abgegeben haben. Hätten diese Reiter ihren Angriff fortgesetzt, dann hätten sie diese vieltausendköpfige Schar niedergemacht wie eine Schafherde, auch wenn sie vielleicht nicht alle Männer hätten töten können, weil ihre Zahl dazu nicht ausgereicht hätte. Aber als erfahrener Mann habe ich die Geschütze bereits im Voraus in die richtige Richtung ausgerichtet, obwohl sie aus ziemlicher Entfernung abgefeuert werden mussten, denn diese Liegegeschütze kann man nicht mehr neu ausrichten, wenn sie erst einmal in ihre Stellungen eingegraben sind. Hätten wir vierzig oder auch nur zwanzig bewegliche Geschütze, die von einer erfahrenen Mannschaft bedient werden, dann würde ich keine Reiterei auf Erden mehr fürchten, nicht einmal eine gepanzerte. Aber wir haben zu wenig Geschütze, und die Leute haben keine Erfahrung. Vor allem aber sind die anderen Männer hier nur verrückte Narren, wenn sie hier herumbrüllen, sie hätten einen großen Sieg errungen. Ich kann sie nur warnen, denn wer zuletzt lacht, lacht am besten.«

Auf mich war das mächtige Gefühl des Triumphes, der unter den Bauern herrschte, jedoch schon übergesprungen. Auch Müntzer kam aus dem Stroh in einem Wagen hervorgekrochen, wo er sich zum Gebet versteckt hatte, und forderte alle auf, niederzuknien und Gott für den großen Sieg zu danken. Die feindlichen Reiter, die vor der Stadtmauer gefallen waren, waren in kürzester Zeit bis aufs Hemd ausgeraubt worden, und die jubelnden Pikeniere kehrten zur Wagenburg und schwenkten siegestrunken Waffen, Kleider und Brustpanzer. Sie hatten schon völlig vergessen, wie schmählich sie geflüchtet waren, sobald sie die Reiter erblickt hatten.

Anhand der Wappen auf den Brustpanzern und der Farben der Kleider stellte man sofort fest, dass die Reiter tatsächlich zu den Truppen des Landgrafen von Hessen gehörten. Die Fürsten näherten sich Frankenhausen also aus zwei Richtungen, um unsere Leute in die Zange zu nehmen. Der adelige Hauptmann schalt die Bauern heftig ob ihrer Unbeherrschtheit. Sie hatten die verwundeten Reiter nämlich sofort getötet, obwohl man von ihnen wertvolle Angaben zur Stärke der markgräflichen Truppen hätte erhalten können. Nach dem Verhör hätte man sie genauso gut töten können, meinte er und forderte, eine Schar mutiger Männer sollten den flüchtenden Reitern unverzüglich nachsetzen, um einen von ihnen gefangen zu nehmen. Doch auf so ein gewagtes Unternehmen wollte sich keiner der Bauern einlassen. Sie sagten, lieber gingen sie mit bloßen Fäusten auf einen wildgewordenen Ochsen los, als sich mit den Reitern einzulassen, die wohl äußerst erbost über ihre Niederlage sein mussten.

Das Jammern über diese verpasste Gelegenheit komme zu spät, wo die Eier bereits zerschlagen waren, sagten sie. Doch nach langem Hin und Her fand sich doch noch ein Mann, der Nahrungsvorräte von zu Hause holen wollte, weil ihm das Essen ausgegangen war; außerdem war er besorgt um seine Frau und Kinder. Dieser Bauer versprach, sich danach umzusehen, wie viele Truppen des Landgrafen sich im Anmarsch auf Frankenhausen befanden. Müntzer allerdings hielt dies für unnütz und überflüssig, denn wenn es nur wenige seien, wie er glaubte, dann kam es nicht darauf an; waren es aber viele, dann würde die Kunde von ihrer großen Zahl die Leute nur entmutigen. Der adelige Hauptmann gab darauf zu bedenken, es könne sich nicht um so zahlreiche Truppen handeln, denn nur, falls der Teufel ihnen Flügel verliehen hätte, wäre es ihnen möglich gewesen, in einer Nacht eine Strecke zurückzulegen, für die man sonst viele Tagesmärsche brauchte.

Diese Kriegsberatung vollzog sich in hellem sonntäglichem Sonnenschein. Die Stimmung war ausgezeichnet, und es herrschte die schönste Eintracht, denn der Sieg hatte jedermann mit neuem Mut erfüllt. Auch Antti wurde als Geschützmeister zu der Beratung hinzugezogen, obwohl er sich zunächst weigerte und sagte, er sei nur ein unbeteiligter Ausländer. Überhaupt lasse er sich nur dann als Geschützmeister bezeichnen, wenn man ihm zehn Gulden Handgeld zahle. Aber er ließ sich dann doch dazu bewegen, unter dem Regenbogenbanner seine Einschätzung der Lage zu geben, und er sagte:

»Ich bin nicht besonders besorgt, allerdings auch nicht sehr hoffnungsfroh. Ich denke hier an einen erfahrenen Heerführer, wie zu Beispiel an den Marquis von Pescara, den ich trotz seines geringen Alters für den besten Feldherrn der Welt halte. Er ist nämlich erst ein wenig über dreißig Jahre alt, und sein Weib soll eine der schönsten Frauen Italiens sein, obwohl sie Gedichte schreibt. Jedenfalls würde ein Feldherr wie er nichts dem Zufall überlassen, sondern würde eingehend das Gelände erkunden und sich für einen schwer zugänglichen Berg entscheiden, ihn befestigen und sich den Rücken freihalten, um im Fall einer feindlichen Übermacht rasch den Rückzug antreten zu können. Dieser Hügel ist ziemlich flach, und es zeugt von Unvernunft, sich östlich der Stadt festzusetzen, so dass wir nicht sehen, wenn sich Truppen von Westen nähern. Ich sehe aber mit bloßem Auge, dass es nördlich der Stadt einen abschüssigen Berg gibt, der die Stadt und das Tag in drei Richtungen überblickt. Hinter diesem Berg liegen schutzbietende Wälder, in denen sechstausend Bauern verschwinden können wie Nadeln im Heuhaufen. Dort können sie von der Reiterei nicht erwischt werden, wenn es zum Schlimmsten kommen sollte. Ich sehe auch, dass ein schmales Tal von der Stadt wegführt, in welches man die Wagen bringen kann, so dass sie vor Kugeln geschützt sind, falls man ihnen einen Weg frei bahnt. Mein Rat ist also, dass wir die Wagen eilends auf jenen Hügel dort ziehen und dort Stellungen ausheben, Pfähle zuschnitzen und sie in den Erdboden treiben, sodann zu unserem Schutz Schanzen anlegen und die Geschütze in die Stellungen eingraben, und zwar nach allen Regeln der hohen Kriegskunst. Genau das würde der Marquis von Pescara jetzt machen.«

Die beiden Hauptleute wandten sich um und schauten auf den Hügel, auf den Antti hingewiesen hatte. Dabei stellten sie sogleich fest, dass alles, was er gesagt hatte, stimmte. Allerdings meinte der bürgerliche Hauptmann, der Marquis von Pescara entstamme doch als Katholik der gleichen Teufelsbrut wie die Fürsten, und eine Frau, die weltliche Gedichte schreibe, habe sich erst recht in den Dienst Satans begeben. Auch Müntzer erhob seine Stimme und verkündete, an einem Gott heiligen Tage wie sonntags dürfe niemand Schaufel oder Hacke in die Hand nehmen, denn der Sonntag sei nach Gottes ausdrücklichem Gebot ein Ruhetag. Der Sieg, den wir über den Feind errungen haben, reiche für diesen Tag und zeige, wie es den Gottlosen ergehe, wenn sie Gottes Getreue angriffen und sich gegen den Frieden des Ruhetages vergingen. Denselben Fehler wolle er nicht begehen und glaube auch nicht, dass die Feinde zurückkehren würden. Morgen sei auch noch ein Tag, und jeder Tag habe seine eigenen Sorgen.

Nach längerem Hin und Her gestattete er aber, einen Weg zum Berg frei zu roden, die Wagen und Fuhren dorthin zu fahren und das Regenbogenbanner auf der höchsten Erhebung aufzupflanzen. Die freie Aussicht und der frische Wind versetzten ihn in Hochstimmung, so dass er den Berg neu taufte und ihn »Schlachtberg« nannte. Dann kehrte er in die Stadt zurück, um in der Kirche einen Siegesgottesdienst abzuhalten, und die meisten Bauern folgten ihm. Viele vernünftige Männer aber blieben auf dem Berg, denn sie fanden, sie seien dort unter freiem Himmel besser geschützt als in dem Gassengewirr der Stadt. Erfreut betrachteten sie den mächtigen Gebirgskamm im Norden sowie die sich weit hinziehenden Wälder und versicherten einander, es könne keinen besseren Ort für eine Schlacht geben, denn hier biete sich im Notfall immer noch der Ausweg, in den heimischen Wald zu entkommen.

Es dauerte auch nicht lange, da griffen sie auch schon, von dieser Aussicht ermutigt, zu Äxten und Hacken und fällten Bäume, zimmerten Pfähle und hoben Schanzen zur Verstärkung der Wagenburg aus. Antti ließ die Geschützknechte mehrere verschiedene Geschützstellungen graben, die den Geschützen je nach den Erfordernissen Platz boten. Er sah sich die Umgebung genau an und kam dann zu dem Schluss, die Fürsten würden es nicht wagen, ein so gut befestigtes Lager anzugreifen, außer wenn sie eine große Übermacht auf ihrer Seite hätten, sondern sie würden sich wohl lieber auf Verhandlungen einlassen. Deshalb beschloss er, noch einmal in die Stadt zurückzukehren, um unter den von mir als untauglich ausgesonderten Geschützen doch noch nach solchen zu suchen, die er einsetzen könnte. Wir wanderten also auf dem Bergpfad zurück, den die Räder der Wagen und Ochsenfuhrwerke schon zu einem passablen Weg erweitert hatten.

Erst jetzt dachte ich daran, Antti zu fragen, wo er Frau Geneviève gelassen hatte, und er sagte: »Die Mutter unseres Sohnes ist das verkommenste Geschöpf auf Erden, denn wenn es nach ihr ginge, sollten wir beide zur Hölle fahren. Sie sagte, sie wolle nicht mehr zusammen mit nichtsnutzigen Kerlen in kriegerische Auseinandersetzungen hereingezogen werden und dabei ihre ganze Habe verlieren. Sie hat nämlich im Haus eines reichen Bierbrauers Unterschlupf gefunden, wo sie sich im bequemen Bett von dessen Frau rekelte, denn der Bierbrauer hatte seine Familie zur Sicherheit aus der Stadt geschickt und ist ganz allein im Vertrauen auf Gottes Schutz daheimgeblieben, um sich um seine Brauerei zu kümmern. Dieser wackere Mann spricht auch ein wenig Französisch, weil er sich einmal in Venedig aufgehalten hat. Ich glaube nicht, dass ihm die Zeit zu lang werden wird, selbst wenn er überhaupt keine Sprache spricht, denn um das Sprechen kümmert sich schon Frau Geneviève. Sie wird seine Französischkenntnisse wohl so weit vervollkommnen, dass er ganz gut zurechtkommen dürfte, sollte er einmal ohne seine Familie nach Paris reisen.«

Mich bedrückte der Gedanke, dass die schöne Frau Geneviève sich von einem deutschen Bierbrauer hatte bestricken lassen, nachdem sie es zuvor nur mit Rittern in goldenen Sporen und französischen Adeligen zu tun gehabt hatte. Deshalb fragte ich Antti, ob dieser Bierbrauer seiner Meinung nach Frau Genevièves guten Ruf und Sittsamkeit respektieren würde. Das sicherzustellen, war schließlich unsere Pflicht als Väter ihres Sohnes. Aber Antti meinte, zu etwas anderem würde der Bierbrauer wohl kaum Zeit finden, sei ihm doch schon sein gutes Bier schal geworden.

Als wir schließlich in der Stadt und in unserer Herberge angekommen waren, holte Antti das Bündel, das er am Morgen in eine Ecke der Backstube geworfen hatte, öffnete es und zeigte mir ein wirklich schönes Seidenwams samt engsitzender Hose und einem Barett mit Schmuckfeder. Diese Kleidung habe er preisgünstig auf dem Markt von Mühlhausen für mich erstanden, damit ich mich bei Gelegenheit standesgemäß kleiden könne. Er hob hervor, dass diese Tracht durchaus tragbar sei, auch wenn ein Ärmel des Wamses eingerissen war und die Hosenbeine blutige Flecken aufwiesen. Aber von der Größe her würde mir alles passen. Jedenfalls, falls ich irgendeinmal auf den Schutzbrief von Fürst Johann angewiesen wäre, dann brauchte ich auch solche Kleidung, weil mir sonst niemand glauben würde. Er habe nicht mehr als einen Gulden und zwei Schilling für die Tracht bezahlt. Die Hose schien mir sehr verlockend, weil ich nie zuvor die Kleidung eines jungen Adeligen getragen, sondern mich stets mit dem einfachen Gewand eines Gelehrten begnügt hatte. Aber mein Geldvorrat war knapp, nachdem ich die Geschützknechte bezahlt hatte, und ich glaubte auch nicht, dass ich diese Kleidung jemals benötigen würde, die ja einen Betrug darstellte, weil jemandem meines Standes eine solche Adelstracht nicht zustand. Deshalb widerstand ich der Versuchung. Antti wickelte alles wieder ein, versteckte es unter dem Teigtrog und sagte:

»Wie du willst. Allerdings bestimmt die Nachfrage den Preis, und wenn ich es dir jetzt für einen Gulden und zwei Schillinge verkauft und somit keinen Gewinn gemacht hätte, so werde ich morgen für diese Kleider vielleicht schon zwei Gulden fordern. Wenn du sie einmal wirklich dringend brauchen solltest, dann wirst du mir, wie ich glaube, sogar fünf Gulden dafür zahlen, so dass ich das Geld, das du mir armem Burschen auf dem Weg nach Weimar abgeknöpft hast, wieder reinbekomme. Aber das ist deine Sache. Du entscheidest selbst. Ich bin nicht der Hüter deiner Geldbörse.«

Danach untersuchten wir die restlichen Geschütze, die noch im Rathaushof lagen. Antti schüttelte den Kopf und meinte, die könne man nicht mehr in Feuerbereitschaft versetzen. Ohnehin seien sie ohne Lafetten, die erst von geschickten Zimmerleuten angefertigt werden müssten, völlig wertlos und würden beim ersten Schuss zerspringen. Dann begaben wir uns in die überfüllte Bierstube und bekamen dort für Geld und viele gute Worte einen Krug dünnen Biers und ein Stück Schweinspeck mit Brot. Als wir unseren gröbsten Hunger gestillt hatten, lauschten wir den Gesprächen der Bauern in der Bierstube. Wenn man sie sich so anhörte, hätte man meinen können, sie hätten mit bloßen Fäusten und Heugabeln tausend gepanzerte Reiter in die Flucht geschlagen. Die Zahl der am Morgen gefallenen feindlichen Reiter war bereits auf zweihundert angewachsen. Das Fazit aber war, dass sie offenbar gar nicht mehr daran zweifelten, die Truppen der Fürsten schlagen zu können, selbst wenn es sich bei ihnen um zehntausend Mann handeln würde. Nachdem wir ihnen eine Zeitlang zugehört hatten, machten wir uns zur Kirche auf, um wirkliche Neuigkeiten zu erfahren.

Der Bauer, der sich Proviant von zu Hause holen wollte, war zum Erstaunen aller zurückgekehrt und berichtete, er habe sein Haus unbeschädigt und seine Familie gesund und munter vorgefunden, während sein Vieh weiter im Wald versteckt war, so dass er nichts weiter verloren hatte als eine trächtige Sau, die seine Frau nicht in den Wald gebracht hatte, weil das Tier jeden Augenblick Junge werfen konnte. Die Reiter aber, die sich in seinem Haus einquartiert hatten, hätten sowohl die Sau als auch die Ferkel verspeist und ihn nur ausgelacht, als er sie für diesen gottlosen Diebstahl tadelte. Sie sagten, dass sie zu den Truppen von Landgraf Philipp gehörten, dem sich auch der Herzog von Braunschweig angeschlossen habe. Sie brüsteten sich damit, in einer einzigen Nacht von Eisenach nach Frankenhausen geritten zu sein. Sie würden jetzt nur ihre Pferde ausruhen lassen und auf die zurückgelassenen Pikeniere warten, um dann die Bauern anzugreifen und sie ein für alle Mal zu schlagen. Zwei Reiter hätten ihn außerdem durch das Lager des Landgrafen geführt, das nur wenige Meilen von Frankenhausen entfernt aufgeschlagen worden war. Sie hätten ihm beigebracht, mit seinen Fingern zu rechnen und seien der Meinung gewesen, er sei von Frankenhausen hergekommen, um ihre Stärke auszuspionieren. Allerdings hätten sie ihn nicht einmal verprügelt, weil sie immerhin seine Sau samt den Ferkeln verspeist hatten, sondern ihm nur vorgerechnet, dass sie über mindestens zweitausend Schlachtrosse verfügten. Das habe er ihnen auch glauben müssen, weil er die Pferde selbst gesehen hatte; jedenfalls seien es sehr viele gewesen.

Schließlich hatten sie ihn vor Landgraf Philipp gebracht. Dieser war nach seinem unglaublichen Gewaltritt sehr guter Laune und schickte ihn nach Frankenhausen zurück, damit er dort die folgende Botschaft überbringe: Der Landgraf verspricht den Bauern Gnade, wenn sie ihm unverzüglich ihre Waffen, ihr Banner und ihre Anführer auslieferten, in ihre Häuser zurückkehrten und sich dazu verpflichteten, für all die Schäden aufzukommen, die sie in Burgen und Gutshöfen angerichtet hatten. »Das Tor der Gnade steht offen, solange meine Pferde noch außer Puste sind«, hatte der Landgraf leutselig gesagt. »Heute begnüge ich mich damit, dir deine verdienten Prügel zu verabreichen, aber morgen komme ich und töte dich und deine Kameraden.« Danach hatte der Landgraf befohlen, ihn auszuprügeln, aber die Schläge hatten ihm nicht sehr wehgetan, denn er trug ein dickes Wams, und die Reiter mussten so sehr lachen, dass sie nicht kräftig genug zuschlugen.

So lautete der Bericht des Bauern, der uns bei seinen Worten der Reihe nach schelmisch anblickte. Ich wunderte mich nicht, dass der Landgraf ihn hatte ziehen lassen, denn der Bursche machte den Eindruck, gleichzeitig gerissen und dumm zu sein, wie er so beim Sprechen Fratzen zog und mit den Ohren wackelte, so dass man einfach lachen musste, wenn man ihn ansah. »Liebe Herren und Hauptleute«, sagte er zum Schluss, »der Landgraf scheint tatsächlich zweitausend Streitrosse zu haben und noch einmal so viele Pikeniere. Ich habe ihm berichtet, dass wir zehntausend Mann sind, samt fünfzig Geschützen, und dass außerdem Gott und der Heilige Geist auf unserer Seite stehen. Deshalb glaube ich, dass der Landgraf nicht abgeneigt wäre, sich auf Verhandlungen über die Artikel einzulassen, denn mir scheint, er weiß noch nicht, dass Herzog Georg und die Grafen von Mansfeld sich von der anderen Seite auf uns zubewegen.«

Aber alle, die ihn umstanden, riefen wie aus einem Munde, jetzt sei keine Zeit für Verhandlungen. Man wolle den Grafen und Herzögen einen guten Kampf liefern und sie in die Flucht schlagen, so wie es am Morgen gelungen war, die furchtbaren Reiter des Landgrafen abzuwehren. Danach erst sei es Zeit, zu verhandeln und von den Fürsten und Grafen zu fordern, auf ihre Ehrentitel zu verzichten und sich der Armee Gottes anzuschließen, um Gottes Reich auf Erden zu errichten. Dann dürften sie auch die Ländereien der Kirche in Besitz nehmen, wie es im vierten Artikel versprochen wurde. Als dieser Schelm von Bauer das gehört hatte, wurde er ernst und sah jeden von uns eindringlich an, ohne nun weiter diese dummen Fratzen zu ziehen. »Ich Armer habe die Ruten des Fürsten auf meinem Hintern gespürt, und meine Sau ist samt den Ferkeln verspeist worden«, sagte er. »Und ich habe wirkliche viele Reiter und Männer in Waffen gesehen, so viele Pferde, wie man sie nicht mal auf einem Pferdemarkt auf einem Haufen zu sehen kriegt. Deshalb glaube ich dem Landgrafen und kehre lieber nach Hause zurück, wenn ihr's mir nicht übelnehmt. Allmählich begreife ich, dass ich nicht zum Soldaten tauge. Außerdem tut mir mein Hintern weh.«

Müntzer hatte nur ein mitleidiges Lächeln für ihn übrig und fragte ihn, ob er denn kein Gottvertrauen mehr habe. Der Bauer versicherte, der vertraue Gott durchaus. Aber sicher sei sicher, und der Landgraf habe wirklich so viele Streitrosse. Nach diesen Worten versuchte er, sich davonzuschleichen, aber er wurde von vielen starken Armen zurückgehalten. Einige riefen auch, man solle ihn ruhig gehen lassen, wenn er zum Märtyrer Satans werden wolle. Zum Glück waren in der Kirche auch Leute aus seinem Heimatdorf zugegen, die dann dazwischentraten und sagten, der Bursche sei von Geburt an als schwachsinnig bekannt, und niemand wisse, wann er Spaß mache und wann die Wahrheit spreche. Man solle also nicht allzu viel auf seine Worte geben. So ließ man ihn in Ruhe ziehen. Müntzer rief ihm nach, auch den Fürsten sei das Tor der Gnade noch nicht verschlossen. Würden sie nur demütig anklopfen und Einlass in die Gemeinde Gottes begehren, dann könnten sie noch davor bewahrt werden, Märtyrer des Satans zu werden.

Antti, der alles mit angehört hatte, meinte nur, es laufe sowieso nur alles auf das Gleiche hinaus, und deshalb lohne es sich nicht, auf den Berg zurückzukehren. Außerdem sah es aus, dass es des Nachts Nieselregen geben würde, und deshalb könnten wir genauso gut in der warmen Backstube übernachten, um am Morgen ausgeruht und zum Sterben bereit zu sein. Aber nach dem Versperläuten ließ ich die Schmiede noch Geschützkugeln gießen, und während Antti schon schwer schnarchte, maß ich im grünlichen Licht einer brennenden Kerze Pulver für die Leinenbeutel ab, ganz so wie ein erfahrener Geschützmeister.

Kapitel 7

Befehlsgemäß sollten sich am frühen Montagmorgen alle bereits vor Sonnenaufgang auf dem Schlachtberg versammeln. Ich glaube nicht, dass ich je zuvor einen solch traurigen Montagmorgen erlebt hatte, denn es herrschte besonders unfreundliches Wetter mit kaltem Regen, der aus grauen Wolken niederging. Die Männer waren allesamt missgelaunt und niedergeschlagen, denn sie hatten nicht ausschlafen können. Ich trottete mit Antti den Pfad zum Berg hinauf. Wir beide trugen Pulverbeutel auf dem Rücken und kauten an altbackenem, trockenem Brot, denn am Sonntag war nicht gebacken worden. Antti sagte wehmütig:

»An diesem Morgen hätte ich mehr als sonst einen starken Wein mit einem Schuss Wermut nötig. Ich hätte wahrlich nicht geglaubt, dass ein so erfahrener Soldat wie ich einmal für eine so elende Sache würde sterben müssen, und das auch noch bei klarem Kopf!«

Unsere Stimmung hob sich jedoch bald, denn nach Sonnenaufgang verzogen sich die Wolken, und der ständige Nieselregen hörte auf, auch wenn dann und wann noch ein kurzer Schauer über uns hinwegzog. Das regennasse Regenbogenbanner begann im morgendlichen Wind wieder schlaff zu flattern. Nach kurzer Zeit herrschte emsige Geschäftigkeit um die Wagenburg, weil etliche Männer, um sich zu wärmen, nach Herzenslust Pfähle zimmerten und in den Erdboden rammten, Land rodeten und Erdreich zur Abstützung der Wagenräder aufhäuften.

Unsere Geschützknechte hatten das Pulver trockengehalten und in der Nacht die besten Stücke eines auf dem Schlachtfeld getöteten Pferdes zerlegt. Dieses Fleisch schmeckte gar nicht schlecht, nachdem es in der Kohle des Lagerfeuers gar gebraten war. Bald jedoch sahen wir, wie sich Reitergruppen von Osten her näherten, um die Umgebung der Stadt zu erkunden. Einige Reiter kamen so nah den Berg heraufgeritten, dass sie uns spöttische Worte und Verwünschungen zuriefen. Sie brüllten, sie würden bald wiederkommen und uns die Haut abziehen, denn der Graf von Mansfeld habe versprochen, die Wände seiner Burg mit dicker Bauernhaut zu überziehen, als Vergeltung für alle ihre Verbrechen.

Sie ritten aber bald wieder davon, nachdem wir ein paar Schüsse aus unseren Arkebusen auf sie abgefeuert hatten. Mich aber ängstigte der Gedanke, dass Herzog Georg bereits im Anmarsch war, um sich mit den Truppen Landgraf Philipps, seines Schwiegersohns, zu vereinigen. Bald erschienen tatsächlich sowohl im Osten als auch im Westen Truppen, die sich der Umgebung der Stadt näherten. Allerdings kamen sie langsam voran und machten oft Halt. Von fern von den Hügeln aus betrachtet schienen sie mitten in dem breiten Tal nicht besonders gefährlich, aber wenn die Sonne zwischen den grauen Wolken hervorbrach, blitzten die Klingen ihrer Speere und die Harnische auf wie silberne Splitter. Antti beschattete sich die Augen mit seiner Hand und sagte:

»Sie haben Geschütze, ziemlich große Geschütze sogar, denn sie werden von je acht bis sechzehn Pferden gezogen. Wenn es bewegliche Geschütze von je einer ganzen Kartaune sind, wie mir scheint, dann sollte unser Herr und Meister rasch Gott um Hilfe anflehen, denn mit unseren Spielzeugkanonen können wir nichts gegen sie ausrichten.«

Fast im gleichen Augenblick schlug die Trommel, und Müntzer und die beiden Hauptleute riefen die Unterführer ihrer Truppen zu einer Besprechung. Da der Landesherr und der Gebieter über alle diese Bauern, Herzog Georg, im Anmarsch war, war es nur recht und billig, ihm Gottes Willen zu offenbaren. Müntzer las ihnen den von den Hauptleuten aufgesetzten Brief vor. Dieser Brief war durchaus nicht in einem hochmütigen und unverschämten Ton abgefasst, sondern es hieß darin, die Bauern forderten nichts anderes, als das Göttliche Recht, und sie wollten deswegen auch unnötiges Blutvergießen vermeiden. Einen gleichlautenden Brief hatte er auch an Landgraf Philipp gerichtet, um ihn aufzufordern, nach Hause zurückzukehren. Müntzer fand nämlich, Philipp habe in diesem Land nichts zu suchen, und sein Erscheinen würde in den braven Bauern nur Wut und Verdruss auslösen. Die Bauern lauschten ihm frohgemut und nickten beipflichtend mit dem Kopf. Dann wählten sie vier angesehene Männer aus ihrer Mitte, die den Fürsten die Briefe überbringen sollten.

So verlief der ganze Vormittag ziemlich ruhig, und von keiner Seite wurden irgendwelche Schüsse abgegeben. Die Truppen von Landgraf Philipp marschierten westlich der Stadt auf und lagerten sich dann in Schussweite, während die Truppen Herzog Georgs und der Grafen von Mansfeld von Osten her kommend sich dann östlich des Berges aufstellten. Dann kamen die beiden zum Herzog gesandten Bauern zurück. Sie waren ziemlich kleinlaut, antworteten auf keinerlei Fragen und wichen den Blicken ihrer Kameraden aus. Beim Regenbogenbanner, das neben dem Lagerfeuer flatterte, berichteten sie dann, der Herzog habe sie freundlich empfangen und sie wegen all der von den Bauern begangenen Untaten heftig gescholten. Er habe aber versprochen, alle ihre Forderungen später zu bedenken, sofern sie jetzt nur ihre Waffen ablegten, sich zerstreuten und zu ihren Familien zurückkehrten. Außerdem sollten sie Thomas Müntzer und dessen engste Vertrauten an den

Herzog ausliefern. Allen anderen garantiere er mit seinem Herzogswort Sicherheit an Leib und Leben.

Als die Bauern dies gehört hatten, begannen sie erregt untereinander zu tuscheln. Sie steckten die Köpfe zusammen, und die Männer zogen einander am Ärmel. Müntzer aber erhob die Stimme; sein Gesicht war noch gelblicher als zuvor, und er schrie sie an, sie sollten schweigen. Sie seien alle blind und wahnsinnig, wenn sie den Versprechungen dieses grausamen Herzogs vertrauten, sagte er. Gott habe das Herz des Herzogs verstockt, so wie einst das Herz des Pharaos. Georgs Truppen würden das gleiche Los erleiden wie des Pharaos Heer, wenn die Bauern nur Gott vertrauten.

Aber die Bauern wurden bockig und meinten, die Hälfte sei ja schon gewonnen, wenn die Fürsten sich zu Verhandlungen bereiterklärten. Es bestehe kein Grund zur Unruhe, solange verhandelt würde, denn für die Zeit gelte auch ein Waffenstillstand. Nun müsse man sich die Bedingungen überlegen und auch neue Bedingungen stellen, genauso wie auf dem Markt gefeilscht werde, wo man dem Pferd ins Maul schaute, die Zähne untersuchte, die Hufen und sogar den Schwanz anhob, um dem Gaul hinten ins Loch zu schauen.

Dieser Wortwechsel dauerte lange, und die ganze Zeit waren die Truppen der beiden Fürsten an den Abhängen des Schlachtberges in Bewegung. Ihr Hin und Her schien ziellos zu sein, aber es dauerte nicht lange, da war vom nördlichen Teil der Wagenburg lautes Wehklagen zu hören. Die Leute dort liefen auf und ab, winkten und wiesen auf die steilen, bewaldeten Abhänge. Wir kletterten auf die Wagen und sahen ein Blinken von Lanzen und Speeren auch nördlich des Hügels. Auf diese Weise war der so sicher erscheinende Fluchtweg zu den dichten Wäldern plötzlich und unbemerkt abgeriegelt, und die Zugpferde des Feindes zogen mit äußerster Anstrengung die Geschütze auf alle uns umgebenden Anhöhen.

Jetzt brach Chaos unter den Bauern aus. Die Leute schrien und wehklagten. Fäuste wurden geschüttelt, und einige wurden handgreiflich und gingen aufeinander los. Etliche begannen zu rufen, man solle endlich verhandeln und die Fürsten um Gnade bitten. Es gehe doch nicht an, dass fünftausend Mann um weniger Starrköpfe willen einen elenden Tod erlitten. Ja, sie würden auch Müntzer ausliefern, wenn die Fürsten versprächen, dass er seinen Glauben in einer öffentlichen Disputation verteidigen könne. So wäre es fast zu einer erbitterten Prügelei und blutigen Auseinandersetzungen unter den Bauern gekommen, denn der Treuebund des göttlichen Willens scharte sich um Müntzer und sein Banner und beschwor auf jedermann Blut und Tod herab, der als Märtyrer Satans gewillt war, den Gesandten Gottes auszuliefern, nur um seine eigene elende Haut zu retten.

Während des ganzen Geschreis stand Müntzer auf einem Fuhrwerk unter dem Banner und hob sein gelblich-graues Angesicht gen Himmel, die Faust fest an seine Brust gepresst. Bekleidet war er mit seinem bis zum Boden reichenden Pelzumhang, der ihn erhaben aussehen ließ und größer, als er eigentlich war. Gewiss flößte ihm der Blick zum Himmel Gleichmut ein, denn als er endlich seine Arme ausstreckte, verstummte allmählich das ganze Lager, und sogar die Streithähne flüsterten: »Hört! Hört!« So wurde es völlig still, und es war nicht mehr zu hören als das Schlagen des schweren seidenen Banners im frischer werdenden Wind. Die fünf leuchtenden Farben des Regenbogens erstrahlten über Müntzers gelblichem Antlitz, als der Fahnenstoff sich plötzlich glättete und die heiligen Worte *Verbum Dei manet in aeternum* sichtbar wurden.

Anfangs sprach er mit ganz leiser Stimme, aber sie legte sich dennoch wie ein Windhauch Gottes über die ganze Schar der fünftausend Menschen, die ihm alle das Gesicht zuwendeten, so dass jedermann seine Worte hören und verstehen konnte. »Der Augenblick der Versuchung ist gekommen«, sprach er. »Der Zeitpunkt ist gekommen, da Gott die Gottlosen von den Seinen trennen wird und jedem eine letzte Wahl lässt. Deshalb soll jeder, der es will, nun gehen, denn Gott duldet keine Zögernden und Ängstlichen unter seinen Auserwählten, sondern lässt sie zu Märtyrern Satans werden. Geht also und verlasst mich, aber denkt auch daran, was euer Los sein wird, wenn ihr die Waffen niederlegt und euch schutzlos den blutrünstigen Reitern des Grafen von Mansfeld ausliefert. Die aber, welche bei mir bleiben, werden einen mannhaften Kampf kämpfen und in siegreicher Herrlichkeit erleben, wie das Reich Gottes auf Erden entsteht. Gott wird die Kugeln aus den Geschützen von uns abwehren, und der Panzer des Heiligen Geistes wird uns schützen, so dass uns Speere uns Schwerter nichts anhaben können.«

Plötzlich lächelte er wie ein Kind und sagte: »Ich habe nichts gegen Verhandlungen und will auch kein sinnloses Blutvergießen. Nur muss der Herzog dann geruhen, seine gelehrtesten Männer herzuschicken, auf dass sie mit mir über das Göttliche Recht und das Reich Gottes disputieren, und sich den Artikeln beugen, deren Berechtigung ich in einer solchen Disputation beweisen werde. Aber dazu wird er sich nicht bereitfinden, weil er seine adeligen Ehrentitel und all seinen weltlichen Protz und Prunk beibehalten will, nur um den armen Mann wie bisher zu bedrücken und auszuplündern. Wisset also, liebe Brüder, dass es für euch auf Erden kein anderes Recht geben kann als das Göttliche Recht. Um der Verstocktheit der Herren und Fürsten willen aber müsst ihr euch euer Recht als Soldaten Gottes mit der Waffe in der Hand erstreiten.«

Seine Stimme wurde lauter, und seine Erregung wuchs, als er ausrief: »Aber was ist das Göttliche Recht? Ich habe euch das Göttliche Recht in vier Artikeln offenbart. Jetzt aber ist es an der Zeit, den letzten Vorhang zu zerreißen, damit ihr das Göttliche Recht in seiner klarsten Herrlichkeit erblickt. Um das Göttliche Recht auszudrücken, bedarf es nur dreier deutlicher Worte: *Omnia sunt communia.*«

Er reckte sich auf die Zehenspitzen, hob die Arme triumphierend gen Himmel und rief so laut er konnte: »*Omnia sunt communia*, alles ist Gemeingut, das ist Gottes Gebot, das er euch durch meinen Mund offenbart, und in diesen drei Worten ist das Göttliche Recht enthalten. Land, Felder, Weiden, Wälder, die Vögel des Himmels, das Wild und die Fische in den Flüssen, all dies ist Gemeingut. Doch Gemeingut sind auch das Vieh, die Gebäude, Häuser, Burgen, Kornspeicher, Arbeitsgeräte, Sicheln, Pflüge und Hämmer, so dass jedermann alles besitzt und niemand irgendetwas, und es gibt keine Armen oder Reichen, keine Kaufleute, Priester oder Fürsten, keinen, der höher stünde als ein anderer oder niedriger, sondern alle besitzen alles, und niemand kann sagen, er besitze mehr als jemand anders, sondern alles ist Gemeingut.«

Als die Bauern das hörten, starrten sie ihn mit weit aufgerissenen Augen an. Auch mir stand vor Erstaunen der Mund offen, weil ich begriff, dass Müntzer tatsächlich das Reich Gottes verkündet hatte, denn der schwache Menschenverstand weigerte sich, die Welt, so wie er sie verkündet hatte, zu verstehen. Doch wagte niemand, ihm mit auch nur einem Wort zu widersprechen, denn alle sahen und spürten, dass göttlicher Geist aus ihm sprach. Müntzer fuhr dann auch noch eindringlicher fort:

»*Omnia sunt communia!* Der Tag Gottes ist gekommen. Eure Sache ist gerecht. Deshalb wird Gott euch den Sieg geben. Gott hat den Fürsten die Macht genommen und sie den Armen übertragen. Ja, die Macht ist euer. So wie Gideon die Philister schlug, so wie David den Goliath schlug, so werdet ihr heute die Scharen der Gottlosen schlagen und sie zu Märtyrern Satans machen. Wahrlich, ich sage euch: Eher werden Himmel und Erde vergehen, als dass Gott euch verlässt.«

Langsam ließ er seine Arme sinken, und von seiner machtvollen Erscheinung gezwungen, knieten sechstausend Mann auf den durchnässten Erdboden zum Gebet nieder. Nur Antti, dieser gottlose Kerl, blieb auf einer Pulverkiste sitzen und kaute weiter an einem Stück Pferdefleisch. Sechstausend Mann aber knieten nieder, um in glühendem Vertrauen auf Gott und seinen Abgesandten zu beten. Müntzer betete mit lauter Stimme:

»Gott, mein Gott, der du dich mir offenbart hast, sende mir ein Zeichen von deinem Himmel herab, auf dass auch der Zweifelnde glaube.

Bei deinem heiligen Namen erflehe ich ein Zeichen für uns, auf dass wir glauben und keine Furcht mehr haben vor dem Ingrimm der Gottlosen.«

Unwillkürlich hob ich den Blick, so wie viele andere auch. Dunkle Regenwolken hingen schwer über den Truppen des Herzogs, doch auf uns herab schien hell strahlend die Sonne. Im Westen flammte ein Geschütz auf, ein Donnern war zu hören, und im selben Augenblick flog eine Kanonenkugel über uns dahin wie ein Vogel in rauschendem Flug. Die ganze, mächtige Versammlung der Bauern erbebte wie ein einziger Leib, aber die Kugel flog über uns hinweg und fügte niemandem Schaden zu. Müntzer betete weiter:

»Heiliger Gott im Himmel, erhöre uns! Wir wissen ja, dass du die Kugeln von uns abwehrst, aber gib uns auch ein Zeichen deiner Gnade!«

Als er noch so betete, begannen sich die dicht gedrängten Reihen der Knienden zu rühren; immer mehr erhoben das Gesicht, und die Menschen keuchten vor Erstaunen und Entsetzen. Wenn ich auch in meinem Leben eine Menge Seltsames und Unerklärliches gesehen habe, so muss ich sagen, dass dies das einzige Mal war, dass ich ein wirkliches Wunder erlebte. Warum uns Gott aber dieses Wunder erleben ließ, dass begreife ich immer noch nicht, obwohl ich mein ganzes Leben lang darüber nachgegrübelt habe und in den bittersten Momenten meines Unglaubens dachte, dass Gott uns Menschen wohl nur auf teuflische Weise verspotten wollte, als er uns seines Wunders teilhaftig werden ließ.

Denn noch während Müntzer betete, spannte sich plötzlich vom Himmel bis zur Erde vor dem Hintergrund der düsteren Wolken ein leuchtender Regenbogen – das heilige Zeichen des Bundes, das auch unser Banner schmückte. Nie zuvor hatte ich einen solch herrlichen und vollkommenen Regenbogen gesehen, denn er erstreckte sich von Nordwesten nach Südosten fast bis zum Horizont und umfing unter seiner Wölbung die Truppen des Herzogs, die uns belagerten und in finsteren Schatten gehüllt waren. Wie ein Mann standen alle auf und wandten sich dem Regenbogen zu. Kein Ruf war zu hören, nur das Aufstöhnen von sechstausend Mann, da Gott uns auf das Flehen seines Abgesandten hin ein so klares Zeichen gegeben hatte, ein Zeichen, das selbst der Kleingläubigste nicht missverstehen und im Unglauben verharren konnte.

Müntzer selbst stand, während er sprach, mit dem Rücken zum Regenbogen, die Arme gen Himmel zur Sonne erhoben. Jetzt wandte er sich um, den Blicken der anderen folgend, und als er den Regenbogen erblickte, ward er sprachlos vor Bestürzung. Seine Arme sanken nieder, und er begann zu schwanken. Gottes klare und offensichtliche Antwort auf sein Gebet war allzu überraschend und heilig, als dass selbst er sie hätte ertragen können. Er wankte, fiel auf die Knie, verbarg das Gesicht in seinen Händen und begann so heftig zu weinen, dass sein furchtbares Schluchzen im ganzen Lager zu vernehmen war.

So standen wir alle eine Weile da, und inzwischen kam wieder Wind auf, so dass das Banner sich entfaltete und der Regenbogen darauf sichtbar wurde. Die Wolken wurden auseinandergerissen, und der Regenbogen verflüchtigte sich am Himmel. Doch jeder hatte ihn gesehen, wie er sich von der Erde bis in den Himmel erstreckt hatte. Niemand zuckte nun zusammen, als auf einem Hügel im Westen ein weiteres Mal ein Geschütz aufflammte und eine Kanonenkugel Qualm und Erdreich am Bergabhang aufstieben ließ. Im Gegenteil, viele lächelten siegesgewiss und sprachen davon, mit Gottes Hilfe die Geschützkugeln mit bloßen Händen in ihrem Flug zu erhaschen, um sie zurückzuwerfen, damit sie im Lager der Gottlosen Verderben säten.

Auch Antti war aufgestanden. Er hatte einen Fleischrest ausgespuckt, sich die Mütze vom Kopf genommen und fuhr sich mit den Fingern durchs blonde Haar, das jetzt zerstrubbelt von seinem Kopf abstand. Seine Nasenspitze war ganz weiß geworden. Er starrte mich an und sagte: »Bei der heiligen Jungfrau Maria und allen Heiligen, muss ich also wirklich glauben, dass dieser Mensch die Wahrheit spricht und dass der Ketzer mächtiger ist als die heilige Kirche, da Gott ihm ein Zeichen gegeben hat? Jetzt herrscht in meinem Kopf ein größeres Wirrwarr als in einem Ameisennest, auf das man mit einem Stock eingeschlagen hat. An unserem Sieg besteht nun wohl kein Zweifel mehr, da wir mehr sind als die Truppen der Fürsten und wir hier auch in guter Stellung liegen. Was das alles aber soll, das ist und bleibt mir ein Rätsel, denn wie können Vieh und Felder Gemeingut sein? Das heißt ja, dass jeder die Kuh eines anderen melken kann. Sind dann auch Frauen und Kinder Gemeingut, wenn sich alle ins selbe Haus drängen, um dort zu wohnen? Ich habe jedenfalls nicht vor, jedermann meine Geldbörse zu öffnen und mein gutes Geld mit aller Welt zu teilen, denn das würde sowieso nicht für jeden reichen, und ich selbst ginge dabei bestimmt leer aus.«

Ich versetzte, dies alles würde sich mit der Zeit klären nach dem Willen Gottes. Wir sollten uns nicht mit diesen schwierigen Fragen vor der Zeit den Kopf zerbrechen, sondern uns lieber freuen, dass die Geschützkugeln uns nicht treffen können. Das wollte Antti allerdings nicht glauben, sondern er sagte: »Eine Kanonenkugel kann nicht einmal der Teufel aus ihrer Bahn schlagen, wenn das Geschütz gut gezielt ist und der Geschützmeister sein Handwerk versteht. So etwas ist einfach Blödsinn. Jeder gute Geschützmeister gibt zuerst einmal ein paar Probeschüsse ab, wenn er ein unbewegliches Ziel treffen will, und zwar zielt er erst zu knapp, dann ein wenig zu weit, und erst danach richtet er alle Geschütze, ob es nun, vier, acht oder gar sechzehn Geschütze sind, gleichzeitig aus und wird sein Ziel dann auch wirklich treffen. Das ist moderne Kriegskunst und setzt voraus, dass die Geschütze Räder und Seitenstützen haben und alle Kugel von gleichem Gewicht sind. Aber davon haben unsere Tölpel hier keine Ahnung. Ich sag dir nur eins: Wenn du das erste Geschützfeuer aufflammen siehst, dann hock dich schnell nieder und zieh dir zur Sicherheit noch die Hose runter, denn ein gleichzeitiger Schuss aus großen Kanonen lässt sogar gestandene Männer zu Hosenscheißern werden.«

Wir brauchten auch nicht lange zu warten, bis im Westen die Geschütze kurz hintereinander aufflammten. Acht Kugeln kamen heulend auf uns zu und schlugen in der Wagenburg ein. In das furchtbare Krachen der zersplitternden Wagen mischte sich das Wehgeschrei unserer Leute. Räder, Deichseln und Holzsplitter, aber auch menschliche Körperteile, Köpfe und Gedärm flogen in der Luft herum. Es gab viele Tote und Verwundete, und mindestens hundert Menschen waren plötzlich an Kleidern und auch im Gesicht mit Blutspritzern übersät, so dass sie schließlich glauben mussten, tatsächlich verwundbar zu sein. Da begannen sie zu schreien, Müntzer sei ein Lügner, und die Fürsten hätten heimtückisch den herrschenden Waffenstillstand gebrochen. Die Menge drängte mal in die eine, mal in die andere Richtung und suchte Schutz vor dem Beschuss. Viele Männer warfen sich übereinander in die ausgehobenen Gräben oder verkrochen sich hinter aufgeworfenem Erdreich. Im selben Augenblick begann der Geschützdonner auch im Osten, und zwei Kugeln schlugen mitten in den dicht gedrängten Menschen ein, auch wenn die meisten pfeifend über uns hinwegflogen.

»Um Gottes willen, Antti«, rief ich, »warum schießen wir denn nicht mit unseren Geschützen?«

Antti lachte kurz auf, aber zu meiner Erleichterung und zur Ermutigung der Geschützknechte griff er nach der Luntenstange und setzte damit das Zündloch unseres größten Geschützes unter Feuer. Die Kanone donnerte los, Pulverdampf stob auf und ließ die Geschützknechte wie hinter einem Vorhang verschwinden. Doch zu meiner Enttäuschung sah ich, dass die Kugel fern von den Truppen des Herzogs ins Erdreich einschlug und noch zwei Mal danach wieder hochprallte. Antti trieb die Geschützknechte zur Eile und ließ sie das Geschütz neu laden. Er sagte: »Wie du siehst, tragen unsere Geschütze nicht weiter, obwohl wir uns so hoch oben befinden. Die Fürsten können unser Lager in aller Ruhe zu Schutt und Schrott schießen, bevor sie mit ihrem Angriff beginnen. Bis dahin müssen wir uns unserer Haut erwehren, so gut wir können, und Erdlöcher zu unserem Schutz graben. Wenn die Reiter und Pikeniere dann in dichten Reihen den Abhang hinaufkommen, habe ich ihnen fünf, oder wenn wir schnell genug sind, vielleicht auch zehn nette Worte zu sagen.«

Noch einmal erhob Müntzer seine Stimme und versuchte, den Bauern Mut einzuflößen, obwohl diese durch die Kugeln aus den feindlichen Kanonen in furchtbare Angst versetzt worden waren. Die Auserwählten Gottes stimmten zur Ermutigung auch einen Kriegshymnus an. Aber der Heilige Geist erhörte ihre Rufe nicht, sondern stattdessen kamen zwei neue Geschützkugeln angeflogen, die augenblicklich etwa ein Dutzend Mann verwundeten und noch vielen weiteren die Glieder abrissen. Antti sagte:

»Beten und Singen hat durchaus seine Zeit, und ich will nicht leugnen, dass eine Predigt einem armen Menschen gute Seelennahrung darbietet. Aber unser Meister hätte klüger daran getan, wenn er gestern auf die Heiligung des Sonntags und das Absingen des *Te Deum* verzichtet hätte. Wenn unsere sechstausend Mann gestern fleißig Schützengräben ausgehoben und sie mit Pfählen und Balken befestigt hätten, dann würde uns es jetzt nicht so übel ergehen, selbst wenn wir natürlich auch dann schwere Verluste erleiden würden. Der Abhang ist allerdings steil, und die Wagen werden den Angriff der Reiter aufhalten, denn alle Wagen und Fuhrwerke werden sie nicht in Trümmer schießen können, selbst wenn sie uns eine ganze Woche lang beschießen. Wenn tausend oder zweitausend entschlossene Männer mit dem Leben davonkommen, dann können wir den Fürsten in diesen Stellungen noch eine harte Nuss zu knacken geben, eine härtere vielleicht, als sie aufknacken können. Hätte ich allerdings nicht den Regenbogen gesehen, dann würde ich mich jetzt nach meiner fernen Heimat zurücksehen und mir schleunigst ein passendes Rattenloch suchen, durch das ich mich fein aus dem Staub machen könnte.«

Der Kriegshymnus schallte immer noch ermutigend und jubilierend über den Berg und verkündete die Pfingstbotschaft vom Kommen des Heiligen Geistes. Aber ein weiterer gemeinsamer Schuss aus acht Geschützen vernichtete die gerade erst mühevoll errichteten Erdaufwerfungen, schleuderte Pfähle durch die Luft und wirbelte die blutigen Gliedmaßen der Männer durchs Lager, die dort Schutz gesucht hatten. Das herumfliegende Eisen sang von Tod und Vernichtung. Danach dachte keiner mehr ans Singen, sondern die Kehlen verstummten. Alle ergriff kraftlose Wut, gepaart mit dem einzigen Gedanken, wohin man sich zur Flucht wenden und seine Haut vor den todbringenden Geschützkugeln retten könnte.

Die Bauern warfen ihre Waffen weg, reckten Müntzer die Fäuste entgegen, fielen über ihre Hauptleute her, warfen sie zu Boden und trampelten auf ihnen herum. Sie riefen, Müntzer sei ein Lügner und falscher

Prophet, ein Handlanger des Teufels. Er allein trage die Schuld dafür, dass sie alle, aufrichtige Männer, den Tod erleiden müssten. Sie wollten ihre Felder und ihr Vieh auch nicht mit aller Welt teilen, sondern sie verlange es nur danach, ihren Besitz ohne drückende Abgaben behalten zu dürfen, und deshalb hätten sie diesen Kampf begonnen; jetzt aber wollten sie die Fürsten um Gnade anflehen. Als die erste Gruppe in blinder Flucht aus der Wagenburg rannte, hinab zu dem vor den Kugeln geschützten Pfad, der auf die Stadt zuführte, da folgten ihr bald weitere Scharen, so dass der Strom der Flüchtenden immer mehr anschwoll. Die Bauern stürzten ihre Wagen um, um nur schneller wegzukommen von diesem Ort des Schreckens, und dabei wurden die Schwächeren unter den Füßen der Flüchtenden rücksichtslos niedergetrampelt.

Im gleichen Augenblick erschallten überall auf den Hügeln rund um den Berg Hornsignale und Trommelwirbel. Die Reiterverbände setzten sich in Bewegung, und die aufgefächerten Reihen der Pikeniere stürmten im Laufschritt auf den Schlachtberg zu. Noch immer aber flatterte das Regenbogenbanner über unseren Köpfen, und Müntzer stand auf einem Wagen, von wenigen Getreuen umgeben, und rang die Hände. Antti sagte:

»Jetzt ist guter Rat teuer. Ich muss nun wohl doch bei klarem Kopf sterben, obwohl ich geglaubt hatte, so ein Schicksal würde mir erspart bleiben. Verdammt, selbst ein Henkerstrank wäre besser, als inmitten dieser Angsthasen und Scheißkerle totgestochen zu werden. Von jetzt an ziehe ich nur noch als Söldner von Kaiser und Königen in den Krieg, denn die wissen, wie man Krieg führt. Wenn ein richtiger Feldherr die Truppen anführt, stirbt man wenigstens mit dem Gesicht zum Feind.«

Er fluchte und schimpfte mit seiner lautesten Stimme über die Geschützknechte, als diese versuchten, heimlich, still und leise ihre Geschütze zu verlassen und zu fliehen. »Jetzt solltest du schleunigst deine Gebete sprechen, Michael«, sagte er. »Derweil sehe ich mich ein bisschen um, denn wenn ich an die zwanzig Männer zusammenkriege, die einen kühlen Kopf bewahrt haben und schauen, wohin sie treten, anstatt blindlings davonzustürmen und sich gegenseitig über den Haufen zu trampeln. Dann könnten wir uns mit ein wenig Glück zu diesen dichten Wäldern dort durchschlagen und alles überleben.«

Noch während er dies sagte, sah ich, wie das Regenbogenbanner wankte und dann zu Boden fiel, wo sich die Männer, welche die Taufe des Heiligen Geistes empfangen hatten, in dessen Samtstoff verhedderten, während sie verzweifelt zu flüchten versuchten wie alle anderen. Allen voran lief Müntzer selbst, über die Rockschöße seines Pelzmantels stolpernd, das Gesicht von entsetzlicher Furcht verzerrt. Bei diesem Anblick konnte auch ich nicht mehr an mich halten, sondern rannte ebenfalls los. Ja, ich rannte schneller als je zuvor in meinem Leben und auch schneller als jeder andere, und genau das rettete mir das Leben. Hinter mir erscholl nämlich ein furchtbarer Donnerschlag, und der ganze Bereich, in dem die Geschütze standen, war plötzlich von einer schwarzen Wolke aus Pulverdampf bedeckt. Ich kann es mir nur so erklären, dass irgendjemand von den dummen Geschützknechten die Fassung verloren und seine brennende Lunte trotz aller Warnungen in das offenstehende Pulverfass geworfen hatte, als er die Flucht ergriff. Aber das wurde mir erst später klar. Jedenfalls beflügelte der Donnerhall meine Beine, denn nachdem mir das Feuer zunächst den Atem geraubt hatte und ich gestürzt war, rappelte ich mich wieder auf und rannte nur noch schneller weiter.

Erst, als ich den schützenden Pfad erreicht hatte, machte ich Halt, um Luft zu holen. Meinen Augen bot sich ein furchtbarer Anblick, denn von der einen Seite her stürmten die wilden Reiter des Landgrafen den Abhang herunter auf den Pfad zu, von der anderen Seite die Pikeniere des Herzogs. Mit Jesus-und-Maria-Rufen im Munde machten sie hauend, stechend und reitend alles nieder, was ihnen im Weg war, so dass die dicht gedrängte Menge der Flüchtenden wankte und auseinanderrannte, soweit sie nicht zu einer blutigen Masse auf dem Abhang zerstampft wurde. Da rief ich den Bergen zu, sie sollten über mir zusammenstürzen, und ich verstand den armen Hasen, der, von übermäßiger Gefahr gelähmt, den Kopf am liebsten in den Busch steckt.

Gleichzeitig vernahm ich hinter mir einen fünffachen Geschützdonner, und als ich mich, immer noch vor Entsetzen gelähmt, umsah, um einen Fluchtweg zu erspähen, erschien vor mir, gelassen aus dem Kreis der Wagenburg tretend, ein schwarzes, rußiges Gespenst, das ich zunächst für den Teufel selbst hielt. Das verwunderte mich überhaupt nicht, denn wo, wenn nicht hier, war jetzt Satans Platz? Aber das Gespenst ergriff mich am Kragen und versetzte mir mit der offenen Hand einen schmerzhaften Schlag auf beide Wangen, so dass ich wieder einen klaren Kopf bekam und merkte, dass es Antti war, wenn auch mit angebranntem Haar, ohne Bart, Wimpern und Augenbrauen, und überall schwarz von Pulver. Derart wieder bei Sinnen, begann ich hastig in meiner Gürteltasche zu kramen und sagte:

»Warum schlägst du mich wie ein ungezogenes Kind? Jetzt pluster dich bloß nicht auf vor mir, denn ich habe einen Schutzbrief vom Kurfürsten. Damit kann mir nichts passieren.«

Antti wies mit dem Finger hinunter ins Tal. Dort sah ich Schwerter zuschlagen und Speere, die auf lebendiges Menschenfleisch einstachen. In meinen Ohren gellten so furchtbare Schreie und Wehklagen, wie ich sie nie zuvor gehört hatte. Antti sprach mit ausgewählter Höflichkeit: »Ich will dich beileibe nicht hindern; geh nur, ich wünsche dir viel Glück. Dort werden sie dich abstechen wie ein Schwein, wenn du ihnen deinen Schutzbrief vor die Nase hältst. Dies ist nämlich wahrlich der Zornestag Gottes, und diese Männer wird nichts mehr aufhalten, wenn sie erst einmal mit dem Töten angefangen haben. Erst werden sie dich töten, und danach lesen sie dann deinen Schutzbrief, falls sie lesen können und sich nicht gleich neuen Opfern zuwenden. Jedenfalls bin ich mit mir zufrieden, weil ich immerhin alle meine Geschütze abgeschossen habe, auch wenn ich nicht die Geduld aufbrachte, ihre Zündlöcher noch zu versiegeln, wie es ein gewissenhafter Geschützmeister nach allen Gesetzen der Kriegskunst tun sollte, ehe er seine Geschütze im Kampf verlässt, damit der Feind ordentlich Arbeit damit hat, die Geschütze neu zu gießen, bevor er sie wieder verwenden kann. Aber dies ist keine reguläre Schlacht, sondern eher eine Schlächterei, schlimmer als selbst die bei Leipheim. Ich kann mir das nur so erklären, dass die Fürsten rasend vor Wut sind, wenn sie so ein sinnloses, ja wahnsinniges Abschlachten zulassen.«

Einige von den Getreuen Gottes machten auf dem Pfad kehrt, um auf den Hügel zurückzulaufen. Sie schluchzten und weinten und hielten sich die Hände zum Schutz vors Gesicht. Antti aber zog sein großes Schwert, stellte sich ihnen in den Weg und sagte: »Liebe Leute, jeder steht heute vor seiner letzten Wahl, wie euer Meister Müntzer gesagt hat. Ihr könnt nun zwischen meinem Schwert und dem Schwert des Feindes wählen. Wenn ihr aber aufrechte Männer seid, dann solltet ihr die Waffen von der Erde aufklauben und mir folgen, denn ein guter Soldat lässt seinen Anführer nicht im Stich. Mir scheint, ich sehe da drunten im dichtesten Gewühl einen braunen Pelzmantel aufschimmern. Frisch gewagt ist halb gewonnen, also gehe ich euch voraus, so dass ihr nichts zu fürchten habt. Nimm du dir auch ein Schwert oder einen Speer, Michael, und folge mir.«

Aber die Männer glaubten ihm nicht, sondern versuchten, ihn mit Fäusten und Ellbogen aus dem Weg zu drängen. Da hob Antti mit beiden Händen sein Schwert und schlug dem Vordersten von ihnen mit einem Schlag Schädel und Oberkörper bis zu den Hüften entzwei, so dass Hirn und Blut nur so spritzten. Da glaubten ihm diese starrköpfigen Thüringer und krochen gehorsam auf dem Boden herum, um sich eine passende Waffe zu suchen, denn überall lagen Stachelkeulen, Spieße, lange und kurze Speere sowie aus Sicheln geschmiedete Schwerter herum, so dass man nur die Waffe aufzuklauben brauchte, die einem am meisten zusagte. Zwar rügten sie ihn wegen seiner furchtbaren Bluttat, versprachen aber auch, ihm zu folgen, wenn er wirklich vorangehen wollte und ihnen dabei den Weg in die Stadt freiräumte.

Ohne weitere Zeit mit irgendwelchem Gerede zu vergeuden, schritt Antti voran, nachdem er mir kurz zugeraunt hatte: »Geh du als Letzter, Michael, und stich jeden ab, der versucht, umzukehren!« Das versprach ich in Gottes Namen, und so stiegen wir den Pfad hinab, geradewegs in eine Höllenmühle hinein, in der mit furchtbarem Getöse lebendiges Menschenfleisch gemahlen wurde, Knochen und Glieder, so dass wir die ganze Zeit über Leichenhaufen stolperten und bald in dem vom Regen ausgehöhlten, steil abschüssigen Weg durch Ströme von Blut wateten. Dieser Pfad erhielt dann auch den Namen »Blutrinne«, und ich glaube, der Name wird sich so lange erhalten, wie in dieser Gegend Menschen wohnen. Denn ein solch gottloses Abschlachten wird Gott gewiss nie mehr erlauben, wie es bei der Ermordung von fünftausend Mann in dieser »Blutrinne« geschah, auf einem Abschnitt des Pfads, der so lang war, wie ein Geschütz trägt, und fast ohne dass diese Menschen Widerstand geleistet hätten.

Unsere kleine Schar wuchs aber schnell zu fast fünfzig Mann an, denn Antti riss jeden mit sich, der weinend, im Blut ausrutschend und auf der Erde kriechend zum Berg zurückstrebte. Er brauchte nur sein Schwert zu zeigen, dann glaubten die meisten. Wir, die wir Antti folgten, empfingen sie mit Ermutigungen in unseren Reihen, so dass ihnen keine Möglichkeit mehr zur Flucht blieb. Der steil abschüssige Weg ließ uns immer schneller werden, und wir, die wir die Letzten in der Gruppe waren, stießen die vor uns Gehenden voran, um Antti den nötigen Druck zu verschaffen. So hielten unsere Leute ihre Waffen gegen die uns umgebenden Speere ganz so wie ein Igel seine Stacheln ausfährt, und als wir auf eine ganze Schar Flüchtender stießen, auf die von den Soldaten der Fürsten zu beiden Seiten des Weges eingehauen und gestochen wurde, hieb Antti ohne Gnade einen jeden zu Boden, der ihm den Weg verstellte, ohne lange nachzusehen, ob er einen von Gottes Getreuen oder einen Gottlosen vor sich hatte. Er brauchte auch nicht mehr als zwei oder drei Soldaten der Fürsten niederzuschlagen, als die anderen ihm auch schon eilends auf die Abhänge zu beiden Seiten des Pfades auswichen und uns Platz machten. Wir hingegen fuchtelten mit unseren Spießen und Speeren und hinderten sie daran, uns von der Seite aus anzugreifen, wozu sie auch keine große Lust zu haben schienen, sondern lieber warteten, bis wir vorbeimarschiert waren, um wieder ungehindert all jene niedermachen zu können, die keinen Finger zu ihrer Verteidigung rührten.

So kamen wir den Berghang hinunter, gleichsam wie ein mit Stacheln versehener Ball rollend. Unterwegs ergriff Antti noch Müntzer, der niedergekniet war, seine Arme schützend über den Kopf hielt und sich nicht mehr auf den Panzer des Heiligen Geistes verließ, am Kragen seines Pelzmantels, hob ihn auf die Beine und stieß ihn hinter sich zu uns, so dass unser Druck von hinten ihn mitriss und er kaum seine Beine zu benutzen brauchte. An viel mehr erinnere ich mich nicht mehr; jedoch erblickten wir schon bald das Stadttor vor uns, durch das wir übereinander stolpernd hindurchdrängten und in die Straßen der Stadt hineinschossen, so wie ein Pfropfen aus dem Hals einer Flasche. Im selben Augenblick, als wieder freier Platz um uns herum war, löste sich unsere Schar auf, weil jeder in eine andere Richtung lief, so schnell ihn die Füße trugen, um sich auf Dachböden oder in Kellergewölben ein Versteck zu suchen. So standen wir plötzlich ganz allein da, Antti und ich, und sahen uns verwundert um. Ich hatte keine Gelegenheit mehr, auszurechnen, wie viele von uns unterwegs gefallen und wie viele die Flucht heil überstanden hatten, obwohl ich auf Anttis Geheiß hin versucht hatte, mir die Anzahl unserer Leute einzuprägen. Ich glaube aber nicht, dass viele oder überhaupt welche von uns auf unserem entschlossenen Sturmlauf umgekommen waren. Jedenfalls war mir nun besonders eindringlich bewiesen worden, dass selbst in der verzweifeltsten Lage ein entschlossener Mann, der einen kühlen Kopf behält, sich zu retten vermag, wenn er sich nicht sinnloser Verzweiflung anheimgibt.

Antti bot einen furchterregenden Anblick; er war von Kopf bis Fuß mit Blut und Ruß verschmiert. Doch ich zögerte nicht, ihn zu umarmen, und dann brach ich in Freudentränen aus und sagte: »Wir sind mit dem Leben davongekommen! So wollen wir's von jetzt an immer machen, du voraus, und ich folge dir und halte dir den Rücken frei.« Aber Antti meinte bloß: »Jetzt ist keine Zeit für Umarmungen, denn der Kampf ist noch lange nicht vorbei, auch wenn noch etwas Zeit vergeht, bis alle sechstausend Mann abgeschlachtet sind. Ich bin ja sowieso von eher schüchternem Wesen, und es ziemt sich nicht für mich, dir voranzugehen, auch wenn ich vorhin aus lauter Eile diesen Fehler begangen habe. Ab jetzt gehst du mir voran, wie es deiner Stellung zukommt, und ich werde dir gehorsam folgen. Aber verziehen wir uns zuerst in unsere gemütliche Backstube, denn ich höre hinter uns schon Krach und Geschrei. Es wird wohl nicht lange dauern, und das Morden fängt auch in den Straßen und Gassen der Stadt an.«

Tatsächlich kam durch das Tor eine Schar schreiender und brüllender Bauern hereingeströmt, die durch die Kraft ihres Soges auch Reiter und Pikeniere mit sich zogen, die sich in dem Haufen verirrt hatten. Ich lief also eilends los, während die Flüchtenden hinter mir versuchten, wie lautlose Ratten in den Gassen und Hinterhöfen zu verschwinden, während die gepanzerten Reiter so gut sie konnten mit dem Schwert freien Raum um sich schufen, um sich von dem Gedränge zu befreien, das ihre wertvollen Schlachtrosse verletzten konnte. Hinter uns begannen

Ströme von Blut die Müllhaufen an den Straßenrändern zu benetzen; wir aber gingen in den Rathaushof und von dort in die Backstube. Antti schlug die Tür hinter uns zu und fragte höflich:

»Wie sieht's aus, Michael, wollen wir einen Handel abschließen? Wie viel bist du bereit, für die saubere und kaum gebrauchte Tracht eines jungen Herrn zu bezahlen?«

Ich warf einen Blick auf meine Bekleidung und begriff sofort, dass ich so verdreckt, zerfetzt und blutbeschmiert, wie ich war, bei kaum jemandem Vertrauen würde erwecken können, wie sehr ich auch mit Siegel und Unterschrift von Kurfürst Johann herumwedeln würde. Deshalb brummte ich mürrisch, ich würde für die Tracht gerne einen Gulden und zwei Schilling bezahlen. Aber Antti tat, als hätte er meine Antwort nicht gehört, sondern setzte sich einfach auf den Teigtrog, so dass ich nicht an das Kleiderbündel herankam. Dann wusch er sich Ruß und Blut aus den Augen und fluchte dabei fürchterlich, denn das Pulver hatte ihm an mehreren Stellen die Haut im Gesicht verbrannt. Zum Glück hatten die Frauen mehrere Eimer Wasser in die Backstube gestellt, um Teig darin anzurühren, so dass auch ich mir Gesicht und Hände waschen und mir das Haar kämmen konnte. Um Antti gnädig zu stimmen, bot ich Antti meinen Kamm an, aber er sagte, bei ihm gebe es nicht mehr viel zu kämmen. Das stimmte auch, denn sein Haar war versengt und so kurz geworden, dass es genauso schauerlich anzusehen war wie sein Gesicht.

Ich bot ihm für die Kleider zwei, drei, ja sogar fünf Gulden, aber er lachte mich nur frech aus und riss sich seine blutigen und versengten Kleider vom Leib, so dass er nur noch in schmutziger Leinenunterhose dastand. Dann nahm er sein Schwert und sagte, er werde sich nun etwas Besseres zum Anziehen besorgen, damit ich so lange Zeit zum Nachdenken hätte. Ich flehte ihn an, mich in meiner schlimmen Not nicht allein zu lassen, aber er sagte nur, ich könne ja den Schutzbrief des Kurfürsten vorzeigen, wenn ich wirklich in Not geriete. Dann trat er mit dem Schwert in der Hand durch das Loch, das die Geschützkugel in die Wand gerissen hatte, hinaus in den Hof.

Da zögerte ich nicht mehr, sondern zog das Kleiderbündel unter dem Teigtrog hervor, entkleidete mich mit zitternden Händen und zog mir dann die feine Hose sowie das samtene Wams an. Allein dessen Knöpfe und Rüschen waren sicherlich mehr wert als zwei Gulden, dachte ich, und nachdem ich mit auch das Samtbarett aufgesetzt hatte, das eine feine Storchfeder schmückte, konnte ich nicht mehr an mich halten, sondern betrachtete mein Spiegelbild in dem Wassereimer, auch wenn mich wegen der Kälte an den Beinen fror, denn der Hosenstoff war sehr dünn. Zu der Tracht gehörten auch rot gefärbte Lederschuhe mit langen Spitzen, die mir gut passten. In meiner Bedrängnis beschloss ich Antti jeden von ihm geforderten Preis für diese Kleider zu zahlen, denn ich glaubte, dass diese Tracht mir das Leben retten würde, nachdem ich mein Spiegelbild im Wasser betrachtet hatte.

Ich war schon beunruhigt, weil Antti so lange ausblieb. Doch endlich erschien er, bekleidet mit einer bunten Landsknechtshose, einem zweifarbigen Lederwams und einem Helm auf dem Kopf. In der einen Hand schwenkte er einen Brustpanzer, und den anderen Arm hatte er sich eine Lammkeule geklemmt. »Ah, der Handel gilt?« fragte er und musterte mich. »Hilf mir mal in den Brustpanzer und binde die Riemen an meiner Schulter fest!«

Während ich ihm diesen Dienst mit zitternden Händen erwies, fragte ich, wo er seine neue Ausrüstung herhatte. Bereitwillig berichtete er mir, er habe einen Soldaten seiner Größe dabei ertappt, wie er mit seinem Speerschaft die Tür eines Hauses aufbrach, und dem sei er dann hineingefolgt, um dort mit höflichen Worten nach passender Kleidung für sich zu fragen. In der Stube habe er sich an einem Fass Bier gelabt, das dort stand, und seinen Durst gelöscht, als er aus dem Innern des Hauses Geschrei gehört habe, was ihn dazu bewog, zu Hilfe zu eilen.

»Glaub mir, Michael«, sagte er, »man hätte in der kurzen Zeit kaum ein *Ave Maria* beten können, aber dieser erfahrene Soldat hatte es schon geschafft, die Hausfrau rückwärts aufs Bett zu schmeißen und ihren Unterleib zu entkleiden, so dass mir nichts anderes übrigblieb, als ihm mit dem Knauf meines Schwerts eins über den Schädel zu geben, weil ich seine feinen Kleider nicht mit Blut beflecken wollte. Ich hatte ihm kaum den Brustharnisch abgenommen und ihm die Kleider ausgezogen und wäre dann auch gleich zurückgekommen, hätte die gute Hausfrau mich nicht aus reiner Freundlichkeit gebeten, das Werk weiterzuführen, das der andere gerade so vielversprechend begonnen hatte. Für meine Dienste gab sie mir dann auch noch diese Silberpokale in meinen Rucksack und schob mir die Lammkeule hier unter den Arm. Sie meinte nämlich, diese Sachen würden ihr sowieso gestohlen werden. Das Fleisch ist, glaube ich, ganz lecker, obwohl ich eigentlich genug von diesen Thüringer Schafen und Lämmern habe.«

Ich wies ihn zurecht, mir doch nicht mit solch unflätigen und herzlosen Geschichten zu kommen und mir endlich zu sagen, wie viel ich ihm für meine Kleider schuldig sei. Er fragte mit ausgesuchter Höflichkeit: »Wie viel Geld hast du denn noch, Michael?« Das wusste ich genau, weil ich mich so viele Male über alle meine Ausgaben geärgert hatte. So sagte ich, ich hätte nicht mehr über als siebzehn Gulden und ein paar Silbermünzen. Das war wahrlich nicht viel, gemessen an all meinen Mühen, wo ich doch nach Kräften mitgeholfen hatte, das Reich Gottes auf Erden zu errichten. Deshalb bat ich ihn, sich meiner Armut zu erbarmen und mir die Tracht zu einem angemessenen, aber nicht zu hohen Preis zu überlassen. Er nickte und sagte:

»Gut, einverstanden. Gib mir siebzehn Gulden dafür. Die Silbermünzen kannst du ruhig behalten.«

Er hörte nicht auf mein Flehen, und auch meine Tränen rührten ihn nicht, sondern er blieb hart, denn ich war ihm ausgeliefert. Mir blieb also nichts anderes übrig, als ihm unverzüglich meine letzten Goldmünzen auf die offene Hand zu zählen, als wir auch schon Hufgeklapper und Waffenklirren im Hof hörten. Im Schmerz über meinen Verlust blieb mir nur noch der Trost, dass ich für den schlimmsten Fall fünf Gulden in den Saum meines Hemdes eingenäht hatte. Antti drehte meine leere Geldbörse um und gab sie mir zurück, da wurde an die Tür geklopft, und jemand versuchte unter großem Gefluche, sie aufzustoßen. Wir versteckten uns rasch hinter den Backtrögen, und schon bald schaute durch das Loch, das die Kanonenkugel in die Wand gerissen hatte, ein bärtiges, behelmtes Gesicht herein. Da der Mann aber nur eine halbdunkle, leere Backstube erkennen konnte, wollte er deswegen nicht die Tür aufbrechen und verzog sich wieder in seinem klirrenden Harnisch.

Den ganzen Abend und die folgende Nacht hindurch ging das Morden und Metzeln um uns herum weiter, nachdem die Männer des Herzogs und des Landgrafen sich in der Stadt verteilt hatten und auf eigene Faust nach Bauern suchten, die sich dort in den Häusern versteckt hielten. Sobald sie diese aufgespürt hatten, erschlugen sie sie und plünderten dabei auch die Bürger aus, ob diese nun mitschuldig waren oder nicht. Ich glaube, dass von der ganzen großen Bauernschar nicht mehr als zweihundert Mann mit dem Leben davonkamen, und auch das waren alles Bürger der Stadt und Handwerksgesellen. Sie hatten ihr Leben den Bürgersfrauen und Jungfern zu verdanken, welche die Fürsten anflehten, das Leben ihrer Männer, Väter und Brüder zu schonen. Die Fürsten lieferten ihnen dann den Gemeindepfarrer aus, der, wie viele bezeugen konnte, die ketzerische Lehre im Geiste Müntzers gepredigt hatte, und forderten von den Frauen, sie sollten ihren rechten christlichen und katholischen Glauben beweisen, dann würden ihre Männer verschont werden. So nahmen diese braven und ehrbaren Frauen ihre Waschbleuel und sonstigen Knüppel zur Hand und schlugen damit vor der Kirche ihren eigenen Pfarrer tot, und zwar zum großen Vergnügen der Fürsten und ihrer Soldaten. Das habe ich zwar nicht mit eigenen Augen gesehen, doch am nächsten Tag sah ich auf dem Marktplatz die Leiche des Priesters, und an dem Leichnam war gut zu erkennen, dass die Frauen ihr Bestes gegeben und selbst dann noch auf den armen Mann eingeprügelt hatten, als er schon tot war, um dadurch ihren rechten christlichen Glauben unter Beweis zu stellen.

Als der folgende Morgen angebrochen war, ohne dass uns jemand bedrängt oder gestört hätte, meinte Antti, die Stadt müsse sich nun schon so weit beruhigt haben, dass es an der Zeit sei, unseren Schutzbrief vorzuzeigen, damit niemand glaubte, wir wollten uns verstecken. Deshalb wischten wir uns das Mehl von den Kleidern und verließen ganz offen die Backstube. Ich trippelte so gut ich konnte wie ein adeliger Jüngling mit meinen spitzen Schuhen einher, während Antti hinter mir her schritt, das Schwert am Gürtel und mit einem Speer über der Schulter.

Kapitel 8

An diesem Dienstagmorgen im Mai bot die Stadt Frankenhausen einen besonders traurigen Anblick, obwohl hier und da in den Höfen noch ein vereinzelter Hahn unsicher krähte, so als wollte er damit sagen, dass es dort, wo Leben war, auch noch Hoffnung gebe. Aber der Hahnenschrei wurde unterbrochen von einem Scharren, als glaubte der Hahn selbst nicht an seine Lebensäußerung, denn inzwischen waren über und außerhalb der Stadt riesige Scharen von Raben erschienen, und ihr langsamer, satter Flügelschlag verdunkelte das Sonnenlicht. Dabei hatte ich geglaubt, in Deutschland schon genug Raben gesehen zu haben. Sie litten in diesen Tagen keinen Mangel an Nahrung, sondern hatten eher die Qual der Wahl, welche Gegend in Deutschland ihnen am meisten zu fressen bot. In der Nacht schien sich im Reich der Raben die Kunde verbreitet zu haben, dass Philipp, der Landgraf von Hessen, und Georg, der Herzog von Sachsen, Männer waren, denen zu folgen sich lohnte. Deshalb war mir, als sähe ich an diesem Morgen sämtliche Raben Deutschlands, wie sie sich an die Spuren gütlich taten, die diese Fürsten hinterlassen hatten.

In den Straßenrinnen und an den Mauern der Häuser aufgeschichtet sah man bis auf die Haut entkleidete Leichen, und hier und da leckte ein satter Hund mit dick aufgeblähtem Bauch Blut vom Straßenpflaster. Aus einer Müllhalde reckte sich eine erstarrte, offene Hand mit vielen Schwielen und Naben in die Höhe, so als erflehe sie immer noch das Göttliche Recht, während sich über eine andere Leiche eine junge Frau beugte, die Haare ungekämmt, die Kleider an den Schultern zerfetzt, und weinte lautlos. Auch sonst herrschte Stille in den Straßen und Gassen, und die Häuser standen schweigend da mit aufgebrochenen Türen und herausgerissenen Fensterläden. Die Bewohner, die etwas zu befürchten oder zu verbergen hatten, blieben zitternd in ihren Kellern und Dachböden, während andere, gleichsam um ihre Unschuld zu beweisen, sich auf dem Marktplatz versammelt hatten und eine Parade der fürstlichen Truppen verfolgten.

Dort trafen wir zu einem passenden Zeitpunkt ein, denn niemand schenkte uns Beachtung. Die Aufmerksamkeit sowohl der Soldaten als auch der Städter galt voll und ganz den Fürsten, die vor der Kirche Recht sprachen, dort, wo der misshandelte Leichnam des Priesters, noch immer mit einem Priestergewand bekleidet, in einer vertrockneten

Blutlache auf dem Pflaster lag. Wenn ich mich gefragt hatte, wo Müntzer wohl geblieben sei und ob es ihm gelungen war, sich zu verstecken, so sah ich ihn nun wieder. Er stand, die Hände mit einer Lederschnur auf den Rücken gebunden, vor den Fürsten – klein, den Kopf geneigt, ohne seinen prächtigen Pelzmantel, der ihn noch gestern in aller Augen so groß hatte aussehen lassen. Sein gelbliches Gesicht war mit Blut und Straßenkot beschmiert, und neben ihm stand stolz ein Landsknecht mit braunem Bart, der Müntzer nur kurz zuvor im Keller eines Bürgers aufgegriffen hatte, wo er angeblich krank zu Bett gelegen hatte. Die Menge hatte versucht, ihn zu schlagen und ihn mit Straßenschmutz beworfen, aber die Soldaten hatten ihn, diese wertvolle Beute, beschützt. Nun betrachteten die Fürsten ihn von allen Seiten, befingerten seine Kleidung und hoben sein Gesicht am Kinn nach oben, so als wäre er ein unbegreifliches, nun aber endlich ungefährliches Raubtier.

Ich betrachtete aber lieber die Fürsten. Sie waren prächtig anzusehen in ihrem Gepränge vor der Kirche, noch ganz in ihren Rüstungen; ihre Helme waren geschmückt mit Federn, und die Harnische mit goldenen Verzierungen glänzten nur so. Herzog Georg war dick und beleibt; in seinem Antlitz glaubte ich ähnliche Züge auszumachen wie bei seinem Verwandten, dem Fürsten Johann, denn aus ihren Gesichtern sprach die gleiche Bauernschläue. Letzterer hatte seinen Helm mit einer schwarzen Trauerschleife versehen, woran ich ersah, das Kurfürst Friedrich der Weise gestorben und Fürst Johann nun der neue Kurfürst war, was dem Schutzbrief, den er mir hatte ausstellen lassen, ein noch größeres Gewicht verlieh. Die beiden Grafen von Mansfeld boten ebenfalls einen eindrucksvollen Anblick; mir kamen sie vor wie schimmernde Leichenkrähen. Der Mann aber, der meinen Blick am meisten fesselte und der trotz seiner Jugend die anderen zu überflügeln schien, war Philipp, der Landgraf von Hessen, der mit seinen Truppen diesen unglaublichen nächtlichen Gewaltritt von seinem eigenen Land bis nach Frankenhausen bewältigt hatte. Sein Gesicht war sehnig und hager; seine hellblauen Augen warfen Müntzer ebenso kaltblütig abschätzige Blicke zu wie seinen eigenen fürstlichen Verwandten, und er lächelte hochmütig. Auch Antti starrte ihn an und sagte:

»Das ist ein Mann nach meinem Geschmack, denn in seinem ganzen Äußeren und der Haltung seines Kopfes erinnert er mich an den Marquis von Pescara, auch wenn er nur ein Habicht im Vergleich zu dem Adler ist, den der Marquis von Pescara darstellt, oder wie eine nackte Eisenfaust gegenüber einem schwarzen Samthandschuh. Vielleicht fließt wirklich Feldherrnblut in ihm, obwohl ich glaube, dass er nur deshalb sein Land so schnell verlassen hat, weil sein Weib hässlich sein soll wie die Hölle.«

Die Fürsten fragten Müntzer um die Wette nach Einzelheiten seiner Lehre, und der antwortete ihnen gehorsam und mit leiser Stimme, bis dem Grafen Ernst von Mansfeld der Geduldsfaden riss und er Müntzer mit seinem eisernen Handschuh aufs Kinn schlug. Das wunderte mich nicht, erinnerte ich mich doch an den Brief, den Müntzer nur drei Tage zuvor an diesen unverschämten Grafen diktiert hatte. Müntzer spuckte Blut, hob den Kopf und sagte trotzig, er wolle offen und ehrlich mit den gelehrtesten Männern in Deutschland über seine Lehre disputieren, wenn es sein müsse, auch mit Luther. Würde man ihm mit den klaren Worten der Bibel beweisen, dass seine Lehre falsch sei, dann wolle er sich demütig dem Beschluss fügen. Aber bis das geschähe, halte er sich selbst weiterhin für Gottes willigen Knecht und Abgesandten.

Die Fürsten brachen in Gelächter aus. Nur Herzog Georg wurde wütend und meinte, Luther sei ein genauso schlimmer Ketzer wie Müntzer, und der Herzog von Braunschweig fügte hinzu, Luther habe gar den Scheiterhaufen verdient wegen all des Aufruhrs, den er überall in Deutschland gestiftet hatte. Aber Landgraf Philipp von Hessen lächelte hochmütig und sagte: »Ich fürchte, Ihr habt Unrecht, mein lieber Schwiegervater und ihr verehrte Herzöge, denn obwohl ich Luther früher nicht verstanden habe und ihn für einen Ketzer hielt, so beginne ich ihn nun aufgrund seiner furchtlosen Worte allmählich zu begreifen. Ich fordere, dass auch hier den braven Frankenhäusern und allen, die sich jetzt in der Stadt aufhalten, Luthers Brief vorgelesen wird, weil wir Seite an Seite seinen guten Rat treu befolgt und dieses aufrührerische Bauernpack totgeschlagen haben wie einen tollwütigen Hund. Ich jedenfalls will Luthers Worte in mein Herz einschließen und seine Lehre gründlich erforschen. Vielleicht lade ich ihn zu mir nach Hessen ein, wenn sich die Lage erst einmal beruhigt hat.«

Sie begannen darüber zu streiten und sagten, der Landgraf von Hessen sei noch ein unverständiger Jüngling, der nicht wisse, was er da rede, auch wenn er reiten könne wie ein Wahnsinniger auf seinem schnellen Streitross. Herr von Truchsess, der Befehlshaber des Schwäbischen Bundes, hatte jeden lutherischen Priester, der ihm in die Hände gefallen war, unverzüglich hängen lassen, was Herzog Georg und Herzog Heinrich für eine gute Sache hielten und den anderen als Vorbild empfahlen, da nun Luthers einziger mächtiger Gönner, Kurfürst Friedrich, gestorben war. Auch der sei ja, nachdem er die heiligen Sakramente empfangen hatte, fromm im Schoße der alleinseligmachenden Kirche verstorben. Darauf lachte Landgraf Philipp nur und sagte:

»Was, wenn ich den Bruder Martin unter meinen Schutz nehme und ihn zum Papst von Deutschland mache? Nach seinem Brief zu urteilen, ist er ein Mann nach meinem Geschmack.«

Da fuhr ihn Herzog Georg wütend an und sagte, er solle gefälligst den Mund halten und sich solche Reden für seine vier Wände aufbewahren, um die Geringeren nicht zu verärgern. Schließlich höre das gemeine Volk mit. Sie, die Fürsten, würden ja von den Leuten mit offenem Munde angestarrt. Müntzer erhob wieder sein Haupt und bat nochmals um eine öffentliche Disputation. Da legte Georg, der Graf von Mansfeld, ihm sanft die Hand auf den hageren Nacken, strich mit seinen Fingerspitzen ein paar Mal darüber und sagte:

»Vielleicht ist es tatsächlich das Beste, wenn wir diesem starrsinnigen Mann die Disputation gewähren, um die er bittet. Deshalb ersuche ich meine fürstlichen Herren, ihn mir auszuliefern. Ich werde ihn dann unverzüglich nach Feldrungen bringen, damit kein ungebührlicher Radau diese wichtige Disputation stört. Er kann sie dann im Beisein von Zeugen vor einem wohlbeleumdeten Henker abhalten, in einer steinernen Kammer, in der alle notwendigen Instrumente für eine sachliche Disputation zur Verfügung stehen, als da sind Zangen, Daumenschrauben, Klammern und glühende Kohle.«

Diese Scherzworte hatten unter den Fürsten munteres Gelächter zur Folge. Herzog Georg lachte so sehr, dass er sich mit den Händen auf seine breiten Schenkel schlug und einen Hustenanfall bekam. »Der Kerl ist tatsächlich ein verrückter Schwärmer«, sagte er. »Ich will mir aber keine bösen Absichten oder Grausamkeit vorwerfen lassen, sondern wünsche ihm alles Gute für seine unsterbliche Seele, und deshalb soll er auch einen tüchtigen Opponenten bekommen, der ihn von der Vollkommenheit der Lehre unserer heiligen Kirche zu überzeugen weiß und ihm klarmacht, dass es außerhalb der Kirche kein Heil gibt. Das ist schon wegen der armen Menschen vonnöten, die er aufgewiegelt hat, denn sie sollen erkennen, dass seine verderbliche Lehre falsch ist und eine gefährliche Ketzerei darstellt.«

Müntzer starrte die Fürsten mit offenem Munde an. Sein gelb-graues Antlitz war verzerrt, und in seinen schrägstehenden Augen waren Verstörung und Entsetzen zu lesen, so wie bei einem wilden Tier, das in eine Falle geraten ist. Verzweifelt begann er den Versuch, seine gefesselten Hände aus der Schlinge zu lösen, fiel auf die Knie und flehte die Fürsten tränenreich an, ihn doch nicht seinem Erzfeind auszuliefern, sondern ihm eine ordnungsgemäße Disputation zu gestatten. Der Landgraf von Hessen sah ihn mit seinen kalten, blauen Augen an, die Mundwinkel zu überheblichem Lächeln verzogen, und auch sonst brachte niemand ein Wort zu seiner Verteidigung vor. Ich selbst trat auch nicht hervor, um zu bezeugen, dass Müntzer etwas Heiliges an sich hatte, obwohl Gott ihn und seine sechstausend Mann, einfache Menschen, in furchtbarem Spott dem Verderben überantwortet hatte, nachdem er sie zuvor das

Zeichen seines Bundes hatte erblicken lassen. Nein, ich trat nicht zu seiner Verteidigung vor, obwohl ich besser als jeder andere wusste, was ihn nun erwartete. Ich verbarg mich sogar hinter Anttis Rücken, damit nicht Müntzers Blick auf mich fiele, als der Graf von Mansfeld ihn seinen Männern in die Arme stieß und diese ihn wegführten, während er noch immer weinte, flehte und sich verschreckt umblickte, ob nicht irgendjemand Fürsprache für ihn einlegen wollte in dieser Stadt, die in ihm noch gestern einen Abgesandten Gottes gesehen hatte.

Deshalb werde ich von diesen traurigen Dingen auch nicht mehr viel erzählen. Ich will nur noch berichten, dass ich gleich bei passender Gelegenheit vor Landgraf Philipp trat und ihm den Schutzbrief von Kurfürst Johann vorwies. Außerdem erklärte ich, mich unter den Bauern dafür eingesetzt zu haben, in Verhandlungen einzuwilligen, damit endlich wieder Eintracht herrschte und es nicht zu nutzlosem Blutvergießen käme. Damit sei ich zwar gescheitert, sagte ich, aber dennoch nähme ich mir den Mut, ihn untertänigst zu bitten, ob ich nicht seinen Truppen nach Mühlhausen folgen könnte. Das musste ich tun, obwohl ich große Furcht verspürte, denn wenn auch nicht viele Bauern mit dem Leben davongekommen waren, die gegen mich hätten zeugen können, so konnte mich in Frankenhausen jederzeit jemand trotz meiner neuen Tracht wiedererkennen, mit dem Finger auf mich zeigen und rufen: »Stand nicht auch dieser Mann neben Müntzer unter dem Regenbogenbanner? Hat er nicht die Frauen Leinenbeutel nähen lassen und Pulver für die Geschütze abgemessen? Ist er nicht auch ein Aufrührer, dazu noch einer von den Schlimmsten?« Vor so etwas hatte ich Angst, und deshalb wandte ich mich an Landgraf Philipp.

Gewiss tat ich klug daran, mich gerade an ihn zu wenden, obwohl Herzog Georg der Landesherr war. Er fühlte sich nämlich von meinem Vertrauen geschmeichelt und geruhte gnädig zu äußern, ich hätte meine Sache gut gemacht, denn die Bauern hatten sich ja auf Verhandlungen eingelassen und dadurch den Truppen der Fürsten genug Zeit gegeben, sich zu vereinigen, den Berg zu belagern und ihnen den Fluchtweg in die großen Wälder abzuschneiden. »Wäre es ihnen gelungen, zu flüchten und in verschiedene Himmelsrichtungen zu verschwinden«, sagte er, »dann wäre die Schar der ohnehin schon viel zu vielen gesetzlosen Räuber um weitere sechstausend Mann angewachsen, und dann hätte nicht einmal das Geld der Fugger mehr ausgereicht, genug Söldner anzuwerben, um die Wälder von ihnen zu säubern. Das ganze Land wäre in einem Zustand verblieben, in dem jederzeit neue Aufstände hätten ausbrechen können. Jetzt aber haben wir sie geschlagen, und zwar haben wir geradewegs das Herz des Aufruhrs getroffen, so wie das grüne Thüringen das Herz Deutschlands ist. Das Ende des Krieges ist nun endlich abzusehen, obwohl die Flammen noch in vielen Landen züngeln, bis sie mit Blut erstickt werden. Wenn der verehrte Kurfürst diese tollwütigen Hunde aber tatsächlich verschonen und sich in Verhandlungen mit ihnen einlassen wollte, dann ist er noch dümmer, als ich geglaubt habe. Es war die Vorsehung selbst, die uns früher zur Stelle sein ließ als ihn. So haben wir wahrlich ein gutes Werk getan. Der Kurfürst aber versteht von der hohen Politik nicht mehr als eine Kuh vom Tanzen.«

Er fand in mir einen aufmerksamen Zuhörer, während er bequem vor der Kirchtür saß, seine gepanzerten Arme auf seinen beharnischten Knien lagen und er sich von der Sonne bescheinen ließ. Ab und zu warf er der Leiche des Pfarrers auf dem Marktplatzpflaster einen gleichgültigen Blick zu, und da schien er mir wie ein räuberischer Habicht, der sich neben seiner Beute ausruhte. Da er mich nicht fortschickte, wagte ich vorsichtig die Frage, was das Geld der Fugger denn damit zu tun hätte. Er sah mich an wie einen Schwachsinnigen und sagte: »Was glaubst du denn, woher ich das Geld für den Sold meiner tausend Reiter und ebenfalls tausend Pikeniere bekommen habe? Ohne Jakob den Reichen säßen alle Fürsten ganz schön in der Klemme, und die armen Schlucker wären schon Herrscher in diesem Land. Aber der Bauernaufstand stört seine Geschäfte, und deshalb lässt er ihn von uns niederschlagen, denn er kann damit rechnen, eher die Fürsten nach seinem Willen tanzen zu lassen, als die Bauern und Habenichtse von Bürgern, wenn die sich untereinander einig sind. Von Truchsess hätte keinen einzigen Speer unter seiner Fahne antreten lassen können, wenn der reiche Jakob ihm nicht zwölftausend Gulden gegeben hätte, die er später beim Erzherzog Ferdinand einzutreiben gedenkt. Dieser kaufte seinerzeit vom Geld der Fugger das ganze Herzogtum Württemberg, nachdem Jakob den Herzog Ulrich wegen unbezahlter Schulden vertrieben hatte. Der reiche Jakob versteht sich nämlich aufs Eintreiben von Schulden, zuzüglich mancherlei Aufschläge für seine Bemühungen, Risiken und Ausgaben, auch wenn die heilige Kirche Zinsen für geliehenes Geld verbietet. Am meisten ärgert mich, wenn ich hier sitze, dass ich meine Zeit und Kräfte dafür hergebe, ihm zu Diensten zu sein, obwohl der Aufstand auch in meinem Land wütet. Und dann darf ich ihm noch jeden Schilling teuer zurückzahlen, der dann in seiner Schatztruhe klingelt.«

Ich stand vor ihm und schlug demütig meine Augen zu Boden, so wie es sich gehörte. Dabei strich ich mir verlegen über meinen weichen Bart, der mir in diesen Monaten des Aufstands gewachsen war, und den ich mir auch nicht mehr abrasieren wollte, nachdem ich mich an meine neue Tracht gewöhnt hatte. Meine Neugier ließ mich Müntzer, die Scharen der Raben und meine ungewisse Lage vergessen, so dass ich mir die Frage erlaubte:

»Ist das so zu verstehen, dass alle diese armen Männer nur deshalb ermordet und niedergemetzelt wurden, damit Jakob Fugger seinen Gewinn daraus ziehen konnte, nicht aber, weil sie Ketzer und Schwärmgeister waren?«

Er sagte: »Darüber lohnt es sich nachzudenken, und je mehr ich darüber nachdenke, desto mehr wurmt es mich, so dass ich Luther vielleicht tatsächlich unter meine Obhut nehme und ihn zu meinem Burgkaplan mache. Irgendwoher muss ich das Geld, mit dem ich mich verschuldet habe, schließlich nehmen. In meinem Land gibt es viele reiche Klöster und großen kirchlichen Landbesitz, den ich mir aneignen kann, wenn ich den evangelischen Glauben annehme, falls ich Doktor Luthers Lehre recht verstanden habe. Verdammt noch mal, es kann doch nicht angehen, dass ein Fürst und Landgraf wie ich für nichts weiter gut sein soll, denn als Lohnknecht dem reichen Jakob untertan zu sein und ihm wie ein gehorsamer Laufbursche zu dienen! Meine Truppen bezahlt er mir nämlich nur, weil ich damit Frankenhausen angegriffen habe. Die Fugger haben ja am Handelsweg zwischen Erfurt und Leipzig ihre große Kupferschmiede, die sie mit ungarischem Kupfer beliefern und in denen sie das Silber vom Kupfer trennen, um es der ungarischen Krone zu stehlen, weil die Ausfuhr von Silber aus Ungarn verboten ist. Deshalb können sie dort auch nicht das Silber aus dem Kupfer herauslösen. In dieser Kupferschmelzwerkstatt werden jährlich so um die zehntausend Zentner Kupfer geschmolzen. Du wirst also verstehen, junger Mann, dass Jakob ziemlich besorgt war, als er mich losmarschieren ließ, damit ich mit den aufständischen Bauern aufräume, die sich in der Nähe seiner teuren Kupferschmiede gelagert hatten. Was glaubst du eigentlich, warum ich sonst fünfzig Meilen in einer einzigen Nacht geritten bin, wobei doch viele wertvolle Pferde zuschanden gehetzt wurden? Aber wenn du glaubst, dass Jakob sie von meinen Schulden abziehen wird, dann hast du dich geirrt, junger Mann.«

»Aber heißt das«, wandte ich ein, »man darf sich sogar über Gottes heiliges Wort hinwegsetzen und es nur um irgendeiner Kupferschmiede willen so sehr missachten? Ich verstehe ja nichts von der Kupferschmelzerei, die von mir aus ein nützliches Handwerk sein mag; aber man kann sie doch wohl nicht höher stellen als Gottes heiliges Wort!«

Nun nahm er mich zum ersten Mal genauer in Augenschein mit seinen blassblauen Augen und sagte: »Sieh mal einer an! Du bist doch nicht etwa ein geheimer Jünger Müntzers? Dann soll dich nämlich der Teufel holen!« Er beugte sich ein weiteres Mal über meinen Schutzbrief, den er immer noch in Händen hielt, und las meinen Namen: »Michael Pelzfuß de Finlandia! Ich gebe dir einen guten Rat, den ich auch selbst gern beherzige. In Glaubensdingen tut man gut daran, sich für einen solchen

Glauben zu entscheiden, der einem am meisten nützt. Dir nützt es aber gar nichts, wenn du Müntzers Lehre verteidigst, sondern du schadest dir nur selbst damit. Vergiss deshalb diese schädliche Lehre so schnell wie möglich, denn Müntzer hat selber zugegeben, er habe verkündigt: *Omnia sunt communia.* Eine dümmere und gefährlichere Lehre ist mir noch nie zu Ohren gekommen. Sie nützt weder den Fürsten noch den Fuggern, und in dieser Sache liegt es in meinem Interesse, mich an Jakob den Reichen zu halten. Deshalb werde ich Müntzer auch unverzüglich den Kopf abschlagen, sobald er sich die Sache noch einmal überlegt und seine irrsinnige und gefährliche Lehre widerruft. Etwas anderes ist die Lehre Doktor Luthers, die dem Menschen verbietet, sich gegen Gewalt und Ungerechtigkeit aufzulehnen und die jeden das Seine behalten und sein gutes Auskommen auf Erden suchen lässt, sowohl den Fürsten wie den Kaufmann. In Glaubensdingen lässt seine Lehre auch den gesunden Menschenverstand walten, etwa bei der Auslegung der Bibel. Früher habe ich diesen großen Mann noch nicht richtig verstanden. Du aber geh nun deines Weges, Herr Michael, damit ich in aller Ruhe über diese Dinge nachdenken kann, die gut überlegt sein müssen und die mir erst jetzt allmählich klar werden, so als würde es mir wie Schuppen von den Augen fallen.«

Ich verließ ihn also und suchte Antti auf. Wir verbrachten auch noch die folgende Nacht in der Backstube. Nachdem ich durch Landgraf Philipps Gnade auf diese Weise allen Gefahren entgangen war, fühlte ich mich plötzlich ziemlich krank, einerseits aufgrund dessen, was geschehen war, andererseits auch wegen all dessen, was ich aus dem Mund des Landgrafen erfahren hatte, jedoch auch Müntzers wegen und meines eigenen Herzens wegen. Ich empfand auch keine Freude mehr über meine neue Tracht, meine Rettung vor dem Tode und über meinen weichen Bart, sondern saß nur vor Kälte zitternd in einer Ecke der Backstube und schaffte es nicht einmal, etwas zu essen, um meine düsteren Gedanken zu vertreiben. Antti vermutete, ich hätte aus Versehen Wasser getrunken und sei nun am Feldzugfieber erkrankt. Am nächsten Tag überredete er mich mit Geld und vielen guten Worten, dass ich es mir im Stroh auf einem Fuhrwerk bequem machte, und wir folgen dann den Truppen von Landgraf Philipp. Auf dem ganzen Weg trug uns der Wind den Leichengestank zu, so dass mir war, als bekäme ich diesen Geruch nie wieder aus meiner Nase. Die Tage wurden jetzt nämlich wärmer, und die vielen Toten vor Frankenhausen gingen rasch in Verwesung über, auch wenn die christlichen Frankenhausener ihr Bestes taten, sie in flache Kuhlen zu legen und mit Erdreich zu überschütten, damit zu all den erlittenen Kümmernissen nicht noch eine Pest ausbrach. Die sechs Reiter und acht Pikeniere der Fürsten, die vor Frankenhausen gefallen waren, erhielten jedoch ein feierliches Begräbnis in geweihter Erde.

Ich glaube, dass in diesen Tagen mein Herz kränker war als mein Leib. Antti jedenfalls zeigte sich großzügig und bezahlte dem Fuhrknecht die Fahrt nach Mühlhausen, denn ich hätte es kaum geschafft, die Strecke zu gehen, sondern wäre wahrscheinlich einfach am Wegesrand sitzen geblieben oder durch den Wald geirrt. Von diesen Tagen ist nur ein undeutliches Bild in meiner Erinnerung geblieben. Ich weiß nur noch, dass sich in Mühlhausen auch Kurfürst Johann samt seiner Kriegsmacht mit den Truppen der anderen Fürsten vereinigte, nachdem er eine gewisse Zeitlang gezögert hatte. Ich hütete mich allerdings davor, ihm unter die Augen zu treten, da ich fürchtete, er würde vielleicht seinen Schutzbrief von mir zurückfordern. So viel Verstand hatte ich immerhin noch, obwohl ich krank war.

Nachdem Kurfürst Johann in Mühlhausen eingetroffen war, stellten die fürstlichen Truppen eine so furchtbare Übermacht dar, dass Heinrich Pfeiffer, dieses schwertfuchtelnde Großmaul, an Widerstand nicht einmal denken konnte. Er schüttelte sich rechtzeitig den Staub von den Füßen und floh aus der Stadt. Ihm folgten an die zweihundert Nichtsnutze und Galgenvögel, die sich den Weg nach Süden freikämpfen wollten, um in den Städten der Eidgenossenschaft sicher zu sein. Herzog Philipp schickte seine Reiter los, die Pfeiffer nachsetzen sollten. Diese nahmen ihn dann bei Eisenach gefangen und brachten ihn in Fesseln nach Mühlhausen zurück, obwohl er und seine Männer kämpften wie ein in die Enge getriebener Wolf. Dabei fügten Pfeiffers Männer, obwohl sie schließlich fielen, dem Landgrafen Philipp größere Verluste zu als die sechstausend Bauern bei Frankenhausen. Inzwischen sah ich von meinem Strohlager im Fuhrwagen aus, wie Tausende Mühlhäuserinnen mit aufgelösten Haaren und mit Säuglingen in den Armen zu den Fürsten strömten, laut weinten und wehklagten und die hohen Herren um Gnade für ihre Männer anflehten. Diese ließen die Frauen jedoch mit drohend vorgereckten Speerschäften in die Stadt zurücktreiben. Danach durften die Bürger und Handwerksgesellen von Mühlhausen barfuß und barhäuptig, mit gefalteten Händen vor der Brust und weißen, geschälten Weidenzweigen zwischen den Händen vor den Fürsten aufmarschieren, um ihnen die Schlüssel der Stadt zu übergeben.

Um Plünderung und Vernichtung zu entgehen, musste die ohnehin schon arme Stadt sich dazu verpflichten, innerhalb von fünf Jahren vierzigtausend Gulden an die Fürsten zu zahlen. Außerdem musste sie ihre Stadtmauer samt den Türmen niederreißen und unverzüglich alle Geschütze und Schusswaffen, die Gold- und Silberwaren, Nahrungsvorräte, Pferde und Zugtiere an die Fürsten abliefern. Die Reiter des

Landgrafen von Hessen hatten bereits bei ihrer Ankunft eines der Dörfer in Brand gesteckt, das zum Hoheitsgebiet der Stadt gehörte, um den Bewohnern der Stadt den gehörigen Respekt einzuflößen. Und während die Fürsten Mühlhausen noch belagerten, fielen Adelige und Prälaten aus den angrenzenden Gebieten ins Umland der Stadt ein, brannten drei Dörfer nieder und raubten dort Vieh und sonstige Habe als Entschädigung für die erlittenen Verluste. Dabei ließen sie verlauten, sie behielten sich das Recht auf weitere Entschädigungsleistungen vor.

Nach der Übergabe der Stadtschlüssel geruhten die Fürsten, in die Stadt einzumarschieren. Antti und ich folgten den Truppen auf leisen Sohlen und suchten das Haus des Bierbrauers Eimer auf. Der brave Brauer hatte seinen geschälten Weidenzweig in die Ecke geworfen und wusch sich gerade Schlamm und Erdreich von den Füßen, da auch er barfuß vor den Fürsten gestanden hatte. Er kannte Antti nicht, und nicht einmal Frau Geneviève erkannte den Vater ihres Sohnes wieder, bartlos und augenbrauenlos wie er war, mit roten Brandflecken im Gesicht, auch wenn Antti sein verbranntes Gesicht so gut er konnte mit Öl eingerieben hatte.

Deshalb begann Meister Eimer erst einmal, kräftig zu fluchen und uns zu beschimpfen. Er sagte, es gäbe in seinem Haus nicht zu holen, denn Pfeiffers Räuberbande habe bereits all das, was nicht niet- und nagelfest war und sich leicht wegschaffen ließ, christlich unter sich aufgeteilt. Doch da erkannte Geneviève Antti endlich wieder, fiel ihm um den Hals und bedauerte ihn wortreich. Dann erkannte sie auch mich, musterte lange meine neue Tracht und mein Gesicht und fiel schließlich auch mir um den Hals, den sie mit ihren weichen Armen umschlang, und küsste mich innig. Diese unerwartete Zärtlichkeit erschütterte mich so sehr, dass ich mein Gesicht an ihren weißen, nach Schönheitssalben duftenden Hals presste und bitterlich weinte. Sie tröstete mit sanften Worten und sagte, sie habe ja nie geahnt, wie anmutig und gefällig ich aussehen würde, bekäme ich nur passende Kleidung und ließe mir einen Bart wachsen.

Unsere Ankunft und Frau Genevièves Zärtlichkeitserweisungen für mich waren dem braven Bierbrauer anfangs offenbar gar nicht recht. Allerdings hatte sie ihn so sehr im Griff, dass er alles tat, was sie wollte. Und als ich ihm den Schutzbrief von Kurfürst Johann vorzeigte, begriff er sofort, dass ich ihm noch nützlich sein konnte. Er war ein hochgewachsener Mann mit schwarzen Augen, und in seinem Bart und Haupthaar gab es nur wenige graue Strähnen, obwohl er die fünfzig schon überschritten hatte. Seine Augenbrauen waren dicht und kohlschwarz, und sein rotes Gesicht war von bläulich schimmernden Äderchen durchzogen. Nachdem ihm klargeworden war, dass er uns vertrauen konnte, führte er uns in das Obergeschoss seines Hauses, wo es völlig anders aussah als im zertrümmerten und ausgeplünderten Erdgeschoss, das er selbst in diesen Zustand versetzt hatte, um möglichen Plünderern das Bild zu vermitteln, dass es im Haus nichts mehr zu holen gab. Dort, im Obergeschoss, bewirtete er uns mit Starkbier und ausgezeichneten Speisen; außerdem stellte er uns ein Bett mit Daunendecken zur Verfügung. Über diesen Mann habe ich noch einiges zu berichten, denn der Bierbrauer Eimer war beileibe kein dummer Mensch. Aber bevor ich Näheres von ihm erzähle, muss ich schildern, wie Thomas Müntzer zu Tode kam.

Während ihres Aufenthalts in der Stadt saßen die Fürsten über Müntzer zu Recht. Die braven Mühlhäuser sagten um die Wette gegen ihn aus, um sich nicht selbst verdächtig zu machen. Schließlich wurde am Hinrichtungstag insgesamt vierundfünfzig Männern, die als die Hauptschuldigen galten, entweder die Schlinge um den Hals gelegt, oder sie mussten vor dem Henkerschwert niederknien, je nach ihrem Stand. Der Graf von Mansfeld brachte Thomas Müntzer selbst in die Stadt, und von Müntzer schien nicht mehr viel übrig zu sein, nachdem er seine Disputation mit einem kundigen Kerkermeister gehabt hatte. Er war nur noch eine gequälte menschliche Kreatur, die sich bloß noch hinkend fortbewegen konnte. Auch seine Stimme war gebrochen und heiser, als er, sein gallenartig gelbes Gesicht zu Boden geneigt, öffentlich sein Geständnis verlas.

Er gestand nämlich, dass seine gesamte Lehre falsch und eine ketzerische Verirrung sei, die der Satan ihm eingegeben habe. Nun empfahl er seine Seele wieder dem Schoß der alleinseligmachenden Kirche. Der fromme Herzog Georg war darob so gerührt, dass er Tränen vergoss und seine Freude darüber ausdrückte, dass dieser in die Irre geleitete Ketzer vor seinem Tode dankbar die Sakramente der heiligen Kirche empfangen hatte. Als ich hörte, mit welcher Demut und Zerknirschung Müntzer sein Geständnis vortrug, erstarb die letzte Hoffnung in mir, dass je ein Himmelreich auf Erden entstehen könnte. Hätte Gott nämlich wirklich aus ihm gesprochen, dann hätte er ihm auch genug Kraft verliehen, selbst die schrecklichste Folter zu überstehen, auch wenn ein gewöhnlicher Mensch sie nicht auszuhalten vermag. Als Müntzer starb, sah ich kaum noch Gutes in ihm, sondern nur einen schwachen Widerschein seiner störrischen Wesensart, denn bevor er niederkniete, um den Schwertstreich des Henkers zu empfangen, warf er Pfeiffer einen Blick zu und spuckte ihm ins Gesicht. Dabei sage er, er sterbe mit Freuden, weil auch Pfeiffer schließlich gefasst worden war und als Ausgeburt des Teufels sein Leben am Galgen aushauchen würde.

Der Henker schlug Müntzer den Kopf ab, denn er hatte ja dem geistlichen Stand angehört; Pfeiffer hingegen wurde gehängt. Dieser Schwertschwinger Pfeiffer starb trotzig und reuelos, und zur großen Belustigung der Soldaten schrie er seine Zoten und Beleidigungen noch heraus, als er bereits auf der Leiter zum Galgen stand. Mit unflätigen Beschimpfungen hatte er die heiligen Sakramente abgelehnt, als man sie ihm anbot, und als er den Henkersbecher geleert hatte, starrte er, das eine Augen geschlossen, auf den Boden des Bechers und sagte: »Na zum Teufel aber auch, ich blicke durch dieses Zauberhorn geradewegs in den untersten Höllenschlund. Da ist die Seele meines lieben Bruders Müntzer gerade hineingepurzelt, wie ein Stein in einen siedenden Kessel, so dass die armen Unterteufel sich jetzt brennenden Schwefel aus den Augen reiben müssen.«

Ich glaube allerdings nicht, dass er durch den Becherboden hindurch irgendetwas sehen konnte, denn nach diesen Worten hob er den Becher zum Himmel empor und sagte, gleichfalls mit einem Auge blinzelnd: »Ich will auch noch schnell mal in das künftige Leben und die himmlische Herrlichkeit blicken. Verdammt, was ist nur mit meinem Auge los, ich sehe da überhaupt nichts! Der Himmel ist ganz leer, nur am Becherboden klebt eine tote Fliege.« Dann warf er den Becher fort, legte sich selbst die Schlinge um den Hals, und der Henker schlug ihm die Leiter unter den Füßen weg, so dass Pfeiffer seinen letzten Tanz tanzte. Mehr habe ich von Thomas Müntzer und dem Regenbogenbanner nicht zu berichten. Deshalb beginne ich mit einem neuen Buch. Es handelt von Frau Geneviève, vom Bierbrauer Eimer, von Kaiser Karl sowie von vielen anderen nützlichen und lehrreichen Dingen, die ich noch erlebte.

Neuntes Buch

DER UNDANKBARE KAISER

Kapitel 1

Nachdem die Fürsten so gründlich Recht gesprochen hatten, dass auch der Dümmste begreifen musste, was die Stunde geschlagen hatte, und nachdem sie den Bürgern von Mühlhausen so viel Gold, Silber und bares Geld abgepresst hatten, wie nur irgend möglich, was verständlich war, hatten sie doch enorme Ausgaben, da sie ihren berittenen Truppen nun den Sold auszahlen mussten, verließen sie die Stadt in großer Eile. Der Bierbrauer Eimer fragte uns, was wir denn nun vorhätten und zu tun gedächten, woraus ich schloss, dass er uns loswerden wollte. Ich antwortete demütig, ich sei nur ein armer Mann, nicht viel besser als ein Bettler, der keinen Besitz aufzuweisen hätte als die Kleider, die er am Leib trug. In Baltringen aber hätte ich meinen braven Hund zurückgelassen und in Memmingen eine gewisse Truhe, die sich wohl noch als nützlich erweisen dürfte, falls sie noch vorhanden sei.

Antti warf vorlaut ein, mich habe doch niemand gefragt, und er erinnerte mich an das Versprechen, das ich ihm auf dem Rückweg von Weimar nach Mühlhausen gegeben hatte. Er wollte Frau Geneviève zurück nach dem schönen Frankreich begleiten, wie er es ihr versprochen hatte, und dabei nach seinem Sohn sehen, der genauso gut mein Sohn wie seiner war. Deshalb solle ich ihm ohne weiteres Gerede folgen. Allein und ganz ohne Geld könne ich in diesem grausamen Deutschland nicht überleben, wo jeder gegen jeden kämpfe und jedermann nach einer Gelegenheit suche, einem einsamen Wanderer die Kehle aufzuschlitzen. In Deutschlands nördlichen Fürstentümern ging es allerdings noch einigermaßen friedlich zu, und deshalb wollte Antti sich zuerst nach Hamburg begeben, wohin es gar keine so lange Strecke war. Von dort aus ließe sich dann wohl leicht ein Schiff finden, das eine Küstenstadt in Frankreich anlaufen würde. Zwischen den Ländern des Kaisers und Frankreich herrschte nämlich Frieden, weil der König von Frankreich sich nun in Gefangenschaft befand.

Der Bierbrauer Eimert sah uns unter seinen kohlschwarzen Augenbrauen hervor nachdenklich an. Er hüstelte und fragte dann, ob dabei nicht auch Frau Geneviève ein Wörtchen mitzureden hätte. Erstaunt sahen wir beide sie an. Aber sie sagte nichts, sondern blickte uns nur geheimnisvoll aus ihren veilchenblauen Augen an, stützte ihr rundes Kinn mit der Hand ab und war auch sonst schöner als je zuvor. Ja, sie sah geradezu verlockend aus, so dass ich mich fragte, welchen Streich sie nun wohl vorhatte.

Da Frau Geneviève schwieg, riet uns der brave Bierbrauer, wir sollten uns nicht allzu sehr wundern. »Ich hatte reichlich Gelegenheit zu ausführlichen Gesprächen mit Frau Geneviève, deren züchtiges Wesen, klugen Verstand und anmutiges Verhalten ich sehr schätzen gelernt habe«, sagte er. »Ihr wisst sicher, dass ich zu den einigermaßen begüterten Einwohnern von Mühlhausen gehöre und man mich gebeten hat, einen Sitz im Stadtrat einzunehmen, obwohl ich dies dankend ablehnte. So dumm bin ich nun doch nicht. Außerdem ist es mir heute Morgen gelungen, meine Brauerei zu verkaufen, wenn auch zu einem lächerlichen Preis. In diesen schlechten Zeiten herrscht ja allerorts Geldmangel. Frau Geneviève hat mir mit aller Zurückhaltung zu verstehen gegeben, dass ich ihr nicht völlig gleichgültig sei. Deshalb habe ich beschlossen, mir den Staub dieser Stadt von den Füßen zu schütteln und euch in andere Länder zu folgen, wohin ihr auch geht.«

»Aber um Himmels willen!« rief ich bestürzt aus. »Ihr seid doch verheiratet, Meister Eimer; Ihr habt eine Familie und Kinder. Ihr könnt doch nicht nur wegen Frau Genevièves geschminkter Wangen und Augenbrauen Euer gutes Handwerk aufgeben! Wenn Ihr das tut, dann wird euch gewiss Gottes Strafe treffen.«

»Gott hat mich schon längst gestraft«, meinte der Bierbrauer Eimer dazu nur. »Seine Strafe bestand darin, mich in diese arme Stadt einzuheiraten, in der es außer dem Wasser, das sich besonders gut zum Bierbrauen eignet, nicht Gutes gibt. Aber gutes Wasser, Hopfen und Malz findet man auch in anderen Ländern. Mein bestes Kapital ist meine Braukunst, die ich von meinem Vater, meinem Großvater und deren Vätern ererbt habe. Es genügt mir, das Wasser zu kosten, mir das Malz durch die Finger rieseln zu lassen und am Hopfen zu riechen, damit ich weiß, was für ein Bier ich daraus brauen kann. Außer meiner Fähigkeit als Bierbrauer verfüge ich noch über eine klingende Geldbörse, ganz abgesehen von meiner Lebenserfahrung, die euch durchaus von Nutzen sein kann, da ihr beide noch junge Männer seid. Meine Lebenserfahrung habe ich mir auf zahllosen Reisen durch viele Länder erworben. Ich war sogar schon in Venedig, erst in den Lehrjahren meiner Jugend und dann erst letztes Jahr wieder. Die Reisen waren für mich nämlich die einzige Gelegenheit, meiner ständig nörgelnden Alten wenigstens für kurze Zeit zu entkommen. Ich muss ehrlich gestehen, dass ich die Brauerei und nicht die Frau geheiratet habe. Aber diesen Handel habe ich bereut, seitdem ich damals das Ehebett bestieg. Wenn meine Frau wieder einmal ihr böses Mundwerk laufen ließ, dann hatte ich keinen besseren Trost als die Gewissheit, dass wenigstens mein Bier in großen Bottichen vor sich hin gärte. Zum Glück haben wir keinen Nachwuchs außer den acht Kindern aus ihrer ersten Ehe, von denen die älteren schon volljährig sind. Sie machen mir wegen meines schlechten Lebenswandels noch schlimmere Vorhaltungen, als ihre Mutter. Deshalb ist es durchaus keine plötzliche Eingebung, dass ich mich euch anschließen will, sondern ein im Laufe vieler Jahre gereifter Entschluss. Ich gebe zu, dass ich mein Kreuz vielleicht auch demütig weiter getragen hätte, wenn Frau Geneviève mich mit ihrer freundlichen Hingabe nicht davon überzeugt hätte, dass ich immer noch ein Mann im besten Alter bin, und dass die Welt mir mehr zu bieten hat als ein keifendes Eheweib, freche Kinder und neidische Nachbarn in einer armen Stadt.«

Er warf uns einen scheelen Blick zu, hüstelte wieder und fuhr fort: »Allerdings wäre es falsch von euch zu denken, ich würde nur um eines schönen Rockes willen alles stehen und liegen lassen, auch wenn es sich bei Frau Geneviève um eine unvergleichliche und dazu noch kluge Dame handelt. Nein, hier in dieser Stadt zu bleiben, hieße für mich, weiter zu verarmen, bis ans Ende meiner Tage ein ehrloses Leben zu fristen und dabei noch unter schweren Steuern zu leiden. Aus einer Stadt wie dieser kann man nämlich nicht so einfach vierzigtausend Gulden an Kriegsentschädigung herauspressen, ohne sie zu bettelarm zu machen. Dazu kommt dann eine noch einmal so große Summe, die Adel und Kirche als Wiedergutmachung fordern. Deshalb würde nur ein Verrückter in Mühlheim wohnen bleiben. Aus diesem Grund habe ich meine Brauerei auch zu einem Spottpreis verkauft, mich für das Haus in Schulden gestürzt und auch noch das Landgut meiner Frau verpfändet. All dieses Geld ist Geld, das mich nichts kostet, auch wenn meine dummen Geldgeber das nicht begreifen, weil Besitz und Immobilien in dieser Stadt keinerlei wirklichen Wert mehr haben. Zwar gehört der Besitz, denn ich verkauft oder verpfändet habe, dem Gesetz nach eigentlich meiner Frau und ihren Kindern und nicht mir. Aber die erleiden keinen Schaden, wenn meine Frau ihre reichen Verwandten dazu bringen kann, einen notwendig werdenden Gerichtsprozess zu finanzieren. Das wird ihr sicherlich gelingen, denn ihre Zunge vermag selbst die Riegel einer Geldtruhe aufzusägen. So habe ich nun alles aufs beste geordnet. Aber nach Hamburg können wir uns keineswegs begeben, denn meine Frau könnte mir unterwegs entgegen kommen, und ich möchte ihr nicht gern begegnen. Stattdessen sollten wir so schnell wie möglich nach Nürnberg gehen, denn ich habe ein ganzes Bündel mit Wechseln, die man mir dort auszahlen wird. Von dort können wir dann nach Ungarn flüchten oder auch über die Eidgenossenschaft nach Frankreich. Ich habe auch nichts gegen Italien, obwohl ich ab jetzt den Ländern des Kaisers lieber ausweichen würde.«

Antti hatte ihm die ganze Zeit aufmerksam zugehört, ohne ein Wort zu sagen. Nachdem Eimer geendet hatte, sah Antti Frau Geneviève tadelnd an, benetze sich die Kehle mit einem großen Schluck Bier und sagte: »Das hätte ich nun wirklich nicht erwartet.«

Frau Geneviève wandte rasch ein: »Du wirst immer der Vater meines Sohnes bleiben, lieber André, genauso wie Michael, aber was soll ich machen, wo doch dieser gut betuchte Herr, der dazu noch ein Mann im besten Alter ist, mich liebgewonnen hat? Ich kann ihn einfach nicht davon abbringen, sein Heim und seine Familie zu verlassen, obwohl mir das Herz blutet ob seiner armen Frau und seiner Kinder, die nun als Waisen zurückbleiben.«

»Das ist gottlos und schändlich gehandelt! Deshalb wird uns alle der Fluch treffen«, sagte ich erregt. »Das werdet Ihr noch bereuen, Meister Eimer, und zwar so blutig und bitterlich, dass Ihr dann wünschen werdet, lieber tot zu sein. Ihr kennt dieses flatterhafte Weib nicht!«

Aber Meister Eimer entgegnete, er habe es bereits mit einer Menge Frauen zu tun gehabt. Er sei, was Frauen angehe, ein hartgesottener Bursche, besonders aufgrund seiner Erfahrungen in Venedig, wo die schönsten und hinterlistigsten Kurtisanen der Welt lebten. Von ihnen habe er schon in seiner Jugend ein besonderes Andenken in Form einer Krankheit erhalten, die ihn dann um das Glück der Vaterschaft gebracht habe. Ganz von gestern sei er also nicht. An dieser Bemerkung sah ich, dass er vollends vom Teufel verblendet war. Somit hatte es keinen Sinn mehr, ihn zu warnen.

Kapitel 2

Die Reise nach Nürnberg ging langsam und mühselig vonstatten. Wir mussten in vielen Städten längeren Halt einlegen aus Furcht vor Banden umherziehender Bauern und Räuber, die mehr als je zuvor die Wälder und Landstraßen unsicher machten. Durch die Gebiete des Kurfürsten konnten wir aber einigermaßen sicher seinen Truppen folgen. Sonst war die Gefahr umso größer, weil außer den plündernden Bauernhorden auch viele verarmte Ritter und Adelige auf eigene Faust auf Raub ausgingen, Steuern bei Bauern eintrieben, ihre Gehöfte in Brand steckten, ihnen das Vieh wegnahmen und nicht zögerten, auf den Landstraßen die Fuhrwerke von Kaufleuten anzuhalten und auch sie zu berauben. Es herrschte nämlich große Wirrsal in Deutschland. Deshalb kaufte Antti sich eine gute Arkebuse, während Meister Eimer mir eine kurze Sattelbüchse spendierte, die über ein mit einem Schlüssel aufziehbares Radschloss verfügte. Frau Geneviève wiederum schenkte mir zum Zeichen ihrer Liebe ein besonders schönes und geschmeidiges Schwert, weil so eines zu meiner adeligen Tracht passte. An Geldmangel schien sie nicht zu leiden.

Auf unserer Reise sahen wir viel Belehrendes und zahlreiche schöne Kirchen. Die meisten von ihnen waren allerdings ihrer Schätze beraubt worden, und die Heiligenbilder hatte man als Brennholz benutzt. Besonders erwähnen möchte ich, dass Meister Eimer uns auf der großen Landstraße in der Nähe von Erfurt die Stelle zeigte, wo unmittelbar vor dem jungen Martin Luther ein Blitz eingeschlagen sein soll. Dieses Erlebnis hatte ihm einen solchen Schrecken eingejagt, dass er daraufhin ins Kloster ging und Mönch wurde, auch wenn das mönchische Leben ihm später nicht mehr zusagte. Sonst aber wurden uns überall, wo wir Halt machten, die schlimmsten Dinge über die Grausamkeit der Bauern sowie die Rachsucht der Fürsten in Franken und in den Ländern am Rhein erzählt. Die Fürsten nahmen sich Luthers Aufforderung nämlich so recht zu Herzen und machten die Bauern gnadenlos nieder. Es gab kluge Männer, die ausrechneten, dass bereits zweihunderttausend Bauern niedergemetzelt worden seien. Ich bezweifelte diese Angaben nicht, nachdem ich mit eigenen Augen gesehen hatte, was in Frankenhausen geschehen war, auch wenn ich nicht gern an meine dortigen Erlebnisse zurückdachte.

So verging das Pfingstfest. Mitte Juni kamen wir endlich sicher und unbeschadet in Nürnberg an, dieser reichen und mächtigen Stadt, welche die schönste Stadt war, die ich in Deutschland zu sehen bekommen habe. Dort blieben wir mehrere Tage, denn Meister Eimer hatte als umsichtiger Kaufmann gewisse Angelegenheiten in dieser Stadt zu regeln. Dabei erfuhren wir, dass nur wenige Tage zuvor die Fürsten des Schwäbischen Bundes das nahe gelegene Würzburg eingenommen hatten, und damit war der Aufstand praktisch gesehen beendet, so dass dann nur noch kleinere Erhebungen niedergerungen werden mussten. Als Beweis dafür, zu welch teuflischen Unternehmungen sich die Aufständischen hatten hinreißen lassen, erzählte man mir, dass Bergleute versucht hatten, das Schloss von Würzburg in die Luft zu sprengen, weil ihnen keine Geschütze zu dessen Eroberung zur Verfügung standen.

Das mächtige Nürnberg aber war wie eine Insel der Ruhe inmitten eines stürmischen Meeres. Von Nöten und Unruhen wusste dort niemand etwas, höchstens gerüchteweise. Meister Eimer gab als Grund dafür an, dass in dieser Stadt zu viele wirtschaftliche Interessen auf dem Spiel standen und die dortigen Kaufleute zu mächtig waren, als dass irgendwelche Unruhen und Aufstände dort in Frage gekommen wären. Als er aus dem großen Kontor der Fugger zurückgekehrt war, wo er seine Wechsel eingelöst hatte, sagte er: »Wenn du einen Blick auf die Karte wirfst, Herr Michael, dann wirst du bemerken, dass in keiner einzigen Stadt, in der sich ein Handelskontor der Fugger befindet, irgendwelche Aufstände ausgebrochen sind. Trotzdem behalten die gefühllosen Kontoristen der Fugger in diesen unruhigen Tagen bis zu dreißig Prozent als Vermittlungsgebühr ein. Das bedeutet hohe Verluste für mich, denn ich muss mir bald einen anderen Namen zulegen und mich sputen. Zwar habe ich verlauten lassen, ich wolle mich nach Pommern begeben, um dort Gerste zu kaufen, aber ich gehe jede Wette ein, dass mich üble Schandmäuler verleumden werden, und meine Frau dann nach mir suchen lässt.«

Doch rieb er sich dabei die Hände und lächelte mit feuchten Lippen mitten in seinem schwarzen Bart, so dass in mir der Verdacht aufkam, es müsse bei seinen Wechselgeschichten etwas nicht mit rechten Dingen zugegangen sein. Er hatte übrigens auch zahlreiche Bekannte unter den braven Bürgern Nürnbergs und nahm Frau Geneviève und mich in das Haus eines gewissen Anton Seldner mit, wo ich die herrlichsten Bilder und Kunstwerke sah, und wo man uns mit mancherlei wohlschmeckenden Speisen bewirtete. Es stellte sich heraus, dass dieser Seldner in seiner Jugend zusammen mit Meister Eimer muntere Tage in Venedig verbracht hatte, als er dort das Kupferschmiedehandwerk erlernte. Meister Eimer verhehlte ihm gegenüber nicht, dass er vorhabe, sich in ein anderes Land zu begeben, um dort eine Bierbrauerei zu gründen.

»Da wendest du dich an den richtigen Mann«, sagte Seldner. »Ich kann dir nur dringend raten, nach Ungarn zu gehen, denn aus dem Deutschen Reich fliehen in Scharen Männer dorthin, die irgendwie in die Aufstände verwickelt sind. Die sind alle an gutes Bier gewöhnt, und was das Wichtigste ist, meinem Bruder Martin unterstehen die Kupferbergwerke in den Karpaten, einem Land der ungarischen Krone. Wenn ich dir ein Empfehlungsschreiben an ihn mitgebe, kannst du von ihm das Monopol für den Bierausschank an die Bergleute erhalten.«

»Ich erinnere mich gut an deinen Bruder«, sagte Meister Eimer. »Deshalb nehme ich an, dass die Krone nicht gerade viel Gewinn macht, wenn er sich dort um die Kupferbergwerke kümmert. Aber wie um Gottes willen kann er dort im Kupferhandel tätig sein, wo diese Bergwerke schon seit dreißig Jahren die größte Einnahmequelle für Jakob den Reichen bilden? Die Fugger haben ja auch das Kupfermonopol auf der ganzen Welt mit Ausnahme Spaniens und Schwedens, und das spanische Kupfer gilt als so minderwertig, dass Graf Jakob auch dort den Markt beherrscht.«

Da musste Herr Seldner lachen. Er schlug Meister Eimer auf die Schulter und sagte: »Bist du wirklich so unwissend? In welchem Kaff hast du gelebt, dass du nichts von diesen großen Umwälzungen gehört hast? Das Monopol der Fugger ist gebrochen. Die ungarische Krone hat die Bergwerke übernommen unter der Devise: Ungarnland den Ungarn. Stell dir vor, das Volk begann einen Aufstand und hat das Kontor der Fugger in Buda geplündert. Der ungarische Landadel fordert, Ausländer dürften die Bodenschätze Ungarns nicht mehr auf eigene Faust ausbeuten, sondern nur im Dienste und als Angestellte der Krone.«

»Dann geht es wirklich drunter und drüber auf der Welt«, sagte Meister Eimer und zog sich erregt am Bart. »Dann verstehe ich auch, dass die Fugger jetzt dreißig Prozent für ihre Wechsel einbehalten. Aber das ist wirklich schändlich und unerhört, denn die Ungarn sind ein unentwickeltes und unzivilisiertes Volk. Sie werden ohne deutsches Wissen und ohne deutsche Ordnung nicht zurechtkommen.«

»Die Ungarn sind ein launisches Volk; sie haben feurige Soldaten und gute Viehhirten«, gab Herr Seldner zu bedenken. »Aber sie hassen Juden und Deutsche. Wahrscheinlich haben die Fugger ihnen mehr als genug Anlass zu diesem Hass gegeben, obwohl wir als Deutsche uns nicht über die Verluste des reichen Jakob freuen sollten. Bestimmt sind er und seine Geschäftsfreunde diesmal allzu rücksichtslos vorgegangen. Er wird nämlich beschuldigt, die Krone um mindestens eine Million ungarische Gulden betrogen zu haben. Als Kaufmann, der ich über meinen Bruder näher in diesen Dingen Bescheid weiß, kann ich dir aber im Vertrauen sagen, dass er und seine Geschäftsfreunde sich in einem einzigen Jahr zusätzlich zu dieser Million etwa ein Viertel sämtlichen verfügbaren Besitzes in Ungarn unter den Nagel gerissen haben. Als ehrenwerter Nürnberger Bürger muss auch ich sagen, dass dies selbst für die Fugger zu viel ist, auch wenn die Ungarn ein unzivilisiertes Volk sind. Deshalb wollen wir Nürnberger dem jungen König Ludwig von Ungarn unsere Dienste anbieten. Als Bezahlung dafür nehmen wir die Kupferbergwerke unter unsere Fittiche, denn die Ungarn selbst wissen ja nicht, wie sie zu betreiben sind.«

Da wurde ich neugierig und fragte, wie es denn möglich sei, dass ein einziger Kaufmann ein ganzes Volk gleichsam am Schlafittchen packen und es zwingen konnte, ihm seinen verfügbaren Besitz auszuliefern, selbst wenn er über viele Helfershelfer verfügte. Herr Seldner beeilte sich, meine Vorstellungen zu berichtigen und erklärte, dass ich mich völlig irrte; die Fugger hätten Ungarn mit ganz und gar legalen Geschäftsmethoden ausgeplündert.

»Die Ungarn sind natürlich erbost, dass man sie so hinters Licht geführt hat«, sagte er. »Die Fugger haben seinerzeit schon genug Zorn dadurch erregt, dass sie die Bergwerke auf eigene Faust pachteten. Aber es ist eine Frage der Buchhaltung und des Wortlauts der Verträge, ob man hier davon ausgehen kann, dass sie die Krone betrogen haben und die der Krone zustehenden Anteile an dem Kupfer und Silber, das sie in ihren Bergwerken förderten, unverbucht ließen und somit unterschlagen haben. Niemand hat einen Überblick darüber, wie viel sie tatsächlich gefördert haben, denn das ist ihr größtes Geschäftsgeheimnis. Um diese schwierige Frage vereinfacht zu beantworten: Die Fugger haben, so gut es ihnen möglich war, gutes Geld in Gold aus Ungarn weggeschafft und gegen billiges Silbergeld ausgetauscht, auch wenn sie, um der Form genüge zu tun, kleinere Mengen an Gold aus ihrem polnischen Bergwerk nach Ungarn einführten, um es dort zu Münzen zu schlagen. Ihren größten Streich aber führten sie im letzten Jahr aus.«

Herr Seldner forderte uns auf, doch weiter dem Wein zuzusprechen, rieb sich seine rote Nase und fuhr fort: »Als ihnen immer mehr Wut und Ablehnung entgegenschlug, kauften die Fugger ihrem Geschäftsfreund Thurzo zum Preis einer Jahrespacht den Titel eines Kammergrafen und bekamen somit die Oberhoheit über das ungarische Münzwesen. In geschäftlichen Dingen ist der König dumm wie ein Kind; jedenfalls kann er Geld nur zum Fenster hinausschmeißen, so wie die meisten Ungarn. Um an mehr Geld zu kommen, gab er den Fuggern, oder sagen wir lieber, dem Kammergrafen Thurzo (denn der reiche Jakob ist sehr auf seinen guten Namen bedacht) das Recht, das Silbergeld mit nur noch halb so viel Silber zu prägen wie vorher. Früher enthielt das ungarische Silbergeld je zur Hälfte Kupfer und Silber; jetzt hingegen enthält es nur noch ein Viertel Silber, der Rest besteht aus Kupfer, das als Geld wertlos ist.«

Da begann Meister Eimer plötzlich zu fluchen und zu schimpfen. Er holte seine Geldbörse hervor und schüttete eine Handvoll Silbermünzen auf den Tisch, die ein schönes Wappen und das Abbild König Ludwigs zeigten. »Verdammt noch mal!« entfuhr es ihm. »Jetzt wird mir klar, warum dieser verfluchte Kontorist so ganz nebenbei fragte, ob ich auch ungarisches Silber annehme, weil er angeblich nicht genug Wechselgeld hatte. Wie hätte ich denn wissen können, dass das früher so angesehene ungarische Geld jetzt nur noch die Hälfte wert ist?«

»Genau so ist es«, bestätigte Herr Seldner. »Die Ungarn stießen allerdings noch saftigere Flüche aus, denn sie haben von den Türken die Kunst des Fluchens gelernt. Dann sammelten gewisse Kaufleute – Namen tun hier nichts zur Sache – heimlich, still und leise alle alten Silbermünzen in ihren Kassen, brachten sie in die Münzanstalt, ließen sie einschmelzen und neu prägen, und zwar so, dass man aus dem Silber einer früheren Münze zwei neue Münzen erhielt. Die Krone hat an dieser Neuprägung kein bisschen verdient, aber die besagten Kaufleute machten hundert Prozent Gewinn.«

»Aber das genügte ihnen nicht«, fuhr er fort, »sondern sie kauften alle verfügbaren Waren in Ungarn zum alten Preis beim Landadel auf – herdenweise Pferde, Vieh, Schafe und andere Ware, die Ungarn anzubieten hat. Als die gutgläubigen ungarischen Herren dann mit ihrem Silber aus anderen Ländern eingeführte Waren kaufen wollten, mussten sie bald feststellen, dass deren Preise sich verdoppelt hatten. Das hatte viel Wut und Geschrei zur Folge; Säbel wurden gezückt, und die Fugger-Angestellten wären dabei fast ums Leben gekommen.«

Ich grübelte lange über diesen merkwürdigen Bericht nach und sagte schließlich: »Mein Verstand ist besser geschult im Nachdenken über theologische Fragen und die Möglichkeiten des Menschen, sein Seelenheil zu erlangen, aber von dieser Sache hier verstehe ich kein bisschen. Eins ist mir allerdings klar: Der reiche Jakob wird es nicht zulassen, dass seine Angestellten straflos bedroht und ihm seine Bergwerke genommen werden. Der junge König von Ungarn wird sich deshalb noch rechtfertigen müssen, und Ungarn hat schlimme Zeiten zu erwarten. Deshalb hätte ich nicht die geringste Lust, nach Ungarn zu gehen, um dort eine Brauerei zu gründen.«

Aber Herr Seldner sagte: »Ungarn ist ein reiches und fruchtbares Land. Es gibt dort endlose Weiden und Ebenen, vieltausendköpfige Pferdeherden und so viele Schafe, dass noch niemand ihre Zahl nennen konnte.

Auch Weinberge hat das Land aufzuweisen. Vor allen Dingen verstehen die ungarischen Herren keinen Deut von geschäftlichen Dingen, sondern verbringen ihre Tage mit Weintrinken, Musik, Tanz, Jagd und Reiten, sofern sie nicht gerade Strafexpeditionen gegen die Türken unternehmen. Ein kundiger und geschickter Mann kann dort also innerhalb kurzer Zeit Reichtümer ansammeln und dick und fett werden wie eine Made im Speck. Ketzern und Lutheranern gegenüber kennen die Ungarn aber keine Gnade und würden sie am liebsten auf dem Scheiterhaufen verbrennen, denn sie sind in ihrem Glauben gestärkt durch den Kampf gegen die ungläubigen Türken. In Glaubensdingen gestatten sie keine Abweichungen, sondern fürchten, dass so etwas nur die Hirten und Ackerbauern gegen ihre Herren aufbringen würde. Das geschieht ja nur allzu leicht, wie wir leider feststellen mussten.«

Er sprach noch weiter beredt und begeistert von Ungarn und versicherte, die Macht der Fugger sei dort so gründlich gebrochen, dass sich dort jetzt auch anderen Unternehmern die besten Aussichten böten. Er versprach, uns einen Empfehlungsbrief an seinen Bruder mitzugeben, und stellte uns sonstige Vorteile in Aussicht. Er würde sogar selbst gerne nach Ungarn auswandern, wenn er nur den Senat von Nürnberg dazu bewegen könne, seinen Bruder zu unterstützen, seien doch die Kupfergruben ein zu großer Happen, um von einem einzigen Mann geschluckt werden zu können. »Die Fugger können vielleicht das Deutsche Reich von der Einfuhr ungarischen Kupfers abriegeln«, meinte er, »aber man kann das Kupfer wie auch bisher schon über Polen transportieren und dann von Danzig oder Stettin aus in die Niederlande verschiffen, durch die dänischen Gewässer hindurch, indem man Zölle an den König von Dänemark entrichtet. Die Welt hat wahrlich genug unter dem Kupfermonopol der Fugger gelitten, das gegen alle Gesetze Gottes und der Menschen verstößt. Aber gewiss langweilen wir unsere schöne Dame hier, wenn wir so viel vom Kupfer sprechen. Deshalb wollen wir uns nun amüsieren und die Musik aufspielen lassen. Freuen wir uns des Lebens! Der Tod wird sich schon rechtzeitig einen jeden von uns holen.«

Er rief die Musikanten herein, die dann zu Ehren von Frau Geneviève ihre Flöten und Trommeln erklingen ließen. Doch je mehr Herr Seldner und Meister Eimer getrunken hatten, desto mehr ergingen sie sich in Erinnerungen an die goldenen Tage ihrer Jugend, mischten italienische Wörter ins Deutsche, gedachten ihrer alten Saufkumpane in Venedig und sprachen darüber, was aus ihnen geworden war.

»Bruder Willibald ist inzwischen ein zu feiner Herr, als dass er noch in unsere Gesellschaft passen würde«, sagte Herr Seldner. »Weißt du noch, wie ihm der Türsteher vor dem Freudenhaus die Nase gebrochen hat, so dass er in den Kanal fiel und sogar ertrunken wäre, hätten wir ihn nicht aufs Trockene gezogen? Jetzt ist er aber Senator und Ritter, und er denkt nicht mehr gerne an seine Studentenzeit zurück. Er kennt nicht einmal mehr seine alten Freunde. Dabei trägt er zur Erinnerung an unsere gemeinsamen Abenteuer ein lebenslanges Mal in seinem Gesicht.«

Meister Eimer bemerkte dazu verdrossen, ihm wäre es lieber, ein sichtbares Zeichen zur Erinnerung an seine Abenteuer auf seiner Nase zu tragen als an einem gewissen anderen Körperteil. »Aber«, fuhr er fort, »würde denn Meister Dürer es noch gerne mit uns zu tun haben? Er ist ja inzwischen so berühmt geworden, dass sich sogar die Fürsten um seine Gunst bemühen. Ich erinnere mich noch, wie ihm in seiner Jugend der Schelm aus den Augen blickte und er den Wein durchaus nicht verschmähte. Dein Wein ist übrigens so gut, dass er gewiss auch einem Meister seines Schlages angemessen wäre, wo wir doch auch so eine schöne Dame unter uns haben.«

Herr Seldner zögerte zunächst, denn es war schon später Abend, aber dann sagte er: »Meister Dürer ist nicht mehr der Alte. Er hat sich all sein Wissen und seine Gelehrsamkeit sehr zu Herzen genommen und leidet an schwerer Melancholie, besonders wegen der jüngsten Ereignisse. Er ist richtig menschenscheu geworden. Aber vielleicht würden ja dein Name und die Kunde, dass du aus Mühlhausen kommst, ihn dazu verleiten, einen Jugendfreund wiederzusehen, denn er ist überhaupt nicht eingebildet. Ich weiß auch, dass er oft bis in die frühen Morgenstunden mit seinem Zeichenstift zugange ist.«

Er schickte einen Diener los, der Dürer freundlich und untertänigst bitten sollte, zu unserem Mahl zu erscheinen, falls er noch wach wäre. Unterdessen fragte ich, wer denn dieser Meister Dürer sei, denn ich erinnerte mich, seinen Namen schon einmal gehört zu haben. Meister Eimer und Herr Seldner erklärten wie aus einem Munde, Meister Albrecht Dürer sei Deutschlands fähigster und berühmtester Zeichner und Maler, ja, er sei wohl der größte Künstler, den Deutschland je hervorgebracht habe. Dazu sei er sehr gelehrt, so dass besonders die vornehmen Bürger und die Fürsten gern seine Gesellschaft suchten, obwohl er nur Künstler ist. Die beiden warteten gespannt auf ihn. Als Dürer aber ins Zimmer trat, verbreitete er sogleich eine solche Stimmung von Einsamkeit und Niedergeschlagenheit, wie ich es noch bei keinem anderen Menschen erlebt hatte. Mein Weinrausch war wie weggeblasen, als ich in seine Augen sah, denn darin schien sich alles menschliche Leid widerzuspiegeln. Sogar Meister Eimer war bestürzt. Die Musikanten wichen, ohne dazu aufgefordert zu sein, vor ihm zurück, als er kam. Er wollte auch keinen Wein trinken, sondern sagte, es gehe ihm nicht gut, und seine Leber vertrage keinen Wein mehr.

Ich muss jedoch auch sagen, dass dieser Meister Dürer sich äußerst wohlgesittet benahm und größere Selbstbeherrschung zeigte, als man es bei einem Künstler annehmen konnte. Wenn er sprach, offenbarte er große Gelehrsamkeit und ein nachdenkliches Gemüt. Sein Gewand war aus teurem Stoff in elegantem Schnitt, und seinem ganzen Gehabe bis hin zu seiner Frisur und seinem gepflegten Bart merkte man an, dass er seinerzeit ein recht eitler Stutzer gewesen sein musste. Nur seine großen Hände mit den langen Fingern, an denen Säure und schwarze Farbe unauslöschliche Spuren hinterlassen hatten, zeugten von seinem niedrigen Handwerk. Aber auch wenn er besonders leise und bescheiden sprach, so brachte er allen Lärm und jegliche Weinseligkeit um sich herum zum Verstummen, so dass man ihm gebannt zuhörte. Mir war, als würde sein forschender und abschätzender Blick alles Wissen bis hin in die Tiefen der Hölle durchschauen, so dass der Mensch für ihn kaum noch etwas Rätselhaftes an sich hatte.

Um ihre Verwirrung zu überspielen, begannen Herr Seldner und Meister Eimer ihn und seine Werke um die Wette zu preisen. Dürer hörte sich diese Lobesworte aber nur gelangweilt und wie geistesabwesend an und versuchte sie nach Kräften abzuschwächen. »Vielleicht ist meine Leidenschaft vollkommen, so wie eine gerade Linie und ein makelloser Kreis vollkommen sind«, sagte er. »Ich dulde nichts, das mit Fehlern behaftet und unfertig ist, sondern fordere von jedem Maler höchste Genauigkeit. Ein fehlerhafter und falscher Strich lässt mich meine Zeichnungen immer wieder vernichten, so dass ich von den Werken aus meiner Jugend nur wenige gelten lasse, auch wenn ich damals bis nach Bologna ritt, um einen Lehrmeister der geheimen Perspektivenlehre zu finden. Aber Vollkommenheit gibt es nur bei Gott, und alles Irdische ist unvollkommen. Deshalb empfinde ich selbst am schmerzhaftesten die Unvollkommenheit meiner eigenen Meisterschaft.«

»Aber beim Blute Christi«, wandte Herr Seldner ein, »nenne uns dann einen anderen irdischen Meister, der dir gleichkäme oder dich sogar überträfe! Ich glaube nicht, dass es einen solchen gibt. Darüber sind sich alle Kunstkenner in Deutschland einig, auch wenn die Italiener natürlich ihre eigenen Meister preisen.«

Meister Dürer räumte ein, dass er die italienischen Meister sehr schätze und in seiner Jugend viel von ihnen gelernt habe. Allerdings habe er für die oberflächliche Sinnenfreude und die übertriebene Liebe der italienischen Künstler zu grellen Farben, mit denen sie ihre Bilder ausstatteten, nicht viel übrig. »Je mehr ich gelernt habe«, sagte er, »desto besser habe ich verstanden, dass Farben vielleicht überflüssig sind und den Betrachter, ja den Künstler selbst nur in die Irre führen, wenn er dem Unzulänglichen, Irdischen und Unvollkommenen zu viel Aufmerksamkeit schenkt. Schwarz und weiß sagen an sich alles aus, was der Künstler ausdrücken muss. Wenn ich das, was ich zu sagen habe, nicht klar genug auf einer Kupferplatte ausdrücken kann, dann bin ich der Kunst nicht würdig. In meiner Jugend begnügte ich mich mit Holz, aber auch das Holz hat Mängel. Nur in dauerhaftes Kupfer kann man die feinsten Linien eingravieren, um sie dann auf Papier zu drucken.«

Herr Seldner begann erneut von Kupfer und der Katastrophe zu reden, welche die Fugger in Ungarn ereilt hatte, und Meister Dürer hörte ihm freundlich zu. Dabei stützte er sein Gesicht, das viele feine Züge aufwies, in seiner großen Hand und sah an uns vorbei irgendwohin in seine eigenen, uns fremden Welten. Aber Meister Eimer unterbrach den Redefluss seines Freundes und erinnerte daran, Meister Dürer sei der Frage ausgewichen, welche denn die Künstler seien, die ihm gleichkämen. Erst wollte Dürer darauf nicht antworten, sagte aber dann:

»In Venedig gibt es einen gewissen Tizian, einen Mann meines Alters, den ich auch persönlich kenne. Er scheint ein besonders fähiger Porträtmaler zu sein. In Basel hingegen hat ein junger Mann namens Holbein große Bewunderung erregt. Dessen Vater war ein durchschnittlicher Künstler, aber ich habe nicht genug Werke seines Sohnes gesehen, um mir ein Urteil über ihn zu bilden. Die Menschen übertreiben oft in ihrem Lob, wenn sie meinen, neue Fähigkeiten entdeckt zu haben. Jedenfalls hat mein Freund, der große Erasmus, diesen jungen Holbein in seinen Briefen lobend erwähnt und ihm gestattet, sein Porträt zu malen.«

Meine Ehrerbietung für diesen bescheidenen Mann wuchs ungeheuer, als ich ihn so nebenbei erwähnen hörte, mit Erasmus von Rotterdam, diesem wahren Fürsten des Wissens und der Wissenschaft, in Briefwechsel zu stehen. Schon in meiner Jugend hatte ich Erasmus sehr bewundert, als ich erstmals seine Werke las. Viele Erinnerungen stiegen in mir hoch, als ich daran zurückdachte, wie ich sein »Lob der Torheit« gelesen hatte, und ich musste mir gegenüber beschämt zugeben, dass mein eigenes bisheriges Leben den besten Beweis dafür erbracht hatte, dass die Torheit die wahre Herrscherin auf Erden war, jedenfalls mehr noch als Verstand und Wissen. Ich hatte große Lust, Dürer Fragen über diesen großen Mann zu stellen, aber Meister Eimer drängte ihn immer noch, doch noch andere Namen zu nennen als diese beiden Künstler, die ihm gleichgestellt werden könnten.

Meister Dürer versetzte nicht ohne gewisse Schärfe, er habe von Tizian und Holbein durchaus nicht behauptet, sie würden ihm gleichen, sondern er habe sie lediglich als bedeutende Künstler genannt, die Anerkennung verdienten und die mit gutem Grund erwähnt würden, wenn auch sein eigener Name genannt werde. Dann dachte er lange nach, aber schüttelte schließlich den Kopf und sagte: »Nein, andere weiß ich wirklich nicht zu nennen.«

Bald darauf begann er, über Schmerzen und Unwohlsein zu klagen, und er bedauerte ein weiteres Mal, dass seine Leber keinen übermäßigen Weingenuss mehr vertrage. Aber bevor er uns verließ, erkundigte er sich nach den Ereignissen in Mühlhausen und zeigte großes Interesse für die Lehren Thomas Müntzers. Ich hielt es nicht für nötig, ihm zu verheimlichen, dass ich selber bei Frankenhausen unter dem Regenbogenbanner gekämpft hatte. Darauf erwiderte er, er wolle sich gerne in aller Ruhe einen wahrheitsgemäßen Bericht über die Schlacht bei Frankenhausen anhören, doch jetzt sei nicht der rechte Zeitpunkt dafür, und er wolle unseren munteren Abend nicht weiter stören. Stattdessen bat er mich, ich möge ihn am nächsten Tag in seinem Haus aufsuchen, wenn ich Zeit hätte. Als Dürer gegangen war, meinte Herr Seldner, diese Einladung sei ein großer Gunstbeweis mir gegenüber. Ich solle diese Gelegenheit unbedingt nutzen, um mir auch die Werke des großen Meisters anzuschauen. Frau Geneviève hingegen gähnte und sagte, Meister Dürer sei ein furchteinflößender und unangenehmer Mensch, und im Bett hätte wohl niemand Spaß mit ihm.

Auf diese Weise lernte ich also Meister Dürer kennen. Er war von mir so angetan, dass ich ihn gleich mehrere Male besuchen durfte, während wir uns in Nürnberg aufhielten, obwohl er sonst seine Mitmenschen mied und mit Verweis auf Kränklichkeit und Unwohlsein so manchen würdigen Mann gleich an der Tür abwies. »Nachdem ich dieses Alter erreicht habe«, sagte er, »ist mir klar geworden, dass die Menschen in ihren Fehlern, Schwächen und Sünden einander gleichen. Weder die alten Freunde noch die neueren Bekannten bereiten mir Freude, da mein Gemüt unter einer schweren Melancholie leidet, außer natürlich, sie haben mir etwas wirklich Neues zu erzählen, oder ihr Gesicht lohnt es, abgezeichnet zu werden. Doch dieser Meister Müntzer und seine Lehre sowie sein trauriger Tod vermögen mich zu fesseln, weil sie zeigen, wie richtig ich bereits in meiner Jugend die Zukunft voraussah. Es geschieht nichts, was ich in meinen Zeichnungen nicht schon seit langem vorausgesehen hätte.«

Er nahm ein großes, vergilbtes Buch hervor und zeigte mir die Holzschnitte, die er kurz nach Vollendung seines siebenundzwanzigsten Lebensjahres nach dem Buch der Offenbarung angefertigt hatte. Sie waren bereits vor meiner Geburt im Druck erschienen. Nachdem er sich zu einem Meister weiterentwickelt hatte, gestand er diesem Werk selber keine große künstlerische Bedeutung mehr zu, mit Ausnahme der Prophezeiungen heutiger Ereignisse. Er zeigte mir die vier Reiter: Krieg, Pest, Hunger und Tod, und sagte:

»Die Kriege zwischen dem Kaiser und dem König von Frankreich haben die Welt ins Chaos gestürzt. Die Franzosenkrankheit ist die Geißel unserer Zeit, so dass bald kein einziges gesundes Kind mehr geboren wird. Das Land bleibt unbearbeitet, weil die Bauern rebellieren, und deshalb wird es bald furchtbare Ernteausfälle und Hungersnöte geben. Träumer und Schwärmer wie Müntzer zeigen uns, dass die letzten Tage angebrochen sind. Die heilige Kirche ist zur Hure Babylon verkommen, die von den geistlichen und weltlichen Ständen angebetet wird. Der Drache wird auch den Papst verschlingen, wie auf diesem Bild hier den Bischof, auch wenn ich ihm damals nicht die päpstliche Tiara auf den Kopf zu malen wagte, denn sonst hätte ich meine Zeichnungen nicht drucken können. Aber wenn dies alles geschieht, will ich nicht mehr in dieser wild gewordenen und mordlüsternen Zeit leben, sondern lieber vorher sterben, sofern ich noch erleben kann, wie der Papst von seinem Thron gestoßen wird.«

Mir schien seine Rede sehr düster, obwohl er selbst keinen Mangel litt und allem nach zu urteilen recht wohlhabend war und ein Freund von Fürsten und Gelehrten. Er sprach in meiner Gesellschaft auch maßvoll dem Wein zu, ohne über seine Leber zu klagen. Dann zeigte er mir auch die Gemälde, an denen er gerade arbeitete: die heiligen Apostel, von denen der heilige Johannes mich sehr an Pater Angelo erinnerte, sowie eine Reihe von Kupferstichen, mit denen er, wie er sagte, recht zufrieden war. Aber sie strahlten alle so viel Niedergeschlagenheit aus, dass ich bei ihrem Anblick keine rechte Freude empfand. Weiterhin zeigte er mir ein Blatt, auf dessen Spruchband das Wort »Melancholia« geschrieben stand. Er sagte, er wolle in dieser Zeichnung das Ergebnis all seines Wissens und seiner Gelehrtheit festhalten, habe er doch auch Naturwissenschaften, Philosophie und Geometrie studiert. Er wohne ja auch in einem Haus, das früher einem Astronomen gehört habe. Ich sagte, ich fände das Ergebnis sehr traurig und deprimierend, und er meinte darauf, das sei eine richtige Bemerkung, denn genau das habe er mit diesem Werk ausdrücken wollen. »Je mehr Wissen der Mensch sich aneignet«, sagte er, »desto betrübter wird er. Ein Mensch, der über sämtliches Wissen unserer Zeit verfügen würde, der wäre, glaube ich, der traurigste Mensch der Welt.«

Da sah ich plötzlich, dass der Tod ihm schon seinen Stempel ins Antlitz gedrückt hatte und dass der Tod aus allen seinen Zeichnungen sprach. Mir wurde klar, dass er ein sehr unglücklicher Mensch war und dass an seiner Leber tatsächlich etwas faul sein musste und er sie nicht nur als Ausrede benutzte, um sich aus allzu ausgelassener Gesellschaft zurückzuziehen. Deshalb beneidete ich ihn auch nicht um seinen Ruhm, seinen Erfolg und seine Bekanntschaft mit dem großen Erasmus, sondern empfand im Gegenteil Mitleid mit ihm. Als wir voneinander schieden, schenkte er mir drei Kupferstiche. Auf meine Bitte hin versah er sie noch mit meinem und mit seinem Namen, damit niemand mich des Diebstahls beschuldigen konnte. Auch schrieb er mir, ohne dass ich ihn darum gebeten hätte, einen Empfehlungsbrief an den venezianischen Meister Tizian. Er sagte mir, ich verlöre nichts, wenn ich mir die Bilder dieses Meisters ansähe. Er bat mich auch, ihm zu schreiben, was ich von seinen Bildern hielte, an welchen neuen Werken Tizian gerade arbeitete, und welche Themen er in seinen Bildern behandelte, falls ich einmal nach Venedig käme. Dann sagte er noch, ich hätte ein von Natur gutes Auge, um Kunst verstehen zu können. Dies sei eine von Gott verliehene Fähigkeit, die ich weiterentwickeln sollte, wann immer ich dazu Gelegenheit bekäme.

Vielleicht ließen mich gerade seine Belehrungen verstehen, warum ich Nürnberg als so angenehme Stadt empfand, und warum es so lehrreich für mich war, mich dort aufzuhalten. Der jahrhundertelange Wohlstand hatte dieser Stadt nämlich seinen Stempel aufgedrückt, so dass sie dem Auge wie ein anheimelndes Schatzkästlein erscheinen musste. Jedes Haus hatte ausgewogene Maße und war einfach schön mit seinen hohen Giebeln. Jeder Fensterrahmen, jede Türeinfassung war mit Holzschnitten verziert. Selbst die Türklopfer an den Häusern der reichen Senatoren waren Kunstwerke. Von nun an sah ich mich mit gleichsam neuen Augen um, und dadurch verlor ich nichts, sondern mir schien, mein Leben würde auf diese Art bereichert, weil ich lernte, die Schönheit von Formen, Farben und Proportionen zu begreifen. Das war das größte Geschenk, das ich von Meister Dürer erhielt, auch wenn seine eigenen Zeichnungen mich nur mit Wehmut erfüllten und mich an den Tod denken ließen, wenn ich mich in ihre Betrachtung versenkte.

So war mir die Bekanntschaft mit Meister Eimer also von hohem Nutzen, weil er mich mit Menschen in Verbindung brachte, die mein Wissen erweiterten, so dass mein früherer Wissensdurst sich wieder meldete und ich Neugier verspürte, um alles zu verstehen, was ich um mich herum sah, von neuen astronomischen Instrumenten und Einzelheiten der Geldströme bis hin zu Kunstwerken. Ich konnte mich nur über mich selbst wundern, dass ich mich so lange mit dem abgeschiedenen Leben in Memmingen und danach mit der ungelehrten Gesellschaft dummer Bauern begnügt hatte. Dabei dehnte sich die Welt so weit um mich herum aus, und jeder Augenblick bot mir neue Ausblicke und neues Wissen, sofern ich es nur annehmen wollte.

Ich fand, dass ich mir den Kopf schon mehr als genug über theologische Streitfragen zerbrochen hatte und dann auch noch teures Lehrgeld bei der Verwirklichung dieser Ideen hatte zahlen müssen. So nahmen meine Gedanken nun eine ganz andere Richtung. Ich vergaß die Bibel und das Einzige, was dem Menschen nottut, um mein Sinnen auf irdische Dinge zur richten, auf Sinnenfreude und den Genuss der Erkenntnis, damit ich mir Neues aneignete. Ich irre mich wohl nicht, wenn ich annehme, dass auch Frau Geneviève einen großen Anteil daran hatte, dass ich von der gefährlichen Krankheit theologischer Schwärmereien genas. Ich nahm mir auch Meister Dürers düstere Prophezeiungen über die Ankunft der letzten Tage nicht mehr so zu Herzen, denn die Planeten waren schon seit geraumer Zeit ins Sternbild der Fische eingetreten und setzten ihren endlosen Lauf fort, ohne dass das Ende der Welt herbeigekommen wäre. Somit blieb der Christenheit wohl noch genug Zeit übrig, jedenfalls mindestens so viel Zeit, wie ich noch für mein armes Leben brauchen würde.

Ich beschloss also, diese Zeit so gut wie möglich zu nutzen, ohne nach allzu großer Tugendhaftigkeit zu streben, die ein schwacher Mensch sowieso nicht erreichen kann, weil Gott allein vollkommen ist. Andererseits wollte ich auch keine allzu schwere Sündenlast anhäufen, denn das bringt nicht nur die Seele in Gefahr, sondern auch den Leib. Auf diese Weise hoffte ich, zusammen mit den meisten anderen Menschen den goldenen Mittelweg befolgen zu können. Dieser Beschluss zeigt recht gut, auf wie viele verschiedene Arten und auf welch vielfältigem Feuer der allmächtige Gott seinen Braten hin und her wendet und zum Garen bringt.

Kapitel 3

Endlich kam der Tag, da Meister Eimer verkündete, nun habe er die Sache mit seinen Wechseln endgültig geregelt und beabsichtige, so schnell wie möglich nach Venedig aufzubrechen, dem größten Handelsplatz der Welt. Dort könne er am besten als neuer Mensch wiedergeboren werden, indem er sich den Bart färbte. »Ich verlasse mich ganz und gar auf euch und zweifle nicht daran, dass ihr mir helfen werdet, mein Eigentum zu verteidigen«, sagte er. »Allerdings ist das Mitführen großer Bargeldsummen auf langen Reisen zu gefährlich, und deshalb habe ich alle meine Habe zu Wechseln gemacht, die das Bankhaus Bisani dicht bei der Rialto-Brücke zu Venedig meinem guten Geschäftsfreund Kaspar Rotbart ausbezahlen wird. Frau Geneviève hat mir freundlicherweise versprochen, mir nach Venedig zu folgen, denn ein kleiner Umweg ist ihr nicht ungelegen, zumal da am Hof zu Lyon seit der Abwesenheit des Königs nicht mehr viel los ist. Deshalb wollen wir der Post der Fugger folgen, denn dann reisen wir schnell und sicher, und niemand kann uns verbieten, ihre Postdienste in Anspruch zu nehmen. Ihr beide könnt gerne mitkommen, obwohl ich eure Reisekosten jetzt nicht weiter übernehmen kann, da ihr mir nun nicht mehr von Nutzen seid. Ab jetzt wacht nämlich die Post über meine und meiner Wechsel Sicherheit.«

Das gefiel mir gar nicht, denn ich hatte geglaubt, wir würden alle zusammen erst nach Schwaben reisen, wo ich meinen lieben Hund Rael zu finden hoffte, und von dort über die Eidgenossenschaft nach Lyon, von wo aus wir einen Abstecher nach Tours unternehmen wollten, um unseren Sohn zu besuchen. Antti hatte in Nürnberg bei geschickten Handwerkern sogar einen Holzesel mit beweglichen Beinen gekauft, den er dem vierjährigen Knaben schenken wollte. Ich merkte auch, dass Meister Eimers Entschluss Frau Geneviève gar nicht zusagte, denn sie lächelte säuerlich und meinte, sie habe sich das doch etwas anders vorgestellt. Jedoch hatte Meister Eimer ihr zum Ausgleich versprochen, er werde ihr in Venedig als Reiseandenken einige Ellen Goldbrokat, einen silbernen Spiegel und schöne Glaswaren kaufen.

Ich musste mich nun also entscheiden, für immer auf meinen Hund zu verzichten, da ich nicht mehr nach Deutschland zurückkehren wollte, oder mich für lange Zeit von Frau Geneviève zu verabschieden und sie ganz der Gesellschaft dieses eingebildeten Bierbrauers zu überlassen. Doch eigentlich blieb mir keine Wahl, weil ich meine Reise per

Post nicht bezahlen konnte. Deshalb verblieben wir so, dass Antti und ich über Schwaben und die Eidgenossenschaft in die Lombardei wandern und uns dann später im Sommer in Venedig wiedertreffen würden. Meister Eimer versprach uns, seine Anschrift, oder besser gesagt die Anschrift seines Geschäftsfreunds Kaspar Rotbart, im *Fondaco dei Tedeschi,* also in der deutschen Handelskammer in Venedig zu hinterlassen, so dass wir ihn in der großen Stadt finden konnten.

Als ich mit Frau Geneviève unter vier Augen sprechen konnte, schalt ich sie heftig ob ihres gewissenlosen Leichtsinns und ihrer Flatterhaftigkeit. Doch sie wies meine Vorwürfe empört zurück und sagte, sie habe immer schon einmal Venedig sehen wollen, und ich solle ihre Sittsamkeit nicht in Frage stellen. Sie erinnerte mich auch an die zahlreichen Gelegenheiten, bei denen sie mir auf zärtliche Weise ihre aufrichtige Liebe zu verstehen gegeben habe. Zwar habe sie gehofft, Meister Eimer würde seine Wechsel schon in Nürnberg zu Bargeld gemacht haben, andererseits aber könne der Aufenthalt in Venedig ganz amüsant werden. Sie ließ mich schwören, unbedingt nach Venedig nachzukommen, um ihr zu helfen, von Meister Eimer loszukommen, dem sie nur folgen müsse, um die Zukunft ihrer beiden unschuldigen Kinder zu sichern.

Ich musste zugeben, dass Frau Geneviève mir auf vielfache Weise ihre Zuneigung bezeugt hatte, sogar in dem Maße, dass ich dies zuweilen als allzu aufdringlich empfand, wenn Meister Eimer sie wegen seiner Geschäfte vernachlässigte. Deshalb machte der Gedanke an meinen braven Hund und das schöne Sommerwetter auf den Landstraßen mir den Abschied von ihr leicht. In meiner Narrheit dachte ich sogar, dass mich dann umso mehr vermissen würde, wenn ich für eine Zeitlang von ihr schied. Denn immer, wenn sie mir ihre Zuneigung ausdrückte, schwor sie mit Tränen in den Augen, dass sie sich jede Minute, die sie nicht gemeinsam mit ihr verbringen konnte, nach mir sehnte, und dass sie ohne mich nicht leben könne.

Vor unserem Abschied wurde Antti nachdenklich und sagte: »Ich bin zwar ein dummer und einfältiger Kerl, aber das Glück hat mich begünstigt, besonders bei Pavia. Ich habe auch während des Bauernkriegs meine Augen nicht verschlossen, sondern bei jeder Gelegenheit die Geschenke, die Gott mir darbot, fleißig eingesammelt. Meine Geldbörse ist allmählich so schwer geworden, dass sie mir mehr Kummer denn Freude macht in diesen gefährlichen Zeiten. Deshalb würde ich gerne wissen, wie sich Geld in Papier einwechseln lässt und man für das Papier dann in einer anderen Stadt Bargeld bekommen kann, so dass man vor keiner anderen Schwierigkeit steht, als das Papier gut aufzubewahren. Wenn nämlich so ein schlauer Fuchs wie Meister Eimer diesen Papieren vertraut und glaubt, er werde sein Geld zurückbekommen, wieso sollte ich einfacher Kerl mich dann nicht ebenso darauf verlassen?«

Meister Eimer antwortete rasch: »Nichts ist einfacher als das! Ich helfe dir gern in dieser Sache. Du brauchst nur dein Geld vor mir hinzuzählen, und dann holen wir zwei wohlbeleumdete Zeugen sowie einen öffentlichen Notar, die dann alle ebenfalls dein Geld zählen. Der Notar setzt daraufhin ein Papier auf und beglaubigt es mit seinem Siegel. In diesem Papier verpflichte ich mich dazu, dir das Geld in Venedig in, sagen wir, einem Monat ab diesem Tag gerechnet zurückzuzahlen. Ich ziehe von deinem Geld nicht mehr als beispielsweise vier Gulden von hundert ab für meine Mühen und Ausgaben, und du musst dich ebenfalls verpflichten, dein Geld in Dukaten zurückzunehmen, und war zu einem bestimmten Kurs, den ich bestimmen werde.«

Antti kratzte sich am Kopf und sagte: »Ich verstehe nicht viel von dieser Rechnungsweise. Was ich aber verstehe, ist, dass ich weniger Geld zurückbekomme, als ich gegeben habe. Ist das nicht ungerechte Wucherei, welche die Kirche nicht gutheißt? Dann verlasse ich mich doch lieber wie bisher auf meine Kräfte und mein Schwert, um mein Geld beisammenzuhalten.«

Frau Geneviève sagte, Geld sei eben Geld und Papier Papier. Sie hasse nichts mehr als Papiere, die alles nur durcheinanderbrächten. Doch Meister Eimer ließ nicht locker und versicherte, er würde Antti gerne zu Diensten sein, da er ihn schätzen gelernt habe und ihn für seinen Freund halte. Antti gefiel dieser Eifer nicht; er wurde brummig und sagte, er habe es sich nun einmal anders überlegt. Als wir uns aber von Frau Geneviève und Meister Eimer mit baldigen Wiedersehenswünschen verabschiedet hatten, begab er sich geradewegs in das Fuggersche Handelshaus. Von dort zurückgekehrt, berichtete er, er habe seine Geldbörse um die Hälfte erleichtert und dafür ein Papier erhalten, das er in den Geschäftsräumen der Fugger in Venedig, Mailand oder Genua nur vorzuzeigen brauche, um sein Geld zurückzubekommen. Auch habe der Angestellte der Fugger in Nürnberg ihm für seine Mühen und Auslagen nicht mehr als anderthalb von hundert Gulden sowie den Kursunterschied zwischen Gulden und Dukaten für seinen Herrn abgezogen, für sich selber aber nur einen Gulden für seine Dienste, für einen ihm unbekannten Herrn einen Reisewechsel auszustellen.

Ich schalt Antti, dass er auf das falsche Pferd gesetzt habe. Die niedrige Vermittlergebühr zeigte meiner Meinung nach nur, dass der reiche Jakob das Geld dringend brauchte. Ich erzählte Antti von den Vorkommnissen in Ungarn, aber Antti ließ das kalt; er sagte, wenn das Handelshaus der Fugger in Konkurs gehen und seine Zahlungen einstellen sollte, dann müsse er, ein armer Mann, den Schaden eben tragen, denn genauso gut könne die Erde ihren Lauf um die Sonne einstellen, wie Jakob der Reiche sein Geld verlieren würde.

So begannen wir unsere Wanderung von Nürnberg nach Baltringen. Doch war diese Wanderung nicht so lustig, wie ich mir das vorgestellt hatte, denn immer wieder einmal wurden wir auf dem Weg vor ärmlichen Hütten mit bloßen Fäusten abgewiesen, und Scharen von Krähen flatterten über abgebrannte Bauerngehöfte dahin. Nicht selten trafen wir auf weinende Frauen und furchtsame Kinder, die sich nicht auf Gespräche mit uns einlassen wollten. Selbst in unzerstörten Dörfern war es oft unmöglich, für Geld etwas zu essen zu bekommen. Drei Mal sahen wir Leichen an Galgen baumeln, die nach ihrer zerrissenen Tracht zu urteilen zu Lebzeiten Pfarrer gewesen sein mussten. Wenn wir auf Bauern trafen, verfluchten sie Doktor Luther aus tiefstem Herzen und sagten, Luthers Lehre sei es zu verdanken, dass die Fürsten und Prälaten nun mächtiger waren als je zuvor.

»Früher hatten wir nicht selten Fleisch im Kochtopf, und an kirchlichen Feiertagen gab es Bier zu trinken, so dass man sich ordentlich den Bauch vollschlagen konnte«, sagten sie. »Jetzt sind solche Zeiten dank dem verfluchten Luther vorbei. Die Kinder müssen sich mit weißen Rüben begnügen, und deren Kinder gewiss einmal mit Heu und Stroh, denn dann werden die Fürsten und Prälaten Deutschlands Bauern wohl lehren, Heu und Stroh zu essen, wenn sie erst einmal ganz zu seelenlosem Vieh erniedrigt worden sind.«

Aus diesem Grund setzten wir unsere Wanderung so schnell wie möglich fort. In Baltringen trafen wir dann die brave Gewürzhändlerwitwe, die uns schon seit längerer Zeit für verstorben hielt und unseren Tod beweint hatte. Unbeschreiblich aber war die Freude meines Hundes, als er mich wiedererkannte. Er sprang auf mich zu, leckte mir die Hände, weinte und lief aufgeregt um mich herum, wobei er in seinem Jubel Tische und Stühle umstieß. Er musste wirklich schon geglaubt haben, ich hätte ihn für alle Zeiten verlassen. Sein Fell war inzwischen gewachsen; es war ganz strubbelig geworden und glänzte sogar. Als ich ihn auf meinen Schoß hob, war er dick und fett wie ein Ferkel, und als auch ich weinte und mein Gesicht an sein schwarzgraues Fell drückte, leckte er mir zärtlich die Tränen von den Wangen und rieb mir Nase und Ohren sauber. Die Witwe des Gewürzhändlers sagte, sie habe ihn so reichlich wie nur möglich gefüttert, um ihn zu trösten, denn nachdem ich fortgegangen war, wollte er noch in seinem Korb in der Ofenecke liegen bleiben und wurde sehr wählerisch, was das Fressen betraf, denn er gab sich nur mit Leckerbissen zufrieden und war kaum dazu zu bewegen, auf den Hof zu gehen, um seine Notdurft zu verrichten. Sie wollte sich von Rael überhaupt nicht trennen, da sie ihn liebgewonnen und sich um ihn gekümmert hatte, als wäre es ihr eigener Hund, wo sie ja auch keinen Mann mehr hatte.

Deshalb wurde mir schwer ums Herz, und als wir dieses gute Haus verließen, beschloss ich, der Hund solle wählen, ob er sich weiterhin mit der ruhigen Ecke am Ofen und einem gut gefüllten Fressnapf zufriedengeben wollte, oder es vorzog, sich mit mir auf anstrengende Wanderungen zu begeben. Ich redete vertrauensvoll auf ihn ein und versprach, auch noch das letzte Stück Brot mit ihm teilen zu wollen, solange ich noch Brot dabei hätte. Doch warnte ich ihn auch und machte ihm klar, er werde vielleicht Kälte und Gefahren erleiden müssen; auch könnte er unterwegs von fremden Hunden gebissen werden. Während ich so auf ihn einsprach, sah er mich zärtlich mit seinem braunen Auge an, und als ich ihn auf der Türschwelle absetzte und die Gewürzhändlerwitwe versuchte, ihn mit freundlichen Worten und einem Knochen, an dem noch Fleisch hing, zum Bleiben zu bewegen, da bellte er ein Mal zum Abschied, leckte ihr die Hand, schnappte sich den Knochen und lief mir ohne zu zögern hinterher. Antti fand, Rael sei ein kluger und vorausschauender Hund, da er auch daran gedacht hatte, Proviant mitzunehmen.

Jetzt hatten wir Gesellschaft auf unserer Reise, und ich fühlte mich nicht mehr einsam. Ich sehnte mich nicht einmal mehr nach Frau Genevièves weichem Leib, da nun mein braver Hund des Nachts zu meinen Füßen schlief und seine Schnauze treu auf meinen Knöcheln ruhen ließ. Er wachte so gründlich über mich, dass er mich für keinen Moment aus den Augen ließ, sondern mir in den ersten Tagen in Gasthöfen sogar bis auf den Abtritt folgte, weil er fürchtete, mich womöglich wieder zu verlieren. Manchmal sagte er etwas in der Hundesprache zu mir. Das verstand ich so, dass er mich tadelte, weil ich ihn so lange an einem fremden Ort alleingelassen hatte.

Er machte sich auch nichts aus den Strapazen und Beschwernissen der Reise, sondern freute sich jeden Morgen immer wieder überschwänglich über all die neuen Gerüche am Wegesrand und lief vor Freude bellend vor uns her, auch wenn er sich dann am Nachmittag kaum noch auf seinen kurzen Beinen halten konnte und sich auch nicht mehr umschaute. Manchmal hob er dann flehend seine Pfoten und blickte mich mit seinem einzigen Auge an. Dann nahm Antti ihn oft auf den Arm und trug ihn eine Strecke Weges auf seinen Schultern, so dass Rael ihn immer mehr ob seiner großen Stärke bewunderte. Doch nie ließ er sich dazu hinreißen, Antti als seinen Herrn zu betrachten, sondern er folgte immer nur mir und gehorchte auch mir allein, was mir sehr behagte.

So erreichten wir schließlich frohgemut und in bester Eintracht Memmingen. Dort stahl ich mich, ohne Aufsehen zu erregen, ins Rathaus und stieg die steile, düstere Treppe zu meiner ehemaligen Wohnung hinab. Der flachnasige Stadtbüttel lebte dort immer noch mit seiner von der Franzosenkrankheit gekennzeichneten Frau. Die beiden waren über mein Erscheinen aber alles andere als erfreut, denn schon seit geraumer Zeit hielten sie sich für meine Erben und hatten sogar nach mir suchen lassen, damit ich bis zu einer bestimmten Frist mein Eigentum bei ihnen abholte. Bitterlich klagten sie über die schlimmen Zeiten und ihre Armut, während mein Hund in allen Räumen herumschnüffelte und genauso winselte wie sie, da er diese beengte und schmutzige Wohnung nicht mehr als sein Heim empfand noch dort sein Frauchen entdecken konnte.

Als ich dann meine Truhe öffnete, waren alle Sachen von Meister Fuchs noch an Ort und Stelle. Voller Wehmut breitete ich seinen prächtigen Pelzmantel aus und überlegte, was für einen feinen, modernen und fast bis zu den Knien hinabreichenden Mantel ich mir daraus würde schneidern lassen können. Ich war jedoch arm, und allein schon für die Nahrung war ich Antti inzwischen eine Menge schuldig. Bei der Sommerhitze war an Winterkleidung ohnehin noch nicht zu denken. Deshalb rang ich mich dazu durch, ihn zu verkaufen, und zwar an den Kaufmann Velser in Memmingen, der mir trotz der schlechten Zeiten siebenundachtzig rheinische Gulden dafür zahlte, obwohl der Kürschner Zeltner mir lediglich fünfundfünfzig geboten hatte, und auch das nur, weil wir alte Bekannte waren. Deshalb überließ ich dem Kaufmann Velser auch noch als Dreingabe den venezianischen Spiegel, dessen Glas zerbrochen war, nur um mir seine Gunst zu sichern.

Alles in allem konnte ich deutlich über hundert Gulden einnehmen, als ich den Inhalt der Truhe verkaufte. Ich hatte also wirklich guten Grund, Meister Fuchs selig dankbar zu sein, dem ich ja auch zu einem einfachen Tode verholfen hatte. Deshalb hielt ich es für meine Pflicht, ihm in der Kirche von Memmingen eine Totenmesse zu seinem Andenken lesen zu lassen, auch wenn ich nicht mehr so recht an den Sinn von Totenmessen glaubte. Dafür zahlte ich an den neuen Pfarrer und die Chorknaben achteinhalb Gulden. Auch zahlte ich an den Heilig-Geist-Stift drei Gulden, damit die Armen und Krüppel dort an drei aufeinanderfolgenden Feiertagen besser beköstigt werden konnten. Dem Stadtbüttel gab ich drei Gulden und einige Silbermünzen für die Aufbewahrung meiner Truhe. Damit glaubte ich, dem Andenken des braven Meisters Fuchs nun nichts mehr schuldig zu sein. Ich hegte auch keinen Groll mehr gegen ihn, obwohl er in Ausübung seines unerquicklichen Amtes mir und meiner Frau furchtbares Unglück zugefügt hatte. Aber wir sind schließlich alle nur schwache und fehlbare Menschen. Nachdem ich dann noch meine Schulden bei Antti bezahlt hatte, blieb mir die runde Summe von hundert Gulden in der Geldbörse. So manch braver Mann hat wahrlich mit weniger Geld ein neues Leben begonnen.

Von den sonstigen Sachen behielt ich nur die nötige Leinenwäsche und ein paar feine Spitzen sowie einen Silberbecher. So hatte ich nur leichtes Gepäck, als wir unsere Wanderung fortsetzten. Da ich nun wieder Geld in meiner Börse hatte, hielt ich es bei meiner feinen Kleidung auch für meiner Würde abträglich, wenn ich mich zu Fuß auf den Weg machte, sondern mietete mir jeweils ein Pferd in den Gasthäusern. Antti schritt neben mir einher, die Hand an meinem Steigbügel, und wenn mein Hund vom Laufen erschöpft war, setzte ich ihn vor mich auf den Sattel. So ging unsere Reise schneller vonstatten, und wir erreichten in wenigen Tagen die Stadt Lindau, wo der Kaiser sein Waffenlager hatte. Von dort segelten wir über den großen See in die Eidgenossenschaft, das Land der freien Männer, wo, wie wir glaubten, uns niemand mehr bedrängen konnte. Dann wanderten wir weiter auf das große Gebirge zu, und die Berge ragten um uns herum immer höher gen Himmel auf, in eisigem Blau erhaben schimmernd.

Als wir das stark befestigte Zürich erreicht hatten, konnten wir sehen, dass Magister Zwingli dort ein strenges Regiment führte und die Kirchen von allem weltlichen Schmuckwerk gereinigt hatte, so dass die nackten Wände für die Frömmigkeit der Gläubigen reichen mussten. Er gestattete nicht einmal, dass in seiner Kirche die Messe gelesen oder gesungen wurde. Auch sonst duldete er in der Stadt keine andere Lehre als seine eigene. Als ich dazu noch erfuhr, dass er Flüchtlinge, die den getöteten Thomas Müntzer als ihren Lehrmeister ansahen und in Zürich Schutz gesucht hatten, grausam hatte foltern und aus der Stadt vertreiben lassen, da hielt ich es für das Beste, diesem gestrengen Mann lieber nicht unter die Augen zu treten, obwohl ich eigentlich begierig darauf gewesen war, mir seine Predigt anzuhören. Auch Antti warnte mich davor, noch weiteren Predigten zu lauschen. Deshalb wanderten wir gleich weiter und schlossen uns einem Kaufmannstross an, der nach Italien wollte, damit wir uns auf den bergigen Pfaden nicht verirrten oder gar zwischen den schneebedeckten Bergen zerquetscht würden. Das Gebirge dort ist nämlich wirklich hoch und sicherlich der mächtigste Erdwall, den Gott geschaffen hat. Wenn man ihn sich anschaut, stockt einem der Atem; man wird von Furcht ergriffen und will es nicht für möglich halten, dass ein armer Mensch diesen mächtigen Wall überwinden kann.

Doch zu meiner Verwunderung brachten uns die Kaufleute sicher über die Alpen, auch wenn wir nachts erbärmlich froren und furchtbare Winde durch die Bergpässe jagten. Oft mussten wir Steine und Geröll beiseite rollen, das uns den Weg versperrte. Doch griff uns niemand an, solange wir mit den Kaufleuten unterwegs waren. Die Kaufleute selbst behandelten mich mit Ehrerbietung, weil ich jeden Morgen aus dem Silberpokal von Meister Fuchs trank, dessen Seite ein abgewetztes Wappen aufwies. Deshalb nahmen sie an, ich sei ein verarmter Adeliger, der in Italien sein Glück versuchen wollte. Mein Hund magerte ab und schaffte es schließlich, auch lange Strecken zu laufen, ohne außer Atem zu kommen. Ich selbst habe wohl nie so eisig frische und den ganzen Körper reinigende Luft geatmet wie auf unserer Wanderung durch die Lande der Eidgenossenschaft. Ich brauchte mich nur umzuschauen, um zu begreifen, warum nicht einmal die Kaiser es geschafft hatten, diesen Länderbund in ihre Gewalt zu zwingen, obwohl er von allen Seiten von den Ländern des Kaisers umgeben war. In diesem Land konnten, wie mir schien, nur zähe und ausdauernde Menschen leben und zurechtkommen, Menschen, die sich vor den hohen Bergen und vor plötzlichem Tode nicht fürchteten.

Aus der frischen Alpenluft stiegen wir an einem einzigen Tag hinab in die schlimmste italienische Julihitze, so dass wir uns fast bis aufs Hemd unserer Kleidung entledigen mussten. Der Schweiß brach uns aus allen Poren, und die warmen und schwülen Winde ließen uns schwindelig werden. In der kleinen Stadt, in der wir übernachteten, stieg uns der Geruch verfaulten Gemüses und menschlicher Ausdünstungen in die Nase, so dass wir fast daran erstickten. Die kleinwüchsigen, dunkelhäutigen Einwohner versammelten sich um unsere Fuhrwerke, plapperten, schrien und gestikulierten wild mit den Händen, so dass ich dachte, es würde gerade ein Aufstand ausbrechen. Aber Antti beruhigte mich und sagte, es gehöre in Italien zu gutem Benehmen, beim Sprechen mit den Händen zu gestikulieren, laut zu rufen, zu singen und zu schreien, wann immer man dazu Lust verspürte. Ich brauchte vor diesen freundlichen Menschen also keine Angst zu haben, sondern sollte nur so schnell wie möglich Italienisch lernen, denn das sei die am meisten verbreitete Sprache auf Erden, eine Sprache, die alle Kaufleute beherrschten. Ich hatte schon früher bemerkt, dass ich mit meinen Lateinkenntnissen viele Wörter in italienischer Rede verstehen konnte, wenn ich genau zuhörte. Deshalb gab ich mir Mühe, mir diese neue Sprache schnell anzueignen. Allerdings gab mir Antti auch den dringenden Rat, während meiner Sprachstudien immer schön meine Geldbörse festzuhalten, denn Horden plündernder Söldner hätten den Einwohnern dieses verarmten Landes gezeigt, dass es keinen großen Unterschied zwischen fremdem und eigenem Besitz gab.

Umgeben von Müllhaufen spielten außergewöhnlich schöne, aber auch schmutzige Kinder mit lockigem Haar. Auch die Männer waren schön, und ihre Augen funkelten feurig in ihren dunklen Gesichtern. Am schönsten aber waren, wie ich fand, die jungen Mädchen, die mir freundlich zulächelten, wenn sie meine feinen Kleider und meine silbernen Sporen erblickten. Der Atem stockte mir oft bei ihrem Anblick, und ich begann mir eilends eine Maid zu suchen, bei der ich die Sprache erlernen konnte. Auf diese Weise lernte ich besonders des Nachts viel Italienisch, wobei ich gleichzeitig dem Rotwein zusprach, so dass ich zuweilen, erschöpft von der Reise und dem ungewohnten Klima, ohne es zu merken darüber einschlief. Dann rettete mich nur die Wachsamkeit meines treuen Hundes vor großem Schaden. Er schlug nämlich seine Zähne in die Hand meiner Italienischlehrerin und veranstaltete einen solchen Lärm, dass ich aufwachte und dann meine Geldbörse zwischen ihren Brüsten hervorzog, was eine ganz angenehme Tätigkeit hätte sein können, wenn das Mädchen nicht furchtbar zu kreischen begonnen und geschrien hätte, ich würde sie vergewaltigen. Das hätte übel enden können, hätte der brave Herbergswirt mich nicht gerettet und das Mädchen aus dem Haus geworfen. Dabei schwor er beim heiligen Josef, in dieser Stadt hätte noch niemand ein Mädchen vergewaltigen müssen, und überhaupt sei Vergewaltigung ja kein so schlimmes Verbrechen wie Diebstahl. Ich fühlte mich dennoch gekränkt, denn das Mädchen war wirklich schön und dazu noch eine gute Italienischlehrerin.

Hier trennten wir uns auch von den Kaufleuten, die nach Mailand weiterziehen wollten. Dann verließen wir unbemerkt das kaiserliche Gebiet und gelangten in Gegenden, die der allererlauchtesten Republik unterstanden, denn wir wollten ja nach Venedig. Mitte Juli war bereits vorbei. Überall herrschte eine außerordentliche Wärme und Hitze, so dass die Saat auf den Feldern gelb wurde. Wir schliefen oft bis Mittag und wanderten nachmittags und morgens, ja sogar des Nachts bei Mondschein. Das war auch nicht unangenehm; der Grund hierfür war die ermüdende Hitze, an die ich nicht gewohnt war. Antti allerdings meinte, von echter italienischer Hitze hätte ich noch keine Ahnung.

Jedenfalls hatte ich nichts dagegen, dass wir lieber des Nachts nach dem Mondaufgang weiterwanderten, um der Tageshitze möglichst zu entgehen. Und wenn Antti, als wir uns noch im Herzogtum Mailand befanden, einem verirrten Huhn ein paar Körner hinstreute und ihm dann den Hals umdrehte, so meinte er es nicht böse, sondern nahm nur da Recht des Siegers der Schlacht bei Pavia wahr. Auch fanden wir es unnötig, für das Obst zu zahlen, denn das hing so reichlich an den Bäumen, dass wir befürchten mussten, die Äste und Zweige würden brechen, und deshalb verminderten wir ihnen die Last ein wenig. Schwieriger zu erklären dünkt mich, warum wir die Stadt Brescia wohlweislich umgingen. Aber Antti sagte, er kenne da eine kleine Abkürzung, die uns die Reise verkürzen würde.

Diese Bemerkungen sind nötig, wenn ich jetzt beginne, von dem vielleicht merkwürdigsten Abenteuer meines Lebens zu berichten, in welches das Schicksal uns so plötzlich und unerwartet hineinstieß, so dass wir schließlich gar nicht nach Venedig kamen. Doch bevor ich beginne, muss ich ein für alle Mal mit den zweifelhaften Gerüchten aufräumen, die meinen guten Namen in den Schmutz ziehen, und deshalb stelle ich hier ausdrücklich fest, dass wir beide so viel Geld hatten, wie ein armer Mann es sich nur wünschen konnte. Wenn Antti auch eine Arkebuse und ein großes Schwert besaß und ich eine Sattelbüchse sowie ein kurzes, geschmeidiges Schwert, so dienten uns diese Waffen für uns nur zum Schutz in diesen unruhigen Zeiten. Wir benutzten sie jedenfalls nicht, um unschuldige Reisende zu bedrohen. Diese um ihre Habe zu erleichtern, kam uns wirklich nicht in den Sinn.

Diese Feststellung ist nötig, weil ich später hässliche und unverschämte Behauptungen zurückweisen musste. Nachdem ich nämlich ich eine hohe Stellung erlangt hatte, zog man meinen guten Namen in Zweifel und behauptete, ich hätte nur deshalb die Länder der Christenheit verlassen, um mich vor den Folgen meiner angeblichen Untaten zu drücken. Dabei kehrte ich der Christenheit freiwillig und in bester Absicht den Rücken, allerdings erst zwei Jahre später. Doch jeder ehrliche und anständige Mensch, der in der Welt Erfolg hat und sich gewissen Ruhm erwirbt, macht sich auch Feinde und ist Verleumdungen ausgesetzt. Deshalb muss ich mich wohl demütig mit meinem Los abfinden und darauf vertrauen, dass Gott meine fast völlige Unschuld bekannt ist. Alles, was ich hier aufgeschrieben habe, schrieb ich offen und ehrlich, ohne zu versuchen, meine Schwächen und Irrtümer zu vertuschen, wie ein verständiger Leser leicht merken wird. Deshalb gibt es auch bei dem Vorfall, den ich gleich erzählen werde, keinen Grund zu lügen, sondern ich werde ihn ganz aufrichtig wiedergeben, genau so, wie er sich abspielte.

Wir hatten also aus bestimmten Gründen, auf die ich hier nicht näher eingehe, die Stadt Brescia umgangen, trafen dabei auf niemanden und erreichten nach einer Wanderung auf verschlungenen Eselspfaden schließlich am Abend wieder die große Handelsstraße. Es wurde bereits dunkel, da hörten wir plötzlich drei aufeinanderfolgende donnernde Gewehrschüsse unmittelbar vor uns und sogleich danach einen Ruf, Schmerzensschreie und Waffengeklirr. Ein wild gewordenes Pferd jagte an uns vorbei, mit weit aufgerissenen Augen den Kopf vor und zurückwerfend. Meinem Hund gelang es gerade noch, sich mit zusammengekniffenem Schwanz zwischen meinen Füßen in Sicherheit zu bringen. Ich sagte sofort zu Antti, dieser Vorfall gehe uns nichts an, und wir sollten uns lieber im Wald verstecken. Antti hingegen, der vergeblich versucht hatte, das durchgegangene Pferd noch festzuhalten, meinte, er habe durchaus nicht vor, sich zu verstecken, solange es auf der Landstraße von frei umherlaufenden Pferden wimmle, die von ihren Reitern vermutlich nicht mehr vermisst würden. Er streute neues Pulver auf die Zündpfanne seiner Arkebuse und half mir, meine Sattelbüchse zu spannen, obwohl ich heftig zitterte. So zogen wir weiter auf dem Weg, Antti voran und ich ihm nach, um seinen Rücken zu schützen. Mein Hund folgte uns mit immer noch zusammengekniffenem Schwanz.

So erblickten wir etliche Straßenräuber, die auf dem Wege zugange waren. Sie hielten zwei Pferde am Zaumzeug fest und nahmen zwei leicht bewaffneten Reitern, die sie getötet hatten, ihre Taschen und Rucksäcke ab und entkleideten sie. Als Antti seine Arkebuse abschoss, sahen sie erschrocken auf und bekamen es mit der Angst zu tun, worauf Antti einen furchtbaren Schrei ertönen ließ und, sein großes Schwert schwingend, geradewegs auf sie zustürzte. Da die Räuber sahen, dass wir nur zu zweit waren, wollten sie uns töten, aber da rief ich Gott um Hilfe an, damit mein unzuverlässiges Radschloss mir nicht den Dienst versagte und das Pulver entzündete, zielte mit meiner Sattelbüchse auf die Brust des Räubers, der sich gerade auf mich stürzen wollte, und zog ab. Die Büchse krachte, und Antti schlug dem ersten Mann den Kopf mit einem so fürchterlichen Schrei vom Rumpf, dass zwei weitere Männer hastig auf den Sattel der beiden Pferde sprangen und die beiden Übrigen sich gerade noch hinter ihnen auf deren Pferde hochzogen, nicht ohne ein verzweifeltes Stoßgebet an die heilige Jungfrau Maria zu richten. So gelang es ihnen, mit zwei guten Pferden zu entkommen. Sie hatten auch die beiden von ihnen getöteten Männer schon ausgeraubt, so dass uns keine Beute aus diesem Kampf übrig blieb, falls wir den getöteten Männern nicht noch deren blutbefleckte Kleider entwenden wollten.

Der ganze Vorfall war eigentlich nichts Besonderes oder Ungewohntes. Ich kniete neben dem armen Mann nieder, dessen Brust von den Eisensplittern aus meiner Sattelbüchse zerfetzt worden war, und sprach ein Gebet für seine arme Seele, wobei ich Gott gleichzeitig dafür dankte, dass ich ihn hatte töten können, bevor er mich tötete. Danach schnitt ich ihm die Geldbörse vom Gürtel. Aber sie erhielt nicht mehr als ein paar Silbermünzen. Von dem ganzen Zwischenfall gäbe es sonst nichts Weiteres zu erzählen, wäre mir der plötzliche Schrecken nicht ins Gedärm geschlagen, so dass ich mich in den Wald verziehen und meine Hose herunterlassen musste.

Mein Hund tänzelte erst besorgt um mich herum, entfernte sich dann aber aus meiner Sichtweite und begann plötzlich zu knurren und dann laut zu bellen. Ich dachte, er hätte ein Maulwurfsloch oder den Bau eines anderen Waldbewohners gefunden, aber da er meinem Ruf nicht gehorchte, ging ich ihn suchen. Ich fand ihn, wie er unter einem Felsvorsprung in der Erde wühlte, und als ich genau hinsah, entdeckte ich dort die Leiche eines jungen Mannes. Immer noch floss ihm Blut aus den Wunden, und sein Gesicht war noch warm, so dass ich daraus folgerte, dass er der Reiter des dritten Pferdes gewesen sein musste, das an uns vorbeigejagt war. Nachdem er von dem Gewehrschuss getroffen und vom Pferd gestürzt war, war er wohl in das Waldesdickicht gekrochen, um den Räubern zu entkommen.

Ich öffnete seine Geldbörse und schrie vor Freude auf, pries Gott und lobte die Klugheit meines braven Hundes. Die Börse enthielt nämlich zwanzig venezianische Golddukaten und etliche Silbermünzen. Während ich noch das Geld zählte, erschien Antti, der vergeblich nach mir gerufen hatte. Er wurde sehr neidisch, als er das Geld erblickte. Zwar reizte mich auch die feine Kleidung des Toten, aber ich hielt es für klüger, so bald wie möglich zu verschwinden. Antti drehte die Leiche jedoch noch auf den Rücken, weil er noch etwas Lohnendes zu finden hoffte, und riss ihr eine Goldnadel vom Hemdkragen. Was uns allerdings überraschte, war, dass der junge Mann noch im Tode ein aus goldbesticktem Leder genähtes Bündel an seinen Leib gepresst hielt, während ihm seine Geldbörse wohl gleichgültig gewesen war.

»Ich werde mal diesen Konnetabelstab da an mich nehmen; wie du siehst, gucken drei Lilien aus dem Leder hervor«, sagte Antti und löste die Finger des Toten von dem Bündel. »Jetzt magst du sehen, dass der König von Frankreich irgendwann einmal mir das Kommando über seine Armee übertragen wird.« Er nahm das Bündel als Beute an sich, obwohl ich noch versuchte, selbst danach zu greifen, denn nach Recht und Billigkeit gehörte es mir, weil mein Hund die Leiche entdeckt hatte. Dann aber brachen wir eilends wieder auf und setzten unsere Wanderung durch den Wald in südliche Richtung fort. Wir gingen auch noch weiter, als der Mond aufgegangen war, so dass wir kaum noch sahen, wohin wir mit unseren Füßen traten. Als der Mond schließlich unterging, machten wir bei einer Quelle unter Bäumen Rast. Allerdings wagten wir nicht, ein Feuer zu entzünden. Wir begnügten uns mit etwas Brot und Käse und löschten unseren Durst mit Wasser, denn wir waren der Meinung, wir sollten uns unserer guten Beute willen erst einmal mit wenigem begnügen und Unbequemlichkeiten in Kauf nehmen, um möglichen Verfolgern zu entgehen. Eines nämlich war uns klar: Niemand würde unseren Beteuerungen Glauben schenken, sondern man würde uns auf der Stelle als Straßenräuber aufknüpfen, wenn wir der Obrigkeit in die Hände fielen, obwohl wir ja versucht hatten, den Opfern der Räuber zu Hilfe zu eilen und dabei sogar unser eigenes Leben in Gefahr gebracht hatten. Deshalb war es verständlich, dass wir versuchten, unangenehmen Verhören und Befragungen aus dem Weg zu gehen, zumal in einem fremden Land. Dank für unsere gute Tat erwarteten wir ohnehin nicht.

Früh am Morgen wachten wir im hellen Licht der Sonne auf und begannen, uns die Beute genauer anzusehen. Die perlenverzierte und mit Goldfäden durchwobene Börse war nach meiner Einschätzung etwa zwei Dukaten wert. Ich zählte noch einmal das Geld und ließ es zu Anttis Verdruss in meiner Hand ordentlich klimpern. Er hingegen öffnete das rote Lederbündel an den Schnüren und zog einen Zylinder aus starkem Eisen hervor, der ein Schlüsselloch aufwies. Auf dem roten Leder waren die französischen Lilien und das Wappen des Königs von Frankreich eingestanzt. Plötzlich sagte Antti: »Jetzt weiß ich, was das ist. Das ist eine Dose der französischen Hofpost. Solche zylindrischen Dosen habe ich schon früher gesehen. Nur der königliche Siegelbewahrer und die Gesandten des Königs in den verschiedenen Ländern haben den passenden Schlüssel dazu.«

Bei diesen Worten erschrak ich so sehr, dass mir die Hände zu zittern begannen und mir eine goldene Münze entfiel, nach der ich dann lange unter den Steinen am Boden suchen musste. Als ich sie wiedergefunden hatte, sagte ich: »Vergraben wir das und machen wir uns so schnell wie möglich fort von hier. Jetzt brennt uns wahrlich Feuer unterm Hintern! Niemand darf sich ungestraft an der Post von Kaisern und Königen vergreifen. Die armen Straßenräuber haben bestimmt nicht gewusst, in was für ein Ameisennest sie da griffen, und dass sie bei ihrem Raub den Postboten des französischen Königshofes erwischt haben.«

Aber Antti tat, als hätte er das nicht gehört, sondern sagte: »Schauen wir mal, ob an mir nicht ein Schmied verlorengegangen ist! Ich würde nämlich gerne wissen, was für eine Post so eilig und wertvoll ist, dass ein junger Mann mit nur zwei Reitern als Begleitung losgeschickt wurde, sie zu überbringen. Vielleicht finde ich Gold und Edelsteine in dieser Dose. Die scheint mir doch ziemlich schwer zu sein.«

Meine Einwendungen und flehenden Bitten ließen ihn kalt. Er brauchte eine Stunde, um das Behältnis aufzubrechen. Doch dann zog er eine enttäuschte Miene, denn die Dose enthielt nur mit Siegeln versehene Papiere. Sie waren an die Mutter des Königs in Lyon gerichtet, die sich nach Kräften bemühte, Frankreich zu regieren, während ihr Sohn als Gefangener des Kaisers in Spanien festgehalten wurde. Fluchend ließ Antti die Papiere fallen. Aber da die Postdose nun einmal aufgebrochen war, überkam mich eine verhängnisvolle Neugierde und ich dachte, das Aufbrechen der Siegel sei schon eine geringere Sünde, und ich könnte mir zum Zeitvertreib die Briefe einmal durchlesen. Schließlich würde ich dadurch etwas lernen und an wichtiges Wissen über den Stand der

Weltgeschichte kommen, zumal da ich in meinen freien Minuten gerade nichts anderes zu lesen hatte. Das war natürlich übel getan, wie ich gerne zugebe. Aber zu meiner Verteidigung kann ich anführen, dass ich da noch nicht wusste, in was für schlimme Angelegenheiten ich dadurch hineingezogen würde. Ich versichere noch einmal, dass diese Papiere mir nur durch einen dummen Zufall in die Hände gefallen sind. Angestrebt habe ich den Besitz dieser Papiere keinesfalls.

Ich begann sie also zu lesen, denn sie waren auf Französisch abgefasst. Bald war mir klar, dass der längste Brief von Graf Alberto Pio, dem französischen Botschafter an der päpstlichen Kurie zu Rom stammte. Darin betraute er seinen Sekretär Sigismondo de Carpi mit der Aufgabe, die im Brief skizzierten Verhandlungen in Venedig zum Abschluss zu bringen und den Brief danach der Mutter des Königs auszuhändigen. Den anderen Brief hatte besagter Sigismondo de Carpi geschrieben, der seinerseits erklärte, die Briefe an seinen Sekretär Sismondo Santi übergeben zu wollen. Außerdem versicherte er, die Signoria der allererlauchtesten Republik rüste bereits ein Heer aus, und er selbst werde sich so schnell wie möglich in die Eidgenossenschaft begeben, wo er geheime Verhandlungen zur Anwerbung von zehntausend Söldnern zu führen gedenke. Schließlich befand sich unter den Papieren auch ein Brief der Signoria von Venedig, aber der war in italienischer Sprache abgefasst, und ich verstand ihn nicht, denn der Sprachunterricht, den ich genossen hatte, betraf nur die einfachen Dinge des natürlichen zwischenmenschlichen Verkehrs. Das Einzige, was jetzt noch fehle, schrieb Graf Alberto Pio, sei der von der Königsmutter unterzeichnete formelle Bündnisvertrag. Sobald Papst Clemens VII. diesen erhalten hätte, würde er seine eigenen Truppen und die Truppen von Florenz gegen das Königreich Neapel in Marsch setzen lassen.

Es dauerte lange, bis ich voll und ganz begriffen hatte, worum es bei diesen Papieren ging, denn so wie die ganze übrige Welt hatte ich mich bereits von dem Gedanken einlullen lassen, nun herrsche endlich dauerhafter Friede. Doch schon während ich las, musste ich laut aufschreien. Ich rief die allerheiligste Jungfrau Maria und alle Heiligen an, mir klaren Verstand zu geben, und schließlich wurde mir gar schwindelig. Bald war mir klar, dass mir nun, da ich von dem Inhalt dieser Papiere wusste, der Tod drohte, falls ich auf dem Territorium von Venedig, Mailand oder Florenz, im Kirchenstaat oder in Frankreich aufgegriffen werden sollte. Es handelte sich bei den Papieren nämlich um nichts anderes als um eine schreckliche Verschwörung gegen den Kaiser und den Weltfrieden. Drahtzieher dieser Verschwörung war seine Heiligkeit, Papst Clemens VII., und ihre Verwirklichung lag in den Händen des Marquis von Pescara, des Oberbefehlshabers der kaiserlichen Armee zu Mailand.

Als Antti sah, wie erschüttert ich war, fragte er mich nach dem Grund dafür. Zuerst dachte ich, es wäre besser, wenn ich als der einzige Außenstehende dieses beängstigende Wissen bei mir behielte. Doch dann wurde mir klar, dass dies eine zu schwere Last für einen Einzelnen war. So erläuterte ich Antti die Sache in allen Einzelheiten, obwohl ich den ganzen Vormittag dafür brauchte.

»Unserer Generation ist es nicht vergönnt, eine Zeit ewigen Friedens anbrechen zu sehen«, sagte ich feierlich, »auch wenn du angedeutet hast, nach der Schlacht bei Pavia wäre es endlich so weit. Sahst du ja bereits den Kaiser als Herrn der Welt. Im Gegenteil, die Schlacht von Pavia war völlig nutzlos. Sie bedeutet nicht mehr als ein kalt gewordener Pferdeapfel. Der Kaiser sitzt jetzt schlimmer in der Klemme als je zuvor. Zunächst einmal scheint der englische König Heinrich VIII. schon insgeheim bereit, sich vom Kaiser abzuwenden und in dem beginnenden Krieg auf die Seite Frankreichs überzuwechseln. Die päpstlichen Truppen sowie das Heer von Florenz sind bereit, gegen Neapel zu marschieren, ebenso Venedig gegen Mailand. Die Königin von Frankreich hat schon das mündliche Versprechen abgegeben, dieses Bündnis mit fünfhundert gepanzerten Reitern, sechstausend Pikenieren, Geschützen und einer Flotte von zwölf Galeeren zu unterstützen. Die Schweiz beabsichtigt, zehntausend Pikeniere anzuwerben, und Frankreich wird mit einer monatlichen Zahlung von fünfzigtausend Dukaten zu den Kosten beitragen. Wenn sich das Herzogtum Mailand und das Königreich Neapel erst einmal in den Händen der Verbündeten befinden, werden sich die geeinten Staaten Italiens dazu verpflichten, Frankreich mit mindestens tausend gepanzerten Reitern und zwölftausend Pikenieren zu Hilfe zu eilen, um König Franz aus der kaiserlichen Gefangenschaft zu befreien.«

»Das klingt nicht gut«, versetzte Antti gelassen. »Der Kaiser hat sein Heer aufgelöst, denn ihm fehlt ja das Geld, um die Männer zu bezahlen. Aber in Mailand hält der Marquis von Pescara immer noch die Stellung, und Frundsberg kann jederzeit zehntausend Pikeniere aus dem Boden stampfen, sofern er ihnen nur das Anwerbegeld zahlt.«

»Du begreifst den Kern der Sache noch nicht«, sagte ich. »Mit dem Marquis von Pescara wurden Geheimverhandlungen geführt, weil der Kaiser ihn schlecht behandelte und ihm nicht den Lohn gezahlt hat, der ihm nach seinen Verdiensten eigentlich zukommt. Dann hat er ihm auch noch König Franz weggenommen und nach Spanien gebracht. Er ist verdammt wütend auf den Vizekönig von Neapel sowie auf den Herrn de Lannoy und den Herzog von Bourbon, die jetzt beide in Spanien die Beute bewachen und dafür auf Lohn vom Kaiser drängen. Der Papst hat dem Marquis die Krone Neapels, das heißt, des Königreichs beider Sizilien versprochen, sobald Neapel erobert ist, und ihm eine von mehreren gelehrten Theologen und Juristen verfasste Abhandlung zugesandt, in der hieb- und stichfest bewiesen wird, dass er ohne weiteres vom Kaiser abfallen und sich dessen Feinden anschließen kann, ohne dabei seine Ehre zu verlieren. Und das, obwohl er der Oberbefehlshaber der kaiserlichen Truppen ist!«

»Oh, verdammt«, sagte Antti, und dann sprach er lange Zeit nichts mehr. Ich hingegen versuchte, Ausflüchte und Entschuldigungen zu finden und sagte, ein solcher Verrat sei offenbar verständlich und auch erlaubt, da auch der Herzog von Bourbon sich von seinem König losgesagt hatte und ihn jetzt bekämpfte, obwohl er Konnetabel von Frankreich gewesen war. Die Königskrone ist schließlich auch ein verlockender Preis für einen Marquis, der vom Kaiser ungerecht behandelt wurde. Von der Autorität des Papstes sollte sich auch niemand zum Verrat verleiten lassen, sofern dafür nicht triftige Gründe vorliegen. Wenn ich es richtig verstand, wollte man so vorgehen, dass der Marquis von Pescara die kaiserlichen Truppen im Mailand in einem Überraschungsschlag entwaffnete und sich dann zum Oberbefehlshaber über die Truppen der Verbündeten gegen den Kaiser aufschwang.

Schließlich sagte Antti: »Wenn das alles stimmt – und warum sollte es das nicht, weil es schwarz auf weiß geschrieben steht –, dann sitzt der arme Kaiser in einem lecken Boot und verdient mein Mitleid, denn der Herzog von Bourbon und der Herr de Lannoy sind nichts als ein Stück Scheiße im Vergleich zum Marquis von Pescara. Aber jetzt lass uns ein Feuerchen machen und diese Papiere rasch verbrennen! Dann sind wir sie los und vergessen alles, was du gelesen und mir erklärt hast. Danach können wir reinen Gewissens unsere Reise fortsetzen. Sonst kriegen wir nämlich bestimmt mächtig Ärger.«

Aber in meinem Gemüt zeichneten sich bereits die ersten Umrisse eines ehrgeizigen Plans ab. Ich ließ mich von dem Gedanken blenden, dass in unser beider Händen nun vielleicht sogar das Schicksal der ganzen Welt und die Zukunft vieler Reiche lagen, da uns jetzt das furchtbare Geheimnis des Papstes, der Signoria, des Marquis von Pescara und des französischen Hofes offenbar geworden war. »Um Gottes willen, Antti«, sagte ich, »diese Papiere sind eine Menge Geld wert! Wir sollten nicht so dumm sein, sie einfach zu verbrennen. Denken wir lieber darüber nach, wem wir sie zum Höchstpreis verkaufen können!«

Antti sagte: »Ein Mäuslein sollte sich lieber nicht mit Bären und Löwen an einen Tisch setzen. Wir arme Burschen sind viel zu kleine Wichte in einem so großen Spiel. Uns erwartet nur der Tod, an wen wir uns auch wenden, um diese Papiere feilzubieten. An den aufgebrochenen Siegeln sieht man ja gleich, dass uns der Inhalt bekannt ist. Würden wir damit nach Venedig zur Signoria gehen, was wohl das Naheliegendste ist und am besten zu unseren übrigen Plänen passt, dann würden uns statt warmer Dankesworte im besten Fall die Bleikammern erwarten, in die man uns einschließen würde, wissen wir doch allzu gefährliche Dinge. Der Papst würde uns auf dem Scheiterhaufen verbrennen, der Marquis von Pescara uns vierteilen, und die Mutter des französischen Königs dürfte uns wohl unverzüglich hängen, weil wir ihre geheime Post geraubt haben. Es könnte sich nämlich niemand darauf verlassen, dass wir tatsächlich den Mund halten, da uns nun so gefährliches Wissen zugefallen ist. Deshalb sollten wir diese Papiere auf jeden Fall vernichten. Und die Geldbörse wirf am besten auch weg, damit man nichts Belastendes bei uns findet. Ich fürchte nämlich, dass es binnen zwei Tagen auf den Landstraßen von Berittenen nur so wimmelt. Und wenn der Marquis von Pescara und die Signoria von Venedig erfahren, dass ihre geheime Post Unbefugten in die Hände gefallen ist, dann werden sie in ihrer Wut sämtliche Straßen absperren und alle Reisenden in ihren Ländern strengen Kontrollen unterziehen.«

»Aber Antti«, wandte ich tadelnd ein, »es handelt sich hierbei um eine so große Sache, dass wir nicht nur an unsere eigene Haut denken sollten, sondern die vielen Unschuldigen nicht vergessen dürfen, die aufgrund dieser verbrecherischen Verschwörung leiden und dem Krieg zum Opfer fallen werden. Wir müssen jetzt daran denken, dass der gesamte Weltfriede gefährdet ist. Offenbar hat die Vorsehung in ihrer unerforschlichen Weisheit dafür gesorgt, dass die Papiere gerade uns beiden in die Hände gefallen sind, auf dass wir die drohende Gefahr abwehren, auch wenn ich wirklich nicht weiß, wieso die Vorsehung so schlechte Werkzeuge hierfür gewählt hat, wo doch eine Reihe viel mächtigerer, wenn nicht vielleicht auch klügerer Männer zur Auswahl gestanden hätte. Am wichtigsten aber scheint mir die Erkenntnis, dass nur der Kaiser in der Lage ist, diese Gefahr, die seiner Macht droht, mit passenden Maßnahmen abzuwehren, sofern er rechtzeitig von dieser Gefahr erfährt. Deshalb müssen wir ihn von diesen Papieren so schnell wie möglich in Kenntnis setzen. Und wenn er uns dann eine angemessene Belohnung für unseren Treuebeweis zukommen lässt, wie es nur recht und billig wäre, dann werden wir sie so wenig ausschlagen, als käme sie von Gott selbst.«

Antti raufte sich mit beiden Händen die Haare und sagte: »Ich fürchte, der Kaiser ist so arm wie eine Kirchenmaus, so dass für uns nicht viel dabei herausschlägt, wenn wir ihm diese Hilfe erweisen. Noch nie habe ich nämlich Offiziere so über ihre leeren Kassen jammern hören, wie im Heer des Kaisers, wenn sie sich wortreich entschuldigten, warum sie uns armen Burschen den Sold nicht zahlen konnten, uns, die wir dem

Wort des Kaisers vertraut hatten, als wir uns unter Trommelgedröhn von seinen Werbern anheuern ließen. Nach allem, was man so hört, ist der Kaiser der ärmste Mann auf Erden. Voller Rührung über seine bittere Armut haben wir oft zum lieben Gott gebetet, wenn wir hungernd und frierend im Feldlager saßen, er möge wenigsten den Kaiser mir warmer Kleidung ausstatten und ihm etwas Brot zu knabbern geben. Nein, Michael, von diesem armen Mann haben wir nichts zu erwarten. Frankreich ist trotz seiner Niederlage reicher, falls es stimmt, was du in den Briefen gelesen hast, und auch der Heilige Vater scheint über eine Menge Geld zu verfügen, ganz zu schweigen von der allererlauchtesten Republik, deren Signoria, wie man hört, sich vor ihren wichtigen Sitzungen einfach so zum Vergnügen in Haufen von Goldmünzen und Edelsteinen wälzt. Deshalb fürchte ich, dass wir aufs falsche Pferd setzen und in Teufels Küche kommen, wenn wir den Kaiser auf seinem schwankenden Thron stützen, falls der Marquis von Pescara sich wirklich von ihm abwenden will, denn der weiß ganz gut, was er tut. Deshalb müssen wir die Briefe verbrennen und unsere Wanderung fortsetzen, so als wäre nichts geschehen.«

Aber ich blieb hartnäckig. Auch schien mir Frau Geneviève nun recht fern und konnte mich nicht mehr locken, wenn ich daran dachte, welch glänzende Zukunft mir bevorstand, falls ich den rechten Nutzen aus diesen Briefen zu schlagen verstand. Wir hatten genug Geld, um nach Spanien zu segeln und dort beim Kaiser vorzusprechen. An die Gefahren und Strapazen einer solch langen Reise dachte ich nicht, sondern war überzeugt, dass noch nie ein Mann zuvor dank der Vorsehung eine so fabelhafte Gelegenheit erhalten hatte, sich im höchsten Maße verdient zu machen, wie ich.

»Der junge und wackere Kaiser scheint mir von Gott erwählt, um nach all diesen Wirren der Welt eine vernünftige Ordnung zu schenken, in der einem jeden sein Platz und seine Aufgaben zugewiesen sind. Die Weltherrschaft ist kein fernes Ziel mehr für ihn, auch wenn er arm ist. Wenn er erkennt, wie heimtückisch der Papst auf Verrat sinnt, wird er den Papst bestimmt stürzen und die heilige Kirche erneuern. Auch hat er versprochen, die Ketzerei in Deutschland auszurotten, und gegen diese gute Absicht habe ich wahrhaftig nichts einzuwenden, da ich ja selbst daran beteiligt war, das Göttliche Recht auf Erden zu verwirklichen, bis ich mit eigenen Augen sehen musste, dass dies gar nicht Gottes Absicht sein kann. Das habe ich so klar gesehen und erkannt, dass ein Irrtum ausgeschlossen ist. Deshalb gebe ich nicht mehr viel auf Luther, denn seine Zeit ist schon vorbei. Ganz Deutschland verflucht seinen Namen, und er hat es nicht anders verdient. Je mehr ich darüber nachdenke, desto klarer erkenne ich, wie die guten Absichten des Kaisers mit meinen eigenen guten Absichten zusammenpassen. Ich kann mir das nicht anders erklären, als dass ein gewisser unüberlegter Eid, den ich am Scheiterhaufen meiner Frau Barbara schwor, und den ich aus Scham nicht einmal dir enthüllen will, damit du mich nicht für größenwahnsinnig hältst, vielleicht doch berechtigt war und sich nach Gottes geheimem Ratschluss verwirklichen lässt. Mir hat nämlich auch Meister Dürer prophezeit, dass noch zu unseren Lebtagen ein Drache den Papst von seinem Thron stürzen und verschlingen werde.«

Mir wurde ganz schwindelig bei dem Gedanken, dass der Heilige Vater durch sein Ränkespiel eine furchtbare Rache des Kaisers auf sich ziehen würde, sofern der Kaiser nur rechtzeitig von diesen Plänen erfuhr. Ja, vielleicht würde ich noch mit eigenen Augen sehen, wie der Papst von seinem Thron gestürzt und zum verfolgten Flüchtling wurde. Ich dachte auch nicht mehr an die immensen Kräfte, die sich gerade nun unter päpstlicher Führung gegen die Macht des Kaisers sammelten, nein, nicht einmal mehr an den Lohn, der mir für meinen Einsatz in dieser Sache winkte, dachte ich jetzt. Sondern in mir reifte der unerschütterliche Entschluss, zum Kaiser zu gehen, und das, wenn es sein musste, sogar allein, falls Antti tatsächlich um seine eigene Haut besorgt war.

Als ich Antti dies sagte, erinnerte er mich verbittert an mein Versprechen auf dem Rückweg von Weimar. Aber ich kaufte mich sogleich von diesem Versprechen los, indem ich ihm aus der Börse des Herrn Santi fünf Golddukaten zahlte. Mir war es gleich, dass ich bei diesem Handel verlor, denn diese Dukaten stammten aus dem Geldschatz des Papstes und enthielten etwas mehr Gold als die venezianischen Dukaten, die ich von Antti bekommen hatte. Zunächst weigerte sich Antti aufs heftigste und sagte, versprochen sei versprochen, und ich müsse ihm folgen, wohin er es für richtig halte, weil meine Starrköpfigkeit uns schon genug Ärger und Schaden eingehandelt hätte, und zwar sowohl mir selbst als auch ihm. Doch als er merkte, dass mein Entschluss unwiderruflich feststand, schob er die Dukaten seufzend in seine Geldbörse und sagte:

»Wenn ich diese Briefe richtig verstanden habe, dann sind sowohl der Heilige Vater als auch die italienischen Fürsten der ausländischen Herrschaft in Italien überdrüssig und fordern Italien für die Italiener. Das wundert mich gar nicht, weil ich gesehen habe, wie sich die kaiserlichen Truppen in Mailand und in der Lombardei betragen haben. Das weiß ich selbst am besten, denn schließlich habe ich nach Kräften an all den Plünderungen, Erpressungen und Verheerungen mitgewirkt, um nicht hinter meinen Kameraden zurückzustehen. Die französischen Truppen waren da auch nicht besser. Die armen Mailänder haben sich oft den Kopf darüber zerbrochen, wer die Schlimmsten waren, die Franzosen oder die Spanier, die Eidgenossen oder die Deutschen. Sie kamen zu dem Ergebnis, dass sie alle miteinander Ausgeburten des Teufels sind. Aber wie soll ich, ein ungebildeter Bursche, dir Vernunft predigen? Ich muss dir halt folgen, damit du nicht wieder mit dem Kopf gegen die Wand rennst. Also lass uns jetzt aufbrechen und so schnell wie möglich nach Mailand zurückkehren!«

Ich sah ihn an und fürchtete schon, das Nachdenken über solche gewichtige Dinge habe ihm den ohnehin geringen Verstand verwirrt, denn Mailand, wo der Marquis von Pescara als Statthalter des Kaisers und Oberbefehlshaber seiner Truppen residierte, war ja der letzte Ort, den wir anstreben sollten – genauso gut hätten wir unseren Kopf einem Bären ins Maul halten können. Aber Antti sagte: »Genau deswegen sollten wir zuerst nach Mailand gehen, denn dort wird niemand nach uns suchen. Wenn wir uns beeilen, kommen wir dort zur gleichen Zeit an wie die Kaufleute, mit denen wir aus der Eidgenossenschaft hergereist sind, denn deren Fuhrwerke sind langsam. Wenn wir uns ihnen wieder anschließen, wird uns niemand verdächtigen. In Mailand sehen wir uns dann erst einmal um und können dann nach Genua weiterreisen, um uns dort ein Schiff zu suchen, das nach Spanien abgeht. Wir sind ja beide ganz fromm, und so wird sich niemand wundern, wenn wir zur Buße für unsere Sünden eine Pilgerfahrt ins Kloster Santa Maria de Compostela unternehmen, das sogar einmal von einem Domherrn aus Turku besucht worden sein soll. In diesen schlimmen Zeiten sammeln sich ja selbst bei guten Menschen die Sünden nur so an, und die Spanier haben viel für diese Pilgerreisen übrig, weil sie ihnen ordentlich Geld einbringen.«

Ich dachte eine Weile darüber nach und begriff, dass Anttis begrenzter Verstand da einen Plan hervorgebracht hatte, der in seiner Einfachheit der beste mögliche zu sein schien. Keiner der Verschwörer würde uns ja wohl für so dumm halten, dass wir uns direkt in die Höhle des Löwen begeben würden. Deshalb machten wir uns auf den Weg und wanderten auf verschlungenen Pfaden und an Flussufern entlang auf Mailand zu. Meist waren wir in mondhellen Nächten unterwegs. Gott war auf unserer Seite, so dass uns nichts Böses widerfuhr, obwohl wir aus der Ferne bewaffnete Männer sahen, welche Brücken und Furten bewachten und Reisende ausfragten. Am Stadttor von Mailand trafen wir auf den vertrauten Wagenzug der Kaufleute, den wir schon von weitem an einem weiß-braun gefleckten Pferd erkannten. So gelangten wir in die Stadt, auf den Warenstapeln eines Fuhrwerks sitzend, denn wir waren von unserer schnellen Wanderung völlig erschöpft, und mein Hund hatte sich die Pfoten wundgelaufen.

Kapitel 4

Ende Juli kamen wir in Mailand an, und die wenigen Truppen des Kaisers belagerten immer noch die Burg, die der einzig wahre und rechtmäßige Herrscher Mailands, Herzog Sforza, standhaft besetzt hielt. Antti begegnete mehreren spanischen und deutschen Söldnern, mit denen er sich während der Belagerung Mailands verbrüdert hatte. Zum Schein erkundigte er sich bei ihnen nach einer Anstellung, musste jedoch erfahren, dass der Kaiser kein Geld mehr hatte, um noch mehr Soldaten in Dienst zu nehmen. Die Truppen mussten sogar selbst sehen, wie sie ihren Lebensunterhalt bestritten. Die Bevölkerung dieser großen und einst reichen Stadt war auf ein Drittel zusammengeschrumpft. Viele Häuser standen leer, und ganze Stadtviertel waren bis auf die Grundmauern niedergebrannt. Aber das Vertrauen auf dauerhaften Frieden hatte den Handel wieder in Schwung gebracht, und so ging ich unverzüglich in das Handelskontor der Fugger, um Frau Geneviève einen Brief zu schicken, in dem ich sie von meinen neuesten Plänen in Kenntnis setzte, damit sie sich über mein Ausbleiben keine Sorgen machte.

Der Kontorist versprach, meiner Bitte nachzukommen und Herrn Kaspar Rotbart im *Fondaco dei Tedeschi* zu Venedig den Brief zu übermitteln. Ich schrieb also, dass Antti und ich von unserer Sündenlast niedergedrückt würden und wir deshalb beschlossen hätten, eine Pilgerreise nach Spanien zum Kloster Santa Maria de Compostela anzutreten. Deshalb solle Frau Geneviève nicht länger auf uns warten, sondern könne nach Lyon weiterreisen. Dort hofften wir, sie dann zu besuchen. Falls wir sie auf unserer Rückreise in Lyon nicht antreffen würden, wollten wir den Spielzeugesel mit den beweglichen Beinen, den Antti in Nürnberg gekauft hatte, eigenhändig zu unserem Sohn nach Tours bringen und daraufhin nach Venedig weiterwandern, in der Hoffnung, dort auf Frau Geneviève zu stoßen.

Mir war klar, dass Frau Geneviève nach der Lektüre dieses Briefes glauben würde, wir hätten den Verstand verloren. Aber anders ließ es sich nicht ausdrücken, weshalb wichtige Angelegenheiten uns zu dieser Änderung unseres Plans gezwungen hatten. Ich siegelte also den Brief, übergab ihn dem Kontoristen und zahlte ihm schweren Herzens die Überstellgebühr von anderthalb Dukaten. Dann rüsteten wir uns für die Reise nach Genua aus und erkundigten uns nach den Preisen für Pilgergewänder, als uns ein glücklicher Zufall zu Hilfe kam. Wir erfuhren, dass einer der Leutnante des Marquis von Pescara, ein gewisser Herr Gastaldo, sich nach Spanien an den Hof des Kaisers begeben wollte und viele spanische Soldaten sich erboten hatten, in sein Gefolge einzutreten, weil sie an Heimweh litten. Der Hauptmann der spanischen Truppen, welche die Burg belagerten und mit Grabungsarbeiten beschäftigt waren, erinnerte sich noch an Antti und seine großen Dienste in Pavia bei der Erstürmung der Mauern. Nachdem Antti und dieser Hauptmann einander zwei Abende lang beim Wein zugeprostet hatten, versprach er, uns mit diesem Herrn Gastaldo bekannt zu machen.

So konnten wir mit diesem jungen, aber frommen Offizier sprechen, und er zeigte sich über unseren Plan höchst erfreut. Er pries die wundertätige Madonna im Kloster zu Compostela in den höchsten Tönen und gestattete bereitwillig, dass wir uns seinem Gefolge anschlossen, sofern wir für unsere Ausrüstung und Verpflegung selbst aufkämen und uns verpflichteten, ihn bis an den Hof des Kaisers zu begleiten. Er hatte nämlich keine sichere Kunde darüber, wo in Spanien sich der Kaiser zurzeit aufhielt. Weiter als bis Toledo bräuchten wir ihm aber wohl kaum zu folgen, vermutete er, denn dort weilte der Kaiser die meiste Zeit, wenn er versuchte, den geizigen spanischen Ständen Geld zu entlocken.

Antti und ich hatten kaum eine Vorstellung von der Größe und Ausdehnung Spaniens und seinen Städten. Ehrlich gesagt wussten wir nicht einmal, wo dieses Kloster von Compostela mit seinen Wundern überhaupt lag. Dennoch willigten wir gerne in seinen Vorschlag ein, denn ein besseres Angebot hätten wir uns nicht wünschen können. Herr Gastaldo lächelte verstohlen und hielt uns gewiss für dumme Deutsche, denn es war ja offensichtlich, dass er sechs oder gar zwölf Dukaten einsparte, wenn er uns mitnahm. So viel Geld hätte er nämlich zwei Söldnern seines Gefolges zahlen müssen. Ich glaube, dass er sogar noch mehr sparte, denn der Hauptmann der Grabungstruppen äußerte sich so lobend über Anttis Kräfte und Fähigkeiten, dass Herr Gastaldo annehmen musste, Antti könnte ihm sogar zwei Männer ersetzen. So zahlte sich der Wein aus, mit dem wir den Hauptmann bewirtet hatten. Der einzige Nachteil dabei war, dass ich auf mein Adelsgewand verzichten und mit der billigen Kleidung eines Söldners vorlieb nehmen musste. Ich tröstete mich damit, dass dies immerhin besser war als die braune, mit einem Seil gegürtete Pilgerkutte, denn immerhin konnte ich nun eine bunte Hose tragen und mein Wams mit hübschen Bändern zieren.

Herr Gastaldo hatte es eilig, abzureisen, und das passte ebenfalls gut zu unserem Plan. So glaubte ich, die Vorsehung selbst müsse uns dank unseren guten Absichten ihren besonderen Schutz angedeihen lassen. Niemand behelligte uns in Mailand, waren wir doch Ausländer. Soweit ich sah, war dort alles ruhig, und es erhob sich auch kein Geschrei wegen des Postraubs, weshalb ich vermutete, die Verschwörer hätten wohl nicht gewagt, den Marquis von Pescara davon zu unterrichten, dass die gefährlichen Briefe unbekannten Räubern in die Hände gefallen waren. Wir begleiteten also Herrn Gastaldo nach Genua. Dort entließ er das übrige Gefolge und nahm nur Antti und mich sowie zwei spanische Arkebusiere mit sich.

Gewiss hatte er wichtige Angelegenheiten bei Hofe zu erledigen, denn wir bestiegen eine große Galeere, die dank den Ruderern nicht von den Launen des Windes abhängig war. Gleich, nachdem er an Bord gekommen war, legten wir auch schon ab. Das Schiff war mit zahlreichen Geschützen bestückt, und der Kapitän stellte Herrn Gastaldo eine luxuriös ausgestattete Kabine im Schiffsheck zur Verfügung. Vierundzwanzig Stunden lang musste einer von uns die Tür dieser Kabine mit brennender Lunte bewachen. Wenn Herr Gastaldo auf dem Deck spazieren ging, um frische Luft zu schnappen, musste ihm ein bewaffneter Mann folgen, obwohl man annehmen konnte, dass ihm auf diesem wohlgerüsteten Schiff keinerlei Gefahr drohte. Antti meinte dazu, er sei wohl ein stolzer Mann, so wie viele Spanier, und er wolle der Schiffsbesatzung zeigen, wie wichtig er sei. Er hatte aber auch gute Gründe für dieses Verhalten, wie sich später zeigen sollte.

Wir wurden von schönem Wetter begünstigt, und auch der Wellengang setzte meinem Magen nicht sonderlich zu, so dass ich zu dem Schluss kam, die Seefahrt könne doch nicht so gefährlich sein, wie ich immer gedacht hatte. Die frische Luft verschaffte mir einen guten Appetit, und wenn ich nichts zu tun hatte, empfand ich es als lehrreich, die Galeerensklaven zu beobachten, die jeweils zu zweit oder zu dritt Seite an Seite mit eisernen Ketten an die Ruderbänke gekettet, ihre langen Ruder mit großem Geschick im Takt vor und zurück bewegten. Die meisten von ihren waren Neger, Mauren und Juden. Aber auch Männer aus allen Ländern der Christenheit befanden sich darunter, die an den Rudern entweder für schwere Verbrechen zu büßen hatten oder als ehemalige türkische oder tunesische Piraten in die Sklaverei geraten waren.

Die langen Reihen der Ruder senkten und hoben sich im Takt, was zu beobachten eine Freude war. Auch der Wind zeigte sich günstig, und die Reise ging überraschend schnell vonstatten. Ich hätte mich gern einmal mit den an die Ruderbänke geketteten Männern unterhalten. Aber während des Ruderns durften sie nicht gestört werden, und wenn sie sich ausruhten, waren sie so erschöpft wie Jagdhunde und lagen nur keuchend unter den Bänken, während sich die Rippen in ihrem mageren Körpern beim Atemholen deutlich abzeichneten. Auf dem Ruderdeck herrscht auch ein übler Gestank, und die Männer, zu deren Aufgaben es gehörte, mit ihren Peitschen die Faulpelze zur Arbeit anzutreiben, warnten mich eindringlich davor, mich auf das Ruderdeck zu begeben. Die Rudersklaven seien nämlich wilde und verstockte Verbrecher und wegen der knappen Nahrung stets hungrig, so dass bei der Ankunft in Genua ein einfacher Matrose, der aus Bequemlichkeit des Nachts aus einem der Ruderlöcher sein Wasser gelassen hatte, so völlig verschwunden war, dass man am Morgen nur noch einige Fetzen seiner Kleider und Knöpfe unter den Ruderbänken vorgefunden hatte. Ich weiß allerdings nicht, ob diese Geschichte stimmt, denn nach den anderen Berichten aus dem Mund desselben Mannes zu urteilen, scheinen Seeleute doch sehr zu übertreiben, wenn sie etwas erzählen. Jedenfalls ging ich nach dieser Geschichte lieber nicht aufs Ruderdeck hinab und passte hinfort sehr sorgfältig auf meinen braven Hund auf.

Auf diese Weise erreichten wir innerhalb von zwei Wochen den Hafen von Valencia in Spanien. Viel Zeit hatten wir allerdings nicht, uns in diesem großen und farbenprächtigen Hafen mit seinen zahlreichen Schiffen umzusehen, denn Herr Gastaldo trieb uns gleich zur Weiterreise an. Noch am selben Tag sattelten wir unsere Pferde und begannen den langen und beschwerlichen Ritt nach Madrid, in dessen Nähe der König von Frankreich gefangen gehalten wurde. Diese eintönigen Tage reichten aus, um mir die gelben und schroff abweisenden spanischen Berge mit dem ständigen Staub und den armen Ziegenhirten, die uns vom Wegesrand zugrinsten, ein für alle Mal zu verleiden.

Ich will allerdings nicht abstreiten, dass es in den Flusstälern auch furchtbare Landschaften und schöne Städte gab. Aber die seinerzeit von den Mauren errichteten Wasserleitungen und Paläste mit ihren Rundbögen waren eingestürzt und verfallen. Die schreckliche Augusthitze, gepaart mit großer Trockenheit, hatte auch die bebauten Äcker gelb werden lassen. Ich muss gestehen, dass mir dieses Land mit der Ödnis seiner Berge und Hochebenen sowie der Armut seiner Bewohner Angst machte. Der spanische Wein kratzte an der Kehle und schmeckte nach dem roten Staub der Landstraße. Mir war unbegreiflich, wie die beiden schweigsamen und unfreundlichen spanischen Arkebusiere sich aus dem munteren, vor Lebensfreude nur so sprühenden Italien in dieses düstere Land hatten heimsehnen können.

Meine niedergeschlagene Stimmung rührte natürlich auch daher, dass Herr Gastaldo uns weder tagsüber noch des Nachts Ruhe gab, sondern uns die ganze Zeit vorantrieb, so dass der vermaledeite Sattel mir das Hinterteil wund rieb und ich in den Herbergen mit steifen Beinen an den nur spärlich gedeckten Essenstisch stakste. Jeden Morgen entrang sich mir ein schmerzhaftes Stöhnen, wenn ich mich wieder in den Sattel setzte. Auch mein Hund litt sehr unter dieser Reise, obwohl ich ihm einen weichen Korb besorgt hatte, den ich hinter dem Sattel festschnallte. Er erbrach tagsüber immer wieder sein Fressen, so dass ich fürchtete, er werde mir noch krank werden. Ich glaube, mein Hund mochte mich nicht besonders in jenen Tagen, denn schon auf dem Schiff hatte er es kaum ausgehalten. Jetzt sah er mich jeden Abend mit seinem einzigen Auge tadelnd an, so als wollte er sagen: »In welche Patsche hast du mich und dich selbst jetzt wieder gebracht, mein liebes Herrchen?«

Je näher wir nämlich der Stadt Madrid kamen, desto klarer wurde mir, dass die eigentlichen Schwierigkeiten noch vor uns lagen, ehe man uns zum Kaiser vorließ, damit wir ihm unsere Angelegenheit vortragen konnten. Sicher füllte es seine ganze Zeit aus, sein unermesslich großes Reich zu regieren. Wir erfuhren, dass Abgesandte aus Frankreich bereits im Juli in Toledo eingetroffen waren, um Verhandlungen über den Frieden und die Freilassung ihres Königs zu führen. Meiner Stimmung auch nicht gerade zuträglich war das nächtliche Geheul der Wölfe in den Bergen, bei dessen Ertönen mein Hund sich zitternd und jaulend an mich presste, wenn wir auf dem Boden einer elenden Lehmhütte zu schlafen versuchten, genauso wenig wie der Rauch eines Scheiterhaufens vor der Kirche in einer Kleinstadt, wobei Mönche in schwarzem Habit Hymnen sangen und Kruzifixe schwenkten. Wir wurden nämlich Zeuge, wie ein Jude und ein Maure, die Rücken an Rücken an denselben Pfahl gefesselt waren, gemeinsam verbrannt wurden. Die beiden trugen mit Teufelsgestalten versehene spitze Hüte auf dem Kopf. Trotz unserer Eile fand der fromme Herr Gastaldo nämlich die Zeit dazu, sich dieses traurige Spektakel anzusehen. Er sagte, in keinem Reich der Christenheit würden die Ketzer den Leuten so viel Ungemach bereiten wie in Spanien, da die Heilige Inquisition gleichzeitig gegen die Ketzerei der Juden und die ungläubigen Mohammedaner kämpfen musste, die noch zäh an ihrem Irrglauben festhielten. Deshalb zog er gerührt den Rauch des Scheiterhaufens in seine Nase ein und sagte, nun spüre er, wirklich wieder in der Heimat zu sein, und alle seine lieben Kindheitserinnerungen würden aufs neue in seinem Gemüt aufleben.

In den letzten Augusttagen erreichten wir durch trostlos öde Landschaften in geradezu teuflischer Hitze die Stadt Madrid. Wir waren über und über mit Staub bedeckt sowie krank von den Strapazen des langen Ritts. Herr Gastaldo erfuhr dort zu seiner Freude, dass der Kaiser soeben aus Toledo zurückgekehrt war und sich jetzt in Madrid aufhielt. Antti sagte, wenn es noch so etwas wie Gerechtigkeit für uns auf Erden geben sollte, dann wollte er sich an diesem Abend ordentlich betrinken, koste es, was es wolle, selbst wenn er sich mit dem bitteren spanischen Wein seinen Magen auf alle Zeiten ruinieren sollte. Diesmal hatte ich nichts dagegen einzuwenden, sondern stieg im Hof unseres Gasthauses ächzend vom Sattel. Mir war klar, dass jetzt nur noch Wein meine Schmerzen und mein Fieber lindern konnte. War ich dann erst einmal wieder ausgeruht, konnte ich auch darüber nachdenken, was wir jetzt zu tun hatten.

Aber Herr Gastaldo ließ sich nur den schlimmsten Staub von den Kleidern bürsten und legte nicht einmal die Sporen ab, bevor er sich auch schon darum bemühte, zum Kaiser vorgelassen zu werden. Aber wir dachten nicht lange darüber nach, was für wichtige Dinge ihn wohl zum Kaiser führen mochten. Ich wunderte mich nur und beneidete ihn auch, denn obwohl ihn die Anstrengungen der Reise hatten abmagern lassen und ihm schwarze Falten um die Augen eingebracht hatten, bewegte er sich federnd und geschmeidig wie eine biegsame Schwertklinge. Antti meinte dazu, es gebe nirgends auf der Welt so zähe und an Strapazen gewöhnte Soldaten wie in Spanien. Gerade deswegen seien sie wohl auch so geizig. Wenn man sie mit Gold locke, würden sie einem selbst in die Hölle folgen, ja sogar über den Ozean in ein gewisses heidnisches Land namens Amerika. Ich versetzte, gegen ein so ödes, armes, unfruchtbares und heißes Land mit kargem Speiseangebot würde ich alle Schrecken der Ozeane und alle Gefahren Amerikas eintauschen.

Geschwächt und mit schmerzenden Gliedern betraten wir also das Gasthaus und dankten Gott dafür, dass Herr Gastaldo in seinem Hochmut die beiden Arkebusiere als Gefolge mitgenommen hatte, so dass wir mit unserem guten Geld nicht auch noch deren Wein zu bezahlen brauchten. In einem Gemisch aus Latein, Französisch und Italienisch bestellten wir Essen und Wein. Nachdem wir mit unseren Geldbörsen geklimpert hatten, wurden wir sogar vom Wirt persönlich bedient, der uns dazu noch ein Mädchen mit schwarzen Augen an den Tisch schickte, das uns die Anfangsgründe des Spanischen beibringen sollte.

Als Antti zwei Becher Wein hinuntergekippt hatte, sagte er, sein Arm sei von der Reise so steif geworden, dass er keine Lust habe, ihn für nichts und wieder nichts zu krümmen. Dann verschwand er, holte vom Hof den Eimer, aus dem die Pferde getränkt wurden, und füllte ihn dann eigenhändig mit Wein, weil der Wirt nicht verstand, was er vorhatte. Antti hob den Eimer an die Lippen und trank ihn keuchend leer, ohne ein einziges Mal abzusetzen. Dann warf er den Eimer in die nächste Ecke und meinte, nun sei sein Durst endlich nicht mehr ganz so stark. Er habe auf den spanischen Straßen und Wegen so viel roten Staub geschluckt, dass er nicht geglaubt habe, seinen Hals je wieder davon freizubekommen. Der Wirt bekreuzigte sich zahlreiche Male und sagte so etwas wie *diablo*. Ich aber hatte auch schon so viel Wein durch meine Kehle laufen lassen, dass ich ihn anschrie, wir seien genauso fromme Katholiken wie er, und wir würden auch gleich zur Messe gehen, wenn wir erst einmal unseren Durst gelöscht hätten. Außerdem fragte ich ihn, ob er nicht um Gottes willen vernünftiges Essen herbeibringen wolle, wie zum Beispiel Schweine- oder Rinderbraten. Zur Not ginge auch Lammfleisch statt diesem ewigen Käse samt angesengtem Brot und Zwiebeln.

Nach all den Strapazen der Reise stieg mir der Wein so schnell zu Kopfe, dass ich mich nicht mehr arm oder krank fühlte. Auch mein Hund machte sich begeistert über den Knochen unter dem Tisch her und zeigte jedem, der ihn streicheln wollte, knurrend seine weißen Zähne, obwohl er sonst ein sanftmütiges und freundliches Tier war und sich mit jedermann gut stellte. Bald war eine Menge Spanier um unseren Tisch versammelt, die uns starr vor Staunen dabei anstarrten, wie wir aßen und tranken, oder genauer gesagt, wie Antti aß und trank. Dabei bekreuzigten sie sich immer wieder und verfolgten jeden unserer Bissen mit ihren schwarzen Blicken. Antti fühlte sich mit der ganzen Welt versöhnt und sagte:

»Diese armen und mageren Burschen hier sind genauso von Christi Blut erlöst wie wir, und sie können gewiss nichts für ihr düsteres Wesen. Geben wir ihnen deshalb Wein zu trinken, damit wir sehen, ob sie ihre Münder überhaupt zu einem Lächeln verziehen können.«

Er setzte sogleich den Wirt von seinem Wunsch in Kenntnis, der auch eilends damit begann, Becher zu füllen. Nach einigem Zögern, als ihnen klar geworden war, dass sie wirklich nichts zu zahlen brauchten, kamen die Männer einer nach dem anderen zu uns, nachdem sie sich zuvor ihre zerlumpten Kleiderschöße mit stolzer Geste über die Schulter geworfen hatten. Dann sagten sie der Reihe nach ihren Namen und ihre Herkunft auf und leerten rasch den Becher. So trank jeder von dem Wein, und dann begannen sie eifrig aufeinander einzureden und äußerten dabei offenbar die Vermutung, wir hätten auf unserer mühevollen Reise einen Sonnenstich abbekommen oder wären aus einem anderen Grund schwachsinnig geworden, weil wir ihnen kostenlosen Wein anboten. Keiner von ihnen verzog den Mund zu einem Lächeln.

Die Kunde von unserem kostenlosen Weinausschank verbreitete sich in Madrid schneller, als man ein *Ave Maria* sprechen konnte. Die Leute kamen von überallher in unsere Herberge gerannt, so dass wir uns nur mit Hilfe unserer Ellenbogen Bahn durch das Gedränge schaffen konnten und der Wirt schließlich seine Tür verrammeln musste. Trotzdem gelang es einem kleinwüchsigen, mageren Mann mit fledermausartigen Ohren und listig dreinblickenden Augen, über die Mauer auf den Hof zu springen. Er wandte sich an uns, wobei er ein einigermaßen verständliches Deutsch und sogar Latein sprach, so dass wir ihn als Christenmenschen nicht abwiesen. Nachdem wir den kostenlosen Weinausschank beendet hatten, trugen wir ihn gemeinsam auf das Zimmer, das der

Wirt uns zugewiesen hatte, und legten ihn zum Schlafen zwischen uns, denn er hatte nicht viel Wein vertragen.

So leitete die Vorsehung nach wie vor jeden unserer Schritte, denn der kleine Mann sollte sich als äußerst nützlich für uns erweisen. Als wir am folgenden Morgen aufwachten und vorsichtig etwas Wein tranken, um einen klaren Kopf zu bekommen, eröffnete er uns, er sei der Barbier des Vizekönigs von Neapel, des Herrn de Lannoy also, und sei seinem Herrn von Toledo nach Madrid gefolgt, weil Herr de Lannoy den Kaiser keinen Moment aus den Augen lassen wolle, solange er nicht dessen Zusage erhalten habe, für seine guten Dienste den angemessenen Lohn ausbezahlt zu bekommen. Der Mann erzählte uns auch ganz offen, er betreibe im Nebenberuf das Handwerk eines Zuhälters und erklärte sich bereit, uns in die besten Freudenhäuser Madrids einzuführen und uns einen gewissen Nachlass für die dort gebotenen Dienste zu verschaffen, schließlich seien wir ja seine Freunde.

Unsere Glieder schmerzten jedoch noch so sehr nach dem langen Ritt, dass weder Antti noch ich sein freundliches Angebot nutzen wollten. Ich empfand auch eine gewisse Angst davor, mit der Franzosenkrankheit angesteckt zu werden. Der brave Barbier versuchte, mir meine Befürchtungen zu nehmen und versicherte, jeder vornehme Herr werde über kurz oder lang mit der Franzosenkrankheit angesteckt. Das gebe durchaus keinen Anlass zum Fluchen, sondern eher für wohlmeinende Scherze, zumal da sich die Rinde des Guajak-Baumes als hervorragende Arznei gegen diese Krankheit bewährt habe. Da sich der Barbier so freundlich zeigte, fragte ich ihn, ob er eine Möglichkeit kenne, wie ein armer Mann zum Kaiser vorgelassen werden könne, so dass er Auge in Auge mit diesem mächtigsten Herrscher der Welt sprechen könnte. Ich fügte hinzu, wir seien eigentlich arme Pilger aus einem fernen Land. Aber da wir einen Kriegsherrn bis nach Madrid begleitet hätten, würde ich auch gerne dem Kaiser meine Aufwartung machen, damit ich einmal meinen Enkeln von dieser Begegnung berichten könnte, falls ich noch irgendwann einmal Kinder bekäme.

Der brave Barbier musterte mich gründlich und sagte: »Ich zweifle nicht daran, dass ein junger und gesunder Mann wie du irgendeinmal Kinder bekommen kann. Jedenfalls wird es leichter für dich sein, Kinder in die Welt zu setzen, als vor den Kaiser zu treten. Der junge Kaiser hat eine Schutzmauer aus Hunderten, ja vielleicht sogar Tausenden Menschen um sich herum errichten müssen, um all die vielen Leute abzuwehren, die zu ihm vorgelassen werden wollen. Er wird nämlich von Bittstellern aus aller Herren Ländern umschwirrt, von hohen Herren bist zu den allergeringsten, die ihm die verrücktesten Vorschläge unterbreiten wollen. Jedenfalls ist ihnen allen gemeinsam, dass sie irgendetwas vom Kaiser wollen. Es erscheinen Ziegenhirten bei ihm, die versprechen, neue Reiche in unbekannten Ländern für ihn zu erobern, wenn er ihnen ein Schiff ausrüstet und ihnen Geld für die Anwerbung von Söldnern gibt. Jemand verspricht, ihm eine Maschine zu bauen, mit welcher der Mensch fliegen und in Kirchturmhöhe in der Luft schweben kann, wenn ihm nur genug Geld dafür gegeben wird. Einige versprechen, ihn das Geheimnis der Goldherstellung zu lehren, und erst letzte Woche sprach ein Mathematiker vor, der sagte, er könne die kaiserlichen Geschützmeister darin unterweisen, wie man über Hügel hinüber auf nicht sichtbare Ziele schießen könne, sofern er genug Geld dafür bekäme. Man ahnt nicht, wie viele unchristliche Albernheiten in den Hirnen der Menschen entstehen können, bevor man nicht einen der Sekretäre in den Vorzimmern darüber berichten hört, welch widersinnige Pläne die Leute dem Kaiser tagaus, tagein vortragen wollen. Ja, wenn man das hört, dann glaubt man gerne, dass die Welt aus ihren Fugen geraten ist. Deshalb ist es leicht zu verstehen, warum der Kaiser und seine Sekretäre sowie deren Untersekretäre so viele Verrückte an den Türen abweisen müssen, obwohl viele von ihnen aus fernen Ländern zum Kaiser gewandert sind und ihre ganze Habe verschleudern, um auch ja zu ihm vorgelassen zu werden, weil sie ihre Angelegenheit angeblich in nur wenigen Minuten erklären können und der Kaiser sofort begreifen werde, wie wichtig die Sache ist, um die es geht – wenn sie nur mit dem Kaiser reden dürfen.«

Der kleine Barbier sah mich mit seinen vom Wein verschleierten Augen an, wackelte zum Spaß mit seinen großen Ohren und fuhr fort: »Außerdem ist zu bedenken, dass der Kaiser bei den Kaufleuten und Fürsten der gesamten Christenheit in der Kreide steht, so dass es nicht viele Leute auf Erden geben dürfte, denen der Kaiser nichts schuldig wäre. Außerdem müsste er eigentlich zahlreiche Menschen wegen der guten Dienste, die sie ihm erwiesen haben, belohnen. Viele dieser Menschen halten sich von Monat zu Monat am Hof auf, um endlich wegen ihrer großen Verdienste zum Kaiser vorgelassen zu werden. Schon ihretwegen wissen die Sekretäre kaum ein noch aus. Nicht einmal am Esstisch oder bei Jagdausflügen hat der Kaiser seine Ruhe, sondern wenn er eine Gabel zum Munde führt oder sein Pferd anhält, um nach dem Wild auszuspähen, ist bald ein Mann an seiner Seite, der etwas von ihm will. Deshalb ist es gut zu verstehen, dass der Kaiser trotz seines jungen Alters der Menschen überdrüssig ist und mehr die Einsamkeit liebt als die Gesellschaft.«

Ferner sagte er: »Gerade jetzt hat es keinen Sinn, dass ein Außenstehender ein Gespräch mit dem Kaiser sucht, denn die französischen Friedensabgesandten, die Botschafter Englands, Venedigs und des Papstes sowie vor allem natürlich der Herzog von Bourbon und mein eigener edler Herr de Lannoy schleichen um ihn herum wie eifersüchtige Katzen um den heißen Brei. Alle beobachten einander genau, und jeder von ihnen spinnt seine Intrigen zum jeweiligen eigenen Vorteil. Frankreich hat gar drei Millionen Golddukaten als Lösegeld für seinen König geboten, damit er nicht auf das Herzogtum Burgund zu verzichten braucht, auf das der Kaiser Anspruch erhebt. Aber der Kaiser selbst und noch eindringlicher sein allmächtiger Minister Gattinara, ganz zu schweigen vom Herzog von Bourbon, halten an den Gebietsabtretungen fest. Hingegen ist mein Herr de Lannoy der Meinung, man dürfe den König nicht über Gebühr bedrängen, sondern lieber das Geld annehmen und den König als Freund und Verbündeten bei Laune halten. Auf diese Weise treiben sozusagen die Anhänger eines schlimmen Friedens und die Befürworter eines guten Friedens ihr Ränkespiel miteinander. In König Franz hat der Kaiser es mit einem genauso starrköpfigen Gefangenen zu tun, wie er selber ein Starrkopf ist in den Beschlüssen, die er einmal gefasst hat. Aus diesen Gründen ist es verständlich, wenn der Kaiser sich vor allem nach ungestörter Ruhe sehnt, um gründlich über diese verfahrene Lage nachdenken zu können.«

Seine Erklärungen gaben mir viel zu denken. Die ganze Angelegenheit schien noch viel verworrener zu sein, als ich gedacht hatte, denn wenn ich mich an den falschen Mann bei Hofe wandte, um zum Kaiser vorgelassen zu werden, dann könnte dieser, wenn er von der Sache Wind bekäme, alles daransetzen, um mein Gespräch mit dem Kaiser zu verhindern. Die Papiere, die mir in die Hände gefallen waren, zeigten nämlich ganz klar, dass der Kaiser so schnell wie möglich und zu milden Bedingungen Frieden schließen und König Franz freilassen musste, um sich so dessen Freundschaft zu bewahren. Sonst würde sich Frankreich der Verschwörung der italienischen Fürsten anschließen, damit sein König freikäme.

»Und wenn jemand mit überzeugenden Beweisen darlegen könnte«, fragte ich, »dass ein baldiger und milder Friedensschluss mit Frankreich im Interesse des Kaisers liegt und dass er, wenn er diesen Friedensschluss hinausschiebt, sich selbst und sein Reich in die größte Gefahr bringt und alle Früchte seiner Siege wieder verliert? Glaubst du, so ein Mann könnte zum Kaiser vorgelassen werden? An wen müsste er sich dann wenden?«

Der Barbier hörte auf, mit den Ohren zu wackeln, und sah mich mit Augen an, die so steif waren wie gekochte Eier. »Bist du immer noch betrunken?« fragte er. »Wenn es so einen Mann gäbe, dann würde er sein Wissen natürlich zuallererst an die französischen Abgesandten verkaufen, die über die Friedensbedingungen verhandeln wollen. Doch vor allem würde er diese Dinge nicht in der Schenke seinem erstbesten Saufkumpan ausplaudern, sondern sie wohlweislich bei sich behalten. Deshalb bist du entweder sehr unerfahren oder sehr dumm, Michael Pelzfuß. Wenn du dich nämlich noch lange damit brüstest, über solches Wissen zu verfügen, dann wird Gattinara dir einen Sack über den Kopf ziehen lassen und wirft dich in den Kerker von Alcázar. Oder einer der Männer des Herzogs von Bourbon schlitzt dich mit dem Schwert auf, wenn du am wenigsten damit rechnest.«

Antti sagte: »Mein lieber Bruder Michael ist ein richtiger Spaßvogel und redet viel, wenn der Tag lang ist. Er kann nämlich keinen Wein vertragen. Doch für alle Fälle, mein lieber Barbier und Zechgenosse, sollte ich dir wohl deinen dünnen Hals zwischen Daumen und Zeigefinger zerdrücken, obwohl mir das leidtäte. Dem Wirt können wir ja sagen, dass du einfach zerquetscht wurdest, als du letzte Nacht zwischen uns schliefst. Ich glaube, ihn würde das nicht wundern.«

Der Barbier fuhr sich den Hals entlang und war plötzlich wieder nüchtern, während er zur Tür blickte. Antti aber stand ihm mit seiner großen und breiten Gestalt im Wege. Nachdem der kleine Mann mit seinem dünnen Zeigefinger vorsichtig an Anttis Brust getippt hatte, um ihn aus dem Weg zu stoßen, seufzte er und sagte: »Es nützt nichts, mich umzubringen. Wenn ihr beide wirklich über wichtige und geheime Dinge Bescheid wisst, dann bin ich wohl der beste Mann, der euch hierbei zu Diensten sein kann. Ich glaube, mein Herr de Lannoy ist in der Lage, ohne dass Gattinara und der Herzog von Bourbon davon erfahren, ein Gespräch mit dem Kaiser zu vermitteln und wird euch sogar dafür bezahlen, denn er würde dem Herzog von Bourbon gerne einen Knüppel zwischen die Beine werfen, sofern sich dazu Gelegenheit bietet.«

Und so dauerte es nicht lange, da verließen wir auch schon das Gasthaus mit dem kleinen Barbier zwischen uns beiden. Er führte uns an allen Dienstboten vorbei in die Madrider Wohnung seines Herrn und verschaffte uns eine Audienz bei ihm, während er ihn einseifte, rasierte und ihm sein Haar kräuselte. Vizekönig de Lannoy hatte bereits nach seinem Barbier rufen lassen und war zunächst ziemlich unwirsch, weil der Kaiser sich in seine Gemächer in seinem Palast zu Madrid eingeschlossen hatte und nicht einmal ihn zu sich ließ. Als ich ihm aber ehrlich von meiner Angelegenheit so viel berichtet hatte, wie ich nur wagte, da war er sehr erfreut. Am meisten freue er sich, wie er sagte, darüber, dass er seinen Rivalen, den Marquis von Pescara, als Verräter entlarven konnte. Auch hielt er es für eine unerhörte Niedertracht, dass der Papst und Venedig hinter seinem Rücken das Königreich beider Sizilien an den Marquis von Pescara verschachern wollten.

»Das sind ja tolle und erfreuliche Nachrichten!« sagte er. »Du brauchst mir die Papiere nur zu überlassen, dann werde ich schon dafür sorgen, dass der Kaiser sie so schnell wie möglich erhält. Auch kannst du dir meiner Gunst sicher sein. Ich werde dir einen guten und angemessenen Preis für die Papiere zahlen.«

Antti hüstelte und gab mir einen Schubs mit seinem Daumen, so dass ich all meinen Mut zusammennahm und sagte: »Wir beide sind arme Burschen, und das Geld kommt uns wie gerufen. Aber wir haben diese lange und beschwerliche Reise unter großen Ausgaben auf uns genommen, um unsere Treue dem Kaiser gegenüber unter Beweis zu stellen. Deshalb kann ich diese wertvollen Papiere niemandem übergeben, als nur dem Kaiser persönlich. Er möge uns dann belohnen, wie er es selbst für richtig hält. Von Euch, Herr Vizekönig de Lannoy, erbitten wir keinen Lohn. Es ziemt sich natürlich nicht, einem so vornehmen Herrn wie Euch zu widersprechen, aber ich glaube, seine Majestät der Kaiser kann den Wert Eurer Dienste sehr wohl einschätzen, wenn Ihr uns sicher und ungefährdet vor ihn bringt, und zwar unbemerkt von Euren Feinden, die auch unsere Feinde sind und uns ohne zu zögern den Hals umdrehen würden, wenn sie von dieser Sache wüssten.«

Herrn de Lannoys Miene verdüsterte sich, und er begann an seinem Bart zu kauen, so dass der Barbier aufschrie und sich die Haare raufte, als er sah, dass alle seine Kunst vergeblich gewesen war. »Wie kann ich sicher sein, dass du kein Schwindler und Glücksritter bist?« fragte er. »Wie kann ich sicher sein, dass dies alles vielleicht nicht gar eine Falle ist, die mir der Herzog von Bourbon gestellt hat? Und was hindert mich daran, nach meinen Dienern zu rufen, die euch die Papiere gewaltsam abnehmen?«

Antti griff wie nebenbei nach einer großen Silberschale, die auf dem Tisch stand, und zerdrückte sie mühelos zwischen seinen Fingern, so dass Herr de Lannoy es mit der Angst zu tun bekam und sich bekreuzigte, entsetzt über diese Kraftprobe. Ich aber sagte: »Eure Ehre und Euer guter Name als edelster Ritter und fähigster Feldherr Europas werden Euch doch davon abhalten, uns armen Männern irgendwelchen Schaden zuzufügen, nicht wahr, Herr de Lannoy?«

Antti öffnete den Mund und wollte wahrscheinlich sagen, dass es, nachdem Bayard seinen Wunden erlegen war, in Europa keinen edlen Ritter mehr gab, und dass Vizekönig de Lannoy im Vergleich zum Marquis von Pescara nicht mehr als ein Pferdeapfel war. Aber ich hinderte ihn daran, seine Gedanken auszusprechen und sah Herrn de Lannoy mit unschuldigen und vertrauensvollen Blicken an. Meine Aufrichtigkeit und meine guten Worte rührten ihn zu Tränen, und er sagte: »Als Beschützer der Schwachen und Verteidiger der Unterdrückten will ich mich immer meiner Sporen würdig erweisen. Du hast dich an den rechten Mann gewandt. Am meisten gefällt mir, dass du mich nicht um Geld bittest. Ehrlich gesagt geht es nämlich ganz schön ins Geld, in Spanien das Leben eines Vizekönigs von Neapel zu führen. Da ich auf meine Tugend und meine Ehre als Ritter bedacht bin, spare ich also ein hübsches Sümmchen, wenn ich deine Belohnung dem Kaiser überlasse.«

Aber ich musste ihm doch den Brief zeigen, der das Einverständnis des Marquis von Pescara zu diesem Verrat enthielt, wofür die Mutter des Königs von Frankreich im Namen ihres Sohnes zugunsten des Marquis alle Ansprüche auf die Krone beider Sizilien aufgab. Nach der Lektüre dieses Briefes bekreuzigte sich Herr von Lannoy viele Male und sagte, er hätte einen solch finsteren, herzlosen und ehrlosen Verrat nicht für möglich gehalten. Doch gleichzeitig merkte ich, wie er sich freute und in Hochstimmung geriet, da er nun die Möglichkeit sah, sich auf leichte Weise seines schlimmsten Rivalen zu entledigen. Er nahm sicherlich an, dass der Kaiser ihn unverzüglich nach Mailand schicken würde, wo er den Marquis von Pescara festnehmen und hinrichten sollte. Um einer so angenehmen Aufgabe willen war er sogar bereit, seine Ehrenpflicht als Gefangenenwärter aufzugeben. Er war es ja gewesen, der König Franz dem Marquis von Pescara und dem Herzog von Bourbon entrissen und auf eigene Verantwortung nach Spanien gebracht hatte.

Nachdem er sich aufgemacht hatte, um sich nach dem Befinden des Kaisers zu erkundigen und womöglich schon ein baldiges Gespräch mit ihm zu arrangieren, fragte mich der kleine Barbier bedrückt, wer ihn denn nun für seine guten Dienste bezahlen würde. Er habe bisher ja nur einen Tritt von seinem Herrn erhalten, weil er am Morgen zu spät zum Rasieren erschienen war. Erfreut über unseren Erfolg, versprachen wir ihm, ihn nicht zu vergessen, wenn der Kaiser und belohnen würde. Aber er meinte dazu nur, er sei ein armer Mann und verzichte lieber auf seinen Anteil an der Belohnung des Kaisers, wenn er von uns sofort etwas Hartgeld auf die Hand bekäme. Das hielten wir für einen guten Handel, und deshalb fassten wir sogleich den Entschluss, ihn durch bares Geld aus dieser ganzen Angelegenheit herauszukaufen, damit über die Aufteilung der kaiserlichen Belohnung kein Streit entstünde. Nach längerem Feilschen begnügte er sich mit fünfzehn Dukaten. Ich hielt ihn für einen großen Dummkopf, weil er um einer so geringen Summe willen auf seinen Anteil verzichtete. In dieser Hinsicht war er aber schlauer als wir, wie wir später zu unserem Kummer feststellen mussten, denn da kannten wir den Kaiser noch nicht und die großen Schwierigkeiten, in denen er steckte, sondern bildeten uns ein, er würde uns mindestens zehntausend Dukaten zahlen oder uns mit anderen, genauso wertvollen Ehren überhäufen, die er zu vergeben hatte.

Dann holten wir unsere Sachen aus der Herberge ab. Mein Hund hatte sie so gut bewacht, dass der Wirt einen blutigen Verband um seine Hand trug. Er forderte Entschädigung für seine Schmerzen, die Schäden an seiner Wirtschaft und all das Ungemach, das er am vorigen Abend erlitten hatte, denn es waren Möbel zu Bruch gegangen, und im Hof war der Trog mit den Weintrauben umgeworfen worden. Alles in allem war die Rechnung, die er uns präsentierte, so hoch, dass wir unseren Augen nicht trauten. Aber unsere Erinnerung an die Begebenheiten des vorausgegangenen Abends war so verschwommen, dass wir ihm nicht widersprechen wollten. So bezahlten wir die Rechnung anstandslos, nachdem wir ihm von den dreizehn geforderten Dukaten noch drei abhandeln konnten. Der Wirt war über unsere Freigiebigkeit so erfreut, dass er uns noch seinen besten Wein kredenzte und sogar versprach, er werde seine Tochter schicken, damit sie uns das Bett mache, falls wir weiter in seinem Hause bleiben wollten. Er nannte uns Herren und Hidalgos, und als wir sein Haus verließen, kniete er im Staub am Tor nieder, um Gott zu bitten, auch in Zukunft so verrückte Reisende in sein Gasthaus zu schicken. Auf diese Weise hinterließen wir auf unserer Spanienreise wenigstens bei einem Menschen ein gutes Andenken.

Wir quartierten uns dann in der Residenz von Herrn de Lannoy ein, da wir nun unter seinem Schutz standen. Das war, wie wir fanden, das Sicherste in diesem gefährlichen und von Intrigen verseuchten Land. Für alle Fälle besuchten wir auch die Messe, damit niemand uns der Ketzerei beschuldigen konnte. Als wir aus der Kirche zurückkamen, berichtete uns Herr de Lannoy, er habe den Kaiser noch düsterer als sonst angetroffen. Aber er habe ein geheimes Treffen arrangiert, und zwar derart, dass der Kaiser, wenn er am nächsten Tag von der Jagd zurückkäme, über Durst klagen und in sein Haus einkehren würde, um einen Becher Wein zu trinken, während sein ganzes Gefolge vor dem Haus wartete.

Er vermutete, die Besorgnis des Kaisers komme daher, dass der König von Frankreich in große Melancholie gefallen und ernstlich erkrankt war, nachdem er von den unverrückbaren Forderungen des Kaisers und der Notwendigkeit großer Gebietsabtretungen erfahren hatte. Der Kaiser fürchtete nun, die ganze Christenheit werde es ihm nie verzeihen, wenn der allerchristlichste König Frankreichs nun als sein Gefangener stürbe. Herr de Lannoy glaubte allerdings, diese Krankheit sei nur vorgeschoben und nichts als eine List, durch die der König den Kaiser zwingen wollte, persönlich vor ihm zu erscheinen. Der Kaiser hatte sich nämlich streng geweigert, ihn zu treffen, bevor er in alle Bedingungen einwilligte, die letzten Endes eine Aufteilung Frankreich bedeuteten und die König Franz mehr zu einem Vasallen des Kaisers als zu einem eigenständigen König machen würden.

»Jeder, der den König von Frankreich kennt«, sagte Herr de Lannoy, »weiß sehr wohl, dass er solchen Bedingungen niemals wird zustimmen können. Kaisern und Herrschern sollte man nie schlechte Nachrichten überbringen, denn dadurch verärgert man sie nur, und der Überbringer der Nachricht kriegt dann oft die Wut des Herrschers zu spüren. Allerdings sind unsere Nachrichten nun bei rechtem Licht betrachtet gute Nachrichten, weil sie dem Kaiser helfen, seine Entschlüsse zurückzunehmen, wenn er erkennt, dass er in eine Sackgasse geraten ist. So werden unsere Nachrichten sich als Segen für den Kaiser erweisen.«

Herr de Lannoy war so freundlich, mir zu gestatten, die Abendmahlzeit zusammen mit ihm am selben Tisch einzunehmen, da er gerade keine anderen Gäste hatte. Das war eine große Ehre für mich, ja, vielleicht die größte Ehre, die mir je zuteilwurde. Nachdem ich wieder meine Kleider gewechselt hatte, schloss er bestimmt aus meinem Äußeren und meinem Benehmen, dass ich adeliger Herkunft sein musste, aber dies aus irgendeinem Grunde nicht zugab. Das ist gar nicht so selten, denn viele verarmte Adelige oder auch gerade auch junge deutsche Adelige, die ihrem guten Namen keine Ehre bereitet haben, verließen oft ihre Heimat und suchten in anderen Ländern ihr Glück zu machen, sofern sie nicht das Handwerk eines freien Raubritters ergriffen.

Während wir speisten, unterhielt uns der fledermausohrige Barbier mit mancherlei zweideutigen Anekdoten und Zauberkunststücken, denn er war gleichzeitig Herrn de Lannoys Narr, Barbier, Kuppler und im Notfall auch Chirurg und Wundarzt, weil kein gelehrter Arzt es mit seiner Würde vereinbar hielt, blutige Wunden zu verbinden oder die nötigen Operationen auszuführen. Herr de Lannoy erkundigte sich bei mir nach Neuigkeiten, aber ich konnte ihm nur erzählen, dass Luther zur Mittsommerzeit eine aus einem Kloster entlaufene Nonne geheiratet hatte. Das hatte ich auf dem Kontor der Fugger zu Mailand gehört. Herr de Lannoy schlug fromm das Kreuzzeichen und meinte, man habe von Luther nichts anderes erwarten können. Mit dieser Tat setze er seiner Ketzerei die Krone auf. Ich meinerseits verstand nun, dass Luther im Mai ganz andere Dinge im Kopf gehabt haben musste als den Bauernaufstand, der nun sein zeitweiliges Glück beeinträchtigte, so dass er die Bauern lieber wie tollwütige Hunde totschlagen ließ, als dass er sich zu ihrer geistigen Führerschaft bekannte, was die Welt vielleicht wirklich von Grund auf verändert hätte.

Nachdem wir in Maßen Wein getrunken hatten, wurde Herr de Lannoy neugierig und fragte nach meiner Abstammung. Er sagte, er wolle mir wahrlich nicht zu nahe treten, aber in seiner hohen Position habe er gelernt, die Menschen einzuschätzen. Meine Gelehrsamkeit, mein gutes Benehmen, meine feinen Gesichtszüge und meine reinlichen Hände zeigten seiner Meinung nach, dass ich nicht geringer Herkunft sein könne. Aus diesem Grunde erzählte ich ihm von meinem fernen Heimatland so viel, wie ich meinte, er würde es mir glauben und verstehen. Ich erwähnte, dass ich der Ratgeber des glücklosen Königs Christian II. von Dänemark in finnischen Angelegenheiten gewesen und um meine Stellung und meinen Besitz gekommen war, als Christian die Krone verloren hatte. Was meine Herkunft betraf, so gab ich ihm stolz zu verstehen, dass ich ein Bastard sei, was dazu führte, dass Herrn de Lannoys Hochschätzung für mich nur noch wuchs. Auch Kaiser Karl habe einen Bastard, erzählte er, eine gewisse Margareta, die der Kaiser sehr liebe und die er an den Sohn des Herzogs von Ferrara zu verheiraten gedenke. Dieser wiederum entstamme der Ehe des Herzogs mit dem Bastard Lucrezia Borgia, der Tochter eines früheren Papstes. Der Herzog von Ferrara habe nämlich die beste Artillerie der Welt und außerdem viel Geld. Deshalb sei er für den Kaiser ein wertvoller Verbündeter, wenn einmal die komplizierten Angelegenheiten Italiens entwirrt werden müssten.

Dann erwähnte Herr de Lannoy noch, sogar Papst Clemens VII. sei eigentlich ein Bastard jenes Medici, den die freiheitsliebenden Republikaner von Florenz in einer Kirche ermordet hatten, als sein Sohn noch im Säuglingsalter war. Seine Mutter sei eine arme Bauerntochter aus der Nähe von Florenz gewesen, und die Medici hätten viel Mühe damit gehabt, Beweise dafür zu fälschen, dass ein Priester besagtes Mädchen heimlich mit dem ermordeten Medici vor dessen Tode vermählt habe, damit er einen gesetzlichen Erben aufweisen konnte und die Herkunft des Sohnes dessen Eintritt in den geistlichen Stand nicht entgegenstünde.

»Ich will Euch bestimmt nicht zu nahe treten, Herr Michael«, begann Herr de Lannoy feinfühlig, »aber das geht doch eigentlich zu weit und zeugt vom zerrütteten Zustand der heiligen Kirche, dass ein Bastard auf dem Papstthron sitzt und dieser Papst sich dazu noch einen Bart hat wachsen lassen, obwohl seit tausend Jahren kein Papst mehr einen Bart getragen hat. Deshalb würde es mich nicht wundern, wenn dieser Papst sich selber den Ast absägt, auf dem er sitzt, wenn er so gegen den Kaiser intrigiert. Dabei hat er es einzig der Gunst und Güte des Kaisers zu verdanken, dass er die päpstliche Tiara trägt.«

Ich aber konnte nicht ohne Bitterkeit daran denken, dass die heilige Kirche mir, einem armen Jüngling, mit Verweis auf meine uneheliche Geburt das Priestergewand verweigert hatte, während ein anderer es dank seiner mächtigen Verwandten bis auf den Papstthron geschafft hatte, obwohl er ein Bastard war. Als sein Bevollmächtigter hatte Pater

Angelo meine Frau als Hexe verbrannt, selbst wenn Barbara an diesem harten Urteil nicht ganz unschuldig war. In ziemlich düstere Gedanken versunken ging ich also zu Bett. Tatsächlich sollte sich mein ungutes Gefühl noch als berechtigt erweisen, denn der folgende Tag war für mich ein wahrer Unglückstag.

Kapitel 5

Ich weiß wirklich nicht, welche unheilvollen Konstellationen der Planeten in meinem Fall den nächsten Tag beherrschten. Aber böse Vorzeichen gab es schon am frühen Morgen, kleine Kümmernisse, die ich gar nicht alle aufzählen will und die mich im Laufe des Tages ereilten, nachdem ich mir zuerst eine tiefe Schnittwunde am Kinn beigebracht hatte, weil ich meinen Bart nach dem Vorbild von Herrn de Lannoys Bart kräuseln wollte. Ein klügerer Mann als ich hätte nach so vielen Unglücksfällen hintereinander die Flinte ins Korn geworfen, hätte sich wieder zu Bett begeben und sich die Decke über den Kopf gezogen, um eine glücklichere Sternenkonstellation abzuwarten. Aber ich glühte vor Erwartung auf das Treffen mit dem Kaiser und schwelgte in den herrlichsten Vorstellungen, was die Folgen dieses Treffens anbetraf.

Bevor Herr de Lannoy zum Jagdausflug aufbrach, ordnete er sein Haus so, dass die Ankunft des Kaisers für alle wie ein Zufall aussehen musste. Er gab seinen Dienern frei und ließ nur die notwendigsten Wachleute im Haus. Dann stattete er sein Schreibzimmer mit einem porösen Wasserkrug aus, in den zum Kühlen eine Weinkaraffe gestellt wurde, und forderte Antti und mich auf, an einem vergitterten Fenster die Ankunft des Kaisers zu erwarten, um dann ohne Zeitverzögerung bereit zu sein, unsere Sache dem Kaiser vorzutragen. Endlich sahen wir gegen Abend ein prächtiges Gefolge die schmale Gasse hochkommen. Die Menschen drängten sich am Straßenrand und schauten aus den Fenstern, um einen Blick auf den Kaiser zu erhaschen. Dieser ritt auf einem kaum geschmückten, grauen Maulesel und trug ein flaches Barett auf dem Kopf. Als das Gefolge sich gerade vor Herrn de Lannoys Haus befand, klagte er offenbar über Durst. Er ließ sich von Herrn de Lannoy aus dem Sattel helfen und wies die übrigen adeligen Herren seines Gefolges mit einer Geste an, auf ihn zu warten. Dann betrat er das Haus, gefolgt von einem großen lehmfarbenen Hund.

Und dann begannen die Unglücksfälle. Denn ohne dass wir es gemerkt hätten, hatte ein dummes altes Weib beschlossen, in dem leerstehenden Haus den Boden der Eingangshalle zu wischen. Der Kaiser rutschte auf dem glatten Boden aus und hätte sich fast den Fuß ausgerenkt, hätte Herr de Lannoy ihn nicht mit den Armen aufgefangen. Die Alte erschrak beim Anblick des Kaisers so sehr, dass sie bei dem Versuch, vor ihm niederzuknien, den Eimer mit dem schmutzigen Wasser vor seinen Füßen umstieß. In seinem Zorn versetzte Herr de Lannoy dem Waschweib einen so schmerzhaften Tritt, dass diese losbrüllte, die allerheiligste Jungfrau um Schutz anflehte und Herrn de Lannoy wütend den Wischlappen um die Ohren schlug, so dass das Schmutzwasser nur so spritzte. Dabei keifte sie, ihre Vorfahren hätten schon gegen die Mauren gekämpft, während Herrn de Lannoys Ahnen noch als Pferdediebe am Galgen baumelten.

Ich hatte die Tür des Schreibzimmers inzwischen sperrangelweit geöffnet, und während das Gezeter in der Eingangshalle noch zugange war, schoss des Kaisers schrecklicher, lehmfarbener Hund an mir vorbei und stürzte sich geradewegs auf meinen Hund, als wollte er ihn lebendig verschlingen. Dieses Tier gehörte nämlich zu den grausamen, teuflisch verschlagenen Hunden, welche die Spanier in der neuen Welt darauf abgerichtet haben, Indianer zu jagen, und die sie in so hohen Ehren halten, dass diese Hunde denselben Anteil an der Beute bekommen, der auch einem Mann zusteht. Mein braver Hund versuche in seiner Todesangst, seine Zähne in ein Ohr dieses Ungeheuers zu schlagen. Er ließ auch nicht locker, als dieses den Kopf hin und her warf, so dass Rael in der Luft umhergewirbelt wurde. Als ich sah, in welcher Not sich mein Hund befand, versetzte ich in meiner Unbesonnenheit dem Hund des Kaisers einen Tritt, worauf das Biest mich ins Bein biss, so dass ich genauso laut schrie wie Rael. Es ist also verständlich, dass mein Treffen mit dem Kaiser nicht so ablief wie geplant, sondern ich zu Recht beim Kaiser in Ungnade fiel.

Der Kaiser rief seinem Hund einen Befehl zu, zerrte ihn zu sich und beugte sich sehr ungehalten, aber auch mitleidsvoll über ihn, um sein Ohr zu untersuchen, von dem Blut tropfte. Ich schnappte mir Rael, der, endlich in Sicherheit, in meinen Armen heulte und knurrte, sich loszustrampeln versuchte und wütend die Zähne zeigte, um uns klarzumachen, dass er vor so einem Köter keine Angst hatte und sofort bereit war, ihm zu zeigen, wer in diesem Haus das Sagen hatte. Ich musste ihn deshalb fortbringen und in einem anderen Zimmer einschließen, wo er weiterhin knurrte und sich seine blutigen Pfoten leckte. Dann kehrte ich humpelnd zum Kaiser zurück. Ich muss allerdings zugeben, dass der Kaiser sicherlich das Recht hatte, einen Leibwächter mitzunehmen, wenn er ein unbekanntes Haus betrat. Dieser erschreckend kluge Hund war tatsächlich fähiger als ein menschlicher Leibwächter, denn als er endlich zur Ruhe gekommen war, beschnupperte er jeden Winkel im Zimmer, um sicherzustellen, dass niemand sich hinter einem Vorhang oder in einem Schrank versteckt hatte, um zu lauschen.

Der Kaiser setzte sich an den Schreibtisch, und Herr de Lannoy, noch ganz untröstlich wegen der unglücklichen Vorfälle, schenkte ihm Wein in einen goldenen Becher ein. Ich wollte nun zusammen mit Antti ehrfurchtsvoll vor dem Kaiser auf die Knie gehen, so wie uns Herr de Lannoy geraten hatte, denn er sagte, der Kaiser möge es zwar nicht, wenn die Leute vor ihm knieten, und pflegte sie deshalb umgehend aufzufordern, auf diese Formalität zu verzichten und sich zu erheben, aber andererseits sei er auch ungehalten, wenn jemand keine Anstalten zeigte, eine Kniebeuge vor ihm zu machen. Dazu blieb mir allerdings gar keine Zeit mehr, denn kaum war ich wieder da, als der Kaiser, ohne mich auch nur eines Blickes zu würdigen, Herrn de Lannoy unwirsch anfuhr, er solle ihm endlich die Papiere geben. So blieb mir nichts anderes übrig, als Herrn de Lannoy die Papiere zu reichen, und er reichte sie gehorsam an den Kaiser weiter.

Der Kaiser begann, die beängstigenden Briefe aufmerksam und in aller Ruhe zu lesen und zeigte dabei nicht die geringste Gemütsbewegung. Nach der langsamen Lektüre des ersten Schreibens nippte er kurz an dem Wein, blickte Herrn de Lannoy an und hieß ihn, nach draußen zu gehen und sein vornehmes Gefolge wegzuschicken. Als Grund dafür solle er sagen, den Kaiser habe ein plötzliches Unwohlsein überkommen, und er wolle seine Jagdgäste nicht weiter aufhalten. Danach solle de Lannoy vor der Tür Wache stehen und dafür sorgen, dass er nicht gestört würde. Dieser Befehl war Herrn de Lannoy gar nicht genehm, wie ich sofort merkte, aber er musste natürlich gehorchen. Nach einer Weile hörte man von draußen Hufe klappern, und die vornehmen Gäste entfernten sich. Der Kaiser war nun allein und gut bewacht, denn der Hund saß neben ihm auf dem Boden und hielt das Maul mit herabhängender Zunge weit geöffnet. Der kaltblütige, abschätzende Blick des Tieres zeigte, dass es nichts weiter verlangte, als mich bei passender Gelegenheit ein zweites Mal in die Wade zu beißen.

Der Kaiser las sich die Briefe gründlich durch, und ich hatte Zeit, ihn mir anzuschauen. Er war damals gerade erst fünfundzwanzig Jahre alt geworden und damit nur zwei oder drei Jahre älter als ich. Er war etwa von der gleichen Größe wie ich, nicht ausgesprochen groß, aber auch nicht gerade klein. Seine Kleidung war von vornehmer Schlichtheit, und an Schmuck trug er nur eine goldene Kette mit dem Zeichen eines Ritters vom Goldenen Vlies. Dieses Ordenszeichen kannte ich, denn sein Gesandter hatte ein Zeichen desselben Ritterordens an seinen Schwager König Christian II. überreicht, als dieser in Stockholm zum König der Schweden, Goten und Finnen gekrönt wurde.

Seine Haut war bleich, die Augen von kaltem Grau und geheimnisvoll verschleiernd dreinblickend. Er versuchte nämlich, seine Blicke unter den Lidern zu beschatten, so als wollte er, dass niemand ihm seine Gedanken ansah. Sein Kinn unter dem kurz geschnittenen Bart war kräftig und zeugte von Eigensinn, die Ohren lagen flach am Schädel, und die Stirn war niedrig. Sein Körper war makellos, und seine Waden besonders wohlgeformt. Er hielt sich gerade und sah in jeder Hinsicht wie ein adeliger Jüngling aus, der seinen Leib von Kindesbeinen an mit Waffenübungen geschmeidig hält. In seinem ganzen Wesen lag etwas Ernstes, eine Art nachdenklicher Ernsthaftigkeit, so als wäre ihm schon zu früh eine viel zu große Verantwortung übertragen worden, der er sich aber nicht entziehen wollte, sondern die er nach besten Kräften zu tragen beabsichtigte. Dabei war keine Härte und Strenge oder Zeichen von Erbarmungslosigkeit an ihm, sondern sein Ernst war eher ein sympathischer und melancholischer Ernst.

Je mehr ich ihn betrachtete, desto mehr wuchs meine Hochschätzung für ihn. Man sah ihm an, dass er keinem seiner Untertanen Unrecht zufügen wollte, zumindest nicht mit Absicht, obwohl er wahrscheinlich so sehr im Zauber seiner Macht lebte, dass es ihm kaum in den Sinn kommen mochte, dass auch er nur ein durch Christi Blut erlöster Mensch war, so wie die anderen Menschen, sondern sich für etwas Höheres hielt als alle anderen Menschen und sich deshalb letzten Endes nur auf sich selbst verließ und auf seine eigene Meinung, wenn er sich eine solche gebildet hatte.

Nachdem er alle Briefe in völliger Ruhe und großem Gleichmut gelesen hatte, legte er seine weiße, feingliedrige Hand auf die Papiere und sah mich zum ersten Mal forschend an. Dabei zeigte sich an ihm aus irgendeinem Grunde ein Gefühl des Widerwillens, als er sagte: »Glaubst du, dies alles sei mir neu?«

Seine Frage rief so große Bestürzung in mir hervor, dass ich nur stotternd antwortete, ich hätte, nur um dem Kaiser zu dienen, mein Leben mancherlei Gefahren ausgesetzt sowie Unkosten und Mühen auf mich genommen, um ihm diese Verschwörung möglichst schnell zu enthüllen, da sie doch den Weltfrieden gefährdete.

»Du warst nicht schnell genug, denn ich weiß dies alles bereits seit zwei Tagen. Ich bin zwar niemandem Erklärungen schuldig, aber damit du nicht denkst, ich wollte dich um deine Belohnung prellen, die du gewiss verdient zu haben glaubst, kann ich dir sagen, dass der Marquis von Pescara durchaus kein Verräter ist, sondern mein treuester Untertan, sogar in dem Maße, dass er diesen schändlichen Verschwörern sein Ehrenwort als Soldat und Ritter gab, weil er von ihnen in alle ihre Pläne eingeweiht werden wollte, um sie mir dann enthüllen zu können. Auf diese Weise ist er nun in eine besonders schwierige und unangenehme Lage geraten. Ihm ist hoch anzurechnen, dass er seine Ergebenheit und seinen Treueid mir gegenüber für wichtiger hielt, als sein Ehrenwort als Soldat und Ritter. Nachdem er alles nötige Wissen gesammelt hatte, schickte er umgehend seinen Leutnant Don Gastaldo zu mir, der mir einen diesbezüglichen Brief überbrachte. Dies sage ich dir, damit der gute Ruf des Marquis von Pescara nicht mit dem geringsten Makel beschmutzt wird durch irgendwelche bösen Gerüchte. Ich habe schon gestern dem Gesandten des Papstes klar zu verstehen gegeben, was ich vom Papst und seinem teuflischen Ratgeber Ghiberti halte. Das sollte ihm wohl Warnung genug sein.«

Diese Worte ließen alle meine Träume zerplatzen, und ich kam mir plötzlich leer vor wie ein ausgeblasenes Ei. Ich hatte mein Geld sinnlos verschwendet, und mein Lohn bestand darin, dass der Hund mich in die Wade gebissen hatte. Der Kaiser stützte seinen Kopf müde mit seiner Hand und sagte:

»Ich will allerdings auch nicht leugnen, dass diese Briefe durchaus wertvoll für mich sind, weil sie Wort für Wort den Brief des Marquis von Pescara bestätigen sowie seine Warnung, dass ich Italien nun keinen einzigen Freund mehr habe und dass ich deshalb so bald wie möglich und zu milden Bedingungen einen Frieden mit Frankreich abschließen muss. Aber damit ich alles genau verstehe, muss ich auch wissen, wie diese gefährlichen Briefe in deine Hände gelangt sind. Denn dass ein junger Mann wie du sie in seinem Besitz hat, ist doch ziemlich ungewöhnlich.«

Da fasste ich wieder Mut und berichtete kurz und ohne Umschweife, wie wir nahe der Stadt Brescia Zeugen eines Raubüberfalls geworden waren. Aber ich verhaspelte mich in meinen Worten, als ich zu erklären versuchte, wie und warum wir die Postschatulle des französischen Königshofes geöffnet und die Siegel an den Briefen aufgebrochen hatten. Der Kaiser hörte mir geduldig und ohne Unterbrechungen zu. Dabei ließ mich sein kalter grauer Blick hinter den halb verschleierten Lidern die ganze Zeit nicht aus den Augen. Nachdem ich meine Erzählung beendet hatte, sagte er:

»Dein Bericht klärt so manche unklare Einzelheit auf und beweist mir auch, dass ich nie völlig und bedingungslos irgendjemandem auf dieser Welt trauen kann. So ehrlich und aufrichtig der Brief des Marquis von Pescara auch war, so zeigt dein Bericht doch, dass ihm nichts anderes übrigblieb, als eine völlige Kehrtwendung zu vollziehen, nachdem er erfahren hatte, dass diese Briefe in fremde Hände gelangt waren, und er mit der Möglichkeit rechnen musste, dass deren Inhalt auch mir bekannt werden konnte. Das erklärt seine plötzliche Eile, mir einen Brief zu schreiben, nachdem er vorher zwei Monate lang in geheimen Verhandlungen mit den Verschwörern gestanden hatte, ohne mir den geringsten Wink davon zu geben. Es erklärt auch, warum die französischen Friedensabgesandten sich so starrköpfig darauf versteift haben, meine guten und maßvollen Friedensbedingungen immer wieder abzulehnen, obwohl das Herzogtum Burgund juristisch gesehen mir gehört, lebenswichtig für mein Reich ist und ein Frieden ohne die Abtretung Burgunds an mich nicht möglich sein wird.«

Er dachte weiter nach und sprach seine Gedanken dabei aus: »Diese von Mord und Raub befleckten Papiere sind völlig wertlos für mich, da ich nicht glaube, dass Frankreich es wagen wird, einen Krieg vom Zaun zu brechen, solange der König mein Gefangener ist. Man benutzt diese Intrigen und die Staaten Italiens nur dazu, um mir einen Frieden aufzuzwingen, der meiner Macht und des Sieges, den ich errungen habe, nicht wert ist. Wären diese Papiere an den Hof von Lyon gelangt, dann hätte man sie wohl, wie mir scheint, eilends an die französischen Friedensgesandten in Toledo weitergeleitet, wo diese sie mir präsentiert und die Verschwörung offenbart hätten, denn dann hätten sie mich damit zu ihrem eigenen Vorteil erpressen können, ohne sich weiter um den Papst und die italienischen Staaten kümmern zu müssen. Darauf weist bereits die flehentliche Bitte des Papstes und der Signoria von Venedig am Schluss des Briefes hin, die Königin möge doch diese Geheimverhandlungen nicht als Druckmittel in den Friedensverhandlungen mit mir einsetzen, sondern lieber zu einem gemeinsam geführten Krieg und einem dauerhaften Bündnis mit den italienischen Staaten Zuflucht nehmen, das, solange es hält, meiner Macht für immer das Rückgrat brechen würde. Jedenfalls kann ich sicher sein, dass die Königin, genauso wie schon der Marquis von Pescara, mir diese Verschwörung enthüllen wird, sobald sie erfahren hat, dass ihre Post in die falschen Hände gelangt ist. Entweder setzt sie mich über meinen Gesandten in Lyon oder über ihre Friedensabgesandten darüber in Kenntnis, um mir mit einem Krieg zu drohen, den sie letzten Endes aber nicht wagen wird. Daran sehe ich wieder einmal, wie nichtig alle Ränkespiele sind, und wie schnell jedermann bereit ist, seinen Bündnisgenossen zu verraten, wenn es nur den eigenen Interessen nützt.«

Während ich seinen Gedanken lauschte, lernte ich über die hohe Politik allerlei, was ich bisher nicht gewusst oder verstanden hatte. Doch nachdem der Kaiser sich selbst über seine Gedanken klar geworden war, wandte er sich wieder an mich und sagte:

»Du erwartest nun sicherlich deinen verdienten Lohn. Ich will nicht leugnen, dass ihr beide, dein Kamerad und du, jetzt nicht ohne Grund mit meiner Gunst rechnet, da man in diesen gottlosen und verbrecherischen Zeiten in der hohen Politik nicht darum herumkommt, auch zu schmutzigen Mitteln zu greifen. Mord und Raub belohne ich allerdings nicht gerne, denn dann würde das Blut des jungen Postsekretärs auch an meinen Händen kleben. Deshalb brauche ich etwas Zeit, um darüber nachzudenken, wie ich dich auf geziemende Weise für den Dienst, den du mir erwiesen hast, entlohnen kann. Wie ich merke, brennst du ja schon vor Eifer, zu den französischen Abgesandten zu laufen und ihnen zu berichten, dass der Marquis von Pescara wortbrüchig geworden ist und die Verschwörung enthüllt hat. Ich will dir nicht verbieten, dieses Wissen zu Geld zu machen, denn lange wird sich diese Nachricht nicht mehr geheim halten lassen. Hoffentlich bezahlen sie dir so viel, dass du davon gut leben kannst, solange du auf meinen Entschluss wartest, denn ehrlich gesagt habe ich jetzt keine Geldbörse bei mir, und ich will auch Herrn de Lannoy nicht zumuten, mir etwas leihen zu müssen, da ich ihm ohnehin schon mehr als genug schulde.«

Der Kaiser hielt mich für schlauer, als ich war, denn der Gedanke, mein Wissen an die Franzosen zu verkaufen, war mir überhaupt nicht in den Sinn gekommen. Doch da der Kaiser nun diese Möglichkeit erwähnt hatte, war mir klar, dass ich mir so ein paar Münzen hinzuverdienen konnte. Dagegen ließ mich der Gedanke erzittern, dass der Kaiser meinem aufrichtigen und wahrheitsgemäßen Bericht nicht glaubte, sondern Antti und mich für gemeine Wegelagerer hielt, die den Postsekretär des französischen Hofes ermordet hatten und so an die Briefe gekommen waren. Vielleicht hatte der Kaiser in seiner Umgebung zu viel menschliche Niedertracht erlebt und sich zu viele Beschönigungen anhören müssen, als dass er von irgendeinem Menschen noch etwas Gutes denken konnte und nun geneigt war, sich alles auf die schlimmstmögliche Art zu erklären. Ich will ihm das nicht vorwerfen, denn diese ganze Verschwörung war eine einzige Ansammlung von Betrug, Verrat, Intrigen und abgefeimter Berechnung, so dass sie schon von weitem stank. In der ganzen Sache gab es meiner Meinung nach nur eine ehrliche Haut, und zwar mich, denn ich war ehrlich bestrebt, aus lauter guten Absichten dem Kaiser einen großen Dienst zu erweisen. Deshalb fiel ich nun auf die Knie und schwor ihm bei allem, was mir heilig war, sowie dem teuren Blute Christi, dass ich an dem Raubmord unschuldig war. Ich fügte noch hinzu, ich verließe mich voll und ganz auf seine Güte und seinen Edelmut, wenn er über einen gerechten Lohn für mich nachdächte. Doch sagte ich auch, ich könne seine Gunst nicht annehmen, wenn er mich für einen gemeinen Wegelagerer und Raubmörder hielte.

Doch der Kaiser gebot mir nur ungeduldig, zu schweigen, so als hätte er in seinem Leben schon genug heilige Eide gehört, um zu wissen, was sie wert waren. Sein Hund stand auf, schüttelte sich die lehmgrauen Glieder und gähnte mich mit weit aufgerissener Schnauze an. Während ich kniete, befand sich mein Kopf nämlich ungefähr in der Höhe seiner Schnauze, so groß und furchterregend war dieses Tier. Auch der Kaiser erhob sich und versprach, ich würde noch von ihm hören. So blieb mir nichts weiter zu tun, als ihm die Tür zu öffnen und mich tief vor ihm zu verneigen. Herr de Lannoy eilte herbei, um dem Kaiser eigenhändig die Haustür zu öffnen, und während dieser sich die Handschuhe anzog, hob sein Hund das Bein und verrichtete seine Notdurft an der Türschwelle. Das war, glaube ich, das einzige Mal, wo ich den Kaiser ein wenig lächeln sah.

Herr de Lannoy hielt ihm die Steigbügel, als er sich wieder auf seinen schönen Maulesel mit dem goldbetressten und mit blauen Edelsteinen verzierten Sattel schwang. Als er ihn auch noch begleiten wollte, lehnte der Kaiser dieses Angebot gnädig ab und schickte ihn zum Haus zurück. Dann ritt er los, nur von seiner Leibgarde begleitet, und sein Hund trabte neben dem Maulesel her. Als der Kaiser außer Sichtweite war, stieß de Lannoy die Tür krachend zu. Nur selten habe ich dann jemanden so fürchterlich und gottlos fluchen hören wie ihn, obwohl er als Adeliger nicht die groben Worte des gemeinen Volkes oder der Söldner in den Mund zu nehmen pflegte. Seine Flüche kleidete er stattdessen in furchtbare Vergleiche, die er der Theologie, Genealogie und anderen nützlichen Wissenschaften entnahm.

Er zeigte sich auch nicht gerade erfreut, als er erfuhr, dass unsere Nachricht dem Kaiser durchaus nichts Neues bot, sondern dass der Marquis von Pescara uns durch die Entlarvung seiner Mitverschwörer zuvorgekommen war, auch wenn er dadurch sein Ehrenwort als Soldat und Ritter brach. Deshalb verfluchte Herr de Lannoy den Marquis von Pescara als den unverschämtesten, gemeinsten und niederträchtigsten Menschen, welchen Italien und Spanien je hervorgebracht hätten und sagte, in dessen düsterem Wesen würden sich die schlimmsten Laster beider Länder vereinigen, ohne dass dieser Mensch eine einzige Tugend aufzuweisen hätte.

Ferner zeterte Herr de Lannoy, kein anderer als der Satan selbst müsse Antti und mich in sein Haus geführt haben. Er verstehe selber nicht, wie er sich von uns in dieses Ränkespiel habe verstricken lassen, das ihn nun vor dem Kaiser in ein schlechtes Licht setzte. In seiner furchtbaren Wut forderte er uns auf, sofort aus seinem Haus zu verschwinden und auch unseren teuflischen Hund mitzunehmen, der es gewagt hatte, den Hund des Kaisers zu beißen, was der Kaiser ihm bestimmt nie verzeihen würde. Der Kaiser werde sich immer daran erinnern, dass dieser heimtückische Angriff in seinem Haus geschehen war.

Der vornehme Herr de Lannoy verlor tatsächlich dermaßen die Fassung, wie es sich für jemanden in seiner hohen Stellung einfach nicht ziemt. Er fiel über mich her, verpasste mir eine Ohrfeige und versetzte meinem Hund, der ohnehin kaum auf seiner wunden Pfote laufen konnte, einen heftigen Tritt. Zum Glück kam mir der brave Barbier zu Hilfe, bevor ich eine dauerhafte Verwundung davontrug. Er beruhigte seinen Herrn mit zahlreichen klugen Sprüchen über das launische Auf und Ab irdischen Glücks und brachte mich und Antti weg von ihm. Dabei riet er uns entschuldigend, wir sollten uns Herrn de Lannoys Wutausbruch nicht allzu sehr zu Herzen nehmen. Zu den unangenehmen Seiten der vornehmen Herren gehöre es, dass sie sehr launisch in Bezug auf Gefühlsausbrüche seien, da sie sich nicht in dem gleichen Maße zu beherrschen brauchten wie arme Leute. Hätte sich Herr de Lannoy erst einmal wieder beruhigt, würde er sich uns gegenüber gewiss wieder geneigt zeigen. Deshalb sollten wir ihm am besten nach Toledo folgen, schließlich hätten wir sonst keinen anderen Fürsprecher in Spanien. Außerdem war uns ja auch das Geld knapp geworden.

So blieb uns nichts anderes übrig, als uns beim Wein zu trösten. Zutiefst verbittert erzählte ich dem fledermausohrigen Barbier alles, was sich zwischen dem Kaiser und mir zugetragen hatte. Dabei kam der Barbier auch seinen beruflichen Pflichten nach; er wusch mir die Wade, strich sie mit einer Heilsalbe ein und verband mir dann die Wunde. Er sprach dazu die freundliche Hoffnung aus, dass ich keine Vergiftung erlitten haben möge, an der ich mit Schaum im Munde sterben könnte, wie es bei Hundebissen oft vorkam. Dann verband er auch Raels wunde Pfote, und nachdem wir etwas Wein getrunken hatte, fühlte ich mich halbwegs getröstet. Ich dachte daran, dass der Kaiser auf jeden Fall versprochen hatte, mich nicht zu vergessen. Antti hielt dies für einen schwachen Trost. Aber das schien ihm nicht viel auszumachen. Er trank ebenfalls von dem Wein und sagte:

»Ich fürchte, wir werden noch viel Unbill zu ertragen haben, Michael, Bruderherz, denn es kann doch nur ein schlechter Scherz der Vorsehung gewesen sein, dass wir unsere Reise mit demselben Herrn Gastaldo unternahmen, der dem Kaiser den Brief des Marquis von Pescara überbracht hat. Deshalb schwant mir, dass sich die Vorsehung noch allerhand andere Streiche mit uns erlauben wird.«

Ich erwähnte, der Kaiser habe die Andeutung fallen lassen, er hätte nichts dagegen, wenn ich mein Wissen über den Verrat des Marquis von Pescara bei den Franzosen zu Geld machen würde. Nun war der Marquis ja in jedem Fall ein Verräter, nicht weil er den Kaiser verraten hatte, sondern seine eigenen Mitverschwörer. Ich erkundigte mich bei dem braven Barbier danach, wie ich am besten vorgehen sollte, um mein Wissen möglichst vorteilhaft in Geld umzumünzen. Er rieb sich die Nase, wackelte nachdenklich mit den Ohren und sagte schließlich:

»Sicherlich könnte ich euch diesen Handel vermitteln, weil ich aufgrund meines Barbierhandwerks und durch meine Nebentätigkeit mit zwei vornehmen Herren der französischen Friedensabordnung Bekanntschaft schließen konnte. Jedenfalls kenne ich ihre Vorlieben, was Frauen angeht. Wir wollen aber nichts überstürzen. Denn wenn der Kaiser den Verschwörern einen Schrecken einjagen will, indem er ihnen zu erkennen gibt, dass ihm ihre Pläne schon längst offenbart wurden, dann kann er wohl nichts dagegen haben, dass wir dieses Geheimnis außerdem noch an seine Heiligkeit, den päpstlichen Nuntius, an den Gesandten der Signoria von Venedig sowie die Gesandten von Florenz, Mantua, Ferrara und den anderen italienischen Staaten verkaufen. Nicht einmal die kleinsten Beträge gilt es dabei zu verschmähen. Doch selbst wenn ich dich mit Hilfe meiner Bettbekanntschaften mit diesen hohen Herrschaften zusammenführen könnte, ist noch längst nicht gesagt, dass sie ein ordentliche Summe Geld für diese Informationen auf den Tisch legen wollen, denn je geringerer Herkunft der Verkäufer ist, desto geringere Summen werden geboten. Genauso ist ein pausbäckiges Bauernmädel gezwungen, ihre Jungfräulichkeit für zwei Silbermünzen zu verkaufen, während man einer nicht mehr ganz frischen Kurtisane schon ihrer bunten Schminke und prächtigen Kleider wegen gleich Dutzende Dukaten in die Hand drückt. Ich will nun Herrn de Lannoy gewiss nicht mit einer Hure und Kurtisane vergleichen, aber wenn er diesen Handel übernimmt, dann kann er aus diesen Informationen zehn Mal, ja sogar hundert Mal mehr Geld herausholen, als du. Ihn empfängt man ja auch sofort, weil er ein vornehmer Herr in hoher Stellung ist. Allerdings sollten wir uns beeilen, damit wir die Nachricht möglichst vielen Beteiligten verkaufen können, ehe sie allgemein bekannt wird.«

Der brave Barbier erklärte sich bereit, sich für seinen Rat und seine Mitwirkung mit zehn Prozent an dem erzielten Gewinn zu begnügen. Um keinen Beteiligten zu vergessen, stellten wir mit seiner Hilfe ein Verzeichnis aller Gesandten der verschiedenen Länder zusammen, an die sich Herr de Lannoy in Toledo zu wenden hätte. Als wir dann Herrn de Lannoy die ganze Angelegenheit darlegten, vergaß er seinen Groll uns gegenüber und versicherte uns wieder seiner Gunst. Allerdings machte er uns auch klar, dass so ein vornehmer Mann wie er sich nicht auf einen so billigen Handel einlassen könne, außer, er werde mindestens zur Hälfte am Gewinn beteiligt. Er behauptete nämlich, für einen Mann in seiner Stellung zieme es sich nicht, Bargeld für derartige Informationen zu nehmen. Er müsse stattdessen mit Geschenken vorliebnehmen, bei denen mit schweren Gewinneinbußen zu rechnen sei, wenn man sie dann an Juden verkaufen würde. Aber der brave Barbier konnte ihm seine Widerspenstigkeit ausreden. Er legte ihm sogar die passenden Worte in den Mund und riet ihm, er solle sich von den jeweiligen Leuten unbedingte Verschwiegenheit zusichern lassen und sie danach wegen einer vorübergehenden Geldverlegenheit mit seinem Ehrenwort als Ritter um ein maßvolles Darlehen bitten. Als Pfand dafür solle er dann jene höchst wertvollen Informationen über Pescaras Verschwörung und Verrat anbieten.

Ein solches Darlehen brauche er nie zurückzuzahlen, weil er dafür ja nur mit seinem Ritterwort eingestanden sei. Und falls man das Geld irgendwann einmal zurückfordern sollte, könne er ja auf seine noch immer andauernde Geldverlegenheit verweisen. Auf diese Weise werde seine Ehre nicht beschädigt, wenn er Geld annehme. Herr de Lannoy war von diesem Plan außerordentlich angetan, setzte er ihn doch in die Lage, eine Reihe von Leuten gehörig auszunehmen. Dennoch blieb er bei seiner Forderung, dass die Hälfte des Geldes ihm zustünde, weil wir ohne seine Mithilfe wohl kaum ein Zehntel der Summe einnehmen würden, die wir dank seiner Mitwirkung einstreichen könnten.

Antti und ich mussten schließlich darin einwilligen, den Gewinn mit ihm zu teilen, und wir hatten uns auch noch damit abzufinden, dass die zehn Prozent für den Barbier von unserem Anteil abgezogen wurden. So blieben für jeden von uns beiden lediglich zwanzig Prozent vom Gewinn. Doch trösteten wir uns mit dem Gedanken, dass wir auf diese Weise jeglicher Mühen und Gefahren enthoben waren. Mir war klar, dass es bezüglich unserer Ehre und unserer Sicherheit an Leib und Leben am besten war, wenn die Verschwörer möglichst bald erführen, dass es ausgerechnet der Marquis von Pescara gewesen war, der ihren Plan dem Kaiser enthüllt hatte, denn dann würde niemand mehr an die geraubte Post denken. So lange aber wollten wir lieber ganz still und zurückgezogen in Madrid bleiben und kein Aufsehen erregen. Herr de Lannoy hingeben machte sich, von unseren guten Wünschen begleitet, eilends nach Toledo auf.

Kapitel 6

Aber auch diese Sache endete nicht glücklich für uns, denn Herr de Lannoy wie auch sein Barbier ließen lange auf sich warten. Um uns die Zeit zu vertreiben, beteten wir inständig für den allerchristlichsten König von Frankreich, denn aus der Festung Alcázar verlauteten immer beunruhigendere Gerüchte. Danach war der König von Frankreich an der Melancholie erkrankt wegen der schweren Friedensbedingungen, die der Kaiser in seinem Starrsinn einfach nicht abmildern wollte. Bis zum Überdruss ließen wir unsere Blicke über die braune, verbrannte Hochebene schweifen und betrachteten das Flussbett, auf dessen Grund wegen der herbstlichen Trockenheit nur noch trübe Pfützen übrig waren. Ein Tag verstrich nach dem anderen in nutzloser Erwartung. Allmählich begannen wir zu glauben, dass Herr de Lannoy und sein Barbier uns schändlich betrogen haben mussten.

Doch ganz so schlimm war es nicht, denn nach zwei Wochen erhielten wir die Nachricht, dass wir uns sofort zu Herrn de Lannoy begeben sollten. Wir ritten also nach Toledo, und ich muss sagen, dass diese schöne und reiche Stadt mit ihren prächtigen Toren auf einem steilen Berg an der Biegung eines Flusses mein Bild von Spanien sehr ins Vorteilhafte wendete. Es gab dort eine berühmte Universität und außer der Kathedrale noch in Kirchen umgewandelte Moscheen. Die Stadt verfügte auch über treffliche Handwerker, Gold- und Silberschmiede, Seidenweber und Schwertschmiede, die von den Mauren das Geheimnis ererbt hatten, wie edelster Stahl zu härten war, so dass mit ihren Schwertern nur die Schwerter persischer Waffenschmiede aus Damaskus und Bagdad konkurrieren konnten. In der Stadt herrschte beängstigende Enge, und in den Gassen zwischen den fensterlosen Häusern wimmelte es von Menschen aller Völker, Sprachen und Hautfarben. Die meisten von ihnen waren wegen des Kaisers hier und erhofften sich irgendeinen Nutzen von ihm. Herr de Lannoy aber hatte hier einen ruhigen Palast zur Verfügung, in dessen von einem Gewölbegang umgebenen Innenhof Weintrauben reiften und kleine Springbrunnen plätscherten. Er empfing uns sehr freundlich und sagte:

»Ich bin euch die Abrechnung schuldig, die ich euch jetzt ehrlich und aufrichtig vorlegen will. Allerdings haben sich die Dinge nicht so gut entwickelt, wie ich gehofft hatte, und wir haben nicht viel aufzuteilen.« Der Barbier reichte ihm ein Papier, und er zählte uns alle Namen und

Summen auf. Ich machte große Augen, denn alles in allem hatte er die Informationen an achtzehn verschiedene Personen und vornehme Gesandte verkauft. Am meisten hatte der Gesandte der allererlauchtesten Republik Venedig gezahlt, der ihm auf einen Schlag dreitausend Golddukaten geliehen hatte, und am wenigsten der Vertreter des Königs von Ungarn, der ihm gerade einmal zehn Dukaten gab. Der päpstliche Nuntius hatte ihm nur zweihundert Dukaten geliehen, da er bereits an den tadelnden Worten des Kaisers die Sache erahnt habe, so dass Pescaras Verrat nichts Neues für ihn sei. Hingegen hatten die Mitglieder der französischen Friedensgesandtschaft eine Sammlung veranstaltet und ihm tausendachthundert Dukaten als Darlehen gegeben, bevor der Vertreter Venedigs sie hatte warnen können. Alles in allem hatte Herr de Lannoy neuntausendeinhundertundzehn Dukaten zusammengebracht. Er meinte selbst, es hätte auch schlimmer kommen können.

Doch dann zog er eine düstere Miene und sagte: »Leider habe ich mich ganz umsonst bemüht und den Zorn vieler Leute auf mich gezogen. Denn obwohl ich das Geheimnis jedem unter dem Siegel absoluter Verschwiegenheit anvertraute, so beeilte sich danach jeder, es weiterzukaufen, um sein Geld zurückzubekommen. Das hatte für uns schwere Verluste zur Folge. Auf diese Weise kam die ganze Geschichte schließlich auch dem Kaiser zu Ohren. Er bat mich daraufhin, ihm zu sagen, wie viel ich inzwischen zusammenbekommen hatte. Natürlich konnte ich ihn nicht belügen, und die Folge des Ganzen war, dass er sich von mir sogleich achttausend Dukaten lieh, die er unverzüglich nach Mailand schickte, um dort den ausstehenden Sold für seine Truppen zu bezahlen. Er sagte, es sei nur recht und billig, dass seine Feinde sich so indirekt an der Finanzierung seiner Truppen beteiligten. Er versprach mir mit seinem kaiserlichen Wort, er werde mir das Geld so bald wie möglich zurückzahlen. Sobald ich das Geld von ihm bekommen habe, werde ich euch euren Anteil ausbezahlen, also viertausendfünfhundertfünfundfünfzig Dukaten, von denen ihr dem Barbier noch seinen Anteil zu bezahlen habt, also neunhundertelf Dukaten.«

Diese Undankbarkeit und Ungerechtigkeit erboste mich sehr. Ich bemerkte verbittert, wir würden auf jeden Fall unseren Anteil an den tausendeinhundertundzehn Dukaten fordern, die ihm noch geblieben waren. Ginge alles mit rechten Dingen zu, müsse diese Summe nun wie vereinbart aufgeteilt werden; die dem Kaiser geliehene Summe sei hingegen als Unkosten zu werten. Herr de Lannoy seufzte schwer und sagte:

»Das bezweifle ich; aber vielleicht verstehe ich als vornehmer Herr und Fürst nicht genug von Gelddingen, denn ich war ehrlich davon überzeugt, dass ich das Recht habe, das übriggebliebene Geld als Vorauszahlung auf meinen endgültigen Anteil zu behalten. Dann hat mich allerdings mein Barbier aufgeklärt, indem er mir ausführlich die Rechte und Pflichten von Geschäftsfreunden darlegte und mir das Vertrags- und Darlehensrecht auseinandersetzte. Jedenfalls bin ich betrübt, dass der Kaiser mir in seiner Habgier diese große Summe abgeknöpft hat, die ich unter vielen Mühen und, nicht ohne meine Ehre aufs Spiel zu setzen, an einem Tag einsammeln konnte. Deshalb hatte ich vor, meinem Glück auf die Sprünge zu helfen, und begann am Abend mit einigen vornehmen Herren Würfel zu spielen. Mir gelangen auch ein paar gute Würfe, aber schließlich verlor ich tausend Dukaten. Übrig sind also nur noch einhundertundzehn Dukaten. Wenn ihr so eigensinnig an eurer eigenen Sicht festhalten wollt, dann bin ich bereit, diese Summe vertragsgemäß aufzuteilen, denn ich bin sehr auf meine Ehre bedacht und würde es nicht dulden, wenn ihr mich hinter meinem Rücken mit Lügen und falschen Behauptungen beschuldigtet. Und das, obwohl ich das Gefühl habe, in dieser Angelegenheit sehr ungerecht behandelt worden zu sein.«

Ich versetzte verbittert, er habe gar kein Recht gehabt, unser Geld zu verspielen. Doch er verteidigte sich ebenso erbittert und meinte, wir sollten nicht ihm, sondern seinem Missgeschick im Spiel die Schuld geben, denn hätte er Glück im Spiel gehabt, dann hätte er den Gewinn wahrscheinlich mit uns geteilt, nachdem ihm klar geworden sei, dass er dann ja auch mit unserem Geld gespielt hätte. Da wir nichts gewannen, sondern nur verloren, wenn wir ihn erzürnten, blieb uns also nichts übrig, als klein beizugeben und das Restgeld aufzuteilen. Er durfte also fünfundfünfzig Dukaten behalten, der Barbier bekam elf Dukaten, und für Antti und mich gab es je zweiundzwanzig Dukaten. Antti meinte schließlich, es hätte uns noch übler ergehen können. Ich aber erholte mich viele Tage lang nicht von meiner Verbitterung, sondern rechnete mir immer wieder auf einem Zettel und in meinem Kopf aus, dass jeder von uns beiden, wäre alles mit rechten Dingen zugegangen, tausendachthundertzweiundzwanzig Dukaten hätte erhalten müssen. Dann wären wir reiche Männer gewesen.

Nun blieb uns nur noch, auf die Belohnung des Kaisers zu warten. Allmählich verstand ich die Gefühle des Marquis von Pescara, als er nach der Schlacht bei Pavia im fernen Italien Monat für Monat auf Belohnung und Anerkennung für diesen unglaublichen Sieg warten musste, der ganz allein sein Verdienst gewesen war. Aber der Kaiser ließ ihn leer ausgehen, während der Herzog von Bourbon und Herr de Lannoy den ganzen Ruhm einheimsten. In völliger Ungewissheit mussten wir fast zwei Monate warten, bis der Kaiser geruhte, sich an uns zu erinnern.

Es lohnt sich nicht, über die Ereignisse während dieser Monate zu berichten, denn die ganze Welt weiß ja, wie König Franz in seiner Gefängniskammer im Turm der Festung Alcázar lebensgefährlich an der Melancholie erkrankte und drohte, im Falle seines Todes alle Pläne des Kaisers über den Haufen zu werfen. Alle erinnern sich auch noch daran, wie seine gelehrte Schwester Margareta, die damalige Herzogin und spätere Königin von Navarra, aus Frankreich kommend am Krankenbett ihres Bruders erschien und in ihrem Gefolge eine ganze Reihe Jungfrauen vom französischen Hof mitbrachte, welche den König in seiner tiefen Melancholie trösten sollten. Im Vertrauen auf ihre bezaubernde Erscheinung führte diese Herzogin Margareta auch unter vier Augen Verhandlungen mit dem Kaiser, um ihn zu einem Friedensvertrag ohne Gebietsabtretungen zu bewegen. Doch nicht einmal ihre Schönheit, Gelehrtheit und noch junge Witwenschaft vermochten die Sturheit des Kaisers zu bezwingen, der an seinem einmal gefassten Entschluss festhielt. Ihre Hofdame, die aus Gründen der Schicklichkeit vor der Tür lauschen konnte, sprach danach ganz offen davon, sie habe während der Unterredung der beiden des öfteren sowohl Weinen als auch wehmütige Seufzer vernommen.

Aus diesen Gründen verschlimmerte sich die Melancholie von König Franz nur noch zum großen Entsetzen der ganzen Christenheit. Auch der Leibarzt des Kaisers vermochte ihm nicht zu helfen. Der König wollte nicht einmal mehr seine Schwester sehen oder sich von den mitgebrachten Jungfrauen trösten lassen, so dass alle daraus schlossen, er liege bereits im Sterben. Deswegen zutiefst besorgt, konnte der Kaiser natürlich keine Gedanken auf eine so unbedeutende Sache wie meine Belohnung verschwenden, wie mir durchaus klar ist. Ich begann deshalb zum Zeitvertreib, mich unter der Anleitung eines gelehrten Mauren mit Astrologie und Medizin zu beschäftigen und lernte durch ihn mehrere berühmte Ärzte in Toledo kennen. So erfuhr ich durch den Mund eines Augenzeugen von des Königs unverhoffter Genesung von seiner tödlichen Krankheit und will hier davon berichten, da es darüber widersprüchliche Angaben gibt, und viele unverständige Menschen diese Heilung als göttliches Wunder bezeichnet haben.

Als König Franz nämlich schon im Todesschlummer lag, ließ seine Schwester einen Altar ins Zimmer bringen. Man fragte den König, ob er bereit und in der Lage sei, das heilige Sakrament zu empfangen und die Kommunionsoblate herunterzuschlucken, worauf er durch lebhafte Gesten anzeigte, es versuchen zu wollen. Der Priester zerbrach die heilige Hostie in zwei Teile, gab den einen Teil Herzogin Margareta und schob den anderen Teil vorsichtig dem König in den Mund. Als der König versuchte, sie hinunterzuschlucken, geriet sie in den falschen

Hals, und der König bekam einen Hustenanfall, wodurch das furchtbare Geschwür in seinem Kopf, von dem kein Arzt etwas gewusst hatte, aufbrach und der Eiter aus seinen Nasenlöchern hervorströmte. Dadurch besserte sich sein Zustand sofort, und er genas rasch, auch wenn er sich, dem Rat seiner klugen Schwester folgend, weiterhin krank stellte und im Bett blieb.

Die schönsten Frauen vom französischen Hof taten alles, um ihm zu helfen, im Bett zu bleiben, so dass ihm die Zeit nicht lang wurde. Der Kaiser gestattete dies gerne, weil diese Art von Zeitvertreib dem königlichen Gefangenen den Lebenswillen zurückbrachte und ihn schnell von seiner Melancholie befreite. Viele vornehme spanische Damen hätten auch gerne zu seiner Genesung beigetragen, galt er doch als der galanteste Ritter der Christenheit. Aber das wollte der Kaiser nun doch nicht, denn er dachte an all die Gefahren und Schwierigkeiten, die drohten, falls der König zum Andenken an seine Gefangenschaft eine Reihe anspruchsvoller Bastarde in Spanien hinterlassen würde.

Anfang November war der König jedenfalls völlig genesen, und seine Schwester verließ Spanien unverrichteter Dinge, weil sie für ihn keinerlei Erleichterungen hatte durchsetzen können. Da nahm König Franz zu dem letzten Mittel Zuflucht und drohte, zugunsten seines minderjährigen Sohnes auf die französische Krone zu verzichten. Als ich davon erfuhr, bestach ich mit meinen letzten Dukaten Herrn de Lannoy, damit er den Kaiser an meine Angelegenheit erinnerte. Offenbar war der Krieg nur noch eine Frage der Zeit, und wäre er erst einmal ausgebrochen, konnte ich alle Hoffnung auf die Gunst des Kaisers fahren lassen.

Der Kaiser brach sein Wort nicht, sondern ließ mir durch Herrn de Lannoy ausrichten, dass er mich zu einem Gespräch in seinem Schreibzimmer bei Hofe empfangen wollte. Er erinnerte sich auch an meinen und Anttis Namen und ließ sie in ein bereits ausgestelltes und mit kaiserlichem Siegel versehenes Dokument eintragen.

»Ich habe mein Versprechen nicht vergessen und mir Gedanken über die Belohnung gemacht«, sagte er. »Trotz gewisser Bedenken meines Gewissens habe ich beschlossen, dich zu belohnen, und ich belohne dich fürstlicher, als du dir wohl hast vorstellen können. Ein Kaiser sollte nämlich niemandem seinen Dank schuldig bleiben, der als Räuber und Mörder seine Hände mit Blut benetzt hat, um ihm zu dienen. Vor kurzem habe ich erfahren, dass in der Neuen Welt ein ehemaliger Schweinehirt namens Pizarro in der Stadt Panama eine Expedition ausrüstet und tapfere Männer sucht, da er glaubt, endlich das Reich El Dorado gefunden zu haben, in dem die Pfade in den Gärten mit Kieseln aus Gold bepflastert sind. Er nennt dieses Reich Biro oder Peru. Aufgrund mannigfaltiger Schwierigkeiten bin ich nicht in der Lage, ihm so viele Männer, Schiffe, Pferde und Waffen zu schicken, wie er sie sich erbittet. Ehrlich gesagt habe ich keine Lust mehr, Geld und andere Mittel in Unternehmungen zu stecken, die mir mehr Verdruss einbringen als Nutzen. Ich empfange nämlich lieber ein einziges unbeschädigtes Schiff, das mit Gewürzen beladen ist, als zehn mit Gold und Edelsteinen beladene Schiffe, die merkwürdigerweise immer an Klippen zerschellen, Seenot erleiden oder auf den Meeresboden sinken. Da ich diesem Pizarro anders nicht helfen kann, schicke ich euch beide zu ihm. Wenn ihr dieses Dokument vorzeigt, könnt ihr im nächsten Frühjahr kostenlos nach Panama segeln. Ihr müsst euch aber jeder auf eigene Kosten eine eiserne Rüstung und vor allem ein Schlachtross besorgen, denn die wilden Stammesangehörigen dort drüben in Indien fürchten sich besonders vor Pferden.«

Er musterte mich kurz und sah mir offenbar meine furchtbare Enttäuschung an. Deshalb fügte er rasch hinzu: »Du solltest dir dieses unvergleichlich wertvolle Dokument, das ich dir zur Belohnung habe ausstellen lassen, genau durchlesen, denn neben einer kostenlosen Überfahrt in die Neue Welt verleiht es dir noch umfangreichere Rechte, als sie den spanischen Granden in dieser alten und beengten Welt zustehen. Wenn du nämlich an der Eroberung dieses Peru oder Dorado mitgewirkt hast, erhältst du laut der Übereinkunft mit Pizarro eine ganze Provinz, die du mit allen Rechten und Pflichten verwalten kannst, die in diesem Dokument genau aufgeführt sind. Du hast die völlige Nutznießung all dessen, was du mit deinem Schwert erobern kannst. Die einzige Einschränkung besteht darin, dass du die Heiden zum Christentum bekehren und sie lehren musst, Landwirtschaft zu betreiben, Gewürze anzubauen und in den Bergen nach Gold und Silber zu graben; außerdem darfst du dir nicht mehr als viertausend Indianer gleichzeitig als Sklaven halten. Gleich, nachdem ihr das Land erobert habt, musst du einen fähigen Juristen aus Spanien anstellen, der auf meine Rechnung deine Tätigkeit im Auge behält. Außer dem Zehnten für die Kirche musst du ein Drittel der gesamten Kriegsbeute, der Erzeugnisse des Landes und der Bergwerke an meine Schatzkammer abführen. Die Einzelheiten darüber enthält das Dokument. Wenn nach zehn Jahren in dem, was du getan und unternommen hast, keine Unregelmäßigkeiten festgestellt werden, werde ich in Betracht ziehen, dir ein erbliches Adelsprädikat samt Erblehen zu verleihen. Aber das hängt ganz von deinem Einsatz und deiner Treue mir gegenüber ab.«

Der Sekretär überreichte mir das Dokument samt den daranhängenden Siegeln, und mir blieb nichts weiter, als vor dem Kaiser auf die Knie zu gehen und mich rückwärts aus dem Zimmer zu entfernen, mit diesem wertlosen Papier in meinen Händen als einzigem Dank für all die Mühen, die ich für den Kaiser auf mich genommen hatte. Dann marschierte ich mit Tränen der Wut in den Augen geradewegs in das Gasthaus, in dem Antti zusammen mit dem Barbier wartete, um unsere Beute aufzuteilen.

Man wird mir verzeihen, wenn ich meine letzten Silbermünzen dafür ausgab, mich so sehr zu betrinken, dass ich schließlich lauthals brüllte und den Geiz und die Undankbarkeit des Kaisers wortreich verfluchte. Und ich war nicht der einzige, der sich so verhielt, denn in der Schenke stimmten viele verständnisvolle Besucher in meine Flüche ein und sagten, eher könne man aus einem Stein Blut herauspressen als Geld aus dem Kaiser, der einem auch die besten Dienste nur mit leeren Versprechungen vergelte. Aber der Barbier tröstete mich und sagte, ich könne doch zufrieden sein, immerhin hätte ich nur ein prächtig beschriebenes und mit Siegeln versehenes Papier in Händen. Allzu viele Leute müssten sich damit zufriedengeben, dass der Sekretär den bloßen Namen in ein großes Buch eintrug, damit der Kaiser sich bei Gelegenheit auf passende Weise an die Person erinnerte. Ein ganzes Buch vom Umfang der Bibel sei schon voll von solchen Namen, und jetzt sei der Sekretär schon in der Mitte eines zweiten solchen Buches angelangt. Wie ich erwähnte, wurde mir in der Schenke auch viel Mitgefühl zuteil. Etliche Glücksritter, die schon eine Menge Zeit in der Umgebung des Hofes verbracht und viel Geld ausgegeben hatten, kamen zu mir drückten mir die Hand, um mich in meinem Kummer zu trösten. In meiner Niedergeschlagenheit gab mir selbst dieses bisschen Mitgefühl etwas Auftrieb.

Mein Hund begann sich um mich Sorgen zu machen und stupste mir mit der Schnauze an die Wade, um mir auf diese zärtliche Weise zu zeigen, dass es Zeit wäre, uns einen Ballen Stroh zu suchen und, wäre der Kopf erst wieder klar, auf bessere Zeiten zu hoffen. Diese zarte Anteilnahme rührte mich zu Tränen. Erneut verfluchte ich die Undankbarkeit des Kaisers und sagte:

»Ich bin wahrlich ein unglücklicher Mensch und unter unglückverheißenden Sternen geboren, habe ich doch keinen anderen treuen Freund auf der Welt als eine seelenlose Kreatur. Von dir, Antti, mag ich wegen deiner Dummheit und deiner groben Sitten kaum reden, habe ich mich doch oft darüber gewundert, wie Gott eine unsterbliche Seele in einen so tierischen Leib hat hineinpacken können. Ich habe nun keinen anderen Trost mehr als den, dass die zivilisierte Welt wirklich nicht viel verliert, wo der Kaiser uns dazu verurteilt hat, uns den Schrecknissen des Ozeans zu ergeben und von wasserspeienden Ungeheuern gefressen zu werden, oder, falls das nicht passiert, unter der Führung eines Schweinehirten die blutrünstigen Indianer zu bekehren. Eine andere Wahl haben wir offenbar nicht, obwohl ich geglaubt hatte, meine Gelehrsamkeit und meine guten Absichten hätten etwas Besseres verdient.«

Antti sagte: »Also viertausend indianische Sklaven hat uns der Kaiser versprochen, falls wir dieses Reich Beru erobern? Das dünkt mich ziemlich wenig, denn das sollen schwachbrüstige Burschen sein, die sterben, wie die Fliegen, wenn man sie ehrliche Arbeit machen lässt, wie Felder pflügen, Gold waschen und Gesteinsbrocken aus den Bergen brechen. Auch ist diese zehnjährige Pacht eine viel zu kurze Zeit, als dass wir uns die Butter zum Brot leisten könnten.«

Während wir uns so unterhielten, waren bereits ein paar Weinspritzer auf das Dokument des Kaisers gespritzt, und ich hatte in meinem kraftlosen Zorn schon mehrere Male mit der Faust daraufgehauen. Da trat ein Spanier an uns heran. Seine Kleidung ließ zwar viel zu wünschen übrig, aber sein Schwert schien tadellos zu sein. Er nahm das Papier in die Hand und las es sich langsam buchstabierend aufmerksam durch. Dann schaute er mich mit seinen feurigen Augen an, so als hätte er von Kindesbeinen an Hunger gelitten oder versucht, hinter den Horizont zu blicken, und fragte: »Wie viel willst du, wenn ich dir dieses Papier abkaufe?«

Ich sagte: »Gott sei meiner armen Seele gnädig. Offenbar bin ich in ein Land der Wahnsinnigen geraten. Ich werde keine Bezahlung von dir fordern, wenn du mich von diesem Dokument des Verderbens befreien willst und die Verpflichtungen übernimmst, die es seinem Besitzer aufträgt. Dieses Papier verpflichtet uns nämlich dazu, im Frühjahr ein Schiff des Kaisers zu besteigen und uns vorher mit zwei Pferden, eiserner Rüstung, Gewehren und Waffen sowie dem nötigen Proviant zu versehen. Nein, eine Bezahlung will ich nicht dafür, sondern ich würde dich lobpreisen alle Tage meines Lebens und dich in meine Fürbitten einschließen, falls du es mir ersparst, in dieses furchtbare heidnische Land zu segeln.«

Er sagte: »Mein Name ist Simon Aguillar, damit du mich in deine Fürbitten einschließen kannst, denn die werde ich brauchen. Zumindest verliere ich nichts dabei, wenn du für mich betest. Ich will dir allerdings nicht verheimlichen, dass dieses Papier in den Händen eines rechten Mannes seinen Besitzer reich und mächtig machen kann. Ich glaube, ich wäre der richtige Mann dazu. Wenn ich dieses Papier bekomme, dann werden mir meine Verwandten bestimmt ein Pferd und eine Rüstung stellen, um mich endlich los zu sein. Als meinen Waffenträger könnte ich meinen jüngeren Bruder mitnehmen, falls ich ihn aus dem Gefängnis loskaufen kann unter der Bedingung, dass er mir in die Neue Welt folgt. Sonst schneidet man ihm nämlich Nase und Ohren ab, was in unserer Sippe als große Schande gilt.«

Ich versetzte: »Nimm in Gottes Namen dieses Papier an dich! Du brauchst mir nichts weiter zu bezahlen als die Unterschrift und das Siegel des Notars, damit ich auf rechtsgültige Weise meine Rechte und Pflichten an dich abtreten kann.«

Er war mit ein paar Freunden in der Schenke, die einen genauso abgerissenen Eindruck machten wie er selbst. Unter mancherlei Flüchen und Beschimpfungen sammelten sie für ihn sechs Silbermünzen, so dass er einen Notar herbeiholen konnte, der unseren Vertrag besiegelte. Froh und erleichtert unterschrieb ich das Papier, und auch Antti kritzelte sein Zeichen neben meine Unterschrift. So leicht wurden wir diese ganze unangenehme Sache los. Nun brauchten wir nicht mehr in die Neue Welt zu reisen, wo kein Christenmensch auch nur eine Träne an unserem Grab geweint hätte. Simon Aguillar umarmte uns beide und versprach, sich stets meiner zu erinnern, sollte ich mich einmal an ihn wenden, wenn er erst einmal zum Granden und Fürsten in der Neuen Welt geworden war. Ich brauchte nur in seine feurigen Augen zu blicken, um zu erkennen, dass dieser arme Bursche wahnsinnig sein musste, genauso wie seine Freunde, denen wohl die Franzosenkrankheit zu Kopfe gestiegen war. Danach kehrten wir in Herrn de Lannoys Haus zurück, Antti und ich. Wir mussten einander dabei stützen, und mein Hund humpelte hinter uns her. Wahrscheinlich waren wir kein erhebender Anblick, sondern machten eher den Eindruck zweier armer Burschen, die ihre Butter auf dem Markt verkauft und dann das ganze Geld verloren hatten.

Kapitel 7

Trotzdem hatten unsere Worte und Flüche in der Schenke ein gewisses Aufsehen erregt, und man hatte uns beobachtet. Denn kaum hatten wir am nächsten Tag unsere Köpfe in das Wasser eines Springbrunnens gehalten, um uns von unserem Rausch zu erholen, da kam ein italienischer Hauptmann mit einem Federbusch auf dem Helm auf uns zu und fragte, ob wir nicht im Gasthaus einen Becher Wein mit ihm trinken und uns über ein lohnendes Geschäft unterhalten wollten. Antti hatte zwar geschworen, er werde nie wieder einen Tropfen Wein trinken, jedenfalls keinen spanischen Wein, aber er meinte, er könne diesen Entschluss auch um einen Tag verschieben, um dem Hauptmann, der offenbar unser Bestes im Sinn hatte, einen Gefallen zu tun.

Jedoch führte uns der Hauptmann nicht in eine Schenke, sondern in ein an der Stadtmauer gelegenes Haus, das auf der Straßenseite keine Fenster aufwies. Er bat uns wegen dieses abgelegenen und zweifelhaften Orts um Entschuldigung. Er wohnte in dem Haus, und zwar aus bestimmten Gründen völlig zurückgezogen von den Menschen. Er sagte, er stamme aus Mantua und heiße Emilio Cavriano. Nun diene er dem König von Frankreich und sei nach Spanien gekommen, um dem gefangenen König einige Briefe und gewisse Geschenke zu seiner Erquickung zu bringen. Er bewirtete uns mit Wein und fragte, ob wir es ernst gemeint hätten, als wir den Kaiser ob seiner Undankbarkeit verflucht hatten, und ob wir bereit seien, in die Dienste eines anderen Herrn zu treten, wenn dieser eine bessere Belohnung böte.

Ich versetzte, ich hätte den Kaiser vielleicht allzu unbeherrscht beschimpft und würde dies von Herzen bereuen. Antti hingegen meinte, als ehrlicher Söldner sei er durchaus bereit, demjenigen, der ihm am meisten biete, sein Schwert zu verkaufen und den Treueeid zu schwören, sofern er nicht über den Ozean in heidnische Länder segeln müsse, sondern als guter Christ gegen Christen kämpfen könnte. Hauptmann Cavriano sagte, es gehe dabei nicht einmal um Kämpfe mit dem Schwert, sondern vor allem um Treue, Gehorsam und ausdauerndes Reiten. Er selbst sei ein armer Mann, aber das Handgeld könne er uns bezahlen. Hätten wir unsere Aufgaben erst einmal erledigt, würde uns so fürstliche Belohnung erwarten, wie wir sie uns nicht mal in unseren Träumen ausmalen könnten.

Seine Worte erregten den Verdacht in mir, er könnte von dem Postraub bei Brescia gehört haben. Deshalb sagte ich sofort, wenn er einen Einbruch in das Haus eines reichen Juden oder in ein Handelskontor plane, würde er sich an die Falschen wenden. Daraufhin lächelte er nur verschmitzt und sagte, wir sollten dem allerchristlichsten König in einer guten Sache zu Diensten sein, die der ganzen Christenheit zum Segen gereichen werde. Um sich unserer Verschwiegenheit zu versichern, zahlte er uns beiden ein Handgeld von je drei Dukaten und ließ uns einen auf einen Monat befristeten Treueeid auf König Franz schwören. Nachdem wir diesen Eid abgelegt hatten, sagte er:

»Es geht um eine ganz große Sache, so dass Eide nicht viel bedeuten. Ich habe durchaus Mittel, euch töten zu lassen, wenn ihr mich betrügt, wohin ihr euch dann auch flüchtet. Ihr habt ja beide schon erfahren, wie viel Dank ein guter Mann vom Kaiser zu erwarten hat. Die fürstliche Belohnung, die euer harrt, wird euch stärker an mich binden als alle Schwüre und Versprechungen. Deshalb rede ich ganz offen mit euch, weil wir drei von jetzt an treue Krieger des allerchristlichsten Königs von Frankreich sind. Sein Ruhm als Ritter sowie seine weltbekannte, verschwenderische Freigebigkeit garantieren euch, dass ihr keinen Verlust erleiden werdet, was auch immer geschieht.«

Dann gestand er, dass es um nichts weniger gehe als darum, König Franz zur Flucht aus der Festung Alcázar zu helfen und ihn durch Spanien zur französischen Grenze zu geleiten. Wegen der grausamen und hartherzigen Sturheit des Kaisers bleibe König Franz nämlich keine andere Möglichkeit mehr, als in aller Heimlichkeit zu fliehen, denn schon aus Gründen der Ehre könne er in die Friedensbedingungen des Kaisers nicht einwilligen. Doch der bloße Gedanke an eine solche Flucht ängstigte mich. Ich schlug ein Kreuzzeichen und sagte: »So ein Plan ist unmöglich und wider alle Vernunft. Der König steht unter schärfster Bewachung. Selbst wenn er aus dem Turm entweichen sollte, so ist es bis zur Grenze doch ein mehrtägiger Ritt, selbst mit den schnellsten Pferden.«

Hauptmann Cavriano schlug mit der flachen Hand auf sein Schwert und sagte: »Einem wackeren Mann ist nichts auf Erden unmöglich. Ihr solltet daran denken, dass die Mutter des Königs von Frankreich dem Kaiser schon drei Millionen Dukaten als Lösegeld für ihren Sohn geboten hat. Es versteht sich von selbst, dass der französische Hof aus Gründen der Schicklichkeit von so einem Fluchtplan nichts wissen darf. Ihr könnt aber sicher sein, dass der König nicht knauserig sein wird, ist er erst einmal wieder in Frankreich. An den drei Millionen Dukaten seht ihr, mit welchen Beträgen hier zu rechnen ist. Jeder, der in dieser Sache sein Leben für den König einzusetzen bereit ist, wird zu einem reichen

Mann werden, ganz zu schweigen von den Ehren und Ämtern, die ihm durch königliche Gunst zufallen werden.«

Ich zweifelte aber weiterhin und schüttelte den Kopf, während Antti einwarf, für die Eroberung der Burg Alcázar wäre eine ganze Armee nötig, dazu schwere Geschütze und eine wochenlange Belagerung. Da musste Hauptmann Cavriano lachen und sagte: »Ihr irrt euch, meine tapferen Freunde, denn die ganze Sache ist genauso simpel oder noch einfacher, als das Ei, das Cristoforo Colombo einem vertrauenswürdigen Bericht zufolge mit dem spitzen Ende auf den Tisch schlug, um zu beweisen, dass die Erde rund sei. Zwar wird der König so intensiv bewacht, dass nicht einmal eine Ratte an den Augen der Bewacher vorbei aus der Festung entweichen könnte, aber jeden Abend kommt, nachdem die herbstliche Kühle eingesetzt hat, ein Negersklave in die Kammer des Königs, um dort Feuer im Kamin zu machen. Auf ihn gibt niemand Acht, ob er nun kommt oder geht, denn er ist ja nur ein Neger. Der König braucht nichts anderes zu tun, als sich das Gesicht mit Ruß zu schwärzen und die Kleidung des Negers anzuziehen, dann kann er in nächtlicher Dunkelheit die Burg ohne weiteres verlassen. Der Neger ist bereits bestochen, und dem König bleibt die ganze Nacht, um seinen Ritt nach Frankreich zu beginnen. In bestimmten Abständen stehen für ihn Pferde bereit. Die gesamte spanische Kavallerie wird den besten Ritter Frankreichs nicht einholen können, hat er erst einmal eine ganze Nacht Vorsprung.«

Der Plan war einfach und makellos, wäre es um irgendjemand anderen gegangen. Ich musste einfach lachen, und ich lachte so sehr, dass ich mir mit den Händen auf die Knie schlug. »Lieber Hauptmann Cavriano«, sagte ich, »Euer Plan ist wahnsinnig und unmöglich, denn der allerchristlichste König und edelste Ritter der Christenheit wird sich nie dazu hergeben, auf so eine erniedrigende und ehrverletzende Weise zu fliehen. Lieber wird er sterben, als sich das Gesicht mit Ruß einzureiben und in Negerkleidung zu schlüpfen.«

Hauptmann Cavriano gab zu, ich könnte wohl recht haben. Er sagte, die Verwirklichung dieses Plans habe sich gerade durch die großen Bedenken des Königs wegen dieser anrüchigen Art der Durchführung immer wieder verzögert. Doch sagte er auch: »Not kennt kein Gebot, und seine treuen Freunde und Diener werden ihn bald davon überzeugt haben, dass diese schändliche Einrußung des Gesichts seine Ehre nicht über Gebühr verletzt. In der Literatur lassen sich zahlreiche ähnliche Fälle finden. Der König kann auch im Nachhinein seine Ehre wieder dadurch herstellen, dass er den Kaiser zu einem ritterlichen Zweikampf auffordert, falls der Kaiser die Sache dazu ausnutzt, König Franz' Ritterehre wegen der Art der Flucht in Zweifel zu ziehen.«

Antti ergriff das Wort und sagte: »Wenn alles vorbereitet ist, der Neger schon bestochen wurde und die Pferde bereitstehen, wozu braucht Ihr uns dann eigentlich? Wofür sollen wir denn bezahlt werden, Herr Hauptmann?«

Der Hauptmann erklärte, es sei schon allzu viel Zeit vergeudet worden, weil der König noch ein letztes Mal versucht habe, an das Ehrgefühl des Kaisers zu appellieren, um doch noch günstigere Friedensbedingungen zu erreichen. Außerdem habe man dem König seine Zweifel an dem Plan nehmen müssen. Durch diese Verzögerungen war es unter des Hauptmanns Getreuen zu mehreren Verluste an Männern gekommen. Einen Franzosen hatte der Tod in einem Duell erteilt, ein anderer war wegen unbezahlter Rechnungen in den Schuldturm geworfen worden, ein dritter hatte sich das Bein gebrochen, als man ihn aus einem Freudenhaus warf, und ein vierter hatte im Weinrausch so viel ausgeplaudert, dass man ihn durch einen gezielten Dolchstoß beseitigen musste. Aus allen diesen Gründen war es nötig, dass einer der Verschworenen noch einmal von Toledo zur Grenze ritt, um zu überprüfen, ob wirklich noch alle Pferde an den Rastplätzen bereitstanden. Bei der Flucht selbst benötigte der Hauptmann einen möglichst starken und tapferen Mann, für den Fall, dass man trotz aller Vorsichtsmaßnahmen im letzten Augenblick doch noch Gewalt anwenden musste, um den König zu befreien.

Darauf entgegnete ich sofort, dass ich der geeignete Mann sei, um an die Grenze zu reiten und dort gegenüber der Stadt Bayonne am Flussufer zu warten, um den König über den Fluss auf die französische Seite zu rudern. Und natürlich konnte Hauptmann Cavriano keinen mutigeren und stärkeren Mann finden als Antti, um den König zu den Pferden zu geleiten, die bei Alcázar auf ihn warteten. Mir war nämlich sofort klar, dass der letzte Abschnitt der Flucht der sicherste war, weil ich mich bei drohender Gefahr an das französische Flussufer retten konnte. Außerdem war es mit Blick auf die Verteilung der Belohnung nicht am schlechtesten, gleich einer der Ersten zu sein, die sie empfingen. Auch Antti hatte nichts gegen diese Rollenverteilung einzuwenden, denn er sagte, wenn er der Erste wäre, der den König empfinge, und ich der Letzte, dann könnten wir uns unseres Lohnes wohl sicher sein. Schließlich musste ich auch an meinen braven Hund denken, den man wirklich nicht den Strapazen eines Gewaltritts aussetzen konnte, da seine Pfote noch nicht ausgeheilt war.

Nachdem wir uns darüber geeinigt hatten, gab mir Hauptmann eine Karte, auf der die Plätze zum Wechsel der Pferde eingetragen waren samt den nötigen Losungsworten. Er überreichte mir auch noch zwanzig Dukaten für den Fall, dass jemand von seinen Männern bei der langen Warterei das Pferd vertrunken oder sich auf andere Weise verschuldet hatte. Allerdings werde er von mir eine genaue Abrechnung über jeden ausgegebenen Dukaten verlangen. Ich sollte sogleich beim nächsten Vollmond losreiten, falls ich keine anderslautende Nachricht erhielte.

Am folgenden Tag verabschiedeten wir uns höflich von Herrn de Lannoy, da wir, wie wir ihm sagten, endlich zu unserer Pilgerreise ins Kloster Santa Maria de Compostela aufbrechen wollten. Er sagte uns Lebewohl und schien spürbar erleichtert, weil wir keine weiteren Bitten an ihn äußerten. Bei unserem Aufbruch versuchte ich den Barbier Jacobo dazu zu überreden, unseren Anteil an den achttausend Dukaten aufzukaufen, die der Kaiser Herrn de Lannoy schuldig geblieben war. Aber der kleine Mann lehnte es entrüstet ab, sein Geld so unsicher anzulegen, obwohl ich bereit gewesen wäre, ihm unser beider Anteile für drei Dukaten zu verkaufen.

Ich muss allerdings noch von dem maurischen Gelehrten berichten, dessen Gunst ich errungen hatte. Als ich mich von ihm verabschiedete, war er sehr betrübt darüber, dass ich Spanien zu verlassen gedachte. Er hatte sich von mir erhofft, dass ich sein Schüler würde, an den er sein unvergleichliches Wissen über Astrologie, Alchemie und Medizin gerne weitergegeben hätte. Er saß nach maurischer Sitte mit überkreuzten Beinen am Kohlefeuer und sagte:

»Deine Augen zeigen mir, dass du lieber Einbildungen nachjagst als solidem Wissen. Ich habe wohl keine Medizin, die dir deine Unrast nehmen könnte, obwohl in deinem Herzen vielleicht alle Begabungen und Fähigkeiten schlummern, durch die du bei entsprechender Entwicklung zum höchsten Gut gelangen könntest. Das größte Wissen des Menschen schlummert nämlich immer in seinem eigenen Herzen, doch findet er es stets zu spät, erst wenn sein Blut erkaltet ist und alle guten Gaben ihm wie eitler Sand aus den Fingern geronnen sind.«

Dann versuchte er, mich dadurch zu locken, dass er von einer Geheimgesellschaft weiser und gelehrter Alchemisten sprach, deren Mitglieder in allen Ländern der Christenheit anzutreffen seien, aber auch darüber hinaus. Diese Gesellschaft helfe jedem, der nach Wissen suche und auf der Suche danach die Länder durchwandere. Er berichtete, es gebe unter jenen Gelehrten sowohl Christen als auch Juden, Mauren genauso wie Griechen, und sie glaubten, Gott zu finden, indem sie Blei zu Gold machten. Allerdings sei dieses Blei nicht irdisches Blei, sondern die Herzen der Menschen seien aus Blei, welches nur höchstes Wissen in Gold verwandeln könne.

Er sagte, die Mitglieder dieser Bruderschaft würden einander an geheimen Zeichen erkennen, sich untereinander ohne Rücksicht auf Sprache, Religion und Hautfarbe helfen und ihr Wissen miteinander austauschen, auch wenn sie in ihren Heimatländern ein zurückgezogenes Leben führten und sich in ihrer Kleidung den jeweiligen Sitten anpassen mussten, um einer Verfolgung mit Folter und Scheiterhaufen zu entgehen. Sie würden nämlich nur den einen Gott bekennen und glaubten, ihn genauso gut in einer Synagoge oder Moschee verehren zu können, wie in den christlichen Kirchen. Alle von Menschen begründeten Dogmen, Konfessionen und Glaubensbekenntnisse sowie die von Menschen für heilig erachteten Schriften wie Bibel, Kabbala und Koran seien nur eine fehlerhafte und unvollkommene Verkleidung, welche nur einzelne Facetten in der Verehrung des einzigen Gottes im Blick hätten. Nichts davon sei fehlerlos, sondern voll von menschlichen Missverständnissen und irrigen Zusätzen. Falls ich sein Schüler werden und ihm zu Diensten sein wollte, dann versprach er mir, mich sein medizinisches Wissen zu lehren und mich auf dem Weg zur einzigen Wahrheit vorwärts zu bringen, bis ich Mitglied jeder Bruderschaft werden könne und deren geheime Zeichen erlernte. So würde mein Herz zur Ruhe kommen, und dadurch käme ich Gott so nahe, wie es einem armen Menschen nur möglich wäre.

Seine Worte erfüllten mich mit Schrecken, und mir wurde klar, dass er ein gefährlicher Mann war, sogar ein gefährlicherer Ketzer, als ich geglaubt hatte. Nun wunderte ich mich nicht mehr darüber, dass die Heilige Inquisition in Spanien so viel zu tun hatte, denn ich hatte bisher nicht geahnt, dass es eine so gottlose Irrlehre geben könnte. Es war mir unbegreiflich, wie ein Christ den heiligen Büchern des Islams und der Juden den gleichen Rang zubilligen konnte wie der heiligen Bibel und dazu noch die schismatische Irrlehre der Griechen guthieß, nach der Priester verpflichtet waren, zu heiraten und sich einen Bart wachsen zu lassen.

Aber dieser gelehrte Mann saß in aller Seelenruhe mit überkreuzten Beinen am Kohlefeuer und musterte mich mit seinen sanften, dunklen Augen, ohne dass Gott einen Blitz auf ihn hinabfahren ließ, obwohl er mir gerade so furchtbare und ungeheure Gedanken enthüllt hatte. Eigentlich hatte ich ihn ja als anständigen Menschen kennengelernt, der seine beiden Sklaven gut behandelte und arme Leute kostenlos heilte. Deshalb konnte ich mir dies alles nicht anders erklären, als dass übermäßige Denkarbeit ihm in diesem Land der Wahnsinnigen den Verstand verwirrt hatte. Trotzdem war mir ein Träumer und Schwärmer lieber als jemand wie er, denn jene gründeten ihre Lehre immerhin auf das Evangelium und das klare Wort der Bibel, auch wenn ihr Glaubenseifer viele arme Menschen ins Unglück stoßen konnte. Das sagte ich ihm auch auf so freundliche Weise, wie es mir möglich war, aber er versetzte:

»Jugend und Glaubenseifer gehören zusammen, und deshalb bist du auch noch nicht reif genug, um mein Wissen anzunehmen, Michael. Dennoch sage ich dir, dass es auf Erden nichts gibt, was mehr zu verabscheuen ist als Glaubenseifer, Unduldsamkeit und Verfolgung, die aus dem Hass gegenüber Andersgläubigen erwächst. Denn die erste Stufe des höchsten Wissens führt zur Mäßigung im Glaubenseifer, und der weise Mann, der die zweite Stufe erklommen hat, lässt einen jeden mit seinem eigenen Glauben selig werden; die dritte Stufe aber führt zu Gott.«

Zweifellos gaben mir seine ernsten, aber milde vorgetragenen Worte einiges zu denken, aber ich sagte: »Wenn ich es recht verstanden habe, dann sollte man also Kirche, Moschee und Synagoge nebeneinander bauen und morgens in die erstere, mittags in die zweite und abends in die dritte beten gehen, und es gäbe keinen Unterschied mehr im Glauben, so dass alle Glaubensrichtungen gleich viel wert wären. Nein, diese Lehre ist mir unbegreiflich. Sie hätte nur völliges Chaos, Maßlosigkeit und Gottesleugnung zur Folge, so dass die Heiden schließlich Gottes heiliges Wort mit den Füßen treten würden.«

Danach versuchte er nicht weiter, mich zu seiner Lehre zu bekehren, sondern verabschiedete sich mit freundlichen Worten von mir. Auch gab er mir mehrere seiner Arzneien mit sowie als Reiseproviant einen Beutel mit in Honig eingelegten Früchten. Dann wünschte er mir alles Gute, und dass ich in meinem eigenen Glauben glücklich werden möge. Als ich dann durch Spanien ritt, während der Hund hinter mir auf dem Sattel in einem Korb lag, hatte ich viel Zeit, über all das nachzudenken, was in Toledo geschehen war. Mir wurde klar, dass in diesem düsteren und fremdartigen Land mächtige Kräfte verborgen waren, hatten sich mir doch in nur wenigen Monaten erstaunliche Wege aufgetan, zwischen denen ich mich entscheiden musste.

Der Kaiser wollte mich in die Neue Welt schicken, damit ich ihm dort unter Führung des Schweinehirten Pizarro ein fremdes Königreich eroberte. Der maurische Gelehrte wollte mich in geheimes Wissen einweisen, das mir für den Rest meines Lebens meinen Glauben genommen und mich um meinen Platz im Himmelreich gebracht hätte. Jetzt ritt ich durch Spanien, um dem König von Frankreich zur Flucht aus dem Gefängnis des Kaisers zu verhelfen und damit der Sache des Friedens zu dienen. Doch als einsamer Reiter in diesem öden Land begann ich unter dem kälter werdenden Himmel zu zweifeln, ob ich wirklich den richtigen Weg gewählt hatte, selbst wenn ich glaubte, er würde mich über hohe Ehren und Reichtümer in Frau Genevièves Arme zurückführen. Ich überlegte auch, ob ich Antti am mächtigen Stadttor von Toledo vielleicht zu letzten Mal die Hand gedrückt hatte. Mein Gewissen tadelte mich dafür, dass ich ihn ganz allein bei dem skrupellosen Hauptmann Cavriano zurückgelassen hatte, denn der arme Antti würde sich bei seinen beschränkten Verstandeskräften ohne mich kaum zu helfen wissen.

Während mir diese schweren und belastenden Gedanken im Kopf herumgingen, ritt ich von einer Pferdewechselstelle zur nächsten und fürchtete ständig Angriffe von Räubern und Wölfen, oder ich war übelwollenden Blicken von Hirten am Wegesrand ausgesetzt. Aber die Vorsehung bewahrte mich vor allen Gefahren, und ich brauchte auf der ganzen Strecke nicht mehr als drei Dukaten für das Nötigste auszugeben. Ohne weitere Hindernisse erreichte ich schließlich die Grenze nahe der Stadt Bayonne. Wie abgemacht, quartierte ich mich in eine Herberge unweit der Fähre ein und mietete mir ein stabiles Boot. Zur Sicherheit blieb ich tagsüber mit meinem Boot auf der französischen Seite und ruderte nur des Nachts nach Spanien hinüber, wo ich mich im Uferschilf verbarg. Schon seit zwei Tagen war Vollmond, da ich mir bei meinem Ritt keine Eile auferlegt hatte, um meinen Hund zu schonen. Deshalb rechnete ich damit, den König höchstens in drei bis vier Tagen erwarten zu können.

Aber diese Erwartung erwies sich als falsch, denn schon am zweiten Tag sah ich vom französischen Ufer aus, wie etwa zehn oder zwölf schreiende und fluchende Männer auf die Fährstelle zuritten. Sie trieben die eine ganze Pferdeherde vor sich her und verjagten die armen Zöllner, indem sie drohend ihre Waffen schwenkten. Dann zwangen sie den Fährmann, sie über den Fluss zu staken. Die Pferde, die nicht auf die Fähre passten, ließen sie den Fluss schwimmend durchqueren. Als die Fähre sich dem französischen Ufer näherte, erkannte ich Antti unter den Männern. Ich lief ihm entgegen und fragte ihn, was um Gottes willen geschehen war und wo sich der König befand. Darauf versetzte Antti kurz, seines Wissens sitze der König immer noch in der Feste Alcázar, falls man ihn nicht an einen noch sichereren Ort verbracht habe.

Erst als wir mit unseren Pferden einen gewissen Abstand von der Grenze erreicht hatten und uns in Bayonne befanden, kam er dazu, mir zu berichten, dass Hauptmann Cavriano festgenommen worden war. Der ganze Fluchtplan war aufgeflogen, und zwar nur wegen des Hochmuts und der dummen Ehrpusseligkeit gewisser adeliger Herren. Einer der Mitglieder des königlichen Gefolges, jemand aus dem Geschlecht de Montmorency, hatte dem getreuen Kammerdiener des Königs eine Ohrfeige versetzt, weil dieser ihn aus Versehen mit seinem Ellbogen gestoßen hatte. Das hatte den Kammerdiener – Clemens war sein Name – so erbost, dass er, da er wegen seiner niedrigen Herkunft von dem adeligen Herrn keine Satisfaktion für diese Kränkung fordern konnte, sofort zu Kaiser gelaufen war und ihm den Fluchtplan enthüllt hatte.

Zu Anttis Glück hatte der Kaiser zunächst nicht glauben können, dass der allerchristlichste König zu einem so schmutzigen und ehrlosen Ränkespiel Zuflucht nehmen würde. Deshalb hatte Antti, während Hauptmann Cavriano noch verhört wurde, sich dessen Pferd genommen und war in aller Ruhe in Richtung der Grenze geritten. Weil er nicht wusste, wo sich die Pferdewechselstellen befanden und ihm auch die Losungsworte nicht bekannt waren, hatte er in jedem Dorf angehalten, wo er Pferde und außerdem einen Mann von verdächtigem Aussehen entdeckt hatte. So war es ihm gelungen, an zehn Wechselstellen sowohl die Pferde als auch die Männer zu retten, was von beachtlicher Scharfsichtigkeit zeugte, denn es gab insgesamt nur vierzehn Pferdewechselstellen. Er war nämlich der Meinung, die Pferde sollten dem Kaiser lieber nicht in die Hände fallen.

Kaum aber konnten die Flüchtlinge Atem schöpfen und etwas essen, da entstand schon ein Streit über die Verteilung der Pferde. Wir mussten uns aus der Stadt in ein Wäldchen verziehen, um zu einer Einigung über den Besitz der Pferde zu kommen. Zu meinem Bedauern muss ich berichten, dass Antti gezwungen war, zwei dieser gewissenlosen und unzuverlässigen Männer zu erschlagen, bevor die anderen glaubten, dass Antti als einziger rechtmäßiger Erbe von Hauptmann Cavriano berechtigt war, sich die besten Pferde auszusuchen. Erst nach dieser unglücklichen Gewaltanwendung konnten wir die Pferde in christlicher Eintracht aufteilen, so dass jeder zwei Pferde bekam, abgesehen von Antti, der vier Pferde erhielt. Somit blieben wir nicht ganz ohne Lohn, denn zu den siebzehn Dukaten, die ich gespart hatte, und den drei Dukaten Handgeld verfügte ich dann, nachdem ich zunächst das eine meiner beiden Pferde in Bayonne und dann das zweite in Lyon verkauft hatte, über insgesamt achtundvierzig Goldmünzen französischer Prägung.

Kapitel 8

Wir setzten unsere Reise nämlich gleich in Richtung Lyon fort, Antti und ich, und trafen dort rechtzeitig ein, um in jener Stadt das Fest der Geburt Christi zu begehen, das liebliche Weihnachtsfest. Die Mutter des Königs und der gesamte vornehme französische Hof hielten sich nach wie vor in Lyon auf, und in den Herbergen gab es nur noch wenig freie Betten. Unsere Pferde konnten wir aber günstig verkaufen, wie ich bereits erwähnt habe. Nachdem wir die weihnachtliche Mitternachtsmesse besucht und gut gegessen hatten, begannen wir Erkundigungen einzuziehen, ob Frau Geneviève in Begleitung eines gewissen Kaufmanns namens Robert im Herbst aus Venedig kommend in Lyon eingetroffen war. Wir fragten in zahlreichen Gasthäusern nach ihnen. Aber Lyon ist eine große Stadt, und wir hätten, glaube ich, Frau Geneviève nie gefunden, wenn Antti nach zwei vergeblichen Tagen der Suche nicht auf den Gedanken gekommen wäre, sich in einem Freudenhaus nach den besten und bekanntesten Kurtisanen in Lyon zu erkundigen.

Ich fand, so eine Befragung sei unangebracht und ehrverletzend für Frau Geneviève. Doch erfuhren wir gleich im ersten Freudenhaus, dass im November tatsächlich eine habgierige und unverschämte Frau aus Venedig eingetroffen war, die beabsichtigte, den alteingesessenen und wohlbeleumdeten Freudenhäusern Lyons Konkurrenz zu machen. Sie habe orientalische Mädchen verschiedener Hautfarben mitgebracht und sich in ein Haus nahe der Stadt eingemietet. Die gegen sie erhobenen Anklagen wegen unerlaubten Wettbewerbs hätten nichts genützt, da ihr Haus von den vornehmsten Herren besucht werde und sie auch der Kirche reiche Geschenke mache. Die rechtschaffene Bordellwirtin, die uns all dies berichtete, warnte uns davor, jenes Haus zu betreten, denn dort drohten uns angeblich Geldverlust, schändliche Krankheiten und orientalische Zügellosigkeit, der ein Christenmensch sich nicht ergeben sollte, wenn er Wert auf sein Seelenheil legte.

Wir fanden dieses geheimnisvolle, von Mauern umgebene Haus ohne Schwierigkeiten. Auf unser Klopfen hin öffnete uns ein in Rot und Gold gekleideter Neger. Nach einem kurzen Blick auf unsere Kleider aber verwehrte er uns den Eintritt und versuchte, uns die Tür vor der Nase zu verschließen. Antti war allerdings stärker als er. Er verprügelte diesen unverschämten Neger kurzerhand, und wir traten ein. Von dem Lärm angelockt, erschien dann Frau Geneviève quicklebendig und prächtiger gekleidet als je zuvor. Sie erkannte uns sogleich. Doch zeigte sie sich nicht gerade erfreut über das Wiedersehen, sondern schalt uns, weil wir sie mitten beim Mittagsschlummer aufgeweckt und ihren Neger verprügelt hatten. Allerdings bat sie uns dann doch herein und bewirtete uns mit Wein und Obst in einem Raum, der mit weichen Teppichen und venezianischen Spiegeln an den Wänden ausgestattet war. Nachdem sie sich wieder beruhigt hatte, erzählte sie uns von ihren letzten Erlebnissen und sagte:

»Ich hätte nie geglaubt, dass ihr mich, ein schutzloses Weib, auf so hässliche Weise verlassen und mich diesem deutschen Bierbrauer ausliefern würdet. Ich habe euch vertraut und dachte, ich könnte ihn mit eurer Hilfe problemlos loswerden. Deshalb vergoss ich bittere Tränen, als ich Michaels Brief erhielt, und beschloss, nie mehr im Leben einem Mann zu vertrauen. Dieser habgierige Bierbrauer ließ sich in Venedig Haare und Bart färben, legte sich einen neuen Namen und neue Kleider zu und wurde mir von Tag zu Tag unerträglicher mit seinen ständigen Zärtlichkeitsbekundungen. Er forderte sogar von mir, ich solle mit ihm nach Ungarn gehen, wo er eine Brauerei gründen wollte. Seine Gesellschaft brachte mir nichts als Ärger ein, wenn ich einmal von dem bisschen Schmuck und den Kleidern absehe. Jedenfalls habe ich mir den heiligen Eid geleistet, mich nie mehr in meinem Leben mit Kaufleuten und Bierbrauern abzugeben, zumindest nicht mit deutschen. Ab jetzt widme ich meine Ehre und Sittlichkeit nur noch dem Dienst an vornehmen französischen Herren, denn die sind galant und zuvorkommend, selbst wenn sie kein Geld haben, und wenn sie zu Geld gekommen sind, drehen sie wenigstens nicht jeden Dukaten mehrmals um. Zwar dürfte Venedig die wunderbarste und abwechslungsreichste Stadt der Welt sein, in der es einer schönen Frau nie langweilig wird, aber die Gesellschaft dieses habgierigen und eifersüchtigen Bierbrauers vergällte mir alle Freude. Deshalb musste ich an meine und meiner Kinder Zukunft denken. Obwohl ich nach wie vor die größte Zierde meines Hauses bin, so bin ich doch nicht mehr ganz jung, und jede Anstrengung vermindert ein wenig den Liebreiz, den mir der Schöpfer bei meiner Geburt mitgegeben hat. Deshalb muss ich ihn mir, solange es noch Zeit ist, mit allen nur möglichen Mitteln erhalten. Solche Gedanken begannen mich in Venedig zu beschäftigen, und ich beschloss, nun nicht mehr so leichtfertig zu sein und meine Zukunft auf festen Boden zu stellen, falls ich nur diesen undankbaren Bierbrauer loswürde.«

Frau Geneviève seufzte bei der Erinnerung an die Mühen und Strapazen, denen sie ausgesetzt gewesen war, und fuhr fort: »Steter Kummer nagte an meinem Herzen, so dass ich mager und hässlich wurde, weil dieser gewissenlose Kerl den Zeitpunkt immer weiter aufschob, um endlich seine Wechsel zu Geld zu machen. Aber schließlich blieb ihm doch nichts anderes übrig, als diese blöden Papiere in Golddukaten einzuwechseln, um nach Ungarn weiterreisen zu können. Da er immer hartnäckiger von mir forderte, ich solle ihm in dieses wilde und ständig von den Türken bedrohte Land folgen, hatte ich als schutzloses Weib schließlich keine andere Wahl, als einen galanten Arsenaloffizier um Hilfe anzuflehen, dessen Galeere gerade zu einer langen Fahrt aufbrach und der sich nach einem Weib umsah, das ihn in seinem Abschiedsschmerz trösten konnte. Als dieser brave Offizier erfuhr, was für ein gewissenloser und betrügerischer Kerl der Bierbrauer war, nach dem seine Schuldner überall im Deutschen Reich fahndeten und der auf gemeinste Weise seine Frau und seine schutzlosen Kinder im Stich gelassen hatte, versprach er mir dabei zu helfen, den Kerl loszuwerden, denn er fand, eine solche Hinterlist und Hartherzigkeit verdienten, von Gott bestraft zu werden, und er habe deswegen auch nichts von ihm zu fürchten. So machte er Meister Rotbart betrunken, und ich sorgte dafür, dass ihm Mohn in den Wein gemischt worden war, so dass der Meister schließlich in tiefen Schlaf fiel. Der Offizier und ich verbrachten dann die Nacht gemeinsam mit vielerlei Liebkosungen, bis er dann am Morgen seinen Leuten befahl, den immer noch schlafenden Bierbrauer in eine Gondel zu tragen und ihn auf seine Kriegsgaleere zu bringen. Dort wurde er an die Ruderbank gekettet, während er noch in tiefem Schlaf lag. Wir mussten wirklich sehr lachen, als wir uns gemeinsam ausmalten, wie sich Meister Rotbart wundern würde, wenn er schließlich auf hoher See von den Peitschenschlägen des Aufsehers geweckt würde.«

»Liebe Frau Geneviève«, sagte ich, »wir sollten nicht über Meister Eimer trauriges Los lachen, sondern lieber für seine arme Seele beten, denn ein Dasein als Rudersklave ist wirklich kein Zuckerschlecken, und meiner Meinung nach hat er dieses Schicksal auch nicht verdient. Allerdings gestehe ich gern, dass ich Euretwegen viele Male bittere Eifersucht ihm gegenüber verspürte.«

»Du bist überhaupt nicht befugt, dich über Meister Eimer zu äußern«, fuhr Frau Geneviève mich an. »Ehrlich gesagt hatte ich mir vorgenommen, ihm durch deine Hand die Kehle durchschneiden zu lassen, hätte dieser gierige Mensch mich nicht betrogen und sein Geld nicht in diesen elenden Papieren angelegt. Aber so wurde ich auf jeden Fall zu seiner Erbin, und ich kann Gott nicht genug für seine Gnade danken, denn niemand vermisste ihn, nachdem er verschwunden war, hatte er doch selbst angekündigt, nach Ungarn reisen zu wollen. Sogar die Rechnung in unserer Herberge, in der wir nahe der St.-Markus-Kirche wohnten, hatte er schon bezahlt. Nachdem ich also sein Geld geerbt hatte, begann ich, über meine Zukunft nachzudenken. Deshalb kaufte ich dann in der türkischen Handelsvertretung zu einem günstigen Preis drei junge, makellose Mädchen, um sie zum christlichen Glauben zu bekehren und sie mit mir nach Lyon mitzunehmen. Ich erstand auch schöne Möbel, Teppiche und Spiegel, die ich auf meine Rechnung nach Marseille verschiffen ließ. Glücklich in Lyon angekommen, habe ich dieses Haus gemietet. Hier empfange ich nur noch hohe Herren und Ritter, die in der Lage sind, zehn Dukaten für eine in diesem Haus verbrachte Nacht zu zahlen.«

Frau Geneviève klatschte in die Hände, und sogleich kamen drei junge Mädchen zur Tür herein. Sie hatten ihre Gesichter verschleiert und trugen halbwegs durchsichtige orientalische Hosen. Eins von ihnen war ein fast pechschwarzes Negermädchen, das zweite hatte braune Haut, und die Haut des dritten, schönsten Mädchens war aschefarben mit einem leichten Stich ins Grüne. Sie berührten Stirn und Brust mit ihren Fingerspitzen und verneigten sich tief vor uns, bereit, uns zu Diensten zu sein. Frau Geneviève sagte:

»Sie brauchen eigentlichen keinen Schleier zu tragen, denn ich habe sie taufen lassen und ihnen christliche Gebete beigebracht in der Hoffnung, dieses gute Werk möge mir am Tag des Jüngsten Gerichts zugutegehalten werden. Aber sie schämen sich immer noch, fremden Männern ihr Gesicht zu zeigen, und entblößen lieber ihren Leib, als ihr Antlitz. Das hat viel Aufsehen erregt. So mancher adelige Herr hat gerne tausend Dukaten bezahlt, um zu sehen, wie sie ihre Schleier vom Gesicht ziehen. Männer haben nämlich merkwürdige Vorlieben, und nichts lockt sie mehr als das Verbotene und Unerlaubte. Deshalb genießen sie es, zu sehen, wie sehr sich diese Mädchen schämen, wenn sie ihr Antlitz enthüllen. Ehrlich gesagt bringe ich für diese doch sehr sonderbaren Vorlieben mehr und mehr Verständnis auf, seitdem ich mich von der Leichtfertigkeit meiner Jugend verabschiedet und begonnen habe, mehr an meine Zukunft zu denken. Deshalb glaube ich, dass ich bald sogar Prälaten und Kardinälen ihre Wünsche erfüllen kann. Dazu sind eigentlich nur solche Kurtisanen in der Lage, die ihre Ausbildung in Rom absolviert haben.«

»Frau Geneviève«, sagte ich, »schickt diese Mädchen fort, damit ihre kaum verhüllende Kleidung meiner Sittsamkeit nicht gefährlich wird. Sagt mir lieber um Gottes willen: Habt Ihr tatsächlich vor, alle Gebote der Ehre und Schicklichkeit zu vergessen, da Ihr nun ein Freudenhaus unterhaltet und Euren Lebensunterhalt mit den Lastern und unzüchtigen Begierden der Menschen verdienen wollt?«

Frau Geneviève sah mich höchst erstaunt an und versetzte: »Ich habe mich in diesem Haus eingerichtet und mir schon einen guten Ruf damit verschafft. Warum sollte ich mich nicht diesem ehrbaren Lebensunterhalt widmen? Ich zahle pünktlich die Miete für das Haus und entrichte auch für jeden Gast die von der Stadt festgesetzte Steuer sowie außerdem den Zehnten an die Kirche. Diese Mädchen sind mein gesetzlich verbriefter Besitz, denn ich kann die von einem öffentlichen Notar zu Venedig ausgestellten Kaufdokumente vorweisen. Ich habe also mein Eigentum auf die beste und günstigste Weise zur Ausübung des einzigen Handwerks genutzt, das ich auszuüben verstehe, um dadurch meine eigene und meiner Kinder Zukunft zu sichern. Ich habe auch schon meine beiden Kinder aus Tours herholen lassen und sie in einem nahegelegenen Dorf neuen Zieheltern zur Erziehung anvertraut. Ich besuche sie jeden Sonntag und nehme sie mit in die heilige Messe. Ein Priester hat mir versprochen, sie lesen und schreiben zu lehren. Du hast also gar keinen Grund, mich zu tadeln, Michael, sondern solltest mir lieber danken, bist du doch mindestens ebenso gut ihr Vater wie dein Bruder Antti.«

Sie sprach von ihrem schändlichen Handwerk so, als wäre dies die klarste und natürlichste Sache der Welt, so dass ich verstummte und nichts weiter gegen sie vorzubringen hatte. Auch musterte ich sie allzu aufmerksam, wenn sie sprach, und mich quälten starke Eifersuchtsgefühle, wenn ich daran dachte, auf welch furchtbare Weise sie mich betrogen hatte. Deshalb bat ich Antti, uns beide alleinzulassen und begann dann Frau Geneviève empört zu beschuldigen. Ich fragte sie, wo denn ihre Liebe sei, die sie mir in Nürnberg noch mit Tausenden zärtlichen Eiden geschworen hatte. Aber sie wies diese Beschuldigungen genauso empört zurück und sagte:

»Zweifellos habe ich dich aufrichtig geliebt, Michael, aber meine Liebe erlosch sofort, als du mich sitzen ließest, und daran solltest du dir lieber selbst die Schuld geben. Rühr mich nicht an! Ich bin jetzt nicht mehr so leichtfertig wie früher und denke nicht mehr an mein eigenes Vergnügen, sondern ich muss mir meinen Liebreiz für die zahlenden Gäste bewahren, die reich und vornehm genug sind, um sich meine Gunst kaufen zu können.«

Da fiel es mir wie Schuppen von den Augen, und ich sah die ganze gewissenlose Niedertracht dieses Weibes. Ich begriff, dass sie mich mit ihrer Liebe nur dazu verlocken wollte, dass ich in meiner Liebesblindheit Meister Eimer zu ihrem Vorteil töten sollte. Nur hatten mich Meister Eimers Schläue und die Vorsehung davor bewahrt, so ein schreckliches Verbrechen zu begehen. Da mir dieses alles durch den Kopf ging, war Frau Geneviève in meinen Augen auf einmal hässlich wie alte Hexe, und ich schlug angewidert ihre Hand von mir fort, als sie versuchte, mir die Wange zu streicheln. Aber ihr machte mein Abscheu nichts aus, sondern sie sagte:

»Ich will dich keinesfalls verlieren, Michael. Als sprachkundiger Mann mit guten Manieren kannst du mir dadurch behilflich sein, dass du in Herbergen und Schenken die Gesellschaft begüterter Ausländer suchst. Du müsstest sie dann in mein Haus führen, damit sie hier orientalische Liebesfreuden genießen. Ich garantiere dafür, dass sie ihr Geld nicht vergebens ausgeben, sondern gerne wiederkommen, wenn sie erst einmal hier gewesen sind. Dir würde ich für jeden reichen Gast einen gewissen Anteil an dem Betrag bezahlen, den er in meinem Haus ausgibt. Deinem Bruder André kaufe ich eine Türwächtertracht samt Federbusch. Er kann mir dabei helfen, ungebetene Gäste abzuwehren und die hinauszuwerfen, die sich in meinem Haus über Gebühr betrinken. Als Wirtin eines Freudenhauses habe ich nämlich auch eine gewisse Verantwortung, wie du bald merken wirst. Du siehst also, ich habe dich und den Vater meines Sohnes keineswegs vergessen, sondern garantiere euch beiden in meinen Diensten eine gesicherte Zukunft, ganz nach euren Fähigkeiten.«

Diese Worte erbosten mich so sehr, dass ich meinen Hut nahm, dieses gewissenlose Weibsbild in die tiefsten Schlünde der Hölle verfluchte und ihr Haus verließ, nicht ohne dem Neger noch einen kräftigen Tritt in den Hintern zu geben. In der Herberge schloss ich mich in mein Zimmer ein und weinte bitterlich, da ich an alle meine zuschanden gewordenen Hoffnungen denken musste. Zu meinem Hund sprach ich: »Es gibt auf der ganzen Welt kein so treues Geschöpf wie dich, Rael, denn du bist der Einzige, der mich um meiner selbst willen liebt und nur mein Bestes im Sinn hat.« Mein Hund leckte mir zärtlich die Hände und wedelte so heftig mit dem Schwanz, dass ich ihm versprach, nie wieder im Leben meine heiligsten Eide und Liebesbeteuerungen an eine Frau zu verschenken, sondern mich damit begnügen wollte, fortan ein keusches Mönchsleben zu führen. Nie mehr wollte ich den lüsternen Worten von Frauen vertrauen.

Antti kehrte erst am Abend zurück und beruhigte mich in meinem Zorn und meiner Verbitterung, so dass ich doch noch einwilligte, am nächsten Sonntag zusammen mit Frau Geneviève ihre Kinder zu besuchen, denn ich war sehr neugierig auf unseren Sohn. Ich muss gestehen, dass dieses hinterhältige Weib bezüglich ihres Sohnes durchaus nicht die Unwahrheit gesprochen hatte, denn wenn man ihn mit Antti verglich, bemerkte man sogleich die Ähnlichkeit. Er hatte nämlich Anttis schläfrige Augen und den gleichen blonden, weit abstehenden Haarschopf auf seinem Kopf. Auch das Mädchen war schön und anmutig mit ihren runden, roten Bäckchen, goldigen Locken und blitzenden braunen Augen. Frau Geneviève prophezeite ihr voller Stolz, sie werde ihrer Mutter noch Ehre machen. Das Mädchen schlang mir zärtlich ihre runden Arme um den Hals und spielte so liebreizend mit meinem Hund, dass ich zu Herzen gerührt war und ihr einen glänzenden Golddukaten schenkte, damit sie sich neben ihrem Bruder, der ja den laufenden Holzesel erhielt, den Antti für ihn in Nürnberg gekauft und über Spanien bis nach Lyon gebracht hatte, nicht übergangen fühlte. Das kleine Mädchen hielt den Golddukaten fest in ihrer Faust umklammert und küsste mich zum Dank zahlreiche Male, so dass wir einen fröhlichen Nachmittag miteinander verlebten. Auf diese Weise band Frau Geneviève mich über ihre Kinder erneut an sich, und ich konnte sie in meinem Herzen nicht genug dafür tadeln, dass sie diesen reizenden Kindern durch das einzige Handwerk, auf das sie sich verstand, eine glückliche Zukunft sichern wollte. Auch André Florian war nämlich, wie ich fand, ein hübsches Kind, obgleich diese meine Einschätzung parteiisch ist, war er doch gewissermaßen auch mein Sohn.

Kapitel 9

Lyon war eine reiche Stadt, und es ließ sich dort angenehm leben. Es gab gute Speisen und vorzüglichen Wein, und die Zeit, die wir dort verlebten, verging, ohne dass wir es richtig merkten, weil Antti und ich kein festes Ziel vor Augen hatten, und die eine Stadt uns genauso gut schien wie jede andere. Frau Geneviève sah uns gern als Gäste in ihrem Haus, soweit ihre beruflichen Pflichten dies zuließen, denn uns gegenüber brauchte sie sich nicht zu verstellen und konnte einfach drauf los plappern, ohne ein Blatt vor den Mund nehmen zu müssen. Ihr Haus war übrigens ein sehr distinguiertes und ruhiges Haus. Etliche reiche Lyoner Kaufleute bezahlten gerne einen hohen Preis, um sich trotz ihres niederen Standes das erhebende Gefühl zu leisten, auf Matratzen zu liegen, die von adeligen Herren vorgewärmt waren.

So verstrich die Zeit Woche für Woche. Antti verdiente sich seinen Lebensunterhalt dadurch, dass er als bewaffneter Diener den Fuhren reicher Kaufleute Geleitschutz von einer Stadt in die andere gab. Danach kehrte er stets nach Lyon zurück, um sein Geld zu vertrinken und die Eintönigkeit eines solchen Lebens zu verfluchen. Als es allmählich Frühling wurde, empfand ich mein Leben als immer leerer und unausgefüllter, weil ich keinem richtigen Zeitvertreib nachging, der meine Gedanken beschäftigt hätte. Ich war schon zu sehr an ein abwechslungsreiches Leben auf Wanderschaft gewohnt, um es auf längere Zeit mit immer dem Gleichen auszuhalten.

Eines Tages erzählte uns Frau Geneviève in aller Offenheit, wie sie die ganze Nacht mit einem unglücklichen und niedergeschlagenen Herrn verbracht hatte, der in einer Geheimmission nach Konstantinopel reisen sollte, das die Türken in ihrer heidnischen Sprache Stambul nannten. Dort sollte er Ibrahim, den Großwesir des Sultans treffen und vielleicht sogar den Sultan und Großkhan selbst, Soliman, den Eroberer von Belgrad und Rhodos. Zu diesem Zweck hatte er einen geheimen Schutzbrief des Sultans für seine Reise bekommen. Deshalb vermochten ihn selbst die ausgesuchtesten Fähigkeiten von Frau Geneviève nicht zu befriedigen, denn der vorige Gesandte des französischen Hofes war von den wilden Gebirgsbewohnern Dalmatiens ermordet worden, als er von Ragusa aus seine beschwerliche Reise zu Lande nach Konstantinopel angetreten hatte.

»Was um Gottes willen hat der Hof des allerchristlichsten Königs von Frankreich denn mit dem schlimmsten Feind der Christenheit zu tun?« fragte ich entsetzt.

»Soweit ich ihn verstanden habe«, antwortete Frau Geneviève unschuldig, »bietet die Königsmutter dem Sultan im Namen ihres Sohnes ein Bündnis mit Frankreich an und will ihn dazu bringen, dem Kaiser den Krieg zu erklären, während sich gleichzeitig auch der Heilige Vater und die italienischen Staaten zum Kriege rüsten.«

Ich versetzte, dies sei ein so gottloser und unmöglicher Gedanke, dass mein Verstand sich weigerte, ihn zu begreifen. Ich nahm deshalb an, Frau Geneviève müsse sich geirrt und den Mann missverstanden haben. Dieser Vorwurf erzürnte sie aber, und sie sagte: »Diese Verhandlungen waren schon abgeschlossen, als der König seine Niederlage erlitt. Zusammen mit dem Schutzbrief hat der Sultan dem König auch einen sehr freundlichen Brief geschickt, in welchem er ihm seine Unterstützung im Kampf gegen den Kaiser anbot und ihn wegen seiner Gefangennahme beredt tröstete, denn es hieß in dem Brief, dass nicht einmal der tapferste Mann gegen die Launen des Kriegsglücks gefeit sei.«

Etwas so Furchtbares und Ehrloses hatte ich noch nie gehört. Ich zweifelte nicht mehr daran, dass das Ende der Welt bevorstand, wenn sogar der allerchristlichste König von Frankreich sich mit dem schlimmsten Feind der Christenheit verbünden wollte und ihn um Hilfe bat. Aber wie sehr ich auch bohrte und nachfragte, Frau Geneviève blieb dabei und konnte ihren Bericht mit so zahlreichen Einzelheiten belegen, dass ich an ihren Worten nicht mehr zweifeln konnte. Da musste ich schließlich glauben, dass die Welt statt eines Friedens den sinnlosesten Krieg erleben würde, der je ausgetragen worden war, denn auf der einen Seite stand der Kaiser, der nur nach Frieden strebte, um so die Ketzerei in seinem Reich auszurotten und die Kräfte der Christenheit für einen neuen Kreuzzug zur Abwehr der Türkengefahr zu vereinen, welche die Kultur und den Glauben ganz Europas bedrohte. Doch gegen ihn verbündeten sich nun in bester Eintracht der allerchristlichste König von Frankreich, der türkische Sultan und sogar der Heilige Vater in Rom.

Ich muss gestehen, dass dieser schreckliche Gedanke mich ganz schwindelig machte. Auch schlug mir der durchdringende Duft der Schönheitswässerchen und -salben in Frau Genevièves luxuriösem Gemach auf die Sinne. Ich fühlte mich, als wäre ich in eine enge Höhle eingepfercht, die mich allmählich betäubte und mir allen Anstand sowie jegliches Ehrgefühl nahm, so dass ich dringend frischer Luft und der Freiheit der Landstraßen bedurfte, um wieder einen klaren Kopf zu bekommen. Deshalb stürmte ich aus dem Haus, ohne mich verabschiedet zu haben, und irrte bis in den späten Abend durch die Straßen der

Stadt, damit ich wieder mit mir ins Reine käme. Am meisten verstörte mich der Gedanke, dass selbst, wenn ich vor der Kirche den Menschen dieses furchtbare Geheimnis ins Gesicht schreien oder überall auf der Welt die Gefahr verkünden würde, die der Christenheit durch diesen gottlosen Plan des Königs von Frankreich drohte, mir niemand glauben würde. Der arme menschliche Verstand würde eine solch schreckliche Rücksichtslosigkeit einfach nicht für möglich halten, wenn man an das elende Los und die Not des Königs dachte. Man würde mich ganz einfach für wahnsinnig halten und in ein Haus des Heiligen Geistes einweisen. Deshalb war es nutzlos, irgendeiner Menschenseele ein Wort von diesem gefährlichen Geheimnis verlauten zu lassen, das mir durch Frau Genevièves Gedankenlosigkeit offenbart worden war.

Am selben Abend sprach ich zu Antti: »Lass uns gleich beim ersten Hahnenschrei aufbrechen! Verlassen wir dieses Land, denn ich fürchte, Gottes schrecklichster Zorn wird schon bald Frankreich treffen, und Schuld daran hat nur der Unglaube und die Verstocktheit seines leichtfertigen Königs.«

Antti versetzte: »Das ist wirklich ein kluger Vorschlag, Michael. Die Vorsehung hat dieses Land mit allzu guten Weinen gesegnet, als dass ein armer Bursche wie ich dies noch lange aushalten könnte, nachdem ich erst einmal auf das Weintrinken verfallen bin. Bald werde ich nämlich mein ganzes Geld vertrunken haben, und meine Geldbörse samt den Menschen schrumpfen in meinen Augen zur auf Faustgröße und krabbeln mir an den Beinen auf und nieder, wenn ich nicht damit aufhöre. Ich sehne mich allmählich wieder nach Geschützen und einem anständigen Krieg, der einem ehrbaren Mann einen guten Namen, ordentliche Beute, ja sogar Ehre einbringt, wenn er das Glück hat, sich für die Siegerseite entschieden zu haben.«

So brachen wir auf und verließen die reiche und verkommene Stadt Lyon. Am Stadttor schüttelte ich mir den Staub von den Füßen, denn ich fürchtete, dieser ganzen Gegend würde es ergehen wie dem biblischen Sodom, wenn erst der Kelch des Zornes Gottes voll wäre. Nachdem wir eine längere Zeit gewandert waren, ließen wir uns über den mächtigen Rhein übersetzen und kamen in die schöne und gelehrte Stadt Basel, an dessen hohem Flussufer sich die neuen Gebäude der Universität erhoben wie Schwalbennester auf einem Dachgiebel. Dahinter ragten die Zinnen des Münsters gen Himmel. Wir quartierten uns im Gasthaus »Zu den drei Königen« ein, ganz in der Nähe der Fährstelle. Als ich mich dort ein wenig umgesehen hatte, war ich von dieser freien und geschäftigen Stadt so angetan, dass ich beschloss, mich in die hiesige Universität einzuschreiben, um mir neues Wissen zu erwerben, solange mein Geld dafür ausreichen würde.

Es gab in Basel viele große Buchdruckereien, in deren Buchhandlungen einander die Gelehrten begegneten. Sogar der große Erasmus hatte dort Zuflucht gefunden, nachdem aufgehetzte Studenten sein Katheder an der Universität zu Löwen umgestürzt hatten, weil man ihn dort der Ketzerei beschuldigte. Die Buchhändler ließen auch arme Studenten gern die neuen Bücher lesen und darin blättern. Nirgendwo sonst verbreiteten sich neue Gerüchte vom Weltgeschehen so schnell wie in dieser Stadt, die als freie Stadt der Eidgenossenschaft an der Kreuzung mehrerer Handelswege unweit der Grenze zwischen Frankreich und dem Deutschen Reich und auch in Reichweite Italiens lag.

So erfuhr ich etwa, dass der Marquis von Pescara im besten Alter seines Ruhms und seiner Manneskraft an einer heimtückischen Krankheit verstorben war und kein Arzt den Grund für diese Krankheit anzugeben wusste, woraus ich schloss, dass seine Mitverschwörer ihn aus Rache vergiftet haben mussten. Auch war mit Jakob Fugger der reichste Mann der Welt gestorben, voller Gram über die Rückschläge, die seine Geschäfte in Ungarn erlitten hatten. Doch vor seinem Tode gelang es ihm noch, den König von Polen, Erzherzog Ferdinand, und sogar den Kaiser gegen Ungarn aufzuhetzen. Deshalb hatte der Kaiser in einem Brief gedroht, alle Kräfte der Christenheit gegen den König von Ungarn einzusetzen, falls dieser den Fuggern nicht ihre Kupferbergwerke zurückgeben sollte.

In jenem ereignisreichen Frühjahr willigte König Franz, nachdem er des Kaisers Unbeugsamkeit und die Vergeblichkeit seiner eigenen Bemühungen eingesehen hatte, endlich in die Friedensbedingungen des Kaisers ein und verpflichtete sich, Burgund an ihn abzutreten, dem Herzog von Burgund Wiedergutmachung zu leisten und auf seine Ansprüche auf das Herzogtum Mailand zu verzichten. Er versprach, alle Forderungen des Kaisers zu erfüllen und lieferte ihm seine beiden Söhne zur Garantie seiner Vertragstreue als Geiseln aus. Nur vor der Ableistung heiliger Eide vor dem Altar und seinem Wort als Ritter und König nahm er Abstand. Als ich das hörte, wunderte ich mich nicht darüber, dass er umgehend freikam und nach seinem Eintreffen in Frankreich alle diese Abmachungen und heiligen Versprechungen widerrief, mit der Begründung, unter Zwang abgegebene Eide und Ehrenworte hätten keinerlei Bedeutung. Sobald er wieder in Frankreich war, ließ er sich in der Stadt Cognac nieder, empfing dort den Heiligen Vater, die Gesandten Venedigs, der übrigen italienischen Staaten und Englands, und gründete eine Heilige Liga, um in einen neuen Krieg gegen den Kaiser zu ziehen. Im Sommer war der Krieg bereits entbrannt, und die vereinigten Heere des Papstes sowie der Republiken Florenz und Venedig marschierten gegen das unglückliche Mailand, wo die Bürger, denen der Herzog von Bourbon Steuern und Abgaben bis aufs Blut abgepresst hatte, gleichzeitig einen Aufstand begannen. Dem Herzog von Bourbon hatte der Kaiser nämlich nach dem Tod des Marquis von Pescara den Oberbefehl über seine Truppen übertragen.

Antti war allerdings der Meinung, der Herzog von Bourbon hätte eine viel zu lange Nase und allzu glühende Augen, um ein fähiger Feldherr zu sein, und außerdem hätte der Kaiser nicht genug Geld, um den Soldaten ihren Sold bezahlen zu können. Des Weiteren sei die Übermacht der päpstlichen und der venezianischen Truppen einfach zu groß, falls auch noch die französischen und in der Eidgenossenschaft angeworbenen Männer zu ihnen stoßen würden. Ein vernünftiger Mann würde deshalb lieber nicht in kaiserliche Dienste treten. Die Eidgenossen würden nichts lieber tun, als sich unter den Fahnen des Königs von Frankreich zu scharen, da die Länder des Kaisers, solange Mailand kaiserlicher Gewalt unterstünde, die Eidgenossenschaft von allen Seiten umzingelten und ihnen die Luft abschnitten, ja sogar damit drohten, ihnen ihre uralten Freiheiten zu nehmen. Deswegen liege ihnen ja die Niederlage von Pavia so schwer auf der Seele und schade ihrem Namen als unbesiegbare Truppe. Zahlreiche eidgenössische Krieger warteten nur noch auf die Geldtruhen des Königs von Frankreich, die jederzeit eintreffen konnten.

Die Sache des Kaisers schien also bereits von vornherein verloren. Antti sagte, er würde deshalb lieber nach Ungarn gehen, um dort gegen die Türken zu kämpfen. So könnte er auch seiner unsterblichen Seele die himmlische Herrlichkeit verschaffen, falls er dort im Kampf fallen würde. Außerdem ging die Rede, es sei ein Leichtes, den plündernden türkischen Truppen die Beute abzujagen. Er wollte sich auch dem Banner des Grafen Frangipani anschließen, denn dieser tapfere und grausame Graf hatte in seinen Kämpfen gegen die Türken noch nie eine Niederlage erlitten, obwohl er eine jahrelange Gefangenschaft in den Bleikammern von Venedig zugebracht hatte.

Ich bestärkte ihn in diesem klugen Entschluss, so gut ich konnte, denn es ging dermaßen drunter und drüber in der Welt zu, dass einem Christenmenschen nichts anderes mehr übrig blieb, als gegen die Türken zu kämpfen, wollte er in dem Wissen, für die richtige Sache einzutreten, sich seine Gewissensruhe bewahren. Und das, obwohl in diesem Krieg der Sultan offensichtlich Seite an Seite mit dem Heiligen Vater und dem König von Frankreich gegen den Kaiser kämpfte und seine Feldzüge mit denen seiner Verbündeten abstimmte. Es gab nämlich Gerüchte, der Sultan habe eine unermessliche Kriegsmacht gegen Ungarn in Marsch gesetzt, um so von Südosten aus das Kaiserreich anzugreifen, während im Süden die päpstlichen Truppen gegen Mailand marschierten. Als Antti davon hörte, sagte er:

»Offenbar ist der Teufel los, und die Welt ist noch verrückter, als ich geglaubt hatte, obwohl ich schon genug Verrücktheiten zu sehen bekommen habe. Wahrlich, ich werde noch zum Lutheraner, wenn ich daran denke, dass sich der Papst mit den Türken verbündet hat, um gegen brave Christenmenschen Krieg zu führen.«

Ich legte ihm dringend nahe, solche gefährlichen und verderblichen Gedanken lieber bei sich zu behalten, wenigstens in Ungarn, wo man glaubte, gerade für die heilige Kirche und den katholischen Glauben gegen die Türken zu kämpfen. Auch fand ich, dass man dem Heiligen Vater keine Schuld an diesem unnatürlichen und unchristlichen Bündnis anlasten konnte, sondern dafür nur der leichtfertige König von Frankreich verantwortlich war. Aber Antti sagte:

»Wenn der Kaiser ein Bär ist und ich mich mit Hinz und Kunz zusammentue und wir mit vereinten Kräften über den Bären herfallen, dann sind wir wirklich Verbündete und Kriegsgenossen; anders lässt es sich nicht bezeichnen. Deshalb wird mich Tag und Nacht der Gedanke quälen, dass ich, wenn ich auf den Türken eindresche, ich aus Versehen auch auf die heilige Kirche und den Papst persönlich einschlage.«

Darauf konnte ich nichts mehr antworten, als dass er nur ein dummer Bursche sei, der sich mit seinen eingeschränkten Verstandesgaben nicht in die hohe Politik einmischen solle. Denn das, was sich hier zwischen dem Kaiser und den Königen, dem Papst und dem Sultan abspiele, sei keine Bärenjagd so wie beim gemeinen Volk, sondern etwas ganz anders, was sein armer Verstand eben nicht begreifen könne. So sagten wir einander wehmütig Lebewohl. Er lieh mir noch zwanzig Dukaten für mein Studium an der Universität zu Basel, weil es zwecklos sei, unnötig viel Geld mitzunehmen. So hingegen, meinte er, werde sein Erbe einen guten und christlichen Zweck erfüllen, falls er nicht von diesem Feldzug zurückkehren sollte.

Tatsächlich fürchtete ich, mich zum letzten Mal von ihm getrennt zu haben, wenn man an all die schlimmen Geschichten dachte, die sich von Venedig und Ungarn aus in der ganzen Christenheit über die gnadenlosen und grausamen Türken verbreiteten. Den Türken war nämlich der Begriff eines guten Krieges völlig unbekannt, sondern sie führten einen bösen Krieg, bei dem sie die feindlichen Truppen, wenn sie auf sie trafen, bis zum letzten Mann niedermetzelten, ohne Gefangene zu machen. Allerdings gingen die vornehmen ungarischen Grafen und Feldherren genauso vor, wenn sie die Köpfe hoher türkischer Paschas als Siegestrophäen auf ihre Speere steckten und gar nicht an das Lösegeld dachten, das sie für ihre Gefangenen hätten erhalten können.

Aber das war nur natürlich und verständlich, weil die Türken Heiden und Irrgläubige waren, so dass es ein Gott wohlgefälliges Werk war, sie zu töten, wohingegen die Türken, wenn sie ihre Gefangenen töteten, Menschen umbrachten, die durch Christi Blut erlöst waren. Das war ein schändliches und furchtbares Verbrechen, das jeglichem Völkerrecht widersprach. Deshalb ließ die heilige Kirche ja auch jeden Mann geradewegs in den Himmel auffahren, der im Kampf gegen die Türken den Tod erlitt, und das war auch mein größter Trost, als ich von Antti schied.

Doch auch wenn ich um sein Leben fürchtete, so empfand ich zu meiner Schande auch eine gewisse Erleichterung, als er mich verließ. In meiner Eitelkeit pflegte ich nämlich nach wie vor mein Adelsgewand anzulegen, und eine allzu enge Bekanntschaft mit einem gemeinen Söldner ziemte sich einfach nicht mehr für mich, als ich mein Studium an der Universität aufnahm. Ich brauchte ihn ja auch überhaupt nicht mehr, auch wenn ich mir keinen besseren Gefährten als Antti denken konnte, solange ich Gefahren ausgesetzt war. In der ruhigen Stadt Basel aber, in der alle irdischen Gefahren weit weg schienen und wo ich mich in aller Ruhe in gelehrte Bücher versenken konnte, fühlte ich mich durch seine dummen Fragen und sein ungeniertes Auftreten doch oft belästigt und ärgerte mich über ihn.

Je eifriger ich mich dem Wissenserwerb hingab, desto mehr war er mir im Wege, und auch wenn seine riesigen Körperkräfte und die Erzählungen von seinen Kriegsabenteuern bei meinen Studienkameraden Neugier erregt hatten, wenn ich ab und zu einen Abend mit ihnen verbrachte und wir maßvoll dem Wein zusprachen, während andere fröhliche Lieder anstimmten. Dann merkte ich doch sehr schnell, wie sie Antti befremdete Blicke zuwarfen. Basel war längst nicht so groß wie Paris, und die Baseler Studenten waren gezwungen, sich eines anständigen Lebenswandels zu befleißigen, um von den Pedellen der Universität in Ruhe gelassen zu werden und nicht im Karzer zu landen. Da konnte niemand längere Zeit in Anttis Gesellschaft verbringen, ohne seinen eigenen Ruf zu beschädigen, eben weil Antti sich so maßlos zu betrinken pflegte. Er machte mir dadurch oft Scherereien, wobei ich aber auch sagen muss, dass er die Schäden, die er verursachte, immer gleich am folgenden Tage gehorsam bezahlte. Das Maß war aber voll, als ich eines Nachts seinetwegen den Stadtbütteln in die Hände fiel und mich nur mit Verweis auf die Vorrechte und Privilegien der Universität vor der Festnahme retten konnte. Am nächsten Tag sagte ich Antti, dass er endlich einmal darüber nachdenken sollte, sich wieder seinem Kriegerhandwerk zu widmen. Das brachte ihn zur Vernunft, und er zog gegen die Türken in den Krieg, wie ich oben erwähnt habe.

So wäre nun mein Leben weiter in Ruhe und Anstand verlaufen und ich hätte, fleißige Anstrengung vorausgesetzt, auch einen hohen akademischen Grad erlangen können, wenn ich nicht Doktor Paracelsus wiederbegegnet wäre. Aber um von ihm zu erzählen und davon, wie ich die Stadt Basel verließ, muss ich ein neues Buch beginnen. Ich hoffe sehr, dass es das letzte Buch sein wird, das ich über die Wanderjahre meiner Jugend verfasse, denn die mühevolle Schreibarbeit beginnt meiner Gesundheit allmählich zuzusetzen. Ich bin allerdings noch die Erklärung schuldig, wie ich meinen unbedachten Schwur am Scheiterhaufen meiner Frau Barbara einlöste, und deshalb setze ich meinen Bericht fort, obwohl ich dafür meine Feder eigentlich in Blut tauchen und die folgenden Kapitel auf schwarzem Papier schreiben müsste.

Zehntes Buch

DER UNTERGANG ROMS

Kapitel 1

Wahrscheinlich waren die Ärzte in Basel nicht schlechter oder unfähiger als andere Ärzte, die ihr Wissen an hohen Universitäten aus den Schriften eines Avicenna oder Galen geschöpft hatten. Ein kranker Mensch ist allerdings ungeduldig und versucht es immer gern mit neuen Ärzten, Arzneien und Behandlungsmethoden, und das ist auch erlaubt und verständlich. Trotzdem mögen es die Ärzte nicht, wenn ihr Patient einer oft schwierigen und langwierigen Behandlung überdrüssig wird und sich dann an einen Kurpfuscher wendet. Dieser profitiert dann entweder von ihrer Arbeit, oder der Patient trägt einen Schaden davon, den der Pfuscher dann dem Arzt in die Schuhe schiebt, weil der Kranke sich nicht rechtzeitig an ihn gewandt habe. Damit will ich Doktor Paracelsus durchaus nicht als Kurpfuscher bezeichnen. Im Gegenteil, ich halte ihn für einen der fähigsten und bedeutendsten Ärzte, kann ich mich doch nicht ohne Grund als seinen Schüler bezeichnen.

Sein Ruhm hatte sich damals nämlich schon in ganz Deutschland verbreitet aufgrund der vielen wunderbaren Heilerfolge. So traf ich ihn eines Abends ganz unerwartet und überraschenderweise in der Weinstube »Zu den drei Königen« wieder. Das heißt, es war durchaus keine Überraschung, in einer Weinstube auf ihn zu stoßen, denn dort zog es ihn oft hin, sondern dass dies in Basel geschah, denn es hieß von ihm, er übe seine Tätigkeit in Straßburg aus, weit entfernt rheinabwärts.

Ich erkannte ihn an seinem Äußeren, obwohl sich trotz seiner jungen Jahre bereits sein Haar zu lichten begonnen hatte. Sein Antlitz zeigte auch die Spuren vieler Wanderungen, vielen Nachdenkens und übermäßigen Weingenusses. So trat ich erfreut auf ihn zu, ihn zu begrüßen und zu umarmen, aber er zeigte sich mir gegenüber streitlustig, nannte mich Mistkäfer und Schmeißfliege und tastete nach seinem Schwertknauf, um mir einen Schlag zu versetzen. Da tadelte ich ihn und erinnerte ihn an vergangene Zeiten und das Blutbad zu Stockholm, bei dem er zu diesem Schwert gekommen war. Ich nannte meinen Namen und erwähnte, dass ich sein ehemaliger Gehilfe und Schüler gewesen sei. Er starrte mich mit weinverschleierten Augen an und versetzte unfreundlich:

»Einundzwanzig meiner Schüler und Knechte hat bereits der Henker am Galgen aufgeknüpft, was auch der rechte Ort für sie ist. Mir ist noch kein treuer Schüler untergekommen, der es länger als drei Monate bei mir ausgehalten hätte. Sie sind doch alle nur darauf aus, meine geheimen

Kenntnisse und neuen Arzneien auszuspionieren. Dann machen sie sich auf und davon und brüsten sich vor aller Welt damit, meine Schüler zu sein und schaden meinem guten Ruf durch ihre unvollkommenen Kenntnisse. Wenn du zu derselben Bande gehörst, dann soll dich der Teufel holen!«

Aber dann erkannte er mich doch wieder und erinnerte sich an mich. Er beruhigte sich und erzählte, der berühmte Buchdrucker Frobenius habe ihn nach Straßburg geholt, damit er ihm das Bein kuriere, das nach einem leichten Schlaganfall brandig geworden war. Die unverständigen Ärzte in Basel wollten zu dem einzigen Mittel schreiten, das in solchen Fällen gewöhnlich angewandt wurde, nämlich mit Hilfe eines tüchtigen Barbiers das Bein amputieren. Aber Doktor Paracelsus glaubte, er könne das Bein retten, ohne es amputieren zu müssen.

»Ich bin Theophrastus, der *monarcha medicorum*«, prahlte er. »Ich werde den Ärzten von Basel schon zeigen, dass sie nicht wert sind, mir die Schuhriemen zu lösen, und dass ein einziges Haar in meinem Nacken über mehr Wissen verfügt als alle ihre Bücher und Gelehrsamkeit.«

Er wollte sich nach dem beschwerlichen Ritt mit Wein stärken, bevor er sich um seinen Patienten kümmerte. Die Folge war, dass ich ihm nach dem gemeinsam verbrachten Abend helfen musste, in sein Herbergszimmer zu gelangen. Dort warf er sich schließlich in voller Kleidung aufs Bett, noch mit den Sporen an seinen Stiefeln, nachdem er zunächst im ganzen Zimmer mit dem Schwert herumgefuchtelt hatte, angeblich um die Geister zu vertreiben, die er als Gnome und Lemuren bezeichnete, und die ihn immer dann bedrängen würden, wenn er maßvoll Wein genossen habe. Die Herbergswirtin brach in Wehklagen aus, da sie um ihre Decken und Daunenmatratzen besorgt war. So schnallte ich ihr zuliebe und aus lauter Gutwilligkeit dem Doktor, als er bereits in tiefen Schlaf gesunken war, die Sporen ab und blieb über Nacht in seinem Zimmer, um zu verhindern, dass er nicht, trunken wie er war, die Zimmereinrichtung demolierte. Außerdem hatte ich selbst ja ordentlich dem Wein zugesprochen, so dass ich der Ruhe bedurfte.

Dies geschah an der Schwelle zum Herbst. Nach meinem ersten Anfall von Eifer war ich der Beschäftigung mit den lateinischen Konjugationen bereits überdrüssig geworden und hatte auch nicht mehr viel Lust, in alten Schriften nach Beweisen zu suchen, die an der Universität mehr galten als diejenigen Kriterien, die vor den Augen und dem Verstand gesunder Menschen Bestand hatten. Ich hatte schon zu viel gesehen, um nicht in Zweifel zu verfallen und das gelehrte Wissen blind aus modrigen Brunnen zu schöpfen so wie in den Tagen meiner Jugend. In mir machte sich der böse Verdacht breit, ich würde meine Zeit vergeuden und mit Falschgeld abgespeist statt mit echtem Geld. Ich war von innerer Unruhe ergriffen, und das erklärt, warum ich mich so bereitwillig erbot, erneut Schüler von Doktor Paracelsus zu werden, obwohl sein im Lauf der Jahre ins Groteske gesteigertes Selbstbewusstsein und seine krankhafte Streitlust einem das Leben mit ihm wahrlich nicht leicht machten. Ständig musste man mäßigend auf ihn einwirken. Allerdings glaube ich, dass ich ihm sehr von Nutzen war, denn ich versuchte nach besten Kräften, sein ungestümes Auftreten zu dämpfen und alles zum Guten zu wenden, wenn er wieder einmal die Ärzte und Apotheker von Basel beleidigte und mit Schimpf und Spott überzog.

Doch war mir kein Erfolg beschieden, wenn ich ihn beschwor, sich endlich von seiner schwarzen Jacke und der geflickten Hose zu trennen, denn schon durch sein unordentliches Äußeres wollte er sich trotzig von den anderen Ärzten absetzen, die sich in Samt und Seide kleideten, Goldketten um den Hals trugen, stets mit einem Ärztestab auftraten und eine Vorliebe für hohe, spitz zulaufende Hüte hatten. In seinen billigen Kleidern ging er bereits am nächsten Tag zum Buchdrucker Frobenius. Ich folgte ihm, um einen Blick auf den großen Erasmus zu erhaschen, der als Gast des Buchdruckers in dessen Haus lebte.

Ich muss gestehen, dass Doktor Paracelsus' Verhalten sich völlig änderte, wenn er an ein Krankenbett trat. Sein Antlitz strahlte dann innere Kraft und Milde aus, und allein die Berührung durch seine geschickten Hände taten dem Kranken gut, so dass es ein Leichtes für ihn war, dessen Vertrauen zu gewinnen. Es gelang ihm dann auch, innerhalb einiger Wochen das Bein des alten Buchdruckers zu heilen, so dass man es nicht amputieren musste. Nach diesem Erfolg war des Doktors Name in aller Munde, und die Patienten strömten zu ihm in die Herberge. Der Buchdrucker Frobenius und selbst Erasmus verkündeten um die Wette seinen Ruhm in ihrem großen und einflussreichen Bekanntenkreis.

Erasmus von Rotterdam ließ sich dann auch selbst von ihm behandeln, denn er klagte über allerlei Schmerzen und Gebrechen. Nachdem Doktor Paracelsus seinen Harn und seine Ausscheidungen untersucht hatte, stellte er bei ihm die Tartarenkrankheit fest. Die verschiedenen Formen dieser Krankheit nisteten in Leber, Galle und Nieren des Kranken und konnten große Schmerzen verursachen. Doktor Paracelsus brüstete sich damit, er sei der erste Arzt, der diese Leiden untersucht, Mittel dagegen ersonnen und sie mit dem richtigen Namen als Tartarenkranheit bezeichnet habe. Er versprach, er werde eine Untersuchung darüber verfassen und sie auch veröffentlichen, sobald er genug Zeit dafür gefunden und einen lateinkundigen Sekretär aufgetrieben habe, der sich seinem Diktat unterwerfen würde. Jedenfalls verordnete er Erasmus eine gute Therapie, stellte ihm eine Diät aus leicht bekömmlichen Speisen zusammen und verbot ihm jeglichen Wein mit Ausnahme des roten Burgunders, auch wenn er einräumte, dass Erasmus dadurch eine Menge entging, gebe es seiner Meinung nach doch keine besseren Weine auf der Welt als die milden elsässischen Weißweine, die sanfter seien als die streichelnden Berührungen einer Frau, und bei deren Genuss man das Gefühl habe, Sonnenstrahlen zu trinken.

Auf diese Weise kam ich als Doktor Paracelsus' Laufbursche viele Male dazu, dem großen Erasmus zu begegnen. Doch muss ich ehrlich sagen, dass diese Begegnungen für mich eine große Enttäuschung waren. Er war nämlich ein kleiner, schmächtiger Greis, der auch sommers in seinen Gemächern blieb und sich stets in Pelz hüllte. Als erstes herrschte er stets seine Besucher an, doch die Tür hinter sich zu schließen. Der große Erasmus fürchtete sich nämlich vor Luftzug nicht minder als vor der Pest und anderen Seuchen. Beim Essen war er sehr wählerisch und klagte beständig über seine schwächliche Konstitution. Die Bedeutung irgendeines griechischen Wortes herauszufinden, war für ihn ein größerer Triumph als alle Schlachten und Siege von Kaisern und Königen. Stets brannte in seinem Zimmer das Feuer in dem blau gekachelten Kamin. Vor Krankheit und Tod empfand er solche Angst, dass er selbst den Kontakt mit seinem freigebigen und großzügigen Gastgeber vermied, solange dieser ans Krankenlager gefesselt war.

Seine größte und einzige Freude bestand darin, sich ins Erdgeschoss zu den ratternden Buchdruckmaschinen hinabzubegeben, den Geruch der Druckerschwärze zu erschnüffeln und die noch feuchten Druckabzüge in Händen zu halten, um mit seiner spinnennetzartigen Greisenhandschrift allerlei Änderungen und Korrekturen darin anzubringen. Frobenius veranstaltete nämlich erweiterte Neudrucke seiner Werke. Doch Erasmus erwies sich als sehr undankbar und beklagte sich bei jedem Gast darüber, dass dieser geizige Buchdrucker ihm längst nicht genug Honorar bezahlt habe, obwohl Frobenius ihn in seinem eigenen Haus beherbergte und ihn auch noch mit Burgunderweinen und allen möglichen Delikatessen versorgte, die seinem ausgetrockneten Gaumen nur gefallen konnten.

Trotzdem schrieb Erasmus ständig Briefe an seine verschiedenen Gönner in ganz Europa, in denen er über seine Armut, seine Krankheiten und unzulänglichen Lebensumstände klagte. Es gab wohl keinen Fürsten, König oder edlen Herrn, den er nicht stets aufs neue um Unterstützung anging. So flossen ihm Geldmittel aus allen möglichen Ländern zu, weil kein vernünftiger Mensch sich ihn zum Feind machen wollte. Er verstand es nämlich, in den von ihm verfassten Dialogen Personen und Meinungen, die er nicht mochte, mit beißenden Worten der Lächerlichkeit preiszugeben. Doch in seinem persönlichen Verhalten war er sparsam bis zum Geiz, so dass er, als Doktor Paracelsus mich bereits zum dritten Mal zu ihm schickte, um ihn an seine unbezahlten Arztrechnungen zu erinnern, sich mir gegenüber wie folgt äußerte:

»Es wäre ein großer Schaden für die Welt, wenn Doktor Paracelsus' unvergleichliches Wissen und seine neuen Gedanken über die Grundlagen der medizinischen Wissenschaft seinem unsteten Leben zum Opfer fielen und vergessen würden. In der Stadt Basel ist das Amt des Stadtmedikus zu besetzen, das mit der Verpflichtung verbunden ist, vor den Studenten an der Universität Vorlesungen zu halten. Ich verspreche, meinen und meines Freundes Frobenius ganzen Einfluss geltend zu machen, um Doktor Paracelsus diese Stellung samt dem Lehrstuhl zu verschaffen. Wenn mir das gelingt, glaube ich, dass wohl niemand seinen Arzt und Heiler je großzügiger hat bezahlen können.«

Er sah mich mit weisem Lächeln um die Mundwinkel an und sagte: »Wir kennen ja alle die Schwächen und das aufschneiderische Auftreten unseres wackeren Doktors. Deshalb haben wir als seine Freunde umso mehr Grund, alles in unserer Macht Stehende zu tun, um ihn von den Schattenseiten seines unsteten Lebenswandels zu befreien. Ich zweifle nicht daran, dass er, hat er erst einen Lehrstuhl an der Universität, mehr auf sein Äußeres und sein Betragen achten und seine Worte besser wägen wird und sich am Auftreten anständiger Menschen ein Beispiel nimmt. Wir können doch nicht gestatten, dass ein so großer und gelehrter Mann allein aufgrund seiner wenigen charakterlichen Mängel der Menschheit verloren geht.«

Ich dachte, dass er Doktor Paracelsus in dieser Hinsicht schlecht kannte, denn ich vermutete, der Doktor werde lieber die ihm als Lohn zustehenden sechs rheinischen Gulden annehmen, um sie in der Weinschenke zu vertrinken, als leeren Versprechungen zu vertrauen. Doch kam es mir nicht zu, dem großen Erasmus zu widersprechen, und deshalb schwieg ich lieber. Ihm entgingen meine Zweifel aber nicht, denn er begann sich mit den Fingerspitzen über die dünne bläulich schimmernde Haut an seinen Schläfen zu streichen und meinte verärgert:

»Der junge Holbein ist mit meinem Empfehlungsschreiben nach England gefahren, um dort sein Glück zu versuchen. Aber sobald er zurückkommt, will ich ihn bitten, Doktor Paracelsus' Porträt zu malen. Ich glaube, er wird mir diese Bitte gerne und unentgeltlich erfüllen, denn er schuldet mir Dank, da ich ihm gestattet habe, mein Porträt anzufertigen, das ihm dann auch großen Ruhm eingebracht hat. Wenn sich der brave Doktor durch dieses Angebot nicht geschmeichelt fühlt, dann bin ich kein Menschenkenner. Ich hoffe also, er gibt es auf, mich mit seinen ständigen Ermahnungen bezüglich ausstehender Arztrechnungen zu belästigen. Schließlich ist es für einen Mann wie ihn eine bedeutende Ehre, den großen Erasmus behandeln zu dürfen.«

Mit dieser Botschaft kehrte ich in die Weinstube »Zu den drei Königen« zurück, nur um zu sehen, wie der Doktor, meinen beschützenden Blicken entzogen, sich wieder einmal einem schmutzigen Zigeunerweib sowie einem trinkfesten Barbier angeschlossen hatte, um sich mit ihnen darüber zu unterhalten, wie sich Abszesse und Geschwüre behandeln ließen. Nachdem ich diese ungebetenen Gäste vertrieben hatte, berichtete ich ihm von Erasmus' Angebot, das ihn durchaus nicht verärgerte. Im Gegenteil, er war sehr erfreut über den Gedanken, endlich als gut bezahlter Stadtmedikus sein unstetes Leben aufgeben und vom Universitätskatheder aus der Welt seine neuen Lehren verkünden zu können.

»Allerdings habe ich nicht vor, meine Vorlesungen auf Latein zu halten«, sagte er. »Ich werde die Sprache benutzen, die jeder aufrechte Mann versteht, denn die Ärzte an den hohen Universitäten haben schon genug Unheil mit ihrem lateinischen Kauderwelsch angerichtet, unter dem sie ihre Unwissenheit verbergen. Ich heiße jeden auch ohne Prüfung als meinen Hörer willkommen, der im großen Buch der Natur lesen will, statt in vermoderten lateinischen Büchern. Die Natur selbst hat jedem Heilkraut ihren Stempel aufgedrückt, und der Mensch braucht nichts außer dem Licht der Natur, das ihm die Augen öffnet, damit er die Geheimschrift der Natur lesen kann. Dieses Naturlicht ist von seinem Wesen her ein gelbes Licht. Auch über meine große Wundheilkunde will ich Vorlesungen halten sowie über die Behandlung der Pest und der Franzosenkrankheit, so dass die Apothekerschaft von Basel ihre gesamten Vorräte an Theriak und Guajakbaumrinden in die Jauchegrube schütten können. Ich will nämlich zeigen, wie sich die Franzosenkrankheit ganz billig und zuverlässig mit rotem Quecksilber heilen lässt. Schon jetzt bringt mich der Gedanke daran zum Lachen, was für ein Geschrei in den Apotheken herrschen wird und die Fugger sich die Haare raufen, wenn all ihr Guajakharz, das sie aus Amerika herbeigeschifft haben, auf dem Müllhaufen landet.«

Er ließ mich überhaupt nicht mehr zu Wort kommen und hörte gar nicht mehr auf mit seinem fürchterlichen Gerede. Er sagte: »So wie Luther die Bannbulle des Papstes verbrannte, so will ich die Werke eines Avicenna und Galen ins Feuer werfen. Das mache ich vielleicht schon am nächsten Mittsommertag, wenn die Johannisfeuer brennen und alle Studenten sich vor dem Beginn der Sommerferien versammeln. Dann wird sich die Kunde davon in ganz Deutschland verbreiten. Ja, genau so werd' ich's machen, selbst wenn man mich dann als den Medizin-Luther bezeichnet. Denn genauso wie Luther für seine Werke geradesteht, werde ich für meine eigenen geradestehen.«

Ich versuchte ihm nach Kräften zu erklären, wie schädlich, gefährlich und jeglicher Wissenschaft verderblich es wäre, vor dummen Leuten

Vorlesungen in der Sprache des gemeinen Volkes zu halten, lag doch in der Beherrschung des Lateinischen die Grundvoraussetzung aller Gelehrsamkeit. Mit Hilfe des Lateins konnten sich die Gelehrten in allen Ländern unabhängig von ihrer Muttersprache und Volkszugehörigkeit untereinander verständigen. Die Doktoren der Universität würden ein solches Verhalten nur als Waffe gegen ihn benutzen und behaupten, er beherrsche nicht gut genug Latein, um überhaupt Vorlesungen in dieser Sprache halten zu können. Sie würden nur böse Gerüchte über ihn verbreiten, würden sein Doktordiplom zu sehen wünschen und vielleicht eine öffentliche Disputation vor der Fakultät von ihm fordern, bevor sie ihn auf den Lehrstuhl beriefen. Das wäre auch nicht verwunderlich, denn Doktor Paracelsus war auffällig wortkarg, wenn die Rede auf sein Doktordiplom kam. Dabei brüstete er sich damit, an vielen Universitäten in mehreren Ländern studiert zu haben, bis er von der Pseudowissenschaft, die dort gelehrt worden sei, genug gehabt habe. Auch wiesen seine Lateinkenntnisse Mängel auf, wie mir später klar wurde, als er versuchte, mir eines Nachts im Weinrausch seine Gedanken zu diktieren, so dass er dabei oft ins Deutsche zurückfiel und es mir überließ, seine Worte so gut ich konnte ins Lateinische zu bringen.

Meine Zweifel waren aber durchaus angebracht. Nachdem Erasmus und Frobenius dem Stadtrat empfohlen hatten, Doktor Paracelsus die freigewordene Stellung des Stadtmedikus anzubieten, da stand die Universität einschließlich der Ärzte und der Apothekerschaft Basels auf wie ein Mann, um seine Einstellung zu hintertreiben. Doktor Paracelsus wurde sogleich aufgefordert, dem Stadtrat sein Doktordiplom vorzuweisen, worauf er mit der Bemerkung reagierte, er habe sich bereits in seiner Jugend den Hintern damit abgewischt, weil ein solches Papier zu nichts Besserem tauge. Der Rat könne sich ja an der berühmten Universität von Ferrara nach seinem Diplom erkundigen, falls ihm dies so wichtig sei. Das aber war leichter gesagt als getan, denn der Herzog von Ferrara hatte sich dem Kaiser angeschlossen, und solange in der Lombardei der Krieg wütete, war es schwer, sich verlässliche Kunde aus Feindesland zu beschaffen, selbst wenn des Doktors Namen tatsächlich in den Universitätsakten zu Ferrara vermerkt war.

Die Apotheker sandten auch eilig die Nachricht nach Augsburg, Doktor Paracelsus lehne die Guajakrinde als Heilmittel gegen die Franzosenkrankheit gänzlich ab. So brachte er auch die einflussreichen Fugger gegen sich auf. Da dies alles bereits geschah, bevor auch nur jemand ahnte, dass er seine Vorlesungen auf Deutsch halten wollte, ließ sich natürlich leicht vorstellen, was es für ein Gezeter geben würde, wenn er erst auf den Lehrstuhl berufen wäre. Ich will hier nicht all die gemeinen Verleumdungen wiedergeben, die über ihn verbreitet wurden, denn die

Ärzte in Basel redeten ganz offen davon, seine wunderbaren Fähigkeiten und Arzneien habe er vom Teufel höchstpersönlich erlangt. Der beste Beweis dafür sei, dass er nie mit Frauen Umgang gehabt und nie Freudenhäuser besucht habe, so wie dies ein gesunder und unverheirateter Mann gewöhnlich tat. Der Satan habe ihn nämlich als sein Eigentum gebrandmarkt, indem er ihm bereits in seiner Jugend in Gestalt eines wütenden Wildschweins die Hoden abgerissen habe. Dieses Gerücht war so weit verbreitet, dass nicht einmal seine Gönner und Verteidiger es anzweifelten, sondern es so zu deuten versuchten, er habe sich von der Gewalt Satans dadurch freigekauft, dass er dem Teufel diesen für einen Mann unersetzlichen Körperteil freiwillig geopfert habe.

Seine zahlreichen merkwürdigen Gewohnheiten, seine Flüche und Beschwörungen, die er ausstieß, wenn er in betrunkenem Zustand gegen böse Geister kämpfte, gaben immer neuen Anlass zu derartigen Verleumdungen. Dagegen wollte er auch gar nicht einschreiten, da er für die Unwissenheit und aus Aberglauben gespeiste Dummheit seiner Gegner nichts als Verachtung übrig hatte. Zweifellos aber verfügte er über geheimes Wissen, das er nicht einmal seinen Schülern enthüllen wollte, denn im hohlen Knauf seines Schwertes verwahrte er ein Wundermittel in Form kleiner Bällchen, das er *Laudanum* nannte und mit dem er die allerschlimmsten Schmerzen heilte oder zumindest linderte. Auch besaß er eine mit rotem Siegellack beschichtete Kapsel von Walnussgröße, von der ich vermutete, dass er darin etwas *Quinta essentia* aufbewahrte. Jedenfalls behauptete ein Knecht namens Oporinus, der gekommen war, um den Doktor nach Straßburg zurückzuholen, er habe ihn dabei beobachtet, wie er mit Hilfe dieser Kapsel aus Quecksilber im Gegenwert eines rheinischen Guldens einen Goldbarren hergestellt habe, für den dann ein Goldschmied in Kolmar einen ganzen Beutel Gulden bezahlt hätte. Doch glaubte ich, dass dies wohl nur ein Zaubertrick gewesen war, mit dessen Hilfe Doktor Paracelsus seine Schüler verblüffen oder seinen Ruhm mehren wollte, und dass er für solche Fälle jenen Barren reinen Goldes besaß, so wie das auch bei anderen Goldmachern der Fall war. Ich will ihm keinesfalls seine Genialität und seine unglaublichen Fähigkeiten absprechen, was die Heilung Kranker betraf. Aber wenn der Widerstand gegen ihn wuchs und die Zahl seiner Verleumder zunahm, dann wollte er ihnen zuweilen einen ordentlichen Schrecken einjagen. Nicht zuletzt aber dann, wenn er des Kredits in Weinschenken bedurfte, prahlte er mit seinen merkwürdigen Fähigkeiten, die von einfachen Leuten oft für reines Teufelszeug gehalten wurden.

Kein anständiger Mensch wird abstreiten, dass Doktor Paracelsus' Auftreten, sein ungezügeltes Benehmen, seine verletzende Zunge, übertriebene Selbstsicherheit und ausgeprägte Lust, wohlbeleumdete Personen zu beschimpfen und über alles, was die Ärzte bisher in Ehren gehalten hatten, seinen Spott auszugießen, bei der Besetzung der Stelle als Stadtmedikus gegen ihn sprechen mussten. Deshalb wurde die Angelegenheit immer wieder verzögert und verschoben, bis sowohl Frobenius als auch Erasmus dem Meister ernsthaft ans Herz legten, er solle lieber nach Straßburg zurückkehren und dort den endgültigen Ratsbeschluss in aller Demut abwarten. Seine weitere Anwesenheit in Basel würde sonst nur ihre Bemühungen für ihn stören und unterlaufen.

Vielleicht war Doktor Paracelsus selbst der Meinung, er habe nun genug getan, um ihren Wünschen zu entsprechen. Er trug nun sogar reinliche Kleidung, versuchte, normal zu sprechen und nicht zu schreien oder herumzubrüllen. Auch den Weingenuss hatte er eingeschränkt so gut er konnte, denn im Grunde seines Herzens setzte er große Hoffnung auf das Amt des Stadtmedikus und vor allem auf das damit verbundene Recht, zum Verdruss der gelehrten Doktoren Vorlesungen an der Universität halten zu dürfen. Aber er selbst war auch leicht zu erzürnen, denn er war außerordentlich erpicht auf seine Ehre als Arzt und wurde fuchsteufelswild, wenn man seine Fähigkeiten geringschätzte und ihn als Kurpfuscher bezeichnete, der die Universität Ferrara angeblich nie von innen gesehen hätte.

Ich fand aber, dass er keinen Grund hatte, wütend zu werden, wenn sein Wissen und seine Fähigkeiten wirklich so unvergleichlich groß waren, wie er selbst glaubte. Er wusste ja, dass er der König der Ärzte war, denn schließlich war er auch schon gute dreiunddreißig Jahre alt und hatte sich auf den Landstraßen, auf denen er von Land zu Land gewandert war, längst ausgetobt und die wilden Jahre seiner Jugend hinter sich gelassen. Deshalb hätte es ihm gut angestanden, sich seinen Verleumdern gegenüber versöhnlich zu zeigen und sie durch sein Verhalten von seinem Wissen und seinen Fähigkeiten zu überzeugen. Doch stattdessen machte er sich stets neue Feinde, wann immer er Gelegenheit dazu bekam, denn kein vernünftiger Mensch mag es, wenn man ihn der Dummheit und Unwissenheit zeiht oder ihm gar ins Gesicht sagt, er sei bei seiner Geburt aus des Teufels Arsch hervorgekrochen oder aus einem noch übleren Körperteil von Satans Großmutter, was eine von Doktor Paracelsus' Lieblingssprüchen war, wenn er über seine Mitmenschen in Wut geriet.

Jedenfalls war Meister Paracelsus nun endgültig verbittert. Zum ersten Mal sah ich ihn so niedergeschlagen, dass er Tränen vergoss. »Alle hassen sie mich, weil ich allein bin, Neues verkünde und dazu noch Deutscher bin«, klagte er. »Dabei stammt all mein Können von Gott, so wie alles Vollkommene von Gott kommt und alles Unvollkommene vom Satan. Ich habe ja nichts anderes im Sinn, als im großen Buch der

Natur zu lesen und so gut ich kann die Menschen von ihren Schmerzen und Krankheiten zu heilen und dabei das Lügennetz aus Irrtümern und Aberglauben zu zerreißen, dem die alten Ärzte noch immer anhängen und das die hohen Universitäten für heilig halten. Außerdem habe ich mich durchaus nicht um das Amt des Stadtmedikus in dieser schönen Stadt bemüht, sondern es wurde mir bis zum Überdruss angeboten und aufgedrängt. Aber jetzt ist das Maß voll, und ich kehre nach Straßburg zurück. Ich werde auch nicht mehr auf ihre lockenden Angebote eingehen, selbst wenn sie ihre Dummheit einsehen und versuchen sollten, mich mit Engelszungen zur Rückkehr zu bewegen.«

Jähzornig, wie er war, wäre er fast mitten in der Nacht losgeritten, um Basel zu verlassen, obwohl es bereits November war. Die Nächte waren kalt und finster und die Landstraßen voller Gesindel, das nichts lieber tat, als einsamen Reisenden die Kehle durchzuschneiden. Mit vielen guten Worten konnte ich ihn dazu überreden, seine Abreise auf den nächsten Morgen zu verschieben, weil ich selbst noch die Entscheidung fällen musste, ob ich ihm folgen wollte, oder ob ich in Basel bleiben oder mich gen Süden aufmachen sollte, wohin mich erregende Nachrichten lockten, die seit einigen Wochen im Umlauf waren.

Ich trauerte nämlich um Antti, den ich bereits für tot hielt. Denn Gerüchte, die im Herbst aufgekommen waren, berichteten davon, eine riesige türkische Armee habe, vom Sultan selbst angeführt, den Ungarn auf dem Schlachtfeld von Mohács eine vernichtende Niederlage beigebracht. Demnach war der junge König Ludwig gefallen und während der Schlacht in einem Sumpf umgekommen. Mit ihm fielen auch der ungarische Adel, die Magnaten, Bischöfe und Erzbischöfe, die dem Heer in die heilige Schlacht gefolgt waren, so dass die Donau wochenlang voller Leichen war und so die Nachricht von dieser vernichtenden Schlacht weitergetragen wurde. Die Türken hatten Buda erobert, und ihre Reitertruppen waren plündernd und Feuersbrünste legend bis an die Tore Wiens vorgedrungen, so dass Ungarn nun für alle Zeiten der Christenheit entrissen war und das Deutsche Kaiserreich vor dieser Gefahr erbebte, die so plötzlich und unerwartet an seinen Grenzen heraufgezogen war.

Ungarn hatte sich selbst das Grab gegraben, da es sich den Erzherzog Ferdinand und die Fugger des Kaisers wegen der Bergwerke zu Feinden gemacht hatte, so dass dieses Land nun ganz allein der geballten Macht des Sultans und seines Heeres ausgesetzt war. Aber diese furchtbare Schrift aus Blut und Feuer, die am östlichen Himmel erschienen war, schweißte die Christenheit nicht etwa zusammen, um den gemeinsamen Feind abzuwehren, sondern der Kampf in Italien ging weiter und nahm dabei eine ganz unerwartete Wendung. Ich war bereits so weit mit der hohen Politik vertraut, dass ich mir aus den Nachrichten, die uns in Basel erreichten, einige erstaunliche Dinge zusammenreimen konnte, die den meisten anderen unverständlich blieben. So kam ich zu dem Schluss, dass der Kaiser doch die bessere Karte in dem bösen Spiel gezogen hatte, so unglaublich, vernunftwidrig und allen klugen Berechnungen zuwiderlaufend dies auch klingen mochte.

Die Bildung der Heiligen Liga brachte schließlich nur dem Sultan Nutzen. Dieser konnte Ungarn erobern, während sich die Christenheit untereinander zerfleischte. Die kriegerischen Auseinandersetzungen in Italien vermittelten ganz klar das Bild, dass Venedig nur auf seinen eigenen Vorteil bedacht war und die Grenzen seiner Besitzungen in der Lombardei sichern wollte, die durch die Nachbarschaft des Kaisers im Herzogtum Mailand bedroht waren. In anderer Hinsicht war die Heilige Liga für Venedig nicht von Interesse. Im Gegenteil, ein Beobachter von außen konnte den Eindruck bekommen, dass es sich bei dem ganzen um einen Betrug handelte und Venedig gar nicht wollte, dass die Macht des Kaisers allzu sehr geschwächt würde, war doch der Kaiser der einzige Herrscher in Europa, der den Türken entgegentreten konnte. Der Sultan hingegen war der gefährlichste Feind Venedigs, denn er bedrohte die Kolonien und Handelsinteressen der Lagunenstadt.

Oberbefehlshaber der gemeinsamen Streitmacht des Papstes, Venedigs und der anderen Fürsten Italiens sollte auf Wunsch Venedigs der Herzog von Urbino werden. Als Mann Venedigs wurde er es dann auch. Dieser merkwürdige und verschlagene Mann war durchaus kein Freund des Papstes, sondern insgeheim einer seiner erbittertsten Feinde. Unter seiner Führung eroberte das Heer sogleich zum Nutzen Venedigs die starke Festung Lodi und marschierte dann zögernd auf Mailand zu. Die wenigen Truppen des Kaisers konnten nur mit Mühe die aufsässigen Einwohner der Stadt im Zaum halten. Die Burg unterstand weiterhin dem Herzog von Sforza, und dem Herzog von Bourbon blieb nichts anderes übrig, als eine ehrenvolle Kapitulation in Betracht zu ziehen. Da verkündete der Herzog von Urbino, nachdem zwei oder drei seiner Leute durch eine Arkebuse von den Stadtmauern beschossen und umgekommen waren, er sei verantwortlich für die teure und unersetzliche Streitmacht Venedigs und könne sich deshalb nicht auf ein so gefährliches Unternehmen einlassen, wie es die Eroberung von Mailand angeblich darstellte.

Dieser Herzog von Urbino war sonst kein Zauderer, wenn es Entschlüsse zu fassen galt, denn schon in seiner Jugend hatte er nicht gezögert, auf offener Straße in Rom einen ihm verhassten Kardinal zu ermorden, weswegen er dann auf gewisse Zeit sein Herzogtum verloren hatte. Aus dieser Zeit her rührte sein Groll gegen den Papst. Trotz des

Widerstandes und der flehentlichen Bitten seiner Verbündeten zog er sich also von den Mauern Mailands zurück, um zum Nutzen Venedigs Cremona zu belagern, obwohl der Herzog von Bourbon sich schon vor dem sicheren Untergang wähnte. Ich weiß nicht, wer über seinen Rückzug mehr Bestürzung empfand, der Papst oder der Kaiser. Auf diese Weise verloren die Alliierten wertvolle Zeit in Italien, während der Kaiser dem Papst in Rom eine unangenehme Überraschung bereiten konnte und sich mit den Fuggern beriet, um in Deutschland genug Geld für die Aufstellung einer Streitmacht von Pikenieren zusammenzubekommen.

Diese Gerüchte waren es, die auf mich wirkten wie lauter Hörnerschall. Gerade jetzt strömten in Deutschland zahlreiche Landsknechte zu den Fahnen des berühmten Frundsberg. Es waren Söldner, die sich mit dem bloßen Handgeld und unsicheren Versprechungen auf einen späteren Sold begnügten, um gegen Rom und die Macht des Papstes ins Feld zu ziehen. Wie es hieß, hatte sich Frundsberg ein goldenes Seil um die Brust geschlungen, an dem er den Papst aufzuhängen versprach, und an seinen Steigbügeln hatte er ein rotes Seil befestigt, um daran dann die Kardinäle aufzuknüpfen. Der Kaiser sammelte offenbar all seine Macht, um den Papst zu zermalmen, und er zögerte nicht, dazu die ketzerischen Kräfte aus Deutschland zu benutzen, denn ohne sein Wissen hätte Frundsberg es kaum gewagt, seinen Truppen so hochtrabende Versprechungen zu machen. Vielleicht war es wirklich Gottes Wunsch, dass ich meinen furchtbaren Eid, den ich an Barbaras Scheiterhaufen geleistet hatte, einlösen und Zeuge werden sollte, wie der Papst von seinem Thron stürzte. Deshalb ist es verständlich, dass ich nicht mehr länger zögerte, als Doktor Paracelsus' Entschluss, nach Straßburg zurückzukehren, mich zu einer Entscheidung zwang.

Ich dachte, selbst wenn der Rat von Basel ihn zurückrufen und zum Stadtmedikus zu machen würde, könnte daraus nichts Gutes folgen, sondern wenn er erst mit seinen deutschen Vorlesungen anfinge und die lateinischen Bücher, auf denen die medizinische Wissenschaft beruhte, ins Johannisfeuer werfen würde, dann entstünde daraus nur noch schlimmerer Aufruhr, aus dem ihn nicht einmal mehr Erasmus würde erretten können. Ich hielt es nämlich für unwahrscheinlich, dass Erasmus es guthieße, wenn Bücher verbrannt würden, liebte er doch Bücher viel mehr als Menschen. Dies alles hätte nichts anderes zur Folge, als dass man Doktor Paracelsus mit Schimpf und Schande aus Basel vertreiben würde. So hätte ich also keinen Nutzen davon, wenn ich ihm jetzt folgte, da er sein wichtigstes Wissen ja sowieso geheim hielt. Wenn er mir die Texte seiner Bücher diktierte, wären sie ohnehin ein höchst merkwürdiges Gemisch aus lauter von ihm selbst erfundenen Wörtern und Bezeichnungen, aus denen wohl niemand klug werden dürfte. Oft hatte ich den Verdacht, dass er selbst nicht so richtig wusste, was er da diktierte, sondern sich vergeblich bemühte, den richtigen Ausdruck in der für wissenschaftliche Zwecke untauglichen deutschen Sprache für seine Gedanken zu finden, die er selbst vielleicht verstehen mochte, aber unmöglich in klare Worte kleiden konnte.

Aus all diesen Gründen beschloss ich, mich von ihm zu trennen. Auch die Universität beschloss ich zu verlassen, denn seine Überzeugungen hatten so weit auf mich eingewirkt, dass mir die Universität in unserer neuen Zeit wie ein ausgetrockneter Brunnen erschien, der mit den Gebeinen von Toten ausgekleidet war. Auch ging mir das Geld zur Neige. Das war allerdings meine Schuld, denn ich hatte mich gerne in den Kleidern eines jungen Adeligen gezeigt und nach einer Lebensweise gestrebt, die mich deutlich über meinen niedrigen Stand erhob. Erst nachdem ich mich Doktor Paracelsus angeschlossen hatte, war ich zu meiner anspruchslosen Lebensweise zurückgekehrt. Deshalb beschloss ich, mich mit den nötigen Arzneien auszurüsten und nach Mailand zu gehen, um mich dort im kaiserlichen Heer als Feldscher zu verdingen und mich am Feldzug gegen Rom zu beteiligen. Einen Feldscher in einer Söldnerarmee fragte niemand nach Universitätsdiplomen, sondern alles, was er brauchte, war eine Dose, die Theriak zur Behandlung innerer Krankheiten enthielt, sowie ein Messer und eine Säge, um damit Gliedmaßen amputieren zu können. War ich erst als Feldscher angeworben, stand mir ein in den Kriegsartikeln genau bezeichneter Anteil an der Beute zu. Mir waren die vielen Möglichkeiten genau bekannt, die es einem Feldscher ermöglichten, nach einer Schlacht oder bei einer Fieberseuche seinen Besitz zu mehren, auch wenn die Höhe der Wundarzthonorare in den Kriegsartikeln ebenfalls genau geregelt war. Aus allen diesen Gründen erschien mir ein siegreicher Feldzug mit seinen vielen Möglichkeiten sehr verlockend.

Ich hatte allerdings Doktor Paracelsus so viel geholfen und war ihm von dermaßen großem Nutzen gewesen, wobei ich außer Mühen und Verleumdungen meiner Mitmenschen keinen Lohn erhalten hatte, dass ich der Meinung war, ich könnte ohne Gewissensbisse ein paar Laudanum-Bällchen aus seinem Vorrat stibitzen, um damit auch hochgestellte Feldherren von ihren Schmerzen zu erlösen. Aus diesem Grund hatte ich ihn auch nicht schon des Nachts fortreiten lassen wollen. Denn nachdem er in tiefen Schlaf gesunken war, nahm ich sein Schwert, das er »Azaoth« nannte, und drehte den hohlen Knauf daran auf. Er hatte mich nämlich oftmals gewarnt, niemand dürfe dieses Schwert anrühren, weil das Geheimnis des Schwertes angeblich von dem furchtbaren Geist Azaoth gehütet würde. Das hielt ich aber für eitles Geschwätz, bis meine Finger sich um den Schwertknauf gelegt hatten. Im gleichen Augenblick versetze mir ein unsichtbares Wesen einen schmerzhaften Schlag, der meinen ganzen Arm gefühllos machte, wobei ein blauer Funke aus dem Schwertknauf schlug, der mir fast die Finger verbrannte. Ich erschrak so heftig, dass ich das Schwert scheppernd zu Boden fallen ließ. Wenn ich vorher gezweifelt hatte, so glaubte ich jetzt bestimmt, dass Doktor Paracelsus tatsächlich über übernatürliche Kräfte gebot, auch wenn man bei seinen Worten nur schwer unterscheiden konnte, was der Wahrheit entsprach und was reine Prahlerei war. Zum Glück hatte der Meister in seinem Kummer so sehr dem Wein zugesprochen, dass er von dem Lärm nicht aufwachte, denn er wäre wohl höchst erbost gewesen, hätte er gesehen, wie ich seinen Geheimnissen auf die Schliche zu kommen versuchte.

Im Nachhinein schämte ich mich über meinen hinterlistigen Anschlag, denn als wir voneinander schieden, überreichte mir Doktor Paracelsus ungebeten acht wertvolle Laudanum-Bällchen sowie Salben und Arzneien, die er als Mittel gegen die Franzosenkrankheit aus rotem Mercurium zubereitet hatte. Auch gab er mir mehrere Ratschläge, wie sich die Pest behandeln ließ, Methoden, von denen gewöhnliche Ärzte nichts wussten. Fast eine ganze Stunde lang hielt er mir einen Vortrag über Fieberkrankheiten in Italien, weil jedes Land seine eigenen Krankheiten habe. Franzosenkrankheit, Pest und Fieber, sagte er, forderten auf jedem großen Feldzug erheblich mehr Menschenleben als Kugeln und Stichwaffen. Deshalb wolle er mich dazu befähigen, diese abzuwehren, weil er mir aufgrund seiner Armut keinen anderen Lohn für meine Dienste und meine Fürsorge geben könne. Ferner sagte er:

»Ich glaube nicht, dass aus dir jemals ein guter Arzt wird, Michael Pelzfuß. Deine Kenntnisse sind mangelhaft und oberflächlich, und es fehlt dir an Demut, sie zu vervollkommnen. Das größte Talent eines Arztes besteht in Demut vor der Krankheit und dem Tod. Doch sind etliche Feldschere und Bäder mit viel weniger und selbst falschem Wissen im Kriege zu Reichtum gekommen, und deshalb wünsche ich dir viel Erfolg, wenn du nur darauf achtest, den Patienten mit deinen Arzneien mehr zu nutzen als zu schaden und es lieber der Natur überlässt, ihre eigenen Heilkräfte einzusetzen, als dass du der Natur mit schädlichen Medikamenten die Heilung unmöglich machst.«

Außerdem meinte er, der Feldzug gegen Rom und den Papst sei sicher ein gottgefälliges Werk, weil Gott so etwas kaum dulden würde, wenn es nicht seinen unbegreiflichen Absichten entspräche. »In der heiligen Kirche ist nur der Geist wahr«, sagte er, »die von Menschenhänden erbauten steinernen Mauern aber sind nichts als Lug und Betrug. Deshalb soll der Mensch Gott in seinem Herzen dienen und ist nicht verpflichtet, jeden Tag innerhalb der Kirchenmauern die Messe zu besuchen. In der

Kirche zu beten, Bilder zu verehren und dem Chorgesang zu lauschen, das ist doch nur Götzendienst. Der Mensch kann sich nicht von seinen Sünden loskaufen, indem er Almosen gibt, sondern es ist Gotteslästerung, an der Kirchentür Almosen zu verteilen. Aus einem liebenden Herzen heraus soll der Mensch seine Almosen geben, nicht aber, um sich damit das Himmelreich zu erkaufen. Gott will nichts anderes als ein reines Herz; er schaut nicht auf die Kutte oder die Tonsur des Menschen, sondern auf den Menschen unter der Kutte.«

Noch nie hatte ich ihn so unverblümt über Glaubensdinge reden hören, sondern er hatte darüber stets geschwiegen, weil böse Gerüchte zu wissen glaubten, er habe sich im Jahr zuvor einer Bauernrotte in Deutschland als Arzt angeschlossen und sei nur mit Müh und Not dem Henker entkommen. Seinen Worten glaubte ich entnehmen zu können, dass dieses Gerücht der Wahrheit entsprach und er sich in seinem Herzen von der heiligen Kirche losgesagt hatte. Doch bestärkten mich seine Worte nur in meinem Entschluss, und ich begleitete ihn zum Ufer des schnell dahinströmenden Rheins. Mit Tränen in den Augen schaute ich ihm nach, bis er, eine kleine graue Gestalt auf der Fähre, meinen Blicken entschwunden war. Zwar kehrte er auf Einladung des Rates im folgenden Jahr nach Basel zurück und verbrannte tatsächlich die Bücher Galens im Johannisfeuer, so wie er es versprochen hatte. Doch schon ein halbes Jahr später musste er unter Lebensgefahr aus Basel fliehen, wie ich später erfuhr. Somit kam alles so, wie ich es erwartet hatte, und ich verlor nichts, als ich mich von ihm trennte.

Die Bekanntschaft mit diesem merkwürdigen Mann und seine Lehren beeinflussten mich aber mehr, als es mir selbst klar war und ich damals ahnen konnte. Ich muss gestehen, dass er auf seinem Gebiet sicher der genialste und aufrichtigste Mensch war, mit dem ich es je zu tun bekommen hatte, auch wenn er nicht imstande war, seine merkwürdigen Lehre in klare Worte zu kleiden, wenn er sie mir diktieren wollte. Vielleicht war er genauso wild und abweisend wie das Land seiner Geburt bei Einsiedeln in der Eidgenossenschaft mit seinen tiefen Wäldern und schroffen Bergabhängen. Er bezeichnet sich gerne als »Peregrinus« und »wilden Gebirgsesel«. Trotz allem bewunderte ich ihn mehr als Erasmus, der sich aus Furcht vor jeglichem Luftzug in seine Gelehrtenkammer verkroch, sich am Kaminfeuer wärmte und sich ein gutes Einkommen verschaffte, indem er den Fürsten schmeichelte und sich mit all jenen auf guten Fuß stellte, die ihm von Nutzen sein konnten.

Mein Groll gegen Erasmus kam auch daher, dass er meinen kleinen Hund nicht ausstehen konnte, sondern sich vor ihm fürchtete und ihm, wenn ich nicht hinsah, Fußtritte versetzte. Stets verlangte er von mir, ich solle »dieses schmutzige Viech, das nur Ungeziefer ins Haus bringt«,

schnellstens hinausbringen. Mein Hund folgte mir nämlich treu überallhin, und besonders unter den Frauen und Kindern Basels schuf er
sich durch sein munteres und liebreizendes Betragen viele Freunde und
Gönner. Er war auch durchaus nicht schmutzig, denn er wurde häufig
von mir gewaschen und gekämmt. Wenn ich im Hörsaal der Universität auf dem mit Stroh bestreuten Boden saß, bewachte er treu meinen
Ranzen und achtete darauf, dass er von niemandem angerührt wurde.
Auch folgte er mir in die Weinstuben, und besonders die brave Wirtin in
den »Drei Königen« hatte immer einen saftigen Knochen für ihn übrig.
Großen Widerwillen aber empfand er gegen Schenken, in denen ich das
eine oder andere Mal zu viel Wein getrunken oder mich auf Schlägereien eingelassen hatte. Dann versuchte er, jaulend und sich mit seinen
Zähnen an meinem Kleidersaum festbeißend, mich daran zu hindern,
noch einmal in dieser Schenke einzukehren, in der ich fast den Stadtbütteln in die Hände gefallen wäre. Oft brachten mich seine Fürsorge
und seine Warnungen dazu, den Weinbecher zurück auf den Tisch zu
stellen, wenn er mich darauf hinwies, dass ich mich allzu eifrig dem
Trinken hingab.

Als ich nun in die Apotheke ging, um mit meinem restlichen Geld
Theriak und die notwendigen Abführ- und Brechmittel zu kaufen und
danach in meine Herberge zurückkam und meine Sachen für den Aufbruch packte, da zeigte mein Hund immer größere Anzeichen von Unruhe und Niedergeschlagenheit. Er sprang aufs Bett und kroch unter
die Decke, so als wollte er mir zeigen, wir warm und behütet wir in dieser Herberge wohnten. Ich glaube, kein Mensch hätte mich feinfühliger
tadeln und vor einer Abreise warnen können. In Basel hatte mein Hund
zugenommen und war wieder ganz gesund und lebensfroh geworden,
obwohl ihn manchmal ein sonderbarer Kummer überkam, so als würde
ihn die Erinnerung an sein Frauchen und das Leid, das er erfahren hatte,
mit Wehmut erfüllen. Dann weigerte er sich zu fressen und weinte leise
vor sich hin, bis ich ihn in die Wirtschaft zu den Drei Königen bringen
musste, wo er dann dem Spiel der Musikanten lauschte. Besonders die
Flöte hatte es ihm angetan, so dass er schließlich von unwiderstehlicher
Kraft gedrängt seine Schnauze in die Luft hob, mit trauriger Stimme
aufjaulte und so zum Vergnügen der Anwesenden seinem Kummer Luft
machte. Nachdem er so sein Herz erleichtert hatte, beruhigte er sich
wieder und trottete würdevoll in die Küche, um sich seinen Knochen
zu holen.

Auch mich selbst überkam Wehmut, als ich sah, wie sehr sich mein
Hund wegen meiner Reisevorbereitungen beunruhigte. Als ich meine
Reisetruhe geschlossen hatte, versuchte er sich hilflos unter dem Bett zu
verstecken, so als dächte er, er könne mich so vom Aufbruch abbringen.

So blieb mir nichts anderes übrig, als ihn auf den Schoß zu nehmen und vor seiner Schnauze meine Geldbörse umzudrehen, um ihm zu zeigen, dass ich kein Geld mehr hatte, um weiter in der angenehmen Atmosphäre der Stadt Basel zu verweilen. Dies alles erklärte ich ihm in wohlgesetzten Worten und streichelte ihm sein struppiges Fell, so dass er mir schließlich mit gesenkter Schnauze folgte, dabei den Schwanz traurig hängen ließ und sich nicht einmal wie sonst umsah.

Zwar wurde mein Hund etwas munterer, als wir die Stadt hinter uns ließen, aber seine Vorahnungen waren richtig gewesen, denn die Jahreszeit war eigentlich schon zu spät zum Reisen, und in den Alpenpässen hatten wir mit Frost und Hunger, Bergschlag und Schneeverwehungen zu kämpfen, so dass ich oftmals fürchtete, wir würden in dieser öden und furchteinflößenden Landschaft umkommen. Aber ich hatte einen warmen Mantel, und des Nachts, wenn wir zusammen schliefen, wärmten wir uns gegenseitig, auch wenn wir uns am Morgen den Schnee vom Mantel schütteln mussten. Schließlich kamen wir abgemagert und völlig erschöpft in Mailand an.

Kapitel 2

Wenn ich gedacht hatte, uns würden nach den Strapazen und Schneestürmen in den Alpen in Mailand endlich dampfende Fleischtöpfe und ofenfrisches Brot erwarten, so hatte ich mich geirrt. In der Stadt herrschte ein furchtbares Drunter und Drüber samt Hungersnot und einem Krieg aller gegen alle. In den Truppen des Kaisers gab es keinerlei Disziplin mehr. Niemand gehorchte mehr seinem Vorgesetzten, weil seit Monaten kein Sold mehr ausbezahlt worden war. Mit dem Schwert in der Hand nahm sich jeder, was er kriegen konnte und verteidigte es mit Zähnen und Klauen. Kaum war ich in der Stadt angekommen, da überfielen wilde Räubergesellen den Versorgungstross, dem ich mich angeschlossen hatte, und auch ich wäre sicherlich ausgeraubt worden, wäre ich nicht Arzt gewesen. Meinen Hund aber musste ich beschützen, indem ich ihn mir unter den Arm klemmte, denn sonst hätten die bärtigen Männer mit den stechenden Augen ihn ohne zu zögern geschlachtet, um ihn sich am Feuer zu braten. Zum Glück grassierten allerlei Krankheiten in der Stadt, und es gab keine Arzneimittel mehr, so dass ich trotz des Geldmangels der Soldaten bestimmt gute Geschäfte gemacht hätte, wenn die Lebensmittel nicht so teuer gewesen wären. So gab ich alles, was ich verdiente, für Brot, Fleisch und Wein aus, damit mein Hund und ich überleben konnten.

Ich kam kurz vor Weihnachten in Mailand an und erfuhr, Frundsberg sei schon vor geraumer Zeit mit zwölftausend Pikenieren in Italien erschienen und liege dem Herzog von Bourbon in den Ohren, dieser solle mit seinem Heer endlich von Mailand aus aufbrechen, damit sich die beiden Armeen unter seinem, das heißt Frundsbergs Oberkommando vereinigen könnten. Aber der Mangel an Geld, unter dem der Kaiser ständig litt, verhinderte dies. Die deutschen und spanischen Truppen in Mailand beteuerten zwar, sie wollten nichts lieber als diese verfluchte Stadt verlassen, um in reichere Gebiete zu ziehen, in denen noch etwas zum Plündern übrig war. Doch würden sie keinen einzigen Schritt marschieren, bevor sie nicht endlich den ausstehenden Sold ausbezahlt bekämen. Jeden Tag starben Männer an verschiedenen Krankheiten, und jede Nacht erschlugen die unglücklichen Einwohner von Mailand mehrere Räuber, weil sie nichts mehr zu verlieren hatten.

Das ganze Herzogtum war bis auf den letzten Sack Getreide, das letzte Huhn und Schwein ausgeraubt worden, und es gab in ganz Mailand kein unaufgeschlagenes Ei mehr. Trotzdem gelang es dem Herzog von Bourbon, aus dieser bis aufs Blut ausgeplünderten Stadt noch zwanzigtausend Dukaten an Zwangssteuern herauszupressen. Außerdem ließ er eilends sämtliche Silbervorräte samt Schmuck und Goldketten, sowohl aus seinem eigenen Besitz als auch das, was den kaisertreuen Anführern gehörte, zu Geld prägen, um offener Meuterei zuvorzukommen und die Truppen zum Abmarsch zu bewegen. Als Neuankömmling konnte ich nicht darauf hoffen, als Feldscher angeheuert zu werden, aber genauso wenig lohnte es sich für mich, in Mailand zu bleiben. So kaufte ich mir für teures Geld einen mageren Esel, belud ihn mit meinen Siebensachen und folgte den Truppen des Herzogs von Bourbon, als diese endlich Anfang Januar von heftigen Flüchen und Schimpfworten begleitet die Stadt verließen. So begann für mich das blutige und unvergessliche Jahr 1527.

Inzwischen war es bereits zu einigen Scharmützeln zwischen den Truppen des Herzogs von Urbino und der Heiligen Liga auf der einen und denen Frundsbergs auf der anderen Seite gekommen. Gewiss tat der Herzog von Urbino recht daran, die Armeen des Kaisers daran zu hindern, sich zu vereinigen. Aber nachdem er ein paar Niederlagen hatte einstecken müssen, zog er sich zurück, um sich zu überlegen, welches Vorgehen nun am ehesten der Sache Venedigs nützen würde. Wir trafen im Februar am Fluss Trebbia auf Frundsbergs Streitkraft, und gleich am ersten Abend kam es zu Schlägereien zwischen Spaniern und Deutschen, so dass ich viele Patienten zu behandeln hatte und so gut verdiente wie nach einer richtigen Schlacht. Der Streit entzündete sich an der Frage, ob der Kaiser den deutschen Pikenieren oder den spanischen Karabinieren mehr Sold schuldete, und welche der beiden Gruppen deshalb das Vorrecht auf die erste Geldsendung hatte, die vom Kaiser eintreffen würde. Die Deutschen schworen im Namen Gottes, keiner ihrer Männer habe mehr als die drei Gulden Handgeld in Deutschland bekommen, und nun sei der Kaiser ihnen bereits mehr als hunderttausend Dukaten schuldig. Das ganze Gezänk war allerdings völlig sinnlos, denn vom Kaiser war kein einziger Schilling bei der Armee eingetroffen. Der Herzog von Bourbon hatte nur dumm dahergeredet, als er meinte, der Sold werde wohl dann ausbezahlt werden, wenn die beiden Heere sich vereinigten.

So blieb der kaiserlichen Armee nichts anderes übrig, als in breiter Front auf Bologna zuzumarschieren. Dabei versuchte ein jeder nach besten Kräften, sich das, was er zum Überleben brauchte, durch Raub und Plünderungen zu beschaffen. Vom Herzog von Ferrara konnte sich der Herzog von Bourbon eine gewisse Summe Geldes leihen, weil dieser so schnell wie möglich die undisziplinierten Truppen loswerden wollte, die sein fruchtbares Land verheerten und ausplünderten, obwohl er des Kaisers bester und einziger Verbündeter in Italien war. Doch zwei Wochen später, nachdem wir Ferrara hinter uns gelassen hatten und uns kurz vor Bologna befanden, machte die des vielen Regens und des Hungers überdrüssige Armee erneut Halt, um den ausstehenden Sold einzufordern.

Weil mich keine Dienstverpflichtung an die Spanier band, die beim Bezahlen knauserig waren und deren Sprache ich nicht gut genug verstand, ergriff ich die erstbeste Gelegenheit und schloss mich Frundsbergs Truppen an, da ich an die Deutschen schon gewöhnt war. Als aber die Armee meuterte, sich dem Weitermarsch widersetzte und ihren Offizieren den Gehorsam verweigerte, erlebte ich in einer schwierigen Lage eine der größten Überraschungen meines Lebens. Der Herzog von Bourbon hatte das Geld, das er vom Herzog von Ferrara erhalten hatte, dummerweise nur an die Deutschen ausgezahlt. Kaum hatte ich meinen Esel an einen Ölbaum festgebunden und mich daran gemacht, einige Pikeniere zu behandeln, die sich nun nach der Soldzahlung von ihrer Franzosenkrankheit heilen lassen wollten, da stürzte sich eine Horde barfüßiger und verlotterter Spanier auf uns, um mich auszurauben.

Meine Patienten waren zu geschwächt, um sich verteidigen zu können, und außerdem hatten sie sich die Hosen bis auf die Knöchel hinabgezogen, damit ich ihre Leiden untersuchen konnte. So kamen sie nach dem ersten Schrecken nicht einmal dazu, die Flucht zu ergreifen. Meinen Esel hatte ich an einen Baum gebunden, und meine Truhe stand geöffnet daneben. So wäre ich verloren gewesen, wenn nicht auf die Hilferufe meiner Patienten hin ein kraftstrotzender Mann mit dem Schwert in der Hand herbeigelaufen wäre, um uns zu helfen. Unter furchtbarem Gebrüll und in beiden Händen sein Schwert schwingend vertrieb er die Spanier. Als ich mich umdrehte, um ihm zu danken, sah ich, dass ich vor Antti stand. Ich war mir seines Todes so sicher gewesen, dass ich ihn in diesem Augenblick für ein Gespenst hielt, das mein flehentliches Gebet aus den Gefilden der Unterwelt hervor beschworen hatte. Doch als Antti mich erkannte, schob er sein Schwert in die Scheide, drückte mir die Hand in seinen beiden Pranken und sagte:

»Na sowas, Michael, wie bist du denn um Gottes willen in diesem Wolfsrudel gelandet? Warum wanderst du umher wie ein Landstreicher, anstatt dich in Basel der Gelehrsamkeit zu widmen?«

Er drückte mir die Hand so schmerzhaft, dass ich wirklich daran glauben musste, dass er noch quicklebendig war. Auch mein Hund zeigte aufrichtige Freude über das Wiedersehen. Er sprang um ihn herum und wackelte mit seinem Schwanzstumpf, so dass ich Antti nicht mehr für ein Gespenst halten konnte. Antti setzte sich zu Boden, kramte seufzend einen großen Knochen aus seinem Tornister hervor, zerbrach ihn in seinen Pranken und biss ihn mit seinen Zähnen auf, um meinem Hund das Knochenmark darzubieten. Seine Schuhe waren so zerfetzt, dass seine knotigen Zehen daraus hervorblickten. Auch an seinem Hemd gab es eine Menge auszusetzen; hingegen erstrahlte sein Brustpanzer in fleckenlosem Glanz, und auch das Schwert war wie nagelneu. Ich fragte, wie er es geschafft habe, unbeschadet die Schlacht von Mohács zu überstehen, und wie es möglich sei, dass wir uns hier in dieser von Gott und dem Kaiser verlassenen und in ganz Italien verfluchten Armee begegnen konnten. Antti versetzte auf seine schlichte Art:

»Die Schlacht von Mohács habe ich aus dem einfachen Grunde überlebt, weil ich sie zum Glück gar nicht mitgemacht habe. Außerdem hat man mich in Ungarn auf mancherlei Weise gekränkt und beleidigt. Ich bin wohl nirgends zuvor so stolzen und heißblütigen Adeligen begegnet wie in jenem Land, so dass ich ganz und gar die Lust verlor, an ihrer Seite gegen die Türken zu kämpfen. Sie verachteten Geschütze und verließen sich nur auf ihre Ritterharnische und schnellen Schlachtrösser, als sie gegen die Türken zu Felde zogen, so dass sie mit wehenden Federbüschen und funkelnden Harnischen geradewegs auf die vielen hundert Geschütze zuritten, die der Sultan hinter seiner Vorhut verborgen hielt. Nach verlässlichen Berichten schossen die Türken auf Befehl des Sultans ihre Geschütze erst ab, als die ungarische Reiterei sich wenige Schritte vor den Kanonen befand, und dieser einzige Kanonenschuss hat dann die ganze Schlacht entschieden. So konnten die Truppen des Sultans die gesamte Armee der Christen binnen anderthalb Stunden niedermachen. Das war das Ende Ungarns. Nur wenige haben überlebt, die erzählen konnten, wie sich dies zugetragen hat.«

Trotz meiner Nachfragen war Antti nicht sehr erpicht darauf, mir mehr von seinen Erfahrungen in Ungarn zu erzählen. Doch erfuhr ich so viel, dass ein pelzbekleideter Magnat ihm mit dem flachen Säbel einen Schlag ins Gesicht versetzt hatte, weil er ihm nicht schnell genug den Weg freigemacht hatte. Wegen dieser Ehrverletzung hegte er nun einen Groll gegen das ganze Land. Er sagte: »In vielen Ländern bin ich ja schon umhergewandert, aber nie war das gemeine Volk in so elender und hoffnungsloser Verfassung wie in Ungarn. Den hohen Herren Ungarns bedeutet das Volk noch weniger mehr als Schafe und Pferde. Die Hirten und Bauern müssen sich mit zerlumpter Kleidung und trockenem Brot zufriedengeben, während die adeligen Herren sich in ihre Kleidung aus Seide, Gold und Pelze hüllen und prunkvolle Jagden veranstalten. So habe ich gehört, dass ganze Dorfgemeinschaften dort sich vor der Unterdrückung durch ihre Herren in die Länder des Sultans geflüchtet haben, weil der Sultan die Christen an und für sich nicht verfolgt, sondern ihnen freie Religionsausübung gestattet und sie auch nicht durch seine Steuereintreiber mit Wucherabgaben bedrängt. Auch deswegen habe ich jede Lust verloren, für den verstorbenen König von Ungarn zu kämpfen. Soweit ich gehört habe, sollen jetzt mindestens zwei der adeligsten Herren Ungarns um die Gunst des Sultans wetteifern, um als seine gehorsamen Vasallen mit der ungarischen Krone belohnt zu werden.«

Mehr wollte er von Ungarn nicht berichten, sondern nahm mich unter seine Fittiche und brachte mich zu seinen Kameraden, denn etwa zwanzig Pikeniere hatten ihn zu ihrem Anführer gewählt. Sie hatten ein halb zerfetztes Zelttuch als Schutz vor dem Frühjahrsregen aufgestellt, und in einem Topf köchelte eine Mehlsuppe vor sich hin, die sie in ihrer Barmherzigkeit und auf Anttis Befehl hin mit mir teilten. So taten wir uns beide zu meinem Glück wieder zusammen, denn schon am gleichen Abend brach im Lager eine offene Rebellion aus. Die deutschen Pikeniere mussten sich zu voller Kampfbereitschaft formieren, um sich gegen die wütenden Spanier verteidigen zu können. Diese waren über ihre Anführer hergefallen, beschossen deren Zelte mit Arkebusen, forderten Geld und drohten, sie würden sich ihren Sold aus dem Fleisch des Herzog von Bourbon schneiden, so dass der Herzog in seiner Not in Frundsbergs Zelt fliehen musste, das von Pikenieren geschützt wurde.

Kaum war es dann am nächsten Tag den Unterführern gelungen, die Spanier zu beruhigen, da begannen die deutschen Pikeniere zu klagen und sich an all ihre Strapazen zu erinnern, die sie erlitten hatten, indem sie einander ihre löchrigen Schuhe und zerfetzten Kleider vorwiesen. Gegen Mittag begannen sie Frundsbergs Zelt zu belagern und brüllten im Chor, man habe sie betrogen, und forderten nun auf der Stelle die Endabrechnung. Auch Antti meinte, es sei eine Teufelei, dass man den Spaniern Geld gegeben habe und nicht ihnen, denn warum hätten sich die Spanier wohl wieder beruhigt, wenn ihnen nicht heimlich Geld ausbezahlt worden wäre? Er erzählte, unter welch schlimmen Strapazen sie sich in Frost und Schnee durch die engen Alpenpässe gekämpft hatten, nachdem die großen Durchgangsstraßen von feindlichen Truppen abgeriegelt worden waren. Die Pikeniere hätten den feisten, fetten Frundsberg hinter sich her ziehen und von hinten schieben und mit ihren Piken einen Schutzwall um ihn bilden müssen, damit er nicht in eine der vielen Schluchten stürzte. Auch habe sich ihre Lage in Italien wegen des sintflutartigen Regens nicht sehr verbessert, sondern sie hätten viele gute Männer verloren, als sie die Hochwasser führenden Flüsse überquerten. Ihre Schuhe seien im Morast stecken geblieben und sie hätten Hunger und Kälte zu ertragen gehabt. Deshalb verstehe er durchaus, dass ihr Maß nun voll sei.

So gelangte ich an Anttis Seite zu den Kameraden, die sich vor Frundsbergs Zelt drängten. Ich schrie aus vollem Halse mit ihnen nach Sold und Nahrung, bis Frundsberg aus dem Zelt trat. So sah ich zum ersten und letzten Mal diesen großen Feldherrn, dessen bloßer Name überall Furcht und Ehrerbietung erweckte. Indem er lediglich das Handgeld zahlte, hatte er in Deutschland wieder einmal eine ganze Armee für den Kaiser aus dem Boden gestampft. Sein stämmiger, stierhafter Leib mit seinem fassbodengroßen Gesicht brachte die Pikeniere für einen Augenblick zum Schweigen, und einige begannen bereits, Hochrufe auf ihn auszubringen. Aber dann ging das Geschrei von neuem los; die Soldaten schleuderten ihm ihre aufgeweichten und zerlöcherten Schuhe vor die Füße, rissen sich die Hemden auf, um zu zeigen, wie abgemagert sich ihre Rippen unter dem Stoff abzeichneten, und forderten wütend ihren Sold ein.

Frundsberg fluchte, brüllte und stampfte mit den Füßen auf, um sich Gehör zu verschaffen. Dann redete er in versöhnlichem Ton auf sie ein, nannte sie seine Freunde und Waffenbrüder und erinnerte sie an die zwanzig Schlachten, in denen er die Sache des Kaisers zum Sieg geführt und den deutschen Pikenieren beispiellosen Ruhm beschert habe. Aber seine Waffenbrüder, die er alle mit Namen ansprach, brüllten ihn nieder und verlangten, er solle die Schnauze halten. Sie riefen, er solle von diesem Ruhm endlich Brotscheiben abschneiden und sie an die Leute verteilen, denn sie hungerten und könnten wegen des ständigen Regens ihre Kleider nicht trocken kriegen, obwohl sie von den wohlhabenden, verlockenden Städten des Herzogtums Ferrara umgeben seien, in denen es mehr als genug Nahrung, Wein und Mädchen gebe.

Frundsberg war es nicht gewohnt, dass seine Leute gegen ihn meuterten. Er wurde fuchsteufelswild, sein großes, volles Gesicht quoll gleichsam auf und wurde blaurot. Er schrie so laut, dass seine Stimme sich überschlug. Er erinnerte die Leute an die Kriegsartikel, auf die sie einen Eid abgelegt hatten. Außerdem drohte er, jeden Rädelsführer zum Spießrutenlauf zu verurteilen. Doch solche Drohungen erbitterten die Pikeniere nur noch mehr. Sie riefen, Frundsberg könne sich nicht auf die Kriegsartikel berufen, denn darin stünde auch schwarz auf weiß, dass die Pikeniere den ihnen zustehenden Sold regelmäßig und höchstens mit einem Monat Verspätung erhalten sollten. Plötzlich richteten die Frundsberg am nächsten stehenden Männer ihre Piken auf ihn, und Dutzende funkelnder Speerspitzen umgaben seinen mächtigen Leib. Das war kein Anblick, den sich ein auf seine Ehre bedachter Feldherr gefallen lassen konnte.

Es war also kein Wunder, dass Frundsberg sich zutiefst gekränkt fühlte. Tränen traten ihm in die Augen, und nach ein paar hilflosen Gesten begann er zu wanken und sank sprachlos zu Boden, obwohl keine einzige Speerspitze ihn berührt hatte. Dies erschreckte die Aufrührer so sehr, dass sie verstummten und sich still zurückzogen. Über das ganze Lager senkte sich eine jähe Totenstille. Ich hatte zum Glück ein Aderlassmesser bei mir, so dass ich dem großen Feldherrn erste Hilfe leisten konnte. Ich ließ ihn an der Ellbogenbeuge zur Ader und verschaffte ihm so Erleichterung. Aber es hatte ihn bereits der Schlag getroffen; er konnte seine Glieder nicht mehr bewegen und auch nicht mehr sprechen, sondern er rollte nur hilflos mit seinen blutunterlaufenen Stieraugen, so dass es ein Jammer war, ihn in dieser Lage sehen zu müssen. Er wurde dann nach Ferrara in ärztliche Obhut gebracht, jedoch erholte er sich nie mehr von den Folgen des Schlaganfalls.

Gewiss aber geschah dies auf Gottes geheimen Ratschlag hin, denn so verloren die deutschen Pikeniere ihren einzigen Anführer, dessen Autorität groß genug war, um unter ihnen Zucht und Ordnung einigermaßen aufrecht zu erhalten. Zwar übernahmen seine beiden Obersten sogleich das Kommando, und der Herzog von Ferrara zahlte noch weitere fünfzehntausend Dukaten, nachdem ihm klar geworden war, dass höchste Not bestand und seinem Land die Plünderung drohte. So bekam jeder Mann einen Dukaten ausbezahlt und gab sich damit zufrieden. Jedoch waren alle aufs höchste bestürzt und wussten nicht, wie es nach diesem Unglück weitergehen sollte.

Der Herzog von Bourbon rief unterdessen seine Obersten und Hauptleute zusammen und forderte sie auf, in ihren Truppenteilen von all den Reichtümern zu erzählen, die sie in Florenz und Rom erwarteten. Auf diese Weise kehrte im Lager wieder so etwas wie Ordnung ein, und die Truppen waren bereit, gen Florenz und Rom zu marschieren. Da traf plötzlich, wie um dem ganzen Chaos die Spitze aufzusetzen, aus Rom der Oberhofstallmeister des Kaisers ein und verkündete, Herr de Lannoy, der Vizekönig von Neapel, habe aufgrund der ihm vom Kaiser verhängten Privilegien eigenmächtig Frieden mit dem Papst geschlossen. Ich weiß nicht, der wievielte Friedensschluss dies im Laufe desselben Winters war, denn ein- oder zweimal hatte der Papst bereits Frieden geschlossen, ihn dann aber wieder gebrochen. Diesmal hatte er jedenfalls sechzigtausend Dukaten gezahlt, wie es der Friedensvertrag vorsah, und diese Summe brachte der Oberhofstallmeister mit, um sie an die Truppen auszuzahlen und die Armee dann mit anderen Aufgaben zu betrauen.

Wenn das eben zu Ende gegangene Spektakel schon außerordentlich gewesen war, so habe ich doch nie ein solches Getöse gesehen, wie es sich auf diese Nachricht hin erhob. Während die Unterredung im Zelt des Herzogs von Bourbon noch andauerte, schwärmten die Hauptleute aus, um sie ihren Truppen bekanntzugeben. Nun drohte der ganzen Armee eine Gefahr, welche die Hoffnung auf reiche Beute zunichtemachte, und deshalb vergaßen Spanier und Deutsche ihren alten Groll aufeinander. Plötzlich nannten sie einander Waffenbrüder und liefen einmütig zum Hauptquartier, um des Oberhofstallmeisters habhaft zu werden. Sie hätten ihn sicher umgebracht, wenn ihm nicht ein Offizier aus Mitleid sein Pferd geliehen hätte, so dass ihm die Flucht gelang. Hastig bildeten die Soldaten einen Kriegsrat, der jeweils zur Hälfte aus Spaniern und aus Deutschen bestand, und schickten eine Abordnung zum Herzog von Bourbon, um bei ihm nachzufragen, was er nun vorhabe, da die Armee auf jeden Fall den Feldzug fortsetzen wolle, entweder unter den bisherigen Anführern oder nachdem man sich neue Anführer gewählt hätte.

Der Herzog von Bourbon führte eine freundliche Unterredung mit den Mitgliedern des Soldatenrates und sagte, er habe sich aufgrund der vielen Missgeschicke und Ungerechtigkeiten, die er habe erfahren müssen, die Worte *Omnis spes in ferro* zum Wahlspruch erwählt, das heißt: »Meine ganze Hoffnung setze ich auf mein Schwert«. Wenn also die Armee wirklich beschlossen habe, den Feldzug fortzusetzen, dann wolle er sie mit Gottes Hilfe bis nach Rom führen, selbst wenn sein Lohn dafür der Zorn des Kaisers sei. Er habe nämlich nichts mehr zu verlieren, weil er, einst Konnetabel Frankreichs, vor der Welt als Verräter seines Königs gelte, und der Kaiser habe ihm seine Verdienste längst nicht gebührend vergolten. Als der König von Frankreich den Friedensvertrag gebrochen hatte, habe er sämtliche Privilegien verloren, die der Kaiser für ihn gefordert hätte, und er verabscheue keinen mehr als Herrn de Lannoy, den Günstling und Statthalter des Kaisers in Italien. Deshalb sehe er keinen Grund, warum er sich an den von Herrn de Lannoy geschlossenen Friedensvertrag halten solle. Im Gegenteil, er meinte, der Sache des Kaisers am ehesten nützen zu können, wenn er diesen Vertrag außer Kraft setze, schließlich habe auch der Papst stets, wenn es seiner eigenen Sache nützte, die von ihm selbst abgeschlossenen Friedensverträge gebrochen.

»Eins noch, meine lieben Herren und heldenhaften Waffenbrüder«, fuhr er fort, »wenn ihr nichts dagegen habt, werdet ihr mir wohl gestatten, dass ich dem Kaiser schreibe, ich sei euch gezwungenermaßen gefolgt, damit diese ehrenvolle und unbesiegte Armee nicht etwa ohne Anführer zugrunde geht.«

Der Soldatenrat, dem zwölf Männer angehörten, weil es auch zwölf heilige Apostel gegeben hatte, antwortete ihm frohgemut und wie aus einem Munde, er könne dem Kaiser allen möglichen Mist schreiben, um sich vor ihm zu rechtfertigen, sofern er ihnen nur folge. Sie seien mit ihm völlig der gleichen Meinung, dass ihr ganzes Wohl und ihre Hoffnung auf ihren Schwertern liege. Sie hätten nicht vor, sich hier in Italien vom Kaiser verlassen aufzulösen und zur Räuberbande zu werden, weil sich dann vielleicht der Herzog von Urbino mit seinen gut ausgebildeten Truppen über sie hermachen würde, damit sie nicht in die Besitzungen Venedigs einfielen.

Der Herzog von Ferrara lieferte noch die nötigen Mengen an Lebensmitteln und Fahrzeugen sowie Pulver und einige leichte Geschütze, um diese furchtbaren und undisziplinierten Horden endlich loszuwerden. Dann setzten wir Ende März unseren Marsch fort. Nach ihrem Aufbruch wurde die Armee, einer Lawine gleich, immer größer, denn es schlossen sich uns all die vielen politischen Flüchtlinge in Italien an, die in Ränke gegen die Signoria der allererlauchtesten Republik oder auch die Medici in Florenz verwickelt gewesen waren. Auch alle Verbrecher und Straßenräuber, die außerhalb des Gesetzes standen, folgten dem Banner des Kaisers, denn sie witterten bereits die Möglichkeiten eines unerhörten Raubzuges. Von der Universität zu Bologna erschienen in geschlossener Formation sechshundert deutsche Studenten, die ihre Gesetzbücher weggeworfen hatten und sich uns anschlossen, um für Luther und gegen den Papst kämpfen zu können.

Unter diesen Studenten traf ich auch Sebastian Lotzer wieder. Er begrüßte mich mit leuchtenden Augen und schien den Groll, den wir aufeinander gehabt hatten, nachdem wir auf so traurige Weise in Baltringen voneinander geschieden waren, völlig vergessen zu haben. Er führte so begeisterte Reden, dass ihm der Speichel aus dem Mund spritzte. Mit dem Schwert in der Hand führte er die übrigen Studenten an, die ihn zu ihrem Hauptmann gemacht hatten. Er sagte: »Michael, Michael, mein Bruder, endlich erblüht dieses Zeitalter vor unseren Augen, die Prophezeiung des großen Patrioten Ulrich von Hutten wird wahr, und wir satteln unsere Rösser, um nach Rom zu reiten und dieses Teufelsnest mit Schwert und Feuer auszuräuchern. Wahrlich, wir werden den Thron des Papstes für alle Zeiten stürzen und Luther zum Papst machen, damit er von Nürnberg oder Augsburg aus herrsche. Wir verhelfen dem Heiligen Römischen Reich wieder zu alter Größe, auf dass es als Herr der Welt tausend Jahre oder noch länger herrschen möge, so dass deutscher Glaube, deutsche Messe, deutsche Tugend und deutsche Ordnung der ganzen Welt zum Segen gereichen werden.«

Aber ich hatte für Sebastian keine große Bewunderung mehr übrig, und deshalb sagte ich: »Du hast doch weder Ross noch Sattel! Das Studium des römischen Rechts scheint aus dir auch keinen fähigeren Kämpfer als früher gemacht zu haben, als du die Bauern erst aufstacheltest und sie dann, als schwierigere Zeiten anbrachen, im Stich ließest.«

Dieser Tadel traf ihn schwer und kränkte ihn zutiefst, so dass sein Gesicht sich rötete und er erregt versetzte: »Offenbar bist du der gleiche Kriecher wie schon früher, Michael Pelzfuß. Du wanderst mit der Schnauze am Boden schnüffelnd umher und schaffst es nicht, deinen Kopf zu den Wolken zu erheben, wo hehre Gedanken adlergleich umherfliegen. Das mit den Rössern und Satteln meinte ich bildlich, so wie Poeten sprechen. Meine Füße ertragen den Marsch nach Rom genauso gut wie deine, und vielleicht bringt mein Schwert in diesem Kriege mehr zustande als dein Aderlassmesser und deine ganzen Brechmittel.«

Doch bald gefror auch ihm das Lächeln. So mancher Mann blieb nämlich erschöpft in den Schneeverwehungen am Wegesrand zurück, wurde zum Fraß der Wölfe oder zum Opfer gewalttätiger Bauern und knüppelbewehrter Hirten. Um die vom Feind besetzten Täler der Toskana zu umgehen, führte uns der Herzog von Bourbon nämlich auf der Gebirgskette der Apenninen, dem Rückgrat Italiens, durch höchst unwegsame Gebirgspässe. Der Frühling war verspätet angebrochen, in den Bergen schneite es, die Verpflegung ging zur Neige, und in diesen öden Gegenden gab es nichts zu plündern, so dass so mancher Mann sich seiner Mutter und seiner heimatlichen Gefilde erinnerte und lieber umgekehrt wäre, wenn dies möglich gewesen wäre. Als Brot und Mehl ausgegangen waren, wies der Herzog von Bourbon von einem Berggipfel aus auf das reiche und fruchtbare Land, das sich vor uns ausbreitete, ein Land, dessen grün erblühte Ebene von dem mächtigen, in rascher, grün-gelblicher Strömung angeschwollenen Fluss Arno durchflossen wurde. Die Reichtümer Florenz' und Roms zeichneten sich schon vor unseren Augen ab, so als bräuchten wir nur mit den Händen danach zu greifen. So rannten wir die Berge hinab und glichen dabei eher einer zerlumpten, wildgewordenen Räuberbande als der geordneten Armee des Kaisers.

Der Oberkommandierende der alliierten Truppen, der Herzog von Urbino, der dem kaiserlichen Heer in gebührendem Abstand gefolgt war, hatte sich in eine Badekur begeben, nachdem er gemerkt hatte, dass wir die Grenzen Venedigs in sicherem Abstand umgangen hatten. Ich erfuhr, dass er Venedigs berühmten Maler Tizian zum Zeitvertreib ein Porträt von König Franz anfertigen ließ, wobei ihm Metallreliefs und Abbildungen des Königs auf französischen Münzen als Muster dienten. Eine Kopie dieses Porträts sandte er an den König nach Frankreich, sicher um ihm zu danken, denn König Franz behelligte ihn nicht und mischte sich auch nicht in den Krieg ein. Der König meinte wohl, er habe genug für die Heilige Liga getan, nachdem er ihr in der Stadt Cognac reiche und großzügige Geschenke versprochen hatte und sich dann, seine Versprechungen vergessend, dem fröhlichen Leben eines galanten

Ritters hingab. Er schien zu glauben, er habe sich jegliche Entschädigung für die Unbilden verdient, die er in seiner langen Gefangenschaft hatte ertragen müssen. Wenn die Gesandten des Papstes und Venedigs ihm wieder einmal allzu lange mit flehentlichen Hilfeersuchen in den Ohren lagen, gab er ihnen bereitwillig neue Versprechungen und machte sich dann wieder auf die Jagd, um ja nur ihrem aufdringlichen Gejammer zu entkommen.

Aber als wir endlich die Arno-Ebene erreicht hatten, sah sich Florenz höchster Gefahr ausgesetzt, und auch der Herzog von Urbino wachte endlich auf und ließ seine Truppen durch die Toskana marschieren, um Florenz zu sichern, da die Florentiner ihm hierfür die Burg von Montefeltro samt den dazugehörigen Ländereien versprachen, sofern er ihre Sicherheit garantierte. Außerdem wurde ihm bedeutet, Florenz werde sich nach dem Sturz Roms erheben und für seine alte Freiheit kämpfen, die Republik wiederherstellen und die Medici vertreiben, die ihm verhasst waren.

Ich weiß nicht, ob der Herzog von Urbino für die Freiheit von Florenz tatsächlich eine Schlacht gewagt hätte, aber allein die Nachricht vom Anmarsch seiner Truppen bewog den Herzog von Urbino, das Sichere dem Unsicheren vorzuziehen, und so rückten wir unter großen Mühen und in langen Tagesmärschen weiter in Richtung Rom vor, damit der Papst, der nach Abschluss seines Friedensvertrages seine Truppen in gutem Glauben entlassen hatte, sich nicht für eine Verteidigung der Heiligen Stadt rüsten konnte. So eilten wir immer weiter, und das glänzende Traumgebilde, das uns vor Augen stand, ließ uns unsere Not und unseren Hunger vergessen. Wir trieben die Lasttiere und uns einander zur Eile an, ließen sogar die Geschütze stehen, und kein anderer Gedanke fand mehr in unseren Köpfen Platz als das Zauberwort: Rom, Rom!

Diese wenigen fieberhaften und entbehrungsreichen Tage sind mir nur noch nebelhaft in Erinnerung geblieben. Aber ich erinnere mich genau, wie ich einmal, als ich vorwärts stolperte und mich an dem Gepäck auf meinem Esel festklammerte, mich umsah und um mich herum diese eilig vorwärts stürmenden, abgerissenen Gestalten mit ihren bleichen Gesichtern und brennenden Augen wahrnahm, als handelte es sich bei ihnen um eine graue, wogende Wolfsmeute. In acht Tagen marschierte die Arme, völlig erschöpft von den in den Bergen erlittenen Strapazen und Hunger leidend, aus der Gegend von Florenz bis vor die Tore Roms. Zwischen Bologna und Rom wuchs die Zahl ihrer Männer von zwanzigtausend auf dreißigtausend, denn auch die Soldaten des Papstes, die ihren Laufpass bekommen hatten, schlossen sich gerne der kaiserlichen Armee an, nachdem wir die Umgebung Roms erreicht hatten.

In den kurzen Pausen der Nachtruhe tönten Hammerschläge an den Lagerfeuern, wenn die Männer in ihrer Ungeduld Sturmleitern zimmerten. Gleichzeitig strömten uns Flüchtlinge mit ihren Fuhrwerken entgegen, die mit ihren Habseligkeiten beladen waren. Am fünften Mai erstürmten wir den Monte Mario, und in den goldenen Strahlen der untergehenden Sonne erblickte ich die Mauern, Tore, Dächer und Kirchtürme der Ewigen Stadt vor mir. Ich sah die Heilige Stadt, zu der die Christenheit seit tausend Jahren gepilgert war, das Herz voller Gebete und frommer Hoffnung auf Vergebung ihrer Sünden. Ich sah die Stadt, deren Kirchen, Altäre und Reliquienschreine all das Gold und Silber zierte, das seit einem Jahrtausend aus allen Ländern nach Rom geströmt war.

Ich glaube, eine ähnliche Rührung überkam auch alle anderen, als wir stehenblieben, ganz außer Atem verstummten und diesen jäh Wirklichkeit gewordenen Traum vor uns sahen. Ich weiß auch nicht, ob Rom den Augen der Millionen Pilger je so herrlich, so großartig und so unwiderstehlich anziehend vorgekommen war wie unseren Augen, als es im Licht der Abendsonne wie ein riesiger goldener Reliquienschrein vor uns lag, den wir nur aufbrechen mussten, um das vergangene Zeitalter in den Abgrund zu stürzen. Der Herzog von Bourbon hatte sein Ross auf dem höchsten Gipfel des Berges angehalten, und die untergehende Sonne ließ seinen versilberten Harnisch gleichsam Blitze sprühen. Nach kurzer, atemloser Stille entrang sich zahlreichen Kehlen ein Seufzen und dann ein Gebrüll, und der Herzog, das hagere Antlitz mit brennenden Augen der Stadt zugewandt, begann mit lauter Stimme Befehle zu bellen, mit denen er den Truppen ihre Stellungen vor den Toren Roms zuwies, um gleich am nächsten Morgen mit dem Ansturm auf die hohen Mauern beginnen zu können.

Kapitel 3

Ob sich wohl je eine Armee in genauso verzweifelter Lage befunden hatte wie unsere zerlumpte Truppe, als wir uns vor den hohen Mauern und Türmen Roms lagerten? Unser Vorrat an Brot reichte nämlich nur noch für einen Tag, und es näherte sich uns in gemächlichem Marsch das gut ausgebildete und disziplinierte Heer der Heiligen Liga, das drohte, uns an den im Dunkel der Nacht so unüberwindlich scheinenden Mauern zu zerquetschen. Wir hatten keine Geschütze, um die Mauern zu durchbrechen, und die spanischen Arkebusiere verfügten über so wenig Pulver, dass sie höchstens ein paar Schüsse abgeben konnten, denn das meiste Pulver war durch den ununterbrochenen Regen nass und wertlos geworden. Als ich im Schein der Lagerfeuer an den sich bis zum Himmel erstreckenden Mauern hochsah, kam es mir vor, als könnten wir die Mauern genauso gut mit hölzernen Hämmern bearbeiten, als sie mit unseren Piken und Schwertern zu erobern.

Der Herzog von Bourbon hatte die Obersten und Hauptleute zum Kriegsrat ins St.-Onofrio-Kloster zusammengerufen, doch hielten gleichzeitig zahlreiche Soldatenräte ihre Versammlungen an den Lagerfeuern ab. Die Spanier hatten ihre eigenen Versammlungen, genauso wie die Deutschen. Diese Zusammenkünfte wurden von Pikenieren und Soldaten mit Büchse und brennender Lunte bewacht, die jeden Unbefugten, der vorbeikam, mit barschen Worten vertrieben. Den Spaniern war es am wichtigsten, die Plünderung der Stadt zu sichern, denn sie fürchteten, dass Verhandlungen und eine Einigung sie in letzter Minute um die ungeheure Beute bringen könnten. Bei den Deutschen hingegen stand der unbedingte Wille im Vordergrund, dass es dem Papst keinesfalls gestattet werden dürfe, sich aus dem Staub zu machen, sondern erst sollten ihm alle seine ungeheuren Schätze abgenommen und danach er selbst aufgehängt werden. Aber auch die Deutschen hegten den Verdacht, die Anführer könnten sie im letzten Augenblick um die Früchte des Sieges bringen. Deshalb machte sich im Lager im Laufe der Nacht immer mehr ein nagendes Misstrauen gegen die Anführer breit, denn sowohl Spanier als auch Deutsche waren entschlossen, ihr Blut und ihr Leben dafür einzusetzen, um an eine Beute zu kommen, wie sie noch keine Armee der Christenheit jemals hatte erringen können.

Seit Bologna hatten sich diese geheimen Soldatenräte unter den Truppen eine größere Entscheidungsmacht angeeignet als selbst die Offiziere. In dieser Nacht schickten die einzelnen Räte Gesandte unter sich hin und her. Etliche Vorschläge wurden ausgetauscht, wie die Machtbefugnisse der Befehlshaber beschnitten werden könnten. Die Spanier erwiesen sich dabei am listigsten und sagten: »Der Herzog von Bourbon hat uns nicht ohne Glück und Geschick an unser Ziel geführt, und dafür sind wir ihm jeden Dank schuldig. Aber jetzt brauchen wir ihn nicht mehr, denn wenn wir diese Mauern ohne Geschütze überwinden wollen, dann kommt es nur auf die Kraft unserer Arme und unseren Mannesmut an, und dazu brauchen wir keinen Oberbefehlshaber, der sich den Löwenanteil an der Beute in die eigene Tasche steckt, so wie es die Kriegsartikel bestimmen. Euch Deutsche hat schon ein bitteres Unglück getroffen, weil ihr euren verehrten Anführer Frundsberg verloren habt. Deshalb wäre es nur recht und billig, wenn wir unsererseits den Herzog von Bourbon verlören, da er uns nach der Eroberung Roms wohl mehr zum Schaden als zum Nutzen gereichen dürfte.«

Die Deutschen sagten: »Es wäre wirklich eine erstaunliche Fügung des Schicksals und ein rechtes Glück für uns, wenn dieser stolze und herrschsüchtige Herzog beim Angriff ums Leben käme, denn wir fürchten, er wird den Papst und die Kardinäle unter seinen persönlichen Schutz stellen. Dabei hätten wir dem Papst und seinen geistlichen Kollegien allerhand ernste Dinge auseinanderzusetzen und wichtige Fragen vorzulegen, wollen wir doch über die vielen schwierigen Einzelheiten der Lehre von der Seligkeit endlich Klarheit erlangen, über die unser lieber Luther und der Papst verschiedener Meinung sind.«

Noch in der Nacht breiteten sich im ganzen Heer Gerüchte über diese geheimen Verhandlungen aus, so dass es kaum jemanden gab, der nicht irgendetwas davon erfahren hätte. Auch verbreitete sich die Kunde, der Papst habe eine Bannbulle über den Herzog von Bourbon verhängt, wovon dieser so erschüttert gewesen sei, dass er sich nach dem Kriegsrat mit seinem Beichtvater im Kloster eingeschlossen habe. Früh am Morgen erhoben sich Nebelwolken aus den Sümpfen und Niederungen der Umgebung, und während Trommeln und Hörner dröhnend zum Angriff riefen, hing dichter Nebel über den Mauern Roms, so dass wir alle froher Hoffnung waren, denn der Nebel schützte unsere Truppen vor den Arkebusen und Geschützen der Verteidiger. Im Schutz des Nebels wurden an zwei Stellen der Mauer Sturmleitern aufgestellt. Doch die Verteidiger wehrten beide Angriffe mit ihren Arkebusen und im Handgemenge ab, und aus der Engelsburg begannen Geschütze die Angreifer unter dumpfem Getöse zu beschießen, obwohl der Nebel ein genaues Zielen verhinderte. Trotzdem tötete eine Geschützkugel das Pferd des Fürsten von Oranien, so dass dieser mit dem Gesicht im Matsch aufschlug. Doch er blieb wie durch ein Wunder unverletzt.

Trotz der Geschützkugeln und der ziellos abgegebenen Schüsse ritt der Herzog von Bourbon die Reihen entlang. Sein weißes Gewand flatterte, und der silberne Harnisch glänzte nur so, weshalb ihn jeder leicht erkennen konnte. Seine knochendürre Nase war länger als je zuvor, und in seinem hageren Gesicht waren die Wangen eingefallen und gezeichnet von den Strapazen des Feldzugs, doch seine Augen funkelten. Er trieb er seine Männer nach Kräften zum Angriff an, wobei er nicht begreifen konnte, was für eine seltsame Unlust und Mattigkeit die Reihen der Spanier und Deutschen überkommen hatte. Die Spanier begnügten sich damit, die Gabeln ihrer Arkebusen ins Erdreich zu stoßen und die Mauern ins Visier zu nehmen, während die Deutschen die Köpfe zusammensteckten und sich flüsternd miteinander besprachen. Niemand wollte als Erster den Angriff wagen, in dem bereits mehrere Männer einen traurigen Tod gefunden hatten.

Dem Herzog entging dies nicht. Bei der Mauer am Campo Santo sprang er wütend von seinem Ross, befahl den Pikenieren, die Sturmleitern aufzustellen und lief als Erster auf die Mauern zu. Es gelang uns, mehrere Sturmleitern gleichzeitig an die Mauern zu stellen, während Nebelfetzen wolkengleich über unseren Köpfen hingen. Es weiß wohl kein Augenzeuge mit Sicherheit, was dann geschah, denn als der Herzog seinen Fuß auf die erste Sprosse setzte, wurden gleich mehrere Schüsse sowohl von den Mauern als auch von den spanischen Arkebusieren abgefeuert, und der Herzog von Bourbon stürzte zu Boden, wobei er mit lauter Stimme ausrief: »Heilige Mutter Gottes, ich sterbe!«

Die Kugel aus einer Arkebuse hatte seine Leistengegend durchdrungen. Die Soldaten, die sich gerade zum Angriff bereitmachten, hoben ihn auf, und der Fürst von Oranien warf sein Obergewand über ihn, damit er nicht mehr von der Mauer aus beschossen werden konnte. Man brachte ihn in die Kapelle eines nahegelegenen Weinguts, und er konnte noch die heiligen Sakramente empfangen, die sein Beichtvater ihm spendete und so der Bannbulle des Papstes trotzte. Wenige Stunden später starb er. Noch im Todeskampf riss er sich den Verband von seiner Wunde, versuchte sich aufzurichten und rief mit furchterregender Stimme: »Nach Rom! Nach Rom!« Aus der offenen Tür der Kapelle drang dieser Ruf bis an die Ohren der Soldaten, die gerade die Mauern zu stürmen versuchten.

Viele Geschichtsschreiber haben mit großer Beredsamkeit dargestellt, wie die Armee des Kaisers dann zu ihrem vernichtenden Angriff überging, um den Tod ihres Oberbefehlshabers blutig zu rächen. Doch um der Wahrheit die Ehre zu geben: Die Spanier und Deutschen erwachten erst dann aus ihrer Mattigkeit, als sie sich sicher waren, dass er tatsächlich im Sterben lag und ihnen nicht mehr im Weg stand. Erst dann gingen sie ernsthaft zum Angriff über, spornten einander an und riefen, nun könne kein Befehlshaber mehr die Plünderung Roms verhindern. So mancher Mann forderte dann für sich die Ehre ein, dem Herzog von Bourbon den tödlichen Schuss versetzt zu haben, und mindestens fünf Römer schworen bei den heiligen Sakramenten, sie hätten ihn durch ihren Schuss niedergestreckt. Am eifrigsten von denen, welche diese Ehre für sich in Anspruch nahmen, war ein gewisser Goldschmied und Erzlügenbold Benvenuto Cellini, der die Kanonen in der Engelsburg ausrichtete, weil der Kommandant der Burg die Geschütze mit Künstlern und anderem Gesindel bemannen musste, nachdem der Papst seine Truppen entlassen hatte. Was von deren Prahlereien zu halten ist, überlasse ich dem Urteil meiner verständigen Leser. Ich meinerseits bin davon überzeugt, dass es ein spanischer Arkebusier war, der, von seinen Kameraden angestiftet, den Herzog erschoss.

Jedenfalls begannen Spanier und Deutschen gleich, nachdem der Herzog von Bourbon noch im Tode seinen allerletzten Angriffsbefehl gegeben hatte, einen edlen Wettstreit, wer mit größerer Entschlossenheit gegen die Mauern anstürmte. Die Spanier entdeckten im Garten des Kardinals Armellini ein Haus, das fest mit der Mauer verbunden war und von dem aus ein eilends mit Kies verstopfter Kellergang in die Stadt führte. Während sie diesen Gang freischaufelten, brachten die deutschen Pikeniere ihre Sturmleitern reihenweise an der Mauer beim Heilig-Geist-Tor an, und als Erster schaffte es ein gewisser Nikolai lebendig auf die Mauer, ein Prediger, der das ehrbare Handwerk des Seidenwebers aufgegeben hatte, um das unverfälschte Wort des Evangeliums zu verkünden. Der Zweite war Antti, der mit seinem riesigen Schwert die Geschützknechte zu Boden hieb und sich sogleich seinem eigentlichen Handwerk zuwandte, indem er die Geschütze auf die Stadt und die Engelsburg ausrichtete. So drangen Spanier und Deutsche etwa gleichzeitig gegen Mittag in die Stadt ein. Als ich sah, dass sich das Heilig-Geist-Tor öffnete, alle Pikeniere in die Stadt strömten und Antti bei seinen Geschützen auf der Mauer noch mehr Helfer benötige, überließ ich meine Verwundeten der Obhut Gottes und stieg eilends auf der Leiter die Mauer hinauf, um Antti dabei zu helfen, die Kanonen zu laden und abzufeuern. Es schien mir nämlich auf der Mauer keine Gefahr mehr zu bestehen, außer dass man in den Blutlachen ausrutschen oder über die Leichen stolpern konnte.

Die Verteidiger auf den Mauern und an den Toren wurden kopflos vor Angst und flüchteten, als sie sahen, wie die Angreifer alles niedermachten, was sich ihnen entgegenstellte. An einigen Straßenecken versuchten wenige von ihnen noch, in aller Eile Barrikaden zu errichten. Aber die ungestümen Truppen des Kaisers fegten sie hinweg, so wie eine Flut

Strohhalme wegschwemmt. Die Männer ließen sich kaum Zeit, in den nächsten Häusern gegen den gröbsten Hunger einen Laib Brot oder ein paar Zwiebeln zu stehlen und stürmten dann sogleich weiter, wobei sie jeden zu Boden schlugen und töteten, der ihren Weg kreuzte.

Beim Obelisken vor dem Petersdom metzelten sie die päpstliche Schweizergarde bis auf den letzten Mann nieder. Von den italienischen Truppen, die unter der schwarzen Fahne kämpften, überlebten nur zehn Mann. Auch begnügten sich die Soldaten nicht damit, nur Menschen umzubringen, sondern sie warfen glühende Holzscheite aus den Öfen in die benachbarten Häuser, so dass an vielen Stellen Rauchwolken in den Himmel aufzusteigen begannen. Außerdem töteten sie jedes Pferd und jeden Maulesel, der ihnen unter die Augen kam, damit niemand die Möglichkeit fände, vorzeitig Beute beiseite zu schaffen, bevor die ganze Stadt endgültig erobert wäre. Die Eroberung dieses ganzen Stadtviertels ging so schnell vor sich, dass kaum die Zeit verstrich, die man braucht, um dreimal hintereinander das Glaubensbekenntnis zu sprechen.

Immer noch feuerten die Geschütze von der Engelsburg aus, so dass es schwierig war, sich ihr zu nähern. Doch brachte niemand die Geduld auf, an der Mauer zu bleiben und sich dort um die Geschütze zu kümmern, um auf das Feuer zu antworten. So waren Antti und ich plötzlich allein. Von ferne drang uns ununterbrochenes wildes Geschrei in die Ohren, und die Kriegsrufe: »España, España!« und »Imperio, Imperio!« waren dabei deutlich auszumachen. Da dachte ich nicht mehr an mögliche Gefahren, sondern derselbe ungestüme Taumel ergriff auch mich, so dass wir schließlich von der Mauer hinunterrannten, ich nach einer Arkebuse griff, die jemand hatte fallen lassen, und wir beide auf die Engelsburg zustürmten. Inzwischen waren die Spanier bereits in den Petersdom eingedrungen und die Deutschen in den Vatikan. Erst später erfuhren wir, wie der Papst im letzten Augenblick entkommen war. Er hatte den ganzen Tag im Beisein mehrerer Kardinäle, Gesandter fremder Staaten und seines Hofes in der Sixtinischen Kapelle im Gebet verbracht. Als die deutschen Soldaten schon damit beschäftigt waren, die Türe und Tore des Vatikans aufzubrechen, um seiner habhaft zu werden, zerrte ihn sein Gefolge knuffend und stoßend in einen abgeschirmten Mauergang, der vom Vatikan in die Engelsburg führte.

Zur selben Zeit strömten Massen von Flüchtlingen über die Tiberbrücken, um in der Burg Schutz zu suchen. Ihnen schloss sich die ganze unglückliche Einwohnerschaft des Stadtteils Borgo an, so dass an den Wassergräben der Burg und der Hebebrücke ein furchtbares Gedränge herrschte, in dem Frauen und Kinder zu Tode getrampelt wurden und Menschen in die Wallgräben stürzten, wo sie dann auf elende Weise ertranken. Bei all diesem Gewimmel machte die Besatzung auch noch einen Ausfall aus der Burg, um in den nächsten Häusern eilends nach Lebensmitteln zu suchen, wobei ihnen die Geschütze Feuerschutz geben sollten. Die Burg war nämlich nicht auf eine Belagerung vorbereitet. Aber die Kanonen konnten nicht schießen, weil die Kugeln sonst nur die eigene Einwohnerschaft getroffen hätten. So gerieten Antti und ich ganz unvermutet in dieses unbeschreibliche Durcheinander, so wie auch viele Spanier und deutsche Pikeniere.

Auf diese Weise wurden wir beide Zeugen, wie ein vornehmes Gefolge, ein Haufen sich schubsender und anrempelnder Leute, aus dem Schutz des Mauergangs kommend auf der offenen Brücke erschien. Als einer der Ersten stolperte schluchzend und mit geneigtem Haupt ein Mann vorwärts, dem jemand einen violetten Bischofsmantel übergeworfen hatte. Ich weiß nicht, was es für eine seltsame Ahnung war, die mich überkam, aber während die Deutschen um mich herum die unglücklichen Flüchtlinge ohne Gnade niederschlugen, rammte ich die Gabel meiner Arkebuse in den Boden und zielte dann auf die nach ihrer Kleidung zu schließen vornehmen Leute, die, jeglicher Würde vergessend, sich über die Brücke in die Burg flüchten wollten. Als ich versuchte, das eine Ende der Lunte am Luntenschloss zu befestigen, merkte ich jedoch, dass die Luntenbänder in dem Gedränge an beiden Enden erloschen waren, und so bewahrte mich die Vorsehung vor einem furchtbaren Verbrechen, denn meine Kugel hätte durchaus den Heiligen Vater treffen können. Im Nachhinein wurde mir nämlich klar, dass ich mit eigenen Augen den Papst kurz nach dem Verlust seiner Macht gesehen hatte, einen schluchzenden Flüchtling, der nun mit gebeugtem Haupt in der Burg Schutz suchte. Auf diese Weise erfüllte sich mein Fluch, und ich erreichte mein Ziel, das mir damals, als ich meinen schrecklichen Fluch ausstieß, während mir das Blut meiner Frau Barbara über die Hände rann, noch ganz unvorstellbar vorgekommen war.

Nachdem das vornehme Gefolge in der Burg verschwunden war, schlossen sich ächzend und quietschend die Gittertore am Brückenaufgang. Gleichzeitig wurde die Hebebrücke am Haupttor hochgezogen. Dabei blieben viele Unglückliche an der Brücke hängen, denen die Hände dann an der Mauer zerquetscht wurden, so dass sie in den Wallgraben stürzten. Ein furchtbares Geschrei erhob sich aus der dicht gedrängten Menschenmenge, als die Leute sahen, dass ihnen so die letzte Möglichkeit zur Flucht genommen war. In ihrer Verzweiflung rannten viele ans Ufer des Tibers, um mit Booten über den Fluss zurück in den sicheren Stadtteil zu gelangen. In diesem neuen Gedränge sah ich, wie ein ergrauter Kardinal von seinem Pferd stürzte und in den Wallgraben fiel. Doch konnte er sich unter Aufbietung aller Kräfte bis an die Mauer heranschleppen, und die Verteidiger brachen eilends mit Hämmern und

Brechstangen ein vergittertes Fenster auf und zogen ihn zu sich hinein. Auch wurden an den Burgmauern Körbe hinabgelassen, mit deren Hilfe man einige Adelige heraufzog und sie so rettete.

Aber noch war der von Mauern umgebene Stadtteil Trastevere diesseits des Flusses nicht erobert. Es dauerte bis in den späten Nachmittag, bevor die Engelsburg völlig umzingelt war und es den Obersten des Kaisers gelang, ihre Truppen geordnet unter ihren Bannern zu sammeln. Der ganze alte Stadtteil jenseits des Flusses war noch vor uns sicher, aber die Einwohner der Heiligen Stadt waren inzwischen so sehr mit Entsetzen und Ratlosigkeit geschlagen, dass kaum jemand an Verteidigungsmaßnahmen dachte. Die meisten waren nur darauf aus, ihre Schätze in Sicherheit zu bringen und dazu geeignete Verstecke zu suchen. Die gut bewehrten Paläste der Fürsten füllten sich mit reichen Flüchtlingen. Diejenigen Kardinäle, die als Anhänger des Kaisers galten, blieben seelenruhig in ihren Wohnungen, wo sie sich auf ihre Unantastbarkeit verließen und in denen sie reichen und adeligen Römern ein Exil boten. Auch die Höfe der ausländischen Gesandtschaften füllten sich mit immer mehr Menschen. Die Armen aber, welche keine hochgestellten Günstlinge hatten, sammelten ihre wenige Habe zusammen und suchten Zuflucht in den zahlreichen Kirchen und Klöstern Roms.

Tatsächlich hatten die Römer noch gar nicht begriffen, was da eigentlich vorging. Der Rat der Stadt versammelte sich im Kapitol, und als einige mutige Ritter vorschlugen, man möge die über den Tiber führenden Brücken abreißen, um die Bezirke am linken Ufer zu sichern, beschloss der Rat einstimmig, sich nicht auf einen so übereilten Plan einzulassen, denn es handle sich um schöne Brücken, und ihr Neubau würde der Stadt große Kosten verursachen. Auf diese Weise schlug Gott die Einwohner Roms mit Blindheit. Als die Abenddämmerung heraufzog, wurden die Hörner wieder zum Angriff geblasen, und die kaiserlichen Truppen marschierten in geschlossenen und geordneten Reihen auf die Sixtus-Brücke zu, denn es war einem jeden klar, dass uns nur die Eroberung der ganzen Stadt den endgültigen Sieg bescheren würde.

Im letzten Augenblick trat den Truppen der achtzehnjährige Landgraf von Brandenburg entgegen, der in Rom studierte und eine Gesandtschaft des Stadtrats anführte. Dieser junge Adelige wollte seinen Landsleuten gut zureden und sie zur Mäßigung anhalten. Aber die bärtigen und schmutzstarrenden Pikeniere lachten ihn nur aus, umzingelten ihn, tätschelten seine roten Wangen und verscheuchten die feierliche Gesandtschaft mit ihren Piken, so dass der kaiserliche Pronotar eilends auf einen Baum klettern musste, um sein Leben zu retten. Einige junge römische Ritter und Adelige hatten im letzten Moment auch einige hundert Männer zusammenbekommen, um die Brücke wenigstens so lange zu verteidigen, bis es dunkel wurde. Sie trugen eine Fahne mit der Aufschrift *Pro fide et patria,* also »Für Glauben und Vaterland«, aber dieses Banner landete schnell unter den Stiefeln der Pikeniere, und über die Leichen der Verteidiger hinweg marschierten die Truppen dann auf der Brücke über den Tiber. So überfluteten sie die schutzlose Stadt und machten all die Menschen, die sich dorthin geflüchtet hatten, erbarmungslos nieder, so dass sich schon bald die Leichenberge in den Straßen häuften und es schwierig war, dort überhaupt voranzukommen. Ich schätze, dass etwa zehntausend Menschen an diesem ersten Tag umkamen. Die meisten von ihnen waren unbewaffnete Flüchtlinge, die nichts anderes im Sinn hatten, als ihr Leben zu retten. Deshalb gereichte ihr Tod den Spaniern und Deutschen nicht gerade zur Ehre.

Als es schließlich dunkel geworden war, ließen die Obersten Hornsignale zum Sammeln ertönen. Die Spanier lagerten sich auf der Piazza Favonia und die Deutschen auf dem Campo de' Fiori. Sie entzündeten Feuer, wobei sie die Türen und Möbel verheizten, die sie sich aus den Häusern beschafft hatten, rollten Weinfässer aus den Kellern herbei und hielten nach ihrem anstrengenden Tagewerk üppige Gelage ab. Nun gehörte Rom uns. Bei den Kämpfen hatte kaum einer unserer Männer den Tod erlitten, so dass wir allen Grund zur Freude hatten. Die Obersten wollten aber die Truppen noch zusammenhalten, weil sie fürchteten, das Heer der Heiligen Liga könnte uns mitten in den Siegesfeiern überraschen. Bis in die späte Nacht brannten auch noch Feuerzeichen auf der Engelsburg, wo der Papst seine Verbündeten erwartete, von denen er sich Rettung erhoffte.

Etwa bis Mitternacht blieben die Truppen auch noch beieinander, geeint durch die ihnen gemeinsam drohende Gefahr. Aber je mehr getrunken wurde, desto häufiger kam es zu Streit und Handgreiflichkeiten. Die Männer sagten, sie hätten Rom nicht deshalb mit der Waffe in der Hand erobert, um wie arme Leute frierend auf dem harten Pflaster der Plätze zu hocken, während die Obersten und Hauptleute es sich in den weichen Betten der Adelspaläste gut gehen ließen und dabei noch von fröhlichen römischen Damen unterhalten wurden. Deshalb lichteten sich die Reihen, und eine Gruppe nach der anderen verschwand in den dunklen Gassen, so dass schließlich nur noch einige wenige glimmende Scheite den leeren Platz ein wenig beleuchteten.

Ich war damit beschäftigt, Verwundete zu verbinden und hatte gerade einem Mann aus Meißen, dem eine Geschützkugel den Fuß zerfetzt hatte, das Bein mit einer Säge amputiert, während Antti den Mann festhielt. Sein Geschrei verstummte, nachdem er in Ohnmacht gefallen war, weil ich seinen Beinstumpf in siedendes Öl tauchte, um den Blutfluss zum Stillstand zu bringen. Plötzlich war es ganz still um uns. Ich merkte, dass der Platz wie ausgestorben war; nur eine graue Katze leckte noch Blut von den abgetretenen Marmorplatten auf. Meine Ohren, in denen noch das Jammern der Verwundeten nachhallte, begannen auf einmal neue Geräusche wahrzunehmen, die in der nächtlichen Stille aus den Straßen der Umgebung zu uns herüber schallten. Ich hörte das Bersten aufgebrochener Türen, Schreie von Frauen, das Dröhnen von Hämmern auf eiserne Truhen. Antti sah mich an, bekreuzigte sich und sagte: »Ich bin ein besonnener Mensch und verlasse mich natürlich darauf, dass ich genau den Anteil an der Beute bekomme, der in den Kriegsartikeln festgesetzt ist. Aber diese Geräusche kommen mir verdächtig vor. Ich fürchte, die habgierigen Spanier wollen den braven Deutschen zuvorkommen, obwohl Plünderungen erst am Morgen und bei Tageslicht erlaubt sind, damit sich niemand auf Kosten seiner Waffenbrüder bereichert. Deshalb sollten wir uns jetzt wirklich aufmachen, um herauszufinden, was es an Sehenswürdigkeiten in Rom gibt, auch wenn es noch dunkel ist. Jedenfalls sollten wir uns einen angenehmeren Ort zur Übernachtung suchen als die harten Marmorplatten hier unter unseren Füßen.«

Er rief seine Pikeniere zusammen, aber bis auf drei von ihnen waren alle verschwunden. Da kam grölend ein Fähnrich auf uns zu, der offenbar viel zu viel Wein getrunken hatte. Er befahl uns, uns nicht von der Stelle zu rühren und die Fahnen zu bewachen, denn seine Leute, die er zu diesem Dienst bestimmt hatte, seien ihrem Diensteid und ihren Pflichten untreu geworden und hätten sich auf und davon gemacht, während er kurz weggetreten war, um seine Notdurft zu verrichten. Er herrschte uns in einem dermaßen frechen Ton an, dass Antti sich bemüßigt sah, ihm mit einer seiner Pranken eins über den Mund zu geben. Vielleicht langte er zu kräftig zu, denn der Fähnrich flog einige Schritte weit, schlug mit seinem Kopf auf das Pflaster auf und sagte nichts mehr. Daraufhin holten wir einige glühende Scheite aus dem Feuer und machten uns eilig auf, um uns eine passende Unterkunft für die Nacht zu suchen.

Da wir beide noch nie in Rom gewesen waren, zogen wir aufs Geratewohl los und sahen, dass in vielen Häusern hinter zerschlagenen Fensterläden noch Licht brannte. Dazu hörten wir das Gejohle betrunkener Soldaten, die in den Häusern randalierten, in die sie eingedrungen waren. An einer Straßenecke lief uns ein verängstigter Mann in die Arme, der ein schweres Bündel schleppte. Um zu verhindern, dass er uns entwischte, spaltete Antti ihm aus Versehen den Schädel, obwohl er ihm nur einen leichten Schlag mit dem flachen Schwert versetzen wollte. Aus dem Bündel des Mannes kullerten scheppernd und klimpernd mit Stoff umwickelter goldener Schmuck und silberne Gefäße. Dieser Lärm nun lockte eine Gruppe Spanier an, die dann gleich hochheilig schworen, sie hätten diesen Kerl schon durch das ganze Stadtviertel verfolgt. Ihre Lunten brannten, und sie bedrohten uns mit ihren Büchsen, so dass wir ihnen diese wertvolle Beute abtreten mussten, was uns äußerst verdross.

Dann bogen wir in eine Seitengasse ein, in der es völlig finster war, auch wenn man am anderen Ende der Gasse schon das Licht von Fackeln erkannte und das Knirschen von Türen hörte, die wohl gerade aufgebrochen wurden. Ein Mann mit runden Wangen, der unser ansichtig geworden war, öffnete uns die Tür seines Hauses, mit der Hand die Flamme seiner Kerze beschützend, und bat uns in Gottes Namen einzutreten. Er habe schon immer den Kaiser in Ehren gehalten und von Herzen geliebt, sagte er, und es sei sein aufrichtiger Wunsch, die heldenhaften Soldaten der kaiserlichen Armee bei sich zu bewirten, sofern es ihrer nur nicht zu viele wären. Von Beruf sei er Weinhändler, und seine Frau habe bereits den Tisch gedeckt, auf dem einige Kannen mit den besten seiner Weine stünden. Er meinte, er könne an unseren Gesichtern ablesen, dass wir anständige und ehrliche Männer seien. Deshalb bitte er uns in seine Wohnung, wo wir uns wie zu Hause fühlen sollten, zumal da wir nur zu fünft seien, denn für mehr Gäste fehlten ihm die Mittel.

So eine freundliche Bitte konnten wir natürlich nicht abschlagen, sondern wir versprachen ihm, dafür zu sorgen, dass er von weiteren ungebetenen Gästen verschont bliebe. Wir traten also ein. Seine Frau trug uns tatsächlich ein reiches Mahl auf, und auch an seinem Wein fanden wir nichts auszusetzen. Während wir noch aßen, vernahmen wir Schläge gegen die Tür, und Stimmen betrunkener Soldaten forderten Eintritt. Deshalb ging Antti hinaus, schrie, er sei kaiserlicher Stallmeister, und dieses Haus stehe unter seinem persönlichen Schutz. Er brauchte nur ein wenig mit seinem Schwert herumzufuchteln, und schon zog die lärmende Meute mit zwei Römerinnen im Schlepptau weiter, um ein anderes, gastfreundlicheres Haus zu finden. Fehlte es in dieser Nacht der kaiserlichen Armee doch nicht an bereitwilligen Gastgebern.

Nachdem wir gespeist hatten, wischten sich Anttis drei Pikeniere unbehaglich mit dem Handrücken über den Mund und stammelten, sie seien arme Leute, und ob wir jetzt nicht zur Hauptsache kommen könnten, nämlich dazu, weshalb wir überhaupt in Rom erschienen waren. Deshalb meinte Antti zu dem Weinhändler: »Wenn du dem Kaiser treu ergeben bist, wie du gesagt hast, dann zahl uns jetzt unseren Sold aus, der noch aussteht, und hol dir später das Geld vom Kaiser zurück!«

Der Weinhändler zog eine verdrießliche Miene; er wischte sich den Schweiß vom Gesicht, klagte darüber, wie arm er sei und wie schlecht die Zeiten, gab uns dann aber nach langem Gefeilsche zwanzig Dukaten. Das machte aber nur vier Dukaten für jeden von uns. Nachdem die Pikeniere des Goldes ansichtig geworden waren, meinten sie wie aus einem Munde, dieser Geizhals sei wohl doch kein wahrer Freund des Kaisers. Er müsse doch noch viel reicher sein und wolle die treuen Diener des Kaisers hintergehen, die immerhin ihr Leben für die kaiserliche Sache aufs Spiel gesetzt hätten. Deshalb begannen sie, während Antti noch trank, Kisten, Schränke und Truhen aufzubrechen. Sie schleuderten die darin gefundenen Kleider zu Boden und suchten nach Geld und Wertgegenständen, ohne sich um die flehenden Klagen des Weinhändlers und seiner Frau zu scheren. Im Gegenteil, schließlich warfen sie auch begehrliche Blicke auf die rundlichen Formen der Frau und sagten, sie seien keine Mönche und nicht an ein Zölibatsgelübde gebunden, sondern als gesunde Männer bedürften sie auch der Gesellschaft munterer und freundlicher Frauen, um ihren Sieg richtig feiern zu können.

Als sie damit begannen, die Hausfrau auf unziemliche Weise zu betatschen und an sich zu drücken, obwohl diese sich schutzsuchend an ihrem Mann festklammerte, beschwor sie der Weinhändler im Namen der Jungfrau Maria, von seiner Frau abzulassen. Stattdessen holte er zwei Dienstmägde herbei, die sich auf dem Dachboden versteckt hatten, damit diese sich unser annähmen. Die beiden schwarzäugigen Mädchen brachen in Tränen und Wehklagen aus, aber der Weinhändler schlug sie und zerrte sie ohne Gnade an den Haaren herbei, so dass ihnen nichts anderes übrig blieb, als sich zu fügen. Die Pikeniere nahmen sie mit sich ins Bett des Hausherrn, wo sie sich nach den Strapazen und Entsagungen des langen Feldzugs so gut es ging mit ihnen vergnügen wollten. Dabei kam es durchaus nicht zum Streit, denn während zwei der Pikeniere mit den Mädchen im Bett blieben, ging der Dritte von ihnen immer wieder ans Weinfass des Hausherrn, um dort die Kanne neu zu füllen.

Die Selbstsucht und Hartherzigkeit, die der Hausherr den beiden unschuldigen Mädchen gegenüber gezeigt hatte, empörte mich sehr, so dass ich ihn mit strengen Worten zurechtwies: »Du unzüchtiger und lügnerischer Hund! Dein Handeln zeigt, dass du uns hintergehst und uns dein Geld vorenthältst. Deshalb werden wir dich aufknüpfen, weil du kein Freund des Kaisers bist, sondern seine treuen Soldaten um ihren wohlverdienten Lohn bringst.« Auch Antti meinte, ein Galgenstrick sei die angemessenste Strafe für so einen hinterlistigen Kerl. Er tröstete die Hausfrau mit den Worten, sie verliere ja nichts, wenn sie so einen Schuft und Geizhals loswerde, im Gegenteil, sie gewinne dabei nur, weil er selbst bereit sei, sofort alle ehelichen Pflichten ihr gegenüber zu erfüllen. Er packte den Hausherrn am Nacken und bat mich, ihm ein Seil zu bringen. Ich weiß nicht, ob er es ernst meinte oder nur Spaß machte, aber der Weinhändler glaubte uns, rief alle Heiligen um Hilfe an und versprach, uns zu seinem Versteck im Weinkeller zu führen, wenn wir nur sein Leben schonten und die Ehre und Sittlichkeit seiner Frau unangetastet ließen.

Wir stiegen also in den Weinkeller hinab, und während der Hausherr die Kerze in seinen zitternden Händen hielt, rollten wir ein riesiges Weinfass beiseite, das die Geheimtür zu einem weiteren Raum hinter sich verbarg. Mit einem großen Hammer brachen wir die Tür auf und fanden in der Geheimkammer einen jungen Knaben und ein etwa fünfzehnjähriges Mädchen von großer Schönheit. Beide drückten sich zitternd gegen die Wand und fürchteten, ihr letztes Stündlein habe geschlagen. Außer ihnen gab es in der Kammer noch eine Menge Geschirr und Kerzenleuchter, alles aus Silber, sowie einen durchaus nicht unansehnlichen Lederbeutel, der Golddukaten enthielt, so dass wir allen Grund hatten, der Vorsehung zu danken, die uns in ein so begütertes Haus geführt hatte. Das Mädchen kam auf unseren Befehl weinend und verängstigt aus seinem Versteck heraus, den Hausherrn aber stieß Antti hinein und befahl ihm, die Reichtümer seiner Frau und seiner Tochter herauszureichen, damit sie sie nach oben trügen. Als wir sahen, dass in der schimmeligen Kammer nichts mehr übrig geblieben war als eine Schale Wasser und etwas Nahrung, welche die Eltern für ihre Kinder dagelassen hatten, sprach Antti zum Weinhändler:

»Nun sehe ich, dass du ein treuer Mensch und Freund des Kaisers bist, und zweifle nicht mehr an deinen Worten. Aber wir leben in schlimmen Zeiten, und um deiner eigenen und deines Sohnes Sicherheit willen muss ich dich in diesem Gemach einschließen, damit meine Pikeniere dich in ihrem verständlichen Eifer nicht aufhängen oder dir sonstigen Schaden zufügen. Ich glaube aber, dass dein Weib und deine Tochter mit vereinten Kräften die Pflichten des Hausherrn genauso gut erfüllen können wie du, wenn nicht sogar noch besser, solange du nicht mit deinem Gejammer in den Ohren liegst.«

Nach diesen Worten rollte er das Fass zurück vor die Tür der Geheimkammer und häufte zur Sicherheit noch andere Fässer zu einem großen Berg davor auf, ohne sich um das Jammern und die Flüche des Weinhändlers zu kümmern. Das Mädchen weinte mit seinem Vater um die Wette, aber ich tröstete es, so gut ich konnte. Ich küsste sie, streichelte ihr übers Haar und fragte sie nach ihrem Namen. Sie sagte, sie heiße Giovanna und flehte uns an, sie zu verschonen. Als wir wieder im Gastzimmer waren, in dem das Festmahl aufgetragen worden war, breiteten wir unsere Beute auf dem Tisch aus und teilten ihn ehrlich untereinander auf, und zwar so, dass Antti als Anführer drei Teile erhielt, ich als Feldscher zwei und die Pikeniere jeweils einen Teil. Die armen Pikeniere empfanden auch keinen Neid uns gegenüber, sondern erfreut über ihren plötzlichen Reichtum, schenkte jeder von ihnen den beiden Dienstmägden je einen Dukaten, so dass diese armen Mädchen sehr schnell ihre Tränen trockneten und ein sonniges Lächeln auf ihre Gesichter zauberten. Dann sprachen auch sie wie wir alle dem Wein zu und lehrten die Pikeniere einige Worte Italienisch.

So verging die Zeit auf angenehme Weise. Nur zwei Mal musste Antti sich an die Haustür begeben, um Soldaten zu vertreiben, die an der Tür und den Fensterläden gerüttelt hatten, weil sie das Haus, das unter unserem Schutz stand, plündern wollten. Antti sprach lange und in wohlgesetzten Worten auf die Hausfrau ein und nötigte sie, nicht wenig Wein zu trinken. Es gelang ihm sogar, sie trotz des Verlustes all ihrer Reichtümer zwei Mal zum Lachen zu bringen, indem er sie vertraulich an sich drückte. Und Giovanna war so jung und hübsch, dass ich mich an ihr nicht genug sattsehen konnte. Ich strich ihr über ihr weiches Haar und bemühte mich, mit den Fingerspitzen die Tränen aus ihren dunklen Augen wegzuwischen. Ich gab ihr Wein zu trinken, um sie fröhlich zu stimmen, auch wenn ich ihr den Wein zunächst gewaltsam einflößen musste. Doch obwohl ich vom reichlichen Weingenuss schon ziemlich berauscht war, wollte ich ihr nichts Übles, sondern verehrte sie ob ihrer Jugend und Schönheit. Sie mit Gewalt zu gewinnen, dünkte mich unehrenhaft. Deshalb begnügte ich mich damit, sie zu liebkosen und mit Küssen zu überhäufen, und als sie meine guten Absichten erkannt hatte, antwortete sie bereitwillig auf meine Küsse, und wir schliefen eng umschlungen im Bett ein.

Als ich am Morgen erwachte und sie ansah, lächelte sie mich schüchtern mit ihren dunklen Augen an, und ich spürte, dass ich sie von ganzem Herzen liebte. Deshalb überließ ich ihr all das Silber, das ich bei der Aufteilung der Beute erhalten hatte, in der Hoffnung, so die Gunst ihrer Familie zu gewinnen. Ich behielt nur die Goldmünzen, die ich in meiner Börse leicht mitnehmen konnte. So verließen wir ausgeruht und in guter Stimmung das Haus. Antti schwor der Hausfrau heilige Eide, bei Einbruch der Nacht wiederzukommen und über ihre Ehre zu wachen. Deshalb prägten wir uns die Lage des Hauses gut ein, um es bestimmt wiederzufinden.

Doch als wir am Abend zurückkehrten, merkten wir, dass dort inzwischen die Spanier zu Gast gewesen sein mussten. Das Innere des Hauses war völlig verwüstet. Der Weinhändler selbst hing leblos vom Dach hinab. Die Spanier hatten ihm die nackten Füße überm Feuer versengt, um Geld von ihm zu erpressen. Dem Knaben war die Brust aufgeschlitzt; er lag in einer Blutlache neben seiner Mutter. Giovannas entkleidete Leiche fand ich im selben Bett, in dem ich in der Nacht zuvor an ihrer Seite geschlafen hatte. Sie sah nicht mehr schön aus, denn man hatte sie erwürgt. Wir waren nicht einmal besonders erstaunt über diesen Anblick, denn im Laufe des Tages hatten wir bereits im hellen Sonnenlicht dermaßen entsetzliche Dinge und so viele gemarterte Menschen gesehen, dass wir schon ganz abgestumpft waren. Dennoch empfand ich großen Schmerz um Giovanna, und es reute mich, dass ich ihre Unschuld ganz umsonst unangetastet gelassen hatte, denn es wäre gewiss besser für sie gewesen, ich hätte sie gezwungen, mit mir mitzukommen und sie dann als die meine mit dem Schwert beschützt.

Aber es war zu spät zur Reue. Nachdem wir uns davon überzeugt hatten, dass die Spanier in ihrer rasenden Vernichtungswut auch die Weinfässer im Keller aufgebrochen hatten, um darin nach Schätzen zu suchen, wodurch der gute Wein nutzlos ausgelaufen war, verließen wir das Haus und suchten uns einen anderen Ort, wo wir übernachten konnten.

Kapitel 4

Dieses sinnlose Plündern währte acht Tage, und wenn ich manchmal über die Schrecken der Hölle nachdenke, dann brauche ich mir nur einige jener Tage und Nächte in Erinnerung zu rufen, denn es gibt wohl kein Werk der Grausamkeit, Entweihung und Unzucht, das man sich nur denken kann und das in jenen Tagen in Rom nicht begangen worden wäre. Selbst die Bilder, auf denen große Künstler das letzte Gericht dargestellt haben, sind nichts als einfältige Vorstellungen eines kindischen Gemüts im Vergleich zu den Gräueln, die sich während der Plünderung Roms abspielten. Die größte und heiligste Stadt der Christenheit, in der neunzigtausend Menschen lebten und in deren Kirchen und Palästen sich seit Jahrhunderten Schätze aus aller Herren Ländern angesammelt hatten, war nun hilflos der Willkür ihrer Eroberer ausgesetzt. Die Heerführer vermochten ihre Truppen nicht mehr zu bändigen. Im Gegenteil, viele von ihnen stachelten die Männer zu immer grausamerem und zügelloserem Plündern an, damit ihr eigener Anteil an der Beute wuchs.

Es gab keinen noch so geachteten oder heiligen Mann, der um die Zahlung von Lösegeld herumgekommen wäre, und keine noch so adelige Frau, deren Ehre die Soldaten geschont hätten. In ihrem sinnlosen Blutrausch und Weinrausch wetteiferten Spanier, Deutsche und Italiener untereinander darin, sich immer neue Mittel zu ersinnen, wie sie Geld aus ihren Opfern pressen und sie auf sonstige Art demütigen könnten. Dabei machten sie keinerlei Unterschied mehr zwischen den Anhängern des Papstes und des Kaisers. Diejenigen, die diese Tage als gemarterte Opfer erdulden mussten und mit dem Leben davonkamen, empfanden danach wahrscheinlich keine Angst mehr von dem Grauen der Hölle oder konnten sich zumindest nicht vorstellen, dass sie schrecklicher sein könnten als das, was sie erlebt hatten. Und die, welche als Mörder, Foltermeister und Brandstifter die mächtigste Stadt der Christenheit in Schutt und Asche legten, verdienten die Bezeichnung »Christen« nicht mehr, denn die Spanier benahmen sich wie seelenlose Raubtiere ohne Religion, während die Deutschen die Bezeichnung »Lutheraner« zu dem furchtbarsten Schandnamen machten, den man sich nur vorstellen kann.

Ich will mich selbst nicht verteidigen oder so tun, als wäre ich ohne Schuld, denn sie trifft ja auch mich, weil ich dabei war, all dies mit ansah und in den ersten Tagen eifrig nur auf meinen eigenen Vorteil und darauf bedacht war, mir möglichst schnell die Geldbörse zu füllen. Aber schon am dritten Tag hatte ich genug von all den Gräueln, von dem Blut und den Schmerzensschreien der gequälten Menschen. Da war von meinem furchtbaren Rausch schon genesen. Jener Morgen ist in schwarzen und weißen Farben in mein Gedächtnis eingeschrieben, so als wäre er mit scharfer Säure für alle Zeiten in eine Kupferplatte eingeätzt worden, um auf dem unbeschriebenen Papier meines Gemütes abgedruckt zu werden. Ich erwachte im Schatten des Säulengangs auf dem Campo de' Fiori, und die strahlende Maisonne verursachte mir Schmerzen in den geblendeten Augen, als ich mich umsah. Schwarze Rauchsäulen und Flammen quollen aus einigen brennenden Häusern. In der Morgenluft lag der Geruch von Ruß, Blut und Erbrochenem. Ich wusste nicht mehr, wie ich zum Lagerplatz zurückgekehrt war, ob auf eigenen Füßen, oder ob Anttis Pikeniere mich getragen hatten. Aber meine Geldbörse war noch da, mein Esel kaute, mit gesenktem Kopf an eine Marmorsäule gebunden, und mein Hund lag da mit zu Boden gesenkter Schnauze und in so trauriger Stimmung, dass er mich nicht einmal grüßte oder anschaute, obwohl er gemerkt hatte, dass ich aufgewacht war.

Ich erhob mich mit zitternden Knien und hielt mir den Kopf. Aber als ich mich vorbeugte, um aus einem Springbrunnen zu trinken, aus dem kein Wasser mehr sprühte, sah ich, dass das Wasser im Becken von Blut verunreinigt war. Im Wasser lag ein Greis mit weißem Bart. Seine Füße ragten über den Beckenrand; offenbar hatte jemand ihm den Kopf ins Wasser gedrückt und auf diese Weise ertränkt. Ich band meinen Esel los und führte ihn aufs Geratewohl ans Tiberufer, um ihn dort trinken zu lassen. Mein Hund folgte mir und sah mich mit seinem einen Auge an, als begreife er nicht mehr, was für Unheil die Menschen, die er so bewunderte, einander antun konnten. Wir wanderten durch die Straßen und stolperten über aufgedunsene Leichen, die schon zu stinken begannen. Einige Male warf ich einen kurzen Blick in aufstehende Türöffnungen und die offenen Fenster von Geschäften, aber alles in den Innenräumen war zerschlagen, zertreten und zerschmettert. Die Totenstille wurde nur ab und zu vom fernen Gegröle betrunkener Soldaten unterbrochen.

Ich ließ den Esel am Flussufer trinken. Aber selber konnte ich nichts trinken, denn überall am Ufer waren Tote angeschwemmt worden. Unter ihnen sah ich die Leichen von Priestern, Mönchen und Nonnen, Kindern und Frauen, ja sogar von Kranken mit Pestbeulen, die man aus ihren Betten in den Hospitälern gezerrt, getötet und ins Wasser geworfen hatte, weil einige Reiche versucht hatten, sind unter den Kranken in den Häusern des Heiligen Geistes zu verstecken. Mich quälte furchtbarer Durst. Als ich hörte, wie in einer benachbarten Kirche auf Deutsch gesungen und deutsche Flüche ausgestoßen wurden, trat ich dort in der

Hoffnung ein, auf irgendwelche Bekannte zu treffen, von denen ich zu trinken bekommen könnte.

In der Kirche befand sich eine ganze Reihe lärmender Soldaten. Vor dem Altar hatten sie Weinfässer aufgestellt und ihnen den Boden aufgebrochen, so dass sich jeder etwas von dem ausfließenden Wein schöpfen konnte. Die liturgischen Gefäße dienten als Schalen und Becher zum Trinken. Die Pikeniere hatten sich schwere, mit Gold und Silber durchwobene Messgewänder übergeworfen und taten, als sängen sie geistliche Lieder bei ihrem Tun. Zwei Frauen hatten sie bis auf die nackte Haut entkleidet und ihre Kleider zwei bedauernswerten Priestern angezogen. Auf dem steinernen Taufbecken saß ächzend ein Arkebusier und verrichtete seine Notdurft. Während er so dasaß, zielte er mit seiner Arkebuse zum Spaß auf dieses und jenes und schoss schließlich auf das Abbild des Gekreuzigten, so dass die Holzsplitter überall auf den schon völlig verschmutzten Altar niederrieselten. Die Reliquienschreine waren aufgebrochen, viele Heiligengebeine lagen auf dem Fußboden herum, und zwei Männer stießen den versilberten Schädel eines Heiligen mit den Füßen zwischen sich hin und her.

Lachend und grölend empfingen mich die munteren Krieger und reichten mir bereitwillig Wein in einer goldenen Kommunionschale, damit ich meinen Durst löschen konnte. Auch boten sie mir weiches Kommunionbrot aus dem Hostiengefäß an. Als ich ablehnte, versuchten sie es meinem Hund aufzudrängen, so dass die beiden Priester in Tränen ausbrachen und verzweifelt die Hände rangen. Zu Ehren meines Hundes kann ich sagen, dass er sich nicht darum scherte, sondern knurrte und die Zähne zeigte, obwohl die Soldaten nach besten Kräften versuchten, ihn zum Fressen zu bringen, bis sie schließlich verärgert aufgaben und meinen Hund als Papisten und Ketzerhund beschimpften. Einer versuchte sogar, ihm mit seiner Pike einen Schlag zu versetzen. Deshalb sagte ich, ich hätte mich um meinen Esel zu kümmern und verließ eilends das geschändete Gotteshaus.

Als ich meinen Esel an der Engelsburg vorbeiführte, sah ich, dass man eine große Menge Priester, Mönche und ihrer Kleidung nach zu urteilen auch adelige Männer um das Gebäude zusammengetrieben hatte. Alle hantierten sie ungeschickt mit Schaufeln und Hacken, um Belagerungswälle um die Burg aufzuwerfen, wobei Soldaten sie unter mancherlei Flüchen mit den Schäften ihrer Piken zur Arbeit antrieben. Von den Burgzinnen war dann und wann ein einzelner Schuss zu hören, und einige Arkebusiere und Geschützknechte behielten die Burg ständig mit brennender Lunte im Visier, damit es niemandem gelänge, aus ihr zu entkommen oder dort hinein zu flüchten. Ein kleines Mädchen in abgerissener Kleidung kam, während ich dort vorbeiging, zu einem der spanischen Hauptleute, zeigte ihm ein Bündel Gemüse in ihrer Hand und fragte, ob sie es in die Burg bringen dürfe. Aus der Burg war nämlich herübergerufen worden, der Heilige Vater hätte kein frisches Gemüse mehr zu essen. Der Spanier antwortete ihr mit einem Fluch, bekreuzigte sich dann aber und ließ das Mädchen durch. Mit freudestrahlenden Augen lief das Mädchen auf den Rand des Wallgrabens, und von der Burg warf man ihr ein Seil herüber, an das sie das Gemüsebündel festband und dann niederkniete, um mit piepsiger Kinderstimme den Heiligen Vater um seinen Segen zu bitten. Einige deutsche Pikeniere begannen bei diesem Anblick wütend zu schreien und zu gestikulieren. Dann krachte der Schuss einer Arkebuse, und die Kugel traf das Mädchen, das mit einem Aufschrei zu Boden stürzte, während das Gemüsebündel ihren Fingern entfiel und in den Wallgraben rollte.

Ich trieb meinen Esel weiter, und mein Hund folgte uns, mir möglichst eng auf den Fersen bleibend. So gelangten wir auf den großen Platz vor dem Petersdom, wo rund um die hohen Obelisken die Leichen hunderter Schweizergardisten lagen und die Luft verpesteten. Neben der Leiche ihres Hauptmanns lag dessen Weib, dem die Pikeniere die Arme abgeschlagen hatte, als sie versuchte, sich schützend an ihrem Manne festzuklammern. Aber ich achtete nicht weiter auf diesen traurigen Anblick, denn zum ersten Mal sah ich aus nächster Nähe das mächtigste Gotteshaus der Christenheit. Seine Größe machte mich sprachlos. Die majestätischen Umrisse des Gotteshauses strömten einen Geist der Ruhe und des Friedens aus, selbst inmitten all des Todes und der Verwüstung, die ich erlebt hatte.

Einige Ritter des Fürsten von Oranien führten Pferde an mir vorbei, die sie getränkt hatten, und ich fragte sie nach einem Stall für meinen Esel. Da sie an meiner Kleidung sahen, dass ich Arzt war, behandelten sie mich nicht mit Verachtung, obgleich es Ritter waren, sondern forderten mich freundlich auf, ihnen zu folgen. Zu meiner Verwunderung führten sie ihre Pferde geradewegs auf der breiten Treppe hinauf bis ins Innere der Kirche. Ich folgte ihnen mit meinem Esel und hörte dabei das Wiehern von Pferden im hallenden Innenraum des Gotteshauses. Dort befanden sich bestimmt hunderte Pferde. Aber da diese mächtige Kirche so ungeheuer groß war, füllten sie nur einen kleinen Teil darin aus. Ich blieb staunend stehen und blickte mich um. Neben den riesigen Stützpfeilern fühlte ich mich wie ein nichtiger Erdwurm. Dem Rat der Ritter folgend, band ich meinen Esel an der schön geschmiedeten Eisentür einer Nebenkapelle fest, wo bereits mehrere Esel und Maultiere untergebracht waren. Die Pferdeknechte brachten mir bereitwillig Stroh und Hafer, der in großen Fuhren aus den Ställen des Papstes und der Kardinäle in die Peterskirche herübergeschafft worden war.

Aus den inneren Teilen der Kirche waren Geräusche wie von zerbrechenden Steinen sowie Hammerschläge zu hören, und während ich dieses eindrucksvolle Gotteshaus durchwanderte und mir all das Sehenswerte ansah, das es enthielt, wurde ich gewahr, dass an verschiedenen Stellen Gruppen von Soldaten eifrig dabei waren, Papstgräber aufzubrechen, um sich der darin enthaltenen Schätze zu bemächtigen. Auch das Grab des heiligen Petrus wurde gerade aufgebrochen. Aber dieser Anblick war zu viel für mich. Zittern überkam mich, und die Knie wurden mir weich, so dass ich eilends aus der Kirche floh, um nicht Augenzeuge einer so furchtbaren Schändung und Entweihung werden zu müssen.

Ohne dass mich jemand daran hinderte, trat ich sodann durch ein inneres Tor in den Vatikan ein, wo der Fürst von Oranien sein Quartier aufgeschlagen hatte. Überall auf dem Weg lagen Papiere herum, Briefe aus allen Ländern der Christenheit, Abrechnungen über den Kirchenzehnten, Bannbullen und andere Dokumente aus dem Archiv, welche die plündernden Deutschen aus den Fenstern der päpstlichen Kanzlei geworfen hatten. Zwei Wachsoldaten zeigten mir den Weg zur Sixtinischen Kapelle, in der der Herzog von Bourbon in seinem versilberten Panzer auf einem Katafalk ruhte, während um ihn herum das Licht hoher Wachskerzen flackerte. Seine Nase ragte hoch empor aus seinem totenbleichen, bläulich angelaufenen Antlitz. So war dieser Fürst, der seinen eigenen König verraten hatte und am letzten Abend seines Lebens durch eine päpstliche Bulle verflucht worden war, doch noch in Rom angekommen, ganz wie er es sich noch im Sterben erhofft hatte.

Zwei Priester versuchten nach besten Kräften, am Altar die Seelenmesse zu halten, obwohl der Papst befohlen hatte, sämtliche gottesdienstliche Handlungen in Rom einzustellen, da der Kirchenbann über die kaiserliche Armee verhängt worden war. Aber die heiligen Riten wurden übertönt vom Ratschen reißenden Stoffes und Knirschen brechenden Holzes, denn ohne sich um die Messe und die letzte Ruhe ihres Oberbefehlshabers zu scheren, waren einige Soldaten eifrig damit beschäftigt, all die wunderschönen Wandgemälde von den Wänden zu reißen. Auf meine Frage hin sagten sie, man hätte ihnen dafür eine gute Bezahlung versprochen, weil ein gewisser Mann namens Rafael, angeblich ein berühmter Künstler, sie gemalt habe. Sie empfanden höchstens Bedauern darüber, dass sie in der ersten Nacht im Hof des Vatikans die bemalten Stoffe, Leinwände und Bilderrahmen aus Mangel an sonstigem Brennmaterial verfeuert hatten, um sich zu wärmen, denn diese Materialien waren leicht kleinzukriegen und brannten gut. Es handelte sich bei den Wandmalereien wirklich um herrliche Gemälde, soweit ich sie noch zu sehen bekam.

Als ich die Kapelle verließ, traf ich auf einige spanische Arkebusiere, die den Gang entlang schritten und mit den Läufen ihrer Arkebusen die mit farbigen Glasmalereien versehenen Fenster einschlugen und dann die bleiernen Rahmen herausbrachen. Ich fragte sie, warum sie solche sinnlosen Zerstörungen anrichteten, da die Glasmalereien doch vielerlei fromme Bilder enthielten und eine wahre Augenweide waren. Aber sie antworteten, sie täten dies nicht aus Zerstörungswut, sondern durchaus mit Bedacht, denn ihnen sei das Blei ausgegangen. Sie wollten aus den bleiernen Fensterrahmen neue Kugeln gießen, um für mögliche weitere Kämpfe bereit zu sein. Es gebe nämlich Gerüchte, die besagten, eine Abteilung der alliierten Reiterei sei bis an die Tore Roms vorgestoßen. Sie hätten nicht vor, den Alliierten zu gestatten, den Papst mit einem Überraschungsangriff aus der Engelsburg zu befreien und sie um das Lösegeld zu bringen. Stattdessen wollten sie den Angreifern einen feurigen Empfang bereiten. Deshalb sorgten sie nun als pflichtbewusste Soldaten unter Hintanstellung ihres eigenen Vorteils dafür, dass ihnen auch während der Plünderung der Vorrat an Munition nicht ausging.

Ich kehrte unter freien Himmel zurück, und vom Vatikan-Hügel aus sah ich, wie aus brennenden Häusern jenseits des Flusses schwarze Rauchsäulen in den klaren Maihimmel aufstiegen. Mich überkam große Müdigkeit und Niedergeschlagenheit. Ich dachte nicht mehr ans Plündern und an meine Geldbörse. Im Schatten des majestätischen Petersdoms ging mir die Frage durch den Sinn, welchen Nutzen ich eigentlich von meinem Geld, dem Wein und allen irdischen Gütern hatte, wo ich nicht einmal wusste, wer und was ich war, wohin ich strebte und was ich eigentlich von meinem Leben wollte. Der Papst war nun, wie ich mir geschworen hatte, ein brotloser Flüchtling, und mit dem Papst war auch die päpstliche Macht untergegangen und würde nach diesen Tagen der Zerstörung und Vernichtung nie wieder ihre alte Kraft entfalten können, so dachte ich. Wenn aber eine neue Welt heraufzog, was konnte dann an Gutem und dem Seelenheil Nützlichem entstehen nach all diesem Rausch nie dagewesener Zerstörung und ungezügelter Mordlust? Ich hatte den Papst gesehen, wie er schluchzend hatte fliehen müssen. Mein Schwur war erfüllt, aber ich empfand keine Freude darüber. Dass mein Schwur sich erfüllt hatte, brachte mich Barbara um keinen Deut näher, sondern ich hatte sie auf ewig verloren. Nach ihrem Tode war so viel Verwirrendes und Schreckliches in meinem Leben geschehen, dass ich mich von meinem gesamten bisherigen Dasein langsam gelöst hatte. Während ich so auf dem Vatikanhügel dastand, der Wind die zerrissenen Papiere durch die Gassen wirbelte und die Steinplatten über dem Grab des heiligen Apostels Petrus in Stücke gingen, merkte ich plötzlich, dass ich mich selbst nicht mehr kannte. Entsetzt fragte ich mich, wer ich eigentlich war. Ein Fremdling, der kein Zuhause mehr hatte, keine Familie und keine verwandtschaftlichen Bande, ein Mann ohne Vaterland und ohne Ziele für die Zukunft. Ich fühlte mich plötzlich so nackt und verwaist, dass mich zu frieren begann, obwohl die Maisonne wärmend über mir stand.

Nur mein Hund saß zu meinen Füßen als mein einziger treuer Freund und schaute mit seinem einzigen, traurigen Auge zu mir herauf, so als wollte er mich von ganzem Herzen um irgendetwas bitten und anflehen. Er hatte sein Frauchen verloren; man hatte ihn geschlagen, gequält und ihm das Fell versengt, so dass sein schwarzer Pelz nie wieder so wuchs wie zuvor, sondern grau und struppig geworden war. Trotzdem freute er sich nicht über die Rache, sondern er war unglücklich und litt, wenn er sah, wie die Menschen einander umbrachten. Deshalb blickte er mich stumm und bittend an, so als wollte er, dass ich meine Seele inmitten all dieser Verwüstung rettete.

Während mir diese niederschmetternden Gedanken durch den Kopf gingen, stand ich lange da, blickte auf die Stadt, die sich unter mir erstreckte, auf ein Rom, in dem die Menschen plünderten, einander marterten und wie Raubtiere den Rausch der Gewalt suchten und sich gegen ihre Mitmenschen vergingen, so dass ein Menschenleben oder die Keuschheit und Ehre einer Frau weniger galten als die geringste Kupfermünze. Als ich all dies bedachte, überkamen mich furchtbare Zweifel: Wie, wenn Gott überhaupt nicht existierte? Denn dem armen menschlichen Verstand war es unbegreiflich, dass der allmächtige, heilige und barmherzige Gott, der seinen einzigen Sohn hingegeben hatte, um die Christenheit von ihrer Sündenschuld loszukaufen, dies alles geschehen lassen konnte. Der bloße Gedanke, dass Gott an der Plünderung und Zerstörung seiner heiligsten Stadt beteiligt war, schien mir ein genauso schrecklicher Hohn zu sein wie der Regenbogen, der sich Thomas Müntzer zeigte, als er sich ein Zeichen vom Himmel erbat, um das Reich Gottes auf Erden errichten zu können. Deshalb konnte ich in der Zerstörung Roms nicht die Geburt eines neuen Zeitalters erblicken, sondern mich durchfuhr der niederschmetternde Gedanke, dass das Ende der Welt gekommen war und die Kräfte des Satans entfesselt worden waren, damit der Kaiser als Antichrist zum Herrscher der Welt würde.

Mein Herz war nackt und leer, aber mein dummer Leib begann mich daran zu erinnern, dass es ihn auch noch gab, denn nach den vielen Tagen des Weintrinkens nagte nun auf einmal wüster, schmerzender Hunger an mir. Deshalb versuchte ich mir einzureden, alle diese niederschmetternden Gedanken seien nur die Folge der Erschöpfung und meines Katzenjammers, und ich würde mich bald wieder wohlfühlen, wenn ich mir erst einmal den Bauch mit Fleisch, Brot und Zwiebeln vollgeschlagen hätte. So wanderte ich den Hügel hinab immer weiter weg von der Engelsburg und sah eine ganze Reihe schöner, von Mauern umgebener Häuser, in deren Höfen die Bäume in vollster Frühlingsblüte standen. Aber die Spuren der Plünderung waren überall in der Umgebung des Vatikans sichtbar, so dass ich meine Schritte immer weiter weg lenkte, um ein Haus zu finden, in dem ich um Essen bitten konnte. Und ich hatte nicht vor, dort mit dem Recht des Siegers aufzutreten, sondern stellte mir vor, ich würde für mein Essen bezahlen und mich mit guten und friedlichen Menschen unterhalten, um den Schmerz und die Einsamkeit aus meinem Herzen zu verbannen.

Aber kein Haus war zu sehen, das nicht geplündert worden wäre. Dabei herrschte in diesem Stadtviertel bereits Totenstille, und man sah auf den Straßen auch keine plündernden Soldaten, die geraubtes Hab und Gut weggeschleppt hätten. So trat ich schließlich durch ein aufgebrochenes Tor in den Hof eines kleinen Hauses, in dem die Bäume grüne und weiße Blüten trugen. Ich betrat das Haus und wanderte auf der Suche nach seinen Bewohnern von einem Zimmer zum anderen, die alle durchwühlt worden waren. Erst im letzten Zimmer fand ich eine Frau, die bei meinem Eintritt aufstand, die Haare völlig zerzaust. Sie blickte mich mit wilden Augen an, hob einen Finger an ihre Lippen, um mir zu bedeuten, ich solle still sein, und wies auf einen Greis, der dort im Bett lag. Dieser atmete schwer; seine Lippen und Wangen schimmerten bläulich, und ich sah sofort, dass er an schweren Herzbeschwerden litt und bald sterben würde. Die Frau schob mich aus dem Zimmer vor sich her, folgte mir dann, schloss die Tür hinter sich und sah mich wortlos an. Dann riss sie sich widerwillig das Kleid auf, sank zu Boden und sagte:

»Wenn noch eine Spur menschlichen Mitleids in Euch verblieben ist, lieber Herr, dann macht es schnell, damit ich zu meinem kranken Vater zurück kann und er nicht allein sterben muss. Ich schwöre bei allem, was mir heilig ist, dass ich nichts in seinem Bett versteckt habe, denn mit den letzten Münzen, die uns verblieben sind, habe ich bereits Lösegeld bezahlt. Habt also Erbarmen und macht schnell, und wenn Ihr geht, nehmt ruhig mit, was Ihr wollt, auf dass ich Euch nur gleich wieder los werde.«

Ich war so von meinen eigenen Gedanken niedergeschlagen, dass ich zuerst gar nicht begriff, was sie mit ihren Worten meinte. Dann aber stieg Röte in mein Gesicht, ich wandte den Blick von ihr ab und sagte:

»Ich habe nicht vor, Eure Keuschheit zu verletzen, sondern möchte nur um etwas zu essen bitten, falls Ihr etwas habt. Ich werde auch dafür zahlen. Übrigens bin ich Arzt von Beruf und helfe Eurem Vater gern, wenn ich kann, obwohl mir sein Antlitz verrät, dass ihm keine menschliche Kunst mehr wird helfen können.«

Mein Hund näherte sich ihr und leckte ihr freundlich die Hand. Da setzte sie sich erstaunt auf, errötete ein wenig und zog sich wieder das Kleid über ihren entblößten Busen. »Bin ich da wirklich auf einen Menschen unter Raubtieren gestoßen?« sagte sie. »Ich habe meinen Glauben an die Heiligen bereits verloren, wenn als Antwort auf meine flehentlichen Gebete nur ein brutaler Wüstling nach dem anderen erschienen ist, mich zu Boden stieß und mir Gewalt antat, um danach meinen Vater aus seinem Bett zu werfen und die Matratzen aufzuschneiden, weil er Geld darin zu finden hoffte. Wenn Ihr aber tatsächlich ein guter Mensch seid, dann holt mir um Gottes willen einen Priester her, denn meinem Vater tut ein Priester mehr not als ein Arzt. Unsere Diener sind geflohen und haben sich den Plünderern angeschlossen. Als ich gestern das Haus verließ, um einen Priester zu holen, hat man mich gleich an der ersten Straßenecke vergewaltigt und mir meine Halskette, Ohrringe und meinen Ring geraubt, so dass ich mich nicht mehr außer Haus wage, weil ich es wohl nicht mehr lebend zurück zu meinem sterbenden Vater schaffen würde.«

Ich sagte, der Papst habe alle kirchlichen Riten in Rom verboten, und ich hätte meine Zweifel, ob es irgendein Priester wagen würde, sich dem Gebot des Papstes zu widersetzen. Darauf versetzte sie wütend:

»Mein Vater ist ein gelehrter Mann und hat zwar mehrere Bücher über römische und griechische Dichter der Antike verfasst, aber dennoch ist er ein frommer Christ. Das Verbot des Papstes kann ihn nicht betreffen, denn so gottlos kann der Heilige Vater doch nicht sein, dass er nur wegen des Unglücks, das ihn selbst getroffen hat, seinem treuesten Untertan die Letzte Ölung verweigert. Wenn Ihr Manns genug seid, dann holt mir einen Priester und schleppt ihn von mir aus mit Gewalt her, denn ich selber habe schon so viel Gewalt erdulden müssen, dass ich in dieser Hinsicht keine Skrupel mehr kenne.«

Sie erhob sich vom Boden aus ihrer demütigenden Stellung und sah mich stolz erhobenen Hauptes an, so dass ich plötzlich gewahr wurde, dass sie eine schöne und vornehme Frau war und etwa im gleichen Alter wie ich. Ihre Kleidung befand sich zwar in Unordnung, und ihr Haar war ungekämmt, aber meine eigene Niedergeschlagenheit ließ mich ihr gehorchen, damit ich inmitten all des Bösen wenigstens irgendeine gute Tat zu meinem eigenen Seelenheil vollbrachte. Deshalb sagte ich:

»Ihr solltet nicht so von oben herab mit mir sprechen und nicht an meinem Mannesmut zweifeln, auch wenn ich Euch eben nicht angerührt habe. Ich werde Euch schon zeigen, dass ich Manns genug bin, und deshalb werde ich einen Priester zum Seelenheil Eures armen Vaters herbeischaffen, sofern noch irgendein Priester in Rom am Leben ist. Dafür erwarte ich keinen Dank von Euch, sondern tue es aus Mitleid und Mitmenschlichkeit, nicht aber, um Eurem anmaßenden Befehl nachzukommen.«

Nachdem ich dem Kranken den Puls gefühlt und seinem Atem gelauscht hatte, war mir klar, dass er nicht mehr viele Stunden zu leben hatte. Ich zweifelte, ob er noch genügend bei Bewusstsein sein würde, um die Heilige Kommunion und die Letzte Ölung zu empfangen. Aber ich beeilte mich, und ganz in der Nähe bei einer Brücke trieb ich einen Priester auf, der sich gerade aus seiner Kirche schlich und sich dabei ängstlich umsah, so als wäre er ein verfolgtes Tier. Ich fasste ihn am Saum seiner Soutane, so dass er mir nicht entkommen konnte, obwohl er es versuchte. Dann bat ich ihn höflich, mir in Erfüllung seiner heiligen Pflicht zu folgen. Er wehrte sich heftig und verwies auf das Verbot des Papstes, der gleichermaßen für alle Einwohner Roms gelte. Auch sagte er, er habe keinen Chorknaben, der vor ihm die Schelle läuten konnte, während er die heilige Hostie trug. Viele andere Ausreden brachte er vor, obwohl ich ihm schließlich mehrere Dukaten für seine Dienste bot. So blieb mir nichts anderes übrig, als mein Schwert gegen seine Brust zu richten und ihm die Wahl zu lassen, ob er als Märtyrer für seinen Glauben sterben oder als Ketzer, der sich dem Gebot des Papstes widersetzt hatte, weiterleben wollte. Er überlegte eine Weile und meinte dann, lebend werde die heilige Kirche wohl mehr Nutzen von ihm haben, und vielleicht könne er ja Absolution für seine unter Zwang begangene Missetat erhalten. Unter einem Grabstein holte er dann seine liturgischen Geräte samt Hostie und gesegnetem Öl hervor, und ich führte ihn in aller Stille ohne Schellengeläute zu dem Sterbenden.

Während er nun hinter verschlossener Tür am Bett des Kranken seines heiligen Amtes waltete und die Tochter sich in Gebete um das Seelenheil ihres Vaters versenkte, schaute ich mich im Haus um und sah überall auf dem Fußboden die Werke antiker griechischer und römischer Dichter und Philosophen verstreut, Bücher und Handschriften, auf denen schmutziges Schuhwerk herumgetrampelt war. Es gab im Haus auch eine ganze Reihe antiker Skulpturen, deren gelbliche Farbe ein Hinweis darauf war, dass man sie aus dem Erdreich ausgegraben hatte. Aber die randalierenden Soldaten hatten sie von ihren Sockeln gestürzt, so dass den heidnischen Göttern und Göttinnen vielmals die Arme oder Köpfe abgebrochen waren. In all der Verwüstung blieben meine Augen an den herrlichen Umrissen einer aus Marmor gemeißelten Hüfte hängen, und ich musste an die Hände und den Meißel eines schon vor dem Aufkommen des Christentums zu Staub gewordenen Bildhauers denken, der es in seiner heidnischen Welt verstanden hatte, diese sündigen Formen eines sterblichen Menschen für die Ewigkeit in Stein zu bannen, damit sie mir zu einer Zeit in die Augen fielen, da die christliche Welt in ihren Grundfesten erschüttert wurde. Doch ich schob die Marmorstücke mit dem Fuß beiseite, um in die Küche zu gelangen. Dort fand ich ein paar Knoblauchzehen und ein vertrocknetes Brot, so dass ich den schlimmsten Hunger stillen konnte.

Kaum hatte ich mir das Brot mit meinem Hund geteilt, da erschien die Frau aus den hinteren Räumen auf der Suche nach mir und sagte zögernd und mit zu Boden gerichtetem Blick, der Priester habe seine Aufgabe erfüllt und ihrem sterbenden Vater die Letzte Ölung erteilt. Nun bitte er um sechs Dukaten als Lohn für seine Mühe. Sie fragte, ob ich ihr diese Summe leihen könne und versprach mir, sie mir nach besten Kräften zurückzuzahlen, sobald sie die reichen Gönner oder Freunde ihres Vaters erreichen könnte. Ich gab ihr das Geld, weil sie so demütig und mit Tränen in den Augen darum bat und dabei all ihren früheren Hochmut vergaß. Aber die grausame Habgier des Priesters machte mich dermaßen wütend, dass ich mich durch die Hintertür und den Garten auf die Straße schlich. Dann, als der Priester das Haus verließ, seine liturgischen Geräte unter der Soutane verbergend, trat ich ihm entgegen und versetzte ihm einen Schlag auf den Kopf, so dass er davon zu Boden stürzte und ohnmächtig liegen blieb.

Der Greis war sehr ruhig und gefasst, nachdem er seine Frieden mit Gott gefunden hatte, und er litt keine Schmerzen mehr. Er strich mit zitternder Hand seiner vor ihm am Bett knienden Tochter über das Haar. Ich glaube nicht, dass er vieles von all dem Bösen, das in Rom um ihn herum geschehen war, mitbekommen hatte, denn er beschwor mich mit schwacher Stimme, ihm ein würdiges Begräbnis auszurichten und dann seine Tochter in den Palast des reichen Massimo in Sicherheit zu bringen. Er wolle auch nicht, dass Pferde mit Helmbüschen auf den Köpfen seinen Katafalk zögen, sondern gebe sich damit zufrieden, auf einfacher Bahre in geweihte Erde gebracht zu werden. Ich wagte nicht, ihm die volle Wahrheit zu sagen, sondern versprach, nach besten Kräften seine Wünsche zu erfüllen und fiel neben seiner Tochter vor dem Sterbelager auf die Knie, um für seine Seele zu beten sowie auch aus Ehrfurcht vor dem Tode, der den Menschen seiner Freuden beraubt, den mächtigsten Ritter zu Staub werden lässt und alles gelehrte Werk sinnlos macht. So tat dieser Greis seinen letzten Atemzug. Sein Kinn klappte hinunter und entblößte einen zahnlosen Mund, als der Tod Besitz von seinem hinfälligen Leib ergriff. Ich erhob mich, schloss ihm die Augen mit meinen Fingerspitzen, schob ihm ein Kissen zur Stütze unters Kinn und faltete ihm die Hände auf der Brust. Seine Tochter weinte eine Zeitlang.

Aber dann stand sie auf, wischte sich die Tränen aus den Augen und sagte mit einem Seufzer der Erleichterung:

»Mein Vater starb friedlich als Christenmensch. Darüber bin ich sehr erleichtert, denn zeit seines Lebens hat er oft die heilige Messe versäumt, weil er lieber in den Schriften heidnischer Philosophen forschte und sein Geld eher für antike Altertümer ausgab, als dass er sich an der Ausschmückung heiliger Altäre beteiligt hätte. Aber jetzt ist seine Seele gerettet, und es bleibt nichts weiter zu tun, als seinen letzten Wunsch zu erfüllen, damit er unter schlichten Riten zur letzten Ruhe in geweihter Erde gelangt.«

Ihr dummer Starrsinn ärgerte mich, und ich sagte: »Überall in den Straßen Roms, an den Ufern des Tibers und vor den Türen der Kirchen liegen unbegraben zehntausend oder noch mehr Leichen herum und verpesten die Luft mit ihrem Gestank. Es zeugt schon von großem Dünkel zu meinen, jemand würde einem Gelehrten ohne Geld und Besitz ein Grab schaufeln, denn ganz Rom ist zu einem Friedhof geworden, und eine Leichenstätte ist so heilig wie irgendeine andere.«

Sie sah mich hochmütig an und versetzte: »Ich bin Euch bereits sechs Dukaten schuldig, aber wenn ich meinen Vater begraben habe und Ihr mich in den Massimo-Palast gebracht habt, dann erhaltet Ihr zurück, was Euch zusteht, sowie zusätzlich eine Entschädigung für Eure Mühen. Der begüterte Massimo wird der Tochter meines Vaters seinen Schutz und seine Hilfe nicht verwehren.«

Ich warf behutsam ein, die Spanier hätten gleich am ersten Tag den Massimo-Palast belagert und von den dort eingeschlossenen Flüchtlingen fünfzigtausend Dukaten an Lösegeld erpresst. Am folgenden Tage hatten dann die deutschen Pikeniere den Palast erobert, was ich genau wusste, da Antti eigenhändig eine Pulvermine unter einer Ecke des Gebäudes vergraben und zur Explosion gebracht hatte, nachdem Massimo trotz guten Zuredens nicht bereit gewesen war, die Tore zu öffnen, sondern im Gegenteil aus dem Haus heraus auf unsere Pikeniere Schüsse abgegeben worden waren. Nachdem die Deutschen den Palast geplündert hatten, waren die Spanier noch am Abend zurückgekehrt, hatten Massimo gefesselt und vor seinen Augen dessen beide Töchter vergewaltigt, um weiteres Geld von ihm zu erpressen. Danach hatten sie Massimo samt seinen Töchtern in die Kloake geschickt, wo er die Schätze ausgraben sollte, von denen sie vermuteten, er habe sie dort versteckt. Deshalb gab ich meiner Vermutung Ausdruck, dass ihr Massimo und seine Familie nicht viel würden helfen können.

Sie biss sich auf die Lippen, und Tränen der Wut und Verzweiflung entströmten ihren Augen, da sie nun merkte, wie schutzlos sie war und wie sehr sie nun von mir abhing. Aber nach kurzer Überlegung meinte sie: »Bestimmt ist dies Gottes Strafe für den habgierigen Massimo, denn in den letzten Tagen, als der Heilige Vater Geld für die Verteidigung Roms sammelte, zweigte er von all seinen Reichtümern nur hundert Dukaten für diesen guten Zweck ab. Mir geht es nicht um mich selbst, denn mein Leib ist schon so viele Male entehrt worden, und das Leben hat deshalb keinen großen Wert mehr für mich. Aber für meinen Vater will ich ein ehrenvolles Begräbnis, und du musst mir dabei helfen, wenn du dich zu Recht als Mann bezeichnen lassen willst.«

Ich weiß nicht, was mich an dieser Frau so sehr ärgerte, da sie so ausdrücklich an mich als Mann appellierte. Aber mich überkam das lächerliche Verlangen herauszufinden, wie weit sich ihre Ansprüche wohl erstrecken mochten, und deshalb versprach ich, alles zu tun, um ihrem Vater ein Grab in geweihter Erde zu beschaffen. Aber dazu brauchte ich Hilfe. Deshalb verließ ich das Haus und sagte, ich würde mit einer Bahre und Trägern zurückkommen, sobald ich könnte. Ich wusste mir keinen anderen Rat, als mich an Antti zu wenden, und so kehrte ich auf die linke Tiberseite in das alte Stadtviertel zurück. Ich hatte Glück und traf ich Antti bereits an der Sixtus-Brücke, wo er, umgeben von seinen lachenden und johlenden Pikenieren, einen gebrechlichen weißhaarigen Greis auf seinem Rücken trug.

Als Antti mich erblickte, ließ er den Greis zu Boden fallen, als wäre er bereits tot, wischte sich den Schweiß von der Stirn und sagte: »Die Menschen sind ja wirklich gefühllos und hartherzig in dieser verstockten Stadt, denn wir ziehen mit dem Kardinal Ponzetto hier schon seit Stunden von einer Bank zur anderen und von Palast zu Palast, aber niemand will auch nur einen Dukaten opfern, um ihm den Kopf zu retten. Schließlich musste ich ihn auf den Rücken nehmen, weil er nicht mehr laufen konnte. Er ist nämlich schon achtzig Jahre alt.« Auch die Pikeniere hatten von all dem genug, stießen Flüche aus und schlugen vor, am besten solle man den Kerl, der ihnen nichts als Verdruss bereitet habe, in den Fluss werfen, wo man ihn wegen seines hohen Alters schon nicht verprügeln könne.

Ich begann Antti mein Ansinnen zu erklären. Als die Pikeniere hörten, dass ich von einem Begräbnis sprach, war ihr Interesse geweckt, und sie meinten, dieser Kardinal Ponzetto habe wegen seiner Habgier und seiner Verstocktheit verdient, lebendig begraben zu werden, da kein aufrechter Soldat des Kaisers mehr Nutzen von ihm habe. Ehe ich mich's recht versah, hatten sie die Arme des Greises ergriffen und schleppten ihn in eine Kirche. Antti folgte ihnen, und mir blieb keine andere Wahl, als Antti zu folgen. Irgendwo trieben die Pikeniere einen Sarg auf und hoben ihn auf ein Podest mitten in der Kirche. Der alte Kardinal schaute mehr tot denn lebendig aus dem Sarg hervor, und als die Pikeniere sahen, dass er wieder zu sich gekommen war, begannen sie Kirchenlieder und Trauergesänge anzustimmen. Der Redegewandteste unter ihnen hielt ihm eine Begräbnisrede, in der er ihm allerlei schändliche Verbrechen vorwarf. Um ihm noch mehr Schrecken einzujagen, brachen sie dann eine Bodenplatte in der Kirche auf, um ihn dort zu beerdigen. Doch als selbst diese Drohung ihm kein Geld abpressen konnte, verloren sie die Lust daran, ihren Spaß mit ihm zu treiben und sagten, nun würden sie sein Haus aufsuchen, um dort ein Festgelage abzuhalten.

Auch Antti wollte ihnen dorthin zum Mahle folgen, aber ich beschwor ihn, mir erst zu helfen, denn durch einen Wink der Vorsehung war ich nun an einen stattlichen Sarg samt einer Leichenbahre gekommen. Er konnte zwei Pikeniere dazu bewegen, mit uns mitzukommen, und nachdem wir einige Zeitlang in den Häusern der Umgebung gesucht hatten, bekamen wir eine Gruppe Römer zusammen, welche die Bahre trugen, sowie zwei Mönche, die das Requiem singen sollten. Je undurchführbarer mein Versprechen erschien, desto starrsinniger hatte ich mir nämlich in den Kopf gesetzt, es auch wirklich zu halten. So marschierten wir in einer Prozession durch die Stadt, wobei Antti die Italiener mit seinem Schwert wohlweislich in Angst und Schrecken hielt. Nachdem wir das Haus des Gelehrten erreicht hatten, kleideten wir den Verstorbenen in ein reines Hemd, wickelten ihn in Tücher und legten ihn beim Gesang der Mönche in den Sarg. Seine Tochter führte uns zu einem kleinen Friedhof, und während bereits der Abend heraufdämmerte, ließen wir die Italiener das Grab ausheben und es nach dem Begräbnis wieder zuschaufeln. Schließlich stellten wir noch einen ansehnlichen Grabstein auf, um die Grabstelle deutlich zu kennzeichnen. Dann entließen wir die Römer und die beiden Mönche, nicht ohne ihnen Gottes Segen zu wünschen und ihnen für ihre christliche Hilfsbereitschaft zu danken.

So blieben wir nun zu dritt am Grab zurück, jene hartnäckige Frau, Antti und ich. Nachdem es inzwischen dunkel geworden war, überzogen die Feuersbrünste, die noch in der Stadt tobten, den Himmel über Rom mit rötlicher Farbe. Die Frau sprach ein letztes Gebet am Grab ihres Vaters, küsste uns beide, nannte uns brave Männer und lud uns zu sich zum Mahl ein, um ihres Vaters zu gedenken, obwohl sie gleich sagte, sie habe uns nicht viel anzubieten. Deshalb statteten wir auf dem Rückweg zwei Häusern einen Besuch ab und bekamen dadurch Vorräte an frischem Fleisch und Gemüse zusammen und sogar ein kleines Weinfass, das sich Antti auf die Schultern hievte.

Die Frau machte sichtlich ungeschickt Feuer im Herd und begann uns das Fleisch zu braten. Inzwischen berichtete Antti mir davon, was er tagsüber erlebt hatte. Er zeigte mir eine Handvoll grüner und roter Edelsteine, die er aus einer Reliquienschatulle in einem Nonnenkloster herausgebrochen hatte. Auch erzählte er, er habe das Haupt Johannes des Täufers gesehen, doch ehe er sich es schnappen konnte, war ihm jemand zuvorgekommen, obwohl er es gerne als Kriegsandenken an sich genommen und es durch einen Landsmann zum Dom unserer Heimatstadt Turku geschickt hätte, um sich gute Werke zu verdienen, denn dort gab bisher es keine so wertvolle Reliquie. Dann aber meinte er:

»Ein bisschen Spaß kann ja nie schaden, und ich bin der Letzte, der einem armen Soldaten sein unschuldiges Spiel versagen will, wenn er wenigstens einmal im Leben ordentlich auf den Putz hauen kann wie ein Stier auf einem Kleefeld. Aber jedes Spiel hat seine Grenzen. Dieses sinnlose Töten und Vergewaltigen ist nichts für mich, selbst wenn sich auch ein besonnener Mann im Eifer des Gefechts zu Taten hinreißen lässt, die er später von Herzen bereut. Ich verstehe diese Spanier einfach nicht. Es scheint, als wäre es für sie die reinste Wonne, die Leute zu quälen und zu foltern sowie Frauen und sogar Kinder zu den unzüchtigsten Handlungen zu zwingen, wo doch ein anständiger Mann am liebsten die Gunst und Freundlichkeit einer Frau genießt. Es fehlt in Rom ja auch nicht an munteren Damen, die wirklich gerne und ohne dazu gezwungen werden zu müssen, bereit sind, mit den Soldaten ihre Beute und ihr Vergnügen zu teilen.«

Die Frau ließ das Fleisch auf dem Herd weiterbruzzeln, wandte sich zu uns und sagte: »Ich habe mit meinem Vater ein beschauliches Leben geführt, und mein Vater hat mich Latein gelehrt. Ich habe sogar ein paar hübsche Verse gedichtet und in einer frommen Aufführung im Colosseum die Rolle der heiligen Maria Magdalena gespielt, was mir große Anerkennung, ja Bewunderung einbrachte. So kam es, dass ich mich wohl für etwas Besseres hielt und allen Freiern meines eigenen Standes den Korb gab, weil es mich nach einer wunderbaren Liebe gelüstete, nach einer, von der die Dichter schwärmen. Ein sehr vornehmer Mann hätte mir seine Liebe geschenkt, aber weil er ein geistliches Amt ergreifen musste, konnte er mir nur die unsichere Stellung eines Kebsweibs und einer Kurtisane bieten. Deshalb schlug ich seine leidenschaftliche Werbung aus. Jetzt hat Gott mich für meinen Hochmut gestraft und mir allzu deutlich gezeigt, dass die frommen Nonnen durchaus nichts verlieren, wenn sie sich ewiger Keuschheit anvermählen, sondern im Gegenteil nur gewinnen. Ich glaube, ich werde nie wieder einem Mann in die Augen sehen können, ohne mich vor seinen widerwärtigen Trieben zu ekeln. Deshalb werde ich mir vom Erbe meines Vaters wohl einen Platz in einem Kloster kaufen, dessen Zucht und Regeln nicht allzu streng sind, wenn irgendwann wieder friedliche Zustände einkehren und die Räuberbanden aus Rom vertrieben sind.«

Antti sagte: »In den Klöstern Roms wird viel Platz sein, so dass Ihr nur auszuwählen braucht, edles Fräulein. Zum Beispiel ist meines Wissens im St.-Silvestro-Kloster nur eine einzige Nonne mit dem Leben davongekommen. Die vernachlässigte dann aber ihre Keuschheit so sehr, dass sie kreischend und splitterfasernackt durch die Straßen der Stadt jenem gewieften Burschen nachlief, der mir das Haupt Johannes des Täufers vor der Nase wegstibitzt hat. Doch soweit ich in Rom bisher fromme Nonnen zu sehen bekam, scheinen die meisten von ihnen mir recht flachbusig zu sein und haben die himmlische Liebe wohl deshalb gewählt, weil sie der irdischen allzu sehr ermangelten. Deshalb kann ich ungebildeter Mann Euch nur raten, von vorschnellen und unbedachten Entschlüssen Abstand zu nehmen, denn ins Kloster kommt man wahrscheinlich schneller hinein als wieder heraus. Außerdem sind viele Leute fest davon überzeugt, dass das Klosterwesen seine Bedeutung nun verlieren wird, da der Apostolische Stuhl gestürzt ist und niemand weiß, was für eine Kirche unser wackerer Kaiser anstelle der alten, zerschlagenen nun errichten will. Eins kann ich allerdings sagen, dass nämlich zwölftausend kräftige Männer fest entschlossen sind, den Doktor Luther zum Papst auszurufen, wenn es sein muss, mit der Pike in der Hand. Der hat ja nun mit Klöstern oder strengen Keuschheitsgelübden durchaus nichts im Sinn, wo er selber eine Nonne geheiratet hat. Diese seine Lehre haben viele Männer in den letzten Tagen den Nonnen von Rom nahezubringen versucht. Aber in ihrer papistischen Voreingenommenheit haben sich die meisten Nonnen lieber umbringen lassen, als dass sie dem Gesetz der Natur gefolgt wären, wo in der Bibel doch ganz klar gesagt ist, der Mensch solle fruchtbar sein und sich mehren auf Erden.«

Bei diesen Worten vergaß die Frau ihren Bratspieß, und das gute Fleisch fiel ins Feuer und brannte an. Sie sah uns mit offenem Munde an und meinte: »Steht denn wirklich das Ende der Welt vor der Tür? Gibt es für ein schutzloses Weib denn keinen Ort mehr, wo es Zuflucht vor den Versuchungen suchen kann, da es nun keine Klöster mehr gibt?«

Antti trank einen Schluck Wein und sagte: »Auch mir geht dieser Trubel viel zu weit, und ich bin durchaus kein Anhänger Luthers. Wo kommen wir denn hin, wenn es keinen Ort mehr gibt, an den wir die hässlichen und aufmüpfigen Weiber mit frechem Mundwerk wegsperren können? Deshalb sollte meiner Meinung nach das Klosterwesen in irgendeiner Form erhalten bleiben. Doch Ihr, edles Fräulein, scheint mir keinerlei körperliche Mängel aufzuweisen, und auch Euer Gesicht ist angenehm zu betrachten, weshalb ich Euch noch einmal den dringenden Rat gebe, Euch Euren Entschluss genau zu überlegen.«

Er nahm das Fleisch aus dem Feuer, roch daran und begann, mit seinem Messer die angebrannten Teile wegzuschneiden. Dann machten wir uns über das Fleisch her, das an einer Seite mehr als gar war, an der anderen Seite aber roh, so dass uns nichts anderes übrig blieb, als die missratene Speise mit dem Wein hinunterzuspülen, da wir unsere Wirtin nicht mit tadelnden Worten kränken wollten. Sie bedeckte das Antlitz mit ihren Händen und begann ob ihrer schutzlosen Lage zu schluchzen. Aber Antti tröstete sie und sagte:

»Ich verstehe ja Euren Kummer. Aber es gibt auf Erden nichts Unersetzliches außer dem menschlichen Leben. Wenn Ihr Euch erst beruhigt und vernünftig nachgedacht habt, dann werdet Ihr merken, dass das Leben Euch noch sehr gut schmecken wird, jedenfalls besser als dieses angekokelte Fleisch hier. Einige unbesonnene Männer scheinen Eurem Leib übel mitgespielt zu haben, aber soweit ich sehe, habt Ihr durchaus Grund, Gott dafür zu danken, dass Ihr nicht den Spaniern in die Hände gefallen seid, denn die hätten Euch alle Haare ausgerissen und Euch das lebendige Fleisch aus Eurem Busen herausgeschnitten, um Geld aus Euch herauszupressen. Deshalb befindet Ihr Euch, wie mir scheint, nicht in schlimmerer Lage als ein Mann, der sich gründlich betrunken und in seinem Rausch allerhand dummes Zeug angestellt hat und dann, wenn er wieder einen klaren Kopf bekommt, sich für das elendste Geschöpf von allen elenden Sündern hält. Aber das geht nach einiger Zeit vorbei. Ja, Ihr werdet nicht glauben, wie schnell das vorbeigeht, wenn man ein paar Schluck nimmt, um endgültig wieder klar zu werden. Auf die gleiche Weise werden auch das Unrecht und die Schande vorbeigehen, die Euch widerfahren ist, so dass Ihr Euch später kaum noch daran erinnert. Deshalb rate ich Euch: Esst von dem Fleisch und trinkt Wein, um Euch zu stärken! Und denkt daran, dass wir Eurem verstorbenen Vater ein so ehrenvolles Begräbnis bereitet haben, wie es sich nicht einmal die Reichsten und Vornehmsten haben erhoffen können, die in diesen Tagen hier in Rom umgekommen sind.«

Seine schlichten Worte munterten diese kluge Tochter des gelehrten Vaters wieder auf, und sie versuchte, uns so freundlich anzulächeln, wie sie nur konnte. Sie sagte: »Ich bin wirklich undankbar und vergesse schon meine Pflichten als Gastgeberin. Da Ihr so freundlich zu mir gewesen seid, hätte ich gewünscht, mich statt mit dem Verfassen von Versen und frommen Schauspielen mehr mit so praktischen Dingen wie der Speisezubereitung befasst zu haben. Vielleicht habt Ihr ja recht. Vielleicht wollte Gott mich nur für meinen Hochmut und meine Eitelkeit strafen, als er meinen Leib entehren ließ, dem ich so eifersüchtig zärtliche Liebkosungen versagt habe. Wenn es auch nur ein schwacher Trost ist, dass es auch hätte schlimmer kommen können, so will ich mich nach Art der Philosophen in diesen Trost fügen. Jetzt bedrückt mich keine andere Sorge mehr als die, wie ich Euch Eure Güte vergelten kann, wo ich es nicht einmal geschafft habe, das Fleisch hinreichend wohlschmeckend zuzubereiten. Wenn Ihr es wünscht, kann ich Euch einige schöne Verse vorlesen und Euch die Rolle der Heiligen Magdalena aus dem Passionsspiel vorsprechen, bei dem mir einiges Können bescheinigt wurde.«

Antti dankte für das Essen und sagte, er sei nur ein einfältiger und ungelehrter Mann; er müsse jetzt an seinen Geldbeutel und seine wackeren Pikeniere denken, die ohne ihn durch das nächtliche Rom irrten wie Schafe ohne Hirten. Er habe seine Pflichten bereits über Gebühr vernachlässigt, aber ich solle doch zum Schutz dieser braven Frau dableiben; als gelehrter Mann könne ich ihren Versen auch sicher mehr abgewinnen. Mit diesen Worten brach er auf, und wir beide, sie und ich, blieben im flackernden Schein zweier Kerzen in dem geplünderten Haus zurück, das noch vor wenigen Tagen das behütete Heim eines schönen Fräuleins gewesen war. Nach Anttis Weggang fanden wir zunächst kein Gesprächsthema, sondern saßen nur in drückender Stille da, bis sie leise sagte, sie heiße Lucrezia, und mich bat, ich möge mich verhalten, als wäre ich ihr Bruder. Auch legte sie ihre kalten Hände in die meinen und bat mich, sie bei den Händen zu halten, weil sie sich ängstige und sie friere, da die Glut im Herd allmählich zu Asche geworden war. Sie fürchte, sie werde krank werden. Mein Hund kuschelte sich zum Schlafen an den Herd, und da ich weiter still blieb, begann sie zu reden und sagte:

»Meinem Vater brach das Herz, als er sah, wie die Soldaten in ihrer Raserei die Marmorskulpturen, die er selbst ausgegraben hatten, zerschlugen und seine Bücher, für deren Anschaffung er all seinen Besitz hingegeben hatte, durch die Zimmer schleuderten, so dass mir als Erbe nicht mehr geblieben ist als einige Weingärten in der Nähe von Siena sowie dieses ausgeplünderte Haus. Ich glaube, er starb, weil er sah, dass all die Mühen seines Lebens in einem kurzen Augenblick zunichtewurden. Aber jetzt, da er tot ist, fühle ich mich auf erschreckende Weise befreit, und seltsame Wünsche kommen in meinem Herzen auf. Ich weiß nicht mehr, ob ich überhaupt glücklich war, wenn gelehrte Männer mit linkischen Worten ihre Begeisterung über meine Schönheit und Klugheit ausdrückten. Dennoch verstört mich meine Einsamkeit, und ich fühle mich wie ein bunter Vogel, den eine Sturmbö aus seinem sicheren Käfig vertrieben und in eine wilde und schreckliche Welt entlassen hat, die aber vielleicht auch voller Herrlichkeiten ist. Lege deshalb deinen Arm um mich, Michael, damit du mich wie ein Bruder wärmen und beschützen kannst. Im ganzen Haus sind keine Kerzen mehr übrig als nur noch diese zwei hier. Deshalb sollten wir sie am besten löschen, denn wir können uns genauso gut im Dunkeln unterhalten wie beim Kerzenschein.«

Sie löschte die Kerzen, und ich schlang brüderlich meine Arme um sie. Während immer noch schwere Gedanken mein Herz quälten, tröstete mich das Gefühl, einen lebenden Menschen in meinen Armen zu halten, der genauso einsam und verwaist war wie ich selbst. Doch nach einiger Zeit wurde sie ungeduldig, schlang ihren Arm enger um meinen Hals, presste ihre Wange an die meine und sagte:

»Ich verstehe mich selbst nicht mehr, denn in mir wogt es auf und ab wie auf sturmgepeitschter See. Ich danke dem Himmel, dass es schon dunkel ist und du meine Augen nicht siehst. Aber an welche schönen und guten Dinge ich auch zu denken versuche, mich quält das Gefühl, dass ich ein schlechtes Weib bin, oder ob ich mich wirklich in dich verliebt habe dank deiner Güte und Sanftmut. Doch jetzt wünsche ich mir, du würdest mir ein Messer ins Herz bohren und mich töten, denn ich werde keinem anständigen Menschen mehr in die Augen blicken können, da ich mich selbst so vergesse und du mich verschmähst.«

Ich muss gestehen, dass mich trotz all meiner Erschöpfung eine gottlose und verderbliche Lust überkam, ihren Wunsch zu erfüllen, um mich an ihrer verletzten Eitelkeit schadlos zu halten. Deshalb nahm ich sie noch fester in die Arme und kam ihrem Wunsch so schnell nach, wie es mir nur möglich war. Danach kuschelte ich mich mit angezogenen Knien zusammen und wünschte ihr eine gute Nacht. Aber sie ließ mich immer noch nicht in Ruhe, sondern stützte sich auf die Ellbogen und sagte:

»Ich habe den Verdacht, dass die Dichter schamlose Lügen erzählen, wenn sie all die Freuden der Liebe schildern, denn deswegen würden sich die Frauen ja wohl kaum so irrsinnig gebärden, wie es die Erfahrung und zahlreiche Berichte von ihnen bezeugen. Deshalb vermute ich, bei dir liegt irgendein körperlicher Defekt vor. Ich glaube eigentlich nicht, dass es bei mir in dieser Hinsicht irgendeinen Mangel gibt, schließlich bin ich gesund, von anmutigen Proportionen und habe mich stets eines sittsamen Lebenswandels befleißigt.«

Aber ich hatte keine Lust, ihr weiterhin zuzuhören, sondern fiel in tiefen Schlaf. Am Morgen war sie früher auf den Beinen als ich, und als ich sie sah, war sie sehr bleich und schweigsam und hatte schwarze Kleidung angelegt. Wenn ich mit ihr sprach, vermied sie es, mich anzusehen. Wir aßen, was vom Abend übrig geblieben war. Mir war es ein Rätsel, was sie wohl denken mochte, denn sie verhielt sich mir gegenüber, als wäre ich ein Fremder und ihr Feind. Doch mein Gewissen gestattete mir nicht, sie allein zu lassen, und deshalb nahm ich sie mit, als ich ins Lager der Pikeniere ging, und überließ sie dann deren Schutz. Die gutmütigen

Deutschen hatten viele unglückliche Frauen aus den Händen der Spanier gerettet. Diese kümmerten sich nun um das Essen und wuschen ihnen die Wäsche. Deshalb schien mir dies auch die beste Obhut für Lucrezia zu sein, da mein eigenes Interesse es erforderte, mich in die Stadt zu begeben, solange das vom Kriegsrecht sanktionierte Plündern anhielt.

Als ich jedoch gegen Abend zurückkehrte und nach ihr suchte und ihr sogar Geld mitbrachte, hatte sie das Lager bereits verlassen. Die Frauen meinen spöttisch zu mir, ihre gepflegten Hände wären zu fein für die Wäsche und die Waschlauge gewesen. Sie sei ein paar Spaniern nachgelaufen, um sich einen besseren Beschützer zu suchen. Ich machte mir wegen ihrer Unüberlegtheit große Sorgen, aber sie war auch nicht in ihr Haus zurückgekehrt, wo ich sogleich nachsah. Um dort auf sie zu warten, quartierte ich mich in dem Haus ein, denn es lag in der Nähe des Petersdomes, und so konnte ich mich auch jeden Morgen und Abend bequem um meinen Esel kümmern, ihn tränken und ihn mit Futter versorgen. Auch Antti kam nach den Tagen der Plünderung ins Haus, um sich dort von seinem furchtbaren Katzenjammer zu erholen, so dass es bald von einer ganzen Schar von Männern bewohnt war und wir uns gut gegen Eindringlinge verteidigen konnten. Auch legten wir uns dort einen Vorrat an Mehl und Trockenfleisch an, denn schon bald wurde klar, dass wir in Rom keine gedeckten Tische vorfanden, sondern hier noch schlimmerer Hunger und Mangel herrschte, als wir ihn bisher erlebt hatten.

Kapitel 5

Während der acht Tage andauernden Plünderung hätte eine kleine Anzahl feindlicher Kräfte die Stadt ohne weiteres angreifen und den Papst aus der Engelsburg befreien können, denn den Truppen mangelte es an jeglicher Disziplin, und niemand war auf anderes aus als auf Beute, Trinkgelage und die Befriedigung seiner Lüste. Eines Tages ließ der Fürst von Oranien, der sich in den Vatikan zurückgezogen hatte, um das ungezügelte Wüsten seiner Soldaten nicht mitansehen zu müssen, zur Probe die Hörner Alarm blasen, weil er hoffte, dadurch das Heer aufzuschrecken und wieder zur Ordnung zu rufen. Aber nur etwa fünftausend Mann von insgesamt dreißigtausend befolgten die Alarmsignale.

Nach acht Tagen kam es zur Verteilung der gemeinsamen Beute, wie es die Kriegsartikel vorsahen, wobei allerdings die Spanier ihre eigene Beute einbehielten und die Deutschen die ihre. An Gold und Silber, das zu Geld geprägt werden konnte, waren zehn Millionen Dukaten zu verteilen. Gold und Silber in Form von Gefäßen, Pokalen und Ähnlichem wie auch Edelsteine hatten im Gegenwert von ebenfalls zehn Millionen Dukaten erbeutet werden können. Nach der Aufteilung gab es keinen Arkebusier oder Pikenier, der nicht in Samt und Silber gekleidet und mit Goldketten um den Hals umherstolziert wäre. Sogar der geringste Waffenknecht konnte mindestens hundert Dukaten in seiner Geldbörse klimpern hören. Jeglicher sonstige Besitz aber, Möbel, Gemälde, Kunstwerke, Bibliotheken, Heiligenreliquien und wertvolle Stoffe, von denen vieles in sinnloser Zerstörungswut vernichtet oder ins Ghetto geschafft worden war, um sie für einen Spottpreis an die Juden zu verkaufen, dürften ebenfalls einen Gesamtwert in der gleichen Größe wie die sonstige Beute gehabt haben. Die niedergebrannten und in die Luft gesprengten Häuser und Paläste aber hätte man auch für viele Millionen Dukaten nicht mehr wiederaufbauen können.

Nachdem wenigstens so weit wieder Ordnung eingekehrt war, dass die Händler sich hervorwagten und auch einige Weinschenken wieder ihre Türen öffneten, stellte es sich rasch heraus, dass Reichtum nicht mehr viel bedeutete. Es dauerte nicht einmal drei Wochen, bis ein gewöhnliches Laib Brot einen Dukaten kostete und die Armen in Rom den Hungertod erlitten. Kein Bauer war nämlich so verrückt, dass er sich mit Lebensmitteln in die Stadt gewagt hätte, und alle römischen Vorratslager waren in den Tagen der Plünderung verwüstet und ausgeraubt worden. Der furchtbare Gestank der unbegrabenen Leichen verpestete die Luft. Auf den Straßen waren Scharen von Ratten unterwegs, die an den Leichen knabberten, und beim Colosseum erschossen die Spanier eines Tages zwei Wölfe, die sich, vom Aasgeruch angelockt, in die Stadt gewagt hatten.

Im Gefolge des Hungers brach die Pest aus. Wenn ich früher auch schon mit der Pest Bekanntschaft geschlossen hatte, so erhielt ich jetzt mehr medizinisches Anschauungsmaterial, als für ein Menschenleben genügte. Als der erste Pikenier über brennenden Durst klagte und sich an den schmerzenden Leisten und unter den Achseln kratzte, da wusste ich bereits, was der Grund dafür war. Aber da Mangel an nötigen Arzneimitteln herrschte, konnte ich nicht mehr viel tun, um meinen Kameraden beizustehen. Ich musste mich damit begnügen, sie zur Ader zu lassen und ihnen Abführmittel einzuflößen, damit sie nicht wahnsinnig vor Fieber und vor Schmerzen geradewegs in den Fluss gesprungen wären. Auch in der Engelsburg breitete sich die Pest aus, die dort wahrscheinlich durch verpestete Staubpartikel eindrang, und deshalb fürchteten viele, die Pest werde uns noch um den Papst bringen.

Bald starben in Rom hundert Menschen täglich an der Pest. Die Angehörigen legten ihre Leichen vor den Kirchentüren ab und ließen sie unbegraben. Auch viele, die gesund blieben, malten ein Kreuz auf ihre Haustür, um vor der Willkür der Soldaten geschützt zu sein. Die Folge davon war, dass die hungernden Soldaten auch in Häuser einbrachen, die von der Pest betroffen waren und dort gnadenlos auch das letzte Brot stahlen, das die Kranken unter ihren Matratzen versteckt hielten. Für Weihrauch, starke Gewürzte, Senf und Pfeffer wurden nie dagewesene Preise bezahlt, und alle, denen es möglich war, tranken sich ohne Rücksicht auf ihre Geldvorräte einen Vollrausch an, um so der Ansteckung mit der Pest zu entkommen.

Mich beschlich das Gefühl, als durchlebte ich einen furchtbaren Albtraum. Beim Gehen schwankte ich, und mir war schwindelig. Trotzdem versuchte ich, mich um meinen Esel zu kümmern. Aber eines Morgens, als ich ihn aus einem Eimer trinken ließ, kamen um die hundert Pikeniere in den Petersdom gestürzt. Sie banden die Maultiere los und wollten sich auch meinen Esel ausleihen. Mich forderten sie auf, ich solle mitkommen und einen neuen Papst wählen. Mit Hörnern und Trommeln riefen sie alle deutschen Landsknechte zusammen, setzten einen Mann auf ein Maultier, der mit weißem Papstornat angetan war, und drückten ihm die aus drei Kronen bestehende Tiara aufs Haupt. Etwa zehn Soldaten hatten sich als sein Gefolge in rote Kardinalsgewänder mit den dazugehören Kopfbedeckungen gekleidet. Weitere Männer schritten, mit bischöflichen Hirtenstäben angetan, hinter diesem Gefolge hinterher und grölten dabei zotige Kriegsgesänge.

Eine vieltausendköpfige Menschenmenge folgte dieser schändlichen Prozession bis vor die Engelsburg, mich eingeschlossen, denn ich hatte meinen Esel nicht hergeben wollen. Nahe der Burg hoben die Soldaten ihren Papst auf einen Papstthron, und die Kardinäle begannen vor ihm auf dem Boden herumzukriechen, so dass ihre wertvollen Gewänder durch den Straßenschmutz schleiften, und küssten ihm Füße und Hände. Dies alles kam meinen Augen wie ein Fieberwahn vor. Doch dann erhob sich der Soldatenpapst von seinem Thron und verkündete mit lauter Stimme, es müsse nun ein neuer Papst und neue Kardinäle gewählt werden, und zwar aus der Mitte frommer Männer, die den Kaiser in Ehren hielten und sich nicht für Ränkespiele gegen seine Macht hergeben würden. Er hob zu Ehren dieses neuen Papstes einen Kommunionkelch und trank auf dessen glückliche Herrschaft. Dann forderte er jeden, der Luther zum Papst wählen wolle, auf, das Handzeichen zu geben. Da brandete mächtiger Jubel unter den lästerlichen Soldaten auf. Ein jeder von ihnen hob den Arm, und alle schrien durcheinander und krakeelten: »Luther soll Papst sein! Macht Luther zum Papst!«

Diesem beschämenden Schauspiel wohnten als Augenzeugen eine Menge Römer und auch Spanier bei. Sie begannen sich zu bekreuzigen und Gebete zu stammeln, gleichsam um den Zorn des Himmels abzuwenden. Als aber die Pikeniere sahen, dass Römer und Spanier nicht den Arm heben wollten, um Luther zum Papst zu wählen, stürzten sie sich auf sie, jagten sie fort oder schlugen jeden zu Boden, der sich weigerte, seine Hand zu heben. Die Spanier zogen ebenfalls ihre Waffen, und einige Männer fanden im Handgemenge den Tod. Darüber war ein wahnsinniger Deutscher so empört, dass er bis vor die Mauer der Engelsburg lief und brüllte, man solle ihm den Papst unverzüglich ausliefern. Er versprach, er werde den Papst mit seinen bloßen Zähnen in Stück reißen und dann sein Fleisch verspeisen, denn der Papst sei ein Feind Gottes, des Kaisers und der gesamten Christenheit.

Als sich die Volksmenge verlief, versuchte ich ebenfalls, mich mit meinem Esel zurückzuziehen. Aber einige gottlose Pikeniere hatten von dem grausamen Spiel immer noch nicht genug. Sie packten mich an den Armen und schleppten mich und meinen Esel mit sich auf der Suche nach einem Priester, den sie quälen konnten. Einige Priester versahen in Rom nämlich noch immer ihren Dienst wider die Anordnung des Papstes, teilten die heilige Kommunion an Sterbende aus, denen Pest oder Hunger den Garaus machte, versorgten Kranke und trösteten Leidende. So ein braver Priester lief uns zu seinem Unglück über den Weg, und diese gottlosen Männer forderten nun von ihm, er solle dem Esel die heilige Kommunion reichen. Doch obwohl sie ihn nach Kräften schlugen und verprügelten, bis ihm Blut aus Mund und Nase rann, blieb er standhaft und sagte, er werde lieber sterben, als das heilige Sakrament zu entehren. Sein Widerstand trieb diese vom Satan besessenen Soldaten so sehr zur Weißglut, dass sie ihn schließlich töteten und auf den Hostien herumtrampelten. Da begann mein Esel mit heiserer Stimme zu blöken, mir wurde schwindelig, und ich stürzte bewusstlos aufs Straßenpflaster.

Ich wachte von entsetzlichem Gestank umgeben auf, litt Durst, und mein Leib brannte wie im Fieber. Als ich meine Hände tastend ausstreckte, bekam ich einen verwesenden menschlichen Arm zu fassen, und als ich ihn wegstieß, löste er sich aus der Leiche und folgte den Bewegungen meiner Hand. In meinem Fieberwahn glaubte ich schon, es habe mich in das Feuer der Hölle verschlagen. Doch schließlich bekam ich einen klaren Kopf und merkte, dass ich ausgeraubt und splitterfasernackt auf einem Leichenberg lag, der vor einer kleinen Kirche aufgeschichtet war. Mein maßloses Entsetzen verlieh mir immerhin so viel Kraft, dass ich auf die Straße kriechen und mit ersterbender Stimme um Hilfe rufen konnte. Mehrere Menschen gingen an mir vorbei, aber alle beschleunigten ihre Schritte und wichen mir aus, als sie meine Hilferufe vernahmen. Unter den Achseln und in meiner Leistengegend konnte ich Pestbeulen ertasten. Jede Bewegung verursachte mir furchtbare Schmerzen, bis das Fieber mein Denken zum Erlöschen brachte und ich nur noch das Geblök meines Esels in den Ohren zu hören glaubte, während der sterbende Priester die Hostien in seiner Faust zu schützen versuchte und die wutergrimmten Soldaten ihn mit Fußtritten im Staub der Straße traktierten.

Als ich die Anzeichen der Pest an meinem Körper erkannte, rechnete ich fest damit zu sterben und verlor erneut die Besinnung. Doch dann erwachte ich in dunkler Nacht, als eine weiche Zunge mir über das Gesicht strich. Da wusste ich, dass mein Hund bei mir war. Er hatte mich im Menschengewimmel verloren, doch wunderbarerweise hatte er mich wiedergefunden und war bei mir geblieben, wachte bei mir und zeigte mir seine Anhänglichkeit, so gut er konnte. Als er merkte, dass ich aufgewacht war, winselte er freudig, schnappte nach meinen Händen und biss mich schmerzhaft ins Ohr, um mich zum Aufstehen zu bewegen. Das Fieber, das in meinem Leibe tobte, verlieh mir plötzlich das Gefühl, als sei ich leicht wie eine Feder, und genauso wie viele andere Pestkranke rappelte auch ich mich auf und wankte, an den Häuserwänden Halt suchend, langsam voran, auch wenn ich viele Male zu Boden sackte und mir dabei das Gesicht verletzte.

Auf diese Weise kam ich, vom Fieber geschüttelt, zitternden Schrittes vorwärts, ohne zu wissen, wohin ich ging. Aber irgendwie führte mein Hund mich im Dunkeln, denn erst in der Nähe von Lucrezias Haus stürzte ich wieder zu Boden, ohne erneut aufstehen zu können. Nachdem mein Hund eine Zeitlang vergeblich versucht hatte, mich weiterzuzerren, verließ er mich und rannte davon. Ohne dass ich davon gewusst hätte, lief er zu Antti und bellte und winselte so lange, bis dieser aufwachte und dann dem Hund folgte. So fand Antti mich und trug mich ins Haus, in dem wir unser Lager aufgeschlagen hatten. Es dürfte wohl keine größere Opferbereitschaft geben als diese seine Tat, denn selbst ein Arzt rührt nicht gerne einen Pestkranken an, sondern bleibt ihm möglichst weit vom Leibe und säubert sich mit Salz und Essig, wenn er den Kranken zur Ader gelassen hat.

Mehrere Tage verbrachte ich im Fieberwahn, und viele Begebenheiten aus meinem Leben erlebte ich im Fieber noch einmal, so dass ich Antti als Mutter Pirjo und Barbara anredete, wenn er mir frisches Wasser zu trinken gab und mir die Pestbeulen mit essiggetränkten Lappen abwischte. Während er schlief, wachte mein Hund neben mir und vertrieb die Ratten, die an meinen Zehen und meiner Nase zu knabbern versuchten, da ich so schwach und kraftlos war, dass ich meine Glieder nicht bewegen konnte, um die Nager abzuwehren. Nach fünf Tagen aber waren meine Geschwüre so groß geworden, dass sie von selbst aufbrachen. Das Fieber sank, so dass ich wieder klare Gedanken zu fassen vermochte und begriff, wo ich war.

Als Arzt wusste ich, dass ich überleben würde, wenn es mir gelänge, diese schlimmste Zeit der Schwäche zu überstehen, und genug Nahrung zu mir nähme. Deshalb versuchte ich, so gut ich konnte, den Haferbrei, den Antti mir zubereitete, hinunterzubekommen. Irgendwie gelang es ihm auch, getrocknetes Obst aufzutreiben, das ich auslutschte und dessen Süße meinen Leib erquickte. Aus eigenen Kräften schaffte ich es noch nicht aus dem Bett, sondern wenn ich es versuchte, wurden mir die Knie weich, und ich fiel hin. Dann brachte mich Antti wieder ins Bett und ermahnte mich, noch nicht aufzustehen. Wenn er ausging, um Essen für mich zu besorgen, ließ er seine Pikeniere zurück, die das Haus bewachen sollten, denn wir hielten darin den größten Teil unserer Beute versteckt. Doch sie vernachlässigten oft ihre Pflichten, auch weil sie sich vor der Pest fürchteten, und da sie das Versteck für sicher hielten, statteten sie den Nachbarhäusern Besuche ab, wo sie mit den Frauen schäkerten. Aus diesem Grund hatte Antti mir eine geladene Sattelbüchse neben das Bett gelegt, dessen Radschloss aus einem Flintstein Feuer schlug, so dass ich keine brennende Lunte brauchte, sondern mich im Notfall selbst gegen Eindringlinge verteidigen konnte.

An einem solchen Tag lag ich, von der Pest immer noch aufs äußerste geschwächt, wieder einmal allein da und dachte in seltsam klaren Gedanken über mein verpfuschtes Leben nach, als ich im Hause Stimmen hörte. Lucrezia erschien plötzlich in der Tür und blickte mich verwundert an. Sie trug ein feuerrotes Samtkleid, das ihre Schultern und ihren Busen zum größten Teil unbedeckt ließ, und ihr Haar war von einer Perlenkette durchzogen. An ihren Ohren hingen mit Edelsteinen besetzte Ohrringe, und schwere Ringe schmückten ihre schmalen Finger, als sie sich bei meinem Anblick verblüfft die Hand vor den Mund hielt. Zunächst glaubte ich, meine Fiebervisionen seien zurückgekehrt, aber dann lachte ich vor Freude auf und krächzte mit schwacher Stimme: »Lucrezia, Lucrezia!«

Sie bekreuzigte sich und sagte: »Du, Michael? Bist du etwa an der Pest erkrankt? Die Haustür ist nämlich mit einem Kreuz gekennzeichnet.«

Ich fuhr mir mit den Fingern über die Bartstoppeln an meinem Kinn und über das ausgezehrte Gesicht, wo nur noch Knochen unter der Haut zu spüren waren, und wunderte mich nicht darüber, dass sie mich nicht sogleich wiedererkannt hatte. Diese Anstrengung erschöpfte mich so sehr, dass ich keuchen musste. Sorgsam vermeidend, mich zu berühren, trat sie näher an mich heran und bemerkte neben mir auf dem Fußboden die Reste des Haferbreis in einer Lehmschale und ein Stück Brot. »Hier ist etwas zu essen!« rief sie mit lauter Stimme und machte sich über das Brot her, während sie mich mit ihren dunklen Augen anstarrte. Ein bärtiger Spanier tauchte neben ihr auf und begann gierig den Brei aus meiner Schale zu kratzen.

»Um Gottes willen, Lucrezia«, sagte ich, »ich habe sonst nichts zu essen! Meine Genesung hängt von dieser Speise ab. Hast du schon vergessen, wie ich dich beschützt und deinem Vater ein christliches Begräbnis verschafft habe?«

Aber Lucrezia wandte sich an den Spanier und meinte: »Vielleicht hat er noch mehr Essen unter dem Bett versteckt. Jedenfalls muss er hier irgendwo Geld haben.«

Der Spanier zog mich an den Füßen zu Boden, um sich seine Hände nicht an meinen Pestbeulen zu beschmutzen, und schnitt mit seinem Schwert die Matratze auf. Lucrezia sagte: »Bitte entschuldige mein Verhalten, aber von der Pest kann man nicht genesen. Du verlierst nichts, wenn ich dein Brot aufesse. Auch ist für einen Sterbenden Geld nicht mehr von Nutzen. Sag mir also, wo du es versteckt hast, denn mein Liebhaber hier ist ein habgieriger Bursche, und ich möchte nicht, dass er dir etwas antut.«

Mein Hund knurrte so gut er konnte; er zeigte die Zähne und sträubte das Nackenhaar. Aber der Spanier versetzte ihm einen Schlag mit dem

Schwert, so dass er unter meinem Bett Schutz suchen musste. Der Spanier war ein großer, hagerer Mann mit kohlrabenschwarzem Bart. Um den Hals hatte eine goldene Kette samt einem Bischofskreuz hängen, das ganz mit Edelsteinen besetzt war. Er sah mich mit grausamem, gnadenlosem Blick an und sagte:

»Muss ich dir die Hüfte überm Feuer rösten oder dir Pechspäne in die Fußsohlen treiben, oder gestehst du lieber im Guten, wo du dein Essen und dein Geld versteckt hast?«

»Lucrezia«, sagte ich, »so etwas Schlimmes hätte ich nie von dir geglaubt noch von irgendjemand anderem. Willst du mir wirklich all das Gute, was ich dir getan habe, auf diese Weise vergelten?«

Aber Lucrezia wandte sich wieder an den Spanier und sagte: »Dieser Mann hier hat mich aufs schändlichste beleidigt und wollte mich zu seinem Waschweib machen, nachdem er mich vergewaltigt hatte, als ich ihm schutzlos ausgeliefert war. Außerdem ist er Lutheraner. Somit ist es ein Gott wohlgefälliges Werk, ihm das Lebenslicht auszublasen.«

Der Spanier hütete sich aber davor, mich anzutasten, weil ich an der Pest erkrankt war. Deshalb verließen die beiden das Zimmer. Ich hörte, wie sie auf der Suche nach dem Versteck unserer Beute Möbel umstießen und den Fußboden aufrissen. Inzwischen hatte ich mich der Sattelbüchse bemächtigen können. Ich spannte ihr Schloss und blieb abwartend auf dem Boden sitzen, mit dem Rücken gegen das Bett gelehnt, das mir eine gute Stütze bot. Nach einiger Zeit vernahm ich, wie Lucrezia und der Spanier sich stritten. Dann kehrte der Spanier in mein Zimmer zurück mit einem qualmenden Pechspan in seiner Hand. Er blieb erschrocken stehen, als er mich mit der Büchse im Schoß dasitzen sah. So bekam ich genug Zeit zum Zielen. Ich richtete den Abzug auf ihn und traf ihn genau auf die Brust, so dass er hintenüber zur Tür hinausfiel und nicht einmal mehr Zeit fand, einen Fluch auszustoßen.

Das Zimmer war nun voller Qualm, als Lucrezia erschien und sich neben ihrem Liebhaber auf die Knie fallen ließ. Als sie aber sah, dass ihre Hände in Blut gebadet waren und ihr Liebhaber im Sterben lag, da wurde sie von wilder Wut gegen mich ergriffen; sie riss das Schwert des Spaniers an sich und tat einen Schritt auf mich zu, um mich zu töten. Ich richtete die Büchse auf sie und drohte mit einem weiteren Schuss. Ich weiß nicht, woher ich diese Kaltblütigkeit nahm, aber als dummes Weib konnte sie nicht wissen, dass die Büchse nicht mehr geladen sein konnte, nachdem man erst einmal abgeschossen hatte. So ließ sie das Schwert fallen und beschwor mich mit Engelszungen, sie bitte nicht zu töten.

»Ich hatte doch nichts Böses gegen dich im Sinn, lieber Michael«, sagte sie. »Ich habe mir nur einen Scherz mit dir erlaubt. Ich glaubte wirklich, du würdest auf jeden Fall sterben, obwohl du offensichtlich immer noch Manns genug bist, da du diesen Spanier hier zu Tode bringen konntest. Allerdings solltest du dich gut mit mir stellten, denn sonst hetze ich dir weitere Spanier auf den Hals, und dann wird dir deine Büchse nichts nützen. Gestatte mir deshalb, dass ich die Geldbörse und die Halskette meines Liebhabers an mich nehme. Danach werde ich mich verziehen und dich in Ruhe lassen.«

Da ich aber merkte, dass sie große Angst hatte, wollte ich sie nicht so leicht ziehen lassen. Deshalb fuchtelte ich drohend mit dem Büchsenlauf herum und befahl ihr, die Ohrringe abzunehmen sowie sich die Ringe von den Fingern zu ziehen und sie auf den Boden neben die Leiche des Spaniers zu legen. Sie brach in Tränen aus, schmeichelte mir und flehte mich an, aber ich blieb hart. Da überhäufte sie mich schließlich mit so gottlosen Flüchen, dass ich kaum glauben konnte, wie eine Frau ihres Standes sie in so kurzer Zeit bei den Spaniern hatte aufschnappen können. Ich weiß nicht, wie all dies noch geendet hätte, aber mein Schuss mit der Büchse hatte die beiden Pikeniere bei ihrem amourösen Ausflug aufgeschreckt. Nun stürmten sie ins Haus und bemächtigten sich Lucrezias.

Als sie die Leiche des Spaniers erblickten, bekamen sie es mit der Angst zu tun, denn sie fürchteten, Antti würde ihnen vor Wut die Haut bei lebendigem Leibe abziehen, weil sei das Haus unbewacht gelassen hatten. Deshalb bestraften sie das unverschämte Weib grausamer, als ich es mir eigentlich gewünscht hatte. Sie zwangen sie, sich das rote Kleid auszuziehen und prügelten mit dornigen Zweigen auf sie ein, bis ihr ganzer Körper blutüberströmt war. Wahrscheinlich hätten sie sie getötet, was wegen der Spanier auch am klügsten gewesen wäre. Aber als ich sah, in welch schlimmem Zustand sich Lucrezia befand, befahl ich ihnen, sie gehen zu lassen. Die beiden Pikeniere warfen sie, splitterfasernackt, wie sie war, auf die Straße hinaus. Allerdings war es ein warmer Tag, und eine nackte, bis auf die bloße Haut ausgeraubte Frau war in jenen Tagen keine Seltenheit auf den Straßen Roms, so dass sie weiter keinen größeren Schaden erlitt. Auf diese Weise erwies sich ihre herzlose Grausamkeit doch noch als Glück für mich, denn in der Geldbörse des Spaniers fanden sich fast fünfhundert Dukaten, und allein das Bischofskreuz an seinem Hals war bestimmt hundert Dukaten wert, woraus ich schloss, dass er unter seinen Leuten den Rang eines Hauptmanns bekleidet haben musste.

Aus diesem Grund gaben wir, nachdem Antti zurückgekehrt war, das Haus eilig auf, und die Pikeniere brachten mich auf die andere Seite des Flusses, wo wir ein völlig ausgeplündertes Haus besetzten, um dort vor den Spaniern sicher zu sein, die, von Lucrezia aufgehetzt, sicher schon überall in Rom nach uns suchten, um den Tod ihres Kameraden zu rächen und uns zu töten. Die Spanier sind nämlich genauso rachsüchtig wie habgierig und vergessen eine Kränkung nie. Als die nässenden Beulen in meiner Leistengegend und unter meinen Achseln allmählich zurückgingen und ich wieder auf eigenen Beinen stehen konnte, sagte ich zu Antti:

»Während meiner Krankheit habe ich über viele Dinge nachgedacht, und da ich schon mit meinem Tode rechnete, erfüllte mich große Besorgnis um mein Seelenheil. Ich fürchte, wir waren am schlimmsten Raubzug beteiligt, den die Welt je gesehen hat. Vielleicht reicht unser ganzes Leben nicht aus, um unsere Sünde zu sühnen. Wir haben die heilige Kirche für alle Zeiten entehrt, indem wir Luther zum Papst ausriefen. Die heiligen Sakramente haben wir unter unseren Füßen zertrampelt und geschändet und den Eseln Hostien zum Fraß vorgeworfen. Die Bestrafung dafür sind Pest und Hunger. Ich glaube auch nicht, dass der Kaiser ungeschoren davonkommt, wo doch all die in seinem Namen begangenen Verbrechen den Fluch des Himmels auf ihn ziehen müssen. Deshalb rette seine Seele, wer kann! Ich sehe keinen anderen Ausweg, als dass wir Rom so schnell wie möglich verlassen, diese Stadt, die einst der Stolz der Christenheit war und die wir in eine heilige Wüstenei verwandelt haben.«

Antti wurde ernst und versetzte: »Wir haben tatsächlich so viel aus Rom herausgepresst, wie man aus einer solchen Stadt nur herauspressen kann, und die Einwohnerschaft Roms dürfte sich in diesen wenigen Tagen um die Hälfte verringert haben. Jetzt kommen plündernde Bauern mit ihren Wagen in die Stadt, brechen Türen auf, ziehen sogar die Nägel aus den Wänden und schaffen die zerschlagenen Möbel fort, so dass nicht einmal ein Lumpensammler noch irgendetwas in der Stadt finden kann, das ihm nützlich wäre. Auch wenn der Papst unserer Gefangener ist, so werden von seinem Lösegeld nicht allzu viel Dukaten übrig bleiben, die man im ganzen Heer verteilen kann. Ich fürchte nämlich, die Hauptleute werden den Löwenanteil davon in ihren eigenen Taschen verschwinden lassen. Deshalb bin ich bereit und willig, Rom zu verlassen. Am meisten veranlasst mich dazu der Gedanke an die Spanier, die du dir zu Todfeinden gemacht hast, so dass sich dich ohne zu zögern umbringen werden und mich wahrscheinlich dazu, wenn sie uns hier irgendwo über den Weg laufen, und das werden wir auf die Dauer wohl nicht vermeiden können. Wir mussten ja schon einmal alle Deutschen zusammentrommeln und unsere Geschütze auf dem Campo de' Fiori in Stellung bringen, um uns gegen die Spanier zu verteidigen. Aber wie können wir diesen üblen Ort verlassen? Wohin sollen wir gehen, wir zwei arme und schutzlose Burschen? Das ist eine schwierige Frage. Von hier wegzukommen, ist leichter gesagt als getan.«

Mein Hund saß zu meinen Füßen auf dem Steinfußboden und lauschte unserem Gespräch. Die Schnauze bittend emporgereckt, schaute er mich mit seinem einzigen Auge zärtlich an. In meiner Schwäche vergoss ich Tränen und sprach zu Antti:

»Wir zwei Arme haben uns selbst in diesen ganzen Unrat hineingebracht, so dass nicht einmal meine eigene Mutter mich wiedererkennen würde. Auch ich würde sie nicht erkennen, weil ich sie nie mit lebenden Augen erblickt habe. Unseren Kinderglauben haben wir verloren, so dass uns wegen unserer schweren Sünden keine Hoffnung auf Erlösung mehr bleibt. Mich tröstet auch nicht der Gedanke, dass so viele andere mit uns in diesem sündigen Tun wetteiferten und sich sogar noch schwerer versündigt haben als wir. So wird es uns nichts nützen, den Papst um Vergebung zu bitten. Ich will dich nicht überreden oder gar zwingen, Antti, Bruderherz, aber während ich krank daniederlag, hat sich in mir die Überzeugung verfestigt, dass all unser Unglück in dem Augenblick begann, da wir schwach wurden, vom rechten Wege abwichen, der Versuchung unterlagen und unsere Reise ins Heilige Land abbrachen. Seitdem sitzen wir in der Tinte und lassen uns vom Satan das Fell gerben. Das wird bis an unser Lebensende so weitergehen, bis wir völlig verstockt und verdorben sind und seelenlosen Raubtieren gleichen, falls wir jetzt nicht endlich Buße tun. Ich zweifle nicht daran, dass ich als Einziger von Tausenden gerade deshalb von der Pest genesen bin, um den ernsten Entschluss fassen zu können, ins Heilige Land zu pilgern und nach vielen Irrwegen endlich dorthin zu gelangen. Wenn ich vor dem Grab unseres Herrn und Erlösers niederknie und am Ort seiner Leiden bete, dann wird, so glaube ich, meine Sündenlast wie ein zerlumptes Gewand von mir abfallen, und ich werde wieder Klarheit für mein Leben finden. Eine andere Möglichkeit der Rettung für mich sehe ich nicht.«

Antti lauschte meinen schönen Worten und wurde zu Tränen gerührt. Er schnäuzte sich die Nase und sagte: »Du hast recht, Michael, denn du bist klüger als ich. Das warme Klima hier in diesem Land bekommt uns nicht, und von all dem Weinsaufen wird mir der Kopf so schwer, dass ich bald keinen klaren Gedanken mehr fassen kann. Schon beginnt der Wein in meinem Mund wie bittere Lauge zu schmecken, und ständig werde ich von Durchfall gequält. Aber ins Heilige Land ist es eine lange Reise. Vielleicht geht es uns schon besser, wenn wir uns eine wundertätige Heiligenreliquie beschaffen, die uns schützt, denn jetzt bekommt man die spottbillig. Ich kenne einen Deutschen, der unbedingt das Schweißtuch der heiligen Veronika loswerden will, so dass er es immer bei sich trägt, welche Schenke er auch gerade aufsucht. Dort erbietet er sich dann, mit Würfeln um diese Reliquie zu spielen, zu welchen Einsätzen auch immer, denn er ängstigt sich vor dem Antlitz Christi, das ihn immerzu aus diesem Schweißtuch heraus anblickt. Aber er hat unglaubliches, ja unbegreifliches Glück im Spiel, so dass es ihm nie gelingt zu verlieren, wenn er dieses Tuch auf dem Tisch ausbreitet und darauf seine Würfel wirft. Deshalb will keiner mehr mit ihm spielen. Wir täten diesem armen Mann also einen guten Dienst, wenn wir ihm das Schweißtuch abnähmen.«

»Antti«, versetzte ich, »hier helfen keine windigen Winkelzüge mehr. Wir müssen der Wahrheit ins Auge blicken. Ich will dich nicht zwingen, mit mir mitzukommen, aber ich habe jedenfalls beschlossen, nach dem heiligen Jerusalem zu wandern, ob mit dir oder ohne dich. Von diesem Entschluss kann mich keine Macht auf Erden mehr abbringen. Deshalb solltest auch du die Kelle in die Hand nehmen und ohne zu zaudern mit mir zusammen die Suppe auslöffeln, die wir uns beide eingebrockt haben.«

»Nach Jerusalem also? Das wird eine schwierige Reise«, versetzte Antti. »Da drohen uns doch viele Gefahren; wir können den Ungläubigen in die Hände fallen, und es ergeht uns dort vielleicht nicht besser als hier. Es gibt da übrigens einen Pikenier unter Hauptmann Schärtlin, den ich ganz gut kenne. Ihm war es gelungen, die Speerspitze des heiligen Longinus zu rauben, womit bekanntlich Christus, als er am Kreuz hing, die Seite durchstochen wurde. Dieser brave Mann hat nun diese Speerspitze seiner eigenen Pike aufgesteckt und prahlt, mit ihrer Hilfe werde er sich geradewegs in den Himmel hineinkämpfen, selbst wenn ihm auf dem Wege dorthin tausend Teufel in die Quere kämen. Vielleicht verkauft er sie uns, wenn wir ihm einen angemessenen Preis dafür bieten, denn die Fahrt ins Heilige Land wird uns ja sowieso eine Menge Geld kosten.«

Ich konnte über seine Dummheit und lahmen Verstand nur den Kopf schütteln. »Sei doch endlich still, Antti!« sagte ich. »Du begreifst ja nicht, worum es eigentlich geht. Als ich von der Pest genas, sah ich im Traum einen klaren Weg, auf dem wir, über steinerne Ruinen und Dornbüsche hinwegstolpernd, einherwanderten. Am Ende dieses Weges erhob sich in goldenem Glanz das heilige Jerusalem. Einen Tag nach diesem Traum erschien diese elende Lucrezia mit ihrem Spanier im Haus, und ich hätte einen furchtbaren Tod erlitten, wenn ich nicht unter dem Schutz der Vorsehung den Spanier mit meiner Büchse erschossen hätte. Dieses Zeichen ist genauso gut, ja besser noch, als jedes andere Vorzeichen, und ich will ihm folgen, selbst wenn das meine letzte Tat auf Erden sein sollte. Außerdem übertreibst du die Unbilden und Gefahren der Reise, denn der Kaiser pflegt dem Sultan jedes Jahr zwanzigtausend Dukaten zu zahlen, wodurch die Sicherheit der Pilgerwege und der Klöster in Jerusalem garantiert wird. Wenn wir es erst einmal bis nach Venedig geschafft haben, dann besorgen wir uns im dortigen Haus der Türken den notwendigen Geleitbrief für unsere Pilgerreise. Danach können wir uns mit einem venezianischen Schiff sicher und bequem auf die Reise machen, denn wir sind ja in der Lage, die Überfahrt zu bezahlen und uns mit ausreichendem Proviant einzudecken. Deshalb glaube ich, dass mir die Vorsehung selbst nach meinem Traum den Spanier geschickt hat, damit ich, nachdem mir während meiner Pesterkrankung all mein Geld und meine Kleider geraubt worden waren, für diesen Verlust mehr als entschädigt würde.«

Antti war klar geworden, dass sich durchaus nicht mehr im Fieberwahn redete, sondern mir meinen Plan mit gesundem Menschenverstand zurechtgelegt hatte. Er kratzte sich lange am Kopf und im Nacken und sagte dann: »Auf dem Meer dürfte es im Sommer keine schlimmen Stürme geben, und an die Seereise von Genua nach Spanien habe ich auch nur angenehme Erinnerungen. Außerdem sagen alle erfahrenen Seeleute, die in den Häfen ihre Heuer und sogar ihre Hose gegen berauschende Getränke eintauschen, es gebe ihrer Erfahrung nach kein besseres Heilmittel gegen üblen Katzenjammer als eine lange Seereise. Die Sache hat also nur einen einzigen Haken, nämlich: Wie kommen wir, ohne unser Geld und unser Leben zu verlieren, nach Venedig, wo es doch überall in Italien drunter und drüber geht? Das Heer der Alliierten bewacht alle Straßen und Wege, und wildgewordene Bauern überfallen einen jeden, der sich aus den Mauern Roms herauswagt. Was meine Heuer beim Kaiser betrifft, so spielt die keine Rolle mehr, denn die Hauptleute lassen sowieso keine Deserteure mehr aufhängen, seitdem der Fürst von Oranien sich nach Siena abgesetzt hat, weil die Spanier drohten, ihn zu Tode zu prügeln.«

»Ganz meine Meinung«, sagte ich, »du hast völlig recht, Antti, und deshalb ist es das Beste, wenn du die Verantwortung für unseren Marsch nach Venedig übernimmst, und ich mich dann dort um unsere Weiterreise ins Heilige Land kümmere. Auf diese Weise wird der heilige Entschluss unserer Jugend in die Tat umgesetzt. So können wir die vergangenen Jahre als Irrwege abschreiben und unsere armen Seelen retten. Der Kaiser möge für seine eigenen Taten Verantwortung tragen, so wie wir für die unseren.«

Zwei Tage später ruderten wir, als Lastträger verkleidet, in einem großen Boot den Tiber hinab nach Ostia. In unserer Gesellschaft waren auch der venezianische Gesandte Domenico Venier sowie zwei adelige Damen aus Mantua, die ebenfalls in Verkleidung reisten, um dem Wüten der Soldateska zu entkommen. Ich war immer noch so schwach, dass ich das schwere Ruder kaum halten konnte. So fühlte ich mich sehr erleichtert, als wir Rom endlich hinter uns gelassen hatten und ich wieder reine Juniluft atmen konnte nach all den furchtbaren Ausdünstungen verwesender Leichen und qualmender Ruinen. Hinter uns blieb Rom zurück wie ein geschändeter Leichnam. Mir kam es vor, als wäre die ganze Christenheit ein mit Pestbeulen übersäter, stinkender Leichnam, vor dem man schleunigst die Flucht ergreifen muss, um sein Leben zu retten.

In Ostia waren wir in Sicherheit, denn Domenico Venier hatte versprochen, dafür zu sorgen, dass die Signoria seiner erlauchten Republik dem Papst Geld leihen werde, damit dieser sein Lösegeld bezahlen konnte. Deshalb taten die kaiserlichen Truppen, die Ostia besetzt hielten, bereitwillig alles, uns die Weiterreise zu erleichtern. Nachdem wir das offene Meer erreicht hatten, nahm die Flotte der Bundesgenossen, die von Andrea Doria kommandiert wurde, unser Schiff unter ihren Schutz. Auf diese Weise gelangten wir sicher und als begüterte Männer nach Venedig, von wo aus wir unsere Fahrt ins Heilige Land fortzusetzen gedachten.

So habe ich nun ernsthaft und aufrichtig von den zahlreichen und merkwürdigen Abenteuern berichtet, die ich in meiner Jugend in vielen Ländern zu bestehen hatte. Dabei habe ich weder meine Irrungen zu verschweigen noch das, was ich tat, beschönigt. Somit dürfte dieser Bericht dem verständigen Leser meine guten Absichten hinreichend beweisen. Auch möge meine Hinwendung zu voller christlicher Demut nach der furchtbaren Plünderung Roms für mich sprechen. Aber wie wir aus Venedig abreisten, ohne dann im Heiligen Lande anzukommen, und auch, wie ich den Turban nahm und mich zum Glauben des Propheten bekehrte, darüber zu berichten, werde ich, wie ich hoffe, bald Gelegenheit finden, schon um die schamlosen und verlogenen Anschuldigungen zu entkräften, die in den Ländern der Christenheit über mich in Umlauf gesetzt wurden, sobald ich nach Überwindung nicht weniger Missgeschicke eine hohe und geachtete Stellung im Dienste des Sultans erlangen konnte.

Anmerkungen des Übersetzers

Die Wörter und Ausdrücke, auf die sich diese Anmerkungen beziehen, sind im Text mit einem Asteriskus (*) versehen.

Seite 33: Hemming, um 1290 in Schweden geboren, studierte in Paris und war von 1338 bis zu seinem Tode 1366 Bischof von Turku. Er erweiterte die Grenzen des Bistums Turku und setzte den Tornio-Fluss als Grenze zwischen den Bistümern Uppsala und Turku fest. Noch heute ist dies die Landgrenze zwischen Schweden und Finnland. Hemming vermehrte den Kirchenbesitz und ließ den Dom von Turku ausbauen, in dem er mehrere Seitenaltäre stiftete. Er war ein Freund der hl. Birgitta von Schweden und trat als ihr Fürsprecher 1347 vor dem Papst in Frankreich auf. Ab dem 15. Jahrhundert in Turku als Heiliger verehrt, wurde er im Jahre 1514 von Papst Alexander VI. seliggesprochen.

Seite 54: Hemming Gadh (Geburtsdatum unbekannt, gestorben bzw. hingerichtet 1520). Nach dem Studium in Rostock und Rom war er von 1479 bis 1499 schwedischer Gesandter beim römischen Papst. Er setzte sich für die Seligsprechung des bereits erwähnten Bischofs Hemming ein. Von 1501 bis 1518 amtierte er als Bischof im schwedischen Linköping. Zuerst Anhänger des schwedischen Reichsverwesers Svante Sture und seines Sohnes Sten Sture, kam er 1518 unter mysteriösen Umständen nach Dänemark und wurde dort Anhänger des dänischen Königs Christian II. Er hatte maßgeblichen Anteil daran, dass sich Stockholm 1520 dem dänischen König ergab (mit dem folgenden sog. »Stockholmer Blutbad«) und konnte auch den finnischen Adel dazu bewegen, auf König Christians Seite zu wechseln, wurde jedoch auf Befehl Christians am 16. Dezember 1520 als angeblich unzuverlässig auf der Burg Raseborg (in Südfinnland, finnischer Name: Raasepori) hingerichtet.

Seite 69: Tawastland und Österbotten sind die historischen schwedischen Namen der finnischen Provinzen Häme und Pohjanmaa. Häme (Tawastland) ist das finnische Binnenland um die Stadt Hämeenlinna (schwed. Tavastehus); Pohjanmaa (Österbotten) umfasst die finnische Westküste, die der schwedischen Provinz Västerbotten gegenüberliegt und sich nördlich von Pori bis nach Oulu erstreckt.

Seite 78: Johannes Carlerius de Gerson (1363–1429) war als Professor und Kanzler der Sorbonne zu Paris ein einflussreicher Theologe und Kirchenpolitiker und trat als Autor von rund 400 Schriften hervor.

Seite 85: Das Fest Mariä Verkündigung wird am 25. März begangen.

Seite 134: Die Schlacht bei Brännkyrka (damals südlich von Stockholm gelegen, heute zum Stadtgebiet Stockholms gehörig), in der der schwedische Reichsverweser Sten Sture der Jüngere über König Christians Truppen obsiegte, fand am 27. Juli 1518 statt.

Seite 142: Pietari (oder Petrus) Särkilahti, aus Turku gebürtig, war ab 1516 als Schüler Luthers in Wittenberg und brachte nach seiner Rückkehr 1522 als einer der Ersten die Kunde von der Reformation nach Finnland, wo er 1529 starb. Sein Schüler Michael Agricola (1510–1557) übersetzte erstmalig die Bibel ins Finnische und führte in Finnland die Reformation ein.

Seite 143: Olavi Maununpoika, lat. Olaus Magni, schwed. Olof Magnusson (1405–1460), war 1435–1436 Rektor der Pariser Universität. Ab 1449 Bischof von Turku, gilt er als der gelehrteste unter den mittelalterlichen Bischöfen Finnlands.

Seite 174: Gemeint ist Kaiser Maximilian I., der am 12. Januar 1519 gestorben war. Am 28. Juni desselben Jahres wählten die deutschen Kurfürsten Maximilians Enkel Karl von Spanien zu seinem Nachfolger, der dann als Kaiser Karl V. bis zu seinem Rücktritt im August 1556 regierte.

Seite 426: Liespfund, eine alte Gewichtseinheit, etwa 8,5 Kilo.

Nachwort des Herausgebers

Mika Waltari (geboren am 19. 9. 1908 in Helsinki, gestorben dortselbst am 26. 8. 1979) war einer der produktivsten und populärsten finnischen Schriftsteller des 20. Jahrhunderts. Sein Oeuvre umfasst Romane, Novellen, Reiseberichte, Gedichte, Märchen, Hörspiele, Schauspiele, Drehbücher und Unterhaltungsliteratur (z. B. Kriminalromane, die in Finnland mit großem Erfolg verfilmt wurden). Sein Werkverzeichnis listet über einhundert Titel auf. Schon als Jugendlicher begann er mit dem Schreiben; seinen Durchbruch erzielte er mit dem Roman *Suuri illusioni* (»Die große Illusion«, 1928), der die »verlorene Generation« nach dem Ersten Weltkrieg zum Thema hat. In den dreißiger Jahren folgten dann mehrere Romane mit zeitgenössischer Thematik, etwa die sog. Helsinki-Trilogie *Isästä poikaan* (»Vom Vater zum Sohne«, nicht ins Deutsche übersetzt). Von der finnischen Literaturkritik sehr geschätzt sind die mehr als ein Dutzend Kurzromane und Novellen, die Waltari in den 1930er und 1940er Jahren verfasste, und von denen die meisten bisher nicht auf Deutsch vorliegen.

Die Reihe der großen historischen Romane, dank derer Waltari dann auch im Ausland bekannt wurde, begann mit *Sinuhe egyptiläinen* (»Sinuhe der Ägypter«, 1945), dessen (stark gekürzte) englische Übersetzung es in den USA auf die Bestellerlisten schaffte und zu weltweitem Interesse an diesem Autor führte. »Sinuhe« erschien dann in über dreißig verschiedenen Sprachen und kann als Waltaris Hauptwerk gelten. Danach folgten im Abstand weniger Jahre weitere historische Romane von etwa dem gleichen Umfang (die meisten davon umfassen je rund 700–800 Seiten):

Mikael Karvajalka (1948), wörtl.: »Michael Pelzfuß«, also der vorliegende Roman »Michael der Finne«,

Mikael Hakim (1949, die Fortsetzung von *Mikael Karvajalka*); dieser Roman erschien auf Deutsch unter dem Titel »Der Renegat des Sultans«,

Johannes Angelos (1952), auf Deutsch unter dem Titel »Der dunkle Engel« erschienen,

Turs kuolematon (1955, »Turms der Unsterbliche«),

Valtakunnan salaisuus (1959, »Das Geheimnis des Reiches«); auf Deutsch unter dem Titel »In diesem Zeichen« erschienen, und

Ihmiskunnan viholliset (1964, »Die Feinde des Menschengeschlechts«), auf Deutsch unter dem Titel »Minutus der Römer« erschienen (mit den

»Feinden des Menschengeschlechts« sind nach einem Wort des römischen Geschichtsschreibers Tacitus die frühen Christen gemeint).

Posthum erschien dann noch im Jahre 1981 *Nuori Johannes* (»Der junge Johannes«), ein unvollendeter Roman, der die Vorgeschichte zu *Johannes Angelos* enthält. Dieser Roman wird demnächst im Kuebler-Verlag unter dem Titel »Johannes Peregrinus« erscheinen.

Mit Ausnahme von Nuori Johannes liegen alle diese historischen Romane bereits seit Jahrzehnten in deutscher Übersetzung vor, auch wenn (bis auf »Sinuhe«) inzwischen alle diese Übersetzungen vergriffen sind. Jedoch hat es mit den deutschen Übersetzungen eine besondere Bewandtnis. Wenn man einmal von dem »Turms«-Roman absieht, ist nämlich keiner der dieser Romane direkt aus dem Finnischen ins Deutsche übersetzt worden, und einige weisen darüber hinaus mehr oder weniger starke Kürzungen auf.

Wie ein vom Verfasser dieser Zeilen angestellter sorgfältiger Vergleich des finnischen Originals dieser Romane mit ihren Übersetzungen in diverse Sprachen ergeben hat, beruht etwa die deutsche Übersetzung von »Sinuhe der Ägypter« auf der schwedischen Übertragung von Ole Torvalds. Diese schwedische Übersetzung ist schon leicht gekürzt, und bei der Übersetzung ins Deutsche durch Charlotte Lilius hat der Text dann noch einige weitere Kürzungen hinnehmen müssen. Insgesamt fehlen in der deutschen Übersetzung von »Sinuhe« etwa 15 Prozent im Vergleich zum finnischen Original.

Sehr viel übler sieht es mit der älteren Übersetzung des vorliegenden Romans »Michael der Finne« aus. Die deutsche Übersetzung von Ernst Doblhofer erschien erstmals im Jahre 1952 und wurde bis Anfang der 1990er Jahre immer wieder neu aufgelegt. Während in den ersten Auflagen das Impressum noch verhüllend vermerkte »Deutsche Übersetzung von Ernst Doblhofer«, hieß es besonders in den späteren Auflagen »Aus dem Finnischen von Ernst Doblhofer«. Letzteres kann nur als freche Lüge oder, milder ausgedrückt, als Irreführung des Publikums bezeichnet werden. In Wahrheit übersetzte Doblhofer nämlich aus der englischen Version von Naomi Walford. Aber auch diese englische Übersetzung (in Großbritannien unter dem Titel *Michael the Finn,* in den USA als *The Adventurer* veröffentlicht) geht nicht auf das finnische Original zurück, sondern beruht auf der schwedischen Übertragung *Mikael Ludenfot* (also »Michael Pelzfuß«) des finnlandschwedischen Autors Lorenz von Numers. Der deutsche Leser bekam Waltaris Roman also erst serviert, nachdem der Text über zwei Brückensprachen ins Deutsche gelangt war! Aber das ist nicht das einzige Manko dieser Übersetzung aus den 1950er Jahren, denn im Vergleich zum finnischen Original ist die Doblhofer'sche Übersetzung auch noch um rund 35 bis 40 Prozent gekürzt. Ganze Kapitel und Episoden sind dieser Kürzung zum Opfer gefallen oder werden nur in einem kurzen Satz zusammengefasst, so zum Beispiel die Kapitel um die erste Liebe des Protagonisten zu Anna, der Tochter des Goldschmieds Lauri. Der Leser, der den Roman bereits aus jener früheren deutschen Übersetzung kennt, wird bei der Lektüre dieser ungekürzten und erstmals auf dem finnischen Original beruhenden Übertragung also eine Menge Neues entdecken können.

»Michael der Finne« ist nicht der einzige historische Roman von Waltari, der in den 1950er Jahren erstmals von Ernst Doblhofer ins Deutsche übersetzt wurde. Es folgten aus seiner Feder noch »Der Renegat des Sultans« (*Mikael Hakim*) und »Der dunkle Engel« (*Johannes Angelos*). Für diese beiden Romane gilt das Gleiche wie für »Michael der Finne«: Die Übersetzung erfolgte jeweils über zwei Brückensprachen (schwedisch und englisch), und beide Romane sind stark gekürzt; »Der Renegat des Sultans« etwa im gleichen Maße wie »Michael der Finne«, der Johannes-Roman nicht ganz so stark. Aber diesem unbefriedigenden Zustand soll bald abgeholfen werden, denn der Kuebler-Verlag plant, Neuübersetzungen dieser Romane herauszugeben, die dann natürlich ungekürzt sind und auf dem finnischen Original beruhen.

Der Grund dafür, dass die historischen Romane Waltaris dem deutschen Publikum nur durch Übersetzungen zweiter und dritter Hand (bei denen dann auch mehr und weniger kräftig gekürzt wurde) zugänglich gemacht wurden, dürfte daran liegen, dass es in den fünfziger und sechziger Jahren des vorigen Jahrhunderts, als Waltari sich besonderer Popularität erfreute, in Deutschland an Übersetzern aus dem Finnischen mangelte. Den Verlagen blieb also nichts anderes übrig, als seine Romane aus anderssprachigen Ausgaben übersetzen zu lassen. Glücklicherweise ist dieser bedauerliche Zustand inzwischen überwunden; es sind neue Generationen von Übersetzern aus dem Finnischen herangewachsen, was es ermöglicht, Waltaris Werke dem deutschsprachigen Publikum nun endlich ohne den Umweg über Brückensprachen nahezubringen.

*

»Michael der Finne« stellt insofern eine Ausnahme unter den großen historischen Romanen Waltaris dar, dass sein Protagonist Finne ist und der erste Teil des Romans zu großen Teilen in Finnland spielt. Zwar hatte sich Waltari schon einmal Anfang der 1940er Jahre (also vor dem »Sinuhe«-Roman, der seinen Weltruhm begründete) in zwei kürzeren historischen Romanen Ereignissen aus der finnischen Geschichte zugewandt, doch dann richtete er in »Sinuhe« sein Interesse auf das pharaonische Ägypten des 13. Jahrhunderts vor Chr., und auch die übrigen historischen Romane spielen weit entfernt von des Autors finnischer Heimat und in unterschiedlichen Zeitepochen: im antiken Griechenland, Sizilien und Italien des 5. vorchristlichen Jahrhunderts (»Turms der Unsterbliche«), im antiken Rom zur Zeit der Kaiser Claudius, Nero und Vespasian (»Minutus der Römer«), in Konstantinopel kurz vor dem Ende des Byzantinischen Reiches im Jahre 1453 (»Johannes Angelos«) oder wenige Jahrzehnte davor in Basel, Konstantinopel und Italien (»Johannes Peregrinus«).

Zwei Merkmale sind allen diesen historischen Romanen Waltaris gemein: erstens die sorgfältigen Recherchen des Autors, die der Abfassung seiner Romane vorausgingen und Gewähr dafür bieten, dass es mit den historischen Fakten und allem, was damit zusammenhängt, seine Richtigkeit hat, und zum zweiten ist es die Erzählperspektive, denn alle Romane sind in Ich-Form geschrieben (wobei *Johannes Angelos* abweichend von den übrigen Romanen in Tagebuchform verfasst ist). Dabei sind die jeweiligen Protagonisten fiktive Charaktere, die aber in mannigfaltigen Kontakt zu historisch bezeugten Personen treten. Ein weiteres Kennzeichen, das aber nicht allen diesen Romanen gemein ist, besteht darin, dass der Autor seinem Helden, einem in der Regel bildungsbeflissenen, aber auch etwas naiven und weltfremden jungen Mann, einen Freund zur Seite stellt, der zwar nicht über formale Bildung verfügt, dafür aber mit beiden Beinen im Leben steht, ein besserer Menschenkenner ist als sein Freund und den Protagonisten des Romans mehr als ein Mal aus dessen selbstverschuldetem Ungemach befreien muss. Dieses Verfahren ist in der europäischen Literatur spätestens seit einem Paar wie Don Quijote und Sancho Pansa bekannt; bei Waltari gilt dies für die Paare Sinuhe und Kaptah (in »Sinuhe der Ägypter«) sowie Michael und Antti in den beiden Michael-Romanen. Dass Michael seinen Freund Antti ständig als dummen und einfältigen Kerl bezeichnet (was von ihm gewiss nur gutmütig gemeint ist), zeigt dabei nur seine mangelnde Menschenkenntnis. Immer wieder lässt er sich von anderen Menschen in riskante politische oder religiöse Unternehmungen hineinziehen und ist in schon gefährlichem Maße vertrauensselig jenen Mitmenschen gegenüber, die ihn für ihre eigenen Zwecke zu missbrauchen suchen. Das dürfte aber die Sympathien, die der Leser bei fortschreitender Lektüre für den Protagonisten entwickelt, nicht allzu sehr schmälern.

Die Abenteuer Michaels und seines Freundes Antti sind mit dem vorliegenden Roman noch nicht zu Ende. Wie aus dem letzten Absatz des Romans hervorgeht, machen sich die beiden Gefährten von Venedig aus zu Schiff auf, um als Pilger ins Heilige Land zu gelangen. Was dann geschieht, ist in dem Roman »Michael Hakim« zu lesen. Hier sei schon verraten, dass ihr Pilgerschiff von muslimischen Seeräubern, die auf der Insel Djerba ihr Hauptquartier haben, gekapert wird. Um mit dem Leben davonzukommen, bekehren sich Michael und Antti zum Islam. Was die beiden dann zunächst in Nordafrika sowie später in Istanbul zur Zeit der Herrschaft des Sultans Süleymans des Prächtigen erleben, bildet den Inhalt des Folgebandes. Die Neuübersetzung von »Michael Hakim« ist bereits in Arbeit und soll binnen Jahresfrist erscheinen.

Andreas Ludden

Inhalt

Mika Waltari

Turms der Unsterbliche

Zeit: 520 bis 450 v. Chr.

Turms hat die Erinnerung an seine Herkunft verloren. Indem er den Tempel der Perser in Sardeis in Brand setzt, gibt er das Signal zum Aufstand der Ionier gegen die persische Weltmacht. Es kommt zur Seeschlacht vor Milet. Er flieht nach Sizilien und später nach Rom. Dort, am Rand des etruskischen Herrschaftsgebiets, wird ihm enthüllt, dass er ein „Geweihter" ist und das Schicksal ihn zum Priester-Herrscher der Etrusker bestimmt hat.

Zahlreiche Nebenhandlungen und Personen (der griechische Krieger Dorieus, der Arzt Mikon, die Witwe Tanakil, die Tempelhetäre Arsinoe und viele andere) bereichern die Geschichte und vermitteln dem Leser ein farbenfrohes und kenntnisreiches Bild der antiken Welt.

Weitere Informationen:
Kuebler Verlag
www.kueblerverlag.de

Mika Waltari

Johannes Peregrinus

Zeit: 1436 bis 1452 n. Chr.

Der siebzehnjährige, elternlose Johannes lernt auf seinen Wanderungen durch Frankreich und Burgund eine reiche Gönnerin kennen, die ihm eine Stelle als Schreiber auf dem Konzil zu Basel verschafft, wo er Nikolaus Cusanus kennenlernt, einen der wichtigsten Philosophen und Theologen seiner Zeit. Zusammen mit ihm begibt er sich nach Konstantinopel, wo Vorverhandlungen über eine Wiedervereinigung der römischen und der byzantinischen Kirche stattfinden sollen. Johannes erlebt in Konstantinopel seine erste Liebe, bekommt aber auch die Abneigung vieler Byzantiner gegen die verhassten „Lateiner" zu spüren. Schließlich führt ihn sein Lebensweg über das Unionkonzil in Ferrara zur Teilnahme an der Schlacht bei Warna in Bulgarien, wo das westliche Kreuzzugheer von den Osmanen vernichtend geschlagen wird. Dabei gerät Johannes in Gefangenschaft und wird Sklave am Hof des Sultans, wo er den jungen Sultanssohn Mehmed kennenlernt, den späteren Eroberer Konstantinopels...

Weitere Informationen:
Kuebler Verlag
www.kueblerverlag.de